Johann Karl Wezel

Herrmann und Ulrike: Historischer Roman

OK Publishing 2019

Leseempfehlungen (als Print & e-Book von OK Publishing erhältlich)

Jane Austen
Stolz & Vorurteil

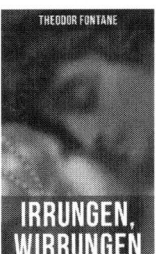

Theodor Fontane
Irrungen, Wirrungen

Stefan Zweig
Marie Antoinette: Historischer Roman

Julius Wolff
Der Raubgraf: Historischer Roman

Wilkie Collins
Ein Tiefes Geheimnis (Ein Wilkie Collins-Krimi)

Julius Wolff
Der Sachsenspiegel: Historischer Roman

Julius Wolff
Der Sülfmeister: Historischer Roman

Wilkie Collins
Die Neue Magdalena

Johann Karl Wezel
Belphegor

Wilkie Collins
Fräulein Minna und der Reitknecht

Johann Karl Wezel
Herrmann und Ulrike: Historischer Roman

MUSAICUM
Books

- Innovative digitale Lösungen & Optimale Formatierung -

musaicumbooks@okpublishing.info

2019 OK Publishing

ISBN 978-80-272-6576-3

Inhaltsverzeichnis

Erster Band	13
Erster Teil	15
Erstes Kapitel	16
Zweites Kapitel	17
Drittes Kapitel	23
Viertes Kapitel	30
Fünftes Kapitel	39
Sechstes Kapitel	44
Zweiter Teil	49
Erstes Kapitel	50
Zweites Kapitel	52
Drittes Kapitel	55
Viertes Kapitel	67
Fünftes Kapitel	78
Dritter Teil	81
Erstes Kapitel	82
Zweites Kapitel	89
Drittes Kapitel	96
Viertes Kapitel	101
Fünftes Kapitel	104
Sechstes Kapitel	111
Zweiter Band	115
Vierter Teil	117
Erstes Kapitel	118
Zweites Kapitel	123
Drittes Kapitel	126
Viertes Kapitel	131
Fünftes Kapitel	137
Sechstes Kapitel	141
Siebentes Kapitel	144
Fünfter Teil	153
Erstes Kapitel	154
Zweites Kapitel	163
Drittes Kapitel	166

Viertes Kapitel	173
Fünftes Kapitel	183
Sechster Teil	191
Erstes Kapitel	192
Zweites Kapitel	204
Drittes Kapitel	207
Viertes Kapitel	222
Dritter Band	231
Siebter Teil	233
Erstes Kapitel	234
Zweites Kapitel	237
Drittes Kapitel	241
Viertes Kapitel	252
Fünftes Kapitel	264
Sechstes Kapitel	267
Achter Teil	271
Erstes Kapitel	272
Zweites Kapitel	280
Drittes Kapitel	284
Viertes Kapitel	290
Fünftes Kapitel	293
Sechstes Kapitel	300
Neunter Teil	309
Erstes Kapitel	310
Zweites Kapitel	317
Drittes Kapitel	323
Viertes Kapitel	329
Fünftes Kapitel	335
Vierter Band	341
Zehnter Teil	343
Erstes Kapitel	344
Zweites Kapitel	353
Drittes Kapitel	362
Viertes Kapitel	365
Elfter Teil	377

Erstes Kapitel	378
Zweites Kapitel	382
Drittes Kapitel	394
Viertes Kapitel	402
Fünftes Kapitel	404
Zwölfter Teil	415
Erstes Kapitel	416
Zweites Kapitel	422
Drittes Kapitel	427
Viertes Kapitel	434
Anhang	440
Fußnoten	445

ERSTER BAND

ERSTER TEIL

ERSTES KAPITEL

Im Jahre nach Erschaffung der Welt, als die Damen kurze Absätze und niedrige Topés, die Herren große Hüte und kleine Haarbeutel, und Niemand leicht Gold auf dem Kleide trug, der nicht wenigstens Silber genug in der Tasche hatte, um es bezahlen zu können, wurde auf dem Schlosse des Grafen von *Ohlau* ein Knabe erzogen, der bey dem Publikum des dazu gehörigen Städtchens nicht weniger Aufmerksamkeit erregte und in den langen Winterabenden nicht weniger Stoff zur Unterhaltung gab, als Alexander, ehe er auf Abentheuer wider die Perser ausgieng. Graf und Gräfin, deren Liebling er einige Zeit war, nennten ihn *Henri*, seine Eltern Heinrich, und das ganze Städtchen den kleinen *Herrmann*, nach dem Geschlechtsnamen seines vorgeblichen Vaters – seines vorgeblichen, sage ich; denn so sehr die körperliche Aehnlichkeit mit ihm es wahrscheinlich machte, daß er sein wahres ächtes Produkt seyn möchte, und so wenig auch der erfahrenste Physiognomist auf den Einfall gekommen wäre, eine andere wirkende Ursache zu vermuthen, so hatte doch Jedermann die Unverschämtheit, troz jenes wichtigen Grundes, ihn seinem Vater völlig abzuläugnen, und zwar aus der sonderbaren Ursache – weil der Sohn ein feiner, witziger, lebhafter Knabe wäre und gerade so viel Verstand, als sein Vater Tummheit, besäße.

Freilich war wohl diese Ursache etwas unzureichend, einem armen Sterblichen seine ehrliche Geburt abzusprechen: auch gab der alte Herrmann nichts weniger zu als daß er tumm sey, und bewies sehr häufig durch die That, daß er sich hierinne nicht irrte: gleichwohl hätten sich die Leute eher bereden lassen, nicht mehr an den Kobold zu glauben, als den jungen Herrmann für den rechtmäßigen Sohn des alten Herrmanns zu erkennen. Indessen, so genau alles, Alt und Jung, in dieser Behauptung übereinstimmte, so verschieden wurden die Meinungen, wenn es darauf ankam, die Entstehung des Knabens zu erklären; und wenn man alles, was darüber gedacht und gesagt worden ist, sorgfältig aufbewahrt hätte, so würde eine solche Samlung ungleich mehr Drucker und Setzer ernähren, als alle Träumereyen der Philosophen. Einige, die des Sonntags zweymal in die Kirche giengen und darum billiger dachten als andre, die wöchentlich nur Eine Predigt hörten, nahmen doch seinem Vater nicht die ganze Ehre des Antheils an der Erzeugung seines Sohns, sondern gestunden mit einem weisen Achselzucken, daß ihm vielleicht die eine Hälfte angehören könnte: allein es wird vermuthlich weltkundig seyn, daß ein gelehrter Akademist die Unmöglichkeit einer solchen Entstehung sonnenklar dargethan hat, und die Anhänger jener Meinung werden mir daher vergeben, daß ich diesem Manne, der den Homer, Virgil und die sämtlichen Erzväter des alten Testaments auf seine Seite zu bringen weis, eher Glauben beymesse, als ihnen – Leuten, die nie ein griechisches Wort gesehn haben.

Der Herr Major im lezten Kriege *mag* ihn wohl zurückgelassen haben, sagten andere Leute, die sich etwas besser auf Wahrscheinlichkeit und Unwahrscheinlichkeit verstunden.

Er ist ein Sohn von dem Herrn Grafen, zischelte sich Jedermann ins Ohr, der auf die Gunst neidisch war, die die Herrmannische Familie von dem Grafen genoß; und dieses war das ganze Städtchen. – Tausend ähnliche besser und schlechter gegründete Vermuthungen erzählte man sich als Wahrheiten, vertraute man sich mit geheimnißreicher Miene. Wenn in den kühlen Abendstunden des Sommers zwo Nachbarinnen vor der Thür beysammensaßen, wenn sich zwo Freundinnen am Brunnen trafen, bey dem Spinnrocken oder der Kaffeetasse plauderten, war zuverlässig der kleine Herrmann ihr Gespräch. Wer aber unter allen am sichersten der Wahrheit zu viel weder zur Rechten noch zur Linken gehen wollte, der versicherte schlechtweg – der kleine Herrmann ist ein Hurkind.

Natürlicher Weise muß mir unendlich viel daran liegen, daß diese Meinung nicht unter meinen Lesern Glauben gewinnt, da der Kunstgriff, den Helden seiner Geschichte aus einer Galanterie entstehen zu lassen, seit des alten Homers Zeiten schon so abgenuzt ist, daß sich ein honneter Dichter schämen muß, etwas mit Hurkindern zu thun zu haben. Es ist eine auf Urkunden gegründete Wahrheit, daß der alte Herrmann den Dienstag nach Misericordias unter priesterlicher Einsegnung das Recht empfieng, einen Sohn zu zeugen, und daß seine innig geliebteste Frau Ehegattin ihn den vierten Advent des nämlichen Jahres gegen Sonnenuntergang mit einem wohlgestalten Knäblein erfreute, welches zugestoßner Schwachheit halber in derselben Nacht die Nothtaufe empfieng; und dieses war der Herrmann, dessen Geschichte ich erzähle. Wer nach einem so einleuchtenden Beweise noch eine Minute zweifelt, muß entweder mich oder meinen Herrmann hassen.

ZWEITES KAPITEL

An einem sehr heißen Sommertage, gerade als die Sonne in den Krebs treten wollte, gieng der Graf *Ohlau*, seine Gemahlin am Arme und in Begleitung seiner sämtlichen Domestiken, überaus prächtig in der neuangelegten Lindenallee spatzieren, welches er jeden Sonntag bey heitrem Wetter zu thun pflegte. Das ganze Städtchen, das seine Liebe zur Pracht kannte, paradirte alsdann auf beiden Seiten der Allee in den auserlesensten Feierkleidern: Männer und Weiber, Kinder und Eltern machten eine Gasse auf beiden Seiten und sahen mit gaffender Bewunderung das starre goldreiche Kleid ihres hochgebornen Herrn Grafen nebst einem langen Zuge von reicher Liverey durch die doppelte Reihe gravitätisch dahinwandern. Nero konnte nicht grausamer zürnen, wenn er auf dem Theater sang und diesen oder jenen Bekannten unter den Zuschauern vermißte, als der Graf *Ohlau*, wenn bey diesem sonntägigen feierlichen Spatziergange Jemand von den Einwohnern des Städtchens fehlte: ob er gleich einen solchen Verächter seiner Hoheit nicht, wie jener Heide, köpfen ließ, so war doch allemal in so einem Uebertretungsfalle auf einen heftigen Groll und bey der nächsten Gelegenheit auf eine empfindliche Rache zu rechnen. Obgleich zuweilen die Sonne so brennende Strahlen auf die Versammlung warf, daß die kahlen Köpfe der Alten, wie Ziegelsteine, glühten, daß die weißgepuderten Parucken der Rathsherrn von der geschmolzenen Pomade mohrenschwarz, und die schönen schneeweißen Mädchengesichter rothbraun und mit Sommersproßen und Blattern von der Hitze gezeichnet wurden, so wagte es doch Niemand, so lange sich der Graf in der Allee aufhielt, den Schatten zu suchen: man schwizte, ächzte und ward gelassen zum Märtirer des herrlichen Kleides, das der Graf zu begaffen gab. Er selbst machte sich mit der nämlichen Standhaftigkeit zum Opfer seines Stolzes, und seine Gemahlin – mehr aus Gefälligkeit gegen ihn als aus eigner Neigung – steckte sich jedesmal in einen großen Fischbeinrock und ein schweres reiches Kleid, um die Herrlichkeit seines Spatziergangs vermehren zu helfen.

Die Last dieser Feierlichkeit war noch keinen Tag so drückend gewesen, daß der Graf sie nicht hätte ertragen können: doch izt am gemeldeten Sonntage schoß die Sonne bey ihrem Eintritte in den Krebs so empfindliche Strahlen, die wie Pfeile verwundeten. Die Augen der Zuschauer waren matt und blickten mit schwacher Bewunderung auf das apfelgrüne Kleid, in dessen Stickerey die Silberflittern, wie ein gestirnter Himmel, glänzten, und die Folie mit allen Farben des Regenbogens spielte: Jedermann lechzte und dachte, empfand und sagte nichts als – »das ist heiß!« Der Graf wedelte sich unaufhörlich mit dem musselinen Schnupftuche das Gesicht, blies um sich und seufzte einmal über das andre seiner Gemahlin zu – »das ist heiß!« Die Frau Gräfin gieng geduldig an seiner Seite unter dem rothtaffetnen Sonnenschirme, mit glühendem aufgelaufenen Gesichte und klopfendem Busen, wo große Schweißtropfen, wie die Perlen eines starken Morgenthaues, standen, zerrannen und in kleinen Bächen hinabliefen, athmete tief und keuchte nach ihrem Gemahle hin – »das ist heiß!« Laufer, Heiducken, Jäger und Lackeyen, so stolz sie sonst in ihren Galakleidern daherschritten, schlichen mit gesenkten Häuptern, muthlos und schmachtend hinter drein und brummten einander, ein Jeder mit seinem Lieblingsfluche, zu – »das ist heiß!« Es war nichts anders übrig als der Sonne nachzugeben und dem Schatten zuzueilen.

Gerade mußte sich es treffen, daß unter der schattichten Linde, wo der Graf mit seinem Gefolge Schutz suchte, der kleine Herrmann mit einigen seiner Kameraden sein gewöhnliches Spiel spielte: er war König, theilte Befehle aus, die die übrigen vollziehen mußten, und saß eben damals mit völliger Majestät und Würde auf der Bank unter der Linde, um einem Paar Abgesandten Audienz zu geben. So bald sich der Graf dem Baume näherte, liefen die erschrocknen Abgesandten davon, nur der kleine König blieb, in die Hoheit seiner Rolle vertieft, mit gravitätischem Ernste sitzen. Die Mutter, die in der Ferne gegenüber stand, biß sich vor Aerger über die Unhöflichkeit ihres Sohnes in die Lippen, und der Vater hub schon mit Zähneknirschen und einem unwilligen – »du sollst es kriegen« – sein Rohr drohend in die Höhe. Die Gräfin lächelte über die Unerschrockenheit, mit welcher sie der Knabe erwartete, und sagte freundlich zu ihm: Rücke zu, mein Kleiner! – Nein, das kann ich nicht! antwortete der Knabe. Ich muß in der Mitte sitzen; denn ich bin König, und Sie sind nur Graf. – Man lachte und gab, aus Ehrerbietung gegen seine königliche Würde, seinem Verlangen nach.

Ohne langes Besinnen fuhr er in seiner Rolle fort und gab mit der nämlichen Dreistigkeit, womit er seine Gespielen beherrscht hatte, auch dem Grafen Befehle, und weil dieser nicht für nöthig erachtete, sie zu vollstrecken, so versicherte ihn der kleine Monarch, daß er sich einen bessern Unterthan in ihm versprochen hätte, und drohte ihm für seinen Ungehorsam die fürchterlichsten Strafen an. Die Gräfin, die sehr bald merkte, daß alle diese Ideen, ob es gleich nur Kinderspiel war, dem Stolze ihres Gemahls widrig wurden, suchte den Knaben auf etwas anders zu lenken und bat ihn, seine Majestät einmal bey Seite zu setzen und ihr ein Paar Blumen zu pflücken. Pfeilschnell sprang er von der Bank hinweg, sezte sich ins Graf, pflückte Blumen und band mit dem sorgfältigsten Fleiße ein sehr zierliches Buket, das er der Gräfin mit dem verliebten Anstande eines Schäfers und einem Handkusse überreichte, nebst der galanten Versicherung, daß er sie sehr lieb habe. – Mein Sohn, sagte die Gräfin darauf, du wirst einmal ein großer Mann oder ein großer Narr werden. – Ach, erwiederte der Knabe mit kindischer Naifetät, mit dem großen Narren hats keine Noth: das will ich wohl bald werden, wenn ich nur erst ein großer Mann bin. –

GRÄFIN
    Hast du denn Lust ein großer Mann zu werden?

DERKLEINE
    Ja, das werd' ich, und weiter nichts!

GRÄFIN
    Auch ein großer Narr?

DERKLEINE
    Nein, das ist meine Sache nicht. – Das ist einer, sezte er hinzu und wies mit dem Finger auf den Grafen.

Steifigkeit und Gezwungenheit müssen auf jede richtig gestimmte Seele einen unmittlbaren widrigen Eindruck machen; sonst hätte unmöglich diesem kleinen Schwätzer ein so kindischer Sarkasmus, so voll der bittersten Wahrheit, entwischen können. Der Graf fühlte ihn mit Widerwillen, und es that ihm sehr wehe, daß er nicht zürnen konnte, weil ihn ein Kind gesagt hatte: seine Gemahlin, die seinen Stolz und seine ceremoniöse Eitelkeit innerlich sehr misbilligte und sich nur nicht offenherzig gegen ihn herauszulassen getraute, freute sich im Herzen über den Vorwitz des Bubens und ermahnte ihn zur Behutsamkeit und zum Respekte in seinen Ausdrücken, vielleicht gar in der boshaften Absicht, seine Unverschämtheit noch mehr zu reizen.

Was hast du denn an mir auszusetzen? fragte der Graf mit hastigem Tone, um seine Empfindlichkeit zu verstecken.

DERKLEINE
    Sehr viel! – Warum ziehen sie sich denn so warm an? izt in der Hitze? – Sehn Sie! das ist gescheidt angezogen! (wobey er seine kleine rothstreifigte Leinwandjacke aus einander zog und von der Luft durchwehen ließ.)

Die Gräfin verbarg eine boshafte Freude hinter dem Fächer und machte ihm den Einwurf, daß sich eine solche Kleidung nicht für den Grafen schicke.

DERKLEINE
    Warum denn nicht? Wenn sie sich für mich schickt!

DIEGRÄFIN
    Und du bist doch ein König!

DERKLEINE

O sie sind eine scharmante Frau: ich habe Sie wahrhaftig recht lieb, das können Sie glauben. Wenn ich groß bin, will ich Sie heirathen.

DieGräfin

Du mich? – Ich habe ja schon einen Mann.

DerKleine

Ja – (wobey er den Grafen mit schiefem verächtlichen Blicke vom Kopf bis zu den Füßen übersah) – den hätt' ich nicht genommen.

DieGräfin

Warum denn nicht?

DerKleine

Weil er so viel Silber auf dem Rocke hat.

DieGräfin

Du wirst also vermuthlich kein Silber tragen, wenn wir einander heirathen?

DerKleine

Also wollen Sie mich? – Geben Sie mir Ihre Hand darauf!

DieGräfin

Hier ist sie. – Warum bist du denn aber dem Silber so gram?

DerKleine

Weil es zu gepuzt aussieht.

DieGräfin

Ich merke also wohl, du bist kein Liebhaber vom Gepuzten.

DerKleine

Garnicht! Wenn ich auch einmal ein großer Mann bin, geh ich doch nicht anders wie itzo.

DieGräfin

Was für ein großer Mann denkst du denn zu werden?

DerKleine

Das weis ich selber noch nicht recht. Sonst wollt' ich immer ein König werden: aber das gefällt mir nicht mehr. Ich will lieber zur See gehen und Länder entdecken.

DieGräfin

Da wirst du mich bald zur Wittwe machen.

DerKleine

Ja, wenn ich Sie heirathe! – (Vor Freuden that er zwey große Sprünge bey diesen Worten.) – Da bleib' ich lieber zu Hause bey Ihnen und werde recht gelehrt – recht erstaunend gelehrt! Hernach müssen die Leute aus der ganzen Welt zu mir kommen und mich sehen wollen: die Königin aus Saba muß zu mir kommen: da lös' ich ihr Räthsel auf.

DieGräfin

Die gute Frau ist schon lange todt.

DerKleine

Es wird doch wohl eine Andre wieder da seyn. Die bringt mir dann große Geschenke – Gold, Silber, Weihrauch –

DieGräfin

Du bist ja kein Liebhaber von Gold und Silber.

DerKleine

Ach, ich behalte nichts davon: ich schenke alles wieder weg, alles.

DieGräfin

Das ist edelmüthig. – Ich dächte, so ein munterer Bursch, wie du, gienge lieber in den Krieg.

DerKleine

Nein, das ist gar nicht meine Sache.

DieGräfin

Warum nicht?

DerKleine

Das Pulver macht schmuzige Hände: die Soldaten sehen mir alle zu wild aus; und im Kriege wird man ja todt geschossen!

DieGräfin

Du mußt die Andern todt schiessen, damit sie dich nicht todt schießen können.

DerKleine

Ich sollte Jemanden todt schießen? – Das könnt' ich nicht. Das thät mir so weh als wenn meine Mutter eine Henne abschlachtet. – Ich kann gar kein Blut sehn – (sezte er mit leisem Tone und halbem Schauer hinzu)

DieGräfin

Bist du so mitleidig?

Ach, seufzte der Knabe, und Thränen standen ihm in den dunkelblauen Augen, ich kann gar nicht sterben sehn! Auch keinen Menschen, dem etwas weh thut! Der lahme Görge hier in der Stadt – wenn ich den mit seiner Stelze kommen sehe – ach, da geh' ich allemal in eine andere Gasse, daß ich nicht vor ihm vorbey muß. –

Dort kömmt die Kutsche! unterbrach der Graf freudig ihr Gespräch, der unterdessen voller Ungeduld, wie auf Feuer, dagesessen, und nach der lange verschobnen Ankunft des blauen Staatswagens geseufzt hatte.

Bey seinem Vergnügen an der Pracht spielten Kutschen und Pferde keine geringe Rolle: er verschrieb sich alle mögliche Risse von Staatskarossen und den sämtlichen übrigen Arten von Wagen, und Niemand durfte ihm leicht ein merkwürdiges Fuhrwerk oder Pferdegeschirr nennen, ohne daß er nicht den Auftrag bekam, eine Zeichnung davon zu schaffen. Keine Schmeicheleyen und kein Geld wurden dabey gespart, den Zeichner und Kommissionar zur Beschleunigung seines Wunsches aufzumuntern: empfahl sich einer unter den erhaltnen Rissen durch unwiderstehliche Schönheiten, so wurde er ausgeführt, und jedesmal, wenn so ein neues Werk vollendet und zum erstenmale gebraucht wurde, empfieng das ganze Schloß einen Schmaus, wie andere Leute zu geben pflegen, wenn sie ein Haus gebaut haben. Schade war es nur, daß die herrlichen Gebäude allemal aus einem doppelten Grunde unbrauchbar und meistens auch ziemlich abgeschmackt waren: seine Leidenschaft für die Pracht zog Schönheit und Geschmack so wenig zu Rathe, daß jedes Fleckchen von der Decke bis zur Radeschiene, von dem äußersten Ende der Deichsel bis zu der äußersten Spitze des lezten Eisens hinter dem Kasten, mit Gold beklebt werden mußte, wofern es andre Ursachen nur im mindsten zuließen: auf der andern Seite wollte sein Geiz – wovon ihm eine starke Dosis zu Theil geworden war – jenen prächtigen Kunstwerken die Dauerhaftigkeit einer ägyptischen Pyramide geben und rieth ihm, sie so massiv, so plump bauen zu lassen, daß selten eine Kutsche nach geendigter Schöpfung mit weniger als acht Pferden von der Stelle gebracht werden konnte. Dieselben Ursachen machten auch seine Pferdegeschirre zu wahren Meisterstücken des schlechten Geschmacks: sie waren alle so schwer, daß unter der kostbaren Last die armen Rosse ihres Lebens nicht froh wurden und meistens zwey Tage eine Entkräftung fühlten, wenn sie einmal eine Stunde lang in ihrem ganzen Schmucke an so einem vergoldeten Hause gezogen hatten. Bey einer solchen Bewandniß ist es kein Wunder, daß der Herr Graf während der vorhergehenden Unterredung seiner Gemahlin mit dem kleinen Herrmann so lange auf den blauen Wagen warten mußte, ob er gleich beinahe schon angespannt war, als der Spaziergang eröffnet wurde: das ungeheure Gebäude konnte bey der gewaltigen Hitze nicht anders als in dem Tempo eines gemeinen Mistwagens fortbewegt werden, und noch blieben die niedergeschlagnen Pferde alle sechs Schritte einmal stehen, um auszuschnauben.

Endlich langte die blaue fensterreiche Karosse bey der Linde an: sechs Perlfarben zogen sie unter einem blausamtnen, mit goldnen Tressen und unzählbaren Schnallen gezierten Geschirre: sie hiengen traurig den schöngeflochtnen, mit goldnen Rosen geschmückten Hals, und fühlten ihr glänzendes Elend so stark, daß sie nicht einmal die funkelnde Quaste auf dem Kopfe schüttelten. Graf und Gräfin stiegen hinein, und ohne daß man es gewahr wurde, wie ein Wind, wischte der kleine Herrmann hinter ihnen drein – pump! saß er da, dem hochgebornen Paare gegenüber. Der Graf erschreckte ihn zwar durch die auffahrende Frage – »was willst du hier?« – allein der Knabe antwortete ihm unerschüttert: »Ich will einmal sehn, wie sichs in so einem Wagen fährt.«

Unterwegs machte er sehr oft die Anmerkung, daß diese Art zu fahren für ihn erstaunend langweilig wäre, bezeugte auch zuweilen ein großes Verlangen, aus dem Kasten herauszugehn, und da ihn die Gräfin zur Ruhe vermahnte, versicherte er, daß er nur aus Liebe zu ihr sich so lange darinne zurückhalten ließe.

Allmählich begann der zweite Akt des Spatziergangs. Wenn der Graf sich bey dieser Sonntagskomödie mit der ganzen Commun seiner Residenz einige Zeit von der Sonne hatte sengen und brennen lassen, erschien gewöhnlich, wie itzo, eine von seinen schwerfälligen Staatskutschen, worinne er mit der Langsamkeit einer Leichenbegleitung durch die Alleen eines Lustwäldchens fuhr: die ganze Stadt folgte ihm alsdann zu Fuß auf beiden Seiten und hinten nach, und jeder Knabe hatte die Erlaubniß, ein Band, ein Schnupftuch oder jede andre Sache, die weich genug war, um keine Beulen zu machen, wenn sie einen Kopf traf, in den Wagen zu werfen. Nach geendigter Spatzierfahrt sammlete der Kammerdiener alle hineingeworfne Lappen in einen Korb, trat mit ihm mitten auf den Schloßhof, die Stadtjugend stellte sich in einem Zirkel um ihn, und sobald der Graf das Fenster öfnete, fieng er an, ein Band, ein Tuch nach dem andern in die Höhe zu halten und nach dem Eigenthümer desselben zu fragen: wer sich dazu bekannte und sein Recht aus gültigen Gründen beweisen konnte, erhielt bey der Rückgabe etwas Geld: waren die Ansprüche so verwickelt und zweifelhaft, daß sich der Kammerdiener ohne Verletzung seines Richtergewissens nicht zu entscheiden getraute, so mußte der Zweykampf den Ausschlag thun: die Kompetenten traten in die Mitte des Kreises, rangen mit einander, und wer den andern zuerst niederwarf, besaß das Band und den damit verbundnen Preis ungestört bis in alle Ewigkeit, wenn es auch gleich dem Ueberwundnen gehörte. Während der Austheilung wurde ein Faß voll Bier in Bereitschaft gesezt, auf einen kleinen Wagen geladen; und hatte jedes Band seinen Besitzer gefunden, so spannte sich ein Trupp Knaben daran und zog ihn, Musik voraus, in den herrschaftlichen Garten, wo in einem alten Pavillon die Mädchen warteten, um mit ihnen gemeinschaftlich den Abend unter Tänzen und Liedern hinzubringen. Sehr oft sah der Graf mit seiner Gemahlin ihren jugendlichen Ergötzlichkeiten zu, wenigstens waren doch auf allen Fall die Eltern zugegen, um Unordnungen vorzubeugen und durch ihre Gegenwart Reizungen zu unterdrücken, welche der Tanz leicht erweckt.

Der kleine Herrmann, der aus Liebe zur Gräfin die ganze Fahrt hindurch bis zur Ankunft auf dem Schlosse in der Kutsche ruhig ausgehalten hatte, bat sich die Erlaubniß aus, bey der darauf folgenden Preisaustheilung die Stelle des Kammerdieners zu vertreten: und auf Zureden seiner Gönnerin bewilligte ihm der Graf seine Bitte. Er sammlete die zahlreichen Bänder und Tücher aus dem Wagen mit eilfertiger Geschäftigkeit zusammen und trat mit dem völligen feyerlichen Anstande eines Richters, unter der Begleitung des Kammerdieners, der Korb und Geld neben ihm her trug, in den Kreis seiner erstaunten Kameraden. Sie murmelten zwar einander einige kleine Hönereyen zu, daß ihres Gleichen über sie erkennen sollte: allein Graf und Gräfin öfneten das Fenster, und man schwieg. Der neue Richter schwenkte ein Band in die Luft, fragte, wem es gehörte, gab es dem ersten, der mit einem deutlichen **Mir** antwortete, aber kein Geld, verfuhr mit den übrigen eben so, und Niemand bekam Geld. Der Kammerdiener, dieser neuen Praxis ungewohnt, wollte ihm ins Amt greifen; die ganze versammelte Jugend wurde schwürig und wollte die alte Prozeßordnung hergestellt wissen: doch die Gräfin rief – »laßt ihn nur machen!« – und man mußte sich beruhigen. Als der Korb ausgeleert war, befahl er einem Jeden nach der Reihe, seine eingelösten Bänder zu zählen, und wer die meisten hatte, bekam das wenigste Geld: ein einziger Knabe, der nur eins in den Wagen geworfen und auch nur eins zurückgefodert hatte, erhielt den höchsten Preis – gerade so viel, als alle übrige zusammen. Natürlich mußten die Andern über ihre getäuschte Unverschämtheit unwillig werden, und weil kein Mittel zu einer größern Rache vorhanden war, schimpfte, schmähte, verspottete man die neue Weisheit des Richters: der Kammerdiener, dem es auch nicht anstund, daß der Knabe klüger seyn wollte, als er alter Mann, suchte ihn anzuhetzen und in einen Streit zu verwickeln, wo er nothwendig den Kürzern ziehen würde. Leid' es nicht! zischelte er ihm leise zu: allein er bekam nichts als die stolze Antwort – »Das schadet mir nichts, ich bleibe dennoch, wer ich bin« – und so wanderte unser kleine Herrmann, voll edlen Bewußtseins, nach dem Zimmer des Grafen.

Der Empfang von Seiten der Gräfin war ungemein lebhaft und freundlich, und selbst ihr Gemahl fühlte in dem Verfahren des Knaben bey der Preisaustheilung so etwas, das mehr als einen gemeinen Geist voraussezte. Sie lobten ihn beide, beschenkten ihn, und der Graf gab sich selbst die gnädige Mühe, ihn mit hoher Hand in seinen Staatszimmern herumzuführen; denn nach seinen Begriffen war es die größte Gnadenbezeugung, wenn er Jemandem Gelegenheit gab, ihn in seiner Pracht zu bewundern. – Wie gefällt dir das alles? fragte der Graf. – »Ganz wohl, erwiederte der Knabe; nur das viele Gold kann ich nicht leiden.« – Was möchtest du nun am liebsten unter allen diesen Sachen haben? fieng die Gräfin an. – »Nichts als das!« antwortete der Kleine und wies auf ein Porträt der Gräfin.

Die Vorstellung – »ich gefalle« – verbreitet über weibliche Nerven jederzeit so eine eigne lebhafte Behaglichkeit, daß ihr ein Frauenzimmer auch bey einem sechsjährigen Knaben nicht widerstehen kann: die Gräfin gieng, ohne ein Wort zu sagen, in ihr Zimmer und kam mit einem Miniaturgemählde zurück, das sie ihrem Lieblinge – denn das war er nun völlig – zum Geschenk überreichte. – Wenn dir, sagte sie, die Frau auf dem großen Gemählde hier so wohlgefällt, so will ich dir ihr Porträt im Kleinen geben: behalt es zu meinem Andenken! – Der Knabe that einen freudigen Sprung, seine ganze Miene wurde Vergnügen, er küßte das Bild etlichemal und bat um ein Band: die Gräfin vertröstete ihn bis zur Zurückkunft in ihr Zimmer: hurtig machte sich der galante Bube sein Knieband los, zog es durch das Oehr des Porträts und hieng es um den Hals. – »Mein Orden ist tausendmal schöner als Ihrer,« sprach er zum Grafen und drückte sich das Bild so fest an die Brust, daß die Gräfin sich nicht enthalten konnte, ihm für diese unschuldige Schmeicheley einen derben Kuß auf die runden rothen Backen zu drücken.

Man öfnete die beiden Flügel der Thür: der Graf erblickte die Spieltische in völliger Bereitschaft: – »zum Spiel!« rief er und bot seiner Gemahlin die Hand, die sie ungern annahm, weil sie sich von ihrem kleinen Liebhaber trennen sollte. Zugleich gab er einem Laufer Befehl, den Knaben zu seinen Eltern zurückzubringen: das war ein Donnerschlag für den armen Verliebten. Er schluchzte, gieng niedergeschlagen und langsam zur Gräfin, faßte ihre Hand, küßte sie und brach in lautes Weinen aus: die Dame ward durch die kindische Betrübniß so gerührt, daß ihr eine Thräne über die Wange herabrollte: mit hastiger Bewegung riß sie den weinenden Knaben zurück, gab ihm zween recht feurige Küsse, reichte mit einem Seufzer dem versilberten strotzenden Herrn Gemahle die Hand und gieng an den Spieltisch.

Die Mutter erwartete ihn an der Thür, als er mit dem Laufer angewandert kam, und empfieng ihn mit lautem Jubel über das Glück und die Gnade, die ihm heute widerfahren wäre, und belud seinen Ueberbringer mit so vielen unterthänigsten und allerunterthänigsten Danksagungen dafür, daß sie einen Maulesel nicht schwerer hätte bepacken können. Desto mehr war der Vater wider sie und seinen Leibeserben aufgebracht: er hielt es schlechterdings für eine Beschimpfung seiner Familie, daß sein Sohn sich zu dem Grafen drängte, und wollte ihn kraft der väterlichen Gewalt, zu seinem Besten, mit einer nachdrücklichen Züchtigung bestrafen, wenn nicht die Mutter noch zu rechter Zeit hinzugesprungen wäre und den armen Jungen unter dem ausgeholten Ruthenhiebe weggerissen hätte. – »Mag er mich schlagen! sagte der kleine Heinrich; hab ich doch mein liebes Bild« – und dabey küßte er das Porträt der Gräfin.

Dies war, beyläufig gesagt, der Zeitpunkt, wo das Stadtpublikum an der ehelichen rechtmäßigen Zeugung des Knaben zu zweifeln anfieng.

DRITTES KAPITEL

Die Gräfin, die – wie man bereits gemerkt haben wird – mehr eitel, als stolz, war, fand in der kindischen Liebe des kleinen Herrmanns so viel schmeichelndes, daß sie nach aufgehobner Tafel, als sie ihr Gemahl auf ihr Zimmer gebracht hatte, das Gespräch sogleich auf ihn lenkte. Sie bestand darauf, daß man einem so viel versprechenden Subjekte eine beßre Erziehung verschaffen müßte, als er bey seinen Eltern haben könnte, und that deswegen den Vorschlag, ihn auf das Schloß zu nehmen und den Unterricht und die Aufsicht des Lehrers mitgenießen zu lassen, den man ohnehin für die kleine *Ulrike* – eine arme Schwestertochter des Grafen – bezahlte. Ihr Gemahl machte zwar Einwendungen, und darunter eine, die weiser war als alle, die er gewöhnlich zu machen pflegte: er besorgte nämlich, daß man den Knaben durch eine vornehme, seinem Stand und Vermögen nicht angemeßne Erziehung nur unglücklich machen werde. Wir geben ihm, sagte er, eine Menge Bedürfnisse, die er in seiner Eltern Hause nie würde kennen lernen; wir fachen seinen Ehrgeiz nur noch mehr an, da er schon für sich stark genug ist; durch den beständigen Umgang mit dem andern Geschlechte wird seine natürliche Empfindlichkeit erhöht, er wird weichlich, wollüstig und vielleicht gar ein Geck. Haben Sie nicht seinen übermäßigen Stolz bemerkt? – Wenn man sieht, daß er Ihr Liebling ist, wird ihm Jedermann schmeicheln, um Ihnen zu schmeicheln, und in zwey Jahren ist er sonach der verdorbenste, aufgeblasenste und unerträglichste Bursch, der Niemanden in der Welt achtet, als sich selbst. Ihre Güte ist auf alle Fälle zuversichtlich sein Unglück. – Es geht schlechterdings nicht, sezte er mit seinem gewöhnlichen peremtorischen Tone hinzu.

Der Graf machte sehr oft dergleichen gute oder schlechtere philosophische Anmerkungen und Einwendungen bey jeder Gelegenheit, aber niemals im eigentlichen Ernste, um zu widerlegen oder die vorgeschlagne Sache zu hindern, sondern blos aus Räsonnirsucht, um seinen vorgeblichen Verstand zu zeigen: räumte man ihm daher seine Einwürfe als unüberwindlich ein, so war nichts leichter, als ihn unmittelbar durch diese stillschweigende Anerkennung seiner Ueberlegenheit zu der nämlichen Sache zu bereden, die er bestritten hatte. Seine Gemahlin kannte alle feste und schwache Plätze seines Charakters so genau, daß sie eine Karte davon hätte zeichnen können, und gestand ihm deswegen in dem vorhabenden Falle mit betrübter Verlegenheit zu, daß es freilich unmöglich sey, so starke und vernünftige Gegengründe zu entkräften. – Man muß also darauf denken, sezte sie hinzu, wie man den Burschen auf eine weniger gefährliche Art unterstüzt.

Aber, fiel ihr der Graf ins Wort, man kann es ja versuchen: merkt man, daß er durch seinen Aufenthalt bey uns verschlimmert wird, so schickt man ihn wieder zu seinen Eltern. Aber freilich, liebe Gemahlin, Sie sind schwach: wenn Sie einmal etwas lieben, dann fällt es Ihnen schwer, sich davon zu trennen: Ihre Liebe wird gleich zu heftig.

Freilich wohl, gnädiger Herr! antwortete die Gräfin seufzend und zupfte mit einiger Verlegenheit an ihrem Kleide. Ich erkenne wohl, wie sehr Sie Recht haben, daß meine Liebe die Leute meistens verdirbt: ich fühle meine Schwäche in diesem Punkte. – Wir wollen den Burschen lassen, wo er ist.

Aber, nahm der Graf mit einer kleinen Hastigkeit das Wort, warum wollen Sie es denn nicht versuchen, wenn sie Ihr Vergnügen dabey finden? – Wollen Sie zuweilen eine kleine freundschaftliche Warnung von mir annehmen, im Falle daß Sie zu weit gehen –

DIE GRÄFIN

> O mit Freuden, gnädiger Herr. Sie wissen, wie willig ich mich von Ihnen leiten lasse, wie gern ich Ihre Vernunftgründe zugebe, daß ich leicht von etwas abstehe, wenn Sie es misbilligen –

DER GRAF

> Ja, ich kenne Ihre Güte –

DIE GRÄFIN

> Nennen Sie das nicht Güte, gnädiger Herr! Pflicht, Schuldigkeit ist es. Ich schätze mich glücklich genug, daß ich fähig bin, die Richtigkeit und Billigkeit Ihrer Einwendungen und Befehle einzusehen: auf keinen andern Verstand, als auf diesen, mache ich Anspruch.

DerGraf

War denn Ihre Absicht, daß der Knabe bey uns auf dem Schlosse wohnen sollte?

DieGräfin

Meine Absicht war es allerdings; denn eine doppelte, so ganz entgegengesezte Erziehung –

DerGraf

Würde ihn nur verderben! Was er in den Paar Stunden, die er sich bey uns aufhielt, Gutes lernte, würde er den übrigen Theil des Tages bey seinen Eltern wieder vergessen; die Fehler, die er bey uns ablegte, würde er dort wieder annehmen. Sein Vater ist ohnehin etwas ungeschliffen. Das thäte gar nicht gut: wenn er einmal besser erzogen werden soll, so muß er von der Lebensart seiner Eltern gar nichts mehr zu sehen bekommen. Zudem wäre mirs auch unangenehm, ihn unter uns zu leiden, wenn er hernach wieder mit seines Gleichen, mit gemeinen Jungen auf der Gasse spielen und herumlaufen dürfte.

DieGräfin

Ihre Bedenklichkeiten sind völlig gegründet: es läßt sich nicht das mindeste dawider einwenden. – Ich will mir die Grille wieder vergehen lassen: der Junge mag bleiben, wo er ist. –

Aber wozu denn? rief der Graf mit ereiferter Güte. Ich will dem Haushofmeister befehlen, daß er –

DieGräfin

Ich bitte Sie, gnädiger Herr! Verursachen Sie sich meinethalben nicht die Beschwerlichkeit, einen Jungen um sich zu sehn, der Ihnen freilich anfangs nicht mit der gehörigen Ehrerbietung begegnen wird –

DerGraf

Das besorge ich eben. Er hat noch keine Manieren, ist auch wohl zuweilen ungezogen: aber ich denke, er soll sich durch unsern Umgang bald bilden.

DieGräfin

Das hoff' ich! – Mir sollte die Sorge für seine Erziehung ein süßes Geschäfte seyn. – Nach einer kleinen tiefsinnigen Pause sezte sie traurig und mit nassen Augen hinzu: Da mir das Glück keine eignen Kinder zu erziehen giebt, muß ich die mütterlichen Vergnügen an fremden genießen.

Aber, warf ihr der Graf ein, Sie werden sich zu sehr an den Knaben fesseln, sich zu sehr mit ihm abgeben und dadurch eine unendliche Last auf sich laden.

DieGräfin

Meine Last dabey wäre sehr gering: allein für Sie, gnädiger Herr, könnte sie größer seyn, als ich wünschte. – Es mag unterbleiben.

DerGraf

Nein doch! Sie sollen sich schlechterdings meinetwegen kein Vergnügen versagen.

DieGräfin

Und ich will schlechterdings kein Vergnügen genießen, das Ihnen nur Eine misvergnügte Minute machen könnte. Wollte ich doch, daß ich nicht so unbescheiden gewesen wäre, Ihnen von meinem unüberlegten Einfalle etwas zu sagen!

DerGraf

Ihr Einfall muß befriedigt werden: ich geb' es nicht anders zu.

DieGräfin

Gnädiger Herr, ich müßte mir selbst Vorwürfe machen, wenn ich aus Unbesonnenheit Ihre Güte so mißbrauchte –

DerGraf

Ich will nun, ich will.

Nunmehr war er auf den Punkt gebracht, wohin er sollte: er sagte die lezten Worte mit so einem auffahrenden positiven Tone, daß nur noch Eine Gegenvorstellung nöthig war, um ihn zornig zu machen. War er einmal unvermerkt dahin geleitet, daß er die Sache selbst verlangen und befehlen mußte, die er anfangs bestritt und im Grunde sehr ungern sah, so hatte die Gräfin zu viel Feinheit, um seinen Stolz bis auf das äusserste zu treiben und einen wirklichen Zorn abzuwarten, sondern sie ergab sich nunmehr mit anscheinendem Widerwillen. – Ich unterwerfe mich Ihrem Befehle, sprach sie mit einer tiefen Verbeugung und küßte ihm ehrerbietig die Hand: Sie können meiner Dankbarkeit gewiß seyn, und eben so sehr meiner Folgsamkeit, so bald Ihnen Ihre Güte nur die mindste Beschwerlichkeit –

Denken Sie nicht mehr daran! unterbrach sie ihr Gemahl. Ihr Vergnügen und das meinige können nie ohne einander seyn. –

Er sagte gleich darauf mit der verbindlichsten Freundlichkeit gute Nacht und trieb die Verbindlichkeit so weit, daß er unmittelbar nach seiner Ankunft in seinem Zimmer bey dem Ausziehen dem Kammerdiener Befehl gab, noch denselben Abend zu dem Einnehmer *Herrmann* zu gehen und ihm zu melden, daß er sich morgen früh um sieben Uhr vor des Grafen Zimmer einfinden solle.

Die ganze Herrmannische Familie lag schon in tiefem Schlummer: der Hausvater schnarchte bereits so lieblich und mit so mannichfaltigen Veränderungen alle Oktaven durch, daß die arme Ehegattin an seiner Seite nicht fünf Minuten zusammenhängenden vernünftigen Schlummer zuwege bringen konnte. Eben war es ihr geglückt, alle Hindernisse zu überwältigen und in einen sanften erquickenden Schlaf dahinzusinken, als der Kammerdiener des Grafen an der Thür rasselte, und da er diese verschlossen fand, an die niedrigen Fensterladen so emphatisch mit geballten Fäusten anpochte, daß die beiden Eheleute vor Schrecken im Bette weit in die Höhe prellten. Halb aus Scham, halb aus Furchtsamkeit wollte die erwachte Frau das Fenster nicht öfnen, sondern stieß den wieder eingeschlafnen Gemahl so heftig in die Ribben, knipp ihn in die Wangen und paukte ihm endlich so derb auf der Brust herum, daß sich der arme Mann mit einem erstickenden Husten aufrichtete und ein schlaftrunknes »Was giebts?« herauszukrächzen anfieng, als der ungeduldige Kammerdiener mit verdoppelter Stärke an den Laden donnerte. Urplözlich raffte sich der Mann in der Betäubung auf, rennte an das Fenster, riß den Laden auf, faßte den Abgesandten des Grafen bey dem Kopfe und schüttelte ihn mit so lebhaftem Grimme, daß er vor Schmerz laut zu heulen anfieng. – Ich bins ja, rief er einmal über das andre und nennte seinen Namen. – So? sind Sies? rief Herrmann voller Erstaunen. Hier haben Sie Ihre Haare wieder. – Er hatte dem armen kahlköpfichten Alten in der Hitze der vermeinten Beleidigung fast das ganze kleine Tupé ausgerissen, und lieferte es ihm, wie ers zwischen den Fingern hielt, unbeschädigt wieder aus. Natürlich konnte eine so gewaltthätige Scene nicht ohne Wortzank ablaufen: beide stritten und schimpften, bis sich die Frau vom Hause einfand, ihren Mann vom Fenster wegzog und sich höflich bey dem Kammerdiener nach seinem Verlangen erkundigte: er richtete seine Bothschaft aus und gieng mit einer angenehmen Ruh, sein ausgerauftes Tupé in der Hand, nach dem Schlosse zurück.

Unbekümmert, ob dieses hohe Verlangen des Grafen nach der Gegenwart des alten Herrmanns Gnade oder Ungnade für ihn bedeuten möchte, legte er sich wieder ins Bette und brummte nicht wenig, daß man ihn um einer solchen Kleinigkeit willen in dem Schlafe störte. Seine Ehefrau hingegen, die den Werth der Bothschaft besser fühlte, warf sogleich ihren kattunen ziegelfarbnen Nachtmantel um sich, zündete Licht an und war schon von so großen Gedanken schwanger, daß ihr beide Backen vor Erwartung glühten. Sie wollte ihre Muthmaßungen ihrem Manne mittheilen, aber da war keine Antwort! Als eine sorgsame Hausfrau, holte sie das feinste Hemde ihres Mannes herbey, nähte daran zwey starre ungeheure Manschetten, wo auf einem musselinen Grunde große Tulpen und Rosen in einem Relief von dickem Zwirne prangten. Oft ruhte die Nadel, und oft rückte in vielen Minuten die Arbeit nicht um Einen Stich weiter; denn die geschäftige Einbildungskraft unterhielt die gute Frau mit einer solchen Menge Aussichten, Gnadenbezeugungen und Lobsprüchen über das Verhalten ihres Sohns – der nach ihrer Meinung den verlangten Besuch veranlaßt haben mußte – mit so herrlichen Scenen künftiger Größe und künftigen Wohlseyns, daß sie sogar in der Selbstvergessenheit zweimal die Arbeit unter den Tisch fallen ließ; und der Nachtwächter meldete eben grunzend unter ihrem Fenster, daß es zwölfe geschlagen habe, als sie den lezten Knoten machte. Darauf ergriff sie das beste

Kleid in ihres Mannes Garderobe, jagte den Staub mit lauten Stockschlägen heraus und bürstete so lange, bis sich kein Fäserchen mehr darauf blicken ließ. Die lezte und beschwerlichste Arbeit war noch übrig: die Stuzperücke mußte beinahe ganz umgeschaffen werden: Hofnung und Freude gaben ihren Händen ungewöhnliche Geschicklichkeit, sie schlugen meisterhafte Locken: alle gelangen auf den ersten Wurf, als wenn sie ein schöpferisches Dichterfeuer belebte, und nunmehr wurde, in Ermangelung des Puders, durch ein Sieb auf die schöne Frisur in so reichlichem Ueberflusse Mehl gestreut, daß der stattliche Stuz in der schlecht erleuchteten Stube wie ein Morgenstern glänzte. Wirklich fieng auch schon die Morgendämrung an, als sie mit Wohlgefallen den lezten Blick auf ihre Arbeit warf und zum Bette zurückkehrte.

Die Ruhe war unmöglich: ihre Gedanken ließen sie nicht einschlafen: kaum krähte der Hahn zum zweitenmale, als sie wieder aufsprang, um den übrigen Staat für ihren Mann in Bereitschaft zu setzen. Sie weckte ihn, und machte indessen Anstalt zum Kaffe.

Herr Herrmann dehnte sich dreimal mit einem lauten Stöhnen und stund auf, achtete weder des schöngepuderten Stutzes, noch der blumenreichen Manschetten, noch des übrigen wohlgesäuberten Putzes, ob er gleich ausgebreitet vor seinen Augen dalag, sondern zog seine gewöhnliche Alltagskleidung an, einen grautuchnen Ueberrock und graue wollne Strümpfe, kämmte sein Haar in Eine große Rolle, wie es ihm von sich selbst zu fallen beliebte, und pfiff dabey ein sehr erbauliches – »Wach auf mein Herz und singe.«

Die Frau brachte den Kaffe, und der Aerger erstickte den guten Morgen, den sie schon halb ausgesprochen hatte, als sie ihren Mann in seiner schlechten Alltagsmontur erblickte: sie ward bleich, zitterte, sezte den Kaffe auf den Tisch, stemmte die Arme in die Seiten, wollte sehr pathetisch in Verwunderung und Vorwürfe ausbrechen und – verstummte: der Aerger schnürte ihr die Kehle zu. Sie giing hinaus in die Küche und weinte bitterlich. Indessen schenkte sich ihr Ehegatte ein und pfiff dabey sein Morgenlied so munter und so durchdringend hell, wie ein Gimpel, schlurfte einen Schluck aus der Tasse und pfiff weiter, suchte seine Tabakspfeife, fand sie nicht, fluchte ein Paar Donnerwetter und pfiff weiter. Wie unsinnig lief er mit abwechselndem Fluchen und Pfeifen in der Stube herum, störte alles um, wo eine Tabakspfeife versteckt seyn konnte, stieß an den Perückenstock, daß der schöne Stuz über das saubre braune Kleid herunterstürzte und auf seinem ganzen Wege, wie ein ausgeschütteter Mehlsack, eine dicke Wolke von sich blies: eine Flasche mit einem Reste vom gestrigen Abendtrunke rollte nach langem Taumeln über den Tisch hin und ließ eine große See von Bier zurück, ehe sie auf den Fußboden herabsprang und in kleine Scherben zerbrach.

Das Geräusch der zerbrechenden Flasche rief die erschrockne Ehefrau in die Stube: sie trat betrübt, mit rothen aufgelaufnen Augen herein, als eben ihr wütender Gemahl das trefliche Hemde zusammengedrückt in der Faust hielt, und ohne sich zu bedenken, in die Biersee gerade hineinwarf. – »Ach!« rief die Frau an der Thür aus, und ein Strom von Thränen brach ihr aus den Augen. Ohne ihren schmerzhaften Seufzer wahrgenommen zu haben, drehte sich der Mann und lief hastig auf sie zu. – Nillchen, Nillchen! schrie er, wo ist meine Pfeife?

Die Frau konnte ihm mit nichts antworten als mit Thränen und einem doppelten – Ach!

Nillchen, was ist dir denn? fragte er und suchte in dem Tischkasten. – Was ist dir denn?

DIEFRAU

Ach! du wirst mich noch vor der Zeit ins Grab bringen.

DERMANN

Schaff mir nur erst meine Pfeife! – Ich dich ins Grab? – Warum denn, Nillchen?

DIEFRAU

Du fragst noch? – Sieh nur, was du gemacht hast! dann brauchst du gewiß nicht mehr zu fragen.

DERMANN

Was hab' ich denn gemacht, Nillchen? – Ja, etwas umgeworfen! die Flasche zerbrochen! Warum thust du alle die Sachen nicht an ihren rechten Ort?

DIE FRAU

So? – Erst sitz' ich die ganze Nacht auf und breche mir den Schlaf ab; und hernach bin ich gar noch Schuld daran, wenn du, wie ein Heide, alles zerschlägst und verdirbst?

DER MANN

Du hast nicht geschlafen? – Warum denn, Nillchen?

DIE FRAU

Warum denn als deinetwegen? – Hab' ich denn nicht gesessen und genäht, daß mir das Blut aus den Nägeln hätte springen mögen? –

Da liegts, das schöne Hemde! fuhr sie nach einer Pause schluchzend fort und wischte sich mit der Schürze die Augen. – Da liegts! ich kanns vor Jammer gar nicht ansehn.

DER MANN

Ja – und mein schönes braunes Kleid – ach Zeter! wer hat denn das so entsetzlich zugerichtet? das sieht ja aus als wenns im Mehlkasten gesteckt hätte. Kehr' es doch, Nillchen!

DIE FRAU

Daß ich eine Närrin wäre! Wer den Unflath gemacht hat, *salva venia*, der mag ihn wieder wegkehren.

DER MANN

Wer hats denn gethan? – Doch wohl der Junge? Die Brut hat niemals die Gedanken beysammen.

DIE FRAU

Ja, der Junge! der gute Junge hat die Gedanken besser beysammen als der Vater.

DER MANN

Wär ichs gewesen?

DIE FRAU

Wer denn sonst? – Ich habe an der Perücke gekämmt, daß mir der Arm noch wehe thut: wer siehts ihr nun an? – Ich möchte dir sie gleich ins Gesicht werfen.

DER MANN

Spaße nicht, Nillchen!

DIE FRAU

Ja, ich und der Spaß, wir kämen wohl zusammen! – Was willst du denn nun machen, du alter Schmaucher? Du wirst doch nicht in der häßlichen Kutte zum Grafen gehn wollen? Was würde denn der Herr sprechen?

DER MANN

Mag er sprechen, was er will! Wenn ich ihm so nicht gut genug bin, so mag er mich lassen, wo ich bin: ich verlange ja nicht nach ihm.

DIE FRAU

Schäme dich, Adam! so eine hohe Gnade!

DER MANN

Ich mag keine von ihm. Ich habe so lange ohne sie gelebt –

DIE FRAU

Adam, sey doch nicht so grießgrämicht! Sey ja hübsch freundlich gegen den Herrn Grafen! bücke dich fein tief und antworte nicht immer so kurz weg, wie du zu thun pflegst! Daß du ja nicht so schlecht hin »Ihr Diener« zum Herrn Grafen sprichst: er nimmts sehr übel, wenn man nicht unterthäniger Diener sagt.

DER MANN

Nillchen, ich will sagen, wie mirs gefällt. Ich thue dem Grafen meine Arbeit redlich, und er giebt mir dafür mein Brod: außerdem bin ich weder sein unterthäniger noch sein gehorsamer Diener; aber *sein Diener* bin ich – denn er bezahlt mich dafür – nicht ein Haar breit mehr noch weniger!

DIEFRAU

Es ist aber doch einmal Mode –

DERMANN

Ach was Mode! die Mode gehört für die Narren: genug ich gebe mich für nichts schlechteres aus, als ich bin. – Mache mir den Kopf nicht warm, Nillchen! ich bin so heute nicht aufgeräumt, daß ich meine Pfeife nicht habe.

DIEFRAU

Du hast ja izt keine Zeit zum Rauchen. Wenn du nun mit dem Tabaksgeruche zum Grafen kämst –

DERMANN

Mag er sich die Nase zuhalten, wenn ihm mein Geruch nicht ansteht! Ich verlange nicht von ihm, daß er sich nach mir richten soll: aber ich werde mich auch nicht nach ihm richten. Das wär der erste, ders so weit bey mir brächte.

DIEFRAU

Zieh dich nur allgemach an –

DERMANN

Anziehn? Wozu denn? – Nicht eine Faser! Wenn ich mir in dem Rocke nicht zu schlecht bin, so werd' ichs dem Grafen wohl auch nicht seyn.

DIEFRAU

Du alter Adam! man hat doch nichts als Schande von dir.

DERMANN

Nillchen, Nillchen! nicht zu viel geschwazt! –

Ist es denn nicht wahr, schluchzte die Frau mit halb weinendem Tone. Ich werde gewiß noch vor Aerger über dich sterben.

DERMANN

Sey kein Narr, Nillchen!

DIEFRAU

Wenn ich nur schon todt wäre! – (Dabey brach sie in völliges Weinen aus.) – Ich muß mich ja in die Seele schämen, wenn die Frau Gräfin meinen Mann so einhergehen sieht, wie einen schmuzigen Budel –

DERMANN

Nillchen, es klopft Jemand. –

Nillchen öfnete die Thür, und es trat ein abermaliger Bote vom Herrn Grafen herein, der ihn mit Ungeduld erwartete. Er nahm Hut und Stock und gieng, ohne ein Wort zu sagen, fort, ob ihm gleich seine Frau mit Thränen um den Hals fiel und ihn um Gottes willen bat, sie und die ganze Familie nicht durch seine schlechte Kleidung zu entehren.

Thränend gieng sie an das Fenster, sah durch die Scheibe dem Starrkopfe nach und bedachte nunmehr erst, daß sie ihm nicht hätte widersprechen sollen, um ihn dazu zu bewegen, was sie wünschte. Nicht weniger war sie nunmehr wegen seiner Aufführung bey dem Grafen besorgt.

Der Graf bat ihn mit ungewöhnlicher Herablassung, daß er ihm und seiner Gemahlin die Erziehung seines Sohns überlassen möchte, und stellte ihm, statt der Bewegungsgründe, die große Liebe und Gnade der Gräfin für den Knaben und die wichtigen Vortheile vor, die diesem in Ansehung seines künftigen Glücks daraus zuwachsen würden: er suchte seinen Eigennuz und Ehrgeiz in das Spiel zu ziehen und führte ihm zu Gemüthe, daß er ohne die mindsten Unkosten auf diese Weise einen Sohn erhalten werde, der alle Stadtkinder an Bildung, Wissenschaft und guten Manieren übertreffe. Der alte Herrmann stand unbeweglich da, beide Hände über einander auf den Knopf seines knotichten Stocks gelegt, die eine hinterste Spitze seines großen Hutes zwischen den zwey Vorderfingern der linken Hand. – Nein, sagte er endlich trocken, als ihn der Graf fragte, was er zu thun gesonnen wäre – Nein, daraus wird nichts. Wer den Jungen gemacht hat, wird ihn auch erziehen. Mein Sohn soll kein Schmarotzer bey Grafen und Edelleuten werden. Wenn er so viel lernt, wie ich, daß er sich sein Brod nothdürftig verdienen kann, da hat er genug: nach den übrigen Fratzen soll er mir nicht eine Hand aufheben. –

»Aber ihn an seinem Glücke, an seiner Bildung zu hindern, ist doch sehr unvorsichtig« – wandte ihm der Graf ein.

Bildung hin, Bildung her! fiel ihm Herrmann mit auffahrendem Tone ins Wort. Mit dem Kopfe an die Wand wollt' ich ihn rennen, daß er krepirte, wenn so ein Scheiskerl aus ihm würde, so ein gepuzter grinzender Tellerlecker, der um die Vornehmen herumkriecht und ihnen den Dreck von den Händen küßt. – Pfui! daß dich der Henker holte!

DER GRAF

Es ist ja doch besser, daß er nicht so roh bleibt wie sein Vater. –

HERRMANN

Roh! das bin ich, das will ich seyn, und wer mich nicht so leiden kann, der mag mich lassen, wo ich bin. Ich habe in meinem Leben keinem vornehmen Narren aufgewartet. Ich habe das meinige auf Schulen und Universitäten gethan, und weit mehr als mancher, der mit sechs Pferden fährt und Wunder denkt, was er für ein großer Götze ist. Weil ich nicht um Sterne und Ordensbänder herumspringen und vornehmen Speichel lecken wollte, wurd' ich freilich nur Einnehmer in einer hochgräflichen Herrschaft: aber ich mache mir einen Quark aus allen den Titeln und den großen Aufschneidereyen. Ich will Vornehmen ehrlich und redlich arbeiten, und sie sollen mich dafür bezahlen; und dann hundert Schritte vom Leibe! So denk' ich, und so soll mein Junge auch denken.

DER GRAF

Es ist Schade um das Kind, daß es so einen ungeschliffenen Vater hat.

HERRMANN

Seht mir doch! Sie denken wohl gar, daß Sie dem König Salomo aus dem Steiße gefallen sind. Weil ich nicht immer an Ihrem Rockzipfel kaue, wie die andern dummen Jungen, die, wie angepuzte Strohwische, da in Ihrem Vorzimmer herumstehen; weil ich nicht immer bey jedem Worte die Nase zwischen den Beinen stecken habe und mir nicht alle acht Tage mit Reverenzen ein Paar Mastrichter Sohlen entzweyscharre; weil ich nicht immer schmunzle, mich krümme und winde, wie ein Ohrwurm, nicht immer Zeitungen zutrage, nicht immer – mit Respect zu sagen – jeden Quark lobe und bewundere, der Ihnen aus dem Maule fällt, als wenns die goldnen Sprüche des Pythagoras wären: deswegen bin ich ungeschliffen! Deswegen nehmen Sie auch solche Schafköpfe in ihre Dienste und machen sie zu Ihren Lieblingen, damit sie Ihnen beständig den Kopf grauen, weil sie selber keinen haben. Wenns etwas zu schmeicheln, zu verläumden, zu höhnen oder zu schmarotzen giebt – ah! da sind sie die ersten: aber wenn einmal Holland in Noth ist, da stehn die Schurken alle da und blöcken die Zungen, wie die Löwen um Salomons Thron. Ich bin ein ehrlicher Mann, und weiter will ich nichts seyn. –

Der Graf, der sich durch diese derbe Lektion mehr getroffen fühlte als er wünschte, und doch über einen Mann nicht zürnen konnte, der ihm wegen seiner Dienste unentbehrlich war; auch sich einmal in den Besitz des Rechts gesezt hatte, schlechterdings ohne alle Sitten zu seyn – der Graf, sage ich, spatzierte während jener Rede auf und nieder und räusperte sich unaufhörlich, weil ihm zu viel daran lag, zum Hauptzwecke mit ihm zu kommen. Er antwortete deswegen kein Wort auf alle seine Vorwürfe, unterdrückte seinen Unwillen mit meisterhafter Selbstverläugnung, und kam, als die Beredsamkeit seines Moralisten noch einige Zeit in jenem Tone fortgelaufen war, auf die Hauptsache zurück, warum er ihn hatte rufen lassen. Er bat ihn izt, daß er seinem Sohne nur wenigstens auf einige Wochen den Aufenthalt auf dem Schlosse verstatten sollte, und zwar blos aus Gefälligkeit gegen die Gräfin.

Mit meinem Wissen nicht eine Minute! unterbrach ihn der Einnehmer. Es geschieht nicht, damit ist das Lied am Ende. Ich schämte mich, wenn ich Lust hätte, Kinder zu erziehen, und mir nicht selber eins schaffen könnte. Machen Sies wie ich! so brauchen Sie keins zu borgen. Wenn Sie sonst nichts wollen, so geh' ich.

Das kann Er! sagte der Graf mit empfindlichem Tone; und Herrmann hatte die Thür schon in der Hand, ehe er es herausgesagt hatte.

Warum es sich der Graf so sehr angelegen seyn ließ, den störrischen Mann zu einer Sache zu bewegen, die er im Herzen als eine große Gnade betrachtete, und Andere auch dafür angenommen hätten? – Dazu trieb ihn keine Ursache als die Politesse, seine oberste Geseggeberin. Aus Menschenliebe hatte er noch in seinem Leben sehr wenig Gutes gethan, aber aus Politesse ungemein viel: jene konnte man ihm ungestraft absprechen, allein wenn er in Ansehung dieser sich nur der mindesten Unterlassungssünde bewußt war, so quälte ihn ein solcher Gedanke so stark und verursachte ihm eine so unruhige Aengstlichkeit, als Mord und Todtschlag einem aufgewachten Gewissen. Selbst aus Liebe zu seiner Gemahlin, die er doch zu gewissen Zeiten recht herzlich zu lieben glaubte, bewegte er nicht Eine Hand; und wenn es zuweilen schien, als ob er die Erfüllung eines ihrer Wünsche mit so lebhaftem Eifer betriebe, um ihr eine Gefälligkeit zu erzeigen, so lag die Schuld fürwahr nicht an ihm, sondern an dem falschen Urtheile der Leute, die bey ihm die nämlichen Bewegungsgründe vermutheten, nach welchen sie vielleicht handelten: nein! **sich, sich** wollte er eine Gefälligkeit erzeigen: **sich** wollte er das süße Bewußtseyn verschaffen, daß er abermals einen rühmlichen Beweis seiner Galanterie und Politesse abgelegt habe. Jede solche Handlung war ihm gerade so lieb, als dem Helden ein erfochtener Lorbeer. Deswegen gieng er izt nach dem Abtritte des alten Herrmanns so unmuthig und trostlos im Zimmer herum, als ein Mensch, der in einer verdrießlichen Stellung weder ein noch aus weis; denn er hatte sich vorgenommen, der Gräfin mit dem kleinen Heinrich zu ihrem Geburtstage ein Geschenk zu machen, und der verzweifelte Geburtstag war schon übermorgen. Welch eine Noth!

VIERTES KAPITEL

Die Frau Herrmann konnte vor brennender Ungeduld die Rückkunft ihres Mannes nicht in der Stube abwarten: kein Tropfen Kaffe schmeckte ihr: sie mußte sich schlechterdings in die Thür stellen, wo sie noch mit glühenden Backen stand, als ihr Mann um die Ecke der nächsten Gasse herum kam. Gern wäre sie ihm entgegengegangen, wenn ihr nur der leidige Wohlstand nicht verboten hätte, sich im Neglische über die Thürschwelle zu wagen. – Warum geht er nur so langsam? – Ach! da führt der böse Feind gar einen Mann her, mit dem er spricht! – Die arme Frau möchte vergehen über dem ewigen Geschwätze: der Hals wird ihr ganz trocken, sie schmachtet vor Erwartung, sie kann auf keiner Stelle bleiben, thut bald einen Schritt vorwärts, bald einen rückwärts – Izt nehmen sie Abschied; izt kömmt er. – »Was wollte der Graf?« schwebt ihr schon auf der Zunge, sie steht unbeweglich da und strebt ihm mit Kopf und Brust entgegen – »Was woll« . . . ist schon ausgesprochen – O so muß doch der leibhafte Teufel mit im Spiele seyn: nicht zwey Schritte ist er von der Thür, da ruft ihn der Herr Nachbar ans Fenster: man möchte unsinnig werden: vor heute Abend erfährt die arme Frau gewiß nichts. – Die Thränen stehen ihr schon in den Augen vor Aerger, und dreymal knirscht sie unwillig mit den Zähnen – aber nein! sie hatten einander nur ein Paar Worte zu sagen, und der Mann kömmt mächtig dahergeschritten.

»Was wollte der Herr Graf?« rief ihm die Frau mit freudigem Tone entgegen, indem sie auf die unterste steinerne Stufe vor der Thür herabstieg. – Der Mann gieng in das Haus und antwortete nichts. –

»Adam, was wollte der Herr Graf?« wiederholte sie mit etwas stärkerer Stimme, als sie hinter ihm drein in den Hof gieng.

DERMANN

Was wollte er? – Nicht viel Gescheidtes! was solche Leute immer wollen!

DIEFRAU

Nun? so erzähle mir doch, Adamchen! – Dachte er nicht an unsern Heinrich?

DERMANN

Mehr als zu viel! – Das ist heiß! (und so jagte er mit seinem Stocke ein Paar Hühner von einer alten Schnizbank und nahm ihren Platz ein.)

Was sagte er denn von unserm Heinrich? sezte die Frau das Gespräch fort, indem sie sich mit halbem Leibe auf des Manns linke Schulter legte.

DERMANN

Kannst du dir einbilden, Nillchen? Er will unsern Jungen zu sich auf das Schloß haben und einen Narren aus ihm machen.

Ach! – that die Frau einen lauten Schrey vor Freude.

DERMANN

Aber ich hab' es ihm rund abgeschlagen.

DIEFRAU

Abgeschlagen! – (Dies sprach sie mit der leisen erlöschenden Stimme eines Kranken, der eben abscheiden will: in den Augen zogen sich schon eine Menge wehmüthige Feuchtigkeiten zusammen.)

DERMANN

Mein Junge soll nicht so ein Taugenichts, so ein Tagedieb werden, wie die Schlaraffengesichter, die da beständig hinter dem Grafen drein ziehen.

DIEFRAU

So eine hohe Gnade! und abgeschlagen! – Du bist ein recht ungeschlifner Mann – (wobey er einen wegstoßenden Schlag von ihrer Hand bekam.)

DERMANN

Der Graf mag seine Gnade für sich behalten; ich brauche sie nicht. Nicht den Hut nehme ich dafür ab. – Wo willst du hin, Nillchen?

DIEFRAU

Zur Frau Gräfin, um ihr zu sagen, daß mein Mann den Verstand verloren hat. –

Nillchen! bleib hier! antwortete er ganz gelassen und zog sie bey dem Rocke von hinten auf die Bank zurück. – Wenn du einen Schritt thust, Nillchen, fuhr er mit gesezgebendem Tone fort, um den Jungen bey der Gräfin anzuschmarotzen, so schließ ich ihn oben in den großen Kleiderschrank, daß ihn der Teufel nicht herauskriegen soll, so lange ich nicht will; und müßt' er gleich darinne verschmachten.

DIEFRAU

Das kannst du: ich geh doch. Ich will deine Grobheit nicht auch auf mich kommen lassen. –

Nillchen, sagte der Mann mit dem nämlichen kalten Blute und zog sie auf die nämliche Art bey dem Rocke zurück – da! halte meinen Stock! ich komme gleich wieder. –

Sie sezte sich; er gieng und kam nach einigen Minuten zurück. – Nun kannst du zur Gräfin gehn, sprach er trocken, nahm ihr seinen Stock ab und sezte sich.

Die gute Frau vermuthete wohl hinter dieser plözlichen Sinnesänderung einen bösen Streich und gieng also mehr aus Neubegierde, um zu sehen, ob er wirklich die Tollheit begangen habe, den kleinen Heinrich einzuschließen. Sie rief an dem Kleiderschranke und in allen Winkeln: nirgends war ein Heinrich, der ihr antwortete. Ihre Empfindlichkeit wurde durch dieses hämische Verfahren noch mehr gereizt – denn sie glaubte wirklich, ihr Mann habe ihn irgendwo versteckt – und wollte ihren Willen deswegen schlechterdings durchsetzen: hastig warf sie einen Theil ihres Neglisches von sich und wollte sich anputzen, um zur Gräfin zu gehn. Sie eilte zur Kommode – sie war verschlossen: Zum Schranke – er war verschlossen. Nun merkte sie wohl die Bosheit: ihr Mann hatte ihr vorhin, als er sie verließ, alle Kleider eingeschlossen und die Schlüssel zu sich gesteckt.

Sie wußte nicht, ob sie zu ihm zurückgehn oder bleiben sollte: endlich entschloß sie sich kurz, legte ihr Neglische wieder an und wanderte in den Hof zurück, fest entschlossen, Aerger und Verlegenheit zu verbergen.

Warum gehst du denn nicht? fragte der Herr Ehegatte, tückisch nach ihr hinschielend.

»Ich will warten bis Nachmittag,« erwiederte sie mit persistirendem Tone und ließ sich neben ihm nieder. Er saß da, beide Hände vor sich auf den Stock gestemmt, das Kinn auf die Hände gestüzt, den Blick vor sich hin nach dem Hause gerichtet: der linke Schoos des Ueberrocks hieng nach der Länge über die Bank hinten herunter. Hurtig wischte die Dame mit der rechten Hand leise in seine Tasche, holte einen Schlüssel heraus und – husch! damit in die andre Hand unter den Mantel! Die Rechte that noch ein paar solche heimliche Gänge, bis alle nöthige Schlüssel durch diesen Hokus Pokus sich unter ihrem Mantel befanden: alsdann that sie einen verstellten Seufzer, wandte mit angenommener Niedergeschlagenheit eine ökonomische Angelegenheit vor und gieng, innerlich triumphirend, langsam ins Haus.

Desto schneller flog sie die Treppe hinauf und zum Kleiderschranke. Keine Schleife wurde aufgeknüpft, alles heruntergerissen, mit freudiger Uebereilung das schönste Galakleid herausgeholt, die schönste Haube aufgesezt, und in einer halben Viertelstunde wallte schon ihr Busen vor Entzücken unter dem flornen Halstuche, und ihr Herz klopfte vor Freude über ihre gelungene List und vor Triumph, ihren Mann zu übertrotzen, so hoch, daß die seidne Kontusche knisterte. Nicht zufrieden gesiegt zu haben, wollte sie ihren Gegner auch kränken: noch Einen selbstgefälligen Blick in den Spiegel! – und dann nahm sie alle eroberte Schlüssel zu sich und rauschte glühend und sich räuspernd die Treppe hinunter in den Hof. Da stund sie vor dem Manne, der staunend die Augen weit aufriß und hastig mit der Hand in die Tasche fuhr: er wurde bald inne, wie man ihn überlistet hatte, aber er ließ sich nichts merken.

Ich will zur Frau Gräfin gehn, sprach sie mit spöttischer Gleichgültigkeit, machte eine tiefe Verbeugung und sagte – »Leb wohl.«

Nillchen, – rief der überwundene Ehegatte mit der äußersten Kälte, ob ihm gleich der innerliche Groll beide Backen mit einer merklichen Röthe färbte, – warte noch ein wenig! Ich habe mich anders besonnen. –

Nillchen hielt diesen vorgegebenen Vergleich für eine neue List, wodurch er sich für ihre Taschenspielerey desto empfindlicher rächen wollte: sie wartete nicht.

So warte doch! rief er abermals, gieng ihr nach und erwischte sie in der Hofthüre bey dem kannefaßnen Rocke. – Warte doch! Ich habe mirs überlegt: ich will meinen Jungen aufs Schloß geben.

Sie sah ihn mistrauisch an und wußte nicht, ob sie seiner trocknen ernsten Miene glauben sollte. – Nun gut! sagte sie endlich, so will ich zur Gräfin gehen und ihr deinen Entschluß melden.

DERMANN

Ja, das sollst du! – Aber sage mir nur erst, welche Bündel Stroh soll denn der Pfarrknecht kriegen? – Er möchte indessen kommen.

DIEFRAU

Daß du ihm ja nicht die guten giebst!

DERMANN

Zeige mir sie doch, ehe du gehst, damit du nicht hernach wieder sprichst, ich gebe alles weg, wenn ich die unrechten –

»Komm! ich will sie dir zeigen,« unterbrach sie ihn und tanzte, wie ein triumphirendes Mädchen nach der ersten Eroberung, über den Hof nach der Scheune hin. Der Mann schlenterte langsam hinter drein.

Das Thor wurde geöfnet: sie trat mit vorsichtigem Schritte, um die weißen seidnen Schuhe nicht zu verletzen, unter die Strohbündel und erhub den rechten Zeigefinger, dem Manne deutlich und augenscheinlich zu demonstriren, was er thun sollte. Mitten in ihrer Demonstration hörte sie das Thor hinter sich knarren, sie sah sich um, und entdeckte – daß sie eingeschlossen war.

»Adam, Adam! wo bist du?« rief sie mit innerlicher Aengstlichkeit; umsonst: Adam legte eben das große Schloß vor das Scheunthor, schnappte es zu, sagte nicht eine Silbe und gieng langsam in das Haus.

Nun merkte die arme eingesperrte Frau wohl, durch welche betrügerische Verstellung sie hintergangen war, daß sie in diesem dunkeln Gefängnisse aushalten mußte, so lang es ihrem Mann beliebte, daß sie nicht zur Frau Gräfin gehn konnte, daß ihres Mannes Trotz die Oberhand behielt – »Ach!« rief sie bey diesem lezten entsezlichen Gedanken aus, riß das weiße Schnupftuch mit theatralischem Anstande aus der Tasche, bedeckte ihr bethräntes Gesicht und sank auf ein Bündel Stroh hin – ob in Ohnmacht? – das weis ich wahrhaftig nicht: aber ich zweifle; denn es war ja Niemand in der Scheune, der es gesehn hätte.

Voller Schadenfreude nahm indessen der Mann den geraden Weg nach Heinrichs Schlafkammer, fand ihn nicht, stutzte, gieng weiter: er durchwanderte das Haus von dem obersten Bodenwinkel bis zum untersten Keller, suchte, rief – vergebens: er gieng vor die Thür, in den Hof – nirgends eine menschliche Kreatur, die Heinrich heißen wollte! – Hui! dachte er, daß mir die Frau den Streich gespielt und den Jungen auf das Schloß voran geschickt hat! Warte, Nille! wir wollen dich schon kriegen! –

Die Vermuthung, so falsch sie auch war, wiegelte seine ganze Galle auf: seine eheliche Autorität war durch die kränkendste Hinterlist beleidigt, und er sann auf eine exemplarische Strafe für eine so unerhörte Empörung gegen seine gesezgebende Macht. Die Ehe dieser beiden Leutchen hatte überhaupt einen ganz originalen Ton: ohne sich jemals förmlich zu zanken, lagen sie in beständigem Kriege wider einander: nimmermehr ließ eins das andre zur ofnen Schlacht, nicht einmal zum Scharmützel kommen, sondern jeder Theil suchte den andern beständig durch heimtückische Ueberfälle, Streifereyen und listige Kniffe zu necken, und mitten unter solchen Plagereyen liebten sie sich so feurig, als nur jemals ein Paar, das der Trauring verknüpft hat.

Sobald es bey ihm ausgemacht war, daß er, trotz der Einsperrung seiner Frau, der überwundne Theil sey, so machte er, weil sich allmählich die kleinstädtische Zeit des Mittagsessens näherte, in eigner Person Anstalt dazu. Seine Kochkunst war äußerst gering, und wenn sie auch einen weitern Umfang gehabt hätte, wollte er doch vorsezlich nichts hervorbringen als eine Wassersuppe. Um sich aber nicht zugleich selbst zu strafen, stillte er erst seinen Appetit mit einigen soliden Stücken geräucherten Fleisches, und als die kalte Küche verzehrt war, richtete er seine magere ungesalzene Wassersuppe an, deckte den Tisch, sezte sein einziges Gericht in die Mitte und rings herum eine große Menge leere Schüsseln. Darauf gieng er zur Scheune, öfnete sie und lud seine Gefangne zur Mittagsmahlzeit ein.

Ich mag nicht essen, sagte sie etwas schnippisch, kehrte ihm den Rücken und gieng an das andre Ende der Scheune.

DERMANN

> Nillchen, du wirst dich doch nicht zu Tode hungern wollen! Komm! Die Frau Gräfin hat die hohe Gnade gehabt, uns ein ganzes Gastmahl zu schicken – vor großer Freude, daß unser Heinrich bey ihr ist. Sie hatte sogar die allerhöchste Gnade und ließ uns versichern, daß wir alle Tage ein paar Schüsseln aus ihrer Küche könnten holen lassen: aber das sieht mir so almosenmäßig aus: ich hab' es ausgeschlagen.

»Ausgeschlagen!« rief die leichtgläubige Ehefrau. »Ja, wenn du deiner Frau eine Mühe ersparen kannst, so thust du's gewiß nicht.«

DERMANN

Wenn ichs angenommen hätte, alsdann, denkst du, brauchtest du nicht mehr zu kochen? – Nillchen, eben deswegen hab' ichs ausgeschlagen, damit du das Kochen nicht verlernst; blos um deines Bestens willen! – Die Frau Gräfin ließ besonders sehr viele gnädige Komplimente an dich machen.

DieFrau

Es ist doch eine recht liebreiche Dame – (wobey ein tiefer Knix in das Bündel Stroh hinein gemacht wurde, worauf sie stand.)

DerMann

Das ist sie! Der Laufer fragte sehr nach dir, Nillchen: ob er vielleicht gar Präsente für dich mitbrachte? Es kam mir so vor –

DieFrau

Und da fragte der alte Adam auch nicht weiter?

DerMann

Was sollt' ich fragen? – Ich sagte ihm, meine Frau wäre im Gefängnisse, nach Tische käme sie los, alsdann könnte er sie sprechen.

DieFrau

Und das sagtest du ihm? – Wahrhaftig, es wäre kein Wunder, wenn man sich zu Tode bey dir ärgerte. Mir solche Schande zu machen!

DerMann

Was ist denn das nun für Schande mehr? – Wenn ein Beutelschneider auf dem Diebstahl ertappt wird, so steckt man ihn ein: wenn dirs keine Schande gewesen ist, meine Tasche zu bestehlen, so kann dichs auch nicht beschimpfen, daß man dich in Arrest gebracht hat. – Aber komm! ehe das Essen kalt wird! es sind sehr fette Speisen dabey.

Die Arrestantin folgte ihm halb mit Betrübniß, daß ihre Einsperrung durch ihren eignen Mann bekannt gemacht war, halb mit freudigem Verlangen nach dem versprochenen herrlichen Gastgebote und den noch herrlichern Geschenken, die nach Tische sich wieder einfinden sollten.

Sie trat in die Stube: wie versteinert stand sie da, als sie ihre Leichtgläubigkeit abermals auf das schändlichste betrogen fand, biß sich in die Lippen und vermochte vor Scham kein Auge aufzuheben. In der Bestürzung ließ sie sich vom Manne an den Tisch führen und auf einen Stuhl setzen: welch neue Bosheit! Der Heimtückische hatte die Wassersuppe so reichlich mit Zwiebeln – einem für sie unleidlichen Gewächse – angefüllt, daß ihr der entgegenkommende Geruch den Athem versetzte.

Was war zu thun? – Essen konnte sie weder vor Aerger, der in ihr bis zu den Lippen heraufschwoll, noch wegen der widrigen Zubereitung des Gerichts. Adam hingegen, so übel es ihm selbst schmeckte, aß ihr zum Trotze mit einer Begierde, als wenn es der köstlichste Leckerbissen wäre.

»Sage mir einmal!« fieng er nach einem langen Stillschweigen an, »wenn hast du denn Heinrichen auf das Schloß geschickt?«

Die Frau krazte mit den Fingern auf dem Tischtuche, senkte den thränenvollen Blick unbeweglich auf den Teller, schluchzte und schwieg.

»Nillchen, sey kein Trotzkopf!« fuhr er nach einer kleinen Pause fort. »Sage mirs aufrichtig, wenn hast du den Jungen zur Gräfin geschickt?«

DieFrau

Ich hab' ihn nicht geschickt.

DerMann

Wo ist er? – Verschweig mir es nicht, wenn du ihn versteckt hast! er ist weg. Wenn er mit deinem Wissen und durch deinen Vorschub, blos um mir zu trotzen, aus dem Hause gekommen ist, so soll – ich will nicht schwören – aber der Teufel soll mich holen, wenn ich Zeitlebens wieder in Einem Bette mit dir schlafe.

Bey so vielem Ernste war ein zeitiger Rückzug das klügste: sie fühlte ihre schlimme Lage und die Nothwendigkeit, ihm durch Nachgeben auszuweichen, so lebhaft, daß sie ihm sogleich ins Wort fiel und mit einem theuren Eide versicherte, sie wisse nichts von dem Knaben.

DER MANN

    So komm, wir wollen ihn suchen!

Die Auffoderung geschah freilich zum Theil aus heimtückischer Absicht, weil er nicht glaubte, daß sie ihr Gewissen bey ihrem Schwur rein und unbefleckt erhalten habe: er wollte ihr die Kränkung anthun, sie an einem Tage, wo sich keine Seele im ganzen Städtchen puzte, in ihrem Galakleide durch alle Gassen, und bey der großen Sonnenhitze durch Staub, über Stock und Stein zu führen. Sie wollte zwar zur Umkleidung Anstalt machen, allein er faßte mit Einem Griffe so plötzlich Hut, Stock und ihren Arm, daß keine Zeit zur Einrede übrig blieb: der Marsch gieng fort. Mit der Neubegierde der kleinen Städte, wo die Leute hinter den niedrigen Fenstern, wie die Diebe hinter dem Busche, auf die Vorübergehenden lauren, waren gleich alle Häuser die ganze Gasse durch mit Menschenköpfen besezt, an welchen sich die Nasen rümpften, oder die Lippen spöttisch grinzten, oder die Augen sich weit aufsperrten, als unser edles Paar vorbeyspazierte. Etwas komisch war der Anblick, an den Arme eines so unsauber gekleideten Gesellen die Dame in dem auserlesensten Schmucke dahinwandeln zu sehn: doch das war noch lange nicht der unangenehmste Akt des Possenspiels. Ungegessen, ohne Schuz und Schirm wider die Sonne, in dem durchhitzten Sande, auf ofnem Felde, bey der brennendsten Mittagsgluth, unter beständiger Aengstlichkeit, daß vielleicht dem Anzuge ein Unglück wiederfahre, mit ziemlich starken Schritten dahinzutraben, das war allerdings eine ausgesuchte Strafe, und man mußte mehr als grausam seyn, um einen weiblichen Eigensinn so bestrafen zu können. Der Spaziergang wurde zwey Stunden lang fortgesezt: das arme Weib schmachtete, der Schweis rann in starken Strömen herab und tigerte die apfelgrüne Kontusche mit Flecken: aber Trotz und Verzweiflung gaben ihr Muth: sie spannte alle Kräfte an, um ihren Schmerz nicht merken zu lassen oder um Verminderung ihrer Qual zu bitten. Endlich, da fast alle Nerven ihrer Standhaftigkeit erschlafften, nöthigte sie ihr strenger Gesezgeber in einem kleinen Tannenwäldchen auszuruhen. Traurig saß sie da und scheuerte mit dem Schnupftuche an den unauslöschbaren Flecken ihrer Kleidung, und brach in bittres Weinen aus, als sie alle Wahrscheinlichkeit den gänzlichen Untergang der geliebten Kontusche erwarten hieß.

»Weiter! wir müssen aufbrechen!« rief der grausame Mann und hub sich von der Erde auf.

»Ich kann nicht mehr,« rief die Frau mit schwacher Stimme – »mir schwindelt.« –

»Fort! fort!« erschallte abermals und zwar etwas gebietrischer, wobey er ihr zugleich die Hand reichte und sie aufhob. War es Verstellung oder wirkliche Kraftlosigkeit? – genug sie sank wieder zurück und würde sich den Kopf an einem Stamme zerschmettert haben, wenn er sie nicht beyzeiten aufgefangen hätte.

DER MANN

    Wir müssen aufs Schloß: izt wird die Gräfin abgespeist haben. Willst du deine Präsente nicht holen?

DIE FRAU

    Bringe mich doch lieber gleich um, du Barbar! Da! schlag mich vor den Kopf, oder hänge mich hier an einen Baum! Weiter willst du doch nichts als daß ich wegkommen soll, damit du wieder eine Andre zu Tode plagen kannst, du Weiberhenker!

DER MANN

    Laß gut seyn, Nillchen! Laß gut seyn! – Marsch!

DIE FRAU

    Nicht eher sollst du mich von der Stelle bringen, als wenn du mich in Stücken zerreißest.

DER MANN

    Ach warum nicht gar? Da werd' ich mir wohl so viele Wege machen und dich stückweise wegtragen. Lieber transportire ich dich auf einmal im Ganzen.

Wie ein Bliz hatte er sie auf seine Schultern geladen, und so sehr sie mit Händen und Füßen kämpfte, so packte er sie doch so fest, daß sie sich nicht loszureißen vermochte; und nun fortan! wie ein Römer mit einer geraubten Sabinerin auf dem Rücken, eilte er über das Feld hin, nach dem Städtchen zu! Jedermann blieb vor Verwunderung stehen, jedermann ließ Sichel und Sense ruhen, alle Weiber und Mädchen, so weit das blache Feld reichte, lehnten sich auf die Harken und gaften mit ofnem Munde dem sonderbaren Schauspiele nach. In der Länge ward ihm doch ihre Last zu schwer: er sezte sie also keuchend unter einem Weidenbaum ab und gebot, den übrigen Weg zu Fusse zu machen. Ergrimmt, daß sie seinen Steifsinn durch keins von ihren herzangreifenden Mitteln mürbe machen konnte, wollte sie ihn auf das äußerste treiben und beschloß bey sich, schlechterdings nicht von der Stelle zu gehen. Nach einer dreyfachen Ermunterung zum Aufbruche fragte er sie: willst du nicht mit, Nillchen? – Hierauf bekam er nichts als ein trotziges, flüchtig hingeworfnes Nein. – »So bleib hier! Ich will dir einen Wagen schicken,« sprach er und verließ sie.

Hier saß nun die arme Betrübte unter einer großen Weide mitten auf einem ungeheuren Felde wenigstens eine gute Stunde von der Stadt, und wußte nicht, ob sie gehn oder bleiben, sein Versprechen in Ansehung des Wagens für Spott oder Ernst annehmen sollte. Ihm nachzulaufen? – welche Erniedrigung für ihren ohnehin schon tief verwundeten Stolz! welcher Triumph für die Schadenfreude ihres Mannes! Dazubleiben und den Wagen zu erwarten? – wie mißlich und zugleich wie gefährlich! Wenn er sie nun bis in die späte Nacht warten ließe? – denn einer solchen Tiranney wäre er fähig – Wenn sie nun nach langem Warten mit Spott und Schande für ihre abermalige Leichtgläubigkeit zurückkehren müßte?

Ihre Verlegenheit und ihr Kummer stieg wirklich so hoch, daß sie mit heißen Zähren den Kopf in die Hände legte und im völligen Ernste den Himmel um ein schleuniges Ende anflehte: sehr leid that es ihr, daß nicht gerade ein Gewitter über dem Horizonte stand, um sich einen hülfreichen Donnerschlag ausbitten zu können. Weder ihr körperlicher Zustand, noch ihre weite Entfernung von dem Städtchen war so höchsttraurig: aber ihr überwältigter Trotz, ihre überlistete Feinheit, die kalte Grausamkeit ihres Mannes, die tückische Schadenfreude, womit er sie so vielfältig hinterging, die Unmöglichkeit, ihm an irgend einer schwachen Seite beyzukommen – das, das waren die Stacheln, die ihr Innerstes, wie der Geyer Tityus Leber, zerfleischten.

Ein tüchtiger brausender Zank ist das beste Heilungsmittel wider zurückgehaltnen Aerger: die Natur fieng allmählich an, in ihr zu diesem Zwecke zu wirken. Da sie wohl merkte, daß mit dem Tode nichts anzufangen war, sezte sich ihr Blut nach und nach in schnellere Bewegung: sie ließ ihren Lebensgeistern den straffgezognen Zügel schießen, und in weniger denn drey Minuten war die kleinste Nerve zu Streit und Hader gewafnet. Sie machte sich sogleich auf, um ihrem Manne nachzusetzen und ihren ganzen Grimm ins Gesicht zu schwatzen. Unterwegs bereitete sie sich zu diesem feyerlichen Actus vor und hatte schon den ganzen Dialog im Kopfe, als sie von hinten durch die Gartenthüre ins Haus gieng.

Aber wie an ihn zu kommen? – Eine Gelegenheit mußte sie doch haben, die den Zank auf eine natürliche Art einleitete: zudem sollte er, nach ihrem Wunsche, den Angriff thun, damit sie durch die Selbstvertheidigung zu ihrer beschloßnen Rache berechtigt wäre. Sie wußte für ihren Plan keinen schicklichern Ausweg, als daß sie im Hause herum aus einer Stube, einer Kammer in die andre wanderte und jede Thür mit einer Heftigkeit hinter sich zuschlug, daß sich alle Fenster unaufhörlich in einem erdbebenmäßigen Zittern befanden. Daß nur der alte Fuchs ihre Absicht nicht gemerkt hätte! Anfangs hielt er das Bombardement ruhig aus und schrieb ungestört an seiner Rechnung fort: da es ihm in der Länge zu lästig wurde, gieng er hinter ihr drein, und sobald sie aus einer Kammer oder Stube heraus war, schloß er die Thür ab und steckte den Schlüssel ein, ohne nur einen Laut zu sagen. In kurzem war sie so sehr aus allem Vortheile herausgetrieben, daß ihr nichts als die Küchenthür übrig blieb, und da sich diese wegen eines Gebrechens am Schlosse nicht verschließen ließ, hub er sie aus: das nämliche that er mit der Stubenthür und gieng zu seiner Schreiberey zurück.

Dergleichen Bösewicht! nach so unendlichen Plagereyen der armen Frau nicht einmal die Freude zu gönnen, daß sie sich zanken kann! – Dieser neue Streich erhöhte den vorigen Groll: sie wollte mit aller

Gewalt durchbrechen, und stellte sich zu dem Ende an die hinterste Hausthür mit dem wohlgemeinten Vorsatze, sie unaufhörlich auf- und zuzuschlagen: allein bey dem ersten Oefnen lehrte sie der Zufall ein andres Mittel, das ihren Zweck mit millionenmal sicherem Erfolge beförderte. Die Thürangel war bey der großen Hitze ganz trocken von Oele und so durstig geworden, daß sie bey jeder Umdrehung in einem hellen schneidenden Tone schrie: unter allen Unannehmlichkeiten, die sterbliche Ohren martern können, war dieses für ihren Mann die angreifendste, das wußte sie: was sie that, kann man nunmehr leicht rathen: das war so ein durchdringendes, Mark und Nerven zerreißendes Quieken in Einer Leyer fort, als wenn sich alle Thüren im Hause verschworen hätten, den Mann musikalisch zu Tode zu martern. In der ersten Ueberraschung schwoll sein Zorn wohl ein wenig auf, allein sogleich faßte er sich wieder, holte einen Strick aus der Kammer, und da sie ihn mit diesem Instrumente kommen sah und vermuthete, daß vielleicht gar ihr Rücken damit gemeint sey, verließ sie bestürzt ihren Posten und flüchtete in die Küche. Ohne etwas mehr im Sinne gehabt zu haben, band er die Hofthür, die auch kein zuverlässiges Schloß hatte, so fest an einen inwendigen Haken, daß mehr als Weiberstärke dazu gehörte, sie wieder musikalich zu machen. Ohne ein Wort zu sagen, gieng er zurück an seine Arbeit.

Die Frau wollte in Verzweiflung gerathen, daß ihr alle Anschläge mislungen. Indessen daß sie auf neue Ränke sann, kam der Laufer des Grafen, überbrachte einen gnädigen Gruß von seinem Herrn und drey Bouteillen Wein, mit der Bitte, sie morgen an dem Geburtstage der Gräfin auf ihre Gesundheit auszuleeren.

Ich mag keinen Wein vom Grafen, sagte Herrmann trotzig und schrieb, ohne aufzublicken, brummend fort. – Was für Wein ist es denn? fragte er in der nämlichen Positur nach einer kleinen Pause.

»Ungarwein,« antwortete der Laufer.

Herrmann stund von seinem Stuhle langsam auf, stekte die Feder hinter das rechte Ohr, zog den Kork von der Flasche, sezte an und that einen herzhaften Schluck. – Er ist gut, sprach er, indem er sie wieder auf den Tisch stellte; ich will ihn behalten.

Zugleich, fuhr der Laufer fort, soll ich Ihnen auch die Nachricht von Ihrem Heinrich bringen –

HERRMANN

Ist der verfluchte Junge auf dem Schlosse?

DER LAUFER

Ja, schon seit heute früh um sechs Uhr. Er ist heimlich aus dem Bette fortgeschlichen und war schon lange da, ehe Sie zum Grafen kamen: aber er bat inständig, daß wir ihn vor Ihnen verstecken sollten. So ist er in unsrer Stube geblieben, bis es der Graf erfuhr und ihn zu sich aufs Zimmer kommen ließ. Er hat ihn dem Kammerdiener übergeben, bey dem er wohnen und schlafen soll. Man konnt' ihn gar nicht bereden, wieder wegzugehen, und er läßt Ihnen sagen, daß Sie sich weiter nicht um ihn bekümmern sollten, er wäre versorgt.

HERRMANN

Darum braucht er nicht zu bitten, daß ich mich nicht weiter um ihn bekümmern soll. – Nicht einen Fuß darf er mir wieder über die Schwelle setzen, der Tagedieb! –

Er that zu gleicher Zeit einen zweiten Schluck aus der Flasche, die er beständig während des Sprechens in der Hand behielt. – »Der Wein ist recht gut,« sagte er freundlich, als er absezte.

DER LAUFER

Morgen werd' ich Ihnen mehr bringen, wenn der Herr Graf weis, daß er Ihnen so gut schmeckt.

Herrmann hatte während dieses Versprechens den dritten Schluck gethan und antwortete mit beinahe stammelnder Zunge: Es soll mir lieb seyn.

»Sagen Sie nur dem Grafen,« sezte er hinzu, als der Laufer Abschied nahm, »er möchte meinen Heinrich bey sich behalten, so lang er wollte – er darf sich gar nicht fürchten, daß ich mich deswegen wieder mit ihm zanken werde – ich hab' ihm auch heute früh nichts übel genommen, das kann er versichert seyn – nur soll er mir nicht so einen Tagedieb aus ihm machen, wie es die Laffen alle um ihn herum sind! Oder ich schmeiße den Jungen mit dem Kopfe an den ersten Stein, wo ich ihn finde.«

Während dieser halbtrunknen Rede hatte er den Laufer an die Hausthür begleitet und nahm izt Abschied mit einem Händedrucke und dem nochmaligen Auftrage, daß er den Grafen ja versichern sollte, er habe ihm heute früh gar nichts übel genommen; er wüßte wohl, daß es des Grafen Art einmal sey, etwas frey zu reden. – Eine solche Verwechslung der Personen begegnete ihm gewöhnlich auch bey dem kleinsten Rausche: immer glaubte er alsdann, daß die Leute ihm die Grobheiten gesagt hätten, wodurch sie von ihm kurz vorher waren beleidigt worden: wiederfuhr es ihm – welches auch nicht selten geschah – daß er in der Trunkenheit Jemanden recht derb ausschalt, so begieng er, wenn er wieder nüchtern war, die nämliche Verwechslung und versicherte ihn herzlich, daß er ihm alles vergeben habe. Beständig schien er sich der beleidigte Theil, und nur seine Frau machte hierinne eine Ausnahme.

Ueberhaupt hatte er das Unglück, daß er bey aller Stärke und Klugheit, womit er ihrem Eigensinn und Trotze widerstand, gemeiniglich sein gewonnenes Spiel selbst wieder verdarb. Auch ohne Trunk wurde er immer zunehmend schwach, je mehr sich die Sonne nach Westen neigte: wie ein Fieber, überfiel ihn gegen Abend ein so heftiger Paroxysmus von Liebe und Zärtlichkeit, daß er ängstlich um seine Frau herumgieng und auf alle ersinnliche Weise sie wieder auszusöhnen suchte und oft wegen des Widerstandes, den er ihr den Tag über mit der überlegtesten Klugheit gethan hatte, demüthig und reuig um Vergebung bat. Führte ihm nun vollends das Schicksal ein begeisterndes Getränk in den Weg, so war es ganz um seine Standhaftigkeit geschehen: sein schwachnervichter Kopf war auf den ersten Schluck eingenommen, und er wurde bis zum Gecken in sein Nillchen verliebt. Gegen jeden Andern beobachtete er in einem solchen Zustande die Regel genau, daß er sich mit ihm zankte, wenn er den Tag über sein Freund gewesen war, und sich mit ihm versöhnte, wenn er sich mit ihm gezankt hatte. Deswegen wartete auch seine Frau bey mittelmäßigen Bedrückungen gelassen den Abend ab oder sezte ihm des Nachmittags ein Glas Brantewein in den Weg; denn zu keiner andern Zeit nahm er einen Tropfen starken Getränkes zu sich.

Bey der Ankunft des Laufers mit dem Weine freute sie sich von dem Wirbel bis zur Fußzehe herzinniglich auf die demüthigende Rache, die sie auf seine eigne Veranlassung an ihm zu nehmen gedachte. Er gieng nach dem Abschiede des Laufers wieder zu seiner Flasche zurück, doch ohne zu trinken: die vorigen drey Schlucke wirkten schon hinlänglich: er stund vor dem Tische, die linke Hand auf die offne Bouteille gelegt.

»Nillchen,« redte er vor sich hin, »so hab' ich dir ja, hol mich der Teufel! Unrecht gethan! – Du armes Nillchen! habe dir deine Kontusche verdorben! – habe dich eingesperrt!«

Er lief die Stube auf und nieder und rang die Hände. – »Was mach' ich nur?« klagte er mit wehmüthigem Tone. »Was nur? daß sie sich nicht zu Tode grämt? – Ich habe das Herzblättchen so lieb, und martre sie so! Ich möchte mir gleich die Kehle abschneiden.«

Er blieb mitten in der Stube stehen, erblickte sich im Spiegel – »O du alter gottloser Adam!« rief er und spie auf sein Bild im Spiegel. »Was du einmal gemacht hast! – hast deine Frau einmal geplagt! Ich möchte dich gleich zu Tode prügeln;« – (und dabey gab er seinen eignen Backen eine reiche Ladung kräftiger lautschallender Ohrfeigen.) – »Da! du abscheulicher Höllenbrand!« sagte er sich im Spiegel dazu. »Du eingefleischter Teufel! Wirst die arme Frau wohl noch unter die Erde bringen, du Katzenkopf! – Ich kann dich nicht mehr ansehn; pfui!«

Mit dem größten Unwillen kehrte er sich von dem Bilde hinweg und wurde bey der Wendung das Gesicht seiner gemißhandelten Ehegattin gewahr, die hinter einem Fenster, das neben dem Ofen aus der Küche in die Stube gieng, seine Reue mit kitzelnder Freude belauschte. – »Nillchen, liebes Engelskind!« rief er und lief mit ausgebreiteten Armen nach ihr hin, daß er wider die Wand taumelte. – »Komm! köpfe, hänge, rädre, erschieße mich! Ich bins werth. Ich bin ein rechter Teufelsbraten. Hab' ich dich einmal gemartert? – Ach! es thut mir so leid! es frißt mirs Herz ab. – Sieh nur! wie ich dich wieder lieb habe! recht lieb, du scharmantes Cyperkätzchen!«

Diese Liebkosungen, die beständig mit den kläglichsten Ausdrücken der Reue abwechselten, wurden von einer höchstkomischen Bewegung begleitet: so oft er ihr seine Liebe betheuerte, hub er das rechte Bein in die Höhe, um durch das Fenster zu ihr hinauszusteigen, ob es gleich gute zwey Ellen von dem Fußboden und so enge war, daß kaum eine große Katze durchkriechen konnte.

Die Frau antwortete lange nicht: endlich sprach sie verdrießlich: – Es liegt mir nichts an der Liebe eines solchen Weiberteufels: erst reißest du deiner armen Frau den Kopf ab, hernach willst du ihn wieder aufsetzen.

DERMANN

> Will ihn nicht wieder abreissen! – Du sollst mich an den Spieß stecken und braten, wie eine Schöpskeule, wenn ich dir ihn wieder abreiße. – Habe dir Unrecht gethan; vergib mirs, mein Augäpfelchen! –

Nach langem Kapituliren ließ sich endlich die siegende Ehefrau bewegen und kam zu ihm in die Stube: sie mußte sich in den Lehnstuhl setzen, er warf sich zu ihren Füssen und bat sie in den reuvollsten Ausdrücken, bald mit weinerlichem, bald mit wütendem Tone, unter heftigen Schmähungen gegen sich selbst um Verzeihung und foderte zum Zeichen der Versöhnung die Erlaubniß, in ihrem Schooße zu schlafen. Um ihn zu besänftigen, mußte sie ihm seine Bitte zugestehn: er warf sich also aus der knienden Positur herum in eine sitzende Lage, legte den Kopf in ihren Schoos, und in einer halben Minute schnarchte er schon, wie der überwältigte Simson in Delila's Schooße. Die Frau, um sich für ihr erlittnes Kreuz zu entschädigen, langte nach einer von den nahe stehenden Weinflaschen, ersetze den Abgang ihrer Kräfte durch einige starke Züge so reichlich, daß sehr bald die ganze Stube vor ihrem Blicke schwamm, und sich ihre Augenlieder gleichfalls zu einem herzstärkenden kummerstillenden Schlafe zusammenschlossen.

FÜNFTES KAPITEL

Die Reue des alten Herrmanns war wirklich Schuldigkeit: er hatte ihr durch seine Vermuthung, daß sie den kleinen Heinrich heimlich ihm zum Trotze fortgeholfen habe, Unrecht gethan; denn der Knabe war des Morgens noch vor sechs Uhr aufgestanden, hatte sich selbst angekleidet, hatte, wie ein wahrer Inamorato, das Bild der Gräfin um den Hals gehangen, sich leise aus dem Hause hinausgeschlichen, und langte, des Laufers Berichte gemäß, mit dem Schlage sechs auf dem Schlosse an. Der Graf trug anfangs Bedenken, ihn ohne Vorwissen der Eltern dazubehalten, allein da der Knabe sich weinend und flehend allen Vorstellungen widersezte, ließ ihn der Graf verbergen und beschloß, seiner Gemahlin den folgenden Tag auf eine eigene Art ein Geschenk mit ihm zu machen.

Es war bereits zu ihrem hohen Geburtsfeste ein herrlicher Aufsaz auf die Tafel verfertigt worden, der die Gärten der Alcina vorstellte: aus Bretern, die auf kupfernen Füßen ruhten, prangten Alleen und Hecken von grünem Wachs, Parterre, Boulingrins und breite Gänge zum Lustwandeln aus bunten Zuckerkörnern, klare Seen, Teiche, Bassins von Spiegelglas, Statüen von meißner Porzellän, Nischen, Pavillons, Eremitagen, Monumente, in Wildnissen versteckt – alles, was nur einen französischen Garten verschönern kann, auf das sauberste nach einem ziemlich großen Maasstabe nachgeahmt. In den beiden entferntesten Enden des Gartens hatte der Künstler zwey große Tempel aus Teig, statt des Marmors mit einem nachahmenden weißen Zuckergusse überzogen, auf zwey Bergen symmetrisch aufgebaut. Beide sollten im antiken Geschmack seyn: ein majestätischer Säulengang umgab einen jeden, und durch die gläsernen Wände leuchtete die porzelläne Gottheit hindurch, welcher sie geweiht waren. Ueber den beiden entgegenstehenden Eingängen, zu welchen hohe breite Stufen hinanführten, kündigte eine goldene lateinische Inschrift den Namen der Gottheit an: der eine war der Treue, der andere der Glückseligkeit gewidmet. Die zween Tempel gaben dem Grafen einen Einfall, der vermuthlich der einzige war, so lange die ganze Konditorwelt steht: es sollte mitten in dem Garten auf einem besondern Brete ein großer Tempel eingeschoben werden, der den kleinen Heinrich, als

Amor gekleidet, anständiger Weise in sich faßte; und der Graf erfand selbst auf der Stelle die Inschrift *Amori* dazu. Der Künstler wandte demüthig die Schwierigkeiten ein, stellte den Uebelstand vor, den ein so ungeheures Gebäude unter den andern, nach einem viel kleinern Maasstabe verfertigten Gegenständen hervorbringen müßte, ließ auch mit unter versteckter Weise ein Paar Wörtchen über das Lächerliche und Abentheuerliche der Idee fallen, daß sich der Erfinder derselben entrüstete und mit einem gebietrischen – »ich will«– alle Einwürfe, wie mit einem Donnerkeile, niederschlug. Bald darauf besann er sich aber, daß die Kürze der Zeit den Bau eines so großen Tempels nicht wohl erlauben möchte, und befahl wegen dieser weisen Voraussehung, blos eine große Nische von grünem Lattenwerke auszuführen. Es geschah: man nahm den kleinen Heinrich das Maas zu seiner Hütte, und war schon im Begriffe, Hand an die Arbeit zu legen, als in des Grafens Kopfe eine viel sinnreichere Idee aufstand. In dem Nachdenken über die Verschönerung und den wahrscheinlichen Effekt des großen Tempels gieng er in sein Kabinet, und siehe da! – bey dem ersten Aufschlagen der Augen traf sein Blick auf einen Kupferstich, wo ein verliebter Schäfer den kleinen muthwilligen Amor in einem Vogelbauer seiner Geliebten überreichte. Das Bild war wie für ihn erfunden: die Vorstellung reizte ihn so mächtig, daß er sogleich den Konditor holen ließ, um ihn zu befehlen, daß aus der großen Nische ein großer Vogelbauer werden sollte. Der Künstler war über diesen Antrag noch mehr betreten, und zeigte ihm die Unschicklichkeit, einen ungeheuren Vogelbauer ohne allen Zusammenhang mitten in einen kleinen Garten hinzustellen, und zugleich die Misdeutung, der ein Amor im Käfig, seiner Gemahlin an ihrem Geburtstage geschenkt, unterworfen wäre: allein der Graf entrüstete sich zum zweitenmale und ward höchst ungehalten, daß man beständig der Ausführung seiner Einfälle so viele Schwierigkeiten mache, da sie doch größer und sinnreicher wären, als die elenden Pößchen, die der Konditor auf etliche Breter hingeklebt hätte. Der Zuckerarchitekt wurde empfindlich über diesen verächtlichen Ausdruck, bat sich die Bezahlung für seine Arbeit aus, empfahl dem Herrn Grafen, sich seine Vogelbauer selbst zu bauen, und reiste wieder in die Stadt zurück, woher man ihn verschrieben hatte.

Unter seinen Bedienten hatte der Graf einen, *Siegfried* genannt, der die andern alle an Dummheit und Bosheit übertraf und wegen der erstern bey ihm in vorzüglicher Gunst stand: deswegen trug er auch eine auszeichnende, mit Gold fast bedeckte rothe Liverey nebst einem rothen Federbusch auf dem Huthe, welches einen witzigen Kopf unter seinen neidischen Kameraden auf den Einfall brachte, ihn des Grafen Maulesel zu nennen, und diese Benennung bey dem Publikum des ganzen Städtchen gebräuchlich und beliebt zu machen. Er war der Rathgeber oder vielmehr Beherrscher des Grafen: denn weil er alles ohne das mindste Bedenken billigte und lobte, was seinen Herrn durch den Kopf und über die Zunge fuhr, wenns gleich die größte Abgeschmacktheit war, so besaß er dafür das Recht, mit eben so wenig Bedenken auch die größten Abgeschmacktheiten zu fodern und zu erlangen. Gemeiniglich leuchtete sein Verdienst am hellsten, wenn der Graf eine ähnliche Widerwärtigkeit, wie izt bey den Konditor, erlitten hatte, daß klügre Leute eine von seinen rohen Ideen nicht billigen wollten: sogleich berief er alsdenn seinen Maulesel zu sich, stellte ihm die bestrittene Sache begreiflich vor Augen, und es fehlte ihm niemals, daß sein Rathgeber sie nicht so bewundernswürdig fand, als sie klügern Leuten verwerflich und ungereimt schien: oft war seine Billigung List, meistens aber Mangel an Einsicht. Er hatte sogar jederzeit die Unverschämtheit, sich zur Ausführung zu erbieten, und das besondre Glück, daß ihm der Graf nie Vorwürfe machte, wenn sie ihm auch mislang, obgleich dies in den meisten Fällen geschah.

Durch die nämliche Oefnung der Thür, die der beleidigte Konditor machte, um aus dem Zimmer zu gehen, wurde auch der Maulesel hereingerufen: es versteht sich, daß er kaum vom Amor im Vogelbauer etwas gehört hatte, als er schon in lautes Lachen und laute Lobeserhebungen ausbrach. – Ich will das schon besorgen: verlassen Sie sich auf mich! sagte er mit weiser Miene. Der Zuckerbecker versteht das nicht so wie ich: ich weis besser, wie man einen Spaß machen soll. – Morgen soll Ihr Vogelbauer auf dem Tische stehen – verlassen Sie sich auf mich! –

Er hielt Wort. Der Tischer mußte von Latten einen runden Käfig zusammennageln, ihn grün anstreichen, und weil das Gebäude zu Ehren eines Geburtstages ausgeführt wurde, gerieth Siegfried auf die glückliche Erfindung, von dem Koche, statt des Knopfs, eine große runde Biscuittorte darauf setzen zu lassen, an welcher rings herum in einem weißen Zuckergrund mit Pistatien, blauen, gelben und rothen Körnern, ein *Vivat* nebst dem Namen der Gräfin eingelegt war. Um Niemanden einen Augenblick die Mühe des Nachsinnens zu verursachen, was für einen Vogel der Käfig enthielt, ließ der Graf um den obersten Rand desselben, wo das spitzige Dach anfieng, einen zierlich ausgeschnittenen Streifen Postpapier, mit der schwarzen leserlichen Aufschrift *L'Amour encagé* kleistern.

Der Mittag des festlichen Tages erschien. Der kleine Heinrich war bereits im fleischfarbnen Atlas gekleidet, sein lichtbraunes Haar in kurze frey hinwallende Locken geschlagen und mit einer Rose geschmückt, sein Rücken mit einem Paar Flügeln von Gaze und Fischbein geziert, über die Schultern herab hieng ihm an einem blauseidnen Bande ein Köcher von Pappe mit Goldpappier überzogen, statt verwundender Pfeile mit friedlichen Gänsefedern angefüllt; seine Rechte hielt den niefehlenden Bogen, dessen Sehne eine Vorhangsschnur und so schlaff war, als da das gute Kind um Mitternacht in dem schrecklichsten Regenwetter bey den alten Anakreon einkehrte. Venus hätte sich eines solchen Sohns nicht schämen dürfen, so lieblich lächelte sein weißes rundes Gesichtchen mit den runden rothen Backen, und so schalkhaft sah sein geistreiches Auge unter den schwarzen gewölbten Augenbraunen hervor. Dreymal trat der kleine Bube vor den Spiegel und fühlte die Macht seiner Reize so sehr, daß er seinem eignen Bilde einen Kuß zuwarf.

Das ganze Städtchen hatte sich itzo schon vor zwey Stunden gesättigt: der Ackerknecht spannte die ausgeruhten Ochsen an den Pflug: die gemolknen Stadtkühe wandelten unter dem Peitschenschalle ihres Monarchen durch das Thor auf die Weide hinaus, und die hochgräfliche Gesellschaft schritt feierlich durch die weiten Flügelthüren zur Tafel. Der kleine Amor hatte sich zwar sehr stark geweigert, in den Käfig zu kriechen, und versichert, daß es wider seine Ehre wäre: der Graf mußte sogar in eigner Person ins Tafelzimmer gehen und seinen Ehrgeiz durch die Vorstellung einschläfern, daß ers aus Liebe zur Gräfin thun solle: ohne Anstand sprang er auf den Stuhl und ließ sich in seine enge Wohnung hineinstecken.

Die Gesellschaft war sehr zahlreich und von allen gräflichen und adlichen Sitzen aus der Nachbarschaft zusammen geladen. Erstaunt rissen die Damen sich von den Händen ihrer Führer los, erstaunt ließen die Kawaliere ohne Verbeugung die Hände der Damen fahren, als man beym Eintritte in den Saal den hohen babylonischen Thurm mit dem Knopfe von Kraftmehl mitten auf der Tafel erblickte: nur die Gräfin war mehr verlegen als erstaunt. Sie mußte ein Lachen verbergen, das ihr die Gestalt des Käfigs abnöthigte; sie hielt lange meisterhaft an sich, doch bey Erblickung des Biscuits, der wie ein runder Strohhut auf dem spitzen Dache steckte, überwand das Lächerliche alle ihre Stärke: sie mußte das Schnupftuch herausziehen und sich so lange hinter ihm räuspern, bis ihr Gesicht wieder in ernste Falten gelegt war. Noch einen größern Sturz mußte sie aushalten, als sie den fleischfarbenen Amor darinne sitzen sah: ihre Einbildungskraft mahlte ihr schlechterdings, wegen der vollkommenen Aehnlichkeit des Hauses, einen Liebesgott vor, der gewisse menschliche Bedürfnisse abwartete. Sie nahm Tabak, sie räusperte sich, sie aß Suppe, sie sprach mit ihrem Nachbar: nichts half! immer kam das verzweifelte Bild wieder zurück, immer wollten ihre Lippen lachen. Zum Unglück bemerkte Jedermann ihre Verlegenheit, ob man gleich die wahre Ursache derselben nicht errieth: doch schien der Graf etwas schlimmes zu muthmaßen. Er war ohnehin schon mißmüthig genug, daß man so stumm dasaß und seine Erfindung auch nicht mit einem Bröckchen Beifall beehrte; geschah es weil man mit der Gräfin gleiche Empfindung hatte, oder weil man noch so ganz nichts von dem Sinnreichen darinne begriff, daß man auch nicht aus Schmeicheley zu loben wagte, ohne sich zu verrathen, daß es bloße Schmeicheley sey? – das kann ich nicht entscheiden: so viel bleibt gewiß, daß es bey vielen die lezte Ursache größtentheils wirkte, wenn auch die erste nichts dabey that; und diese Ursache zu entfernen, das heißt, sich nach der Absicht des großen mittlern Korbes zu erkundigen, hielt jedermann nach hergebrachter teutscher Sitte für unanständig.

Ein alter Oberster, der sich gänzlich über Zwang und Zurückhaltung hinwegsezte, brach endlich die Bahn: er wäre schon längst so vorlaut gewesen, wenn ihn nicht bisher die Betrachtung des Gartens beschäftiget hätte: doch izt kam die Reihe an Amors Käfig. – »Was ist das für ein Stall hier in der Mitte?« fragte er den sogenannten Maulesel des Grafen, der horchend hinter den Stühlen herumschlich und spionirte, was für Urtheile man über seine Arbeit fällte. – »Das ist kein Stall,« antwortete der empfindliche Erfinder. – »Es steckt ja doch da ein Vieh darinne: was solls denn seyn?« fragte der Oberste weiter – »Lesen sie doch nur!« war die höchsttrotzige Antwort hierauf.

Der Oberste folgte seinem Rathe, sezte die Brille auf, las die Inschriften und brachte mit Hülfe der gegenübersitzenden Nachbarin heraus: *Vivat Sophia Eleonora l'Amour encagé.* – »Hm!« brummte der Oberste, »das sollte ja wohl heißen: *Vivat Sophia Eleonora et l'amour encagé*?«

»So?« unterbrach ihn die Gräfin lächelnd. »Das hieße ja so viel als ob ich und die Liebe am besten aufgehoben wären, wenn man uns einsperrte.«

Er sann nach: – »Der Teufel! ja, das hieß es,« fuhr er heraus. »Haben Sie das gemeint, Herr Graf?«

Die Gräfin winkte zwar dem Obersten, ihrem Gemahl, der keinen Spaß verstund, die Frage nicht zu wiederholen: allein der übereilte Mann achtete auf keinen Wink, sondern schrie den ganzen streitigen Punkt mit allen Clauseln über die lange Tafel hinauf: der Graf wurde roth, weil ihm das Gespräch einen Tadel über sein Werk in sich zu schließen schien, und verbarg sein Misfallen damit, daß er sich stellte, als wenn er nichts verstehen könte. Unterdessen wurde die Materie um und neben dem Obersten, unter seinem Vorsitze, noch genauer untersucht. So bald nur Fräulein *Hedwig* – eine weitläuftige Anverwandtin der Gräfin, die als Wirthschaftsdame bey ihr lebte und zugleich die Stelle einer Guvernante bey der Baronesse *Ulrike* versah, die Krone aller häßlichen Fräulein – so bald sie, sage ich, heraus hatte, daß ein Amor im Käfig steckte, so konte sie nicht unterlassen, die Gesellschaft mit einem Gerichte von ihrer beliebten Gelehrsamkeit zu bedienen. »Das ist ja,« fieng sie an und reckte den dicken Kopf in die Höhe, »wie dort bey dem *Virgilio Marus*, wo die jungen Grafen des Aeneas den Amor in einen Topf stecken.«[1]

»Doch nicht in einen Nachttopf?« schrie der unsaubre Herr Oberste. Ob sich gleich Fräulein Hedwig bey seiner unanständigen Frage die Nase zuhielt, und die Mine des Ekels sich in ihrem Gesichte auf das lebhafteste ausdrückte, so erwischte sie doch die günstige Gelegenheit, ihrer Gelehrsamkeit Ehre zu machen, mit großer Herzensfreude. »Ach,« fuhr sie fort, »der arme Bube hat schon viel Herzeleid ausstehen müssen: wie dort bey dem *Ambrosius* wird er gar mit Stecknadeln gestochen, und im *Cicero Marcus* binden ihn die Hofdamen der Königin Semiramis mit ihren *jartieres*« –

»Womit?« unterbrach sie der Oberste. Fräulein Hedwig wiederholte es.

»Mit den Strumpfbändern also?« rief der Oberste.

Fi! antwortete das Fräulein mit Naserümpfen und nahm Tabak. Wer wird denn so etwas über Tafel nennen?

DER OBERSTE

Warum denn nicht?

FRÄULEIN HEDWIG

Ueber Tafel darf man von nichts reden, was unter der Tafel ist.

DER OBERSTE

Das mag wohl bey Ihren *Carus* und *Narrus* und wie die Kerle weiter heissen, Mode gewesen seyn: aber ich wüßte nicht, wer mirs wehren sollte, von Strümpfen und Schuhen –

DAS FRÄULEIN

Schämen Sie sich doch! Wer wird denn dergleichen Sachen deutsch nennen? Wenn Sie ja davon sprechen müssen, so dürfen Sie ja nur *chaussure* sagen.

DER OBERSTE

Was ist denn das bessers? – Ob ich, zum Exempel, sage: *Votre cû large* oder –

Indem er die Uebersetzung hinzufügen wollte, zog ein allgemeiner Aufstand an dem andern Ende der Tafel seine Aufmerksamkeit von der vorhabenden Disputation ab. Der kleine Amor hatte in seinen Käfig Langeweile: durch die Ausdünstungen des Essens, die eine Atmosphäre von Wohlgeruch um ihm bildeten, wurde sein Appetit ungemein rege gemacht: – diese beiden Ursachen trieben ihn an, mit seinen kleinen Fingern in die Biscuittorte, die auf dem Dache des Käfigs ruhte, hineinzubohren, und sich ein Stück herauszuzwicken. Der Genuß feuerte die Begierde noch mehr an, und da er ringsrum alles, was er durch die ofnen Zwischenräume der Latten erreichen konnte, heruntergeholt und verzehrt hatte, suchte er durch einen Stoß mit dem Bogen der Torte eine Wendung zu geben, daß sie ihm eine noch unangetastete Seite zukehrte: allein der Stoß gerieth in der Hitze der Leidenschaft zu stark, die Torte stürzte herab, in die Gärten der Alcina hinein, zerschmetterte Bäume, Hecken und Pavillons, taumelte über die Gartenmauer hinaus und fiel mit lautem Geräusche in eine Assiette hinein, daß ein dichter Platzregen von schwarzer Brühe auf die dort sitzenden herabströmte. Alles sprang auf, seine Kleider zu retten, als schon die ganze herumgesprühte Essenz auf ihnen lag: in Einem Tempo wurde eine ganze Reihe Stühle zurückgeworfen: Bediente schrieen, daß man ihre Zehen quetschte: die Kawalliere, denen die emporschnellenden Fischbeinröcke der Damen bey dem Aufspringen Ohrfeigen gaben, stolperten, um ihnen zu entgehen, über die Stühle hinweg: der kleine bucklichte Herr von E** wurde durch den einen Windflügel der Frau Geheimeräthin von S** so gewaltig aus allem Gleichgewichte gebracht, daß er zu Boden stürzte, und weil sich die Dame sogleich auf den zurückgestoßnen Stuhl wieder niedersezte, um sich die entstandnen Flecken abzuwischen, so deckte sie den ganzen kleinen gestürzten E** mit ihrem ungeheuren Fischbeinrocke zu, und in der Hofnung, daß sie bald ihren Sitz verändern möchte, blieb er geduldig liegen. Die gehofte Veränderung erfolgte nicht, und er fieng also an, sich aus seinem Zelte herauszuarbeiten. Der Kammerherr T**, der daneben stund, sah unter der Schleppe der Geheimeräthin zween ihn bekannte Menschenfüße hervorkommen und fragte: E**, wo sind Sie denn? – Hier! seufzte der arme Junker unter dem Fischbeinrocke hervor, spannte seine Schnellkraft an und kroch mit den Bewegungen einer Raupe, auf allen vieren aus der erstickenden Atmosphäre heraus.

Noch wußte Niemand, daß der Vogelbauer eine lebendige Kreatur verbarg, sondern man bildete sich ein, daß die Torte durch ihre eigne Schwerkraft den gefährlichen Fall gethan habe: Amor hatte sich, dem gegebnen Befehle gemäß, so still darinne gehalten, daß man ihn für eine Wachspuppe ansah, und seine Bewegungen bey dem Bestehlen der Torte wurden durch das Geräusch des Gesprächs verschlungen. Izt aber ward es ihm unmöglich, länger eine Puppe vorzustellen: der genoßne Biscuit fieng an, heftige Unordnungen in seinem kleinen Körper zu verursachen: die Schmerzen wüteten so heftig, und die Besorgniß vor einer entehrenden Aufführung quälte ihn so sehr, daß sich der arme Bube niedersezte und bitterlich weinte. Es war gerade Ebbe in der Unterhaltung, und alle Ohren wandten sich verwundrungsvoll nach dem Orte hin, woher die Klagetöne kamen: einige suchten unter der Tafel, aber die Gräfin lenkte ihre Augen sogleich auf den Käfig, sah aufmerksamer, als bisher, durch die schmalen Zwischenräume der Latten und wurde mit Erstaunen ihren lieben kleinen Heinrich gewahr. Hurtig gab sie Befehl, ihn herauszulassen: der schöngelockte Liebesgott drückte sein verschämtes Gesicht dicht an die Brust des Bedienten, der ihn herausnahm, und ließ sich voll von innerlichen Martern der gekränkten Ehre zum Zimmer hinaustragen. Knirschend trat er vor der Thüre hin, stampfte und warf, voll Aergers über sich selbst, den Bogen auf den Fußboden und deckte mit den kleinen Händen das glühende Gesicht zu. Man sprach ihm Trost ein; aber sein kindisches Herz fühlte schon zu sehr die Stacheln der Ehre und Schande, um sich durch Worte beruhigen zu lassen.

Die Gräfin war für ihn besorgt und zürnte bey sich nicht wenig über den tollen Einfall ihres Gemahls, der nicht weniger bey sich über den unschuldigen Liebesgott ungehalten war, daß er ihm durch sein unzeitiges Weinen den schönen Plan verrückt hatte: denn nach seinem Willen sollte er nach der Tafel mit dem Käfig abgehoben und seiner Gemahlin, wie ein Papagey, zum Geschenk überreicht werden. Beide sprachen seit dieser Begebenheit in den übrigen drey Stunden, die man noch bey Tafel zubrachte, wenig oder gar nichts mehr; und die Gäste aßen, tranken und hatten Langeweile während dieser Zeit auf die gewöhnliche Art.

SECHSTES KAPITEL

Bewundernswürdig ist der Mann, der zuerst die Kunst erfand, seine Leidenschaften, Empfindungen und Urtheile so tief in den innersten Winkel seiner Seele zurückzudrängen, daß auch nicht eine Linie breit von ihnen durch Miene und Geberden hervorschlüpfte: aber dreimal, wo nicht mehrmal bewundernswürdiger ist der Tausendkünstler, der zuerst seine Gesichtsmuskeln zur Freundlichkeit anspannen und seine Worte zum Lobe stimmen konnte, wo sein Herz zürnte und misbilligte. Wer sollte glauben, daß die Gräfin bey so vielem innerlichen Unwillen, bey so lebhaftem innerlichen Tadel, bey so starker Empfindung des Lächerlichen in dem *Amour encagé*, doch nach aufgehobner Tafel den Urheber desselben sogleich in ein Fenster ziehen, und ihm mit einer Freude, die fast bis zur Rührung stieg, für sein abentheuerliches Geschenk danken, und die Art, wie er ihr es machte, als schön, neu und *interessant* lobpreisen würde? – Ja, das that sie wirklich: sie küßte ihrem Gemahle einmal über das andre die Hand und versicherte ihn, daß sie den Knaben weder Tag noch Nacht von sich lassen werde, weil er sie beständig an die Dankbarkeit für ihres Gemahls Gnade erinnere. Jedes unter den Anwesenden, als man von der Sache näher unterrichtet war, hielt es für billig, dem Grafen, der ihnen so viele und schöne Essen vorgesezt hatte, ein Kompliment über seinen Vogelbauer zu machen, daß Michael Angelo durch seinen Bau an der Peterskirche nicht zur Hälfte so viel Lob und Bewundrung eingeärntet hat, als der Graf Ohlau mit seinem hölzernen Käfig. Die Gräfin gieng so weit, daß sie dem Manne, der bey der Erbauung die Aufsicht geführt hatte, verbindlich die Hand drückte, seine Arbeit als ein Meisterstück der Baukunst erhob und ihn für seine Mühwaltung mit zehn Louisdoren beschenkte. Der Graf schwamm in Entzücken: er fühlte sich über sich selbst erhoben, wie ein Künstler, der ein Denkmal seines Talents, dauernder als Erz, unzerstörbar durch Regen, Feuer und Wasserfluthen, vollendet hat.

Natürlich mußte dieses Entzücken für den Knaben einnehmen, der es veranlaßte: der Graf befahl sogleich, ihn aufzusuchen und herbeyzubringen, und die Gräfin gieng in eigner Person nach ihm, um ihn wegen des Unfalles bey Tafel zu beruhigen. Ihre Bemühung kam zu spät: die kleine Baronesse *Ulrike*, die schon einigemal genannt worden ist, war sogleich nach der Mahlzeit mit ihrer gewöhnlichen Ueberilung hinausgerennt, um den Liebesgott zu finden, von dem sie, als er aus dem Käfig herausgenommen wurde, ein hübsches weißes Händchen gesehen hatte, das sie in dem Augenblicke herzlich gern in die ihrige zu legen, zu drücken, zu liebkosen wünschte. Auch bildete sie sich ein, daß zu dem hübschen Händchen ein hübsches Gesichtchen gehören möchte, und eilte deswegen, ihre Neubegierde zu befriedigen, weil sie auch schon in ihrem siebenten Jahre eine große Liebhaberin von hübschen Mannsgesichtern war. Sie fand ihn auf dem nämlichen Platze schlafend, wo er sich im ersten Unwillen über seine beleidigte Ehre hingeworfen hatte. Er lag auf dem Fußboden in einer Ecke des Vorsaales, mit dem Kopfe auf einem hingeworfnen Stuhlküssen ruhend: die kleine runde Wange glühte, wie ein Abendroth, eine von den niedlichen Händchen war unter dem linken Backen verborgen, die andre lag auf dem rechten gekrümmten Knie. Die Baronesse ergriff sie, streichelte und drückte sie mit innigem Wohlgefallen an ihr Gesicht, gab der einladenden Wange einen herzhaften Kuß, kniete, trotz der Konsideration, in welcher sie eingekerkert war, vor ihm nieder und wiederholte, seine Hand in die ihrigen geschlossen, den Kuß so oft und lange, daß sie einige Zeit ganz auf dem Gesichte des Knaben liegen blieb. In dieser Stellung überraschte sie Fräulein *Hedwig*, ihre seynsollende Guvernante, watschelte, wie eine Gans, die halb fliegt und halb geht, auf sie zu und riß sie mit solchem Ungestüm von dem Liebesgotte hinweg, daß sie zurückstürzte. Die Baronesse, die überhaupt aus einem sehr elastischen Stoffe geschaffen war, rafte sich sogleich auf; und kaum war sie wieder auf den Füssen, als schon die Guvernante in völliger Rüstung dastand, die Hände in die Seiten gestemmt: ihre schielenden Augen leuchteten unbeweglich, wie ein Paar Schneeballen, aus dem kirschbraunen aufgeschwollnen Gesichte hervor, und die breiten aufgeworfnen Lippen zogen sich, wie ein Puderbeutel, auf und zu, indem sie sprach. Fi! schämen Sie sich! fieng sie an. Sich da, wie ein schlechtes Mädchen, auf einen gemeinen Jungen zu legen und ihm ein *gage d'amour* zu geben!

DIE BARONESSE

Ich hab ihn geküßt –

Fräulein Hedwig

O so schämen Sie sich und reden Sie nicht so pöbelhaft! Ein solches gemeines Wort in den Mund zu nehmen! Fi, Baronesse!

Die Baronesse

Alle Leute reden ja so. – Küssen! was –

Fräulein Hedwig

So hören Sie! Wiederholen Sie doch das garstige Wort nicht noch einmal! Haben Sie denn nicht Acht gegeben, wie ich mich über solche Unanständigkeiten ausdrücke? – Ich habe ihm ein *preuve d'affection*, ein *gage d'amour* gegeben: so muß man sprechen, wenn man honnett reden will. Die Lateiner nennen das *vinculus amoris*. Wenn Sie etwas gelernt hätten, brauchten Sie nicht sich so schlecht auszudrücken, wie ein gemeines Bürgermensch.

Ey! sagte die Baronesse mit dem natürlichsten Tone und hüpfte auf Einem Beine dazu; das läuft ja doch immer auf eins hinaus. – Der Junge ist allerliebst: ich hab ihn recht lieb.

Fräulein Hedwig

Reden Sie doch nicht so frey! Unser eins sagt von dergleichen Burschen: ich kann ihn wohl leiden.

Die Baronesse

Sehn Sie nur, wie er so artig daliegt! wie er die niedlichen Fingerchen auf dem Knie ausgestreckt hat!

Fräulein Hedwig

Ulrikchen! Wer wird denn von Knieen sprechen?

Die Baronesse

Wie soll ich denn sonst sagen?

Fräulein Hedwig

Gar nicht davon sprechen! Man muß nichts an einer Mannsperson nennen, was unter dem Kopfe ist.

Die Baronesse

Gefällt er Ihnen nicht?

Fräulein Hedwig

Ach, warum nicht gar gefallen? – Er ist mir nicht zuwider. – Er liegt da, wie der junge Prinz Adonis in des Grafen Kabinete. –

Die Baronesse hüpfte zu ihm hin und drückte ihm einen flüchtigen Kuß auf den Backen.

Lassen Sie das! sag' ich Ihnen, rief Fräulein Hedwig. Sie sind ja so frech, wie dort bey dem *Homerus* die Gräfin Lais.

Die Baronesse hüpfte auf Einem Fuße den Saal hinunter und sang sich eins dazu: indessen stand ihre Guvernante, in stummer Betrachtung verloren, vor dem schlafenden Amor und wurde von einer unwillkührlichen Bewegung so hingerissen, daß sie sich zu ihm hinneigte und ihm ein förmliches *gage d'amour* gab. War ihr Kuß auch für Schlafende zu herbe, oder drückte sie mit ihrem Rüssel den kleinen Heinrich zu sehr? – genug, er erhub seine Hand und gab ihr eine empfindliche Ohrfeige, welche die Göttin so sehr in den Harnisch jagte, daß sie die verbrecherische Hand ergrif und mit einigen derben Schlägen bestrafte. »Du ungezogner Bube!« sprach sie mit ärgerlichem Tone, und ihre dicke Pfote peitschte darauflos, wie eine Rackete den Federball. Die Baronesse war eben auf dem Rückwege in ihrem Tanze, als die Bestrafung des kleinen Heinrichs vor sich gieng: sogleich flog sie herbey, wie ein Ritter, der seine Geliebte von einem Drachen erlösen will, stieß das Fräulein zornig zurück und versetzte ihr in der ersten Ueberraschung des Unwillens einige Hiebe auf den Arm. Ihre Guvernante, die ihre Hände zu allen Arten von Waffen gebrauchte, wozu sie nur die Natur gemacht hat, legte ihre Finger in die Form einer Habichtskralle und grub mit vier Nägeln eine vierfache Wunde in den Arm der Baronesse. In diesem Augenblicke des Scharmützels langte die Gräfin an, um ihren Liebling in das Zimmer zu holen. Der Kleine, als er sie erblickte, sprang sogleich auf und lief ihr entgegen, die Baronesse desgleichen, nur Fräulein Hedwig, die durch den Stoß ihrer Gegnerin in eine sitzende Lage war versezt worden, konnte ihren dicken schwerfälligen Körper nicht von der Erde aufbringen: sie stemmte sich mit der Hand auf den Fußboden, und kaum hatte sie sich einige Zoll erhoben, so plumpte sie wieder mit allgemeinem Krachen in die vorige Lage zurück, daß die Fenster zitterten: die Scham vor der Gräfin machte ihre Bewegungen übereilt, und je mehr sie arbeitete emporzukommen, je erschöpfter und keuchender fiel sie wieder hin, bis endlich ein Bedienter herbeyeilte, um ihr emporzuhelfen: allein bey der Anwendung seiner Kräfte hatte er die Schwere der Maschine, die er aufziehen sollte, nicht genug berechnet: als sie beinahe schon stund, stürzte sie wieder mit einem lauten Schrey und zog ihren Helfer so unwiderstehlich mit sich nieder, daß er die Beine gen Himmel kehrte. Die Erderschütterung, die dieser doppelte Fall erregte, lockte die ganze Lackeyenschaft herbey, und unter allgemeinem Gelächter half man den beiden Unglücklichen endlich wieder auf die Füsse. Gräfin und Baronesse kondolirten dem Fräulein sehr herzlich, allein sie konnte den Triumph der leztern so wenig ertragen, daß sie, ohne ein Wort zu hören, zur Thür hinaus auf ihr Zimmer watschelte.

Die Gräfin gieng, die beiden Kinder an der Hand, zur Gesellschaft zurück: versteht sich, daß Jedermann seinen Witz anstrengte, ihr wegen der Gruppe, in welcher sie hereintrat, etwas Schönes zu sagen! Nachdem sie so durch den Witz einer doppelten langen Reihe im eigentlichen Verstande Spitzruthen gegangen war, stellte sie ihrem Gemahle ihre beiden Begleiter zum Handkusse vor. Der Graf wollte anfangen, sich zu freuen, allein man präsentirte die Karten, und ein Jedes gieng an den Ort seiner Bestimmung.

Für die Baronesse war dies eine erwünschte Begebenheit. Sie wanderte mit ihrem Amor in ein Nebenzimmer und ließ ihre lustige Laune in vollem Strome über ihn ausbrechen. Unter den mannichfaltigen kindischen Neckereyen, womit sie ihn überhäufte, und die er reichlich erwiederte, zog sie ihn besonders wegen seiner Pfeile auf. – »O du ganz erbärmlicher Amor!« rief sie und schlug die Hände zusammen; »willst die Leute mit Gänsespulen verwunden! Bist du nicht eine kleine Gans?« –

»Oh,« antwortete der verspottete Liebesgott und stellte sich mit einer tapfern Miene in Positur, »ich schieße alle Herzen im Leibe entzwey.«

»Schieß her!« foderte ihn die Baronesse auf und bot ihre Brust dar.

Der drollichte Knabe ergriff einen von seinen gefiederten Pfeilen und warf ihn nach ihrem Herze! das unschädliche Geschoß blieb in der Garnirung ihres Kleides hängen: die Baronesse stellte sich tödlich verwundet und sank rückwärts auf einen Sofa.

»Kann ich nicht treffen?« rief Amor und klatschte triumphirend in die Hände. –

O ihr guten Kinder! wüßtet ihr, welche Ungewitter die Liebe von diesem Augenblicke an über euch sammelt – ihr hättet nicht mit ihren Pfeilen gespielt.

»Ich will dich wieder lebendig machen,« sprach der siegende Liebesgott, hüpfte zu ihr hin und drückte auf den Mund seiner hingesunknen Psyche einen der lebhaftesten Küsse: mit ihm schlich ein geheimes Feuer in ihre Kinderseele, durch alle Nerven des kleinen Körpers schoß eine zitternde Flamme, ihr Herz schlug schneller, und alle ihre Sinnen schlummerten in ein minutenlanges Gefühl der sanftesten Behaglichkeit dahin.

Eben wollte der Dreiste die Lippen zurückziehn, als Fräulein Hedwig ins Zimmer trat. Sie rennte mit schwerfälligem Trabe nach dem Sofa hin, um sich zum zweitenmale unter einem schicklichen Vorwande für die Ohrfeige zu rächen: allein der Knabe war ganz mit Amors Unverschämtheit bewafnet: er trat zurück und drohte ihr, sie gleichfalls mit seinen Pfeilen zu erschießen. Die mürrische Guvernante war zum Spaß nicht aufgelegt und riß die Baronesse hinweg, mit der ernsten Vermahnung, sich nicht mehr mit einem so gemeinen Jungen einzulassen, weil sie sonst eben so verbrennen könte, wie die Königin Dido, da sie sich vom Grafen Aeneas umarmen ließ.

Die Vermahnung, so gut gemeint und so nöthig sie seyn konte, war auf einen schlechten Grund gebaut und that daher auch eine schlechte Wirkung: die Baronesse, die noch ganz Natur war, fühlte zwischen der Liebenswürdigkeit eines gemeinen und eines vornehmen Jungen keinen Unterschied, und so bald Fräulein Hedwig nur den Rücken wandte, wischte sie zum Zimmer hinaus, den gemeinen Jungen, der so wohlthuende Küsse gab, aufzusuchen. Die Alte, wenn sie ihre Abwesenheit inne wurde, sezte gleich mit allen Segeln hinter drein: Ulrike floh mit ihrem Liebesgotte aus einem Zimmer ins andre, wie ein Paar Tauben vom Geier verfolgt, und jedesmal retteten sie sich in eins, wo Gesellschaft war, und wo man sie also nicht ausschelten konte: so geschah diese Jagd einigemal während des Spiels.

Endlich rückte die Zeit des Balls heran: kaum war er eröfnet, so fand sich die Baronesse mit ihrem Amor auf dem Tanzplatze ein. Ihre Guvernante verwies ihr etlichemal diese unanständige Aufführung: allein ihre Verweise hatten immer etwas so komisches bey sich, daß man sich nie entschließen konnte, sie für Ernst gelten zu lassen. Sie tanzten muthig mit einander fort, bis der Graf auf die Entweihung der Gesellschaft durch die Gegenwart eines so gemeinen Jungens aufmerksam wurde: er untersagte seiner Schwestertochter alles fernere Tanzen mit ihm auf das schärfste, und ließ ihm einen Platz anweisen, wo er zusehen und den er bey Vermeidung der höchsten Ungnade nicht verlassen sollte. Die Baronesse begleitete ihn in sein Exilium und wich ihm nicht von der Seite, so oft man sie auch von ihm hinweggrief und hinwegführte.

Plözlich verbreitete sich durch den ganzen Saal das Gerücht, daß ein Gärtnerpursche bey Anzündung der Lampen, womit der mittelste Gang des Gartens erleuchtet werden sollte, von der Leiter gefallen sey und das Bein gebrochen habe. Der Graf kehrte sogleich alle Anstalten vor, daß es nicht zu den Ohren der Gräfin gelangte, die mit ihrer gewöhnlichen Empfindlichkeit über den Gedanken, sie sey die veranlassende Ursache seines Unglücks gewesen, die ganze übrige Zeit des Balles unmuthig und niedergeschlagen geworden wäre. Der Pursche war der Liebling der Baronesse, und kaum wußte sie seinen Unfall – weg war sie! In Einem Zuge die Treppe hinunter, über den Hof, in den Garten hinein, nach der Gärtnerwohnung zu! und diesen ziemlich langen Weg machte sie in dem ärgsten Regen, bey Donner und Blitz, in ihrem festlichsten Staate ohne die mindeste Bedeckung, daß ihr bey dem ersten Schritte in dem durchweichten leimichten Boden des Gartens die seidnen Schuhe stecken blieben: ohne sich dabey aufzuhalten, nahm sie beide in die Hand, und sezte ihre Reise in Strümpfen fort. Als sie bey dem Gärtner ankam, erfuhr sie von seinem kleinen Sohne, daß man den Purschen zu seiner Mutter in das Städtchen gebracht hatte: Jedermann war mit der durchs Donnerwetter verunglückten Illumination beschäftigt, und sie mußte den Knaben durch Geld bewegen, daß er sie mit einer Laterne zu dem Hause brachte, wo der Kranke lag. Sie machte sich in der nämlichen Witterung und mit der nämlichen Bekleidung auf den Weg, erreichte die Wohnung und fand den Chirurgus mit dem Verbinden beschäftigt. Mit der angelegensten Sorgfalt that sie ihn Handreichung dabey, half den Fuß halten, sprach dem Purschen Trost ein, wenn ihn der Schmerz zuweilen übermannte, ermahnte den Wundarzt, leise zu verfahren, und hielt bey ihm aus, bis die ganze Verrichtung vorüber war. Bey dem Abschiede gab sie der Mutter einen Gulden – ihr ganzes gegenwärtiges Vermögen – mit dem Versprechen, die Wohlthat zu vergrößern, so bald es ihre Umstände zulassen würden. Die Alte, die es entbehren konnte, nahm ihr Geschenk mit vielen Komplimenten an, und weil sie der Baronesse zu komplimentenreich dankte, so wischte diese zum Hause hinaus, ehe noch jene ihren Dank geendigt hatte.

In dem Schlosse hatte sie Niemand als Fräulein Hedwig vermißt, die deswegen ängstlich alle Zimmer durchlaufen war, ohne zu errathen, wo sie seyn möchte, ob sie gleich eine Entlaufung um irgend eines andern Bewegungsgrundes willen muthmaßte: denn solche Unbesonnenheiten waren ihr gewöhnlich. Sie konnte in keinem Winkel Ruhe finden, und war halb des Todes, als die Baronesse in zerrißner ungepuderter Frisur und schmuzigen Schuhen in der Gesellschaft auftrat. Mit einem freudigen »er ist verbunden« eilte sie zur Gräfin und erzählte ihr den ganzen Verlauf ihrer Expedition. Der Graf erblickte sie kaum, als er zu ihrer Guvernante voller Zorn gieng und ihr ihre Unachtsamkeit mit einem harten Verweise bezahlte, was sie eben so ängstlich befürchtet hatte: mit gleicher Entrüstung scholt er *Ulriken* über die Unanständigkeit, sich in so unsauberer Kleidung zu präsentiren, weidlich aus. Die Gräfin, welcher die Uebereilung der Baronesse im Herzen gefiel, küßte sie und sagte ihr freundlich: Du bist beständig ein solch *gutherziges unbesonnenes* Ding gewesen, und wirst es auch wohl bleiben. Geh auf dein Zimmer!

ZWEITER TEIL

ERSTES KAPITEL

Die Ursache, warum der Graf die Aufnahme des kleinen Heinrichs auf sein Schloß betrieb, hörte unmittelbar nach der Geburtsfeyer auf: er sollte das Werkzeug seiner Politesse seyn: das Werkzeug hatte seine Dienste gethan und war in seinen Augen nunmehr nichts bessers werth als – es wegzuwerfen. Es war ihm so herzlich zuwider, den gemeinen Jungen zuweilen um und neben sich zu dulden, daß die Gräfin besorgte, er werde ihr einmal eben so despotisch befehlen, ihm ihre Zuneigung zu entziehen, als er vorhin darauf drang, ihrer Liebe für ihn keine Gewalt anzuthun. Der Gehorsam wäre ihr izt in der ersten Hitze ihrer Gunst unendlich schwer gefallen: dafür ließ sie sich wohl nicht bange seyn, daß sie in dem äußersten Falle nicht Mittel genug finden werde, ihren Gemahl unvermerkt dahin zu leiten, daß er ihr wider seinen Willen eine Aufopferung untersagen mußte, die er gern von ihr gefodert hätte: allein sie hielt es doch für klüger, beizeiten vorzubauen, oder vielmehr, sie konnte nicht ertragen, daß Jemand ihren Liebling haßte, weil sie ihn so heftig liebte.

Ihr Götze war die *Neuheit*, wie die Politesse die Abgöttin ihres Gemahls: in den ersten Tagen, der ersten Woche einer neuen Zuneigung wurde ihr ihre Gewogenheit zu einem wirklichen Leiden: mit der Unruhe der höchsten Leidenschaft sorgte sie für den Gegenstand derselben: eine Minute Abwesenheit machte ihr Kummer, und in seiner Gegenwart war sie unaufhörlich mit sich selbst unzufrieden, daß sie keine Sprache noch Handlung wußte, um die ganze Stärke ihrer Liebe auszudrücken und zu beweisen. Heinrich durfte keinen Augenblick von ihrer Seite, mußte sie überall begleiten, sie lehrte ihn in eigner Person französisch lesen, ließ ihn schreiben, sann beständig auf neue Zeitvertreibe für ihn, und betrieb seinen Unterricht und sein Vergnügen mit solchem Eifer, daß sie Tage lang nicht aus dem Zimmer kam. Er saß auf ihrem Schooße, hieng ihr am Halse, sie küßte und liebkoßte ihn, wie den zärtlichsten Liebhaber, und wartete ihm auf, wie ihrem Gebieter: ein Wink von seinen Augen, ein Wörtchen, nur die mindeste Aeußerung eines Wunsches! – und sie flog sogleich ihn zu befriedigen. Er hatte ihr Herz so ganz ausgefüllt, daß außer ihn für sie nichts in der Welt war, das ihr nur eine sekundenlange Aufmerksamkeit wegstehlen konnte: die Baronesse Ulrike, ihr Gemahl – alles war für sie so gut als vernichtet.

Je stärker dieser Paroxysmus zunahm – denn weiter war es im Grunde nichts als der Anfall eines leidenschaftlichen Fiebers – je empfindlicher wurde ihr der bemerkte Widerwillen ihres Gemahls gegen ihren Günstling. Um ihn zu heben, fragte sie ihn eines Tages bey Tafel, ob er auf den Sonntag nicht in die Kirche fahren und einen kleinen Türken dabey paradiren lassen wollte, der in seine Dienste zu treten wünschte. Der Graf merkte, wen sie meinte, und sagte Ja. Der Sonntag erschien und Heinrich war auf ihre Unkosten in Atlas als Türke gekleidet.

Eine solche Kirchenparade war eins der angenehmsten Opfer, womit der Graf zuweilen seiner übermäßigen Prachtliebe und seinem Stolze schmeichelte. Seine ganze Hofstatt wurde alsdann beritten gemacht: die Jäger seiner ganzen Herrschaft mußten sich in ihrem völligen Ornate Tags vorher einfinden, um den Zug verlängern zu helfen, der von dem Schlosse durch alle Gassen des Städtchens, die für eine Kutsche breit genug waren, bis zur Kirche gieng. Die Hälfte der Jäger zu Pferde mit vor sich gestellten Büchsen eröffnete ihn: an sie schloß sich alles, was nur auf einem Pferde sitzen konnte und eine Bedienung ohne Liverey bey dem Grafen hatte, in dem auserlesensten Schmucke; alle ritten in weißen seidnen Strümpfen und großen breiten Haarbeuteln, weil es der Graf für unanständig hielt, bey einer so feyerlichen Gelegenheit gestiefelt zu erscheinen. Auf diese galante Kawallerie folgte die sämtliche Liverey zu Fuß, mit langen spanischen Schritten, strotzend und starrend in reich verbrämten Galakleidern; alsdann wurde in einem Staatswagen, geräumig wie ein Tanzzimmer, der Graf, in einem zweiten eben so großen die Gräfin, in einem dritten die kleine Baronesse, die in dem großen Gebäude kaum zu finden war, und in einem vierten Fräulein Hedwig wohlgemuth, ein jedes mit Pferden von einer andern Farbe, dahergezogen: den Beschluß machte der Rest der löblichen Jägerschaft. Auf der rechten Seite der Kutsche, die den Grafen trug, gieng zum Unterscheidungszeichen der wohlbeliebte Maulesel des Grafen in seiner scharlachnen goldbeladnen Uniform; und die leere Stelle auf der linken Seite mußte auf Veranstaltung der Gräfin ihr Liebling in seinem atlaßnen Türkenkleide einnehmen.

Eine solche Kirchfahrt war für den Grafen das köstlichste Vergnügen der Erde: er fühlte sich so wohl, wenn er sich in dem gläsernen Kasten wiegte, so zufrieden mit sich selbst! – Auch war es der sicherste Weg zu seiner Gunst, wenn man seine abentheuerliche Kirchenparade verherrlichen half; und die Gräfin hatte aus keiner andern Absicht ihren Heinrich zu seinem Kammertürken gemacht. Die Idee nahm ihn so sehr ein, daß er mit beständigem Wohlgefallen aus der Kutsche auf den kleinen Muselmann herabsah: er dünkte sich auf der Leiter der Hoheit um ein paar Sprossen weiter hinaufgerückt. Da seine Gemahlin sonst dergleichen Aufzüge aus dem guten Grunde verhinderte, weil sie ein Muster von Lächerlichkeit darinne fand, so war die Freude izt desto lebhafter, daß sie ihn selbst dazu ermunterte: alles, auch selbst die Knoten seiner Perücke, wallten vor Entzücken an ihm.

Dies war der wichtige Augenblick, wo der kleine Heinrich den ersten Schritt zur Gnade des Grafen that, und wo die Vermuthung des Publikums über seine unehliche Geburt zur Gewisheit wurde. Dies konnte um so viel leichter geschehen, da sein Vater erst zwey Jahre in den Diensten des Grafen und in dem Städtchen war, und also seine vorhergehenden Familienumstände an diesem neuen Wohnorte noch in einer kleinen Dunkelheit lagen.

Noch den nämlichen Tag empfieng er zur Belohnung der treugeleisteten Begleitung einen besondern Beweis von der Gunst seines Patrons. Wenn das Wetter nicht günstig war, um den prächtigen sontäglichen Spatziergang zu machen, wovon ich schon eine Beschreibung geliefert habe, so wurden die vakanten Stunden mit andern ganz eignen Lustbarkeiten ausgefüllt. In einem solchen Falle befand sich der Graf eben izt: trübe Regenwolken überzogen Nachmittags den Himmel und drohten jeden Augenblick mit Regen: er ließ also alle Stallleute zusammenrufen, sie mußten sich unter seinem Fenster im Zirkel stellen und zu einem Wettkampfe bereit halten. Dieser Wettstreit bestand in nichts geringerm als daß er Aepfel oder Kupferpfennige unter sie auswarf, damit sie sich darum balgten: sobald die ausgeworfne Kleinigkeit in ihren Kreis herabfiel, stunden sie alle aufmerksam da, die Augen auf den Preis geheftet: der Graf blies in ein Pfeifchen, und sogleich stürzte auf dieses Losungszeichen der ganze Haufen über einander her, balgte, raufte, krazte und drückte sich um des Plunders willen, während dessen immer neue Anreizungen zum Streite über sie herabgeworfen wurden. Sollte das Spiel recht anziehend werden, so ließ er die Erde mit Wasser befeuchten, oder stellte es nach einem starken und langen Regen an, wenn der leimichte Boden schlüpfrig und durchweicht war, daß man bey jeder Bewegung ausgleitete und hie und da einer sein Bild in Lebensgröße in das nasse Erdreich eindrückte. Bey dieser hohen Ergözlichkeit hatte der neue Kammertürke die Gnade, das Körbchen zu halten, das die auszuwerfenden Kupferpfennige enthielt. So klein diese Gnadenbezeugung vielen scheinen mag und auch in der That ist, so war sie doch in den stolzen Augen des Grafen von ungemeiner Erheblichkeit: er erzeigte Jemandem alsdann die größte Gnade, wenn er sich einen Dienst von ihm thun ließ: das war sein Grundsatz, und insofern mußte sich der kleine Herrmann viel wissen; denn der Graf brauchte ihn unaufhörlich zu seiner Bedienung, wo er zu brauchen war: und da er ihn nunmehr in dem Lichte als ein ihm unterwürfiges, *dienendes* Subjekt betrachtete, so hatte er wider seinen Aufenthalt auf dem Schlosse nichts mehr einzuwenden.

Aber desto mehr die Gräfin wider die öftern Bedienungen, die er von ihm foderte: es war ihr höchstverdrüßlich, daß er so oft von ihr und ihren Beschäftigungen mit ihm abgezogen wurde; und weil sie ihren Gemahl durch keine Vorstellung darüber beleidigen wollte, so gieng sie so weit, daß sie sich ganze halbe Tage in einem abgelegenen Pavillon im Garten verschloß, ohne daß Jemand wußte, wohin sie war.

Plötzlich, wie ein Fieber ausbleibt, stund bey der Gräfin ihre Leidenschaft für den Knaben still: ohne die mindeste Veranlassung, sogar ohne die mindeste Unzufriedenheit mit ihm erlöschte ihre Zuneigung: es wurde ihr lästig, ihn beständig um sich zu haben, beschwerlich, sich mit ihm abzugeben, selbst unangenehm, ihn zu sehen. So schöpfte sie meistentheils im Anfange jeder Leidenschaft das Herz mit so vollen überlaufenden Eimern aus, daß auf einmal eine gänzliche Trockenheit entstand: allmählig begann die ausgetrocknete Quelle wieder zu fließen, und nunmehr ward erstlich eine vernünftige gemäßigte Neigung daraus, die die Zeit weder vermehrte noch verminderte, die nie strömte, sondern nur zuweilen auf kleine Zeiträume anschwoll und dann zu einem stillen ordentlichen Laufe wieder zurückkehrte.

Heinrichs Glück war es, daß das erste Aufschwellen ihrer Liebe bey ihm so bald vorbeyschoß: er wäre der verzärteltste, eigenwilligste, unleidlichste Pursche durch sie geworden. – Um sich seiner zu entledigen, übergab sie ihn dem jungen Manne, den der Graf für den Unterricht der Baronesse besoldete. Er hieß *Schwinger*.

ZWEITES KAPITEL

So viel Glück es für den kleinen Herrmann war, in die Hände seines neuen Lehrers zu gerathen, so viel Freude verursachte es diesem, die Laufbahn seiner Unterweisung und seines pädagogischen Ehrgeizes dadurch erweitert zu sehn. Er war einer von den Unglücklichen, denen die Natur viele Kraft, und das Schicksal nichts als unwichtige Gelegenheiten giebt, sie zu äußern: Talente und Ehrbegierde bestimmten ihn, ein Volk zu regieren, und weil sich kein Volk von ihm regieren lassen wollte, so regierte er – Kinder. Um ihn noch mehr zu tücken, nöthigte ihn sein widriges Geschick, den Platz in dem Hause des Grafens anzunehmen und in dem engern Kreise, der dem Unterrichte eines Frauenzimmers meistentheils vorgezeichnet wird, wie ein Vogel in dem Rade, womit er sich einen Fingerhut voll Wasser aufzieht, umzulaufen. Ein Pferd, das gern mit gestrecktem Galop über Felder, Hügel, Thal und Berg in die weite Welt dahinrennen möchte und gezwungen wird, täglich in einen Zirkel von etlichen Ellen im Durchschnitte, sich herumzudrehn und einerley Bewegungen zu wiederholen, kann nicht so bäumen, so brausen, und von dem innerlichen niedergehaltnen Feuer geängstigt werden, als dieser arme Jüngling, zumal da seine Schülerin mehr einen lebhaften als wißbegierigen, mehr einen unternehmenden als fähigen Geist hatte, bey wenig Lust auch nur wenig in ihrer Wissenschaft fortrückte und in nichts merklich zunahm als im Briefschreiben, worinne sie frühzeitig ungewöhnliche Fertigkeit und eine angenehme fließende Sprache erlangte. Er wollte außer sich wirken, pädagogische Lorbern einsammeln und hatte kein Feld, wo er sie pflücken konnte: Muth, Geist und Nerven erschlaften in ihm: er verzehrte sich selbst.

Er saß eben, als ihm die Gräfin ihren entsezten Liebling übergeben wollte, voll trüber unruhiger Empfindungen im Garten in der Einsiedeley – einem düstern Tannenwäldchen, dessen schlanke Bäume so dicht an einander standen, daß ihre verschlungnen Wipfel fast nie einen Strahl Tageslicht durchließen. Mitten unter ihnen hatte man auf einem leeren Platze einen künstlichen Berg aufgeworfen und eine Höle hineingewölbt, deren Wände mit Moos überzogen waren und beständige Kühlung gewährten. Nicht weit davon machten zwey Mühlen ein angenehmes Getöse, und wenn man in der Höle saß, erblickte man durch die glatten Stämme der Tannen den blinkenden Wassersturz eines Wehrs, der wie ein ausgespanntes Tuch mit einem holen Brausen herniederschoß. Jedermann im ganzen Hause des Grafen, den geheimer Kummer, Vapeurs, Hypochondrie oder schlechte Verdauung quälte, flüchtete an diesen Schuzort der Melancholie, und Niemand, wenn seine Wunde nicht zu tief in der Seele saß, gieng leicht ungetröstet hinweg: die einförmige Musik des Wassers und die todtstille Finsterniß wiegten sehr bald in einen sanften Schlummer ein, der Herz und Nerven erquickte.

Die Gräfin suchte damals diese Zuflucht, um sich vor der Langeweile zu schützen, die gewöhnlich bey ihr und vielleicht bey jedem Menschen den Zustand begleitete, wenn sie eines Vergnügens überdrüßig war und wie auf Stahlfedern, mit einem unbestimmten Verlangen nach Neuheit hin und her schwebte. Sie fand alsdann nirgends Ruhe: alles war ihr zuwider: ängstlich irrte sie aus dem Zimmer in den Garten, und aus dem Garten in das Zimmer, fieng zehn Arbeiten an, beschäftigte sich mit jeder einige Minuten und warf sie weg, fütterte die indianischen Hühner ein paar Augenblicke und warf ihnen ungeduldig das ganze Brod vor die Füße, sah ihre Gemählde, ihre Kupferstiche durch und gähnte, blickte in ein Buch, las zwey Zeilen und legte es gähnend neben sich, holte ein anders und schlief ein. In einem solchen Gemüthszustande kam sie izt in den Garten, ihr bis zur Sättigung geliebter Heinrich, der sie eben in jene unruhige Langeweile versezt hatte, gieng hinter ihr drein, einen Theil von Geßners Schriften unter dem Arme, die sie unter allen deutschen Produkten des Geschmacks allein und gern las. Ihre Füße trugen sie von selbst zu dem Tannenwäldchen und der Einsiedeley, wo sie *Schwingern* mit einer ähnlichen Krankheit behaftet, antraf. Er war gewohnt neben ihr zu sitzen, wenn ihr Gemahl nicht dabey war, der das Sitzen eines Mannes, den er bezahlte, in seiner Gegenwart als eine unanständige Vertraulichkeit verwarf: er nahm also, ohne ihren Befehl zu erwarten, nach der ersten Begrüßung sogleich wieder Plaz.

Sie sind verdrießlich, fieng die Gräfin mit verdrießlichem Tone an. Seyn Sie doch aufgeräumt! Ich weis gar nicht, warum ich nun seit drey Tagen kein einziges fröliches Gesicht auf dem ganzen Schlosse erblicke. Wen ich anrede, der antwortet mir mit dem langweiligsten Ernste, und wenn er ja lacht, so sieht mans doch genau, daß er sich dazu zwingt. Selbst die Bäume im ganzen Garten sehn so unmuthig, so gelbgrün aus, als wenn der ganzen Natur nicht wohl zu Muthe wäre. – Sagen Sie mir nur, ob Ihr Leute alle auf einmal hypochondrisch geworden seyd?

SCHWINGER

Vermuthlich scheinen wir alle darum nicht aufgeräumt, weil es Euer Excellenz nicht sind –

DIE GRÄFIN

Ich? nicht aufgeräumt? – Ich dächte, daß ichs wäre. – Wissen Sie kein Mittel wider die Langeweile?

SCHWINGER

Wenn Beschäftigung oder Zerstreuung nicht hilft –

DIE GRÄFIN

Wenn Sie sonst keine Arzney wissen, diese kenn' ich. – Thun Sie mir nur den Gefallen und machen Sie nicht ein so langweiliges Gesicht: man wird ja selbst verdrießlich, wenn man sie nur ansieht.

SCHWINGER

Ich beklage unendlich – so will ich mich lieber entfernen –

DIE GRÄFIN

Bleiben Sie nur! – Wissen Sie nichts neues?

SCHWINGER

Nichts als das einzige –

DIE GRÄFIN

Erzehlen Sie mirs nicht! Es ist doch vermuthlich etwas Langweiliges. – Finden Sie nicht auch, daß die Welt immer alltäglicher wird?

SCHWINGER

Ja, ich fühle sehr oft die Last der Einförmigkeit.

DIE GRÄFIN

Unausstehlich einförmig ist alles. – Es fehlt Ihnen wohl an Zeitvertreiben bey uns? – Trösten Sie sich mit mir! Der Graf macht mir immer so viele Veränderungen, daß ich – A propos! ich will Ihnen einen neuen Zeitvertreib schaffen. Hier den kleinen Heinrich nehmen Sie zu sich, unterrichten und erziehen Sie ihn, so gut sie können: vielleicht läßt sich etwas aus ihm machen. Er soll Ihnen ganz überlassen seyn: die nöthigen Bücher und andere Dinge fodern Sie von mir!

SCHWINGER

Für dieses Geschenk danke ich mit so vieler Freude als wenn –

DIE GRÄFIN

Ich bitte Sie, machen Sie mir durch ihre Komplimente keine Langeweile! – ich kann Ihnen vor der Hand keine Vermehrung des Salars versprechen: allein wir werden schon sehn!

SCHWINGER

Ich bin völlig zufrieden, völlig zufrieden, daß ich eine Arbeit bekomme, die mehr Thätigkeit fodert, als meine bisherige: und wenn ich nur den Beifall Ew. Excellenz verdienen könnte –

DIE GRÄFIN

Sie werden mich Ihnen verbinden, wenn Sie ein wenig Fleis auf den Purschen wenden. – Sehn Sie, wer kömmt!

Schwinger gieng, es zu untersuchen, und berichtete, daß es der Graf sey. – Ach! brach die Gräfin in der ersten Ueberraschung des Verdrusses aus; da wird erst – »die Langeweile angehn« wollte sie sagen; allein sie unterbrach sich und sezte hinzu, als eben der Graf in die Einsiedeley trat: Sie erzeigen mir sehr viel Gnade, daß Sie mir ihre unterhaltende Gesellschaft gönnen, gnädiger Herr.

Der Graf machte ein Gegenkompliment, sezte sich und gähnte. Ich habe schreckliche Langeweile auf meinem Zimmer gehabt, fieng er an. Wenn man keinen Gefallen mehr an der Jagd findet, so weis man immer nicht, was man mit der Zeit anfangen soll. Alle Tage Gesellschaft aus der Nachbarschaft zusammen zu bitten, ist sehr beschwerlich. Ich bedaure Sie nur, daß ich nicht genug zu Ihrem Vergnügen beytragen kann –

DIE GRÄFIN

Mein größtes Vergnügen ist Ihre Gesellschaft. Ihre Unterhaltung läßt mich nie Langeweile haben.

Der Graf versicherte, daß er solche liebreiche Gesinnungen zu verdienen suchen werde, gähnte und schwieg. Beide saßen lange stumm da, wie die leibhaften Bilder des Verdrusses – hin und wieder eine kahle Frage nebst einer eben so kahlen Antwort – dann ein schmeichelhaftes Komplimentchen – hinter jeder Anrede und Antwort ein langes Intervall von Stillschweigen – das war ihr höchstunterhaltendes Gespräch. Nachdem sie sich fast eine halbe Viertelstunde mit einem so mühseligen Dialoge gemartert hatten, so versicherte der Graf, daß er durch seine Gemahlin ganz aufgeheitert worden sey, und sie that ihm aus Erkenntlichkeit die Gegenversicherung mit schläfrigem Tone, daß er ihr eine der schlechtesten Launen durch seine Gegenwart vertrieben habe.

Als diese lebhafte Unterhaltung ganz erloschen war, fand sich die Baronesse bey der Einsiedeley ein und stuzte, daß sie zusammenfuhr, da sie beym Eintritte Onkel und Tante mit niedergesenktem Haupte in tiefem Stillschweigen erblickte. – Was willst du? fragte der Graf. – Die Zeit wurde mir auf dem Zimmer zu lang, antwortete sie.

Die kleine Heuchlerin! Sie war ausgegangen, den kleinen Herrman aufzusuchen; und die Zeit wurde ihr auf dem Zimmer zu lang, weil er nicht bey ihr war.

Immer wird dir die Zeit zu lang, fuhr der Graf fort. Klagen *wir* doch niemals darüber. Mache es wie *wir*, so wird dir die Zeit niemals zur Last fallen. Setze dich zu uns! Unterhalte dich! Ein lebhaftes Gespräch, wie das unsrige, läßt gar nicht daran denken, daß es Zeit giebt.

Wo ist Hedwig? fragte die Gräfin. – Die Baronesse berichtete, daß sie schon über eine halbe Stunde ausgegangen sey.

Die lebhafte Unterhaltung stund abermals still, wie ein ausgetrockneter Bach.

Nach einigen Minuten hörte man Fräulein *Hedwigs* Stimme sich mit vieler Heftigkeit nähern und zugleich ein Geräusch, als wenn ein ganzes Regiment Infanterie hinter ihr drein marschirte. Die Baronesse sah sich darnach um, und brachte die Nachricht zurück, daß Fräulein Hedwig in Begleitung der sämtlichen Domestiken anrücke. Unmittelbar darauf erschien sie in höchsteigner Person: weil sie Niemanden in der Höle vermuthete, stellte sie sich einige Schritte weit von ihr hin, den Rücken nach dem Eingange gekehrt. Die Bedienten traten in einen Halbzirkel und hörten aufmerksam zu. Mit lauter Stimme, den rechten Arm ausgestreckt, die Hand geballt und den Zeigefinger in eine demonstrirende Lage gesezt, hub sie an:

»Dort in Norden steht *Vrsus magnum*, auf deutsch der große Bär genannt« – Schnapp, riß ihr ganzes Auditorium aus, als wenn einem Jeden der große Bär auf den Schultern säße und ihn verschlingen wollte. Ihre Demonstration blieb vor Verwunderung in der Luftröhre stecken, und lange stund sie mit ausgestreckter Hand, wie versteinert, da und sah den flüchtenden Zuhörern nach. Endlich drehte sie sich um, von ihrer Arbeit in der Höle auszuruhen, wurde den Grafen gewahr und begriff nunmehr die plözliche Flucht ihrer Schüler: der Anblick des Grafen, den sie alle wie eine Gottheit fürchteten, hatte sie verscheucht. Sie schämte sich und trat mit einer tiefen Verbeugung in die Höle hinein.

Die Gräfin erkundigte sich lächelnd nach ihrer gehabten Verrichtung, und ob sie sich gleich anfangs weigerte, die Wahrheit zu gestehen, so trieb man sie doch durch wiederholte Fragen so in die Enge, daß sie bekannte, sie habe erschreckliche Langeweile auf ihrem Zimmer gehabt und sey deswegen darauf verfallen, die Domestiken auf *pathetische* Art im Spatzierengehen, wie Aristoteles, die Astronomie zu lehren.

Warum geben sie sich mit solchen schlechten Leuten ab? sagte der Graf. Wissen Sie denn keine bessere Gesellschaft? – Setzen Sie sich zu uns! so wird es Ihnen nicht an Zeitvertreibe fehlen.

Fräulein Hedwig gehorsamte mit dankbarer Ehrerbietung und schwieg. Niemand sprach ein Wort. – Nach langer allgemeiner Stille erhub sich der Graf. Man redet sich, sagte er, in der Länge müde und trocken: wir wollen zusammen ausfahren. – Die Baronesse übernahm freywillig das Geschäfte, die Kutsche zu bestellen.

In der Kutsche war das Gespräch eben so belebt wie in der Einsiedeley und an allen Enden und Orten, wo sich der Graf befand: denn er foderte als ein Zeichen des Respekts, daß man in seiner Gegenwart schwieg, daß man gern in seiner Gesellschaft war und sich nirgends besser vergnügte als bey ihm, wenn man gleich voll Langerweile in Ohnmacht hätte sinken mögen: wirklich bildete er sich auch ein, daß seine Gesellschaft die beste sey, weil er Jedem eine große Gnade zu erzeigen glaubte, dem er sie gönnte.

DRITTES KAPITEL

Unmittelbar nach der Erscheinung des Grafen in der Höle war *Schwinger* mit seinem neuen Untergebenen davon geeilt, um sich mit ihm über die Verbindung zu freuen, in welche sie treten sollten. Er fand sehr bald in ihm viel Talente, schnelle Begreifungskraft, festes Gedächtniß, Witz und einen hohen Grad von der vorzeitigen Wirksamkeit der Urtheilskraft, die man gewöhnlich *Altklugheit* bey Kindern nennt. Ueber die Vorfälle und Revolutionen des Hauses, über die Handlungen der Personen, die es ausmachten, über die Art, wie man bey gewissen Gelegenheiten verfahren sollte, entwischten ihm oft so glückliche Bemerkungen und Urtheile, daß sein Lehrer wünschte, sie selbst gesagt zu haben. Gegen den eigentlichen Bücherfleiß hatte er eine große Abneigung. Sachen, die man gewöhnlich nur lernt, um sie zu wissen, nahm sein Kopf, wie eine unverdauliche Speise, gar nicht an: was ihm die Unterredung seines Lehrers darbot, faßte er gierig auf und erlangte durch diesen Weg eine Menge Kenntnisse, die ihn selbst in den Augen der hochgelehrten Fräulein *Hedwig* zu einem Wunder von Gelehrsamkeit machten. Genau betrachtet, merkte man deutlich, daß sein Kopf nicht gestimmt war, Eine Wissenschaft durchzuwandeln und in ihre kleinsten Steige und Winkelchen zu kriechen, oder jedes Blümchen und Grashälmchen, das Alte und Neuere in ihr gesät, erzeugt, geärntet haben, genau zu kennen; sein Blick gieng beständig ins Weite, war beständig auf ein großes Ganze gerichtet: was er lernte, verwandelte sich unmittelbar, so zu sagen, in seine eignen Gedanken, daß ers nicht gelernt, sondern erfunden zu haben schien, und seine Anwendungen davon bey den gewöhnlichen Vorfällen des Lebens waren oft sehr sinnreich und nicht selten drollicht.

Was seinem Lehrer die meiste Besorgniß machte, war der ungeheure Umfang seiner Thätigkeit und Leidenschaft. Dieser junge Mensch, sagte er sich oft, muß dereinst entweder sich selbst, oder Andre aufreiben. Seine große Geschäftigkeit, wenn sie der Zufall unterstützt, und ihr nicht Unglück, Warnung, Erfahrung und natürliche Rechtschaffenheit beyzeiten die nöthige Richtung und Einschränkung geben, wird alles in ihren Wirbel hinreißen, sein Ehrgeiz alles erringen und sein Stolz alles beherrschen wollen: stößt ihn aber das Schicksal in einen engen Wirkungstrieb hinab, der seine Thätigkeit zusammenpreßt, dann wird er, wie eine zusammengedrückte Blase voll eingeschloßner Luft, zerspringen, sich selbst quälen und auf immer unglücklich seyn. Gleichwohl kann ich nach meiner besten Einsicht nichts für ihn thun, als daß ich seinen Ehrgeiz auf nüzliche, gute und wahrhaftig große Gegenstände leite, sein natürliches Gefühl von Rechtschaffenheit belebe und durch unmerklich eingeflößte Grundsätze stärke; daß ich ihn im strengsten Verstande zum ehrlichen Mann zu machen suche, und dann alle Leidenschaften in ihm aufwecke, damit sein Ehrgeiz durch ihr Gegengewicht gehindert wird, sein Herz ganz an sich zu reißen. Ob aus ihm das Schicksal einen Lasterhaften oder Tugendhaften, einen großen Mann oder stolzen Windbeutel werden lassen will, das steht in seiner Gewalt: ich habe wenigstens verhütet, daß er nie ein Bösewicht oder Schurke seyn wird.

Nach diesem Plane predigte er ihm nie die Unterdrückung der Leidenschaften, gebot ihm nicht, sie niemals ausbrechen zu lassen, sondern ließ der Wirksamkeit seiner Natur freyen Lauf, und war blos bedacht, seine Denkungsart durch Beispiele und seltne, gleichsam nur hingeworfne Maximen zu bilden. Mit den großen Männern der Geschichte ward sein Lehrling in kurzem so bekannt, wie mit Vater und Mutter: ihre guten und bösen Handlungen wußte er auswendig: sie begleiteten ihn ins Bette, bey Tische und auf den Spatziergang: sie waren seiner Einbildungskraft allgegenwärtig, wie das Bild einer Geliebten: er unterredete sich in der Einsamkeit mit ihnen, sah sie vor sich hergehn, tadelte und bewunderte sie. Ihre Büsten, in Gyps geformt, waren seine tägliche Gesellschaft: er stellte den Kopf des Cicero auf den Tisch, einen weiten Halbzirkel bärtiger Römer, wenn sie auch hundert Jahr vor ihm gelebt hatten, um ihn herum, und hielt dann hinter ihm eine nervöse durchdringende Rede wider den Katilina, ermahnte die ehrwürdigen Väter der Stadt, das Ungeheuer zu verbannen und beseelte ihren schlaffen Muth mit römischem Feuer. Am öftersten mußte Kato die ausschweifenden Sitten, die Pracht und Verschwendung seiner Mitbürger schelten und sie zur Mäßigkeit, Sparsamkeit und wahren Größe des Herzens ermuntern, wobey er niemals vergaß – so sehr es auch wider die Chronologie war – ihnen sein eignes Beispiel zu Gemüthe zu führen. Wenn in seinem Gypssenate Unterhandlungen über Krieg und Frieden gepflogen wurden, so konnte man allemal sicher seyn, daß es zum Frieden kam: war aber vielleicht einer von den asiatischen Königen, ein Antiochus oder Mithridat, zu übermüthig, so entstand zuweilen in der Rathsversamlung selbst so heftiger Krieg, daß sich die streitenden Gypsköpfe die Nasen an einander entzwey stießen. Wenn eine Scene aus der neuern Geschichte aufgeführt wurde, so brauchte er die nämlichen Schauspieler dazu, und nicht selten traf das Unglück den armen Kato, daß er den Thomas Becket vorstellen mußte. Das härteste Schicksal widerfuhr jederzeit Leuten, die ihr Wort nicht gehalten, andre betrogen, überlistet, oder niederträchtig gehandelt hatten: sie wurden mit Ruthen gestäupt, und dem Nero grub er einmal die Augen förmlich aus, weil er ihm zu geldsüchtig war. Dergleichen Schauspiele wurden meistentheils in Gesellschaft der kleinen Baronesse aufgeführt, die oft, starr und steif vor Aufmerksamkeit, unter den alten Römern saß und einmal bey einer Leichenrede des Julius Cäsar durch die Beredsamkeit des kleinen Redners bis zu Thränen gerührt war. Zu gleicher Zeit grub sich seine niedliche Figur, die sie bey solchen Gelegenheiten in so mancherley vortheilhaften Stellungen und Wendungen, in so einnehmenden Bewegungen erblickte, immer tiefer in ihr Herz, und man kann behaupten, daß sie von jedem seiner Spiele um einen Grad verliebter hinweggieng. Wenn man noch überdies erwägt, daß seine dabey gehaltnen Reden, entweder durch die Stärke des Tons, womit er sie ans Herz legte, oder auch durch den Ausdruck und die eingestreuten Sentiments, die er aus den Unterredungen seines Lehrers aufgefaßt hatte, jederzeit einen Eindruck auf sie machte, so wars kein Wunder, daß sie schon in ihrem neunten und zehnten Jahre von den großen Eigenschaften und dem Reize eines achtjährigen Redners so gut hingerissen wurde, als ein achtzehnjähriges Mädchen von einem schöntanzenden Jünglinge. Einem schönen Körper in reizender Bewegung widersteht eine weibliche Seele in keinem Alter.

Bey ihrem Geliebten hingegen war jede Liebkosung, die er ihr verstohlner Weise gleichsam hinwarf, jede Gefälligkeit, womit er sie überhäufte, mehr kindische Galanterie als Liebe. Es ließ sich zwar mit einer kleinen Aufmerksamkeit wahrnehmen, daß die tägliche Gesellschaft der Baronesse in den Lehrstunden, ihr Umgang bey seinen Spielen, ihre zudringliche Gutherzigkeit bey den kleinsten Gelegenheiten, ihre Lebhaftigkeit und angenehme Bildung auch in seiner kleinen Brust den Keim einer Zuneigung befruchtet hatte, die vielleicht bald Wurzel fassen, Aeste und Zweige treiben würde, nur mit der Axt umgehauen und nie ausgerottet werden könnte: allein es war doch eben so sichtbar, daß er sich ohne große Schmerzen von ihr getrennt und sie vergessen hätte, wenn man ihn damals außer dem Hause des Grafen in eine Laufbahn brachte, die seine Thätigkeit erschöpfte und ihm die Aussicht auf eine Befriedigung seines Ehrgeizes gab. Er durfte nur in eine öffentliche Schulanstalt oder Pension versezt werden, wo Wetteifer seine Kräfte anspannte, wo er Lob und Ehre zu erringen hofte: nicht eine Minute würde er angestanden haben, das Schloß des Grafen mit allen seinen Herrlichkeiten zu verlassen, wenn man ihm seinen neuen Aufenthalt von jener Seite vorgestellt hätte, da hingegen die Baronesse ihm vielleicht nachgelaufen und ohne Einsperrung nicht zurückzuhalten gewesen wäre: Sie gieng wirklich schon einmal mit diesem Plane um, als Fräulein Hedwig der Gräfin den vertrauten Umgang der beiden Kinder verdächtig gemacht und sie beredet hatte, Heinrichen auf eine Schule zu thun. Alles suchte sogleich den Vorsatz der Gräfin rückgängig zu machen: *Schwinger* stellte ihr die Mangelhaftigkeit und Sittenverderbniß öffentlicher Anstalten vor, und malte ihr ein schreckliches Bild von der dort herrschenden Verführung, daß sie sich der Sünde geschämt hätte, durch ihre Wohlthat zu dem Verderben des Knaben etwas beyzutragen. Der Hofmeister, dem eine solche Trennung das Leben in seiner gegenwärtigen Stelle unleidlich gemacht hätte, trug durch seine einseitigen Vorstellungen den Sieg über Fräulein Hedwig davon; und die Baronesse wußte ihre Guvernante so unvermerkt in ihr Interesse zu ziehen, daß sie gern nicht mit Einem Worte an ihre erregte Besorgniß dachte und sie sogar der Gräfin wieder zu benehmen suchte.

Die Sache war – Fräulein Hedwig hatte ihr vierzigjähriges Herz durch den sogenannten Stallmeister des Grafen, einen Menschen ohne Geburt, tödtlich verwunden lassen – so tödtlich, daß Tag und Nacht das kurze untersezte Männchen im grünen Reitkollete und in lichtgelben Beinkleidern auf dem kastanienbraunen Engländer in ihrem Kopfe herumritt. Sie gab ihm sehr oft auf ihrem Zimmer Zusammenkünfte, auch fand sie sich nicht selten bey nächtlicher Weile bey dem kleinen Boulingrin im Garten mit ihm ein. Bey Vermeidung der größten Ungnade durfte sie eine solche Liebe nicht entdecken lassen, da sie eine Anverwandtin des Grafen war: gleichwohl wurde die Entdeckung unvermeidlich, sobald sie die Baronesse wider sich aufbrachte. Sie überlegte sich diesen gefährlichen Umstand beyzeiten und bemühte sich von selbst, die Gräfin wieder auf andre Gesinnungen zu bringen: besonders da sie durch ihre unüberlegte Anzeige auch Herrn *Schwinger* beleidigt hatte, so fürchtete sie desto mehr, und arbeitete deswegen aus allen Kräften, sich ihn verbindlich zu machen.

Noch nicht genug! Diese Wendung nahm die Sache, ohne daß eine von den Parteyen sich gegen die Andre in eine wörtliche Erklärung eingelassen hatte: die Baronesse dachte in aller Unschuld gar nicht weiter daran. An einem Sommerabende geräth *Schwinger* auf den Einfall, einen Spaziergang nach Tische in den Garten zu thun; und weil er noch einen Brief zuzusiegeln hatte, so gab er Heinrichen, der ungeduldig nach dem Abmarsche verlangte, die Erlaubniß voranzugehn. Er that es: kaum hatte ihn die Baronesse aus dem Fenster gehen sehn – husch! war sie hinter drein. Heinrich gieng, den Kopf voll von römischen Kaisern, die mittelste Allee hinauf: eh er sichs versah, hatte er einen Kniff von hinten zu in den Nacken, und ein freundliches »Guten Abend« benahm ihm sogleich die Furcht, die der Kniff zu erregen anfieng. Kaum waren sie einige Schritte mit einander gegangen, so hörten sie hinter einer Hecke auf der linken Seite den Sand knistern: die Baronesse, der man so vielfältig und ernstlich alle Vertraulichkeit mit ihrem geliebten Heinrich untersagt hatte, besorgte verrathen zu werden, gab ihrem Begleiter noch einen leichtfertigen Kniff und wanderte durch eine Oefnung der Hecke in einen Seitengang. Als sie um die Ecke herumkömmt, steht ihre Guvernante in Lebensgröße da: sie hat, trotz der Ueberraschung, Besonnenheit genug, daß sie die Salope vor das Gesicht nimmt, als wenn sie sich vor der Abendluft verwahren wollte; und nun linksum nach einer andern Seite, als wenn sie Niemanden gesehen hätte. Die Baronesse war für ihr Alter ziemlich groß und hatte nichts als einen gelben Unterrock an: die halbblinde schielende Hedwig sieht in der Dämmrung diesen gelben Jüpon für die lichtgelben Beinkleider ihres Adonis und die schwarze Salope für sein grünes Reitkollet an: um die Illusion zu erleichtern, hatte der schadenfrohe Zufall der Baronesse eingegeben, den Capuchon über den Kopf zu ziehen. Fräulein Hedwig vermuthete anfangs, daß er sie nicht wahrgenommen habe, und schickte ihm deswegen einen scharmanten Adonis nach dem andern nach: da keine Antwort erfolgte, so hielt sie sein Stillschweigen für eine verliebte Neckerey, und um ihrer Seits gleichfalls nichts an dem Spaße fehlen zu lassen, gieng sie den vermeinten gelben Beinkleidern, wie einem hellleuchtenden Sterne, nach. Die Baronesse stand in dem Wahne, daß ihr ihre Guvernante nachsetze, um sie auf der That zu ertappen und dann recht exemplarisch auszuschelten, und verdoppelte deswegen ihren Schritt. Wie das alte Meerkalb hinter drein trabte! und keuchte, halb vor Erschöpfung, halb aus verliebter Inbrunst! Und einmal über das andre röchelte sie: Du schalkhafter Adonis! – Du muthwilliger Narcissus! – Ich will dich wohl haschen, du loser Koridon! – Da hab' ich dich, du dicker Amyntas! – rief sie an dem Gatterthore und griff zu – Pah! da stand sie! erstarrt vor Schrecken, als sie statt der gelbledernen *chaussure*, wie sie zu sagen pflegte, einen seidnen Unterrock in ihren Händen fühlte, als sie aus ihrer verliebten Täuschung erwachte und vor sich die Baronesse und die Sekunde darauf Herrn *Schwinger* erblickte, der eben zu dem Gatterthore hereintrat. Das Bewußtseyn ihrer verbotnen Absicht und die Besorgniß, sich verrathen zu haben, raubten ihr so ganz alle Ueberlegung, daß sie nicht einmal eine Lüge fand, ihren Fehlgriff zu bemänteln, sondern die Augen niederschlug und zitternd an allen Gliedern hinwegg ieng. Die Baronesse begleitete sie.

Für *Schwingern* war der ganze Auftritt ein unauflösliches Räthsel, und die Baronesse machte auch nichts als schwankende Muthmassungen. Die Hauptsache errieth sie: ihre ähnliche Situation in Ansehung des kleinen Heinrichs führte ihr augenblicklich bey den Ausrufungen ihrer Guvernante die Vermuthung herbey, daß sie mit ihr auf Einem Wege gehen müßte. Als sie hinter ihr die Treppe hinaufstieg – keins von beiden sprach Eine Sylbe – fiel ihr ein, daß Fräulein Hedwig sehr oft den Stallmeister des Grafen, wenn er vor ihnen vorbeygegangen war, einen dicken Amyntas genannt hatte: – nun war sie auf der Fährte!

Nach ihrer Ankunft in dem Zimmer fieng die Baronesse an, aber ohne boshafte Absicht, ohne spotten zu wollen: – Sie dachten wohl, ich wäre der dicke Stallmeister? –

Die Frage versezte sie in Todesschrecken: sie schwieg, die Kniee sanken ihr, sie sezte sich auf den Sofa, die breiten Lippen zitterten, als wenn sie ein Krampf auf und nieder risse. Die Baronesse besah indessen einen Finger ihrer rechten Hand am Lichte und saugte das Blut aus einer Wunde, die ihr unterwegs eine Stecknadel gemacht hatte. – Hab' ich nicht Recht? fragte sie noch einmal, während ihrer Operation.

Ach, Ulrikchen! – stöhnte von hinten zu aus der dämmernden Ecke, wo der Sofa stand, eine schwache erlöschende Stimme zu ihr her. Sie drehte sich um, blickte hin, ergriff das Licht und beleuchtete ihre todtblasse, mit der Ohnmacht ringende Guvernante, zog ihr Riechfläschgen aus der Tasche und schwenkte ihr einen großen Strom ins Gesicht, daß das Kinn, wie ein Drachenkopf an einer Dachrinne, triefte: voll Lebhaftigkeit holte sie das Waschbecken, und ehe noch das Fräulein die Hülfe verbitten konnte – pump! lag ihr der ganze Seifenstrom im Gesichte: sie riß ein Bindel Federn aus dem Tintenfasse, zündete sie an und hielt ihr den brennenden Wisch unter die Nase, daß sie vor dem Höllendampfe hätte ersticken mögen. Hustend schlug sie den stinkenden Federbusch von sich weg und versicherte, daß sie nicht ohnmächtig sey. Die Baronesse that alles mit so geschäftiger Liebe, so gutherziger Besorgniß! und stund, nachdem ihre Hülfe verbeten war, mit so unruhigem Erwarten da, in einer Hand das Licht, in der andern die verbrannten Federn, mit starrem Blicke auf Fräulein Hedwigs Gesichte geheftet!

Ach, Ulrikchen! sprach das Fräulein mit bebender Stimme: verrathen Sie mich nicht: Ich bitte Sie um Gottes willen, verrathen Sie mich nicht! –

Die Baronesse begriff nichts von dem Galimathias. – Warum denn? fragte sie verwundernd.

FRÄULEIN HEDWIG

    Ach, Sie wissen alles: ich bin in Ihrer Gewalt.

DIE BARONESSE

    Was soll ich denn wissen?

FRÄULEIN HEDWIG

Ach, verstellen Sie sich nicht! Sie wissen alles: Sie wissen, daß ich dem Stallmeister zu Gefallen gegangen bin –

DieBaronesse

Ich weis nicht ein Wort davon.

FräuleinHedwig

Verstellen Sie sich nur nicht! Sie wissen, daß wir einander lieb haben: – lieber Gott! man ist ja auch von Fleisch und Blut geschaffen wie andre Menschen – wenns denn nun gleich kein Edelmann ist. Aber wenn das der Herr Graf erführe! Ich müßte mit meinem dicken Narcissus den Augenblick aus dem Hause. – Gerechter Gott! über das Unglück! die Ungnade! Ich müßte verhungern und verderben. – Ich will Ihnen herzlich gern in allem zu Gefallen seyn, Ulrikchen: nur verrathen Sie mich nicht! –

Die Baronesse versprachs und gab ihr ungefodert ihre Hand drauf. Indessen war sie doch durch die übermäßige Angst der Guvernante wegen einer Sache, die sie nach ihrem Begriffe für eine so unendliche Kleinigkeit hielt, nicht wenig neugierig geworden und erkundigte sich also, was sie mit dem dicken Narcissus hätte machen wollen.

FräuleinHedwig

Sie sind auch zu neugierig: das läßt sich ja so nicht sagen. In Ihrem Alter darf man darnach gar nicht fragen.

DieBaronesse

Warum denn nicht? – Ist es denn in meinem Alter etwas böses, Jemanden lieb haben?

FräuleinHedwig

Ja, wenns bey dem Liebhaben bliebe! Aber wir sind böse von Jugend auf.

DieBaronesse

Was sollte denn weiter geschehn? – Wenn man nun auch Jemanden, den man lieb hat, in die Backen kneipt, oder in die Waden zwickt, oder kitzelt, oder einen Kuß – ein *gage d'Amour*, wie Sies nennen –

FräuleinHedwig

Ach, das hat alles nichts zu bedeuten: aber, aber! Der Teufel schleicht umher, wie ein brüllender Löwe. – Wenns nur der Graf nicht erfährt!

DieBaronesse

Wenn das alles nichts zu bedeuten hat, warum fahren Sie mich denn immer so an, wenn ich Heinrichen zwicke oder küsse? – Auch sogar die Tante untersagte mirs neulich so scharf; und es hat doch nichts zu bedeuten, wie Sie selbst sagen.

FräuleinHedwig

Ja freilich hat das nichts zu bedeuten: aber liebes Kind! es geht weiter.

DieBaronesse

Ich wüßte nicht – es fällt mir gar nicht ein, weiter zu gehen: was sollte man denn sonst thun?

FräuleinHedwig

Das schickt sich noch nicht für sie zu wissen. Die Mannspersonen sind gar zu verführerisch. Wissen Sie nicht, daß sich *Iupiter optimus maximum* in einen Schwan verwandelt hat – *in cygnus mutatus est* steht in einem lateinischen Buche – und blos um die arme unschuldige Helena zu verführen, die hernach zwey Knäblein und zwey Mägdlein auf einmal zur Welt gebracht hat. – Ja, sehn Sie, das ist eben der Spektakel! Wenn das nicht wäre! – Versprechen Sie mir ja, daß Sie Niemanden etwas sagen wollen! Wenn Sie auch der Graf oder die Gräfin fragt, thun Sie nur, als wenn Sie gar nichts wüßten!

DieBaronesse

Herzlich gern! Aber Sie müssen es auch der Tante nicht wieder sagen, wenn Sie mich einmal mit Heinrichen schäkern sehn, und mich nicht immer von ihm jagen, wenn ich ihn etwa an der Hand führe! Es hat ja nichts zu bedeuten, wie Sie selbst sagen. Wenn Sie mir das versprechen –

FRÄULEIN HEDWIG

Ich versprech' es Ihnen ja, wenn Sie nur ihr Versprechen halten!

DIE BARONESSE

Und müssen mir auch nicht immer so nachgehn und mir auflauren, ob ich etwa mit ihm allein bin – es hat ja nichts zu bedeuten. Dafür will ich Ihnen auch ein andermal, wenn wir einander, wie heute, antreffen, gleich sagen: ich bin nicht der dicke Amyntas. – Sie können mit ihm machen, was Sie wollen: ich will gar nicht hinsehn. Wollen Sie das?

FRÄULEIN HEDWIG

Ich will ja: nur verrathen Sie mich nicht! –

Nur verrathen Sie mich nicht! war noch ihre lezte Bitte, als sie ins Bette stieg. Als sie ihr Gespräch nunmehr bey ruhigem Blute überdachte, so merkte sie wohl, daß sie eine Narrheit begangen und in der ersten Angst zu übereilt angenommen hatte, die Baronesse wisse um alles: auch fühlte sie ein wenig, daß sie sich zu einer beständigen Verletzung ihrer Guvernantenpflicht anheischig gemacht habe: doch über dergleichen Gewissensvorwürfe wischte sie bald weg und bereitete sich nun zu einer Unterredung mit *Schwingern*, um zu erfahren, ob er auch etwas von ihrer Liebesangelegenheit wisse: denn sie hatte ihn im Verdacht, als ob er wider seine Gewohnheit so spät um ihretwillen in den Garten gegangen sey.

Die Baronesse schlief eine gute Stunde weniger als sonst, weil sie verschiedene Spekulationen beschäftigten. – »Wenns bey dem Liebhaben bliebe!« – »Es geht weiter.« – »In ihrem Alter darf man das nicht wissen« – ewig kamen diese und ähnliche Reden ihrer Guvernante in ihr Gedächtniß zurück: sie wollte sich davon losmachen, sie schloß die Augen, um einzuschlafen, sie wandte sich bald rechts, bald links: nichts half! in ihrem Kopfe schwammen immer die nämliche Gedanken herum.

Den folgenden ganzen Morgen über lauerte Fräuleu Hedwig am Fenster auf *Schwingern*, wie ein Kater auf eine Maus: er gieng nicht vorbey. Ihre Unruhe ließ sie nicht länger warten: sie mußte eilen, Gewißheit über ihre Besorgniß zu haben, und im Nothfalle durch eine untergeschobne Lüge der Ausbreitung der Wahrheit zuvorkommen. Sie nahm also einen alten Autor in die Hand und gieng unter dem Vorwande, ihn über den Sinn einer Stelle um Rath zu fragen, zu ihm auf das Zimmer. Ohne lange Umschweife lenkte sie sogleich die Unterredung auf ihr gestriges Zusammentreffen im Garten; und *Schwingers* Antworten auf ihre Fragen über diesen Punkt, machten es ihr unzweifelhaft, daß er weiter nicht daran gedacht hatte, noch haben würde, wenn sie ihn izt nicht darauf brächte. Schwinger war ein sehr ehrlicher Mann, besonders aller Verstellung unfähig; er gieng seinen Gang in diesem Leben vor sich hin, ohne sich sonderlich um die Handlungen andrer links und rechts neben ihm zu bekümmern, wenn sie nicht auf sein Wohl oder Weh unmittelbar wirkten, oder seine besondre Pflicht ihn nöthigte, Acht auf sie zu haben: weil sie das gewiß wußte, so hielt sie die Mühe, mit welcher er sich an die Umstände jenes Zusammentreffens erinnerte, für aufrichtig. Indessen war es doch einmal so weit gekommen, daß ihm nun der ganze Vorgang wieder einfiel: er besann sich, daß sie die Baronesse bey dem Rocke erwischt und dabey gerufen hatte – »da hab' ich dich, du dicker Amyntas!« und erkundigte sich nunmehr nach der Veranlassung dieses seltsamen Auftritts.

Warum ich das that? antwortete sie und freute sich im Herzen, ihre ausgedachte Lüge an den Mann zu bringen. – Das war ein *Stratagematum*. Sie wissen, daß die Baronesse beständig ihrem Heinrich nachläuft und ihm zuweilen sehr viele *marques d'amour* giebt. Es ist meine Pflicht, über das Mädchen zu wachen, daß sie mit einem so gemeinen Jungen nicht zu weit geht: man weis ja, wie leicht der Satan durch seine *fallacibus* Alt und Jung betrügt. –

SCHWINGER

O für den Satan ist mir nicht leid, wenn nur nicht das böse Beispiel – –

FräuleinHedwig

Ja, das weis man wohl, daß die Herren, die in *Academiis* – sprech' ich nicht so recht?

Schwinger

Völlig recht!

FräuleinHedwig

Die in *Academiis et Gymnasibus* gewesen sind, keinen Teufel glauben: aber der Glaube kömmt ihnen mannichmal in die Hände.

Schwinger

Vor dem Teufel ist ihre Baronesse und mein Heinrich sicher: den Schaden, den er ihnen zufügt, nehm ich über mich. Wenn wir sie kein böses Beispiel sehen lassen, noch geben –

FräuleinHedwig

Sie denken doch nicht etwa, daß ich der Baronesse ein böses Beispiel gebe? – Sie könnten mich in einen hübschen Ruf bringen –

Schwinger

Nein, das war mein Gedanke gar nicht. In Ihrem Alter, gnädiges Fräulein, ist man darüber hinweg, ein böses Beispiel zu geben.

FräuleinHedwig

Das ist nun eben kein galantes Kompliment.

Schwinger

Weder etwas Galantes noch ein Kompliment will ich Ihnen sagen. Ich hoffe aber, Ihnen auch nichts Ungalantes noch Beleidigendes zu sagen, wenn ich Ihnen alle die Geseztheit und Ruhe der Leidenschaften zutraue, die Ihr Alter und Ihre Aufsicht über eine junge Dame erfodert.

FräuleinHedwig

Immer das Alter! Immer das Alter! Mein Alter ist ja noch kein Jahrhundert.

Schwinger

Man wäre sehr unglücklich, wenn man so lange Zeit brauchte, um weise zu werden. – Aber wir kommen von Ihrer Erzählung ab. Sie haben also die Baronesse im Verdacht –

FräuleinHedwig

Nicht im Verdacht! ich weiß es gewiß, daß sie den Jungen liebt.

Schwinger

Das sollte mir lieb seyn.

FräuleinHedwig

Lieb seyn? – Sie haben wohl nicht ausgeschlafen.

Schwinger

Ich spreche mit völligem Bewußtseyn. Ich wollte noch oben drein wünschen, daß auch mein Heinrich sie liebte.

FräuleinHedwig

Bedenken Sie doch, was daraus entstehn könnte! Wenn sie nun *in amori* weitergiengen!

Schwinger

Das müssen *wir* verhüten. Vor allen Dingen muß man ihnen aus der Liebe kein Verbrechen machen, es ihnen nicht untersagen, Zuneigung zu einander zu fühlen und zu bezeigen. Eine solche Zuneigung ist meistens nichts als ein hoher Grad kindischer Freundschaft: untersagt man ihnen diese, so nöthigt man sie selbst, an der Liebe eine andre Seite aufzusuchen, die die Natur die meisten Kinder nur spät kennen lehrt. Die innere Empfindlichkeit kann man durch kein Verbot unterdrücken: sie verschließt sich, wie ein unterirrdisches Feuer, und steckt entweder die *Einbildungskraft* oder den *Körper* in Brand. Vergeben Sie mir, daß ich Ihnen bey der Gelegenheit einen Vorwurf machen muß! Wenn die Baronesse weiter geht – ihren Ausdruck zu gebrauchen – so sind *Sie* schuld daran.

FRÄULEIN HEDWIG

Was sagen Sie? – Sie werden doch nicht denken, daß sie mein Beispiel verdirbt?

SCHWINGER

Nein, das nicht, aber Ihr Verbot! Was haben Sie dadurch gewonnen? Daß sie Schlupfwinkel sucht! daß sie eine kindische Neigung, die sie vor Ihnen nicht blicken lassen darf und doch nicht unterdrücken kann, nur dann äußert, wenns am gefährlichsten ist, das heißt, wenn sie beide allein sind! Durch die Zurückhaltung in Ihrer Gegenwart wird sie, wie verschloßne Luft, stärker und ihre Ausbrüche desto gewaltsamer, wenn ihr äußerer Widerstand weggeschaft ist. Hätte man sie nicht gehindert, so wäre sie vielleicht in einem halben Jahre abgenutzt worden, daß ich so sagen mag: sie hätten nie die Heimlichkeit, die Einsamkeit *gesucht*, und wir hätten sie mit geringer unmerklicher Wachsamkeit dafür bewahren können: doch izt brauchten wir Argus Augen, und noch wärs mißlich.

FRÄULEIN HEDWIG

Wir müssen uns nur nicht, wie Argus, durch die Flöte des Ambassadeurs *Mercurii* einschläfern lassen, so wird sichs wohl geben.

SCHWINGER

Nein, es giebt sich nicht so leicht! Man hat sie einmal auf den Weg hingestoßen: fünf Minuten Einsamkeit! – und wer kann diese in einem Hause, wie das unsrige, ganz vermeiden? – ein *tête-à-tête* von fünf Minuten kann sie auf diesem Wege zu Entdeckungen führen, vor denen ich zittre.

FRÄULEIN HEDWIG

Sie müssen nur Ihren Heinrich gewöhnen, daß er nicht alle unanständige Sachen so deutlich heraus sagt, wie ich mit der Baronesse thue: aber sie will sich auch nicht daran gewöhnen. Es ist mir recht ärgerlich, wenn sie alles, wie die Grasemägde, deutsch nennt und nicht lieber eine anständige französische oder lateinische *Expression* gebraucht.

SCHWINGER

Was hülfe denn das? Bleibt der Sinn nicht derselbe?

FRÄULEIN HEDWIG

Behüte! man muß angenehme Umschreibungen machen und viele Sachen gar nicht nennen. Die Worte führen weiter als man glaubt.

SCHWINGER

Sehr richtig! aber nur dann am weitesten, wenn man die Zahl der unanständigen Dinge und Worte zu sehr vergrößert! Sie meinen doch vermuthlich solche Unanständigkeiten, die wegen ihrer Verbindung mit der körperlichen Liebe Kindern gefährlich werden können? – Eben diese Verbindung muß man verringern: je mehr Sachen, die ihrer Natur nach nur in einer entfernten Beziehung mit ihr stehen, man für unanständig erklärt, je mehr Dinge gewöhnt man sie in einer solchen Beziehung zu denken; und auf das Denken kömmt es an, nicht aufs nennen. Die Delikatesse muß in diesem Punkte in die engsten *natürlichsten* Schranken zurückgeführt werden. Warum sollte man in Gegenwart eines Knaben einen Busen nicht einen Busen nennen?

FRÄULEIN HEDWIG

Schämen Sie sich doch! Vor einem Frauenzimmer so etwas zu nennen!

SCHWINGER

So wenig als ein Frauenzimmer sich schämt, einen zu haben! Mein Untergebner muß einen Busen mit eben solcher Gleichgültigkeit nennen, als einen Finger oder ein Gesicht: ich will alles Spiel seiner Einbildungskraft dabey hindern, einen Busen so wenig in Verbindung mit der Liebe setzen als einen Finger. Einen schönen Busen soll er schön finden, wie ein schönes Gesicht, eine schöne Hand: so wenig ich verhüten kann, daß ein schönes Gesicht gewisse Empfindungen bey ihm veranlaßt, so wenig kann ichs auch bey dem Anblicke eines schönen Busens thun: aber das hab' ich doch gewonnen, daß sie ein schöner Busen nicht *mehr* veranlaßt, als eine schöne Hand.

FRÄULEIN HEDWIG

Nun weis ich doch, warum er so gern nach den *Autels de l'Amour* schielt!

SCHWINGER

Das ist einer von Ihren delikaten Ausdrücken, die unendlich mehr Schaden thun als die bestimmteste Benennung. Sie lehren ja durch solche Umschreibungen ihrer Baronesse selbst Beziehungen, die sie so spät als möglich denken sollte. Mein Heinrich schielt nach keinen *Altären der Liebe*, sondern er sieht mit dem nämlichen Vergnügen einen *Busen*, womit er ein Gesicht ansieht, das ihm gefällt: an die Liebe *denkt* er gar nicht dabey: diese hat sich seiner Einbildungskraft noch nicht bemächtiget: er *fühlt* sie blos, wie sie ihn die Natur fühlen läßt.

FRÄULEIN HEDWIG

Ja, das *Fühlen!* das ist eben das schlimme Ding.

SCHWINGER

Lange so schlimm nicht als Sie sich einbilden! Man muß nur ein solches unvermeidliches, und im Grunde auch nicht tadelhaftes Gefühl immer mehr in Freundschaft verwandeln, und ihm beyzeiten zween Hüter entgegenstellen – *Scham* und *Ehre*.

FRÄULEIN HEDWIG

Das thu ich fleißig: ich erinnere die Baronesse daran, daß er nur ein gemeiner Pursche ist.

SCHWINGER

Und geben ihr, um sie vor Fehlern zu bewahren, ein Laster! den unerträglichsten, armseligsten Stolz! – Nein, die Ehre, die ich meinem Untergebnen einpflanzen will, ist ein Grad von Rechtschaffenheit, ein beständiges Bestreben, nichts zu thun, was andern *schaden* oder *misfallen* kann –

Vergeben Sie, fiel ihm Fräulein Hedwig ins Wort, daß ich Sie unterbreche! Ich bin noch im Neglische, wie Sie sehen: ich muß nunmehr an meine Toilette. –

Sie machte eine tiefe Verbeugung und wanderte die Treppe hinunter, voller Freuden, daß sie der Entdeckung ihrer Liebesangelegenheiten auf allen Seiten vorgebaut hatte. Vermuthlich um ihr Gewissen wegen des Versprechens zu beruhigen, das sie gestern Abend in der Uebereilung der Baronesse that, und auf eine andre Art den Folgen vorzubeugen, die aus der angelobten Unachtsamkeit auf die Tändeleyen ihrer Untergebnen entstehen könnten, gieng sie, nachdem sie angezogen war, sogleich zur Gräfin und bat sie noch einmal um ein geschärftes Verbot an die beiden Kinder, mit dem Zusatze, daß sie nicht verrathen werden möchte, weil die Baronesse einen Groll auf sie werfen würde, welcher alle gute Wirkungen Ihrer Erziehung hinderte – und was dergleichen Beschönigungen und Gründe mehr waren!

Die Gräfin versprach Verschwiegenheit. Es wurde ihr nunmehr selbst bange, daß ihr Gemahl, wenn er hinter das Verständniß käme, allen seinen Zorn über sie ausschütten und ihr allein die Schuld beymessen würde, da sie die Veranlassung gewesen war, den jungen Herrmann ins Haus zu nehmen. Die Furcht mahlte ihr die Sache viel schrecklicher vor, als sie war, und ließ sie alle mögliche Folgen, die ein Liebesverständniß begleiten können, schon als völlig gewiß besorgen. Alle Vertraulichkeiten und Freiheiten der Liebe, heimliche Flucht, Entehrung der Familie, allgemeine Nachrede, Verachtung bey allen von ihrem Stande – aus diesen und ähnlichen Zügen sezte sich ihre Besorgniß ein fürchterliches

Bild zusammen, bey dessen Vorstellung sie erschrak, daß sie zitterte. Eilfertig ließ sie *Schwingern* zu sich rufen und schärfte ihm neue Wachsamkeit ein: er mochte ihr sagen, so viel er wollte, daß die Liebe bisher noch unschuldig sey und daß man sie zuversichtlich durch ein neues Verbot strafbar machen werde: da half nichts! Die Gräfin gab ihm alles das zu und sagte nichts als daß sie einmal über das andre wiederholte: – »Werde daraus, was auch wolle! wenns nur der Graf nicht erfährt!« – Sie war in zu heftiger Wallung, um sie nicht durch fortgesetzten Widerspruch zum Unwillen wider sich zu reizen: Schwinger schwieg also, gelobte verdoppelte Wachsamkeit an und gieng ab.

Die Gräfin war wirklich in der äußersten Unruhe. Den Knaben, nach einer zweyjährigen bessern Erziehung den Eltern zurückzugeben, schien ihr schimpflich und unbillig; ihn auf eine Schule zu thun, zu kostbar: und gleichwohl stand der Zorn des Grafen, wie ein Ungeheuer, das ihr mit der Dorngeißel droht, vor den Augen. Sie wußte keinen bessern Ausweg, als daß sie die beiden Verliebten zu sich kommen ließ, und durch Furcht in die nöthigen Schranken zurückscheuchte. Der junge Herrmann mußte zuerst erscheinen: aller vertraulicher Umgang mit der Baronesse wurde ihm schlechterdings untersagt, und in dem Eifer des Verbotes brach ihr Stolz so sehr durch den Schleier der Politesse, daß sie ihm seine niedrige Geburt als eine Ursache vorrückte, warum ihm ein solcher Umgang nicht erlaubt sey: auf den Uebertretungsfall, der schon in einem Berühren der Hände bestehn sollte, sezte sie die Verbannung aus dem Schlosse und Städtchen zur Strafe. Das nämliche Verfahren wurde auch unmittelbar darauf gegen die Baronesse beobachtet und ihr die Zurücksendung zu ihrer Mutter – einer Wittwe, der die Verschwendung ihres Mannes nicht das mindste übrig gelassen hatte, einer Frau ohne Erziehung und voller Strenge – zur Strafe angekündigt.

Heinrich, ob er gleich der Gräfin nicht Einen Laut antwortete, kam in Einer Gluth auf das Zimmer seines Lehrers: sein Ehrgeiz war durch den Vorwurf seiner Geburt und das Verbot so beleidigt, daß ihn Schwinger lange Zeit nicht besänftigen konnte. Er wollte mit aller Gewalt von dem Schlosse und aus der Gegend weg: sein Lehrer mochte ihm noch so dringend die Undankbarkeit vorstellen, die er durch einen so ungestümen Abschied aus dem Hause seiner Wohlthäterin begieng – noch so fürchterlich die Gefahren vormahlen, denen ein Pursche von seinem Alter in der weiten Welt ausgesezt sey, wo man Geld haben oder verdienen müßte, um fortzukommen: er blieb unbeweglich in seinem Vorsatze. Schwinger, der ihn, wie seinen Sohn, liebte und seine rasche Gemüthsart kannte, besorgte in der That eine Entlaufung. Er gieng brausend und schnaubend in den Garten: Schwinger in einer kleinen Ferne folgte ihm nach, doch ohne daß er schien, ihn beobachten zu wollen. Er eilte gerade nach der Gartenmauer, erblickte eine Leiter, sezte sie an: Schwinger lauerte verborgen hinter der Hecke. Heinrich sah sich noch einmal um und – husch! war er die Leiter hinauf. Schwinger stürzte sich aus seinem Hinterhalte hervor und ertappte ihn bey dem Rocke, als er eben den Fuß aufhub, um von der Mauer hinabzuspringen: er zog ihn nach sich her und trug ihn in den Armen die Leiter herab.

Lieber Sohn, sprach er, als er herunter war und hielt ihn noch immer in den Armen fest – ich bitte dich um Gottes willen, begehe keine Unbesonnenheit! Ich muß dir folgen, wenn du gehst. Ich liebe dich zu sehr, um dich auf immer unglücklich werden zu lassen. Willst du mir zu Liebe nicht Eine kleine Beleidigung ertragen? – Verschmerze sie und mäßige dich!

Dabey drückte er ihn so fest an sich, daß der junge Mensch laut schrie. Er ließ ihn los. Heinrich stund vor ihm und sah in den Sand. Mit halber Rührung und halbem Zorne stampfte er auf die Erde und sprach: Ich kann unmöglich bleiben.

SCHWINGER

> Wohl! so gehe! – Aber ich schwöre dir, ohne mich sollst du nicht! Ich habe dich so weit gebracht, daß ich mich deiner freuen kann; und nun sollt' ich dich allein, hülflos, halb gebildet in die Welt, in Mangel, Elend, Gefahr und Verführung hineinrennen lassen, ohne dir beyzustehn? – Nein, ich bin dein Begleiter: ich will mit dir betteln, arbeiten, hungern, schmachten und sterben. Aber ehe du deinen Entschluß ausführst, nur Einen Augenblick Ueberlegung! Bedenke, daß du dich und mich, deinen einzigen Freund, der Schande aussetzest, als wären wir wie Schelme durchgegangen, daß du mich, den du so kindlich liebst, ins Unglück mit dir hineinziehst, daß du mich zwingst, meine Liebe gegen dich als eine Thorheit anzusehn,

als eine Schwachheit, die mich elend macht! – Kannst du es ertragen, daß dich Jedermann für einen Undankbaren, einen jachzornigen, unbesonnenen Buben, einen entlaufnen, liederlichen Menschen schilt, dessen Namen man mit Verachtung und Abscheu nennt? Kannst du es ertragen, daß du deinen Lehrer auf immer unglücklich machtest, weil er dich zu sehr liebte? – Izt beweise, ob ich Recht hatte, daß ich dich für einen edeldenkenden Jüngling hielt, den Ehre und gutes Herz regieren, oder ob du ein schlechter und niederträchtiger Mensch ohne Ehre und Gewissen bist! – Willst du nun, so gehe! Ich folge dir. –

Heinrich faßte seine Hand und sprach mit nassen Augen: Ich bleibe: aber ich kann unmöglich die Gräfin wieder ansehn.

SCHWINGER

Das sollst du nicht, bis daß du wieder gesund bist. Du liegst itzo gefährlich krank am Zorne; und von Kranken kann man nicht verlangen, daß sie billig seyn sollen. Komm. Wir wollen einen Spatziergang zu unserm Freunde, dem Pastor *Schweder*, thun: Bewegung, Zerstreuung, Gesellschaft wird dich gewiß kuriren.

HEINRICH

So eine entsezliche Beleidigung! – Wenn ich gleich kein Graf bin, muß ich denn darum ein schlechter Kerl seyn, der mit einer Baronesse nicht einmal umgehen darf?

SCHWINGER

Lieber Sohn, wenn man so tödtlich krank ist wie du, da kann man nicht richtig urtheilen: sobald du wieder völlig gesund bist, dann wollen wir von deiner Beleidigung zusammen sprechen. Izt denke nicht an so eine verdrießliche Sache, damit du desto geschwinder genesen kannst.

Mit diesen Worten ergriff er seine Hand und gieng mit ihm, Arm in Arm, zu ihrem Freunde, der auf einem nahgelegnen Dorfe wohnte. Unterwegs beschäftigte er ihn unaufhörlich mit Erzählungen, die er freilich nur mit halber Aufmerksamkeit hörte: gekränkte Ehre und vielleicht, auch ohne sein Bewußtseyn, gekränkte Liebe nagte zu sehr in ihm: und seine innerlichen vielfachen sich kreuzenden Empfindungen und Gedanken nahmen allmählich so eine Wendung, daß er sich vorsezte, die Baronesse, der Gräfin zum Trotze, zu sprechen und zu lieben. Seine bisherige Neigung zu ihr, die gleichsam eingehüllt in einem Winkel seines Herzens gelegen hatte, wagte sich auch in diesem Augenblicke so weit hervor, daß sich seine Gedanken einen grossen Theil des Wegs über mit einer zärtlichen Betrübniß von der Baronesse unterhielten. Er sann auf Mittel, sie öfter heimlich zu sehn, und es schien ihm zu seinem Vergnügen und seiner Rache so schlechterdings nothwendig, sie öfter zu sehn, daß er izt schon Unruhe empfand, weil er durch den Spatziergang abgehalten wurde, seinen Troz in der Minute zu befriedigen. *Schwinger* glaubte ihn durch seine Erzählungen beruhigt zu haben: weit gefehlt! die Aussicht auf seine ausgedachte Rache war es, die ihn vor der Ankunft bey ihrem Freunde schon ganz wieder aufheiterte. Der gute Mann wußte nicht, wie richtig er prophezeiht hatte, daß *harter Widerstand* aus kindischer Freundschaft wahre Liebe machen werde.

Auf die Baronesse, weil sie schon wirkliche Liebe in sich fühlte, und zwar mit Bewußtseyn fühlte, that das Verbot eine andre Wirkung: es machte sie traurig, niedergeschlagen. Sie bekam Kopfweh, daß sie nicht zur Tafel gehen konnte: sie holte sich ein Buch aus der Bibliothek der Gräfin, und der Zufall mußte ihr gerade Geßners Daphnis in die Hände spielen. Sie las die Scenen verliebter Traurigkeit mit einem Interesse durch, das ihr bisher fremd gewesen war. Da ihre Empfindung nicht mehr in Blicke, Küsse und Händedrücke ausbrechen durfte, so trat sie zurück und warf sich auf die Einbildungskraft: jede Nische im Garten war ihr seit diesem Augenblicke eine Jasminlaube, wenn sie auch gleich nur aus grünen Latten bestund, jedes Rosenparterr eine grasreiche Ebne, voll Thymian und Quendel, wo wollichte Schafe herumirrten und junge muthwillige Lämmer hüpften: hinter jeder Hecke lauschte eine Phillis, um den lieblichen Liedern ihres Schäfers zuzuhorchen: auf den Kastanienbäumen und Linden in den Alleen saßen Dryaden, Waldgötter, Amors haufenweise: jeder Sperling und jede Meise, die mit zwitscherndem Geschrey sich um die dunkelrothen Herzkirschen zankten, war eine Nachtigall, die mit melancholischen Accenten um ihren Gatten trauerte. Kein Frosch sprang bey ihrer Annäherung in das Bassin des Springbrunnens, ohne daß er in eine Nymphe umgeschaffen wurde, die schamhaft ihre entblößten Hüften im Wasser verbarg. Der ganze Garten wurde ihr ein Arkadien: in der Einsiedeley des Tannenwäldchens wohnte ihre Mutter, ihr Schäfer auf dem Schneckenberge, der sich jenseits auf der Wiese emporwand, und sie spielte vor sich in Gedanken den ganzen eingebildeten Roman durch. Fräulein Hedwig durfte sie keinen Augenblick verlassen: sie folgte ihr überall nach, und während daß die Guvernante sich in Gedanken von ihrem dicken Amyntas unterhielt und mit den Augen auf seine gelblederne *chaussure* Jagd machte, ergözte sich die Baronesse mit ihrem fantastischen Schäferspiele.

In der Einsiedeley, bildete sie sich ein, wohnte ihre Mutter, eine grausame Frau, die ihr Umgang, Gespräch und Liebe mit ihrem Daphnis untersagte. Phillis – diesen Namen hatte sie sich selbst gegeben – bat sie mit allen Wendungen ihrer kleinen Beredsamkeit, ihr nur einen viertelstündigen Besuch bey Daphnis zu gestatten: die Mutter war unerbittlich. In der Begeisterung dieses Gedankenspiels murmelte sie oft, wenn Fräulein Hedwig neben ihr auf der Bank saß, einige halblaute Worte, es entwischten ihr Seufzer, und Thränen rannen aus ihren Augen: ihre Einbildungskraft riß sie so stark hin, daß sie zuweilen mit lebhafter Bewegung auf ihre Guvernante hinzusprang und ihre Kniee umfassen wollte: plözlich weckte sie ein hastiges »was wollen Sie?« aus ihrem Traume, sie wich beschämt zurück und antwortete leise und voller Verwirrung: Nichts! oder sie beschönigte ihre Selbstvergessenheit mit dem Vorwande, als wenn sie ein Steinchen neben ihr aufheben oder ein Blümchen hätte pflücken wollen. Zuweilen ließ ihre Guvernante sie in der Einsiedeley zurück, mit dem Befehle, ja nicht von der Stelle zu gehen, und streifte indessen den Garten allein durch, um den Stallmeister hinter eine Hecke oder in ein Bosket mit einem krächzenden Husten zu rufen: unterdessen dachte Phillis auf die Flucht. Ihre Mutter war nach ihrer Vorstellung auf das Feld gegangen, um die Ziegen heim zu holen, und sie nüzte diese Abwesenheit, um ihren Daphnis zu sehen. Sie stritt lange mit sich selbst, fürchtete ihren Zorn, wenn sie ihre Zusammenkunft entdeckte, wankte, schaute ängstlich um sich und floh in Einem Rennen nach dem Schneckenberge hin. – Ach! welch ein Schmerz! Daphnis war nicht da! Er hütete noch die Schafe auf dem großen Boulingrin, weit, weit von seiner Wohnung: sie konnte unmöglich seine Rückkunft erwarten, aus Furcht, daß ihre Mutter vor ihr wieder nach Hause kommen möchte. Um indessen ihm ein Zeichen zu hinterlassen, daß sie ihn gesucht hätte, hieng sie an die große Vase auf dem Schneckenberge einen Kranz aus Buchenlaube, aus Gras oder andern grünen Materialien gewunden, eilte nach der Einsiedeley zurück und saß meistentheils, wenn ihre Guvernante von ihrer verliebten Expedition sich wieder einfand, so still und ordentlich da, als wenn sie nicht von der Stelle gekommen wäre. Wenn sie mit ihr durch die Kastanienallee wandelte, sammelte sie Kastanien, warf sie über die niedrigen Gesträuche der spanischen Weiden, in der Absicht, ihren Schäfer zu necken; und wenn ihr Fräulein Hedwig dies, als einen unanständigen Muthwillen, verbot, so kränkte sie sich insgeheim, daß ihr ihre strenge Mutter auch sogar jeden unschuldigen Scherz verwehrte.

Auf dem Zimmer hatte sie so gut ihr Arkadien, wie im Garten: im Kabinete wohnte ihr Schäfer, der Sofa war die Wohnung der Mutter, und jedes graue oder weiße Feld in dem parketirten Fußboden eine besondre Trift, wo Daphnis, Alexis, Damon und andre Herren aus der geßnerischen Schäferwelt ihre Heerden weiden ließen Das Schreyen der übelgeschmierten Kabinetthür, wenn sie geöfnet wurde, waren ihr die lieblichen Melodien der Schalmeyen und Pfeifen, die auf den Fluren des Fußbodens wiederhallten; und diese Thür ließ sie eines Nachmittags ihre Schalmeyentöne so oft machen, daß ihre Guvernante Zahnweh bekam und sogleich der Kammerjungfer Befehl ertheilte, die verwünschte Thür mit Baumöle zu salben. Nun war Hain und Flur stumm: die Flöten ertönten nicht mehr über das bunte Parket hin: es war Winter und die Schäfer trieben ihre Schafe nach Hause. Zum Glücke bekam auch der Sofa eine Neigung, musikalisch zu werden; und sogleich kehrte der Sommer zurück. Alle Triften waren wieder voll von wollichten Heerden, die Baronesse sezte sich auf den Sofa und brachte durch öftres Hin- und Herrücken, wie ein lebhafter Orgelspieler, wenn er das Pedal mit Füssen tritt, so vielfache Schalmeyentöne hervor, daß Fräulein Hedwig unsinnig hätte werden mögen. Der Tischer schlug einen Keil in die gewichne Fuge, aus welcher die Musik ertönte; und abermals vertrieb ein rauher Winter Freude und Gesänge von den öden Fluren.

Bey so beständiger innerer Beschäftigung verbreitete sich nothwendig über das Gesicht der Baronesse eine Art von Tiefsinn, eine Zurückgezogenheit in sich selbst: ihre Lebhaftigkeit verschwand, sie sprach selten und allemal nur abgebrochen, hörte auf keine Anrede, beantwortete keine Frage, wenn sie nicht etlichemal wiederholt wurde, verstand sie meistentheils falsch, murmelte sehr oft vor sich hin, brach zuweilen in eine Rede aus, die in ihr inneres Gedankengespräch gehörte, und mit der äußern Unterhaltung in keinem Zusammenhange stund: Niemand wußte, was man von ihr denken sollte. Sie war gesund, aß, trank und schlief, wie gewöhnlich: Graf und Gräfin vermutheten eine versteckte Krankheit und ließen den Arzt holen. Sie wurde in ihrer beiderseitigen Gegenwart von dem Aeskulapp des Städtchens verhört, der Puls untersucht: da war keine Krankheit zu finden! auch nicht eine Spur davon! Der Arzt wollte doch nicht umsonst gekommen seyn, und versicherte, daß sie Würmer habe: die ruchlosen Thiere, die ihr allen Muth weggefressen hatten, wurden so heftig mit Purganzen bestürmt, daß sie Gefahr lief, wirklich krank zu werden. Ihre Munterkeit kehrte nicht wieder, und Fräulein Hedwig behauptete endlich, da kein anderer Grund gültig befunden wurde, daß sie stark wachse, welcher Meinung man einmüthig beistimmte, und nach einer so wahrscheinlichen Entdeckung beruhigte man sich, ohne weiter sich zu wundern oder nachzuforschen.

Die Gräfin argwohnte zwar anfangs, daß ihr Verbot wegen des Umgangs mit Heinrichen die Veranlassung sey: allein da die Baronesse nicht die mindeste Miene machte, als wenn sie nach ihm verlangte, nicht Eine Gelegenheit suchte, ihn zu sprechen, so gab sie ihre Vermuthung bald wieder auf. Im Grunde war auch wirklich die Betrübniß darüber nur sehr kurz bey Ulriken: der Zufall führte ihr bald ein Rettungsmittel in die Hand: sie sezte ihre Liebe in der Einbildung so glücklich und zufrieden fort, daß sie gar nicht die Schwierigkeit, ihren wahrhaften Geliebten zu sehen, hinwegzuräumen suchte. Wenn sie noch so still und muthlos schien, fühlte sie in sich Freuden, die ihr die Wirklichkeit nie hätte geben können. Heinrich durfte seit jenem Verbote keine Lehrstunden mehr gemeinschaftlich mit ihr haben: *Schwinger* ließ ihn so wenig von seiner Seite, als Fräulein Hedwig die Baronesse, gieng gar nicht mehr mit ihm in dem Garten, sondern jedesmal auf das Feld spatzieren: kurz, die beiden jungen Verliebten wohnten unter Einem Dache, und waren so gut als durch Meere und Länder getrennt. Dabey gebrauchte *Schwinger* den Kunstgriff, daß er seinen Zögling doppelt mehr, als vorher beschäftigte, zerstreute, und seine Thätigkeit in ein so unaufhörliches Spiel sezte, daß die Ehrbegierde die Liebe daniederhielt, und auch sehr bald der Vorsaz, die Baronesse der Gräfin zum Troz zu lieben, mit seinem Grolle über die erlittene Beleidigung verschwand, besonders da es in den ersten Tagen darauf ganz unmöglich war, mit ihr Eine Minute allein zu seyn. Jedes von ihnen beiden verfolgte ein Fantom der Einbildung – er die Ehre, die Baronesse ihren Daphnis; und darüber vergaßen sie beide die Wirklichkeit.

VIERTES KAPITEL

Während dieser Zeit hatte ein boshafter Nachbar in einem Zanke dem alten Herrmann den Vorwurf gemacht, daß er ein Hahnrey sey und einen Knaben für den seinigen erkenne, der doch einem viel vornehmern Mann angehöre. Das hieß die empfindlichste Seite seiner Ehre berühren: er brach sogleich den zankenden Ton ab, und fragte den Mann sehr ernsthaft, woher er das wisse. – »Weil ichs weis!« erwiederte der Andre. Warum fütterte und erzög denn der Graf deinen Jungen? – He? umsonst und für nichts thut man so etwas nicht. Frage nur deine Frau! die wirds besser wissen.« – Durch diese und ähnliche Gründe machte er den Alten so argwöhnisch, daß er sich vornahm, Licht in der Sache zu suchen. Die Scene des Zanks war bey dem Gartenzaune, und der Streit, wie leicht zu errathen, durch die Weiber angefangen worden: Herrmann war seinem Nillchen zu Hülfe geeilt, der Nachbar hielt sich für verbunden, der seinigen gleiche Liebe zu beweisen, die Weiber traten ab und zankten eine jede für sich in ihrer eignen Küche, während dessen ihre beiden Klopffechter den Kampf vollends öffentlich ausführten. Weil der Nachbar sich als den Schwächern fühlte, so gerieth er auf die List, durch jenen Argwohn, die feindliche Parthey mit sich selbst zu entzweyn. Sie gelang ihm auch so wohl, daß sein Gegner sogleich von dem Kampfe und Wahlplatze abgieng, um über den erregten Argwohn ein peinliches Verhör mit seinem *Nillchen* anzustellen.

Die Gemahlin wollte ihn nach seiner Rückkehr von dem Schlachtfelde für den geleisteten Beistand und erfochtnen Sieg mit ihrem Beifall krönen und stand deswegen in der Hofthüre bereit zu seinem Empfange: schon brach sie in Lobeserhebungen über seine Heldenthat und in Schmähungen wider die Feinde aus, allein wie sonderbar! – ihr Verfechter gieng mit weggekehrtem Blicke und drohender Miene vor ihr vorbey, ohne die Belohnung seiner Tapferkeit von ihr annehmen zu wollen. Sie gieng – wie allemal bey solchen unvermutheten Erscheinungen – in die Küche, nahm ein Stück Essen auf die Hand und sann, indem sie es verzehrte, bey sich nach, was ihr Mann wohl haben möge.

Sie wollte sich eben ein zweites Stück aus dem Schranke holen, weil sie bey dem ersten in ihrer Untersuchung nicht sonderlich weit gekommen war, als ihr der laute Befehl ihres Mannes gebot, vor ihm zu erscheinen. Weil es gegen Abend war, wo ihr Simson allemal seine Stärke verlor, gieng sie unerschrocken in die Stube und freute sich schon im Voraus auf eine neue Demüthigung, die er sich selbst anthun würde. Sobald sie in die Stube getreten war, schloß er hinter ihr zu: in der Mitte stand ein kleiner runder Tisch und auf demselben lag eine Pistole: es waren einander gegenüber zwey Stühle gesezt, und ohne ein Wort zu sagen, klopfte er mit der flachen Hand auf den einen, um sie zum Niedersetzen zu nöthigen. Da sie dergleichen wunderliche Schnurren von ihm gewohnt war, so nahm sie, der Pistole ungeachtet, Platz, gleichfalls ohne zu reden. Er sezte sich ihr gegenüber auf den andern dastehenden Stuhl, ergriff die Pistole, spannte den Hahn und sezte sie vor sich, die Oefnung des Laufes nach ihr gekehrt: aus natürlicher Furcht vor Schießgewehr rückte sie mit ihrem Stuhle seitwärts, um aus dem Schusse zu kommen – er rückte mit der Pistole nach: sie rückte auf den alten Fleck – er folgte ihr mit der Pistole nach: um ganz sicher zu seyn, rückte sie dicht an ihn – er lief mit seinem Stuhle um den Tisch herum, daß sich der Lauf wieder nach ihr hinrichtete, berührte bey dem schnellen Umdrehen den Hahn – pump! gieng die Pistole los. Das arme Nillchen that einen lauten Schrey, glaubte sich getroffen und sank vom Stuhle, voll Verwunderung, daß sie noch lebte: Der Mann besorgte selbst, daß er in der Uebereilung wider seinen Willen etwas tödtliches hineingeladen habe, und fieng vor Angst so gewaltig an zu zittern, daß er kein Glied von der Stelle rühren konnte. Fest überredt, daß sie gestorben sey, blieb die Frau einige Minuten auf der Erde liegen, und mit der nämlichen Ueberredung der Mann zitternd und bebend auf seinem Richterstuhle sitzen. Endlich merkte die Frau wohl, woran sie mit ihrem Leben war, und stund aus tückischem Trotze nicht auf. – »Nillchen!« hub er mit schwacher bänglicher Stimme an, »bist du todt?« – Nillchen antwortete nicht.

»Nillchen! bist du todt?« wiederholte er mit weinerlichem Tone. – »So sag mirs doch nur! – Nillchen, antworte doch! bist du todt? mausetodt? – So rede doch!«

Der Frau entwischte ein Lachen: er hörte es. Hurtig verwandelte sich seine Angst in nachdenkenden Ernst. – »Kannst du noch lachen?« sprach er vor sich hin, und sezte mit starkem gebietenden Tone hinzu: »Steh auf, Hure!«

Schnell sprang die erschoßne Frau in die Höhe und fuhr geifernd auf ihn los: – »Was? wie nennst du mich!«

DERMANN

    Was du bist!

DIEFRAU

    So? seht mir doch! – Wenn du weißt, daß ich keine ehrliche Frau bin, warum hast du mich denn genommen?

DERMANN

    Weil ich ein Narr war.

DIEFRAU

    Das bist du wohl alle Tage.

DERMANN

Weib, habe Respekt! oder dich soll – Höre! antworte mir! bist du eine ehrliche Frau?

DieFrau

Bist du wohl gescheidt?

DerMann

Weib, antworte ordentlich! oder ich schieße dich übern Haufen.

DieFrau

Ich wollte, daß du mich erschossen hättest, damit sie dich itzo hängten. – So ein alter Narr! Pfui! schämst du dich nicht, so eine alberne Frage zu thun?

DerMann

Nicht mehr als du, keine ehrliche Frau zu seyn!

DieFrau

Das bin ich! und den will ich sehn, der meiner Ehre zu nahe kommen soll!

DerMann

Daß dus weißt! Ich lasse mich von dir scheiden.

DieFrau

Ja, da stehn sie und warten, ob sich Herr Herrmann scheiden lassen will! – Beweise mir doch etwas! beweise mir doch!

DerMann

Hast du den Grafen vor unsrer Heirath gekannt?

DieFrau

Ach, wo will er denn da hinaus? – Freilich hab' ich ihn gekannt.

DerMann

Nun ists gewiß: ich lasse mich scheiden.

DieFrau

Ach, über den einfältigen Adam! Ich glaube, er denkt gar – laßt uns doch lachen! – Ja, der Herr Graf bekümmerte sich viel um deine Nille: dem liefen wohl Andre nach.

DerMann

Hat er dir nicht das Halsband mit den großen Perlen geschenkt?

DieFrau

Das hat er.

DerMann

Wofür?

DieFrau

Wofür? – Ach, geh mir doch! wirst wohl da die alte Historie wieder aufwärmen? – Das ist zu Methusalems Zeiten geschehn.

DerMann

Ich scheide mich. – Packe deine Paar Lumpen zusammen! und dann aus dem Hause!

DieFrau

Wegen des alten Märchens? – Die Historie war ja hundert Jahre vor unsrer Hochzeit. Was hattest du mir denn damals zu befehlen?

DerMann

Aber ich habe itzo zu befehlen. Wir sind Mann und Frau gewesen.

Ohne weiter auf ihre Reden zu achten, wanderte er die Treppe hinauf, packte alle Kleider und Wäsche in die große Lade mit den korinthischen Säulen, und brachte über eine Stunde zu, alle ihre Effekten von den seinigen abzusondern und einzupacken. Der Frau ward wirklich nunmehr bange, daß er sie einmal peinigen und zum Gelächter der Stadt machen werde; und was sie fürchtete, geschah. Er schob und schleppte mit eigner Hand die schwere vollgefüllte Lade die Treppe herunter und sezte sie vor die Thüre in den Hof: die übrigen Packete flogen zum Fenster herunter und nahmen ihren Platz auf und neben der Lade, wo sie ihn fanden. Als ihm nichts mehr in die Augen fiel, das der Frau eigenthümlich angehörte, so gieng er zu ihr, band ihr das Halsband mit den großen Perlen, das sie einmal als Jungfer von dem Grafen bekommen hatte, um den Arm und führte sie zur Hofthür hinaus zu ihren Sachen, schloß alle Eingänge am Hause zu und stellte sich mit seinem Pfeifchen ans Stubenfenster, um seine eifersüchtigen Grillen mit dem Tobaksdampfe in die freye Luft hinauszublasen.

Die verabschiedete Frau saß also unter freyem Himmel auf ihrer Lade zwischen den übrigen Effekten und hofte ganz sicher, daß bey der eintretenden Dämmerung ihren Mann sein Liebesfieber überfallen und nöthigen werde, sie unter demüthigenden Bedingungen wieder zurückzurufen. – Die Dämmerung kam; es wurde Nacht: Niemand im Hause rührte sich. Nun mußte sie im Ernst darauf denken, ihre Sachen in Sicherheit zu bringen und ein bequemeres Nachtlager zu suchen, als ihr die Lade darbot: dem Manne zum Trotze wollte sie wieder ins Haus. Sie sah sich allenthalben nach einem niedrigen Fenster um, und konnte keins ansichtig werden, das sich besser zu einer Thür gebrauchen ließ, als das Küchenfenster, ob es gleich ziemlich hoch von der Erde war. Sogleich wurden die nöthigen Anstalten zum Einsteigen gemacht, die Lade unter das Fenster gerückt, und nun hinauf! Aber wer sollte das Fenster aufmachen, das sich nur inwendig öfnen ließ? – Man schlägt eine Scheibe ein: sie thats, und nun waren beide Flügel weit offen. Alle Schwierigkeit hatte sie immer noch nicht besiegt: wie sollte sie sich ohne Hülfe so weit hinaufschwingen? – Sie versuchte: es gieng nicht. Sie wanderte den Hof hinab, um sich den Beistand einer Nachbarin zu erbitten, und siehe da! eben kam die Magd vom Felde hinten zum Garten herein: nun hatte sie gewonnen Spiel. Die Allianz wurde gleich zwischen ihnen geschlossen, und man eilte mit großen Schritten, die Eroberung des Küchenfensters fortzusetzen. Die Magd begeisterte das allgemeine Interesse ihres Geschlechts mit Löwenmuth, sie erstieg den Wall, sprang in die Küche hinab, in einem Augenblicke war der innere Riegel der Hofthür weggeschoben, und man zog triumphirend in der eroberten Festung ein.

Nacht und Dunkelheit waren geschworne Feinde des alten Herrmanns: sie entwafneten seine Tapferkeit so sehr, daß er fast zum Kinde wurde. Ermüdet von der Hastigkeit, womit er seiner Frauen Habseligkeiten in den Hof schafte, war er bey seinem Pfeifchen am Fenster eingeschlafen: Zähne und Hände ließen den schwarzen beräucherten Stumpf entschlüpfen, daß er in hundert kleinen Stücken auf dem Pflaster herumtanzte. Der Schlummer hielt an, bis zu dem ersten Sturme, den die Frau auf das Küchenfenster wagte: das Geklirre der eingeschlagnen Scheibe erweckte ihn; aber o Himmel! in der ganzen Stube wars finster wie im Grabe. Er tappte nach dem Feuerzeuge, fand es, schlug sich die Knöchel wund, und da sein Zunder brannte, war kein Licht da. Indessen nahm der Lärm der Eroberung zu: nun wars vollends um seine Herzhaftigkeit geschehn. Er konnte keinen Schritt vor die Thür thun, wenn er gleich ein Königreich damit hätte gewinnen sollen. Das Getöse vermehrte sich – denn die Frau schafte mit Hülfe der Magd die Effekten wieder ins Haus – und er fand kein ander Mittel, als die Parthie aller Furchtsamen zu ergreifen – er verschanzte sich: die Thür wurde verriegelt, ein Tisch vorgerückt, und es war fest beschlossen, daß er die Nacht hinter seinen Verschanzungen zubringen wollte.

Nillchen kannte seine Furchtsamkeit im Finstern und ließ nichts ermangeln, ihre Rachsucht nach Herzenslust zu sättigen. Die zwei Weibsbilder erregten ein Getöse im Hause, als wenn sieben Legionen Teufel eingekehrt wären: Treppe auf, Treppe nieder! Die Magd, um ihrem Tritte mehr Gewicht zu geben, bewafnete die Füße mit einem Paar Schuhen von Juchten, deren Solen dick wie Breter, und deren Absätze mit Nägeln, wie mit Hufeisen, beschlagen waren: bey jedem ihrer Dragonertritte erbebte das ganze Gebäude, und aus allen vier Winkeln des Hauses hallte das Klappen der Nägel, wenn sie auf den Backsteinen hinlief, in mannichfaltigen Tönen, wie ein übelgestimmtes Glockenspiel, zurück.

Die Thüren wurden zugeschlagen, daß sie aus den Angeln sprangen: man bereitete in der Küche ein Banket und verzehrte die triumphalische Mahlzeit mit lautem Lachen und Singen, während dessen der alte Herrmann in der daran stoßenden Stube ausgestreckt auf drey Stühlen lag, vor Hunger und Aerger seufzte, gern seinen Kummer verschlafen wollte und vor dem Getöse, das bis über Mitternacht hinaus dauerte, kein Auge schließen konnte. Einen schimpflichen Frieden durch Nachgeben zu erkaufen, litt seine Ehre nicht, und ihn durch Gewalt zu erzwingen, war er zu furchtsam, weil er, nach der Größe des Lärms zu urtheilen, glaubte, der weibliche Theil des ganzen Städtchens habe sich versammelt, sein beleidigtes Geschlecht an ihm zu rächen; und dann war es einmal sein Grundsaz, in der Dunkelheit nicht zu fechten, weil er gewiß den Kürzern zog, sobald man die Bosheit begieng, das Licht auszulöschen. Sonach ertrug er gelassen alles Ungemach und war froh genug, daß man um ein Uhr ihn auf den harten Stühlen einschlummern ließ, unterdessen daß die feindliche Parthey sich in weiche Federn versteckte.

Kaum erschien die gewöhnliche Zeit des Aufstehens, als Nillchen schon wieder im Hause herumtobte, doch mit vermindertem Geräusche: sie nahm mit lautem Geklirre der Tassen und Teller in der Küche Kaffe und Frühstück ein. Der alte Herrmann dehnte sich auf seinem harten Lager, stund, wie an allen Gliedern gerädert, auf und überlegte seinen Operationsplan für den folgenden Tag. – Die erste Hand zum Vergleiche zu bieten, das war, bey so vielem Rechte auf seiner Seite, sehr hart: gleichwohl hatte die Frau die vortheilhaftesten Posten im Hause besezt und ihn so eingeschlossen, daß sie ihn mit leichter Mühe aushungern konnte: da war nichts zu thun, als sie mit List aus ihrer günstigen Stellung zu vertreiben. Er räumte die Festungswerke vor der Stubenthür weg und gieng, ohne sich mit Einem Blicke umzusehn, zum Hause hinaus.

Nun hatte er das Feld geräumt. Er blieb den ganzen Tag außen, auch die Nacht: er brachte beides bey einem Bekannten zu, einem Schlosser, von dem er sich ein großes starkes Vorlegeschloß verfertigen ließ. Mit Anbruche des Tages erschien er nebst seinem Freunde, öffnete die Hausthür – er hatte den Schlüssel dazu bey sich – und nun gerades Wegs vor die Schlafkammer der Frau! Der Schlosser schlug mit allem Geräusche seines Handwerks Haspen und Anwurf an die Thür, und beide legten feierlich das große Schloß davor. Darauf begaben sie sich, voll Freude über den ausgeführten Anschlag, in die Nebenstube und übten alle mögliche Repressalien aus. Der Schlosser war ebenfalls einer von den Ehemännern, der mit seiner Gattin in unaufhörlichem Kriege lag, und stritt für sein eignes Interesse, indem er die Rache seines Freundes unterstüzte. Sie fiengen an zu trinken; der Schlosser, dem diese wohlthuende Rache ungemein behagte, nahm einen so lebhaften Antheil an der Ehre seines Freundes, daß er in einer halben Stunde bereits betrunken war: der alte Herrmann konnte, wie gesagt worden ist, vor dem Nachmittage keinen Branntewein zu sich nehmen, und hielt sich für seine Nüchternheit mit einer großen Kanne selbstgemachten Kaffe schadlos; und dann gieng er in eigner Person das Mittagsmahl für sie beide zuzubereiten.

Diese Abwesenheit ihres Mannes wollte die eingesperrte Frau nützen: sie redte den trunknen zurückgebliebnen Schlosser durch die Wand an und bestürmte sein verstocktes Herz mit den rührendsten Bitten, sie heimlich herauszulassen. Der Wächter, der in seinem berauschten Kopfe gegenwärtige und vergangne Zeit nicht sonderlich unterschied und sich also beinahe gar nicht besann, wer diese Frau sey und warum man sie hier eingeschlossen habe, staunte nicht wenig, eine Weiberstimme in der Nähe zu hören. Er horchte und erkundigte sich stammelnd, wo sie sich aufhalte: zehnmal sagte sie es ihm, und zehnmal begriff ers nicht: er merkte wohl, daß die Stimme von der Wand her kam, und taumelte deswegen an ihr auf und ab, um das Frauenzimmer zu haschen; und wenn er einmal zugriff und etwas fest hielt, so wars ein Stuhl oder ein Tisch. Der Trunk hatte mancherley verliebte Regungen in ihm aufgeweckt, und er war äußerst erbittert auf das Frauenzimmer, das ewig redte und sich niemals haschen ließ. Sie schmeichelte seiner Begierde mit dem Versprechen, sich sogleich haschen zu lassen, wenn er nur das große Schloß öfnete, das er heute angelegt habe: der verliebte Trunkenbold, nachdem er lange Zeit mit dem Hammer an der Wand herum gehauen hatte, um das Schloß aufzuschlagen, begriff endlich, daß er es vor der Stube an der Nebenthür suchen müßte, und wankte hinaus, zog einen großen Schlüssel aus der Tasche und fluchte und schwor, daß sich das verdammte Schlüsselloch nicht treffen lassen wollte: er stieß und stampfte um sich herum, so sehr ihm die Gefangne leise zu verfahren rieth, und tobte so ungestüm, daß endlich der alte Herrmann durch sein Getöse herbeygezogen wurde. Leicht zu erachten, daß er ihn etwas unsanft zur Ruhe verwies! Er warf ihn zur Stube hinein und zeigte ihm einen Platz, von welchem er bey Lebensstrafe nicht aufstehn sollte; und der folgsame Schlosser legte sich demüthig in den Winkel, wie ein Hund, wenn ihm ein drohendes »Kusch!« zugerufen wird.

Bey der Mittagstafel fand der halbnüchterne Schlosser einen neuen Beruf, sich zu betrinken, und Nachmittags, etwas zeitiger als sonst, fühlte der alte Herrmann den nämlichen Trieb. Nun kam der Zeitpunkt, wo die eingesperrte Ehefrau ihre Erlösung bewirken mußte. Er fieng allmälich an, von seinem Nillchen sehr viel zu sprechen und sie wegen ihrer Schönheit und häuslichen Erfahrung zu loben: – »Wenn sie nur eine ehrliche Frau wäre!« sezte er hinzu. – »Kanst du dir vorstellen, Jakob?« fuhr er nach einer Pause fort: »da will sie sich von mir scheiden lassen – das Donnerweib! damit sie so recht nach ihrem Gefallen leben kan – aber ich habe sie eingesperrt – sie darf nicht fort – ich lasse mich doch nicht scheiden – und wenns gleich der Kaiser und der Oberpfarr haben wollte. – Sie soll nicht heraus – bis sie mir verspricht, daß sie sich nicht will scheiden lassen – und wenn sie bis an den jüngsten Tag drinne stecken sollte.«

Einen so günstigen Augenblick ließ die Gefangne nicht ungebraucht vorbeygehn: sie versicherte ihn durch die Wand, daß sie sich nicht scheiden lassen wollte, wenn er sie in Freiheit sezte.

»Du mußt mir schwören,« rief der Mann. – Sie verstund sich dazu: er sagte ihr einen Schwur vor, der die fürchterlichsten Verwünschungen enthielt: sie sprach ihn nach.

»Ja, Nillchen,« fieng er von neuem an, »wenn ich nur wüßte, ob du eine ehrliche Frau bist! – Bist dus nicht, so laß ich mich scheiden. Das muß ich wissen; sonst kömmst du nicht heraus.« –

Natürlich daß sie alle Beredsamkeit anwandte, ihn über den streitigen Punkt zu versichern. – »Du mußt mir schwören,« war seine neue Foderung, die sie eben so gern zugestund; mit den vorigen Formalitäten beschwor sie ihm, daß sie nicht nur eine ehrliche Ehefrau sey, sondern es auch in alle Ewigkeit bleiben wolle. Die Kapitulation war gemacht, der Friede geschlossen und die Gefangenschaft aus.

Desto stärker fiel sein Zorn nun auf alle, die die Ehre seiner Frau angetastet hatten: sie mußte sich neben ihn setzen, und er konnte beständig noch nicht von der Hauptfrage wegkommen: sie sollte ihm berichten, warum der Nachbar sie einer Untreue beschuldigt habe, und sie gab ihm zur Ursache den Neid an, den die Gnade des Grafen gegen ihren Heinrich bey Jedermann errege. Nun war er auf einen schlimmen Punkt geführt: er brach in Schmähungen wider den Grafen aus, daß er das ehrliche Nillchen durch seine Gnade in einen solchen Ruf bringe, und betheuerte, daß er ihm die ganze Gnade vor die Füsse werfen wolle. – »Mach' ein recht kostbares Abendessen,« schloß er: »daß es fertig ist, wenn ich wiederkomme!« –

Nillchen gehorchte dem Befehle. Er folgte ihr nach und gieng halbtaumelnd zum Hause hinaus. Er wollte aufs Schloß; aber in der Berauschung verfehlte er den Weg, wanderte durch drey, vier Gassen, und eh er sichs versah, war er wieder vor seinem Hause. Er fluchte auf den Grafen, daß er sein Schloß so oft verrückte, und wiederholte die Wanderung so oft, daß er in der Abenddämmerung an Ort und Stelle anlangte. Graf und Gräfin waren verreißt, Niemand da, der ihn zurückhielt, und er erreichte also ungehindert Schwingers Zimmer.

Schwinger saß im Kabinete und arbeitete an einer Predigt, womit er die christliche Gemeine künftigen Sonntag bewirthen wollte, hatte sich verschlossen und so sehr in Begeisterung verloren, daß er weder hörte noch sah. Fräulein Hedwig, um sich die Abwesenheit der gnädigen Herrschaft zu Nutze zu machen, war ihrem dicken Amyntas nachgegangen und belustigte sich im Garten mit ihm nach Herzenslust: die Baronesse stund, in arkadische Bilder vertieft, am Fenster und weidete sich mit der Einbildung an den Freuden der Liebe, die ihr die Wirklichkeit nicht gewähren durfte.

Der alte Herrmann gieng unangemeldet ins Zimmer hinein und fand seinen Sohn am Tische sitzend, von den Weisen der heidnischen Welt umringt: Augen und Gedanken waren ganz in seinem Buche, und er wurde die Anwesenheit seines Vaters nicht eher inne, als bis er ihn bey dem Arme faßte. – Heinrich, sprach er, komm mit mir! – Der Sohn folgte ihm ohne Widerrede. Er führte ihn die Treppe hinunter. Heinrich erkundigte sich zwar sehr oft, wohin er sollte, aber die Antwort blieb außen. – An der Thür entschuldigte er sich, daß er ohne Erlaubniß seines Lehrers nicht weiter gehen dürfe und wollte umkehren: schnell ergriff ihn der Vater in der Mitte des Leibes, lud ihn auf die Schultern und trabte mit ihm fort, wie ein Schwan, der seiner kleinen Nachkommenschaft zum Schiffe dient. Der Sohn war durch die Neuheit des Vorfalls so in Erstaunen gesezt, daß er sich ohne Widerstand forttragen ließ und nur unterwegs zuweilen Miene machte, sich loszureißen, aus Besorgniß, seinem Vater eine zu schwere Last zu seyn: da half nichts! Je mehr er widerstrebte, je fester packte ihn der Herr Papa, je schneller eilte er mit ihm davon. Alle Leute blieben verstummend stehn, und Niemand dachte vor Verwunderung über die Seltsamkeit der Sache daran, ihn aufzuhalten. Die Baronesse erblickte durch das Fenster ihren Heinrich auf dem Rücken eines Fremden, den sie nicht erkennen konnte, und der, wie ein Knabenräuber, mit ihm dahineilte. In Einer übereilten Hastigkeit riß sie die Thür auf, flog die Treppe hinunter, zum Hause hinaus und dem Entführer nach. Der Vater sezte seine Bürde in seinem Hause ab und schloß die Thür zu. – Da! sagte er zu seiner Frau, die erstaunt in der Küchenthür stund, da ist Heinrich! Die Leute sollen uns nicht länger nachreden, daß ihn der Graf füttert, weil er nicht mein Sohn ist. Wenn dir nun noch Jemand Schuld giebt, daß du keine ehrliche Frau bist, Nillchen! Nillchen! so nimm dich in Acht! Ich schlage allen die Köpfe ein, die so sprechen, und dich wider die Wand, wie einen alten Topf. – Dabey faßte er, um seine Drohung sinnlicher zu machen, einen alten dortstehenden berußten Topf und schleuderte ihn mir einer Gewalt an die Küchenmauer, daß die Umstehenden sich vor den herumfliegenden Scherben retten mußten.

»Du bleibst nun in alle Ewigkeit bey uns,« fuhr er fort, indem er sich zu seinem Sohne wandte und ihn derb bey dem Ohre zupfte, welches eine von seinen hauptsächlichsten Liebkosungen war: – »Du bleibst bey uns. Du sollst nicht länger schmarotzen: und wenn dich Jemand wieder wegholen will und du gehst mit ihm, so mache dich gefaßt, daß die Stücken von deinem Kopfe so herumfliegen werden, wie die Scherben von dem Topfe.« – Diese Drohung wurde von einem Paar fühlbaren Stößen begleitet, die er dem Sohne mit geballter Faust auf den Wirbel versezte.

Indessen hatte sich die arme Baronesse ihre zarten Fingerchen an der Hausthür beinahe wund geklopft, und die Frau war während der Drohung ihres Mannes hinter seinem Rücken weggeschlichen, um aufzumachen. Die Baronesse stürzte sich herein in die Arme der Frau und bat sie ängstlich um Nachricht, wohin Heinrich sey, und wohin er solle. Madam Herrmann führte sie mit ehrerbietigen Verbeugungen an die Küche und zeigte ihr den verlangten Heinrich. – »Da ist er ja!« rief die Baronesse freudig und ergriff seine Hand. – »Aber was soll denn mit ihm werden? wohin soll er denn?« – und mit hundert ähnlichen, übereilten Fragen drang sie auf den Vater los.

»Bey mir, bey seinem Vater soll er bleiben!« – war die Antwort, »und nicht länger bey Leuten schmarotzen, denen er nichts angeht! Komm, Heinrich!« – Er wollte ihn wegführen. Die Baronesse stieß mit einem kleinen Unwillen seine Hand zurück. »Laß Er ihn!« sprach sie. Der Alte that einen Schritt rückwärts, stemmte die Hände in die Seite, guckte ihr mit dem schiefsten verächtlichsten Blicke ins Gesicht und hub eine Rede an, die mit Schimpfen begann und mit Schimpfen endigte. Er vertheidigte darinne seine Ansprüche auf seinen Sohn so lebhaft und verwies der Baronesse ihren Eingriff in dieselbe so derb, daß dem guten Kinde die Thränen in die Augen kamen. Nillchen erboßte sich äußerst wider seine Unhöflichkeit: sie hielt ihm den Mund zu und gebot ihm, sich nicht wider die gnädige Herrschaft zu vergehn: der Mann schwazte in halben gebrochnen Tönen durch ihre Finger, stieß das Schuzbret mit einem tüchtigen Schlage von seinen Lippen hinweg und begann desto erbitterter von neuem. Nillchen war zum zerspringen aufgebracht, schritt zum erstenmal während ihrer ganzen Ehe zu wirklichen Thätlichkeiten, warf ihn mit einem holtönenden Puffe in den Rücken zur Küche hinaus und hatte nichts geringeres im Sinne, als ihn unter dieser Musik in die Stube hineinzutreiben. Unglücklicher Weise gab ihm seine größere Stärke das Obergewicht: mit einer schnellen Wendung streckte er seine Gegnerin zu Boden, daß sie ächzte und vor Erbitterung die Lippen zusammenbiß. Während des Handgemenges war die Baronesse so listig und nahm ihren Adonis bey der Hand – husch! waren sie Beide zur Thür hinaus. Der alte Herrmann wurde die Flucht gewahr, ließ den gestreckten Feind liegen, und hurtig hinter drein! Wie dergleichen Zurückholungen nie ohne Gewaltthätigkeiten abgehn, so mangelte es auch hier nicht daran: Heinrich wurde bey dem Kleide zurückgezogen, und die Baronesse, die sich hinter ihm herein drängte, kam auch nicht ohne blaue Flecken davon. Vater und Sohn verschlossen sich in der Stube, und die arme Ulrike sezte sich traurig auf die Treppe und weinte die bittersten Thränen. Die Frau Herrmann war unterdessen wieder auf die Füsse gekommen und tröstete sie mit Verwünschungen gegen ihren Hund von Manne, wie sie ihn zu nennen beliebte.

»Ich gehe nicht wieder aufs Schloß,« sprach die Baronesse schluchzend, »wenn ich nicht Heinrichen mit zurückbringe: ich bin ihm so gut, daß ich nicht ohne ihn seyn kann. Sein Vater wird ihn gewiß aus der Stadt thun wollen, vielleicht auf eine Schule – ach! liebe Frau Herrmann, da muß ich sterben!« – Sie weinte von neuem und verbarg ihr Gesicht an dem Schooße ihrer Trösterin, die vor ihr stund.

Es wurde ihr vorgeschlagen, sich wieder aufs Schloß bringen zu lassen, und zwar mit der Versichrung, daß Heinrich gewiß längstens des Morgens darauf nachkommen solle.

»Nein, antwortete sie mit Entschlossenheit – ich gehe nicht von der Stelle. Sie wollen mich nur gern los seyn, damit ichs nicht sehen soll, wenn er fortgebracht wird. – Thun Sie mirs doch nicht zu Leide! lassen Sie ihn doch bey uns!« –

»Er soll ja gewiß wieder zu Ihnen kommen« – rief die Herrmann einmal über das andre.

DIE BARONESSE

Sie hintergehn mich gewiß. Warum wollen Sie mir nun nicht die Freude gönnen, daß ich ihn lieb haben soll? Ich darf ihn ja so nicht sehen und sprechen: wenn ich nur wenigstens weis, daß er in Einem Hause mit mir ist, so bin ich ja zufrieden. Weiter will ich nichts! weiter gar nichts! – Wenn der Vater nur nicht so ungestüm wäre, so wollt' ich ihm um den Hals fallen: aber er stoßt mich von sich. – Ich bin recht unglücklich: – aber daß Sie ja die gnädige Tante oder Fräulein Hedwig nichts davon erfahren lassen! – Heinrich ist der einzige Mensch auf der Welt, dem ich gut bin: und ich möchte nur wissen, was das nun Böses ist, daß man mirs verbietet, und nun will man ihn gar weit, weit von mir wegschicken. Warum soll ich denn einen Menschen nicht lieb haben? Es ist ja besser als wenn ich ihn hasse.

DIE HERRMANN

Ja, allergnädigste Baronesse, Sie können ihm wohl gut seyn: aber die Frau Gräfin und Fräulein Hedwig werden wohl etwas anders meinen.

DIE BARONESSE

Was denn? – Ich habe ihn gern um mich, schäkre gern mit ihm: was ist denn nun so entsezliches dabey?

DIE HERRMANN

Dabey wohl nicht! aber –

DIE BARONESSE

Was denn? – So sagen Sie mirs doch nur! Wenn es etwas Böses ist, so will ich mich dafür hüten. Ich versprech' es Ihnen: ich will mich davor in Acht nehmen wie vor dem Feuer.

DIE HERRMANN

Die Frau Gräfin wird wohl denken, daß mein Sohn nicht vornehm genug zu Ihrem Umgange ist.

DIE BARONESSE

Soll ich denn die Leute deswegen hassen, weil sie nicht vornehm sind?

DIE HERRMANN

Das wohl nicht! aber Sie werden vielleicht zu vertraut –

DIE BARONESSE

Je vertrauter, je besser! das ist mir das Liebste. Wenn man da so reverenzt und knixt und komplimentirt – das ist kein Vergnügen. Wem ich gut bin, der ist mir auch vornehm genug.

DIE HERRMANN

Ich weis freilich auch nicht, warum die Frau Gräfin gar nicht haben will, daß Sie mit meinem Heinrich umgehn sollen: wenn er gleich kein Graf ist, so hat ihn doch seine Mutter auch nicht auf der Gasse geboren; und wer weis, was aus ihm noch werden kann? – Aus gutem Holze läßt sich alles schnitzen. – Also sind Sie ihm gut, allergnädigste Baronesse?

DIE BARONESSE

O ungemein! Ich wollte den ganzen Tag bey ihm seyn – lieber als bey Grafen und Baronen! Wenn ich nur ein gemeines Mädchen werden könnte, daß ich allenthalben herumlaufen und umgehn dürfte, mit wem ich wollte! Unser eins ist recht wie im Gefängniß: ach, liebe Frau Herrmann, mir wird das Leben sauer! Nicht einen Schritt soll ich ohne Erlaubniß thun; und wenn ich einmal lustig werde, so schreit die alte Hedwig gleich auf mich los, daß mirs angst und bange macht. Bald geh ich einwärts, bald halt' ich mich schief, bald red' ich zu viel und bald zu wenig. – »Machen Sie doch ein Kompliment! Reden Sie nicht zu frey! Küssen Sie der Dame die Hand! Sehn Sie den Herrn nicht zu starr an! Sprechen Sie doch nicht immer deutsch!« – So gehts den ganzen Tag: das ist ein ewiges Tadeln; man wird des Lebens recht überdrüssig dabey. – Wenn ich nun vollends bey dem Grafen oder der Gräfin seyn muß, da geht die liebe Noth erst recht an. Da darf ich kein Wort reden, wenn man mich nicht fragt: wie ein Stock muß ich dastehn – »Wie Ihre Gnaden gnädigst befehlen – Ihre Gnaden unterthänigst aufzuwarten – Ich bitte Ihre Gnaden unterthänigst um Vergebung – Wenn Ihre Gnaden die hohe Gnade haben wollen« – Und wenn ich einmal von den tausend Millionen Gnaden, die ich beständig im Munde haben muß, eine vergesse – ach! da ists ein Lärm zum Kopfabhauen! Oder wenn ich zu hurtig spreche, zu langsam oder zu hurtig, zu tief oder zu seicht den Reverenz mache, wenn ich nicht gleich nach einer Sache laufe, so bald sie der Graf nur nennt, da gehts gleich los. – Ja, das Bischen Leben wird einem recht schwer gemacht.

DIE HERRMANN

Dafür genießen Sie auch desto mehr Ehre –

DIE BARONESSE

Ach schade für die Ehre. Wenn man mir nur mein Vergnügen ließe! Da soll ich Stunden lang wie angepflöckt sitzen, und wann ichs nicht thun will, so nennt man mich ungezogen. Sitz' ich nun dort und gebe nicht recht Acht und mache nur Einen Fehler, gleich werd' ich ausgehunzt: seh' ich verdrießlich darüber, so krieg' ich wieder etwas ab, daß ich nicht munter bin: lach' ich ein wenig zu laut, so heißts, ich führe mich unanständig auf: red' ich leise – so rede doch laut, daß mans verstehe! – sprech' ich laut – wer wird denn schrein, wie ein gemeines Mensch? – Immer mach' ich Etwas Unrecht: kein einzigesmal kann ichs treffen. Mannichmal wenn mir die Zeit gar zu lang wird, geh' ich aus der Gesellschaft: gleich watschelt die dicke Hedwig hinter mir drein, und schilt mich aus, daß ich keine Lebensart habe: steh' ich etwa in Gedanken und antworte nicht gleich, wenn mich Jemand anredet, so sollten sie nur das Unglück sehn, das ich ausstehen muß, so bald die Gesellschaft fort ist! Wenn sich nicht die Gräfin zuweilen meiner annähme, so wär' ich längst davon gegangen. Ich thu' es auch gewiß noch einmal.

DIE HERRMANN

Sie werden ja so etwas nicht thun!

DIE BARONESSE

Es wäre kein Wunder, wenn man so geplagt wird. So steif und trocken Tag für Tag zuzubringen, und auch nicht einmal Ein Vergnügen haben zu dürfen, das ist keine Kleinigkeit. Ich soll ja mit Niemanden reden, mit Niemanden lachen, weil das alles zu gemeine Leute sind; und daß ich nicht Heinrichen so oft sehen und sprechen darf, wie ich will – ach! das nagt mir am Herze! – Ich kanns Ihnen wohl sagen: er gefällt mir besser als alle die jungen Herren und Kawalliere, die zum Grafen kommen. Machen Sie ja, daß er nicht vom Schlosse weggenommen wird!

DIE HERRMANN

Nein, das laß' ich nicht zu, und wann ich mich mit meinem Manne darüber prügeln müßte. Ich will Sie wieder nach Hause begleiten: morgen wird meinem alten Bäre der Sonnenschuß wohl vergangen seyn.

DIE BARONESSE

Nein, ich gehe nicht, so lange Heinrich hier bleibt. – Sie wollen mich hintergehn: so leichtgläubig bin ich nicht: wenn ich aus Ihrem Hause bin, so schaffen Sie ihn gleich fort, damit ich nicht weis, wohin er gekommen ist. Wenn das geschieht, hernach ist es ganz aus auf der Welt für mich: dann können sie mich begraben, wenn sie wollen. –

Alle weitre Vorstellungen fruchteten nichts bey ihr: sie beharrte hartnäckig auf ihrem Entschlusse, nicht wieder aufs Schloß zu gehen, wenn sie Heinrich nicht begleitete, und drohte, die ganze Nacht auf der Treppe sitzen zu bleiben, wofern man ihr nicht willfahrte. Die Herrmann war am Ende ihrer Beredsamkeit, ließ sie sitzen und gieng heimlich fort, Fräulein Hedwig von dem Plane der Baronesse zu benachrichtigen.

Die Bothschaft war äußerst willkommen: denn die arme Guvernante war in unbeschreiblicher Angst über die Abwesenheit ihrer Untergebnen. Sie hatte einige Minuten, nachdem die Flucht geschehn war, ihren verliebten Kreuzzug durch den Garten geendigt, und ihr Herz schlug Ellen hoch vor Schrecken, als sie bey ihrer Rückkunft ins Zimmer die Baronesse nirgends fand. Als wenn sie ein Gespenst jagte, lief sie brausend und glühend die Treppe hinauf zu Schwingern und fand auch hie Niemanden: nun war keine Vermuthung gewißer als daß die beiden jungen Leutchen, nach dem löblichen Beispiele der Guvernante, auch ihrer Seits eine Liebesfahrt gethan hatten. Sie rief bald Schwingern, bald Ulriken, bald Heinrichen, und raste, wie unsinnig, in dem Zimmer herum, riß das Fenster auf und rief: alles todt, als wenn die ganze Hofstatt durchgegangen wäre! »Ach du liebes Väterchen im Himmel droben!« schrie sie trostlos, rang die Hände, und Angstschweiß stund in großen Perlen auf der rothunterlaufnen Stirn. »Du herzeliebes liebes Gottchen! wo sind die gottlosen Kinder hin? Wer weis, was sie izt mit einander anfangen?« – Schwinger wurde durch das Klaggeschrey aus seiner homiletischen Begeisterung erweckt und öfnete das Kabinet. Fräulein Hedwig fiel mit ihrem ganzen plumpen Körper über ihn her. – »Schaffen Sie mir die Baronesse, schrie sie, oder ich kratze Ihnen die Augen aus.« – Schwinger war mit den Gedanken noch bey seiner Predigt, die von der christlichen Sanftmuth handelte, und hub mit kanzelmäßigem Tone an:

»Die Sanftmuth ist eine von den Tugenden, die das Herz eines Christen zieren sollen« –

Ach mit ihrer verzweifelten Sanftmuth! unterbrach ihn die Guvernante.

Er fuhr ungehindert fort: – »Sie muß in seinen Worten und Werken sich äußern« –

FRÄULEIN HEDWIG

So lassen Sie uns doch suchen, ehe sie der böse Feind in den Klauen hat!

»Wen denn?« fragte Schwinger, von seinem Traume erwachend.

FRÄULEIN HEDWIG

Die Kinder! Sie sind ja fort! Wenn sie nun gar die *fallacibus Satanas* blendeten – ach, wir müßten beide mit Schimpf und Schande davon laufen! aus dem Hause würden wir gejagt! – Hab' ichs nicht immer prophezeiht? Aber mit den Leuten, die keinen Teufel glauben, ist nichts anzufangen. Hernach –

SCHWINGER

Gedulden Sie sich nur! Es wird vermuthlich nicht so schlimm seyn als Sie denken. –

Er ermahnte sie noch weiter zur Geduld, allein die Furcht vor einer Entdeckung der geheimen Ursache, warum sie die Baronesse allein gelassen hatte, machte sie wütend, besonders da Schwinger einigemal sich erkundigte, warum sie ohne die Baronesse spatzieren gegangen sey. – »Sie denken wohl gar, sprach sie erschrocken, daß ich auf bösen Wegen gewesen bin. Dafür bewahre mich mein liebes Väterchen im Himmel!«

Beide waren noch mitten in der Ueberlegung, wo sie zuerst die Entflohnen aufsuchen sollten, als Frau Herrmann mit ihrer Bothschaft anlangte und sie aus ihrer Verlegenheit riß: der Hauptknoten war indessen immer noch aufzulösen. Die Herrmann schlug dazu selbst ein Mittel vor: um ihren Mann zu bewegen, daß er Heinrichen wieder zurückgebe, hielt sie nichts für kräftiger, als ihn durch eine Bouteille Wein zu bestechen. Schwinger steckte eine zu sich und wanderte mit der Herrmann ab, und Fräulein Hedwig, um desto sicherer zu seyn, folgte ihnen. Schwinger fieng seine Traktaten mit dem alten Herrmann unter dem Fenster an, wo er sein Pfeifchen schmauchte: er stellte ihm die Ungnade des Grafen und der Gräfin vor, die den Purschen von ihm foderten, erschöpfte alle mögliche andere Bewegungsgründe: der Alte gab einen jeden zu und schlug sie alle damit nieder – »ich mag nicht.« – Endlich wurde das kraftvolle Argument *ad stomachum* aus der Tasche geholt; auch dies schlug nicht an: doch gab er die Erlaubniß, es in die Stube zu bringen.

Als Schwinger ins Haus trat, fand er Fräulein Hedwig in offenem Zanke mit der Baronesse: sie hatte sie schon mit ihren breiten Händen, wie der Geier eine Taube, umklammert, um sie mit Gewalt hinaus zu ziehn: die nervichte Strafpredigt war schon vorausgegangen. Die Baronesse fühlte so viel Unwürdigkeit in dieser Behandlung, daß sie alle Rechte der Selbstvertheidigung gebrauchen zu dürfen glaubte: die Angst, von Heinrichen mit Gewalt getrennt zu werden, und die Ueberredung, daß dies alles abgekartet sey, machte sie doppelt unwillig und doppelt beherzt: sie zog eine lange Nadel aus den Haaren und stach so lange auf die Klauen los, die sie umschlungen hielten, bis sie der Schmerz nöthigte, fahren zu lassen. In diesem Augenblicke wollte Schwinger beide aus einander bringen, als sie sich ohnehin aus dieser Ursache gehn ließen. Aller Widersprüche ungeachtet, nahm er die Baronesse mit sich in die Stube: er wollte seine Vorstellung erneuern, allein die erboßte Hedwig, die auf und nieder rannte und das Blut aus den zerrizten Armen saugte, machte mit ihrem Toben alle seine Worte unverständlich. Dem alten Herrmann war die Gesandschaft durch die vorgezeigte Bouteille Wein interessant geworden; und ärgerlich, daß er nichts verstehen konnte, ergriff er Fräulein Hedwig bey dem Arm und gab ihr mit seiner originalen Unmanierlichkeit die Wahl, hinauszugehn oder zu schweigen. Sie wählte das Letzte, und Schwinger, weil er auf dem angefangenen Wege nicht weiter zu kommen gedachte, schlug einen andern ein: er stellte es dem alten Herrmann frey, seinen Sohn dazubehalten, und bat ihn, wenigstens die Flasche mit ihm auszutrinken, damit er nicht ganz umsonst bey ihm gewesen sey. Ohne Anstand wurde die Bitte bewilligt, die Pfeife niedergelegt, und Nillchen stand mit den Gläsern schon in Bereitschaft, ehe er sie noch foderte.

Die Flasche war itzo leer: die Baronesse stand betrübt im Winkel neben dem Großvaterstuhle, wo Fräulein Hedwig in vollem Feuer der Erbitterung saß und sich mit dem weißen Schnupftüchelchen das breite Antlitz fächelte: das gute Kind schielte noch mit ängstlichem Blicke nach ihrem Heinrich, dem sie sich nicht nähern durfte; – denn so oft sie zu ihm hintrat und seine Hand ergriff, fuhr die grimmige Guvernante, wie ein böser Geist, auf sie los und trennete sie von ihm: – ihr gegenüber, wartete Heinrich mit neugierigem Blicke nach dem Tische, wo sein Vater und Schwinger saßen und tranken, voller Ungeduld, was für eine Entscheidung seines Schicksals seinem Vater die Flasche eingeben werde: eben so erwartungsvoll lauerte Nillchen neben ihrem Manne, mit der Brust auf die Lehne eines leer dastehenden Stuhls gelehnt, den Kopf weit herüberhängend, um die Veränderungen, die der Wein allmählig im Gesichte des alten Herrmanns bewirkte, desto schneller wahrzunehmen, und lächelte mit steigender Freude, je günstiger die Aspekten wurden. Der Alte, der sich heute schon den zweiten Rausch trank, wurde gleich bey dem zweiten Glase ungemein geschwätzig, bat seinen Mittrinker jeden Augenblick um Verzeihung wegen Beleidigungen, die er ihm nimmermehr gethan hatte, und war izt am Ende der Flasche so schwachherzig, daß er sein Nillchen zu loben und zu karessiren anfieng. – »Was machst denn du hier, Heinrich?« sprach er stammelnd, indem er seinen Sohn von ohngefähr erblickte. »Hast du mich einmal besuchen wollen?« – Er stand auf, wankte zu ihm und zwickte ihn in die Backen. »Du Schelm, sagte er, besuchest deinen Vater so selten! – Kinderchen! geht nur wieder nach Hause: ich werde schläfrig. Geht, und kommt bald wieder!« –

Viktoria! die List war gelungen: der Alte hatte im Rausch seinen vorigen feindseligen Plan vergessen: man bestätigte ihn in der Einbildung, daß die ganze Gesellschaft blos aus eignem Triebe gekommen sey, ihn zu besuchen, und sagte ihm ohne Zögern gute Nacht. Nillchen sprang vor Freuden dreymal in die Höhe und klopfte in die Hände: alle Gesichter heiterten sich auf, jedermann nahm frölichen Abschied, nur Fräulein Hedwig nicht. Bald wäre aber der Auftritt, als er zu Ende eilte, noch weinerlich geworden: der betrunkne Alte bildete sich ein, daß Hedwig seine Frau sey, und übte daher einen Theil seiner gewaltthätigen Karessen an ihr aus: Hedwig, voll keuschen Grimms über seine Frechheiten, stieß ihn zurück: er erzürnte über diesen rebellischen Widerstand und mishandelte sein vermeintes Nillchen auf die grausamste Weise: man mochte ihm einreden, soviel man wollte: er beharrte hartnäckig auf der Meinung, daß Hedwig seine Frau sey, bis endlich sein wahrhaftes Nillchen ihm um den Hals fiel und ihm die Freiheiten anbot, die Hedwigs Sprödigkeit versagt hatte: die übrige Gesellschaft schlich sich fort, und die Liebe schläferte unter ihren Schwingen den trunknen Ehemann ein.

FÜNFTES KAPITEL

Die Begebenheit brachte bey Heinrichen in dem Reiche seiner Neigungen eine mächtige Revolution hervor: die Liebe, welche die Baronesse bey dieser Gelegenheit ihm so thätig bewies und in dem Gespräche mit seiner Mutter auf der Treppe erklärte, – er hatte dieser Unterredung, als er bey seinem Vater in der Stube eingesperrt war, durch das Schlüsselloch zugehorcht – diese so thätig erwiesene, so deutlich erklärte Liebe zündete seine bisherige Zuneigung bis zur Flamme an. Der zwölfjährige Pursche *war* ihr nicht mehr *gut*, wie in seinem achten Jahre, als er beschloß, der Gräfin zum Trotze mit ihr umzugehn, und eben so bald seinen Trotz wieder aufgab, weil ihn sein Lehrer durch Beschäftigung und Zerstreuungen davon ablenkte: die Liebe foderte izt den Ehrgeiz, der bisher in seiner Seele den Ton angegeben hatte, wirklich zum Kampfe auf, und er fühlte den ersten starken Streit der Leidenschaften in sich. Vorher waren es nichts als kleine Scharmützel gewesen: zuweilen ein flüchtiger Wunsch, eine kleine Unzufriedenheit mit seinen gewohnten Beschäftigungen, ein Zuck am Herze, ein inneres unbestimmtes Verlangen nach einer Erweiterung seines Wirkungskreises, so ein schwankendes Gefühl als wenn ihm etwas fehlte, auch oft ein wirklicher Schmerz über das Verbot, das seinen Umgang mit der Baronesse hinderte! weiter gieng es nicht; und wenn ihn sein Lehrer wieder in das ordentliche Gleis hineinführte, so lief er darinne mit beruhigtem Herze fort.

Izt ward die Sache ernster. Er *suchte* Gelegenheiten, die Baronesse zu sehn, ihr süße Blicke zuzuwerfen: wenn er an Schwingers Seite vor ihrem Zimmer vorüberging, stand sie hinter der halbofnen Thür, und hurtig schlüpften ein Paar wechselseitige Blicke durch die schmale Oefnung. Wenn er in den Garten gieng, stand sie am Fenster: unaufhörlich hatte er Ursachen sich umzusehn, und wenn Schwinger nach dem Gegenstande fragte, so fehlte ihm nie einer voller Merkwürdigkeit: während daß jener diese meistens schwer zu findende Merkwürdigkeit daran aufsuchte – husch! flog ein Wink, auch wohl mit unter ein Kuß ins Fenster hinauf und blieb nie unbeantwortet. Dergleichen Spatziergänge in den Garten hatte er izt täglich so viele zu machen, daß Schwinger sich darüber verwunderte und in der Länge verdrießlich wurde, die Treppen so oft mit ihm auf und nieder zu laufen, besonders da er nie weiter als in die ersten Alleen zu bringen war, aus welchen er die Baronesse am Fenster sehen konnte: wenn er durch keinen Vorwand Schwingern bewegen konnte, vorn bey dem Eingange herumzuspatzieren, sondern ihm weiter folgen mußte, so währte es nicht fünf Minuten, und fand sich ein Kopfweh oder eine andre dringende Ursache ein, warum er ihn bitten mußte, wieder aufs Zimmer zu gehn. – »Der junge Mensch ist wohl krank,« dachte Schwinger bey sich selbst, »daß er so unruhig ist und auf keiner Stelle bleiben kann:« – und in dieser Voraussetzung gehorchte er allen seinen Verlangen, strengte ihn weniger zu Arbeiten an, und wanderte aus gutem Herzen wohl zehnmal in Einem Vormittage auf seine Bitte mit ihm in den Garten und aus dem Garten, daß die Leute im Hause verwundert stehen blieben und fragten: Kommen Sie denn schon wieder? Sie gehn ja izt sehr fleißig spatzieren! – »Ach!« zischelte ihnen Schwinger leise zu, »mein armer Heinrich ist krank: er kann an keinem Orte bleiben: seine Unruhe beweist es deutlich: es wird vielleicht eins von den herrschenden Fiebern werden.«

Wenn er aufs Zimmer kam, nahm er einen lateinischen Schriftsteller: zwey Zeilen! – und in seinem Kopfe stand die Baronesse: er sah starr und unverwandt auf sein Buch, und durch seinen Kopf liefen Projekte, wie er die Baronesse öftrer sehen könnte. Schwinger sah ihm von der Seite zu, wie er nach seiner Meinung an einer Stelle so lange mit einem Ernste nagte, als wenn er den Kopf sprengen wollte. – »Greise dich nicht zu sehr an!« sagte der gutmüthige Lehrer und nahm ihm das Buch weg. »Komm! wir wollen uns die Zeit vertreiben.«

Er holte Kupferstiche oder die Gipsabdrücke der römischen Kaiser; keiner, an welchem Heinrich nicht eine Aehnlichkeit mit der Baronesse Ulrike fand! Augustus hatte ihr Kinn, Nero die Stirn, ein andrer das, ein andrer jenes, und selbst dem alten Nerva fehlte es nicht an Reizen, um ihr völlig ähnlich zu seyn. Er störte in den Kupferstichen: alle niederländische Bauerscenen, die ihn sonst so sehr ergözten, wurden verächtlich zurückgelegt, wenn nicht ein Mädchen darinne schäkerte. – Alexander mit seinen Heldenthaten, alle berühmte große Männer, die er sonst zu Viertelstunden anstaunte, mußten ungesehen vorbeymarschiren. Izt kam ein Urtheil des Paris – ah! hier ist Ulrike, wie sie leibt und lebt! Dreyfach steht sie da! Jede Göttin sieht ihr so gleich, als wenn sie dem Künstler bey jeder gesessen hätte! – Hier wurde Halt gemacht: er sah den Göttinnen ins Gesicht: sie schienen ihn anzulächeln: er winkte ihnen mit den Augen, und es war nichts gewisser als daß sie ihm wieder winkten: er berührte mit schüchternem Finger ihre Wangen, wagte sich an die vollen Brüste, strich die sanften, federweichen Arme, ein süßer Schauer lief über seine Brust hin, und er zog schamhaft den Finger zurück, als wenn er zu viel gewagt hätte. Izt erst wurde er den glücklichen Paris gewahr. »O wer Paris wäre!« dachte er und legte den Kupferstich auf die Seite allein. Er blätterte weiter – da war nichts, gar nichts sehenswürdiges mehr! Weg mit den Kupferstichen! Die Göttinnen wurden auf die Kommode quartiert, um sich an ihrem Anblicke weiden zu können, so oft es ihm beliebte.

»Bist du's schon wieder überdrüssig?« – fragte Schwinger und erbot sich, ihm etwas auf dem Klavier vorzuspielen: er schien sich über das Anerbieten zu freuen. Sein Lehrer spielte alle seine vorigen Lieblingsstücke nach der Reihe, die brausenden Allegro's, die majestätischen, pathetischen, großen Arien, die er sonst so aufmerksam bewunderte: nichts reizte ihn: er stand bey den drey Göttinnen, hörte kaum darauf, und bat Schwingern um etwas neues. –

»Des Tages Licht hat sich verdunkelt« –

fieng dieser zu singen an. Heinrich horchte.

»Komm, Doris, komm zu jenen Buchen« –

Sein Herz klopfte: die ganze Buchenhecke, von welcher er so oft der Baronesse zuwinkte, stund vor seinem Gesichte

»Laß und den stillen Grund besuchen

»Wo nichts sich regt als ich und du« –

Er schwamm in sanftem, rührendem Vergnügen: er fühlte sich in eine höhere Sphäre versezt, seine ganze Einbildungskraft erweitert.

»Und winket dir liebkosend zu« –

Nun konnte er sich nicht mehr halten: er wiederholte mit entzückungsvollem Accente den Vers leise, eilte zum Klavier, ließ nicht nach, bis ihm Schwinger die ganze Ode durchgesungen hatte und fand jedes Wort darinne so vortreflich, daß er viele Tage nichts anders hören wollte.

Die Baronesse, welche Fräulein Hedwig weder mit Kupferstichen noch Liedern zerstreute, ergriff die einzige für sie übrige Zuflucht – sie las, sah freilich sehr oft ins Buch, indessen daß ihre Einbildungskraft an allen Orten, wo ihr Heinrich ein Zeichen der Liebe zugeworfen, herumschweifte, und ihr künftige angenehme Scenen vormahlte: sie labte sich an diesen Luftbildern so herrlich als Heinrich an seinen drey Göttinnen.

Schwingern wurde sein Schüler etwas verdächtig, daß er beständig, auch bey der entferntesten Gelegenheit, Ulriken herbeyzubringen wußte: um dahinter zu kommen, ließ er ihm völlige Freiheit allein zu gehn, wohin er wollte, und beobachtete ihn von fern in einem Winkel oder auf eine andre Art, doch daß er ihn nie zu beobachten schien: er spürte lange Zeit gar nicht einmal Lust an ihm, das Zimmer zu verlassen. Eines Nachmittags, als er ihn so sich selbst überlassen hatte, – welches jedesmal wie von ohngefähr geschah – gieng er die Treppe hinunter in den Garten. Die Baronesse, die seinen Gang genau kannte, hörte ihn kaum kommen, als sie an der Thür war: er wollte nicht blos mit einem zugeworfnen Blicke sich begnügen, sein Herz strebte nach der Thür hin: schon hatte er einen Schritt zu ihr hingewagt – hurtig zog ihm ein Etwas den Fuß zurück; er gieng verschämt, als wenn die ganze Welt den Schritt gesehn und doch nicht merken sollte, daß er um der Baronesse willen geschehn sey, mit niedergeschlagnen Augen dicht an der andern Wand weg, warf keinen verliebten Blick nach ihr, sah sich vor dem Garten nicht nach ihrem Fenster um: nur zween Gänge durch den Garten! – und er wanderte wieder zurück: ein flüchtiges Hinschielen auf dem Rückwege konnte er sich nicht verwehren, aber es war nur wie weggestohlen, und mit desto gesenkterm Kopfe und desto dichter an der Wand gieng er vor ihrem Zimmer vorbey. Unmuthig über die Scham, die ihm seine Absicht vereitelt hatte, eilte er ans Fenster und zürnte auf sich und seine Schüchternheit.

Das Verlangen war zu dringend, die Gelegenheit zu günstig: er mußte einen zweiten Versuch wagen. Aller möglicher Muth wurde in der Brust gesammelt, er spornte sich selbst durch Vorwürfe über seine Feigheit an: entschlossen gieng er fort, marschirte ziemlich nahe an der geliebten Thür vorbey – da war keine Baronesse! Wie mit einer Keule vor den Kopf geschlagen, blieb er eine halbe Minute dabey stehen: – »wenn dich nun Jemand sähe!« rief die Scham in ihm; und als wenn zehn Peitschen auf seinen Rücken loshieben, rennte er die Treppe hinunter in Einem Zuge in den Garten: auf dem Rückwege, der unmittelbar darauf erfolgte, schielte er nach dem Fenster – da war keine Baronesse! Traurig langte er von dieser zweiten Reise an, die noch unglücklicher ausgefallen war, als die erste. Er sann und sann, warum die Baronesse nicht erschienen seyn möchte: der arme Verliebte wußte nicht, daß er bey allem geschöpften Muthe auf den Zehen zur obersten Treppe herabgegangen war: seine Venus hatte ihn gar nicht kommen hören.

Er fühlte nunmehr, was für ein großer Unterschied es sey, in seinem sechsten Jahre eine Baronesse küssen, und im zwölften, wenn man durch tägliche Erfahrung an den Unterschied des Standes gewöhnt ist, eine Baronesse lieben: dort machte ihm kindische Unbesonnenheit alles leicht, und hier die Ueberlegung alles schwer. Der vertrauliche Umgang mit ihr hatte schon seit vier Jahren aufgehört: er war durch Schwingers Wachtsamkeit, ohne Zwang, sogar ohne daß ers merkte, in Einem Hause von ihr getrennt und gewissermaßen fremd gegen sie geworden: die häufigen Beschäftigungen und Zerstreuungen, in welchen ihn sein Lehrer gleichsam ersäufte, hatten zwar seine erste Zuneigung nicht ausgelöscht, aber doch nicht weiter aufbrennen lassen, da hingegen die Baronesse bey ihrer völligen Muße, bey allem Mangel an für sie anziehenden Zerstreuungen, die ihrige frisch unterhielt, durch Einsamkeit, Lektüre und Nachdenken stärkte, belebte, glühender machte.

So sehr *Heinrich* die Schüchternheit seiner Liebe fühlte, so beschloß er doch eine dritte Reise: izt war nichts gewisser als daß er sich ihr näherte, ihr eine Hand bot, und der Himmel weis was weiter that: es war so ausgemacht, daß er im Heruntergehen stark auftreten und husten wollte, um sie herbeyzulocken: er schritt mit ängstlicher Herzhaftigkeit schon daher – Himmel! da trat Schwinger herein – und er hatte sich so schön zubereitet!

»Wo willst du hin?« fragte sein Lehrer. – Diese unvermuthete Frage schlug seine Unerschrockenheit danieder, wie ein Hagelwetter: er erröthete von einem Ohre zum andern, daß er glühte, ward verwirrt, wiederholte die Frage und stammelte, statt der Antwort, ein nichtssagendes – Nirgends.

»In den Garten?« fuhr Schwinger fort. »Bist du schon vorhin unten gewesen?« – Die glühenden Wangen wurden wie mit Blut übergossen: er antwortete – Nein.

Das war bedenklich: Schwinger hatte ihn belauscht, als er seine zwo verliebten Reisen gethan hatte: er, der für seinen Lehrer sonst nichts Geheimes hatte, läugnet izt eine so gleichgültige Handlung? Die Spatziergänge müssen Bewegungsgründe haben, deren er sich schämt – dachte Schwinger, sezte nicht weiter in ihn und behielt seine Muthmaßungen für sich, um sie durch neue Versuche zu bestätigen oder zu widerlegen.

DRITTER TEIL

ERSTES KAPITEL

Schwinger fand durch wiederholte Proben zu seiner großen Unruhe nichts gewisser, als was er vermuthet hatte: die Neigung seines jungen Freundes zur Baronesse war unverkennbar. Den Verliebten konnte die Entfernung, in welcher ihn seine Schüchternheit und so viele Aufpasser hielten, nicht so quälen, als seinen Lehrer jene Gewisheit: er übersah alle die traurigen Folgen für das Schicksal des jungen Menschen und für sein eignes, die eine solche Liebe begleiten müßten, die Vorwürfe, die man *ihm* deswegen machen würde, besonders da er immer sein Vertheidiger gewesen war und gewissermaßen es über sich genommen hatte, für ihn und seine Neigung zu stehn: er ängstigte sich selbst mit der Besorgniß, daß er vielleicht in der Erziehung einen Fehler begangen, ihn nicht genug bewacht, die falsche Methode in seiner Bildung ergriffen, nicht genug gethan habe, einer gefährlichen Leidenschaft zuvorzukommen. Bald wollte er nunmehr selbst anhalten, seinen Freund aus dem Hause zu entfernen. aber welch ein Schmerz für ihn, wenn er an diese Trennung gedachte! welche neue Unruhe, was aus ihm werden könne! wer sollte ihn unterstützen, mit Rath und Geld auf der Bahn weiter führen, auf welche er ihn geleitet hatte?

»Wie unrecht that ich,« sprach er oft zu sich selbst, »daß ich diesen Durst nach Ehre in ihm rege machte! daß ich ihn in eine Laufbahn hinzog, in welcher er sich unmöglich erhalten kann! Sein Elend hab' ich in der besten Absicht bewirkt: er wird nach Ehre, wie nach dem höchsten Gute, aufstreben, und seine Armuth ihn, wie einen Vogel, dem Bley an die Flügel gebunden ist, wieder zurückziehn; und dann wird der Unglückliche sich im Staube wälzen, sich selbst durch Kummer und Aerger zerstören und dem fluchen, der ihn fliegen lehrte, da er nach dem Willen des Schicksals nur kriechen soll. – Meine künftigen Tage, die das Bewußtseyn, einen edlen Menschen gebildet zu haben, erheitern sollte, werden unaufhörlich in Wolken und Stürmen über meinen Scheitel dahergehn. O daß mir mein erstes, mein hofnungsvollstes Werk mislang! Was konnt' ich Elender, den das Geschick für die enge, kümmerliche Sphäre bestimmte, wo weder Ansehn noch Belohnung meiner warten, wo ich nicht durch Verdienste glänzen und nur mir selbst gefallen kann – für die enge Sphäre eines an geistlichen, der gern den Dank einer Nation verdienen möchte und alle seine Wirksamkeit auf eine Handvoll einfältiger Bauern einschränken muß – was für Trost konnt' ich in solch einer niederschlagenden Stellung wünschen und suchen, als einen Menschen gebildet zu haben, der verrichtete, was ich nicht verrichten konnte? – Auch dieser Trost ist dahin! Ich soll schlechterdings Kräfte und Willen haben, und nichts mit ihnen nützen. – Geh, Verachteter! predige, taufe, begrabe, gräme dich und – stirb!«

»Aber,« tröstete er sich zu einer andern Zeit, »seine Liebe ist noch schüchtern: ich will meinem Plane treu bleiben und diesem Winke nachgehn, seine Ehrbegierde, seine Thätigkeit von neuem, bis zum Zerspringen, anspannen, seine Schüchternheit durch alle Mittel erhöhen, Tag und Nacht über ihn wachen, und wann es zum äußersten kömmt – ihn entfernen. Vielleicht macht mir unterdessen ein lebenssatter Seelsorger in der Herrschaft des Grafen Platz: dann soll er bey mir wohnen, bey mir leben, bis ich ihm zu einem Gewerbe oder einer Kunst verhelfen, oder auf der Bahn der Ehre weiter bringen kann. Aus solchem Thone muß ein edles Gesäß werden, oder es springe!«

Dem gefaßten Entschlusse gemäß verdoppelte er täglich die Beschäftigungen seines jungen Freundes, gab sich unendliche Mühe, daß ihn Graf und Gräfin einer höhern Aufmerksamkeit würdigen und durch Beifall aufmuntern sollten: sie thaten es beide und warfen dem Zöglinge, seinem Erzieher zu Gefallen, zuweilen einen Brocken Lob als eine Gnade zu, mehr mit derjenigen nachsichtigen Güte, womit man der *Marotte* eines Menschen willfahrt, dem man nicht ungeneigt ist, als aus wahrer lebendiger Ueberzeugung. Bey der Gräfin mochte es noch ein Rest von Zuneigung seyn, aber es war gewiß nur ein Rest: denn so lange er ein Knabe war, hielt sie es nicht für unanständig, sich mit ihm abzugeben: allein sein itziges Alter sezte sie gegen ihn in das völlige Verhältniß des ungleichen Standes: sie sprach und handelte gegen ihn, wie eine gnädige Herrschaft, und wenn sie auch mehr Vergnügen in der Herablassung fand, so durfte sie vor dem Grafen nicht zu weit gehn, der so etwas eine *Unanständigkeit* nannte.

Sonach mußte Schwinger das meiste thun: er ließ sich gegen Niemanden von Heinrichs Liebe etwas merken, und Graf und Gräfin waren durch das Alter der Baronesse sicher gemacht, sie zu argwohnen, weil sie ihr nunmehr Verstand genug zutrauten, sich nicht mit ihrer Zuneigung wegzuwerfen. Auch ließ es besonders der Graf nicht an Bemühung fehlen, ihr Stolz und Verachtung gegen alle Personen unter ihrem Stande einzupflanzen und die Vertraulichkeit zu benehmen, mit welcher sie sich gegen solche Leute betrug: seine Lehren fruchteten wenig: je mehr er sie zu Steifheit, zu Ernst und cerimoniöser Gravität zwingen wollte, je mehr wuchs ihr Misfallen daran, das sie freilich wohlbedächtig verbarg. Daher gefiel sie auch fast Niemanden von ihrem Stande: sie spielte wider ihre innern Antriebe eine angenommne Rolle, und es war nicht zu läugnen, daß ihr Betragen, ihre Manieren dadurch etwas ungemein Gezwungnes, Linkisches bekamen: sie war eine Puppe, die im Drathe geht, weil sie nicht natürlich gehn soll. Nicht besser fielen auch ihre Reden in der Gesellschaft aus: bey jedem Einfalle, der in ihr aufstieg, hielt sie sich zurück, aus Furcht zu *frey*, zu *unanständig* zu sprechen, und sagte in solchem Zwange meistens etwas Albernes. Man sagte allgemein: es ist ein gutes Mädchen, das Oekonomie lernen und einmal einen Landkavalier heirathen muß: für die Welt wird sie niemals. Die Damen rückten ihr ihren Mangel an Lebhaftigkeit vor, tadelten sie, daß sie zu still sey, riethen ihr, sich ein wenig aufzumuntern, den jungen Herren zu gefallen zu suchen, um durch sie aufgeheitert zu werden, und sie ward durch die öftern Aufforderungen noch gezwungner, noch ängstlicher. Die Herren gaben sich die Ehre, sie lustig machen zu wollen, wie sie es nannten: ihre laue Frölichkeit erwärmte die Baronesse, daß die ihrige in Flammen ausbrach, sie wurde im eigentlichen Verstande lustig, das heißt, sie vergaß sich und fiel in ihre Natur zurück: gleich ergieng durch Fräulein *Hedwig* ein Befehl an sie, sich nicht *zu frey* und *wider den Wohlstand* zu betragen: da stand das arme Geschöpf, und war wieder eine unleidliche stumme Drathpuppe! Desto mehr hielt sie sich auf ihrem Zimmer wieder schadlos, wiewohl auch hier Fräulein Hedwig gleich über Unanständigkeit schrie.

Sie wunderte sich äußerst, daß ihr geliebter Heinrich seine Spatziergänge auf einmal so ganz einstellte, und kundschaftete aus, daß er den ganzen Tag mit Schwingern beschäftigt sey: – keine erfreuliche Nachricht für sie. »Nun wird er mich wohl ganz vergessen« – dachte sie, aber sie hatte das nicht zu besorgen. Der gute Pursche war ein Fuhrwerk, an beiden entgegengesezten Enden mit Pferden bespannt: bald zog das vorterste Gespann den Wagen eine kleine Strecke vorwärts, und gleich zog das hinterste an und riß ihn nach sich hin. Die Arbeit war ihm zur Last: wenn ihm Schwinger die goldnen Früchte der Ehre vorhielt, griff er nur mit halber Entschlossenheit darnach, weil ihm die Liebe schönere Lockungen darbot: er hörte, er las, ohne oft etwas zu verstehen: sein Kopf war mit Nymphen, Liebesgöttern, Grazien und allen übrigen schönen Bewohnerinnen der poetischen Liebeswelt angefüllt, die ihm mancherley interessante Scenen zusammen vorspielten: er suchte nur Bücher auf, die ihm dieses Theater mit mehr Schauspielern und mannichfaltigern Auftritten versorgten; und da er die Alten nicht hinreichend dazu fand, wandte er sich zu den Neuern: je üppiger, je wollüstiger ihre Bücher mit der Imagination spielten, je willkommner waren sie ihm. Schwinger konnte ihn von dieser Lektüre nicht abziehn, und wollte sie ihm geradezu nicht verbieten, weil durch das Verbot seine Begierde darnach nur mehr zu entflammen glaubte: er suchte sie ihm also anfangs mit guter Manier aus den Händen zu spielen, packte alle von diesem Schlage, die in seiner Bibliothek waren, heimlich in einen Kasten zusammen, und las sie nie als wenn sein junger Freund schlief.

»Aber warum *hatte* Schwinger, ein so gesezter Mann, ein künftiger Seelenhirte solche schädliche Bücher? warum *las* er solche verderbliche Schriften? Sauflieder, Hurengesänge, solch Buhlgeschwätze und verliebtes Zeug?« – Kurzsichtiger, der du so fragst! Weil ein *solcher* Mann ein *Bedürfniß* fühlte, solche Schriften zu lesen, ist das nicht Antworts genug? – Er las sie und würde sie auch seinem Freunde nicht verschlossen haben, wäre dieser mit ihm in Einem Alter und nicht in so einer kritischen Seelenlage gewesen; und da er ihren Verlust gelassen zu ertragen schien, und in seinen Arbeiten wieder, wie vorher, fortfuhr, so glaubte er ihn völlig genesen. Der leichtgläubige Arzt! denkt, daß der Patient gesund ist, weil er nicht mehr im Bette liegt!

Noch mehr wurde er in seinem wohlmeinenden Selbstbetruge durch einen Vorfall bestärkt. Als er einstmals aus dem Kabinette herauskam, fand er Heinrichen vor dem Tische hingestellt, den Kopf auf beide Hände gestüzt, den Blick starr auf eine Büste des Antonins gerichtet, die vor ihm stand. Er redte ihn an und blieb ohne Antwort: er gieng um ihn herum und sah ihm ins Gesicht: große Thränentropfen rollten über die eisstarren Wangen aus den unverwandten Augen. – Was weinst du, fragte ihn Schwinger. Heinrich sprang erschrocken auf. Daß mein Vater kein Kaiser ist – sagte er zornig und stampfte. – »Warum ist dir denn das itzo erst so unangenehm?« – So könnt' ich doch noch etwas Gutes in der Welt ausrichten, war Heinrichs Antwort: aber so bleibe ich zeitlebens ein schlechter Kerl, und –

Er verstummte: ein Erröthen und der gesenkte Blick hätten Schwingern leicht belehren können, was er verschwieg. – »Und ich dürft' es ungescheut wagen, die Baronesse zu lieben« dachte er sich so deutlich, als es hier gedruckt steht: aber Schwinger war von dem vermeinten glücklichen Erfolg seiner Kur so sehr bezaubert, daß er die Reticenz nicht einmal wahrnahm. Er sezte die Kur einige Zeit unermüdet fort, um ihn von Grund aus zu heilen: allein nicht lange! hatte sich der junge Mensch durch die gehäuften Beschäftigungen zu stark angegriffen? oder erschöpfte dies Hin und Hertreiben zweier Leidenschaften, worunter die eine seine *ältre*, und die andere seine *liebere* Freundin war, seine junge Maschine? – er wurde krank: er verfiel in ein Fieber.

Die Baronesse erschrack bis zur Ohnmacht, als sie die erste Nachricht davon bekam: nun war Graf und Gräfin samt Fräulein Hedwig zu schwach, sie zurückzuhalten: daß sie sich verrathen, und daß diese Leute sie treflich dafür ausschelten würden, daran dachte sie gar nicht, sondern hören, die Thür aufreißen, die Treppe hinauf, ins Zimmer hinein und vor sein Bette treten, das war alles eine Handlung, in einem Paar Athemzügen gethan. Die Zusammenkunft war für den Kranken so verwirrend als unvermuthet: er wagte sich kaum zu freuen; er stammelte furchtsam etwas her, wenn sie ihn fragte; er zog schüchtern die Hand zurück, wenn sie nach ihr griff: er war so verlegen, so ängstlich, so überwältigt vom Zwange, daß er aus sich selbst nichts zu machen wußte. Ehe man sichs versahe, siehe! da kam Fräulein Hedwig herangekeucht.

»Ulrikchen! Ulrikchen!« schnatterte sie und schlug sich auf den Schoos – »was machen Sie hier? Wenn das der Graf erfährt?« –

DIE BARONESSE

Mag er! Ich bleibe hier, bis Heinrich wieder gesund ist.

HEDWIG

Sind sie gar toll? – Was das für ein Unglück werden wird, wenn Graf und Gräfin dahinter kommen!

SCHWINGER

Sie sollen es nicht erfahren. Trösten Sie sich!

HEDWIG

Ja aber – Sie wissen ja wohl!

SCHWINGER

Was soll ich wissen? – Was Sie vermuthen ist bloße Grille, bloße Einbildung. Ich stehe dafür. Lassen Sie die Baronesse immer ihren Besuch verlängern –

DIE BARONESSE

O ich bin nicht zum Besuch da. Ich bediene Heinrichen; daß Sies nur wissen!

SCHWINGER

Auch das! Ich will Ihr Mitbediente seyn.

HEDWIG

Sie werden ja ihrer Tollheit nicht noch forthelfen? – So etwas gebe ich nicht zu. Kommen Sie, Ulrikchen! den Augenblick fort! – Ihn da gar zu bedienen!

SCHWINGER

Was ist denn böses darinne? – Sie sind ja sonst so gelehrt: kennen Sie denn die Königin in Frankreich nicht, die den Kranken in den Hospitälern aufwartete? – Es ist ein Beweis von der Baronesse gutem Herzen.

HEDWIG

Ja, und – wenn man nicht wüßte!

SCHWINGER

Sie wissen auch immer, was andere Leute nicht wissen. Ich bleibe beständig hier am Bette sitzen; und wenn die Baronesse ihres Amtes überdrüßig ist, dann bringe ich sie zu Ihnen.

HEDWIG

Das geht nicht! das geht nicht! Bedenken Sie doch die Unanständigkeit! Der Mensch liegt ja, so lang er ist, im Bette.

SCHWINGER

Diese Freiheit entschuldigt die Krankheit.

HEDWIG

Ja, liegen mag er: das wird ihm Niemand wehren: aber ihn liegen sehn – schämen Sie sich, Baronesse!

SCHWINGER

Verderben Sie doch dem lieben Kinde die gutherzige Freude nicht durch unzeitige Vorwürfe! Soll sie sich denn eines guten Werks schämen, weil sie es einem jungen Menschen unter ihrem Stande erweist? – Ich möchte daß alle Vornehme ihrem Beispiele folgten und keinen Sterblichen für einen Liebesdienst zu gering achteten.

HEDWIG

Das ist wohl freilich wahr: wir sind allzumahl Sünder und Adams Nachkommen: *mortalis nascimus*: aber Sie wissen ja, wie der Graf ist!

SCHWINGER

Wenn er hierinne dem Vorurtheil und nicht der Vernunft folgt, so ist es unsere Pflicht, zu verhüten, daß seine Anverwandtin nicht seine Denkungsart annimmt, da sie keine Anlage dazu hat. Der Graf soll es nicht erfahren, daß die Baronesse dem Triebe ihres menschenfreundlichen Herzens mehr gefolgt ist, als den lieblosen Gesezen ihres Standes.

HEDWIG

Ich kann es wohl geschehen lassen; aber daß nur nicht die Schuld hernach auf mich kömmt! – So bald es dunkel wird, Marsch ab! Wie können Sie sich nur so etwas einfältiges einkommen lassen? hier bleiben zu wollen, bis der Pursche gesund wird! Sie werden doch nicht gar die Nacht hier bleiben wollen?

SCHWINGER

Die Baronesse ist viel zu verständig, als daß sie so etwas nur wollen könnte. Das war Scherz; wie Sie nun alles gleich im bittersten Ernste nehmen!

HEDWIG

Ja, der Ernst kömmt mannichmal hinten nach: aber Sie sind ein Ungläubiger, der liebe Gott muß Sie mit der Nase darauf stossen – Nu! so bald es dunkel ist, Marsch ab!

Sie gieng. Schwinger ließ sich in ein Gespräch mit der Baronesse ein; aber sie hielt nicht lange darinne aus: alle Augenblicke war sie besorgt, daß der Kranke etwas brauchen möchte, erkundigte sich bey ihm darnach, und war so freudig als über ein Geschenk, wenn er etwas verlangte: machte er in seinem Verlangen eine zu lange Pause, gleich war sie mit dem Wasserglase, mit dem Löffel, oder mit der Arzney da. – »Wollen Sie nicht trinken? Sie durstet gewiß.« – »Izt müssen Sie einnehmen.« – »Das Kopfküssen liegt nicht recht.« – »Sie haben ja den ganzen Nachmittag noch nicht eingenommen.« – »Sie trinken ja gar nicht.« – »Wollen Sie Limonade?« – Bald zupfte sie an der Decke, um ihn recht warm einzuhüllen, bald am Küssen, um es ihm aus dem Gesichte zu ziehen, bald wedelte sie ihm mit dem Schnupftuche Kühlung zu, izt jagte sie eine Fliege vom Bettuche, daß sie ihn nicht künftig stechen sollte, izt wischte sie ihm den Schweis von den kleinen Fingern, um sie unter dem Schnupftuche verstohlen zu drücken: izt summte eine Schmeißfliege am Fenster – sie machte Jagd auf sie und ruhte nicht, bis sie gefangen war: izt schloß der Kranke die Augen – gleich wurde Schwingern gewinkt, daß er schwieg, sie saß wie erstarrt, sie athmete kaum, und wenn ihr ein ganzes Heer Fliegen das Blut aus der Stirne zapften, so hätte sie nicht die Hand nach ihnen bewegt, sie zu vertreiben, und wenn Schwinger nur einen Finger regte, so winkte sie ihm schon unwillig mit den Augen: sobald der Patient die Augen wieder aufschlug, flog ihm auch gleich ein freundlicher, erquickender Blick entgegen. Die Dämmerung kam: sie ließ sich ungern, aber ohne Weigerung von Schwingern zurückführen; und bey dem Abschiede wußte sie es so listig anzufangen, daß ihr Begleiter schlechterdings auf einen Augenblick ins Kabinet gehen mußte: sie bat sich ein Buch von ihm aus, und indem ers holte – hurtig hatte der Kranke einen Kuß weg.

Der Kuß steckte seine ganze fieberhafte Imagination in Brand: mit einem wehmüthigen durchdringenden Schauer empfieng er ihn, und so oft sich in der Nacht seine Augen zu einem kurzen Schlummer schlossen, wurde er im Traume von Grazien, Nymphen und den sämtlichen Göttinnen des Olimps, die zu seiner Bekantschaft gehörten, wiederholt. Liebesgötter trabten auf Zephirn vom Himmel herab: andre tummelten sich auf bäumenden Grashüpfern herum: ein kleiner Verwägner wagte sich auf Alexanders Bucephal, und wurde für seine Kühnheit bestraft; das Roß spottete wiehernd der leichten Bürde, lehnte sich auf und schüttelte den schreyenden Knaben ab: dort lag er wie todt vor Schrecken, verlacht von dem umringenden Haufen seiner muthwilligen Brüder. Ein andermal zogen ihn und Ulricken sechs schneeweiße Rosse an einem römischen Triumphwagen: Graf, Gräfin und die ganze vornehme Welt, die er kannte, begleiteten sie zu Fuß in den festlichsten Kleidern: der Zug gieng nach dem prächtigen Kapitol, das wie ein Tempel auf seinen Kupferstichen, groß und majestätisch vor ihm stand: die Menge jauchzte. Plözlich, als wenn ein Wind sie wegführte, verschwand die zauberische Scene, er lag bis an den Kopf in herkulanischen Schutt vergraben und arbeitete sich mit allen Kräften hervor, daß ihm der Schweis über die Stirne rang: die Baronesse, in weißen strahlenden Atlas gekleidet und mit einer goldnen Glorie umgeben, erschien, reichte ihm die Hand und riß ihn leicht heraus: dankend wollte er sie umarmen, einen Kuß auf die Lippen drücken, und hielt in den zusammengeschloßnen Armen – die dicke schielende Hedwig. Zu einer andern Zeit lag er todt am Rande des Styx: seine Seele irrte ängstlich am Ufer hinab, um über ihn zu setzen, und vermocht es nie: endlich gesellte sich zu ihm eine andre peinlich suchende Seele: es war Ulrike, die ihren Körper verlassen hatte, um ihm nachzueilen, sie flohen mit einander zu ihren Leibern zurück, belebten sie von neuem und starben nie wieder. – So ergözte ihn mit unendlichen Schauspielen seine träumende Fantasie; er schlief jede halbe Stunde zu neuem Entzücken ein, und die Baronesse erwachte jede halbe Stunde, um sich zu beklagen, wie lang die Nacht sey.

Nach dem Thee war sie schon wieder vor dem Bette: ihre Guvernante fand in mannichfaltiger Rücksicht ihre Rechnung bey den Abwesenheiten der Baronesse, und sezte sich nicht mehr dawider, vornehmlich da *Schwinger* darauf bestund, daß man sie in ihrem freundschaftlichen Mitleiden nicht stören solle, und beständig Aufsicht über ihre Besuche zu haben versprach. Auf solche Weise brachte sie alle Zeit, wo nicht Onkel und Tante ihre Gesellschaft foderten, mit der sorgsamen Pflegung ihres Geliebten zu: sie las ihm vor, und jede Stelle, die Zuneigung und Liebe ausdrückte, wurde durch einen nachdrücklichen Ton ausgezeichnet und von einem Blicke auf den Kranken begleitet: auch er gewöhnte sich sehr bald an diese geheime Sprache: er that als ob er gewisse verbindliche Stellen nicht verstanden habe und wiederholte sie unter diesem Vorwande mit der bedeutungsvollsten Pantomime: so spielten sie in ihres Aufsehers Gegenwart den Roman und gaben sich die feurigsten Liebesversichrungen, ohne daß ers wahrnahm.

Die Krankheit wuchs in einer Nacht plözlich: als sie am folgenden Morgen heraufkam, lag Heinrich sinnlos, ohne Bewußtseyn und Bewegung da: die verdrehten Augen standen weit offen, und doch erkannten sie Niemanden: die Lippen waren dick und blau, als wenn das Blut in allen Adern von der strengsten Kälte geronnen wäre: jede Muskel lag unbeweglich, abgespannt, und aus jedem seelenlosen Auge starrte der Tod hervor. Minutenlang stand sie vor ihm, wie ein Marmorbild, von Schrecken und Schmerz versteinert. Schwinger wollte sie bereden, daß er schliefe – »Nein,« schrie sie mit holem schauerdem Tone, die Augen unverwandt auf ihn gerichtet, »er ist todt!« – »Er ist todt!« schrie sie noch einmal – und dann in Einem Athemzuge: »Heinrich! Heinrich!« – Nicht Eine Fiber rührte sich an dem Kranken. Sie hob seine Hand auf: schlaff, kraftlos fiel sie wieder auf das Bette. Sie faßte den Kopf, konnte ihn kaum aufbringen: starr, schwer fiel er wieder aufs Kopfküssen. Sie rief dicht in das Ohr: »Heinrich! Heinrich!« – Kein Zuck!

Die Thränen standen wie geronnen in ihren Augen, bis zum Ueberlaufen voll, und keine konnte fließen. Ohne ein Wort zu reden, stürzte sie sich zur Thür hinaus, die Treppe hinunter, und wer ihr begegnete, den stieß sie vor sich hin und rief: »den Arzt!« Sie flog in die Küche, in den Stall, brachte alles in Aufruhr, befahl allen den Arzt zu holen: Niemand gieng. Sie zürnte, sie tobte, sie stieß die Leute fort: schwerfällig blieben sie stehn, sahn sie an, und wußten nicht, was sie von ihr denken sollten. – Hie und da kam eine phlegmatische Frage: »Warum denn? Für wen denn?« – oder so etwas. – »Er ist todt!« schluchzte sie mit halbverbißnem Worte. – »Wer denn?« fragte man abermals. – »Heinrich!« rief sie, und hätte die dumpfen trägen Geschöpfe mit den Händen zerfleischen mögen. Sie bekam weiter nichts zur Antwort als ein langgedehntes »So?«, das die ganze Küche in Einem Tutti aussprach. Niemand gieng.

Der Zorn kochte, wie ein Strudel, in ihrer Brust: mit glühendem Gesichte verließ sie das unthätige Volk, und in den Hof! – Mit aufgestreiften Armen, im Hemde, ein kurzes schwarzes Pfeifchen zwischen den Zähnen, lehnte der Stallknecht an der Thür und sah in die Sonnenstäubchen. Sie erblickte ihn: in Einem Fluge auf ihn los und ihm um den schmuzigen Hals! – »Ich bitte Euch um Gottes willen, holt den Arzt!« – Der Pursche, durch den andringenden Ton in Bewegung gesezt, rennte mechanisch über den Hof weg: als er an die Thür kam, besann er sich, daß er nicht wußte, wohin er sollte: – »wen soll ich rufen?« fragte er und kam wieder zurück. Indem die Baronesse von neuem entbrennen wollte, stand *Schwinger* hinter ihr und brachte ihr die Nachricht, daß der Medikus bey dem Grafen gewesen und bereits oben bey dem Kranken sey. Viel Freude für sie! Mit vorstrebender Brust eilte sie so geschwind hinauf, daß ihr Schwinger kaum folgen konnte. Das erste Wort, was durch die aufgerißne Thür flog, war – »lebt er wieder?« – »Ja,« versicherte der Arzt und bewies seine Versicherung aus dem zunehmenden Pulsschlage. Sie wollte den Beweis ganz ungezweifelt haben und fühlte selbst an den Puls, hielt ihn lange Zeit. um sein steigendes Zunehmen zu bemerken, und in dieser Stellung erblickte und fühlte sich der Kranke bey seinem Erwachen aus der Betäubung. Welch ein glückliches Erwachen zu einem Bilde, das seine Nerven in verdoppelte Schwingungen sezte und ins Herz drang, um einen unlöschbaren Eindruck zurückzulassen! – »Izt blickt er mich an!« rief die Baronesse, und die Freude gieng in ihrem Gesichte auf, wie der volle Mond am Ende eines trüben Horizonts, wenn die Wolken vor ihm weichen.

Leben und Vergnügen auf beiden Seiten wuchs mit jedem Pulsschlag: sie konnte sich nicht genug über die fühllosen Kreaturen ärgern, die an Heinrichs vermeintem Tode nicht so vielen Antheil genommen hatten als sie: auch der Arzt kam nicht ohne Schmälen weg, daß er so kalt von seiner Besserung sprach und so gleichgültig versicherte, daß er wohl sterben würde, wenn so ein Sturz noch einmal käme. Sie zog ihn am Ermel zurück, als er gehn wollte, und verlangte schlechterdings, daß er diesen zweiten Sturz abwarten möchte: allein er entschuldigte sich sehr höflich und gab zur Ursache an, daß er zu einer Braut müsse, bey der man vorige Nacht auf das Ende gewartet habe. – »Sie wird wohl nicht mehr am Leben seyn,« sezte er frostig hinzu: »aber ich muß mich denn doch erkundigen, ob sie wirklich todt ist.«

Die Baronesse stieß ihn von sich und mochte ihn vor Verachtung über seine Kälte nicht ansehn. »Ich hätte,« sagte sie zu Schwingern, als er hinaus war – »ich hätte dem krummnasichten Doktor ein Paar Ohrfeigen geben mögen, so hab' ich mich über ihn geärgert. Sprach er nicht von Heinrichs Tode als ob er gleich wieder einen andern aus seinen Büchsen herausdistilliren könnte, wenn dieser gestorben wäre? Ich bezahlte ihn gewiß nicht, wenn ich der Onkel wäre.« –

Noch hatte weder Graf oder Gräfin erfahren, wie thätig sie sich mit der Wartung des kranken Heinrichs beschäftigte: ein einzigesmal verrieth sie sich bey Tafel. Der prophezeihte zweite Sturz hatte sich eingefunden, und ein Bedienter brachte die Nachricht, daß Heinrich eben gestorben sey. Der Gräfin stieg eine Thräne ins Auge, die sie durch ein Umdrehen des Kopfs nach dem Bedienten, der die Nachricht gebracht hatte, vor ihrem Gemahle verbarg, der schon zu berathschlagen anfieng, wie man ihm, ohne seinen Stand zu überschreiten, ein distinguirtes Begräbniß veranstalten solle. Die Baronesse ließ vor Schrecken den Löffel auf den Teller fallen, daß der Milchcreme weit herumsprützte: sie schob ihren Stuhl mit dem Fuße zurück, blieb verwildert, sinnenlos kurze Zeit in halb fliehender Stellung: plözlich warf sie die Serviette in den Creme hinein und gieng zum Zimmer hinaus, langsam die Treppe hinauf – der Schrecken hatte ihre Kniee gelähmt – und große Tropfen rollten, wie Perlen, über das bleiche stumme Gesicht. Schwingern schauderte vor dem Anblicke, als immer eine Thräne die andre über die eiskalte, starre, steinerne Miene hinjagte. Sie mußte sich setzen, denn ihre Kniee sanken. – »Was haben Sie, liebe Baronesse?« fragte Schwinger. Sie redte nicht, sah immer steif vor sich hin. – »Was fehlt Ihnen?« tönte eine ängstliche, schwachathmichte Frage hinter dem Vorhange des Bettes hervor. Es war Heinrichs Stimme. Die Freude traf sie wie ein elektrischer Schlag: sie fuhr zusammen und stürzte vom Stuhle. Schwinger erhaschte sie zu rechter Zeit noch, Fräulein Hedwig, die man ihr gleich nachgeschickt hatte, kam eben an und trug mit schwerfälligem Galope alle Fläschchen, die sie ansichtig wurde, herbey und hielt sie ihr unter die Nase, sie mochten riechen oder nicht. Endlich kam sie wieder zu sich: sie saß Heinrichs Bette gegenüber, der, um zu sehn, was vorgieng, die Vorhänge ein wenig zurückgeschoben hatte, und bey dem ersten Eröfnen der Augen traf Blick auf Blick. Wie mächtig Gefühl und Imagination durch solche Spiele des Zufalls aufgeregt, und welche bleibende Eindrücke durch sie der Seele eingedrückt werden, wird jedem Leser sein eignes Gedächtniß belehren; und warum sollte ich also mit Worten beschreiben, was ihm seine Erfahrung besser berichten kann? – Nach einigen Verwunderungen, Fragen und Antworten auf allen Seiten entwickelte sichs, daß der Bediente entweder aus boshafter Schadenfreude oder aus der Gewohnheit dieser Leute, Vermuthung als geschehne Gewisheit wieder zu erzählen, gelogen hatte; denn es war ihm nichts weiter von der Kammerjungfer im Vorbeygehn gemeldet worden, als daß Heinrich wieder schlimmer sey und wohl sterben werde: und die ganze Sache war nichts, als eine kurze Betäubung, die schon lange vor jener Todesbothschaft aufgehört hatte.

Der Graf war über das Betragen der Baronesse ein wenig stutzig geworden: nicht als ob er *Liebe* dabey muthmaßte! – davon hatte er gar keinen Begriff – sondern eine zu große Vertraulichkeit zwischen beiden jungen Leuten argwohnte er; und die Idee, daß seine Schwestertochter sich zu einer so ausgezeichneten Betrübniß um den Sohn seines Einnehmers erniedrige, hatte so viel Widriges für ihn, daß er Fräulein Hedwig wegen ihrer schlechten Erziehung tadelte, ihr einen Verweis für ihre eigne Person ertheilte und einen zweiten für die Baronesse in Kommission gab. Die Gräfin mußte auch einen versteckten annehmen, weil sie ihre Thränen nicht genugsam verborgen hatte: um sich nicht in seinen Augen so verächtlich zu machen, als ob sie aus Mitleid um den Sohn seines Einnehmers geweint hätte, wandte sie einen starken Schnupfen vor, der ihr bey jedem Worte das Wasser aus den Augen triebe; und damit ihr Gemahl nicht bey ähnlichen Vorfällen auf die Spur der wahren Ursache gerathen möchte, die ihre geheime Muthmaßung für unleugbar hielt, redte sie ihm mit ihrer gewöhnlichen Kunst alles aus, was er besorgte, und nahm es über sich, die Baronesse über ihr unanständiges Betragen selbst zu bestrafen.

Die Bestrafung fiel sehr gelind aus. Die Gräfin besaß von Natur viel Reizbarkeit, allein ihre Empfindung war durch die Erziehung ihrer Eltern und den Stolz ihres Gemahls in beständigem Zwange gehalten worden. Sie hatte sich dadurch eine gewisse künstliche Kälte erworben, dadurch gleichsam eine Eisrinde um ihr Gesicht gezogen, die ihr inneres Gefühl nicht durchschmelzen konnte, wofern es ein Vorfall nicht zu plötzlich in Flammen brachte. Das Bewußtseyn ihres eignen Fehlers – denn dafür mußte sie es nach allen Begriffen erkennen, die ihr die Erziehung davon beygebracht hatte – machte sie gegen die Empfindlichkeit der Baronesse ungemein nachsichtig: der Rest von Güte des Herzens, den ihr Eltern und Gemahl nicht hatten auslöschen können, überredte sie, ihrer jungen

Anverwandtin ein Vergnügen nicht ganz zu verwehren, das für sie selbst eine verbotne Frucht war: sie hatte es wohl ehmals aus Furcht vor dem Grafen gethan, allein da sie die Baronesse nunmehr für alt und verständig genug hielt, ihre Würde nicht ganz zu vergessen, so empfahl sie ihr blos Vorsichtigkeit und Zurückhaltung und vor allen Dingen Wachsamkeit über sich selbst, um sich in Gegenwart des Grafen nichts Verdächtiges entschlüpfen zu lassen.

Das Verfahren der Gräfin war in Ansehung der Absicht, die sie erreichen wollte, äußerst zu misbilligen: wenn sie eigentliche Liebe bey der Baronesse verhüten wollte, so mußte sie ja durch die stillschweigende Anerkennung, daß man ihr einmal etwas unrechter Weise verboten habe, und durch den Rath, einen vormals unrechter Weise verbotnen und izt erlaubten Umgang unter der Bedingung fortzusetzen, daß sie ihn dem Onkel verheimlichte, nothwendig auf den Weg geführt werden, diese nämliche empfohlne Klugheit auch wider die Tante zu gebrauchen, wenn es diese einmal für heilsam erachtete, das alte Verbot zu erneuern. Außerdem begieng die Gräfin einen ungeheuren Fehlschluß, daß ihr die Aufhebung des Verbots itzo weniger nothwendig schien: doch man hatte einmal falsche Maasregeln genommen, und bey der Erziehung machen die ersten falschen Schritte meistens alle nachfolgenden zu Fehltritten: man verbot, da man erlauben, und erlaubte, da man verbieten sollte. Man glaubt nicht, wie listig die Leidenschaft bey aller Unbesonnenheit ist, die man ihr Schuld giebt: sie kennt ihren Vortheil so gut als ein Finanzpachter; und man darf ihn nur von fern weisen, so macht sie schon Projekte darauf.

Auch hatten die Maasregeln der Gräfin wirklich alle Folgen, die man erwarten konnte: die Baronesse gieng ohne Scheu mit Heinrichen nach seiner Genesung um, und weder Fräulein Hedwig noch Schwinger durften etwas dawider einwenden, weil sie die Begünstigung der Gräfin hatte, die allen einzig anbefohl, nichts davon zur Wissenschaft des Grafen gelangen zu lassen. Indem, sagte sie zu sich selbst, wird Ulrike oder der junge Mensch bald aus dem Hause kommen: mein Gemahl wollte sie ja neulich schon in eine Stadt thun, wo ein Hof ist; und so mag sie immerhin sich zuweilen mit einer jugendlichen Schäkerey vergnügen: die feinern Sitten des Hofs und der großen Stadt werden das alles wieder verdrängen: ein Mädchen muß in ihrem Leben einmal rasen: besser also früh, als spät!

So hatte der Schuzgott der Liebe alle Hindernisse durch die vermeinte Klugheit derjenigen selbst weggeräumt, die am feindseligsten gegen sie handeln wollten. Die Neigung der beiden jungen Personen wurde täglich durch Gefälligkeiten, Umgang und kleine Vertraulichkeiten genährt und flammte allmählich zur Leidenschaft empor. Wie sollte Heinrich nicht ein junges Frauenzimmer lieben, das sich so lebhaft in seiner Krankheit für ihn interessirte, das täglich durch neue Unbesonnenheiten ihres guten Herzens und ihrer Zärtlichkeit für ihn sich Ungelegenheit und Verdruß zuzog, und nichts achtete, wenn sie ein paar Minuten mit ihm zubringen konnte? Und wie sollte die Baronesse den Eindruck eines jungen Menschen mit so einnehmender Figur und Bildung, von so auszeichnendem Charakter, so vieler Lebhaftigkeit und Unterhaltungsgabe von sich abwehren? – Die Fesseln des Zwangs wurden auf beiden Seiten mehr und mehr abgeworfen, und ihrer Leidenschaft ein anderes Gewand dafür angelegt – die Hülle der Heimlichkeit.

ZWEITES KAPITEL

Wenn einmal die Liebe so weit ist, dann sorgt das Schicksal gemeiniglich, daß sie nicht auf der Hälfte des Wegs stehen bleibt: ein Zufall mußte sogar den beiderseitigen Vortheil der jungen Personen mit ins Spiel ziehn, und sie nöthigen, Parthie mit einander gegen die Unterdrückung eines Dritten zu machen – ein neues Band, das Herzen fester zusammenzieht!

Der Graf hatte unter seinen vielfältigen Marotten eine von der seltsamsten Art: er wollte seinem Hause gern das Ansehn eines Hofs geben, und empfand daher eine besondre Freude, wenn die Kabalen eines Hofs darinne regirten: Ränke, Unterdrückungen, Uneinigkeiten, Verläumdung, zierten seine kleine Hofstatt, nach seiner Meinung; und er gab sich sogar selbst Mühe das Feuer der Zwietracht wieder aufzuwecken, wenn es ihn zu niedrig brannte. Deswegen führte man auch in seinem ganzen

Hause die eigentliche Hofsprache: wenn der Koch das Küchenmensch geprügelt und bey dem Haushofmeister es dahin gebracht hatte, daß er ihr den Abschied gab, so sagte man allgemein, der Koch hat die Küchenmagd *gestürzt*. Hatte der Kutscher des braunen Zugs es so einzuleiten gewußt, daß er den Grafen bey der sonntäglichen feierlichen Promenade fuhr, da es einige Zeit her sein Kamerad mit dem perlfarbnen gethan hatte, so sagte man: Jakob hat Gürgen *untergraben*. Wenn der eine Laufer den Grafen nach dem Spatziergange im Garten die Schuhe abbürsten mußte, da es sonst der andre gethan hatte, so berichtete man sich: daß Albert wider Franzen eine *Intrigue* gemacht habe; und durfte der Stallknecht auf ausdrücklichen Befehl, der meistens nur ein Einfall war, nicht mehr die perlfarbenen Wallachen in die Schwemme reiten, so war, nach der allgemeinen Sage, der Stallknecht in Ungnade gefallen.

Zuweilen giengen die Kabalen wirklich ins Große: man plagte und quälte sich so herrlich, als wenns ein Königreich gegolden hätte, und gewöhnlich war doch nichts als die kleine Glückseligkeit, mit einem Befehle mehr vom Herrn Grafen beehrt zu werden, der Preis, um dessenwillen man sich das Leben sauer machte. Vornehmlich war der Liebling des Grafen, sein sogenannter Maulesel, der große Hetzhund seines Herrn, der sich ein ordentliches Studium daraus machte, seine Kameraden in unaufhörlichem Streite zu erhalten. Er hatte es darinne so unglaublich weit gebracht, das ihm seine Absicht nie mislang: er gieng zu dem einen, den er zum Zank ausersehen hatte, und erzählte ihn die aufbringendsten Dinge, die ein Andrer von ihm gesagt haben sollte und nie gesagt hatte, daß er vor Zorn kochte: darauf begab er sich zu dem Andern und vertraute ihm die nämlichen Beleidigungen an, als wenn sie jener von ihm gesagt hätte; und jeder mußte ihm noch oben drein dafür danken, weil er ihm diese erlognen Nachrichten als Heimlichkeiten entdeckte, wobey er inständigst bat, den Ueberbringer derselben ja nicht zu verrathen: wenn sie nun beide vor Grimm brausten und sprudelten, dann giengen nicht drey Minuten vorbey, so legte ers so geschickt an, daß sie an einem dritten Orte einander treffen mußten; und die menschliche Natur wirkte bey beiden sogleich einen so heilsamen erleichternden Zank, daß ihr Zusammenhetzer im Winkel, wo er sie behorchte, sich vor Freuden hätte wälzen mögen. Meistens hatte er auch noch eine andre boshafte Nebenabsicht: nach der Gewohnheit dieser Leute warfen sich die Streitenden jedesmal alle Spitzbübereyen und Schelmenstreiche ins Gesicht, die einer vom andern wußte: sonach erfuhr er auch die skandalose Chronik des ganzen Schlosses, und es kamen durch dieses Mittel zuweilen Gottlosigkeiten an den Tag, die man außerdem nicht anders als mit dem höchsten Grade der Tortur aus ihren Urhebern herausgebracht hätte. Zuweilen, wenn er wußte, daß einer einen Groll auf einen Andern hatte, brachte er diesen unter irgend einem Vorwande in die Nähe bey des Erstern Wohnung, oft stellte er ihn ausdrücklich unter das Fenster, um ihm zu beweisen, wie schlecht jener von ihm spreche: dann gieng er hinein, leitete das Gespräch auf denjenigen, der unter dem Fenster horchte, lobte oder tadelte ihn, und wenn der Mann, der von seinem Feinde nicht behorcht zu werden glaubte, treuherzig genug war, so stimmte er mit lautem Halse in den Tadel ein: dann nahm der Boshafte die Partie des Horchenden und feuerte den Mann in der Stube durch den Widerspruch zu solcher Erbitterung an, daß der Mann unter dem Fenster seinen Zorn nicht länger halten konnte, sondern hereinbrach und auf der Stelle den Beleidiger mit Worten oder Thätlichkeiten angriff. In diesen Kunstgriffen, die Leute ohne ihren Willen zum Sprechen wider einen Dritten zu reizen, wenn und wie oft es ihm beliebte, bestand sein ganzer Verstand: er war unerschöpflich erfindsam darinne und beständig so neu, daß er oft den Klügsten des Nachmittags wieder betrog, wenn er ihn gleich des Vormittags schon einmal betrogen hatte. Jedermann floh ihn deswegen, und jedermann mußte ihn suchen, weil er der einzige Kanal war, bey dem Grafen etwas auszuwirken. Alle solche Lustbarkeiten endigten sich damit, daß sie ganz frisch und warm dem Grafen hinterbracht wurden, der zuweilen so herzlich darüber lachte, daß ihm die Augen übergiengen. Die Folgen solcher Klatschereyen waren aber meistens sehr ernsthaft: einer von den Zankenden, dem der Maulesel übel wollte, wurde seines Dienstes entlassen oder auf einige Zeit aus dem Schlosse gewiesen, oder der Graf kehrte ihm allemal den Rücken, wenn er sich zeigte, oder es widerfuhren ihm andre herzangreifende Kränkungen; und alles geschah in der stolzen Absicht, daß große und öftere *Revolutionen* im Hause seyn sollten, die ihm die höchste Aehnlichkeit eines Hofs zuwege brächten. Daher war auch das Schloß des Grafen von *Ohlau* ein wahrer Sammelplaz, ein Raritätenkabinet von Lügen und Klatschereyen: nicht eine Minute lang stunden zween Menschen auf Einem Flecken, so wurde ein Drittes zum Schlachtopfer ihres Gesprächs: eine Grube voll Füchse, Wölfe und Tiger wars, die sich alle angrinzten und zerfleischten; und wenn Falschheit, Feindschaft und Verläumdung nöthige Ingredienzien eines Hofs sind, so war dies Haus der größte in ganz Europa.

Das große Schwungrad dieser herrlichen Maschine – den Maulesel meine ich – hatte schon gleich anfangs mit Widerwillen die Aufnahme des jungen Herrmanns auf das Schloß angesehen, und war zum Theil daran schuld, daß er die Gunst des Grafen nur kurze Zeit genoß: da auch die überspannte Liebe der Gräfin bald wieder schlaff wurde, und man den Purschen, abgesondert von der übrigen Hofstatt, zu Schwingern steckte, wo er mit Niemanden als seinen Büchern und der Baronesse Ulrike in Gemeinschaft stand, und nach dem Beispiel seines Lehrers sonst keine Seele im Hause anredte, so entgieng er gewissermaßen der Aufmerksamkeit jenes Boshaften: er war nebst seinem Freunde so gut als todt geachtet, und keiner von beiden werth, daß man wider ihn maschinirte, weil sie zum Zanken nicht taugten. Izt aber besann sich der Mann, daß sein eigner Sohn in dem Alter sey, um eine Kreatur des Grafen zu werden, und sich durch zeitige Uebung zum Nachfolger seines Vaters zu bilden. Er lag also dem Grafen an, oder vielmehr er befahl ihm – denn so klangen alle seine Bitten und hatten auch die nämliche Kraft – seinen Sohn auf dem Schlosse, wie den jungen Herrmann, erziehen zu lassen: der Graf sagte ohne Bedenken Ja, und den Tag darauf erschien der Bube, das ächte Konterfey seines Vaters. Unsern Heinrich wollte er nicht geradezu verdrängen, weil er hofte, daß sein vielversprechender Sohn bald einen glücklichen Zank bewerkstelligen werde, wo jener, als die schwächere Partey, nothwendig den Kürzern ziehen und durch seine Veranstaltung in Ungnaden den Plaz ganz räumen müsse.

Schwinger hätte lieber einen leiblichen Sohn des Satans unterrichtet, als diesen Buben. Allein was sollte er thun? Es war Befehl des Grafen, von dem er sein Glück erwartete. *Jakob* – so hieß er – wurde also der Stubenkamerad und Mitschüler des armen Heinrichs. Schwinger gab seinem bisherigen Zöglinge heilsame Verhaltensregeln und empfahl ihm vor allen Dingen, Zank zu verhüten, den gefährlichen Nebenbuhler zu meiden, so viel sich thun ließ und keine von seinen Beleidigungen der Aufmerksamkeit zu würdigen: er selbst beobachtete eine ähnliche Aufführung gegen ihn, ließ ihn bey seinem Unterrichte gegenwärtig seyn, ohne sich um ihn zu bekümmern, ob er etwas lernte oder nicht; er konnte gehn, kommen, Acht haben oder nicht, und wegen seiner Aufführung lobte und tadelte er ihn mit keiner Silbe. Der Bube, der nicht den mindesten Trieb zum Fleiße hatte, war mit dieser verächtlichen Behandlung äußerst zufrieden und brachte die Lehrstunden meistens am Fenster mit dem unterhaltenden Spiele zu, daß er Fliegen fieng, an Stecknadeln spießte, und mit inniger Freude sich zu Tode quälen sah. Deswegen sagte ihm auch einmal Schwinger: du bist zum Scharfrichter geboren – welche Bestimmung er so freudig anerkannte, daß er versicherte, er wolle einem Menschen wohl den Kopf abhauen, wenn er still hielt. Heinrich kehrte ihm vor Abscheu den Rücken zu und verzog sein ganzes Gesicht in die Miene der Empfindlichkeit: es schauerte ihn.

Noch giengs auf allen Seiten gut: allein der Junge war von der Natur so zum Hasse ausgezeichnet, daß man ihn unmöglich um sich sehen und blos verachten konnte. Aus seinen lichtgrauen, beinahe grünen Augen lauschte der ausgemachteste Schelm hervor, der niederträchtig seyn mußte, weil er zur Bosheit zu tumm war: alle Muskeln des Gesichts bewegten sich unaufhörlich: bald zog sich der Mund in eine schiefe hönende Lage, bald rümpfte sich die Nase, bald rissen die Augen, wie große unterirrdische Hölen, auf und die Augenbraunen fuhren über die Stirn bis an die Haare hinan, bald blekte er die Zunge, bald fletschte er die Zähne, wie ein grimmiger Tiger – und alles vor sich hin, ohne ein Wort zu sprechen! Zum freyen Blicke in die Augen ließ ers niemals kommen, sondern wandte sogleich die Augen hinweg, wenn sie ein fremdes Auge traf, und wollte er Jemanden anschauen, so geschahs nicht anders als mit einem hämischen Seitenblicke. Nie stand er gerade auf den Fußsolen, sondern Ein Fuß lag gewöhnlich auf der Seite und rieb sich an den Tielen: drey Finger in den eyrunden Mund zu stecken und daran zu kauen, beide Ellbogen auf den Tisch zu stützen und den Affenkopf in die Hände zu legen, sich nur mit einer Seite des Leibes auf den Stuhl zu setzen und mit der Schläfe an der Lehne hin und her zu fahren – diese und ähnliche waren seine Lieblingsstellungen. Der Kontrast, wenn dieser Pavian und Heinrich neben einander stunden, war so auffallend, als zwischen einem Satyr und einem Apoll. Dem jungen Herrmann sprach aus den feurigen dunkelblauen Augen eine Seele voll edler Größe und starken Gefühls: auf den rothen vollen Wangen blühte Heiterkeit und frölicher Muth: der lächelnde kleine Mund kam, auch schweigend, mit Gefälligkeit und Liebe entgegen: die gebogne Nase kündigte Verstand, die hochgewölbte Stirn Tiefsinn und Ernst, und die starken, in erhabne Bogen gekrümmten Augenbrauen Würde an: aus allen Punkten des Gesichts redte Offenheit, daß man beym ersten Anblicke in ein Herz zu schauen glaubte. Jede Bewegung seines wohlgebildeten Leibes wurde von einem Reize, einem bezaubernden Reize begleitet: selbst die stolzeste Dame, wenn sie die Pantomime sah, womit seine Lebhaftigkeit alle Reden beseelte, spitzte den Mund zu einem Kusse, und würde ihn gewiß auf seine Lippen gedrückt haben, wenn sie nicht die Erinnerung an ihren Stand zurückgezogen hätte. Erblickte man neben diesem Marmorbilde des Phidias den thönernen *Jakob*, von dem elendesten Töpfer geformt – einen dicken kugelrunden Kopf, mit Schweinsaugen, einer ungeheuern Nase, einem großen verzerrten Munde, und hauptsächlich zur Warnung aller Sterblichen mit der hämischsten, tückischsten, gelbsüchtigsten Miene und der niederträchtigsten Dummdreistigkeit so deutlich und leserlich, als ein Dieb vom Scharfrichter, gebrandmahlt: sah man diesen krumbeinichten Pagoden dahinschlentern, und mit den plumpsten Manieren oder leidenschaftlichem Ungestüm die Arme bewegen: dann wünschte man sich das Recht, ein so mislungenes Werk zu zerstören, das eine Welt verunstaltete, die solche Geschöpfe hervorbringt, wie eins neben ihm stund.

Die natürliche Antipathie, die zwey so dissonirende Kreaturen von einander wegstoßen muß, verstattete dem jungen Herrmann schlechterdings nicht, der Ermahnung seines Lehrers ganz getreu zu bleiben: doch wäre er vielleicht wieder in das Gleis der stillen Verachtung zu leiten gewesen, hätte sich nicht Eifersucht darein gemischt. Troz aller Merkmale der Verwerflichkeit zog der Graf das Geschöpf Heinrichen weit vor: diesen ließ er niemals zu sich kommen, und jenen sehr oft zu sich rufen: wenn ihm die Baronesse einen Einfall von Heinrichen erzählte, so schwieg er und that, als ob ers nicht hörte, oder sprach gleich etwas anders darein: warf Jakob eine Grobheit oder plumpe Hönerey Jemanden an den Hals, so erschallte ein beyfallvolles Lachen: sehr oft erzählte er sogar Einfälle, die Heinrich gesagt und die Baronesse bey Tafel vorgebracht hatte, als ob sie von dem struppköpfichten Jakob herrührten. – Es ist ein unseliger Trieb in der menschlichen Natur, der die Menschen gegen die *Vortreflichkeit* empört: lieber räuchern sie einem abgeschmackten, geistlosen, unwürdigen Apis, um einen Apoll zu demüthigen, weil er den Weihrauch *verdient*. Auszeichnendes Verdienst ist ein Fehdebrief an die *Verachtung*, den die Natur ihren Günstlingen auf die Brust hieng, der jedesmal richtig beantwortet wird, wo es die Leute nicht der Mühe werth achten zu *hassen*. Zu diesem Grunde gesellte sich noch ein andrer nicht weniger wichtige: Jakob, weil er keinen Werth in sich selbst fühlte, kannte keinen andern als den Gehorsam eines Hundes, der sich von seinem Herrn zu allem gebrauchen läßt, wenn er ihn nur gut füttert: Heinrich hingegen voll vom Gefühl seiner Kraft, erwies und foderte Achtung, gehorchte aus Erkenntlichkeit, und rang nach keiner Gunst, die er als eine erniedrigende Gnadenbezeugung besitzen sollte: als Belohnung, als Verdienst wollte er sie empfangen. Dieser schmeichelte und ehrte den Grafen, um sich ihm verbindlich zu machen, und der Graf wollte nur aus Schuldigkeit geehrt und geschmeichelt seyn: er foderte Respekt als einen Tribut. Eine solche Foderung erfüllte Jakob ungleich besser: er war sich in seinen eignen Augen nicht viel, und fand es also nicht befremdend, wenn ihn der Graf als gar nichts behandelte.

Heinrich sahe vielleicht einen großen Theil hievon ein: allein welche Menschenseele sollte nicht dessen ungeachtet bey einem so offenbaren Unrechte entbrennen und wider den Unwürdigen auflodern, der so ganz ohne Verdienst den Vorzug an sich reißt? – So oft auch Schwinger seine Ermahnungen zur Gelassenheit wiederholte, so konnte er sich doch nicht enthalten, ihn zuweilen mit bittern Spöttereyen und empfindlichen Verächtlichkeiten zu bestrafen: zu seinem Aerger verstand sie der Bube meistentheils nicht, war aber die Dosis so stark, daß er sie nothwendig fühlen mußte, so rächte sich der Beleidigte mit einer Plumpheit, und wenn er im darauf folgenden Wortwechsel nicht weiter konnte, so war seine gewöhnliche Zuflucht, den Streit mit Erdichtungen zum Nachtheile des Gegners dem Grafen zu hinterbringen, der nicht selten Heinrichen einen Verweis darüber geben ließ. Eines Tages gieng es so weit, daß ihn der Graf, als er ihn von ohngefähr auf der Treppe traf, in Gegenwart seines ganzen Gefolgs und des Anklägers derb ausschalt, weil er diesen die Meerkatze des Grafen genannt hatte. Heinrich, über die Vorwürfe und das triumphirende Gelächter seines Gegners aufgebracht, antwortete bitter: »O ich hab' ihm noch zu viel Ehre angethan: ihre Hofsau hätt' ich ihn nennen sollen.« – Der Graf vergaß sich in der Hitze so weit, daß er ihm mit hoher Hand auf der Stelle eine Ohrfeige gab.

Wie eingewurzelt stand der Beleidigte da und wußte nicht, ob er dem Grafen nachgehen und sich durch stärkre Empfindlichkeiten rächen, oder dem Buben, der vor Freuden hüpfte, die Kehle zudrücken sollte: izt gieng er, izt stund er, knirschte mit den Zähnen, schlug sich mit der geballten Faust an die Stirn, daß es laut schallte, seufzte, lehnte den Kopf an die Wand und brach vor Schmerz über seine ohnmächtige Wuth in eine Fluth von Thränen aus.

Die Baronesse hatte durch eine schmale Eröfnung ihrer Thür den häßlichen Auftritt angesehn: schon war sie auf dem Sprunge, sich zu verrathen und dazwischen zu laufen, als der Graf ausholte, allein zu ihrem Glück blieb sie mit der Falbala am untersten Riegel hängen, und ehe sie sich losriß, war die Ohrfeige schon empfangen und ihr Onkel fortgegangen. Sie that einen lebhaften Ruck, daß ein großer Theil der Garnitur an dem Riegel zurückblieb, und eilte auf Heinrichen zu, wie er mit dem Kopfe an der Wand lehnte. Sie legte beide Hände auf seine Schultern, um ihn abzuziehn, tröstete und bat ihn, sie in ihr Zimmer zu begleiten. – »Ich bin allein,« sezte sie hinzu; »Hedwig ist bey der Gräfin.« – »Lassen Sie mich!« rief er mit schmerzhaftem Tone und gieng die Treppe hinunter – stund – gieng über den Hof – und wieder – gieng in den Garten – ein paar Gänge aufwärts mit untergeschlagnen Händen und gesenktem Haupte, so tief in seinen Schmerz verloren, daß er an Bäume rennte, weder hörte noch empfand. Die Baronesse folgte ihm stillschweigend Schritt vor Schritt sehr nahe auf den Zehen. Er kam an einen Teich: die Baronesse hatte schon die Hand am Rockzipfel, um ihn aufzuhalten, wenn er im Tiefsinne das Wasser nicht gewahr werden sollte: der Fuß war bereits aufgehoben, um ihn in den Teich zu setzen – die Baronesse zog ihn zurück: ohne sich des Zuges bewußt zu seyn, erwachte er, erblickte das Wasser, trat zurück und stund da. Er warf sich in den Sand hin, die Baronesse flüchtete hinter einen nahen Baum. Plözlich sprang er auf mit einer Bewegung als wenn er sich in den Teich stürzen wollte: daß er wirklich die Absicht hatte, ist nicht zu läugnen: aber der Entschluß war nur ein schneller Stoß, eine Verzuckung der Leidenschaft, und er hielt sich schon zurück, als die Baronesse hervorbrach und ihm um den Hals flog. Als wenn er noch immer bereit wäre, seinen Vorsaz auszuführen, packte sie ihn in ihrer Umarmung fest und trieb ihn mit aller Gewalt vom Wasser hinweg.

Der Uebergang von Schmerz und Kränkung zur Liebe ist nur ein halber Schritt: die zärtliche Stellung, in welcher er sich mit der Baronesse befand – von ihren Armen fest umschlungen und dicht an ihren klopfenden Busen gedrückt, daß ihr Odem sein Gesicht bethaute – ihr Mitleid, ihre Vorsorge – alles drängte in Einem Tumulte auf seine Empfindung los und spannte ihre Federn so stark an, daß er sein Gesicht an ihren Busen verbarg und heiße Thränen hinströmte: beide zerflossen in einer Innbrunst, die auch Ulrikens Augen trübte. Bey der Baronesse erwachte Besonnenheit und Scham zuerst: sie machte ihre Arme los und schob ihn von der Brust hinweg: der Schwung, den Zorn und Wuth seiner Seele gegeben hatten, machte ihn dreist: er wiederholte eine Umarmung, die seinen Schmerz so merklich in sanfte, erleichternde Empfindungen verwandelte, und zog Ulriken mit sich unter den Baum hin: der Sturz entdeckte ihm ein Knie, das die Natur nur Einmal in solche Form goß, das ihm Neuheit und wallende Imagination in dem Augenblicke mit Reizen belebten, die alle seine Sinne benebelten: er war berauscht, er lechzte vor innerlicher Gluth. Ulrike wand sich zum zweitenmale los: beide sahen ins Gras und schwiegen.

»Ach, unmöglich kann ich aus dem Hause gehn,« fieng Heinrich an: »ich muß meinen Schimpf tragen – den entsezlichen Schimpf!«

DIE BARONESSE

    Du? aus dem Hause gehn?

HEINRICH

Ja, ich muß: aber ich kann nicht; und wenn ich alle Tage bis aufs Blut gequält würde, ich kann nicht! – Ulrike, wie mach ichs, daß ich mir nicht gram werde. wenn ich bleibe?

DIE BARONESSE

Rächen mußt du dich an dem Lotterbuben! Räche dich, und dann geh! Geh aus dem Hause und – lieber Heinrich, nimm mich mit dir! Das ganze Schloß ist mir so zuwider, daß ichs nicht gern ansehe. Man wird seines Lebens nicht froh darinn: das ist eine ewige Langeweile, ein ewiger Zwang: das reprimandiren, korrigiren hat gar kein Ende. Ich muß mich bücken und schmiegen und werde verachtet, weil ich aus Gnade im Hause bin: die geringste Kleinigkeit muß ich mir als eine große Gnade anrechnen lassen und – kurz, ich bin des Lebens satt. Nun soll ich auch noch dem Schandbuben, dem Jakob, aufwarten: noch gestern hat mich der Onkel seinetwegen ausgescholten, daß ich –

Sie verstummte mit Thränen. Heinrich knirschte. »Ja,« sprach er, »rächen wollen nur uns und gehn! – Aber wohin?« sezte er bedenklich hinzu.

DIE BARONESSE

Wohin uns unsre Füße tragen. Ich kann ja Putz machen, nehen, stricken und tausend andre solche Arbeiten: ich will mich indessen als Kammerjungfer vermiethen: – aber es muß weit, weit seyn, daß Onkel und Tante nichts von mir erfahren – und wenn du einmal einen Dienst bekommst – möchte er auch noch so klein seyn – Ach, lieber Heinrich, wenn du das wolltest! –

Sie senkte den Blick und schwieg.

HEINRICH

Baronesse –

DIE BARONESSE

Nenne mich nicht mehr Baronesse! Ich bin dem Namen feind: er klingt viel zu fremd für uns; und ich wills von nun an nicht mehr seyn.

HEINRICH

Ulrike, hier ist meine Hand! Ich wandre aus: ich suche einen Dienst, der uns ernähren kann; und dann – Ach, liebe Ulrike, wenn du das wolltest! –

Stillschweigend zog sie einen kleinen goldnen Ring bedächtlich vom Finger. – »Hast du keinen Ring?« fragte sie leise.

HEINRICH

Ja, aber nur einen bleyernen, den mir einmal ein armer Hausirer für ein Almosen geschenkt hat.

DIE BARONESSE

Schadet nichts! Bleyern oder golden!

Sie steckte ihm den ihrigen an den Finger. – »Er paßt,« sprach sie freudig, »als wenn er für deinen Finger gemacht wäre. Gieb mir deinen bleyernen dafür!«

HEINRICH

Noch heute!

DIE BARONESSE

Geh, suche einen Dienst! und dann – Heinrich, du hältst Wort?

HEINRICH

So gewiß als ich dir diese Hand gebe! Du wirst Kammerjungfer: und dann – Ulrike, wenn gehn wir?

DIE BARONESSE

Bald! denn der Onkel ließ neulich ein Wort fallen, daß er mich nach Dresden zu einer alten Anverwandtin thun wollte; da wird vollends ein hübsches Leben angehn! Ich grämte mich zu Tode – Wir müssen ja eilen!

HEINRICH

Die Minute geh ich mit dir, daß ich nicht wieder in das schändliche Haus darf.

DIEBARONESSE

Komm! wir wollen sehn, ob die Thür offen ist! –

Sie giengen wirklich, um auf der Stelle einen Anschlag auszuführen, dessen nur ein unbesonnenes Mädchen im sechszehnten und ein beleidigter Pursche im funfzehnten Jahre fähig ist: allein zu ihrem Glücke war die Thür verschlossen. Zudem besann sich auch die Baronesse unterwegs, daß sie den bleyernen Ring noch nicht bekommen habe, und drang also in ihren Begleiter zurückzukehren. Auf dem Rückwege vertraute sie ihm eine andre Entdeckung, die nach ihrer Meinung für ihr künftiges Glück sehr heilsam seyn sollte. – »Du weißt vielleicht,« sagte sie, »daß mein Vater sehr viele Schulden hinterlassen hat, und nach seinem Tode haben die Leute, von denen er borgte, alles weggenommen. Nun sah ich ehegestern auf dem Sofa in der Tante Zimmer und stickte an der Weste, die wir dem Onkel machen: er sprach mit der Tante im Nebenzimmer. Ich hörte meinen Namen nennen: gleich warf ich die Arbeit hin und horchte. So wäre doch Ulrike, sprach der Onkel, keine schlechte Partie, wenn wir Friedrichshain – das ist ein Gut von meinem verstorbnen Vater – aus dem Konkurse ziehen könnten: es ist offenbar, daß mans nicht dazu hätte nehmen sollen: aber meiner Schwester Mann war nachlässig, und die Advokaten haben das so in einander verwickelt, daß vielleicht zulezt weder Gläubiger noch Erben etwas bekommen werden: indessen einmal muß doch die Sache ein Ende nehmen, wenns auch noch einige Jahre hin dauerte. Weiter konnt' ich nichts hören: denn sie giengen ins chinesische Zimmer. – Sieh einmal, Heinrich! rief sie außer sich vor Freuden, wie reich wir noch werden können! Wenn ich das izt schon hätte, braucht' ich nicht erst Kammerjungfer zu werden. Ich weis auch gar nicht, was für schändliche Menschen die Advokaten seyn müssen, daß sie die Sachen so verwickeln. Sie können das wohl so mit ansehn: sie haben, was sie lieben – Ach, unterbrach sie sich plözlich, dort kömmt die dicke Hedwig. Ich will zu den Erdbeeren gehn und thun als wenn ich für den Onkel pflückte. Hurtig! geh, daß sie dich nicht sieht.«

Ein Händedruck und ein freundlicher Blick war der Abschied. Zween Schritte! dann kam sie wieder zurück. »Heinrich,« zischelte sie, »du wirst doch den bleyernen Ring nicht vergessen?« – Er versicherte sie das Gegentheil, und sie flog zu den Erdbeeren und hatte schon eine ziemliche Menge gepflückt, als Fräulein Hedwig ankam. Die Baronesse freute sich über ihre gelungne List und die Leichtgläubigkeit ihrer Guvernante, die wegen eignen Herzenskummers die Richtigkeit ihres Vorwands weder bezweifelte noch untersuchte. Sie pflückten beide in Gesellschaft. Die Baronesse beklagte sich, daß sie ihren Ring verloren habe. Die Guvernante., die sonst bey solchen Gelegenheiten, wie ein Löwe, aufbrüllete, antwortete nichts als ein gleichgültiges »So?« – Sie suchten unter den Erdbeersträuchen fanden ihn nicht und giengen beide fort, ohne sich weiter darüber zu beunruhigen.

Das Projekt der Entfliehung beschäftigte seitdem die Baronesse unaufhörlich. Jeden Morgen legte sie ihr Schlafzeug in ein kleines Packet zusammen und an das unterste Ende des Bettes: ihre diamantnen Ohrgehenge trug sie in der Tasche nebst dem kleinen Geldvorrathe, der sich nie sehr hoch bey ihr belief, weil sie aus Gutherzigkeit Jedem gab, der etwas brauchte. Etwas weniges Wäsche wurde in einem alten Pavillon im Garten hinter aufgeschütteten Ziegelsteinen verborgen, und bey Gelegenheit auch ein Schächtelchen, mit den Instrumenten aller weiblichen Arbeiten angefüllt, welche sie verstund, und wodurch sie ihren Unterhalt zu finden hofte. Ihre Vorsorge gieng so weit, daß sie sogar Seide, Goldfaden und andere Materialien zusammenpakte, und je länger sich die Flucht verschob, je mehr fand sich mitzunehmen, daß sie zulezt einen Maulesel gebraucht hätte, um ihr Gepäcke fortzubringen: überdies mußte sie sehr viele Sachen, wenn nach ihnen gefragt wurde, oft wieder auspacken. Um sich dieser Unbequemlichkeit zu überheben, hielt sie für dienlich, ihre Geräthschaft blos in der pünktlichsten Ordnung zu erhalten, jedem Stücke den bestimmtesten Platz anzuweisen und es nach jedesmaligem Gebrauche pünktlich wieder dahin zu legen, um erforderlichen Falls in einer Viertelstunde sich reisefertig zu machen. Fräulein Hedwig wunderte sich ungemein, woher ihr plözlich diese ungewohnte Ordentlichkeit kam, und die Gräfin meinte, daß sie anfienge, die Kinderschuhe auszutreten. Die nahe Aussicht, nach ihren Begriffen aus einem Kerker erlöst zu werden, gab ihr die freudigste Munterkeit: die Hofnung begeisterte sie so sehr, daß sie auch die langweiligsten Stunden mit Standhaftigkeit ertrug und die lästige Gesellschaft des Grafen ohne den mindsten Verdruß aushielt: so sehr es ihr sonst schwer fiel, das Maas der Anständigkeit zu treffen. das sie nach seinem Verlangen ihren Reden und Handlungen geben sollte, so leicht fiel es ihr izt. Der Graf fand sie ganz umgeändert und versicherte, daß vielleicht doch noch etwas aus ihr werden könnte. Ihre Geschäftigkeit und ihre Freude war ohne Gränzen: sie gieng niemals, sie flog, getragen auf den Schwingen der Hofnung.

Nicht weniger Anstalten machte auch Heinrich. Er war sogleich, nach ihrer Trennung durch Hedwigs Dazwischenkunft, ins Haus zurückgegangen und hatte seinen Ring, um keinen Verdacht zu erwecken, an einem Faden um den Hals gehängt; und so trug er ihn beständig unter dem linken Arme auf der bloßen Haut, nicht etwa aus Empfindsamkeit – diesem gekünstelten Hautgout in der Liebe, den er noch nicht kannte! – sondern weil er ihn auf diese Art am sichersten zu verbergen glaubte. Er gieng etlichemal vor dem Zimmer der Baronesse vorbey, um ihr sein bleyernes Gegengeschenk einzuhändigen: sie erschien nicht. Endlich begegneten sie einander: Fräulein Hedwig gieng neben der Baronesse, und also war nicht mehr Zeit als verstohlen zu geben und verstohlen zu nehmen: wie ein Wind war der Ring an ihrem Finger, den er auch nicht eher verließ, als wenn sie vor dem Grafe oder der Gräfin erscheinen mußte, die sie verschiedenemal wegen dieser schlechten Zierde gescholten hatten und ihr drohten, das elende Ding zum Fenster hinauswerfen zu lassen, wenn sie es noch an ihrer Hand blicken ließ.

Heinrich pakte nach jener Uebergabe seines Liebespfandes nicht etwa Wäsche oder andere ähnliche Bedürfnisse, sondern einen alten Seneka, einen Antonin und ein paar andre seiner Lieblingsbücher zusammen, sezte Feder, Papier und Dinte in Bereitschaft, und dachte, wie ein wahrer Neuling in der Welt, der voll Berauschung nicht über die augenblickliche Ausführung seines Projekts hinaussieht, mit einem solchen Reisebündel seine Wanderschaft anzutreten. Schwinger bemerkte die Unruhe, die die unaufhörliche Beschäftigung mit einem so wichtigen Anschlage hervorbringen mußte: allein weil er glaubte, daß sie noch von der empfangnen Ohrfeige herrührte, so ermahnte er ihn mit den auserlesensten Sittensprüchen zur Standhaftigkeit und muthigen Ertragung seiner Beleidigung.

DRITTES KAPITEL

Jakobs Vater fand, daß sein Sohn seinem Posten etwas schläfrig vorstund: außer der Ohrfeige hatte er Heinrichen nichts als unbedeutende Verweise zugezogen, und zum ofnen Zanke war es gar noch nicht gekommen. Er selbst war der Maschinationen wider seine Kameraden überdrüßig und verlangte nach einer höhern Sphäre zu seinem Wirkungskreise, und in diese Sphäre gehörten Fräulein Hedwig und Schwinger mit ihren beiderseitigen Untergebenen: er hatte keine geringere Absicht, als das sie alle samt und sonders in voller Ungnade aus dem Hause sollten. Der Bewegungsgrund? – Keinen hatte er, als weil er eine Ehre darein sezte, bey dem Grafen Einfluß zu haben, und weil es ihn mehr schmeichelte, durch seinen Einfluß Andern zu schaden als zu nützen: das Schicksal Aller im Hause sollte auf seinem Willen beruhn, wie das Geschick einer Welt auf Jupiters Winke. Er hatte seinem großen Entwurfe gemäß, seine Aufmerksamkeit zuerst auf Fräulein Hedwig gewendet und ihr Verständniß mit dem dicken Amyntas, dem Stallmeister, glücklich ausspionirt: versteht sich daß es der Graf die Minute darauf erfuhr! Nächstdem hatte er auch eine Vertraulichkeit zwischen der Baronesse und Heinrichen ausgekundschaftet – eigentlich zwar nicht ausgekundschaftet, ob ers gleich bey dem Grafen vorgab, sondern nur erdichtet, und paßte ihnen nunmehr auf, um zum Beweise seiner Erdichtung wahrscheinliche Umstände aufzusammeln. – Um endlich auch den armen Schwinger nicht eine müßige Nebenrolle spielen zu lassen, mußte er sich sogar in die Gräfin verliebt haben und also bey dem Schauspiele die lustige Person seyn: kein Abend gieng vorbey, wo er den Grafen nicht mit komischen Auftritten jener verwegnen Liebe unterhielt, die der Graf für baare Wahrheit annahm und belachte.

Jakob wurde auf ausdrückliches Verlangen des Grafen zum Spion bestellt: er schlich den ganzen Tag auf dem Saale vor dem Zimmer der Baronesse, wie ein lichtscheuer Vogel, an den Wänden herum und haschte Fliegen, wenn auch keine da waren, und schielte seitwärts nach allen Vorübergehenden unter den gesträubten Augenwimpern hin. Jedermann scheute ihn, weil er einem Vater gehörte, den Jedermann fürchtete, und man vermuthete gleich, daß er ein Spion sey. Weder die Baronesse, noch Fräulein Hedwig rührten sich einige Tage von der Stelle. Heinrich that zwar oft seinen Spatziergang in den Garten, aber fruchtlos: er durfte nicht einmal nach der geliebten Thüre hinblicken. Die Baronesse wollte den Spion schlechterdings wenigstens auf einige Minuten entfernen, um mit Heinrichen Abrede zur vorgenommenen Rache zu nehmen. Der Junge war äußerst genäschig: sie stahl also ihrer Guvernante, die beständig einen reichen Vorrath an Purganzen und Vomitifen zu eignem Gebrauche hatte, aus der Kommode so viel von beiden, als sie wegnehmen konnte, ohne die Verminderung der Apotheke sehr merklich zu machen. Die Medikamente wurden durch feine Oefnungen in ein Packet gebackne Pflaumen vertheilt, die präparirten Pflaumen in die Tasche gesteckt, und in die Tasche ein grosses Loch geschnitten: sie lief oft über den Saal bald dahin, bald dorthin, und ließ bey jedem Gange eine Straße von verlornen Pflaumen hinter sich, auf welche Jakob, wie eine lauernde Spinne aus ihrem Hinterhalte, hervorschoß und mit der ausgelesenen Beute an die Wand zurückeilte, wo er sie begierig mit Fleisch und Kern verschluckte. Seine Freßbegierde machte die Dosis allmählig so stark, daß er vor den Schmerzen der Wirkung nicht auf seinem Posten bleiben konnte. Er gieng, dem Rufe der Natur zu folgen; und während seiner oft wiederholten Abwesenheit hatte die Baronesse die Dreistigkeit auf die Treppe zu treten und so lange zu husten, bis Heinrich den Ruf verstand und herunterkam. Er mußte sie ins Zimmer begleiten; und nun wurde unter Fräulein Hedwigs Vorsitz ein förmliches Komplot wider den Spion geschmiedet; und die Baronesse schlug dabey, um sich von Zeit zu Zeit Operationsplane unentdeckt mitzutheilen, eine eigene Art von Korrespondenz vor.

Es war in dem Hause ein Pfänderspiel Mode, das man die Divination nannte. Eine Person in der Gesellschaft durchstach in einem bedruckten Blatte mit der Stecknadel einzelne Buchstaben, die herausgesucht und zusammengesezt einen Sinn gaben, überreichte das Blatt einer andern, die diesen Sinn heraussuchen mußte. Dieses Spiel brachte sie auf den Einfall, in einem Buche Buchstaben in der Ordnung durchzustechen, daß man sie, wenn das Blatt gegen das Licht gehalten wurde, ohne Beschwerde zu Worten zusammensetzen und lesen konnte. Unter dem Vorwande, als wenn Heinrich ihr und sie Heinrichen Bücher borgte, sollte der Spion selbst ihr Bote seyn und die heimliche Steckenadelschrift überbringen. Fräulein Hedwig sah Heinrichen blos als einen Gehülfen der Rache an, ohne daß sie seine Theilnehmung einer andern Ursache als der Ohrfeige zuschrieb. Nach genommener Verabredung lauerte die Baronesse an der Thür, und bey der ersten Abwesenheit, zu welcher die Pflaumen die Schildwache nöthigten – husch! war Heinrich die Treppe hinauf.

Die Korrespondenz nahm ihren Anfang: allein statt sich Entwürfe zur Rache mitzutheilen, ließ mans einige Zeit bey einem verliebten Briefwechsel bewenden. Die beiden Korrespondenten sagten sich in ihrer natürlichen unschuldigen Sprache Zärtlichkeiten, angenehme Erwartungen künftiger Glückseligkeit, leere Tröstungen mit der Flucht – kurz, alles, womit sich ein Paar Verliebte beunruhigen und aufrichten können. Jakob war so gierig nach den Büchern, die man ihm zu überbringen gab, als nach den Pflaumen, und fragte oft bey beiden Theilen an, ob nichts zu bestellen sey: sein Vater hatte ihm ausdrücklichen Befehl dazu gegeben, weil er sich jedesmal vor der Ueberbringung das Buch zur Durchsicht zeigen ließ, und so einmal einen handschriftlichen Beweis seiner Erdichtung darinne zu erwischen hofte, wenns auch nur ein gleichgültiges Zettelchen wäre, das man dem argwöhnisch gemachten Grafen durch eine geschickte Auslegung als sehr strafbar vorstellen könne. Er blätterte und suchte in den Büchern und fand niemals etwas.

Die Beschwerden, die Jakob nebenher allen im Schlosse verursachte, wurden immer drückender. Aus unseliger Gefälligkeit gegen ihren Gemahl hatte sich sogar die Gräfin auf die Seite des Buben geschlagen: überhaupt handelten, liebten und haßten diese beiden Leute beständig wider ihre eigne Ueberzeugung: ein jedes quälte sich mit Neigungen und Abneigungen, um dem andern zu gefallen, und die Gräfin wurde an den struppköpfichten Jakob zum wahren Märtyrer der Politesse. Er war ihr bis zum Ekel widrig, wie sein Vater, verhaßt, und doch lobte sie das Ungeheuer in des Grafen Gegenwart, tändelte mit ihm, beschenkte ihn und erwies ihm tausend Gütigkeiten, behandelte ihn sogar als ihren Liebling und sagte dem Vater Schmeicheleyen über die Annehmlichkeiten seines Sohns: sie gieng in dieser traurigen Gefälligkeit bis zur Ungerechtigkeit gegen diejenigen, die dem Jungen misfielen: man kann leicht rathen, wer dies seyn mag. Sie gieng aus wahrer Abneigung gegen Heinrichen, den ihr seine Feinde die Zeit her in so nachtheiligem Lichte vorgestellt hatten und in völligem Ernste damit um, ihn aus dem Hause wegzuschaffen; und nur eine Art von weiblichem Mitleiden zwang sie auf Mittel zu denken, wie sie ihn mit den wenigsten Unkosten zu seinem Fortkommen außer ihrem Hause behülflich seyn könne. Der Graf hatte ihn unmittelbar nach der Ohrfeige *fortjagen* wollen, wie ers nannte, allein sein Maulesel verbot es ihm: dem Niederträchtigen war es nicht genug, daß er mit einem so kleinen Zorne wegkommen sollte, und verzögerte durch verstellte Vorbitten bey dem Grafen seine Verabschiedung bis zu einem Zeitpunkte, wo sie mit größerm Aufsehn geschehn konnte.

An Neckereien ließ es sein Jakob nicht fehlen, diesen Zeitpunkt zu beschleunigen. Die Baronesse hatte einen kleinen Fleck im Garten für ihr Taschengeld mit Begünstigung des Onkels bearbeiten lassen, worinne sie einige ihrer verliebten arkadischen Ideen ausführte. Es war eine Laube darinne, kleine Rasenplätze, die Triften vorstellten, worauf sie ein kleines wollenreiches Schäfchen mit einem rothen Halsbande zuweilen selbst weidete, Kirschbäume mit eingeschnittenen Namen, die Niemand entziffern konnte als sie, Blumenbeete mit Thymian und Lavendel eingefaßt, von welchen sie Kränze band, um ihre Laube damit zu zieren, auch ein Bach, der bey starkem Regenwetter Wasser, und beständig Mücken und Frösche in Menge hatte: sie versicherte in der Folge oft selbst, daß sie in dieser mit Kränzen behangnen Laube, ihr weidendes Schäfchen vor sich, wahre Empfindungen arkadischer Glückseligkeit genossen und in ihrer Einbildung eine Welt um sich geschaffen habe, in welcher sie Zeitlebens träumen möchte. An einem Morgen, als sie dieser fantastischen Glückseligkeit zueilte, fand sie alle ihre Kirschbäume zerschnitten, zerknickt, zum Theil umgerissen, ihre Blumen abgeschnitten, die Einfassungen ausgewurzelt, ihre Laube beschädigt: ihre erträumte Welt war dahin und mit ihr ihre Glückseligkeit: traurig sah sie auf die Ruinen ihres Glücks herab, weinte und beschwerte sich bey dem Onkel. Sie gab es dem heimtückischen Jakob schuld; und da der Pursche sich meisterlich auf das Läugnen verstund, so endigte sich die Klage mit einem doppelten Verweise für die Baronesse, daß sie einen Unschuldigen angeklagt habe, und daß sie in ihrem Alter die Unanständigkeit begehe, über solche Kindereyen zu weinen.

Jakob bekam Lust zu ihrem Schäfchen, das sie seitdem mit stiller Wehmuth zuweilen in dem verwüsteten Arkadien geweidet hatte: ohne Anstand mußte es ihm abgetreten werden und der Garten dazu, mit dem Bedeuten, daß sich eine sechzehnjährige Baronesse mit ernsthaftern Vergnügungen, als mit solchen Kinderpossen, die Zeit vertreiben müsse. – »Stricke, sprich, nimm die Karten in die Hand! das ist anständiger für dich« – belehrte sie der Graf.

Die Baronesse unterhielt sich aus natürlicher Freude an dem niedrigen Leben mit den geringsten Mädchen, und nicht selten gieng sie, wenn die Hinterthür des Gartens offen war, auf der großen Wiese, in einem Zirkel von Bettelkindern, spatzieren, unter welche sie ihr Taschengeld austheilte: nicht selten gesellte sie sich zu den Mägden und Fröhnern, wenn sie Heu machten, sezte sich unter sie, kaufte ihnen ein Stück ihres groben Vesperbrods ab, und aß mit ihnen, so vergnügt und heiter über ihren dörfischen Scherz als wenn sie dazu geboren wäre. Jakob belauerte sie, zeigte es an, und auch dieses Vergnügen wurde ihr bey der schärfsten Strafe und in den schärfsten Ausdrücken untersagt.

Heinrichen konnte er im Grunde weniger anhaben, weil man sich um diesen weniger bekümmerte: er suchte ihn also auf seines Vaters Eingebung mit Schwingern zu entzweyen. Er goß ihm Dinte auf die Bücher oder auf die Wäsche, und betheuerte alsdann mit Schwüren, daß ers Heinrichen habe thun sehen. Er wollte Herr des Zimmers seyn, despotisch befehlen, wo dieses, wo jenes stehn sollte, daß oft selbst der gutmüthige Schwinger die Geduld verlor und seine Hand mit Gewalt zurückhalten mußte. – Heinrich hingegen war aller Zurückhaltung überdrüßig: er widersezte sich ihm izt muthig und that gerade von allem das Gegentheil, was er wollte: die Aussicht auf die nahe Flucht, wozu man nunmehr durch die geheime Korrespondenz den Tag angesezt hatte, gab ihm unüberwindliche Herzhaftigkeit.

Vorher aber beschloß er Rache über ihn, die er für sich ohne Zuthun der Baronesse ausführen wollte. Der Junge war so neugierig als genäschig: ein hellfarbiger Lappen, ein funkelnder Stein konnte ihn wer weis wie weit locken. Heinrich hieng also an einem Baum jenseit eines schlammichten, tiefen Grabens etliche bunte flatternde Bänder auf, überbaute einen schmalen Fleck des Grabens mit einigen dünnen Stecken, schüttete Erde darauf und bedeckte sie künstlich mit Laub und Gras, daß man die Falle nicht vermuthete. Jakob wurde durch eine Straße von gestreuten Kirschen, die wie verloren da lagen, zu dem Orte gelockt: kaum erblickte er die wehenden rothen Bänder von weiten als er nach ihnen hineilte: er hofte eine Entdeckung zu machen, die er oder sein Vater zu Jemands Unglücke brauchen könnte, hielt in der Uebereilung Heinrichs gebaute Brücke für festen Boden, galopirte auf sie hin, den Blick stier auf die rothen Bänder gerichtet – pump! brach der betrügerische Steg ein, und Jakob lag bis an die Schultern im Schlamme: die Ufer des Grabens waren tief und für ihn unersteiglich, so sehr er arbeitete herauszukommen: er schrie, doch Niemand hörte ihn.

Sein Vater, der Graf und auch endlich die Gräfin waren in der äußersten Verlegenheit, daß der werthe Jakob sich verloren hatte: man suchte ihn mit Laternen und Fackeln, und kam in den abgelegnen Theil des Gartens nicht, wo er im Schlamme seufzte: er mußte die Nacht unmaßgeblich mit dem feuchten Bette vorlieb nehmen. Die Nachsuchung wurde den andern Tag wiederholt: der Gärtnerpursche hörte wohl, als er in die Nachbarschaft des Grabens zufälliger Weise kam, etwas pipen, das einer Menschenstimme ähnlich klang: allein da es sich nicht in artikulirten Tönen näher erklärte, so gieng er seinen Weg und ließ es pipen. Zufälliger Weise kömmt er nach Tische in die Küche, erzählt sein pipendes Abentheuer und ist beinahe der Meinung, daß die kleine Comtesse Frizchen, die vor dreyßig oder mehr Jahren, als der Graben noch Wasser hatte, nach der Sage des Städtchens darinne ertrunken war, dies Klagelied angestimmt habe. Die Vermuthung war nicht übel ausgedacht: denn alle Gärtnerpurschen vor ihm hatten dergleichen Jammertöne von dem ertrunknen Frizchen gehört, und durch ununterbrochene Tradition waren alle Gärtnerpurschen in den Besitz eines unauslöschlichen Rechts gerathen, allein mit Ausschließung aller andern Erdenbewohner das ertrunkne Frizchen jammern zu hören. Der Pursche stand im Kredit eines großen Verstandes und fand bald unter den Domestiken starken Anhang: alle erklärten seine Erklärungsart für die einzige orthodoxe Meinung, nur der Koch, ein Heiducke und ein Jäger, drey rohe Kerle, die weder Himmel noch Hölle glaubten, waren Antifritzianer: der andre Jäger war anfangs ein Zweifler, erklärte sich aber, als Noth an den Mann gieng, für die orthodoxe Partey. Die Fritzianer konnten es nicht ertragen, daß sie ihre Gegner mit ihrem einfältigen Glauben aufzogen und laut belachten: diese beriefen sich alle drey in Einem Tutti auf die Unmöglichkeit der Sache; und jene sezten ihnen entgegen, daß es aber geschehen sey, und geschehne Dinge könne man doch nicht verwerfen.

»Es ist *nicht* geschehen,« sagten die Antifritzianer.

»Es ist aber geschehen!« riefen die Fritzianer. »Moritz, hast dus nicht gehört?« –

Wo war Moritz? Der kluge Sektenstifter, als er den Streit zu lebhaft werden sah, schlich sich heimlich aus der Küche fort. Da also der Zeuge fehlte, schränkte man sich blos auf eine Disputation über die Möglichkeit der Sache ein. Die Fritzianer bewiesen aus der Geschichte alter Gespensterbegebenheiten die Wirklichkeit eines solchen Vorfalls: die Antifritzianer läugneten Faktum und Schlußfolge, und verlachten alle Gespensterhistorien als alte Weibermährchen.

»Ja,« sagte der Tafeldecker, ein heimlicher Antifritzianer, »Moritz kan sich wohl geirrt haben: vielleicht ist es ein ungeschmiertes Schubkarrenrad gewesen« –

»Oder eine Eule,« schrie der Jäger, der Antifritzianer. –

»Oder eine Maus,« rief der Heiducke –

»Oder ein kranker Hammel,« sprach der Koch –

»Oder ein Schwein,« unterbrach ihn der Heiducke –

»Oder ein Esel,« rief der Jäger –

»Oder ein Ochse,« schrie der Koch.

»Ihr werdet doch die drey Kerle nicht Recht behalten lassen,« zischelte der andre Heiducke, ein eifriger Fritzianer, einigen von seiner Partey zu: wie ein Lauffeuer verbreitete sich seine Anreizung von einem zum andern, und in wenig Sekunden war der ganze Haufen entschlossen, Recht zu behalten.

»Gebt euch nicht mehr mit solchen Halunken ab!« sagte der nämliche Heiducke laut zu seiner Partey, um den eingeschlafnen Streit wieder anzufachen. »Die Kerle glauben nicht, daß eine Sonne am Himmel ist, wenn sie ihnen gleich den Kopf verbrennt.«

Ihr habt wohl Ursache zu schimpfen! erwiederte der Jäger von der Gegenpartey, ein feiner Spötter. Ihr Schöpse glaubt jeden Quark frisch weg, wie er auf die Erde fällt.

Und ihr lebt, wie die Säue, in den Tag hinein und glaubt gar nichts, riefen die Fritzianer alle.

Weil ihr Hornvieh, tumme Esel seyd, rief der Koch pathetisch, deswegen glaubt ihr alles. Ihr seyd ja, straf mich Gott! so ochseneselgänserindviehtumm, wie die Gänse: die nehmen auch alles an, was man ihnen in den Hals stopft.

Warte! ich will dich taufen, daß du einmal ein Christe wirst! sagte der Heiducke von der Gegenpartey, ein schlimmer Spötter, und goß ihm ein ganzes Gefäß voll Wasser über den Kopf, das ihm die Küchenmagd, voll Aerger über des Kochs Unglauben, von hintenzu heimlich reichte.

Macht die Thür zu! rief der ergrimmte triefende Koch zu seiner Partey, und im Augenblicke schlug sie der antifritzianische Jäger zu. – So wollen wir dann, fuhr der wütende Küchenmonarch fort, die verfluchten Kerle sengen und brennen, bis sie nicht mehr glauben; – und sogleich schleuderte er einen großen Feuerbrand vom Heerde unter die zitternden Fritzianer hin: seine Gesellen folgten dem Beispiele, und alle drey Antifritzianer rückten, flammende Feuerbrände in den Händen, wider die Gegner an. Unter den bedrängten Fritzianern, die zwischen den Feuerbränden und der verschloßnen Thür im eigentlichsten Verstand *in ecclesia pressa* sich befanden, schlug sich einer die sengenden Funken vom Kleide, ein andrer löschte das rauchende Topé, ein dritter drückte sich den wundgeschundnen Arm, und ein Theil floh hinter den Heerd, um den Antifritzianern in den Rücken zu fallen. Es geschah wirklich. Dem Koche, der *à la françoise* alle seine Verrichtungen, den Hut auf dem Kopfe, that, fiel plözlich der Filz vom Haupte in seinen Feuerbrand, und er fühlte eine gewaltige Hitze im Nacken: der fritzianische Heiducke, der ihn vorher ersäufen wollte, hatte ihm den zierlichen *crapaud*, der seine Haare verschloß, in Brand gesteckt. Er mußte hurtig löschen, seine Gesellen eilten ihn zu rächen: unterdessen sprengte die Gegenparthey die Thür auf und entfloh: die übrigen machten sich die Unordnung des brennenden Kochs zu Nutze und entwischten gleichfalls.

Als sie sich von ihrer Flucht auf dem Hofe versammelt hatten, faßten sie insgesammt den Entschluß, nunmehr, da sie sich genug um die Wahrheit *gezankt* hatten, die Wahrheit zu *untersuchen*. Sie näherten sich *in corpore* dem Graben, horchten; es jammerte: – »Ich lasse mich fressen, wenn das nicht eine Menschenstimme ist,« schrien sie alle. »Das muß der Koch hören!« – Sogleich wurde eine Gesandschaft an ihn abgeschickt, die ihn nach langen Weigerungen herbeybrachte. Er horchte, stuzte – »Ja, es ist eine Menschenstimme,« sagte er. – »Siehst du, du ungläubiger Höllenbrand,« rief der ganze Haufe auf ihn los, »daß es Comtesse Frizchen ist?« –

»Und wenns der leibhafte Teufel wäre,« brach der zornige Koch wütend aus, »so zieh' ich ihn bey den Hörnern heraus;« – und so marschirte er auf den Graben los. Alle hielten ihn zitternd zurück und baten, die Comtesse nicht mehr in ihrer Ruhe zu stören – »Laßt mich!« rief er, wand sich los und zog das große Küchenmesser von der Seite – »laßt mich! oder ich mach Euch alle zu Gespenstern.« – Man fürchtete die Drohung eines so grimmigen Mannes und ließ ihn: er sah in den Graben hinunter – die Klagestimme wurde immer lauter – er sah ein menschliches Gesicht über den Schlamm herausragen – erkannte es: »Es ist der verfluchte Jakob,« rief er. »Warte, du Schandbube! die Kehle will ich dir abschneiden, daß du uns so zum Narren gehabt hast.« – Er ließ eine Leiter holen, stieg hinunter und zog den versunknen Jakob mit etwas sehr unsanfter Manier aus dem Schlamme heraus. Wie ein schwarzer Geist, mit Schlamme von oben bis unten überzogen, lag er triefend am Rande da, und mußte sich noch oben drein von dem ganzen Haufen ausschelten lassen, daß er so großen Zwiespalt unter ihnen erregt hatte.

Der Herr Vater hatte die Gewohnheit, wenn zwey oder drey Personen beysammen stunden, giengen und sprachen, sogleich sich bey ihnen einzufinden, um etwas von ihrem Gespräche aufzuschnappen: kein Wunder also, daß er hinter dem ansehnlichen Truppe des ganzen Hofgesindes, wie ein Wolf hinter der Schaafsheerde, augenblicklich nachfolgte! Der Koch überlieferte ihm seinen Sohn mit dem Küchenwitze, daß er ihm hier einen Schweinsbraten mit Kirschsauce zustellen wolle. Der Vater, zu beschäftigt mit dem Unglücke seines geliebten Erben, verschluckte den satirischen Einfall und wanderte unter Begleitung der sämtlichen Domestiken ins Haus, um ihn säubern zu lassen. Alles lief an die Fenster, als sich der Zug durch die Allee näherte: Heinrich und die Baronesse waren nicht die lezten darunter, und mit der innigsten Herzensfreude sahn sie den pechschwarzen Jakob an der Hand des Vaters traurig daherwandeln, während daß der begleitende Trupp sich mit muthwilligen Liedern über sein Unglück belustigte. Auf dem ganzen Schlosse war dieser Tag ein Freudenfest.

Das Schlimmste war nur, daß dies Freudenfest ernsthafte Folgen nach sich zog. Der erboßte Jakob und sein Vater wußten nicht, an wem sie sich für sein Unglück rächen sollten, und hielten sich, um nicht ganz ungerochen zu bleiben, an die Personen, die bey dem Schauspiele nicht geschäftig genug gewesen waren: der Gärtnerpursche erhielt seinen Abschied, daß er dem wimmernden Jakob nicht nachgespürt, sondern sogleich, als er das Klaggeschrey gehört, wieder weggegangen war, ohne ihm herauszuhelfen. Der Koch wurde für den beißenden Küchenwitz, den er sich nach der Errettung des Buben entwischen ließ, insofern suspendirt, daß er vier Wochen nicht mehr die Schokolate des Morgens für den Grafen machen durfte, welches er bisher am besten gekonnt hatte: allein da der Graf sich bey dieser Suspension am schlimmsten befand, weil ihn seine Schokolate niemals schmeckte, so wurde sie wieder aufgehoben und in die Ungnade verwandelt, daß er alle Essen tadelte, wenn sie auch seinem Gaume noch so wohl behagten.

VIERTES KAPITEL

Jakobs Vater arbeitete indessen unermüdet an der Ausführung der Hauptrevolution, die er im Sinne hatte, und bestimmte das arme Fräulein Hedwig zur ersten Unglücklichen, die das Trauerspiel eröffnen sollte.

Ihr Verständniß mit dem Stallmeister hatte er längst ausgekundschaftet, das ist bereits gemeldet worden: seit dieser Entdeckung suchte er auf alle Weise an den Liebhaber zu kommen und ihm sein Geheimniß abzulocken: es wollte lange Zeit nicht gehn. Endlich machte er ihn treuherzig. Er besuchte ihn oft auf seiner Stube und bat ihn oft zu sich, und weil der Stallmeister von der Vertraulichkeit und dem freundschaftlichen Umgange mit dem Lieblinge des Grafen nicht nur Ehre, sondern auch Nutzen hofte, so lief er gerade in die Falle hinein, die ihm dieser aufstellte. Bey einem solchen Besuche, wo er mit einem guten Glase Wein aufgeräumt und offenherzig gemacht worden war, brachte der nüchterne Wirth den halbtrunkenen Gast auf die Liebe und gab ihm auf den Kopf schuld, daß er bey Fräulein Hedwig in großer Gunst stehe. Der Stallmeister lehnte die Beschuldigung lachend von sich ab. – »Läugnen Sie nur nicht!« rief der Bösewicht: »der Graf weis es lange.« – Der Stallmeister war des Todes vor Schrecken.

»Was ists denn nun weiter?« fuhr jener fort. »Fräulein Hedwig hats ihm selber gesagt: sie möchte gern gar mit Ihnen getraut seyn.« –

Der Stallmeister saß da, sagte kein Wort, und schwebte mit seinem wirblichten Kopfe zwischen Glauben, Zweifel und Verwunderung umher.

»Der Graf wollte gar nicht,« redte Jener weiter: »aber ich hab' ihm zugesezt; und wenn Sie mir ein gutes Wort geben, so bring' ichs dahin, daß Ihnen der Graf seine Einwilligung giebt.«

»Gehn Sie! machen Sie das einem Kinde weis!« unterbrach ihn der Stallmeister.

»Ich dächte,« erwiederte der Andre, »Sie wüßten, wie viel ich bey dem Grafen ausrichten kann. Nur ein Wort soll mirs kosten: ich hab' ihn so schon auf Ihre Seite gezogen. Setzen Sie eine Supplik auf!

bitten Sie den Grafen um seine Einwilligung, und ich will sie ihm übergeben. Es ist ja doch keine Kleinigkeit, ein Fräulein zu heirathen.« –

Allmählich gelangs ihm, durch sein Zureden und Versicherungen eines guten Erfolgs dem leichtgläubigen Stallmeister das Vertrauen abzugewinnen: es gieng so weit, daß er seinem Spione den ganzen Liebeshandel beichtete und morgendes Tages eine Supplik aufzusetzen versprach; und er schmeichelte sich darum mit den günstigsten Erwartungen, weil er seit einiger Zeit bey dem Grafen in vorzüglicher Gnade zu seyn glaubte, was ihm der Betrüger, der ihn izt im Netze fieng, überredet hatte.

Freudig gieng der Bösewicht, als ihn der Stallmeister verließ, zu Fräulein Hedwig und wünschte ihr geradezu zu ihrer Vermählung Glück. Sie riß die großen Augen ellenweit auf. »Der Graf,« fuhr er fort, »ist nicht ungeneigt dazu: ich hab' ihn darüber gesprochen. Sie wissen, daß ich Ihnen beständig beym Grafen das Wort geredet habe, und es sollte mir eine rechte Freude seyn, wenn ich ihn dahin bringen könnte, daß er in Ihre Heirath willigte.« –

Fräulein Hedwig that entsezlich verwundert, läugnete aus allen Kräften und war hundert Meilen weit von einer Sache entfernt, die sie gleich beym ersten Worte errieth.

»Läugnen Sie nur nicht!« versezte jener mit dem vertraulichen Tone, womit er Jedermann anzureden pflegte. »Der Herr Stallmeister hat mir die ganze Sache anvertraut; und ich werde mein möglichstes thun, so einen braven Mann, meinen Herzensfreund, glücklich zu machen. Er hat bey dem Grafen angehalten.« –

Fräulein Hedwig wollte in Ohnmacht sinken: aber sie besann sich hurtig anders.

»Reden Sie nur selber mit dem Grafen; und das heute noch! Stellen Sie ihm nur vor – Zwar das werden Sie besser zu sagen wissen als ich. Gehn Sie lieber itzo zu ihm, damit ich auf den Abend mit ihm die Sache zu Stande bringen kann. Ich habe schon mit dem Grafen überlegt, daß er wohl wird geadelt werden müssen; und wir findens billig, daß man die wenigen Thaler an so einen braven Mann wendet.« –

Fräulein Hedwig hüpfte im Herzen vor Entzücken, traute aber noch nicht ganz.

Er sezte noch stärker in sie und machte das verliebte Fräulein durch die vielfältigen Versicherungen, was er und der Graf für sie thun wollten, so kirre und seine verdammte Lüge so wahrscheinlich, daß sie ins Garn hineineilte, zwar nichts ausdrücklich bekannte, aber doch mit dem Grafen darüber zu reden versprach.

Sie rennte vor Furcht und Hofnung, als er fort war, das Zimmer auf und nieder: izt wollte sie gehn, hatte die Thür schon in der Hand, ließ sie hurtig fahren und gieng zurück: izt war sie schon an der Treppe, bebte und gieng wieder ins Zimmer, izt schöpfte sie Herz, überdachte die Rede, die sie halten wollte, triumphirte über die Schnelligkeit, mit welcher sich ihr Gedanken und Ausdruck darboten, und über die Wirkung, die sie sich davon versprach – »Aber wenn nun der Graf nicht einwilligen wollte!« fuhr ihr durch den Kopf: sie zitterte vor Entsetzen über die Vermuthung. Die Lebhaftigkeit ihrer Wünsche richtete sie bald wieder auf; sie sah sich schon am Altare, schon in den Armen ihres dicken Amyntas, schon – wie ein Zephyr flog sie mit ihren bleyernen Füßen die Treppe hinunter, die andere hinauf, den Korridor durch, – da stand sie im Vorzimmer des Grafen! Es wollte ihr das Herz abdrücken: kaum konnte sie dem Bedienten, der die Aufwartung hatte, stammelnd sagen – »melde er mich!« – und kaum war er hinein, so wollte sie ihn schon wieder zurückziehn. – Gütige Götter! er kömmt heraus, macht den Thürflügel weit auf, der Graf steht wartend da, sie muß hinein.

Kein Dieb, der zum erstenmal stahl und zum erstenmale ertappt wurde, kann mit solcher Angst im Verhör auftreten, als die arme Hedwig vor dem Grafen. Sie stotterte, fieng ihre Rede zehnmal an und blieb zehnmal stecken, und hatte schon fünf bis sechs völlige Minuten gesprochen, ohne daß der Graf wußte, was sie wollte, ob er sie gleich oft genug darum befragte. Endlich brach ihre Beredsamkeit durch: sie bat deutlich und vernehmlich um die gnädigste Erlaubniß, einen ihrer größten Wünsche zu vollziehn und sich mit dem Stallmeister zu vermählen. – In dem Gesicht des Grafen stieg ein sehr ungnädiges Donnerwetter auf und zog sich von der äussersten Nasenspitze bis zu der nördlichen Breite der Stirn hinan, daß zulezt diese ganze Halbkugel seines Kopfs Eine große Gewitterwolke war. Läugnen konnte sie nicht: denn sie hatte sich zu bestimmt ausgedrückt; und – eherne Federn und steinerne Griffel vermögen nicht die Wuth zu beschreiben, mit welcher das Gewitter losbrach: das war ein Orkan, wie ihn noch kein Seefahrer ausgestanden hat! und Fräulein Hedwig kroch, wie ein Vögelein in einen holen Baum vor dem losstürzenden Schlossenwetter flieht, ängstlich rückwärts nach der Thür und schlich mit gebeugter Seele zu ihrem Zimmer zurück, nahm niederschlagend Pulver, Rhabarber, Senesblätter und Gott weis was mehr, konnte nicht essen, nicht trinken, nicht schlafen: sie dachte vor Kummer gar nicht daran, daß sie betrogen war.

Sogleich nach ihrem Abtritte mußte der Betrüger, dem sie ihr Unglück zu danken hatte, zum Grafen kommen: er wollte sich zu Tode lachen, als ihm der Graf das Vorgefallne erzählte. – »Nun denken Sie einmal!« sezte der Gewissenlose hinzu: »der Stallmeister hat mich schon lange geplagt, ich soll eine Supplik von ihm übergeben, worinne er um das nämliche anhalten will. Wer weis, was vorgefallen ist? Der Umgang ist schon alt: aber ich hab' Ihnen nur nicht das Herze damit schwer machen wollen.«

Der Graf knirschte vor Wuth und wollte beide gleich aus dem Schlosse jagen lassen: allein er durfte nicht; denn sein Maulesel sagte ihm, er sollte das nicht thun. – »Ich will mir morgen die Supplik geben lassen, sprach er; und dann wollen wir mit einander überlegen, was zu thun ist.« –

Der Graf, dem alles sklavisch gehorchen mußte, gehorchte dem befehlenden Rathe dieses Mannes, wie ein Schulknabe. – Indessen wurde die Gräfin durch ihn von der nahen Verunehrung ihres Hauses unterrichtet: sie ließ die Deliquentin rufen, und bekam die Entschuldigung zur Antwort, daß ihr nicht wohl sey. Den Morgen darauf ließ man die Entschuldigung nicht mehr gelten: sie mußte sich schlechterdings stellen: die Gräfin ließ sie, ihrer Sanftmuth ungeachtet, hart an, und befahl ihr vorläufig, ihr Packet zusammen zu machen. Sie fiel auf die Knie: die Gräfin verwies ihr diese Erniedrigung und eben so sehr ihre Unbesonnenheit, daß sie sich mit einer so seltsamen Bitte an ihren Gemahl gewendet hatte. Sie wollte die Betrügerey erzählen, die sie dazu verleitete, aber ihr Schluchzen machte jedes Wort der Erzählung unverständlich. Ungetröstet und ungerechtfertigt mußte sie hinweggehn.

Der Stallmeister, der nichts hievon erfahren konnte, saß die ganze Nacht durch und buchstabirte mit schwerer Mühe eine Supplik zusammen, und brachte sie mit dem frühsten Morgen seinem vermeinten guten Freunde und Beschützer, der sie augenblicklich zum Grafen trug. Der betrogne Mann wartete voller Ungeduld im Vorzimmer, und bekam endlich zur Antwort, daß er gegen Abend die Willensmeinung seines Herrn erfahren solle. Seinem Glücke so nahe, bildete er sich ein, daß es ihm wohl erlaubt sey, die hochwohlgeborne Braut auf ihrem Zimmer bey Tageslichte zu besuchen: er eilte auf den Fittigen der Liebe zu ihr, eine fröliche Bothschaft zu hinterbringen, die sie nach seiner Meinung aus seinem Munde zuerst erfuhr, und – Götter! wie stuzte der Mann, als er seine breitschulterichte Chloe – wie er sie sonst nennen mußte, – in Thränen zerfließend, bleich, und voller Betrübniß erblickte. – »Gehn Sie!« rief sie ihm entgegen, »Sie sind die Ursache meines Unglücks: ich möchte, daß ich mich niemals vom bösen Feinde hätte verführen lassen, Sie zu lieben. O Tartarus! schlinge mich in deinen flammenden Wanst hinab!«[2] – Mit dieser pathetischen Ausrufung gieng sie ins Kabinet und schloß hinter sich zu. Der erstaunte Liebhaber sah sich im Zimmer um, klatschte mit dem spanischen Rohre dreymal an die gewichsten Stiefeln und gieng seinen Weg.

Unmittelbar nach aufgehobner Tafel wurde Fräulein Hedwig angedeutet, daß man im Städtchen eine Wohnung ausgemacht habe, wo sie künftig residiren und wohin sie sich nebst ihren sämmtlichen Effekten in der Dunkelheit des Abends begeben solle: um ihr Exilium nicht ganz trostlos zu lassen, versprach ihr der Graf eine jährliche kleine Pension, doch mit dem Vorbehalt, daß sie nie seinen ungnädigen Augen mit ihrem Antlize in den Weg kommen sollte. Durch den nämlichen Boten erhielt auch der Stallmeister seinen Abschied nebst dem Befehle, sich nie wieder in den Gränzen der gräflichen Herrschaft sehen zu lassen, wenn er nicht mit kräftigen Prügeln bewirthet seyn wollte. Niemand wußte, was einen so schnellen Sturm bewirkt hatte: der Stallmeister selbst wußte nicht, was und wie ihm geschah: er suchte seinen Beschützer, um nach der Beschaffenheit der Sache zu fragen: daß sich der heimtückische Bösewicht nur mit Einem Auge hätte blicken lassen! Er wollte sein geliebtes Fräulein sprechen, um ihr den gestrigen Groll zu benehmen; er durfte nicht: ohne Abschied und ohne sein Verbrechen gewiß zu erfahren, mußte er in einer Stunde das Schloß, und denselben Abend noch die Stadt räumen.

Die Baronesse hatte nie sonderliche Ursache gehabt, ihre Guvernante zu lieben: doch izt, da es zum äußersten kam, bat sie bey dem Grafen und der Gräfin für sie; aber sie bestürmte Felsenherzen: es blieb bey der gegebnen gnädigen Verordnung, und Fräulein Hedwig gieng des Abends zwischen neun und zehn Uhr, ohne vor Scham von Jemanden Abschied nehmen zu können, noch jemandem, der ihr begegnete, ansehen zu können, aus dem schönen Schlosse, schloß sich in ihr kleines angewiesenes Stübchen und kam in einem ganzen Monat nicht öffentlich zum Vorschein, und verfluchte den bösen Feind, der sie zu der Sünde verleitet hatte, einen Menschen unter ihrem Stande zu lieben, samt seinem bösen Werkzeuge, den dicken Stallmeister mit der funkelnden gelbledernen *chaussure*.

Der Maulesel triumphirte über den abermaligen Lorber, den ihm seine boshafte List über ein Paar Menschen erworben hatte, über den abermaligen Beweis seiner Macht über den Grafen, und dachte auf nichts geringers als das Haus in kurzem ganz rein von allen Personen zu machen, die ihm nicht ganz anstunden oder nicht zu seiner Fahne schwören wollten: der Graf selbst war bey allem Zorne und Unwillen, im Grunde über diese hofmäßige *Revolution* sehr erfreut, und die Gräfin wartete eine günstige Gelegenheit ab, das Schiksal der armen Hedwig zu mildern.

FÜNFTES KAPITEL

So sehr die Baronesse über diese plözliche Trennung bewegt war, so merkte sie doch bald den Vortheil, den sie ihr verschafte: sie war nunmehr ohne Aufsicht und konnte ihren Heinrich sprechen, wenn es ihr beliebte. Schwinger hatte zu dem vorzüglichen Verstande seines Freundes ein zu unumschränktes Vertrauen und ließ ihm izt wirklich mehr Freiheit, als er sollte. In der ersten Berathschlagung, die sie in diesem Interregnum auf der Baronesse Zimmer hielten, rieth Heinrich aus allen Kräften die Beschleunigung der Flucht: er drang so lebhaft darauf, daß sie bald beide einig waren, Tag, Stunde und andre Umstände festsezten und vorher noch eine Rache an ihrem gemeinschaftlichen Feinde beschlossen.

Jakob besuchte vermöge seiner Genäschigkeit sehr fleißig einen Baum voll großer lockender spanischer Kirschen, die man für die Ehre, von dem Grafen gegessen zu werden, aufhob. Jedermann floh die Gegend dieses Baums, wie einen den Göttern geheiligten Ort, um nicht den Verdacht eines vorgehabten Diebstahls wider sich zu erregen: nur Jakob wagte es, einen solchen Raub oft zu begehn, und nahm seine Maasregeln so gut, daß er nie ertappt wurde. Heinrich, der es wußte, rieth dem Gärtner etliche Schlingen dabey zu legen: anfangs wollte er aus Furcht vor dem Vater nicht daran, doch endlich ließ er sich bereden. Bey dem nächsten Diebstahle, der allemal in der Dämmerung geschah, fand sich der Dieb plözlich gefesselt; Furcht und Mangel an Kräften hinderten ihn, sich von den unschädlichen Stricken loszumachen: Zudem war die Falle sehr künstlich und mit einem Gewichte versehn, das den Knoten fest zuzog. Der Gärtner lauerte hinter einer Hecke und eilte sogleich, es anzuzeigen: allein statt der Belohnung erhielt er einen Verweis und zur Bestrafung sollte er einen Monat lang nicht die Gnade haben, den Grafen Sonntags früh ein Bucket zu überreichen. Der Dieb kam los und wurde derb von seinem Vater ausgescholten, daß er sich hatte *ertappen* lassen; und weil dem Gärtner in dem ersten Unwillen über seine mislungenen Maasregeln ein Wörtchen entwischte, daß Heinrich sein Rathgeber dabey gewesen sey und Jakob dem Rathgeber Vorhaltung darüber that, auch ein paar Drohungen mit Rache hinzusezte, so war dies ein neuer Sporn, die Flucht um keine Stunde weiter hinauszuschieben.

Heinrich gieng seit dieser zweiten Festsetzung eines so nahen Termins beständig ängstlich um Schwingern herum: wenn er ihn anblickte, senkte er die Augen oder kehrte sich weg, um Thränen zu verbergen: jede Gypsbüste schien einen wehmüthigen Blick auf ihn zu werfen, jedes sonst geliebte Buch erinnerte ihn an eine schmerzliche Trennung. Seine Unruhe trieb ihn von einem Orte des Zimmers zum andern: nirgends fand er länger als eine Minute Rast. Wohl zehnmal gieng er des Vormittags an den Ort, der zur nachmittägigen Zusammenkunft bestimmt war, besah ihn starr von allen Seiten:

es war ihm, als wenn ein Zentnergewicht auf die beklemmte Brust fiel, er seufzte, zitterte, weinte und gieng. Keinen Bissen konnte er des Mittags mit dem Munde berühren, ohne daß der Gedanke in ihm aufstand – »der lezte, den du hier genießest!« – Izt fühlte er zum erstenmale, welch' eine schwere Kunst es ist, leben zu wissen, und durch wie viele Schmerzen man diese Weisheit erkaufen muß. Je näher die Stunde rückte, je beklemmter wurde seine Brust: Thränen waren izt nicht mehr in seiner Gewalt, sie rannen, wie Bäche, herunter, daß es Schwinger bemerkte, und eine Menge Muthmaßungen machte, ohne die Wahrheit zu treffen.

Die Baronesse war ungleich besser daran: wen sie liebte, folgte ihr, und die sie verließ, liebte sie nicht. Voller Munterkeit, Freude und muthiger Hofnung sprang sie nach der Rückkunft von Tafel im Zimmer herum, warf sich in ein Neglische und sezte ihr Reisebündel in Bereitschaft; was sie zuweilen beunruhigte, war Furcht vor der Entdeckung. Nur die Trennung von den Oertern, wo sie ihre fantastischen Arkadienfreuden genossen hatte, erfüllten sie mit vorübergehender Wehmuth; und sonst wünschte, hofte, begehrte sie nichts, als daß die Stunde schlagen möge, wo sie einander im Garten treffen wollten.

Wie Geschöpfe, die von der ganzen weiten Welt nichts als die Spanne kennen, wo sie spatzieren gegangen und gefahren sind, hatten sie ihren Plan angelegt: unbekümmert, wer sie speisen und beherbergen werde, wenn ihr kleiner Geldvorrath aufgezehrt ist, wollten sie ihn ausführen. Sie glaubten, daß man auf unserm Planeten nur *wollen* dürfe, um zu *finden*.

Graf und Gräfin fuhren Nachmittags spatzieren: die Baronesse entschuldigte sich mit Kopfschmerzen und blieb zu Hause. Diese daher entstandne Leerheit des Schlosses wollte sie nicht ungenüzt lassen – denn ein Theil der Domestiken begleitete die gnädige Herrschaft, und der Andre war seinem eignen Vergnügen nachgegangen – sie sagte ihrem Zimmer ein stilles Lebewohl und wanderte in den Garten hinunter, lange vorher, ehe die anberaumte Stunde schlug, holte ihr Paketchen Wäsche aus dem alten Pavillon herbey und legte es in das Kabinet, das zur Zusammenkunft bestimmt war. Darauf that sie einen Spatziergang auf die Wiese hinter dem Garten, wo man Grummet machte. Sie ließ sich mit einer von den Mägden in ein Gespräch ein, wie sie schon sonst zu thun pflegte, wenn sie keine Aufsicht daran hinderte: sie lobte den Stand und die Beschäftigung des Mädchens und wünschte darinne geboren zu seyn: das Mädchen bat sie, sich nicht so zu versündigen, und versicherte, daß sie lieber eine Baronesse, als eine Dienstmagd, seyn möchte.

»Komm! wir wollen tauschen!« sagte die Baronesse lebhaft. »Gieb mir deine Kleider, ich will dein Leben auf ein Paar Stunden versuchen.« – Das Mädchen weigerte sich lange: endlich ließ sie sich zu der Maskerade bereden und wischte mit ihr seitwärts in ein Birkenbüschchen, wo sie ihre Kleider wechselten. Das Mädchen sprang vor Freuden in die Höhe, als ihr die weiße Kontusche und Rock auf dem Leibe hieng und der Sommerhut auf ihren zerstörten bäurisch geflochtnen Haaren schwebte: wirklich nahm sich auch der schneeweiße Anzug zu den verbrannten Armen, bloßen Füßen und Mulattengesichte ungemein drolllicht aus: sie spatzierte auf und ab und schwenkte den weißen Rock, wie einen Uhrperpendikel: nichts bedauerte sie mehr, als daß der benachbarte Wassergraben zu schmutzig und das Stückchen Spiegelglas nicht bey der Hand war, wobey sie gewöhnlich ihre bäurischen Reize ordnete. Die Baronesse nahm sich in ihrem neuen Anzuge nicht weniger gut aus: das Mädchen hatte ihr mit Ehren nichts als einen streifichten kurzen Rock abgeben können, weil sie außer einem schwarzen Mieder, dessen sie nicht begehrte, nichts auf dem Leibe hatte. Das Mädchen mußte ihr die schöne Frisur zerstören, die sie herzlich gern auf ihren Kopf ganz unversehrt hinübergetragen hätte, und ihre Haare auf dem Wirbel in ein bäurisches Nest winden. Da das Abtragen des vornehmen Gebäudes, das mit Haarnadeln, wie mit großen Balken, durchzogen war, sehr viel Zeit erforderte, so wurde die Bäuerin bey ihrer Arbeit vermißt: der Vogt störte in den Büschen herum, um zu entdecken, ob sie sich vielleicht schlafen gelegt habe, und die beiden Damen hielten für rathsam, tiefer in den Busch hineinzurücken. Die Umschaffung der Frisur nahm so viele Zeit hinweg, daß auf der Wiese Feierabend gemacht wurde und die Stunde der Zusammenkunft heranrückte. Die Arbeiter giengen unter dem Kommando des Vogts nach Hause, und die beiden Verkleideten durch den Busch auf einer andern Seite nach dem Garten hin. Anfangs war die Maskerade bey der Baronesse nur ein unüberlegter Einfall gewesen, um sich zu belustigen: doch itzt wollte sie Partie davon ziehen. So sehr ihre Begleiterin ihre Bauerkleider wieder foderte, um nicht durch zu langes Außenbleiben sich noch schwerere Strafen zuzuziehn, als ohnehin ihrer wartete, so bestund doch die Baronesse darauf, daß sie ihr den bäurischen Anzug gegen ihr Neglische überlassen, zu ihrer Mutter, die auf dem nächsten Dorfe wohnte, gehn und sie dort erwarten sollte. Das Mädchen wußte sich aus dem Vorschlage nichts zu machen, glaubte zwar aus angewöhntem Gehorsam, daß sie einer Baronesse aufs Wort folgen müsse, sah aber doch auch einige unangenehme Scenen von Seiten derjenigen voraus, die diesen Gehorsam misbilligen könnten. Da nichts half, überwand sie die Baronesse durch eine Lüge. »Närrin!« sprach sie: »ich will meinem Onkel eine heimliche Freude machen. Morgen ist sein Namenstag: ich will mich bey deiner Mutter als eine Bäuerin anziehn: gegen Mittag wird die Tante mit ihm ins Dorf kommen, und ich werde ihm einen Blumenstrauß überreichen. Er wird mich vermuthlich nicht kennen: da wollen wir rechte Freude haben. Die Tante hat mirs selbst befohlen: und ich wollte dirs anfangs nicht sagen, aus Furcht, du möchtest plaudern.« –

Nun war das Mädchen auf allen Seiten sicher gestellt, hüpfte und freute sich über den Spaß und glaubte, daß Gehorsam gegen den Vogt dem Gehorsam gegen die Gräfin und Baronesse nachstehen müsse: sie schlich durch Büsche und Sträucher, um nicht gesehn zu werden, in dem weißen Neglische zu ihrer Mutter und verkündigte ihr mit lauten Freuden den hohen Besuch, der sie heute noch beehren würde. Die gute Mutter hatte so wenig Romane gelesen als ihre Tochter, und argwohnte also nichts schlimmes. Kaum war die überredete Dirne fort, so begab sich die Baronesse ins Kabinet, um Heinrichen zu erwarten.

Der arme Pursche hatte endlich nach manchem Kampfe mit sich selbst, nach langem Hin- und Herwanken, seinem Herze einen Stoß gegeben und sich auf den Weg gemacht: allein da es ihm nicht möglich war, Schwingern zu entfernen, so ließ er sein Reisebündel im Stiche. Sein Freund las in einem Buche, den Rücken nach der Thür gekehrt: gern wäre er ihm um den Hals geflogen, aber er mußte sich mit einem stillen Abschiede begnügen: er warf ihm einen Kuß stillschweigend zu und gieng mit bethränten Augen die Treppe hinunter. Schwinger las mit voller Aufmerksamkeit und wurde sein Weggehen nicht einmal gewahr.

Die erste Empfindung bey seinem Eintritte ins Kabinet war Erschrecken, weil er Jemanden anders zu finden glaubte als er wollte: aber die Stimme der Baronesse benahm ihm bald seine Besorgniß. Sie war voller Freude, so entzückt als wenn der Streich schon gelungen wäre, und tadelte ihn wegen der Aengstlichkeit, womit er einen schlimmen Ausgang befürchtete, wegen der Traurigkeit, in welche ihn die Trennung von Schwingern versezte. Auch der Gedanke, wie nachtheilig eine heimliche Flucht seiner Ehre seyn könne, fuhr ihm oft, wie ein Schwert, durchs Herz: tiefsinnig, von innern Kämpfen herumgetrieben, stund er da, und Ulrike konnte ihn mit allem Zureden, aller ihrer Freudigkeit nicht ermuntern: er wollte sich selbst in einen freudigen Taumel versenken, aber es gieng nicht: in seinem Kopfe standen alle seine Nachbarn und Bekannten in großen Haufen beysammen, redten von seiner Flucht und scholten ihn einen Entläufer.

Was weder Wille noch eine Leidenschaft sonst vermag, kann bekanntermaßen die Liebe. Sie mußten in dem Kabinete bis zur völligen Dunkelheit eingesperrt bleiben: was war in diesem Zeitraum natürlicher, als daß man sich mit einigen Scenen künftiger Glückseligkeit unterhielt? Die Baronesse verfertigte schon ein ganzes vollständiges Gemählde davon und begeisterte Heinrichs Einbildungskraft so stark, daß er auch das Gemählde durch manchen reizenden Zug verschönerte. Eben so natürlich kamen sie allmälich auf Scenen vergangner Glückseligkeit, und ehe man sichs versah, waren Heinrichs Gedanken bey dem schönen marmornen Knie der Baronesse, das ihm Amor einst unter der Linde, als sie den ersten Vorsaz zur Flucht faßten, bey einem Falle zeigte: seine Fantasie mahlte es vollends aus, schöner und herrlicher, wenigstens reizender, als Correggio und van der Werft eins geschaffen haben: seine Begierden wurden durch das Bild befeuert und rissen die Hand hastig zu einer Verwegenheit hin – schnell zog sie die Scham zurück, und aus der Verwegenheit wurde eine zärtliche Umarmung. Das Bild wich nicht von der Stelle aus seinem

Kopfe: er schalt sich selbst wegen seiner Schüchternheit: die Begierde brach zum zweitenmale durch: die Hand rüstete sich zu einer zweiten Verwegenheit; und die Scham lenkte sie mitten auf ihrem Wege zu der Hand der Baronesse: aus der Verwegenheit wurde ein feuriger Händedruck. Wie ein durchbrechender Strom, sprengte plözlich sein Blut alle Ventile durch: alle Nerven bebten von ungewohnten Schwingungen: die Begierde siegte zum drittenmale: er warf sich ungestüm an ihre Seite und – küßte sie. Die Baronesse stritt mit den nämlichen Empfindungen: der süße Schauer, der sie durchlief, als er unter der Linde mit dem Gesichte auf ihrem Busen ruhte, kehrte bey jeder leisen Berührung zurück: sie wünschte ihn wiederholt zu fühlen, und doch ließ sie die Schamhaftigkeit nichts thun als bey jeder Annäherung schüchtern den Busen an ihn drücken: einmal wagte sie ihm mit einer Umarmung zuvorzukommen, und eine glühende Röthe deckte ihr Gesicht, als sie geschehn war. Die kindische Dreistigkeit war dahin.

Die Kleidung der Baronesse war ungemein geschickt, Begierden zu entflammen, und wenn sie einmal brannten, nicht leicht erlöschen zu lassen. Ihr Busen war mehr als halb offen: das Halstuch war nur leicht darüber gelegt und durch kleine Bewegungen merklich verschoben: der kurze bäurische Rock deckte kaum einen handbreiten Raum unter den Knieen: die Arme waren bloß und leuchteten in der Dämmerung des Kabinets mit verdoppelt blendender Weiße, wie Schnee in der Nacht. Dunkelheit und Stille, die beiden Vertrauten der Einbildungskraft, erhöhte bey beiden Verliebten Reizbarkeit und Reiz: der Baronesse deuchte Heinrich ein Genius, ein Apoll, seine feurigen Augen glänzten ihr, wie ein Paar Sterne, und sein Gesicht, wie ein beseelter Marmor: seine niedlichen Hände schienen ihr wohlgebildeter, ihr Druck sanfter und seine Stimme lieblicher: es war für sie der leibhafte Amor.

Als wenn unsichtbare Mächte sie zu einander hinrissen, strebte, kämpfte, arbeitete ein Jedes, dem geheimen Zuge zu widerstehn und zu folgen: jedes Abendlüftchen, das durch die alten zerbrochnen Fensterscheiben hereinschlich, schien ihnen mit der Stimme eines Liebesgottes zuzuflistern – »seyd kühn und unverschämt!« – und mit jedem Herzschlage ertönte in ihnen ein strenger Befehl – »wagt nichts!« – Aber der Rath der Liebe überstimmte jeden Gedanken: sie schlang in Einem Augenblicke beider Arme um beider Schultern, warf Heinrichs Gesicht auf den klopfenden Busen, in welchen er einst den Schmerz seiner gekränkten Ehre weinte, führte seine verwegne linke zu dem Saume des Rockes und – plözlich öfnete sich die Thür, die beiden Verliebten erwachten durch das Geräusch aus der Trunkenheit, und vor ihren Augen stand – der Graf, Jakob und sein Vater. Ihr gemeinschaftlicher Feind war Heinrichen nachgeschlichen, als er zur Zusammenkunft gieng, hatte, so bald sie beide im Kabinete waren, die Thür außen leise verriegelt, seinem Vater die Einsperrung angezeigt, der nicht zauderte, die empfangne Nachricht dem Grafen mitzutheilen; und der Graf mußte, weil ers verlangte, sich von ihm und dem Angeber an den Ort führen lassen: sie besezten die Thür, und Jakob und sein Vater waren sogar mit langen Kutscherpeitschen bewafnet.

Der Graf konnte vor Zorn nicht schelten, sondern brauste und schnaubte blos den Befehl heraus, sie zu fangen und ins Haus zu führen. Jakob rückte vorwizig an, glaubte die Peitsche nicht vergebens führen zu müssen und holte mit der süßesten Schadenfreude der Rachsucht einen Streich aus, der Heinrichs Kopf treffen sollte: doch sein Gegner war schnell, faßte die lange Peitsche, die in dem engen Raume schlecht regiert werden konnte, mit der Hand auf, als sie eben auf ihn herabfallen wollte, bemächtigte sich ihrer und stieß den entwafneten Feind, der nunmehr einen Angriff mit der Faust wagte, zurück, daß er seinem hereintretenden Vater in die Arme stürzte und die ganze Armee um ein paar Schritte rücklings in die Flucht trieb. Jakobs Vater ergrimmte, fuhr mit blinder Wuth auf den Feind los: allein das sogenannte Kabinet, wo die Belagerung geschah, war vor alten Zeiten ein Schießhaus gewesen und hatte folglich in dem Geschmacke dieser alten Zeiten sehr niedrige Thüren: der erboste Maulesel verlor in der Hitze das Augenmaaß und rennte mit der ganzen Stärke des Angriffs seinen Kopf wider den obersten Querbalken der Thüröfnung, daß er vor Schmerz ächzte: er fuhr zurück, ließ die Peitsche sinken, lehnte sich an die Wand und hielt mit beiden Händen seinen sinnlosen Kopf, den er für zerbrochen achtete. Um die Wunden seines Vaters zu rächen, rafte sich der Sohn auf und griff so schnell zu, daß er mit einer Hand Heinrichen an der Brust fest hielt und mit der andern nach der Kehle griff – ob er sie ihm zudrücken, oder was er sonst thun wollte, weis der Himmel. Die Baronesse sah ihren Heinrich kaum in so großer Gefahr, als sie den Feind bey den Beinen faßte und sie ihm so hastig wegrückte, daß er seinen Schwerpunkt verlor und rückwärts auf die Backsteine daniederschlug: alle vier Winkel des Kabinets warfen, wie sein Hirnschädel den Fußboden traf, den leeren Schall einer hölzernen Büchse zurück: zwar wollte er im Hinstürzen auch den Feind mit sich herabziehn und er hatte ihn bereits zum Sinken gebracht, allein die Baronesse stach mit einer Stecknadel, wie mit einem Speere, so heldenmäßig auf die umklammernden Hände, daß sie blutend ihre Beute fahren ließen.

Izt lag ein Feind wimmernd auf der Erde, der andre trug ächzend den geschmetterten Kopf in den Händen: der Graf allein war noch frisch und gesund, aber zu steif, um ohne Beistand die Belagerung mit Nachdruck fortzusetzen: die Belagerten nahmen des Vortheils wahr und drangen Hand in Hand zur Thür heraus. Der Graf hielt es für eine Flucht und warf ihnen in der lezten Verzweiflung des Zorns mit ohnmächtiger Gravität sein Rohr nach: das lichtbraune Rohr, für zwanzig Dukaten in Holland gekauft, stolperte, wie ein Pfeil, von einer schlaffen Sehne abgeschossen, zwey Schritte von dem Wurfe auf das Steinpflaster hin, und die porzelläne Sirene, mit zwey vollwichtigen Carldoren auf der Stelle bezahlt, brach den Hals, ihr schöngekrümmter Schwanz prellte in zehn Stücken empor, und der weitbauchichte Leib riß sich von dem vierfarbichten goldnen Ringe los, daß die Eingeweide von Werg aus dem gespaltnen Bauche hervorquollen. Der Graf hörte den tönenden Fall der geliebten Sirene und beklagte ihn mit einem lautschallenden – Ach!

Doch izt war es nicht Zeit zu Klageliedern: kaum war das Ach über die Lippen, so sezte er schon den Fliehenden in einem halben Galope mit krummen Knien und ausgespreiteten Beinen nach, erwischte die Baronesse bey dem streifichten groben Rocke und bildete sich ein, sie von einer schändlichen Entfliehung auf immer zurückgeholt zu haben, ob sie gleich schon völlig still stunden und nichts weniger als fliehen wollten – die Heldentat hatte ihm so viel Anstrengung gekostet, daß er dreimal keuchte, ehe er seine Truppen zum Beistande rief.

»Wir werden uns beide nicht weigern zu gehn, wohin wir sollen,« fieng Heinrich an, »wenn nur diese beiden Spitzbuben uns nicht berühren dürfen; kömmt uns einer zu nahe, so muß er sterben oder ich.« Diese sechzehnjährige Tapferkeit begeisterte die Baronesse doppelt. »So muß er sterben oder wir!« wiederholte sie mit der Heldenstimme einer Amazonin. Jakob und sein Vater hatten genug mit ihren Köpfen zu thun, um sich der Drohung zu widersetzen: sie lasen auf Befehl des Grafen das beschundne Rohr und die Trümmern des Knopfs auf, und die beiden feindlichen Heere langten also mit zwey Verwundeten und einer todten Sirene im Schlosse an. Die Baronesse wurde von ihm selbst in ihr Zimmer gesperrt und ein Heiducke zur Wache davor gestellt, Heinrich auf der Stelle dem andern Heiducken übergeben, um ihm vor dem Zimmer der Baronesse dreißig lautschallende Stockschläge zu ertheilen und nach richtigem Empfange aus Schloß und Herrschaft auf ewig nebst aller seiner männlichen und weiblichen Nachkommenschaft bis ins dritte und vierte Glied zu verweisen. Der Heiducke fand seine Ehre durch den Auftrag beleidigt und schlug ihn muthig aus, aus der Ursache, weil er kein Henkersknecht oder Büttel seyn wolle.

Während daß der Graf so sein Richteramt pflegte und keinen Exekutor seiner Sentenz finden konnte – denn alle Bedienten liefen davon, um nicht dazu aufgerufen zu werden – kam Schwinger herbey: er hatte Heinrichen, weil er ihn zu lange vermißte, aufsuchen wollen. Der Graf stürmte ihm mit Verweisen seiner schlechten Aufsicht entgegen und muthete ihm die Ausübung seines Urtheils zu: der gute Mann entschuldigte sich, that Vorstellungen wider die Strenge desselben und bat um Untersuchung, wie sehr der junge Mensch strafbar sey: der aufgebrachte Graf war gegen alle Vorstellungen taub. Er schickte den triumphirenden Jakob, der vor Verlangen brannte, die Exekution selbst zu vollstrecken, wenn nicht der Graf zu viel Mistrauen gegen die Stärke seiner Arme gehabt hätte, noch einmal aus, herbeyzurufen, wen er nur fände: aber er kam mit der Nachricht zurück, daß Niemand zu finden sey: aus Liebe für Heinrichen und aus Groll gegen seine Widersacher hielt sich Jedermann versteckt und lief willig Gefahr, sich einen derben ungnädigen Verweis zuzuziehn. Heinrich sah das ganze Vorspiel zu seiner Züchtigung unerschrocken an; und die eingesperrte Baronesse hätte vor Ungeduld und Besorgniß die Thür mit den Zähnen durchnagen mögen.

Da also von allen Seiten Unmöglichkeit war, das gesprochne Urtheil zu vollstrecken, so ließ mans bey der Verweisung bewenden. – Schaffen Sie den Schurken den Augenblick aus dem Schlosse! sagte der Graf zu Schwingern; morgen in aller Frühe soll er die Stadt meiden, und sich nimmermehr wieder in meinen Landen betreten lassen. – In meiner *Herrschaft*, wollte der Herr Graf sagen, allein es entwischte ihm zuweilen der Ausdruck eines Suveräns. Der »Schurke« fuhr durch Heinrichs ganze Seele mit einer verwundenden Schärfe: er rüstete sich schon zu einer Antwort, doch Schwinger riß ihn mit sich hinweg, um ihn zu seinen Eltern zu führen. Die Baronesse lief, wie unsinnig in dem verschloßnen Zimmer herum, als sie hörte, daß er fortgieng, riß das Fenster auf, ihm nachzusehn, der Himmel weis, ob nicht auch, ihm nachzuspringen – foderte mit zornigem Ungestüm von den apfelgrünen Wänden des Zimmers ihren Heinrich zurück; denn sonst konnte sie Niemand hören.

Der Graf erhub sich von seinem Richterplatze gerades Wegs zur Gräfin: die gute Dame saß am ofnen Fenster und stund auf, als er zu ihr hereintrat, weil sie glaubte, daß es der Bediente sey, der ihr die Abendmahlzeit ankündige. Wie erschrack sie, als ihr die Stimme ihres Gemahls entgegenbrauste: – »Da haben sie die Frucht Ihrer Liebe, Ihrer übel angewandten Gnade! An Ihnen sollt' ich meinen Zorn zuerst auslassen: Sie sind die einzige Ursache unsers Unglücks.«

Die Gräfin erschrak, weil sie nichts von dem Vorfalle wußte, faßte sich gleich wieder und küßte seine Hand. – »Mildern Sie meine Strafe, gnädiger Herr!« sprach sie mit bittendem Tone. »Ich weis zwar nicht, wodurch ich Ihre Ungnade verdient habe« –

»Wodurch?« unterbrach sie der Graf hastig. – »Daß Sie wider meinen Willen einen Jungen aufs Schloß nahmen, der unser Haus entehrt hat! Daß Sie bey jeder Gelegenheit seine Beschützerin wurden, wenn ich darauf drang, ihn fortzujagen!«

DIE GRÄFIN

Ich hätte freilich voraussehen können, daß es üble Folgen haben müßte, wenn ich etwas uebte und vertheidigte, das Ihnen misfällt. Aber sie verzeihen ja meiner Schwäche täglich –

DER GRAF

Und Sie sollten einmal aufhören, Verzeihung nöthig zu haben!

DIE GRÄFIN

Freilich könnt' ich durch Ihre Lehren und Ermahnungen weise geworden seyn: allein ich bin einmal so unglücklich, daß ich Ihre Gnade nicht verdienen soll.

DER GRAF

Und doch wärs Ihnen so leicht! Wenn sie nur hörten! nur folgten: und zwar zu rechter Zeit!

DIE GRÄFIN

O ich elende Frau! Ich weine manche Thräne über meinen Ungehorsam.

DER GRAF

Aber ich will in Zukunft alle Achtung gegen Sie vergessen: ich will meinen Willen durchsetzen, wenns Ihnen auch noch so wehe thut.

DIE GRÄFIN

Ich bitte Sie darum, gnädiger Herr. Beugen Sie das verzärtelte Kind mit Strenge! Ihre Nachsicht verdirbt mich. Behandeln Sie mich als eine Blödsinnige, die sich nicht selbst regieren kann, sondern regiert werden muß. Lassen Sie mich nie einen Willen haben!

DER GRAF

Das soll geschehn! Ich will mich zwingen, grausam gegen Sie zu seyn. Wenn Sie nur erkennen wollten, wie viel Güte eine solche Grausamkeit ist!

DIE GRÄFIN

Mit Freuden, gnädiger Herr! Ich werde meine angelegenste Bemühung darauf machen, dies einsehen zu lernen. – Darf ich indessen auch izt eine Verzeihung hoffen, die Sie mir so oft haben angedeihen lassen? Haben Sie Mitleid mit meiner Reue, gnädiger Herr! –

Der Graf reichte ihr stolz die Hand zum Kusse dar und sezte mit halb entwafnetem Zorne hinzu: »Wenn sie nur durch Ihre Reue das Uebel ungeschehen machen könnten!«

DIE GRÄFIN

Für das Geschehne kann ich freilich nicht: aber für die Zukunft! Ich will Heinrichen in dieser Minute selbst ankündigen, daß er noch heute zu seinen Eltern zurückkehren soll. –

Der Graf hielt sie zurück. – »Das ist längst geschehen,« sagte er. »Er ist fort: aber das Unglück, das er gestiftet hat, bleibt zurück.«

Die Gräfin stuzte: es that ihr leid, daß man Heinrichen, wie sie besorgen mußte, vielleicht zu hart verabschiedet hatte, um so viel mehr da sie sich blos darum selbst zu seiner Verabschiedung erbot, um sie nicht zu empfindlich zu machen: demungeachtet verbarg sie ihren Misfallen und dankte dem Grafen sehr freudig, daß er ihr ein unangenehmes Geschäfte erspart habe.

»Warum unangenehm?« fuhr der Graf auf. »Können Sie dem Buben noch immer Ihre Gnade nicht entziehn? Er ist sie nicht werth, sag' ich Ihnen.«

DIE GRÄFIN

Er kann die meinige nicht einen Augenblick länger behalten, da er die Ihrige nicht hat. Ich hasse ihn.

DER GRAF

So werden Sie ihn verfluchen, wenn sie das Bubenstück wissen –

DIE GRÄFIN

Verschonen Sie mich damit, gnädiger Herr! Es schmerzt mich ohnehin genug, daß ich meine Gewogenheit so lange an einen Unwürdigen verschwendet habe.

»Sie müssen es wissen,« fiel der Graf ein, und erzählte ihr die gemachte Entdeckung nach der Länge, und begieng dabey den gewöhnlichen Kunstgriff oder Fehler – was es unter diesen beiden bey ihm war, will ich nicht bestimmen – daß er die gemuthmaßten Bewegungsgründe der entdeckten Zusammenkunft für ertappte Wahrheit ausgab: er wußte gewiß, daß sie hatten entfliehen wollen, ob ers gleich im Grunde nur als eine Möglichkeit vermuthen konnte: er wußte gewiß, was im Kabinet zwischen den beiden Verliebten vorgegangen war, und fürchtete Folgen! schreckliche Folgen für die Ehre seines Hauses! Die Gräfin fürchtete sie aus Gefälligkeit mit ihm, wiewohl sie im Herzen ganz das Gegentheil glaubte: sie opferte dieser traurigen Gefälligkeit die arme Baronesse auf, und dachte ihren Gemahl am sichersten wieder auszusöhnen, wenn sie nichts zu ihrer Vertheidigung oder Entschuldigung sagte, sondern sich ohne Verhör und Untersuchung – wie der Graf zu verfahren pflegte – zu ihrer Strafe mit ihm vereinigte.

Die erste Strafe, die der Stolz dem Grafen eingab, war die Verbannung aus seiner Gegenwart und von seinem Schlosse – in seinen Augen das empfindlichste, was Jemanden begegnen konnte! Ulrike sollte in diesem Leben sein gnädiges Angesicht nicht wieder schauen: aber wohin mit ihr? – Wäre es ihm nachgegangen, so hätte sie zu ihrer Mutter wandern müssen: doch die Gräfin, die aus Liebe zur Baronesse dies nicht wünschte, stellte ihm vor, daß es für die Baronesse eine unendlich größre Bestrafung seyn müßte, wenn man sie an einen ganz fremden Ort thäte und sie also noch weiter aus der Gegenwart des Grafen verbannte. Die Vorstellung schmeichelte ihn, und man beschloß, sie entweder zu einer alten Anverwandtin nach Berlin oder zu einer andern nach Dresden zu schicken und Pension für sie zu bezahlen – »um doch die gute Erziehung, die ihr der Graf Ohlau bisher gegeben und deren sie sich so wenig würdig gemacht habe, einigermaßen fortsetzen zu lassen« – gab die Gräfin zur Ursache an. Auch das schmeichelte ihn, und also wurde auch das bewilligt: es sollte an die beiden alten Damen geschrieben werden, und welche sie für die geringste Pension zu sich nehmen wollte, die sollte die Ehre haben, dies Meisterstück seiner Erziehung vollends auszubilden. Die Baronesse mußte einige Tage Arrest auf ihrem Zimmer halten, wurde von der Gräfin heimlich über ihre Zusammenkunft verhört, und in Ansehung ihrer Liebe unschuldig befunden, das heißt, sie war bey aller Unschuld schlau genug, die Zusammenkunft für eine Wirkung des Zufalls und die Umtauschung der Kleider mit der Magd für einen Spaß auszugeben, wodurch sie Heinrichen hätte in Verlegenheit setzen wollen. Die Noth machte sie so erfindrisch, daß sie ihrer Lüge den völligen Anstrich von Wahrheit gab. Die Gräfin hielt es für ausgemacht, daß ihr Gemahl seinen Argwohn einmal übertrieben und Dinge gesehn habe, die er nur muthmaßte, und war beinahe willens, ihn durch ein Paar Schmeicheleyen zur Wiederrufung seines strengen Edikts zu bewegen: doch da ihr der Aufenthalt in einer großen Stadt vortheilhaft für die Baronesse schien, so schmeichelte sie ihm nicht und ließ ihn aus Ungnade eine Wohlthat erzeigen.

SECHSTES KAPITEL

Wie der Graf seinen Argwohn übertrieb, so übertrieb Schwinger die Gutmüthigkeit: er muthmaßte nicht einmal etwas Strafbares in der entdeckten Zusammenkunft, und in der festen Ueberredung, daß seinem Freunde Unrecht geschehe, tröstete er ihn unterwegs und ermahnte ihn zur gelaßnen Ertragung eines Unglücks, das ihm Jakobs Bosheit und seine eignen Verdienste vermuthlich zugezogen hätten. – »Durch Standhaftigkeit allein kannst du deine schadenfrohen Feinde demüthigen: laß dir nicht Eine Klage über dein Schicksal entwischen! Leide und freue dich ihnen zum Trotze über deine Leiden! Ein Kopf und so viele Thätigkeit, wie du besitzest, überwinden Feinde und Schicksal« – so sagte der gute Mann und gieng mit ihm zu seines Vaters Hause hinein.

Er vermuthete von Seiten der Eltern einige sehr betrübte Auftritte, wenn er ihnen Heinrichs Verweisung ankündigen würde, und machte sich deshalb auf eine Trostpredigt gefaßt: wie erstaunte er, daß er mitten in seinen Tröstungen verstummte, als sich das Gesicht des alten Herrmanns immer mehr aufheiterte, je mehr er von dem gesprochnen Urtheil über seinen Sohn erfuhr. Er ließ vor Freude Schwingern nicht ausreden, sondern fiel seinem Sohn um den Hals und rief in unaufhörlichem Vergnügen: – So ist mirs recht! so ist mirs gelegen! Nun kann etwas aus dir werden, Junge! Ich hab' es dem Grafen mit dem Teufel Dank gewußt, daß er dich zu einem Stockfische machen wollte, wie er samt allen den Schlaraffengesichtern ist, die ihm den ganzen Tag die Pfoten küssen und den Rockzipfel lecken. Nun kann etwas aus dir werden. Fort mit dir, in die weite Welt! Wer da nicht klug wird, ist eine Gans von Hause aus: so ist dein Vater zum gescheiden Kerle geworden.« –

Schwingern drückte er so dankbar die Hand, als wenn er die glücklichste Bothschaft überbracht hätte, ließ ihm nicht Ruhe, bis er sich niedersezte und eine Pfeife mit ihm zu rauchen versprach. Nillchen, rief er, Nillchen!

Nillchen antwortete nicht. Fama, die in solchen kleinen Städten nur in die Posaune zu hauchen braucht, um etwas, das in den verborgensten Kammern eines Hauses vorgefallen ist, zu Jedermanns Wissenschaft zu bringen, hatte das Urtheil des Grafen, so warm als es aus seinem Munde hervordrang, in jedes paar Ohren, das nicht taub war, von einem Ende des Städtchens bis zum andern ausgerufen, und das arme Nillchen, dem dieser Ruf auch in die Ohren geschallt hatte, sank in einem der Ohnmacht ähnlichen Schrecken dahin, als sie in der Küche – ihrem gewöhnlichen Zufluchtsorte bey bedrängten Umständen – Schwingers Bothschaft hörte. Kein schrecklicher Unglück konnte ihr in der Welt begegnen als eine solche Beschimpfung, und ihre Augen strömten, wie aufgezogene Schleußen, von ihrem weiblichen Thräuenvorrathe große Bäche dahin.

Nillchen! Nillchen! rief der Mann noch einmal voller Ungeduld, lief in die Küche und zog sie bey dem Arme in die Stube. Schwinger, als er ihre Betrübniß wahrnam, sezte sich in Positur, seine Trostpredigt bey ihr anzubringen: allein der Mann hieß ihn schweigen. »Was da?« sprach er. »Was trösten, betrüben und Possen! – Nillchen, ich habe heute große Freude an meinem Sohne erlebt: ich will mir mit dem Herrn da eine Güte dafür thun. Hier hast du einen ganzen Gulden: – geh zum Apotheker und laß dir von seinem besten Weine und von seinem besten Knaster so viel geben, als er dir dafür geben kann: und zwey Pfeifen, solang wie ich! Der Tag ist so gut wie dein Geburtstag, Heinrich. – Und Nillchen! fuhr er fort, als er sie schluchzen hörte – wenn du noch einmal so ein Gesichte machst und so grunzest und nicht gleich freundlich aussiehst, wie ein Maykäzchen, mit dem Ohrzipfel nagle ich dich hier an den Tisch an. Geh, und komme gleich wieder!« –

Schwinger wollte die Gasterey höflich verbitten: allein Herrmann versicherte ihm daß er ihn einmal mitten in einer Predigt öffentlich in der Kirche einen Schurken nennen wollte, wenn er sein Traktament nicht annähme: und er mußte sich darein fügen.

Wein, Tabak und Pfeifen langten an, und das Gastgebot wurde eröfnet. Nillchen sezte sich in den Winkel, um ungestört ihrem Kummer nachzuhängen: ihr Mann foderte sie zum Trinken auf, sie schlug es seufzend aus. – »Nillchen!« fuhr er auf, »dich soll der Teufel holen, wenn du nicht in der Minute lustig wirst: dem Grafen zum Trotze solls heute hoch bey uns zugehn. Herr Schwinger! Sie klimpern ja auf dem Klavier: spielen Sie auf! Nillchen soll mit nur tanzen.«

Schwinger wurde mit Gewalt zum Klavier geführt und ihm befohlen, einen lustigen, extra lustigen Tanz zu spielen. Nillchen wollte entwischen: allein er faßte sie bey dem Arme, daß sie vor Schmerz schrie, und schleppte sie, die lange Pfeife im Munde, tanzend die Stube auf und nieder. Sie wollte nicht trinken, und er flöste ihr das Glas ein: der goldne Trank that seine Wirkung: sie fühlte ihr Herz um ein Glas Wein leichter und gieng diesem Tröstungsmittel, nachdem sie es einmal gekostet hatte, so lange nach, bis ihr der Kopf so schwer wurde, als ihr vorher das Herz gewesen war. Der alte Herrmann hatte die ausgeleerte Flasche durch eine andre ersezt, und die ganze Gesellschaft war aufgeräumt, wie an einem Hochzeittage. Schwinger wartete die Lustbarkeit nicht bis zum höchsten Grade des Vergnügens ab, sondern stahl sich hinweg, um einen Versuch zu machen, ob sich nicht bey der Gräfin für Heinrichen ein Reisegeld oder vielleicht gar eine kleine Pension auswirken ließ, wenigstens so lange, bis er sein Unterkommen gefunden hätte.

Auch war er in seinem Gesuche glücklich: er paßte gerade die Zeit ab, als die Gräfin von Tafel in ihr Zimmer gieng, stellte sich ihr in den Weg und bat nur um einige Minuten Audienz. Die Gräfin, die bey dieser Unterredung eine Fürbitte für den exilirten Heinrich vermuthete, und besorgte, daß auch Andre sie vermuthen möchten, sah sich auf allen Seiten um, ob nicht etwa eine Kreatur von dem Maulesel in der Nähe sey, und da sich kein solches gefährliches Thier blicken ließ, erlaubte sie ihm – aber noch immer nur verstohlner Weise – sie in ihr Zimmer zu begleiten. Das Gespräch eröfnete sich zwar auch mit einigen, doch sehr gemäßigten Vorwürfen über Schwingers schlechte Aufsicht, doch gestund sie ihm selbst zu, daß ihr Gemahl sich in seinem Argwohne übereilt, oder vielmehr von Heinrichs Feinden habe zur Uebereilung verführen lassen. Der nämliche Mund, der dem Verwiesnen vorher in des Grafen Gegenwart alles Verdienst abgesprochen und zum unwürdigen Buben erniedrigte, stimmte izt mit Schwingern in sein Lob ein: sie bedauerte ihn, hofte, daß die Entfernung von seinen Feinden zu seinem Glücke gereichen werde, und als Schwinger auf den eigentlichen Punkt kam und sie um eine Beysteuer für ihn bat, so wurde sie durch seine Vorstellungen und seine Freundschaft für den jungen Menschen so gerührt, daß sie lebhaft *wünschte*, etwas zu seinem Fortkommen beytragen zu können. Schwinger fachte die glimmende Empfindlichkeit vollends an, dankte in seines Freundes Namen für ihre bisherigen Wohlthaten mit vieler Beredsamkeit, und sezte hinzu, daß er ihm ein kleines Monatgeld aus seinem eignen Beutel bestimmt habe. Nun fieng sie Feuer: sie hielt es für *entehrend*, daß der Informator eine Wohlthätigkeit fortsetzen sollte, die sie angefangen hatte. – »Sie sollen ihm nichts geben,« sagte sie: »ich verbiete es Ihnen. Er soll das Monatgeld von mir empfangen: hab' ich so weit für ihn gesorgt, will ichs auch weiter thun. Aber es bleibt unter uns beiden: wenn ein Wort davon zu meines Gemahls Ohren kömmt, so hört die Wohlthat auf.« –

Sie gab ihm darauf vier Louisdor Reisegeld für Heinrichen und die Versicherung ihrer Gnade, wenn sie der junge Mensch durch seine Aufführung verdienen werde: Schwinger bat um einen Tag Urlaub, um seinen Freund zu begleiten, erhielt ihn, doch unter der Bedingung, Niemanden es merken zu lassen, schafte, sobald alle Anhänger der Gegenparthey zu Bette waren, Heinrichs Sachen zu seinen Eltern, brachte die Nacht bey ihm zu, um ihn in aller Frühe in seiner Verweisung bis zum lezten Dorfe der Herrschaft zu begleiten.

Bey Heinrichen wurden durch diese Güte alle Schmerzen der Trennung von neuem aufgewiegelt: so sehr ihn auch sein Vater durch Beispiel und Ermahnungen zur Lustigkeit ermunterte, so blieb er doch sprachlos, niedergeschlagen, und oft, wenn ers am wenigsten vermuthete, überwältigten ihn die Betrübniß bis zu Thränen. Schwinger that ihm den Vorschlag, sich nach Dresden zu wenden, weil er ihm an zwey dortige Freunde, beide Advokaten, Empfehlungsbriefe mitgeben könne, die ihm vor der Hand, bis sich etwas beßres fände, den Plaz eines Schreibers verschaffen sollten: Heinrich, der einmal von der Baronesse gehört hatte, daß man sie nach Dresden thun wolle, ergriff den Vorschlag mit solcher Hastigkeit, daß Schwinger darüber stuzte. Der Vater war durch den Wein in die einwilligende Laune versezt worden, die Mutter konnte vor Traurigkeit weder billigen noch verwerfen. Sie saß im Winkel, den Kopf niederhängend, und benezte die netteltuchne Schürze mit ihren Zähren: der Alte saß am Tische, nickte und schnarchte: Schwinger schrieb die Briefe, und Heinrich, der sich nicht entschliessen konnte, sich niederzulegen, saß tiefsinnig in einer andern Ecke: seine Einbildungskraft schweifte durch die Gefilde seines künftigen Glücks oder Unglücks, und wurde nicht selten durch Intermezzos von Schluchzen und Weinen unterbrochen. Schwinger, als er mit seiner Arbeit fertig war, konnte auch zu keinem Schlafe gelangen und vermehrte die stumme, betrübte und nur Sylbenweise sprechende Gruppe durch eine neue stumme Person.

Um die Abschiedsscene weniger angreifend zu machen, wollte er die Mutter entfernen und dann heimlich mit ihm fortwischen: aber es war unmöglich. Als man sich zum Abmarsche in Bereitschaft sezte, fiel der alte Herrmann dem Sohne um den Hals. »Junge!« sagte er, »mach' es, wie dein Vater! Lebe in den Tag hinein und lerne nichts mehr als du brauchst, um zu leben! Lerne eine Profession, ein Handwerk, eine Kunst, alles, was du willst, und was du umsonst lernen kannst! Nur laß dir nicht den Satan durch den Kopf fahren, daß du ein Gelehrter oder ein großes vornehmes Thier werden willst! Oder ich erkenne dich nicht für meinen Sohn. Ich bin aus meines Vaters Hause mit acht Groschen gegangen und fortgekommen: ich gebe dir sechszehn; und du bist nicht werth, daß dich die Sonne bescheint, wenn du über Noth klagst. Nimm dich vor vornehmen Leuten und Dummköpfen in Acht: geh ihnen aus dem Wege, wie dein Vater! Nun packe dich und leb wohl!«

Die Mutter konnte den Abschied nicht aushalten und wollte sich in die Küche begeben: doch ihr Mann zog sie zurück. »Nillchen,« rief er mit drohendem Finger, »wenn du nicht gleich lachst, so prügle ich dich, wie eine Korngarbe. Lache! sag' ich dir.« – Sie wurde erbittert, riß sich los und wanderte in die Küche, dem Sammelplatze ihrer Thränen.

Unterwegs stellte ihm Schwinger das Reisegeld der Gräfin zu, doch ohne etwas von dem versprochnen Monatsgelde zu entdecken: auf dem Dorfe, wo sie scheiden wollten, erkundigte er sich nach der Post, bezahlte einen Platz für ihn und wies ihm eine Stube an, wo er ein Paar Tage warten sollte, bis sie abgehen würde. Nachmittags schlich er sich davon: den Schmerz des Abschiedes traute er sich nicht auszuhalten. Auf dem Rückwege faßte er den Entschluß, Heinrichen, sobald er eine Pfarrstelle haben würde, zu sich zu nehmen; und mit diesem Vorsatze gieng er ins Schloß, wie ein Wittwer ins Trauerhaus, zurück.

Schwinger hatte bey Heinrichen eine Betrübniß bemerkt, die er anfangs auf Niemanden als auf sich selbst zog: noch bey dem Abschiede trug er ein außerordentliches Verlangen wenigstens auf ein Paar Minuten, wieder ins Schloß zurückkehren zu dürfen: er wünschte das mit so vieler Sehnsucht und so zitternder Aengstlichkeit, daß Schwinger selbst nunmehr Argwohn schöpfte: doch da seine wiederholten Fragen nichts bestimmtes aus ihm herauszubringen vermochten, so maß ers derjenigen Liebe bey, die ein *Ort* für sich in uns erweckt, an welchem man sich die ersten sechszehn Jahre seines Lebens wohl befunden hat. Du guter Schwinger! Dem Orte gehörte nicht der zwanzigste Theil des Schmerzes: Ulrike und die verhinderte Flucht mit ihr war der ganze verborgne Kummer. Indessen gab der Verwiesene den Plan noch nicht auf: mit der schmeichelnden Aussicht, daß sie nach Dresden zu einer alten Anverwandtin kommen, daß er dort zu einem Glücke gelangen und es mit ihr theilen werde – mit tausend solchen Hofnungen, denen nur ein sechszehnzähriger, der Welt unkundiger Mensch einen hohen Grad von Wahrscheinlichkeit geben kann, stieg er auf die Post; der Postknecht schwang die Peitsche, und die Reise gieng fort.

Ende des ersten Bands

ZWEITER BAND

VIERTER TEIL

ERSTES KAPITEL

Erfüllt mit den süßesten Träumen der Ehre und künftiger Größe – in der festen Ueberredung, daß sich unmittelbar nach seiner Ankunft in Dresden Schwingers Freunde und alle andre Personen, die etwas für ihn zu thun vermöchten, um die Wette beeifern würden, seine Einbildungen wirklich zu machen, langte der unerfahrne Jüngling an einem heitern Morgen in der Meißner Gegend an. Zwo Nächte hindurch hatten sich seine Augen keine Minute geschlossen: immer wandelten vor seiner Seele goldne Bilder vorüber, bald Liebesauftritte mit der Baronesse, bald Scenen der Ehre, doch keine, woran nicht Ulrike den Hauptantheil hatte: ihr Besitz war das lezte, der vollendende Schluß bey allen Vorspiegelungen seiner Einbildungskraft, sie beleuchtete, wie eine Mittagssonne, alle seine Vorstellungen, gab ihnen Leben, Feuer und Wahrscheinlichkeit, spannte alle seine Kräfte an – Er wurde nicht von vier abgelebten Schecken aus dem Postwagen langsam fortgezogen: nein, er schwebte in den Wolken: die Räder, so schwerfällig sie sich umdrehten, rollten ihm schnell dahin, wie die Ideen durch seinen Kopf: alles um ihn herum, die ganze Postgesellschaft war für ihn vernichtet: er war allein auf der Erde.

Der Schaffner fieng einige witzige Scharmützel mit ihm an, um die verschlafne Gesellschaft auf seine Unkosten aufzuheitern: nicht Ein Laut war aus ihm zu locken! Der Mann wurde über die mislungnen Angriffe verdrießlich: er verdoppelte sie, und weil er besorgte, daß sein Witz für eine so hölzerne Seele, wie ihm Herrmann schien, zu fein gewesen sey, so machte er ihn izt so derb und plump, daß ihn auch der phlegmatischste Dummkopf hätte fühlen müssen: nicht Eine Sylbe wurde erwiedert! Inzwischen fielen doch dem Träumer die öftern Anreden des witzigen Schaffners allgemach beschwerlich: um nicht ferner durch sie gestört zu werden, stieg er aus und nahm einen Platz vorn vor der Kutsche: hier quälte ihn das Mitleid des Postilions, der ihm unaufhörlich über seinen schlechten Sitz kondolirte, und endlich gesellte sich sogar der Schaffner dazu und nöthigte ihn mit spottender Höflichkeit, auf den alten Platz zurückzukehren; und da die Güte nicht verfangen wollte, gebrauchte er sein Schaffneransehn, ihn zurückzubringen, und stellte ihm seine Pflicht, für die Bequemlichkeit der Passagier zu sorgen, und die Verantwortung, die er ihm durch Beharrung in seinem Eigensinn zuziehen werde, mit so eindringendem Eifer vor, daß er nachgab und den alten Sitz wieder einnahm. Nun hagelten witzige Einfälle und Hönereyen auf ihn los: denn der Schaffner hatte der Reisegesellschaft, als er ihn zurückholte, das Wort gegeben, »ihm recht einzuheitzen, wenn er ihn wieder unter dem gelben Tuche hätte.« – Endlich, da aus dem Klotze schlechterdings gar keine Antwort zu ziehen war, wurde der Mann unwillig: er wandte sich mit zorniger Bewegung zu der übrigen Gesellschaft – »Daß der Teufel den Kalbeskopf holte!« sprach er pathetisch. »Ich bin doch meiner Seele! zwanzig Jahr Schaffner und habe so Manchen aus Afrika und Amerika, aus Rußland und Petersburg gefahren: aber straf mich Gott! so einen Hans Morchel hab' ich noch nicht auf meiner Kutsche gehabt. So wahr mich unser Herr Gott erschaffen hat! es ist ein Pilz. Mich soll der Teufel lebendig speisen, wenn ich ihn wieder ansehe.« – Wirklich drehte er ihm auch den Rücken zu und sprach die ganze Reise über kein Wort mehr.

Izt eröffnete sich die ganze herrliche Scene des Septembermorgens: unser Reisender war durch Schwingern darauf vorbereitet worden und nahm deswegen wieder einen freyen Platz außer der Kutsche ein. Fantastische Felsen in düstern Schatten gehüllt, mit einer Strahlenkrone von der aufgehenden Sonne bekränzt, wanden sich in mannichfaltigen Krümmungen an der linken Seite hin: zur Rechten die breite Fläche der Elbe, die für ihn ein Meer war; aus ihr einzelne Kähne, langsam daherschwimmend, als wenn ihre Regierer noch halbschlaftrunken das Ruder regierten: an ihrem jenseitigen Ufer aufsteigende Berge mit dichtem dunkelm Buschwerk bedeckt, aus welchem die weißen schlanken Birkenstämme hier in freundschaftlichen Gruppen, dort einzeln in ungeselligen Entfernungen emporstiegen! Izt floh der Fluß von der Straße hinweg, ließ am linken Ufer bunte Wiesen und Fruchtfelder, noch halb mit dem Flore der Nacht überdeckt, und wand sich mit der bleyfarbnen Fläche nach einem Halbzirkel von Felsen hin: sie nahmen ihn in ihre Arme auf, er wurde zum stehenden Meer und schien hier von seinem Laufe ausruhen zu wollen. – Die ernste Stille der Nacht beherrschte noch diese Ruhestätte: in feierlichen Reihen standen hohe Eichen, breitgewachsne Buchen und langaufgeschoßne

Birken über einander an dem Amphitheater der zackichten Berge und empfiengen mit ehrerbietigem Warten den kommenden Fluß: für Herrmannen war dies eine melancholische Einsiedeley, die Oefnungen der Berge waren ihm Hölen; in einer saß Ulrike und weinte, von ihrem stolzen Onkel in Felsen eingesperrt: eine ungeheure See trennte sie und seinen Postwagen: seine Fantasie stimmte bald das Feierliche des Auftritts zur Traurigkeit um: die finstern Eichen und Buchen standen ihm in Flor tiefsinnig da, die starren Birken hatten weiße Leichengewände um sich geworfen und stiegen mit stummer Betrübniß aus dem dunkeln Grunde hervor, den die Dämmerung, wie ein ausgebreitetes schwarzes Tuch, bedeckte: alles trauerte um die einsame Eingeschloßne, und ich bin nicht gut dafür, ob er sie nicht endlich gar vor Schmerz in ihrer Höle hätte sterben lassen: aber sein Wagen wandte sich nach der linken Seite hin, das traurige Amphitheater nahm von ihm Abschied, streckte seitwärts noch einmal den Arm nach ihm aus und – verschwand; die Pferde sezten sich bey der Wendung in Trab, und das ganze Bild einer gewaltsamen Trennung war da: er seufzte, hüllte die nassen Augen in den Mantel und – welch' ein belebender Auftritt, als er sie wieder aufschlug! Die Pferde trabten mit ihm in ein Paradies hinein! Ein langgedehnter, rothschimmernder Bergrücken, mit wimmelnden Häusern, Thürmen, Schlössern, in weiße Terrassen getheilt, woran sich Weinreben hinanschlangen, mit Fruchtbäumen geschmückt, lachte ihm, wie ein glückliches Eden, entgegen: seine überraschte Einbildungskraft schuf jedes Winzerhaus zu einem Palaste um und erhöhte das lebhafte Kolorit der Natur bis zur Bezauberung: aus einem melancholischen dumpfen Kerker war er plözlich unter den lachendsten Himmel versezt. Izt vergoldete der schiefe Morgenstrahl der Sonne eine hervortretende Kante, während daß der übrige Grund in dunkelrothem Schatten dalag: izt blinkte ein weißes Gebäude aus der Spitze am Ende des Horizonts herab – es war ihm ein ferner Marmorpalast, von einem Fürsten oder Prinzen bewohnt.

Allgemeine Regsamkeit belebte nunmehr die Scene: weitaufgeschürzte Dorfnymphen giengen schaarenweise an die frühe Arbeit; ringsum ertönten freundliche Morgengrüße, allenthalben erschienen fröliche Gesichter, rothe Wangen und fleischvolle nervichte Arme, von Gesundheit und Zufriedenheit genährte Körper. Izt kam ein Trupp alter Mütter, das reichliche Morgenbrod in den Händen: mit stillem weisem Ernste besprachen sie sich über Angelegenheiten der Haushaltung, über die schweren Pflichten der Hausmütter, über bezauberte Kälber, die nicht wachsen wollen, und behexte Kühe, die keine Milch geben, obgleich ein doppelt heiliges Kreuz die Stallthür bezeichnet, und die Hörner ein hellrother Lappen wider des Satans Arglist und der Menschen Bosheit bewafnet. Izt schallte fernher das laute Lachen eines schäkernden Haufens: junge blühende Mädchen waren es, rothe Gesichter auf schwarzbraunem Grunde, alle muthig und glühend, wie Göttinnen der Gesundheit: ihre spaßenden Anbeter schlenterten mit gebognem Knie zwischen ihnen daher, trugen mit gutherziger Galantrie ihre Körbe, und aus galanter Bosheit füllten Andre die Körbe ihrer Geliebten mit Steinen und Erdklumpen: die Schönen, die sich auf seinen Scherz verstunden, schleuderten den Muthwilligen die ganze Ladung an die Köpfe, daß sie fluchend und drohend dastunden, den Sand aus den Augen rieben oder aus den buschigten Haaren die Erdklumpen schüttelten: triumphirend trabten die Nimphen davon, nur eine, die gern gehascht seyn wollte, verweilte zu lange, ihr braungelber Adonis erwischte sie schnell, schlang um sie die aufgestreiften Arme, und schon näherte sich seine verwegne Hand dem verschobnen Halstuche: das beschämte Mädchen schrie dreimal laut, und dreimal hallte ihr keusches Geschrey aus den Weinbergen und vom fernen Ufer der Elbe zurück: der ganze übrige Haufen sah wartend ihrer Bestrafung zu und ehrte den Sieg ihres unverschämten Liebhabers mit einem mannichstimmigen lachenden Chor; und in der ganzen Gegend lachte der Wiederhall ein Triumphlied über die Bestrafung der schwarzbraunen Schöne. – Izt kamen mit eilfertigem Schritte ein Paar Städter, die auf Gewinst ausgiengen, die Gesichter voll Aerger über einen geschmälerten Profit: mit lebhafter Bewegung der Hände stritten sie über Projekte und Anschläge, ihren Vortheil zu vergrößern: – izt ein Paar andre, die den Lohn ihrer Arbeit von gnädigen Herrschaften aus dem Lande herausbetteln wollten: Sorge für ihr Auskommen sprach aus jedem Zuge des hagern Gesichts, und Klagen über Mangel an Nahrung waren ihr Gespräch. – Hier schleppten wiederkauende Ochsen den knarrenden Pflug in langer Reihe langsam dahin: einer ihrer Monarchen pfiff der erwachten Flur ein rasches Morgenlied, ein andrer sang ein galantes *Schätzel, du bist mein;* dieser unterhielt sich mit seinem Stier, predigte ihm Regeln des Wohlverhaltens, lehrte ihn die Pflichten seines Berufs und spornte seine trägen Füße durch Versprechungen und Drohungen, und wenn diese nichts über sein fühlloses Herz vermochten, mit holtönenden Hieben an; jener schlich nachdenkend, in die Wichtigkeit seines erhabnen Postens vertieft, das dampfende Pfeifchen im Munde, mit stummer Gravität neben seinem Viehe her. – Dort wallte in der Ferne eine dichte Staubwolke, von Sonnenstrahlen erhellt: in ihr rollte, schnell wie der Donnerwagen Jupiters, von vier braunen Hollsteinern gezogen, eine goldlackirte Kutsche, hinten und vorn mit einem Schwarm gepuzter Domestiken befrachtet, und in dem innersten Winkel des weiten leeren Kastens steckte ein schwindsüchtiges Männchen, wie eine Spinne, die ihr Gewebe dort anlegen wollte. – Kurz darauf erschien ein gnädiger Erb- Lehn- und Gerichtsherr in einer demüthigen Staubwolke, die kaum dem Qualme eines pudernden Friseurs ähnlich sah: eine gichtbrüchige, rothfuchsichte Kutsche trug den hochadlichen Körper, mit drey mattherzigen Bauerpferden bespannt, die ihre Füße auf Unkosten des Rückens schonten. Wie ein Pfeil, flog vor ihm auf einem leichten Rollwagen der dicke, ausgestopfte Pachter vorbey, der im vorjährigen Konkurse sein Rittergut erstanden hatte, mit leichtem Kopfnicken den gnädigen Vorgänger grüßte und spottend nebst seinem Hans die abgezehrten Gaule an der adlichen Kalesche mit seinen brausenden Hengsten verglich. Um die Lebhaftigkeit des Bildes zu vergrößern, wanderten ganze Karawanen schnatternder Marktweiber mit schnatternden Gänsen vor dem Postwagen vorbey: dieser trug, jener schleppte seine Waare, einige führten sie auf Karren, andre auf hochgethürmten Wagen: es war allenthalben nichts als gehn und kommen, fahren und reiten in Einem wimmelnden Gedränge.

Herrmann fühlte sich in eine neue Welt versezt; er war betäubt, hingerissen, überwältigt: die reizendste Landschaft im schönsten Glanze des Morgens! das laute Getöse der Geschäftigkeit! soviel Leben, Munterkeit, Thätigkeit, wohin er nur blickte! – Das ganze beseelte Gemählde drang mit stürmischer Gewalt auf alle seine Sinne los: er konnte sich nicht eher als bey der nächsten Einkehr von der Berauschung so mannichfaltiger, überfüllender Bilder erholen. Indessen daß die übrige Gesellschaft sich in der dumpfen Wirthsstube mit dem Frühstück labte, schlich er einsam und tiefdenkend längs dem Dorfe hinan. Bald gieng er in Gedanken mit Ulriken so frölich und schäkernd durch die arkadischen Fluren, wie er kurz vorher Bäuerinnen mit ihren glücklichen Liebhabern zur Arbeit hatte auswandern sehn: o wie beneidete er das glückselige Volk! wie wünschte er, ihnen gleich zu seyn! Schon machte er Entwürfe, wie er von dem Gelde, das Ulriken von ihrer Erbschaft zufallen mußte, ein Bauergut kaufen wollte – oder vielmehr er hatte in seiner täuschenden Einbildung schon wirklich eins gekauft: der Prozeß war geendigt, das Geld ausgezahlt, Ulrike seine Frau, er gieng schon an ihrem Arme ins Feld, säte und ärntete mit ihr ein, saß schon leibhaftig mit ihr auf dem Stein vor seinem ländlichen Häuschen in der Abendkühlung, und ein Schwarm von kleiner Nachkommenschaft spielte dem sechzehnjährigen Herrn Papa um den Schoos. Er zerfloß vor inniger Freude, vor sanfter Rührung über sein Glück: er hätte weinen mögen, daß er nicht zaubern konnte, um es auf der Stelle wirklich zu machen.

Brausend und schnaubend flogen zwey Isabellen mit einem leichten Vis-á-Vis daher, den ein Herr und eine Dame füllten: Scherz, Vertraulichkeit und Vergnügen lächelte aus ihren Gesichtern durch die Oefnung des Fensters – weg war aus Herrmanns Kopfe die ganze ländliche Glückseligkeit! mit dem ersten Brausen der Pferde rein weggeblaßen! Er gieng nicht mehr an Ulrikens Hand zu Fuße ins Feld: nein, er fuhr ihr gegenüber in dem nämlichen Vis-á-Vis, mit der nämlichen frohen Vertraulichkeit, als ein reicher Mann, durch die grüssenden Reihen der gaffenden Dorfkinder, mit Ehre und Rang geziert, und der Himmel weis, ob er sich nicht gar adeln ließ, sein Kleid mit einem Sterne und die Schulder mit einem Ordensbande schmückte. Mit stolzem, edlem Schritte wandelte er daher, wie auf den Schwingen der Ehre getragen: der Postilion blies – o das verdammte Posthorn! Wie eine Sterbeglocke klangs! Sein rauhes Stöhnen verscheuchte den Traum seiner Größe, und traurig und seufzend kroch er unter das gelbe Gewölbe der Postkutsche und mußte, statt Ulriken, mit einer alten, finnichten, verwachsenen Jüdinn vorlieb nehmen, die er izt zum erstenmale mit großem Ekel an seiner Seite wahrnahm, ob sie gleich den halben Weg über schon neben ihm gesessen hatte. Die beräucherte Tapezierung des Wagens und die widrige Nachbarschaft versetzte ihn den ganzen übrigen Weg in so üble Laune, daß er sich von Herzen über die ekelhafte Häßlichkeit ärgerte, womit der Gott der Israeliten seine hebräische Nachbarin gebrandmahlt hatte. Der Weg däuchte ihm hundert Meilen lang.

Endlich rumpelte das schwerfällige Fuhrwerk durch den Schlag übers Pflaster stoßend und werfend daher: man hielt, man examinirte: ein neues Wunder für unsern Reisenden! Zum Unglücke erkundigte sich der Thorschreiber bey ihm zuerst nach Dero Namen und Charakter: dem armen Heinrich ward angst, wie in der Hölle: er faßte sich hurtig zusammen und that der Anfrage mit so aufrichtiger Umständlichkeit Genüge, daß er Taufnamen und Geschlechtsnamen nebst Geburtsjahr, Namen und Charakter seiner Eltern genau und pünktlich referirte: die übrige Gesellschaft lachte, hielt es für Fopperey und wunderte sich, daß ein Mensch, der den ganzen Weg über kein Wort geredt hatte, einer so beißenden Antwort fähig sey: der Thorschreiber wußte selbst nicht, woran er war, ob ers für Spötterey oder Einfalt nehmen sollte, und da ihm die raffinirte Miene des jungen Menschen das lezte nicht wahrscheinlich machte, so hielt er sich ans erste und verwies ihm mit derbem Tone seine Naseweisheit und versicherte ihn, daß er an seines gnädigsten Herrn Statt hier stehe und auf seinen Befehl frage, wer er sey: der arme Pursche glaubte ein Verbrechen der beleidigten Maiestät begangen zu haben, und konnte gar keine Ursache finden, warum der Landsherr so neugierig nach seinem Namen sey, daß er ihn auf ausdrücklichen Befehl darum fragen lasse. Er wußte in seiner ganzen Seele keinen andern Rath zu finden, als daß er den Thorschreiber demüthig ersuchte, wegen seines Versehens in seinem Namen bey seiner Durchlaucht unterthänigst um Verzeihung zu bitten. Der Thorschreiber, der seine Reue für fortgesezten Spott ansahe, brannte lichterloh vor Zorne, sprudelte ihm die schrecklichsten Flüche und Drohungen ins Gesicht: der gute Heinrich ward blaß, wie eine Leiche, vor Furcht und Warten der Dinge, die da kommen sollten, zitterte und bebte. Der Schaffner loderte auch auf, daß er so langes Anhalten veranlaßte, und stürmte, wie ein Wütender auf ihn los: da saß der arme Betäubte, wie sinnlos, wußte nicht, was er begangen hatte, und noch weniger, wie ers wieder gut machen sollte, konnte weder denken noch reden! – »Straf mich Gott! rief der Schaffner, mit dem Menschen ists im Oberstübchen nicht richtig: den ganzen Weg über hat er vor sich hingesehn, wie ein kranker Mops, und nun weis er nicht einmal seinen Namen! So wahr ein Gott im Himmel ist! der Pinsel weis viel, ob er einen Vater hat. Man sollte sichs nicht so vorstellen, bey meiner Seele! nicht so arg! Ist ein getaufter Christ, in der Christenheit geboren und erzogen, und kann dem Thorschreiber nicht einmal antworten!« – Die finnigte Jüdin fand sich durch die Rede des Schaffners mittelbarer Weise beleidigt und öfnete ihre aufgeworfenen Lippen zu Herrmanns Vertheidigung, befragte ihn noch einmal Punkt für Punkt, er antwortete Punkt für Punkt wie zuvor: die ganze Gesellschaft erklärte ihn für einfältig, und der Thorschreiber ließ mit verächtlichem Mitleid seinen Zorn erlöschen und den Wagen fahren.

Man stieg aus, der unerfahrne Heinrich wollte seine Habseligkeit herausnehmen: gebieterisch wurde er davon zurückgescheucht – neue Verlegenheit! Er stand neben dem Schilderhäuschen und sann ernsthaft nach, warum man ihm sein paar Hemden und die schwarzen Sonntagsbeinkleider nehmen wolle – denn er gab sie für ganz verloren – er bildete sich ein, daß es ebenfalls so auf Befehl geschehe, wie er um seinen Namen befragt worden war: und mit vieler Bewegung nahm er bey sich von den schönen Sontagsbeinkleidern Abschied, als man sein Kufferchen ins Haus schafte. Nun betrübte er sich erst, daß er seine Vaterstadt, wo ihn jede Katze kannte, hatte verlassen und in ein Land auswandern müssen, wo er nichts als fremde Gesichter sah: außerdem war er so lange her Schwingers sanfte, gefällige Freundlichkeit gewohnt, er war nie anders als in gütigem Tone angeredet worden: doch hier sprach Jedermann so scharf und rasch, daß er alle Leute in grauen, gelben, blauen Röcken, die bey dem Abpacken herumwimmelden, für erzürnt hielt; und auf die hastige Frage, welches sein Kuffer sey, näherte er sich ihm furchtsam und wies, ohne reden zu können, halb zum Fliehen fertig, mit dem Zeigefinger darauf. – »Dieser?« fragte der Postbediente mit der nämlichen Hastigkeit noch einmal. – Er flisterte ein halbverschlucktes Ja. Eine Minute darauf fragte ein Mann im grautuchnen Ueberrocke abermals nach seinem Kuffer: er konnte gar nicht begreifen, warum sein Bischen Habseligkeit alle die Leute so sehr interessirte: allein dieser Mann that seine Anfrage leutselig und mit einem tiefen

Grusse; das gab ihm Muth: er antwortete hurtig mit einer Verbeugung von der ersten Größe: der Mann ersuchte ihn zu öfnen: ehrfurchtsvoll nahm er den Hut unter den Arm und schloß eilfertig auf. Die Entdeckung war bald gemacht, daß er nichts strafbares enthielt, und es wurde erlaubt, ihn wegzuschaffen: wie seinem Freunde, seinem Wohlthäter, drückte er dem Manne die Hand und dankte verbindlich, daß er ihm den Kuffer wiedergeschenkt habe: der Visitator reichte ihm sehr freundlich die Rechte dar und zog sie, verdrießlich über den leeren Dank, langsam wieder zurück.

Die Noth war noch nicht aus. Verlassen stand der arme Pursche da, und Niemand bot ihm eine Wohnung an. Die überhäuften Gegenstände, das Getöse, der Sturm des Thorschreibers hatten ihn so verwirrt, daß es um alle seine Besonnenheit geschehen war: Unerfahrenheit im Weltlaufe macht auch den besten Verstand blöde, und scharfsinnige Gelehrte haben sich bey ähnlichen Gelegenheiten, wenn sie ihnen zum erstenmale aufstießen, nicht mit größrer Entschlossenheit betragen als Heinrich. Er gieng auf und ab, und dachte mit Herzeleid an das Schloß des Grafen von Ohlau zurück, wo er mit römischen Kaisern und griechischen Feldherren, wie mit Brüdern, umgieng, wo ihm regelmäßig Essen und Trinken gebracht wurde, ohne daß er einen Laut darum verlor, und hier – ach! hier bekümmerte sich Niemand um ihn, als wenn er gar nicht unter die essenden und trinkenden Kreaturen gehörte. Ein geschäftiger Gelbrock rennte vor ihm vorbey: Heinrich sagte ihn sehr höflich, wo er wohnen sollte: Der Mann hielt ein wenig an, sah ihm starr ins Gesicht: jener wiederholte mit einer tiefen Verbeugung seine Frage – »Wo Sie wollen!« antwortete der Gelbrock hastig und gieng. Eine solche Lieblosigkeit war über alle seine Begriffe.

Endlich erschien der Lohnlackey und erkundigte sich, den Hut in der Hand, sehr menschenfreundlich, ob er eines Bedienten benöthigt sey. »Ach, wenn ich nur erst wüßte, wo ich wohnen sollte!« sprach Herrmann mit einem tiefen Seufzer. – Nun wurde bald Rath geschaft: mit einer Eilfertigkeit, als wenn er sich den Kopf zerstoßen wollte, lief der Lackey Treppe auf, Treppe ab, und lud ihn kurze Zeit darauf mit vielen Komplimenten auf das Zimmer ein. Heinrich, der den gepuzten Lohnlackey für nichts weniger als einen Lackey hielt, komplimentirte mit ihm die Treppe hinauf und dankte in Einem Athem für seine Gütigkeit. Wie hatte sich die Scene plözlich verändert! Nunmehr erkundigte sich sein neuer Bothschafter alle Augenblicke, ob er dies, ob er jenes bedürfe, bat ihn, nur zu befehlen, und er entschuldigte sich sehr liebreich, daß er ihn nicht bemühen wolle: er mochte nur reden, nur winken, und man war zu seinem Befehle. Er schien sich izt ein kleiner Zevs, der von der Höhe seines tapezirten Zimmers mit einem Hauptschütteln eine kleine Welt regierte. Es fanden sich sogleich eine große Menge Leute ein, die ihm ihre Waaren anboten: er dankte mit vieler Güte für ihre Bemühung, und fand die Menschen hier zu Lande ungleich liebreicher als in seiner Vaterstadt, daß sie so für das Wohlseyn der Fremden besorgt waren. Der Zulauf wurde immer stärker: Mannspersonen und Weiber kamen und wünschten ihm zu seiner Ankunft Glück. – »Da sieht man recht,« dachte er bey sich, »wie es in der großen Stadt anders ist als bey mir zu Hause! Das heißt doch Höflichkeit!« – Die höflichen Leute fiengen an, ihm ihr Elend mit der höchsten Bettlerberedsamkeit vorzustellen: dieser hatte eine todtsterbenskranke Frau zu Hause, die nun seit Jahr und Tag an der Schwerenoth, Gott sey bey uns! hart daniederlag und zuweilen so heftig schrie, daß man es aus Friedrichstadt in Altdresden hörte; jene hatte eilf unerzogne Kinder zu Hause, wovon neune schon seit Jahr und Tag gefährlich krank lagen, der Mann war an Händen und Füßen lahm, und sie, für ihre selbsteigne Person, hatte einen großen Ansatz zur Wassersucht – es war ein Jammer, daß es einem Stein in der Erde hätte erbarmen mögen; ein Pursche, frisch und gesund, hatte einen gichtbrüchichen Großvater, zwey lahme Eltern und dreizehn ungesunde Schwestern zu Hause, die alle mit der englischen Krankheit behaftet waren. Heinrichs Herz zerschmolz von tiefgerührtem Mitleide bey ihren Thränen, Zähren traten ihm ins Auge, und er hielt es für seine Pflicht, so höflichen Leuten mit einer reichlichen Wohlthat für ihren Glückwunsch zu danken.

Er wunderte sich gegen den Lohnlackey, als er den Tisch deckte, außerordentlich über die zahlreichen Familien hier zu Lande, und versicherte, daß dergleichen bey ihm zu Hause gar nicht zu finden waren. – »Ach,« antwortete der Lackey lachend, »glauben Sies denn? Sie werden nicht ungnädig nehmen, Sie sind noch ein junger Herr und zu gutherzig: solchen Leuten müssen Sie nichts geben, oder doch sehr wenig: das ist eitel loses Gesindel.« –

»Aber sie thaten doch so kläglich, daß man gerührt werden mußte.« –

»Ach,« erwiederte der Lackey mit dem nämlichen Lachen, »für zwey Dreyer weinen Ihnen die Leute eine halbe Stunde, wenn Sies haben wollen. Man könnte hier ein Raritätenkabinet von Bettlern anlegen: in den schönsten Kleidern gehn sie herum, wie die Pfauen: sie brauchens freilich: aber sehn Sie, gnädiger Herr – ich weis nicht, ob ich Sie recht titulire – sehn Sie! wenn ich etwas zu sagen hätte, das Ding sollte ganz anders werden.« –

Heinrich befragte ihn, wie er das zu machen gedächte. – »Sehn Sie!« erwiederte der Lackey, »wenn ich etwas zu sagen hätte – Befehlen Sie etwa die Suppe?«

Er gieng, trat mit ihr herein, und mit dem Hereintreten begann er schon wieder – »Sehn Sie! wenn ich etwas zu sagen hätte – Befehlen Sie auch Wein?«

Er holte ihn; und so trat er sechsmal ins Zimmer mit einem »Sehn Sie! wenn ich etwas zu sagen hätte« – und erkundigte sich jedesmal nach einem Bedürfnisse: denn er hatte das Unglück, daß er nicht eher an den Löffel dachte, als bis die Suppe dastand, noch ans Messer, als bis man das Fleisch schneiden wollte. Da alle Nothwendigkeiten auf die Weise einzeln herbeygeschaft waren, drang Herrmann von neuem in ihn, sein Bettlerprojekt zu entdecken: denn der gutherzige Pursche, der noch zu wenig fremdes, wahres und erdichtetes Leiden kannte, um ihm nicht sogleich abhelfen zu wollen, hatte während des Essens bey sich selbst ernstlich überlegt, wie mans dahinbringen könne, daß Niemand mehr in der Welt arm und elend sey. – »Sehn Sie!« fieng der Bediente wieder an, »wenn ich etwas zu sagen hätte – sehn Sie! da sagt' ich den Leuten geradezu, Ihr sollt nicht betteln! und wers dennoch thäte, der müßte – Befehlen Sie diesen Nachmittag auszugehn?«

Das Projekt blieb abermals stecken und kam auch Zeitlebens nicht völlig zum Vorschein.

ZWEITES KAPITEL

Das erste nöthige Geschäfte war, Schwingers Briefe zu überliefern. Er wollte sich zu dem Ende mit seinen schönen schwarzen Sonntagsbeinkleidern, mit stattlich breiten genähten Manschetten und der ganzen übrigen Feierkleidung schmücken, die er ausgebreitet unterdessen auf den Tisch legte, um sich von dem ankommenden Friseur adonisiren zu lassen. Der kurze dicke Pudergeist nennte ihm eine Menge Frisirarten her und bat, darunter auszulesen, und frisirte und schwazte unaufhörlich, ohne ihm Zeit zur Wahl zu lassen. Heinrich war noch ganz bey den Bettelleuten mit seinen Gedanken und fragte auch bey dem Friseur an, ob man denn gar nichts thäte, um dem Elende der armen Leute abzuhelfen. Der Friseur hielt inne, reckte ihm sein rechtes Ohr dicht vor den Mund hin und schrie »Was?« – Heinrich wiederholte seine Frage. – »O ja!« antwortete der Pursche und hieb mit weitausgeholtem Kamme keuchend in die Haare hinein – »O ja! man trägt sie izt einen Finger breit überm Ohre.«

Heinrich merkte, daß er ihn nicht verstanden hatte, und weil ers für unhöflich hielt, zum drittenmal zu fragen, ließ ers dabey bewenden. Die zahlreichen Familien hier zu Lande fielen ihm wieder ein, und er erkundigte sich bey dem Pudergotte, wie viel er Schwestern habe.

»Welche Sie befehlen, junger Herr!« schrie der Friseur. »Eine ofne, eine lange, eine kurze, eine dicke, eine dünne – ich mach' sie, wie Sie befehlen.« – Abermals misverstanden!

So sezten sie das Gespräch eine Zeitlang fort: immer that er das Gegentheil von dem, was Heinrich verlangte. Beym Abschiede wollte er kein Geld nehmen, weil er schon auf den künftigen Morgen wieder bestellt war: Heinrich fand die Höflichkeit etwas übertrieben und drang in ihn, ein Geschenk anzunehmen, da er den Preis seiner Arbeit nicht bestimmen wollte: allein der taube Friseur machte einen Reverenz und wackelte fort, ohne auf seine Bitten zu hören.

»Dergleichen Höflichkeit hätt' ich mir beym ersten Eintritte ins Haus nicht vermuthet!« dachte Herrmann bey sich. »Die Leute sind doch wahrhaftig viel besser als bey mir zu Hause.« – Während daß er diese Betrachtungen fortsezte, legte er seinen Staat an, erblickte sich mit Freuden, schön wie einen Königssohn, im Spiegel, und die Reise gieng fort. Unterwegs freute er sich schon auf den liebreichen Empfang, womit ihn Schwingers Freunde beehren würden, sann auf Komplimente, ihre Höflichkeit zu erwiedern, und sah vor begeisternder Erwartung kein einziges von den schönen Häusern, die ihm der Lohnlackey zeigte. Er langte an: er glaubte nur Schwingern nennen zu dürfen, um mit ausgebreiteten Armen empfangen zu werden. Der Bediente, bey dem er sich meldete, kannte keinen Schwinger, erkundigte sich kalt nach seinem Verlangen, nahm ihm den Brief ab und trug ihn zum Herrn. Schon rüstete sich Heinrich zu einem der auserlesensten Reverenze und harrte mit freudiger Ungeduld auf die Erscheinung seines Patrons. Der Bediente kam zurück: »Es ist gut,« sagte er; »Sie sollen morgen früh um acht Uhr wiederkommen.« – Der unerfahrne Pursche wußte sich das Phänomen nicht zu erklären: er empfahl sich voller Erstaunen und konnte auch seinem Lohnlackey nicht verhelen, daß die Leute, die ihn heute bey seiner Ankunft besuchten, viel höflicher gewesen wären. – »Ja, sehn Sie!« antwortete der Bediente, »der Herr ist vor kurzem in ein sehr hohes Amt gerückt: das ist ein vornehmer Mann!« –

Zu dem Besuche bey Schwingers zweiten Freunde kam er mit verminderter Erwartung und fand auch Ursache, zufrieden mit der Aufnahme zu seyn. Der Mann war in kein hohes Amt unterdessen gerückt, sondern noch Advokat und freute sich deswegen ungemein über Schwingers Andenken. Mit der gutmüthigsten Freude zog er das blausamtne Müzchen vom Kopfe, so oft Heinrich seinen Freund nannte und der guten Meinung gedachte, die er von ihm habe: er bot alle mögliche Dienste an und ward recht unruhig, als er nach einigem Nachdenken fand, daß er sie ihm nicht auf der Stelle erzeigen könnte. – »Hm! hm!« brummte er vor sich hin, sann und rückte verdrießlich das Samtmüzchen im Kreise auf dem Kopfe herum: »braucht denn Niemand einen Schreiber? Gar Niemand? Hm! hm! fatal! recht fatal;« – Man sah ihm in allen Zügen des Gesichts den Schmerz an, daß er ihn mit einer bloßen Vertröstung von sich lassen mußte: er konnte das unmöglich ohne einen gewagten Versuch übers Herz bringen. Er lief zur Frau Gemahlin, führte sie herbey und ersuchte sie inständigst, dem jungen Menschen einen Platz im Hause zu verstatten: er streichelte ihr die Hände, liebkoste und bat sie wie ein Kind. Die Frau Gemahlin antwortete mit preziosem Tone: »Das weißt du ja selber, Papachen, daß wir keinen Platz haben: nein, das kann ich nicht, Papachen. Vielleicht in einigen Wochen oder Monaten! wenn dein Schreiber abgeht; aber ich kann nichts versprechen. – Der Mann verdoppelte seine Bitten und flehte demüthigst, ihn wenigstens zum Abendessen dazubehalten. – »Nein, Papachen, das kann ich heute nicht, war abermals ihre Antwort: vielleicht ein andermal, wenn uns Gott Leben und Gesundheit giebt.« – Der Mann wußte vor Verlegenheit nicht, was er thun sollte; und da es ihm schlechterdings nicht möglich war, Jemanden, der ihn interessirte, ungegessen von sich zu lassen, so holte er ein Schächtelchen Magenmorschellen aus einem Schranke und verehrte, als seine Frau den Rücken wandte, seinem Gaste heimlich drey große Stücken davon, nahm höchst unruhigen Abschied und versprach seine thätigsten Dienste auf das feierlichste, mit vielem Händedrücken und Backenstreichen.

Weil es noch sehr zeitig am Tage war, entschloß er sich auf Zureden seines Begleiters, einen Spatziergang zu machen, um die Stadt zu sehn. Er wanderte muthig und froh über die Freundschaftsversichrungen des dienstfertigen Advokaten, der katholischen Kirche zu, bewunderte, in Erstaunen verloren, die majestätische Brücke mit herauf- und hinabgehenden Menschen in mannichfaltiger Vermischung, mit herauf- und hinabfahrenden Karossen, Wagen, Karren, Trägern und Reitern erfüllt: er weidete sich unersättlich an dem herrlichen Schauspiele: in seinen Augen war es eine kleine Welt, die hier zwischen Himmel und Wasser schwebte. Er that einen Gang über sie hin und brach mit entzückter Selbstvergessenheit in laute Bewunderung aus, als auf beiden Seiten das schönste Theater in bezauberndem Reize vor ihm stand. Gärten und Pavillons, die ihm in der Luft zu hängen schienen, Häuser, ferne Paläste an beiden Ufern hin, und über den lang daherwallenden Strom hinaus am Ende der Aussicht einen schieflaufenden Bergrücken, mit bunten Häusern, einzelnen Bäumen und malerischen Einzäunungen überstreut und mit hohem dunkelgrünem Walde in mannichfaltigen Krümmungen bekrönt: er hatte nie des Anblicks genug. Nicht weniger verweilte er auf dem Rückwege bey der andern Seite der Aussicht und vermehrte die Anzahl der Neugierigen, die Geländer und Bogen besezt hatten, um den Mast eines Schiffes mit langen Zurüstungen niedersenken zu sehn, das dem schießenden Strome entgegen durch die Wölbung der Brücke gezogen werden sollte: die Zuschauer äußerten mit der lebhaftesten Theilnehmung Besorgniß und Erwartung, Tadel und Bewundrung über die Maasregeln der Zimmerleute und Schiffer, die, wie Eichhörner, auf der Bedachung des Schifs herumsprangen, schrieen, schalten, zankten, anordneten, izt mit angestrengten Kräften dem fallenden Baume das Gegenwicht hielten, izt müßig, auf ihre Hebebäume gelehnt, dastanden und plaudernd und pfeifend in den wallenden Strom sahn. Beladne Kähne mit rothen flatternden Wimpeln schwammen fern daher auf der ausgespannten Fläche des Wassers: mit schnellerm Laufe fuhren Andre, vom Strome begünstigt, vor ihnen vorbey, grüßten mit lautem Zuruf die Kommenden, empfiengen und gaben mit treffendem Schifferwitze Grüsse von wartenden Mädchen, verliebten Weibern und eifersüchtigen Ehemännern; und eine Kanonade von helltönendem Gelächter war der Abschied. Andre ruhten am Ufer: mit thätiger Emsigkeit stieg man in sie hinab und entlud sie ihrer Bürde: hier wurden verwundete Fahrzeuge zur unvermutheten Reise eilfertig ausgebessert: dort stand auf dem umgekehrten Bauche eines Andern ein Trupp Zimmerleute um den Herrn des Kahns in ernste Berathschlagung vertieft, wie man mit leichten Kosten dem zerlöcherten Patienten vollkommne dauerhafte Gesundheit verschaffen könne: bedenklich, wie ein Arzt bey einer gefährlichen Krisis, schüttelte der Zimmermeister über dem hofnungslosen Gebäude den Kopf, und betrübt graute der Patron sich den Kopf.

Tagelang hätte Heinrich bey einem für ihn ganz neuen Schauspiele verweilen mögen, wenn ihn nicht sein ungestümer Begleiter beständig zum Abmarsche ermahnte: nach langem Kampfe mit sich selbst riß er sich endlich los, doch mit dem festen Vorsatze, oft zurückzukehren.

Kaum näherte er sich der katholischen Kirche, als ihn von der Seite eine Knabenstimme anfiel. – »Mein junges schönes Herrchen,« tönte ihm in das linke Ohr, »der liebe Gott hat sie gar zu schön gemacht, und er wird Sie noch schöner machen, wenn Sie einem armen Jungen auch etwas mittheilen.« – Der unerwartete Lobspruch riß seine Hand nach der Tasche hin: er gab dem Schmeichler ein Zweygroschenstück. Der Bube zeigte es triumphirend und hüpfend seinen Kameraden zwischen den emporgehaltnen Fingern; und kaum sahen sie es blinken, so schoß eine ganze Kuppel, wie wütend, auf den Wohlthäter los: gleich Hunden, die eine Beute erwischt haben, packten sie ihn fest, als wenn sie sich in seine ganze Person theilen wollten. Jeder bekam so viel als der Vorige, und nur einer, der die Schmeicheleyen der Andern mit einem »gnädiger Herr« überbot, erhielt doppelt so viel.

»Ihro hochwohlgeborne Gnaden« – rief eine alte zerlumpte Frau, die auf einem Steine bey der Kirche saß und sich langsam und zitternd zu ihm hinbewegte. So eine Höflichkeit war etwas werth: er bezahlte sie mit einem halben Gulden. Die Alte erschrak über die Größe des Geschenks, wackelte ihm mit gefaltnen Händen nach und betete mit lauter Stimme zwo lange Strophen aus einem Kirchenliede, die der Lohnlackey aus mechanischer Andacht murmelnd nachsprach: dann fuhr sie ihm nach dem Rockzipfel und küßte ihn, eh ers wehren konnte.

»Wenn doch die Leute hier zu Lande nicht so entsezlich höflich wären!« dachte Heinrich, als er in die Tasche griff und seinen Geldvorrath merklich vermindert fühlte. Indem ers dachte, erschienen die Buben, die er schon einmal beschenkt hatte und um die Kirche herumgeschlichen waren, zum zweitenmale und stürmten mit Excellenzen und Gnaden so gewaltthätig auf ihn zu, daß er dem Angriffe nicht widerstehn konnte: Gutherzigkeit und Eitelkeit leerten seine ganze Tasche unter sie aus.

Den Abend brachte er nach seiner Rückkunft unter mancherley angenehmen Träumereyen hin, worunter sich, wie ein Gespenst, die traurige Vermuthung mischte, daß es ihm mit der Zeit und zwar sehr bald an Gelde fehlen könne: – »aber Schwingers vornehmer Freund, der in so ein hohes Amt vor kurzem gerückt ist und mich morgen früh zu sich bestellt hat, wird mir schon« – tröstete er sich; und die Hofnung drückte ihm die Augen zu.

DRITTES KAPITEL

Zu bestimmten Stunde flog er am folgenden Morgen zu seinem Patrone. Der Bediente stellte eine lange Untersuchung mit ihm an, und hieß ihn endlich warten. Nach einer halben Stunde öfnete er einen Flügel der Thür, gieng voran und gebot, ihm nachzufolgen. Die Wanderung geschah durchs ganze Stockwerk, wenigstens durch fünf bis sechs große Zimmer, und am Ende steckte er ihn in ein kleines enges Stübchen, wo er ihn abermals warten hieß. In einer halben Viertelstunde trat der halbangekleidete Patron durch eine Nebenthür auf, eine Büchse mit Zahnpulver in der einen Hand, in der andern ein Bürstchen, womit er die breiten Zähne scheuerte, daß ein rosenfarbner müskirter Sprühregen aus dem Munde hervorsprüzte. Er blieb in dieser Beschäftigung lange stumm bey der Thür stehn und überlegte bey sich, ob er den jungen Menschen Sie oder Er nennen sollte: endlich wählte er einen klugen Mittelweg und fragte – »was will man?« – Herrmann that seinen Vortrag. – »Also lebt Schwinger noch?« unterbrach ihn der Patron. Heinrich führte ihn den gestern abgegebnen Brief zur Beantwortung der Frage zu Gemüthe: der Patron besann sich – »Ja, ich hab' ihn gelesen,« sprach er. »Wenn sich etwas findet, worinne ich dienen kann, so darf man sich nur an mich wenden: ich werde mir ein Vergnügen daraus machen« – hustete und gieng ab.

Erstaunt stand Heinrich da und wußte nicht, ob er gehn oder bleiben sollte: er bildete sich ein, der Patron habe nur einen Abtritt genommen, um mit thätiger Hülfe zu ihm zurückzukehren: der Himmel weis, mit welchen jugendlichen Einbildungen mehr er sich täuschte: doch da die Wiedererscheinung zu lange außenblieb, so schloß er ganz vernünftig, daß er die Erlaubniß habe, wieder nach Hause zu gehn. Er wäre gern diesem Schlusse gefolgt, aber wie sollte er sich durch die vielen Zimmer bis zum Ausgange finden? Zudem schien es ihm auch unanständig in fremden Zimmern allein herumzuschweifen. Er sah durchs Fenster: Niemand rührte sich. Er versuchte eine Thür zu öfnen: sie war verschlossen. Da er fast eine halbe Stunde lang eingesperrt war und keine Erlösung vor sich sah, wagte ers herzhaft, den Weg wieder aufzusuchen, durch welchen man ihn hereingelassen hatte. Mit vieler Behutsamkeit, nachdem er vorher an jeder Thür gehorcht hatte, fand er sich durch zwey Zimmer hindurch: aber nun war seine Geographie aus: das dritte Zimmer hatte vier Thüren: er brauchte bey jeder die nämliche Vorsicht, öfnete eine – Götter und all' ihr himmlischen Mächte! welcher Anblick! – eine junge Dame im nachlässigsten Neglische lag lang ausgestreckt auf einem Sofa, ein zotichtes Hündchen stand auf den Hinterbeinen neben ihrem Kopfe, eine Vorderpfote ruhte auf dem Busen, die andre hielt seine Gönnerin in der Hand und küßte sie mit stummer Zärtlichkeit, während daß ihre andre Hand ihn bey dem langbehangnen Halse faßte und freundschaftlich an die Brust drückte. Heinrich wurde glühendroth: er glaubte zu träumen: denn seine verliebte Einbildung gab der Dame so völlig das Gesicht der Baronesse Ulrike, daß in seinen Gedanken nichts gewisser war, als sie sey ihm nachgefolgt und wolle ihn durch ihre Gegenwart überraschen – daß nichts gewisser war, als man habe ihn auf ihre Veranstaltung eingesperrt und sich selbst überlassen, um sie bey seinem Herumirren zu finden. Diese Erdichtung war in zwey Pulsschlägen gemacht, und mit dem dritten schwebte schon »Ulrike!« auf der Zunge: noch ehe der Laut durch die Lippen flog, wurde ihn die Dame gewahr, sprang auf, als wenn sie den feurigen Ziegenbock erblickt hätte, daß das arme Hündchen jammernd zu Boden stürzte, und rennte mit tugendhafter Eile davon: der Hund, um das Schrecken seiner Gebieterin zu rächen, lief klaffend auf den halb sinnlosen Heinrich zu und zwang ihn, seinen Posten zu verlassen. Der Hund sezte ihm mit unaufhörlichem Bellen nach: es erhub sich in den Nebenzimmern ein Getöse, man schlug Thüren auf, schlug Thüren zu, trampelte auf und ab: es ward ihm bange, was man mit ihm auszuführen gedenke, die eingebildete Gefahr gab ihm Entschlossenheit: er riß herzhaft eine Thür auf, flüchtete durch ein Zimmer, dann noch durch eins und nun war er zu großer Herzensfreude an der Treppe, sezte hinunter, der Hund hinter ihm drein. Der Bediente begegnete ihm in der Hausthür und wunderte sich nicht wenig, daß ein Mensch, den er schon längst nicht mehr im Hause glaubte, sich izt erst mit Hunden forthetzen ließ. So ein stürmisches Ende nahm die erste Patronschaft.

Doch Heinrich konnte sich nicht vorstellen, daß damit nun alles aus sey: davon hatte er gar keinen Begriff, daß ein Mann in einem hohen Posten nicht helfen *könne*; und daß ers nicht thun *wolle*, wenn er gleich könnte, der Gedanke galt in seinem Kopfe der Unmöglichkeit gleich. Er war sich bewußt, daß er jedem Aermern seinen lezten Pfennig geben würde, wenn er ihn in Noth sähe, daß er so bereitwillig, als er Schwingers kleinstes Verlangen erfüllte, von einem Ende der Stadt bis zum andern laufen würde, wenn Jemand einen Dienst von ihm foderte; und solche Leute, die viel älter waren, als er, und also nach seiner Voraussetzung besser seyn mußten, sollten schlechter denken und handeln als er? – Eine solche Vermuthung fiel ihm gar nicht ein, besonders da sie nach seinen jugendlichen Vorstellungen blos da waren, um Jedem zu helfen, der Hülfe bedurfte. Er erwartete sie standhaft von seinen Patronen und ließ sich keinen Kummer anfechten.

Eine Menge Krämer, die sich in einem Menschen von seinem Alter eine gute Kunde versprachen, begleiteten ihn bey seiner Rückkunft auf sein Zimmer und wunderten sich nicht wenig über die Entschlossenheit, mit welcher er seine Kauflustigkeit und ihren Einwendungen widerstand: aber einer andern Begierde konnte er desto weniger widerstehn: er brannte vor Verlangen, einen Gang um die katholische Kirche zu thun und neue Lorbern der Wohlthätigkeit einzuärnten: er fühlte etwas in sich, das ihn über sich selbst erhob, ein Entzücken, das ihn süßer begeisterte, als alle genoßne Freude – nur Ulrikens Gegenwart und der Gedanke an sie hielt ihm die Wage – er schien sich über die Sterblichkeit hinausgeschwungen, wenn er sich, umringt von einem Zirkel Knaben, dachte, die Hülfe von ihm flehten, wie er stolz dahergieng, bey jedem Schritte von einem neuen Dürftigen angesprochen wurde, mit edler Freigebigkeit ihr Elend milderte, und wie denn der ganze Trupp mit frohen Gesichtern und lautem Danke und Wünschen ihm nachlief, indessen daß er sich mit der Vorstellung ergötzte, diesen allen *geholfen* zu haben: das Bild rührte, bezauberte, fesselte ihn: in freudiger Berauschung füllte er seine Tasche und eilte nach dem Schauplatze seiner Wohlthätigkeit hin, und es fehlte ihm nie an Veranlassungen, die Freuden der Gutherzigkeit reichlich zu genießen.

Izt, Nachmittags, hatte er seinen menschenfreundlichen Spatziergang zweimal gethan und fühlte einen unwiderstehlichen Zug, ihn zum drittenmale zu wiederholen: er hatte freilich nur noch einen einzigen Thaler im Vermögen und wußte nicht, woher er Geld nehmen sollte: bedachtsam legte er den Thaler auf den Tisch, wenn ihm diese Bedenklichkeit einfiel, steckte ihn in die Tasche, wollte gehn, besann sich, überzählte sein Geld – es war und blieb nicht mehr als ein Thaler: er wollte auf dem Zimmer bleiben, stritt, kämpfte mit sich selbst und – gieng. Der Ruf seiner Wohlthätigkeit hatte sich schon, wie ein Lauffeuer, unter den Armen ausgebreitet: eine ansehnliche Zahl hatte sich Truppweise versammelt und erwartete ihn: wie er den ersten Schritt aus dem Hause sezte, tönte ihm schon eine klägliche Bitte entgegen: um sein Vergnügen zu verlängern, machte er zwar kleinere Portionen, aber die Menge der Prätendenten war so groß, daß er seinen Thaler schon rein ausgetheilt hatte, als er bey der katholischen Kirche anlangte: dort erwartete ihn der stärkste Theil der Armee, aus jedem Winkel geschah ein Anfall auf ihn: man nannte ihn den kleinen Prinzen, Eure Durchlaucht, Eure Hoheit: – welches Unglück! fühlte und suchte in allen Taschen und fand nichts. Den Kopf hätte er sich mit der Faust zersprengen mögen: beschämt, verwirrt, geängstigt, wie ein Missethäter, der ins Gefängniß geführt wird, eilte er mit niedergeschlagnen Augen dahin, und der ganze Haufen bittend und schmeichelnd hinter ihm drein: unter dieser zahlreichen Begleitung langte er zu Hause an, daß sich die Leute auf der Gasse und an Fenstern laut fragten, welches der Delinquent sey, den man einführte.

Dies war der unglücklichste Abend seines ganzen bisherigen Lebens: Scham und Aerger folterten ihn, und verstatteten ihm nur wenige Minuten ruhigen Schlaf. Er war von der Höhe seiner Einbildung herabgeworfen worden, und sollte noch tiefer herabsinken.

Der Lohnlackey hatte eine andre Herrschaft unterdessen zu bedienen bekommen, und bat also den Morgen darauf um seine Entlassung und Bezahlung. Herrmann gerieth in Todesangst: er mußte seinen Mangel an Gelde bekennen und ihn vertrösten, bis ihn sein Freund Schwinger aus der Verlegenheit reißen werde, an welchen er noch den nämlichen Tag schrieb. Den Augenblick verwandelte sich die übermäßige Höflichkeit des Bedienten in übermäßige Grobheit: er sagte einige empfindliche Reden und gieng. Heinrich hätte sich vor Aerger zum Fenster hinabstürzen mögen. Kurz darauf ließ der Wirth, dem der Lohnlackey großen Argwohn beygebracht hatte, seine Rechnung überreichen, mit dem Bedeuten, daß diesen Nachmittag eine Herrschaft das Zimmer in Besitz nehmen werde, die es schon vor vielen Wochen habe bestellen lassen: alle übrige Zimmer im ganzen Hause waren besezt. Er nahm das fatale Papier, warf sich in einen Lehnstuhl und schwieg.

Was nun zu thun? – Es war die erste Verlegenheit dieser Art in seinem ganzen Leben und griff ihn deswegen mit einer Stärke an, die ihn bis zur Verzweiflung brachte. Nicht zu bezahlen und fortzugehn? – das gab Ehre und Gewissenhaftigkeit nicht zu. Dazubleiben und um Nachsicht zu betteln? – das war ihm bitter wie der Tod. Sich an seine Patrone zu wenden? – So bedenklich ihm das schien, so bequemte er sich doch dazu. In vollem Vertrauen, daß Niemand eine Bitte abschlagen werde, die er auch den unbekanntesten Menschen nicht versagt hätte, gieng er zu dem einen und dem andern: der eine ließ ihn nicht vor sich, der andre war nicht zu Hause. Die Verlegenheit drückte, wie eine Zentnerlast, auf sein Herz: er konnte kaum athmen. An der Hausthür des Advokaten unterdrückte er alle Einwendungen der Ehre und faßte den verzweifelten Entschluß, sein bischen Habseligkeit dem Wirthe statt der Bezahlung zurückzulassen und in die Welt hineinzugehn. Die Gewisheit, was er thun wollte, erleichterte plözlich seinen Schmerz: sobald nur der Vorsaz gefaßt war, sezte sich alles in ihm in Bewegung, ihn zur Ausführung zu begeistern. Er wanderte mit heroischem Muthe zum pirnaischen Thore hinaus gerade dem großen Garten zu. Alle Reize der unendlich schönen Gegend, das ganze herrliche Amphitheater einer langen Ebne mit Bergen, Wäldern und fernen vielgestalteten Felsen umgürtet, fesselte ihn nicht. Kummer und Muth, Besorgniß und Entschlossenheit kämpften in ihm mit tirannischer Wuth. Er suchte einen einsamen Ort, warf sich in dem dicksten Gebüsche auf den Boden hin und seufzte. Er kehrte seinen Plan auf allen Seiten herum und wußte ihm keine beßre Wendung zu geben, als daß er sich vornahm, den nächsten Pfarrer oder Schulmeister um Aufnahme und Unterhalt zu ersuchen und jede Arbeit dafür zu übernehmen, deren er fähig wäre. Der Schluß war so fest, so unerschütterlich, als die Tanne, die ihn mit ihren tiefhängenden Aesten beschattete.

Ein Fasan erhub in der Nachbarschaft seine rauhe Stimme, er erhielt Verstärkung und der Gesang wurde zum allgemeinen Chor: auf allen Bäumen hüpften und zwitscherten Vögel in mannichfaltiger Vermischung, so munter, so frölich, als wenn sie seines Elends spotten wollten: das ganze Gebüsch war Ein lauttönendes Konzert glücklicher Geschöpfe. »O ihr seligen Geschöpfe! ihr bedürft keines elenden Silbers oder Goldes, um glücklich zu seyn!« sprach er, stund auf, gieng tiefer ins Gebüsch, um der widrig frölichen Musik zu entgehn. Er trat in einen schauernden, finstern Gang, wo unter dem Gewölbe verschlungner Fichtenäste todte Stille und Melancholie, wie ein ausgebreiteter Flor, schwebte: je grauser, je willkommner: je mehr er schauerte, je glücklicher fühlte er sich. Das finstre, lebenlose Leere des Orts spannte die Flügel seiner Einbildungskraft: das Gewölbe wurde enger und düstrer: ein schmaler weißer Sandweg leuchtete in verzognen Krümmungen durch die Dunkelheit vor ihm her: bald wurde er ihm zu einem Geiste, in weißes Gewand gehüllt, der ihn leitete; bald war es Ulrike in ihrem Atlaskleide, die ihn aus dem Labyrinthe führte: er hörte Atlas rauschen: der weiße Weg verlor sich, und Ulrike verschwand. Welche Betrübniß! auch eingebildetes Glück muß ihm das misgünstige Schicksal rauben! – Izt schimmerte fernher der Pfad wieder aus den aufgehäuften dürren Fichtennadeln hervor: welche Freude! Als wenn die leibhafte Ulrike sich wieder zu ihm eingefunden hätte!

»O Ulrike!« rief er und schlug die Hände über dem Kopf zusammen, als sich der Weg zum zweitenmale verlor, »wenn ich jemals so wieder bey dir sitzen könnte, wie am Abende, als ich mich von dir trennen mußte! Das war ein Leben! ein Leben, um sich niemals den Tod zu wünschen. – Aber izt! izt bin ich schon so gut als todt. Um meiner Nahrung willen muß ich auf einem Dorfe vermodern, verachtet und unbekannt dahinsterben: Du eilst der Ehre und dem Reichthum entgegen, vergissest mich in Wollust und Freuden; und ich! – was werd' ich? – ein verachteter, elender Bettler, der ums Brod arbeiten muß! – O wenn ich wieder jung werden, und an alle die Oerter der Freude, zu meinem Freunde, zu Ulriken zurückkehren dürfte!« –

Er schwieg lange: dann fuhr er hastig auf:

»Aber wenn sie nun wirklich nach Dresden käme! wenn sie mir nun nachgegangen wäre! wenn sie nun wirklich in dieser Minute, heute oder morgen ankäme! und ich hätte die Stadt verlassen! sie fände mich nicht, und gerieth in noch größres Elend als ich! – Nein, ich muß zurück! ich muß! ich muß!« –

Uebereilend drängte er sich durchs Gebüsch hindurch und schonte weder Haut, noch Kleidung, als wenn sie schon außen auf ihn wartete. Plözlich war er auf einem freyen Platze, und die ganze Stadt mit Thürmen, Häusern und Gärten in schönsten Sonnenglanze vor ihm: der glänzende Anblick, wie er so schnell auf den vorigen melancholischen Aufenthalt folgte, riß seine Seele empor: er schien sich aus einem Kerker gezogen, und die Sonne zerstreute seinen Kummer, wie Nebel. Er wurde durch eine geheime Macht nach der Stadt hingezogen, und bey jedem Schritte wuchs mit seinem Wunsche die Wahrscheinlichkeit, daß der Advokat sich seiner annehmen werde. Diesen Mittag zu hungern, weil es nicht anders seyn könnte, hatte er sich schon gefaßt gemacht.

Er schwankte, ob er in seine Wohnung zurückgehn sollte: endlich entschloß er sich dazu, und war sogar nicht übel willens, etwas von seinen Habseligkeiten auf allen Fall in die Tasche zu stecken: er erschrak bis zum Erröthen, als sich ihm diese Vorsichtigkeit wie eine Betrügerey vorstellte. Nein, sagte er sich, ich muß erst meine Sachen taxiren, ob sie zur Bezahlung zureichen; und dann –

Hier kam ihm eben der Lohnlackey sehr freundlich und dienstfertig entgegen und bückte sich vor ihm, daß die Nase aufs Knie stieß: er wollte seiner Höflichkeit gar kein Ende machen. Das unerwartete Betragen war unerklärlich. – »Bleiben sie ja ein Viertelstündchen zu Hause! sprach er und lief eilfertig nach dem Hute: ich will gleich Jemanden holen: das wird eine Freude seyn!« – Mit diesen kurz herausgeathmeten Worten lief er davon, und ließ Heinrichen Zeit, über seinen Text Muthmaßungen zu machen. Was war natürlicher, als daß es die Baronesse seyn mußte, die er holte? – Sie war eben angekommen, hatte sich bey einem seiner Patrone nach ihm erkundigt, ihn hier aufgesucht, nicht gefunden, dem Lohnlackey ein gutes Trinkgeld versprochen, wenn er sie sogleich nach seiner Rückkunft rief, und um dieses thun zu können, mußte sie Geld mit sich bringen: aber woher das? – Ey! konnte sie denn nicht ihre diamantnen Ohrgehenke verkauft haben? Oder vielleicht hatte sie sich Schwingern anvertraut: vielleicht hatte er ihr durchgeholfen, Geld geborgt: – aber was brauchte er sich denn darum zu bekümmern, wie sie zum Gelde kam? Genug, sie sollte angekommen seyn und Geld bey sich führen, um ihn aus seiner Verlegenheit zu reißen: das ist nun so eine zusammenhängende, einleuchtend wahre Geschichte! je mehr er sie wahr wünschte, je mehr vergaß er, daß er sie blos *muthmaßte*.

Nach langem ungeduldigem Hoffen hörte er die Stimme des Lohnlackeys: sein Herz klopfte, er zitterte, er flog nach der Thür, riß sie auf und – erblickte eine Perucke, einen ölgelben Rock, von oben bis unten zugeknöpft, schwarze Unterkleider und einen silbernen Duodezdegen, der aus der Oefnung des Schooßes hervorguckte – mit einem Worte, seinen Patron, den gutmüthigen Advokaten.

Lieber Sohn, fieng er an, du sollst heute bey mir essen: meine Frau ist verreist. Wenn die Katze nicht zu Hause ist, macht sich die Maus lustig, wir wollen hoch zusammen leben; und wenn du so angebrachter Maßen bey mir als heute Mittags, issest, so wollen wir weiter *deliber*iren, was *in puncto* deines Fortkommens zu thun und zu machen ist. –

Er berichtete zugleich, daß er ihn schon zweymal vergeblich gesucht und in der Nachbarschaft bey einem Freunde erwartet habe. Welche fröhliche Bothschaft! – Sie wanderten zusammen fort.

Bey Tische entdeckte er ihm, daß er seine Rechnung im Gasthofe bezahlt habe und ihn zu sich ins Haus nehmen wolle: aber was ihn dazu so schnell bewegte, verschwieg er ihm. Schwinger hatte ihn in einem zweiten Briefe ersucht, seinen Freund zu sich zu nehmen und Tisch und Wohnung vierteljährig für ihn zu bezahlen versprochen. – Aber lassen Sie ihn nichts davon merken! schrieb er. Der Pursche muß glauben, seinen Unterhalt durch seine Arbeit zu verdienen, damit er sich daran gewöhnt und es ohne Widerwillen thut, wenn ers bedarf. Beschäftigen Sie ihn also unaufhörlich, und unterlassen Sie nichts, was Sie zu seinem künftigen Fortkommen beytragen können! Vielleicht kann ich ihn in einem halben Jahre wieder zu mir zurückholen: der Oberpfarr in G** ist gefährlich krank: man hat mir seinen Platz versprochen: stirbt er, so werde ich schon weiter für den jungen Menschen sorgen. Er liegt mir am Herzen, wie mein Sohn« –

Der gutmüthige Doktor *Nikasius* – so heißt er – war unmittelbar nach Durchlesung des Briefs so fest, wie itzo, entschlossen, die Bitte seines Freundes gewissenhaft zu erfüllen: aber die Frau! die Frau! – Er gestund Heinrichen offenherzig, daß sie das große Hinderniß bey allem Guten sey, was er nur jemals thun wollte: – aber, sezte er hinzu, wir wollen sie schon dergestalt und allermaßen hinter das

Licht führen, daß sie sich fordersamst zum Ziel legen soll. Anlangend nun deine Herkunft, als wollen wir ihr dergestalt und allermaßen überreden, du seyst ein Edelmann: denn die Hexe will mit Niemanden sonst etwas zu thun und zu schaffen haben. Wenn du nun zwar kein Edelmann bist, noch seyn oder heißen willst und dir solchemnach allerhand Calamitäten und Beschwerden durch Arrogirung einer unerweislichen Geburt zuwachsen und erfolgen dürften, solchergestalt also wollen wir ihr ferner geflissentlich anheimstellen, deine Geburt als ein *Fideicommissium* wohl und geziemend zu bewahren, auch Niemanden zu entdecken, noch viel weniger zu offenbaren, welchergestalt und auf was für Art und Weise es nur immer seyn und geschehen möge. Zufolge dessen sollen alle deine *res mobiles* noch heute anhero gebracht und geschaft werden, damit du *in possessione* bist und sie dich sofort ohne große Unhöflichkeit nicht *extrudiren* kann.« –

Die Anstalt wurde auch sogleich gemacht und Heinrich in den Besitz einer Kammer gesetzt, bis die Frau Gemahlin eine Stube für ihn bewilligen wollte. Nachdem die Geschäfte besorgt waren, kehrte der Doktor wieder zur Freude zurück und sprach und handelte so natürlich, wie jeder andre Mensch: sobald etwas nur die mindste Miene eines Geschäftes hatte, sprach er in seinem schwerfälligen tavtologischen Stile, und wenn er auch nur dem Bedienten, ein Stück Akten wegzutragen befahl. Um die Abwesenheit seiner Frau recht zu genießen, hatte er einige Universitätsfreunde auf den Nachmittag zu sich gebeten, die ihm das Andenken seiner frohen akademischen Jahre erneuern helfen sollten. Er war ein ungemeiner Liebhaber der studentenmäßigen oder *fidelen* Lebensart, wie er sie nannte, und durfte sich vor seiner Frau, einer sehr ceremoniösen Dame, nichts davon merken lassen.

Die Gäste erschienen, tranken und rauchten Tabak und wurden so aufgeräumt, als wenn die Freude ihre leibhafte Mutter wäre: sie erzählten sich Schwänke und kurzweilige Histörlein, und auf jedes folgte ein so lautes allgemeines Gelächter, daß die Gläser und Fensterscheiben zitterten. Das Lustigste für den Zuschauer bey dieser auserlesenen Gesellschaft bestund darinne, daß ein jedes von den vier Mitgliedern sich ein Wort angewöhnt hatte, welches er ohne Sinn und Zusammenhang unaufhörlich wiederholte.

Her *Fabricius* trat herein, machte eine Verbeugung und ohne ein Wort gesprochen zu haben, fieng er an: – »Wie gesagt, ich bin Ihr gesorsamer Diener.«

Der Wirth antwortete: »Seyn Sie willkommen dergestalt und allermaßen.«

FABRICIUS

Wie gesagt, Brüderchen, ich habe dich lange warten lassen: aber wie gesagt, wo stecken die andern Hundsfötter? Wie gesagt, bin ich ja doch nicht der Lezte.

NIKASIUS

Die Schurken werden dergestalt und allermaßen wohl zu thun haben.

Herr *Piper* guckte scherzhaft zur Thür herein: – »Nämlich hauptsächlich, seyd Ihr böse auf mich, ihr Halunken?«

FABRICIUS

Wie gesagt, du Pfannkuchenkopf, warum bleibst du so lange?

PIPER

Du Schweinigel, ich konnte ja nämlich hauptsächlich nicht eher kommen.

Herr *Furiosus* riß die Thür auf, trat, den Hut auf dem Kopfe, herein und brüllte: – »Und abermals guten Tag, ihr Hundejungen!«

TUTTI

Großen Dank, Herr Hasenfuß!

In einem so kräftig liebkosenden Tone wurde das Gespräch fortgesetzt und zwar mit einer Unerschöpflichkeit an Schimpfwörtern, daß keins mehr als zweimal zum Vorschein kam: der *schlechte Spas* schwang seine Flügel über sie und schüttelte einen Plazregen von plumpen Einfällen unter ihnen aus. Als ihre Lustigkeit im höchsten Schwunge war, fand sich ein junger Doktor, der vor kurzem von der Akademie zurückgekehrt war, ein Männchen *à quatre epingles*, vom Kopf bis auf die Füße wie aus

Wachs geformt, mit vielen scharrenden Verbeugungen und schnatternden Komplimenten bey ihnen ein, um dem Herrn vom Hause die Aufwartung zu machen. Die Gesellschaft trat im Zirkel um ihn herum und bließ eine so ungeheure Menge Rauch auf das gepuzte Herrchen los, daß die Flittern seiner gestickten Knöpfe, wie blinkende Sternchen durch Regenwolken, schimmerten: außerdem verloren seine Komplimente Geschmeidigkeit und Fluß, weil ihm der erstickende Dampf auf die Lunge fiel und ihn jeden Augenblick zu husten nöthigte. Zulezt wurde die Wolke so dicht, daß sie ihn nicht mehr sahen: es entstund allgemeine Stille, weil er vor Ersticken nicht mehr reden konnte: man glaubte also wirklich, er sey aus Verdruß ohne Abschied fortgegangen. Das arme Doktorchen, das vor Berauschung und Taumel des Kopfs nicht sah noch hörte, suchte die Thür und konnte sie schlechterdings nicht finden: er wankte hin und her.

»Wie gesagt, der Narr ist fort,« fieng *Fabricius* an.

»Ich empfehle – mich – Ihnen gehorsamst« – flüsterte ein kraftloses Stimmchen aus der Dampfwolke hervor. Es war der halb ohnmächtige Doktor, der nach langem Taumeln eine Thür erwischt hatte und zu ihr hinauswankte: aber er hatte die falsche erwischt; denn er kam in die Schlafstube. Er merkte wohl, daß er unrecht sey, allein seine Schwäche überwältigte ihn so stark, daß er unmöglich der Versuchung widerstehn konnte, der Einladung eines schönen kattunen Vorhangbettes zu folgen: entweder glaubte er in seinem Schwindel, wirklich schon zu Hause zu seyn, oder wollte er blos die Gelegenheit zur Erholung nützen? – genug, er warf sich, wie er war, auf das Bette und schlief ein. Inzwischen freute sich die dampfende Gesellschaft ihres Triumphs über den schöngepuzten Doktor, und die Unterredung lenkte sich allmählich auf die Weiber, worunter keine sonderlich gut wegkam: ein Jeder wollte mit der seinigen eine schlimme Operation vornehmen: der eine wollte sie, wie gesagt, unter die Freipartie thun, der andre wollte sie nämlich hauptsächlich in einem Zuchthause versorgen: Nikasius wollte die seinige dergestalt und allermaßen auf Intressen austhun, und Furiosus dachte, und abermals, ein *depositum miserabile* aus ihr zu machen. Ihr Witz lief noch lange Zeit in diesem Gleise fort, als plözlich die Thür aufgieng: man hatte die Fenster geöfnet, um die Atmosphäre vom Qualme zu reinigen, und durch die dünnen Dampfwolken zeigte sich – die Dame vom Hause.

Wie eine Schildwache, die mit scharfgeschultertem Gewehre vor dem vorübergehenden Offizier in steifer Ehrerbietigkeit dasteht, trat die ganze Gesellschaft dahin, streckte die Pfeifen und zog die Hüte von den Köpfen, als die Frau vom Hause erschien. Niemand sprach: mit unwilligem Schütteln des Hauptes und kochendem Grimme im Herze begab sie sich wieder hinweg: dem Herrn Gemahle entsank Muth und Lustigkeit: wie ein Kind, das Knecht Ruprecht gescheucht hat, gieng er ängstlich in der Stube herum und wunderte sich, warum seine Frau schon wiederkäme, da sie doch erst morgen Abend hätte eintreffen sollen. Herr *Piper* nahm seinen Stock und sagte nämlich hauptsächlich gute Nacht: *Furiosus* wünschte, daß der Teufel, und abermals, die Hexe fortgeführt haben möchte. – »Wie gesagt, wir müssen gehen,« sprach *Fabricius* unmuthig. »Ja. Brüderchen,« sagte der Herr vom Hause mit verzerrtem Gesichte, »das wird wohl dergestalt und allermaßen das Beste seyn.« – Man folgte seinem Rathe.

VIERTES KAPITEL

Um die erzürnte Ehefrau wieder auszusöhnen, begab sich der Mann unmittelbar nach dem Abschiede seiner Freunde zu ihr und bewillkommte sie in der Form: da sie keinen kleinen Vorrath von Eigendünkel besaß und die vornehme Dame gern spielen wollte, so war eine solche Formalität für sie ein angenehmes Sühnopfer. Er küßte ihr die Hand – sie schmunzelte: – er machte drey förmliche Verbeugungen rückwärts und wünschte zur erfreulichen Rückkunft Glück.

»Du bist einmal lustig gewesen, Papachen?« sprach die Frau mit stolzem, verdrießlichem Tone zu ihm herab und machte ihr Reisekleid los: der Mann sprang hinzu und half ihr: sie dankte ihm mit einer preziosen Verbeugung. Diese Hülfe hatte ihm die Antwort auf ihre Frage erspart: sie fuhr also fort.

»Nun werd' ich wohl vierzehn Tage lang den Studentengeruch nicht wieder aus dem Hause bringen.« –

Ohne sie ausreden zu lassen, unterbrach sie der Mann: »Mein Aeugelchen, willst du etwa The, Kaffe, oder etwas zu essen? Ich will gleich bestellen.« – Sie dankte.

DIE FRAU

Wenn du dir nur einmal das böse Studentenleben abgewöhnen könntest! Man darf auch nicht den Rücken kehren, so fällst du gleich wieder in deine alten Sünden zurück. Man zieht seine Schande an dir. Kannst du denn nicht einmal ein Mann werden, der seinem Stande Ehre macht? – So laß doch die Tabaksbrüder sich in Kneipen und Schenken herumwälzen, und beschimpfe dich und deine Frau nicht durch solche schlechte Gesellschaft! – Werden die Leute nicht denken, daß bey uns alles vollauf ist, wenn du so schmausest und brausest? Man kann ja das Geld zu bessern Gesellschaften und anständigern Besuchen sparen.

DER MANN

Hm! hm! Fatal! recht fatal, daß ich mich dazu habe bereden lassen! Es soll nicht wieder geschehn, mein Mäuschen.

DIE FRAU

Das hast du mir schon tausendmal versprochen, Papachen. Ich will auch gar nicht mehr aus dem Hause gehn ohne dich.

DER MANN

Fatal! recht fatal! – Verlaß dich auf dein Papachen! Es soll nicht wieder geschehn.

DIE FRAU

Und oben drein zu so ungelegner Zeit die alten Dampfgäste daher zu setzen! Ich muß ja morgen Abend zu essen geben. Die Gäste möchten sich die Nase zuhalten, so übel wird das ganze Haus riechen.

DER MANN

Vielleicht haben sie den Schnupfen. Wenns ihnen nicht gut in meinem Hause riecht, ist mirs desto lieber. Da kommen sie dergestalt und allermaßen nicht wieder.

DIE FRAU

Ja, freilich, dir sind deine lustigen Saufbuben lieber als hübsche Leute.

DER MANN

Die hübschen Leute machen mir dergestalt und allermaßen nicht halb so viel Vergnügen als meine lustigen Kameraden. Da giebst du mir elende Suppen und magres Zugemüße, damit du alle Monate einmal deinen hübschen Leuten vollauf vorsetzen kannst, daß dergestalt und allermaßen der Tisch brechen möchte. Ich lobe mirs, alle Tage gut gegessen –

DIE FRAU

Wenn du das Geld dazu hast!

DER MANN

Das hätten wir wohl. Wenn wir nicht alle vier Wochen einmal den hübschen Leuten meinen Verdienst zu verzehren gäben, so brauchten wir nicht die übrige Zeit so kümmerlich und jämmerlich zu fressen. Mir ist dergestalt und allermaßen eine kleine wohlfeile Lust, die man oft anstellen kann, tausendmal lieber, als so eine seltne kostbare Fresserey, wobey man sich den Magen verdirbt und des Lebens unter den hübschen Leuten nicht froh wird. Laß sie Kaffe saufen, wenn du ja Besuch haben willst, und damit gut! oder gieb guten Freunden ein Paar Schüsseln, und das oft, und laß uns frölich und guter Dinge dabey seyn!

DIE FRAU

Schweig, Papachen! das verstehst du nicht.

DERMANN

Ja, ja; ich bins ja zufrieden, wenns nicht anders seyn kann. – Aber –

DIE FRAU

Papachen, geh an deine Arbeit! Akten verstehst du: verdiene du nur Geld! wie es verthan werden soll, das versteh' ich. – Geh! arbeite!

DERMANN

Ja, ja, Mäuschen: ich wills ja thun.

Er gehorchte: sie merkte wohl, daß ihm noch etwas auf dem Herzen lag, aber sie trug kein großes Verlangen, es zu erfahren. Er wollte ihr Heinrichs Aufnahme in sein Haus hinterbringen, das war es: gleichwohl wußte er nicht, wie er sich am besten dabey benehmen sollte. Er berief ihn zu sich auf seine Stube, um ihm die Marotten seiner Frau bekannt zu machen, damit er desto leichter das Geheimniß erriethe, sich in ihre Gunst zu setzen.

»*Pro primo*, hub er an, hat meine Frau dergestalt und allermaßen einen recht spanischen Stolz – nimm einen Bogen Papier und schreib, wie ich dir vorsage! – sie läßt sich gern die Hände küssen, sie sieht es sehr gern, daß man tiefe, tiefe Reverenze vor ihr macht. und nimmts übel, wenn sie nicht tief genug sind: sie wird böse, wenn man sie Madam nennt: Frau Doktorin muß man sie nennen, wenn sie antworten soll; und krieg' ich einen Titel – welches ich nächst Gottes Hülfe in wenig Wochen erwarte – dann muß man jedesmal nach zwey Worten den Titel einschieben, damit diejenigen, so es nicht wissen, gleich erfahren, wen sie zum Manne hat. Wenn man von ihr und sich selbst zu gleicher Zeit spricht, so muß sie zuerst genennet werden, oder sie macht ein Gesicht, wie eine wilde Katze. Zur Thür hinein oder heraus muß sie allemal vorangehn, oder es läuft übel ab. Auch muß man, so viel möglich, sich hüten, gegen sie sich solcher natürlichen Ausdrücke zu bedienen, wie folgende: ich habe Sie im Zwinger gesehn – Sie haben hier eine Faser hängen – Gehn Sie voran! – Dafür sage man zierlicher zu ihr: Frau Doktorin, ich habe die Frau Doktorin im Zwinger gesehn – Die Frau Doktorin haben hier eine Faser hängen – Die Frau Doktorin belieben voranzugehn! – Wer sie mit der linken Hand führen will, ist ihr Todfeind: sie zieht in einem solchen Falle ihre Hand zurück und rümpft die Nase. *Item* muß man sich alles Naseputzens, Räusperns, Ausspeyens, starken Redens und andern Geräusches, was und welcherley es seyn möge, sorgfältigst in ihrer Nähe enthalten: je leiser und unverständlicher man spricht, je angenehmer ist es für sie.

Item darf man nicht frey und offen, sondern beständig mit einer Art von Zwang und ehrerbietiger Scheu mit ihr sprechen, nicht zu nahe zu ihr treten, sondern sich, so sehr als möglich, bey der Thür halten, nie lustig und aufgeräumt, sondern beständig ernst, gesetzt, langsam, feierlich und mit häufigen Komplimenten und Verbeugungen zu ihr reden. – Wer diese und andre Gebote hält, dem wird es nie an Gunst und guter Meinung bey ihr fehlen.«

»*Pro secundo* hat besagte meine Frau einen kurzsichtigen Verstand, und hält deswegen jede Meinung für abscheulich, die nicht die ihrige ist, es sey in politischen, ökonomischen oder anderweitigen Angelegenheiten. Wer nicht *ihre* Meinung trift, den haßt, den verfolgt sie. – In Religionssachen ist sie ungemein küzlich: sie hat einen eisernen Glauben, und wer nicht glaubt, wie sie, ist ein Bösewicht: zuweilen schwärmt sie gar und ist schon einmal erzfanatisch gewesen: der Himmel bewahre sie vor einem Recidiv! Die Prediger betet sie an, und ihre Worte sind ihr Orakelsprüche: man darf deswegen in ihrer Gegenwart keinen nennen, ohne das Haupt zu entblößen. Von der Philosophie hält sie nicht viel, und von der Poesie gar nichts – *NB.* gereimte geistliche Lieder ausgenommen. – Sie spricht am liebsten vom Hofe, und am besten von Domestiken. Durch ein zweideutiges, auch wohl unschuldiges Wort kann man in ihren Augen zum Freigeiste werden, und ist man das einmal, dann wird man von ihr geflohen, wie der Erzfeind. Sie glaubt einen Teufel: wer ihn vor ihr bey Namen nennt, ist verflucht, auch darf man ihm sonst nichts zu Leide thun. Sie versteht im Grunde von allem nichts, ist einfältig und unwissend, wie ein Trampelthier, nimmt es aber höchst übel, wenn Jemand etwas besser zu verstehn glaubt. Sie ist intolerant, daß sie Jeden bey langsamem Feuer braten würde, der nicht so glaubt, denkt und handelt, wie sie, wenn das Verbrennen nicht durch die Geseze verboten wäre.«

»*Pro tertio*, ihren Willen anlangend, ist sie überaus argwöhnisch: da sie von blödem Verstande und ohne Kenntniß ist, dabey ihre Schwäche bey vielen Gelegenheiten merkt, so glaubt sie sich gleich *gemeint*, wenn man von etwas spricht, das sie treffen könnte. Ferner ist sie mistrauisch, zurückhaltend, knickerich, voll Bettelstolz, Prahlerey, Kleidersucht, Eitelkeit. Troz dieser mannichfaltigen Fehler ist sie zuweilen so gutherzig, wie ein Schaf. Nicht minder« –

Eben trat das Original herein: man mußte also die Schilderung beyseite legen, weil man es nicht für rathsam hielt zu erfahren, ob die Dame ihr Porträt ähnlich fände. Sie erstaunte über die Gegenwart des jungen Menschen: Heinrich besann sich sogleich auf den ersten Artikel seiner Instruktion und fuhr mit einem tiefen, tiefen Reverenze nach ihrer Hand, küßte sie und trat vier große Schritte weit nach einer abermaligen Verbeugung zurück. – »Wer ist denn *der?*« fragte sie ihren Mann. – »Kennst du ihn nicht, Mäuschen? antwortete der Doktor. Der junge Mensch, der vor einigen Tagen« –

DIEFRAU

Den Brief brachte? – Was will er denn schon wieder? –

Die Frage wurde mit dem verdrießlichsten, gedehntesten Accente gesagt. Der Mann brachte die verabredete Lüge vor: und kaum hatte sie erfahren, daß er ein Edelmann sey, als sie sich mit einer tiefen, graziosen Verbeugung zu ihm wandte und sich, voll unbeschreiblicher Freundlichkeit, über die Ehre freute, Ihro Gnaden zu beherbergen –

»Still!« rief der Mann und gebot ihr, seinen Stand nicht zu verrathen. Sie flog, eine Mahlzeit zu bereiten, wie sie sich für einen solchen Gast schickte, machte ihm ihr bestes Zimmer zurechte, und Heinrich spielte die anbefohlne Rolle der komplimentarischen Ehrerbietigkeit so gut, daß er noch den nämlichen Abend bey Tische vom Kopf bis zum Füßen in ihrer Gunst saß.

Bey dem Schlafengehen legte sie ihrem Manne einen wichtigen Punkt über die Etikette vor, die man gegen den jungen Herrn beobachten sollte, da man ihn nicht seinem Stande gemäß behandeln und tituliren dürfte. Die erste Frage war – ob man ihn *Monsieur*[3] nennen sollte? – Die Stimmen theilten sich: man stritt heftig und lange; und weil der Mann die Negative ergriff, sagte die Frau Ja. Alsdann schritt man zum zweiten wichtigen Punkte – »soll man den jungen Menschen *Sie, Ihr, Er* oder *Du* heißen.« – Bey einer so großen Menge möglicher Fälle wurde die Frage in vier verschiedene Untersuchungen abgetheilt, und die Berathschlagung kam vor zwölf Uhren nicht zum Schlusse, welcher dahin ausfiel, »daß man, um dem jungen Menschen, da er nicht unter seiner wirklichen Qualität erscheinen dürfte, weder zu viel noch zu wenig Ehre zu erweisen, sich keiner jener vier Arten der deutschen Höflichkeit, sondern des Wörtleins *Man* gegen ihn bedienen wolle« – versteht sich, daß sich der Mann bey der ganzen Ueberlegung blos leidend verhielt und bey den Kurialien blieb, die er bisher schon gegen ihn gebraucht hatte!

Die übrigen Punkte wollen wir bey Gelegenheit in Erwägung ziehen – sagte die Frau gähnend und schlug die Vorhänge zurück, um ins Bette zu steigen. – Ach! schrie sie laut und sank dem hinter ihr stehenden Manne in die Arme.

»Mäuschen, was ist dir denn?« – Ach, Papachen! – dabey blieb sie.

Papachen sezte die Frau in einem Armstuhle ab und holte die Nachtlampe, leuchtete ins Bett – beym Jupiter! da lag langausgestreckt und schnarchend, als wenn ihn Merkurs Ruthe eingeschläfert hätte, der schöngepuzte Doktor, der sich Nachmittags in dem Tabakrauche verirrt hatte! da lag er, durch den narkotischen Dampf in einen Todesschlaf versenkt, mit dem Degen und *chapeau bas*, wie ein schlafender Endymion, *à la française* gepuzt! rührte kein Glied, so sehr er geschüttelt wurde! Endlich erwachte er, rekte sich, erhub sich langsam in die Höhe und sprach zum Doktor Nikasius, den er für seinen Bedienten ansah: – »Kleidet mich aus!« – Ueber eine Weile fuhr er auf: – »Nu! was wartet denn der Schlingel? Ich bin wie zerschlagen.« – Indem er dies sagte, blickte er mit den halbblinzenden Augen nach der Frau Doktorin hin. – »Was Teufel! stammelte er schlaftrunken, bist du hier, Lieschen? Heute ist es nichts,« – und so sank er wieder zurück. Der Doktor Nikasius ergrimmte und klopfte mit den Fäusten so derb auf seinem Rücken herum, daß er aufsprang und sich zur Wehr stellte. Izt erkannte er seinen Gegner bey dem hellbrennenden Lichte, das die Frau Doktorin unterdessen angezündet hatte. Neue Verwunderung, warum ihn diese beiden Leute im äußersten Neglische besuchten! denn er glaubte noch immer bey sich zu Hause zu seyn: man überzeugte ihn von seinem Irrthume, und er wanderte beschämt und einfältig, wie ein Kind, davon, daß ihm der Doktor Nikasius kaum mit dem Lichte folgen konnte, um ihm die Hausthür zu öfnen: er stolperte über Tisch und Stüle hinweg, verirrte sich, und so jagten die beiden Leute einander ewig durch alle Stuben durch, ohne sich finden zu können, bis der Hausherr den Gast bey dem Arme erwischte und zur Treppe hinunter führte.

Den folgenden Morgen mußte Herrmann bey der Frau vom Hause den Thee einnehmen: sie erzeigte ihm diese Höflichkeit, um ihn auf ihre Seite zu ziehn, wenn vielleicht zwischen ihr und dem Manne Faktionen entstehen sollten. Sie entwarf ihm deswegen das Porträt des Herrn Gemahls.

Mein Mann ist ein guter Narr, begann sie: man kann aus ihm und mit ihm machen, was man will. Er glaubt weder Himmel noch Hölle, aber Gespenster: er hält nicht viel auf sich: wenn er nur lustig seyn kann, so ist er im Stande, mit Schuster und Schneider umzugehn. Mit dem Gelde weis er gar nicht hauszuhalten: er wirfts weg, wie ers beköммt, wenn ihn Jemand darum bittet. – Ich sage das nur, damit man sich an seinem Beyspiele spiegelt und sich nicht von ihm verderben läßt: besonders nehme man sich vor seinem Unglauben in Acht und richte sich deswegen blos nach mir. Wer meinen Lehren und Ermahnungen folgt, der ist wohlberathen: man kann bey mir den Ausbund aller Herz und Seele stärkenden Bücher erhalten, und man lese nur fleißig darinne, so wird es nicht an Segen und Gedeyen fehlen. Ich werde mir zuweilen selbst die Mühe geben und zum Lesen anhalten, damit man nicht durch den Unglauben meines Mannes angesteckt wird.« –

Im Grunde wollte sich die Dame durch diese Vertraulichkeit nur den Weg zu einer Befriedigung ihrer Neubegierde bahnen: sie lag ihr wie eine zentnerschwere Last, auf dem Herze, es ängstigte und drückte sie das Verlangen, zu erfahren, warum Herrmann seine Geburt verheimlichte: sie muthmaßte, wer weis welche Geheimnisse dahinter. Deswegen rückte sie immer näher zur Sache, erkundigte sich nach dem gnädigen Herrn Vater und der gnädigen Frau Mutter – Heinrich war in der äußersten Verlegenheit und antwortete höchstlakonisch. Da auf diese Manier nichts herauskommen wollte, so schritt sie zu der unausweichbaren Frage, warum er seinen Adel verberge. Heinrich fühlte in der falschen Anmaßung eines höhern Standes und dem Kunstgriffe, sich durch eine Lüge in der Gunst einer Frau zu befestigen, die er nicht sonderlich hochachtete, so etwas aufbringendes, so etwas erniedrigendes, daß er nach einer zweyten Wiederholung ihrer Frage die reine Wahrheit gerade heraussagte, ohne Einen Umstand seiner Herkunft zu verhelen. Die Frau Doktorin empfand in dem Augenblicke gegen den aufrichtigen jungen Menschen eine so tiefe, tiefe Verachtung, daß sie sogleich das Gespräch abbrach und ihm auf seine Stube sich zu begeben gebot.

Auf der Stelle eilte sie zum Manne, ihm über die entdeckte Lüge Vorhaltung zu thun: der friedliebende Doktor, der sich lieber mit sechs Parteyen vor Gericht, als mit seinem Weibe einmal zankte, suchte zwar anfangs durch angenommene Unwissenheit der fernern Untersuchung zu entgehn, allein da er sich durch das eigne Zeugniß des jungen Menschen überführt sah, so bekannte und beichtete er seine Sünde offenherzig und entschuldigte sie mit der guten Absicht, nahm mit einem treffenden Verweise vorlieb und schrieb ruhig an seinen Akten fort.

Ihr Unwille wuchs noch mehr, als sich sogar ihr Eigennutz auch betrogen fand: sie hatte in der ersten Berauschung über die Ehre, einen jungen Kawalier bey sich zu beherbergen, vorausgesetzt, daß die Bezahlung dafür noch nicht bestimmt sey, sondern daß man ihr ohne Widerrede jede noch so große Foderung zugestehn werde – leicht zu erachten, daß ihre Foderung nicht klein ausfallen sollte! – wie stuzte, wie knirschte sie, als ihr der Mann bey genauer Nachfrage offenbarte, für welch geringes Geld der gutherzige Narr – wie sie ihn bey der Gelegenheit nannte – Tisch und Wohnung versprochen hatte. Er wurde ausgefilzt, wie ein Schulknabe; und um seine hochgebietende Frau Gemahlin zu beruhigen, gelobte er an, eine Zulage von Schwingern zu verlangen. Daß es der gute Mann über sein Herz hätte bringen können! Nein, lieber bezahlte er der Frau aus seinem eignen Beutel die gefoderte Erhöhung der Pension, und überredete sie, daß er sie von seinem Freunde geschickt bekomme. Auch diese vermehrte Summe war ihr immer noch nicht genug: da sie gar nichts an der Ehre gewann, so wollte sie sich durch desto größern Nutzen schadlos halten, und drang endlich mit einem Haufen scheinbarer Gründe in den Mann, ihr diese Last aus dem Hause zu schaffen. Der Mann widerstand mit seinem ganzen kleinen Vorrathe von Muth.

»Bedenke doch nur, Mäuschen!« sprach er bey einer Unterredung über diese Angelegenheit; – was soll denn aus dem jungen Menschen werden, wenn wir ihn von uns treiben?« –

DIEFRAU

Dafür mag Er sorgen.

DERMANN

Wir können ihm aber doch dergestalt und allermaßen ohne die mindesten Unkosten, ohne unsern Schaden und etwanigen Nachtheil, ohne alle Last und Mühe forthelfen; und sein Freund, mein alter Dutzbruder und Stubenpursche, hat mir ihn auf die Seele empfohlen –

DIEFRAU

Ja, empfehlen ist keine Kunst: wenn er nur auch bezahlte!

DERMANN

Das thut er ja, Kathrinchen, so viel als recht und billig ist.

DIEFRAU

Wie will nun der einfältige Mann wissen, was in der Haushaltung recht und billig ist! Das muß ich verstehn.

DERMANN

Hast du denn Schaden dabey?

DIEFRAU

Nein, das wohl eben nicht, aber auch keinen Nutzen!

DERMANN

Ach, Potz Plunder! muß man denn nichts ohne Nutzen thun? – Kathrinchen, du plauderst nun so viel von Frömmigkeit und Gottesfurcht, daß mir mannichmal die Ohren weh thun, und du bist doch dergestalt und allermaßen ärger als Juden, Heiden und Türken. Nicht so viel Christenthum hast du im Herze, als man auf einen Nagel legen kann.

DIEFRAU

Ich? kein Christenthum? – Davon darf so ein Unwiedergeborner, so ein Ungläubiger gar nicht reden. Das muß ich verstehn, was dazu gehört. Ich vergieße manche Thräne über deinen Unglauben.

DERMANN

Gehorsamer Diener, Frau Doktorin: bemühen Sie sich nicht! Sie hätten ihrer genug über sich selbst zu vergießen – über die Hartherzigkeit, über den Eigennutz, den Stolz, die Hoffahrt! Ob du gleich alles frisch vom Munde weg glaubst, was du von deinen Seelenräthen hörst, oder in deinen schwarzkorduanen Büchern liesest, so hast du doch ein Rabenherz, so trocken, wie Bimstein, und härter, als alle Felsen im ganzen plauenschen Grunde! Dein Glaube hat noch keinen hungrigen Hund gesättigt, aber meine Gutherzigkeit, die du mir so oft vorwirfst, hat schon manchem armen Teufel geholfen, den ihr allesglaubenden Unmenschen verhungern ließt.

DIEFRAU

Schweig, daß du dich nicht an mir versündigst! Wenn du nur so viel Almosen gäbst als ich!

DERMANN

Was, Almosen! ich gebe keine *Almosen:* ich thue *Wohlthaten* und *Dienste.* Deine Almosen sind Prahlerey, Eitelkeit, Stolz: Du demüthigst die Leute damit. Meine Gefälligkeiten erniedrigen Niemanden; denn ich verlange nicht einmal einen Dank dafür, und das zehntemal wissen die Leute gar nicht, daß die Hülfe von mir kömmt: sie sollens auch dergestalt und allermaßen nicht wissen. Potz Plunder! laß dir einmal sagen, Kathrinchen! und jage die schwarze Parucke, den konfiscirten Magister, der alle Tage zu dir kömmt –

Kaum war das Wort zwischen den Lippen hervor, als der Bediente die Ankunft des eben genannten Magisters meldete: die Strafpredigt des Mannes mußte also unvollendet bleiben, weil die Frau, wie ein Gems, zur Stube hinausschoß, um den schwarzperückichten Magister zu empfangen und sich mit ihm an der stolzen Einbildung zu weiden, daß sie allein die frömmsten Kreaturen im Lande wären.

Ungeachtet der Mann auf seiner menschenfreundlichen Halsstarrigkeit bestund und den jungen Herrmann mit seinem Wissen nicht im geringsten kränken ließ, so trug sein Schutz doch nicht viel zur Glückseligkeit des Beschützten bey, weil er seine Lage nicht änderte. Der ehrbegierige Jüngling fühlte die Verachtung, womit ihm die Frau vom Hause begegnete, das Armselige, das Erbettelte, das Erniedrigende in seinem Zustande zu sehr, um nicht alle Foltern des beleidigten Ehrgeizes dabey auszustehn: seine lebhafte, fast brausende Thätigkeit war in die traurige Beschäftigung eingezäunt, trokne Akten, die weder seinem Verstande noch Herze einen Brocken Nahrung verschaften, wörtlich und sorgfältig abzuschreiben: alle seine Begierden strebten zum höchsten Gipfel eines Dinges, das er sich weder zu benennen noch deutlich zu entwickeln wußte, nach Ehre, Vorzug, Größe: der Vogel wollte mit gespannten Fittigen zur Sonne emporfliegen, und das arme Geschöpf mußte sich in einem engen, händebreiten Zirkel unter der langweiligsten Einförmigkeit herumführen lassen: er flatterte, er zitterte von dem innern hervordrängenden Feuer, und keuchte vor Anstrengung, seine Leidenschaft zu unterdrücken: er wurde verdrießlich, mürrisch, einsylbig. Natürlich folgte daher, daß er seine Geschäfte, da sie ihm so widrig schmeckten, ungemein nachlässig verrichtete: er war nie fertig, wenn er es seyn sollte, und seyn Abgeschriebnes so voller Fehler, daß man es nie brauchen konnte. Sein Patron hatte bey aller Gutmüthigkeit militärische Strenge, so bald es seine Geschäfte betraf, und bestrafte deswegen die Unachtsamkeit und Langsamkeit des Abschreibers mit scharfen Verweisen ohne alle Schonung. Die Empfindlichkeit wollte oft dem unglücklichen Jünglinge das Herz abstoßen: er erkannte in sich die Strafbarkeit seiner Fehler, konnte nicht über die Strafe zürnen, sondern über seine Unfähigkeit, sie zu vermeiden: oft stampfte und sprühte er vor Wuth auf seiner Stube nach einem solchen Verweise, lief glühend auf und nieder und verwünschte sich als einen Unwürdigen. – »O wer noch auf dem Schlosse des Grafen Ohlau wäre!« – mit diesem wehklagenden Ritornell gieng meistens sein Zorn zur Betrübniß über. Gemeiniglich wanderte er bey einem solchen Vorfalle auf das freye Feld hinaus, um seinen Schmerz in den Wind auszuhauchen.

FÜNFTES KAPITEL

Herumgetrieben von Unmuth über Verweise, gequält vom Schmerz über sein niederdrückendes Schicksal, gemartert von Sehnsucht nach Vergnügen, von Hunger nach Liebe, kehrte er, den ganzen Kummer auf dem Gesichte, eines Tages gegen Abend von einem solchen traurigen Spatziergange nach Hause, warf den Hut seufzend auf den Tisch, erblickte etwas, das nicht gewöhnlich dort lag, sah hin – es war ein dicker Brief mit seiner Adresse. Der Verdruß hatte seine Neubegierde gelähmt: die Finger erbrachen ihn langsam, zogen schwerfällig einen Brief heraus – er war von Schwingern. Er las:

A**, den 6ten Oktober 17**.
    »*Lieber Heinrich,*
    »Meine Freude über deinen glücklichen Zustand in Dresden ist unbeschreiblich: ich möchte meinem ehrlichen gutherzigen Nikasius um den Hals fliegen, so hat mich seine Aufnahme und Vorsorge für dich gerührt. Liebe, ehre ihn, wie einen Vater, laß dich von ihm leiten, wie ein Kind, das ich erzogen habe!
    »Liebster Freund, wie kanst du dich auf unser Schloß zurückwünschen, wenn du es nicht aus Liebe für mich wünschest? Bey uns ist der Bosheit kein Ende: das ist ein ewiges Zanken, Verfolgen, Verdrängen und Verläumden. Ich bin des Lebens so überdrüßig, daß ich noch heute zu dir eilen und lieber Akten mit dir schreiben, als hier in dieser Tigerhöle bey voller Tafel müßig gehen möchte. Der

Oberpfarr in G**, dessen Tod mich daraus erlösen sollte, ist wieder gesund worden; und wer weis, wie lange ich also noch auf meine Befreyung warten muß? Ich bin ein verlaßnes Schaf, das seinen Freund sucht und nirgends finden kan: du fehlst mir immer noch an allen Orten, ob du gleich schon einen Monat von uns bist.

»Jakob, unser aller Feind, ist nunmehr durch seines Vaters unablässige Bemühungen in die wirklichen Dienste des Grafen getreten, der Vater ist Oberaufseher in der ganzen Herrschaft geworden, und der Sohn hat seinen rothen Rock und Federhut, seinen Gehalt, seine Verrichtung und das Ohr des Grafen bekommen: er läßt sich so gut an, daß er den Vater in kurzem weit übertreffen wird. So jung er ist, so hat er sich doch schon zum Probestücke am Koche wegen eines übereilten Spaßes gerochen, den dieser gesagt haben soll, als er ihn einmal aus dem Schlamme zog: der arme Mensch hat vor acht Tagen in voller Ungnade den Abschied erhalten.

»Fräulein Hedwig ist eine Stunde von hier zu einem Dorfgeistlichen gezogen: weil sie entweder mit Fleiß oder zufälliger Weise dem Grafen zweimal begegnet ist, hat man ihr befohlen, das Städtchen zu verlassen, damit sich der Fall nicht wieder ereignen könte.

»Eine für mich höchst schmerzhafte Begebenheit, weil sie dich so nahe angeht, wirst du aus dem eingeschloßnen Briefe erfahren. Tröste dich, lieber Freund! Sey standhaft, wie ein Mann, und glaube, daß noch kein Bösewicht ungestraft ins Grab gieng.« –

Herrmann zitterte: er konnte nicht weiter lesen: er nahm den eingeschloßnen Brief hastig und öfnete ihn mit bestürzter Erwartung: er war von seiner Mutter.

»Gott zum Grus libes Kind wens dir noch wolget so ists uns fon Herzen lib und angenem wir sind dem högsten sei Dank noch alle wol auf. Es were gar kein Wunder wen man for schwärer Ankst und grosen Herzenskumer auf der Nase lege. Libes Kind Es is uns gar n groses Unglik begegnet weil dein Fater den 7ten hugus seinen Dinst Ferloren hat aber der teifel wird inen schon in der Helle dafor lonen den gottlosen Packe. Als ehegestern den 7ten huigus namen si im di Rechnunk ab. ich habe gedacht ich mus in Onmacht fallen wi der Berenheiter der verfluchte Maulelsel du wirscht ja deinen Rachen noch voll krigen du alter Dikkop das du erliche Leite um ir bisgen libes Brot bringst laß dir nmal erzelen libes Kint da sasen wir bei tische unt da kam das huntsgesicht als ehegestern den 7ten huigus unt sagte das dein Fater den Dinst nicht mehr haben solte es war als wen mir jemand mit den Brotmesser s Herz entzweischnitte wi s so Knall unt fal kam. ich habe di drei tage iber kein troknes Auge gehabt s ist gar ne große Not mit uns das dein Fater den Dinst verloren hat Dein Fater ist n rechter krober Kloz das er mich so veksirt das ich mich so betribe das er n Dinst Ferloren hat. Der Libe gott erhalte dich gesund di schlaraffengesichter habens den krafen gesagt weil dein fater nmal das Maul zu weit aufgetan hat r hat den krafen das Kalb Moses geheisen und das mag n verdrosen haben und ta hat er seinen Dinst Ferloren. Wir zin wek ich wil dirsch schon schreiben wir wisen noch nicht wohin ich wills ja wol noch erleben das den SchandKerl die leise fressen Deine getreie Mutter bis in den Tod

Anna Maria Petronilla

Hermannin.

Auf einen kleinen Zettel hatte der Vater flüchtig geschrieben: »Der Teufel hat meinen Dienst geholt: er wird die bald nachholen, die mich darum gebracht haben, hoffe ich. Nakt bin ich auf die Welt gekommen, nakt muß ich von dem Dreckhaufen wieder fortgehn: wer nichts hat, verliert nichts. Drum sey gutes Muths wie dein Vater und gieb keinem Menschen ein gutes Wort. Lebe wohl, Heinrich. Wenn du nach mir geräthst, so bin ich lebenslang

Dein herzensguter Vater

Adam Ehrenfried Herrmann.

Heinrich war wehmüthig über diese unerwartete Nachricht, aber noch wehmüthiger, daß ihm Niemand etwas von der Baronesse sagte. Er warf die Briefe auf den Tisch, schleppte sich traurig in einen Armstuhl und sah steif vor sich hin. – »Und auch keinen Gruß! dachte er. Nicht Ein Wort, wo sie ist, wie es ihr nach meiner Abreise ergangen ist! Zeitlebens kann ich das Schwingern nicht vergelten – so eine Unachtsamkeit! Er spricht immer, wie sehr er mich liebt: ja, mag er mich lieben! das ist eine schöne Liebe, das Beste zu vergessen! – Sie hat ihm vermuthlich, wer weis wie viel aufgetragen: aber er ist so vergeßlich! Zu Tode möcht' ich mich über ihn ärgern. Ob ich wüßte, was Jakob geworden ist, oder nicht; das hätt' er für sich behalten können: wenn er mir nur dafür mit Einem Worte gesagt hätte – die Baronesse ist nicht mehr bey uns – die Baronesse ist in Berlin, ist in Dresden. – Ach! wenn sie vielleicht schon hier wäre, und ich wüßt' es nicht. – Ja, zuverlässig! so wird es seyn: sie ist schon hier, sie weis nicht, wo ich wohne: wie oft mag sie mich schon gesucht, sich nach mir erkundigt haben! – Und davon sagt man mir nun kein Wort! Da denken die Leute, es ist in den großen Städten, wie in unserm kleinen Neste, daß sich zwey Leute gleich begegnen, wenn sie nur eine Stunde darinne sind. Schwinger ist ja doch schon in großen Städten gewesen – aber er überlegt sich nichts! Wie soll ich denn nun unter den vielen tausend Häusern das Haus finden, wo sie wohnt? und unter den Millionen Stuben und Kammern *ihr* Zimmer? Soll ich denn in den hunderttausend Gassen täglich auf und nieder laufen? und wenn ich an diesem Ende bin, so ist sie vielleicht an jenem. Sie kann ja in einer Kutsche vor mir tausendmal vorbeyfahren, und ich erkenne sie nicht: sie geht vielleicht dicht neben mir hin, und sucht mich und ängstigt und quält sich meinetwegen, und keins sieht das andre vor den vielen Menschen, die da um uns herumkrabeln. Wie vielmal mag das schon geschehn seyn! Ich habe sie vielleicht im Vorbeygehn berührt, habe sie vielleicht beym Herausgehn aus der Komödie gedrückt, bin dicht an sie gepreßt worden, und keins von uns wußte, wie nahe das war, was wir suchten. – O ich möchte den Schwinger – Ob er denn gar mit keinem Worte an sie denkt? Ob ichs vielleicht in der Eilfertigkeit überhüpft habe? Ob es vielleicht am Rande steht? Ich habe ja wohl den Brief noch nicht ganz gelesen.« –

Er sprang auf, ergriff den Brief, las ihn noch einmal vom Anfang bedächtig durch, und jeden Satz zwey, dreimal, um ja nichts zu übersehen, kam an den Ort, wo er vorhin abgebrochen hatte, und das erste Wort der ungelesnen Periode war – »Die Baronesse.« Seine Augen glänzten vor Freude, er war von dem freudigen Schimmer halb geblendet, er las fünf, sechsmal – »Die Baronesse« – blinkte mit den Augen und konnte nichts erkennen. – »*Die Baronesse grüßt dich und hat ein kleines Billet beigelegt.*« – »Ein Billet?« rief er, wie trunken. »Aber wo ist es? hat ers vielleicht vergessen?« –

Hurtig wurden alle Briefe durchschüttelt, befühlt, über einander geworfen: da war kein Billet! – Aber wie denn im Umschlage? – Er riß ihn auf – Da war es! verkrochen im äußersten Winkel! Das hartnäckige Siegel wollte nicht weichen: er riß, und riß das Billet in drey Stücke, daß er die zerfleischten Fragmente mühsam zusammenlegen mußte, um den Inhalt heraus zu buchstabiren. Endlich brachte er heraus:

»Lieber Herrmann,

»Ich freue mich, daß Sie gesund sind und daß es Ihnen wohlgeht. Denken Sie zuweilen an Ihre Schulkameradin und leben Sie wohl. Ich bin

Ihre aufrichtige Freundin,

Baronesse von Breysach.

»Was ist mir denn das für ein Billet?« sagte er und ließ die Hand langsam mit ihm sinken. »So fremd! so vornehm! als wenns die Gräfin geschrieben hätte! – Es ist vorbey! sie ist geworden, wie sie alle – sie verachtet mich: mein Stand ist ihr verächtlich. O ich Elender! daß mein Vater ein Einnehmer seyn mußte! – Zugetraut hätt' ich ihr das nicht: aber es ist eine Baronesse. – Ich möchte Blut weinen, daß ich so ein verachtetes weggeworfnes Geschöpf bin. – Es ist aus: sie liebt einen vornehmen Narren, und ich muß hier, als ein elender Schreiber, in Kummer, Jammer, Noth, Verachtung vermodern. – Sonst hieß es: such' einen Dienst, Heinrich! – und izt: denken Sie zuweilen an Ihre Schulkameradin! –

Ich möchte den kalten vornehmen Wisch gleich zum Fenster hinauswerfen, daß es Jedermann lesen könnte, wie schlecht sie gegen mich handelt.« –

Wirklich machte er auch auf der Stelle Anstalt dazu, riß das Fenster auf, und wie er das Blatt gegen das Licht hielt und sich bedachte, daß er sie der angedrohten Schande aussetzen sollte, wurde er eine Menge Nadelstiche darinne gewahr: die Entdeckung erinnerte ihn an den vorigen geheimen Briefwechsel, er folgte der Spur und buchstabirte aus den Stichen bald ein Ich zusammen. Mit zitternder Ungeduld suchte er den Rest der Nadelschrift zu entziffern und brachte nach langer Mühe heraus: – »Ich komme nach Dresden. Bist du mir noch gut?« –

»Ja, ja, ja!« rief er überlaut und hüpfte und küßte das zerfleischte Blatt: er tanzte, wie ein Beseßner, die Stube auf und ab: – »Sie kömmt! sie kömmt!« schrie er entzückt und klatschte springend in die Hände. Die kleine Marmotte, den Schooshund der Frau Doktorin, der mit ihm unversehens in die Stube gewischt war und ruhig auf dem Stuhle schlief, rafte er auf und drückte sie dicht an sich, daß sie schrie. – »Sie kömmt!« rief er, sie drückend und schüttelnd. Er tobte in der Stube herum, lärmte, lachte, stampfte, daß die Leute in dem Zimmer unter ihm besorgten, es sey Jemand über ihnen rasend geworden; und eine Dame, die ihm gegenüber wohnte und durch das ofne Fenster alle seine Grimassen beobachtete, womit er die Nadelschrift entzifferte, und wie er nach geschehner Entzifferung herumraste, schickte aus Mitleid gegen ihn, da seyne Figur sie beym Ein- und Ausgehen eingenommen hatte, einen Bedienten an den Doktor Nikasius und ließ ihn bitten, den jungen Menschen vor Schaden zu bewahren; denn allem Ansehn nach müßte es mit ihm *rappeln*. Indem der Bediente noch sprach, kam auch eine Gesandschaft von dem Hofrathe, der unter Herrmanns Stube eine Relation verfertigte und sich erkundigen ließ, ob Jemand bey dem Herrn Doktor plözlich krank geworden sey, daß man so einen entsezlichen Tumult über ihm erhoben habe. Der Doktor konnte vor Verwunderung nichts antworten: er versprach, sich nach dem Unwesen zu erkundigen und ihm zu steuern, öfnete Heinrichs Thür – mit Einem freudigen Sprunge eilte der Berauschte entgegen und umklammerte den versteinerten Doktor – »Sie kömmt! sie kömmt!« rief der trunkne Verliebte.

DERDOKTOR
Wer denn? wer denn?

HERRMANN
Sie kömmt, sag' ich Ihnen: sie hats ja geschrieben.

DERDOKTOR
Potz Plunder! wer denn? wer denn?

HERRMANN
Da! lesen Sie! lesen Sie! –

Und mit diesen hastig gesprochenen Worten warf er ihm alle empfangne Briefe in die Hände: der Doktor las sie durch und fand in keinem sonderliche Ursache zur Freude, noch viel weniger eine Nachricht, wer kommen sollte. Er sah unter dem Lesen von Zeit zu Zeit nach Heinrichen hin, dessen Füße sich immer wie zum Tanzen huben, während daß die Freude sein Gesicht in konvulsivischen Bewegungen ununterbrochen erhielt: der Doktor war von der Meinung der gegenüber wohnenden Dame und rieth ihm mit bedenklicher Mine, sich schlafen zu legen. – »O, rief Herrmann, heute kann ich weder essen, noch trinken, noch schlafen: ich bin außer mir: ich möchte vor Freuden zum Fenster hinabspringen.« – Da ist ja der deutlichste Beweis, daß die Dame Recht hat, dachte der Doktor und machte das Fenster zu. – »Du armer Junge! sprach er zu ihm und streichelte seine schwitzenden, glühenden Backen – du hast Hitze: Nur Geduld! halte dich nur ruhig! es wird sich schon geben.«

»Ach, ruhig!« sprach Heinrich mit beklemmter Stimme: »es drückt mir das Herz ab.« –

Der Doktor fühlte ihm nach dem Herze. »Armes Thier! sagte er mitleidig: es klopft wahrhaftig, wie eine Mahlmühle. Ein Aderschlag! Warte! Ein Aderschlag.« –

Heinrich versicherte, daß ihm wohl wäre, wohl wie im Himmel, und daß er keines Aderschlages bedürfte. Der Doktor tröstete ihn, daß es sich wohl mit ihm bessern werde. – »Aber es fehlt mir ja nichts,« rief Herrmann entrüstet. – »Nur gemach, mein Sohn! unterbrach ihn der Doktor: es wird schon besser werden.« – Er untersuchte die Fenster noch einmal, befestigte die Wirbel, so gut er konnte, mit den Vorhangschnuren und marschirte ab, weil ihn seine Arbeit rief: zu größrer Sicherheit befahl er dem Bedienten, von Zeit zu Zeit an der Thür zu horchen, auf dem Saale beständig zu patrulliren und ihn bey dem geringsten verdächtigen Geräusche herbeyzuholen.

Izt verflog allmählich der erste Taumel der Freude bey Heinrichen, und seine Empfindung fieng an, bänglich zu werden. Sehnen, Ungeduld, Begierde, Unwillen, nicht schon zu haben, was er wünschte und erwartete, Aengstlichkeit, Besorgniß, ob es auch gewiß geschehen werde – alles erwachte in Einer Reihe, und wie sein Blut vorhin vor Freude brauste, so wallte und kochte es izt vor Unruhe. – »Zu welchem Thore wird sie hereinkommen? Wo wird sie wohnen? Werd' ich sie finden? Wenn wir nun einander ewig suchten und nicht fänden? Wenn ich nicht zu ihr dürfte? sie allenthalben sehen und nirgends sprechen dürfte? Wenn ich niemals mit ihr allein reden könnte? Wenn sie nun hier einen Kawalier fände, der sie allenthalben begleitete, mit ihr spräche, tändelte und scherzte, und ich armer Sohn eines Einnehmers müßte das alles ansehn! müßte schweigen, meinen Zorn in mir nagen, mich von Kummer und Herzeleid über den Anblick verzehren lassen!« – Tausend ähnliche Besorgnisse und Grillen stiegen, wie Gespenster, in ihm auf, wurden immer ernster, immer schreckender und endlich so schwarz, daß er seufzte und vor Bangigkeit nicht wußte, wohin er sich wenden sollte, als wenn schon alles mögliche Unglück über sein Haupt zusammengestürzt wäre, das er fürchten konnte.

Er rührte weder Essen noch Trinken an: sein Magen war wie überladen. Der Doktor besuchte ihn noch einmal, fand ihn zu seinem Vergnügen völlig vernünftig wieder und ließ nicht nach, bis er in seiner Gegenwart schlafen gegangen war: der Bediente mußte in der Stube wachen, und er brachte seiner Frau die angenehme Nachricht, daß es wieder richtig wäre.

SECHSTES KAPITEL

Unterdessen hatte die Frau Doktorin, da sie Heinrichs Entfernung aus dem Hause nicht mit Gewalt durchsetzen konnte, bey sich überlegt, daß sie ihren Mann durch eine feine Gleißnerey am sichersten dazu bewegen werde. Je eifriger sie nach der Entdeckung, daß es zuweilen mit ihm *rappele*, seiner los zu seyn wünschte, je mehr gab sie sich die Mine, als wenn ihr sein Fortkommen besonders am Herzen läge: sie redte ihm viel vor, wie zeitig ein Mensch von Kopfe sich bemühen müßte, etwas zu werden, und wie hoch mans bringen könnte, wenn man recht jung anfienge, wie leicht es in seinem Alter sey unterzukommen, wenn man vorlieb nähme und eine Zeit lang sich gehorsam in andre Leute schickte und fügte, um durch sie weiter befördert zu werden. Herrmann hörte ihre Predigten aufmerksam an, aber die Sache schmeckte ihm nicht: Ulrikens Billet hatte seinen Gedanken und Empfindungen eine ganz andre Richtung gegeben: die Ehre reizte ihn izt wie eine Speise, die man auf den Fall aufhebt, wenn man keine beßre hat. Die Dame war nicht wenig aufgebracht, daß ihr auch dieses Mittel fehlschlagen wollte: doch gab sie ihren Plan nicht ganz auf.

Desto eifriger verfolgte seit dem Empfange des Billets Herrmann den seinigen. Vom Morgen bis zum Mittag, vom Mittagsessen bis zum späten Abend war er bey Regenwetter und Sonnenscheine in Bewegung, wanderte die Gassen durch, gieng zu einem Thore hinaus, zum andern herein, spionirte jedes Frauenzimmergesicht, das hinter der Glasscheibe lauschte oder zum offnen Fenster heraussah, begafte jedes, das in einer Kutsche vorbeyfuhr oder zu Fuße vor und neben ihm wandelte, verfehlte keine Komödie, keine Oper, so lange sein kleines Taschengeld zureichte: das Schauspiel war für ihn so gut als nicht da: man mochte weinen oder lachen, er blieb immer derselbe und durchirrte mit forschendem Auge Logen und Zirkel: umsonst! er fand nicht, was er suchte: es wurde ihm bänglich, er konnte nicht bleiben: er mußte gehn, wenn gleich das Schauspiel nur halb geendigt war. Die Leute im Hause wunderten sich außerordentlich über seine häufigen Wanderungen, und die Frau Doktorin, eine strenge Sittenrichterin, hatte ihn gar in einem gewissen argen Verdachte, und hielt ihm deswegen eine kraftvolle Rede über Lüderlichkeit und Verführung, wovon er kein Wort verstund. Auch der Doktor befragte ihn über die Ursache seines beständigen Ausgehens: daß er sie nur ganz verrathen hätte! Er wandte eine Bänglichkeit vor, die ihm an keinem Orte zu bleiben verstatte, eine Unruhe, Angst, die nur Bewegung und freye Luft milderten: – alles die lautere Wahrheit! – »So recht, mein Sohn! sagte der Doktor: Bewegung ist dergestalt und allermaßen der beste Koch und der beste Apotheker: es ist das junge warme Blut, das dir die Unruhe macht: Du sollst mir vierzehn Tage über kein Wort schreiben, und lauf dir alle Tage ein Paar Schuhe entzwey! ich will sie bezahlen.« –

Da sonach aus einer genommnen Freiheit eine gegebne geworden war, so bediente er sich ihrer desto reichlicher. Auf seinen Irrungen durch Feld, Busch und Straßen fand sich allmählich das alte Projekt wieder ein, das er mit der Baronesse bey der Verwechselung der Ringe entworfen hatte: er wünschte, es ausgeführt zu sehn, und es schien ihm bald höchstwahrscheinlich, daß die Baronesse ihm von ihrem Kommen nach Dresden heimliche Nachricht gegeben habe, um es mit ihm auszuführen. – »Hui! das ist es! dachte er. Hier kann uns der Graf nicht hindern, oder in unsrer Liebe stören: hier hat er nichts zu befehlen: der alten Anverwandtin, wohin sie kommen soll, kann sie wohl leicht entwischen. Sie bleibt so lange auf einem Dorfe versteckt, bis die alte Anverwandtin stirbt – wenn sie nur recht alt wäre! – oder wenn sie auch lange leben bleibt, so hol' ich Ulriken unter einem fremden Namen zurück, heirathe sie, und – Ich muß nur Anstalt machen und dem Rathe der Doktorin folgen, damit ich unterdessen emporsteigen und etwas Großes werden kann. – O über das entsezliche Schicksal, das mein Vater ein Einnehmer seyn mußte! Da wärs so leicht, sie zu besitzen. – Aber warum mußte nun mein Vater nur ein Einnehmer seyn? Es war doch so eine Kleinigkeit, ihn zum Baron zu machen.« –

Kaum war dies jugendliche Projekt zur Welt gebracht, so eilte er schon zur Frau Doktorin und bat sie flehendlich, ihn die versprochne Unterstützung auf der Bahn der Ehre und des Glücks nunmehr genießen zu lassen: er wolle alles daran wagen und die äußerste Mühe nicht sparen, um ein großer Mann zu werden. Die Doktorsfrau, voller Freuden, ihn plözlich dem Ziele so nahe zu sehn, wohin er sollte, bestärkte ihn in seinen ehrgeizigen Illusionen und fachte seine Begierde durch goldne Erwartungen so gewaltig an, daß sie lichterloh brannte: sie stellte ihm zwar vor, daß man klein anfangen müßte – »schadet nichts! unterbrach er sie hitzig: klein! noch so klein! nur her damit!« – »Aber, fuhr sie fort, man hat der Exempel sehr viele, daß aus Schreibern Hofräthe, Geheimeräthe, Minister geworden sind.« –

»Das wäre!« rief Herrmann entzückt und war in seinen Gedanken schon wenigstens Geheimerath, wo nicht wirklicher Minister.

»Ja, man hat der Exempel! erwiederte die Doktorin. Wenn man nur Geschick und ein gutes *ingenium* hat, sich gut aufführt und fromm und gottesfürchtig ist, so kann man steigen, ehe man sichs versieht. Ich habe Sie schon dem Kammerdiener empfohlen, den Sie oft bey uns gesehn haben müssen: er ist zwar in keinem der größten Häuser: aber sein Herr braucht immer Sekretäre und Schreiber; und was er mit der Zeit nicht durch sich selbst thun kann, das vermag er durch Empfehlungen. Es ist ein sehr gottesfürchtiger braver Mann und rechter guter Christ.« –

Herrmann konnte sich vor Vergnügen nicht fassen und flog schon auf den goldnen Fittigen der Ehre Ulrikens Umarmung entgegen, sah sich an ihrer Seite geehrt, blühend, glücklich, und fähig, andre glücklich zu machen: er war in seinem Traume schon von Mengen umringt, die ihm ihr Wohlseyn verdankten: er zerschmolz in der seligen Vorstellung, so viel Ehrenvolles, Rühmliches, Großes gethan zu haben, und Antonin konnte seiner Unsterblichkeit nicht gewisser seyn als er. Das herrliche Bild begeisterte ihn, daß er seine Kraft in sich erhöht, jede Fiber zu Thätigkeit und Unternehmungen angespannt und sein ganzes Wesen über sich selbst erhaben fühlte.

Der Flug seiner Einbildung senkte sich freilich schon nicht wenig, als er den folgenden Tag befehligt wurde, dem Kammerdiener aufzuwarten: das war ein Schreckschuß, der seinen Traum zur Hälfte verscheuchte. Er eilte zur bestimmten Stunde mit vollen Segeln der Erwartung zu ihm: sein Patron wußte nicht das mindste von ihm: Herrmann trug ihm mit fliessender Beredsamkeit den Bewegungsgrund seines Besuchs vor: der Patron besann sich lange – izt wußte er, daß die Frau Doktorin ihm gestern oder vor einigen Tagen davon gesagt hatte. – »Ich werde für Sie sorgen« – schloß er und brach den Besuch ab.

In einem Paar Tagen ergieng durch die Doktorin ein abermaliger Befehl, daß er sich zur Kammerjungfer des nämlichen Hauses verfügen sollte; an welche ihn der Kammerdiener empfohlen habe. Mit etlichen Segeln der Erwartung weniger gieng er abermals und kam abermals mit der Versicherung zurück, daß sie für ihn sorgen wollte.

In einer Woche darauf mußte er sich vor der gnädigen Frau stellen, an welche ihn die Kammerjungfer empfohlen hatte: man meldete ihn, sie kam im Pudermantel heraus, ließ sich seinen Namen sagen und versicherte, daß sie für ihn sorgen wollte. Der Friseur schlug mit der pudervollen Quaste los, und Herrmann kam zum erstenmal nicht leer zurück; denn er war war voller Puder.

In vierzehn Tagen wurde ihm nach vielem Betreiben der Doktorsfrau, die nur entfernt durch den Kammerdiener auf die übrigen Hebel seines Glücks wirken konnte, die Erlaubniß gegeben, vor dem gnädigen Herrn zu erscheinen: er verwies ihn an den Hofmeister, der ihn examiniren sollte. Der Hofmeister bestellte ihn in acht Tagen, Sonntags nach geschloßner Nachmittagspredigt. Er gieng, aber so demüthig, so langsam, wie ein Schiff ohne Wind: alle Segel waren beigelegt. Der Examinator war nicht zu Hause. Die Kinderfrau rieth ihm, morgen früh wiederzukehren: er that es; der Examinator hatte keine Zeit.

Er verwunderte sich äußerst gegen seine erste und älteste Patronin, die Doktorsfrau, über die Verzögerung. – »Ach, sagte jene, man hat etwas versehen. Der Herr Magister ist sonst ein lieber gottesfürchtiger Mann: aber Sie hätten ihm die Visite machen sollen. Das hat er übel genommen: nun ists da vorbey.« –

»Wegen einer Visite will er mein ganzes Glück, mein Emporkommen hindern?« rief Heinrich, wie aus den Wolken gefallen.

»Ja, erwiederte die Doktorin, das ist nicht anders; es will doch ein Jeder sein Recht haben.« –

Gute Nacht Minister, Geheimerath, Hofrath! Weg waren die glänzenden Aussichten der Ehre! vom Winde verweht! der aufklimmende Jüngling von der erträumten Höhe, die er mit einem Schritte erreicht zu haben hofte, wo ihm menschenfreundliche Größe und wohlthätige Gewalt Kränze und Lorbern entgegenboten, durch einen plözlichen Windstoß zurückgeworfen, in die unbedeutendste Geringfügigkeit zurückgesezt. Er fühlte schmerzlich, daß er nur der Schreiber eines Advokaten war, und fürchtete eben so schmerzlich, daß er nichts weiter werden sollte. Wie ein Vogel mit frischbeschnittnen Flügeln, schlich er traurig im Hause herum und verschmähte das reichlich aufgeschüttete Futter, weil er nicht mehr fliegen durfte.

Während dieses verunglückten Laufes nach der Ehre hatte der Eigennuz seiner Patronin eine Ursache gefunden, seine Entfernung aus dem Hause nicht mehr zu betreiben: deswegen war sie auch so kaltblütig über die unterlaßne Visite, die sie sonst mit der schärfsten Strenge geahndet hätte. Der bisherige Schreiber ihres Mannes hatte durch ihren Vorschub eine Versorgung bey einer adlichen Herrschaft auf dem Lande bekommen, und es schien ihr ungemein schicklich, den jungen Herrmann, für welchen Tisch und Wohnung bezahlt wurde, an seine Stelle zu setzen und also einen Artikel ihres Aufwands zu ersparen. Der Mann wollte aus dem guten Grunde nicht daran, weil der junge Mensch die Arbeit nicht allein versehen könnte, und weil es unbillig wäre, Jemandem eine Bürde aufzuladen, die er ungern trüge, ohne ihn dafür zu belohnen: allein sie gebot ihm zu schweigen und sich nicht in Finanzsachen zu mischen, die sie besser verstünde. Sie sezte ihr Projekt mit vieler Hitze durch und übernahm selbst die Aufsicht über den Fleis des neuen Schreibers: wenn die Feder nur ein Paar Minuten ruhte, so schallte ihm schon der Befehl ins Ohr: – »Geschrieben! geschrieben!« – Er durfte ohne Erlaubniß keinen Fuß über die Schwelle setzen: bey seiner Rückkunft war er allemal zu lange aussengeblieben, wenn er gleich die vergönnte Zeit nicht überschritten hatte; und dann mußte er ein Verhör ausstehn, wie ein Delinquent. – »Wo ist man gewesen? Was hat man gemacht? Was hat man gesprochen? Was hat man gedacht?« – Stund er nach dem Verhör ein Paar Minuten zu lange müßig da, so ergieng der Befehl – »An die Arbeit! an die Arbeit! Nicht so müßig dagestanden! Wer essen will, muß sich sein Brod verdienen.« – Bey Tische aß er ihr zu langsam, ward zu spät fertig und sollte schon mit dem lezten Bissen die Feder wieder ergreifen: des Morgens konte er nie zeitig genug ausschlafen, ob er gleich von Kindheit an zum frühen Aufstehn gewöhnt war, und des Abends nie zeitig genug zu

Bette gehn, weil er nichts that und doch Licht verbrannte. Sein Ofen nahm immer das meiste Holz hinweg, so sparsam ihm auch eingeheizt wurde und so sehr er auch fror, daß er zuweilen kaum die Feder zu regieren vermochte; und wenn der Himmel nur Einen weniger kalten Tag gab. wo das Thermometer nicht auf dem Gefrierpunkte stund, so wurde das Heizen bey ihm ganz eingestellt. Dabey unterließ sie nicht, seinem Ehrgeize mit himmlischen Erwartungen zu schmeicheln, daß er alle seine Kräfte anspannte und jedes tägliche Ungemach mit Heldenmuthe ertrug, um nach einigen Jahren voll Beschwerlichkeit und Arbeit das goldne Fließ zu erringen, das man ihm vorhielt, und die erkämpfte Beute mit Ulriken zu theilen. Die Aussicht auf dieses Glück bewafnete ihn mit eherner Standhaftigkeit: oft mitten in seinen trocknen Beschäftigungen, wenn seine Hand auf das Papier mahlte, »daß Hans wider Gürgen klagend einkomme, weil er ihn mit zwey Ohrfeigen und drey Stockschlägen begünstigt habe, oder daß Anna Klara Eißfeldin, alle rechtliche Nothdurft vorbehältlich, sothanes ihr Befugniß zu erweisen schuldig sey« – mitten unter solchen trocknen Beschäftigungen flog seine Seele in die Gefilde der Liebe hinüber, schwebte, wie ein zweiter Herkules, nach ausgekämpftem Streite mit Hindernissen, Ungemächlichkeiten und Arbeit, Ulriken, seinen errungnen Preis, im Arme, triumphirend daher: nach seinem Gefühle war er ein Held, der sich durch Leiden und Thaten zum Halbgotte hinaufschwingen sollte. Die Feder stund bey solchen Flügen der Einbildung freilich oft still: seine Aufseherin schrie – »Geschrieben! geschrieben!« – und die Hand flog in Galop durch den holprichten steinichten Aktenstil dahin, weil er mit jedem sauren Zuge Ulriken durch eine Beschwerlichkeit mehr verdient zu haben glaubte.

Inzwischen erleichterte ihm doch der Doktor die Mühe seiner herkulischen Laufbahn mit vieler Billigkeit: ohne daß es seine Frau erfuhr, ließ er den größten Theil der Arbeit durch einen heimlich besoldeten Schreiber außer dem Hause thun und gab Herrmannen nur solche Sachen, die nicht dringend waren, noch vorzügliche Genauigkeit erfodertem und auch nur in geringer Menge. Unter dem Vorwande, daß er ihn brauche, nahm er ihn jedesmal mit sich, wenn er auf Gerichtsbestallungen reiste, um ihn zu zerstreuen und ihm Erholung zu verschaffen, und vor dem Thore lud er seinen heimlichen wirklichen Schreiber auf, der die Arbeit verrichten mußte, während daß Heinrich in den Feldern spatzieren oder sich mit andern ländlichen Winterergözlichkeiten vergnügen konte. Solche kleine Reisen waren für ihn Fahrten zur Freude: er wurde von dem Drachen, der ihn bewachte, erlöst, und jedes Dorf, wohin sie ihn führten, gab ihm das Bild seines Vaterstädtchens, das Herrschaftshaus eine Vorstellung vom Schlosse des Grafen Ohlau, und Garten und Felder jede Scene kindischer Glückseligkeit wieder: Schwinger, die Baronesse, alle wandelten neben ihm her, sie stunden vor ihm, sie sprachen mit ihm: die kahlen vereisten Bäume am gefrornen Wasser waren ihm seine Feinde, die vom Himmel gezüchtigt, verworfen, traurig und verlassen dastunden und ihre Bosheit bereuten. Oft glühte ihm bey solchen Gedanken sein Innerstes, wie von auflodernem Feuer, indessen ihm Hände und Gesicht vor Kälte starrten, ohne daß er es fühlte.

SIEBENTES KAPITEL

Izt hatte er unter so mancherley Freuden, Aengstlichkeiten, Täuschungen, Hofnungen, Arbeit und Kummer einen ganzen Winter in Dresden zugebracht, Ulriken sehnlich erwartet, und noch war sie nicht da, wenigstens nicht für ihn da, weil er sie nicht zu finden wußte. Der Frühling erschien, und noch hatte er sie nicht gefunden. Mit dem Aufleben der Natur wachten auch seine Triebe und Thätigkeit zu ihrer alten Stärke auf: das Aktenschreiben wurde ihm auf einmal eine Last, die wie ein Alpengebirge drückte: die Einsperrung, die er bey der Erstorbenheit des Winters nur wenig fühlte, machte izt seine Stube zum Gefängniß: die ganze Welt wurde ihm zu enge. Die Frau mochte rufen und schreyen, so viel sie wollte – seine Feder ruhte: sie mochte noch so oft fragen, wohin er gienge – er gieng: sie mochte schelten, drohen und strafen – er achtete nichts, widersprach ihr muthig und behauptete hartnäckig die Freiheit, ausgehn zu können, wenn es ihm beliebte, und der Doktor unterstüzte seine Ansprüche, so viel er vermochte. Er schweifte wieder herum, wie ein Papilion, der aus der zersprengten Hülle eben hervorgeflattert ist: er freute sich der muntern Saat, des hervorbrechenden Laubes, der wirthschaftlichen Thätigkeit in Feldern und Weinbergen, der allgemeinen Emsigkeit, die ihm aus der reizenden Landschaft ein Paradies machte.

Bey allen Freuden trug er doch eine Unruhe mit sich herum, die ihn überredete, daß er unter allen diesen wirksamen Geschöpfen das unglücklichste sey: er beneidete die Ackersleute, die so vergnügt mit lautem Pfeifen hinter dem Pfluge drein schritten, mit Niemandem unzufrieden, als mit ihren Pferden: ein Trupp froher Landmädchen, die mit froher Geschäftigkeit den Acker reinigten, oder lachend und scherzend ein andres Geschäfte verrichteten, versezte ihn in Traurigkeit, und ein Bauerkerl, der mit einer dickstämmigen Dorfvenus schäkerte, erregte seine Galle.

Sein Weg führte ihn an einem heitern sonnichten Nachmittage durch die Felder nach dem plauenschen Grunde hin, den er izt zum erstenmale kennen lernte: er folgte, ohne es recht zu wollen, der Menge Menschen, die eben damals ihren Spatziergang dorthin thaten. In sich vertieft, wurde er allmählig von einem nahenden Wassergeräusche erweckt, und ringsum betäubte ihn das Konzert rauschender Wasserstürze, klappernder Mühlen und des herabschießenden Flößholzes, das in den schäumenden Strudel mit holem Getöse hineinstürzte, verschwand, weit jenseit des Schaumes wieder langsam emporkam und sanft dahinschwamm. Auf einer Seite nackte Felsen, auf der andern Berge mit Gesträuch und Busch, vor sich eine Fläche mit Holz wie mit schwimmenden Nachen bedeckt – es schien ihm der Eingang in den Wohnsitz eines Gottes zu seyn: er gieng längst den Felsen hin, und seine begleitenden Spatziergänger verließen ihn schon, als wenn sie sich nicht in das Heiligthum der Natur getrauten. Er trat auf die zweite Brücke, und vor ihm stand ein Amphitheater, das in der Schöpfung nur einmal wurde. Auf der linken Seite dunkelbraune glattgeschnittne Felsenwände, schief, wie Kulissen einer Schaubühne, hintereinander gestellt, aus dem Flusse, der sich an ihrem Fuße in wirbelnden Wallungen bricht, zu den Wolken gerade emporsteigend; rechts am Flusse der fantastisch geschlungne Weg mit strauchichten rauhen Bergen, die mit den Felsenwänden sich zu vereinigen scheinen, um die Scene zu schliessen; in der Mitte das ausgespannte Wasser; im Rücken und vorwärts Brausen und Getöse bald in leisen Pianos, bald mit der angestrengtesten Stärke, in wechselnden Solos und betäubenden Chören – er staunte, mit melancholischem Schauer verweilte er bey dem herrlichen Anblicke, in tiefer Empfindung verloren, und nur mit Mühe riß er sich los. Auch hier schien er noch mehr von den Menschen Abschied zu nehmen: der größte Theil gieng zurück, und nur zwey Einsame folgten ihm in verschiednen Entfernungen, so tiefsinnig, als wenn sie eine Noth in diesen Grund tragen, oder eine Geliebte in ihm suchen wollten. Durch vielfache Wendungen des auf und niedersteigenden Wegs gieng er, den Fluß unaufhörlich zur Linken, unter fernem und nahem Wassergetöse dahin: izt stiegen jenseit des sprudelnden Stroms zween waldichte Berge empor, boten sich freundschaftlich die Arme und ließen unter ihnen eine breite aufsteigende Kluft – er sah in ihr hinauf und erblickte Gebäude: bald lehnte zur Rechten ein öder unfruchtbarer zerrißner Bergrücken mit fauler Bequemlichkeit da und trug auf seinen Schultern ein Dorf, von welchem Häuser, Leimwände und Strohdächer einzeln und in Gruppen über die Bergkrümmungen herabschielten: izt schloß sich die Aussicht ganz, er glaubte in einer weiten Felsenhöle zu seyn, aus welcher ein Fluß strömte – plözlich wand sich der Weg um einen hervorstehenden Berg und öfnete ein breites, mit Birken rings umschloßnes Thal: izt war diese Seite eine bergichte Wüste, und jene ein lachender Hain, schnell wurde der Hain zum kahlen Felsengebirge, und aus der Wüste ein bearbeiteter bepflanzter Berg: hier stunden längs am Wasser hin versilberte Weiden, in künstlichen Reihen gepflanzt, hinter ihnen im aufsteigenden Gebüsche herrschte die völlige Unordnung der Natur: dort lehnte am Fuß einer Steinklippe ein Gärtchen voll junger Obstbäumen, in weiße blinkende Stäbe eingezäunt, dort hieng eins, vom zerrißnen Dornzaune umgeben, mitten an einem schrofichten dürren Berge, und mühsam schwebte dort zwischen Steinen ein arbeitsames Weib und behackte mit weitausgeholtem Schlage, der Natur zum Trotz, ein Beetchen für die kleinen Bedürfnisse ihrer Tafel: ihre Kinder klimmten auf Händen und Füßen an den vielzackichten Felsen hinan, während daß die ältern Brüder sich schon auf der äußersten Spitze wiegten und mit lautem Händeklatschen der furchtsamen Schwestern lachten, wenn sie mit den ausweichenden Steinen weit zurückglieteten und schrieen, als wenns dem jungen Leben gölte, ewig kletterten und ewig zurücktaumelten.

Der Schauplatz war leer, still, melancholisch todt, nichts als das fortwährende Geräusch des strudelnden Wassers hörbar – hie und da eine klappernde Mühle, selten ein vorüberschießender Landmann, der aus der Stadt zur wartenden Familie zurückeilte, oder betrübt dem Arzt die Bezahlung für seine gestorbne Hausfrau hineintrug, noch seltner ein langsam wandelnder Fruchtwagen! – außer diesen Unterbrechungen lag hier unter dem engen Horizonte die tiefste Einsamkeit ausgebreitet: Schweigen und Brausen war ihre Sprache – eine Sprache, die so tief in Herrmanns Herze eindrang, daß ihm schauerte: mit Zittern und Furcht stand er da, die Einsamkeit fesselte ihn an, und die Furcht drängte ihn von ihr hinweg: er suchte eine Anhöhe, stieg aus dem frischen Schatten zu ihr hinan und schaute aus dem Sonnenglanze in die düstere Tiefe, das einzige Meisterstück der Natur, hinab. Auch die beiden Spatziergänger, die ihm anfangs folgten, waren umgekehrt, der Träumer ganz allein.

»O wie ist dies Thal so still, und wie mein Herz so unruhig!« – war sein erster Ausruf als er eine Weile ernsthaft hinabgesehn hatte. – »Von Leidenschaften gepeinigt, gepeitscht, wie der Strudel, der hier vor mir schäumt! – So soll ich dann ewig im Staube mich wälzen, ewig ein unwirksamer Nichtsnütziger bleiben? nimmermehr eine That thun, die mir nur Einen Kranz der Ehre erwirbt? durchs Leben dahinschleichen, mir immer helfen lassen und Niemandem helfen können? ein Lastträger in der Welt seyn, zu den niedrigsten Arbeiten verdammt? – O die glücklichen Sterblichen, die Antonine, die Aurele, und die gleich ihnen sich den Dank einer halben Welt und aller künftigen Zeiten verdienen konten! Warum mußte ich nun der einzige seyn, der in rühmlicher Thätigkeit gern alle Adern seines Leibes zersprengen möchte, und doch, wie ein Ackergaul, im langweiligen Karren ziehen soll? – Das Herz möchte mir springen vor überströmender Wirksamkeit; und da sitz' ich, angefesselt am Blocke, muß dienen und arbeiten und sehe dessen kein Ende! kein Ende, wie ichs wünschte! Was hilfts, wenn ich Jahre lang mich um den kümmerlichen Bissen Nahrung quäle? – ich bleibe doch ein Verachteter, ein Auswurf der Menschheit, der nie besitzen darf, was er liebt: Ulrike bleibt doch ein unerringbares Gut, nach dem ich nicht einmal ohne Beschimpfung streben kann. Sie wird mich vergessen lernen, weil sie sich meiner nicht erinnern darf: sie wird mich verachten, weil man ihr die Liebe verwehrt. – Aber ich muß meinem Schicksal entgegenarbeiten! ich muß mich stemmen, ihm trotzen und wider seinen Willen erlangen, was ich will. – Fort mit mir, so weit mich meine Füße tragen! Wo das Land fehlt, mag es ein Schiff thun! Entweder alles, was ich wünsche, oder gar nichts! Mag ich auf dem Lande oder im Meere umkommen! es kömmt doch immer nur ein Elender um, den Niemand beklagt, weil ihn Niemand kennt.« –

Er sprang auf, eilte die Anhöhe herab mit allen Bewegungen trostloser Wuth, daß ihm der losgetretene Kies haufenweise nachrollte, gieng mit heftigen Schritten am Wasser zurück: Hölen, Klüfte, Büsche, Felsen, alles war für ihn vernichtet, selbst die Musik des Wassers nicht hörbar für ihn: alle Sinne hatten sich auf den einzigen Punkt seiner Seele zurückgezogen, wo seine unbefriedigte Ehrbegierde nagte: sein einziger Gedanke war – »ich bin der unglücklichste Sterbliche« – und seine ganze Empfindung bestund in dem schmerzlichen Gefühle seiner Unglückseligkeit. Den Kopf voll so schwarzer Schatten, wie die Felsen um ihn über das Thal deckten, das nämliche Getöse, Brausen und Rauschen in allen seinen Adern, wie von dem dahinschießenden Flusse in den Felsen wiederhallte, in der entsetzlichsten menschenfeindlichsten Stimmung des Geistes langte er bey der großen Mühle an: unter dem Getöse des Wassers, das über die Räder dahinstürzte, schallten Menschenstimmen, lautes muthiges Gelächter hervor – er hätte umkehren mögen, so zurückscheuchend, so abstoßend war für ihn der Ton. Er schlug die Augen auf und erblickte Menschengesichter, zwey gutgekleidete Frauenzimmer, die an der Mühle saßen, eine ältliche Dame, die zurückgelehnt schlief, und eine junge, die mit einem Stäbchen im Sande spielte. – »O des widrigen Anblicks! dachte er: wie die Ruhe aus dem schlafenden Gesichte lacht! wie das Mädchen so zufrieden tändelt! Ist denn so viel Glück auf der Erde, daß man so zufrieden seyn kann?« – Mit neidischer Bitterkeit dachte er es und kehrte das Gesicht von ihnen. Izt war er vor ihnen: ein Rest von seiner verfinsterten Menschenliebe lenkte seine Augen auf die Damen: die junge sah auf, beider Blick blieb auf einander hängen – er stund – gieng. –

»Wäre das nicht Ulrike? – Sie ist es!« – Seine täuschende Einbildung ließ ihn zweymal das Zischeln ihrer Stimme hören – izt schon wieder! – izt hörte er gar seinen Namen nennen! – sein Traum zwang ihn umzukehren. Die junge Dame stund auf, und noch war er vier völlige Schritte von ihr, als sie auf ihn hervorschoß, mit beiden Armen um seinen Hals! Da standen sie beide, fest umklammert, als wenn eine Gottheit sie zu freundschaftlichen Bäumen einwurzeln ließ! Keins sprach, keins bewegte sich. Ein Mühlbursch, der an der Thür lehnte und die stumme Umarmung mit ansah, glaubte sich aus Pflicht verbunden, die alte Dame zu wecken, zupfte sie am Ermel und zeigte, als sie schnarchend auffuhr, mit dem Finger nach dem umarmten Paare. Die Alte ergriff den Spatzierstock, der neben ihr lag, wackelte mit schlaftrunkner Eilfertigkeit hin und riß an Ulriken mit solcher Gewalt, daß sie Beiden die Erschütterung eines elektrischen Schlags mittheilte: ihre Stärke reichte nicht zu, sie zu trennen, sondern sie mußte den Mühlburschen zu Hülfe rufen. Durch Vermittelung seiner nervichten Hände brachte er sie aus einander, faßte, auf Befehl der Alten, die Baronesse in seine bestaubten Arme und trug sie in die Mühle, ohne der häufigen Hiebe zu achten, die ihm Ulrikens Unwille mit der Faust auf die breite Nase versezte. Heinrich fiel ihm ohne Anstand in den Rücken und schlug auf ihn los, daß eine dicke Mehlwolke aus der grauen Jacke herausfuhr: alles umsonst! der Bursch ließ seine Beute nicht fahren Heinrich, in seinem Zorne, gerade auf die alte Dame los! doch wie er sich nach ihr wandte, hielt sie hinter seinem Rücken ihren Rückzug in die Mühle – schnapp! war die Thür verschlossen.

Was zu thun? Den sämtlichen Mühltruppen zu widerstehn, fühlte er sich zu schwach: auch schien ihm Gewalt überhaupt zu nichts nütze. Kurz bedacht, entschloß er sich voranzugehn, um den Weg zu gewinnen und dann in einer kleinen Entfernung hinter Ulriken in die Stadt zu schleichen und so ihre Wohnung zu erfahren. – »Wenn ich nur diese weis, sagte er sich, dann sollen mich Millionen Mühlbursche und Tanten und Vettern nicht abhalten!« – Er sezte sich in den Marsch und wanderte mit so behenden Schritten, daß er sich kein einzigesmal umsah, ob ihm Ulrike folgte. Erst in einer kleinen Entfernung vom Schlage sah er eine Kutsche hinter ihm drein wackeln, die er für dieselbe erkannte, welche nicht weit von dem Schauplatze seiner Wiedererkennung hielt: er erblickte die Baronesse darinne, verdrießlich in einen Winkel gedrückt; und nun wanderte er muthig hinter drein. So bald der Kutscher auf dem Pflaster war, schlug er die Pferde an, sie trabten dahin, um eine Ecke hinum, – weg war die Kutsche! und erschien auch nicht wieder: wie wehe das that!

Seine Bekanntschaft mit Betteljungen hatte sich seit seiner Ankunft in Dresden nicht verringert: sie paßten ihm in der Nachbarschaft auf, um ihm ihr Anliegen zu entdecken, wenn er ausgieng oder nach Hause kam, und genossen auf diese Weise den größten Theil seines Taschengeldes. Einer von diesen Pensionären fand sich auch itzo bey ihm ein, als er, voll wichtiger Ueberlegungen, die Gasse heraufkam, und bat um eine kleine Gabe zur Abendmahlzeit. Der Bursch erregte bey seinem Wohlthäter eine Idee, daß er ihm zu folgen befahl: als sie im Hause anlangten, beschrieb ihm Heinrich die Equipage, mit welcher er Ulriken hatte fahren sehn, umständlich und fragte, ob er sie nicht kennte. – O ich kenne alle Kutschen und Mistwagen in der ganzen Stadt, fieng der Junge an, aber die Equipage kenn' ich nicht. – »Nicht?« frag Heinrich erschrocken. – Halt! hub der Junge von neuem an und verbesserte Heinrichs Beschreibung in vielen Umständen: war sie nicht so? – »Völlig so!« rief Heinrich entzückt. – Ach, die kenn' ich genau! war die Antwort: ich bin so manch liebes mal in meinem Leben mit ihr gefahren, wenn kein Bedienter hinten auf stund. Sie gehört einer alten Schnattergans; Gott und ihr Vater werdens wissen, wie sie heißt: es fährt immer ein kleines lustiges Ding mit ihr, wir Jungen nennen sie nur das Baroneßchen –

Heinrich fiel ihm um den Hals. – »Die kennst du!« redte er in ihn hinein.

»Ach, das ist meine Herzensfreundin, sprach der Bursch. Ihre Fenster gehn in ein kleines Gäßchen: nun lassen Sie sich einmal sagen! Du treten wir hin und singen ein Liedchen – etwa »Mein Schätzel ist ein gutes Kind« oder so was, und da wirft sie uns Geld herunter, und da nehmen wirs und machen recht tiefe Bücklinge: da will sie sich zum Narren lachen.

HEINRICH
    Liebster bester Freund! kanst du ihr nicht einen Brief heimlich zustecken?
DERJUNGE

O, sechse für einen! das alte Gespenst, bey der sie wohnt, paßt zwar auf wie ein Flurschütze. Man darf ihr nicht einen Schritt zu nahe kommen, so flucht sie wie ein Teufel. Sie reißt das arme Nüßchen herum wie einen Wischlappen –

Das häßliche Weib! rief Heinrich und knirschte.

Aber lassen Sie sich nur sagen! fuhr Jener fort, ich will den alten Bootsknecht schon anführen: ich schleiche mich zur Thür des Baroneßchen und bitte, und wenn sie mir etwas giebt, schenk' ich ihr mein Briefchen heimlich dafür. Unser eins versteht das schon. –

Er wurde morgen früh auf den nämlichen Platz bestellt, wo die heutige Unterredung gehalten worden war, die sich mit Versprechung eines ansehnlichen Trinkgeldes endigte, und der glückliche Heinrich gieng stolz die Treppe hinan: er wandelte in den Lüften, und sein Scheitel berührte vor Uebermuth die Sterne.

Die Doktorin empfieng ihn mit ihren gewöhnlichen überhäuften Fragen und bekam nichts als lakonische Antworten: sein Glück schwellte ihn auf: das ganze alltägliche Leben um ihn her, alles, wovon und was man mit ihm sprach, war tief unter der Stimmung seiner Seele: er dünkte sich ein Gott, für welchen sterbliche Beschäftigungen und Reden des gewöhnlichen Gesprächs zu gering waren. Mit so erhöhtem Fluge der Gedanken und Empfindungen, als wenn er im Aether selbst schwebte, sezte er sich an den Tisch, um seinen Brief zu schreiben: seine Aufseherin, die nicht wußte, was er schrieb, lobte ihn mit vollem Halse über seinen Fleis, daß er sich sogleich zur Arbeit kehrte und das Versäumte wieder einzubringen suchte. Wie ihm das Lob widrig schmeckte! Er hätte ihr vor Zorn an den Kopf fliegen mögen. Wen muß ein solcher Beifall über so nichtswerthe Dinge, wie Aktenschreiben, nicht beleidigen, wenn man so überglücklich, so erhaben über sich selbst ist, als er sich in dem Augenblicke fühlte?

Er schrieb in sehr langer Zeit ein sehr kleines Billet; denn bey jedem Worte flogen seine Gedanken mit ihm davon, schweiften unter Projekten zu öftern Zusammenkünften, zu Entfliehungen und andern Mitteln, das Glück des Wiederfindens so gut als möglich zu nützen und sich Ulrikens Besitz zu versichern, herum, und über den unendlichen Gedankenwanderungen verschrieb er sich so vielfältig, daß kein Menschenverstand in dem Geschriebnen war, wenn er es durchlas: immer däuchte ihm, daß er noch etwas zu sagen hätte, und nun noch etwas – er sann nach, und dort lief sein Kopf mit ihm davon! Er schloß – aber beym Jupiter! gerade das wichtigste vergessen! Sonach bekam sein Brief sechs Schlüsse, und durch das öftre Wegwerfen der völlig unverständlichen Exemplare hatte er das Abendessen versäumt und Mitternacht herangebracht; und doch enthielt das Billetchen nichts als eine Nachricht von seiner Wohnung und eine Bitte, den Briefwechsel durch den Ueberbringer fortzusetzen und ihm bald zu einer Zusammenkunft zu verhelfen. Hier ist es, nach seiner Handschrift genau abgeschrieben.

Liebe Ulrike,

Liebste Ulrike, Allerliebste Ulrike

Ich bin außer mir. Schreibe mir heute noch. Ich weis mich nicht vor übermenschlichem Glücke zu fassen. Ich bin bis in den Tod und in alle Ewigkeit

Dein aufrichtiger, ewig dich zärtlich liebender

Heinrich.

N. S. Schreibe mir ja durch den Ueberbringer. Ich bin entzückt, über Sterne und Himmel bin ich tief, tief in die Seele entzückt, daß ich dich wiederhabe. Der Ueberbringer ist ein Betteljunge. Schreibe mir ja oft durch ihn, alles, wie dirs ergangen ist. Ich verbleibe lebenslang mit der größten Zärtlichkeit und Liebe und Freundschaft und Zärtlichkeit, ich kan dir gar nicht schreiben, wie sehr ich bin

Dein getreuer unveränderlicher zärtlicher

Heinrich.

N. S. Wenn ich dich nur oft, recht oft, alle Tage, alle Stunden, alle Minuten sehn könte! Schreibe mir ja. Der Überbringer ist ein Bettler, der für ein Almosen unsern Briefwechsel besorgen wird. Lebe wohl, tausendmal wohl. Ach, daß ich nicht beständig bey dir seyn kan!

P. S. Ich wohne bey dem Doktor Nikasius. Ach Ulrike, ich sterbe vor Verlangen, wenn ich dich nicht jeden Pulsschlag meines Lebens sehn kan. Glaube daß ich bis in die Gruft und noch in jenem Leben dich lieben werde. Ach ich kan dich nicht genug lieben. Ich küsse dich in Gedanken tausend millionenmal, und möchte weinen, daß ichs nur in Gedanken thun muß. Ich verharre unausgesezt

Dein getreuer, fest an deinem Herze hängender

Heinrich.

N. S. Du wohnst in der Hölle bey einem Satan. Der Ueberbringer hat mir erzählt, daß du bey einer Tante wohnst, die beständig flucht. Deine vermaledeyte Tante geht mit dir um, daß es mich jammert. O wenn ich dem zähneblekenden Ungeheuer den Kopf spalten könte! spalten!!!!! Es ist mir so weh ums Herze, daß ich dir so nahe seyn muß und nicht Ich verbleibe

Dein betrübter, tief gebeugter zärtlichstinnigstbrünstigstsehnlichstschmachtender

Heinrich.

Postscript. Wenn ich dich nur einmal, nur ein allereinzigesmal sprechen könte! Ich bin so melancholisch geworden, daß ich Blut weinen möchte.

Ich bin mit aller Hochachtung

Ihr gehorsamer Diener,

Heinr. Ch. Herrmann.

Den lezten Schluß schrieb er halb im Schlafe, und die Höflichkeit trat an die Stelle der Liebe. – Die unselige Liebe! was für schlechte Stilisten sie macht!

Nach langer quälender Sehnsucht, die ihn jede fünf Minuten an das Fenster riß, erschien der Bote am Ende der Gasse: er lief die Treppe hinunter und nahm ihm folgenden Brief im Hause ab.

den 12. Junius.

»Wie sehr ich mich gestern über unser plözliches Wiederfinden gefreut habe, das weis mein Herz und dein eignes. Nach einer so langen, ewigen Trennung ist die Freude so voll, daß man von sich selbst nichts weis. Aber lieber, lieber Heinrich! die Trennung ist noch nicht aus. Der Onkel hat der Oberstin, bey der ich itzo im Gefängniß sitze, auf das Leben anbefohlen, mich keine Minute aus den Augen zu lassen; und sie kommt dem Befehle so getreulich nach, daß sie mich lieber am Halse herumtrüge, wenns seyn könte. Auf dem Spaziergange darf ich nur den Kopf zurückwenden, um zu sehn, wer hinter uns geht, oder auf die Seite kehren, um Jemanden an einem Fenster zu beschauen, gleich geht das Unglück los. Sapperment! schreit sie, wo gakeln Sie einmal mit den verfluchten Augen herum? – Bald geh ich ihr zu langsam oder stehe wohl gar still, um etwas anzusehn: In des Teufels Namen! fängt sie an; so heben Sie doch die infamen Knochen! – Bald hab ich Langeweile und eile nach Hause. – Daß Sie das Donnerwetter erschlüge mit Ihrem höllischen Rennen! – und dabey reißt und stößt und wirft sie mich herum, wie ihren Spaniol, wenn sie eine Prise nimmt. So eine widerliche Frau kan gar nicht mehr auf der Erde seyn: ihr Mund und ihre Brust ist beständig mit gelbem Tabak überglasirt, und wenn sie mich mit den schmuzigen Fingern angreift, geht mirs allemal durch Mark und Bein. Als ich gestern, da wir bey der Mühle so übel angelassen wurden, nach Hause kam, hat sie mir recht mitgespielt: schon in der Mühle fluchte sie auf mich, daß die Balken zitterten; und zu Hause stieß und zerrte und warf sie mich so gewaltig herum, daß der Abdruck von ihren großen gelben Tabaksfingern in Lebensgröße auf meinem weißen Kleide zurückgeblieben ist. Wir haben uns im Zimmer von einem

Ende zum andern herumgejagt: ich wollte mich durchaus nicht von ihr anrühren lassen, und sie kan doch nicht sechs Worte mit Jemandem sprechen, besonders wenn sie böse ist, ohne daß sie nicht die Leute bey dem Arme oder an der Brust anpackt. – Schmälen Sie, so viel Sie wollen! rief ich immer und wehrte sie mit allen Händen von mir ab. Greifen Sie mich nur nicht an! – Sie hüpfte immer, wie ein wälscher Hahn mit aufgeschwollnem Kamme, und die Arme, wie ein Paar Flügel, ausgebreitet, auf mich los. Sapperment! schrie sie, du Zeteraas! du wirst doch nicht die Pestilenz kriegen, wenn ich dich anrühre? Ich will dir die verfluchten Knochen zusammendrücken: – und, Heinrich! nun packte sie zu! wie ein Häscher, packte sie zu und schüttelte mich, daß ich dachte, ich sollte das Fieber kriegen.

Sie muß dem Onkel alle Wochen einmal schreiben, wie ich mich aufführe; und sie hat heute schon den ganzen Vormittag geschmiert: du kanst dir leicht vorstellen, wovon. Nun werde ich ein saubres Briefchen vom Onkel über unsern gestrigen Vorfall erhalten. Schadet nichts! Ich bin des Ausschmalens so gewohnt, wie des täglichen Brods. Ich singe, springe, hüpfe und bin lustig, sobald mir nur die Tante Sapperment vom Leibe ist: das wehrt sie mir auch nicht; denn wenn sie den Wurm kriegt, so gehts mit ihr selber über Tisch und Stüle weg. Wenn Fräulein Pimpelchen – den Namen hat ihr meine Tabakstante gegeben; denn das thut sie allen Leuten – und Fräulein Ripelchen und Mamsell Zieräffchen zu uns kommen, dann gehts bunt über: da wird geschrieen und gelärmt, daß die Nachbarn neulich dachten, es wäre Feuer im Hause, und mannichmal ist der Staub so arg, daß wir einander an die Köpfe rennen und in die Augen greifen und nicht wissen, wo wir sind.

Zuweilen thut mir aber doch mitten in dem lustigen Leben mein Herz recht weh, wenn mir einfällt, daß ich meiner Tante, der Gräfin, so viele Unruhe verursache. Du weißt gar nicht, wie der Graf mit ihr umgeht, seitdem du weg bist: sonst war er doch höflich: aber izt ist das alles aus. Er brummt den ganzen Tag: nichts kan sie ihm recht machen; und wenn sie vor ihm auf die Füße fiele, so fährt er sie doch an, wie eine Viehmagd: ein paarmal trieb ers so arg, daß ich mich des Weinens nicht enthalten konte; und dann gieng ich mit der Gräfin in ihr Zimmer: eine Thräne jagte immer die andre bey ihr; sie rang die Hände; sie konte kein Wort reden: das schmerzte mich so tief in der Seele, daß ich zu dem Grafen unangemeldet ins Zimmer lief und ihm zu Füßen fiel und bat, er möchte meiner Tante nicht so übel begegnen. Kanst du dir einbilden, Heinrich? – Der Onkel war wirklich recht bestürzt und räusperte sich so kurzathmicht, wie er immer thut, wenn er sich nicht recht zu helfen weis: er hub mich auf und drückte mir die Hand so ängstlich, als wenns ihm von Herzen leid thäte: da trat der krummbeinichte Jakob ins Zimmer: gleich ließ mich der Graf fahren und sagte mir mit gebietrischem Tone – Geh in dein Zimmer! Wenn du in Zukunft etwas mit mir zu sprechen hast, so weißt du, wo du dich vorher melden mußt. Führe sie fort! sprach er zu seinem Jakob. Der Bube fletschte die Zähne und freute sich recht innig, daß ich so übel ankam: er faßte mich bey dem Arme, aber ich gab ihm einen so empfindlichen Nasenstüber, daß er mich fahren ließ und hell, wie eine Trompete, in seine beiden Tatzen hinein nieste.

Ich kan mirs gar nicht aus den Gedanken bringen, ob wir vielleicht an allem dem Unglücke schuld seyn möchten: denn seitdem wir im Kabinete ertappt worden sind, hat es angefangen und nicht wieder aufgehört bis zu meiner Abreise nach Dresden. Die Gräfin hat uns ein Paarmal vertheidigt –

Ach! da hör ich unsern Boten betteln. Laß ihn morgen Nachmittag wiederkommen. Lebe wohl.«

Ulrike.
Den folgenden Morgen kam wirklich ein zweiter Brief an, der die Fortsetzung ihrer abgebrochnen Erzählung enthielt.

den 13. Jun.
Allerliebster Heinrich,
»Tante Sapperment buchstabirt heute noch an ihrem Briefe: sie schreibt, wie Onkels Reitknecht, den wir einmal behorchten, da er aus dem Futterkasten an seine Braut schrieb. H–o–ch Hoch – so buchstabirt sie laut vor sich, und wenn sie einmal drey Worte zusammengestoppelt hat, so liest sie sichs laut vor, um zu sehn, ob Verstand darinne ist; und dann ruft sie mich hundertmal und fragt

mich: wie schreibt man denn das Wort? wie denn das? – Sag ich ihr, wie ich glaube, daß es seyn muß, so ists ihr niemals recht. –»Sapperment! das ist ja falsch; das klingt ja nicht!« – da streitet, da zankt und flucht sie! und wenn ich ihr Recht gebe, um nicht zu streiten, so sappermentirt sie wieder, daß ich ihr nicht helfen will. Mir ist es nunmehr desto lieber, je länger sie über ihren Briefen zubringen muß: unterdessen kan ich ungestört an dich schreiben; und zu meinem noch größern Vergnügen glaubt sie itzo sogar, daß ich nicht richtig buchstabiren kann, und fragt mich deswegen sehr selten um Rath, nur wenn der Bediente nicht zu Hause ist, der ihr besser zu rathen weis – weil es bey ihm allemal klingt, wenn er vorbuchstabirt, sagt sie. Du müßtest dich zu Tode lachen, wenn du einmal zuhorchtest, was für Zeug die beiden Leute zusammenbuchstabiren; und mit unter wird dann auf beiden Seiten ein gutes Stückchen geflucht. Der Bediente ist einmal Packknecht gewesen und spricht mit allen Leuten, als wenns seine Pferde wären. Wenn er der Tante zuweilen zwey N oder M vorgesagt hat, so ist sie im Stande, ein ganzes halbes Dutzend in Einem Zuge hinzuschmieren: – Oh! schreit der Bediente, wie zu einem Pferde, das stillstehn soll. – Daß dich der Donner und das Wetter! fährt die Tante grimmig auf und wischt die überflüßigen M mit der Zunge weg: die verfluchten m laufen einem aus der Feder heraus, als wenn sie der Satan herausjagte. Nun hab' ich gar die Wetteräser alle ausgewischt. – Ah! Ah! spricht der Packknecht: was bleken Sie denn die Zunge so lang heraus, wie einen Kehrbesen? – Dann fließt die Tinte auf dem nassen Papier zusammen: wieder ein Donnerwetter auf das Rackerpapier! dann wird ausgestrichen: daraus entsteht eine Donner-Blitz-Hagelssau. – Da! Hans Pump! ruft Tantchen dem Bedienten: das verfluchte Schwein ist für mich zu groß; – und so schluckt es Hans Pump, wie eine Auster, mit Haut und Haar vom Papiere weg.

Da haben wirs! da bettelt unser Briefträger schon. Schick' ihn erst übermorgen und etwas später! Viel tausend Küsse von Deiner

Ulrike.«

Der Termin war etwas weit hinausgeschoben; und den zweiten Tag darauf erst in der Dämmerung erschien der versprochne Brief: er war sehr eilfertig und unleserlich geschrieben.

den 15. Jun.
Lieber, lieber Heinrich,
»Tante Sapperment ist zum Besuch: ich will dir hurtig erzählen, was ich leztin vergessen habe. Ich sagte dir, daß es der Tante Gräfin izt so übel geht, weil sie uns hat vertheidigen wollen. Sie glaubt es nicht, daß wir die Absicht hatten, davon zu gehn: aber der Graf läßt sichs nicht ausreden. Ich klagte Schwingern mein Herzeleid, daß ich glaubte, die Tante müßte um meinetwillen so viel ausstehn: allein er tröstete mich und versicherte, daß der Graf durch den schändlichen Jakob und seinen Vater wider sie aufgebracht wäre. Die abscheulichen Kreaturen könnens nicht leiden, daß sie den Grafen zuweilen zu etwas bewegt, was ihnen nicht lieb ist: er soll durchaus nichts thun, was sie nicht angegeben haben. Er fürchtet sich auch vor ihnen, wie unser Spitz vor der Tante Sapperment. Ich wäre noch lange nicht nach Dresden geschickt worden, wenn die beiden Schurken nicht so getrieben hätten: aber für diese Schurkerey bin ich ihnen herzlich verbunden. Ich rathe auch noch eine andre Ursache, warum der Graf itzo so grießgrämicht ist: eh ich fortreiste, speisten fast alle Tage Advokaten, fremde Kaufleute und Bankiers bey uns: das geschah auch bey meinem Papa kurz vor seinem Tode; und wenn ich die Mama fragte, was die Leute alle wollten, so antwortete sie mir: wir müssen sie füttern, damit sie uns das Brod nicht nehmen. – Ja, sie kehrten sich viel daran; denn da der Papa todt war, ließen sie uns nichts zu beißen noch zu brechen. – Ich gebe dem Briefe vier, fünf, sechs Küsse für dich: nimm sie ihm ab!

Deine Ulrike.«

FÜNFTER TEIL

ERSTES KAPITEL

Herrmann gab jedesmal seinem Boten, wenn er ihn aussandte, einen Brief an Ulriken mit, worinne er ihr seine bisherigen Schicksale seit der Abreise aus seinem Vaterstädtchen pünktlich und umständlich erzählte, und war deswegen den ganzen Tag unaufhörlich mit Schreiben beschäftigt, ohne einen Schritt aus dem Hause zu thun. Die Frau Doktorin floß von Lobsprüchen über und weißagte ihm mit der äußersten Zuversichtlichkeit, daß er in kurzem ein großer Mann seyn werde, weil er so fleißig an ihres Mannes Akten schriebe. Kaum daß er auf ihre Lobeserhebungen und Verheißungen hörte! Kaltblütig nahm er sie an, und der Doktor, der wohl wußte, daß er wenig oder nichts für ihn arbeitete, ließ seine Frau aus Gutmüthigkeit und Liebe für seinen Schreiber in ihrem Wahne.

Nach dem lezten, eilfertig geschriebnen Briefe stockte die Korrespondenz: der Bote gieng zwar den zweiten Tag nach dem Empfange desselben mit einem großen Schreiben von Heinrichen zur Baronesse, allein er brachte es wieder zurück, mit der Nachricht, daß ihn die Köchin abgewiesen habe. – War das Geheimniß verrathen? Hatte man die Baronesse von Dresden weggebracht? Wollte man sie verheirathen? Wollte man sie einsperren? – Alles gleich wahrscheinlich für den argwöhnischen Verliebten! Dahinter mußte er kommen, kostete es auch noch so viel. Sein Postbote wurde befehligt, gegen Erlegung eines baaren Gulden die Gasse, wo die Baronesse wohnte, unablässig durchzupatruliren, in der Nachbarschaft und im Hause, doch mit Vorsichtigkeit, nach ihr zu fragen und bey der ersten gewissen Nachricht sogleich getreuen Bericht zu erstatten. Herrmann sezte sich ebenfalls in Bewegung, auch durch sich selbst Gewisheit zu bekommen.

Neun Tage lang erfuhr er nichts, als daß Ulrike weder verreist, noch eingesperrt, noch weggebracht sey sondern sich wirklich in Dresden befinde und alle Tage mit ihrer Tante ausfahre: er sah auch einigemal die Kutsche, allein seit der Begebenheit bey der Mühle fuhr die Oberstin nicht anders als mit zugemachten Fenstern, stieg bey einer Spatzierfahrt nie aus, wenn es nicht in einem Garten oder andern verschloßnen Orte war, und erlaubte Ukriken nicht einen Blick aus dem Wagen zu thun: so bald sie nur Mine machte, sich nach dem Fenster zu neigen, so wurde sie mit einem Donnerwetter oder Sapperment wieder in die Ecke gedrückt. Das waren neun Tage, in Höllenpein zugebracht!

Erst am zehnten langte ein Brief an, den sie, mit Bley beschwert, dem Kurier zum Fenster herabgeworfen hatte. Er wurde nicht gelesen, sondern verschlungen.

den 24sten Junius.

»Ich schreibe dir diesen Brief, liebster Heinrich, mit höchstbetrübtem Herze, so voll Beklemmung, daß sie mir den Athem nimmt. Was ich befürchtete, ist geschehn: die Oberstin hat der Tante Gräfin den ganzen Vorfall bey der Mühle haarklein geschrieben, und ich habe gestern einen Brief von ihr bekommen, der mir am Herze nagt. Sie bittet mich um Gottes willen, ich soll mir Gewalt anthun und meine Liebe gegen dich aufgeben. Sie hätte, schreibt sie, aus zu guter Meinung von meinem Verstande keine von allen Beschuldigungen und verdächtigen Anzeigen wider mich geglaubt und sehr oft durch meine Vertheidigung des Onkels Unwillen auf sich geladen: aber nunmehr, sezt sie hinzu, hat mich das Geständniß, das du deiner Tante mit der äußersten Frechheit in der Mühle thatest, aus meinem Irrthum gerissen: ich sehe, daß du nicht blos unvorsichtig, sondern verführt bist und deine Verführung liebst, dir vielleicht gar etwas darauf zu gute thust. Besinne dich, Ulrike! bedenke, wer du bist, wer dein Onkel und deine übrigen Verwandten sind! und dann überlege, ob du es verantworten kanst, uns allen eine solche Schande zu machen! Weise den liederlichen Buben – Heinrich! das Blut möchte mir aus den Adern sprützen, indem ichs hinschreibe: den liederlichen Buben! wenns nicht meine Tante wäre, ich wollte ihr eine verzweifelte Antwort auf den liederlichen Buben geben. – Weise den liederlichen Buben von dir! Meide, fliehe den Erzbösewicht, der uns unsere Wohlthaten durch Bubenstreiche vergelten will! Alles Gute, was ich ihm erzeigt habe, muß sein Verderben werden: mein eignes Verderben muß ich mir zur Strafe wünschen, daß ich mich von unseliger Schwachheit verleiten ließ, den Schänder unsers Hauses selbst zu erziehen. Noch weis der Graf nichts von der öffentlichen Beschimpfung, die dir der verhaßte Bube in Gegenwart deiner Tante angethan, die du mit Wohlgefallen ertragen hast und sogar zu vertheidigen dich erdreistest. Wenn dich der falsche versteckte Bösewicht wirklich eingenommen hat, und es dir Mühe kostet, ihn zu verachten, wie ers verdient, so will ich dir die Ueberwindung erleichtern. Ich bemühe mich izt um eine Stelle in einem Fräuleinstift für dich, wo du zeitlebens versorgt bist, wenn sich keine anständige Partie für dich findet: ich thue es heimlich ohne Vorwissen des Grafen, wenigstens verhele ich ihm sehr sorgfältig meinen Bewegungsgrund: allein kömmt es zu Stande, welches ich bald hoffe, weil auf Michael ein Platz ledig wird, so bin ich doch seiner Einwilligung gewiß, zumal da uns viele Ursachen nöthigen, unsern Aufwand einzuschränken. Erkenne meine Gnade, Ulrike! Setze deinen Stand und unser Haus nicht aus den Augen, da du deiner Versorgung so nahe bist, und führe dich in der Zwischenzeit, bis du dazu gelangst, mit aller Achtung für dich selbst auf! Ich bitte dich um Gottes willen, Ulrike! thue deinem Herze Gewalt an und wirf dich nicht weg! Verbittre mir nicht den kleinen Rest von Ruhe, den mir der Graf und seine Ohrenbläser täglich mehr rauben! Erfahre ich nur das mindeste von einem fernen, oder gar geheimen Verständnisse zwischen dir und dem niederträchtigen Landläufer, so muß ich selbst an deinem Unglücke bey dem Grafen arbeiten: ich muß ihm alles entdecken, und es wird ihm nicht viel Mühe machen, eine exemplarische Strafe für Heinrichs Verwegenheit auszuwirken. Wie es dir ergehen würde, das kanst du dir leicht vorstellen: wie wehe sollte mirs thun, eine mir so liebe Blume, die ich selbst begossen und gepflegt habe, mit meinen eignen Händen zu zerknicken! Rührt dich dieser Schmerz nicht, dann möchte ich dich nie gekannt haben und dich hassen können –

Was sagst du zu dem Briefe, Heinrich? Muß sich das Herz nicht umwenden, wenn man so etwas liest? – Ich zitterte, als ich ihn las, die Betrübniß wollte mich ersticken, und aus Liebe für die Gräfin ward ich durch ihre Bitte so bewegt, daß ich im ersten Augenblicke willens war, ihr zu gehorchen. Aber, Heinrich, es ist mir unmöglich, ihr zu gehorchen: ich kan mich nicht von dir losmachen: so oft ichs wünsche, ist mir immer, als wenn du bey mir stündest, mir um den Hals fielst und riefst: Um Gottes willen, Ulrike! gehorche nicht!– Nein, Heinrich! ich kan nicht gehorchen – Gott ist mein Zeuge! Ich kan nicht gehorchen! Du bist mir so allgegenwärtig, so mein einziger Gedanke, wohnst so ganz in mir, als wenn du meine Seele wärst. Ich denke immer: köntest du dich denn nicht zwingen? könte denn Heinrich nicht lieber eine von seinem Stande – kaum daß ichs so weit denke, so geht schon das ganze Zimmer mit mir herum; es wird mir bänglich, so ängstlich, als wenn mirs das Herz abstoßen wollte; ich laufe vor Wehmuth und Bangigkeit aus einem Winkel in den andern: die vier Wände sind mir so enge, als wenn sie über meinem Kopfe sich zusammensenkten, daß ich zum Fenster hinunterspringen möchte. Nein, Heinrich! ich schwöre dirs bey Himmel und Erde! ich kan nicht gehorchen! ich muß dich lieben! du mußt mein werden, und wenn die Verdammniß mein Lohn würde.

Ich habe hier, indem ich dies bey der Nachtlampe schreibe, die Hand auf die Brust gelegt, den Schwur laut gethan und Gott zum Zeugen angerufen: ich will ihn halten. Es ist mir ein großer Fels vom Herze gewälzt, daß ich ihn gethan habe: es war mir, als ich ihn thun wollte, bey dem blassen Schimmer der Lampe völlig als wenn die Tante Gräfin in ihrem weißen Atlaskleide zum Kabinet hereinrauschte und mir den Mund zuhalten wollte: es lief mir ein rechter Todtenschauer über den Rücken; und wie ich schwur, fiel die zurückgeschlagene Bettgardine – vermuthlich weil ich mit dem Ellenbogen daran stieß – über mich herab: ich denke, die Tante fällt über mich her, so erschrak ich: aber ich ermannte mich: ich vollendete den Schwur mit Zittern, und kaum hatte ich das lezte Wort gesprochen, so ward mirs wie Tageslicht vor den Augen, und Muth und Entschlossenheit belebten mich so plözlich, als wenn sie mir in alle Adern gegossen würden.

Ich bin entschlossen, fest entschlossen, der Versorgung in einem Stifte zu entgehn. Eine Versorgung zeitlebens! – Ja, daran liegt mir viel! Die Leute denken, wenn man Essen und Trinken hat, dann ist man versorgt: hat man denn nicht auch ein Herz? Meins ist versorgt: ich bedarf gar keine Versorgung weiter. Was bekümmert mich das Bischen elender Kleiderputz, kostbare Tafel, Equipagen und Bedienten? Nehm' es, wers mag! Ich war in dem gestreiften Raschrocke, als wir den Abend vor deiner Abreise im Kabinete beysammen saßen, so glücklich und tausendmal glücklicher, als ich niemals in dem schönsten Steifrocke bey dem herrlichsten Feste gewesen bin. Wenn mich nun aller der langweilige Plunder nicht rührt? Wenn ich nun keine Versorgung zeitlebens haben will?– Ich begreife gar nicht, wo die Leute hindenken! Ich muß doch wohl am besten wissen, wie ich versorgt seyn will: ich bins ja, ich bins ja! und wenn du nur einen Platz mit hundert, mit funfzig Thalern Einnahme bekömmst, so bin ich versorgt! Zeitlebens nach Wunsch und Verlangen versorgt! Aber das kan Niemand begreifen: man möchte sich zu Tode ärgern.

In ein Fräuleinstift! – Es fährt mir eiskalt durch alle Glieder, wenn mir das Fräuleinstift einfällt. So ein Stift stelle ich mir, wie ein großes, winklichtes, finsteres, steinernes Haus vor, mit dicken, dicken Mauern, kleinen Fensterchen mit runden rothberäucherten Scheibchen, wie ein Achtgroschenstück, große eiserne Stäbe davor, daß man das ganze Jahr Licht in den dämmrigen Zellen brennen muß, weil der Tag durch das viele breite Bley nicht dringen kan – ein dumpfes, hochgewölbtes, graushaft stilles Kloster mit langen schallenden Gängen, schmalen finstern Treppen und spitzrunden Thüren, mitten unter öden zackigten Felsen, daß man nicht durch die Fensterstäbe hindurchschielen kan, ohne zu fürchten, es möchte ein Stück losstürzen – in einem meilenlangen fürchterlichen Tannenwalde; – und so ein Gefängniß nennen die Leute eine Versorgung! Ja freilich! der Dieb hat auch eine Versorgung, der bey Wasser und Brod im finstern Thurme sitzt. Lieber will ich mit dir hinter den Zäunen schlafen, in den Dörfern betteln, oder Ställe misten und Kühe hüten, als in so ein Stift gehn. Es bleibt bey unserer Verabredung unter dem Baume, da ich dir meinen goldnen Ring an den Finger steckte.«

* * *

den 25. Junius.

»Hier löschte mir diese Nacht die Lampe aus: ich mußte abbrechen, und heute früh konte ich vor großem Vergnügen nicht wieder ans Schreiben kommen. Die Tante Gräfin hat der Tante Sapperment einen Theil ihres Schmuckes geschickt, damit sie ihn hier verkauft, und Onkels Sekretär, der ihn mitgebracht hat, soll ihn verkaufen helfen. Die Tante will einen Berliner Bankier heimlich davon bezahlen, doch ohne daß es der Graf weis: wenns nicht geschieht, so will der Bankier den Onkel verklagen; und dann wachen alle Andere auf, denen er schuldig ist, sagte der Sekretär, und um sie alle bezahlen, reicht seine Herrschaft sechsfach nicht zu. Die Oberstin hat also heute den ganzen Vormittag nichts als Juden bey sich gehabt: es war eine Hauptlust, wie sie unter den Mauscheln herum fluchte und schimpfte, weil sie ihr nicht genug geben wollten; denn die Gräfin verlangt dreißigtausend Thaler. Mit dem einen Juden kriegte sie gar Zank, daß ihn ihr Hans Pump zum Hause hinauswerfen sollte. Sie kann mit Niemandem reden, ohne ihn anzugreifen: den Damen dreht sie die Brustschleifen entzwey und den Herren die Knöpfe ab, oder reißt ihnen mit den Nägeln Löcher in die Busenstreifen. Sie sprach also mit dem Juden am Fenster, das offen stund, und während des eifrigen Redens und Handelns drehte sie ihm einen Knopf nach dem andern ab und warf ihn zum Fenster hinaus. Der Jude gab nicht darauf Acht, und fünfe lagen schon auf der Gasse; ich konte das Lachen kaum verbergen, so belustigte michs, als ich zusah. – Indem sie an dem sechsten Knopfe handthiert, wird sie böse, weil der Jude schlechterdings nicht so viel geben will als sie verlangt, und reißt ihm aus Grimm den Knopf mit so vieler Gewalt ab, daß der Mauschel nach ihr hintorkelt. »Mein, ruft der Jude, wo sind meine Knöpfe?« und sieht sich in der Stube um. – Du Schelm hast keine mitgebracht! antwortete die Tante. – »Mein, habe Knöpfe gehabt, so viel als Löcher! Da hat sie ja Ihre Gnaden in der Hand.« – Da! du Fratzengesicht! – und so warf sie ihm den sechsten Knopf in die Augen. – »Aber die andern! die andern! habe so viel Knöpfe gehabt als Löcher, so wahr ich leb!« Sie werden doch nicht von meinem Kleid weg nach Haus spatziert seyn!« – Du beschnittner Sappermenter! denkst du, ich habe deine Knöpfe gestolen? fuhr die Tante auf mit untergestemmten Armen. Hans Pump! wirf mir den Eselskinnbacken aus dem Hause! – Hans Pump trieb ihn aus dem Zimmer; und er schrie beständig die ganze Treppe hinunter – »Meine Knöpfe! meine Knöpfe! habe Knöpfe mitgebracht, so viel als Löcher!« – Als ich hernach ans Fenster kam, stund er auf der Gasse und las sich seine Knöpfe zusammen. – Ich habe mir einen rauhen Hals gelacht über den possirlichen Auftritt.

Schicke übermorgen erst!

Ulrike.

Herrmann war nicht so geneigt, sich über die possirliche Geschichte einen rauhen Hals zu lachen: entweder fehlte ihm Ulrikens Leichtsinn und Biegsamkeit, jeden hinter einander folgenden, noch so entgegengesetzten Eindruck anzunehmen und gleich stark zu fühlen, oder die Liebe war zu sehr seine herrschende Empfindung, um einer andern den Eingang zu verstatten, die nicht in der engsten Vertraulichkeit mit ihr stund. Auch hatte ihn die lange ängstliche Ungewißheit vor dem Empfange dieses Briefs und der wehmüthige Anfang desselben in eine Stimmung des Geistes versezt, die nicht sehr wohl mit der Belustigung harmonirte: nicht weniger schwer drückten die kränkenden Benennungen der Gräfin auf seine ganze Empfindlichkeit: der Niederträchtigkeit, der Bosheit, der Undankbarkeit sich beschuldigt zu sehn, und so aufbringende Beschuldigungen weder widerlegen, noch rächen zu können, welcher Schmerz für seinen Stolz! Er sezte in der ersten Hitze einen Brief an die Gräfin auf, worinne er mit Härte und Bitterkeit sich über ihre beleidigenden Ausdrücke beschwerte und ihr bey seinem Gewissen betheuerte, daß er nie die Größe ihrer Wohlthaten, aber auch nie die Größe ihrer Beleidigung vergessen werde. »Nie kan ich, schrieb er, nunmehr Ihren Namen ohne Haß hören, wie ich nie an Ihre Güte ohne Dankbarkeit denken will. Ich möchte, daß ich Ihnen alle diese traurige Wohlthaten wiedergeben könte, wenn sie mir nur erwiesen wurden, um mir ungestraft das einzige zu nehmen, was weder Sie noch irgend ein Mensch auf dieser Erde mir zu geben vermögen – meine Ehre, meine Rechtschaffenheit.« –

Sein angegriffner Stolz verblendete ihn so sehr, daß er nicht bedachte, welche Verrätherey er an Ulriken und sich selbst durch ihn begieng: erst am folgenden Morgen wurde sein Horizont wieder licht: er besann sich, daß die Gräfin nichts von der geheimen Mittheilung ihres Briefs wissen dürfte, zerriß den seinigen, ertrug mit stummem Schmerze ihre Kränkungen und betrachtete sich als einen Märtyrer, der um seiner Geliebten willen litt. Diese Vorstellung gab seinen Leiden einen so hohen Werth in seinen Augen, daß er sie verdoppelt wünschte: es schmeichelte seinem Stolze, sich durch solche Widerwärtigkeiten ein Verdienst um Ulriken zu erwerben: er wurde immer entschloßner, zur Vergrößerung seines Verdienstes Schmach, Mangel, Kummer, Schmerz, Schimpf und Unehre aufzufodern und mit ihnen um Ulriken zu kämpfen. Muth und Standhaftigkeit wuchsen in ihm bis zur Begeisterung empor: er schrieb folgendes Billet.

»Ulrike, wie du in jener Nacht geschworen hast, so schwöre ich dir izt Entschlossenheit und Muth zu, und so gewiß du mich lieben wirst, so gewiß will ich Martern, Hunger, Blöße, Schmerz und Kränkung nicht achten, um einmal Dein zu werden. Ich bin entschlossen, so entschlossen wie du es seyn kanst, unsrer Verabredung unter dem Baume zu folgen: veranstalte eine mündliche Unterredung, um uns über die Ausführung unsers Vorsatzes umständlicher zu besprechen. Vor allen Dingen müssen wir für Geld sorgen, es komme, woher es wolle; und dann in die Gefahren hinein! Eine ganze Welt voll Hindernisse sollen uns nicht aufhalten: wir reißen uns durch, treten sie danieder, oder sie uns. Laß dich weder durch Bitten noch Drohungen irre machen und fürchte dich vor keinem Stifte! Müßt ich meinen Kopf darüber verlieren, du sollst nicht hinein. Halte dich zu allem gefaßt und lebe wol.«

Das Blatt wurde zwar am bestimmten Termine eingehändigt, aber erst viele Tage darauf erschien die Antwort der Baronesse.

den 26. Jun.

»Es geht gewiß nicht gut, Heinrich! O welche Uebereilung, daß ich schwur! Der Schwur frißt mir, wie ein Wurm, an der Seele. Sollten wir denn wirklich etwas Strafbares begehn, daß wir uns lieben? Du kanst dir nicht vorstellen, wie ich mich ängstige und härme: es ist heute wieder so viel Lustiges bey uns vorgefallen, daß man sich zu Tode lachen möchte: ja, wer lachen könte! Es fährt mir wohl ein Gelächter durch die Lippen, aber es ist so halbweinerlich, so sauer, daß mir die Brust davon weh thut. Wenn ich nur nicht geschworen hätte! Ich habe mich von Kindesbeinen an vor einem Schwure gefürchtet, und doch laß ich mich übereilen! Wenn ich nun zu schwach wäre, meinen Schwur zu halten? Wenn ich mich nun durch Bitten oder Drohungen bewegen ließ, ihn zu brechen? Wenn Gefahr oder Unglück, Elend oder Kummer zu groß, zu schwer für meine Schultern würden, und ich erläg unter ihnen? Wenn mirs nun ganz unmöglich wäre, ihn zu erfüllen? – Und doch hab' ich auf meine Verdammniß geschworen! Bedenke, was das gesagt heißt – auf meine Verdammniß! Und daran wärest du Schuld, wenn ich sie verdiente: du nur, wenn ich mich in ewige Qualen stürzte! Ich kan nirgends Ruhe finden: die Angst treibt mich herum, als wenn ich Mord und Diebstahl begangen hätte.

* * *

den 27. Jun.
»Ich mußte gestern Nachmittag hier abbrechen, weil mir vor Unruhe ganz schwindlicht wurde. Heute geht mirs noch schlimmer. Ach Heinrich! der Schwur bringt mich ins Grab! Sogar Schwinger hat an mich geschrieben und ermahnt mich, von dir abzulassen. Wenn ein so vernünftiger gutherziger Mann unsre Liebe für sträflich hält, dann muß sie es seyn: aber ich habe geschworen! Ich *muß* sträflich handeln. Wenn ich nur Ruhe vor dem Gedanken fände!

Reißen Sie, schreibt Schwinger, meinen armen, hülflosen Freund nicht ins Verderben hin; und Sie thun es zuverlässig, wenn Sie seine Liebe unterhalten oder gar noch anfachen. Die Reizbarkeit seines Alters folgt freilich Ihren Lockungen; denn aus allen Nachrichten und Anzeigen muß ich schließen, daß Sie zuerst mehr für ihn empfanden, als sie sollten, und daß Sie zuerst bey Ihrem itzigen Wiedersehn seine schlafende Empfindlichkeit erregten. Wecken Sie keinen schlummernden Löwen und keine Liebe in dem Herze eines Menschen auf, der nicht für Ihre Hand geboren ist! beide zerfleischen ihn. Sie haben ihn schon der Gräfin verhaßt gemacht und aller künftigen Unterstützung beraubt, die ich durch meinen Vorspruch für ihn auswirken konte: es ist aus, ganz aus: er hat nicht einen Pfennig mehr von ihr zu erwarten: ich darf gar keine Fürbitte mehr wagen. Noch nicht genug. Der Haß Ihres Hauses verfolgt ihn; und wenn Sie die brausenden Begierden seines Alters bis zur wirklichen Liebe aufwiegeln, dann kan ich, schwacher Freund, nicht das mindeste thun, um eine Rache zu hindern, die der Onkel bis zu seinem lezten Athemzuge für ihn aufheben wird. Und Sie, theuerste Baronesse, Sie wollten Ihrem Lehrer für seine Liebe den Schmerz zum Lohn geben, daß Sie ihm seinen Freund vor seinen Augen in eine Grube stießen, wo er elend verschmachten muß? –

Nein, Heinrich! ich kan, ich darf, ich will dich nicht lieben! Ich reiße dich ins Verderben, stoße dich in eine Grube, wo du verschmachten mußt! Dich, der mir lieber als die ganze Welt ist! den ich gern auf einen Thron, gern in den Himmel auf meinen Händen tragen möchte! Lieber will ich meinen Schwur brechen und verdammt seyn, als dich ins Verderben hinabreißen. Ich will ins Stift, will zeitlebens keinen Menschen sehn, noch hören, noch sprechen, will mich einsperren, bis ich mich zu Tode gräme und in die Verdammniß übergehe, die mein schrecklicher Schwur verdient. – Diesmal geliebt und niemals wieder!

Izt bettelt der Junge an der Thür; aber ich kan dir unmöglich den Brief mitschicken: es ist der lezte, den ich dir jemals schreibe, und ich habe noch viel zu sagen.«

* * *

den 28. Jun.
»Dein muthiges Billet habe ich gestern nach dem Empfange zweimal gelesen, und wenn ich nur ein Paar Augenblicke allein bin, zieh' ichs aus der Tasche, trete in einen Winkel und lese. Es machte mir einen sehr zerstreuten unmuthigen Abend: die Tante hat etwas ehrliches auf mich geflucht, daß ich nicht redte und niemals antwortete, wenn sie mich fragte. Izt ist die Angst überstanden: ich bin wieder muthig und entschlossen – Heinrich! ich halte meinen Schwur. Schwinger stellt sich alles zu gefährlich vor: er ist bey jeder Sache gar zu gewissenhaft, und wer weis, wie ihm die Tante Gräfin zugesezt hat? Du weißt ja, wie leicht sie beide eine Mücke zum Elefanten machen. Was kan dir denn in fremden Ländern der Haß des Onkels schaden? Können wir denn die Sache nicht so heimlich anfangen, daß er niemals erfährt, wo wir sind? – Und zudem, wenn auch mein Ungehorsam und meine Liebe gegen dich sträflich ist, muß ja doch wohl diese Sträflichkeit geringer seyn, als wenn ich einen Schwur breche, auf welchem die Verdammniß steht? – Nein, ich lasse mich nicht irre machen: ich bleibe fest an dir und deinem Herze, und Niemand soll mich davon losreißen, es sey König oder Kaiser. Ich bin izt so muthig – o so muthig und herzhaft, daß ich die Minute mit dir aus Dresden

gehn wollte, wenn du bey mir wärst. Es ist, als wenn mein Herz davon hüpfen wollte, so frisch schlägt mirs: es schwillt mir vor Begierde bis zu den Lippen. – Topp, Heinrich! wir sehn uns bald.

Du kleingläubiger Narr! was ist dir denn um Geld leid? – Sieh doch her! hier in meiner Kommode liegen 36 Dukaten – alles ersparetes Taschengeld! Tante Sapperment läßt mich nichts ausgeben, weil ich sparsam, oder wie sie es nennt, haushältrisch werden soll. Sobald ich also mein Monatsgeld bekomme, wird Gold eingewechselt, zierlich in türkisches Papier eingewickelt und, wie ein todter Hund, in einem rothen Schächtelchen in meiner Kommode begraben. Ich seh es allemal dem armen Golde an, wie weh es ihm thut, daß es so lebendig begraben wird. Zum Verschenken krieg ich einen lumpichten Gulden Silbergeld: drum kan ich auch unsern Boten so schlecht bezahlen: ich schäme mich jedesmal, daß ich ihm nur zwey oder vier Groschen geben kan. Wenn er diesen Brief holt, bekommt er meinen ganzen Rest von Silbergeld; denn nun ist uns geholfen.

Von meinen 36 Dukaten will ich dir die Hälfte einmal des Abends in der Dämmerung selbst bringen; denn dem Jungen mag ich sie nicht anvertrauen, da es unser einziges Bischen ist. Die andre Hälfte behalte ich bey mir, wenn wir etwa unterwegs von einander getrennt würden. Laß unsern Boten nunmehr alle Abende in der Dämmerung bey unsrer Hausthüre herumgehn: sobald einmal Gelegenheit da ist, wische ich hinunter und lasse mich von ihm zu dir führen. Daß du auch beständig bey der Hand bist! Wir wollen uns nur auf ein Paar Minuten sehn und den Tag bestimmen, wo die Reise fortgehn soll. – Topp, Heinrich! du wirst mein.

Der Bote holt ja meinen Brief ewig nicht: er wird zu einem Buche werden, wenn er nicht bald abgeht. Ob er vielleicht nicht mehr zu mir darf? Vielleicht daß man ihn für verdächtig hält.«

* * *

den 5. Jul.

»Ja, ja! hab' ichs doch gedacht! die ganze Historie ist entdeckt. Den Jungen hat Hans Pump zur Treppe hinuntergeprügelt, wie er dir schon geklagt haben wird; und heute früh zog Tante Sapperment deine Briefe, die ich in einem Packetchen recht artig hinter der losgerißnen Tapete versteckt hatte, hervor. Hans Pump hat die Tapete gestern wieder annageln sollen und sie gefunden: um nicht den Groschen zu verlieren, den ich ihm zuweilen zum Brantewein gebe, hat er meine Tante gebeten, so zu thun, als ob sie selbst dahinter käme. Sie traf also heute früh mit dem Hämmerchen bey mir ein, als wenn sie selbst die Tapete befestigen wollte, und zog das Packetchen heraus: das Herz that mir weh, daß ich die armen Briefe in den gelben schmuzigen Tabaksfingern sehn mußte. Sie las und fluchte: das war die ganze Geschichte. Ich will dir etwas von unserm Gespräche hersetzen.

SIE

    Sie sappermentisches Zeterkind! Sie lassen sich gar von dem Halunken Briefe schreiben?

ICH

    Mir schreibt kein Halunke: Sie dürfen nur seine Briefe lesen, um dies schändliche Wort zu bereuen.

SIE

    Aber wie, alle Wetter! haben Sie denn die Briefe gekriegt? Nicht wahr, durch den verfluchten Donnerjungen, der immer vor ihrer Thüre gebettelt hat?

ICH

    Sie wissens.

SIE

    Seht mir einmal das Wetterkind! Ist erst drey Monate über siebzehn Jahr und doch schon so blitz-hagel-schlau? Ich hab' es in meinem zwanzigsten nicht so verhagelt fein machen können.

ICH

    Manche Leute werden spät klug.

SIE

Nur nicht so spitzig, mein Fräulein Naseweiß! Wir sind lange schon gewesen, wohin Sie wollen. – Schreiben Sie denn dem Hagel-Wetter-Jungen auch?

ICH

Meinem Heinrich? – Ja, ich schreib' ihm alle Tage, alle Stunden und Minuten.

SIE

Ueber Sie sappermentisches Element! Ich habe immer drey Tage gebraucht, um einen Brief an meinen Kapitän zusammen zu stoppeln, und war doch schon fünfundzwanzig Jahr alt; und Sie Kreuz-Hagel-Donner-Wetterbalg schreiben Ihrem Igel alle Stunden und Minuten! – Wo sind Ihre elementschen Briefe?

ICH

Bey meinem Heinrich. Ich will sie holen lassen, wenn Sie darinne lesen wollen.

SIE

Aber, Potz alle Welt! sagen Sie mir nur, wollen Sie denn den Ripel heirathen?

ICH

Nicht anders!

SIE

Das machen Sie einer Gans weiß und nicht mir! Ich bin dabey gewesen. Potz alle Hagel! ich weis, wie viel die Elle gilt. Aber wenn Sie nun einmal nach den verwünschten Affenköpfen, den Mannspersonen, hungert – Blitz und der Hagel! man weis ja wohl, wie einem in Ihrem Alter zu Muthe ist – wenn Ihnen denn nun ja das Herz aus der Schnürbrust nach den Aesern hüpft, so werfen Sie sich doch, in des Teufels Namen, nicht weg. Suchen Sie sich doch einen hübschen Offizier aus! Es sind ja so viele artige galante Kerlchen da: daß dich das Kreuzelement holte! Das Herz lacht einem ja im Leibe, wenn man die herzallerliebstscharmanten Puppchen nur gehn sieht. Fickerloth! man darf ja nur die Hand ausstrecken, so hat man einen Vogel drauf sitzen.

ICH

In so einem Falle würden Sie mir also erlauben, mich zu verlieben?

SIE

Ey, möchten Sie sich verlieben, so viel Sie wollten! Suchen Sie sich einen aus, sag' ich Ihnen! Wenns etwas hübsches ist, soll der Teufelsbraten bey uns essen, trinken und ein und ausgehn, wenn, wie und wo er will. Sie mögen ja mit ihm anfangen, was Sie nur wollen – ich will die Augen zuthun: Sapperment! ich will gar nichts davon hören noch sehen.

ICH

Ihre Hand, Tante! wollen Sie das? Ich habe mir einen ausgesucht.

SIE

Aber ist er auch hübsch? Nicht etwa wieder so ein Katzenkopf?

ICH

O der vortreflichste Mensch auf der Erde! So voll Verstand, voll Rechtschaffenheit, voll Ehre, voll Annehmlichkeiten, so voll Empfindung, Feuer! – er lodert ganz von Thätigkeit! und kann lieben! ach lieben! lieben, wie keiner! Es ist der vollkommenste Geist –

SIE

Ach, was geht mich der sappermentische Geist an? – Ist er hübsch gewachsen? hat er rothe Backen? ein hübsches freundliches Gesicht? Redt er viel? Ist er lustig? höflich? nicht schüchtern? nicht furchtsam? – Darnach frag' ich: was Henker! kommen Sie mir denn da mit dem Blitz-Hagel-Geiste her? Und wenn er zehn Geister im Leibe hätte, man kan sie ja doch nicht sehn.

ICH

O alles, alles das ist er! Voll des einnehmendsten Reizes! so lieblich lächelnd! Aus jeder Mine, jedem Accente seiner Stimme, jeder Bewegung spricht Liebe, Gefühl: in allen seinen Handlungen ist Seele und Nerven.

SIE

Ueber das Zeterkind! was das für eine Beschreibung ist! Man möchte zubeißen, so appetitlich! Hat sie nicht mit den verfluchten Hexenaugen gleich das hübscheste in der ganzen Stadt ausgegattert? – Ja, man siehts auch den schwarzen Wetteräsern an, was dahinter steckt: sie schießen herum, wie ein Paar große Karfunkel. – Aber der Hagel! haben Sie denn schon mit ihm gesprochen?

ICH

Freilich! Mehr vielleicht als mit Ihnen.

SIE

Und haben mir ihn niemals gewiesen?

ICH

Ich darf ja nicht.

SIE

Blitzelement! wer wehrt Ihnen denn das, wenn's ein hübscher Kerl ist? – Sagen Sie mir nur, wie er heißt? Ich will den Sappermenter gleich wissen: sagen Sie mir nur den Namen!

ICH

Heinrich – und wenn Sie noch mehr von seinem Namen wissen wollen – Herrmann.

SIE

Kreuz-Wetter-Blitz-Donner-Hagel-Element! Das ist ja der Eselskinnbacken, der die Briefe hier geschrieben hat!

ICH

Der nämliche! Ein recht hübscher Kerl, wie Sie vorhin sagten! Sie wollen ja die Augen zuthun, weder sehn noch hören, wenns nur ein hübscher Mensch ist: ich soll mir ja nur einen recht hübschen aussuchen: ich hab' es gethan.

SIE

Den verhenkerten Feuerripel! den Maulaffen!

ICH

Sie fanden ja aber meine Beschreibung von ihm so appetitlich; und er ist tausendmal schöner, als ich ihn beschrieben habe. Das Bild, das in meiner Seele von ihm liegt, das sollten Sie sehn! Wenn Sie dann noch tadeln können, daß ich keinen andern wünsche und begehre –

SIE

Schweigen Sie von dem sappermentischen Nußknacker! Mich mit dem Stachelschweine so zum Narren zu haben! Warten Sie! das werd' ich Ihrer Tante, der Gräfin, schreiben – alles, haarklein!

ICH

Wenn es Ihnen beliebt; ich darf mich Ihnen nicht widersetzen. Schreiben Sie ihr alles, was ich itzo sagte: von mir soll sie erfahren, was Sie mir gerathen haben. Vergessen Sie aber ja nicht sie zu versichern, daß ich diesen Menschen, den ich für den Einzigen in der ganzen Schöpfung halte, immer und ewig lieben werde, so lange noch ein Hauch in mir ist; daß ich ihn, sobald es die Umstände verstatten, auch heirathen will, und daß mich daran nicht Tante, nicht Onkel, nicht Himmel, Erde und Hölle hindern sollen. Je mehr man mir widersteht, je liebenswürdiger wird er mir, je beharrlicher und entschloßner macht man mich. Ich habe meine Seele zum Unterpfande eines Schwurs gegeben, daß er mein werden soll: kan eine Tante mich von der Verdammniß lossprechen, wenn sie mich zum Meineid zwingt?

SIE
: Mir vergeht der Athem. Ueber das Blitz-Hagels-Kind! Ey, so schwöre du und alle Kreuz-Element-Teufel! – Bedenken Sie doch, Rikchen! was soll denn aus Ihren Kindern werden? Schabichte Füchse, aus denen kein Mensch etwas macht!

ICH
: Wenn Sie nur alles werden, was ihr Vater ist. Seine Eltern waren arme Leute, und doch ist er mehr als alle die Grafen, Barone und Herren, die ich bey meinem Onkel gesehn habe.

SIE
: Die verfluchte Liebe blendet Sie. – Sie verlieren ja Ihren ehrlichen Namen.

ICH
: Ich bekomme ja einen andern eben so ehrlichen dafür.

SIE
: Und dürfen hernach nicht mehr unter Ihres Gleichen, in keine ordentliche Gesellschaft kommen.

ICH
: Das kan ich verschmerzen.

SIE
: Ach du Blitz-Hagels-Balg! Wenn du mein Kind wärst, ich wollte dich schon gescheidt machen: ich drehte dir den sappermentischen Hals um, wie einer Taube.

ICH
: Sie wollen der Tante meine Entschließung melden: ich will Sie nicht stören, wenn Sie izt, bey frischem Angedenken, schreiben wollen. –

So schieden wir aus einander. Man paßt mir seit der Zeit entsezlich auf, ob ich schreibe: aber ich sehe mich wohl vor: ich thue es nur des Nachts. Ich war wohl ein wenig schnippisch gegen meine Tante – es ist ja nur eine Tante *à la mode de Bretagne*: und dann war ich gerade so herzhaft, so außer mir vor Muth, daß mir alles herausfuhr, ohne daß ich selbst daran dachte. Du kanst dir gar nicht vorstellen, wie ich seit deinem lezten Billet vor Ungeduld brenne, dich zu sehen und meinen Sparpfennig mit dir zu theilen: ich bin über und über Eine Flamme, so begeistert mich die Hofnung: ich laufe herum und suche in allen Ecken, und wenn ich hinkomme, weis ich nicht, was ich machen will: es ist mir immer, als ob ich etwas wollte, als ob mir etwas fehlte, und wenn ich mir den Kopf zerbreche und sinne und sinne, so ist es nichts. – Ach, lieber Heinrich! Izt fühl' ich, was leben heißt: einen Menschen lieben, wie Dich, das heißt es und nicht einen Buchstaben mehr.

* * *

den 8. Julius.
Wenn dieser Brief zu dir kömmt, so haben wir von großem Glück zu sagen: aus dem Fenster, anders kan ich ihn nicht bestellen. Schicke den Jungen in Zukunft unter mein Fenster, und schreibe mir nicht weiter: ich bekomme es doch nicht.

Wenn ich nun so zum Fenster hinunterspringen und mich in der Tasche zu dir tragen lassen könte, wie dieser Brief! Aber nur Geduld! die Noth wird schon einmal aufhören: und dann, liebster, allerliebster Heinrich! – ich kan vor Freuden nicht sagen, was dann geschehen wird.

Ich küsse, umarme, schätze, verehre, liebe, bete dich an, und verharre und verbleibe und bin in, vor und nach dem Tode, so lang es nur ein Ich und Du giebt,
    Deine Ulrike.

ZWEITES KAPITEL

Welcher Liebende sollte nicht einer versprochenen Zusammenkunft, besonders bey einer so kritischen Lage der Umstände, mit allen Rudern und Segeln entgegeneilen? – Herrmann machte die verlangten Anstalten dazu und begab sich manchen Abend in höchsteigner Person unter Ulrikens Fenster, um die Unterredung vielleicht zu beschleunigen. Es vergiengen acht, es vergiengen vierzehn Tage, keiner darunter war der glückliche wo sie geschehen sollte: es vergiengen zwey Monate, und noch war sie nicht geschehen. Unmuthig über eine so traurige Verzögerung, wanderte er eines Abends im Vorhause auf und nieder und war fest entschlossen, wenn sich die Konstellation am Himmel seiner Liebe nicht bald nach Wunsche änderte, das Aeußerste zu wagen, zu Ulriken zu gehn und mit Hintansetzung aller Gefahr die Zusammenkunft auf ihrem eignen Zimmer zu suchen: Siehe da! während dieser unruhigen Berathschlagungen mit sich selbst wird er Bewegung in der Dämmerung gewahr, hört etwas sehr heftig keuchen und eine leise erschöpfte Stimme, die ihm seinen Namen flistern schien: ohne zu untersuchen, ob es Ulrike seyn könte, sezte er voraus, daß sie es sey, sprang hinzu und faßte – einen großen ungeheuern Jagdhund, der sich sogleich mit Gewalt losriß und mit lautschallendem Bellen seinen Abschied nahm.

Armer Verliebter! Ist wohl einer, so lange Venus die Welt regiert, so vielfältig und so unglücklich in seinen Erwartungen getäuscht worden? Als wenn Liebe und Schicksal es verabredet hätten, seine Standhaftigkeit zu prüfen. Wollten sie vielleicht gar versuchen, sie wankend zu machen, so hatten sie sich ihren Mann nicht gut gewählt; denn jedes neue Hinderniß, jede neue Täuschung spannte seine Beharrlichkeit einen Grad höher. Er gieng zwar, höchstunwillig über sein Ungemach, auf die Stube und sezte sich in einen Winkel, aber nur um das angefangne heldenmüthige Projekt desto lebhafter zu überdenken. Es war beinahe bis zur Ausführung reif, und der nöthige Enthusiasmus befeuerte schon seine ganze Stirne, als plözlich die Thür aufgieng. – »Wer da?« – Ich! – es war die Stimme seines geheimen Bothschafters, der ohne das Gespräch weiter fortzusetzen, die Thür offen ließ und davon lief. Ein neues Wunder! In einer kleinen Weile kam Jemand geschlichen: er konte in der Dunkelheit nichts erkennen, aber seine Ohren hörten bald einen Ton, und seine Hände fühlten eine Hand, die er nicht zu verkennen vermochte. – Heinrich! Ulrike! ertönte Schlag auf Schlag, und Schlag auf Schlag drückte sich Hand in Hand. Aber welch neuer Unfall! Sein Glück überraschte ihn: er war zerstreut, verlegen, ängstlich: er hatte tausend Sachen zu sagen und wußte nicht wo er anfangen sollte: in seinem Kopfe stürzte sich Gedanke über Gedanke, und Wort an Wort drängte sich zur Zunge: der Mund war immer zum Reden geöffnet, und über der großen Bemühung das Wichtigste zuerst zu sagen und ja nichts Erhebliches zu vergessen, sagte er gar nichts, denn es war alles gleich wichtig, gleich erheblich. Noch mehr Unglück! es war finster in der Stube: er hatte nun fast ein Jahr hindurch ein so liebes Gesicht nicht mit ruhiger Aufmerksamkeit gesehn, hatte sich so kindisch auf den entzückenden Anblick gefreut, und auch diese Hofnung mußte ihm fehlgehn! Und Licht zu holen, das fiel ihm in der Verwirrung gar nicht ein: auch hätte er ja indessen ein paar Augenblicke von Ulrikens Gegenwart eingebüßt!

Zum Glücke brachte die Baronesse mehr vorbereitete Fassung mit. Sie übergab ihm eilfertig die Hälfte ihrer sechs und dreißig Dukaten, berichtete ihm mit eben so übereilter Hastigkeit, daß sie nur einige Minuten verziehen könte, damit nicht ihre Tante unterdessen vom Besuche zurückkäme und sie vermißte, und bat also inständigst, sogleich über die Hauptpunkte ihrer Unterredung, die Entfliehung von Dresden und die Bestimmung des Orts, wo sie einander treffen wollten, zu sprechen. Eh er noch anfangen konte, seine Meinung vorzutragen, unterbrach sie sich schon selbst. – Ach! sagte sie, weißt du, was für eine schreckliche Nachricht ich bekommen habe? Die Gräfin hat wirklich einen Platz im Stifte für mich ausgemacht: es soll zwar nicht so häßlich darinne seyn, wie ich mirs vorgestellt habe, aber ich danke doch dafür. – Hurtig, Heinrich! wenn Du mir etwas zu sagen hast!

HEINRICH

Natürlich unendlich viel! An unsrer itzigen Verabredung hängt ja unser ganzes Glück. Wir müssen die Zeit nützen. Nur hurtig, was du noch sagen willst!

ULRIKE

Noch etwas schrecklicheres! die Gräfin hat an meine Mutter geschrieben und ihr unsre ganze Liebe erzählt. Das wird ein Lärm werden! Ich kan mich zwar nicht recht auf meine Mutter mehr besinnen; denn ich bin schon in meinem sechsten Jahre von ihr zum Grafen gekommen; und seitdem hab' ich sie nicht wieder gesehn. Sie kan die Gräfin nicht leiden, und deswegen ist sie auch niemals zum Besuche bey uns gewesen, wie du dich besinnen mußt. Daran erinnere ich mich noch wohl, daß sie mich zuweilen auf die Arme oder den Schoos nahm und streichelte und küßte, als wenn sie mich aufküssen wollte, und kurz darauf durft' ich ihr nicht vors Gesicht kommen, da war ich ihr wieder so unausstehlich, daß sie mich anbrüllte, wie ein Löwe, wenn ich ihr zu nahe kam; und wenn ich etwas that, das ihr nicht gelegen war, mußt' ich wohl gar das Essen entbehren oder mich in eine finstere Kammer sperren lassen, damit mich der Pupu fressen sollte. Es ist ein rechter Heide von einer Frau, wenn sie böse wird, das haben mir alle Leute gesagt. Kanst du dir vorstellen? Da mein Vater noch lebte und seine Güter noch nicht durch Konkurs verloren gegangen waren, ist sie selbst auf dem Felde herumgeritten und hat die Arbeiter mit der Peitsche ausgeprügelt, wenn sie nicht fleißig genug gewesen sind: sie hat in ihrem Leben mehr als Ein Pferd zu Tode gejagt und manchem Domestiken ein blaues Auge geschlagen. Bedenk einmal, was wir alles von ihr zu befürchten haben! Wenn sie nur nicht etwa gar auf den Einfall kömmt, mich zu sich zu verlangen, bis ich in die Stelle im Stift einrücken kan! Das wäre mein Tod. – Ach! bester Heinrich, wenn ich auf immer von dir getrennt würde! Es thut mir weh genug, es itzo zu thun – aber wir dürfen keine Zeit verlieren –

HEINRICH

Jede Minute wollen wir nützen. O wenn unsre Liebe einmal aufhörte, eine verstohlne Liebe zu seyn!

ULRIKE

Bald, bald soll sie das nicht mehr seyn: ich setze durch Wasser und Feuer, um es dahin zu bringen: aber dann, Heinrich! dann wollen wir uns lieben, wie Engel: nichts thun und denken und fühlen als Liebe. – Wenn nur die Zeit nicht so drängte! daß wir ja nichts vergessen! –

So drehte sich ihr Gespräch ewig um Klagen über die gegenwärtigen Hindernisse ihrer Liebe und um erfreuliche, meistens schimärische Hofnungen auf die Zukunft: bey jedem sechsten Worte erinnerte Ulrike, daß sie schlechterdings ihn bald wieder verlassen müßte, wollte gehn und blieb: beide ermahnten sich unaufhörlich ja nichts Nothwendiges zu vergessen und vergaßen alles: sie führten sich sorgfältig zu Gemüthe, daß ihre Entfliehung äußerst dringend sey, und daß man Zeit, Ort und Zusammenkunft und tausend andre Umstände verabreden müsse, und verabredeten auch nicht eins von allen: kurz, es war eine Berathschlagung zwischen zwey Verliebten, die mit vielen andern Berathschlagungen das Eigenthümliche hat, daß man viel dabey spricht und nichts ausmacht.

Ueber dem vielen Sprechen mußte sich nothwendig die Unterredung bis in das Unendliche verlängern, und aus den paar Minuten, die man anfangs dazu bestimmte, war izt mehr als eine halbe Stunde geworden. Plötzlich hörte man aus dem Saale murmeln und gehen: es gieng Jemand an allen Thüren herum, versuchte sie aufzumachen und fluchte, wenn er sie verschlossen fand. Der nächste Gedanke war, daß Herr und Frau vom Hause, die zum Besuch waren, zurückgekommen seyn möchten: aber der Lärm näherte sich immer mehr und man rasselte bereits an der nächsten Thür. Angst und Furcht überfielen die beiden Verliebten so heftig, daß sie sich beide in einen Winkel drükten, um nicht gesehn zu werden, wenn man ja hereinbräche. Nicht lange währte es, so klopfte man ziemlich heftig an die Thür: sie athmeten kaum: die Thür gieng auf, und Götter! wer trat herein? – Tante Sapperment, begleitet von Hans Pump, der eine große helleuchtende Stocklaterne trug! Ihr erster Blick traf die beiden zitternden Verliebten, und mit dem ersten Blicke fuhr einer der kräftigsten Flüche aus ihrem Munde. Sie wütete, wie ein erbitterter hungriger Wolf, der ein paar bebende Rehe in einen Winkel getrieben hat, um sie zu würgen: sie ergriff Ulriken, die das Bewußtseyn eines Ungehorsams und die Ueberraschung zaghaft machte, schleuderte sie dem Bedienten in die Arme, der sie mitleidig auffieng, wie sie von der Gewalt des Zuges bis zum Fallen dahintaumelte: Heinrich fiel zwar der Oberstin in die Arme, allein zu spät: sie spannte alle soldatische Kraft ihrer Nerven an, wand sich los und stürzte ihren Gegner mit Einem Stoße, daß er knirschend über Stuhl und Tisch dahinfiel. Augenblicklich wandte sie sich nach Ulriken und drükte sie in die Arme zusammen, daß sie laut schrie und sich der unwürdigen Behandlung widersezte: allein die Tante hatte die Größe und die Knochen eines Grenadiers, wurde durch den Widerstand noch wütender und warf die ungleich schwächere Baronesse zur Thür hinaus: sie schlug auf die Dielen darnieder, daß der Vorsaal von ihrem Falle schütterte. Sie lag ohne Bewegung da, und nur ein leises schmerzliches Hauchen war das Zeichen ihres Lebens. Ohne Erbarmung zog sie die schnaubende Oberstin auf, riß dem Bedienten die Laterne aus der Hand und gebot ihm Ulriken in die Kutsche zu tragen: es geschah: er lud sie mit dem derben Griffe eines Packknechts auf seine Arme, und wie ein Lamm, das von den harten Fäusten seines Schäfers zur Scheere hingeschleppt wird, die ihm mit Wunden die Wolle rauben soll, ließ sie sich ohne Leben und Widerstand mit schlaff niederhängenden Armen, wankendem Kopfe und blutender Wange hinabbringen. Herrmann hatte sich indessen aufgerafft und wurde durch ihr blasses blutiges Gesicht, welches der darauf fallende Laternenschein todtenähnlich machte, so bis ins Innerste durchdrungen, daß er vor Wehmuth keine Kraft zur Rache in sich fühlte: er bat die Oberstin mit der beweglichsten Rührung Ulrikens zu schonen und klammerte sich vor Eifer und Inbrunst so fest an sie an, daß sie nicht von der Stelle konte: sie befand nicht für gut, ihn durch ein Versprechen zu beruhigen, sondern machte sich von ihm los und eilte mit großen soldatischen Schritten Ulriken nach: Herrmann hinter ihr drein! doch da das Getöse Bediente und Mägde im ersten Stocke versammelt hatte, so gebot die Oberstin den tollen Menschen aufzuhalten: man gehorchte und führte den armen Herrmann, der vor Wuth hätte zerspringen mögen, die Treppe liebreich hinan, steckte ihn in seine Stube und schlug sie zu.

Der Doktor und seine Frau erfuhren bey ihrer Zurückkunft von dem Bedienten des Hofraths nur den lezten Theil der Geschichte, und zwar nicht die Begebenheit, wie er sie gesehn hatte, sondern wie er sie sich dachte: er berichtete nämlich, daß ihr Schreiber einen Anfall von Raserey bekommen und eine Dame, die er auch nannte, auf der Treppe angegriffen, und sich mit schwerer Mühe von ihr habe zurückhalten lassen. Die Doktorin argwohnte gleich Mord, Todtschlag und wer weis welch andres Unglück? der Mann hingegen argwohnte weder Gutes noch Böses, sondern gieng mit gelaßnem Schritte von Herrmannen selbst Erkundigung einzuziehn. Er fand ihn äußerst niedergeschlagen, trostlos und verlegen; und weil das Verhör zu umständlich wurde, wandte der Verhörte Krankheit, Schmerzen am ganzen Leibe vor, und bat um die Erlaubniß sich zu Bette zu legen, die ihm der Doktor ohne Anstand ertheilte: er wiederholte zwar von Zeit zu Zeit seine Hauptfrage, was er mit der Oberstin vorgehabt hätte, allein der Kranke antwortete jedesmal mit Klagen über seine Schmerzen und lautem Stöhnen darauf, daß ihn der Doktor für heute in Ruhe ließ und seine Frau versicherte, er sey nicht toll.

War es aus Verstellung oder weil er seinen Schmerz nicht anders zu verdauen wußte? – wahrscheinlicher das lezte, warum er einige Tage das Bette nicht verließ! Er aß und trank wenig oder gar nichts; wenn man ihn etwas fragte, schien er einzuschlafen oder antwortete so undeutlich, daß man nichts vernehmen konte. Alle seine Kräfte waren von Fasten und Kummer endlich so abgespannt, daß er für alles Gleichgültigkeit bekam: ob er starb oder lebte, ob seine Liebe glücklich oder unglücklich ausfiel, ob er sich verrieth oder nicht, alles galt ihm gleich: kein Wunder also, daß er in dieser trüben Verzweiflung alle seine Geheimnisse entdeckte! Er offenbarte dem Doktor, der ihn fleissig besuchte, seinen ganzen Liebeshandel, ohne ihn um Verhinderung oder Beistand zu bitten, und erzählte ihn so frostig, wie die Gegebenheit eines fremden Menschen. Der Doktor lachte, tröstete ihn spaßhaft und verwies zur Geduld.

Die Frau hatte sich schon längst bitterlich beschwert, daß der Mensch nun schon drey Tage krank sey, nichts thue und weder gesund werden noch sterben wolle; hatte auch dem Manne abermals beide Ohren voll gebrummt, daß er sich durch seine Gutherzigkeit verleiten ließ, einen Menschen ins Haus zu nehmen, von dem man nicht wüßte, ob er toll oder gescheidt sey. Sie wiederholte ihm izt, als er vom Kranken zurückkam, diese lezte Bedenklichkeit sehr nachdrücklich. – »Ach, sprach der Mann lachend, mit dem Kopfe ist er wohl gescheidt, aber das Herz ist toll. Der Bube ist verliebt.«

DIE FRAU

Verliebt! – Nun muß er den Augenblick aus dem Hause: den Augenblick! Wer wird die Sünde auf sich laden und einen verliebten Menschen über Nacht bey sich behalten? – Fort mit ihm!

DER MANN

Närrchen, was ist denn nun weiter für Sünde dabey? – Er ist verliebt.

DIE FRAU

Papachen, du weißt viel, was zu einer Sünde gehört. Deine Akten verstehst du: was Sünde ist, das muß ich wissen. – Einen Sünder dulden, heißt sich fremder Sünde theilhaftig machen. –

»Je Mäuschen!« unterbrach sie der listige Mann, »er ist in dich verliebt.«

»In mich!« rief die Frau und wußte noch nicht, ob sie es für Ernst nehmen sollte.

DER MANN

Freilich! in dich! Ich habe gar nicht geglaubt, daß ich so eine schöne Frau habe: er macht dich zum Engel, zur Göttin –

»In mich! – Der Mensch ist ein Narr,« sagte die Dame lächelnd. »Er wird doch meinetwegen nicht verrückt worden seyn?«

DER MANN

Geh zu ihm, damit er sich nur beruhigt! Du weißt ja wohl: in seinem Alter macht man nichts als tummes Zeug in der Liebe.

DIE FRAU

Ist es denn etwas so sehr tummes, sich in mich zu verlieben? – Geh an deine Akten, Papachen! Ich will sehn, wie sich der Kranke befindet. –

Die Wendung, die Papachen der Sache gab, war zwar listig, aber etwas boshaft; denn Herrmann konte unter allen Mitgeschöpfen weiblicher Art seine Frau am wenigsten leiden, das war ihm deswegen wohl bekannt, weil er seine Abneigung gegen sie zuerst veranlaßt hatte. Die Doktorin brachte geschwind ihre kleinen Reize in Ordnung und begab sich in die Stube des Kranken: sobald sie hereintrat, drehte er sich um, das Gesicht nach der Wand zu, und schlief so fest, als wenn ihn Circe eingeschläfert hätte. Sie redte ihn an, und da sie merkte, daß aus ihrer Anrede kein Gespräch werden wollte, wanderte sie wieder ab. Seit der Zeit versäumte sie keine Gelegenheit, ihm zu gefallen und durch Anzug, Blicke und Dienstfertigkeiten ihn noch verliebter zu machen, als er nach ihrer Rechnung bereits war, ohne sich eine Minute lang der Sünde zu fürchten; und der Mann war viel zu froh, daß ihm seine List so gut gelungen war, um ihr den Unzusammenhang ihres Sündensistems vorzurücken. Ob es mehr als Eitelkeit bey ihr war, das weis allein ihr Herz.

DRITTES KAPITEL

Allmählich wurde dem Kranken seine Krankheit zur Last und mit den Kräften kehrte auch die Liebe in ihm wieder, wachte Sehnsucht und Entwürfe zu ihrer Befriedigung wieder auf. Am ersten Tage, den er außer dem Bette zubrachte, hörte er des Morgens schon seinen Boten an der Thüre betteln: in langer Zeit hatte sein Ohr keinen so willkommnen Ton gehört. Mit froher Eilfertigkeit öfnete er die Thür und lud im Uebermaaße seiner Freude den Jungen höflichst in die Stube ein: er überreichte bey dem Hereintreten ein kleines schmuziges Papierchen, das eine unleserliche, halb verwischte Schrift, mit Bleistift geschrieben, enthielt. Es war nichts herauszubringen als folgendes:

»Heinrich, ich verlas heute noch Dresden. Meine grausame Mutter hat mir schreiben lassen, daß sie in Paar Tagen kommen und mich abholen will. In len wir uns find Ich halte mich nicht auf, wenn nicht gleich nachkömmst. schreibe bald, wo ich bin. Lebe wohl.«

Er drehte und wandte das Papier voller Aengstlichkeit und vermochte kein Wort weiter herauszubringen: der Ort, den sie ihm zur Zusammenkunft bestimmte, war verwischt, und das meiste übrige errieth er mehr als er es las. – »Wo hast du das Billet bekommen?« fuhr er den Jungen an.

DERJUNGE

Auf der Gasse bey der Oberstin Hausthür hat mirs das Baroneßchen gegeben. Sie hatte eine schwarze Kappe auf – ich hätte sie nicht gekannt, wenn sie nicht gesprochen hätte – sie sah aus, als wenn sie verreisen wollte, und gieng sehr hurtig nach dem Thore zu.

HERRMANN

Wenn gab sie dirs?

DERJUNGE

Ehegestern Abends.

HERRMANN

Und du, Unglücklicher, bringst mirs heute erst?

DERJUNGE

Ich habe ja gestern fast alle Stunden hier gebettelt: aber es hörte Niemand. –

Diese Entschuldigung sagte der arme Liebesbote zwar sehr laut, aber er hatte kaum das erste Wort davon ausgesprochen, so lag ihm schon der Stock auf dem Rücken. Herrmann, ohne sie annehmen zu wollen, oder zu bedenken, daß sie sehr gültig war, weil er den ganzen gestrigen Tag im Bette in der Kammer zugebracht und also sein Betteln wirklich nicht hatte hören können, rächte er sich für die Tücken des Schicksals an dem unschuldigen Abgesandten und verfolgte ihn mit ausgeholtem Stocke die Treppe hinunter. Zorn und Wuth über den unglücklichen Zufall stiegen bis zur Verwilderung: er buchstabirte noch einmal das schmuzige Papier durch, aber schlechterdings ließ sich der Ort nicht entziffern: er war auf immer und ewig verwischt. Er warf das verhaßte Blatt an die Erde, hub es auf, zerriß es und streute die unendlich kleinen Fragmente in alle vier Winde aus: er scharmuzirte die Stube auf und nieder, und was im Wege stund, mußte die Wirkung seines Grimms erfahren: Tasse und Teller, die vom Frühstücke noch dastanden, tanzten klirrend vom Tische herab und rollten zerbrochen über den Fußboden hin: der Spiegel bekam einen Schlag, der ihn zeitlebens in zwo Hälften theilte: der schnaubende Unglückliche hätte sich selbst in zwo Hälften zerfleischen mögen.

Die Doktorin, die der Lärm herbeygerufen hatte, kam mit kläglicher Geberde zu ihrem Manne und versicherte sehr mitleidig, daß die Liebe dem armen Menschen den Kopf verrückt haben müßte. – »Wenn man ihm doch nur zu helfen wüßte!« sezte sie hinzu. »Es ist doch wahrhaftig gar ein häßliches Ding, die Liebe, wenn man sich einmal mit ihr einläßt. Der arme Mensch! War so artig, so hübsch! Ich fürchte mich vor ihm, Papachen: ich kan unmöglich auf meiner Stube allein bleiben.«

Der Mann lachte und suchte ihr die Furcht zu benehmen.

»Ach, Papachen!« fuhr sie fort: »du weißt nicht, wie weit es mit so einem Menschen geht. Wenn ich nur nicht an seinem Unglücke Schuld wäre! Es kränkt mich in der Seele: der arme Mensch! – Wenn du nicht bey mir bleiben kanst, schließ' ich mich ein.« –

Wirklich schloß sie auch ihre Thür ab und schob den Riegel vor. So hielt sie ihre leichtgläubige Eitelkeit den ganzen Vormittag gefangen, und Magd und Bediente mußten jedesmal durch viele Beweise darthun, daß sie es waren, ehe sie hineingelassen wurden.

Kurz nach Tische langte Hans Pump, der Bediente der Oberstin, an, um sich zu erkundigen, ob Ulrike diese Tage her nicht ins Haus gekommen wäre. Die Dame hatte zwar unmittelbar den Morgen nach ihrer Entlaufung an den Doktor geschickt, und er stellte auch die Versicherung von sich, es ihr sogleich zu melden, wenn sich die Baronesse blicken ließ: da Herrmann die Tage her nicht ausgegangen war, so nahm er ihn gar nicht in Verdacht, daß er um die Entlaufung etwas wüßte, und über seinen vielen Geschäften vergaß er, dem Kranken etwas davon zu sagen, und wenn er ja daran dachte, so verhelte er ihm die Begebenheit, um ihn nicht noch mehr zu kränken. Hans Pump hatte seitdem in der Gasse vor dem Hause des Tages und Abends patrulliren müssen: in andre Gegenden der

Stadt waren andre Kundschafter ausgesandt worden. In der Länge wurde Hans Pump seines Postens überdrüßig, und kam izt, seiner Pflicht die lezte Genüge zu thun, das heißt, noch einmal im Hause anzufragen und dann von seiner Wache abzugehn: diese Anfrage wurde, weil der Doktor nicht zu Hause war, der Doktorin in die Hände geliefert. Sie war in der ganzen Geschichte noch so neu, wie ein neugebornes Kind, und ersuchte Hans Pumpen, ihr den ganzen Vorfall vom ersten Anfange an zu berichten, welches er sogleich mit möglichster Weitläuftigkeit that. Sie rechtfertige Herrmannen auch, daß er wegen seiner Krankheit keinen Antheil an der Entfliehung haben könte: dabey ließ sie Eu. Gnaden, der Frau Oberstin, mit etwas beleidigtem Tone melden, daß man keine lüderlichen Mädchen, wenn es auch Baronessen wären, bey ihr suchen müßte.

Nun gieng ihr ein Licht auf. Sie vermuthete zu ihrer empfindlichen Kränkung, daß sie ihr Mann zum Besten gehabt oder aus einer andern Ursache hintergangen habe, als er ihr überredete, daß Herrmann in sie verliebt sey: gleichwohl sich bey ihm darüber zu beschweren und zu verrathen, daß sie ihre Eitelkeit verführt habe, der Lüge ihres Mannes zu glauben, war noch mehr erniedrigend: sie beschloß also, ihren Aerger zu verbeißen, sich zu stellen, als ob sie gar nichts von der Liebe des jungen Menschen zu ihr geglaubt, sondern seine Angelegenheit mit der Baronesse längst schon gewußt und ihrem Manne verhelet hätte. Sie erzählte ihm also, da er nach Hause kam, die unterdessen gemachte Entdeckung als eine bisher mit Fleiß verschwiegne Neuigkeit; und der Mann, den Kopf voller Gerichtstermine, nahm sie herzlich gern dafür an, um nur in Ruhe vor ihr zu bleiben.

»Aber man muß dem armen Menschen helfen, beschloß sie ihre Erzählung. »Man muß ihn aus seinen sündlichen Gedanken und Neigungen herausziehn. Ich will den Herrn Magister Wilibald zu ihm schicken: der soll ihn bekehren.« –

»Ja, ja, Mäuschen. das thu! und izt gleich!« rief der Mann, um ihrer endlich einmal los zu werden.

Die Frau schickte sogleich in der nämlichen Minute zum Herrn Magister Wilibald, von dem nebst seiner schwarzen Perücke schon einmal schuldige Erwähnung geschehn ist. Er war ihr Gewissensrath, hatte ungehinderten Zutritt zu ihr und genoß eine Verehrung von ihr, die fast bis zur Anbetung stieg. Er war – was aber Niemand außer ihm in der ganzen Stadt wußte – ein theologischer Abentheurer ohne Amt, der mit Heiden- und Judenbekehrungen prahlte, die er nie gemacht hatte: er hatte die ganze pietistische Pantomime in seiner Gewalt, einen schleichenden Ton, und suchte durch die tiefste weggeworfenste Ehrerbietigkeit und Demuth schwachen Seelen, besonders den Weiblein, das unumschränkteste Vertrauen abzuschmeicheln. Seinen Stolz und Ehrgeiz maskirte er so geschickt, daß ihm viele die übertriebenste Achtung und Ehrfurcht bezeugten, und er nahm sie ohne Weigerung als Opfer an, die man durch ihn dem lieben Gott brächte, für dessen Diener sich der Unverschämte ausgab. Die Natur hatte ihn mit einem Gesichte gebrandmahlt, das mit so belehrender Deutlichkeit, als ein eingebrannter Galgen, vor ihm hätte warnen sollen: der mittlere Theil war durch starkes Branteweintrinken mit kupfrichter Röthe überzogen worden, aus welcher große weiße Blattern, wie Kalkhaufen auf einem rothsandichten Ackerfelde, hervorragten: die beiden Enden des Gesichts bestunden unten in einem gelbgrünlichen spitzigen Judaskinne, und oben in einer breiten weißen schuppichten Stirn, die an beiden Schläfen sich in ein paar Hörner emporhob und in der Mitte bis zur Nase ein tiefes Thal ließ. Durch einen Zufall, den nur der allwissende Himmel, Herr Wilibald und der Chirurgus kannte, hatte die Nase einen Theil ihres knochichten Gebäudes eingebüßt, daß sie also mit ihrer dicken aufgelaufnen Spitze einer aufbrechenden Rosenknospe nicht unähnlich sah: auch war ihr durch den nämlichen Zufall ein schwirrender Ton mitgetheilt worden, der bey jedem Athemzuge, wie der danebengehende Wind einer schlechtgeblasnen Flöte, aus beiden Naselöchern deutlich und vernehmlich herausfuhr, und wenn er sprach, wurden seine Worte beständig von dem Orgelwerke seiner Nase in gebrochnen Ackorden begleitet. Es war, von allen Seiten betrachtet, der widrigste und zugleich der unwürdigste Mensch, der lüderlichste, ausschweifendste. wenn er unentdeckt zu bleiben hofte, ein vollkommnes Muster der Tugend, wenn er in Gegenwart Andrer handelte und sprach, von vielen unendlich geachtet, von vielen fast göttlich verehrt.

Dies verdammte Gesicht, in eine kohlenschwarze Perücke gesteckt, trat izt in Herrmanns Stube herein, grüßte mit einem leichten Nicken und sagte mit der gewöhnlichen Nasenbegleitung, daß die

Frau Doktorin ihn, den Magister Wilibald, habe rufen lassen, um sich der Seele eines von sündlicher Liebe kranken und geistlich todten Menschen anzunehmen. Herrmann vermuthete nichts weniger, als daß er dieser geistlich Todte sey, und bat ihn, noch voll von einem Reste seines Unwillens, zur Frau Doktorin zu gehn, die ihn besser brauchen könte als er. Der Magister sezte sich nieder, legte den umgekehrten Hut auf den Schoos, die gefaltnen Hände darein, räusperte sich und fieng mit lauter schwirrender Stimme an:

»Seht mich nicht an, daß ich so schwarz bin« –

Warum tragen Sie so eine verfluchte schwarze Perücke? unterbrach ihn Herrmann.

Der Heidenbekehrer ließ sich nicht stören, sondern hub mit verstärkter Stimme noch einmal an:

»Seht mich nicht an, daß ich, so schwarz bin; denn die Sonne hat mich verbrannt. *Seht mich nicht an; denn ich will vor Scham vergehen;* ich möchte mir vor Reue das Gesichte zuhalten; ich kan vor Scham die Augen nicht aufschlagen, noch vielweniger mir von Andern, besonders von frommen und wiedergebornen Leuten und Menschen, ins Gesicht sehn lassen. *Daß ich so schwarz bin,* so schwarz, wie eine Kohle, von großer Sündenschwärze; schwarz, wie ein Mohr, den Niemand bleichen kan; schwarz, wie ein Rabe, der sich von Aas und Luder nährt, gleich den Menschen, die in lüderlichen Neigungen und Affekten ersoffen und ertrunken sind. Aber warum bin ich so kohlschwarz? *denn die Sonne,* oder wie Sie lieber sagen möchten, *denn die Liebe hat mich verbrannt: verbrannt,* das heißt, wie eine Gluth im Feuerofen, oder welches noch heißer ist nach der Bemerkung erfahrner Naturkündiger, wie die Flamme der Sonne, wenn sie im heißen Mittage steht, hat mich das höllische Feuer der Liebe versengt, gebraten, in Asche und Staub verwandelt.« –

»Leider, leider!« unterbrach ihn Herrmann seufzend. »O hätt' ich nie eine Minute lang Liebe in mir gefühlt! nie etwas anders als Ungeheuer um mich gesehn, die mir nichts als Haß und Widerwillen einflößten! Wenn es möglich wäre, ein Gelübde zu halten, dem mein Herz widerspricht – auf der Stelle wollt' ich schwören, nie mit Einem Gedanken, mit Einer Nerve wieder Liebe zu empfinden.

DER MAGISTER

Also empfinden Sie wahre Reue darüber?

HERRMANN

Reue, Schmerz, Betrübniß, Aerger, Kummer! alles, was nur eine menschliche Seele martern kan! – Wer hat wohl mehr Ursache dazu? Wenn ich meinem Verlangen so nahe bin, daß ich nur zuzugreifen brauche, dann jagt mirs plözlich der Zufall, wie der Wind eine Feder, vor der Hand weg. Ist in der ganzen weiten Welt ein unglücklicherer Mensch als ich? Und was machte mich unglücklich? Fünf oder sechs elende verwischte Buchstaben! O der traurigen Welt, wo das Glück des Lebens von einem Bleistiftzuge gegeben oder genommen wird!

DER MAGISTER

Sie verabscheuen, hassen und verachten also die Welt samt allen ihren Lügen und Begierden?

HERRMANN

Ja, und nur um Eines Geschöpfes willen verfluch' ich sie nicht. Nur um Eines Geschöpfs willen! Die übrigen sind nur da, um die Glückseligkeit Andrer zu stören, zu hindern, zu verbittern.

DER MAGISTER

Ja allerdings! die Welt liegt im Argen: es ist alles eitel. Entsagen Sie der Welt?

HERRMANN

Mit Freuden! In dem tiefsten unzugänglichsten Gebürge wollt' ich mir eine Hütte bauen und als Einsiedler mein ganzes übriges Leben in der traurigsten Einsamkeit zubringen: aber Ulrike! die Arme, Verlaßne, Verfolgte! Aus Liebe zu mir verließ sie Wohlseyn und Rang. – Wo sie izt herumirren mag? In welcher elenden Leimhütte wohnen? Auf welchem beschmuzten Lager ruhen? Immer ängstlich, immer besorgt, wie eine Taube, die den Habicht flieht. – O der unselige Bleistift!

DER MAGISTER

Sie bereuen also von ganzem Herzen Ihre Liebe?

HERRMANN

Wie sollt' ich etwas nicht bereuen, das mich auf immer unglücklich macht? – Aber was hilft Reue? – Ich muß sie finden, die Unglückliche, oder mich zu Tode quälen.

DER MAGISTER

So wünsch' ich Ihnen gute Besserung. –

Mit diesem christlichen Wunsche nahm er Abschied und berichtete seiner Gönnerin, daß der junge Mensch auf dem rechten Wege sey, sich zu bessern; und weil sie voraussezte, daß Er ihn dahingebracht habe, lobte und pries sie seine ungemeine Kunst, die Leute zu bekehren, und ermahnte ihn, das angefangne gute Werk durch wiederholte Besuche fortzusetzen, welches er seit dieser Zeit täglich that. Die Unterredung fiel fast allemal auf den nämlichen Schlag aus. Herrmann wurde täglich verdrießlicher, unzufriedner und erbitterter auf die Liebe und auf sich selbst: er schalt sich, daß er die Thorheit gehabt hatte, sich in eine Baronesse zu verlieben, und wünschte, sie ohne Verletzung seines Gewissens nicht mehr lieben zu können. – »Den Schmerz wollt' ich tragen, sagte er sich oft: aber was hilft es der unglücklichen Vertriebnen, daß ich nicht länger ein Thor bin? Sie hat sich einmal zum Opfer meiner Thorheit gemacht.«

Bald tadelte er Ulriken bis zum Erzürnen, daß sie seine Liebe erregt, ermuntert und unterhalten habe, und zuweilen war er recht erbittert, daß sie so liebenswürdig sey. – Wenige Augenblicke darauf dankte er ihr alle Freuden seines Lebens, schien sich selbst durch sie der Glückseligste auf der Erde geworden zu seyn, und sah in sein Leben, wie in ein finstres wüstes Leere, hinab, wenn Ulrike es nicht durch ihre Liebe angefrischt, munter und frölich gemacht hätte. – Izt beschloß er, seine Neigung zu bezwingen und Ulriken dem Elende zu überlassen, worein sie sich unbesonnen selbst gestürzt hätte: ihre Entfliehung, ihr Schwur erschienen ihm als übereilte tolle Handlungen, und die ganze Ulrike als eine Zusammensetzung von Unbesonnenheiten und Schwachheiten, ohne Ueberlegung, ohne Vernunft. – Nach einem paar Athemzügen erblickte er sie schon wieder als eine verdienstvolle Märtyrerin seines Glücks, als die edelste großmüthigste Seele, der er für alles Ungemach, Schmerz, Beschwerlichkeit, Verfolgung nicht feurig genug zu danken glaubte, und wenn er sich ihr lebendig opferte: er mußte sie aus Dankbarkeit lieben, und kaum hatte er diesen Gedanken einige Minuten verfolgt, so zeigte sich ihm sein Entschluß, sie nicht zu lieben, als eine platte Unmöglichkeit, als eine Idee, die man nur in der Fieberhitze haben könte, die er gar nicht zu begreifen vermochte; und nun riß seine Fantasie mit ihm aus: er sah in Gedanken Ulriken unter tausendfachen Gefahren, in Stürmen, Ungewittern, zu Wasser und zu Lande, unter Löwen, Tigern, Bären und Wölfen, in Krankheit, Hunger, Gefängniß, Verfolgung, und jedesmal sich als ihren Erretter, der, wie ein muthiger Perseus, herbeyeilte, sie befreite und zur Belohnung seines Muthes ihre Hand empfing. Nun war es ihm leid, daß er nicht so hurtig, wie die Liebeshelden seine Fabelwelt, auf geflügelten Drachen oder Rossen reiten konte: er wäre den Augenblick durch alle Lüfte gejagt, wenn er einen Pegasus gehabt hätte.

In dieser schwankenden veränderlichen Gemüthsverfassung, wo sich die Dinge und Umstände fast mit jedem Pulsschlage von einer andern Seite, in andern Lichte, mit andern Farben zeigen; wo Hell und Dunkel in der Seele mit so schnellem Vorüberschießen abwechselt, wie Licht und Schatten an einem Apriltage; wo kein Entschluß länger als fünf Minuten dauert, und die Seele wechselsweise von Vernunft, Einbildung, Leidenschaft gleichsam gewiegt wird, ohne daß sie lange zu einem festen Stande gelangt: – in dieser nicht sonderlich angenehmen Gemüthsverfassung empfieng Herrmann einen Brief von Schwingern, der ihn unerwartet, wie ein Blitz, traf.

den 25. Oktober.

Lieber Freund,

»Noch will ich dir diesen Namen nicht entziehn, so wenig du dich seiner würdig zu seyn bestrebst. Du zwingst mich eine Sprache mit dir zu reden, die ich in deinen Kinderjahren nie gebrauchen durfte: aber auch nie hast du, als Kind, mich bis zu solchem tiefen Schmerze betrübt, wie izt in deinem

Jünglingsalter. Bis zu deinem funfzehnten Jahre warst du ein Weiser, und izt in deinem siebzehnten wirst du ein Thor! Doch warum sag ich ein Thor? – Ein Lasterhafter und fast ein Bösewicht! Heinrich, ich bitte dich um meiner Ruhe willen, erzeige mir die einzige Wohlthat und widerlege mich! strafe mich Lügen, daß ich dich einen Bösewicht nannte! ich beschwöre dich darum.

Doch warum halte ich dir nicht lieber gleich das Gemählde deiner Vergehungen vor die Augen, daß du mit Scham und Reue vor ihm zurückbebst? – Du hast durch eine einzige Thorheit ein ganzes Haus, das dich erzog, nährte, pflegte, eine Dame, die dich noch vor einem Monate durch ihre lezte Wohlthat unterstüzte, in Thränen, Uneinigkeit, Gram und Herzeleid versenkt. Wo war deine Vernunft, als du dir zuerst eine so ausschweifende Neigung gegen die Baronesse erlaubtest? denn so lange ich auch aus Freundschaft für dich daran zweifelte, so kan ich leider! nicht länger in diesem gutgemeinten Wahne beharren: dein eigner handschriftlicher Beweis zeugt wider ihn und dich.

Heinrich, einen Augenblick Ueberlegung! Hast du ganz vergessen, daß dein Vater Einnehmer des Grafen Ohlau war, des Grafen Ohlau, dessen Schwestertochter du dich zu lieben erdreistest? dessen Schwestertochter du deine Geliebte, deine künftige Gattin nennst, und ihr Muth und Entschlossenheit zuschwörst, um mit ihr durch alle Gefahren dich hindurchzureißen? – daß dein Vater Einnehmer, abgedankter Einnehmer des Grafen Ohlau ist, der ihm durch ein kümmerliches Gnadengeld das Leben fristet, dessen Schwestertochter du wider alle deine und ihre Feinde beschützen willst? Widersezte sich nicht deine Feder, als du dies zu schreiben wagtest? Und wer sind die Feinde? – die Gräfin Ohlau, deine Wohlthäterin, deine wahre Mutter, die dich geliebt, erzogen, zum Menschen gemacht hat! ohne die du ein armseliger nackter Bube wärst, ohne Bildung, Wissenschaft und Sitten, roh, schwach und kraftlos in Mangel und Niedrigkeit herumkröchst! die dir noch izt in Dresden dein elendes Leben durch eine monatliche Mildthätigkeit erhielt! denn wisse, nur durch sie lebst du! wisse, daß du ein Hauch bist, den sie belebte, den sie erlöschen lassen kan, wenn sie will; und sie will es; denn von ihr darfst du keine einzige Wohlthat mehr erwarten. – Und diesen Grafen, diese Gräfin nennst du deine Feinde? – O du toller Jüngling! Wie schäme ich mich deiner Freundschaft!

Und wozu hast du dich nunmehr gemacht? – Zu einem Bettler! Reiße dir einmal den blendenden Wahn der Leidenschaft von den Augen, und siehe dich in deiner ganzen Dürftigkeit! und wenn du dann nicht über dich selbst die Zähne knirschest und vor Schmerz über deine Raserey vergehen möchtest, dann will ich meine Hand verfluchen, wenn sie noch Einen Buchstaben an dich schreibt: dann bist du ein Unwürdiger, der nicht einmal Haß, sondern Verachtung verdient.

Aber solltest du das wirklich seyn? – Noch immer widerstrebt mein Herz, wenn ich dies von dir argwohne. Dein feuriges Blut, deine reizbare Seele, dein brausendes Alter, vielleicht auch dein Stolz, dein Ehrgeiz – das, das sind die Urheber deiner Thorheit und deines Unglücks: du bist von ihnen überrascht, überredet, überlistet worden; und doch muß ich zu meiner Betrübniß mir auch diese Täuschung versagen. Ich bin durch deine eignen Briefe an Ulriken, die uns von der Oberstin zugesandt worden sind, meiner Schwäche, meiner Nachläßigkeit überführt worden: du hast schon eine Neigung heimlich in dir genährt, als ich dich vor aller Welt davon freysprach; und welche beharrliche Ueberlegung gehörte dazu, meiner Wachsamkeit in einem solchen Alter eine vorzeitige Leidenschaft zu verbergen! Auch mir hat deine Thorheit manches Unglück schon verursacht: Vorwürfe, scheele Gesichter, brennende Verweise habe ich von Graf und Gräfin über meine schlechte Aufsicht ausstehn müssen; und Gott sey mein Zeuge! sie war doch nach allem meinen Wissen und Gewissen die beste, die sorgfältigste, deren ich mit allen meinen Kräften fähig bin. Freilich hintergieng mich meine leichtgläubige Freundschaft für dich; und für diese gutherzige Schwäche muß ich dann büßen, schwer büßen! Die Vorwürfe des Grafen und der Gräfin haben mich vom Schlosse vertrieben: ich konte ihre Bitterkeit unmöglich länger ertragen: ich verließ die Wohnung der Zwietracht und der Verfolgung, die izt durch den Ungestüm so vieler unzubefriedigender Gläubiger und noch mehr durch deine Tollheit zum Sitze des Verdrußes, des Unwillens, der Traurigkeit und des Weinens geworden ist; denn täglich bist du Ursache, daß deine Wohlthäterin sich auf ihrem Zimmer in Thränen badet, wenn sie die grausamen Vorwürfe ihres Gemahls bis in die Seele verwundet haben. Die Verlegenheit über seine ökonomischen Umstände macht ihn wild und hart; und er schüttet seinen geheimen Schmerz darüber mit barbarischer Unbarmherzigkeit über die arme Gräfin aus, weil sie in dir den Unglücklichen erzog, der ihr Haus schänden sollte. Ich wohne zwar izt an dem äußersten Ende der Stadt, in einem einsamen friedfertigen Häuschen, in anscheinender Ruhe: aber du, unseliger Freund, hast mir auch diese Ruhe verbittert. Ich quäle mich unablässig mit eignen Vorwürfen, daß ich zu deiner Unbesonnenheit und so vielem Herzeleide eine der nächsten Veranlassungen seyn mußte: ich ängstige mich, so oft ich an dich denke; und ich denke jede Minute an dich.

Ergreift dich nicht ein eiskalter Schauer, wenn du so die ganze Reihe deiner Vergehungen und die Menge der Unglückseligkeiten überdenkst, die du auf dich und uns alle gehäuft hast? Und wer sind wir alle? Deine Wohlthäter, deine Freunde! Denke dir deine Liebe zur Baronesse ein einzigesmal als die Urheberin so vielfachen Unglücks! und ich möchte dich in dem Augenblicke einer solchen Vorstellung sehen: ich weis gewiß – oder die Natur müßte sich selbst betrogen haben, als sie deinen so früh erwachten Verstand bildete – ich weis gewiß, Thränen, heiße bittere Thränen werden deine Wangen netzen: du wirst deine Leidenschaft verabscheuen und wünschen, alle traurige Folgen derselben vernichten zu können. – »Man fängt mit *Thorheit* an und endigt mit *Laster*« – glaube diese Erfahrung deinem ältern Freunde! Ein Mensch, voll so feurigen Gefühls für Ehre und Rechtschaffenheit, kan unmöglich jene gewisse Erfahrung gelernt haben, und nicht mit allen Kräften den Schritt zurückziehn, den er in seiner Thorheit weiter thun will: lieber lähmte er seinen Fuß, um keinen weiter thun zu können.

Ob mich meine gute Erwartung von dir täuschen wird, dazu soll mir ein einziger Beweis genug seyn. Die Baronesse hat schon über einen Monat Dresden heimlich verlassen: die Oberstin kan ihren Aufenthalt nicht auskundschaften: um sich Ungelegenheit zu ersparen, weil sie die Entlaufne wiederzufinden hofte, hat sie der Gräfin den Vorfall erst vor kurzem gemeldet: noch ist man im Stande gewesen, dem Grafen diesen neuen Zuwachs von Aerger und Zorn zu ersparen. Wir wissen, daß die Baronesse eines Abends dich heimlich besucht hat, und auch dem Grafen konte man es nicht verbergen: auf seinen Befehl sollte Ulrike von ihrer Mutter aus Dresden weggeholt und in das Stift zu ** gebracht werden, aber ein unglücklicher Fall mit dem Pferde hinderte ihre Reise, und man gab der Oberstin den Auftrag, es an ihrer Stelle zu thun, allein zu einer Zeit, wo die Baronesse schon entlaufen war: wir alle glaubten sie längst im Stifte, als die schreckliche Nachricht von ihrer Unbesonnenheit anlangte. Alle diese Umstände erzähle ich dir, um zwo Fragen an dich zu thun, deren Beantwortung mich bestimmen wird, ob ich mich ferner deiner annehmen oder dich der Besserung des Unglücks überlassen soll. – »Hast du Theil an der Entfliehung der Baronesse? Weißt du, wo sie ist?« – Auf Gewissen und Ehre beantworte mir diese beiden Fragen! belügst du mich, dann gehe! Werde ein Schurke, ein Lasterhafter, ein Bösewicht, werde gehängt, gerädert oder geköpft! – ich kenne dich nicht mehr.

Indessen, in der Hoffnung, daß du mich nie zu einer so harten Selbstverläugnung zwingen wirst, empfange von mir den lezten Beistand! aber gewiß den lezten, ich schwöre dirs bey Gott! wenn du in deiner Thorheit beharrst! Ich habe dich an einen Berliner Kaufmann, der sich wegen seiner Schuldforderungen an den Grafen bey uns aufgehalten hat, und dessen Adresse du diesem Briefe beygefügt findest, empfohlen, daß er dich als Handelspursche in die Lehre nehmen soll. Ich übersende dir deswegen 10 Louisd'or zu den Reisekosten und zur Erleichterung deiner Subsistenz in Berlin: den Accord mit dem Kaufmanne habe ich bereits geschlossen, und du brauchst für nichts zu sorgen, als dich unverzüglich, das heißt, höchstens in Monatsfrist dahin zu begeben und in eine Bahn der Geschäftigkeit zu treten, die künftig dein Glück machen soll, die dir Nutzen und Ehre verspricht.

Und nun, lieber Freund, noch einmal! Bezwinge dich, wie ein Mann! behaupte deine Würde! Reiße alles Andenken an Ulriken aus deinem Herze, bis auf das kleinste Würzelchen reiß es aus, und wenn es dich blutige Thränen kosten sollte! Bedenke daß du nicht zum Empfinden, sondern zum Handeln geboren bist, nicht zum schmachtenden Schäfer, sondern zum thätigen Weltbürger! Wirf dich in die Geschäftigkeit tief hinein, gieb ihr alle deine Kräfte und Gedanken, daß für die Liebe nichts übrigbleibt! Deine Schreibart in deinen Briefen seit mehr als einem halben Jahre ist mir bedenklich gewesen: sie war hart, heftig, in der geringsten Kleinigkeit übertrieben und aufgeschwellt: sie hatte durchaus die Kennzeichen der Leidenschaft: sie soll auch ins künftige mich belehren, ob das Feuer in deinem Herze gelöscht ist.

Wenn du sehen köntest, mit welcher Bewegung des Herzens, mit welchen Erwartungen, mit welchen gerührten Wünschen ich diesen Brief schließe – du hörtest noch heute auf, ein Thor zu seyn.

Sey ein Mann! sag ich dir, und dann bin ich ewig

Dein Freund Schwinger.

Welch' ein Brief! Als wenn eine Donnerstimme jedes Wort in Herrmanns Herz rief, erschütterte er ihm Mark und Bein: er änderte auf einmal den ganzen Schauplaz seiner Gedanken und Empfindungen und zeigte ihm seine Liebe zu Ulriken in einem Lichte, in welchem er sie nie gesehn hatte, daß er vor ihr erschrak. Sie zeigte sich ihm bisher blos als Gefühl für einen liebenswürdigen Gegenstand – als Empfindung der Natur, der er nicht widerstehen konte noch mochte, weil er es für billig hielt zu lieben, was ihm gefiel – als Quelle seiner Glückseligkeit: die Vorstellung davon war beständig von so vieler Süßigkeit begleitet und mit so helleuchtenden strahlenden Farben ausgeschmückt, es war eine Sonne, die ihn *befeuerte* und *blendete*, daß er nichts als einen liebenden Heinrich und eine liebende Ulrike erblickte: doch izt! – plözlich sah er sich als Sohn eines Einnehmers, und Ulriken als Baronesse, als Verwandtin des Grafen Ohlau: seine Liebe zu ihr schien ihm Thorheit, Unsinn, Raserey. Schwingers Brief zwang seinen Blick so unwiderstehlich, diese längstvergeßne Seite seiner Liebe zu betrachten, daß seine Leidenschaft auch nicht Einen Grund dawider aufbringen konte: sie verstummte. Es herrschte einige Tage hindurch eine todte öde Stille in seiner Seele: die Liebe wagte es kaum, sich von dem gewaltigen Sturze wieder zu erheben. Er antwortete Schwingern auf seine Fragen mit aller Gewissenhaftigkeit, daß er die Flucht der Baronesse weder befördert noch angerathen habe, und eben so wenig wisse, wo sie sey: es fiel ihm zwar einigemal ein, lieber die Schuld durch eine Lüge auf sich zu nehmen, und lieber Schwingers Freundschaft zu entbehren als Ulrikens Strafbarkeit durch sein Zeugniß zu vermehren: allein das Schrecken, das ihm der Brief eingejagt hatte, stand wie ein fürchterlicher Riese vor ihm und gebot, die Wahrheit zu sagen: er gehorchte, bekannte seine Leidenschaft, erklärte sie für Thorheit, und gelobte an, ihr auf immer zu entsagen. Auch war das Gelübde in dem Augenblicke ganz ernstlich: er wünschte, es halten zu können, und nahm sich fest vor, es nicht zu brechen. Konte man mehr Aufopferung verlangen?

Länger als eine Woche las er den Brief wohl zehnmal in Einem Tage: von jeder Beschäftigung, von jedem Gedanken kam er auf ihn zurück. Besonders machte die lezte Ermahnung einen tiefen Eindruck auf seine Ehrbegierde: sie arbeitete sich allmählig wieder empor, und in kurzer Zeit war der ganze Ton seiner Seele umgestimmt. Er dachte mit Wehmuth an die Liebe, wenn sie sich in ihm regte, wie an eine anmuthige Gesellschafterin, die man wider seinen Willen verlassen muß: er riß sich selbst von ihr hinweg – »Sey ein Mann!« tönte ihm Schwingers Stimme ins Ohr; und die Liebe kroch furchtsam in das äußerste Winkelchen zurück: aber sie war nur *verscheucht*, nicht *verjagt*.

VIERTES KAPITEL

Magister Wilibald, der seine geistlichen Krankenbesuche unermüdet fortsezte, ermangelte nicht, die Revolution in Herrmanns Herze, so bald er sie wahrnahm, sich und der Kraft seiner Beredsamkeit zuzuschreiben, ob er gleich nach zween Besuchen sich seines Trost- Lehr- und Strafamtes freywillig entsezt und den neubekehrten Herrmann von Stadtneuigkeiten und besonders von den Mühseligkeiten seiner Mitbrüder unterhalten hatte. Die wichtigste Angelegenheit schien für den schwarzperückichten Seelenbekehrer die Entdeckung zu seyn, daß Herrmann mit Schwingers Briefe funfzig baare Thaler bekommen und achtzehn schönfunkelnde Dukaten außerdem noch in seinem Schränkchen eingeschlossen habe: er ließ sich beides zeigen, pries mit inniger Freude den Besitzer desselben glücklich, als einen Auserwählten, auf welchen Gott seine Gaben reichlich ausschüttete, und ermahnte ihn zum guten weisen Gebrauche dieser zeitlichen Güter.

Spielen Sie? fragte er am Ende seiner Ermahnung.

HERRMANN

Nein; ich habe allem entsagt, was mich nur einen Finger breit von meiner Hauptabsicht abführen kan: ich bin auf Eine Art ein Thor gewesen, ich will es nicht wieder auf eine andre seyn.

WILIBALD

Das sind wahre Entschlüsse, wie sie ein Mensch fassen muß, den ich wiedergeboren habe. Indessen wenn man mit christlichen frommen Leuten spielt, die nicht dabey fluchen und schwören – wie zum Exempel, wenn Sie in Sanftmuth und Gelassenheit mit mir ein Zeitverkürzendes und Gemüthergötzendes Spielchen machten –

HERRMANN

Mit Niemandem, und wenns ein Engel wäre! Schwingers Brief hat meine ganze Seele umgeändert: er hat mich erinnert, daß ich Nichts bin: ich muß arbeiten, daß ichs nicht länger bleibe. Wie? ich sollte so daniedergedrückt, so zurückgesezt, ungeehrt, ein Wurm bleiben, über den Jedermann verächtlich hinschreitet? zeitlebens ein Thier seyn, das arbeitet und sich füttert, ohne daß mich Eine That vor den übrigen auszeichnet? – Lieber mag ich nicht leben: nicht eher will ich an Ulriken, an Liebe, Vergnügen und Glückseligkeit denken, als bis ich mich aus dem Nichts emporgerissen habe, das mir Schwinger vorwirft.

WILIBALD

Das ist sehr löblich. – Das Gemüth will aber doch zuweilen auch seine Ergötzung haben, und ein anständiges Spielchen mit frommen Leuten –

HERRMANN

Nein, sag' ich Ihnen. Liebe, Vergnügen, Spiel – alles, alles ist mir zuwider, verächtlich, klein: ganz ein andrer Trieb lebt in mir: wie eine Flamme, brennt er in meiner Brust: wenn Sie diesen Durst löschen können, dann sind Sie mein Freund.

WILIBALD

Ich bin freilich ein schwaches Werkzeug in den Händen der Vorsicht; indessen wenn ich wüßte, was so eigentlich Ihr Wunsch und Begehren sey –

HERRMANN

Nur Eine That, Eine Handlung, die meine Geburt auslöscht! O der Sohn eines Einnehmers, den mir Schwinger vorrückt, brennt mich Tag und Nacht, wie eine Kohle, in meinem Herze! Ich kan nicht ruhen, bis ich den Vorwurf rein ausgetilgt habe.

WILIBALD

Wenn Sie das wünschen, so will ich Ihnen eine Handlung vorschlagen, die Ihnen bey Gott und Menschen Ehre bringen, eine That, die Ihren Namen durch alle vier Welttheile verbreiten, die Sie nach Jahrtausenden noch so berühmt machen wird, wie alle Märtyrer und Heidenbekehrer: das Kind, das an der Mutter Brust liegt, wird Ihren Namen zuerst aussprechen lernen: der sterbende Greis wird ihn noch mit Dank und Ehrfurcht nennen: auf allen Kanzeln in Europa, Asia, Afrika und Amerika wird Ihr Lob ertönen: Dichter und Redner in allen Sprachen der Christenheit werden Sie erheben: Ihr Bildniß wird in Sandstein und Marmor, in Kupfer, Erz, Gips, Wachs, Siegellack und Thon, in schwarzer Kunst, gestochen, gezät, gemahlt, als Büste, Kniestück und in Lebensgröße, in allen Zimmern, Stuben und Kammern, unter venetianischen Spiegeln und an himmelblauen Brodschränken durch die ganze Welt zu finden seyn, man wird es an Uhren, auf Stockknöpfen und Dosen, in Ringen tragen, und nach Jahrtausenden werden sich noch Kenner und Antiquare über Ihre Nase zanken: Ihr Ruhm wird Himmel und Erde Eine Dauer haben.

HERRMANN

Und welches ist diese große, herrliche, einzige That?

WILIBALD

Wir wollen die Berliner bekehren.

Herrmann stuzte und schwieg. Der Magister ließ seiner Verwunderung ein wenig Zeit und fuhr alsdann in seiner Rede pathetisch also fort:

»Fromme Männer haben Boten ausgesandt, um beschnittne Juden und ungetaufte Heiden zu bekehren: fromme Männer haben sich zu einem so großen Endzwecke als Apostel gebrauchen lassen, haben mit Regen und Hitze, Sturm, Hagel, Donner und Blitz, mit rüttelnden Postwagen und ungeheuren Meereswellen gekämpft: bald sind ihnen die Schuhe, bald das Schiff, das sie trug, leck geworden: sie haben gefastet, gehungert und gedurstet, haben sich von den blinden Heiden Nasen und Ohren abschneiden, mit den Ohrläppchen an die Thüren annageln, geisseln, sengen, stechen, braten, kochen und fressen lassen, um die Ungläubigen durch ihr Leben und Tod zu bekehren: aber Niemand ist noch Apostel der Berliner geworden; und doch sind sie ungläubiger als Hottentoten und Malabaren, ohne Erkenntniß und Erleuchtung, Unwiedergeborne, Atheisten, Deisten, Socinianer, ohne Glauben, eitel Sünder und Sündengenossen: sollte nicht uns die hohe Ehre aufgehoben seyn, diesen verirrten Haufen wieder auf den rechten Weg zurückzuführen? – Wir wollen es wagen: Bruder, laß uns muthig ihre Apostel werden und das Werk ihrer Bekehrung vollenden. Dann wird unser Ruhm von einem Ende der Welt bis zum andern erschallen.«

Herrmann fand anfangs eine kleine Bedenklichkeit bey dem Vorschlage, oder vielmehr dieser Weg, Ruhm zu suchen, war seiner Ehrbegierde zu fremd, um ihn sogleich zu betreten: er wußte wohl, daß Männer durch edle, großmüthige, gemeinnützige, muthige Handlungen, durch Patriotismus, durch wichtige Werke des Genies groß und berühmt geworden waren: aber daß man es durch Bekehrung andrer Menschen werden könne, davon sagte ihm alle seine Kenntniß und Erfahrung kein Wort. Er hörte also den Vorschlag innerlich und äußerlich ohne Beifall und Widerspruch an, und versprach ihn geheim zu halten, welches sich der Magister sehr angelegentlich von ihm ausbat.

Die Frau Doktorin gab oft kleine Abendessen, wovon aber ihr Mann nichts erfuhr und noch weniger dabey zugelassen wurde; denn sie geschahen bey verschloßnen Thüren, und Niemand hatte gewöhnlich die Ehre, Antheil daran zu nehmen, als der Magister Wilibald: doch seit jener Unterredung über die Bekehrung der Berliner wurde auf seine Veranstaltung Herrmann jedesmal der dritte Mann. Das Gespräch war allemal höchst erbaulich, und ehe man es vermuthete, lenkte es sich auf Berlin: der Magister und die Doktorin sagten beide, ohne es gesehn zu haben, so viel Böses davon, daß jedem ehrlichen Manne bey dem Gemählde die Haare zu Berge stehen mußten.

»Es überläuft mich allemal ein Schauer vor Schrecken,« fieng die Doktorin an, »wenn ich einen Berliner sehe. Sie sind auch meist alle gezeichnet. Ich habe zwar nur zwey in meinem Leben gesehn, aber ich versichere Sie, sie hinkten alle beide.«

WILIBALD

Die Männer haben fast alle eine Art von Hörnern an der Stirne, wie mir Magister Augustinus erzählt hat. Er ist zwar niemals dort gewesen, aber er weis es ganz gewiß; und Magister Augustinus lügt in seinem Leben nicht.

DIE DOKTORIN

Ach, ich wills wohl glauben. Solche Mahle sind nicht umsonst. – Und wissen Sie denn auch, was man von den Weibern sagt?

WILIBALD

Sie sollen fast alle große Füße und kleine Köpfe haben, und doch dabey so schön seyn, daß man sie nicht ansehn kan, sagte mir Magister Blasius.

DIE DOKTORIN

Ey, ey! Und warum denn das?

WILIBALD

Man soll gleich weg seyn, gleich gefangen. – Ach! die Töchter dieser Welt sind nicht vergeblich mit solchen verführerischen Reizungen geschmückt! Das sind Geschenke des Satans.

DIE DOKTORIN

Nicht anders! – Und von den Geistlichen hat mir ja neulich der Magister Kilian recht schreckliche Dinge erzählt.

WILIBALD

Sie sind gar nicht zu unterscheiden von den übrigen Menschen: wenn sie ihre Amtskleidung nicht tragen, soll man hundertmal vor einem vorübergehn, oder gar mit ihm stundenlang sprechen können, ohne nur zu vermuthen, daß es ein Geistlicher ist. Sie stellen sich den Kindern dieser Welt in allem gleich, sagte mir Magister Severus. Sogar in ihrem Amte sollen sie reden wie alle andre Menschen. Was kan aus einer solchen Vermischung herauskommen als Verachtung?

DIE DOKTORIN

Da haben Sie Recht. Wenn Sie ohne Perücke und schwarzen Rock zu mir kämen, könt' ich Ihnen kein Wort glauben. Ich hätte nicht mehr Liebe und Vertrauen zu Ihnen als zu meinem Manne.

WILIBALD

Nicht anders! Man muß sich selbst ehren, damit uns Andre ehren. Aus einer solchen Selbstverkleinerung des Standes entstehen auch hernach nichts als Atheisten, Deisten, Naturalisten –

DIE DOKTORIN

Da haben Sie Recht. Ich habe in meinem Leben noch keinen Deisten und Naturalisten gesehn; denn Gott sey Dank! hier zu Lande beköммt man solche Kreaturen nicht zu Gesichte: aber ich stelle sie mir recht abscheulich vor. Sagen Sie mir nur! Wie sehn sie denn aus?

WILIBALD

Magister Hieronymus hat einmal im grünen Baume zu Berlin unter einer ganzen Gesellschaft solcher Menschen gespeist.

DIE DOKTORIN

Ach, der arme Mann! Wie hat er denn das thun können?

WILIBALD

Weil er nichts davon wußte! Aber sie verriethen sich gleich, sagt er: ob sie sich wohl anfangs vor mir nicht wenig scheuten, so konten sie sich doch vor meinen scharfsichtigen Augen nicht lange verbergen. Sie hatten alle große schwarze Nägel an den Fingern, ihre Hände waren, wie Tatzen, gestaltet, und ihr Athem so beschwerlich, daß ichs nicht aushalten konte. Als ich dies wahrnahm, wurde mir angst und bange unter ihnen, und ob ich gleich zuweilen meine Stimme erheben wollte, sie zu bekehren, so war mein Herz doch so geängstigt und schwer, daß ich kein Wort ausbringen konte und darum lieber schwieg. Endlich ermannte ich mich und fieng an, laut unter ihnen zu predigen: da verstummten sie, wie die Fische, falteten die Hände und fielen, wie todt, mit den Köpfen auf den Tisch.[4] – Er hat sie insgesamt bekehrt.

DIE DOKTORIN

Der brave Mann! Hat er in seinem Eifer nach einem so gesegneten Anfange nicht mehr Wunder gethan?

WILIBALD

Allerdings! In dem Thiergarten hat er einem ganzen Truppe junger Deisten gepredigt: sie waren alle zu Pferde und versammelten sich in einem großen Kreise um ihn, als er anfieng: doch hier mußte er Verfolgung leiden. Sie sezten ihn auf ein Pferd, führten ihn durch zwo lange Alleen und schrien: der Apostel! Dabey huben sie Sand und Steine auf, steinigten ihn und jagten das Pferd, bis er stürzte.[5] Er hat es darauf an dem nämlichen Orte mit vornehmen, sehr gepuzten Naturalisten versucht: allein sie waren so frech, ihn mit Gelde bestechen zu wollen: sie reichten ihm insgesamt etwas: aber er schlug es muthig aus, ergrimmte über sie und verfolgte sie mit seiner Predigt, daß sie eilfertig davon flohen und ihn ängstlich baten, sie zu verlassen: so kräftig wirkte seine Rede auf ihr Gewissen.

DieDoktorin

Der vortrefliche Mann! Wie viel großes und herrliches er schon in seinen jungen Jahren gethan hat! Er wird gewiß noch die ganze Donau und Afrika und Rußland bekehren. Das heißt doch in der Welt leben, wenn man so große Dinge thut. –

Obgleich alle Unterredungen bey diesen geheimen Mahlzeiten meistentheils diese Gestalt und Form hatten, so tauchte doch der Magister zuweilen seinen Pinsel in dunklere, fürchterlichere Farben und gab den Ausschweifungen und Lastern, die ihm Magister Kasimir und Magister Hildebrand von Berlin erzählt hatten, ein schauerhaftes Kolorit. Alle Straßen, Gassen und Plätze waren nach seiner Schilderung alle vier und zwanzig Stunden von einem Mittage bis zum andern mit Werken der Finsterniß erfüllt, wie er sie nannte: wo man gieng und stund, wurde geraubt und gemordet. Das Bild glich keiner einzigen Stadt in der Welt, aber es that doch große Wirkung durch das Uebermaas seiner Abscheulichkeit: die Doktorin zitterte und bebte bey den Frevelthaten, Sünden, Unmenschlichkeiten, Betrügereyen, Bosheiten und Lastern, die der Magister in seiner Erzählung dicht auf einander folgen ließ, verabscheute sie, und wie die Kinder ihre Amme zu neuen Gespenstergeschichten auffodern, indem sie noch vor den erzählten schaudern, so ermahnte sie den Erzähler zur Fortsetzung, ob sie ihn gleich bey dem Schlusse einer jeden Lüge inständigst bat zu schweigen. Das Ende aller solcher Gespräche war allemal die Beherzigung, wie heilsam und rühmlich es sey, die Berliner zu bekehren.

Auch Herrmann lernte dies allmählich empfinden. Das Unglück seiner Liebe hatte seinem Gemüthe eine gewisse Bitterkeit mitgetheilt: alle seine Freunde und Bekannten bekämpften seine Lieblingsleidenschaft durch Hindernisse oder Verbot: ob er ihnen gleich nachgab und zum Theil einsah, wie sehr sie Recht hatten, so blieb doch ein Verdruß wider sie in ihm zurück. Sein Verdruß machte es ihm zum Vergnügen, viel Böses von den Menschen zu hören, und je mehr er von ihnen hörte, je leichter ward es ihm, auch das Unglaublichste zu glauben. Sein thätiger Geist konte unmöglich ohne Leidenschaft seyn, und die Bekehrung der Berliner wurde endlich so sehr sein Wunsch, daß er die hohe Unternehmung bey sich beschloß; und seine Ruhmbegierde und Unbekantschaft mit der Welt verbargen ihm das Abentheuerliche und Lächerliche eines solchen Entschlusses. Er las eifrig Missionsgeschichten und Leben der Märtyrer und entflammte seine Einbildung durch die erstaunenden Begebenheiten so stark, daß er schon seinen ganzen Leib mit rühmlichen Wunden bedeckt und seinen Ruhm durch alle Weltheile verbreitet sah. Er lernte durch des Magisters Umgang meisterhaft auf das Verderben der Menschen schmähen: und es that ihm recht wehe, daß er seinen geistlichen Feldzug wider den Unglauben nicht auf der Stelle eröfnen konte.

Da seine fanatische Ruhmsucht in voller Flamme stund, bestimmte ihm der Magister einen Tag, wo sie heimlich von Dresden entweichen wollten. Herrmann stemmte sich aus allen Kräften wider die heimliche Entweichung, allein sein Gefährte im Apostelamt hatte die wichtigsten Ursachen von der Welt, warum er darauf bestehen mußte. Die Schulden, die sein unordentliches Leben angehäuft hatte, ließen ihn den Verlust aller Gunst bey seinen Gönnern und Gönnerinnen befürchten, wenn die Gläubiger aufwachten: viele waren schon erwacht, und es schien ihm also schicklicher, seinen Namen den Schimpf, als seine Person die Gefahr seiner Insolvenz tragen zu lassen. Deswegen stellte er seinem Mitbekehrer vielfältig vor, daß die Apostel und andre große Männer in dieser Laufbahn alle ihre Reisen zu Fuß gethan hätten, daß dies ein erfoderliches Stück ihrer Unternehmung sey, und daß er schlechterdings Dresden heimlich verlassen müsse, weil man ihn so wenig entbehren könte und deswegen durch alle Mittel, vielleicht gar durch Gewalt, zurückhalten würde. Was sollte Herrmann thun? Er war schon von seiner künftigen Größe beinahe blind und wurde es durch die Beredsamkeit des Magisters täglich mehr: um nicht vielleicht von der Ehre der Theilnehmung an so einer hohen That gar ausgeschlossen zu werden – womit ihn der Magister bedrohte – willigte er in alles. Er ließ auf dem Tische in seiner Stube einen Zettel zurück, worinne er bat, daß man ihm seine Sachen aufheben sollte, bis er sie durch einen Brief verlangen werde, und begab sich in den Abendstunden in die Wohnung des Magisters, die man zur Zusammenkunft bestimmt hatte, mit nichts als seinem sämtlichen Gelde und einem kleinen Vorrathe Wäsche versorgt, so viel als seine Taschen zu fassen vermochten.

Wilibalds Stube war so ein entsezliches Nest, daß für Herrmann jeder Augenblick darinne zu lange dauerte: schwarz beräucherte Wände, die unglaublichste Unordnung unter allen den Maschinen, die die Stelle der Möbeln vertraten! – Hier lehnte auf zween schwachen Füßen ein Stuhl, an welchem das Eingeweide durch große Oefnungen auf allen Seiten des ledernen Polsters hervordrang, die übrigen beiden Füße lagen nebst einigen andern zerstreut auf dem Fußboden herum, der überhaupt wie ein Schlachtfeld aussah, wo die sämtlichen Möbeln der Stube ein Treffen geliefert haben mochten – hier stand ein Schuh auf dem berußten Tische, oder schwamm vielmehr in einem Meere von verschüttetem Milchkaffee und sah sich traurig nach seinem Kameraden um – dort hieng das zerrißne schmuzige Bette über das Bettgestelle herunter, und bey jeder Bewegung flogen die Federn, wie Schneeflocken, durch die Atmosphäre der Stube – der Ofen diente zur Garderobe, welche aber nichts enthielt, als verschiedene höchst unbrauchbare Strümpfe, die, wie Kirchenfahnen, an den Schrauben und Ecken desselben hiengen – auf dem Fensterbret war das Speisegewölbe und die Polterkammer, und das Kopfküssen steckte in der zerbrochnen Glasscheibe, um die Stube zu wärmen.

Das erste Unglück, das den beiden Aposteln begegnete, war der Mangel an Licht: das Tacht eines abgebrannten Talklichts, auf ein Gesangbuch geklebt, schwamm bereits in dem zerschmolzen Inselt und verwandelte schon die hölzernen Tafeln in Kohlen. Wilibald beschwerte sich über die itzige Seltenheit des Silbers und die disproportionirte Menge des Goldes, womit das Land überschwemmt wäre, daß man bey kleinen Bedürfnissen im Handel und Wandel gar nicht aus einander kommen könte, und erkundigte sich, ob Herrmann nicht ein Restchen Silbermünze bey sich führte: weil er damit versorgt war, mußte er Vorschuß thun, und der Apostel Wilibald gieng in eigner Person und holte unter seinem schwarzen Rocke ein Talklicht, das in Ermangelung des Leuchters, in den Hals einer gläsernen Bouteille gestellt wurde.

Einer Unbequemlichkeit war abgeholfen: aber die eindringende Decemberluft, welche das Kopfküssen nicht hinlänglich abwehren konte, besonders da ihr eine Menge kleiner unverstopfter Ritzen in dem übrigen Theile des Fensters freyen ungehinderten Eingang verstattete, machte es in diesem Stalle so kalt, wie auf ofnem Felde. Wilibald fühlte dabey so große Unbehaglichkeit als Herrmann, und da, nach seiner Erzählung, sein Vorrath an Brennholz den Morgen vorher alle geworden war – ob er gleich noch keinen Span in seinem Ofen gebrannt hatte – so beschloß er, alles Holz in der Stube zu fällen: die zerstreuten Stuhlbeine wurden gesammelt, die übrigen ausgedreht, ein Stück des Bettgestells zu Hülfe genommen, aus den Stuhlpolstern das Werg gerissen, nach allen Regeln der Einheizekunst aus diesen Materialien ein Holzstoß im Ofen errichtet, das Werg loderte empor, das dürre überfirnißte Holz prasselte in hellen Flammen, und Wilibald erblickte mit inniger Herzensfreude das erste Feuer in seinem Ofen, so lange er mit ihm in Bekanntschaft stund.

Endlich fand sich auch ein drittes Bedürfniß ein – der Hunger. Da Wilibald seinen gänzlichen Mangel an Silbermünze einmal für allemal kund gemacht hatte, erbot sich Herrmann ungebeten zum Vorschuß: der Apostel Wilibald besorgte auch diesen Einkauf und brachte geräuchertes Fleisch und Brod in reichlicher Menge herbey, eine große Flasche Brantewein nicht zu vergessen: nebenher wurde ein Kaffee gekocht. Da alles zur Mahlzeit bereitet war, und doch kein einziger Stuhl mehr aufrecht stehen und eine menschliche Kreatur tragen konte, beschloß man, auf dem Fußboden Tafel zu halten: sie lagerten sich also beide in der Nähe des Ofens, die Bouteille mit dem Lichte mitten zwischen ihnen, die Branteweinflasche daneben, nebst dem Topfe voll Kaffee, womit Wilibald das Gastmahl eröfnete: ein jeder nahm sich nach eignem Belieben ein Stück auf die Faust und verzehrte es, ohne Messer und Gabel, die Knochen sammelte man im Ofen, um die Stelle der Kohlen vertreten zu helfen. Die Wärme, die der Ofen versagte, gab der Brantewein, und Freude und Begeisterung stiegen bey beiden mit jedem Zuge. Herrmann fühlte zwar anfangs keine kleine Abneigung in sich gegen diese schmuzige und wüste Lebensart, und er wäre schon durch den Anblick der Stube beinahe von seinem

Apostelamte abgeschreckt worden: allein seine fanatische Ruhmbegierde scheuchte bald alle Bedenklichkeiten hinweg: er erinnerte sich an die ungleich größern Martern, die so viel berühmte Vorgänger im Bekehrungswerke vor ihm ausgestanden hatten, und trug mit herzlichem Vergnügen diese ersten Beschwerlichkeiten seiner neuen Laufbahn, in der angenehmen Hofnung, daß seine Standhaftigkeit bald auf härtere verdienstvollere Proben stoßen werde. Der Brantewein theilte seinem innern Feuer neue Nahrung mit, daß seine Seele glühte, wie seine Backen: die Köpfe der beiden Apostel bekamen einen Schwung bis zum halben Unsinn: sie jauchzten, sangen, wälzten sich, wie Beseßne, sanken in Küssen und Umarmungen dahin, fluchten den Ungläubigen und schwuren allen Naturalisten den Tod: sie warfen die Federn aus den Betten ins Feuer und triumphirten springend und frohlockend, so viele Deisten und Atheisten in der Hölle brennen zu sehn. Wilibald, der nur die Hälfte dieses Unsinns aus Trunkenheit that und einen großen Theil davon begieng, um seinen Kollegen desto mehr in Feuer zu setzen, hielt während der Mahlzeit eine sehr pathetische Rede, worinne er ihre Unternehmung wider den berlinischen Unglauben mit der Eroberung von Amerika verglich und weit über alle Heldenthaten der alten und neuen Welt erhob. Ein Stück geräuchertes Fleisch in der Rechten, und eine Semmel in der Linken hub der Redner also an:

»Drey sind nicht zwey, und zwey nicht hundert: aber zwey Wiedergeborne sind mehr als tausendmal tausend Ungläubige. Wie ich diese Semmel vor deinen Augen zerreiße, theuerster auserwählter Bruder, wie ich dieses Fleisch vor deinen Augen zermalme und verschlinge, so werden wir den Unglauben, Naturalisterey und Deisterey zerfleischen, bezwingen, zerstören, verwüsten. Jene auserwählten Rüstzeuge erwürgten viele Millionen Indianer um ihres schrecklichen Unglaubens willen; aber wir thun mehr als sie: wir wollen nicht tödten, sondern lebendig machen: wir wollen alle Deisten wiedergebären; und unsere Namen sollen mit ehernen Buchstaben in die Tafeln des Ruhms eingegraben werden. Wir sind die größten Helden, die jemals den Lorber verdienten: Cäsar, Alexander, Türenne und Schwerin müssen vor uns in den Staub fallen, die Kniee beugen und uns anbeten. Waffne dich also mit Standhaftigkeit und Muth! Trotze Gefahren und Beschwerlichkeiten! Je mehr sie sich häufen, je gewisser gehst du zur Unsterblichkeit. Iß, trink und labe dich, du Auserwählter! Stärke dich mit diesem Brode und diesem Tranke des Lebens zu der geheiligten Unternehmung!« –

Seine kraftvolle Rede, wovon dieses nur der schönste Theil ist, wurde sehr oft durch Besuche von Weibspersonen unterbrochen, die ungestüm hereintraten und ungestüm fortgiengen: einige ließen sogar eine reichliche Ladung der schmählichsten Schimpfwörter zurück. Herrmann war von Fanatismus und Brantewein zu sehr berauscht, um etwas Böses hinter den Besuchen zu argwohnen, obgleich zwey von den Weibsbildern seinem Gefährten geradezu ins Gesicht sagten, daß er ihnen schon seit einem Vierteljahre zwo Nächte schuldig wäre, und ihm mit öffentlicher Beschimpfung drohten, wenn er ihnen ihr bischen ehrliches Verdienst nicht ordentlich bezahlte: Wilibald bestellte sie alle auf den morgenden Abend, wo er richtige Zahlung und überdies noch eine reichliche Erkenntlichkeit für die lange Geduld versprach. – »Ach!« sagte er zu seinem trunknen Kollegen, als sie weg waren: »Wohlthätigkeit und Gutherzigkeit sind eine schwere Last: ich habe mich dieser Unglücklichen angenommen, und ich muß mich durch eine List von ihnen losreißen: wenn sie meine Abreise wüßten, würden sie mir mit Thränen um die Kniee fallen und mich zurückhalten. Wie sie weinen und jammern werden, wenn sie mich morgen Abend nicht finden! Das Herz thut mir weh: aber die geringern Handlungen der Wohlthätigkeit müssen der größern, zu welcher wir uns bereiten, nachstehn.«

In diesem verwilderten Zustande machten sie sich marschfertig: sie gaben sich beide zween neue Namen, die mehr für ihre heilige Unternehmung paßten: Herrmann wurde zum *Bonifacius*, und der Magister machte sich selbst zum *Chrysostomus*. Sie wählten überdies ein Feldgeschrey, das sie bey Trennungen oder Verirrungen, besonders in der Nacht, einander zurufen wollten, um sich sogleich zu erkennen: der nunmehrige Bonifacius schlug den Namen *Ulrike* dazu vor und sezte seine Wahl mit lebhafter Hitze durch, ob ihn gleich sein Gefährte wegen des irdischen weltlichen Klanges verwarf.

Die Luft war außerordentlich rauh, kalt und scharf, die beiden Abentheurer apostelmäßig nur mit einfacher leichter Kleidung versorgt: doch der doppelte Rausch des Körpers und der Seele wirkte so heftig, daß Herrmann äußerlich mit allen Gliedern zitterte, und innerlich von Einem Feuer brannte.

Sie taumelten mit schweren Köpfen, matten Füßen und halbgeschloßnen Augen bis zum nächsten Dorfe, wo sie Müdigkeit und Kälte einzukehren zwang.

So sezten sie ihre Reise standhaft fort, übernachteten in Schenken und elenden Wirthshäusern, und thaten sich so viel Gutes, als es in den jämmerlichen Herbergen möglich war: besonders wurde der Brantewein nicht gespart: daß Herrmann jedesmal die Zeche bezahlen mußte, versteht sich von selbst; und mit Freuden that er es. Der begeisterte und immer betrunkne Jüngling hörte sich schon von allen Vorübergehenden den heiligen Bonifacius grüßen: in jedem Dorfe, wenn die Hunde sie mit lautem Bellen empfiengen, und das Getöse die Einwohner, denen der Winter Muße zur Neubegierde gab an Fenster und Thüren lockte, glaubte er, daß die Merkwürdigkeit und der Ruf seiner heiligen Unternehmung so viele Zuschauer herbeyziehe, und er wunderte sich ungemein, wie eine so geheim behandelte Sache so allgemein ruchtbar geworden war; denn seine kranke Einbildung ließ seine Ohren deutlich und vernehmlich hören, daß sichs die Leute aus den Fenstern erzählten, zu welcher wichtigen That diese beiden Wanderer eilten. Uebertriebner Ruhm bläst leicht auf: wirklich wurde er auch so unleidlich stolz, daß er auf alle Sterbliche, außer seinem Begleiter, wie auf elende verächtliche Insekten herabsah, die kaum Anrede und Antwort von seinem heiligen Munde verdienten. Da nach seiner schimärischen Vorstellung schon zu Anfange seiner Auswanderung alle Leute sogar in den Dörfern – die Städte vermied Wilibald, ohne es seinen Gefährten merken zu lassen – von dem herrlichen Endzwecke derselben unterrichtet waren, so beleidigte es ihn itzo schon, wenn ihn Jemand fragte, wohin er wollte; und er wäre mit einigen Gastwirthen beinahe in Händel über diese Anfrage gerathen.

»Wißt ihr das nicht, Ihr Unwiedergebornen?« sagte er einem. »Der kleinste Bube in allen Dörfern, durch welche wir gegangen sind, hat von unsrer hohen Unternehmung gewußt, und du, Ungläubiger, du allein bist so unwissend?« – Alles das war Galimathias für den Mann: er glaubte, ihn vielleicht nicht höflich genug gefragt zu haben, bat um Verzeihung und wiederholte seine Frage mit vielen Titulaturen und Komplimenten verschönert: der heilige Bonifacius drehte ihm den Rücken.

»Sie wollen wohl nach Berlin?« fragte ihn ein Anderer bey der dritten Einkehr.

»Freilich!« erwiederte Herrmann trotzig und leise.

»Wollen Sie denn etwa Soldat werden?« fuhr der spaßhafte Mann fort. »Mord und Todschlag! Sie werden die Feinde zusammennehmen. Piff! paff! puff! Da liegen sie!«

»Das sollen Sie!« sagte Herrmann ernsthaft. »Wir wollen sie alle mit unsern geistlichen Waffen daniederschlagen, und keiner soll dem allgewaltigen Schwerte unsrer Rede entgehn.«

DERWIRTH

Blitz, Zeter, Mordio! ha! ha! ha! ha! – Wenn der Krieg wieder losgienge und die Preußen sollten etwa unsre Feinde werden – wofür uns Gott bewahre! – so schonen Sie wenigstens meinen armen Sohn. Wenn Sie alles umbringen, so lassen Sie mir nur den armen Burschen leben! Wollen Sie?

HERRMANN

Ist er ein Naturalist?

DERWIRTH

Nein, so weit hat ers noch nicht gebracht. Zeter! Sie thun hohe Sprünge! Mein Sohn ein Generalist!

HERRMANN

Ein Naturalist, sag' ich!

DERWIRTH

Was ist denn das für ein neuer Titel?

HERRMANN

Ein Unwiedergeborner, wie du. Ueber dich wollen wir zuerst das Schwert zücken: dich soll unser Wort zuerst zermalmen.

Er machte zugleich eine Bewegung, als wenn er ihn erdrosseln wollte, und der Mann floh mit spaßhafter Furcht vor ihm zur Thür hinaus. – Der erste Sieg über die Ungläubigen!

Den fünften Morgen, wo sie noch nicht einmal die Brandenburgische Gränze erreicht hatten – so gemächlich machten sie ihre Reise – brachte Herrmann beinahe zur Hälfte auf der Streu in dem Stübchen zu, das sich Wilibald diesmal wider ihre Gewohnheit genommen hatte: den Abend vorher war ihm von diesem Bösewicht so viel Brantewein aufgedrungen worden, daß er, wie von einem Schlaftrunke eingeschläfert, in einer Art von Ohnmacht dalag. Endlich wand er sich aus dem schweren Schlafe heraus, erblickte schon helles Tageslicht und sich ganz allein in der Stube. Aufzustehen, waren seine Glieder von dem gestrigen Trunke noch zu schwach: er verweilte also auf seinem Strohlager, und nicht lange dauerte es, so unterhielt ihn seine erwachte Einbildungskraft von dem herannahenden Anfange seines Ruhms. Er erblickte sich schon in Marmor und Erz auf allen öffentlichen Plätzen Teutschlands: ihm zu Ehren wurden Spiele und Feste angestellt: Knaben und Mädchen schmückten mit Blumen und Kränzen sein Bildniß, und feierten mit Tänzen und Liedern sein Andenken. Nach Jahrhunderten sah er seinen Namen noch in allen Chroniken, Annalen und Geschichten: die Großen nannten ihn mit Ehrfurcht, die Gelehrten mit Bewunderung, und das Volk mit Andacht.

Mit solchen, von Brantewein und Ruhmsucht aufgeschwellten Ideen, benebelt von Trunk und Leidenschaft, berauscht von seinen fanatischen Träumen, hub er sich schwerfällig auf, um den Theilnehmer seiner überschwenglichen Größe aufzusuchen. Er war wie zerschlagen am ganzen Leibe: er schleppte sich unter heftigen Kopfschmerzen zu dem Tische hin und erblickte auf ihm ein Briefchen mit der Aufschrift: – »An den jungen Herrmann, weiland heiligen Bonifacius und Bekehrer der Naturalisten.« – Er faltete das unversiegelte Blatt aus einander und las:

»Gehn Sie nach Berlin und werden Sie Lehrbursch bey dem Kaufmanne, an welchen Sie Ihr Freund adressirt hat. Lassen Sie sich mit der Bekehrung der Berliner nicht weiter ein: man möchte Sie für einen Narren halten und ins Tollhaus bringen. Sie haben sich ganz entsetzlich anführen lassen: seyn Sie in Zukunft weniger ruhmsüchtig und mehr vorsichtig. Diese Lehre hinterläßt Ihnen Ihr gewesener Gefährte am Bekehrungswerke der Berliner und verbundenster Freund,

Chrysostomus.
N. S. In Ihrer Tasche ist das nöthige Reisegeld: eilen Sie, ehe es alle wird.«

Man lasse sich aus dem Vorzimmer des Himmels, wo man schon die Engel harmonienreiche Psalter in die goldnen Harfen singen und die Chöre der Auserwählten hohe rauschende Wechselgesänge anstimmen hörte, durch Einen plözlichen Stoß in die dürftigste, kahlste, menschenloseste Heide nach Ißland versetzen: alsdann hat man Herrmanns Empfindung nach der Durchlesung des schändlichen Blattes.

Weg waren die glänzenden Träume des Ruhms! Weg die funkelnden Bilder der Größe, die bis zum Himmel reichen sollte! Der Horizont seiner Gedanken, der noch vor einem Augenblicke sich über die ganze bewohnte Erde erstreckte, war izt in ein enges elendes Stübchen zusammengeschrumpft! Der Mensch, der sich vor einer Minute ein Riese, über Kaiser, Könige und Fürsten, über alle sterbliche Bedürfnisse erhaben schien, auf welchen Beifall, Ehre und Bewunderung von allen Seiten strömte – dieser in seiner Einbildung so aufgeschwollne und stolze Mensch erblickte sich izt auf einmal als einen tummen, unerfahrnen, leichtgläubigen, betrognen Jüngling, als einen künftigen Kaufmannsburschen, als einen Verlaßnen, ohne Geld, ohne Freund, ohne Retter! Nachdem die erste Betäubung des Schreckens vorüber war, ergossen sich seine Augen in einen reichen Thränenstrom: der Unglückliche weinte um sein Glück, um seinen Traum: seine kümmerlichen Umstände waren ihm wenig – denn er konte sie nur noch vermuthen – aber sein Traum! sein Traum! hätte ihm der schändliche Betrüger diesen nicht verscheucht, keine Zähre wäre über seine Wangen geflossen. – Und dann! daß er sich so einfältig hatte hintergehn lassen! mit Zähneknirschen dachte er an seine Leichtgläubigkeit. Er warf das bethränte Gesicht auf den Tisch, in allen seinen Eingeweiden nagte Scham und Aerger: er hätte sich vor der Welt, vor sich selbst verbergen mögen.

Nicht angenehmer waren seine Empfindungen, als die Gewalt des ersten Schmerzes ein wenig ausgetobet hatte, und ihm der Gedanke einkam, in seinen Kleidern die zurückgelaßne Baarschaft aufzusuchen: von seinen schönen achtzehn Dukaten, von den funkelnden zehn Louisdoren hatte ihm der Bösewicht einen einzigen zurückgelassen. Sein Zorn über die Bosheit brannte freilich in großen Flammen empor: aber was half Zorn? – Er sahe das ein, zog sich allgemach an und gieng hinunter zum Wirthe.

Neues Wunder! Die Wirthsleute glaubten, daß er in der Morgendämmerung mit Wilibalden, der den Abend vorher alles heimlich bezahlt hatte, um mit dem frühesten aufzubrechen, fortgegangen sey, und sahn ihn lange bedenklich an, ob er ein Gespenst oder ein Mensch wäre. Er klagte die Treulosigkeit seines Reisegefährten in herzbrechenden Ausdrücken – versteht sich mit wohlbedachter Auslassung seines Bekehrungsprojektes! – und beschwerte sich, daß er ihm so wenig zurückgelassen hatte, um den weiten Weg damit zurückzulegen. – »So, so?« antwortete der Wirth im Lehnstuhl kaltblütig. »Ja, es geht schlimm in der Welt her.« – Indessen kam seine Frau mit quecksilbrichtem Gange hereingetanzt. – Lise, sprach der Mann, der Herr ist heute Nacht bestohlen worden. – »Bestohlen!« schrie die Frau auf und schlug die Hände über dem Kopfe zusammen. »Ach, daß Gott erbarm! Du gerechter Gott! bestohlen!« – und dabey geberdete sie sich, als wenn sie alle Haare ausraufen wollte. Sie schwänzte zur Thür hinaus: über eine kleine Weile kam sie wieder – »Ueber das Unglück! Du mein Gott und Vater! bestohlen ist er? heute Nacht?« – dann wieder zur Thür hinaus, und in einer Minute erschien sie schon wieder mit den nämlichen Ausrufungen und Verwunderungen: so stattete sie unter unaufhörlichem Laufen ihre Kondolenz zu sechs wiederholten malen ab. Der Mann ließ sich dabey, ohne eine Mine zu verziehen, Herrmanns Geschichte und seine gegenwärtige Lage umständlich erzählen, stund phlegmatisch und stumm auf und gieng. Nach einiger Zeit kam er zurück und sezte sich in den Lehnstuhl. – »Mein Bruder, der Müller,« fieng er an, »fährt gegen Mittag ins nächste brandenburgische Dorf: er will Sie mitnehmen: ich habe izt mit ihm gesprochen. Es ist ein Karren: er will Sie für seinen Sohn ausgeben und dort eine andre Fuhre für Sie ausmachen, wenn sichs thun läßt. Essen Sie erst! Ja, ja, es geht schlimm her in der Welt.« – Herrmann wollte ihn vor Freuden umarmen und schlang schon die Arme um ihn: aber der Mann war eben im Begriffe aufzustehn, und ohne daß er die Höflichkeit verstund, bat er ihn, aus dem Wege zu gehn, weil er Etwas zu essen holen wollte. Er trug auf, und während daß Herrmann sich mit dem Vorgesezten bediente, brachte der Wirth Tinte, Papier und Feder. »Da!« sprach er, »schreiben Sie Ihren Namen und Ihren Geburtsort auf! Wenn wir Ihren Dieb kriegen, sollen Sie Ihr Geld wieder haben.« – Er sprachs und sezte sich in den Lehnstuhl.

Herrmann schrieb, der Wirth stund auf, überlas brummend das Blatt, legte es auf den Tisch und sezte sich in den Lehnstuhl: so endigten sich alle seine Handlungen.

Der Müller meldete sich, Herrmann wollte bezahlen: der Wirth stand auf und verbat es. – »Reisen Sie glücklich! Nehmen Sie sich künftig besser in Acht! Ja, ja, es geht schlimm her in der Welt« – er sprachs und sezte sich in den Lehnstuhl.

»Mann,« schrie die Frau aus der Küche: »hat der Herr auch bezahlt?« – Der Wirth stand auf. »Ja, Lise, ja!« rief er und sezte sich in den Lehnstuhl; und der heilige Bonifacius stieg demüthig auf den Karren und fuhr dahin: so gedemüthigt, so herabgesunken mit Einbildungskraft und Leidenschaft saß er da unter leeren Getreidesäcken, daß in seiner Seele eine völlige Windstille herrschte.

Bey der Ankunft in dem Dorfe, wohin sie wollten, erzählte der Müller einem seiner dasigen Herren Kollegen den Unfall, der Herrmannen begegnet war, und bat, ihn bey der nächsten Gelegenheit weiter zu schaffen. Die Erzählung versammelte sehr bald alles, was in der Mühle lebte, um den Unglücklichen, der sich, wie ein fremdes Thier, von allen anstaunen lassen mußte. Der Müller, dem er empfohlen war, versprach ihn einige Tage bey sich zu behalten, wenn er bey ihm vorlieb nehmen wollte, und mit einem Getreidetransporte künftigen Sonnabend geliebts Gott! eine Stunde weit von Potsdam zu schaffen.

Es geschah. Der unglückliche Herrmann war über das unerwartete Mitleiden so vieler Leute gerührt, von Dankbarkeit und Freude durchdrungen: aber, aber! *daß* er Mitleiden nöthig hatte, welche

Bitterkeit mischte diese Vorstellung unter seine Freude! Er freute sich über die Güte dieser Leute, und trauerte, daß er sich darüber freuen mußte.

An diesem Orte hielt er sich wegen Mangels an Gelegenheit eine ganze Woche auf, und weil er aus Mistrauen in keinem Gasthofe einkehren wollte, wurde er von dem Knechte, der ihn transportirt hatte, in ein Bauerhaus gewiesen, wo man ihn willig aufnahm: aber unglücklicher Weise war die Armuth des Bewohners so groß, daß er seinem Gaste bey dem besten Willen mit nichts als einem Brunnen voll schönen klaren Wassers aufwarten konte. Herrmann ließ also einkaufen, und die ganze ziemlich zahlreiche Familie speiste täglich mit ihm: er wurde durch diesen Umgang so sehr der Herr des Hauses, daß die Kinder nicht zu ihrem Vater, sondern zu ihm kamen, wenn sie hungerten. Oft stand er mitten in der Stube, ein großes Brod in der Hand, sechs baarfüßige Kinder im Hemde oder mit einigen Lumpen bedeckt, um ihn herum, die gierig mit allen Händen nach den abgeschnittenen Stücken langten: wenn er saß, stand zuversichtlich allemal eins zwischen seinen Knien, zuweilen hieng der ganze Haufen an ihm herum. Das Bild der Dürftigkeit, und die Munterkeit, die Zufriedenheit, die Frölichkeit der Kinder und Alten bey allem Elende versezte ihn in eine süße Wehmuth: das Andenken an sein eignes Unglück zog ihn täglich mehr zu diesen Leuten hin: in drey Tagen war er mit so unzertrennlichen Banden an diese Familie geknüpft, daß ihr Wohl und Weh mit dem seinigen eins wurde. Der Hausherr erzählte ihm die ganze Reihe von Unglücksfällen, die seine Armuth allmälich herbeygeführt hatten: seine Felder konten das künftige Jahr nicht bestellt werden, weil ihm der Samen fehlte; und jedesmal war der Schluß seiner Erzählung; wenn ich nur drey Thaler hätte! dann wär mir geholfen. – »Die hab' ich ja,« dachte Herrmann bey sich: er zählte sie dem Manne auf den Tisch. Der Bauer wollte auf die Knie vor ihm fallen, die Hausfrau drückte ihm weinend und dankend mit den schwielichten Händen fast die Finger entzwey, die Kinder erhuben auf das Gebot der Eltern ein lautes Dankgeschrey und stürmten mit ungestümer Freude auf ihn los: die Leute wußten nicht, woher sie Worte nehmen, noch wo sie mit ihrer Dankbarkeit aufhören sollten. Wie wohl dem Jünglinge, der bey einem Vermögen von nicht völligen vier Thalern noch eine Familie auf ein ganzes Jahr und vielleicht auf immer glücklich machen konte, wie wohl ihm da um das Herz ward! Es schlug zum erstenmale wieder lebhaft, es däuchte ihn, als wenn er izt aus dem Nichts hervorgestiegen und ein Etwas geworden wäre, das leben, empfinden und handeln könte: aus dem Auge schlich ihm eine Thräne und durch seine ganze Seele ein wehmüthiger freudiger Schauer. Die Leute erzählten im Uebermaaße ihrer Dankbarkeit seine Wohlthat allen Nachbarn: das Gerücht verbreitete sich weiter, und eins nach dem andern kam an die niedrigen Fenster und guckte herein, um den großmüthigen Jüngling zu sehn: wohin er nur sah und hörte, waren ein Paar Augen auf ihn gerichtet, oder ein Paar Lippen zu seinem Lobe offen. Nun war seine Einbildungskraft und seine ganze Thätigkeit wieder emporgeschraubt, sein niedergeschlagnes Gemüth wieder erhoben: er fühlte sich bey achtzehn baaren Groschen als den glücklichsten Menschen der Erde.

Aus Erkenntlichkeit erbot sich der Bauer, ihn nach Berlin vollends zu bringen, wenn er den Weg zu Fuße machen wollte: er entschloß sich dazu und langte zwar mit völlig leeren Taschen, aber doch mit einem Herze voller Zufriedenheit an Ort und Stelle an.

FÜNFTES KAPITEL

Da war er nun in dem großen schönen weiten Berlin! wie in einem großen Walde verirrt! verloren in den unendlichen Straßen! fragte jeden Augenblick nach der Wohnung des Kaufmanns, an welchen er adressirt war, ließ sich nebst seinem Begleiter die Marschrute aufmerksam vorzeichnen, und wenn er fünf Minuten gegangen war, weg war die ganze Landkarte! So irrte er durch die Straßen quer und längs hindurch, und so oft er fragte, war er falsch gegangen: ein Bursch erbot sich, ihn für eine Erkenntlichkeit zurecht zu weisen: zu seiner Herzensfreude entdeckte er noch einen verkrochnen Groschen im Winkel der Tasche, und nun war ihm geholfen. Bey einer Wendung um eine Ecke sah er sich nach dem Bauer um, der ihm bisher mit vielen Beschwerden über das harte Pflaster langsam nachtaumelte: aber er war verschwunden, blieb verschwunden, und er allein weis, wie er wieder nach Hause gekommen ist.

Der Kaufmann hatte vor vielen Wochen schon auf den neuen Lehrburschen gehoft, verkündigte ihm, daß er Schwingern nur versprochen habe, ihn auf ein halbes Jahr zur Probe anzunehmen, und stellte ihm ein Packet Briefe zu, das lange schon seine Ankunft erwartet hatte.

Wie verändert war abermals die Scene! Ein enges Kämmerchen, keine Stube, nahm ihn ein: wie war der große Herrmann, der jüngst auf den Schwingen des Ruhms nach Berlin eilte und sich noch vor einigen Tagen von der Bauerfamilie, wie einen Gott, angebetet sah, wie war der große Mann abermals gesunken! So gütig sein neuer Herr sich gegen ihn bezeigte, so sprach er doch im Tone des Herrn mit ihm: traurig schlich der gedemüthigte Jüngling auf gegbne Erlaubniß in die warme Stube des Dieners und las mit beklemmender Empfindung seine Briefe.

Schwinger, der das Packet besorgt hatte, meldete ihm, daß er dem Grafen und der Gräfin seinen Aufenthalt in Berlin habe verhelen und sich stellen müssen, als ob er von ihm nichts wüßte, um sich nicht ihren Unwillen zuzuziehn. – »Sie sind so sehr wider dich erbittert, sagte er, daß sie auch mich als deinen Mitschuldigen hassen würden, wenn sie erführen, daß ich mich deiner annehme. Ungerufen geh ich izt niemals auf das Schloß, weil ichs doch nie ohne Betrübniß und Aerger wieder verlassen kan: so wenig ich mich also um die innern, immer fortwährenden Unruhen desselben bekümmere, so weis ich doch für gewiß, daß dem Graf ein Brief von der Oberstin aus Dresden in die Hände gefallen ist, worinne die Flucht der Baronesse erwähnt wurde, und daß er die Gräfin gezwungen hat, ihm den ganzen Verlauf umständlich zu erzählen. Seinen Zorn und die Leiden der armen Gräfin kanst du dir leicht vorstellen – denn dein lezter reuvoller Brief läßt mich vermuthen, daß du wieder einer vernünftigen Vorstellung fähig bist. – Der Zorn, und ich möchte fast sagen, die Wuth gieng bey dem Grafen so weit, daß er Anstalt machte, dich in Dresden in Verhaft nehmen zu lassen und eine exemplarische Strafe wider dich auszuwirken: wenn du also, meinem Rathe gemäß, zu der von mir bestimmten Zeit nach Berlin gegangen bist, so hast du eine Schande vermieden, die dir nach deiner Denkungsart äußerst empfindlich seyn müßte. Ich zittre für dich, lieber Freund, wie ein Vater für sein Kind, so lange ich über diesen Punkt keine Gewisheit von dir habe.

Den Aufenthalt der Baronesse hat die Oberstin ausgekundschaftet, und man wird nächstens unfehlbare Maasregeln ergreifen, sie in Sicherheit zu bringen, wenn es nicht schon geschehen ist. Also, lieber Freund! wenn du nicht durchaus dein Unglück willst, so laß dich nicht gelüsten, in deine Thorheit zurückzufallen; und wenn Ulrike mit dir in Einem Hause wohnte und aus Einer Schüssel äße, so verschließe deine Augen! Wache über dein Herz! Laß ihm nicht Eine Minute lang den Zügel schießen! es reißt gewiß mit dir aus, wenn du ihn nicht beständig straff anziehst. Entsage lieber dem Vergnügen alles weiblichen Umganges! habe den Muth, den Beifall der Frauenzimmer zu entbehren! Besser ist dirs, ein Dummkopf oder ein trockner kalter blödsinniger Mensch von ihnen gescholten zu werden, als daß dich eine verliebte Bethörung für einige Augenblicke Vergnügen zeitlebens unglücklich macht. Du kennst nunmehr deine Stärke und Schwäche: nütze diese Erfahrung!

Noch eine Nachricht will ich dir, statt einer Belohnung für die Besiegung deiner selbst und für deine Rückkehr zum vernünftigen Verhalten, geben; und warum sollte es nicht für den beleidigten ehrlichen Mann eine Erstattung des erlittnen Unrechts seyn, zu sehen, daß seine Feinde sich selbst strafen? Jakob, unser Aller Verfolger, ist mit seinem Vater in die größte Uneinigkeit gerathen: sie haben sich über einen kleinen Vortheil entzweyt, den sie sich bey dem Verkaufe einiger Kostbarkeiten zur Schuldenbezahlung des Grafen machen wollten oder gemacht haben: jeder glaubte von dem Andern an seinem Antheile verkürzt zu seyn. Im ersten Zorne entdeckte der Vater dem Grafen die Spitzbübereyen des Sohns, und der Sohn rächte sich durch ähnliche Entdeckungen am Vater: das Blut starrt mir in allen Adern, wenn ich die Betrügereyen, Bosheiten und Schelmenstreiche höre, die bey dieser Gelegenheit herausgekommen sind und noch täglich herauskommen. Sie haben unstreitig das meiste zum Ruine des Grafen beygetragen, der seine Gläubiger durch die Bezahlung einiger Posten besänftigt hat: aber ich fürchte, sie sind nur auf einige Zeit besänftigt: doch läßt sich wenigstens hoffen, daß diese Besänftigung von längerer Dauer seyn wird, wenn sich der Graf überwinden kan, jene beiden

Bösewichter von sich zu schaffen. Man arbeitet aus allen Kräften daran, und der Vater ist sogar in gerichtliche Untersuchung gerathen: aber der Sohn, der izt bey kältern Blute den Schaden einsieht, den sie sich durch ihre beiderseitige Unbesonnenheit zugezogen haben, giebt sich unendliche Mühe, den Grafen zur Aufhebung der Inquisition zu bewegen; und seine Mühe wird ihm zuversichtlich gelingen; denn die Untersuchung wurde nur im Anfalle der ersten Hitze anbefohlen, und der Stolz des Grafen, wenn der Zorn vorüber ist, erträgt lieber den Verlust seines ganzen Vermögens, als daß er durch die Bestrafung eines offenbaren Diebes das Bekenntniß ablegen sollte, er habe sich geirrt und sein Vertrauen einem Unwürdigen gegeben. Inzwischen ist doch zur Erniedrigung unsrer Feinde so viel geschehen, daß der Vater die Oberaufsicht über die Herrschaft verloren hat und in Pension gesezt werden soll. Auch mir hat der Habsüchtige, wie es sich nunmehr erweist, seit Ulrikens Abreise von hier die Hälfte meines Gehalts entzogen: ich wußte diese Verringerung zwar und ertrug sie gelassen, weil sie mir der Betrüger auf vorgeblichen Befehl seines Herrn ankündigte: allein der Graf hat sich nie so einen Befehl einfallen lassen, und die ohne sein Wissen abgezogne Hälfte hat jener Elende, der diese Auszahlungen besorgte, an sich gerissen und in der Rechnung verfälschte Quittungen untergeschoben. Fräulein Hedwig hat ein gleiches Schicksal erlitten. Was mich am meisten kränkt, ist der Betrug, womit er deinen Vater hintergangen hat: nach der Verordnung des Grafen sollte er nach seiner Absetzung sein ganzes Salär behalten, bis er eine andre Versorgung fände: allein der gewissenlose Siegfried sezte ihn auf den vierten Theil herab, der so wenig betrug, daß deine Eltern nicht ohne Noth davon leben konten: auch hier hat er sich durch verfälschte Quittungen geholfen. Hätten deine Eltern nicht bey einem herrenhutischen Leinweber, einem alten Freunde deines Vaters, Schutz gefunden, so wären sie nicht sicher vor dem Mangel gewesen. Ihre eignen Briefe, die ich dir hier übersende, werden dich vermuthlich näher davon belehren, u. s. w.«

Der erste unter diesen Briefen, den Hermann erbrach, war von seiner Mutter.

»Got zum Krus herzgelibtes Kint, liber son wir sint alle gesunt unt frelig in dem liben Heiland, megte wol wisen wo Du Stikst hast so lange nicht geschriben und uns allen so weh nach tir Gemacht, Ich unt Dein fater sind forigen Monad von einen kristligen leinwäwer zu unsern liben Heilant bekert unt haben diesen Monad als am ersten *huigu*us zum erstenmale das heilige Liebesmal gehalten. winschen von Herzen das der libe heilant dich bald nachholen mege, bereie deine Sinden libes Kint, unt schlag an teine Prust, teinen fater wars nicht recht lustig di weld zu ferlasen und den liben heilant anzuzin, Wir haben dem Alten starkop was rechtes zugerett, ta lachte uns der hellenbrant aus das wir in bekeren wolten der kristlige leinwäber unt ich, unt hat gefucht das der kristliche Leinwäber in nicht mer im hause leiten wolte Er hat Dir geflucht libes Kint das einem grin und Gälb vor den Augen wurte. ta bädte der kristliche leinwäber so fil das mein gotloser man das kalde fiber krigte das schittelte ihn das ich nicht andersch tachte als er wirte in seinen sinten dahinfaren libes Kint s hat in geschitelt wol ellenhoch unt in der Hitze hing im di Zunge armsticke zum halse heraus und er hat ausgestanten wie ein Fich (*Vieh*) ach ta lernte er gar balt den liben Heilant erkennen und hat sich bekert unt ist widergeboren man sit seinen spektakel an ihn weil er fon dem garstigen fiber noch so elent aussicht libes Kint, sick tich for unt tue buse, s sind gar ser schwäre Zeiten. Der kristlicheLeinweber bätt alle Dage for dich das der libe heilant auch balt iber dich kommen mege, der her Hofmeister Schwinger hat uns gar ser ankst gemacht als wen tu werst verfallen in sintliche liste unt fleischeslust unt das er nicht sagen tirfte wo tu werst, las tich ja nicht fom satan blenden das tu dich verlibst unt lose Streiche machst wir werten uns wol in tisem leben nicht witer sehn bis wir alle heimgegangen (*gestorben*) sint Deine getreie Mutter bis in den Dod

A. M. P. Herrmannin.

Aeben erfaren wir das tu in Perlin bist, ta wars nicht anters als wen mir gemand eine rechte terbe Maulschelle gebe ta ich das las ins Herrn Hofmeister Schwingers Brife ach tu liber son da habe ich mich recht gekrämt das tu an einen so garstigen Orte bist. ter kristliche Leinwäber hat mich noch getrest er sagte s weren ser fil Widergeborne unt fromme Briter dort di tich zu dem liben Heilante bekeren wirten, das wünschen wir tir von Herzen Amen.

Endlich zeigte sich auch ein Briefchen vom Vater, so zitternd und unleserlich geschrieben, daß man jedem Zuge das Fieber ansah.

B** den 26. Novemb.
Heinrich,
»Mein kaltes Fieber und meine Nille haben mich so lange geplagt, bis ich ein Herrenhuter geworden bin: aber ich werde es wohl nicht lange treiben. Des Kopfhängens und Pimpelns und Seufzens bin ich nach gerade überdrüßig: fluchen und reden darf ich auch nicht, wie ich will: wenn mir nur einmal so ein kleines »Hol mich der Teufel!« über die Zunge fährt, so schreyn sie gleich alle auf mich zu, als wenn das Haus brännte. Es ist ein rechtes Hundeleben, wenn man nicht reden darf, wie einem der Schnabel gewachsen ist: aber ich muß freilich ein Uebriges thun und mir das Maul verbinden lassen, sonst jagt mich der Leinweber zum Tempel hinaus: alsdann kann ich mich in den Schnee legen und an den Fingern saugen, wenn mich hungert. So lang es noch Winter bleibt, seh ich nur wohl das fromme Leben mit an: sobald ich aber die erste Schwalbe wieder höre – heyda! fort mit mir! dann werd ich wieder der alte Adam. Man kan ja des Guten auch zu viel thun: der Leinweber betet den ganzen Tag mit meiner Nille. Ihr Leute, sag ich immer, ihr fallt ja unserm Herr Gott recht beschwerlich: das nennen sie eine Gotteslästerung: du bist noch nicht wiedergeboren, lieber Bruder, sprechen sie: wir wollen beten, daß der liebe Heiland bald über dich kommen möge. Zu allem dem Gikelgakel muß ich nun schweigen, als wenn ich aufs Maul geschlagen wäre. Aber kurz und gut! sobald die Schwalben fliegen. laß ich meine Nille bey dem Leinweber sitzen und komme zu dir nach Berlin: da mögen sie mit einander pimpeln und seufzen, so viel sie wollen. Lebe wohl.

A. C. Herrmann.
Herrmann beantwortete diese Briefe unverzüglich, meldete Schwingern den erlittenen Verlust, doch mit sorgfältiger Verschweigung seines Bekehrungsprojektes, stattete auch dem Doktor Nikasius und seiner Ehefrau von der Dieberey des Magister Wilibalds getreuen Bericht ab und versicherte, daß ihn der schändliche Bösewicht verleitet habe, Dresden heimlich zu verlassen, wozu er sich außerdem nie entschlossen hätte: zugleich bat er um Uebersendung seiner zurückgelassenen Habseligkeiten, welche auch ein paar Posttage darauf erschienen, nebst diesem Briefe vom Doktor Nikasius.

Dresden, den 6. Jan.
Wohllehrsamer,
Werthgeschätzester lieber Freund,
Nachdem Dieselben in einem Schreiben *de dato 28 Decembris a. c.* schriftlich an mich gelangen lassen, wasmaßen Dieselben Dero *mobilia* von Dresden nach Berlin mit der ordinären Post bringen zu lassen gewillet sind und dannenhero um die Verabfolgung gedachter Ihrer *mobilium* geziemend angesucht: als habe nicht ermangeln wollen, solche durch meinen Bedienten, Johann Friedrich Hartknoch, in Dero mit Seehund überzogenen Kuffer getreulich einpacken und verwahren zu lassen. Welchergestalten nun Dieselben nur berührte *mobilia* benebenst diesem meinen ergebensten Schreiben verhoffentlich erhalten werden, als bitte mir über den richtigen Empfang derselben schriftliche Nachricht aus: wie denn auch Dieselben in vorbemeldetem Dero Schreiben beyzubringen beliebt, wie der S. T. Herr, Herr Magister Wilibald Dero sämtliche bey sich habende *actiua* an sich zu nehmen und mit denenselben ab und von dannen zu gehen sich nicht entblödet, absonderlich auch sich nicht nur *propter dolosam rei alienae ablationem* eines Diebstahls schuldig gemacht und durch sein hinterlaßnes Schreiben handschriftlich angeklagt, sondern auch Dieselben *per simulationem amicitiae* schändlich und lästerlich hintergangen: solchemnächst will denn nun meine theure Ehegattin allen dergleichen und sonstigen Anschuldigungen als Verunglimpfungen seines ehrlichen Namens und anmaßlichen Beschönigungen anderweitiger selbsteigner Zersplitterung Dero bey sich habenden Geldes keinen Glauben angedeyen lassen, inmaßen denn sie dem Herrn Magister beständig als einen gottesfürchtigen und wohl *conduisi*rten *Candidatum* gekannt und befunden.

Der ich nebst freundlichem Gruß von meiner Ehe-Liebsten mit geziemender Liebe und *Inclination* allstets verharre

Meines werthgeschätzten lieben Freundes

gutwillig geneigter Freund und Diener

D. F. M. Nicasius.

Da der Doktor Schwingern seines Freundes heimliche Abreise von Dresden sogleich gemeldet hatte, erschien schon wieder ein nachdrücklicher Verweis von diesem äußerst besorgten Manne, daß sich Herrmann später, als er sollte, wegbegeben und in eine so verdächtige Reisegesellschaft eingelassen hatte: doch freute er sich, daß die Abreise nicht weiter war hinausgeschoben worden, weil ihm Nikasius geschrieben, daß man ihren gemeinschaftlichen Freund auf Ansuchen des Grafen Ohlau gefänglich habe einziehen und verhören wollen. Herrmann freute sich nicht weniger, einer so nahen Gefahr, obgleich mit Verlust seiner ganzen Baarschaft, entgangen zu seyn, und erblickte mit ungemeinem Vergnügen im Briefe einen Louisdor, den ihm Schwinger zur Schadloshaltung für den Diebstahl schickte.

Sonach war nun Herrmann von allen Seiten glücklicher, als er vermutete, aber nur nicht so glücklich, wie er wünschte. Die Unterwürfigkeit und der Gehorsam eines Lehrburschen, so sehr beides gemildert wurde, war für ihn eine bittere Speise. Befehle anzunehmen und auszuführen, that ihm nicht sonderlich weh: Verweise schmerzten ihn schon mehr und oft bis zur tiefsten Verwundung: doch wäre alles dies noch erträglich für ihn gewesen, nur seine Lage wurde es täglich weniger: das Licht, in welchem er sich und seine Beschäftigungen sah, die enge kleine Sphäre, wo er *unter* allen war, die ihn umgaben, wo er *dienen*, selten ein kleines Lob wegen einer geringfügigen Verrichtung, worauf er sich so wenig zu gute thun konte als auf Essen und Trinken, und niemals Ehre erwerben sollte – diese so eingeschränkte, aus Kleinigkeiten geheftete Thätigkeit machte abermals seine ehrbegierige Seele unmuthig, unzufrieden mit sich und den Dingen um ihn. Eigennuz und Begierde nach Gewinn waren bey ihm unendlich klein und in Vergleichung mit seinem Ehrgeize fast so gut als gar nicht da: Kaufmannsgeschäfte mußten also unter allen für ihn die geringste Anzüglichkeit haben: mit einem Worte, er war izt ein eben so schlechter Kaufmannsbursch als vor dem Jahre ein schlechter Schreiber. Immer zerstreut, in Gedanken, verdrießlich stand er da, hörte nicht eher als zum zweiten oder drittenmale, wenn ihm sein Herr etwas befahl, that jedes Geheiß mit Verdrossenheit und begegnete Niemandem freundlich, der in den Laden kam. An andern teutschen Orten hätten ihn seine Kameraden den Träumer genannt, doch hier hieß er bey Jedermann vom Herrn bis zur Kindermagd – *Herrmann le misanthrope*, und jeden Augenblick wurde er ermahnt, nicht so *pensif* zu seyn. Trotz aller Ermahnungen blieb er es, und seine Tiefsinnigkeit vermehrte sich sogar, weil sich bey einer so großen Leere in seinem Herze, bey so geringer Thätigkeit und so wenigen Beschäftigungen für andere Leidenschaften, die Liebe wieder zu regen anfing: an Ulriken erlaubte er sich zwar nur mit Schüchternheit zu denken: er wünschte und wünschte, daß er sie lieben dürfte, aber ein Kaufmannsbursch und eine Baronesse! Je mehr ihm dieser Abstand einleuchtete, je mehr fühlte er freilich, daß es Nothwendigkeit und Klugheit sey, dieser Liebe zu widerstehen, je mehr schien es ihm thöricht und gefährlich, sie wieder aufwachen zu lassen. Zudem wußte ja Graf und Gräfin Ulrikens Aufenthalt, wollten sie auffangen lassen, und vielleicht war sie schon längst wieder bey ihnen auf dem Schlosse und mußte sich mit Vorwürfen und Mishandlungen peinigen lassen: sie war so gut als verloren. Gar nicht zu lieben, wie Schwinger von ihm verlangte, das war hart und bey seinem Charakter und seiner innern und äußern Verfassung unmöglich: eine andere zu lieben, als Ulriken, das war noch härter: wenn sich ihm auch die leibhafte Venus dargeboten hätte, wäre ihre Wirkung doch unter dem Eindrucke gewesen, den die Baronesse eine so lange Reihe von Jahren hindurch ihm einprägen mußte.

»Es ist keine Schönheit mehr in der Welt,« sagte er sich an einem Morgen, als er sich seine Schürze vorband, sezte sich auf das Bett und lehnte sich an das Fußbret. »Es ist keine Schönheit mehr in der Welt, garnichts, das mein Herz nur mit Einem Zucke schneller bewegte. Da zeigt mir bald der Diener, bald mein Kamerad ein Gesicht: ach, rufen sie, welche Schönheit! welcher Wuchs! welcher Gang! – Ich sehe mir nichts daran, worüber ich mich nur mit einer Fingerspitze freuen könte. Es ärgert mich in der Seele, daß die Leute allenthalben so viel Vergnügen finden, und ich muß so trocken dabey stehn und mich ausschimpfen oder verachten sehen, daß mir gar nichts gefällt. Hier liebäugelt der Diener mit einem vorbeygehenden rothen Pelze, des Abends hör' ich ihn, wenn er mich auf der Stube bey sich duldet, von einer blauen Pelzsalope erzählen, die er vorigen Sonntag geführt, gestreichelt, geliebkost, die mit ihm gelacht, getändelt, gegessen, getrunken, getanzt hat. Da schäkert in der Schreibestube mein Herr mit einem Mädchen: sie lachen und sind so vergnügt, so entzückt, als wenn sie gar nichts vom Kummer wüßten: werd' ich in die Stube geschickt, so find' ich auf dem Kanape die Frau mit einem jungen Franzosen: wenn sie mir nur den Gefallen thäten und sich vor mir scheuten! aber nein! mit verschlungen Armen, lachend und tändelnd sitzen sie da: alles liebt rings um mich her, alles darf lieben, alles wird geliebt, nur ich, Elender, allein, ich darf nicht, ich kan nicht. – Das Schicksal drückt mich mit schwerer Hand danieder, daß ich kaum athmen kan: ich soll mich unter seinem Drucke langsam zu Tode arbeiten. Ich soll die einzige Schönheit, die es auf der Erde für mich giebt, erkennen, fühlen, ihr Bild in der Seele mit mir herumtragen, vor Augen schweben sehn, in Gedanken mit ihm reden, es umarmen, liebkosen, alle Ergießungen des Herzens, alle Wonne, alles Sehnen der Liebe dabey empfinden; und wenn ich Unglücklicher die Arme zuschließen, mein Glück ergreifen will, dann ist es ein Schatten, eine Idee, ein Gedanke, den ich liebe, und mit meinen Armen faße ich Luft. – Nie, nie hoff' ich Ulriken wiederzufinden, nie mich ihr nähern zu dürfen: – aber wie müßt' es nur seyn, wenn ich sie widerfände? wie nur, wenn wir uns Tag für Tag sehen, frey und ohne Zwang sprechen, ohne Furcht lieben dürften? – Das ist für mich ein so unbegreiflicher, so unvorstellbarer Zustand wie die Freuden der Seligkeit. Er schwebt mir im Gehirne, wie in einer dunkeln Ferne: gleich einer Sonne durch Nebelwolken strahlt dies überschwengliche Glück aus der Ferne daher: ich strebe mit allen Gedanken und Empfindungen nach ihm hin; aber wer kann die Sonne über seinem Scheitel erreichen?« –

Sein Selbstgespräch hatte ihn so lange beschäftigt, daß er einen Theil seiner Pflicht darüber versäumte: weil er zu lange über die bestimmte Zeit nicht im Gewölbe erschien, kam sein Kamerad, rief ihn und störte den Lauf seiner trüben Gedanken.

Kaum eine Viertelstunde hatte er mit seiner gewöhnlichen Träumerey dagestanden und saumselig einige aufgegebne Geschäfte verrichtet, als der Herr, ein Porträt in der Hand, in den Laden kam. Er stellte es hin und fragte alle Anwesende, ob Jemand ein Frauenzimmer in Berlin gesehn habe, das diesem Porträte ähnlich sehe. Herrmann erschrak, ließ seine Arbeit auf die Erde fallen und trat so dicht an das Bild als wenn er es verschlingen wollte: er erkannte es bey dem ersten Blicke für Ulrikens Porträt, das in der Gräfin Zimmer über dem Sofa hieng: Rahmen, Aehnlichkeit, Größe, alles traf ein.

»O,« fieng der Diener an und sahe starr hin, »die hab' ich oft gesehn.«

»Wo? wo?« rief Herrmann entzückt. Der Kaufmann sah ihn an und lachte. »Kennst du das Frauenzimmer?« fragte er.

»Nein – nicht recht – ein klein wenig!« antwortete Herrmann und blickte seinen Herrn geheimnißvoll an, als wenn er ihn fragen wollte, ob er sich entdecken dürfte.

»Ja, es ist wahr,« fuhr der Kaufmann fort: »du mußt sie kennen: sie ist ja aus deiner Vaterstadt. Wer sie unter Euch zuerst sieht und auf meine Stube bringt, der hat zehn Dukaten verdient. Es ist ein liederliches Mädchen« –

»Glauben Sie das um des Himmels willen nicht!« unterbrach ihn Herrmann eifert: doch hurtig besann er sich, daß er sich so verrathen könte, und sezte deswegen, um den gemachten Fehler zu verbessern, kaltblütig hinzu: »Ich dächte nicht, daß sie liederlich aussähe.«

»Meinetwegen mag sie aussehn, wie sie will!« fiel ihm der Kaufmann etwas heftig ins Wort. »Sie ist ihrem Onkel, dem Grafen Ohlau, durchgegangen; und er hat mich gebeten, sie ihm zu überschicken, wenn ich sie finde; und weil er mein speciell guter Freund ist – ich hab ihm manche hundert und wohl tausend Louisdore verschaft – so kont' ichs ihm nicht abschlagen. Wer sie auf meine Stube schaft, kriegt zehn Dukaten: aber die Sache muß heimlich betrieben werden.«

Der Diener versicherte, daß er sie wohl tausendmal unter den Linden und im Thiergarten gesehn habe; sie sey in einem gewissen öffentlichen Hause, das er auch nennte, und wo er sie ehestens suchen wollte.

Herrmann war des Todes über diese unglückliche Nachricht und fragte den Diener, so oft er ihn müßig sah, ob sie gewiß in einem öffentlichen Hause sey, daß der Andre endlich des Fragens müde wurde und es auf immer untersagte.

Freude und Glück war es genug, daß er izt selbst den Auftrag bekam aufzusuchen, was er so lange gern gefunden hätte: aber das verdammte öffentliche Haus! das versezte seiner Freude so einen empfindlichen Schlag, daß sie einen großen Zusaz von Angst, Besorgniß, Eifersucht und verachtendem Widerwillen gegen Ulriken bekam. Er gieng wie vor den Kopf geschlagen herum.

SECHSTER TEIL

ERSTES KAPITEL

Freilich nur mit halber Freude, und mehr aus Neubegierde, ob die verdächtige Nachricht gegründet sey oder nicht, befolgte Herrmann den Auftrag seines Herrns getreulich und nahm jedesmal seinen Weg, wenn er ausgeschickt wurde, durch die Lindenallee, sollte auch der Umweg eine Stunde betragen: er sah niemals ein Gesicht, das Ulriken mit Einem Zuge glich. Der Diener war in seinem Suchen nicht glücklicher und brachte seinem Herrn jeden Morgen die Nachricht, daß die Nimfe schon versprochen gewesen und ihm nicht zu Theil geworden sey. Herrmann knirschte jedesmal mit den Zähnen, wenn so eine Nachricht überliefert wurde.

Seine Unruhe ängstigte ihn Tag und Nacht: sie ließ ihn nicht zwo Minuten auf Einem Flecke stehen oder sitzen, und des Nachts wälzte er sich von einer Seite zur andern und suchte den Schlaf, ohne ihn auf lange Zeit zu finden. Er bat sich von seinem Herrn die Erlaubniß aus, die zehn Dukaten zu verdienen und die Schauspielhäuser zu durchstreichen: der Kaufmann, dem er im Gewölbe ohnehin entbehrlich schien, und der auch schon beschlossen hatte, sich zu Ende der Probezeit seiner zu entledigen, verstattete ihm ohne Weigerung seine Bitte.

Mit der Empfindung eines Staatsgefangnen, der sein Urtheil erwartet und beinahe gleich wahrscheinlich Tod und Leben hoffen kan, wanderte Herrmann aus. Sein erster Besuch im teutschen Schauspielhause lief fruchtlos ab: den folgenden Tag rüstete er sich mit einer Lorgnette und machte im französischen Schauspiel einen Versuch: man spielte Racinens Berenice. Er hatte auf dem Schlosse des Grafen hinlängliche Kenntniß der Sprache erlangt, um alles zu verstehen, was er hörte; und die große Ursache, warum er nichts verstund, war keine andere als weil er blos sah und nicht hörte, wenigstens nur hie und da einen Vers, der ihm noch aus der Lektüre geläufig war und zufälliger Weise izt auf sein Trommelfell fiel: sein Kopf war unaufhörlich nach den Logen gerichtet, und jedes Damengesicht, das erschien, mußte sich Zug für Zug untersuchen lassen, ob nicht einer darunter sey, der ihm Aehnlichkeit mit Ulriken gebe. Der Vorhang fuhr rauschend in die Höhe: noch war keins gefunden, das ihr gehören konte. Das schnurrende Geräusch der Zuschauer verstummte, das Orchester schwieg: ein langer baumstarker *Antiochus* in rothseidnem Mantel, mit einem schwankenden Busch Gänsefedern auf dem papiernen Helme, marschirte in abgemeßnen Schritten, die Arme, gleich den Henkeln eines Blumentopfs, majestätisch in die Seiten gestemmt, durch den gewölbten Portikus daher: ihm folgte im gelben blumenreichen Mantel ein kurzer untersezter *Arsaz*, von unten bis an den Gurt der schwarzsammtnen Beinkleider ein Franzose, vom Nabel bis zum Ende des befiederten Kaskets ein altgriechischer Bastard.

»Hier laß uns stehn!«

huben Ihro Majestät an; und sie stunden. Der König lehrte seinen Vertrauten die Geographie des Palastes und machte ihn besonders mit den zwo Nebenthüren bekannt. Nachdem er so die Landkarte verzeichnet hatte, befahl er ihm, zur Königin zugehen, ihr einen schönen Gruß zu vermelden und höflichst zu bedauern, daß ihr der König wider seinen Willen beschwerlich fallen und sich eine geheime Unterredung ausbitten müßte.

Arsaz, der ehemals in Languedok Hecheln verkauft hatte, trat einen Schritt zurück und verwunderte sich mit dem lauten Geschrey seines vormaligen Gewerbes, wie ein so großer König in einem so hübschen rothen Mantel einer Königin beschwerlich fallen könte, deren Liebhaber er sonst gewesen wäre. »Ob sie gleich die künftige Gemahlin des Titus ist,« rief er,

»Setzt dich ihr Rang von ihr unendlich weit hinweg?«

Herrmann, dem die lautgekreischte Frage die Ohren erschütterte, glaubte nicht anders als daß sie der Schauspieler seinetwegen gethan habe, und wiederholte seufzend den Vers einigemal in Gedanken.

Antiochus war unterdessen vom Vertrauten allein gelassen worden und unterhielt sich deswegen mit sich selbst

»Werd' ich ihr ohne Zittern sagen können:

»Ich liebe Dich!

»Nein, ach! ich zittre schon! Mein wallend Herz

»Scheut diesen Augenblick so sehr als ich ihn wünschte.

Herrmann stuzte: der Mann hatte ihm seine Empfindung aus dem Herze gestohlen. Nicht weniger, als er wünschte, Ulriken wiederzufinden, fürchtete er, sie verführt, ungetreu, auf immer seines Hasses werth wiederzufinden.

»Entfernt von ihren Augen, will ich sie

»Vergessen und dann sterben!

»Ja, wer es könte!« dachte Herrmann.

»Wie? soll ich stets in Qualen seufzen,

»Die sie nicht kennt? stets Thränen weinen,

»Die sie nicht fließen sieht?

Die Verse wurden so ganz mit seiner Empfindung gesprochen, daß er sich nicht von ihnen losreißen und kein Wort mehr von dem übrigen Monologe hören konte: die ganze folgende Unterredung mit dem Vertrauten war ihm unleidlich, widrig, langweilig; denn sie enthielt kein Wort, das auf seinen Zustand paßte: er gähnte und mochte die langweiligen Schwätzer vor Verdruß nicht einmal ansehn.

»Die Königin erscheint,

rief Antiochus auf dem Theater: es kam auch wirklich eine dicke rothgetünchte Königin im Fischbeinrocke und Goldstoffe, sehr zierlich *en coeur* frisirt, eine Milchstraße von funkelnden Steinen, wie Sternchen, quer über den hochgethürmten Haaren, gravitätisch dahergeschritten: aber Herrmann würdigte die vergoldete Majestät keines Blickes, denn er hörte eben das interessantere Knarren einer sich öfnenden Logenthür und sah eine interessantere Königin im rothen Pelze hereinkommen. Sie brachte ein junges Frauenzimmer von sechs oder sieben Jahren mit sich, dem sie einen bequemen Platz zurechte machte: indem fragte man sich im Amfitheater hinter und vor Herrmanns Sitze: wer ist das? – »Es ist die Guvernante bey der Fräulein Troppau,« antwortete Jemand. Sie hatte während ihrer Beschäftigung mit dem Niedersitzen der Fräulein ihr Gesicht beständig niederwärts gebeugt, und sah itzo erst sich in der Versammlung um. – »Eine hübsche Phisionomie!« sagte hier einer, der sie lorgnirte – »Eine artige Figur!« sprach dort ein Anderer, der durch einen Gucker sah. – »Ah!« versezte ein Dritter und zog jenem ungeduldig den Gucker vom Auge weg »*Pardi!* eine sehr interessante Phisionomie! große schwarze Augen, voller Feuer! ein frisches Teint!« – »*Ah ça!*« fieng ein grauhaarichter rothbackichter Franzose an, der schon lange mit seinen alten Augen unter den silbernen Augenbramen hinaufgeblinzelt hatte, »*donnez!*« und langte nach dem Gucker. *Voulez-vous voir, Monsieur?* fragte der Andre und überreichte langsam das Sehinstrument. »*Diable!*« rief der Alte so laut, daß alle Köpfe nach ihm herumfuhren, »*voilà une jolie petite gueuse! - Voiez!* fieng der begeisterte Alte nach einem Weilchen wieder an und stieß seinen Nachbar. *Quel sourire! elle a un trait de malignité, cette petite coquine*« – und jeden Augenblick wischte er mit begieriger Eilfertigkeit den Gucker an der Manschette ab und schalt das fatale Instrument, daß es den Blick trübte, wiewohl seine Augen trüber seyn mochten als der Gucker. »*Elle me charme!*« rief der Alte ganz außer sich vor Entzücken und zappelte mit den Füßen. – *Voudriez-Vous bien l'avoir?* fragte sein Nachbar lachend. – »*Je Vous dis Monsieur,*« antwortete der Alte, zitternd vor Vergnügen, »*que c'est un excellent morceau.*« – *Permettez!* schnarrte ihm ein junges gepuztes Männchen, das schon lange in allen Taschen nach seinem Fernglase vergeblich gesucht hatte und sich doch schlechterdings die Schande nicht anthun konte, mit bloßen Augen zu sehen, über die Schultern herüber, riß ihm den Gucker aus der Hand und sah hin. *C'est und Allemande?* fragte er: man bejahte es. *Elle passe,* sprach er mit kritischer Kaltblütigkeit und gab den Gucker zurück. – »*Comment!*« rief der Alte und drehte sich ereifert nach ihm um: »was finden Sie an ihr auszusetzen? so eine artige runde Stirn! Ich sage Ihnen, die mediceische Venus hat kein artiger Kinn: und der kleine lächelnde

Mund! diese spirituelle Mine! Ich sage Ihnen, ich kan kein schöner Gesicht mahlen, und wenn Sie mich wie ein Prinz bezahlen. *Les parties et l'Ensemble - je Vous dis, Monsieur, qu' elle est delicieuse.*«

Während dieses Zankes verschlang auch Herrmann die Schönheit, die er betraf, mit den Augen, und um so viel begieriger, weil ihn jeder Blick mehr bestätigte, daß es Ulrike sey. Die Gleichheit war so vollkommen, daß ihr auch nicht ein Zug fehlte: er hatte sie zwar nunmehr über ein Jahr nicht mit ruhiger Aufmerksamkeit gesehn, und das Gesicht mußte seit seiner Abreise aus seiner Vaterstadt einige beträchtliche Veränderungen gelitten haben, wenn sie es seyn sollte. Er hätte dem französischen Mahler, als er ihre Schönheit so lebhaft vertheidigte, mit beiden Fäusten wider den jungen Laffen, der sie nur leidlich fand, beystehen mögen. Sie war ihm tausendmal reizender als sonst: eine Gottheit mußte sie mit neuen Annehmlichkeiten belebt haben: ihr Blick zog das Herz in die Höhe, wie die Sonne den Abendunst. Bey allem Lächeln ihres Mundes schien ihm geheime Betrübniß aus ihrem Gesichte zu sprechen: – »Ganz natürlich!« dachte er, »sie weis nicht, wo ich bin; weis nicht, daß wir nur um einen Blick von einander getrennt sind!« – Izt lenkte sich ihr Auge nach seinem Platze hin: indem erschallte vom Theater

»Meine Thränen, meine Seufzer
»Folgten dir an jeden Ort. –

Ihre Mine wurde wehmüthig, ihre Lippen bewegten sich, als wenn sie die Worte leise zu ihm herabsprächen: nun war in seinen Gedanken nichts gewisser als daß sie ihn schon gesehen und erkannt hatte; und verschiedene ähnliche Zufälle bestätigten ihn völlig in seiner süßen Einbildung.

»So viele Treue
»Verdiente größer Glück

sprach eine vierzigjährige Vertraute auf dem Schauplatze mit keuchendem Tone: so schlecht sie es sagte, so klatschte er ihr doch seinen Beifall zu, weil sie für ihn eine so große Wahrheit gesagt hatte: das Amfitheater hielt es für Spötterey und folgte allgemein seinem Beispiele nach, daß die arme Vertraute, die nur eben aufgetreten war, vor Verwunderung über den so seltnen und izt ganz unerwarteten Beifall den Kopf schüttelte.

BERENICE. Ich will ihn nicht erwarten,
will unerwartet ihn hier finden, und
bey dieser Unterredung alles sagen,
was langverschloßne Zärtlichkeit
zween liebenden, zufriednen Herzen eingiebt –

Seine Einbildung täuschte ihn so gewaltig, daß ihm die Worte nicht vom Theater sondern aus Ulrikens Loge zu schallen schienen: das Orchester hub nach ihnen ein sanftes Andante an, und Ulrike stand auf, und ließ neugierig ihre Blicke im ganzen Hause herumschießen. Aber warum sahe sie nun nicht ihren Herrmann allein an? Er ärgerte sich, daß Ein Blick auf Jemanden außer ihm fiel. Endlich nach langem Herumschauen trafen ihre Augen wirklich auf sein Gesicht: sie sah es starr und ernsthaft an: er lächelte zu ihr hinauf, und die Freude, als sie ihn erkannte, zwang sie unbewußt zu einer so entzückten Bewegung des Kopfs und drückte sich so lebhaft in allen Zügen des Gesichts aus, daß ihre Bewunderer im Amfitheater sich neidisch nach dem Gegenstande umsahen, dem die Freude galt. Mit halbem Zweifel an der Wahrheit des Anblicks erfolgte ein Wink mit den Augen, und dann auf beiden Seiten ein förmlicher Gruß: allein bey aller Zurückhaltung waren sie doch nicht zurückhaltend genug; denn ihrem beiderseitigen vertraulichen Nicken, worinne der ganze Gruß bestand, konte auch ein Halbblinder anmerken, daß es mehr als Höflichkeit ausdrückte. Nach dieser Beobachtung richtete sich nunmehr die Neugierde der Umstehenden auf den glücklichen Menschen, welchem ein so englischer Gruß herabgeworfen wurde: man fragte sich ringsum: Niemand kannte ihn. Der alte Franzose, der sie vorhin so lobpries, drängte sich über zween Plätze weg zu ihm hin, und hielt ihm mit einem sehr höflichen »*Monsieur?*« seine Tabaksdose vor: Herrmann sahe nichts, was tiefer als

Ulrikens Kopf war: der Mahler stieß ihn also an: Herrmann wandte sich hastig und warf ihm die lackirte Büchse aus der Hand, daß sie unter den Bänken bis ans Parket hinabrollte. Der Mann wollte zwar diese Gelegenheit nützen, ein Gespräch einzufädeln, allein die Musik schwieg, und er mußte sich gleichfalls zum Schweigen entschließen.

Nunmehr wurde das Schauspiel eine unaufhörliche Unterredung für die beiden Liebenden: Herrmann war Titus, und Ulrike machte sich zur Berenice: jede Süßigkeit, jeder Ausdruck der Zärtlichkeit, jede Versicherung der Treue, jede Sentenz, die mit ihrem beiderseitigen Zustande übereinstimmte, wurde unmittelbar, wie sie aus dem Munde der Schauspieler heraustönte, in Gedanken von Beiden wiederholt und mit einem Blicke von ihm zu ihr hinauf, oder von ihr zu ihm herab, auf ihren Zustand angewendet.

TITUS. Ach! welcher Liebe soll ich mich entschlagen!

PAULIN. Ja, leider! einer glühend heißen Liebe!

TITUS. O tausendfältig heißer ist sie, Freund,
Als du dir denken kanst. Mir war es Wonne,
Sie jeden Tag zu sehn, zu lieben und ihr zu gefallen.

— — —

TITUS. Ich kenne sie, ich weis, daß nie ihr Herz
Nach einem andern als nach meinem strebte.
Ich liebte sie, gefiel ihr, und seit jenem Tage –
Soll ich ihn traurig oder glücklich nennen? –
Verlebt sie, fremd in Rom und unbekant dem Hofe,
Die Tage, liebt und wünscht kein größres Glück,
Als Eine Stunde mich zu sehen,
Die übrigen mich zu erwarten.

— — —

Ich sehe sie, benezt mit Thränen,
Die meine Hände trocknen sollen!
Was nur die Liebe kennt, um mächtig stark zu fesseln,
Kunstlose Sorge zu gefallen, Schönheit, Tugend, –
O, alles, alles find' ich in ihr! – –

Während dieser geheimen Unterredung schien die ganze Versammlung vor Herrmanns Augen zu schwimmen: Lichter, Kulissen, Menschenköpfe tanzten in schwebender Verwirrung, wie trübe ferne Schatten vor ihm herum: das einzige Bild, das seinen ganzen Horizont füllte, das deutlich und bestimmt durch die Augen bis zur Seele und zum völligen hellen Bewußtseyn gelangte, war Ulrike. Berenice war für ihn das höchste Ideal eines schönen Schauspiels, und Schauspieler und Schauspielerinnen schienen ihm Apoll mit den neun Musen, die in eigner Person herabgestiegen waren, das schönste Stück meisterhaft zu spielen. Seine Nachbarn dachten zwar hierinne ganz anders, und es flogen von allen Seiten lustige Einfälle über die spielenden Personen um ihn herum: allein für ihn war dieser Widerspruch nicht hörbar. Nichts belästigte ihn, als der Mahler, der so gern um Ulrikens willen seine Bekanntschaft machen wollte; denn er sprach nicht blos mit dem Munde, sondern noch mehr mit dem Ellebogen, und beschwerte sich zornig bey seinen Nachbarn über die Unhöflichkeit des Menschen, der ihm nur mit unwilligen Minen oder gar mit einem erzürnten »*laissez-moi*« antwortete. Es lag ihm um so viel mehr daran, seinen Zweck zu erreichen, weil seine Bekannten sich über ihn lustig machten und gleichsam mit Bonmots nach ihm warfen.

Da Ulrike merkte, daß man mit allen Augen, Guckern und Lorgnetten aus dem Amfitheater nach ihr zielte, und daß man nunmehr alle diese Sehwerkzeuge auch im Parket und den Logen nach ihr richtete, befand sie für gut, ihren Stuhl zurückzuschieben und sich so zu setzen, daß sie nur für sehr wenige sichtbar blieb. In dieser Pause gelang es dem Mahler wirklich, den müßigen Herrmann ins Gespräch zu ziehn. – »*Monsieur, connoissez-Vous cette Dame?*« fieng er an. – »Ob ich sie kenne?« fragte Herrmann mit pickirtem Tone. »So gut als mich.« – »*Ah!*« brach der Mahler abermals in ihr Lob aus, »*quels yeux! quel front! quelle bouche! quel joli tour de visage!*«

HERRMANN

So viel Geist in der Mine! So viel Feuer im Auge!

DERFRANZOSE

Quel teint! quel nez!

HERRMANN

Und die feine zarte Haut! so sanft, so annehmlich, wie ihre Seele!

DERFRANZOSE

Quelle gorge! - Je Vous dis, Monsieur, qu'elle est delicieuse - und dabey zog er alle fünf Finger über den Mund weg.

HERRMANN

Sie haben die Hände noch nicht gesehn: so weiß, so fleischicht, von einem so liebevollen Drucke, daß man nicht denkt, hört noch sieht, wenn man von ihnen berührt wird.

»*Diable!*« schrie der Mahler und fieng mit seinem Lobe wieder von vorn an. Für die Nachbarn war es ein wahrhaftes Lustspiel, die beiden Leute so unerschöpflich und inbrünstig um die Wette Einen Gegenstand loben zu hören: einer redte in den andern hinein und wollte ihn übersteigen. Beide zeichneten freilich als Verliebte, aber Herrmann noch am treffendsten. Ulrikens Bildung war in Ansehung der einzelnen Theile nicht schön: ein strenger Beurtheiler würde vielleicht an jedem, für sich betrachtet, etwas zu tadeln gefunden haben: aber in der Zusammensetzung bildeten sie vom Kopf bis zu den Füßen das niedlichste Ganze: in jeder Bewegung war Geist, ihre Mine beständig sprechend, und oft stärker sprechend als ihre Worte, ihr Gesicht ein abwechselndes Gemählde von kleiner muthwilliger Lustigkeit und Gutherzigkeit, und der immer bleibende Grund, aus welchem dieses Gemählde sich zeigte, eine ausgebreitete schuldlose Heiterkeit: ob sie gleich in ihren Bewegungen und Handlungen oft bis zur Unbesonnenheit rasch war, so wurde doch selbst diese Raschheit von einer gewissen Anmuth begleitet, von Sanftheit so gemildert, daß Jemand von ihr sagte, sie habe zwo Seelen, eine männliche und eine weibliche. Ihr Wuchs und der feine Gliederbau war vielleicht die einzige körperliche Schönheit, die sie auszeichnete: von der äußersten Fußzehe bis zum Wirbel schwebte Anstand und Reiz, wie ein Paar Liebesgötter mit ausgebreiteten Fittigen, um sie her. Ihr erster Anblick überwältigte: man mußte schlechterdings mit solcher Ergießung loben, wie der alte Franzose; und fand man gleich in der Folge weniger Schönheit an ihr, so hielt doch ihre Naifetät und ungekünstelte Munterkeit dem ersten heftigen Eindrucke so sehr die Wage, daß man seine Verminderung nicht sonderlich wahrnahm oder wahrnehmen wollte.

So richtig zeichnete freilich weder der Franzose noch Herrmann, ob sie gleich den ganzen fünften Akt über dem Gemählde ihrer Göttin verplauderten: der Mahler erbot sich, sie zu mahlen, lud Herrmannen zum Abendessen zu sich ein und versprach, ihn *en buste et en demi-figure gratis* zu mahlen, wenn er ihm die Ehre verschafte, ihr Porträt zu machen. Herrmann schlug nicht ab und sagte nicht zu; denn eben, als sie auf diesen Handel kamen, machten die Schauspieler ihre Verbeugung und der Vorhang rollte herab: ohne die Ankündigung abzuwarten, drängte sich Herrmann ungestüm durch die Bank, der Franzose hinter ihm drein: da standen sie beide an der äußersten Thür und lauerten! Es kamen rothgemahlte und weißgetünchte Damen und gelbe hustende Herren in Pelze gewickelt, Laufer schwangen die Fackeln, Bediente kreischten mit rauhen Hälsen den schlummernden Kutschern zu, die wartenden Herren klagten über Kälte und ihre Damen über Nässe, Kutschen rollten dahin, rollten daher; geblendete Fußgänger krochen an den Wänden hin, den trampelnden Rossen zu entgehn; Andre schrien, erschrocken, daß sie an Pferdeköpfe rennten; hier lauschte ein frierender Liebhaber auf seine verzögernde Schöne, dort ein brummender Ehemann auf die plauderhafte Gattin; hier wurde mit leisem Gezischel eine Nacht bedungen, dort um bessern Kredits willen eine bezahlt; ein gähnender Kopf klagte da über die Langweiligkeit des Stücks und beschwerte sich, daß er nur zweimal im ganzen Trauerspiele gelacht habe; hinter ihm lobte eine empfindsame seufzende Schöne das Rührende des Schauspiels, sie war gerührt worden, ach! gerührt, daß ihr noch die Thränen über die Wangen flossen; vor ihr drängte sich eine rauschende Französin am Arme ihres Anbeters vorüber – »*Ah!*« schrie sie, »*cette piece m'a dechiré le coeur*« und brach in ein lautschallendes Gelächter aus, weil sie ihr zweiter Anbeter von hinten galant in die Seite knipp: ein teutscher Kritikus lachte des matten französischen Ausdrucks, der drey Einheiten und des tragischen Kreischens, und ein französischer bewies ihm mit hitziger Demonstration aus dem Batteux, daß die Franzosen die besten Trauerspieldichter auf der Erde sind: schöne Eheweiber, die von dem händeküssenden und scharrfüßelnden Haufen ihrer Liebhaber Abschied nahmen, während daß der Mann grunzend in der Kutsche auf sie harrte; schnatternde Franzosen und schweigende Teutsche – ein verwirrter Haufen in mannichfarbiger Mischung quoll aus allen Thüren hervor: das Gedränge wurde schon dünne: noch war Ulrike nicht da. Der Mahler guckte jeden Augenblick mit langem Halse nach ihr, und Herrmann fürchtete schon zitternd, daß er sie übersehn habe. – »*Ah! voilà notre Princesse!*« schrie der Mahler. Sie kam, aber o ihr guten Götter! – von einem Offiziere geführt: Herrmann wurde todtblaß vor Schrecken. Sie sprach sehr munter mit ihrem Führer, ohne sich umzusehn: der Offizier nahm mit einem Händekuß Abschied, und sie schwang sich federleicht in den Wagen hinein. Nun hatte der arme übersehene Herrmann nichts geringers zur Absicht, als dem Wagen aus allen Kräften nachzulaufen, um ihre Wohnung zu erfahren: er sprang also die Treppe hinunter, der Mahler ihm nach. »*Ecoutez, Monsieur!*« rief er und ergriff ihn bey dem Rocke: der brennende Verliebte riß sich los, daß alle Nähte des Kleides prasselten, und nun in Einem Galope hinter dem geliebten Wagen drein! Von Neid und Besorgniß über den Offizier gequält, von der Fackel des aufstehenden Bedienten mit einem glühenden Pechregen überspritzt, keuchend und stolpernd setzte er den langen Lauf standhaft fort, durch Pfützen, Koth und Schlammhaufen, daß beständig ein feiner Hagelregen von Unflath auf sein Gesicht und Kleidung herabstürzte: der Weg gieng durch die Königsstraße über die Brücke hinweg und noch durch einige Straßen der Vorstadt. Der Wagen hielt: Ulrike eilte mit ihrer jungen Begleiterin lachend und schäkernd die breite Treppe hinan.

Sich in so höchstbeschmuzter Gestalt in ein so schönes Haus zu wagen, dazu gehörte viel: aber seinem Wunsche so nahe, sich über so mannichfaltige Unruhen und Besorgnisse kein Licht zu verschaffen und ganz unverrichteter Sache wieder abzuwandern, dazu gehörte noch mehr: er entschloß sich kurz und wagte sich die Treppe hinan. Bediente liefen geschäftig mit dem Abendessen, mit Tellern und Lichtern auf dem Vorsaale hin und wieder: er erkundigte sich bey einem nach der Guvernante der Fräulein. »Die Mamsell Herrmann?« fragte der Bediente: »eine Treppe höher, über den Flur weg, rechts, am Ende die große Thür hinein, über den Saal linker Hand die dritte Thür!« – plappernd sprach er dies und gieng seinen Weg.

Himmel! das war eine Tagreise! Er wiederholte sich die angezeigte Marschrute und wandelte die Treppe hinan, den ganzen langen Flur durch – izt hörte er Ulrikens Stimme, die große Thür öfnete sich, sie kam heraus, ihr Fräulein an der Hand, schäkernd und lachend: sie erblickte Herrmanns beschmuzte Figur, dicht an die Wand gedrückt, sah halbschüchtern, mit gerecktem Halse, stillstehend nach ihm, erkannte ihn und erschrak, daß sie aus aller Fassung gerieth. Die junge Fräulein bestürmte sie mit einer kindischen Frage nach der andern, wer es sey, und drückte sich furchtsam mit dem Kopf an Ulrikens Seite: es antwortete ihr Niemand. Endlich brach Herrmann das minutenlange Stillschweigen und berichtete, daß er die Ehre habe, der Mamsell Herrmann einen Brief zu überbringen. – »Gleich, Herr Vetter!« rief Ulrike: dort flog sie hin.

Herrmann freute sich seiner verliebten List und der glücklichen Gemüthsfassung, womit er sie ausführte: er mußte lange warten. Izt schwebte seine Göttin in dem seidnen schlanken Anzuge, leicht, wie auf den Fittigen der Luft, durch den dämmernden Korridor daher: ihr glühendes Gesicht leuchtete von fern, wie der aufgehende Mond hinter röthlichen Abendwolken. Vom Laufen erschöpft, bat sie ihn, ihr zu folgen. So cerimoniös, wie einen Fremden, führte sie ihn in ihre Stube; und nun – weg waren alle Komplimente! Sie warf sich ihm um den Hals, er ihr; ihr Gesicht lag auf seiner Schulter, das seinige an der ihrigen: – »willkommen, Herzensheinrich!« schluchzte sie in sein Kleid hinein: »tausendmal willkommen, Herzensulrike!« antwortete er mit der nämlichen Dumpfheit der Stimme. –

Ulrike riß sich los. »O daß ich dich habe!« rief sie. »Daß ich dich hier habe, hier, wo uns Niemand kennt, Niemand hindern kan!«

HERRMANN

Wohl mir, wohl, wie im Himmel, daß ich dich habe! – Aber wehe uns, wenn wir uns nicht behalten dürfen!

ULRIKE

Ich bitte dich, Heinrich, mache mich nicht wehmüthig! Wozu denn nun itzo das Flennen? Ich war so lustig, ich hätte mögen über Tisch und Stühle wegspringen: da schlägst du mir gleich meine Wonne mit deinem schwermüthigen »wehe!« danieder. Ich glaube, die Freude macht dir den Kopf wirblicht. Besinne dich doch! Ich bin ja da: was willst du denn weiter?

HERRMANN

Glücks genug! so wahr ich lebe, Glücks genug! Aber du weißt nicht, was ich fürchte! doppelt fürchte!

ULRIKE

Was hast du denn so fürchterliches zu fürchten? Und gar doppelt? – Also zum ersten?

HERRMANN

Man sucht dich: Onkel und Tante wissen, daß du hier bist: sie versprechen demjenigen, der dich findet, zehn Dukaten –

ULRIKE

So wohlfeil bin ich ihnen?

HERRMANN

Noch mehr! Jemand, dem nach diesem Preise lüstet, giebt entehrender Weise vor, daß er dich in einem schändlichen Hause gesehn habe, und verspricht, dich zu liefern –

ULRIKE

Der Bösewicht!

HERRMANN

Er schwört, daß diejenige, die er genau kennen will, deinem Porträte, das der Onkel an einen Kaufmann geschickt hat, damit er dich nach ihm finden soll – daß jene Person deinem Porträt auf ein Haar ähnlich sieht; und sobald sie in seiner Gewalt ist, wird sie fortgeschickt.

ULRIKE

Laß sie schicken! laß sie schicken! Ich wollte, daß sie mir, wie aus den Augen geschnitten, gliche.

HERRMANN

Aber bedenke, Ulrike, welchem Rufe dich diese falsche Nachricht aussetzt! wie der Graf zürnen wird, wenn er sich so schändlich hintergangen sieht!

ULRIKE

Lieber Heinrich, das sind zwey Sachen, an die wir wahrhaftig nicht denken müssen, wenn wir Lust haben, uns zu freuen. Ein Mädchen, das ihrer Tante heimlich entlaufen ist. muß mit dem Rufe vorlieb nehmen, der ihr zu Theil wird: wenn sie sich nicht damit trösten kan, daß sie keinen bösen verdient, so muß sie zu Hause bleiben, in ein Stift gehen oder einen

Stock heirathen, wie ihn der liebe Gott beschert. – O Heinrich! mannichmal mitten in meiner Lustigkeit sticht michs, wie ein Dorn, am Herze, wenn mir der Gedanke durch den Kopf fährt, daß ich von allem dem Kummer und Herzeleid und Zank und Lärm die Urheberin bin: aber der Schritt ist einmal geschehn: ja, Heinrich, so sehr ich dich liebe, sollt' ich ihn noch thun, ich bedächte mich. Ein entlaufnes Mädchen und ein lüderliches werden gar leicht mit einander verwechselt; – und dann! so schüchtern, wie ein gescheuchtes Reh, herumzuirren, immer fürchten, daß man gehascht wird, zwischen Schimpf und Mishandlung eingesperrt – Gott weis es, ein trauriges Leben! – O Heinrich! Heinrich! weinen sollten wir, nicht lachen: ich schien mir nur glücklich, weil ich nicht an unser Unglück dachte.

HERRMANN

Du schienst dirs nur? Du bists! Aber ich – ich werd' es nie.

ULRIKE

Warum nicht? – Leidest du Noth? Heinrich, sprich! Du Verzagter, so härme dich doch nicht! Ich habe Geld, Geld in Menge, Geld, ich weis nicht wohin damit! ich will dich kleiden, will deine Taschen füllen, will herzlich gern Pelz und alle Kleider verkaufen, wenn dirs nicht genug ist: sprich! und der Jude soll gleich da seyn: nur ängstige mich nicht und sage, daß du unglücklich bist!

HERRMANN

Ulrike, ich bin glücklich bey dir, mit dir, durch dich: aber in meinem Herze faßt auch dies Glück keine Wurzel. Nimm ihm so viele Leidenschaften, die es oft zusammenpressen, daß mir der Athem vergeht, die Begierde, die mich immer vorwärts zieht, die mich an die Zukunft fesselt und die Gegenwart nicht fühlen läßt! dann erst machst du mich fähig, glücklich zu seyn.

ULRIKE

Sage mir nur, woher dir die unselige Laune kömmt! Du warst sonst so munter: ich wette, du bist bey dem Doktor Nimmersatt – oder wie dein Doktor in Dresden hieß – so ängstlich geworden. Was bekümmert dich die Zukunft? Wir können ja kaum mit der Gegenwart zurechte kommen. Mache nicht, daß ich auch zum Murrkater werde! hernach ists gar mit uns aus. Wir haben so nicht viel Freude zuzusetzen.

HERRMANN

Aber sage mir nur, Ulrike, wo ich die Freude hernehmen soll! Ein elender Kaufmannsbursch, vom Morgen bis zum Abend dem Befehle und Zwange unterworfen, zu widrigen langweiligen schlechten Verrichtungen genöthigt, der es kaum wagen kan, dich zu lieben, sobald er bedenkt, was er ist – ein Unglücklicher, dem nichts auf der Welt gelingt, ohne Beruf, ohne Stand, ohne Ehre, ein Verachteter, Herabgesetzter, ein Irrläufer, der seine Bestimmung sucht und sie nie finden kan – solch ein Kind des Unglücks soll sich freuen? Wie kan das Roß springen, wenn es im Karren ziehen muß?

ULRIKE

Warte, armer Heinrich! warte, ich will dich ausspannen. Sage deinem Kaufmann noch heute, daß du nicht länger sein Junge seyn willst! Ich habe jährlich zweyhundert Thaler, alle Bedürfnisse frey und bekomme Geschenke über Geschenke: die zweyhundert Thaler sind dein, ganz dein: miethe dir eine Wohnung, lebe für dich! Freunde und Patrone will ich durch unser Haus schon für dich finden; und dann ist uns beiden geholfen: was wollen wir weiter? – Du armer lieber Kaufmannsjunge! wie bist du denn in das Leben gerathen, da du keinen Gefallen daran findest? Warum bist du so mistrauisch gewesen und nicht gleich, wie du giengst und stundst, nach Berlin gekommen, als ich dir schrieb?

HERRMANN

Als du mir schriebst? – Nicht Eine Zeile von deiner Hand hab' ich empfangen.

ULRIKE

So ist doch wahrhaftig dein Doktor des Hängens werth. Vierzehn Tage nach meiner Ankunft in Berlin hab' ich dir mit dieser meiner rechten Hand geschrieben, daß du nach Berlin kommen sollst, und dir ein Haus angezeigt, wo wir uns finden wollten. Gut, daß ich damals meine itzige Station noch nicht hatte! Den Brief hat der unselige Doktor aufgefangen und der Oberstin zugeschickt –

HERRMANN

Zuverläßig! denn Schwinger berichtete mir, daß die Oberstin deinen Aufenthalt ausgekundschaftet habe –

ULRIKE

Und Tante Sapperment hat den aufgefangnen Brief an die Tante Gräfin geschickt –

HERRMANN

Und der Oberstin Brief ist in die Hände des Grafen gerathen, das schrieb mir Schwinger –

ULRIKE

Und nun hat der Graf mein Porträtchen hergeschickt, um mich aufsuchen zu lassen –

HERRMANN

Und nun hat sich Jemand gefunden, der dem Porträt änlich sieht –

ULRIKE

Und diesen Jemand wird man statt meiner dem Grafen schicken. – Das ist die ganze Geschichte Wort für Wort, als wenn ich ihr zugesehn hätte.

HERRMANN

Gewiß, das ist sie! – O der Freude, daß uns das Glück so wohl will!

ULRIKE

Ueberglücklich sind wir! – Bedenke nur, was das für eine Lust seyn muß, wenn sie denken, sie haben Ulriken im Garne und – pah! da kömmt ein Jüngferchen heraus, das so wenig ihre Ulrike ist, wie der Karpfen, den wir heute gegessen haben.

HERRMANN

O welche köstliche Scene! Ich muß lachen, wenn gleich der Kopf darauf stünde. –

Sie lachten auch beide so herzhaft und priesen den glücklichen Zufall mit so vieler Frölichkeit, daß sie den Bedienten nicht kommen hörten, als er mit dem Tischzeuge anlangte, um zu decken. So bald sie ihn gewahr wurden, nahmen sie wieder die Mine des Zwangs und der Fremdheit an.

ULRIKE

Herr Vetter, Sie werden mir die Ehre erzeigen und heute bey mir speisen.

HERRMANN

Wenn Sie erlauben, Mamsell, werde ich die Ehre haben, Ihnen Gesellschaft zu leisten –

Man schwieg: der Bediente deckte, gieng: und nun laute Freude und inniges Gelächter über die komplimentarische Betrügerey!

ULRIKE

Ich habe dir deinen Namen den ganzen Weg über gestohlen: um des Diebstahls willen verklagst du mich wohl nicht? – Ich kriege ja doch den Namen einmal: was schadets, ein paar Jahre früher, als er mir von Gott und Rechts wegen zukömmt?

HERRMANN

Ich möchte, daß er dir schon itz vor aller Welt zukäme! – Aber warum ein paar Jahre früher? Nunmehr können wir die Entfernung unsers Glücks nur nach Wochen berechnen.

ULRIKE

Du hast Recht, Heinrich. Was das für eine alberne Rechnung war, die ich machte! Du hast Recht: was will uns denn nun hindern? – Der Graf kriegt ehester Tage eine Ulrike: wenns auch gleich nicht die rechte ist, was liegt denn daran? Er mag sie dafür behalten und ihr alle seine Gnade und seinen Zwang schenken. – Nun sind wir ja alle befriedigt: er hat eine Ulrike, und ich meinen Heinrich. – O du allerliebster Kaufmannsjunge! wir sind glücklich, wie die Engel!

HERRMANN

Glücklich, daß mein Herz vor Wonne schmelzen möchte! –

Der Bediente unterbrach abermals ihre Freude: er brachte die Suppe.

ULRIKE

Wollen der Herr Vetter die Gewogenheit haben, Platz zu nehmen?

HERRMANN

Ich werde das Vergnügen haben, Ihnen gegenüber zu sitzen. –

In diesem Tone mußten sie sich während der Suppe erhalten, weil sie der Bediente nicht verließ. Das war eine drückende Last: Ulrike machte ihm also weiß, daß seine Gegenwart anderswo nöthig wäre, und daß er deswegen das ganze übrige Essen zugleich aufsetzen sollte: das alte faule Geschöpf ließ sich so etwas mit Freuden überreden und folgte ihrem Rathe. Nun sahen sie sich sicher und frey: aber ihre Herzen waren zu überströmend voll, daß sie noch lange schwiegen und viel zu reden glaubten, weil sie innerlich mit sich selbst sprachen. Bey Ulriken löste sich zuerst die Zunge.

»Es ist mir schon lange eingefallen,« fieng sie an, »ob mich nicht die Frau verrathen haben möchte, die mich von Leipzig nach Dessau brachte. Vergeblich hab' ich zwey Tage in Leipzig auf dich gewartet: hast du mein Billet vor meiner Abreise von Dresden nicht empfangen?«

HERRMANN

Empfangen, aber unglücklicher Weise durchaus verwischt! Nachgeflogen wär' ich dir; aber das fatale Blatt sagte mir alles, nur den Ort nicht, wohin ich sollte. – Wie kontest du so ein Wagestück unternehmen?

ULRIKE

Es hat mich Ueberwindung genug gekostet. Man schrieb mir, meine Mutter wäre schon unterwegs, um mich ins Stift abzuholen: einen so nahen Besuch kont' ich unmöglich abwarten: ich ersah mir die Gelegenheit und wischte fort. Ich hatte mir schon lange vorher vorgenommen, wenn die Saiten zu hoch gespannt würden, nach Berlin zu gehn und mich als Kammermädchen zu vermiethen. Tante Sapperment hat eine alte Landkarte von Obersachsen, auf Leinwand geklebt und noch vom seligen Herrn Gemahle angekauft: izt wird sie zuweilen statt des Strohtellers unter die Schüsseln gelegt: aus dem alten berußten Blatte suchte ich mir den Weg nach Berlin zusammen. Eine Kappe über den Kopf, ein Reisebündelchen am Arme, in Salope und Neglische wanderte ich zum Thore hinaus: meine Tante war zum Soupe gebeten, Hans Pump ausgegangen, die Köchin in ihrer Kammer: es gieng mir alles nach Wunsche. In der Vorstadt treffe ich einen Bauerwagen, der vor einem Wirthshause hält. – »Willst du denn noch so spät nach Hause, Gürge?« fragte ein Mensch, der vermuthlich der Hausknecht oder gar der Wirth seyn mochte und trank dem Bauer einen Krug zu. – Ja, antwortete Gürge, es ist aber heint verzweifelt dunkel. – »Narr! du wirst dich doch wohl nicht fürchten?« fieng Jener wieder an. »Bis Wilsdruf ists ja nicht aus der Welt.« – Die Nachricht war mir gar sehr gelegen: da der Wirth gute Nacht gesagt hatte, gieng ich leise zu dem Bauer hin und bot ihm einen guten Abend. – »Gürge, willst du mich mit nach Wilsdruf nehmen? Ich gebe dir einen Gulden.« – Gürge lachte und wunderte sich, daß ich ihn so genau kannte. – »Wer ist Sie denn?« fragte er. – Eine Pfarrstochter aus Meißen: ich will eine gute Freundin besuchen. – »Ist Sie denn schwer?« fragte der drollichte Schäker und hub mich in die Höhe. »Ach daß mich das Schäfchen bisse! Das ist ja eine Feder: Sie wird mir die Pferde nicht lahm machen:« – und mit diesen Worten warf er mich so leicht, wie ein Bündel Stroh, in den Wagen hinein, machte mir einen Sitz, und gute Nacht Dresden! Mir klopfte mein Herz, daß ich dachte, die Schnürbrust würd' es nicht halten können. Im Thore rafte ich mich, so gut es sich thun ließ, zusammen, zog die Kappe tief über das Gesicht, daß man nicht viel sehen konte, ob man mir gleich ins Gesicht leuchtete: ich antwortete richtig auf alle Fragen und kam mit meiner Erdichtung durch. Heinrich, wie froh ward ich, da wir außer dem Schlage waren! Die Furcht saß zwar hinter und vor mir und auf allen Seiten, und mein armes Herz pochte wie eine Uhr. Jeden Augenblick dachte ich: izt wird man mich zu Hause vermissen! izt wird man mir nachschicken! Das Beste war, daß die Oberstin den Abend vor zwölf Uhr nicht nach Hause kam und mich vermuthlich im Bette glaubte: demungeachtet war mir nicht wohl dabey zu Muthe. Ich ermahnte und bat den Bauer inständigst, hurtig zu fahren: allein er meinte, wir hätten ja nichts zu versäumen, zündete sich ein Pfeifchen an und kam zu mir in den Wagen. Wie ward mir nun vollends bange! die Stricke, woran er die Pferde lenkte, band er sich an den Fuß und beliebte sich und mir die Zeit mit einer galanten Schäkerey zu vertreiben: er schlang seine plumpen Arme um meinen Leib –

»Der Bauerkerl!« unterbrach sie Herrmann erhizt.

ULRIKE

Ja, ja, lieber Heinrich! der Bauerkerl! wenn du eifersüchtig werden willst, warte nur! es wird bessere Gelegenheit dazu kommen. Sieh, du Eifersüchtiger! so schlang er die plumpen Arme um mich, wie ich dich izt umfasse. – »Ha, ha, ha,« fieng er lachend an, »daß dich alle Rothkehlchen! Sie ist ja so dünne wie mein kleiner Finger. Sie nehm' ich in die Hand und trag Sie bis nach Leipzig und Merseburg. Wie könt' ich denn nun so dünne seyn? es ist ja gar nichts an Ihr.« – Als er vollends meine Hand ergriff, brach er in lautes Lachen aus und wälzte sich vor spottender Verwunderung. – »Ach, daß du mir nicht aus der Haut hüpfst! rief er. Das Patschchen wäre mir, mein Seel! kaum ein Bissen zum Morgenbrodte. Daß dich alle Nachtmützen! was das für Fingerchen sind! Es ist, hol mich der Six! als wenn einem vier Regenwürmer in der Pfote lägen.« – Daß er nichts an mir nach seinem Geschmacke fand, war mir sehr angenehm: aber zum Unglücke zog er bey dem heftigen Ausdrucke seines Erstaunens den Strick mit dem Fuße bald hierhin, bald dorthin, und die Pferde wurden wider seinen Willen eine Anhöhe hinaufgelenkt, daß sich der Wagen schon zu legen anfieng: ich schrie, und der Tölpel lachte aus allen Kräften. Endlich verstummte sein Spaß: er legte sich, so lang er war, neben mir hin und schnarchte, daß die Todten hätten erwachen mögen. Bey mir war an keinen Schlaf zu denken: immer stellte sich mir meine Entlaufung als etwas schimpfliches, etwas strafbares vor, immer däuchte mir, als ob mich jemand vom Wagen risse: meine Angst drängte mich so gewaltig, daß ich mehr als einmal herabspringen und zu Fuße nach Dresden zurückgehn wollte. Die Dunkelheit, die Gefahr des Umwerfens – denn der Wagen hieng bald auf diese, bald auf jene Seite – meine innerliche Beklemmung! – O Heinrich! das war eine schreckliche Nacht! Dunkle und lichte Wolken hiengen über mir, wie große Riesen mit flammenden Schwertern, die auf mich herabzustürzen und mich für meine Unbesonnenheit zu strafen drohten. Gegen Mitternacht fieng der Wind an zu pfeifen und zu brausen und die großen dicken Wolken liefen, wie große ungeheure Elefanten und Löwen und Trampelthiere über den Mond weg: bald sah die ganze Gegend im schnellabwechselnden Mondscheine, wie ein Kirchhof aus, voller Gräber und weißer Leichensteine: bald bildete ich mir ein, daß die Pferde in einen großen Teich hineinstolperten: ich schrie und weckte meinen Gürgen auf, der mich schnarchend versicherte, es wäre weißer Sand. Etlichemal erschrak ich bis zur Todesangst: ein schwarzer langer Mann lehnte am Wege dort: die Pferde giengen gerade auf ihn los; ich wollte sie immer weglenken. Das ist ein Räuber, ein Mörder! dachte ich: die faulen Pferde giengen sogar langsamer, da wir ihm nahe kamen, als wenn sies mit ihm abgeredt hätten, damit er mich desto besser auf den Kopf schlagen könte. Der Wagen war noch einige Schritte von ihm, so schoß plözlich eine schwarze Figur dicht an mir vorbey über den Wagen weg: ich bebte und konte nicht schreyen, als wenn mich der Mörder schon bey der Kehle gepackt hätte. Nach einigen ähnlichen Auftritten kam ich dahinter, daß meine Mörder Bäume, und die schwarzen Figuren, die über den Wagen dahinliefen, Schatten von Wolken waren, die der Wind über den Mond jagte. Oft schien die ganze Gegend ringsherum von Menschen zu wimmeln: sie hüpften, sie sprangen, sie tanzten, manche schwarz, manche weiß: die weißen fletschten die Zähne, und zulezt wurden es in meinen Augen leibhafte Todtengerippe: ich hörte die Knochen klappern, wenn sie im Tanze an einander stiessen: sie kamen immer näher, immer näher: Die Zähne klapperten mir vor Furcht, wie den Todten die Knochen; und dabey fuhren die langen Schatten immer unter ihnen durch, wie schwarze Teufel, die sie wegführten. Deine, des Onkels, der Tante Stimme hab ich unaufhörlich im Winde gehört: Tante Sapperment fluchte, und du riefst mir nach: »Warte, warte, Ulrike!« ich hörte dich keuchen, dich auf den Wagen springen: ich erwachte und erkannte meine Vorstellungen für Traum oder Wind.

Ein neues Unglück! Mein Bauer wachte auf und versicherte, als er sich umsah, daß seine Pferde den Weg verfehlt hätten: er gieng einen Fleck voraus, um gewissere Nachricht einzuziehn, und brachte keine bessere zurück, als daß wir auf einem falschen Wege wären. Dafür wurden dann die armen Thiere treflich ausgescholten, aber nicht bestraft: es war nichts zu thun, als gerade bis zu einem Dorfe fortzufahren. Es geschah: wir langten nach einer beschwerlichen Fahrt über Stock und Stein in einem Dorfe an, und erfuhren vom Nachtwächter, daß unser Umweg nicht weniger als zwo Stunden betrug. Mein Gürge lachte von Herzen über den Eselsstreich, wie er es selbst nannte, und betheuerte seinen Gaulen, daß sies nicht tümmer hätten machen können, wenn sie gleich Esel wären. Demungeachtet bekamen sie ein kleines Futter, und erst am Morgen trafen wir in dem Städtchen ein: hier erfuhr ich, daß mein Gürge der Knecht eines dortigen Bürgers war; denn er bat sich meinen Gulden aus und brachte mich zu Fuß in ein Wirthshaus, damit es sein Herr nicht gewahr würde, daß er sich nebenher mit seinen Pferden etwas verdient habe. – »Hol mich der Six! er zieht mirs am Lohne ab« – sprach er und empfahl mich der Wirthin zu guter Pflege.

Sonst hielt ichs immer für eine leichte Kunst, in die Welt hineinzulaufen: aber wie schwer fand ich sie izt! Die Wirthin meinte es außerordentlich gut mit mir und bereitete mir das köstlichste Frühstück, das sie aufbringen konte: aber, aber! jeder Tropfen wurde mir Galle, jeder Bissen ekelhaft: alles Geschirr war reinlich, aber wars nicht genug für mich. Ich hatte mich auf dem ofnen Wagen die Nacht hindurch erkältet, war wie zerschlagen am ganzen Leibe, spürte Mattigkeit und Hitze in mir und bat mir deswegen ein Bette aus, auf welches ich mich warf, ohne Frühstück noch Nachsetzung zu achten. Die gute Frau sah mich immer bedenklich an und that Ausruf über Ausruf wegen meiner Blässe. Schlaflosigkeit, Wind, Herumschütteln des Wagens und Erkältung hatten mich wirklich so bleich gemacht, daß ich vor mir selbst erschrak, als ich in den Spiegel sah. »Was soll das werden?« dachte ich. »Erst eine Nacht, und schon so mitgenommen! Aber was hilfts? Soll der Vogel von selbst wieder in den Käfig fliegen, wenn er einmal heraus ist? – Nein! ich muß nach Berlin, oder unterwegs umkommen.« – Ich war an der Stubenthür einen Postbericht gewahr worden, und las darinne, daß eine Post nach Leipzig den nämlichen Tag von Dresden abgieng: ich erkundigte mich näher bey der Wirthin darnach. – »Ja, meine Scharmante,« sprach sie, »diesen Nachmittag kömmt sie hier an;« – und zu gleicher Zeit erbot sie sich, alles für mich zu besorgen.

Ich hatte nicht lange auf dem Bette zugebracht, als die Frau zu mir leise herankam und mich fragte, ob ich schlief. Sie that allerhand seltsame Fragen an mich, die ich äußerst kurz oder gar nicht beantwortete, sie fühlte mir an den Puls, an die Backen, an das Herz, an die Füße, und schüttelte jedesmal mit dem Kopfe, und jedes Kopfschütteln wurde mit einem tiefgeseufzten »Ey! ey!« begleitet. Der Ton und die Fragen verdrossen mich, und ich erkundigte mich, was sie hätte. – »Ach, meine Scharmante!« fieng sie an, »ich habe ein Anliegen: Sie werden mir meine Vorwitzigkeit zu gute halten: ich habe ein Anliegen.« – Was denn? – »Sie sind von Dresden?« – Ich wußte nicht, ob ich Ja oder Nein antworten sollte. Ich komme daher, sprach ich. – »Legen Sie mir doch meine Vorwitzigkeit ja nicht übel aus, meine Scharmante! Sie sehn mir sehr blaß aus, überaus blaß.« – Darf man denn nicht blaß aussehn, wenn man von Dresden kömmt? fragte ich etwas empfindlich. – »Ey! ey! Ja! ja!« – Das war die ganze Antwort. Ich versicherte sie, daß sie mich böse machen würde, wenn sie ihr Anliegen nicht gerade heraussagte. – »Um Gottes und aller Welt willen nicht, meine Scharmante!« rief sie: »böse müssen Sie nicht werden: das könte Ihnen gar leicht Schaden thun. Haben Sie denn etwa, da Sie von Dresden kommen – aber Sie müssen meine Vorwitzigkeit ja nicht übel deuten – haben Sie denn etwa dort so etwas aufgeladen?« – Was meint Sie damit? – »Sie sind doch noch Jungfer, daß ich Ihnen nicht etwa Unrecht thue: oder haben Sie schon einen Mann?« – Nein! antwortete ich, ohne sie recht zu verstehn. Endlich that sie eine so deutliche Frage an mich, die ich schlechterdings verstehen mußte, und die mich so entsezlich aufbrachte, daß ich sie gehn hieß und ihr unwillig den Rücken zukehrte. Die Frage der Frau erlaubte mir nicht, ein Auge zuzuthun, so müde ich war: ich ärgerte und härmte mich über den schrecklichen Verdacht, und stellte mir die Nachreden vor, die ich mir in Dresden zugezogen haben würde, und was für gefährliche Muthmaßungen ich noch in Zukunft erregen könte. Ich weinte vor Schmerz und Kummer, verbarg das Gesicht in dem Kopfküssen vor Scham, ich konte vor Beklemmung kaum athmen: ich fühlte einen wirklichen Fieberschauer. – O Gott! dachte ich, wenn du vor Krankheit hier bleiben müßtest! man fände dich! holte dich zurück und sperrte dich, wie eine Gefangne, auf immer in ein Stift ein! oder zwänge dich, einen Pinsel zum Manne zu nehmen, damit du nicht wieder entlaufen köntest! – Die Vorstellung war mir so fürchterlich, daß ich aufstand und in der Stube auf und nieder gieng und immer davon laufen wollte, als wenn ich meiner Angst dadurch entlaufen könte. –

»Arme Ulrike!« sprach Herrmann voll Mitleid. »Wie gern hätt' ich deine Angst für dich tragen wollen!« –

ULRIKE

> Indem ich so herumirrte, kam die Wirthin mit einer Flasche Brantewein und zwey Gläsern, schenkte ein und reichte mir das Glas. – »Meine Scharmante!« fieng sie an, »Sie waren vorhin auf meine Vorwitzigkeit böse: kommen Sie, wir wollen den Groll zusammen vertrinken.« – Ich wollte nicht, aber ich mußte einen Schluck thun: die Magd brachte Backwerk, und ich entschloß mich zum zweiten Schlucke, weil mir der erste merkliche Dienste gethan hatte. Sie lobte die Güte ihres Tranks und erzählte, wie viel Wunderkuren sie schon damit verrichtet hätte, trank dabey so reichlich, als wenn sie sich von Grund aus kuriren wollte, und kam allmälich auf die Heirathsgeschichte ihres verstorbnen bucklichten Mannes. Sie wurde so aufgeräumt, und ihre Erzählung war so lustig, daß ich meine ganze Angst darüber vergaß: die dicke Frau fieng an zu tanzen vor Aufgeräumtheit und sang sich mit einem klaren pfeifenden Stimmchen dazu: der Anblick war komisch, um in Todesnöthen darüber zu lachen. Ich mußte sie bitten, mich zu verlassen; denn das Lachen und das starke Getränke machten mich so schläfrig, daß ich den Kopf nicht aufrecht halten konte. Ich legte mich und schlief glücklich ein. – Bey Tische aß ich mit einem Appetite, als wenn ich bey dem Onkel zu Tafel wäre: die Frau Wirthin erzählte mir ihre Ehe mit dem bucklichten Manne – lauter drollichtes Zeug! Mir war so wohl, daß ich mich munter und frölich des Nachmittags auf die Post sezte: meine Gesellschaft –

Eben kam ihr Fräulein vom Essen zurück, und man mußte die Erzählung abbrechen und wieder fremd thun. Ueberdies war es schon sehr spät, und Ulrike bat, daß sich der Herr Vetter morgen gegen Abend wieder zu ihr bemühen möchte, um ihre Antwort auf den überbrachten Brief abzuholen. Er empfahl sich sehr höflich und gieng.

ZWEITES KAPITEL

Herrmann erhielt bey seiner Ankunft zu Hause, wohin er erst nach stundenlangem Herumirren den Weg fand, von seinem Kameraden die Nachricht, daß der Diener schon die zehn Dukaten verdient und das Mädchen ins Haus gelockt habe, wo sie heute übernachtet: dabey berichtete er auch den Unwillen des Herrn über sein langes Außenbleiben, und hinterbrachte ihm als eine geheime Entdeckung, daß der Herr willens sey, ihn mit dem Mädchen wieder nach Hause zu schicken.

Den Morgen darauf bestätigten sich alle diese Nachrichten: der Kaufmann ließ ihn zu sich auf die Stube kommen und stellte ihm sehr glimpflich vor, daß er nicht zum Kaufmanne tauge und für ihn insbesondere ganz unbrauchbar sey: er habe sich also schon längst vorgenommen, ihn nach Verlauf der Probezeit wieder von sich zu thun, allein da sich ihm izt eine so bequeme Gelegenheit darbiete, wieder nach Hause zu seinem Freunde Schwinger zu kommen, so solle er sich in Bereitschaft setzen, diesen Nachmittag mit abzufahren. – »Die Anverwandtin des Grafen,« sezte er hinzu, »ist gefunden: ich habe sie niemals gesehn, weil sie schon in Dresden war, als ich mich wegen meiner Geschäfte auf seinem Schlosse aufhielt. Wir sollen sie nicht merken lassen, was mit ihr vorgeht: ich habe ihr also eine Lustreise vorgeschlagen – denn so hat es der Graf ausdrücklich verlangt – sie hat die Partie angenommen: mein Kuffer wird in dem Thore heimlich hinter der Kutsche aufgepackt; und hab' ich sie nur einmal ein Paar Stunden von der Stadt, so soll sie schon reisen müssen, wenn sie nicht im Guten will. Du mußt sie wohl kennen?«

HERRMANN

Ja – nicht sonderlich – so ziemlich.

DERKAUFMANN

Ich will sie dir hernach zeigen: aber daß du dich nicht von ihr blicken läßt! sie möchte sonst Argwohn schöpfen. Sie hat sich mit dem Bordelwirthe veruneinigt und ist schon ein Paar Tage her für sich in der Stadt herumgewandert: sie sieht hübsch aus, aber es ist ein erzlüderliches Thier. Wenn ich wie der Graf wäre, ich ließe sie laufen und dächte gar nicht daran, daß sie meine Verwandtin ist. Man muß aber das dem Grafen verschweigen: schreibe ja nichts an Schwingern davon, und wenn du nach Hause kömmst, thu als wenn du nichts davon wüßtest! – Sie ähnlicht zwar dem Porträt nicht ganz, aber wie sie gelebt hat! es ist ein Wunder, daß sie sich noch so ähnlich sieht. – Es thut mir leid, daß wir nicht beysammen bleiben können: aber es ist vielleicht zu deinem Glücke: halte dich also bereit! –

Herrmann dankte mit den tiefsten Verbeugungen für sein Anerbieten und ersuchte ihn nur um die Erlaubniß, sich noch einen oder etliche Tage im Hause aufzuhalten: er habe schon lange Abneigung gegen Kaufmannsgeschäfte in sich gefühlt und sich deswegen nach einer Schreiberstelle umgethan, die er in einigen Tagen anzutreten, und wodurch er Sekretär in einem angesehenen Hause zu werden hofte. Der Kaufmann fragte nach dem Namen des künftigen Herrn, und Herrmann nennte ihm einen Geheimerath, auf welchen sich jener freilich nicht besinnen konte, weil Herrmann auf der Stelle seinen Namen erfunden hatte. Er mußte noch ein paar Fragen von dahin gehörigem Inhalte beantworten, und er log sich glücklich aus der Verlegenheit heraus.

Eine gelungne Lüge verleitet leicht zur zweiten. – Der Kaufmann rief die vermeinte Ulrike zu sich in die Stube, und Herrmann mußte sie aus dem Kabinete beobachten. Er fand wirklich einige Aehnlichkeit mit Ulriken an ihr, aber nur wer die rechte Ulrike nicht gesehn hatte, konte die falsche mit ihr verwechseln. Der Kaufmann fragte ihn um seine Meinung; und das Glück, die wahre Ulrike zu besitzen, und die Freude, einen Mann zu kränken, der ihn von jeher gehaßt hatte, machte ihn so übermüthig keck, daß er versicherte, sie sey es leibhaftig. Nun war aller Zweifel bey dem Kaufmanne gehoben.

Dreimal, viermal glücklicher Herrmann! Kaum vermochtest du dein Glück zu fassen. Von lästigen Beschäftigungen befreyt, mit den angenehmsten Aussichten auf Fortkommen und Ehre geschmeichelt, am Grafen durch eine einzige Lüge gerächt, und vor allen Dingen – in Ulrikens ungestörtem Besitze! einer Verbindung mit ihr, wenigstens in Gedanken, nahe! ohne Furcht, ohne Besorgniß, entdeckt, verfolgt, getrennt zu werden! in der schönsten glänzendsten Stadt Teutschlands! – Wenn das nicht dem Glück im Schooße sitzen heißt, was soll es denn seyn?

Sein Glück sollte noch höher wachsen: gegen Mittag kam eine Frau und brachte ihm folgenden Brief von Ulriken.

den 27. Jan.

»Freude, Freude, lieber Heinrich! Wir kommen einander immer näher. Ich habe heute mit Madam *Vignali* deinetwegen gesprochen: sie will dir, meinen Fenstern gegenüber, in ihrem Hause ein Zimmer einräumen, dich mit Möbeln, Betten und allen übrigen Bedürfnissen versorgen. So viel thut sie mir zu Gefallen; und wenn sie dich kennt, will sie dich, dir zu Gefallen, bey sich speisen lassen. Sie sagte zwar: »wenn ich ihm, und er mir gefällt« – aber das ist gar keine Frage. Das sagt' ich ihr auch: er muß Ihnen gefallen oder – weiter wollt' ich nichts sagen: aber es verdroß mich, daß sie noch erst daran zweifeln konte. Kurz und gut! lege deinen Kaufmannsjungen ab und bestelle in der Minute den Schneider! Laß dich herausputzen, wie einen Prinz! ich bezahle, und wenn mein Geld nicht zureicht, streckt mir Madam *Vignali* Händevoll vor. Ich freue mich schon, wie ein Kind auf die erste Puppe, wenn meine Herzenspuppe, mein Heinrich, zum erstenmale im Degen, *chapeau bas*, seidnem Futter, gestickten Knöpfen, *en herisson* frisirt, wie ein Adonis, vor mir erscheinen wird. Ob ich dich kennen werde? – Vielleicht nicht mit den Augen, aber mein Herz erkennt dich gewiß: das hüpft dir gleich entgegen, sobald du nur in die Stube trittst: es will itzo schon mit aller Gewalt zur Schnürbrust heraus, und wenn ich das närrische Ding frage, was ihm ist – »er kömmt! er kömmt!« ruft es und will sich ganz vor Freude zerstoßen.

Du mußt mit deinem Putze morgen früh zu Stande seyn; denn morgen Mittag um zwölf Uhr sollst du Madam *Vignali* aufwarten. Sie hat mich schon auf morgen zu Tische gebeten, und ich hoffe, daß sie selbst so gescheidt seyn und dich auch einladen wird. Ich schicke dir mit diesem Briefe hundert Thaler, damit du die nöthigen Unkosten bestreiten kanst; und nun, lieber Heinrich! kaufe, bestelle, laß nähen und arbeiten, und wenn der ganze Schneider mit seinen Gesellen darüber zu Grunde gienge: ich laß ihn begraben, wenn er sich zu Tode näht, und setze ihm auf seinen Leichenstein: »Ein wackrer Schneider! er nähte hurtig und starb, wie ein Held, für die ungeduldige Liebe.« – Kan denn ein Schneider wohl eines edleren Todes sterben?

Vermuthlich möchtest du gern wissen, was diese so oft genannte Madam *Vignali* für ein Geschöpf ist? Ich will dirs sagen, lieber Heinrich, während daß sich Frau Hildebrand, die Ueberbringerin dieses Briefs, die auch ins künftige unsre Botenfrau seyn wird, ihre rothen Finger an meinem Ofen aufthaut. Rund herausgesagt! es ist die Mätresse meines Herrn: er hält ihrer drey, eine Italiänerin, welches die hochbelobte Madam Vignali ist, eine Französin, die Mademoiselle Lairesse heißt, und eine Teutsche, deren eigentlichen Namen ich nicht weis: weil mein Herr die teutschen Namen nicht leiden kan, hat er sie wegen ihrer rosenfarbnen Wangen *Mademoiselle Rosier* genannt, und das ist nunmehr bey Jedermann ihr Name. Jede von diesen drey Schönen wohnt in einem andern Theile der Stadt, und jede ist also eine halbe Stunde von der andern entfernt. Des Abends giebt meistentheils Vignali ein kleines Essen für einen kleinen Zirkel guter Freunde, das der Herr von Troppau das Soupé der drey Nationen nennt, weil die andern Beiden, Lairesse und Rosier, allemal auch dabey sind. Sie leben sehr einig und freundschaftlich unter einander, besuchen sich oft und haben mich alle drey von Herzen lieb: die Hauptrolle aber spielt deine künftige Gönnerin, Madam Vignali, weil sie den meisten Verstand hat. Du wirst sie alle nach der Reihe kennen lernen und dich herrlich bey ihnen befinden; denn sie sind beständig lustig und guter Dinge. Nur Vignali ist ein wenig ernsthaft und will gern wie eine große Dame behandelt seyn. Nimm deine ganze Galanterie zusammen bey ihr; denn davon ist sie Liebhaberin: aber Schelm! wenn du mir nicht bey der Galanterie stehen bleibst! – In ihrer und aller Andern Gegenwart sind wir Cousin und Cousine; denn nun mußt du allmälich anfangen, dein Teutsch zu verlernen und alles französisch zu nennen, auch wenn du teutsch sprichst. Madam Vignali wird französisch mit dir reden, weil sie kein Teutsch kan: allein laß dich das nicht anfechten! ich habe sie schon vorbereitet, daß du in der Sprache noch nicht geübt genug bist. – »Ich will ihn schon unterrichten,« sagte sie. Mit einer solchen Sprachmeisterin bist du doch wohl zufrieden? –

Ja doch! gleich, Frau Hildebrand! Ihre Finger können unmöglich schon aufgethaut seyn. – Die Frau drängt und treibt mich, daß ich vor Uebereilung tausend höchstnöthige Dinge vergessen werde. Laß sie dir einkaufen helfen, sie versteht sich auf die Preise und ist ehrlich.

Ich muß nur schließen; denn sie treibt schon wieder. – O Heinrich! wer hätte sich in Dresden so überirdisch großes, so übermäßiges Glück träumen lassen? Wer hätte sich nur die Hälfte so vieler, so entzückender Freude vorgestellt? – Ich bin auch so trunken, so wirblicht davon, daß ich taumle: ich glaube, ich fantasire gar zuweilen. Die Leute sagen immer, daß die Liebe ernsthaft macht: Lügen! lauter Lügen! Mich macht sie so lustig, daß ich oft für mich ganz allein lachen muß; und ich bin doch verliebt, das weis der Himmel! Ich glaube, daß sich alle Liebe, die es nur auf der Welt giebt, in das kleine Fleckchen hier, in mein Herz, zusammengezogen hat. Ich merke auch gar nicht, daß sich Jemand außer uns liebt: hast du Jemanden gesehn? – Nicht wahr? keine Seele! Die guten Leute können nicht: es ist so kalter Winter in ihren Herzen und Gesichtern, wie auf der Straße; denn die Mädchen haben keinen Heinrich, und die Jünglinge keine Ulrike. Wen ich nur erblicke, der schielt mich an und seufzt in Gedanken: »ach, wer so glücklich wäre, wie die!« – Sie dauern mich recht, die armen Leute!

Die ungestüme Frau Hildebrand! fragt sie nicht schon wieder, ob ich fertig bin? – O sie kan sich heute den ganzen Tag bey mir wärmen, ich bin doch immer noch nicht fertig: aber ich will mir Gewalt anthun, *punctum.* Lebe wohl.

Diesen Abend um fünf Uhr hoft man die Ehre zu haben, den Herrn Cousin bey sich zu sehn. Es warten zwey Dinge auf Dieselben, meine Reisebeschreibung und

Deine Ulrike.

Nach Empfang dieses Briefes wurde kein Augenblick versäumt, die verlangten nöthigen Anstalten zur morgenden Aufwartung zu machen, dem Schneider doppeltes Macherlohn versprochen und alles übrige doppelt so theuer eingekauft, als es weniger eilfertige Leute bezahlt hätten. Es schlug fünfe, und der glückliche Herrmann gieng, stolz auf sein Schicksal, zur wartenden Ulrike.

DRITTES KAPITEL

»Hilf mir lachen, Ulrike!« so trat Herrmann in ihre Stube. »Hilf mir lachen! vor einer Stunde ist dein Porträt und ein Gesicht abgefahren, das ihm wahrhaftig ähnlicher sieht, als ich glaubte, daß dir Ein Gesicht seyn könte. Fort ist sie! Sie hat meinen gewesnen Prinzipal gebeten, ihr heimlich ein Kleid von seiner Frau zu geben: allein er ist es nicht eingegangen, sondern hat ihren ganzen Anzug vom Juden geborgt und für die Bezahlung zu haften versprochen. Welche Lust! wie der Graf stutzen und sprudeln wird, wenn er eine falsche Ulrike beköммt! Der Kaufmann war sehr aufgebracht wider ihn, daß er nicht mit der Bezahlung inne hält: der Graf hat ihm von der versprochnen Summe nicht mehr als tausend Thaler ausgezahlt: deswegen begleitet er seine Ulrike selber, um deinen Onkel zu mahnen und zu verklagen, wenn er nicht Richtigkeit macht.«

Ulrike

Also gehts schon wieder schlimm? – Die arme Tante Gräfin! Wenn *die* nur nicht dabey leiden müßte! das wird einmal ein Thränenvergießen werden! – Ihre Leiden gehn mir ans Herz; aber ich kan sie izt unmöglich bedauern: ich müßte mirs an meiner Freude abbrechen: das Mitleiden glitscht mir itzo nur über die Seel weg; und wie die Betrübniß thut, davon weis ich kein Wort mehr.

Herrmann

Das sollst du auch nicht! nimmermehr wollen wir das wieder erfahren! Seitdem ich dich wieder habe, ist mir Jedermann verächtlich, elend, klein: die Leute auf der Straße, wenn sie vor mir vorübergehn, kommen mir alle wie Zwerge vor: ich rage weit über sie weg. Die nichtswerthen Geschöpfe! denk' ich: wozu leben sie? um in niedrigen gewinnsüchtigen langweiligen Geschäften herumzukriechen, bestimmt des Lebens Last zu tragen und nie eine wahre Freude zu fühlen. Lieben können sie nicht; denn es ist nur Eine Ulrike. – Ich kan gar nicht begreifen, wie Jemand sagen mag: »ich liebe!« wenn er dich nicht lieben darf: alle die bewunderten Schönen – alle sind sie gegen dich wie eine Nachtlampe gegen die Sonne: nicht Eine Ader thut mir nach ihnen weh.

ULRIKE

Bemitleide, beklage sie, die armen Geschöpfe! was kan der Bettler dafür, daß er nicht so glücklich ist als der Reiche? – Ich habe heute allen Leuten ins Gesicht lachen müssen, so komisch verdrießlich und ernsthaft sehn sie mir aus. Wenn ich mich nur einmal satt lachen dürfte! Bey Tische brach es mir heute etlichemal heraus: ich verbarg es mit dem Schnupftuche, aber die Frau von Dirzau ward es doch gewahr: sie fragte, was ich hätte; und zum Glücke besann ich mich auf ein lustiges Histörchen, das mir eingefallen wäre, und das ich ihr erzählte, um nur einmal frey herauslachen zu können.

HERRMANN

Und mich muß die Freude zerstreut, verwirrt, abwesend machen; denn der Kaufmann beschwerte sich über mich, daß ich ihm so verkehrt antwortete und immer nicht wüßte, wo ich wäre. »Du bist ja seit gestern gar zum Klotze geworden,« sagte er mir: allein ich bat sehr inständig, mich mit dergleichen vertraulichen Benennungen zu verschonen, da ich nicht mehr die Ehre hätte, sein Junge zu seyn: – »Wie trotzig!« sagte er und wunderte sich. – »Und das mit Recht!« sprach ich und gieng. Auch deine Botenfrau klagte über mich, daß sie nicht klug in mir werden könte. –

ULRIKE

Bey mir hat sie noch mehr geklagt. Du mistrauischer Schelm! warum traust du ihr denn nicht? – Sie ist eine recht gute Frau.

HERRMANN

Ich traue Niemandem als dir und mir. Ich habe leider! die Erfahrung gemacht, daß man sehr gut scheinen und doch ein Spitzbube seyn kann.

ULRIKE

O du hocherfahrner Heinrich! hat dich während unsrer Trennung die Erfahrung so vorsichtig gemacht? – Du mußt wissen, daß wir dieser Frau unser ganzes Glück zu danken haben. Hab' ich dir nicht gestern schon von ihr erzählt? – Nein! Izt besinne ich mich: ich sezte mich ja erst in meiner Erzählung zu Wilsdruf auf die Post, als wir gestern gestört wurden.

HERRMANN

In was für Gesellschaft reistest du?

ULRIKE

In herzlich schlechter! Sie hiengen alle die Köpfe, wie welke Mayblumen. Ein Kandidat, ein Kantor und ein Jäger: sie waren fromm, wie die Schäfchen, gegen mich; denn keiner redte Ein Wort mit mir; und das war mir ganz gelegen: ich hatte mit mir gnug zu sprechen. Gegen Abend schickte der Himmel einen gnädigen Regen, der das entlaufne Mädchen so durchnäßte, daß ich am ganzen Leibe Eine Wasserfluth wurde. Ich zitterte vor Kälte, fühlte schauerhaften Fieberfrost, mein Muth war ganz dahin. Meine drey Gefährten wickelten sich in Mäntel und Ueberröcke und verlangten gar nicht zu wissen, ob mich fröre: nur der Postilion war so gutherzig und erkundigte sich nach meinem Befinden, erbarmte sich meiner und gab mir aus christlicher Liebe für vier Groschen seinen Mantel bis zur nächsten Station. Dort ließ man mir die nämliche Milde gegen den doppelten Preis angedeihen. O Heinrich, beklage dein armes entlaufnes Mädchen! Die Strafe war wirklich zu hart. In einen gelben Mantel vom Kopf bis an die Knie gewickelt, unten in Stroh eingepackt, bald frierend, daß mir das Herz bebte, bald glühend, wie ein Feuerofen, und bey der größten Hitze noch innerlich schauernd vor Frost, saß ich armes Geschöpf verlassen und allein die übrige Nacht durch auf dem Wagen, und die Wolken strömten so ungeheure Fluten auf mich herab, daß Stroh und Füße in Wasser schwammen: wie eine zarte kranke Blume, vom Platzregen ersäuft, in den Boden gedrückt, saß ich da, trauerte und weinte. Meine Seelenkümmerniß erwachte, Reue und Furcht vor der Zukunft quälten mich; und so wurde die unbesonnen verliebte Ulrike das Spiel eines doppelten Sturms! von innen und von außen! ein krankes Schäfchen, in einer menschenlosen Wüste!

Obgleich die übrige Reise hindurch die Grausamkeit des Wetters nachließ, blieb ich doch krank und niedergeschlagen: langes Fasten, Mattigkeit, Rückenschmerzen von der Erschütterung des rumpelnden Wagens, Uebelkeit, Verdruß, Fieber raubten mir die Kraft, ein Auge aufzuschlagen oder ein Glied zu rühren. Mitten in einer Station stieg ein sächsischer Soldat auf, ein Kavallerist, der bis nach Grimma bey mir blieb. Kaum hatte er meine Krankheit aus mir herausgefragt – welches er gleich that, als er Platz genommen hatte – so warf er hastig seinen Mantel von sich, richtete mich auf, ließ den Postknecht halten und wickelte mich so derb in seinen rothen Mantel ein, daß ich fast erstickte, holte eine zotichte Mütze aus der Tasche, weitete sie über das Knie und sezte sie mir auf meine Kappe darüber: ich bat ihn, seine Güte nunmehr nicht weiter zu treiben, allein er ruhte nicht, bis ich ein Paar wollne Handschuhe annahm, worein er meine Füße steckte. Ich dankte ihm mit einem gerührten Blicke und beklagte, daß er sich aller Bequemlichkeiten um meinetwillen beraubte. – »Ha!« sprach er, »das Hemde vom Leibe können Sie kriegen, wenn Sies haben wollen. Solche Kerle wie mich macht der liebe Gott alle Tage, aber ein hübsches Mädchen nur alle Jahre einmal. Du bist ein rechter Halunke, Schwager!« rief er zum Postknecht, »daß du das arme Nüßchen so frieren läßt.« – »Ich kann sie ja nicht wärmen: es ist kalt,« antwortete der Postilion mit gedehntem Tone. – »Köntest du dich nicht ausziehn bis auf die Haut und deine Kleider auf sie decken? Du hölzerner Peter wirst doch wohl nichts erfrieren, und wenn du im Hemde bis nach Rom fährst. – So viel will ich Ihnen nur sagen – (wobey er sich zu mir herüberbeugte) – so lange ich bey Ihnen bin, soll Ihnen nichts zu Leide geschehn: hier ist Mordgewehr. Mich hat einmal ein Mädchen vom Tode errettet, und seit der Zeit hab' ich ein Gelübde gethan, kein Mädchen in der Welt Noth leiden zu lassen: ich gehe durch Feuer und Wasser für Sie, wenn Sies verlangen. Was wollen Sie sagen? Ich hab einmal um eines Mädchens willen dreißig Fuchteln gekriegt. Potz Geier! das that! – In diesem Tone fuhr er fort, mir alle seine Heldenthaten für die Mädchen, seiner Familie und seiner Kameraden Geschichte zu erzählen; und er plauderte mir wirklich einen großen Theil meiner schmerzhaften Empfindungen weg. Dabey war er äußerst sorgsam, nachzusehn, ob etwa der Mantel sich irgendwo aufgeschlagen hatte und den rauhen Wind auf mich streichen ließ; und wo er nur einen verdächtigen Fleck traf, da kam er dem Uebel sogleich zuvor. Dieser wohlmeinende Plauderer stieg zwar vor Grimma ab, allein der Wagen war kaum bey dem Posthause, so fand er sich schon wieder ein und bat mich, mit ihm bey seiner Mutter einzukehren, bey welcher er sich auf Urlaub aufhielt. Ich nahm die Einladung an und wurde mit einer Güte von der alten Wittwe und ihrem Sohne bewirthet, gepflegt, gewartet – mit einer Güte, die ich Zeitlebens nicht vergessen werde. Doch äußerte auch diese Frau bey aller Güte einen kränkenden Verdacht, der mir Ruh und Pflege verbitterte, ein Mitleiden über meine Jugend und Schwächlichkeit des Körpers – ein Mitleiden, mit so mancherley bedenklichen Reden vermischt, daß mir die Seele blutete! Ich gab mir alle Mühe, ihr den argen Verdacht einer geschehnen Verführung zu benehmen: sie entschuldigte sich zwar und versicherte, daß sie etwas dergleichen von so einem artigen Frauenzimmer gar nicht dächte, und schwur, Gott sollte sie vor einem solchen Argwohn bewahren: aber des Predigens über die Verführungen der Mannspersonen, und des Bedauerns über junge verführte Mädchen ward doch kein Ende. Ich versicherte sie, daß ich eine Freundin in Leipzig besuchen wollte und aus Unwissenheit den geraden Weg verfehlet hätte, daß ich durch die Empfehlung dieser Freundin Guvernante in Berlin werden sollte: sie betheuerte mir eben so stark, daß sie alles glaubte, und fuhr immer in ihren bedenklichen Aeußerungen fort. Als ich drey Tage bey diesen Leuten zugebracht hatte, kam der Sohn des Nachmittags voller Freuden in die Stube und brachte mir die Nachricht, daß morgen in aller Frühe ein Kapitän mit Extrapost nach Leipzig fahren und mir auf seine Fürbitte einen Platz in seiner Chaise geben wolle.

HERRMANN
  Und du nahmst den Platz an?

ULRIKE

Was sollt' ich thun? – Mein Kavallerist versicherte mich, daß ich nichts zu fürchten hätte. – »Der Mann hat eine Frau und drey Kinder,« sagte er: »er ist schon ein bischen alt und mein speciell guter Freund und Patron: er hat einmal als Lieutenant bey meinem Vater seliger im Quartier gelegen; und da thut er ihnen nichts, darauf können sie sich verlassen.« – Ich nahm mit Thränen von den guten Leuten Abschied: mein Fieber und mein innerlicher Kummer hatten mich so weichmüthig gemacht, daß mich jedes Wort zum Weinen bringen konte: ich legte einen Dukaten hin, allein der Sohn schwur, daß er des Teufels lebendig seyn wollte, und die Mutter, daß sie Gott bewahren sollte, Einen rothen Pfennig anzunehmen: ich drückte dem Reuter dankbar die Hand, als er mir den Dukaten mit Gewalt in die meinige legte, und hätte ihn küssen mögen –

HERRMANN

Und ich möcht' ihm Millionen schenken, wenn ich sie hätte. Ulrike, wenn wir jemals glücklich zusammen werden, die Leute sollen bey uns wohnen, sollen Freud und Leid mit uns theilen: sie sind meinem Herze mehr als Vater und Mutter. – Aber, liebste Ulrike, also reisest du mit dem Offiziere?

ULRIKE

Warum fragst du denn so ängstlich? – Er war ja alt und hatte eine Frau und drey Kinder! – Sey unbesorgt! Er hat unterwegs mehr mit dem Postknechte, als mit mir gesprochen, und wenns ihm einfiel, mich zu unterhalten, so redte er von Rebhünern, wilden Schweinen, zahmen und wilden Enten, oder erzählte mir ein Jagdhistörchen, über das ich zum Unglück nicht lachen konte. Sonst galt es ihm gleich, ob mich hungerte, fror oder durstete, und etlichemal schalt er mich recht derb aus, daß ich mich auf so eine Reise so leicht angezogen hätte, da ich doch so eine elende *patschichte* Kreatur wäre. Ueberhaupt fand er immer etwas zu tadeln, und wo andre Leute bedauert hätten, da schalt er. Statt mir Wein oder eine Höflichkeit anzubieten, fragte er mit mürrischem strafenden Tone: »warum trinken Sie denn nicht? warum nehmen Sie denn meinen Mantel nicht, wenn Sie friert?« – Da wir in Leipzig ausstiegen, dankte ich ihm sehr demüthig für seine Güte: allein er wollte meinen Dank nicht: ohne ihn anzuhören, sprach er: »es ist gerne geschehn,« – und wandte sich zum Postknechte, um mit ihm über den Bau seiner Chäse zu sprechen. Ich war nicht zwo Stunden im Gasthofe, als sich eine Puzmacherin, die ihre Stube neben mir hatte und eine fremde Herrschaft in mir vermuthen mochte, auf meinem Zimmer einstellte, um mir ihre Waaren anzubieten. Ich erschrak, als ich die Stimme hörte, und noch mehr, da ich das Gesicht erblickte: es war die Putzmacherin aus Dresden, von welcher Tante Sapperment so vielfältig gekauft, mit der ich so vielfältig geschäkert hatte. Ich dankte leise und wandte mein Gesicht weg: aber unvorsichtiger Weise trat ich so, daß sie es im Spiegel sehen konte. – »Ey! du allerhöchster Gott, sind Sies denn wirklich?« rief sie aus und fuhr auf mich zu. »Gott sey mir gnädig! wie ich erschrocken bin! Bin ich besoffen oder nüchtern? – Ja, ja! Sie sinds ja mit Leib und Seele. Ey, unterthänige Magd, liebes Baroneßchen! Behüte mich Gott! in des Henkers Namen, wo kommen Sie denn her?« – Es half nun weiter keine Verstellung: ich mußte mich entdecken. Ich überredete ihr in der Geschwindigkeit, daß ich mich mit der Oberstin veruneinigt hätte und heimlich fortgereist wäre, um mich zu einer Anverwandtin in Berlin zu begeben. Ich bat sie um alles in der Welt, mich nicht zu verrathen, und bot ihr Geld, so viel ich nur entbehren konte: aber sie schlug alles aus und that einen entsezlichen Schwur, daß sie nichts über ihre Zunge kommen lassen wollte, wenn ich mich ihr ganz anvertraute. Sie erbot sich, mich in zwey Tagen mit nach Dessau zu nehmen, wohin sie mit Waaren bestellt war; und weil sie dort ihre Muhme, die Madam Hildebrand aus Berlin zu sprechen hofte, so könte ich alsdann mit dieser Frau vollends nach Berlin reisen. Alles sehr erwünscht für mich! Wir fuhren mit einem Miethkutscher nach Dessau, wo die Frau Hildebrand schon wartete; denn sie hatten einander dahin bestellt, um gewisse Angelegenheiten abzuthun, die ich nicht erfuhr. Die Geschäfte der beiden Weiber nahmen zwey ganze Tage hin: alsdann wurde ich der Frau Hildebrand förmlich übergeben, und wir giengen zusammen mit der Post ab. Nun war es hohe Zeit offenherzig zu beichten und um Rath zu fragen: meine achtzehn Dukaten hatten abgenommen, und wenn auch durch große Sparsamkeit der Rest noch einen Monat in Berlin widerhielt, was dann zu thun? – Ich tolles Mädchen, hatte noch nie hausgehalten und bildete mir ein, daß man mit achtzehn Dukaten durch die halbe Welt reisen könte: wie fand ich mich betrogen! Ich eröfnete der Frau Hildebrand mein Anliegen und fragte, ob sie mir nicht zu einer Stelle als Guvernantin verhelfen könte, da sie nach der Aussage ihrer Muhme in allen großen Häusern bekannt seyn sollte. Sie versprach nichts als ihren guten Willen. Sie bot mir so lange Wohnung bey sich an, bis sich etwas für mich fände, und ermahnte mich beständig, nicht ekel in den Bedingungen zu seyn: wenn ich das nicht seyn wollte, wäre nichts leichter für so ein hübsches Frauenzimmer, wie ich, als in Berlin unterzukommen. Ohngefähr eine Woche verging nach unserer Ankunft, als sie mir einen Spatziergang unter die Linden vorschlug: aber lieber Himmel! ich hatte keine Kleider. Frau Hildebrand schafte Rath. Sie brachte mir ein vollständiges reinliches seidnes Kleid, koeffirte mich mit eigner Hand und wanderte mit mir fort. Niedergeschlagenheit des Herzens und die Schwächlichkeit vom Fieber machten mich furchtsam: ich konte kein Auge aufheben, und wenn ichs wagte, kam mirs vor, als wenn Jedermann nach mir sähe und von mir spräche: gleichwohl bekümmerte sich Niemand um mich, wie mich meine Begleiterin versicherte, außer einigen Mannspersonen, die mir starr in die Augen sahen oder wohl gar stehen blieben und nach mir wiesen. Ich war so beklommen, daß ich die Frau bat, mit mir umzukehren, weil mir das Anstarren fremder Personen unerträglich wäre. »Das müssen Sie sich zur Ehre rechnen,« sprach sie: »wer wird denn so blöde seyn? Gucken Sie nur den Leuten recht dreist in die Augen, mein Schäfchen! Sie werden bald Ihr Unterkommen finden, dafür ist mir nicht leid: ich merke das schon. Nur hübsch dreist, mein Lämmchen!« – Auf dem Spatziergange waren nichts als Mannspersonen, und auch in keiner großen Anzahl; denn es war schon im Herbste und nicht sonderlich angenehm: meine Begleiterin hatte viele Bekannte unter ihnen, die sie von Zeit zu Zeit auf die Seite nahmen und sich von ihr etwas ins Ohr zischeln ließen, indessen daß ich allein dort stund und mich von den Vorübergehenden begaffen lassen mußte: besonders einer, sehr mittelmäßig gekleidet, in einem grauen Ueberrocke, gestiefelt und gespornt, nahm mich in so genauen Augenschein, als wenn er meine Person auf seine ganze Lebenszeit merken wollte. Er sprach ein Paar Worte leise mit der Hildebrand, und gleich darauf rieth sie mir, wieder nach Hause zu gehen: wir thatens, und unterwegs entdeckte sie mir, daß dieser Herr, der mich so genau angesehn habe, Herr von Troppau heiße, eine Guvernantin für ein siebenjähriges Fräulein brauche und mich morgen Vormittag bey sich sehen wolle. Mir war die Einladung höchst ungelegen: aber was konte ich thun? – Ich mußte mich dazu entschließen und gieng mit der Hildebrand den folgenden Vormittag zu ihm hin. Er empfing mich mit ungemeiner Politesse und führte mich sogar bey der Hand ins Zimmer, daß ich stuzte und nicht anders glaubte, als daß er meinen Stand wüßte. Wir sezten uns, der Bediente brachte Schokolate und ein Paar Teller Näschereyen: unser Gespräch wollte sich nicht sonderlich erwärmen. Sein überaus ernstes Ansehn und Betragen, seine abgebrochne Art zu reden, sein starrer steifer Blick schreckten mich anfangs nicht wenig: allein da ich glaubte, daß er mich nicht zu sich verlangt habe, um mich anzusehn, fieng ich allmälich an, ein wenig lebhafter zu plaudern. Er lächelte zuweilen und fragte endlich ganz abgebrochen, ob die Hildebrand mit mir von seiner Absicht auf mich gesprochen habe: ich bejahte es. – »Ich werde schon weiter mit Ihnen darüber sprechen,« sagte er und schickte zu seiner Schwester, der Frau von Dirzau, die mit ihm in Einem Hause wohnt, um sich erkundigen zu lassen, ob er mich ihr vorstellen dürfte: der Bediente kam mit einem Ja zurück, und er führte mich zu ihr. – »Ich bin Wittwer,« sagte er unterwegs, indem wir die Treppe in den zweiten Stock hinaufstiegen; »und meine Schwester hat meine Tochter bey sich, die Ihnen zur Erziehung bestimmt ist.« – Die Dame empfing mich, wie ihr Bruder, sehr freundlich, blieb eben so ernsthaft und besah mich so genau, daß keine Falte im Kleide, kein Härchen auf dem Kopfe von ihrem Blicke verschont blieb; und wenn sie mich eine Zeitlang begafft hatte, dann wandte sie sich zu ihrem Bruder und sagte ihm leise ihr Urtheil, doch immer laut genug, daß ichs hören konte: es fiel meistens misbilligend aus, wie ich auch schon aus dem verzognen Munde und der gerümpften Nase hätte schließen können. Ihre Fragen an mich betrafen mein Alter, meine Herkunft und andre Dinge dieser Art, die ich größtentheils mit Lügen aus dem Stegreife beantworten mußte. Der Bruder war bey allem, was sie über mich sprachen, entgegengesezter Meinung: was die Schwester tadelte, lobte er, und da sie beinahe alles tadelte, lobte er auch beinahe alles an mir: zuweilen schien es sogar, als wenn er sich über sie aufhielt. Sie bat mich zum Mittagsessen: der Herr von Troppau gieng auf die verbindlichste Weise mit mir die Treppe herunter und befahl einem Bedienten, mich zu Madam Vignali zu bringen, drückte mir die Hand bey dem Abschiede und stieg wieder die Treppe hinauf zu seiner Schwester. Madam Vignali nahm meinen Besuch, auf welchen sie schon vorbereitet war, bey dem Puztische an, und in drey Minuten war ich schon in die Frau verliebt. Sie empfieng mich mit ofnen Armen und zween der freundschaftlichsten Küsse, wünschte sich sogleich nach den ersten Komplimenten Glück, daß sie in so nahe Verbindung mit mir gerathen sollte, bat um meine Freundschaft, als um die größte Wohlthat, die ihr wiederfahren könte, schilderte mir den Herrn von Troppau als den freygebigsten edeldenkendsten angenehmsten Mann: die Frau von Dirzau hingegen kam desto schlimmer weg. – »Sie hat ehmals gelebt wie wir alle,« sagte sie von ihr: »sie hat geliebt und sich lieben lassen: die Vergnügungen hat sie bis zur Tollheit geliebt und die Narrheit begangen, einen großen Theil ihres Vermögens dabey zuzusetzen. Um ihren Aufwand unter einem ehrbaren Vorwande einzuschränken, warf sie sich vor zwey Jahren in die Devotion und lebt und liebt seitdem im Stillen: sie ist mannichmal von einer so skandalösen Frömmigkeit, daß man nicht bey ihr aushalten kan. Seyn Sie auf Ihrer Hut! sie ist erstaunend hönisch, spöttelt über alles mit der Mine eines kanonisirten Heiligen: sie ist das Archiv aller Stadtneuigkeiten und besoldet ein halbes Dutzend alter Huren, die herumschleichen und Nachrichten für sie sammeln müssen. Wahrscheinlich werden Sie in diesem *bureau des affaires scandaleuses* auch einen Platz bekommen; und Sie thun klug, wenn Sie sich ihn beyzeiten selbst nehmen: das ist das einzige Mittel, ihr zu gefallen; und ich rathe Ihnen nicht, ihr zu misfallen: Sie wären verloren, da Sie bey ihr wohnen und speisen werden, wenigstens füritz: ich werde den Herrn von Troppau schon antreiben, daß er seine Tochter bald von ihr wegnimmt: die arme Kleine wird zum Schafe bey der Frau.« – Das waren ohngefähr die Nachrichten, die sie mir nebst einigen andern von gleichem Schlage ertheilte. Beym Weggehn führte sie mich in ein kleines Kabinet, zog eine Rolle Geld aus dem Schreibeschranke und übergab sie mir. – »Sie brauchen vermuthlich Geld,« sprach sie, »um sich Kleider anzuschaffen: nehmen Sie!« – Ich weigerte mich, erstaunt über eine solche Gütigkeit. – »Ich leih' es Ihnen,« fieng sie an, als sie meine Verlegenheit merkte. – »Aber ich werde Sie nicht wiederbezahlen können, sprach ich. – »Das wird sich schon geben: wenn es alle ist, wenden Sie sich an mich!« – Unter Küssen, Umarmungen, Versicherungen der Freundschaft und Liebe trennten wir uns. – Heinrich, sage! Kan man eine beßre liebenswürdigere edlere Frau finden?

HERRMANN

Bis hieher fürwahr nicht! Wenn nichts dahinter steckt?

ULRIKE

Ueber den Mistrauischen! Wer hat dich nur dazu gemacht? – Ach ja! deine Erfahrung, sagtest du ja vorhin! – So ist diese vortreffliche Frau bis auf diese Stunde gegen mich geblieben, meine einzige vertrauteste Freundin, meine Zuflucht bey allen Bedürfnissen: unsre Herzen sind einander offen und unsre Anliegen und Wünsche gehn aus einem in das andre über: sie erzählt mir ihre kleinsten Begebenheiten, und wenns auch nur eine verlorne Stecknadel wäre: wir singen, tändeln, schwatzen mit einander; – kurz, wir lieben uns, wie zwo Freundinnen sich lieben müssen: keine kan ohne die andre einen Tag zubringen, und wenn wir uns einen halben Tag nicht gesehn haben, leiden wir, wie bey einer ewigen Trennung; und sehn wir uns dann wieder, o da ist die Freude so voll! so herzlich! mit Thränen fließen wir bey der ersten Umarmung zusammen: unsre Hände schließen sich in einander, erwärmen sich unter dem feurigsten Drucke und möchten sich gern noch inniger vereinigen, wenn sie nur könten. Oft sitz' ich neben ihr auf dem Sofa, rede lange kein Wort, kan auch nicht reden, so voll ist mir mein Herz: es steigt mir vor süßer Wehmuth bis in die Gurgel herauf: ein angenehmer Schauer läuft mir durch den ganzen Rücken hinab: ich kan mich nicht halten, ich werfe mich der vortreflichen Frau an die Brust und schluchze und weine große Tropfen und möchte mich gern in ihre Seele hineindrücken können. O Heinrich! nur diese edle Freundin hat mir deine Trennung erträglich gemacht: ich liebte dich in ihr. Wenn Eine weibliche Freundschaft auf der Erde wahr und ohne Affektation gewesen ist, so muß es die unsrige seyn: ich zittre vor Vergnügen, wenn ich mir sie nur denke.

HERRMANN

Aber bist du gewiß versichert, daß Vignali dich eben so sehr liebt als du sie?

ULRIKE

Wie du nur so einfältig fragen kanst? – Einfältig, recht einfältig ist das gefragt.

HERRMANN

Erzürne dich nicht, liebe Ulrike!

ULRIKE

Fast möcht' ich! – Thue nicht noch eine so wunderliche Frage! oder du bringst mich gewiß auf. – Ob sie mich liebt? Sehe, höre, fühl' ichs denn nicht? Sie erfüllt ja meine kleinsten Verlangen, kömmt meinen Wünschen zuvor, lauert recht auf Gelegenheit, mir Gefälligkeiten zu erzeigen, giebt mir Geld, so viel ich nur brauche, ohne zu bedenken, daß ichs ihr niemals wiedergeben kan, will auch schlechterdings nichts wiederhaben: liebt man da nicht, wenn man alles das thut? – Du solltest nur unsern Abschied sehn, wenn wir uns auf eine ganze Nacht verlassen müssen – wie wir immer von einander wollen und nicht können, immer umarmen und küssen und Gute Nacht sagen, und immer wieder stehn bleiben, noch etwas zu sagen haben, dann wieder umarmen, wieder küssen, und so zehnmal, zwanzigmal Abschied nehmen, und zwanzigmal stehn bleiben, bis wir an der untersten Hausthür sind; und noch reißen wir uns mit Mühe los, um eine ganze Nacht von einander zu seyn: liebt man da nicht, wenn man das thut? – Sage mir Eine von deinen hocherfahrnen Erfahrungen, die alles das zur Lüge macht! Möcht' dich doch tausendmal lieber tumm und einfältig als mistrauisch sehn. Der Himmel weis es, wie sehr ich dich liebe: aber so wahr ein Himmel ist! ich müßte aufhören, dich zu lieben, wenn du so mistrauisch bliebst. –

Sie war so lebhaft aufgebracht, daß sie einigemal die Stube hastig auf und nieder gieng: Herrmann suchte sie zu besänftigen, gieng ihr nach, warf einen Arm um sie und drückte sie zärtlich an sich.

»Liebste Ulrike,« sprach er, »zürne nicht! Ich will allen meinen Verdacht, alles mein Mistrauen unterdrücken, wenn es dich beleidigt! lieber unvorsichtig mit dir ins Unglück rennen, als dich durch Vorsichtigkeit kränken! – Komm! setze dich! erzähle mir weiter! – Du nahmst von Vignali Abschied; und nach diesem Morgenbesuche giengst du? Wohin, liebe Ulrike?

ULRIKE

Zum Mittagsessen bey der Frau von Dirzau: es war gerade Zwölfe, und Vignali sagte mir: »die Frau von Dirzau sezt eine Ehre darein, mit den Tagelöhnern zu gleicher Zeit zu essen: gehn Sie also gleich hinüber!« – Wirklich war es auch hohe Zeit; denn die Suppe stand schon auf dem Tische, als ich anlangte. Die Frau von Dirzau sagte in eigner Person ein langes langes Tischgebet her, wozu die Fräulein auch einen kleinen Zuschuß that, und gegenwärtig geht das Beten nach der Reihe herum. Sie, mein Fräulein und ich, wir machten, wie seitdem täglich, den ganzen Tisch aus und saßen lange sehr züchtig und still da: die Frau von Dirzau legte vor. Als sie den ersten Löffel Suppe essen wollte, fieng sie mit einem hönisch verzognen Munde an: Sie haben der Madam Vignali die Cour gemacht? – »Ja: der Herr von Troppau hat mir befohlen, sie zu besuchen.« – Daran haben sie wohl gethan: es ist eine sehr kluge Frau. – Nun stund unser Gespräch still. Da sie die Suppe aufgezehrt hatte, welches sie äußerst bedächtig that, hub sie wieder an: Wie gefällt Ihnen die Vignali? – »Ausserordentlich wohl! Sie hat mich empfangen, wie eine Schwester.« – Das ist ja sehr schön: es ist eine Frau voller Lebensart. – Abermals eine Generalpause! Das Rindfleisch erschien: sie machte ein Kreuz mit dem Messer darüber und schnitt ein. Als das Rindfleisch herumgegeben war, fragte sie: Trauen Sie der Vignali? – »Ja: ich glaube, daß sie mein Vertrauen verdient.« – Glauben Sie das? So habe ich die Ehre, Ihnen zu sagen, mein liebes Kind, das Sie falsch glauben. Es ist eine abscheuliche Frau, ein wahrhaftig gottloses Weib, das weder Gott noch Menschen scheut, um ihre Absichten durchzusetzen. – »Das sollte ich doch kaum denken,« unterbrach ich sie. – »Es ist möglich,« sagte sie äußerst spöttelnd, »daß Sie die Kunst besitzen, die Leute in Einer Stunde besser kennen zu lernen als ich in sechs Jahren: am Ende wollen wir sehn, wer sich geirrt hat, ich oder Sie. Sie hat meinen Bruder in ihrer Gewalt und spielt mit ihm, wie die Katze mit dem Zwirnknaul: nehmen Sie sich in Acht! Sie sind sehr jung, und ihr Aeußerliches läßt mich erwarten, daß Sie noch nicht verdorben sind: aber Vignali kan nicht wohl unverdorbne Menschen um sich leiden: sie müssen ihr gleich werden, oder zu Grunde gehn. Mein Bruder ist gewöhnlich das Werkzeug, solche schuldlose Geschöpfe, die ein wenig Ehrbarkeit und Tugend mehr haben als dies schändliche Weib, unglücklich zu machen: hüten Sie sich, daß Sie nicht das Opfer werden, das mein Bruder diesem grausamen Götzen bringen muß. Wenn Sie klug sind, wissen Sie nunmehr genug. Ich hoffe, daß Sie in Zukunft sich mehr an mich als meinen Bruder und die Vignali halten werden: es ist zwar seine Tochter, die Ihnen anvertraut werden soll, allein ich erziehe sie und will sie zu einem ehrbaren frommen Leben, und nicht zu so einer wüsten Tollheit erzogen wissen. Fliehen Sie alle diese lustigen Gesellschaften! Man wird sie vermuthlich dazu ziehen wollen: aber wie ich Ihnen sage, halten Sie sich einzig an mich und gehorchen Sie sonst Niemandem! Sie können leicht erachten, daß ich ein gutes Zutrauen zu Ihnen habe, weil ich so offenherzig mit Ihnen spreche. Alle meine Domestiken verstehen französisch, und doch scheue ich mich nicht, alles dies und jedes andre Geheimniß in ihrer Gegenwart zu sagen: nicht Ein Wort kömmt über ihre Zunge: so eine Treue, Einigkeit und Liebe herrscht in meinem Hause!« – Sie sprach noch lange in diesem Tone mit mir: wir stunden auf, und sie war noch immer bey der Vignali. Nach Tische nahm sie mich in ihr Kabinet, ließ ihren Bruder bitten, zu ihr heraufzukommen und bey meiner Annehmung selbst zugegen zu seyn: er kam auch wirklich, aber sehr verwundert, was er dabey sollte. – »Soll denn der Mamsell vielleicht eine Bestallung ausgefertigt werden?« fragte er spöttisch. »Ich habe meine Meinung heute früh gesagt: das kan ihr wieder gesagt werden: man weist ihr das Zimmer an; und so ist die ganze Historie fertig. Ich bekümmere mich um solche Dinge nicht. Willst du vielleicht zum glücklichen Anfange ein Paar Vater Unser mit ihr beten, so ist dirs unverwehrt: ich kan aber nicht die Ehre haben. dabey zu seyn: ich muß zu Tische fahren. Adieu.« – Die Frau von Dirzau wurde feuerroth vor Empfindlichkeit: sie verbiß den Aerger, sagte mir die Bedingungen, die mir ihr Bruder machte, und befahl der Fräulein, mich auf ihr Zimmer zu führen: ehe wir giengen, hielt sie eine förmliche Anrede an uns beide, worinne sie uns zur Ausübung unsrer gegenseitigen Pflichten ermahnte, beschloß wirklich mit einem Vater Unser und hieß uns in Gottes Namen gehen.

Kaum war ich eine Viertelstunde auf meinem Zimmer, siehe! da kam Madam Vignali. Sie wollte mein Fräulein umarmen, allein dem guten Kinde war ein solcher Abscheu gegen die Frau von ihrer Tante eingeflößt worden, daß es alle Liebkosungen von sich abwehrte und mit Zittern augenblicklich aus dem Zimmer zur Frau von Dirzau flüchtete. Ich wollte sie zurückholen, allein Vignali hielt mich ab. *Tant mieux! tant mieux!* schrie sie lachend. »Das Kind soll mich schon einmal lieben, wenn wir sie in die Zucht bekommen. *Eh bien?* was hat Ihnen denn die gottselige Dame gepredigt? Ich bin doch wohl der Text gewesen?« – Ich sagte ihr das wenige Gute, was die Frau von Dirzau von ihr gesagt hatte, und verschwieg alles übrige. – »Eine kluge Frau! eine Frau voller Lebensart!« sprach sie und zählte dabey an den Fingern. »Sehn Sie! das sind erst zwey Finger; und wenn man das Böse überrechnet, was Ihre Dame in einer Stunde von einem Menschen sagt, so zählt man jedesmal alle zehn Finger zehnmal herum: Sie stehen also noch sehr stark im Reste: was sagte sie weiter?« – Ich antwortete: nichts! »Liebes Kind!« sprach sie sehr ernsthaft: »für eine Bekanntschaft von vier oder fünf Stunden ist Ihre Heucheley verzeihlich. Solchen Schnickschnack, wie die Frau von Dirzau spricht, vergißt ein gescheidter Mensch sehr leicht: ich will Sie wieder daran erinnern;« – und nun erzählte sie mir Wort für Wort alles, was wir über Tische gesprochen hatten. Ich stuzte, gestund, daß alles die Wahrheit wäre, und verwunderte mich, woher sie unser Gespräch so umständlich wüßte. – »Woher?« fieng sie mit trocknem Tone an. »Haben Sie nicht hinter dem Stuhl ihrer gnädigen Frau einen langen krummen hölzernen Lümmel bemerkt, der sich, so lange das Essen dauerte, nicht von der Stelle bewegte, sich jede Sache zweymal sagen ließ und doch zum drittenmal falsch verstand, der einen Löffel brachte, wenn man Brod foderte, und ein Glaß Wein, wenn man einen Löffel verlangte? Dieser taube Pavian besucht mich jedesmal nach Tische durch die Hinterthür und erstattet Bericht vom Tischgespräche: er hört so fein, wie eine Spitzmaus, wenn er mit mir spricht, und bey seiner gnädigen Frau liegt ihm beständig ein starker, starker Fluß vor den Ohren. Ich bezahle ihm monatlich einen Louisdor für seine Taubheit; und für noch einen kauf' ich dem Kerle alle übrige vier Sinne ab, wenns nöthig ist. Stutzen Sie nicht darüber: ich vergelte nur Gleiches mit Gleichem. Die Frau von Dirzau hat alle meine und ihres Bruders Leute im Solde: allein da sie wegen ihres eingeschränkten Vermögens nur kleine Besoldungen machen kan, so überbiete ich sie, und meine treuen Schurken entdecken ihr nichts, als was sie hören soll. So viel Treue und Einigkeit herrscht in meinem Hause! sagte sie heute zu Ihnen. *Ah! la bonne bête!* Die sämtliche Treue ihres Hauses will ich für einen Gulden in jedem Falle mit Haut und Haar wegkriegen, und die Einigkeit ist für acht Groschen feil. Alle ihre beiden Bediente sind ausgemachte Galgenvögel, und die meinigen Galgenstricke: ich hätte sie zum Besten der Welt längst alle hängen lassen, wenn ich dürfte. Aber auf das Hauptkapitel zu kommen! Rieth Ihnen nicht Ihre kluge Dame, daß Sie sich an sie halten sollten?« – Ich konte es nicht läugnen. – »Kind!« sagte sie mir mit Stärke und drohte mit dem Finger dazu: »wo du dich unterstehst, dem Rathe zu folgen, so sey versichert, daß deine glücklichen Tage vorbey sind! Unser Haus wird dein Grab, dafür steh' ich dir.« Ich erschrak bis zum Zittern über diese Drohung: aber sie richtete mich gleich wieder auf, indem sie mit gemildertem, beinahe lustigem Tone sagte. »Närrchen, was erschrickst du denn? Wer wird so kindisch seyn? Genieße deines Lebens, so lange du kanst! Wenn die Herrlichkeit aus ist, dann halte dich zur Frau von Dirzau! Jezt thust du besser, du hältst dich zu mir: ich verstehe mich aufs Glück des Lebens.« – Ohne mich zur Antwort kommen zu lassen, brach sie ab und sah zur Thür hinaus. – »Ach! da sind ja meine Leutchen schon!« rief sie und bat mich um Erlaubniß, ihren Schneider hereinkommen zu lassen. Er nahm mir das Maas: ihr Mädchen brachte seidne Zeuge: wir lasen aus: sie lenkte meine Wahl und ordnete meine Befehle an den Schneider. Frau Hildebrand erschien mit Kopfputze, ein Bedienter mit andern Galanterien: genug, in Einem Nachmittage wurde meine Garderobe in Stand gesezt. Vignali suchte unter allen das theuerste aus: ich nahm sie deswegen auf die Seite und stellte ihr vor, daß ich das nimmermehr bezahlen könte. – »Närrin!« sprach sie: »wer uns alle ernährt, wird auch diesen Plunder bezahlen.« – Als der Einkauf vorbey war, sollte ich mit zu ihr gehn und eins von ihren Kleidern versuchen, weil das meinige zur Abendgesellschaft zu schlecht wäre. Ich weigerte mich und bat sie zu bedenken, daß mir die Frau von Dirzau diese Gesellschaft schlechterdings untersagt hätte. – »Hat sie dir der Herr von Troppau auch untersagt?« – Nein, antwortete ich, aber auch nicht befohlen! »So befehle ich, daß du keine von diesen Abendgesellschaften versäumen sollst.« – Ich wußte nichts mehr vorzuwenden, als meine Untergebne, von welcher ich mich unmöglich so lange trennen könte; denn ich hatte durchaus einen Widerwillen in mir gegen diese Gesellschaften. – »Laß du nur,« sprach sie lachend, »das gute Mädchen bey ihrer Tante recht tumm werden, damit wir desto mehr Ehre davon haben, wenn wir sie klug machen. *Allons!*« – Mit diesem *Allons* faßte sie mich unter den Arm und wanderte mit mir die Treppe hinunter. Ich mußte mich von ihr selbst anputzen lassen, so sehr ich mich auch sträubte: es däuchte mir als wenn ich mein Todtenkleid anzöge, so eine Aengstlichkeit fühlte ich, daß ich in ein Haus voll solcher Schikanen, Parteyen und Kabalen gerathen war.

HERRMANN

Und ich möchte, daß du nie einen Fuß hineingesezt hättest. – Ach Ulrike! wenn deine Tugend nicht Löwenstärke hat – aber ich habe ja versprochen, nicht mistrauisch zu seyn! Erzähle weiter!

ULRIKE

Bey mir war wahrhaftig damals das Mistrauen auch sehr stark. Mit der übelsten Laune von der Welt sah ich die Gesellschaft allmählich ankommen. Lairesse war die erste, die erschien. Solch' eine tolle Lustigkeit, so eine übernatürliche Unbesonnenheit und so viel Leichtsinn kanst du dir nicht vorstellen: mich nennte man zu Hause unbesonnen: aber ich bin ein Kato dagegen. Sie sagte mir so eine große Menge Sottisen beym ersten Anblicke ins Gesicht, so viele Abgeschmacktheiten, daß meine Backen gar nicht aufhören konten zu erröthen. Ich haßte sie anfangs deswegen, aber in der Folge hat sie mich doch sehr eingenommen. Man muß ihr ihre Lebhaftigkeit, die oft in Ungezogenheit ausartet, zu gute halten: sie ist sehr dienstfertig, wenn sie es in ihrem unendlichen Leichtsinne nicht vergißt, und liebt mich, wie eine Schwester. Ich habe ihr zwar nie so gewogen werden können als der Vignali: sie scheint mir auch ein wenig falsch zu seyn: deswegen hat sich seit einem Paar Wochen mein Zutrauen gegen sie sehr gemindert: aber ich mag mich vielleicht irren. – Nach ihr stellte sich der Herr von Troppau ein: er that als wenn er mich unvermuthet hier fände, faßte mich bey der Hand und rief voller Vergnügen: »Ach! da ist ja unsre kleine Prinzessin! Das ist ein gescheidter Einfall, Vignali, daß sie das gute Mädchen mit zu unsrer Gesellschaft ziehn: bey meiner Schwester wird sie ohnehin Langeweile genug haben. Ich beklage, daß ich vor der Hand keine Veränderung treffen kan.« – »Wir wollen schon eine Veränderung treffen,« fieng Vignali an: »auf Ostern nehm' ich Ihre Tochter zu mir: das arme Kind wird lichtscheu werden bey ihrer itzigen Erziehung.« – »Mir ist das sehr gelegen!« antwortete der Herr von Troppau. »Das überlass ich Ihnen, Vignali: sehn Sie, wie Sie das Mädchen von meiner Schwester herauskriegen: ich mische mich nicht drein.« – Mit der nämlichen Folgsamkeit willigte er in alles, was Vignali für gut fand. Endlich langte auch Mamsell Rosier an, ein recht gutes herzlich gutes Kind, zärtlich, empfindsam, weich, wie geschmolzne Butter, voll teutscher Treuherzigkeit, und verliebt! In jeden Menschen, der nur zwey Worte mit ihr spricht, verliebt sie sich; und läßt sich dabey zum Besten haben – o daß mir zuweilen die Seele für sie weh thut. Sie ist der wahre *souffre-douleurs* der Gesellschaft: wenn Niemand etwas zu reden weis, zieht man über das arme Mädchen her; und dabey ist sie so einfältig, daß sie sich noch oben drein etwas darauf zu gute thut, wenn sie die Gesellschaft auf ihre Kosten belustigt hat. Man kan ihr nicht Schuld geben, daß sie tumm ist, aber wegen dieses Mangels an Empfindlichkeit ist sie mir unleidlich: sie hat auch weder die einnehmende Lebhaftigkeit der Lairesse, noch Vignali's einnehmenden Ernst: so zuthuend sie ist, so zieht sie doch nicht an: man möchte sie von sich stoßen, so lästig wird sie zuweilen. Sie liebt mich so sehr als die andern alle: unendlich liebt sie mich, und es schmerzt mich, daß ich sie nicht gleich stark lieben kann: aber es geht nicht, und wenn ich mir noch so viel Gewalt anthue.

HERRMANN

Also lieben sie dich alle wie Schwestern? unendlich? feurig? zärtlich? – Wenn du dir nur nicht einbildest, daß dich die Mädchen unendlich lieben, weil du sie so liebst! Nach dem Porträte zu urtheilen, das du von ihnen machst –

ULRIKE

Noch immer Mistrauen? – Heinrich, ich binde dir den Mund zu.

HERRMANN

Vergib mir, Ulrike! Mein Herz ist mir während deiner Erzählung so schwer geworden, daß mir wider meinen Willen bisweilen eine trübe Anmerkung entwischt. Fahre nur fort! ich will mich schon zurückhalten.

ULRIKE

Wenn du mich so oft unterbrichst, kömmt meine Erzählung heute nicht zu Ende. Also stockstill, bis mein Märchen aus ist! – Wer kam denn zulezt in die Gesellschaft? – Ja, die rothbäckige Mamsell Rosier. Der Herr von Troppau schlug mir auch einen französischen Namen vor: allein ich wehrte mich so stark dawider, daß er sich begnügte, meinen teutschen Namen französisch auszusprechen: ich wurde zur *Mademoiselle Erman*. Sie freuten sich alle ungemein auf eine Kurzweil, die sie diesen Abend auszuführen gedachten. Weil ich gar nichts davon wußte und also nicht mitlachen konte, erzählte mir Vignali, daß gestern bey ihr ein junger Franzose, aus Paris frisch angekommen, gespeist habe: »der Mensch,« sagte sie, »plauderte so unendlich, daß kein einziges unter uns ein Ja oder Nein zwischen seine Tiraden einschieben konte: von dem ersten *très-humble serviteur* bis zum lezten hielt er Eine an einanderhängende Rede von skandalosen Histörchen, Spötteleyen, Unverschämtheiten, Aufschneidereyen und jämmerlichen Kleinigkeiten, und wir armen Leute waren so überrascht, daß wir uns ärgerten und ihm geduldig zuhörten: wir konten uns nicht helfen: wenn Jemand auch es wagte dazwischen zu reden, so brachte jener Unverschämte die übrigen zum Lachen, und sein Nebenbuler hatte keine Zuhörer. Aber heute wollen wir uns rächen: er soll daniedergeschwazt werden und nicht einmal ein *bon soir* zu Stande bringen. Er ist darum eine halbe Stunde später gebeten, damit die Alliirten alle beysammen sind, ehe er kömmt.« – Auch war die Gesellschaft, die außer den genannten noch aus einem Paar artigen vernünftigen Franzosen bestand, lange versammelt, ehe der Held des Possenspiels erschien. Lairesse wälzte sich singend auf dem Sofa vor übermäßigem Vergnügen, und Rosier klatschte unaufhörlich hüpfend in die Hände und lispelte: »das wird hübsch seyn! das wird hübsch seyn!« – Endlich erschallte vom Bedienten, der ihm aufpaßte, ein erfreuliches *le voilà* durch die Thür: sogleich marschirte Vignali gegen ihn los, der übrige Haufe drang gleichfalls zu, und alle schwazten so stürmisch auf den einzigen Menschen hinein, daß der Plauderer verwundert und stumm mitten dastand, sich bald dahin, bald dorthin drehte, den Mund öfnete, wie ein Fisch, der nach Luft schnappt, reden wollte und nicht konte. Man trieb die Rache so weit, daß ich wirklich den ganzen Abend keinen verständlichen Laut von ihm gehört habe; und dabey machte man ihm beständig die bittersten Vorwürfe, daß er nicht spräche, so wenig zur Unterhaltung der Gesellschaft beytrüge, da er doch gestern so viel dazu gethan hätte: er öfnete den Mund, allein man fiel ihm sogleich ins Wort. Man sah es dem armen Knaben recht an, wie ihm Herz und Lunge weh that, wie ihn die Hemmung seiner Zunge ängstigte. er drehte, er rückte sich bey Tische auf seinem Stuhle, räusperte sich, strich sich das Gesicht oder arbeitete an der Halsbinde: für mich war die Lust unschätzbar. Den schlimmsten Streich spielte ihm noch Lairesse: weil er nicht wenig außer Fassung gesetzt war, nahm er unmittelbar nach dem Essen Hut und Degen, um sich *à la françoise* wegzubegeben: allein das vorwitzige Mädchen erwischte ihn an der Thür bey dem Arme, drehte ihn um, machte eine tiefe langsame Verbeugung und sagte mit komischer Gravität: »Mein Herr, man hat sie persiflirt.« – Der Franzose machte eine eben so tiefe Verbeugung und sprach mit dem nämlichen Tone: »Mademoiselle, ich hab' es wohl bemerkt!«– weg war er!

Du kanst dir leicht vorstellen, daß mir eine solche Unterhaltung ungleich besser behagte, als das stille schleichende Gespräch der Frau von Dirzau, wo bey jedem Gerichte Eine Frage und Eine Antwort zum Vorschein kam: da ich oben drein in diesen Gesellschaften wohl manchen ausschweifend lustigen Auftritt, aber nie eine eigentliche Unanständigkeit, noch viel weniger etwas böses erblickte, so versäumte ich keine, wenn man mich dazu zog. Vignali legte mir durch ihre vielfachen Gütigkeiten immer neue Verbindlichkeiten auf und gewann durch die Annehmlichkeiten ihrer Person und ihr freundschaftliches Betragen mein Herz so ganz, daß ich ihr alles aufopferte. Das Vertrauen der Frau von Dirzau hatte ich gleich den ersten Tag verloren, weil ich bey Vignali zum Abendessen gewesen war: ihr Gespräch wurde deswegen noch zurückhaltender und kälter, daß es zuweilen die ganze Mahlzeit über nur aus Einer Frage und Einer Antwort bestund: überfiel mich zuweilen der Plaudergeist, so hörte sie nicht darauf, sondern unterbrach mich gleich durch einen Befehl an den Bedienten, oder fieng wohl gar mitten in meinem Reden ein Gespräch mit ihm an, daß mich die Mühe verdroß, mich allein anzuhören: seitdem bin ich völlig stumm bey Tische, wenn sie mich nicht fragt. Dafür fragt sie mich aber auch kein Wort anders als äußerst hönisch: anfangs ertrug ichs und ärgerte mich blos in mir selbst, aber Vignali und selbst der Herr von Troppau, wenn ich mich beklagte, ermunterten mich, Gleiches mit Gleichem zu vergelten. Der Ton wollte mir lange nicht gelingen, aber nunmehr hab' ich ihn so sehr in meiner Gewalt, daß ich der Frau von Dirzau gewiß nichts nachgebe. Seitdem sie merkt, daß ich ihr ihre Kunst so sehr abgelernt habe, spricht sie mannichmal in drey, vier Tagen keine Silbe mit mir. Auch gut! denk' ich: so muß ich mich nicht wider meine Natur zwingen, hönisch zu seyn. Für die Langeweile des Mittags halte ich mich des Abends wieder schadlos.

HERRMANN
Aber der Herr von Troppau? wie verhielt er sich gegen dich? denn nunmehr kan doch ein Kind rathen, warum deine ehrliche Frau Hildebrand mit dir unter die Linden spatzieren gieng, woher sie sogleich ein Kleid für dich schafte, warum dir Vignali so freundschaftlich mit Gelde beystund: alles floß aus Einer Quelle; und so große und ausgezeichnete Gütigkeiten thut kein Herr von Troppau umsonst: es lauscht gewiß ein Betrug dahinter.

ULRIKE
Ein Betrug? – Heinrich! wachst du? – Wenn du nicht im Schlafe sprichst, hat dich gewiß der schwarzperückichte Magister angesteckt, von dem du mir einmal in Dresden schriebst. Was gilts? das Wetter-Hagels-Vieh – wie meine Tante Sapperment sich zierlich ausdrückte – hat dich mit seiner frommen Misanthropie angesteckt.

HERRMANN
Leider! nicht blos angesteckt! gethan hat er mir, was ich izt bey Jedermann fürchte! du sollst es hören und urtheilen, ob mir nur der Wind mein Mistrauen angewehet hat. – Izt beruhige mich über meine Frage!

ULRIKE
Das kan ich leicht. – Höre drauf, du Misanthrop! der Herr von Troppau hat sich gegen mich wie der edelste, vortreflichste, freundlichste, liebreichste, freygebigste, gütigste Mann betragen: ich verehre und liebe ihn: ich habe in meinem Leben keinen bessern Mann gesehn.

HERRMANN
Und weiter war er nichts gegen dich?

ULRIKE
Ist denn das nicht genug und alles Dankes werth?

HERRMANN
Ulrike! Ulrike! du heuchelst. Wenn ich taube Bediente hätte sprechen lassen, wie Vignali, ich wette, ich wollte dir mehr sagen. – Auf dein Gewissen, Ulrike! heuchelst du nicht?

ULRIKE
Neugieriger, vorwitziger Mensch! Warum zwingst du mich nun durch deine Zudringlichkeit dir Einen Dorn mehr ins Herz zu stecken? du wirst ja ohnehin genug vom Mistrauen gestochen. Wenn ich auf mein Gewissen antworten soll, muß ich dir frey bekennen, was ich dir, du blinder Mensch! zu deinem Vortheile verhelen wollte – daß der Herr von Troppau einmal mehr seyn wollte, als ich dir vorhin von ihm sagte: aber ich schwöre dir bey unsrer Liebe und meiner ewigen Wohlfahrt! kein Umstand soll dir verschwiegen werden, was in diesem einzigen verdächtigen Falle vorgieng. Ich war einmal des Nachmittags bey Vignali, und weil wir keine Komplimente mit einander machen, fuhr sie zum Besuch und ließ mich allein und versprach in einer halben Stunde wiederzukommen: ich nehme ein Buch – es waren des Abt Berni's Werke – beym ersten Aufschlagen fallen mir seine Betrachtungen über die Leidenschaften in die Augen. Ich setze mich auf den Sofa, und kaum schlage ich zum erstenmal um, so ist schon die Liebe

da: wer wird nicht gern etwas von der Liebe lesen? – Ich lese den ganzen Brief[6] an die Gräfin C** durch. Als ich bey den lezten vier Zeilen bin, siehe! da kömmt mein Herr von Troppau. Er sieht sich nach Madam Vignali um, hört von mir, daß sie zum Besuch ist, fragt wo – ich sage es – er sezt sich, nimmt das aufgeschlagne Buch vom Sofa, liest. – »Aha!« fängt er lächelnd an, *qu'est ce qu' Amour?* – was ist die Liebe? Können Sie darauf antworten?« – Warum nicht? sagte ich: wenn Sie mir das Buch erlauben wollen! »Oh! aus dem Buche ists keine Kunst: Sie sollen aus dem Herze antworten.« – Mein Herz kan keine Verse machen. – »*Eh bien!* Ich will Ihnen meine Verse vorlesen: Ihr Herz mag in Prose darauf antworten.« – Er las die Verse her:

Was ist die Liebe?
Es ist ein Kind, beherrschet mich,
Beherrscht den König und den Diener,
Schön, Iris, schön wie du, es denkt, wie ich,
Nur ists vielleicht ein wenig kühner.

»Ist Ihr Herz auch der Meinung?« fieng er an und umfaßte mich. Ich sagte in aller Unschuld: Ja. – »Also finden Sie doch den nämlichen Fehler an mir, den alle Damen an mir tadeln, daß ich zu bescheiden, nicht kühn genug bin?« fragte er. Es verdroß mich, daß er meinem unschuldigen Ja eine so geflissentlich falsche Auslegung gab: ich antwortete ihm also, halb wider meinen Willen, in dem Tone der Frau von Dirzau: Keineswegs! »Das Keineswegs haben Sie wohl von meiner Schwester gelernt? Es war ihr leibhafter Ton: aber es ist auch so falsch, wie alles, was meine Schwester sagt. Ihr Herz möchte wohl, daß ich ein weniger dreister wäre?« – Mein Herz schweigt ganz still dabey, sagte ich. – »Ich will es einmal fragen,« sprach er lachend und machte eine Bewegung, die mich zum Aufstehen nöthigte. Er holte mich zurück und fieng ein zweydeutiges Gewäsch über die Liebe und die Herzen der Damen an, das ich mich so sehr zu wiederholen schäme, als ich mich damals schämte, es zu hören. Seine Hände nahmen dabey wieder so vielen Theil am Gespräche, daß ich mit großer Empfindlichkeit aufstund und ihm nachdrücklich sagte: »Gnädiger Herr, ich bin wohl verliebt, aber nicht verhurt:« – dabey machte ich eine Verbeugung und gieng. Auf der Treppe beggnete mir Vignali und nöthigte mich wieder mit ihr zurückzughen. Der Herr von Troppau sprach italiänisch mit ihr, und beide lachten herzlich – vermuthlich über mich, weil sie in einer Sprache redten, die ich nicht verstehe, und auch ein Paarmal einen Blick nach dem Sofa wurfen: das sezte mich in so üble Laune, daß ich vor Aergerlichkeit kein Wort mehr sprach. Da er uns verlassen hatte, fieng Vignali an: »Der Herr von Troppau hat mit Ihnen geschäkert?« Ja, antwortete ich; aber nicht wie ichs liebe! – »Sie sind wohl gar empfindlich darüber? Sie sind ja sonst nicht so eigensinnig, so erzürnbar, und auch keine Feindin von der Liebe.« Das nicht! unterbrach ich sie: ich habe auch dem Herrn von Troppau sehr deutlich gesagt, was ich von der Liebe unterscheide. – »Närrin!« rief sie und schlug mich auf die Schulter: »wer wird denn so einen einfältigen Unterschied machen? Lieben wir nicht alle? Wollen Sie allein sich mit dem Zusehen begnügen? Können Sie andre Leute essen sehen, ohne daß Sie hungert?« – Wenn ich nichts zu essen habe? sprach ich. O sehr gut! – Mit dieser Antwort hatte ich mich selbst gefangen: sie schikanirte mich ganz entsezlich darüber und fragte endlich, ob mir der Herr von Troppau zu schlecht wäre. Ich war so verdrießlich über das Gespräch, daß ich ihr etwas zu übereilt antwortete: »Er ist mir zu allem nicht zu schlecht, was er bisher für mich gewesen ist: aber ich dünke mich zu gut, um seine Hure zu seyn.« – Darüber wurde Vignali feuerroth. – »Unterthänige Dienerin!« sprach sie etwas spöttisch: »also bin ich auch seine Hure? denn das sag ich Ihnen frey, ich liebe den Mann: ich habe unsre Liebe niemals verhelt, weil ich keine Heuchlerin bin. Für eine Gouvernante sind Sie noch sehr kindisch. Ich will dem Herrn von Troppau sagen, daß er Sie in Ruhe läßt, bis Sie bey reiferem Verstande sind. Sie sind noch zu neu, um sich dabey zu benehmen, wie es sich gehört.« – Ich konte mich nicht enthalten über die Lektion ein wenig zu schmollen: allein der Vignali merkte mans nicht eine Minute an, daß sie auf mich zürnte: sie brach an und war wieder so freundlich, wie vorher. Seitdem hat mich der Herr von Troppau nicht mit einer Hand wieder berührt, meiner und Vignali's Freundschaft hat es auch nicht geschadet, und ich bin so ruhig, so munter und vergnügt zeither in dem Hause –

HERRMANN

Das du mit dieser Minute verlassen solltest, wenn du Gewissen hast! Du bist in einem schrecklichen Hause, in dem Wohnplatze der Verführung, unter Betrügern und Kupplerinnen, unter gleißenden Betrügern –

ULRIKE

Heinrich, ich sage dirs noch einmal, du machst mich böse.

HERRMANN

Ich wollte, daß du's würdest: so zankten wir uns, trennten uns, haßten uns, und es kostete uns doch keine Mühe, keinen Schmerz; denn mit unsrer Liebe ist es doch aus, rein aus. – O Ulrike! ich habe, seitdem ich in dieser Stadt bin, Dinge gehört, wovon weder mein noch dein Verstand träumte – schreckliche Dinge, bey welchen sich meine ganze Seele empört: Dein Glück ist es, wenn du sie nicht weißt: aber du wirst sie erfahren! du wirst sie erfahren!

ULRIKE

Du setzest mich in Todesangst: sage mir nur, was du hast, was du fürchtest!

HERRMANN

Nunmehr weis ich unsre Geschichte, unsre traurige Geschichte. Die Unschuld liebte mich: ich liebte sie: die Unschuld kam an den Ort der Verführung, ward verführt und ich – zur Leiche; denn das sagen mir alle meine Gedanken und mein ganzes Gefühl, wenn du liebtest, wie sie alle, die du deine Freundinnen nennst – du wärst mir verhaßt: ich müßte laufen, so weit mich See und Land trügen, um deinem Andenken zu entgehn. Unsre Liebe, das sagt mir mein Herz laut, ist ein andres Ding als die Liebe der Vignalis, der Lairessen und wie sie weiter heißen. Wenn du Ihnen gleich würdest?

ULRIKE

So groß ist dein Zutrauen zu mir, meiner Tugend, meinem Gewissen, meiner Ehre? That ich nicht einen Schwur?

HERRMANN

Liebe Ulrike, was sind tausend Schwüre in der Anfechtung? wenn man gedrängt, getrieben, gestoßen wird? Ich hielt meinen Verstand für einen Götterverstand; und doch schwazte mir ihn ein Bösewicht danieder: glaubst du, daß deine Tugend stärker ist als mein Verstand? Und wenn sie es wäre, hat sie nicht auch mit größerer Stärke zu kämpfen als ich? Kein Geld wird dich überwinden: aber eine glattzüngige beredte einschmeichelnde Vignali! ein wollüstiger überraschender schlauer Herr von Troppau! Traust du dir, solchen Gegnern immer, immer zu widerstehen?

ULRIKE

Ich bitte dich, Heinrich, schweig! Du scheuchst eine Schlange auf –

HERRMANN

Aber ist es nicht besser, sie izt aufzuscheuchen, damit sie dich nicht beißt, wenn du unachtsam auf sie trittst oder sorglos daliegst und schlummerst? – Ulrike, das schwör' ich dir, Eine Untreue, eine einzige Untreue reißt unsre Herzen auf ewig aus einander.

ULRIKE

So verdunkle doch unser Vergnügen nicht mit so schwarzen Vorstellungen! Freilich lauerte auf meines Onkels Schlosse keine Verführung auf mich: auch ohne Beschützer war ich sicher: aber warum sollt' ichs hier nicht ebenfalls seyn? was könt' ich von diesen friedlichen freundlichen Leuten fürchten! – Durch Einen unglücklichen Vorfall, den du mir noch nicht deutlich gesagt hast, bist du mistrauisch geworden: du machst dir trübe Einbildungen und mahlst dir fürchterliche Gespenster vor die Augen. Vignali wird dir die Gespenster schon verjagen.

HERRMANN

Mein Unglück wärs, wenn sie mir sie verscheuchte. – Ulrike, hast du das Herz, aus Liebe für mich dies Haus zu verlassen?

Ulrike

Verlassen? Dies Haus? Warum?

Herrmann

Aus Liebe für mich, sag' ich!

Ulrike

Um wessentwillen verließ ich Dresden? – Weißt du nun, wie viel ich aus Liebe für dich thun kan? – Ja, aus einem Palaste kan ich aus Liebe für dich gehen, wenn es seyn muß: aber wohin?

Herrmann

In die Welt: je weiter von hier, je lieber.

Ulrike

Menschenfeind! was hat dir denn die unschuldige Stadt gethan?

Herrmann

Nichts! aber sie wird! Ich habe mit der Verführung meines Kameraden, der zwey Jahre jünger ist, als ich, mit seinem Hohne, seinen Schmähungen, seinen verachtendsten Spöttereyen – ich habe mit den Lockungen einer Dirne, die oft den Diener unter mancherley Vorwand auf seiner Stube besuchte, mit den Hönereyen beider gekämpft: aber ich trug sie, weil mir Zürnen nichts half. Die Verführung war plump, zurückscheuchend, empörend für alles mein Denken und Empfinden: es kostete mir nicht Einen Athemzug Standhaftigkeit, um ihr zu widerstehn: es war eine Reizung, die mir widerstund: aber, Ulrike, wenn wir ihrer gewohnt würden, und sie uns endlich in einem anständigern Gewande weniger widerstünde, was dann? – Ulrike, wir wollen fliehn, weil es Zeit ist.

Ulrike

Wollen wir uns vom Winde nähren?

Herrmann

Hier sind vier Hände! Was die Hände nicht können, wird vielleicht der Kopf thun.

Ulrike

Ich bitte dich, Heinrich, übereile dich nicht! – Glaube mir! das sind alles finstre Grillen, die du dir machst. Warum sollten denn in dieser Stadt nicht so gut tugendhafte ehrliche Leute seyn, als anderswo? Muß man denn nothwendig verführt werden? Ich wohne ja schon drey Monate hier und bin's noch nicht: wir sind zwar jung, aber doch keine Kinder, die man mit Mandelkernen lokt und überredet. Das hast du dir noch von Schwingern angewöhnt, der auch jede Sache zu ernsthaft betrachtet und über alles moralisirt. Vignali wird dich schon heitrer und aufgeräumter machen. Hab' ich dir nicht schon genug aufgeopfert? meinen Stand, meinen Ruf, die Gunst meiner ganzen Familie! Soll ich nun gar wegen einer übeln Laune und einiger finstern Grillen, die dir eben aufsteigen, allem Wohlseyn, aller Ruhe, allem Vergnügen entsagen und mit dir ins Elend auswandern? Bedenke doch nur, welche Laufbahn sich für dich eröfnet! du findest durch unser Haus Gönner, Freunde, Beförderer, beköммst einen Platz, und mit dem Unterhalt vielleicht auch Ehre; und Heinrich! – soll ich dich noch erinnern, was alsdann für eine Glückseligkeit auf uns beide wartet? Unser Wunsch ist ja dann erreicht: wollen wir uns von dem Glücke, das uns bey der Hand dahin führt, muthwillig losreißen? – Du Grillenkopf! was stehst du denn da und murrst? So wirf doch deine ernsthafte finstre Laune in die Spree! in den tiefsten Grund hinein!

Herrmann

Gute Nacht, Ulrike. Ich gehe morgen zu Vignali. –

Er gieng. Der hastige abgebrochne Abschied sezte Ulriken in Erstaunen: sie eilte ihm nach, aber er war schon die Treppe hinunter.

VIERTES KAPITEL

Den größten Theil des folgenden Morgens brachte Herrmann mit seiner Adonisirung zu, und um eilf Uhr war er schon völlig mit seinem neuen Staate angethan. als der Sohn der Frau Hildebrand, ein Knabe von zwölf Jahren, ihm einen Brief von Ulriken überbrachte.

den 28. Jan.
Heinrich,
»Du hast mir abermals eine recht schlaflose Nacht gemacht. Deine Besorgniß muß mich angesteckt haben: die ganze Nacht wand und drehte ich mich um die Vorstellung herum, daß ich verführt werden könte: es kam mir nunmehr selbst vor, als wenn es sehr leicht angienge: die Größe der Gefahr und meine Furcht wuchsen mit jedem Pulsschlage: ich hätte in der Angst tausend Meilen mit dir laufen mögen, um nur aus dem verführerischen Hause zu kommen. Da fiel mir endlich ein Gedanke ein – Heinrich! ein recht gottloser Gedanke! Aber, dacht' ich, du hast deinem Heinrich so viel aufgeopfert: wenn du ihn nun durch die Aufopferung deiner Tugend auf immer glücklich und groß machen köntest? Du würdest dein Leben für ihn hingeben, warum nicht auch deine Tugend?« – Kaum war mir der abscheuliche Gedanke durch den Kopf gefahren, so erschrak ich, als ob mich der Schlag träfe: ich glühte und schwitze vor Entsetzen und wurde so grimmig auf mich selbst, daß ich mir eine recht derbe Ohrfeige gab. Es kam mir wohl hundertmal wieder in den Kopf: ich habe mich mit dem abscheulichen Gedanken gequält und abgeängstigt, wie mit einem Gespenste: ich schloß die Augen fest zu und wollte einschlafen, um nur nicht mehr zu denken; aber es gieng nicht. Ich schlummerte endlich ein wenig ein: gleich kam mir vor, daß der Herr von Troppau vor meinem Bette stünde, so schön und reizend als ich noch keine Mannsperson gesehn habe: er hielt mit sanftem Lächeln seine Arme offen, mir entgegen: mein Herz pochte, ich wollte hinaus in seine Arme, ich arbeitete, um mich herauszuwinden: da warfst du diese mir plözlich um den Hals und zogst mich so gewaltig zurück, daß ich fast erstickte: ich hustete, und wachte drüber auf, aber so froh! so entzückt, als wenn mich Jemand aus den Klauen eines Löwen gerissen hätte. Der Stutz auf meinem Schreibeschranke schlug gerade drey: ich stund auf, nahm meine Pelzsalope um, zündete mein Licht bey der Nachtlampe an und schrieb dir dies Briefchen. Aber ich muß hier schließen: meine Finger können vor Kälte kaum die Feder regieren, ich zittre, trotz der dicken Pelzsalope, wie im Fieber, vor Frost. Wohl dir, wenn du ruhiger schläfst als ich!

* * *

Ich muß dir geschwind noch einen sonderbaren Besuch erzählen, den ich heute in aller Frühe gehabt habe. Meine Unruhe ließ mich nicht im Bette: gegen sechs Uhr stund ich auf und machte mir selbst Feuer im Windofen und sezte mich im Pelze nicht weit davon nieder. Ich schlummre ein, sinke mit dem Kopf auf einen danebenstehenden Stuhl und schlafe so halb sitzend, halb liegend, bis es Tag wird. Da ich aufwache, sizt eine Mannsperson am Tische: ich erschrecke und erkenne den Lord Leadwort. Hab' ich dir schon etwas von diesem Originale gesagt? Es ist ein Engländer, der diesen ganzen Winter hier zugebracht hat und einigemal in der Abendgesellschaft bey Vignali gewesen ist, wo ich seine Bekanntschaft gemacht habe. Er saß in einem braunen Reitrocke, Pantoffeln, einer baumwollnen Stutzperücke, einem runden Hute, einen knotichten mit Eisen beschlagnen Stock in der Hand, tiefsinnig und steif nach der Thür hinsehend da, ohne sich zu rühren. Ich stand lange und wußte nicht, ob ich ihn für einen Rasenden oder Betrunknen halten sollte. Er redete nicht. – »Mein Gott!« fieng ich endlich an, »Mylord, wo kommen Sie so früh her?«
ER

Ich bin schon lange da.

ICH

Ich muß bekennen, daß ich ein wenig erstaunt bin, Sie so früh bey mir zu sehn.

ER

Ich will den Thee bey Ihnen trinken.

ICH

Aber in diesem Anzuge, Mylord! Ich muß Ihnen frey heraus sagen, daß mich die Freiheit ein wenig verdrießt, die Sie sich genommen haben. Wenn Sie Jemand so bey mir antrift – was man alsdann argwohnen wird, können Sie leicht selbst errathen.

ER

Man wird glauben, ich habe bey Ihnen geschlafen.

ICH

Mylord! Ich hätte einen andern Mann in Ihnen vermuthet.

ER

Ist es denn nicht die Wahrheit? Ich bin schon seit ein Uhr hier: ich habe aber nicht sonderlich geschlafen. –

Ich war so erbittert, daß ich ihm voller Zorn ins Gesicht sagte: »Mylord, das ist eine Unwahrheit. Wollen Sie vielleicht meinen guten Ruf zu Grunde richten und eine so schändliche Erdichtung von mir ausstreuen? – Was hab' ich Ihnen gethan?«

»Nichts.« unterbrach er mich kaltblütig. »Es ist die lautere Wahrheit. Ich habe seit ein Uhr hier geschlafen: Sie sind um drey Uhr aufgestanden und haben geschrieben: dann legten Sie sich wieder nieder, stunden gegen sechs Uhr auf, machten Feuer, schliefen auf dem Stuhle ein und wachten itzo auf. Wie kann ich das alles wissen, wenn ich nicht hier geschlafen habe?«

ICH

Aber ich habe Sie nicht gesehn.

ER

Ich habe mich beständig still gehalten, um Sie nicht zu erschrecken.

ICH

Sie werden mir verzeihen, Mylord, ich finde, daß Sie eine große Unbedachtsamkeit begangen haben. Sie könten mich unschuldiger Weise in einen schlimmen Ruf bringen. Aber sagen Sie mir in aller Welt, wie sind Sie auf den Einfall gekommen?

ER

Ich hab' Ihnen etwas zu sagen. Um es nicht zu verschlafen, sondern gleich bey der Hand zu seyn, wenn Sie aufstünden, hab' ich bey Ihnen geschlafen.

ICH

Aber wie sind Sie hereingekommen?

ER

Durch die Thür. – Weil mir das, was ich Ihnen sagen will, beständig zu sehr in Gedanken lag, konte ich nicht einschlafen: ich trat ans Fenster: der Mondschein gefiel mir: ich warf meinen Reitrock über, gieng hieher, fand die Thür offen, gieng in Ihr Zimmer, legte mich auf den Sofa und schlief. Was ist denn Uebels dabey?

ICH

Sehr viel! wenns die Frau von Dirzau erfährt?

ER

So will ich ihr selbst sagen, daß ich bey Ihnen geschlafen habe.

223

ICH

Tausendmal lieber wär mirs, wenn Sie am hellen Tage und wachend zu mir gekommen wären.

ER

Das bin ich! Ich bin wachend zu Ihnen gekommen, ganz wachend! –

Ich war zu ärgerlich, um über seine tollen Antworten zu lachen: ich wollte den Thee bestellen und bat um die Erlaubniß, ihn verlassen zu dürfen. – »Der Thee ist bestellt: ich hab' es selbst gethan,« sprach er. Wirklich langte er auch ein Paar Augenblicke darauf an.

Wir tranken: es erschienen verschiedene Arten von Backwerk, das er gleichfalls vor meinem Erwachen bestellt hatte: Niemand sprach. Endlich fieng er ganz trocken an: »Mademoiselle, ich will Ihnen in zwey Worten sagen, was ich bey Ihnen will: ich liebe Sie.«

ICH

Sehr viel Ehre für mich, Mylord!

»Das ist eine Lüge!« fuhr er hitzig auf. »Mir macht es Ehre, aber nicht Ihnen.« – Sogleich fiel er wieder in seinen kalten Ton zurück. »Ich habe eine Abneigung gegen die Ehe,« fuhr er fort: »wenn Sie meine Freundin werden wollen, so versprech' ich Ihnen: (hier zog er ein Blatt Papier aus der Tasche und las:) »jährlich vierhundert Pfund für Ihre kleinen Ausgaben, freye Equipage, Bedienung, Wohnung und Tafel, alles, wie Sie es nach Ihrem Gefallen einrichten wollen, auf meine Rechnung. Trennt uns der Tod, oder nöthigt mich eine unvermeidliche Ursache, nach England zurückzukehren, so bestimme ich Ihnen auf Ihre ganze Lebenszeit tausend Pfund Interessen, wovon Ihnen das Kapital nach meinem Tode sogleich ausgezahlt werden soll. Die Verschreibung desselben soll gerichtlich bestätigt und bey den hiesigen Gerichten niedergelegt werden. – Was sagen Sie dazu?«

ICH

Mylord, ich sage, daß Ihr Anerbieten sehr großmüthig ist, und beklage um so viel mehr, daß ich keinen Gebrauch davon machen kan.

ER

Das thut mir leid. – Aber warum nicht?

ICH

Weil ich in keine Verbindung von dieser Art jemals willigen werde.

ER

Wollen Sie lieber geheirathet seyn?

ICH

Auch das nicht!

ER

Wozu sind Sie denn also auf der Welt? – Haben Sie schon eine andre Liebe? –

Die Frage kam mir so hurtig auf den Hals, daß ich erschrak und in der Verlegenheit mit einem gestammelten »Vielleicht!« antwortete.

ER

Das ist ein ander Ding. Wenn Sie schon in einer andern Verbindung sind, darf ich keinen Anspruch mehr auf Sie machen: hätten Sie mir das gleich gesagt!

»Nein, Mylord!« rief ich etwas entrüstet. »Sie irren sich sehr: ich bin in keiner Verbindung, wie Sie meinen, und werde auch nie in eine treten.

ER

Warum nicht?

ICH

Weil ich sie meiner nicht würdig erachte.

ER

Gut! so wollen wir achthundert Pfund zu kleinen Ausgaben setzen, wenn Ihnen vierhundert nicht genug sind.

ICH

Und wenn Sie zweytausend sezten, bewegten Sie mich nicht dazu. Geben Sie sich keine Mühe!

ER

Ich bedaure. – Aber warum nicht?

ICH

Wie ich Ihnen schon gesagt habe – weil ich mich zu gut dünke, um die Mätresse eines reichen Lords zu werden.

ER

Ein reicher ist ja doch besser als ein armer. – Warum denn nicht bey einem reichen?

ICH

Bey gar keinem! sag' ich Ihnen.

ER

Sonderbar! – Aber warum nicht?

»Weil ich nicht will!« antwortete ich höchst unwillig über sein ewiges Fragen.

ER

Warum wollen Sie denn nicht? –

Ich schwieg: er wiederholte unermüdlich sein Warum. – »Ich weis nicht!« sprach ich endlich mit der äußersten Verdrießlichkeit. Wir saßen beide stillschweigend da: es öfnete plözlich Jemand die Thür, der Herr von Troppau, gestiefelt und gespornt, trat herein. – »Was Teufel! machen Sie hier, Mylord?« rief er lachend. – »Ich habe bey der Mamsell geschlafen,« antwortete der eiskalte Lord. »Bravo!« schrie der Herr von Troppau und wollte sich ausschütten vor Lachen. »Bravo, mein Puppchen! Fangen Sie nun an zu werden?« –

Ich hätte dem hölzernen Lord in die Augen springen mögen: ich mußte einige Zeit den übeln Spas des Herrn von Troppau ausstehen, aber endlich riß mir die Geduld. »Mylord,« sprach ich hastig, »so erzählen Sie doch die ganze Begebenheit, wie sie ist, damit Sie mich nicht in einen unangenehmen Verdacht bringen!« – »Sehr gern!« sagte der Lord und wandte sich zum Herrn von Troppau. »Ich habe in aller Ehrbarkeit bey der Mamsell geschlafen;« – und nun erzählte er ihm den ganzen Vorfall mit allen Umständen nach der Reihe. Als er sein gethanes Anerbieten wieder von seinem Blatte abgelesen hatte, fuhr der Herr von Troppau auf mich hinein – »Und Sie nehmen das nicht an?« fragte er verwundert. »Sind Sie toll? Glauben Sie, daß solche Anträge alle Tage kommen? Mylord, lassen Sie Ihr Blatt hier, damit sies besser überlegen kan.« – Der Lord steckte das Blatt hinter meinen Spiegel: ich wollte es verhindern, aber der Herr von Troppau ließ mich nicht zum Worte kommen. Er sagte, daß ihn seine Schwester habe rufen lassen, um bey mir nachzusehn, was für eine Mannsperson heute bey mir übernachtet hätte; daß sie über mich geseufzt und auf mich geschmäht habe. – Mir stiegen die Thränen in die Augen. – »O Mylord!« sagte ich weinerlich, »Sie haben mich in einen Verdacht gebracht, von dem Sie mich mit Ihrem ganzen Vermögen nicht loskaufen können.« – »Beruhigen Sie sich!« sprach er mit vieler Gutherzigkeit: »ich will der Dame gleich selbst sagen, warum ich bey Ihnen geschlafen habe.« Er wollte gehn, aber es kam ein Bedienter des Herrn von Troppau und sagte ihm etwas ins Ohr. – »Mylord,« fieng er lachend an, »Ihre Bedienten laufen mit Stiefeln und Schuhen in der ganzen Stadt herum und suchen Sie.« – »*Me voilà!*« sprach er äußerst gelassen und gab Befehl, daß sein Bedienter mit den Stiefeln heraufkommen sollte. Als er kam, war Mylord doch so höflich, daß er vor die Thür gieng und sie mit seinen Pantoffeln vertauschte. Der Herr von Troppau, so sehr er auch davon abwehrte, mußte ihm das Zimmer der Frau von Dirzau zeigen: er gieng unangemeldet zu ihr hinein: wie sie ihn aufgenommen hat, weis der

Himmel. Ich bin seitdem in einem sonderbaren Zustande: es ist mir immer als wenn ich mich über dich und deinen Besuch bey Vignali freuen sollte, und gleichwohl mischt sich auch so viel Verdrießlichkeit und Besorgniß darunter. – Lieber Heinrich! traue mir nur! mache mich nur nicht schwächer als ich bin! Und wenns Liebhaber und Anbeter auf mich herabregnete, solltest du sie alle erfahren; und daß mich einer von dir abwendig machte, das ist so unmöglich, als daß um Mitternacht Mittag wird.

Ich habe diesen Brief nur eilfertig hingeworfen. Gutes Glück bey Vignali!

Ich bin Deine

Ulrike.

Der Brief war noch nicht völlig gelesen, als schon der Lohnkutscher vorfuhr, der Herrmann zu seiner neuen Gönnerin bringen sollte: er stieg hinein, von seinem gewesenen Kameraden begafft, der nebst dem Diener mit neidischem Lachen in der Gewölbthür zusah. Der neugeschmückte Adonis nahm seine ganze Herzhaftigkeit, Lebhaftigkeit und Galanterie zusammen, um vor Madam Vignali mit der bescheidnen Dreistigkeit eines Weltmannes zu erscheinen: der Empfang war überaus gütig, der Besuch dauerte fast bis ein Uhr, das Gespräch war lebhaft und ununterbrochen: Vignali zeigte sich in dem ganzen Glanze ihrer Schönheit und Beredsamkeit; und um Herrmanns Vorstellung von beiden noch zu vergrößern, affektirte sie eine Migräne, die ihr die natürlichste Gelegenheit gab, zuweilen aus dem raschen überwältigenden Tone in den sanften schmachtenden überzugehn. Die Frau war gewiß eine der edelsten Figuren, im großen heroischen Stile von der Natur gebildet: ihre Miene, ihr Ton verschaften ihr über Jeden, der mit ihr sprach, eine Autorität, der man sich ohne Weigerung unterwarf, als wenn die Natur einmal das Verhältniß so bestimmt habe, daß sie allein befehlen, und alle andre Menschen gehorchen sollten. Herrmann wurde schon bey diesem ersten Besuche ihr wirklicher Sklave: es war als wenn sie ihm die Unterwürfigkeit mit dem ersten Blicke in die Seele hauchte. Er bekam die Erlaubniß, Nachmittags sein Zimmer, worinne noch eine Kleinigkeit zu machen war, zu beziehen und auf den Abend in der Gesellschaft bey ihr zu erscheinen. Er war glücklich, vom Wirbel bis zur Fußzehe entzückt über das neue glänzende Leben, wovon er nur ein Vorspiel gesehn hatte, und gestund sich unterwegs, daß Ulrike reizend und liebenswürdig, aber Vignali schön und hinreißend sey. Wie berauscht, taumelte er aus der Kutsche: aber wie traurig wurde er inne, daß ihn sein Besuch mitten zwischen die vornehme und bürgerliche Eßzeit eingeklemmt hatte! denn zu Hause war bereits um Zwölfe gespeist worden, und hätte nicht die Kaufmannsfrau die Neubegierde gehabt, seinen neuen Staat zu besichtigen, und ihn deswegen in die Stube gerufen, so wäre bey aller Glückseligkeit sein Magen leergeblieben: um ihn mit größerer Muße ausfragen zu können, ließ sie ihm einen Rest ihrer Mittagsmahlzeit aufwärmen; und nun wurde gefragt! bis auf den Boden der Seele ausgefragt! Seine Figur war angenehm, ziemlich lang, gutgebaut: sein neuer Putz erhöhte ihren Reiz: die Frau hatte bey der Abwesenheit ihres Mannes unsezliche Langeweile: sie bat den schöngeputzten Herrmann zum Kaffe. Freilich ließ sie wohl auch nichts mangeln, um ihre Schönheiten – sie war wirklich hübsch – und ihre Unterhaltungsgabe in das vortheilhafteste Licht zu stellen: allein so sehr sie zu jeder andern Zeit für sich selbst gefiel, so geringe war ihre Wirkung izt nach einem Besuche bey Madam Vignali, – wie alles so gemein, so alltäglich, so platt in ihren Reden und Manieren gegen das edle große einnehmende Betragen, gegen die feine gewählte lächelnde Sprache einer Vignali! Herrmann hätte sich mit tausendmal größerm Vergnügen in seinem kalten Kämmerchen Vignali gedacht, als diese matte Schönheit den ganzen Nachmittag gesehn. Zu seiner unendlichen Freude erlöste ihn die Ankunft eines Briefs von Ulriken aus dem Zwange. Sie schrieb:

den 28. Jan.

»Hab' ichs doch gedacht: mein Heinrich ist alles, was er seyn will; und wenns ihm morgen einfällt, den Fürsten zu spielen, so ist ers gleich so ganz, als wenn er Zeitlebens nichts anders gewesen wäre. – Wahrhaftig, du bist etwas mehr als ein Mensch. Vignali ist von dir bezaubert: sie spricht von nichts als deinem Lobe: sie findet in dir den vollkommensten Weltmann, dem mans bey dem ersten Hereintritt ansieht, daß er in der großen Welt gebildet ist. Ich mußte mich bey mir über den Lobspruch herzinniglich freuen, daß du sogar so eine feine Frau hast hintergehn können. Die Frau war mir in dem Augenblicke noch einmal so schön, so lieb und werth: ich habe ihr Hände und Lippen beinahe entzweygeküßt vor Herzenswonne, wie sie so ewig von dir redte, als wenn sie gar nicht wieder von deinem Lobe wegkommen könte. Die brave, die vortrefliche Frau! es giebt gar keine bessere auf der Erde.

Ich wunderte mich außerordentlich, daß du wieder weggefahren warst: aber um mich nicht zu sehr zu verrathen, wollte ich nicht nach dir fragen. Der Lord Leadwort erschien: die Suppe wurde aufgetragen: es war noch kein Heinrich da. Wir sezten uns: noch immer war kein Heinrich da – »und wird auch wohl keiner kommen!« dachte ich betrübt. »Ob die Vignali toll ist? Als wenn sie nicht wüßte, daß ich gern mit meinem Heinrich Eine Seele ausmachen möchte!« – Zwar – nun besann ich mich erst – was weis sie denn? Nichts! Also sey ihr der Fehler vergeben! – Aber was half mirs, daß ich ihr den Fehler vergeben mußte? Ich wurde so verdrießlich und tölpisch, wie ein ungezogenes Mädchen. Ich aß ein paar Löffel Suppe: sie schmeckte mir wie Galle, und ich ließ in meinem Verdrusse den Löffel hinein fallen, daß sie herumsprüzte: ich stopfte hastig Brod über Brod in den Mund, trank Wasser, trank Wein: es wurde mir so weh ums Herze, daß mir die Augen übergiengen. Vignali sah mir nachdenkend zu und lächelte: warum nur die Frau lächeln mochte? Es war so ein tückisches Lächeln, das ich noch niemals an ihr gesehn habe.

Der Lord fieng an, sein gewöhnliches tolles Zeug zu machen, nahm jedes Wort in einem andern Sinne und vergaß auch sein ewiges Warum nicht. Man kan fürwahr den Mann nicht anhören, ohne zu lachen. Er trieb einmal die Vignali mit seinem »Aber warum?« so in die Enge, daß sie ihm nichts mehr antworten konte: gleich darauf schlug sie ihn mit seinen eignen Waffen und fragte ihn von jedem Warum wieder das Warum bis ins Unendliche fort, daß er sich mit nichts zu helfen wußte als durch eine Gesundheit, die er der Vignali, als der größten Warumfragerin zubrachte. Am meisten beschäftigte er sich mit mir: bey dieser Gelegenheit habe ich erfahren, daß er in Logogryphen, Räthseln, Auslegungen der Namen und dergleichen Wissenschaften sehr stark ist. Er führt beständig ein Punktirbuch bey sich: neulich, erzählte mir Vignali, thut eine Dame die Frage an ihren Nachbar: ob ich wohl heute Briefe von meinem Manne bekommen werde? – Gleich erscheint der Lord, den sie vorher gar nicht gesehn noch gesprochen hat, übergiebt ihr seine Schreibetafel und einen Bleistift: »Punktiren Sie!« sagt er. Die Dame weis nicht damit umzugehen: er erklärt ihr also das Geheimniß der Kunst, kniet vor ihr mit dem rechten Knie nieder, legt auf das Linke seine Punktirtabellen, zählt, sagt ihr die Buchstaben, und sie muß sie aufzeichnen. Die ganze Gesellschaft, die wenigstens aus zwanzig Personen bestanden hat, versammelt sich um ihn; aber er punktirt ungestört fort. Mir hat er heute bey Tische mein ganzes künftiges Leben auspunktirt und brachte heraus, daß ich ihn heirathen würde: aber ich versicherte ihn, daß seine Tabelle entsezlich falsch seyn müßte. – »Aber warum?« fragte er. – Weil ich Sie nicht heirathen werde, antwortete ich; und er schwieg.

Nach Tische gieng eine ernsthaftere Scene vor. Ich war mit Vignali allein. »Meine Liebe,« fieng sie auf einmal abgebrochen an, »Sie sind eine Baronesse von Breysach.« Sie sagte das mit dem eignen Tone, den sie allemal braucht, wenn sie entdeckt, daß sie etwas weis, was sie nicht wissen soll. – »Sie sind eine Baronesse von Breysach.« – Ich war so überrascht, als wenn der Tod plözlich vor mir stünde. – »Erschrecken Sie nicht!« fuhr sie fort. »Sie sind eine Baronesse von Breysach, sind Ihrer Tante in Dresden entlaufen und haben den Namen Ihres Vetters angenommen.« – Ich hatte mich unterdessen ein wenig gesammelt, und fragte sie mit gezwungenem Lachen: wer hat Ihnen das Mährchen überredet? – »Sie kennen eine Frau Hildebrand?« sagte sie etwas spöttisch. »Die Frau Hildebrand hat eine Muhme in Dresden, die Sie von Leipzig bis Dessau gebracht hat; und diese Muhme in Dresden ist sehr wohl bekant bey der Oberstin, der Sie entlaufen sind: und diese Muhme in Dresden hat ihrer Muhme in Berlin Ihre Geschichte anvertrauet, und diese Muhme in Berlin hat mir, der Madam Vignali, Eröffnung davon gethan: wie doch ein Mährchen unter so vielen Händen zur Wahrheit werden kan! Ich hab' es gewußt, ehe Sie noch ins Haus kamen, und Ihnen heute erst entdecken wollen, daß ich das Mährchen weis.« – Ich war gefangen: das Herz wollte mir brechen: ich warf mich ihr mit Thränen zu

Füßen und bat sie bey allem, was heilig ist, mich nicht zu verrathen: vor Begierde und Angst stürmte ich so in sie hinein und riß so stark an ihrem Kleide, daß alle Nähte an ihm krachten und plazten: in dem Augenblicke machte sie eine so schadenfrohe stolze tückische Mine, die mir durch die Seele fuhr, wie ich noch nie eine in ihrem Gesichte gesehn habe. – »Stehn Sie auf!« sprach sie beleidigend stolz zu mir: »so bittet man einen Kaiser, aber keine Freundin.« – Gleich gieng ihr Gesicht wieder zur süßesten Freundlichkeit über: sie versicherte mich bey ihrer Ehre, daß Niemand durch sie mein Geheimniß erfahren sollte, so lang ichs nicht entdeckt wissen wollte. – »Hören Sie nun auch,« fuhr sie fort, »warum ich mich gerade izt mit Ihnen in dies Gespräch einlasse! Der Lord Leadwort hat Ihnen heute einen Antrag gethan, den Sie ausgeschlagen haben: er läßt Ihnen jezt einen andern durch mich thun: er will Sie heirathen. Was sagen Sie zu diesem Antrage? –

»Was ich heute früh gesagt habe!« antwortete ich entschlossen.

»Sie sind ein Kind,« sagte sie, auch gerade in dem Tone, wie man mit Kindern spricht. »Ich will Sie nur erst mit dem Manne recht bekannt machen:« – und nun holte sie ein großes Papier aus dem Schreibeschranke, wovon sie mir eine unendliche Menge Reichthümer ablas, nebst allem, was er mir zum Leibgedinge aussezte. Bey seinem Leben versprach er mir jährlich tausend Pfund zu den kleinen Ausgaben, und nach seinem Tode ein Leibgedinge von zweytausend Pfund jährlichen Einkünften, die ich aber nirgends als in Engelland verzehren könte: bey seinem Leben sollte es meiner Wahl überlassen seyn, ob ich beständig in Engelland, oder abwechselnd ein Jahr in Teutschland, und ein Jahr in Engelland leben wollte. So viel habe ich mir nur daraus gemerkt. – Als Vignali fertig war, fragte sie mich mit recht spitzigem Tone: sagen Sie nun noch, wie heute früh?

»Ja,« sprach ich mit festem Accente, so fest wie mein Entschluß, und schlug mit beiden Händen auf die Brust: »wie heute früh, spreche ich noch izt und werde ewig so sprechen.« – »Gehn Sie!« sagte die stolze Frau und stieß mich verächtlich von sich. »Sie sind ein Kind. Gehn Sie! ich muß zum Besuch fahren.« – Sie gieng, ohne Abschied zu nehmen, in ihr Kabinet und ließ mich allein stehn.

Ich bin in Todesangst, was man nun alles wider mich anzetteln wird. Ob sie vielleicht gar unsre Liebe weis? Aber wie wäre das möglich? Sie müßte allwissend seyn. Damit wir uns nicht verrathen, wollen wir einander nicht anders als bey Vignali sehen und desto öfter schreiben. Der Ueberbringer meiner heutigen Briefe soll dein Bedienter werden: Vignali läßt ihm eine Liverey machen. Da mich die Hildebrand so schändlich verrathen hat, trau ich auch ihrem Sohn nicht: wer weis, warum Vignali ihn zu deinem Bedienten gewählt hat? aber es ist unmöglich: sie weis nichts, und soll auch nichts erfahren. Daß ja jeder Deiner Briefe fest, fest zugesiegelt und auf starkes Papier geschrieben ist! Lieber gieb ihm garnicht die Form eines Briefs! Wenn die verschmizte Frau alles auskundschaftet, soll ihr doch unsre Liebe ein Geheimniß bleiben.

Du denkst doch nicht etwa, daß mir meine abschlägige Antwort auf des Lords Anerbieten etwas gekostet hat? – Nicht Einen Zuck am Herze! Nicht Eine bittre Empfindung! – Nein, Heinrich! so klein bin ich nicht! Kont' ich meinen ehrlichen Ruf um deinetwillen aufs Spiel setzen; war mir meine Ehre gegen deine Liebe eine Feder, so sind mir zweytausend Pfund Leibgedinge gewiß nur eine Seifenblase dagegen. Weg, weg mit ihnen! Du bist mir Reichthums genug; was brauch' ich mehr?

Eben läßt mir Vignali sagen, daß dein Zimmer in Bereitschaft ist: der Ueberbringer hat Befehl dich zu begleiten und anzuweisen. Mache dich gleich auf den Weg!

Ich bin diesen Abend nicht zur Gesellschaft gebeten worden; und doch du! Was das nur bedeuten mag? – O die unselige Vignali! ich zittre vor ihrer List wie vor einer Schlange.

U.

Unmittelbar nach der Durchlesung des Briefs wurde eine Kutsche bestellt: weil es schon finster war, ließ Herrmann sein leichtes Kufferchen, das seine sämtlichen Effekten in sich faßte, hineinschieben, nahm im Hause Abschied und fuhr davon. Seine neue Wohnung war schön, zierlich, voll Geschmack, der Heinrich, der noch vor einigen Tagen die Schürze trug, zum vornehmen Herrn geworden: alles fand er hier wieder, wie aus dem Schlosse des Grafen Ohlau: er kehrte zu dem vornehmen glänzenden Leben wieder und sah in sein bisheriges, wie in ein Grab, wie ins Nichts, zurück. Freilich Ulrikens

Brief! das war ein verzweifeltes Gegengewicht gegen seine Freude. Er wollte ihn noch einmal lesen, aber er mußte ihn verstecken; denn Vignali trat herein, um ihn aus übertribner Höflichkeit zu bewillkommen. Sie nahm ihn mit sich auf ihr Zimmer, wo sie ihm seine Ueberlegung über Ulrikens Brief aus dem Kopfe rein herausschwazte. Lairesse stellte sich sehr zeitig ein und trug auch das ihrige zu seiner Aufheiterung bey: sie versuchte ihre ganze unendliche Tändelsucht an ihm. Ihr Lieblingszeitvertreib bestund darinne, daß sie die tollsten ungeheuresten Figuren in buntem Papiere ausschnitt und ihre Gesellschafter damit auspuzte: deswegen legte ihr Vignali jedesmal, wenn sie zum Besuche bey ihr war, buntes Papier und eine Scheere in Bereitschaft, welches auch diesen Abend geschehn war. Sie schnitt Riesen, Zwerge, Polischinelle, Hanswürste, Pantalons und andere Karikaturen: Vignali fand an dieser Beschäftigung allmälich auch Geschmack: auch Herrmann bekam eine Scheere; und so saßen sie alle drey an einem kleinen Tischchen mit der äußersten Geschäftigkeit und Ernsthaftigkeit, und jedes suchte das andre durch die größre Abentheuerlichkeit seines Produkts zu übertreffen. Lairesse sang mitunter ein französisches Liedchen zu der Arbeit, behieng den armen Herrmann vom Kopf bis zu den Füssen mit den abscheulichsten Fratzengesichtern und lachte ihn aus, schwenkte ihn tanzend ein paarmal um, daß die Papiermänner in dem Zimmer herumflogen, trällerte, aß ein Stückchen Biscuit, neckte Vignali, neckte Herrmann, sezte sich wieder an die Papierarbeit und suchte jedem ihrer Mitarbeiter durch Stöße oder muthwillige Scheerenschnitte, wenn sie izt den lezten vollendenden Meisterschnitt thun wollten, das Werk zu verderben. Die Tischgesellschaft bestund für diesmal nur aus diesen drey Personen, war eben so kindisch lustig, und Herrmann, dem alle diese Auftritte neu waren, gieng zufrieden und vergnügt aus ihr auf sein Zimmer, um sich desto trauriger die Nacht hindurch mit Ulrikens Briefe herumzuschlagen.

Ende des zweiten Bandes.

DRITTER BAND

SIEBTER TEIL

ERSTES KAPITEL

Herrmann stund nach einer langen ernsten nachdenkenden Nacht sehr früh auf, um an Ulriken folgenden Brief zu schreiben.

den 29. Jan.

»Dein lezter Brief, liebste Ulrike, hat mich in die ernsthafteste Ueberlegung versenkt, die mich selbst mitten im Vergnügen gestern Abend beschäftigte. Die Liebe empört sich zwar in meinem Herze laut wider ihn: bey dem tiefsten Nachdenken preßte sie mir eine rührungsvolle Zähre in die Augen und suchte meine Vernunft durch Wehmuth zu täuschen: aber, liebste Ulrike, so gewiß die feurigste Liebe in meinem Herze für dich brennt, so gewiß sagt mir mein Verstand, daß wir nicht blos *lieben*, sondern auch *überlegen* müssen. Unterdrücke einmal alle Empfindlichkeit, alle Neigung für mich! verschließe die Ohren für deine Zärtlichkeit und laß sie nur mir und der Vernunft offen!

Glaubest du wirklich, daß die Liebe glücklich genug macht, um äußerliches Wohlseyn zu verachten? daß die Liebe auf die ganze lange Lebenszeit dem Herze Stärke und Trost genug mittheilt, um Mangel, Armuth, Bedrückung, Unsicherheit, Niedrigkeit, Verachtung, auch vielleicht Spott standhaft zu ertragen? daß nicht endlich überhäuftes Leiden sich durch den eisernen Muth bis zum Herze durchfrißt, schmerzlich am Leben naget und am Ende vielleicht die Liebe selbst zermalmt? Glaubst du das, nicht blos auf die Ueberredungen deiner Leidenschaft, sondern aus reifer lebendiger Ueberzeugung?

Was hast du von mir und durch mich zu erwarten? – Elend oder kärgliches Glück! Meine Person ist mein einziges Gut; und hieltest du sie in der Verblendung des Affekts für ein unschäzbares Kleinod, so würde ich zum Bösewicht, wenn ich dich nicht daran erinnerte, daß sie nichts ist. Weder zum Pfluge, noch zum Handwerke, noch zum Fabrikanten tauglich, ohne Stand, ohne Gewerbe, ohne Vermögen, um eins anzufangen, ohne Wissenschaft, ohne Gönner! – ein bloßer nakter Erdenkloß, dem das Glück einen seidenen Rock oder einen Kittel anziehen kan! auf die Erde dahingeworfen, daß das Schicksal mit ihm spielen, ihn entweder emporschnellen oder in den Koth wälzen soll! Und wenn in diesen dürftigen Erdenklumpen die Natur alle große Talente gelegt hätte, die nur einen Sterblichen erheben, alle Leidenschaften, die ihn aus dem Staube emporreißen können, was sind sie ohne Glück? – Würmer, die am Herze nagen und das Bischen Glückseligkeit, das Jugend und Gesundheit darbieten, wie eine frische Blüthe, wegfressen! verderbliche Würmer, die sich in den saftvollen Baum des Lebens hineingraben, seine Rinde durchlöchern, den nüzlichen Nahrungssaft abzapfen, in seiner Schale mit unendlicher Fruchtbarkeit brüten, daß oft der kraftlose Baum erstirbt, eh er noch die ersten Blüthen trieb, oder mit dürren Zweigen, kleinen gilblichten Blättern, ohne Frucht, Schönheit und Anmuth dasteht und sich zu Tode kränkelt! Möchte ich also der vollkommenste Sterbliche seyn, der jemals aus der Hand des Schöpfers gieng: alle diese Vollkommenheiten sind immer nur Krücken auf dem Wege des Lebens, aber das Glück ist der Führer, das lehren mich alle meine bisherigen Schicksale.

Nimm deine ganze Besonnenheit, dein ganzes Nachdenken zusammen und überlege! Sind dir *gewisse* zweytausend Pfund Einkünfte lieber, oder ein Würfel, mit dem du vielleicht den zwanzigsten Theil dieser Summe, oder nichts gewinnen kanst? Denn wie ich dir gesagt habe, ich bin fürwahr nichts als ein Würfel, den das Schicksal wirft; und es steht nicht etwa wenig oder gar kein Glück auf dem Spiel: nein, wenig Glück oder viel Ungemach sind die beiden wahrscheinlichsten Gewinste, die du durch mich erlangen kanst. Wählst du zu deinem Schaden, statt der Gewißheit Wahrscheinlichkeit, statt einer lebenslangen unverbesserlichen Versorgung vielleicht lebenslangen Kummer, Reue, Armuth, dann ist wenigstens mein Gewissen ruhig, ob es gleich mein Herz nie seyn könte: ich habe mich dir mit meinem ganzen Nichts vor Augen gestellt. Wäre mein Körper für ländliche Arbeiten gemacht und nicht in Bequemlichkeit und Zärtlichkeit aufgewachsen, oder wüßte ich eine Kunst, ein Handwerk, das mir jeden Tag das Brod des folgenden verspräche, dann sagte ich dir: Ulrike, wenn dein Herz so fest an meinem hängt, daß es Niedrigkeit und sparsames Auskommen nicht zu trennen vermögen, wohl! entsage aller Bequemlichkeit, allem Range, allem Ueberflusse! laß deine zarten Finger von Arbeit, Kälte und Sonnenhitze auflaufen, deine weißen Arme von der Luft schwärzen oder röthen, und deine weichen Hände mit Schwielen überziehn! Du sollst in der Umarmung eines Fürsten nicht glücklicher seyn als bey mir: Liebe soll unser schwarzes Brod würzen und unsern schwachen Trank lieblich und stark machen: Liebe soll den Tag anfangen und beschließen, und aus meinen Händen will ich dich dem Grabe entgegentragen. – Aber Ulrike! ein Würfel des Glücks seyn und auf Einen mißlichen Wurf seine Ruhe, selbst seine Liebe setzen! – die heißeste Hölle verdiente ich, wenn ich dich vor einem solchen Wagstücke nicht warnte. Ein Brief von Schwingern, den ich in Dresden empfieng und dir hier beilege, ist für mich eine Lampe, bey welcher ich meine Vernunft anzünde, sobald die Liebe sie auslöscht: ich lese ihn oft und habe ihn noch diese Nacht zweimal gelesen: lies ihn aufmerksam, und dann erwäge!

Was ich thun werde, wenn du der Vernunft folgest? – denn einen Menschen, wie mich, einem Lord vorziehn, was ist das anders als Schwachheit, und ich kan es dreist Unvernunft nennen, ob ich gleich wider mich selbst spreche. – Was ich also thun werde? – Berlin verlassen und zeitlebens um meine erste Liebe trauern: dein Ring, den du mir unter dem Baume gabst, soll, in Flor gehüllt, auf meinem Herze hängen, im Leben und im Grabe, so lange mein Gebein zusammenhält: mein Herz soll ein ewiges Trauerhaus seyn, still, öde, traurig, wie das Haus eines Wittwers, der nie wieder zu lieben versprach; und dies soll auch mein Gelübde seyn, mein feyerlich zugesagtes Gelübde. Glaube mir, daß ichs halten werde! Ein Herz, wo du wohntest, ist für jede Andre eine zu kostbare Wohnung: an den Ort, den dein Bild heiligte, ein andres setzen, wäre Abgötterey. In jedem Jahre soll der Tag, wo meine Liebe starb, ein Tag der Trauer seyn: Zähren will ich ihr opfern, wenn ich ihn beginne, Zähren, wenn er sich schließt: keine Speise soll meine Lippen berühren, so lange die Sonne den Horizont erleuchtet, kein Trank meine Zunge benetzen: in Flor und schwarzer Kleidung will ich den ganzen langen Tag feyern, wie einer, dem man seine Liebe begrub; und fragt mich Jemand: um wen trauerst du, Freund? dann antwort' ich ihm: um mich! – Wäre ich in einer Religion geboren, die dem Bedrängten eine Zuflucht in einsamen Mauern darbietet, so legte ich den nämlichen Tag, wo deine Wahl wider mich entscheidet, einen Ordenshabit an: doch ich bedarf solcher gewaltsamen Mittel nicht, um mir mein Gelübde zu erleichtern: es wird mir leicht seyn, so leicht, wie eine Sache, die gar nicht anders geschehen kan. Ein zweites Gelübde, das ich zur Erleichterung deiner Schmerzen thue, ist das Versprechen, sogleich Teutschland zu verlassen und weder dahin noch in Engelland jemals einen Fuß zu setzen: welches Land mich auch nähren mag, so soll es doch nie eins seyn, wo du bist.

So überlege dann, erwäge und wähle! Frage nicht, ob es mich, ob es dich schmerzt: was wäre Trennung, wenn sie nicht schmerzte? – Vergiß mich ganz, und denke nur an dich!

Ich opfre dir meine Glückseligkeit mit schwerem, aber willigem Entschlusse: so wahr eine Seele in mir denkt und empfindet, so wahr fühle und sage ich dir, daß ich mit eben so williger Entschließung noch heute meinen Kopf auf den Block legen wollte, wenn ich dir durch meinen Tod alle Schmerzen unsrer Trennung ersparen könte.

Lebe wohl. Wie Vignali mir sagt, werden wir uns nur selten bey ihr sehn können: sie darf dich nicht oft mehr zu sich bitten, weil es der Herr von Troppau untersagt haben soll: warum? entdeckte sie mir nicht. Glaube mir! die Frau ist tückisch: sie hat etwas im Kopfe wider uns, darauf wollte ich schwören; und wenn sie nicht allwissend ist, so muß sie unsre Briefe lesen; denn sie hat mir gestern Dinge gesagt, die nur in unsern Seelen und in unsern Briefen stehn. Ich argwohne sehr, sie weis unsre ganze Liebe schon. So schön sie ist, so schlau scheint sie mir: ich trau ihr nicht.«

H.

Vignali nöthigte ihn, nach Tische mit ihr spatzieren zu fahren, und er empfieng deswegen erst gegen Abend Ulrikens Antwort, ohngefähr eine Viertelstunde nach seiner Zurückkunft.

»Heinrich! Heinrich! bist du toll, daß du mir so einen Brief schreiben kanst? Denkst du, daß ich um Geld liebe? oder daß ich mit meinem Herze hausiren gehe und es dem Meistbietenden zuschlage? – Du Undankbarer! so einen schlechten verächtlichen Begriff hast du also von mir, daß du glaubst, es komme mir nicht darauf an, wen ich liebe, sondern wie viel er mir Glück oder Unglück einbringt? Durch so viele Widerwärtigkeiten, die ich seit meinen frühesten Jahren um deinetwillen litt, mit freudiger Standhaftigkeit litt, hab' ich nicht einmal so viel bey dir gewonnen, daß du mir eine edlere Denkungsart zutraust? Ist jemals eine Handvoll Schmerz und Gefahr in meinen Augen ein Punkt gewesen, den ich Eines Blicks würdigte? Hab' ich nur Eine Minute mich bedacht, Ehre und Leben zu wagen, wenn sie dich mir versicherten, wenn sie unsre Liebe in Sicherheit sezten? Und nun trittst du, kalter Vernünftler, noch hin und räthst mir, für gehabte Bemühung zweytausend Pfund Sterling anzunehmen, aus Furcht, du möchtest vielleicht gar mein Schuldner bleiben müssen! Hab' ich denn noch jemals eine Bezahlung, eine Vergeltung von dir gefodert? – Es falle Unglück, wie Hagel, auf uns herab! was ist das mehr oder weniger? Wenn es unsre Liebe daniederhagelt, dann macht es uns unglücklich: aber das thu' es! ich spotte seiner.

Todsünde war es schon, daß du dir nur einbilden kontest, mich durch so einen abgeschmackt vernünftigen Brief zu einem Entschlusse zu bewegen, den ich nicht denken kan, ohne daß mir dafür ekelt: ich will auch die Minute den abscheulichen Brief verbrennen, damit dich die Leute nicht ins Gesicht schimpfen, wenn ihn Jemand bey mir fände. – Hier flammt er im Ofen, der beleidigten Liebe geopfert! Wie ein böser Geist, fährt sein Dampf durch die krachende Blechröhre und läßt einen scheußlichen Gestank zurück. Wenn du wieder so einen schreibst, laß' ich ihn auf öffentlichem Markte verbrennen.

Ich armes Mädchen denke, was für ein rührendes Dankschreiben ich erhalten werde, daß ich der Vignali und dem Lord so gescheidt geantwortet habe, und da ichs öfne – ist es eine elende schlechtgeschriebne erbärmliche Bußpredigt, als wenn du einem schlechten Kandidaten das Konzept von seiner ersten Predigt gestohlen hättest. Zeitlebens habe ich mich nicht so entsezlich erzürnt, als wie mir da die Galle überlief: ich glühte, wie mein Ofen, ich schluchzte, ich weinte vor Aerger und kan nicht zu Tische gehn, bis ich dir den Text recht derb gelesen habe.

Aber sage mir! denkst du wirklich so weggeworfen von mir, wie du schreibst? – Heinrich! ich beschwöre dich bey deiner Glückseligkeit! haftet noch Ein Gedanke von deinem Briefe in deiner Seele, so lösch' ihn aus! rein aus, als wenn er nie dagewesen wäre: oder wenn du es nicht vermagst, so laß' ihn meine Thränen austilgen! mein Blut soll ihn tilgen, wenn Thränen zu schwach sind. Könten sie so in deine Seele fließen, wie sie auf dies Blatt tröpfeln? Es sind bittre Thränen, wie die beleidigte Liebe sie weint: sie würden dich heißer brennen, als deine heißeste Reue. – O du Grausamer! daß ich sie so zeitig um dich vergießen muß!

* * *

Oder hat dich vielleicht Vignali's Schönheit schon geblendet? Diese edle schöne englische Figur, wie man sie nennt! Wolltest du mirs etwa nicht zu Leide thun, daß du so kalt von ihr sprichst? Guter Heinrich! man kan auch rathen, was kluge Leute verschweigen. Die Frau ist mir seit heute und gestern, daß du bey ihr wohnst und immer um sie bist, so verdächtig, so widrig geworden, daß ich mich wundre, wie ich sie jemals so sehr habe lieben können. Sie hat ganz ein ander Gesicht, ganz andres Thun und Wesen, seitdem du bey ihr wohnst: wenn ich sie am Fenster mit dir stehn sehe, schielt sie so tückisch, so schlau, so tigermäßig grinzend durch die Scheibe! und wie sie heute mit dir in den Wagen stieg, kam mirs nicht anders vor, als wenn sie Hörner hätte, wie der Teufel. Ich trau ihr keinen Schritt weiter; und doch hab' ich dem falschen Weibe mein Einziges, mein Liebstes anvertraut! – O ich Tolle! ich Unbesonnene! wenn ich dich nur wieder mit Ehren aus dem Hause bringen könte! Die Vignali kömmt mir nun Tag und Nacht nicht aus den Gedanken: wo ich gehe und stehe, ist sie neben mir und grinzt mich mit ihrer stolzen tückischen Miene an, wie ein Beutelschneider, der die Gelegenheit ablauert, um mir meinen einzigen Reichthum zu rauben. – Izt war mirs doch wahrhaftig, als wenn sie zur Stube hereinkäme, um mir meinen Brief wegzureißen: ich versteckte ihn hurtig unter die Schnürbrust: du wirsts dem armen Briefe anmerken, daß er sich vor einem Räuber hat verkriechen müssen: er ist jämmerlich zerknittert.

Heinrich, wenn du mich betrügst, dich durch Vignali's List und Schönheit von mir abziehen und untreu machen läßt; wenn du vielleicht schon wirklich auf dem Wege bist, dich von ihr einnehmen zu lassen, vielleicht schon gar für sie eingenommen bist: welche Strafe kan für einen solchen Meineid empfindlich genug seyn? Alle zeitliche und ewige Strafen wären zu schwach für eine Untreue, die du an der schwachen Gutherzigkeit begiengst, an mir unschuldigem Geschöpfe, mir jammernder Taube, die aus einfältiger Güte den Geier liebkoste, der ihr ihren geliebten Tauber würgen will.

Meine Ruhe ist vorbey, so lange du bey der Vignali bist. Daß ihr der Herr von Troppau untersagt hat, mich zu sich zu bitten, ist eine der schändlichsten Lügen, darauf wette ich. – O wie ich mir so süße, so himmlische Freuden versprach, wenn du mir so nahe wärst! Wo sind sie? – Alle dahin! alle von einem Fuchse in Einer Nacht gewürgt!

Ich kan nicht mehr schreiben, so zittert mir die Hand. Ich fühle einen Fieberschauer. Heinrich, mache mir bald wieder Muth, eh ich krank werde!

U.

Herrmann wurde durch den Schluß des Briefes und die Wendung, die Ulrike dem seinigen gab, nicht wenig außer Fassung gebracht: doch ermannte er sich bald und antwortete ihr sogleich.

»Ulrike, härme dich nicht! Vignali kan mich vielleicht zu ihrem Freunde, zu ihrem Bewunderer machen: aber nie, nie wird sie dich verdrängen, nie mir die Untreue nur Eines Gedankens abnöthigen. Außer dir ist keine auf der Erde, die mir Liebe einflößen kan, am wenigsten eine Vignali, die sich mir auf der Spatzierfahrt noch verdächtiger gemacht hat.

Mein Brief war in der reinsten Absicht geschrieben: aber er sey vergessen, weil du es willst, in unserm Gedächtnisse vernichtet, wie ihn die Flammen vernichteten; und auch meine Kopie will ich verbrennen.[7] Daß ich nicht so von dir dachte, wie du glaubst, und nie so denken werde, bezeugt mir mein Gewissen. – Was du für mich thust, das fühl' ich dankbarlich: was ich für dich werde thun können, weis Gott. – Aber muthig! kan ein Mädchen des Unglücks spotten, so kan ichs fürwahr auch, spottete schon lange alles dessen, was mich trift, und nur von dir wollte ich durch meinen Rath die Leiden abwenden, die unsre Liebe über dich zusammenzieht. Wenn Vernunft nicht die Streiche des Unglücks abwehren darf, so soll Standhaftigkeit ihnen trotzen, und weder Vignalis, noch die ausgesuchtesten Qualen werden jemals die meinige erschüttern.

H.

Er kam wegen des Briefes sehr spät in die Gesellschaft bey Vignali und fand schon den Herrn von Troppau, dem sie ihn, als ihren Freund, vorstellte, ohne seiner vorgegebnen Anverwandtschaft mit Ulriken zu erwähnen: auch den ganzen übrigen Abend wurde nicht mit Einer Sylbe an sie gedacht. Vignali glänzte bey Tische mit allen Seiten ihrer Größe: sie wagte es sogar leichten gefälligen Witz zu haben, was sonst ihr Talent nicht war, da es ihr hingegen an boshaftem, auch wohl beißendem niemals fehlte: ihre Aufmerksamkeiten und Gefälligkeiten gegen Herrmann waren unzählbar: wie einem kleinen Prinzen schmeichelte und wartete sie ihm auf: als wenn sie seinen und Ulrikens Brief gelesen hätte, benahm sie ihm allen Verdacht und bließ ihm das Mistrauen, wie rein gefegt, aus dem Herzen. Sie war in seinen Gedanken ganz eine andre Frau.

Aber wie lange? – Eine Nacht! und der Verdacht war desto stärker wieder da. Ueberhaupt gab ihr Jedermann das Zeugniß, daß man nicht klug in ihr werden könne: sie wechselte ihren Charakter, wie ihre Handschuhe; und vermuthlich wird auch Herrmann nicht eher in ihr klug werden, als bis er es werden soll.

ZWEITES KAPITEL

Der weniger mistrauische Herrmann mußte bey Vignali des Morgens darauf frühstücken. Sie sah ihm wieder so listig, so tückisch aus, daß er sich vor ihr scheute.

»Herrmann,« hub sie nach einigen gleichgültigen Gesprächen mit ihrem Entdeckungstone an: »Sie sind in Ihre Muhme verliebt.« –

Ihr größtes Vergnügen war, bey solchen Gelegenheiten den Leuten starr ins Gesicht zu sehn, um die Verlegenheit zu vermehren, in welche sie durch ihre überraschenden Worte gesezt wurden: die heimtückische Freude lachte alsdann aus allen Zügen des Gesichts. Herrmann war zwar eine gute halbe Minute nach ihrer Anrede wie auf den Kopf geschlagen: allein sein beleidigter Ehrgeiz, daß ihn die Frau so aus der Fassung gebracht hatte, arbeitete sich bald durch, er fragte etwas hastig: »woher wissen Sie das?« –

Vignali verdroß die Frage: sie that ihm, statt der Antwort, eine andre mit sehr spitzigem Tone: »Wollen Sie den Mann vor Gerichte verhören lassen, der mirs gesagt hat? Hier ist er!« – Sie wies auf ihn selbst.

HERRMANN

Ich? ich hätte Ihnen jemals so etwas nur mit Einem Worte verrathen?

VIGNALI

Pst! Verrathen? das ist ein verräthrischer Ausdruck.

HERRMANN

Entdeckt, anvertraut, wollt' ich sagen.

VIGNALI

Ja doch! Sie versprachen sich. – Aber bey aller Behutsamkeit sind und bleiben Sie doch Ihr eigner Verräther.

HERRMANN

Oder Sie eine selbstbetrogne Erratherin!

Vignali sah ihn mit dem stolzesten Ernste an: – »Herrmann! wollen Sie mich Lügen strafen? Gleich gestehn Sie mir, daß Sie das Mädchen lieben! oder es wird Leute geben, die ihr schaden können.«

HERRMANN

Eine solche Drohung bewegte mich fürwahr! zu keinem Geständnisse: aber was soll ich läugnen, was ich für mein größtes Verdienst halte? – Ja, Madam, Sie habens getroffen: ja, ich liebe sie.

VIGNALI

Und sind ihr wohl recht exemplarisch treu?

HERRMANN

Das ist eine Frage, die sich selbst beantwortet.

VIGNALI

Sie werdens nicht lange mehr seyn.

HERRMANN

Ihr? Ulriken nicht lange mehr treu? – So müßte doch wahrhaftig die Sonne auslöschen und der Mond vom Himmel fallen –

VIGNALI

Was wetten Sie? Sie müssen ihr untreu werden.

HERRMANN

Madam, Sie haben mich zum Besten. Außer ihr, das sag' ich Ihnen dreist, außer ihr ist kein Reiz für mich auf der Welt, keine Schönheit, die mir nur Einen Pulsschlag Liebe abnöthigen könte.

VIGNALI

Daran ist gar kein Zweifel – Aber eben darum, weil diese einzige Schönheit so unmenschlich schön ist, müssen Sie ihr untreu werden. Glauben Sie denn, daß Sie der einzige sind, der diese einzige Schönheit empfindet und anbetet?

HERRMANN

Das nicht! aber zuverlässig der einzige, von dem sie angebetet seyn will!

VIGNALI

Ah! das ist eine andre Sache. – Sie sind eifersüchtig.

HERRMANN

Eifersüchtig? Ich habe gar keine Ursache dazu.

VIGNALI

Sie sinds! haben auch Ursache dazu! Sie kennen nur diese Ursachen noch nicht recht: aber rechnen Sie auf meinen Beistand! In wenigen Tagen sollen Sie ganz zuverlässig wissen, wie viel oder wie wenig Ursachen zur Eifersucht Sie haben.

HERRMANN

Das wäre lustig. Sparen Sie Ihre Mühe, Madam! So gewiß Ulrike das einzige Mädchen ist, das ich lieben kan, so gewiß bin ich der einzige, der von ihr geliebt wird; und eher wollt' ich mir überreden lassen, daß heute Nachmittag das Ende der Welt kömt, als daß unsre Treue und Standhaftigkeit in unserm ganzen Leben nur eine Minute lang wanken wird. –

»Lieber Herrmann, wie glücklich ist Ihre Freundin, einen so außerordentlichen Liebhaber zu besitzen!« sprach Vignali mit verstellter Süßigkeit. »Ziehen Sie sich an! wir wollen ausfahren: vielleicht kan ich meine abscheuliche Migräne los werden. Gehn Sie!«

Auf der Spatzierfahrt wurde das Gespräch in dem nämlichen Tone fortgesetzt, und Vignali gab ihm Eifersucht und nahe Untreue mit so dreister Frechheit Schuld, daß er fast zu zweifeln anfing, ob er es nicht ohne sein Wissen schon wirklich sey: wenigstens brachte sie ihn doch für diesmal so weit, daß er auf Ursachen zur Eifersucht aufmerksam wurde.

Nachmittags hielt sie mit Lairesse und Rosier eine Rathsversamlung bey verschloßnen Thüren in dem innersten Kabinete, wovon freilich Herrmann sich nicht träumen ließ, daß sie ihn betraf. Vignali, als Vorsitzerin, eröfnete die Versamlung mit einer pathetischen Rede.

»Meine lieben Freundinnen,« begann sie, »ich muß Euch eine Entdeckung machen, die Euch gewiß sehr interessiren wird. Der junge Mensch, den ich ins Haus genommen habe, liebt die Guvernante bey der Fräulein Troppau, und mit einer Zärtlichkeit und Heftigkeit, daß man sich zu Tode lachen muß. Ich habe alle Briefe gelesen, die sie einander täglich schreiben: ehe sie abgegeben werden, muß mir sie der Bursche zeigen, der den Liebhaber bedient; auch da seine Mutter noch ihre geheime Bothschafterin war, sind sie schon in meine Hände gekommen: ich habe mir noch gestern eine Migräne über das tolle Zeug gelacht. Das möchte hingehn: aber die Sache wird für uns ernsthaft. Das Mädchen ist äußerst stolz und bildet sich viel auf ihre sogenannte Tugend ein: ich habe sie zwar ins Haus gebracht, weil ich mir etwas anders in ihr versprach, aber sie wurde mir gleich drey Tage nach unsrer angefangenen Bekanntschaft unleidlich; und ich habe deswegen ihr Emporkommen beständig zu hintertreiben gesucht. Der Herr von Troppau war wirklich in sie verliebt, und hätte ich nicht gethan, so wäre sie schon längst auf den nämlichen Fuß gesezt worden, wie wir alle; und sähe sie sich einmal aus einer solchen Höhe, dann wäre es um uns geschehen: wir würden zurückgesezt und endlich gar verabschiedet. Dafür sind wir bisher durch meine Klugheit gesichert worden, und werden auch künftig dafür gesichert werden: aber es droht eine andre Gefahr. Ihre närrische Grille von Tugend und Ehre hat dem Herrn von Troppau einige wunderliche Ideen in den Kopf gebracht: er schwazte mir gestern nach Tische so viel albernes Zeug von der Tugend eines Mädchen daher und besonders so viel von der Tugend und Ehrbarkeit dieses Affen, wie sehr die weibliche Tugend allen noch so glänzenden Schönheiten vorzuziehen sey, daß man doch am Ende ihr Bewunderer werden müsse, auch wenn man sich den Vergnügungen noch so sehr ergäbe, und was dergleichen armselige Lappereyen weiter waren: der Himmel weis, in welchem einfältigen Romane er einmal das tugendhafte Geschnake aufgelesen haben mag; denn da kriegt er mannichmal solche Paroxysmen von Weisheit. Ich mußte alle Mühe anwenden, um ihn aus seinem Weisheitsfieber herauszureißen: da ich ihn nur einmal so weit gebracht hatte, daß er bey mir blieb, alsdann vergieng ihm wohl die Weisheit. Wißt Ihr, was ich befürchte? – Wenn er erfährt, daß das Mädchen von seinem Stande ist, so sind wir nicht einen Augenblick sicher, daß er nicht die Thorheit begeht und sie heirathet; denn er ist wirklich in sie verliebt, sehr verliebt: was er gestern von ihr sprach, war mehr als Bewunderung: es entschlüpfte ihm sogar der Wunsch, daß sie von seinem Stande seyn möchte, und er erschrack, da er sich besann, daß er sich so sehr verrathen hatte. Seine gottselige Schwester treibt ohnehin beständig an ihm, daß er sich wieder verheirathen soll: weis sie erst, daß das Mädchen eine Baronesse ist, dann ruht sie nicht, bis sie seine Frau wird, so bald sie nur merkt, das er sie liebt. Was alsdann aus uns allen würde, könt Ihr leicht rathen, die verachteten zurückgesezten Nachtreterinnen einer stolzen Ehefrau!

»Wie sie izt schon von uns denkt, und wie sie uns also in einem solchen Falle unfehlbar begegnen würde, das könt Ihr leicht aus zween Umständen abnehmen. Neulich, als der Herr von Troppau eine kleine Schäkerey mit ihr vornahm, wurde sie so empfindlich darüber, daß sie mir ins Gesicht sagte: »sie möchte nicht des Herrn von Troppau Hure seyn:« – und zwar mit einem so verächtlichen Seitenblicke nach mir, daß sich meine ganzen Eingeweide erschütterten. Ich unterdrückte damals meinen Zorn, aber von dieser Minute an war Rache über sie beschlossen. Glaubt das eingebildete Mädchen, daß sie die einzige Tugend auf der Welt ist? Haben wir nicht sowohl Tugend und Ehre als sie? Ist es nicht die tollste Frechheit, uns einen so erniedrigenden Namen zu geben? Ist das nicht die schmerzendste Beleidigung, die allein schon Rache, die empfindlichste Rache forderte?

»Aber das ist noch nicht genug. In ihren lezten Briefen an ihren Liebhaber spricht sie so schlecht von mir, daß ich alle meine Fassung zusammennehmen mußte, um meinen Unwillen nicht gegen den jungen Menschen zu verrathen. Sie mahlt mich als eine schlaue stolze boshafte Frau ab, und auch ihr Liebhaber macht keine bessere Schilderung von mir: sie sind beide darinne einig, daß sie mir nicht trauen wollen. Das Mistrauen ärgert mich, daß ich rasen möchte: aber ihr Elenden! ihr sollt mir trauen, und durch euer Vertrauen eure eignen Verderber werden: dafür steh' ich. Ich will mein Haupt nicht ruhig niederlegen, bis ich die Würmer erdrückt habe.

»Izt kennt Ihr die Gefahr, die uns alle bedroht, meine Freundinnen, und die Beleidigung, die mir und uns allen wiederfahren ist: vernehmt nunmehr auch meine Rache! Das Mädchen muß gedemüthigt werden: das einzige, worauf sie stolz thut, weswegen sie uns verachtet, uns solche kränkende Namen giebt, muß sie verlieren: ich beruhige mich nicht, so lange sie nicht so weit gebracht ist. Ich habe schon den alten Gecken, den Lord Leadwort, der auch in die Närrin verliebt ist, an sie abgeschickt: er mußte ihr einen sehr anständigen Kontrakt anbieten, aber sie schlug ihn aus: ich beredte ihn, daß er sie heirathen sollte, und das ehrliche Vieh verstund sich auch dazu. Ich that ihr in seinem Namen den Antrag: auch diesen wies sie mit der frechsten Naseweisheit von sich. Ich dachte gewiß, sie würde mir auf diese Art ins Garn laufen: sagte sie damals ja, dann mußte noch denselben Abend der Lord seine Brautnacht mit ihr feiern, in einem paar Tagen von Berlin wegreisen, und die Braut sich mit der Brautnacht begnügen. Den treuherzigen Lord drehe und wende ich, wie ein Stückchen Papier: ich triumphirte schon über meine gelungene Rache, und hätte dem Mädchen das Gesicht zerfleischen mögen, als sie mir so ein trotziges Nein zur Antwort gab. Dem Fratzengesichte steckt ihr Herrmann im Kopfe: auf diesen gesezten gewissenhaften soliden Philosophen baut sie ihre Hofnung, wie auf einen Felsen: dieser nachdenkende altkluge, übermäßig weise Junge hat ihr ganzes Herz. Wißt Ihr nun was zu thun ist? – Wir müssen die Liebe zerreißen. Erstlich wollen wir den warmen Liebhaber eifersüchtig machen: ich will dem Mädchen Liebhaber über Liebhaber zuschicken: der Bube ist sehr heiß vor der Stirn, und ich wette mit euch, ehe eine Woche vergeht, sollen sich die beiden Leute nach Herzenslust zanken. Facht ihr nur in allen Abendgesellschaften seine Eifersucht recht an! weder Lügen noch Betrug müssen gespart werden. Sind sie erst verunreinigt, dann nehmen wir den Liebhaber vor und setzen ihm alle drey aus allen Kräften zu, daß wir ihn zu einer Untreue verleiten: aus Verdruß, Eifersucht und Rache gegen das Mädchen wird er schon von seines Herzens Härtigkeit nachlassen: die ihn unter euch gewinnt, soll diesen Ring zur Belohnung von mir empfangen. Erfährt das Mädchen seine Untreue – und sie soll sie gewiß die Minute darauf erfahren, dafür will ich sorgen – dann wird sie sich rächen wollen: man schickt ihr einen Liebhaber zu, der den Augenblick des Verdrusses zu nützen weiß; und fällt sie da noch nicht, dann muß sie ihr Liebhaber selbst zu Grunde richten, selbst demüthigen und unser aller Schande und Gefahr an ihr rächen.

»Betragt Euch klug und verschwiegen, das rathe ich Euch! bedenkt, daß ihr mir euer Glück zu verdanken habt, daß du, Lairesse, eine Tänzerin, und du, Rosier, ein Waschmädchen warst! Um euch an mein Interesse zu knüpfen, hab' ich Euch erhoben: gehorcht ihr mir nicht in allen pünktlich; seyd Ihr nicht verschwiegen, wie die Mauern, dann wißt, daß der Töpfer so gut den Topf zerschmeißen kan, als er ihn bildete. Troppau muß von nun an nicht eine Stunde zur Besonnenheit kommen: wir müssen ihm seinen Paroxysmus von Weisheit ganz vertreiben: er muß mit Vergnügungen überfüllt werden, daß es ihm gar nicht einfällt, an seine Liebe zu dem Mädchen zu gedenken. Ich will schon sorgen, daß er sie wenig zu sehn beköm̃t. Izt wißt Ihr alles, was ihr zu thun habt: ich ermahne euch noch einmal – seyd klug und verschwiegen, oder – zittert!«

Sie sprachs, räusperte dreymal ihren rauhen Hals, und beide Zuhörerinnen klatschten ihr Beifall zu und gelobten ihr Gehorsam und Verschwiegenheit an. Lairesse wälzte sich vor Freuden auf dem Sofa, daß sie den jungen Menschen zum Narren haben sollte, und Rosier hüpfte, wie eine Elster, und lispelte mit Händeklatschen: »das ist hübsch! das ist hübsch!« – Die Rathsversammlung erhub sich in das Zimmer, Vignali stimmte ihre Muskeln zur Freundlichkeit und Liebe um, und Herrmann wurde zur Gesellschaft gerufen.

DRITTES KAPITEL

Die listige Vignali lenkte sogleich das Gespräch auf die Untreue der Mädchen und führte bittre Klagen über die Wankelmüthigkeit ihres eignen Geschlechts, erzählte Geschichten von hintergangenen Liebhabern, die ihr Leben gegen die Beständigkeit ihrer Geliebten verwettet hätten: die übrigen beiden Nimphen brachten auch einen Zuschuß von ähnlichen Begebenheiten herbey. Herrmann schwieg, seufzte und machte Betrachtungen bey sich.

Auf einmal sprachen die drey Schönen leise, als wenn er es nicht hören sollte, wiewohl sie eigentlich seine Aufmerksamkeit noch mehr dadurch zu reizen suchten, daß sie durch öftere Seitenblicke nach ihm, durch öftere halblaute Warnungen, daß man den armen Herrmann nicht kränken müßte, sich ein Stillschweigen auferlegten und immer lauter und öfterer Ulrikens und seinen Namen nannten: eine wollte es schlechterdings nicht glauben, die andere hielt eher des Himmels Einsturz für möglich, als so eine Treulosigkeit, und die dritte stritt mit aller Zuverlässigkeit dafür. Herrmann wurde roth, horchte mit allen Ohren auf das zischelnde Gespräch und kochte am ganzen Leibe, als er aus dem geheimnißvollen Geschwätze eine Geschichte errieth, die er nur fürchten, aber nicht glauben konte.

Endlich, als man ihn in Gährung gerathen sah, fieng man an sich laut zu erzählen, wie glücklich Ulrike sey, daß kein Mädchen in Berlin so viele Anbeter habe als sie. – »Ich weis keinen als den Leadwort,« sprach Vignali. – »Und *Monsieur Piquepoint*!« rief Lairesse. – »Und der slavonische Graf!« lispelte Rosier. – »Den Herrn von Troppau können wir auch dazu rechnen,« hub Vignali wieder an. – »Und den Herrn Bassano bitte ich nicht zu vergessen!« sagte Lairesse. – »Und wie heißt denn der da?« lispelte Rosier. »Wißt Ihr nicht? *Monsieur Nattier*.« – »Das sind ihrer doch nicht mehr als sechse,« rief Vignali laut und vernehmlich, als wenn sie zur Ausruferin darüber bestellt wäre. Lairesse konte des Spaßes nicht satt werden und nennte noch wenigstens drey oder vier Kastraten her, die Herrmann nicht kannte, und von denen er also nicht wußte, wie wenig fürchterliche Nebenbuhler sie waren. »Das Mädchen kan sich nicht erhalten,« versicherte Vignali. »Gebt Acht! sie fällt, ehe man sichs versieht.«

LAIRESSE

> Ich setze nicht eine Stecknadel dagegen. Sie sind ohnehin alle schon ziemlich weit mit ihr gekommen.

ROSIER

Und ich wette nicht um eine Seifenblase. Sie ist auch nicht wenig froh, so eine Heerde Liebhaber zu haben.

VIGNALI

Aber ich beklage nur den armen Menschen. So viele Liebe gegen ihn vorzugeben und doch so eine Menge Anderer daneben zu haben! Wie nur Jemand so falsch seyn kan! –

Herrmann glühte, stund mit einem Seufzer auf: – »Der arme Teufel ärgert sich,« sprach Vignali zu ihren beiden Freundinnen: »*finissons!*« – »Er muß es doch einmal erfahren,« sezte Lairesse hinzu: »besser zeitig als spät!« – Vignali gebot noch einmal Stillschweigen und holte buntes Papier: Herrmann mußte sich niedersetzen und arbeiten helfen: man schnaubte nicht mehr von Ulrikens Untreue. Der arme Verliebte war äußerst zerstreut und im eigentlichen Verstande auf der Folter: er konte nichts glauben, und gleichwohl war doch alles so wahrscheinlich.

Sobald der Herr von Troppau anlangte, wurde er von Vignali auf die Seite genommen und empfieng ohne seine Bewußtseyn eine Rolle bey ihrem rachsüchtigen Plane. Sie berichtete ihm, daß Monsieur Piquepoint eingeladen sey, worüber er sich von Herzen freute, und daß er ihm überreden solle, Ulrike habe sich in ihn verliebt und sey zu bescheiden, ihm ihre Liebe anzutragen, weswegen sie sich blos begnüge, ihm ihren Schattenriß zu überschicken; sie hoffe den seinigen zum Gegengeschenk zu erhalten. Herr von Troppau war entzückt über das Possenspiel und beförderte, aus Liebe zum Vergnügen, Vignali's Absichten wider Herrmanns Ruhe.

Dieser Monsieur Piquepoint – wie man ihn zum Scherz hieß – war ehemals Schneider gewesen, hatte unvermuthet eine reiche Erbschaft von einem Vetter in Holland gethan und sogleich Nadel und Bügeleisen zum Fenster hinausgeworfen. Weil er ehedem, als Geselle, in Paris gearbeitet hatte, war ihm ein wenig von der Sprache hängen geblieben, welches ihn verleitete, schon als Schneider, seine kleine Wissenschaft bey jeder Gelegenheit auszukramen: alles um und an ihm bekam französische Namen, und er hielt es für eine Beschimpfung, worüber er auf der Stelle Beschwerde führte, wenn man ihn teutsch anredte. Da er vollends so viel Vermögen bekam, wurde es zur Todsünde, wenn man nur mit Einem Worte sich merken ließ, daß man ihn für einen Teutschen hielt. Er wollte schlechterdings ein vornehmer Herr scheinen und glaubte es wirklich zu seyn, wenn er die Laster und Thorheiten der Vornehmen nachahmte: er überließ sich also den entseztlichsten Ausschweifungen der Liebe, und da kein Mädchen anders als durch den Nutzen angelockt werden konte, ihn nur Hofnung zur Begünstigung zu machen, so kosteten ihm seine verliebten Abentheuer unmäßiges Geld, und meistentheils endigten sie sich damit, daß er um den Genuß betrogen und ausgelacht wurde: indessen das machte ihm wenig Sorge: er begieng seine Ausschweifungen aus Eitelkeit, und darum war es zu seiner Zufriedenheit genug, wenn nur die Leute wußten, daß er mit dieser Schöne, mit dieser Tänzerin, jener Aktrice in Verbindung stund: er wollte nichts als die Mine der Ausschweifung haben, und sein ganzes Gesicht wurde mit Vergnügen, wie mit einem Firniß überzogen, wenn man ihm einen verliebten Ritterzug mit dieser oder jener berühmten Schönheit Schuld gab. Seine Narrheit und sein Geld lockten viele junge Leute herbey, die auf seine Unkosten theils schmarotzen, theils sich belustigen wollten: sie hatten ihn auf alle Weise zum Besten, und wenn sie ihn ein ganzes Abendessen hindurch, das er bezahlen mußte, herumgetummelt hatten, dann genoß oft einer von ihnen die Gunst, die der arme Narr durch sein Gastmahl und vorhergegangne Geschenke zu erkaufen suchte, während daß ihn die übrigen Gäste auf seine Rechnung zu Boden tranken. Eine zweite vornehme Thorheit, die er bis zum Uebermaße trieb, war seine Sucht französisch zu reden und ein Franzose zu scheinen: er würdigte keinen Teutschen eines Blicks, wenn er ihn seine Muttersprache reden hörte, und seine Frau und Kinder ließ er beinahe verhungern, weil sie Teutsche waren und kein französisch sprachen. Er veränderte deswegen seinen Namen, und der Herr von Troppau, ein großer Namenerfinder, schlug ihm zum Scherze die Benennung *Piquepoint* vor, die er mit Dank annahm und beständig beybehielt: wer ihm einen süßen Augenblick machen oder sich bey ihm einschmeicheln wollte, hieß ihn *Monsieur de Piquepoint*, und endlich adelte man ihn so allgemein, daß er sich selbst einbildete, ein Edelmann zu seyn, und es übel nahm, wenn ihm jemand das Wörtchen *de* entzog: auch hütete er sich sorgfältig mit einem andern

Menschen als mit seines Gleichen umzugehen, wie er den Adel nannte. Dieser ausgesuchte Narr hatte mit der Lairesse, als sie noch Tänzerin war, ein Paar tausend Thaler durchgebracht, doch ohne daß es ihr etwas half, weil ihre Unbesonnenheit mehr ans Verschwenden, als ans Bereichern dachte: sie hatte ihn in Vignali's Bekanntschaft gebracht, die ihn um so lieber zum Abendessen lud, weil der Herr von Troppau nie aufgeräumter war, als wenn er den selbstgeadelten Schneider durchziehen konte; und auch die übrige Gesellschaft fand ihre Rechnung dabey, weil schon sein Französisch allein hinreichend war, um einen Abend über ihn zu lachen.

Er kam diesmal sehr spät, in einem buntsamtnen Kleide, wie der vollkommenste Stutzer, herausgeputz und so entsezlich parfumirt, daß er eine herumwandelnde Apotheke zu seyn schien. Er war ein dickes untersetztes Männchen mit einem rothkupfrichten Gesichte und machte, zur Nachahmung der französischen Flüchtigkeit, jede Bewegung mit so komischer Behendigkeit und so steif, wie die Kartenmänner, die mit Einem Fadenzuge den ganzen Körper bewegen: auf dem Absatze konte er sich so meisterhaft umdrehn, als wenn er auf einer Spindel liefe. Sobald er hereintrat, rief ihm der Herr von Troppau französisch entgegen: »*Monsieur de Piquepoint*, woher kommen Sie so spät?«

»*Ah*,« antwortete er schmunzelnd, »*on m' dit ça, d'apord, Monsieur lé Baron*«.[8]

HERR VON TROPPAU

Von welcher berühmten Schönheit? Soll ich rathen?

PIQUEPOINT

»*Ah, Monsieur lé Baron, ça Vous né devine pas.*«

Lairesse schrie ihm von hinten einen Namen hastig ins Ohr. – .»*Pardon, Mademoiselle!*« rief er und drehte sich auf dem Absatze zu ihr, »*né mé parlez par lé derriere.*«

Der Herr von Troppau kündigte ihm darauf einen neuen Sieg an und nahm ihn auf die Seite, um ihm Ulrikens Schattenriß zu geben, mit der Nachricht, daß sie ein gleiches von ihm erwarte. »Das arme Mädchen schmachtet recht nach Ihnen,« sezte der Herr von Troppau hinzu. – »*Elle languit!*« schrie *Piquepoint* ganz außer sich. »*Ah, la pauvre petite chose!*« (das arme kleine Ding!)

HERR VON TROPPAU

Aber Sie müssen Mitleid haben. Lassen Sie das arme Mädchen nicht zu lange schmachten!

PIQUEPOINT

Pacienza, Monsieur lé Baron! Je fais ça, comme les grands Seigneurs de campagne: dans lé commencement jé marche sur les filles un peu horriblement; mais si ils se donnent, jé fuis douce comme de la marmelade. –

Unterdessen daß dies Gespräch noch einige Zeit fortgesezt wurde, und *Monsieur de Piquepoint* seine Freude über Ulrikens Liebe auf alle Weise auszudrücken bemüht war, besteckte ihm die muthwillige Lairesse den Haarbeutel mit einer Menge Scheeren und Bügeleisen von buntem Papier, und berichtete Jedermann, daß Herr Piquepoint heute sein Wappen umgehängt habe. Wohin sich der verspottete Narr kehrte, fieng man an zu lachen, und kaum hatte er sich hurtig nach der lachenden Person hingewandt, so brach hinter ihm eine Andre los: er sagte einige von seinen *bon-mots* über das Lachen, und weil es sich vermehrte – welches er seinem gesagten Witze zuschrieb – so drehte er sich, wie ein Dreher, voller Lustigkeit herum und lachte selbst mit. »*Ah!*« rief der tumme Tropf und klatschte in die Hände, »*je pé (peux) amiser les gens en maître qu' ils crévent pour rire.*«

Bey Tische hatte er Ulrikens Silhouette beständig neben sich liegen, küßte sie und musterte ihre Reize, versicherte, *qu' il l'aimoit toute entiere, son ame et son corps,* und schwazte so viel aberwitziges Zeug, besonders wie er ihr seine Liebe bezeugen wollte, daß Herrmann die Geduld verlor und ihm den Schattenriß heimlich wegnahm. Wie unsinnig schrie und wehklagte der Narr, als er den Verlust inne ward, und bot einen, zwey, drey Dukaten, wenn man ihn wiederschafte.

»Und wenns tausend Dukaten wären,« fieng Herrmann an, »so soll er nicht in so unwürdige Hände wieder kommen.«

PIQUEPOINT

Ces mains sont au Monsieur de Piquepoint: savez-Vous ça bien, mon petit Monsieur?
HERRMANN
Einem ausgemachten Narren gehören sie.
PIQUEPOINT
Quoi? Moi une boufon! Allons, je me duelle! je me duelle. –

Er trat wirklich mitten in die Stube und zog den Degen: Lairesse stund auf, zog eine Scheere aus der Tasche und erbot sich, Herrmanns Verfechter zu seyn. – »*Quoi!*« rief *Piquepoint*, »*Vous voulez être son champignon? (champion) Allez, ou jé Vous pique!*– *Non, non,* unterbrach er sich sehr sanftmüthig, kniete nieder und legte ihr den Degen zu Füßen, *pour les Dames je place mon epée sur la terre. - Voyez Vous?* sagte er zu Herrmann, als er wieder aufstund, *Vous êtes echapé par ste Demoiselle.*« – Die Silhouette blieb für ihn verloren.

Nach Tische erbot sich Lairesse, seinen Schattenriß zu machen, da er ihn zum Gegengeschenk versprochen hätte: er sezte sich, und sie erhöhte die Häßlichkeit seines Gesichts so sehr, daß es wie einer von den Polischinellen aussah, die sie in buntem Papier ausschnitt: demungeachtet küßte er ihr demüthig die Hände dafür und versicherte, daß ihn in seinem Leben noch Niemand so gut getroffen habe: sie machte sogleich eigenhändige Anstalt, es aufzupappen, und kleisterte im Kabinet das scheußliche Profil auf einen Bogen türkisches Papier, daß der ganze Schattenriß einem Gesichte ähnlich sah, das vor kurzem die Blattern gehabt hat.

Herrmann langte von der großen Lustigkeit sehr unlustig in seinem Zimmer an: nicht als wenn ihn der Narr eifersüchtig gemacht hätte! sondern daß man zu einer solchen Art des Spaßes Ulriken wählte, das beleidigte ihn: die vielen Liebhaber, die man ihm vorgezählt hatte, giengen ihm doch nicht wenig im Kopfe herum: er war zwar wegen Ulrikens Treue festiglich versichert, allein die Empfindung der Liebe, die Andre für sie fühlten, beneidete er schon: er war ein so habsüchtiger misgünstiger Verliebter, daß er gern alle Lichtstrahlen von ihrem Gesicht auf sich allein gelenkt oder ihre Gestalt in eine beständige Nebelwolke für jeden Andern gehüllt hätte, damit alle Empfindung des Wohlgefallens, die sie erregen konte, sich allein in seinem Herze versamlete. Und dann! Verführung, Ueberraschung durch List war seine große Furcht. Wie ein Geiziger, der ängstlich seinen Schaz gern bey sich tragen möchte, um ihn vor Diebstahl zu sichern, schloß er die eroberte Silhouette in die Kommode und beklagte sehr, daß er das Original nicht zugleich mit verschließen konte.

Den folgenden Morgen bekam er einen Brief von Ulriken, der den weitern Erfolg von der Liebesgeschichte des Herrn *Piquepoint* enthielt.

»Heute früh, Heinrich, habe ich ein großes Schrecken und eine große Lust gehabt. Der Fantast, *Monsieur de Piquepoint,* den du vermuthlich nunmehr auch kennen wirst, trat ausserordentlich geputzt zu mir herein, machte eine unendliche Menge seiner zierlichen Verbeugungen und warf sich gerade vor mir hin auf die Knie: ich erschrak und dachte wahrhaftig, der Narr wäre verrückt geworden. Er zog unter dem Rocke einen großen, mit Goldpapier eingefaßten Bogen hervor, worauf ein abscheuliches Fratzengesicht von buntem Papier geklebt war, ein so possierlicher rothgeschundner Kopf, daß ich mich vor Lachen nicht halten konte. – Ist das Ihr Porträt? fragte ich ihn. – »*Oui, oui, ma charmante bête!*« antwortete er voller Süßigkeit, hustete und sagte mir knieend vier französische Knittelverse her, die er diese Nacht gemacht haben will. Ich habe sie aufgeschrieben: hier sind sie:

Acceptez, divine Deesse,
  Le portrait d'un Amant, qui Vous aime sans cesse,
Accordez-moi un rendez-Vous,
  Ou mon amour me rend très fou.

Zuletzt, da ich nicht glauben wollte, daß es sein Produkt wäre, gestand er mir, daß es ein Billet sey, das einmal ein teutscher Baron an eine Französin geschrieben habe. »*C'est un seigneur,*« sezte er hinzu, »*qui crache des vers françois, tant il est françois, tout françois: c'est un Monsieur de qualité, comme il faut; il parle allemand comme un cochon, mais lé françois, il lé parle comme lé diable; et il ecrit françois comme un enfant en France.«* (französisches Landeskind.)

Die Possen, die er außerdem noch sagte und that, waren unzählig: er ließ mir keine Ruhe, bis ich ihn wegen der gefoderten Zusammenkunft auf eine bessere Zeit vertröstete: wenn ich über sein unverschämtes Verlangen zürnte, besänftigte er mich mit so komischen Ausdrücken, daß ich meinen Zorn vergessen und lachen mußte: um seiner los zu werden, mußte ich ihm die Hofnung geben, daß er bey Gelegenheit nähere Nachricht bekommen sollte.

Es ist mir höchstverdrießlich, daß der Fantast mit mir seine Narrenrolle zu spielen anfängt: er berühmt sich immer mit so vielem unsinnigen Zeuge, daß ich sicher durch ihn in die Rede der Leute kommen werde: ob ihm gleich Niemand glaubt, weil man weis, daß er ein Narr ist, so könte doch sein Geschwätze mehr Menschen auf mich aufmerksam machen, als ich wünschte; denn ich vermeide mit Fleis alle öffentliche Oerter, wo viele Leute beysammen sind, seitdem man mein Porträt hergeschickt hat. Ich lebe seitdem so eingezogen, wie eine Nonne; und so ist es der Frau von Dirzau recht, die mich schon deswegen gelobt hat, besonders weil ich izt weder zu Vignali, noch in die Abendgesellschaften komme. Wenn sie wüßte, wie gern ich ihr Lob entbehrte! Aber ich begreife doch nicht, was dem Herrn von Troppau im Kopfe liegt, daß er der Vignali den Umgang mit mir untersagt hat. Ich mache mir tausend Grillen darüber und sinne, ob ich ihn oder Vignali beleidigt habe: es bleibt mir ein Räthsel. Mein Leben ist dadurch äußerst verdrießlich und traurig geworden: den ganzen Tag bin ich allein auf meinem Zimmer, oder mit meiner Karoline, die vor Sittsamkeit und Vernünftigkeit unter den Händen ihrer Tante stumm, wie ein Stockfisch, geworden ist; man kan nicht ein muntres Wort aus ihr bringen: bey Tische ist die Langeweile so gewöhnlich und unausbleiblich da, wie das liebe Brod: sie ist unser Hauptgerichte. Also liegt mir der ganze lange Tag auf dem Nacken, wie ein schweres Joch. Ich will lesen; aber es schmeckt mir kein Buch, ich kriege Kopfschmerzen, die Gedanken laufen mir im Kopfe herum, und dabey ist so eine Leere, so eine langweilige schmerzhafte Leere in meiner Seele, wie in einem Magen, der drey Tage gefastet hat. Ans Arbeiten darf ich gar nicht denken; denn mir ekelt, wenn ich nur eine weibliche Arbeit liegen sehe. Schreiben? – das thu ich ja wohl, aber es gelingt mir nicht: alles klingt mir so steif, so hölzern, daß ichs zerreißen möchte: ich thu es auch oft genug; denn dies ist von vier Briefen der erste, den du bekömmst; und noch möchte ich ihn lieber ins Feuer werfen, so elend ist er, so schleppend, so schläfrig, so langweilig, wie ich selbst und alles um mich her. Fürwahr, man wird so eines abgeschmackten ungesalzenen Lebens überdrüßig, und ich wäre izt aus Verdruß zu allem fähig, um mir nur die Last vom Halse zu schaffen. – So einen entsezlichen Ekel vor allem, was ich denke, thue und empfinde, hab ich in meinem Leben nicht gespürt: meine eignen Gedanken machen mir Langeweile.

Was das für eine abscheuliche Schrift ist. Es wird kaum zu lesen seyn: da liegt mir nun das Dintenfaß so voller Federn, daß ich immer die unrechte faße: ich will sie alle zerstampfen, die unseligen Federn!

Ich bin des einfältigen Schreibens müde: ich bringe doch nichts gescheidtes zu Stande. Lebe wohl.

* * *

Ich sah dich eben izt am Fenster mit Vignali lachen. Sage mir, wie du das kanst! Stellest du dir nicht vor, daß ich vor Verdruß vergehen möchte, und unsre Trennung, die ewige Störung unsrer Liebe liegt dir so wenig am Herze, daß du noch lachen kanst? – O Heinrich! Leichtsinn ist sonst nicht dein Fehler: es ist also Unbeständigkeit, überlegte Unbeständigkeit, daß dich Vignali's Vergnügen stärker rührt als mein Kummer. Hat sie dich etwa schon so fest mit ihren Fesseln umschlungen, daß dir das Mitleid gegen die arme vergeßne Ulrike Mühe kostet? Bist du schon so sehr mit Vignali einverstanden, daß du ihren Triumph über mich durch deine Freude empfindlicher machen willst? Ich versichre dich, dein Lachen gieng mir durch Mark und Bein. O ich Thörin! daß ich dich in die Hände eines so listigen Weibes brachte! Du kanst, du kanst mir nicht treu bleiben, wenn du gleich wolltest: es ist um mich geschehn. Aber wisse! Untreue kan nur durch Untreue gerächt werden; und gewiß ein schwerer Schritt, wenn ein Mädchen aus Rache Untreue begehen muß! der Schritt in den Sarg kan nicht schwerer seyn.

Heinrich, wenn es noch Zeit ist, erbarme dich deiner Ulrike! Ich wohnte in einem Rosengarten, ehe du kamst: seitdem du hier bist, wohne ich im Kloster, schlafe auf Dornen, der Fußboden wird mir zum zackichten Felsen, und die ganze Welt eine Wüste. »Nun willst du Freuden des Paradieses voll, rein, unerschöpflich genießen,« hofte ich, als du zu Vignali zogst; und ach! – ich durfte kaum hineinblicken in das Paradies. –

Keine Liebe, keine Sorge.

U.

Dies war der lezte Brief, den Herrmann empfieng: seine Antwort darauf, die Ulriken wegen ihrer Besorgniß beruhigen sollte, wurde nebst den folgenden, so viel sie ihrer beiderseits schrieben, von Vignali zurückbehalten: also war ihnen auch diese Art der Mittheilung benommen, doch ohne daß eins das Stillschweigen des Andern der wahren Ursache zuschrieb. Herrmann wurde nunmehr gar nicht auf sein Zimmer gelassen als des Nachts und zur Zeit des Anziehens und Auskleidens: die ganze übrige Zeit mußte er bei Vignali zubringen, mit ihr ausfahren, sie bald dahin, bald dorthin führen. Das heimliche Gezischel zwischen ihr und ihren Mitverschwornen nahm täglich zu, und jeden Tag erzählten sie sich, wie weit der Lord Leadwort, wie weit der sklavonische Graf, dieser und jener mit Ulriken gekommen sey: dabey äußerte man das grausamste Mitleiden gegen den betrognen Herrmann und ließ ihm nichts als den elenden Trost, daß er Gleiches mit Gleichem vergelten könte. Er wagte nicht, Jemandem seinen geheimen Kummer über dies halblaute Reden mitzutheilen, sondern litt geduldig, wie ein Märtyrer: was ihn jeden Tag vermehrte, war die Wahrscheinlichkeit des Verdachtes, der mit jedem Tage wuchs. Einige Morgen hinter einander führte ihn die tückische Vignali ans Fenster, damit er den Lord Leadwort erblicken sollte, der Ulriken auf ihr Anstiften so früh besuchen mußte und ihr jedesmal aus Ulrikens Fenster einen guten Morgen bot. Sie hatte dem verliebten Lord überredet, daß sich die spröde Ulrike durch anhaltende Zudringlichkeit gewiß gewinnen lasse; und er war so gut und folgte ihrem Rathe. Das arme geängstigte Mädchen klagte zwar ihr Herzeleid in ihren aufgefangnen Briefen, weinte, kümmerte und härmte sich doppelt über das Zusetzen und Zudringen des Lords und über Herrmanns vermeinte Untreue; denn was konte sie aus einem so langen Stillschweigen anders argwohnen, als daß Vignali ihn überwunden habe? Sie war wider die himmelschreyende Treulosigkeit Beider zu sehr aufgebracht, um ihnen mündliche Vorhaltung darüber zu thun: sie schien sich der beleidigte Theil und konte also unmöglich den Anfang zur Wiederkehr machen. Wenn sie des Nachts zu einem Schlummer erwachte, stund ihr Vignali und Herrmann, mit umschlungnen Armen, lachend, froh, küssend und scherzend vor ihren Augen: die stolze Siegerin warf einen verachtenden triumphirenden Blick auf sie, welcher der schlummernden Verlaßnen, wie ein schneidendes Schwert, durch das Herz fuhr: beide flohen in verliebter Vertraulichkeit und mit spottendem Gelächter über die leichtgläubige hintergangne Ulrike hinweg: die Träumende wollte ihnen nach, sie sprang aus dem Bette, erwachte und sah sich allein, bebte vor dem melancholischen Scheine der Nachtlampe und dem stillen Grausen des dämmernden Zimmers. Hurtig warf sie sich wieder in die Betten, wickelte sich tief ein, ächzte und weinte. Selbst wachend fuhr ihre aufgeregte Einbildung fort, sie mit Kummerbildern zu quälen: aus jedem Schatten, den die düstre Lampe in einem Winkel mahlte, aus jedem schmalen Scheine, den sie auf die Wand warf, schuf ihre Fantasie eine Vignali und einen Herrmann: die Täuschung gieng so weit, daß sie ihr Zischeln, ihr halblautes Lachen hörte: sie verbarg Augen und Ohren tief in den Betten und schluckte mit neuen Thränen ihren Aerger hinab.

Sie schrieb in diesem Zustande zuweilen einige Hauptscenen desselben auf Zettelchen, wovon sie die meisten verbrannte und nur einige aufbehielt, weil sie sich in ihrem Arbeitsbeutel verkrochen hatten. Auf einem steht: »Das war ein harter Kampf heute früh. Warum muß nun der verwünschte Lord jedesmal zu mir kommen, wenn ich am meisten vom Kummer entkräftet bin und über die Treulosigkeit des Undankbaren, der mich so schnell vergaß, geweint und gewehklagt habe? Als wenn er mit meiner Betrübniß in geheimer Verbindung stünde, kömmt er nur dann! – Wahrhaftig, fast sollte ich glauben, daß böse Geister Gedanken eingeben können; denn wohl tausendmal fährt mir die Idee durch den Kopf: Wie? wenn du dich an dem Undankbaren rächtest? Was nüzt Tugend und Beständigkeit, wenn nur Herzeleid und Kummer ihr Lohn ist? Haben Vignali und andre ihres Gleichen nicht unendlich größre Freuden, als ich? Ohne Liebe des Herzens schwimmen sie im Vergnügen: ein Liebhaber, der sie verläßt, ist ihnen nicht mehr als eine Stecknadel, die sie verlieren: es giebt ihrer mehr. Weg mit allen den Grillen von Tugend und Liebe! Einbildungen sinds! Vignali hat mirs oft genug gesagt, daß ich an die Grillen nur glaube, weil ich die Welt nicht kenne. Sie hat Recht: ich will dem Anerbieten des Lords Gehör geben, will dem Vergnügen nachgehn und alle die Ziereyen von Delikatesse und Ehre vergessen. Die Liebe hat mich einmal zu einer Entlaufnen, zu einem übelberüchtigten Flüchtlinge gemacht: meine Ehre vor der Welt ist dahin: was hab' ich weiter zu fürchten? – Vignali's Zustand ist ein Himmel, der meinige eine Hölle; und doch bildete ich mir so viel über sie ein, weil ich tugendhaft liebte, und hielt Tugend und Glückseligkeit für zwo Schwestern: nein, es können wohl weitläuftige Verwandten seyn, aber sie vertragen sich auch so schlecht, wie Verwandte.«

Auf einem andern Blatte, worauf sie Zwirn gewunden hatte, ist etwas unleserlich geschrieben: »Wenn nur ein Engel vom Himmel käme und mir sagte, ob Vignali's Leben ein Verbrechen ist! Liebe macht unglücklich: das hab' ich leider erfahren: sie hat mich zu Unbesonnenheiten verleitet, um Stand und Ehre gebracht. – Herrmann ist zeitiger zur Erfahrung gelangt als ich. Er hat das Schimärische der Liebe eingesehn. Er hat ihr entsagt. Warum sollte ich nicht dem Beispiele folgen? So viele tausend, die der Liebe hönen und für das Vergnügen leben, werden doch klüger seyn, als ich fantastisches Mädchen? – Ich träume noch in der Welt herum: ich kenne sie noch nicht: Vignali hat Recht darinne. Izt sind mir die Augen geöfnet worden: alles hab' ich erfahren, was sie mir von der Liebe prophezeihte. Drum warnte sie mich wohl vor der schimärischen Herzensliebe. Nicht anders! ich will dem Lord – bin ich nicht erschrocken! War mirs doch als wenn ein Teufel vor mir stünde und mir die Hand führte: ich fühle noch, wie ich mich losriß. – Was das für tolle Einbildungen sind!«

Den Inhalt eines dritten übriggeblieben Zettelchen, das sehr zerstochen ist, kan man nur durch mühsames Rathen herausfinden. Es fängt abgebrochen an: »Nein! ich will nicht! meine ganze Seele widersezt sich dem Gedanken, eine Buhlerin zu seyn, oder das Weib eines Mannes, der nicht liebt, der wollüstig seine vorgegebene Liebe auf den Kauf herum trägt, und noch Geld bietet, damit man sie nur annimmt! Ich will – nicht lieben? – Nein, mich grämen!«

Auf der umgewandten Seite steht: »Wie schrecklich ist es, Liebe zu fühlen, und Niemanden lieben zu können! Wie traurig, Liebe zu fühlen, und den einzigen, den man lieben möchte, seiner Liebe unwerth zu finden. – O wie glücklich machte mich heute mein Unwille! er machte mich hart, mürrisch, gefühllos: doch itzo wacht meine ganze Seele wieder zur Empfindung auf: das Feuer ergreift mich, und ich elendes Mädchen – muß verbrennen. – Heinrich! gern will ich dir vergeben! gern! Kehre nur wieder! mache mirs nur nicht zu schwer, dich zu lieben! Entsage Vignali, und meine Arme sollen dir so offen entgegeneilen, wie itzo mein Herz!« –

In solchen Stunden der Liebe war sie mehr als einmal im Begriffe, zu ihm zu gehen und ihm Vergebung für seine Untreue anzubieten, ihn durch Thränen zu bewegen, daß er Berlin mit ihr verlassen möchte: allein theils fürchtete sie Vignali's Uebermuth, wenn ihr der Versuch nicht gelänge, theils ihre heimtückische List, die die Wirkung ihrer Bemühungen vereiteln würde, so bald sie Gefahr von ihnen besorgte. Also jammerte und trauerte die arme Einsame über eine nicht begangne Untreue, während daß derjenige, der sie begangen zu haben schien, nicht weniger über die ihrige sich beschwerte: beide hatten das größte Recht; denn da Vignali ihre Briefe unterdrückte, mußte ein jedes unter ihnen glauben, von dem andern zuerst beleidigt zu seyn.

Herrmann klagte und wimmerte zwar nicht über die erlittne Kränkung, aber er zürnte, er raste. Er knirschte mit den Zähnen, so oft er den Lord an Ulrikens Fenster erblickte: jede Speise schmeckte ihm widrig, wie jedes Vergnügen. Die Abendgesellschaft konte um ihn herum schäkern und lachen, daß ihm die Ohren zitterten: er bewegte keine Lippe: er hörte kaum, so zerstreut, verwildert und vertieft war er in seinen Schmerz. Reichte ihm der Bediente ein Glas, dann hielt er es in seiner Verwirrung für Brodt und griff gerade hinein: oft trank er in der Selbstvergessenheit so hastig und so übermäßig viel, als wenn sein Magen ein Feuerofen wäre, den er löschen müßte, und einmal goß er seiner Nachbarin ein ganzes Glas Wasser in die Suppe, als sie ihn um das Salzfaß bat. Wenn ihm Vignali sagte, daß er mit ihr ausfahren oder ausgehn sollte, dann wanderte er gedankenvoll auf sein Zimmer, um den Hut zu holen, vergaß unterwegs seine Absicht, stellte sich ans Fenster oder sezte sich trübsinnig auf den Stuhl und ließ die wartende Vignali vor Ungeduld vergehen, bis sie nach ihm schickte. Einmal gab sie ihm in einer Gesellschaft bey Lairessen den Auftrag, sich zu erkundigen, ob ihr Wagen da sey: er gieng hinunter, fand ihn, sezte sich hinein und fuhr nach Hause, und Vignali mußte über eine Stunde verziehen, bis die Kutsche zurückkam. Zuweilen belustigten seine Zerstreuungen die übrigen, oft veranlaßten sie ihm auch Bitterkeiten und empfindliche Spöttereyen: aber sein Gefühl war halb stumpf, wenigstens empfand er das Gesagte nie in gehöriger Maaße: oft konte er die stechendsten Reden gelassen anhören, und oft erzürnte er sich bey Kleinigkeiten, worüber er lachen sollte. Oft mitten unter den frölichsten Auftritten bey Tische stiegen ihm Thränen in die Augen, und in der Gruppe lachender Gesichter stach das seinige mit betrübter Wehmuth und weinerlicher Traurigkeit hervor: mitten im gleichgültigsten Gespräche verzogen sich seine Muskeln plözlich in Wuth, er sprang knirschend auf und murmelte verbißne Flüche vor sich hin. Die schlimmsten Verfolgungen mußte er von Lairessens Muthwillen ausstehn. In jeder Gesellschaft, wo er sich befand, wußte sie eine Menge Gefälligkeiten zu erzählen, die bald der Lord, bald der sklavonische Graf von Ulriken genossen haben sollte: ihren Nachrichten und Schilderungen zufolge war sie ganz gesunken, ein freches liederliches wollüstiges Weibsbild geworden; und wenn ihr Herrmann widersprach, dann lachte ihn die Boshafte als einen leichtgläubigen empfindsamen einfältigen Duns mit den angreifendsten Spöttereyen aus. Er that Ulriken in einem Briefe sehr lebhafte Vorhaltung darüber, allein er wurde nicht beantwortet, weil ihn Vignali so wenig als die vorhergehenden übergeben ließ. Was war nunmehr gewisser zu vermuthen, als daß sie sich scheute, auf Vorstellungen zu antworten, die sie nicht befolgen wollte? oder daß sie vielleicht aus Leichtsinn ihrer gar nicht achtete?

Lairesse gieng in ihrem boshaften Muthwillen so weit, daß sie den sogenannten sklavonischen Grafen, der bisher verreist gewesen war, ohne daß es Herrmann wußte, unmittelbar nach seiner Rückkunft in eine Abendgesellschaft zog. Er gehörte unter die Zahl ihrer heimlich begünstigten Liebhaber und war ein Abentheurer, dessen eigentliches Vaterland Niemand wußte, weil er in jeder Stadt, wo er sich aufhielt ein anderes angab: bald war er ein Italiäner, bald ein Türke, bald aus Albanien, bald aus der Wallachey, und in dieser Gesellschaft wurde er der sklavonische Graf genannt. Er hatte im vorjährigen Karnawal zu Venedig großes Glück im Spiel gehabt und hielt sich izt in Berlin auf, um seinen Gewinst wieder zu verthun. Der Mann war das drolligste Gemische von affektirter Philosophie, natürlichem Verstande und aufschneidendem Aberwitze, er räsonnirte über alles, und oft übernahm ihn mitten in dem Laufe seiner kalten Dissertationen der Zorn so gewaltig, daß er die Leute um sich mit den Zähnen hätte zerreißen mögen. Lairesse, der es nur um seine Geschenke zu thun war, hatte schon sehr oft die Stelle einer Kupplerin für ihn vertreten und erbot sich auch itzo, es bey Ulriken zu seyn. Er hatte dies gute Mädchen, wie er sie nannte, einigemal in den Abendgesellschaften gesehn und nur darum seiner Lüsternheit widerstanden, weil es ihm eine Beleidigung alles Rechts zu seyn schien, wenn er nach einem Gegenstande strebte, in dessen rechtskräftigem Besitze, nach seiner Meinung, der Herr von Troppau sich schon befand: doch izt, da ihn Lairesse von dem Gegentheil seiner Muthmaßung überzeugte, ward seine Begierde desto entflamter, besonders weil man ihm dabey die Lorbern der ersten Eroberung versprach. Vignali und Lairesse erboten sich, unterdessen für ihn wirksam zu seyn, bis eine günstige Gelegenheit herannahte, wo er den Kranz eines so schönen Siegs verdienen könte.

In der ersten Abendgesellschaft, wo er nach seiner Reise erschien, sprach er von Ulriken mit so vieler Entzückung, als nur ein feuriger Liebhaber von einem Mädchen sprechen kan: Herrmann schlich während seiner berauschten Lobrede an den Wänden herum, biß sich an den Lippen, nagte an den Nägeln, zog jede Viertelstunde das Schnupftuch aus der Tasche, nahm Tobak, rückte an der Weste oder Halsbinde, ob sie gleich beide vortreflich saßen, – machte mit Einem Worte alle Handgriffe eines Schauspielers, der nicht weis, was er mit seiner Person anfangen soll. Endlich gieng der Sklavonier so weit, daß er gegen Lairesse und Vignali, die ihm verstellter Weise widersprachen, trotzig behauptete, er brauche nur die Karten auszulegen, so gewiß sey ihm sein Spiel mit Ulriken. Das war in Herrmanns Ohren eine Blasphemie wider sie. Zurückhaltung wurde ihm nun zu schwer, er faßte den Grafen von hinten zu bey dem Arme und drehte ihn hastig herum. – »Legen Sie Ihre Karten aus!« rief er mit bitterm Lachen: »Sie sollen doch bete werden.«

Der Graf antwortete mit philosophischer Kälte: »Ich habe hundert hinreichende Gründe, warum ich meine Eroberung als gemacht betrachte: aber ich will Ihnen nur einen angeben, der stärker ist, als alle Gründe in der Welt: – Weil ich es bin!«

HERRMANN

Der Grund beweist weiter nichts, als daß Sie sehr viele Einbildung haben.

DERGRAF

Ich räsonnire so: Wer viel Einbildung hat, muß Ursache dazu haben, und wer Ursache dazu hat, muß viel Einbildung haben: und da meine Einbildungen groß sind, müssen auch meine Ursachen groß seyn: folglich muß ich zu meinem Zweck gelangen.

HERRMANN

Und Sie werden nicht zu Ihrem Zweck gelangen, sage ich. Wissen Sie warum? – Weil ich mein Leben daran wage, um sie zu hindern.

DERGRAF

Ich räsonnire so: Ihr Leben ist weniger werth als das Mädchen, und das Mädchen mehr als Ihr Leben: folglich können Sie mich nicht daran hindern. Das Mädchen ist Ihre baáre hundert Dukaten unter Brüdern werth, und für Ihr Leben gebe ich nicht einen halben Gulden: folglich können Sie mich nicht daran hindern. Madam Vignali würde in meinem Vaterlande nicht mehr als neunzig Dukaten gelten, wenn man sie zu Markte brächte, und Lairesse kaum siebenzig: aber das Mädchen ist völlig so gebaut, wie wir sie bey uns zu Lande lieben. Wenn ich sie bewegen könte, mir in mein Gebiet zu folgen, so würde ich ihr ein Paar Städte schenken, wovon sie honnet leben sollte. Sie müßte sich freilich gefallen lassen, meine Sklavin zu heißen, weil ich sie nach den Gesezen des Landes nicht zur Gemahlin machen darf: und wenn Sie sich insgesamt entschlössen, mir zu folgen, so sollte es Ihr Schade nicht seyn. Ihnen, Vignali, verspreche ich drey Dörfer: unter uns gesagt, ich danke Gott, daß ich sie los werde; und dir, Lairesse, gebe ich eine Stadt mit drey Thoren: und Sie, sprach er zu Herrmann, mach ich zum Vicegouverneur meiner sämtlichen Lande, bis der itzige mit Tode abgeht. –

Herrmann merkte nunmehr, daß auch dieses Subjekt mit *Monsieur de Piquepoint* in Eine Klasse gehörte, und hielt ihn deswegen nicht für fürchterlich: er verließ ihn voller Verachtung. Allein der Aufschneider fuhr ungestört in seinem großsprecherischen Tone fort. Der Herr von Troppau erzählte in der Folge, daß ihm ein Bedienter entlaufen sey: gleich erbot sich der Graf ihm drey Sklaven zu schenken, wenn er sie von seinen Gütern aus der Wallachey holen lassen wollte. Vignali beschwerte sich über einige Unbequemlichkeiten ihrer Wohnung: der Graf versicherte sie, daß er zu Hause über zwanzig Paläste leer stehen habe, die alle zu ihrem Befehle wären, wenn man sie nach Berlin schaffen könte. Lairesse beklagte sich über Berlins Weitläuftigkeit und den gewaltigen Koth der Straßen: »Sie sollten in meinen Städten wohnen,« fieng der Graf an: »ich möchte, daß ich Ihnen eine zur Probe herbringen lassen könte: da würden Sie Gassen sehen, wie sie seyn müssen! so rein, daß man sich auszuspucken scheut!« – Man sprach von der Schwierigkeit, mit welcher sich die Zimmer im Hause heizen ließen, und Herrmann berichtete, daß das seinige ein Abgrund sey, der unendliches Holz verschlinge, ohne jemals warm zu werden: »Ich wünschte,« unterbrach ihn der Graf, »daß ich Ihnen ein Paar von meinen Wäldern kommen lassen könte: sie verderben und verfaulen mir, weil der Ueberfluß nicht zu verbrauchen ist.« – Man sprach von Oefen: der Graf hatte in seinen Palästen Sparöfen, die mit sechs Stücken trocknen Holzes eine Stube von sieben Fenstern im stärksten Winter auf einen ganzen Tag heizten. Man machte ihm den Einwurf, wozu ihm bey so unverbrauchbarem Ueberflusse an Waldung Sparöfen nüzten. – »Ja,« antwortete er, »meine Waldungen liegen alle so viele Meilen weit von meinen Palästen, daß mich die Transportkosten zwanzigmal höher kommen, als hier das theuerste Holz.« – »So bauen Sie lieber Ihre Paläste näher an die Wälder!« rieth ihm der Herr von Troppau. – »Ich räsonnire so,« versezte der Graf: »wer viel Sklaven hat, muß ihnen viel zu thun geben, und wer ihnen viel zu thun geben will, muß sein Holz weit holen lassen: folglich lasse ich alle meine Residenzen weit von meinen Wäldern anlegen.« – »Sonach kan Ihnen ja der Transport nicht viel kosten, wenn er von Sklaven geschieht,« warf ihm Vignali ein. – »Der Transport nicht,« versezte er, »aber die Lebensmittel für so viele Sklaven, die es auf den Schultern an Ort und Stelle tragen müssen!«

So war der Großsprecher unerschöpflich an Aufschneidereyen, und unerschöpflich an Beschönigungen und Ausflüchten, wenn man ihm Zweifel und Einwürfe entgegenstellte. Es durfte kaum eine Möbel oder ein anderes Bedürfniß des menschlichen Lebens genannt werden, so hatte er eine äußerst sinnreiche Erfindung entweder selbst auf seinen Gütern, oder auf seinen Reisen an irgend einem Orte der Welt gesehn: er trieb den Unsinn so weit, daß er behauptete, er habe auf einem seiner Sommersitze ein Zimmer, das man, so wie die Gesellschaft zunähme, erweitern könte. Er besaß viele Geheimnisse in der Medicin, wovon er zwar nie eine Probe ablegte, aber doch ungemein viel sprach.

Auch dieser prahlende Abentheurer belagerte die arme Ulrike mit seinen Besuchen und so unverschämt, daß er sie wiederholte, ob sie ihm gleich in einer mürrischen Laune das Zimmer verbot: die beiden ältern Liebhaber, der Lord und *Mr. de Piquepoint*, sezten ihre Verfolgungen – so nannte Ulrike ihre Besuche – eben so unermüdlich fort. Die Frau von Dirzau ward ihr so gram deswegen, daß sie ihrem Bruder unaufhörlich anlag, sie aus dem Hause zu thun, weil die Erziehung seiner Tochter darunter litte: allein er gab ihr seine gewöhnliche Antwort, daß er sich um solche Sachen nicht bekümmerte. – »Ich bezahle eine Guvernante für meine Tochter,« sagte er: »wenn sie nichts taugt, so ist es nicht meine Schuld: ich kan nicht jede Woche eine neue annehmen.« – Ueber die häufigen männlichen Besuche, die seiner Schwester so anstößig waren, lachte er und versprach, den Lord und die übrigen zu bitten, daß sie künftig ganz eingestellt würden, versprach es in völligem Ernste und vergaß die Minute darauf, daß er es versprochen hatte. Ueberhaupt besaß er eine unaussprechliche Indolenz in allen seinen Angelegenheiten, wünschte sehr oft etwas zu ändern und kam niemals dazu: seine gesellschaftlichen Zerstreuungen rissen ihn davon hinweg, ehe er an die Ausführung seines Wunsches denken konte: also blieb es in seinem Hause beständig, wie es war, schlecht oder gut, und es gehörte ein gewaltsamer Stoß dazu, um eine Aenderung hervorzubringen, wobey meistens Vignali die erste bewegende Kraft war.

Die bedrängte Ulrike wußte in ihrer ganzen Seele kein Mittel zu finden, wie sie den hönischen Vorwürfen der Frau von Dirzau entgehen sollte, die um so viel stärker und häufiger wurden, je weniger ihr Bruder Anstalt zu der verlangten Abänderung machte. Alle Entschuldigungen halfen nichts bey dieser grausamen Moralistin, nichts mehr als das ausdrücklichste Verbot bey den hartnäckigen Liebhabern. In so einer kritischen Lage gab ihr an einem Nachmittage, wo sie von allen dreyen den ungestümsten Sturm hatte ausstehen müssen, üble Laune und Aerger einen sonderbaren Einfall ein, den sie auf der Stelle ausführte. Sie versprach der Küchenmagd, einem häßlichen triefäugichten alten Weibe, ein Geschenk, wenn sie diesen Abend eins von ihren Kleidern anziehn und sich in ihr Zimmer setzen wollte: die alte Melusine ließ sich ihren Lohn zum voraus bezahlen und gab ihre Hand darauf, daß sie die Rolle übernehmen werde. Sogleich flog Ulrike auf ihr Zimmer zurück und schrieb an jeden ihrer drey Liebhaber ein Billet, mit dem bloßen Anfangsbuchstaben ihres Namens unterschrieben, worinne sie allen Eine Stunde zu einem Abendbesuche bestimmte. Kaum hatte der Sklavonier das seinige empfangen, als er zu Vignali eilte und es triumphirend vorzeigte: Vignali triumphirte nicht weniger und glaubte ihren rachsüchtigen Zweck nunmehr völlig erreicht zu haben. Herrmann erkannte Ulrikens Hand und war mit seinen eignen Augen von ihrer Untreue überzeugt: er überlas mit tiefsinniger Aufmerksamkeit unzählichemal das unglückliche Billet, legte es langsam auf den Tisch, und neben der Hand fielen zween große Thränentropfen nieder, die ihm wider seinen Willen entschlüpften: sie wurden tief aus dem Herze um Ulrikens Tugend geweint. Er drückte hurtig die übrigen, welche eben nachfolgen wollten, ins Schnupftuch, verbarg, so gut er konte, seinen Schmerz und gieng auf sein Zimmer. Vignali, die mit einem Seitenblicke die Thränen hatte abwandern sehn, hinderte ihn nicht, sondern empfand wirkliches Mitleid für ihn, da sie sich ohne seine Beihülfe der Vollendung ihrer Rache so nahe dünkte. Im Uebermaße ihres Mitleids beschloß sie sogar, ihn für seine Betrübniß durch ihre eignen Reize wieder zu entschädigen: sie war so entzückt, so trunken von ihrem Siege, daß sie sich vor Freuden selbst nicht kante: sie holte den niedergeschlagnen Herrmann in eigner Person von seinem Zimmer und war äußerst geschäftig, seinen Schmerz durch alle Arten des Zeitvertreibs zu zerstreuen; allein das Vergnügen berührte nur die Oberfläche seiner Seele: es war keins mehr für ihn auf der Erde.

Unterdessen stellten sich die beschiedenen Liebhaber zur bestimmten Stunde ein: der Lord war der erste und stuzte nicht wenig, als er das ganze Zimmer mit einem unausstehlichen Branteweinsgeruche durchräuchert fand, der immer stärker wurde, je mehr er sich der vermeinten Ulrike näherte. Die Alte hatte sich für den verdienten Lohn eine Güte gethan, und zwar in so reichlichem Ueberflusse, daß sie auf keinem Beine stehen und kein Wort sprechen konte. Der Lord erkannte in der schlecht erleuchteten Stube ihr Gesicht nicht und redte sie sehr treuherzig an, als er noch einige Schritte von ihr war: wie fuhr er zurück, als ihm ein lautes grunzendes Gelächter und mit demselben eine ganze Atmosphäre voll Branteweinsdünste entgegenkam! Mit seinem gewöhnlichen Flegma ergriff er das Licht, um den übelriechenden Gegenstand zu beleuchten, und hatte es kaum in die Hand genommen, als der Sklavonier, in einen weißen Mantel gehüllt, hereintrat. Der Lord hielt ihm das Licht vor das Gesicht: er starrte den Sklavonier an, der Sklavonier ihn: jedem starb das Wort zwischen den Lippen. Eben wollte sich ihre Zunge lösen, als auch *Mr de Piquepoint*, in dem funkelndsten Anzuge, den Degen an der Seite, gravitätisch durch die Thür hereinmarschirte. Wie versteinert, blieb er mitten in seinem majestätischen Schritte stehn, als er die beiden übrigen erblickte: da stunden sie alle drey, gaften einander an, und jeder fragte den andern, was er hier wollte. Der Lord nahm den Sklavonier bey der Hand, um mit ihm gemeinschaftlich die vorhin unterbrochne Untersuchung anzustellen. »*Mon Dieu!*« schrien sie beide in Einem Tempo, da ihnen die gläsernen Katzenaugen aus dem alten runzlichten Gesichte entgegenblinkten: die Alte nahm es in ihrer Trunkenheit übel, daß man ihr so nahe in die Augen leuchtete und fieng mit stotternder Zunge aus allen Leibeskräften zu schimpfen an. Der Lord sezte kaltblütig das Licht nieder und sprach eben so kaltblütig: »Wir sind betrogen.« – »Wir sind betrogen,« schrie der Sklavonier und schwur Tod und Rache. Die Alte, die indessen in Einem fort geschimpft hatte, stund wankend auf und torkelte auf den erstaunten *Mr de Piquepoint* hin, der sich mitten im Zimmer aufhielt und nicht wußte, wie ihm geschehn war. Kaum hatte sie ihn erwischt, so gab sie ihm mit tölpischer Hand eine so lautschallende Ohrfeige, daß er sich im Kreise herumdrehte. »*Ah, mon joue, mon tête!*« rief er winselnd und floh: die Alte torkelte ihm nach. In der Angst rennte er an den ergrimmten Sklavonier, der in seinem Zorne ihn bey der Brust packte und zurückstieß, daß er der nachsetzenden Alten in die Arme stürzte und in ihrer Umarmung auf den Sofa sank. Sie hielt den kraftlosen Schneider mit angestrengter Stärke fest, streichelte ihm die Backen, lehnte sich mit ihrem Gesichte auf das seinige, und wenn er vor Branteweinsdampf beinahe erstickte und sich losmachen wollte, strafte sie ihn mit Ohrfeigen und überströmte ihn mit ihrer ganzen Fischmarktberedsamkeit. Der Lord sah dem Scharmützel zu und sagte frostig zu dem Sklavonier: »Der Mann könte leicht Schaden leiden.« – »Sie bringt ihn um!« rief der Sklavonier, machte die Thür auf, riß die Alte los, trug sie hinaus und legte sie auf dem Saale hin. Unterdessen hatte *Mr de Piquepoint* bey dem Lord seine Beschwerden angebracht, daß er ihn beinahe hätte umbringen lassen, ohne ihm beizustehen. – »Aber warum?« fragte der Lord. »Sie hätten sollen zu Hause bleiben.« – Das nahm Piquepoint übel und belferte ihm eine Menge von seinem rothwälschen Französisch ins Gesicht, um ihn zu belehren, daß er gleiches Recht mit ihm gehabt habe, hier zu erscheinen. Er war mitten im Flusse der Rede, als der Sklavonier zurückkam: weil er sehr heftig sprach, gebot ihm dieser zu schweigen. Piquepoint versicherte ihn, daß er kein Recht habe, ihm ein solches Gebot zu thun: hurtig lud ihn der Sklavonier auf seine Schultern, trug ihn hinaus und sezte ihn an dem nämlichen Orte ab, wo die betrunkne Alte lag: kaum merkte Piquepoint, daß er sich in einer so übeln Nachbarschaft befand, als er aufsprang und brüllend, wie ein Beseßner, die Treppe hinunter lief.

»Was wollen wir thun, Lord?« fragte der Sklavonier voller Zorn, als er zurückkam.

»Nach Hause gehn!« antwortete der Lord äußerst gelassen.

DER SKLAVONIER

Aber wir müssen uns rächen: ich sprühe Feuer und Flammen.

LORD

Aber warum?

DER SKLAVONIER

Lord, Sie können noch fragen, warum? Ist es nicht die grausamste Beleidigung, uns Beide so zum Besten zu haben? uns mit so einem Narren in Eine Klasse zu setzen? – Rathen Sie, Lord! was wollen wir thun.

LORD

Eine Schale Punsch zusammen trinken und dann zu Bette gehn.

DER SKLAVONIER

Ich nehme die Partie an, Lord. Bey dem Punsch beschließen wir Rache. –

Sie giengen und thaten, wie der Sklavonier wollte, beschlossen Rache über Ulriken, die fürchterlichste Rache, die ein beleidigter Wollüstling über ein unbesonnenes Mädchen beschließen kan. Vignali war um so empfindlicher, als sie den Morgen darauf den unglücklichen Verlauf von dem Sklavonier erfuhr, je sichrer sie schon auf den guten Erfolg gerechnet hatte. Dies unerwartete Mislingen sezte sie so sehr aus ihrer Fassung, daß sie auf den Tisch schlug und schwur, das naseweise Mädchen in seine Hände zu liefern oder nicht zu leben.

VIERTES KAPITEL

Herrmann wußte von allen diesen Begebenheiten nichts, und weil er Ulrikens eigenhändiges Billet gesehn hatte, hielt er den traurigen Abend, wo sie vorgiengen, für die Sterbestunde ihrer Tugend. Er siegelte noch denselben Abend, als er von Tische kam, den goldnen Ring, den er von Ulriken zum Unterpfande ihrer Liebe unter dem Baume empfieng, in ein Blatt, welches nichts als diese Worte enthielt:

»Ulrike, dieser Ring werde das Monument deiner Tugend, da er nicht länger das Band unsrer Liebe seyn darf. Weine bey ihm, wie bey dem Grabsteine einer Freundin, die plözlich in der Blüte ihres Lebens dahinstarb! Blutige Zähren sind für eine Tugend, wie die deine, nicht zu viel. Ich feire heute deinen Sterbetag; denn seit gestern bist du für mich todt.« –

Er konte sich nicht entschließen, das Briefchen abzuschicken, weil ihm Ulrikens Fall so unglaublich vorkam, daß er beinahe seinen eignen Augen nicht traute. Nach langem Bedenken und Aengstigen stieg ihm der wunderliche Vorsatz auf, Vignali zur Vertrauten seines Kummers zu machen: sie hatte bisher so vielen verstellten Antheil daran genommen, daß ihn sein Mistrauen gegen sie gereute: sie hatte ihm seine Eifersucht und Ulrikens Untreue vorausgesagt und ihn vor der Leichtgläubigkeit gegen sie gewarnt; und der Erfolg gab ihrer Prophezeihung so völlig Recht, daß er sich über sich selbst wunderte, wie er ihr jemals Unrecht geben konte. Er tadelte sich, daß er ihr nicht eher sein Zutrauen schenkte, und wie die meisten Menschen, wenn sie recht entsezlich betrogen sind, faßte er izt das Vertrauen der Verzweiflung zu ihr: er war so arg hintergangen worden, daß es ihm nicht auf die Gefahr ankam, noch einmal hintergangen zu werden.

Leicht zu erachten, daß ihn Vignali nicht allein bey seiner Ueberredung von Ulrikens Falle ließ, sondern auch aus allen Kräften darinne bestätigte! Die schadenfrohe Frau war wegen des Streiches, wodurch Ulrike den Abend vorher ihre gewiß geglaubte Rache vereitelt hatte, in völligem Ernste so herzlich auf sie erbittert, daß sie in einem ausgezeichnet heftigen Tone von ihr sprach. Herrmann war überhaupt ein sehr brennbarer Zunder und stund daher sehr bald in hellen Flammen: als er durchaus loderte, ließ die hinterlistige Vignali heimlich Ulriken rufen: unterdessen, bis sie kam, fachte sie seinen Zorn vollends bis zur gänzlichen Feuersbrunst an. Das gute Mädchen wurde durch die unerwartete Bothschaft in solche Freude versezt, daß sie zitterte: sie vermuthete Wiederkehr, Versöhnung, Reue, Verbindung auf ewig – alles, was nur gutherzige Liebe vermuthen kan. Sie eilte, schauernd vor

Vergnügen und Erwartung, hinüber, und Vergebung schwebte ihr schon auf der Zunge: sie beschloß, gleich alle Entschuldigungen zu verbitten und nach dem ersten ruhigen Worte Verzeihung und neue stärkere Liebe entgegen zu rufen. So, mit gespannten Segeln der Erwartung, trat sie herein: sie bebte innerlich, als wenn sie das Fieber schüttelte.

Vignali that, als wenn der Besuch ein Wunder für sie wäre, und schwazte so viel in sie hinein, daß Ulrike nicht zum Worte kommen und fragen konte, warum man sie habe rufen lassen. Die falsche Frau überhäufte sie mit Liebkosungen; berichtete ihr freudig, daß sie ins künftige ihre Besuche wieder, wie zuvor, fortsetzen könte, weil die Ursache aufgehört habe, warum sie der Herr von Troppau untersagt hätte; und nöthigte sie auf dem Sofa Platz zu nehmen, wo Herrmann in Schrecken und Erstaunen über diese plözliche Erscheinung, wie angefesselt, sitzen geblieben war. So gern sie diesen Platz im Herzen annahm, so rückte sie doch dicht an das äußerste Ende, um nicht den Anschein zu haben, als wenn sie Herrmanns Wiederkehr veranlassen oder gar den ersten Schritt dazu thun wollte. Er stund hastig auf, als sie sich sezte, wollte zur Thür hinaus und fand sie verschlossen – Vignali hatte bey Ulrikens Empfange verstohlner Weise das Schloß abgedrückt: – er wollte sie öfnen, aber Vignali rief ihn zurück und bat, Ulriken unterdessen zu unterhalten, bis sie mit einem Briefe fertig wäre, den sie nothwendig itzo schreiben müßte. – »Sagen Sie ihr die Wahrheit!« zischelte sie ihm ins Ohr und gieng ins Kabinet.

Herrmann wandelte das Zimmer auf und ab, am ganzen Leibe kochend, wollte jeden Augenblick herausplatzen und hielt sich jeden Augenblick wieder zurück. Ulrike saß auf dem Sofa, spielte an Vignali's Arbeit, die an einem Tischchen angeknüpft hieng, und schielte darüber weg nach Herrmann hin, voller Erwartung, ob er nicht bald das Gespräch anfangen werde: vor Ungeduld, daß es nicht geschah, hatte sie schon etlichemal den Mund offen und schloß ihn sogleich wieder: es entschlüpfte ihr sogar zweimal ein Wort, aber schnell verwandelte sie es künstlich in einen tiefgeholten Husten. Die Liebe wollte sich bey Ulrikens Gegenwart in Herrmanns Herze wieder emporarbeiten: sie rang in ihm mit dem Zorne, wie ein Paar ergrimmte Riesen: Angstschweiß strömte ihm über das rothbraune geschwollne Gesicht; er schlug die Daumen vor Beklemmung und innerlichem Tumulte ein: der Zorn that einen gewaltsamen Stoß auf Seele und Zunge, und die Worte stürzten sich, wie geflügelt, heraus.

»Unverschämte!« stürmte er auf sie los: »wie kanst du die Frechheit begehn, dich vor meine Augen zu wagen? Ist es dir nicht genug, daß du eine Ehrlose bist, die Zucht und Tugend vergaß? Willst du sogar mich zum Zeugen deiner Schande machen? Soll ich nicht blos wissen, soll ich sogar sehn, wie tief du gesunken bist? – O wenn doch ein Erdbeben unter dir den Boden geöfnet hätte, als der lezte Funke deiner Tugend erlosch! – In der nämlichen Minute erlosch auch meine Liebe, und kein Mensch hat noch so fürchterlich gehaßt, als ich seitdem. Du bist seitdem in meinen Augen ein so niedriges elendes Geschöpf geworden, das ich nicht zermalmen, das ich noch tiefer verachten möchte, als den Staub, den meine Füsse treten. Meine Liebe war fest wie Himmel und Erde, aber mein Haß ist stärker als der Tod.« –

Ulrike wollte zitternd ein Paar Worte einschieben, aber er rief ihr sogleich zu: »Schweig, Unwürdige! schweig, daß ich deinen Hauch nicht einathme! Hier! nimm diesen Brief!« – Todesangst überfiel ihn, als er ihn aus der Tasche zog: alle seine Muskeln arbeiteten, wie bey einer gezwungnen Trennung von dem Liebsten, was er sich entreißen konte: mit zitternden Händen warf er ihn auf den Tisch und sezte bebend hinzu: »Da! lies und weine!« –

Ulrike riß ihn auf, fuhr zusammen, als ihr der Ring entgegenfiel, und die Thränen quollen ihr vor Unwillen aus den Augen, indem sie las. Stolz, Liebe, Dankbarkeit, waren auf das äußerste beleidigt: sie war sich lebhaft bewußt, daß Herrmann zuerst mit Kaltsinnnigkeit angefangen, zuerst den Briefwechsel unterbrochen hatte, und nun noch oben drein so eine schnöde Behandlung, die sie nach aller Ueberzeugung nicht verdiente! Sie schwieg lange und wußte nicht, was sie thun sollte: immer war es ihr, als wenn sie seinen bleyernen Ring vom Finger ziehen und eben so verächtlich hinwerfen müßte: gleichwohl war es hart, sich zu scheiden, ohne sich vorher zu verständigen. Ihr Zorn verbrauste bald. »Aber sage mir, Heinrich!« fieng sie an, »was bewegt dich zu so einem ungerechten Schritte?«

HERRMANN
    Wie sehr er gerecht ist, wird dir dein Gewissen sagen.

ULRIKE

Wer hat mich bey dir verläumdet?

HERRMANN

Diese meine Augen zeugen wider dich.

ULRIKE

Worinne denn?

HERRMANN

O du Schamlose! Also willst du noch wider dich selbst zeugen, daß du nicht blos verführt, daß du verderbt bist? – Wehe, wehe über uns beide, daß wir in diese Stadt, in dies Grab der Unschuld kamen! Aus Engeln macht sie Teufel, die beharrlichsten frechsten Teufel.

Ulrike schwieg. Mit wehmüthigem Tone fieng sie wieder an: »Heinrich, ich bitte dich mit Thränen, reiß nicht wegen einer schwarzen Grille dein Herz von dem meinigen!«

HERRMANN

Wenn Thränen deine Seele wieder rein zu waschen vermögen, dann bade dich darinne. – Aber wie sollen sie dies vermögen? Einmal verscheucht, kehrt die Unschuld nie in ihre entheiligte Wohnung zurück. – Gott! wer hätte sich das im Schlafe träumen lassen? daß eine so frische Blume so bald verduften sollte? – Aber sie ist dahin! Wer mag einen Leichnam und die Unschuld eines Mädchen wider ins Leben bringen? – Lege dich und stirb! Was nüzt dir dieser elende Odem? seit gestern bist du doch nur eine herumwandelnde, langsam modernde Leiche. –

Ulrike, die den Grund seines Grolls nunmehr errieth und argwohnte, daß man ihm eins von ihren gestrigen Billeten gezeigt und verläumderische Auslegungen davon gemacht habe, sprang auf, daß der Arbeitstisch, der vor ihr stand, umstürzte, und warf sich um Herrmanns Hals. »Ich bitte dich,« sprach sie, »laß dir deinen schrecklichen Argwohn widerlegen!«

Herrmann ließ sie nicht ausreden: er stieß sie von sich zurück. »Weg von mir!« rief er: »deine Umarmung ist mir izt ein Abscheu, deine Berührung ein Ekel. Mein Entschluß ist unerschütterlich, wie ich deine Tugend glaubte: ich mag nicht lieben, was ich verachten muß. Nimm deinen Ring und stecke ihn dem Ersten, dem Besten an den Finger, der deine Schande nicht weis oder niedrig genug denkt, um sie nicht zu achten. – Sprich nicht Ein Wort zu deiner Entschuldigung! Du kontest schwach seyn: aber ich mag keine lieben, die nicht stärker war, als die Schwächste, ob man sie gleich warnte.« –

Ulrike machte noch einen Versuch, ihn zu besänftigen, aber er gebot ihr zu schweigen, wie vorhin. Ihre Empfindlichkeit über eine solche Unwürdigkeit schwoll in ihr von neuem auf: sie konte sich unmöglich länger zurückhalten, sondern brach in einen harten scheltenden Tone aus. Er stund am Fenster, das Gesicht nach der Straße gekehrt.

»Undankbarer!« hub sie an. »So lohnest du denen, die dich lieben? Erst lockst du die gutherzige Schwäche, daß sie dir in den Morast folgt, und wenn sie mitten im Sumpfe steckt, dann reißest du deine Hand von ihr los, daß sie umstürzt und darinne erstickt? Weil dich größre oder vielleicht listigere Schönheiten reizen, darum machst du Uebereilung zum Verbrechen, um nur mit mir zanken und brechen zu können. Geh, Verblendeter! versuche, ob eine einzige von denen, die dich von mir abgezogen haben, sich den Finger deinetwegen ritzen wird! ob sie aus Liebe zu dir nur eine Schleife ihres Kleides hingeben wird! Gerathe in Noth und versuche dann die Liebe dieser schönen Gesichter! – Heinrich, laß dich nur überzeugen! Gern, gern will ich dir ja verzeihen –

HERRMANN

Du mir verzeihen? Welche Unverschämtheit! – Du mir? die Verbrecherin dem Beleidigten?

ULRIKE

Wer beleidigte zuerst? du oder ich? Rede!

HERRMANN

Wer zuerst Tugend, Unschuld und Schaam beleidigte! Wer war das? du oder ich? Rede!

ULRIKE

Blinder! merkst du nicht, in welchen Wahn dich meine Feinde gestürzt haben?

HERRMANN

Deine größte Feindin bist du selbst: du hast mir einen Wahn entrissen, den süßesten Wahn, daß du die Tugend selbst seyst.

ULRIKE

Verliert man durch eine Unbesonnenheit sogleich die Tugend?

HERRMANN

Ha! eine feine Philosophie! Man hat nur Eine Tugend und nur Ein Leben.

ULRIKE

Möcht' ich doch fast dieses nicht mehr haben, da ich die erste nicht mehr besitzen soll! Kan der grausamste Barbar härter seyn als du? Zu verdammen, ohne den Beschuldigten anzuhören!

HERRMANN

Solch alltägliches Gerede wird dich fürwahr von keiner Schuld lossprechen. Hier steht sie an deiner Stirn: sie spricht aus allen Zügen deines Gesichts. – Mein Schluß ist einmal gefaßt: meinen Ring hast du: unsre Herzen bleiben getrennt, und wenn uns tausend Ringe zusammenbänden. Sey glücklich, so sehr du es verdienst! Wir sind in Zukunft zween Menschen, die einander nur kennen. –

Er gieng.

»O ich Elende!« rief Ulrike und warf sich auf den Sofa. »Ich selbstbetrognes Mädchen! Da sitz' ich nun in der Fremde unter Wölfen, die mich alle anheulen, und auch der einzige, der mich liebte, ist ein grimmiger Wolf geworden. Da sitz' ich nun, von allen verlassen! verworfen von Mutter und Anverwandten! verrathen von Freunden! verläumdet, verfolgt! verstoßen von dem Einzigen, der mir alles dies ersetzen sollte! der mich zur Verrätherin an meinem Glück, meiner Ehre und an meiner ganzen Wohlfahrt machte! – O hätt' ich mirs nie einkommen lassen, Jemanden zu lieben, den ich nicht lieben durfte! Nun ist das unbesonnene Mädchen gestraft – Gott weis es, härter gestraft, als Onkel und Tante es können! – Ach daß jemals ein Fünkchen Liebe gegen einen solchen Starrköpfigen, Mürrischen, Undankbaren in meinem Herze glimmte! Nun hab' ichs versucht, was Liebe ist – ein blinkender rothschimmernder saurer Apfel, der die Zähne stumpft, lieblich anzusehn, und herbe bis in die Seele, wenn man ihn kostet. – Es ist schrecklich! so vieles für Einen Menschen zu leiden und zu thun, seine ganze Hoffnung auf Einen Menschen zu bauen, und auf einmal mit dem ganzen festen Gebäude von Hofnung einzusinken! in die tiefste Verachtung und Verworfenheit hinabzustürzen! – Was wird nun aus mir werden? – Ein herumirrendes scheues Täubchen, mitten in die weite große Welt hinausgejagt! – Freilich, wer verjagte es? Wär es im Taubenschlage unter den Flügeln seiner Freunde geblieben, wie wohl wär' ihm izt!«

Sie weinte: eben trat Vignali herein, und ob sie gleich den ganzen Auftritt von einem Ende zum andern an der halbofnen Kabinetthür gehört hatte, so erkundigte sie sich doch, warum sie Herrmann verlassen habe und warum sie weine.

»Um meine Liebe!« brach Ulrike mit einem Thränenstrome aus: »und Sie, Vignali, Sie sind ihre Mörderin.« –

VIGNALI

Ich? Wie denn das? – Ach! hier liegt ja ein Ring! hat etwa die eisenfeste Treue einen Riß bekommen? – Ich kondolire.

ULRIKE

Wehe der elenden Spötterin, die den Riß machte! die durch Verführungen, Aufhetzungen, Anschwärzungen meine Ruhe untergrub!

VIGNALI

Mädchen, von wem reden Sie denn? Wer wird sich denn die Mühe geben, Ihre Liebe zu stören? Wenn Herrmann Ursache findet, mit Ihnen zu brechen, wer kan sie ihm gegeben haben, als Sie selbst?

ULRIKE

Oder die Boshaften, die ihn durch falsche Eingebungen wider mich einnahmen!

VIGNALI

Sie schwärmen. Das sind Fantomen, die Ihnen Ueberdruß und Langeweile machen. Sie sind des Menschen satt gewesen, und weil der Trank schal geworden ist, soll Ihnen Jemand etwas widriges hineingeworfen haben. Wer kan für verdorbnen Appetit?

ULRIKE

Vignali, Sie sind die falscheste heimtückischste Frau, die es geben kan: das sag' ich Ihnen dreist unter die Augen.

VIGNALI

Und ich nehm' es nicht übel; denn Sie sind halb verrückt: aber ich begreife nur nicht, worüber Sie sich eigentlich beschweren. Wenn eine Schüssel nicht schmeckt, langt man nach der andern, und hat man sich überladen, so fastet man. Sie mögen sich eine etwas starke Indigestion der Liebe zugezogen haben. Sie machten es also recht klug, daß Sie dem unschmackhaften Liebhaber den Laufzettel gaben: was wollen Sie weiter? – Sie werden vielleicht ein Paar Tage, auch wohl Wochen fasten: aber Geduld, liebes Kind! der Appetit kömmt wieder; er kömmt gewiß wieder.

ULRIKE

Vignali, ich mag Ihre hämischen Verdrehungen nicht länger ertragen. Ich verlasse Sie.

VIGNALI

Das wird auch wirklich das Beste seyn. Alte Liebe und alte Eichen fallen freilich nicht ohne große Erschütterung: es geht durch Mark und Bein, wenn so eine tiefe Wurzel aus dem Herze gerissen wird, das weis ich wohl. Drum gehn Sie, schaffen Sie sich die Kleider vom Leibe, nehmen Sie eine Herzstärkung ein, stecken Sie sich in die Federn bis über den Kopf und schlafen Sie bis an den späten Morgen. Der Appetit wird schon wieder kommen. –

Ulrike riß sich mit thränenden Augen und erstickendem Aerger von ihr hinweg: Vignali küßte, tröstete sie, trocknete ihre Zähren ab und beklagte mit vieler Politesse, daß sie um Herrmanns willen nunmehr, wenigstens auf einige Zeit, ihre Besuche wieder einstellen werde, begleitete die schluchzende Trostlose bis an die unterste Thür; und dann in einem Rennen die Treppe hinan, ins Zimmer hinein! und mit drey Händeklatschen und drey Sprüngen rief sie ein lautes Viktoria!

Sie vertauschte ihren Anzug mit einem weißatlaßnen Deshabillé, frischte ihre Wangen mit neuem Rosenroth auf, stellte in der weitausgeschnittnen Kleidung die Reize des Busens mehr als gewöhnlich zur Ansicht dar, gab ihnen Glanz und duftenden Wohlgeruch, den Augenbramen ein tieferes Kolorit, und den Augen ertheilte die Freude ohne ihr Zuthun Feuer und Lebhaftigkeit: die blendende Hand schien mit dem Kleide von Einem Stoffe zu seyn, so einen täuschenden Uebergang bahnte dem Auge die dunklere Farbe des Aufschlags. Selbst der Athem wurde schwach, aber lieblich parfumirt: alles strahlte von Schönheit an ihr, alles duftete Liebe und Wollust: mit jeder Bewegung breitete sich ein sanfter Hauch von ihr aus, wie ein erquickendes Abendlüftchen, das den Blumen ihre Wohlgerüche geraubt hat.

Herrmann wurde durch ihr Mädchen befehligt, zu Madame Vignali zu kommen. Er gieng ins gewöhnliche Zimmer und spatzierte gedankenvoll auf und nieder, war lange allein, und Niemand regte sich. Das Zimmer wurde von zwey dämmernden Wachslichtern nur halb erhellt: Düsternheit und Stille machten die Scene feierlich. Plözlich erhub sich im Kabinet ein Gesang: es war Vignali selbst. Ihre Stimme war mittelmäßiger als ihre Kunst, aber durch die fingerbreite Oefnung einer Flügelthür schien sie vortreflich. Sie sang ein französisches Liedchen, das den Abschied eines beleidigten Liebhabers an seine ungetreue Schöne enthielt: die Melodie verlor sich bald in leise zärtliche Klagetöne, und stürmte bald in brausenden Accenten des Zorns; und das *Adieu* des Schlusses wiederholte sie etlichemal mit so hinsterbender erlöschender Schwäche, als wenn es die Liebe selbst mit dem lezten Lebenshauche ausspräche. Herrmann stund mitten in dem Zimmer horchend: ihm wars, als wenn das lezte *Adieu* aus seinem Herze heraufdränge, als wenn der Ton in seiner Kehle stürbe: die plözlich darauf folgende Stille machte den Abschied eindringender und die Empfindung wahrer und stärker: es schien das Verstummen der Scheidung zu seyn. Dies stumme Intermezzo wurde durch ein ander Lied unterbrochen: der geschiedene Liebhaber hatte eine Andre gewählt, drückte voller Berauschung seine Freude über die neue Wahl aus, triumphirte, die vorige Verletzung der Treue gerochen zu haben, und lobte seine neue Schöne von allen Seiten: das Lied tanzte so munter und frölich dahin, wie ein Triumphgesang und wurde gegen das Ende ganz übermüthig froh. Unmittelbar darauf folgte eins der wollüstigsten: der begünstigte Liebhaber schilderte voller Trunkenheit die Scene des Genusses mit lichten Farben, und was dem Ausdrucke an Kraft und Mysteriosität fehlte, ersezte Vignali durch gewisse täuschende Accente, durch wohlangebrachte Pianos, und besonders durch die angemeßne Veränderung des Tempo: die Stimme ersank, wie von der Stärke der Wonne überwältigt, und verstummte mit zitternden abgebrochenen Lauten. Herrmann stand mit ofnen Ohren und verwirrten Gedanken noch auf dem nämlichen Flecke des Zimmers da, als sich die Kabinetthüre öfnete: ein labender Duft von lieblichen Wohlgerüchen athmete durch sie daher. die Göttin erschien und leuchtete durch die dämmernde Atmosphäre des Zimmers, wie ein neuaufgehender Stern: noch nie war in Herrmanns Augen ihr Gesicht so blendend, nie ihre Figur so majestätisch gewesen: der Eindruck auf seine durch den Gesang gestimmten Sinnen war hinreißend. – Ein gewaltiger erschütternder Schlag.

»Sind Sie schon da?« fragte Vignali, als wenn sie nichts um seine Gegenwart wüßte. »O Sie sind ein Mensch, des Küssens werth!« – und so flog sie mit ofnen Armen zu ihm hin, drückte ihn dicht an die Brust und gab ihm einen berauschenden entzückten Kuß. Herrmann konte vor Behaglichkeit und Erstaunen sich nicht erkundigen, wodurch er einen so schönen Lohn verdient hatte: sie faßte seine Hand, streichelte, drückte und schloß sie in die ihrigen.

»Sie haben Ihrem Affen den Abschied gegeben?« fieng sie an: »Sie haben sich bey der Scene so meisterhaft betragen, daß ich Sie krönen muß.« – Sie nahm aus der Kommode einen Kranz von Wachs und steckte ihn mit einer großen Haarnadel auf seinem Kopfe fest, führte ihn zum Spiegel, umschlang ihn mit einem Arme und ließ ihn sich in dieser angenehmen Gruppe im Spiegel erblicken: dabey stimmte sie ein Siegesliedchen an, worinne er mit Lorbern gekrönt und unter die Sterne versezt wurde; und sie konte es ungehindert in dieser Stellung durchsingen; denn Herrmann dachte nicht daran, vom Spiegel wegzusehn, so sehr hatte er sich in die Gruppe vertieft, die darinne stand. Sie beschloß den Gesang mit einem Kusse, den er sich mit schielendem Blicke im Spiegel geben sah, wie er ihn auf seinen Lippen fühlte: er schien ihn in dem Glase mitzuempfinden.

»So gefallen Sie mir!« fuhr Vignali fort und gieng umfaßt mit ihm das Zimmer hinab. »So sind Sie ganz der liebenswürdige Mensch, wofür ich Sie gehalten habe. Ein Mensch, wie Sie, konte sich unmöglich mit einer so närrischen Liebe lange abgeben: hab' ichs nicht vorausgesagt? – Ein Mensch, wie Sie, kan lieben, wo er will« –

Hierbey trat sie vor ihm hin und gab ihm einen sehr bedeutungsvollen Blick.

»Wo er will!« fuhr sie fort. »Er darf nur anklopfen, nur winken, nur gebieten. Nur Ein Wort dürfen Sie sprechen, und Jedermann wird Ihnen mit der Liebe zuvorkommen. O Sie haben schon manche Eroberung gemacht!« –

Dabey schoß sie einen zweiten verliebten Blick auf ihn und klopfte ihm die Backen. Bewegung und Rede wurden immer belebter, immer auf die Empfindung eindringender, und Herrmann blieb immer stumm: in einem so überspannten Tone war Vignali noch nie mit ihm umgegangen. Er war uns aller Fassung, so hatte sie ihn überrascht, und in seinem Kopf und Herze drehte sich alles wie in einem großen Wirbel herum. Man brachte spanischen Wein und einen Teller Gebackenes: Vignali trank zu Ehren des großen Herzenbezwingers Herrmann, zu Ehren seiner gemachten, nahen und künftigen Eroberungen: er mußte dem Anstande zu Gefallen ihrem Beispiele folgen und bemerkte sehr bald eine gänzliche Revolution in sich: die trüben Schatten, die der Zorn und die Trennung von Ulriken in seinem Kopfe zurückließen, verschwanden, sein ganzer Horizont wurde lichter, und lebhaftere hellere Bilder tanzten mit muntern Gestalten rings in ihm herum.

»Wo denken Sie sich nunmehr mit Ihrem Herzchen hinzuwenden, wenn ich fragen darf?« hub Vignali an.

»Nirgends!« antwortete Herrmann mit einem abgebrochenen Seufzer. »Einmal getäuscht, mag ichs nicht zum zweitenmale werden.«

VIGNALI

Nirgends? – Wissen Sie, daß Sie da eine Lüge der ersten Größe sagten?

HERRMANN

Keine, Madam! So gewiß dieser Wein vor meinen Augen steht, so gewiß ist dies mein fester unveränderlicher Entschluß.

VIGNALI

Und ich wette mit Ihnen, der feste Entschluß soll schon heute nach dem Essen sehr wandelbar seyn.

HERRMANN

Ich schwöre Ihnen, Madam –

VIGNALI

Fi! fi! schwören Sie nicht! Wissen Sie nicht, daß man grüne Augen und schwarze Nägel bekömmt, wenn man falsch schwört? Und Sie wollten sich muthwillig ihre schönen verliebten Augen und ihre schönen fleischfarbenen Nägel verderben? – Nein, um alles in der Welt geb' ich nicht zu, daß Sie schwören.

HERRMANN

Sie scherzen, Madam; und ich rede sehr ernsthaft.

VIGNALI

Auch ich! In völligem Ernste versichre ich Sie, daß Sie einen Meineid begiengen, wenn Sie die Liebe verschwüren.

HERRMANN

Und ich betheure Ihnen nochmals, daß ich nie wieder lieben werde. Soll ich nicht wissen, was ich will und empfinde?

VIGNALI

O, wenn Sie das wüßten, dann redten Sie ganz anders mit mir.

HERRMANN

Sie sind ungemein drollicht. Warum sollt' ichs denn nicht wissen?

VIGNALI

Weil Sie nicht verliebt seyn wollen und es doch schon sind.

HERRMANN

Ich? verliebt? – Fürwahr, das kömmt mir izt nach einer so widrigen Erfahrung am wenigsten ein. Wenn Ulrike so gewiß tugendhaft wäre, als ich nicht verliebt bin –

VIGNALI

Was wetten Sie? Sie sinds.

HERRMANN

Wetten Sie, so viel Sie wollen!

VIGNALI

Sie sind verliebt, dabey bleib' ich, und ich weis auch in wen.

HERRMANN

Lustig! – In wen denn?

VIGNALI

In mich. –

Herrmann sah sie starr und bestürzt an: er war so jämmerlich in die Enge getrieben, daß er weder Ja noch Nein sagen konte. Sie füllte die Pause des Gesprächs mit einem Blicke, einer Miene aus, die ihn beinahe glaubend machten, daß sie die Wahrheit gesagt habe.

»Närrchen!« sagte sie mit einer kleinen Frechheit: »das hab ich dir lange schon angemerkt, daß du in mich verliebt bist. Dein schelmisches Auge hat mirs jeden Tag millionenmal gesagt. Du armes Kind! bist wahrhaftig ganz trunken von Liebe: wie dir die Backen glühn! wie du so schmachtend nach mir blickst! wie dir das kleine Herz schlägt! – Und nun gar ein Seufzer? – Du brennst ja wahrhaftig so ganz lichterloh vor Liebe, daß dir die Funken aus den Augen sprühen: nur Geduld, mein Puppchen! Ich bin eine vernünftige Frau: ich weis, was die Liebe eines solchen Amors heißt: wir wollen die Flamme schon löschen, ehe du in Asche zerfällst.«

HERRMANN

Madam, ich begreife nicht, was Sie mir heute noch überreden werden.

VIGNALI

Ueberreden? – Gar nichts! Ich erzähle dir ja nur, was du fühlst, was du bist. Ich sage dir, daß du der liebenswürdigste Mensch unter der Sonne bist, ein Adonis, mit allen Schönheiten des Geistes und des Körpers geschmückt, – ein Kupido, der mit seinen Augenstrahlen tödtlicher verwundet, als mit Pfeilen, – ein Gott, den Dichter und Mahler nicht schöner erfinden können: ist denn das nicht wahr?

HERRMANN

Vermnthlich nicht! denn das Lob ist überspannt.

VIGNALI

Lobte die Liebe wohl jemals anders als überspannt? – Laß doch einmal sehn, ob dein Lob nicht eben so überspannt ausfallen würde, wenn du mich schildertest! Laß einmal hören! – Du schielst nach meinem Busen? Ich merke wohl, damit fiengst du dein Gemählde am liebsten an. – Wohlan! Fürs erste also, was sagst du von meinem Busen?

HERRMANN

Madam, Sie setzen mich außer mir: alle meine Sinne benebeln sich.

VIGNALI

Laß sie sich benebeln! Antworte mir nur auf meine Frage! – Wie findest du meinen Busen?

HERRMANN

Ich finde, daß er ein Meisterstück der Natur ist, zween Marmorhügel, mit Rosen bekrönt.

VIGNALI

Wie der Mensch so gut treffen kan! – Und dann?

HERRMANN

Ein Blumenpfad zwischen zween Rosengärten, wo Wonne und Entzücken strömt – zween lieblich duftende Marmortempel der Liebe, wo man ihr täglich ein reichliches Opfer von Küssen bringen möchte –

VIGNALI

In der That, diese Beschreibung ist allein schon einer Erkenntlichkeit werth. Man muß dich lieben, man mag wollen oder nicht. Du bist einzig. –

Dabey erfolgte eine feurige Umarmung, die zu Opfern in dem Tempel der Liebe unausweichbare Gelegenheit gab.

»Und die Hand?« fragte Vignali.

HERRMANN

Es ist Vignali's Hand, die man nicht schildern, nur küssen, nur drücken, nur liebkosen kan. Die Seele zittert, wenn man sie nur berührt: jedes Streicheln von ihr thut erquickender, als ein kühles Lüftchen am schwülen Abend: ein Druck von ihr belebt mit so schauernder Wonne, daß das Herz flattert und davon fliegen möchte.

VIGNALI

Das ist vermuthlich eine Schmeicheley –

HERRMANN

Nein, Vignali, die selbständigste Wahrheit, gefühlte, tausendfach gefühlte Wahrheit!

VIGNALI

Aber das Lob ist doch überspannt.

HERRMANN

Wollen Sie meine Empfindungen schon wieder besser wissen, als ich? – O den tausendsten Theil verschweig' ich ihnen, weil ich mich zu kraftlos fühle, es auszudrücken.

VIGNALI

Sie sind ein loser Schmeichler.

HERRMANN

Wenn ich Ihnen nun sage, daß ich nicht schmeichle! So wahr ich lebe! ich schmeichle Ihnen nicht.

VIGNALI

Wer weis, was Sie mir alles heute noch überreden werden?

HERRMANN

Vignali, Sie ärgern mich mit Ihrem Widerspruche. Glauben Sie, daß ich ein elender fader Schwätzer bin, der Ihnen gelernte Liebestiraden hersagt? Denken Sie, daß ich zu schwach, zu dummköpficht bin, um das Schöne und Vortrefliche zu empfinden? – Bey dem ersten Besuche, den ich Ihnen machte, überzeugten Sie mich, daß Sie die größte, die hinreißendste Schönheit sind. Ich habe seit jener Stunde Ihren Werth täglich mehr empfunden: so mistrauisch ich gegen Ihre Freundschaft war, – ich bekenne izt frey, daß ich dies war, und wohl mir, daß ichs nicht mehr zu seyn brauche! – aber alles Mistrauen hinderte mich nicht, Ihre Liebenswürdigkeit zu erkennen, zu bewundern, anzubeten: Vignali ist falsch, sagte ich oft, aber schön; und wenn ich damals Jemanden außer Ulriken hätte lieben können –

VIGNALI

So wäre ichs gewesen? – Wie glücklich, wenn ichs glauben dürfte!

HERRMANN

Sagen Sie mir nur, was Ihnen meine Aufrichtigkeit gerade heute so verdächtig gemacht hat! Ich sage Ihnen die innersten Gedanken meiner Seele, und doch bezweifeln Sie meine Aufrichtigkeit!

VIGNALI

Zürne nur nicht! Ich glaube dir ja. Du hättest mich also damals geliebt, wenn dich Ulrike nicht gehindert hätte? Ulrike hindert dich nicht mehr; und du liebst mich?

HERRMANN

Ja, ich würde! aber ich habe geschworen, nie wieder zu lieben.

VIGNALI

Nein, Kind! Du hast nicht geschworen: besinne dich!

HERRMANN

Aber ich habe mir vorgenommen, ein feierliches Gelübde zu thun –

VIGNALI

Vorgenommen ist nicht gethan! So kan ich dich vor der Narrheit bewahren. – Ein Mensch von deinem Alter, deiner Figur, deinem einnehmenden Wesen will die Liebe verschwören? – Man wird sich zu dir drängen, dich bestürmen, dir die Liebe aufzwingen: siehst du nicht, wie man mich neidisch anschielt, wenn ich mit dir fahre, mit dir gehe? wie alle Augen auf dich nur gerichtet sind? wie die Damen sich zischeln, dich anlächeln, dir gern gefallen möchten? wie alle vom höchsten und niedrigsten Stande stehn bleiben, wo sie dich erblicken, dir nachsehn, einander halbleise zurufen: »ah, ein allerliebster Mensch! ein sehr schöner Mensch! ein Mensch zum küssen! zum aufessen!« – und dabey fliegt dir mancher Seufzer, mancher zärtliche Blick entgegen. Vor zwey Tagen lorgnirte dich eine alte alte Dame in der Komödie so lüstern, so schmunzelnd, als wenn sie durch deinen Anblick wieder verjüngt würde: – Und ein so allgemein geliebter Mensch will der Liebe entsagen? Wie lange wird man dich denn das Gelübde halten lassen? – Siehst du nun die Thorheit ein? – Liebe, liebe und laß dich lieben! Wenn du nicht mehr lieben kanst, dann thue dein Gelübde! Izt genieße der Liebenswürdigkeit, womit dich die Natur nicht umsonst beschenkt hat!

HERRMANN

O Vignali! Sie sind eine verführerische Frau.

VIGNALI

Aber doch zu deinem Besten, zu deiner Glückseligkeit? – In unaufhörlichem Taumel überfüllender Freuden, von Vergnügung zu Vergnügung hineilend, immer überflüssig reich an Wonne, stets genießend und doch nie gesättigt, immer nach neuer Lust lechzend – nennst du das keine Glückseligkeit?

HERRMANN

Schweigen Sie, Vignali! sonst schwatzen Sie mir meine ganze Vernunft hinweg.

VIGNALI

Ah, quel drôle! Was willst du denn nun vollends gar mit der Vernunft? Was geht dich die Vernunft an? – Lerne von mir, was leben heißt, und wie man leben muß! –

Sie erzählte ihm nunmehr eine Menge verliebter Geschichten, die sie bey ihrem Aufenthalte in Paris erlebt hatte, mahlte ihm die wollüstigsten Scenen mit Freiheit und ohne Schleier, und unterrichtete ihn in allen Geheimnissen der Buhlschaft, daß er in diesem einzigen Abende Kenntnisse erlangte, die ihm Paris in Jahren nicht hätte verschaffen können. Die Schamröthe, die zu Anfange ihrer Erzählungen seine Wange färbte, verwandelte sich bald in das glühende Roth eines innern Wohlgefallens, und in allen Muskeln des Gesichts drückte sich das Arbeiten seiner aufgeregten Fantasie aus. Er fühlte ungekannte Regungen, ein Feuer, das tief ins Mark drang: alle Fibern waren vom süß hinabschleichenden Weine gespannt, Blut und Lebensgeister liefen in übereiltem gedrängtem Tumulte durch Adern und Nerven, und ungeheure Massen von üppigen Bildern rasch und dicht hinter einander durch den Kopf.

Sie speisten allein zusammen: der Gerichte waren wenige, aber alle ausgesucht leckerhaft und stark gewürzt. Herrmanns gereizte Neubegierde führte nunmehr selbst die Fortsetzung des abgebrochnen Gesprächs wieder herbey: der Ton wurde immer kühner, immer freyer, die Beschreibungen immer unverhüllter: er schien mit allen begeisterten Sinnen in einer See von Entzücken zu schwimmen, die Augen verengerten sich und blinkten nur noch durch schmale Ritzen hindurch, alle Gegenstände bemahlten sich mit den Farben des Regenbogens, sein Mund sprach durch ein unaufhörliches inniges Lächeln, er zitterte vor Gluth, und sah Vignali nur noch mit seiner Fantasie, wie sie mit ihm alle die Scenen des Vergnügens durchwanderte, die sie ihm eben izt geschildert hatte: alle Herzoginnen,

Markisinnen und berühmte Schönheiten, von welchen ihm Vignali erzählte, spatzierten in den bezauberndsten naktesten Reizen, die ihnen seine Einbildungskraft sogleich lieh, durch den Kopf, und alle sahen, wie Vignali, aus: wenn ihm seine Gedanken einen erzählten Auftritt ausmahlten, waren die handelnden Personen allemal Vignali und er.

In dieser Berauschung wäre nichts leichter gewesen, als den überwältigten, seiner unmächtigen Herrmann allmälig auf den entscheidenden Punkt zu führen: allein Vignali gerieth in der Verfolgung ihres Siegs außer Fassung: die Freude, ihrem Zwecke so nahe zu seyn, machte sie hitzig, und die Vorstellung seiner Unverfehlbarkeit verleitete sie, in der Gradation einen Sprung zu begehen. Sie lenkte den eingeschläferten Liebhaber mit einer zu raschen Wendung von der Erzählung fremder Gegebenheiten auf sich und ihn: sie stand plözlich vor seinen Augen, wie eine freche unzüchtige Buhlerin, nicht mehr unter dem Bilde verführerischer Liebe, die unmerklich hinreißt, sondern als ein foderndes geiles Weib. Dieser beleidigende Anblick schoß, wie ein Lichtstrahl, durch seine Seele und verscheuchte auf einmal alle Schatten des Traums, welche sie umhüllten: er sprang mit empörter Empfindung und unwilliger Verachtung auf.

»Vignali, ich verabscheue Sie!« rief er zornig und gieng. Sie riß sich hastig empor und eilte ihm nach: allein in der Uebereilung des ersten Schreckens verwickelte sie sich in ihre losflatternde Kleidung und stürzte: eben so schnell rafte sie sich wieder auf und erwischte ihn noch bey dem Arme: als er eben die Thür zumachen wollte, zog sie ihn mit allen Kräften wieder herein. Sie wollte schlechterdings siegen und wiederholte ihren Sturm mit so vieler Unbesonnenheit, daß er sich gewaltsam aus ihren Armen wand und sie von sich stieß. – »Laß mich, unwürdige Buhlerin!« rief er: »du bist mir ein Abscheu.«–Er gieng auf sein Zimmer.

Vignali wütete fast über diese unerwartete Katastrophe: sie tobte, wie in einer Verirrung, in dem Zimmer herum, riß sich den Kopfputz herunter und warf ihn an die Erde, das schöne Gesicht wurde zum wahren Medusenkopfe vom Zorne gemacht, das weiße Atlaskleid zerknittert und beschmuzt, vom Leibe gerissen und auf einen Stuhl geschleudert: der schöne Marmorbusen kochte vor Aerger und wollte zerspringen. In diesem verwilderten Zustande brachte sie die halbe Nacht zu: ein reicher Thränenstrom quoll aus den aufgeschwollnen Augenliedern, und kaum war ihre Hitze durch ihn ein wenig gemildert, so sann sie auf Entwürfe, den Unglücklichen auf das empfindlichste zu demüthigen, der sie so empfindlich gedemüthigt hatte.

Desto froher und entzückter triumphirte Herrmann über die errungnen Lorbern, als wenn er den Euphrat und Ganges überwunden hätte: sein eignes Verdienst stieg in seinen Augen desto höher, wenn er an die Gefahr zurückdachte, in welcher er schwebte, und wie nahe er dem Unterliegen gewesen war, fast nur ein Haarbreit davon entfernt. Vignali war ihm durch die lezte Uebereilung so verächtlich, so widrig, so ekelhaft geworden, daß er an ihre glühende wollüstige Miene und ihre freche Stellung nicht denken konte, ohne den lebhaftesten Abscheu wider sie zu empfinden. Er dünkte sich ein unüberwindlicher Held der Tugend und glaubte mit stolzer Zuversicht, nunmehr die gefährlichsten Angriffe überstehn zu können.

Voll Uebermuth gieng er den Morgen darauf sehr zeitig zum Thee, um durch seinen Triumph die gedemüthigte Ueberwundne noch mehr zu kränken. Vignali war sehr freundlich und höflich, aber äußerst niedergeschlagen: je mehr sie ihren Mißmuth merken ließ, je mehr zwang er sich zur Aufgeräumtheit und Lustigkeit: je weniger und einsylbiger sie sprach, je geschwätziger und lebhafter plauderte er: alle seine Geberden und Mienen waren angestrengt munter, und man konte im eigentlichen Verstande von ihm sagen, daß er im Angesicht des überwundnen Feindes sein Te Deum anstimmte.

Vignali senkte den Blick, nahm Verschämtheit und Verwirrung an und sagte ganz abgebrochen mit unterdrückter Stimme: »Lieber Herrmann, ich muß Sie wegen einer Unbesonnenheit um Vergebung bitten, die mich in Ihren Augen nothwendig erniedrigen muß.« –

»Das ist alles längst vergeben und vergessen!« rief Herrmann mit freudigen Verbeugungen, ohne zu merken, daß Vignali ihn durch ihre Reue mehr hinterging, als er sie durch seine Großmuth.

VIGNALI

Bey Ihnen vielleicht, aber nicht bey mir! Sie sind in der That ein gefährlicher Mensch: ich merke wohl, man muß auf seiner Hut bey Ihnen seyn: Sie können so unvermerkt das Herz wegstehlen – und Sie wissen, wie schwach ein weibliches ist! – so unvermerkt hinreißen, daß man aus aller Fassung geräth und halb verwirrt handelt. Sehn Sie alles gestern Vorgefallne als Handlungen einer Verrückten an: auch war ichs wirklich: die Liebe, womit Sie mich erfüllten, hatte meinen Verstand angegriffen: ich raste.

HERRMANN

Denken Sie nicht mehr daran! Eine solche Kleinigkeit –

VIGNALI

Nein, Herrmann, für mich ists keine Kleinigkeit, wenn es gleich ein Mensch, der so edel und großmüthig denkt, wie Sie, dafür hält. Welche weggeworfne verächtliche Meinung muß ich Ihnen von mir eingeflößt haben? Man muß so erhaben denken, wie Sie, um mich nur eines Anblicks zu würdigen. Aber nehmen Sie meine Reue zur Versöhnung und den Zustand der Verirrung, in welchen mich das Feuer der Liebe versezte, zur Entschuldigung an! Wollen Sie mich hassen? – ich hab' es verdient. Wollen Sie mir den kleinen Rest von Liebe erhalten, den Ihre Güte in Ihrem Herze für mich noch übrig gelassen hat? – es ist ein Geschenk, das ich mit Stolz und Dankbarkeit empfange und durch die feurigste Gegenliebe erwiedern werde.

HERRMANN

Geben Sie meiner Liebe keinen solchen Werth! Sie ist meine Pflicht. Ich thue wahrhaftig nur meine Schuldigkeit, wenn ich Sie liebe.

VIGNALI

Spötter!

HERRMANN

Ich versichre Sie auf mein Leben, ich spotte nicht. Kan man bey einer Venus wohnen und sie nicht anbeten?

VIGNALI

Ich vergebe diesen beißenden Scherz Ihrem Uebermuthe: ich dächte, meine Reue hätte mehr Schonung verdient, als solche empfindliche Spötteleyen.

HERRMANN

Ich schwöre Ihnen bey meiner Seele, ich spotte nicht.

VIGNALI

Schweigen Sie! ich kenne diese Sprache. Sie sollten aber nur bedenken, daß ich ein Weib bin und Sie ein Mann sind, und daß ein Weib Mitleiden und keinen Spott verdient, wenn die Liebe ihre Ueberlegung zu Boden wirft: inzwischen muß ich auch meinem Geschlechte die Gerechtigkeit wiederfahren lassen, daß es nur wenige Männer giebt, wie Sie. Sie sind ein wahres Muster von Tugend und Standhaftigkeit.

HERRMANN

Madam, Sie beschämen mich.

VIGNALI

So ein heroischer Muth! so ein männlicher Widerstand gegen die Versuchung. Ohne mir schmeicheln zu wollen, unter tausend, vielleicht zehntausend Mannspersonen würde nicht einer so herzhaft der Macht der Liebe getrozt haben. Ihr Heroismus verdiente einen Platz in der Chronik von Berlin.

HERRMANN

Das, das ist Spott, Madam: aber so sehr Sie sich vielleicht innerlich darüber aufhalten werden, so muß ich Sie doch ernsthaft versichern, daß ich über alle Verführungen der Liebe hinaus bin: das dank' ich den Grundsätzen der Ehre und des Gewissens, womit mich mein Lehrer, wie mit einem doppelten Schilde, bewafnet hat: mich schrecken keine Gefahren, weil mich keine überwinden. Vignali's Schönheiten können mir Liebe einflößen, aber nie bewegt mich Schönheit noch Liebe zu einer Handlung, die meine Ehre brandmahlte; die mich in meinen Augen verfluchenswerth machte; die mich zeitlebens, wie eine Hölle, peinigte: – nie, nie bewegt mich etwas zu einer solchen Vergehung, das betheure ich Ihnen zuversichtlich.

VIGNALI

Wahrhaftig, man möchte vor Ihnen auf die Kniee fallen: Sie sind ein Gott. – Aber mich däucht, auch Jupiter ließ sich oft von Nimphen fangen?

HERRMANN

Ihres Jupiters lach' ich: der verdiente fürwahr kaum Aufwärter in einem Bordelle zu seyn – der schwachköpfichte Jupiter!

VIGNALI

Aber er hatte Eine Tugend – er bildete sich nicht mehr Stärke ein, als er besaß. –

Sie sagte dies mit einem bedeutungsvollen Ernste: aber Herrmann, ob er den Verweis gleich verstund, lachte insgeheim desselben. Er ward so stolz auf Vignali's Demüthigung, daß er sich mehr solche Versuchungen wünschte, um sie, wie Herkules die Ungeheuer, zu bekämpfen und zu besiegen – so sicher ward er durch sein gestriges gutes Glück, daß er sich von Herzen freute, als ihm Vignali Nachmittags einen Besuch bey Lairessen vorschlug. – »Aha!« dachte er: »da blüht ein zweiter Lorber für dich!«

FÜNFTES KAPITEL

Kaum waren sie bey Lairessen fünf oder sechs Minuten gewesen, als sich Vignali eines nöthigen Besuchs erinnerte und Herrmannen bis zu ihrer Rückkunft zu verziehen bat: sie gieng und begab sich heimlich in die Nebenstube.

Lairesse war neben der Tänzerin auch einige Zeit Schauspielerin gewesen, in beiden zwar gleich mittelmäßig, aber sie hatte doch zuweilen im Nothfall auch zweite Liebhaberinnen gespielt. Ohne Zweifel mochte sie dies auf den Einfall bringen, ihren Unternehmungsplan ganz theatralisch einzurichten.

Sie sprachen einige Zeit von lieben und geliebt werden, und Herrmann, der erst während seines Aufenthalts bey Vignali so hochgelehrt in diesem Fache geworden war, redte darüber mit zufriedner Selbstgenügsamkeit: Lairesse wußte nicht mit dem zehnten Theile seiner Erfahrung und Beredsamkeit davon zu sprechen, ob sie gleich seit ihrem siebzehnten Jahre im Tempel der Liebe diente. Plözlich sank sie in Ohnmacht – aber nur in eine künstliche Ohnmacht, versteht sich! Man sagte ihr als Schauspielerin nach, daß sie nur zwo Aktionen meisterhaft zu machen verstünde – sich wie ein Klotz auf das Theater hinzuwerfen und in Ohnmacht zu fallen: man versicherte deswegen, daß sie die größte Aktrice des Erdbodens seyn würde, sobald Jemand ein Stück von lauter Ohnmachten schriebe. Auch gelang ihr die gegenwärtige so täuschend, daß ihr Herrmann mit ängstlicher Besorgniß sein vergoldetes Riechfläschchen in die Nase goß: das war ein unseliger Streich, der dies Meisterstück von Ohnmacht durchaus verdarb; denn die Menge der hinabströmenden stark riechenden Essenz verursachte ihr einen erstickenden Husten: doch zog sie sich sehr gut aus dem widrigen Zufalle: sie schlug mit richtiger Steigerung des wiederkommenden Lebens und mit einem zärtlichen Blicke nach Herrmannen die Augen auf und blieb liegen, wie sie die Ohnmacht auf das Kanape hingeworfen hatte.

»Was haben Sie denn?« fragte Herrmann.

»O du Ungeheuer!« antwortete Lairesse mit kraftlosem Zorne: »du wirst mich wohl noch umbringen.«

HERRMANN

Ich?
LAIRESSE
 Ja, du, du!
HERRMANN
 Ich erstaune. Wie das?
LAIRESSE
 Daß du so schön und doch so unempfindlich bist! Ich armes Mädchen bin in dich verliebt, so lang ich dich kenne: so oft ich dich nur sehe, wandelt mir eine Ohnmacht an; und du, kieselhartes Herz, thust gar nicht, als wenn du meine Noth wüßtest. Ich werde gewiß noch vor Liebe sterben, wenn du mir nicht beyzeiten zu Hülfe kömmst. Komm, du Pavian! gieb mir einen Kuß! –

Sie zog mit diesen Worten den neben ihr stehenden Herrmann nach sich hin und nahm sich den Kuß mit einer so zweydeutigen Umarmung, daß sich der Tugendheld nach einer flüchtigen Anwandelung von süßer Schwachheit losriß und mit stolzem Muthe, wie ein tapfrer Ritter, der abermals ein Abentheuer glücklich bestanden hat, auf sie herabsah.

»Ach, der vermaledeyte Kuß!« fieng Lairesse wieder halb ohnmächtig an: »da wird mir schon wieder schlimm. Komm mir zu Hülfe, du Unmensch! Ich ersticke: mache mir Luft!«

»Lairesse!« sagte Herrmann mit trocknem Lächeln: »geben Sie sich nicht zu viele Mühe! Ich errathe Ihr Spiel: so fängt man mich nicht.«

»Seht mir einmal das Affengesicht!« rief Lairesse lachend und sprang auf. »O lacht ihn doch aus! Da wird man dich lange fragen: willst du mich gleich im Guten lieben? oder ich drücke dir die Kehle zu.«

Wirklich faßte sie ihn auch so fest bey dem Halse, daß er zu ersticken glaubte und sich mit Mühe von ihren Armen losmachte. »Lairesse, das ist Beleidigung, aber nicht Scherz,« sprach er unwillig.

LAIRESSE
 Denkst du, daß ich scherze? – Hab' ich dirs denn nicht deutlich gesagt, daß ich dich liebe? Aber ich weis schon, ich bin nicht die erste, die du hast verschmachten lassen.
HERRMANN
 Desto besser! So können Sie sich um so viel leichter beruhigen.
LAIRESSE
 Desto schlimmer! willst du sagen. – Fürwahr, ich schämte mich: so ein hübscher Mensch und thut so steif und hölzern, wenn sich ein Mädchen die Mühe giebt, sich in dich zu verlieben! Bin ich dir denn nicht hübsch genug? – Ueber den Delikaten!
HERRMANN
 Zur Gesellschafterin sind Sie mir hübsch genug: und mehr verlang' ich nicht.
LAIRESSE
 Aber damit bin ich nicht zufrieden. Gesellschaft ohne Liebe ist etwas kahl.
HERRMANN
 Auch daran soll es nicht fehlen: ich liebe Sie, und habe Sie geliebt, so lange wir einander kennen.
LAIRESSE
 Und das ist deine ganze Liebe, wie sie bisher gewesen ist? – Die ist verzweifelt trocken und langweilig. Ich will dich eine bessere lehren. Aber du Heuchler! kennst sie lange.
HERRMANN
 Und wenn ich sie kennte?
LAIRESSE

So wärst du Schläge werth, daß du so unwissend thust und dich nicht gescheidter aufführst, als ein kleines Kind. – Stehst du nicht da, wie eine Bildsäule? –

Sie sang ihm ein Liedchen vor, dessen Hauptgedanke war, daß Genuß der lezte Zweck der Liebe ist, und die lezte Strophe schloß sich:

> Einladend winkt ein Sofa dir,
>
> Gepolstert für die Liebe –

»Schweigen Sie!« unterbrach sie Herrmann. »Entheiligen Sie nicht einen Namen, der nur auf Ihrer Zunge und nicht in Ihrem Herze ist! Ich will Ihnen mit zwey Worten sagen, wie ich hierüber denke. Liebe und Buhlerey sind bey mir zwey verschiedene Dinge: merken Sie sich das!«

Lairesse schlug ein Gelächter auf, als wenn sie springen wollte. – »O du hochweiser Stockfisch!« rief sie und stieß ihn von sich. »Ich will die Leute auf der Gasse zusammen rufen, daß sie dich auslachen helfen. Der Mensch redt, wie ein Schulmeister. – Lieber Herr Schulmeister, seyn Sie doch nicht so grämlich! – Die Buhlerey! wo hast du denn das Wort her?«

HERRMANN

Das Wort ist alt: aber die Sache hab' ich izt an Ihnen wahrgenommen.

LAIRESSE

Die Buhlerey? – Was der Mensch für ein Orakel ist! Ein lebendiges Buch der Weisheit bist du.

HERRMANN

Und Sie ein verbuhltes Mädchen!

LAIRESSE

Ihre Dienerin! – Warum misfällt denn Euer Hochweisheiten das Buhlen so sehr?

HERRMANN

Weil die Stimme der Ehre in mir ruft, daß ich mich nicht wegwerfen soll.

LAIRESSE

Mit mir wirfst du dich weg? – O mein kleiner Herr, Er muß sichs für eine Ehre rechnen, daß ich mich mit Ihm abgebe. Prinzen, Lords, Grafen, Barone haben meine Gütigkeit mit Dank erkannt: man ist so verlegen nicht, wie Sie denken. Ihr kleines Persönchen mag in Ihren Augen sehr liebenswürdig seyn: aber solche Schlaraffengesichter kan man alle Tage haufenweise bekommen, wenn man nur wollte.

HERRMANN

Lairesse, Sie werden so beleidigend, daß ich zürnen muß.

LAIRESSE

Allons, zürnen Sie doch! Sie werfen doch nicht etwa die Leute mit Goldbörsen todt? – Der arme Schlucker! spricht so weise, wie ein Buch! will sich nicht wegwerfen! Ich würfe mich weg: wissen Sie das?

HERRMANN

Sie werden so unverschämt, daß ich gehn muß.

LAIRESSE

Geh! geh! Wer hat denn dich Polisson gerufen? – Aber noch eins! Du bist ein Narr. –

Dies sagte sie ihm in einem leisen vertraulichen Tone und wollte die Lobrede mit einer derben Ohrfeige begleiten: doch Herrmann fieng ihre Hand auf, ergrimmte, hub den Stock in die Höhe und drohte: »Ich werde dich strafen, du niederträchtige Dirne!«

LAIRESSE

Strafe mich! hier steh ich. Siehst du hier zehn Finger? und an jedem einen Nagel? Alle zehn sollen sie dir auf den ersten Schlag in deinen Schelmenaugen liegen. –

Herrmann gieng, um nicht zu einer Mishandlung hingerissen zu werden. In der Thür knipp sie ihn von hinten zu empfindlich in die Arme. – »Wirf dich nicht weg!« schrie sie. Herrmann drehte sich, und der Zorn übernahm ihn so sehr, daß er den Stock mit der völligen Absicht zu strafen aufhub. – »Schlagen Sie zu!« rief Vignali hereintretend: »das Geschöpf hat es verdient.« – Sie glühte vor Aerger; und da Herrmann ihren Befehl nicht vollzog, gab sie Lairessen einen empfindlichen Stoß mit der Faust und sagte leise zu ihr: »Du bist ein tummes Vieh: nun kanst du noch heute dein Packet zusammenmachen.«

»Kommen Sie! wir wollen gehn,« sprach sie außer Athem und nahm Herrmanns Arm.» –

Vignali! Vignali! das war stark verrathen: auch merkte Herrmann nunmehr das ganze Spiel, das er vorhin nur dunkel argwohnte. Dem Herrn von Troppau wurde seit dieser Zeit von Vignali tägliche und stündliche Vorstellung gethan, daß er Lairessen den Abschied geben sollte, und nach einigen Weigerungen willigte er, obgleich sehr ungern, darein: Lairesse kam, demühtigte sich vor Vignali, bat um Verzeihung, und der Herr von Troppau mußte sie behalten.

SECHSTES KAPITEL

Vignali sahe nunmehr wohl ein, daß sie den unrechten Weg gewählt hatte: sie nahm sich also vor, dem Tugendhelde durch unaufhörliche Schmeicheleyen und Gefälligkeiten unvermerkt vollends einzuflößen, was zur Liebe noch fehlte, ihm durch wollüstige Gespräche seine Einbildung noch mehr aufzuregen, ihn bey der Eitelkeit anzugreifen, und vielleicht durch dieses Mittel ihm eine so heftige Leidenschaft beyzubringen, daß ihn am Ende die Begierde selbst zu einem Schritt hinrisse, dem er izt so standhaft auswich. Ulrike war durch die unglückliche Wendung, die sein Widerstand Vignali's Plane gab, ihrer Aufmerksamkeit ganz verschwunden: obgleich Herrmann anfangs nur Mittel zur Demühtigung der Erstern seyn sollte, so wurde er nunmehr das Ziel der Unternehmung: wenigstens mußte Vignali sich erst an ihm gerochen haben, um wieder an die alte Rache gegen Ulriken zu denken.

Die neue Methode glückte besser: er war schon vorhin in Vignali verliebt, ohne daß er es vielleicht selbst wußte, und es wurde also unendlich leicht, einen Verliebten noch verliebter zu machen. Mit eben so vielem Glücke gelang es ihr, Galanterie und Liebe für ihn zu einer Sache der Eitelkeit zu machen: sie sprach beständig davon, daß es eine von den ersten Eigenschaften eines Mannes von Lebensart und gutem Stande sey, viele Liebeshändel zu haben: Menschen, die ohne Intrigue lebten, wurden verächtlich als Dummköpfe oder schlechte niedrige Leute verschrien. Auch hierzu war er schon längst hinlänglich zubereitet; denn die gewöhnliche Unterhaltung in allen Gesellschaften, wozu er kam, betraf Liebesintriguen, und die Wichtigkeit, womit sich die Leute behandelten, die die meisten eignen Erfahrungen hierinne zu erzählen wußten, hatte schon mannichmal den Wunsch in ihm erregt, sich eine solche Wichtigkeit zu verschaffen. So mächtig ihn also die Ehrbegierde auf der einen Seite von der Ausschweifung abzog, so sehr trieb sie ihn auf der andern Seite zu ihr hin.

Am liebsten wäre es Vignali gewesen, wenn sie diese Eitelkeit hätte nützen können, um ihn in einen lächerlichen Liebeshandel zu verwickeln; und vielleicht hätte er es als ein Glück ansehen können, wenn er weniger vorsichtig und vernünftig gewesen wäre, um ihr nicht diese Freude zu machen: sie hätte auf seine Unkosten gelacht und mit dieser geringern Rache vorlieb genommen. Es bot sich ihr eine Gelegenheit dazu dar. Ihm gegenüber wohnte eine alte Kokette, die jeden Nachmittag am Fenster die aufgetragnen Reize trocknete, womit sie des Abends in der Gesellschaft glänzen wollte. Ihr entblößter Busen schien in der Ferne eine helleuchtende Marmorfläche: auf ihren schneeweißen Wangen blühten die Rosen der Jugend, und blaue strotzende Adern liefen über die Schläfe hin. Herrmann sah mit Verlangen nach dieser einladenden Schönheit: sie bemerkte seine Aufmerksamkeit sehr bald und suchte sie durch ihre Koketterie noch mehr auf sich zu ziehen: aus Blicken wurden Gestikulationen: ein jedes verstand schon des Andern Sprache. Herrmanns galante Eitelkeit hatte nunmehr ihr Ziel gefunden: wer war glücklicher? – Vignali, die die stumme Unterredung aus den Fenstern sehr bald auskundschaftete, zog ihn damit auf und machte ihn so treuherzig, daß er sich sein Geheimniß entwischen ließ. Sie ermunterte ihn, eine so schöne Prise nicht fahren zu lassen, sondern sobald als möglich Besitz davon zu nehmen: sie entwarf ihm sogar einen Operationsplan und versprach ihren Beistand. Was die Wollust nicht vermocht hatte, vermochte beinahe der Ehrgeiz: ohne zu überlegen, wie empfindlich er abermals Vignali beleidigte, daß er die Liebe einer Unbekannten suchte, nachdem er die ihrige verschmäht hatte, ließ er sich halb in die Unterhandlung ein: Vernunft und Eitelkeit stritten so gewaltig in ihm, daß er wankte und sich bald als einen Narren betrachtete, der Unsinn begehen wollte, bald als einen feinen Mann, der es in der Kunst zu leben bis zur Galanterie gebracht hatte. Während dieses Schwankens zwischen Vernunft und Thorheit riß ihn sein gutes Schicksal auf einmal aus der Verblendung: er hatte sehr oft hinter dem Vorhange des nämlichen Fensters, an welchem Nachmittags so eine glühende Schönheit prangte, vormittags einen runzlichten alten Todtenkopf lauschen sehn, der sich sogleich zurückzog, wenn er ihn zu genau betrachtete. Eines Nachmittags führte das Schrecken, weil ein Feuergeschrey einen plözlichen Auflauf in der Straße verursachte, Herrmanns Geliebte vor der Zeit ans Fenster, ehe die Schöpfung ihrer Schönheit vollendet war: sie besann sich zwar bald und fuhr wieder zurück, aber der Galan hatte doch ein Gesicht erblickt, das halb Tag und halb Nacht war, vom Kinne bis zu den Augen glänzend weiß und an der Stirn schwarzgelb, wie ein Mulatte, auf den Wangen blühten keine Rosen und über den Augen hiengen, statt der schön gewölbten schwarzen Bogen, ein Paar struppichte Büschel graue Haare. In der ersten Ueberraschung that er die Frage an Vignali, wer die Misgeburt sey: sie konte sich das Vergnügen nicht versagen, ihn zu beschämen, und antwortete: »Ihre Liebe! – Ihre Liebe!« rief sie noch einmal und lachte seiner, als er erschrocken, verlegen, verwirrt vor ihr stand, sich gern durch Ausflüchte helfen wollte und nicht konte, weil sie ihn nicht dazu ließ.

»Nun sollen Sie Ihre Schönheit werden sehn,« sprach Vignali. »Des Morgens ist sie ein Ungeheuer, daß man die Kinder mit ihr zu fürchten machen könte – ein abgestorbnes gelbsüchtiges Affengesicht. Von zehn Uhr bis um eins wird ihr der ellenhohe Haarpuz mit der Menge dicker Locken auf den kahlen Wirbel gebaut und an die dünnen grauen Borsten, die noch daraufstehn, angekleistert, angesteckt und angenäht. Wenn dieser chinesische Porzellänthurm von Schaafwolle und Ziegenhaaren aufgeführt ist, dann ißt sie eilfertig ein Paar Bissen, um hurtig wieder zur Toilette zu kommen. Vor Tische wurde das Dach aufgesezt, nun wird das beräucherte leimenfarbne Haus angestrichen. Der Busen, so weit er sichtbar ist, das ganze Gesicht und selbst Hände und Arme werden mit weißer Tünche überworfen – da kömmt Sie! Izt trocknet sie die weiße Glasur an der Luft.« – Ueber eine Weile gieng die kalkweise Schönheit vom Fenster weg. – »Ah, rief Vignali, die Tünche hat Ritze bekommen: nun werden sie ausgefüllt und das Ganze mit der Kelle sehr zierlich geebnet; denn das ist wahre Mäurerarbeit, müssen Sie wissen.« – Einige Zeit darauf fieng Vignali wieder an: »Aufgeschaut! izt sind ihr an den eingesunknen Schläfen jugendliche blaue Adern gewachsen!«

HERRMANN

Woher hat sie so schnell diese herrlichen blauen Adern bekommen?

VIGNALI

Sie kauft sie bey meiner Zwirnfrau: für einen Dreyer kriegt sie Adern auf ein halbes Jahr, und jeden Tag hat sie neue. O die Frau ist sehr wohl daran: sie kauft ihre Reize in Büchsen und kan sich die Dosis so stark geben, wie sie es nöthig hat. –

Endlich langte die schnellaufgeblühte Schönheit in dem lezten Punkte ihrer Reife mit schönen funkelnden rothen Backen an. »Sie fallen doch nicht in Ohnmacht?« sprach Vignali zu Herrmann. »So ein frisches sechzigjähriges Mädchen reißt hin. Der arme galante Herrmann! verliebt sich in eine Schminkbüchse!«

Der arme Herrmann mußte noch unendlich mehr dergleichen Hönereyen ausstehen, und die außerordentliche Geduld, womit er sie ertrug, bewies, daß Vignali ein großes Vorrecht in seinem Herze haben mußte; denn da Lairesse dazu kam und sich ins Spiel mischte, brach seine Empfindlichkeit sogleich los. Aber wie er sich seiner Thorheit schämte, als er mit sich allein war! Seit der Zeit war an keine Galanterie mehr bey ihm zu gedenken: weiter konte seine Eitelkeit nichts von ihm erhalten, als daß er sich die Miene davon gab, sich vorsichtig nirgends einließ, aber doch beständig den Schein annahm, als wenn er sich mit einer Menge einlassen wollte, oder gar schon eingelassen habe.

Sonach fehlte nicht viel, daß er in dieser Schule zum Gecken wurde: ein Paar Gran weniger Verstand! so war der Thor fertig. Er lernte in den Abendgesellschaften und Vignali's Umgange meisterlich persifliren, von jeder Sache im verächtlichen spöttelnden Tone sprechen, feine Unverschämtheit in Reden und Betragen, eine Dreistigkeit, die fast an die Keckheit gränzte: seine Ehrbegierde strebte nicht mehr mit Adlerflügeln zu großen rühmlichen Handlungen empor: durch gesellschaftliche Artigkeiten, durch Gefälligkeiten und Achtsamkeit zu gefallen, war izt ihr Ziel. Die Sphäre seiner Ruhmsucht, die sonst die halbe, wo nicht die ganze, Welt umfaßte, war izt ein kleiner Kreis von Damen und Herren aus der schönen Welt, und ein gelungenes Kompliment, eine glückliche Lüge, eine beklatschte artige Bosheit, ein belachter Einfall gab ihm itzo so viel Entzücken, als sonst die edlen Thaten der Antonine und aller großen Männer, mit welchen ihn Schwinger bekant machte. Gefühl des Großen, Erhabnen, Begeisternden ertrug seine Seele kaum mehr: sie war nur dem Angenehmen, dem Reizenden, dem Ergötzenden offen: aus dem stolzen hochfliegenden Adler war ein artiger bunter Kolibri geworden. Freilich leuchtete immer, auch selbst wenn sich Betragen und Reden dem Geckenhaften näherten, sein großer gesunder Verstand hervor, und sogar seine Narrheiten hatten eine gewisse Würde, die zu erkennen gab, daß der Mensch sich bemühte, weniger zu seyn, als er sollte und konte. Sein gutes Herz gab ihm oft empfindliche Stiche, wenn er einen ehrlichen Einfältigen zum Besten hatte; aber wie sollte er es unterlassen, da es ihm den Beifall aller einbrachte, die er belustigte? Seine Beurtheilung lehrte ihn oft das Geschmacklose, das Unmoralische eines Einfalls, und doch sagte er ihn, weil er belacht wurde: seine Vernunft rief ihm unaufhörlich zu – »Du thust Thorheit!« – und doch that er sie. Das sind alles warnende Lehren, die nicht eher gehört werden, als bis das Schicksal, wie ein Schulmeister, mit einem wohlgemeinten Hiebe die Ohren öfnet.

Und Ulrike? – Die arme Vergeßne trauerte, härmte, verzehrte sich unterdessen, und hofte auf eine Gelegenheit, um ihren verirrten Heinrich von ihrer Unschuld zu überzeugen.

ACHTER TEIL

ERSTES KAPITEL

Wie weit Vignali mit ihrer Operation in kurzer Zeit fortrückte, und welch' eine starke Dosis von Liebe sie ihm beygebracht haben mußte, beweist nichts so deutlich, als ihre Gewalt über seine tiefsten festgewurzelten Neigungen und Gesinnungen. Keine Freundschaft war ihm so heilig, als die seinige gegen Schwingern: sie gründete sich auf Dankbarkeit, und Dankbarkeit war seine erste Tugend. Er hatte wohl den guten Mann unter den unaufhörlichen Zerstreuungen, Vergnügungen und dem erschlaffenden Müßiggange seines itzigen Lebens vergessen: er dachte und empfand gegenwärtig ganz anders, als sein Freund, bedurfte seiner nicht; was konte ihn also an ihn erinnern? Unvermuthet empfieng er einen Brief von ihm, der im März geschrieben, im März von dem Kaufmanne, bey welchem er in der Lehre gestanden hatte, nach Berlin gebracht und itzt zu Anfange des Junius erst abgegeben wurde: er hätte seine Wohnung nicht eher auskundschaften können, ließ er sagen. Das sanfteste Gefühl der Freude überströmte den Jüngling, als er eine so lange nicht gesehne Hand erblickte, und mit inniger Wehmuth fühlte er den Abstand seines gegenwärtigen und vorigen Lebens: es war, als wenn ihm ein Freund aus fernen Landen nach langer Trennung wiederkäme und ihn itzt umarmte: alle Vergnügen und Leiden seiner ersten Jugend, alle Verbindlichkeiten seines Freundes überlief er mit schneller Erinnerung und vergaß vor Rührung über die sonderbare Leitung seines Schicksals den Brief zu öfnen. Indem er so ganz wieder der vorige gutdenkende starkempfindende dankbare Herrmann war und sich in Empfindungen und Vorstellungen versezt fühlte, die ihm sein bisheriges Leben fremd gemacht hatte, kam Vignali auf sein Zimmer. – »Sie haben, glaub' ich, einen Brief bekommen?« fieng sie an.

»Ja,« antwortete Herrmann mit entzückter Freude, »von meinem einzigen besten Freunde, dem ich alles zu danken habe, was ich bin, die Bildung meines Verstandes und Herzens, mein Fortkommen. Vignali, das ist für mich der erste Mensch unter der Sonne, mehr als Vater und Mutter; und ich bin so entzückt über sein freundschaftliches Andenken, daß ich weinen möchte. Ich bin in der äußersten Rührung und« –

VIGNALI

Doucement, Monsieur, doucement! Ich will Ihnen den Brief vorlesen: da Sie bis zu Thränen gerührt sind, werden Sie vermuthlich nicht gut sehen können. Soll ich?

HERRMANN

Ja, Vignali, lesen Sie! lesen Sie! –

Sie sezten sich: Vignali wurde zu ihrem Leidwesen inne, daß der Brief teutsch war, und Herrmann mußte ihn also Periode für Periode ins Französische übersetzen. Er las:

»Unbesonnener Freund,«

»Der Mann ist wohl Schulmeister?« fragte Vignali: Herrmann stuzte über den Anfang und fuhr fort:

»Muß ich abermals die Feder ergreifen, um dich zu züchtigen?«

VIGNALI

Potz tausend! der Mann wird böse: er greift nach der Ruthe.

»Hast du allen Verstand, alle Ueberlegung in deiner Vaterstadt zurückgelassen, daß du so höchstunsinnig handelst?«

VIGNALI

Der Pedantist verrückt: ihm mag wohl der Verstand fehlen, daß er so schreiben kan.

»Welche eiserne Stirn gehörte dazu, um dem Grafen statt seiner Schwestertochter eine verbuhlte liederliche Dirne zuzuschicken?«

VIGNALI

Sie haben das gethan? O Sie sind bewundernswerth! Hurtig, erzählen Sie mir die Geschichte! –

Herrmann erzählte ihr mit einiger Verlegenheit den Vorfall und entschuldigte sich mit seiner Liebe zu Ulriken, daß er den Kaufmann durch eine falsche Aussage verleitet habe, dem Grafen statt ihrer ein Bordelmädchen zu überbringen. »Darüber entschuldigen Sie sich?« rief Vignali und brach in ein erschütterndes Gelächter aus. »Das ist ein Streich, der eine Ehrensäule verdient: Sie sind werth, daß man Sie anbetet. Die Bosheit ist nicht mit Gelde zu bezahlen. – Und was sagt Ihr Schulmeister dazu?«

»Den Zorn des Grafen, der unter seinen eignen drückenden Angelegenheiten vielleicht verdampft wäre, hast du von neuem zur Flamme gebracht: er hat geschworen, daß er nicht ruhen will, bis du für diese Bosheit bestraft bist; und gewiß! sie verdient Strafe.«

VIGNALI

Der Mann ist ein Narr: sie verdient Altäre, sollte er sagen.

»Hat dich ein kleines Glück, welches du nach dem Berichte deines gewesenen Lehrherrn gefunden hast, schon so übermüthig gemacht, daß du keines Menschen mehr achtest, selbst derjenigen nicht, die dir schaden können? O lieber Freund, ein Schreiber,[9] selbst in einem angesehenen Hause, hat keinen so hohen Posten, daß dich ein Mann, wie der Graf Ohlau, nicht mit seiner Rache erreichen könte; und wenn du auf der höchsten Staffel der Ehre und des Wohlseyns säßest, so sollte dichs in der Seele schmerzen, daß du ihn mit so kränkendem Muthwillen beleidigtest, ihn, der dir Gutes that.«

VIGNALI

Das ist sehr erbaulich: der Mann predigt, wie ein Pfarr auf der Kanzel.

»Ich weis nicht, welche Einbildung mich noch immer beredet, alle deine bisherigen Vergehungen für Uebereilungen zu halten: mache, lieber Freund, daß meine Einbildungen mich nicht täuschen. Du wohnst itzo an einem Orte, der freilich wohl nicht so schlimm ist, wie ihn viele übertriebene Sitteneiferer verschreien, aber zuversichtlich schlimmer, als dein Vaterstädchen: unter einer so viel größern Menge Menschen müssen mehr Gute, aber auch mehr Böse, als bey uns, seyn. Ich sagte mir also, da ich deine Vergehung an dem Grafen erfuhr: vielleicht hat ihn der Ton des Leichtsinns und Muthwillens, der in solchen Städten herrscht, angesteckt: Bosheit war es gewiß nicht: nein, nichts als jugendlicher Uebermuth, vielleicht gar die Eingebung und Anstiftung eines leichtfertigen Jünglings, der sich für seinen Freund ausgiebt: izt lege die Hand auf dein Herz und frage dich, ob ich recht gewähnt habe!«

VIGNALI

Ah! das ist ja so herzbrechend, daß man gähnt. Ein Muster von Bußtagsrede!

»Daß ich richtig geurtheilt habe, daran zweifle ich gar nicht mehr; und damit nicht die Verderbniß der großen Stadt dich eben so leicht ergreife, als dich bereits ihr Leichtsinn angesteckt hat, will ich dir einen Vorschlag der Freundschaft thun. Der Oberpfarr in G., auf dessen Platz ich schon vor dem Jahre vertröstet wurde, ist gestorben, und ich werde im May seine Stelle antreten« –

VIGNALI

Hab' ichs nicht gesagt? Der Mann ist ein Pfarrer: dergleichen Vögel erkennt man bey dem ersten Tone, den sie singen.

»Komm zu mir! wohne bey mir! sey mein Freund, wie ich der deinige seyn will! Wir wollen uns die Zeit durch Lesen und Gespräche, ökonomische Geschäfte und ländliche Vergnügungen vertreiben. Du bist freilich noch jung und köntest nach deiner Kraft und Thätigkeit der Welt besser dienen, als daß du mein Gesellschafter wirst: und wenn du schon zuverlässige, nicht blos eingebildete Aussichten dazu hast, will ich kein Wort mehr verlieren: hast du diese nicht und du willst bessere bey mir erwarten, wohl! so eile und sey meiner Liebe willkommen! Ich habe aus einer Ursache, die ich dir hernach vertrauen will, das Gelübde gethan, nie zu heirathen: ich habe mir von meiner bisherigen Einnahme jährlich hundert Thaler zurückgelegt und also ein Kapital von tausend Thalern zusammengebracht: diese sind dein, wenn ich sterbe. Mein künftiger Platz wird auf sechshundert jährliches Einkommen gerechnet: was ich von ihnen erspare, samle ich für dich, damit du mit der Zeit, wenn uns der Tod trennen sollte, einen Handel oder ein andres Gewerbe anfangen kanst.«

VIGNALI

Das ist sehr edel: nach einem so schlechten Eingange hätte ich nicht so etwas Gutes erwartet.

»Mein Herz wünscht sehnlich, daß du meinen Vorschlag annehmen mögest. Da G. eine gute Meile von dem Schlosse des Grafen ist, so wird er dich weder sehn, noch erfahren, daß du bey mir bist: erfährt ers ja, so will ich alles thun, um ihn für dich auszusöhnen; und es wird mir hoffentlich gelingen, da die Baronesse nicht mehr auf dem Schlosse ist, noch jemals wieder da wohnen wird; denn ihr Schicksal ist beschlossen. Ich setze zum voraus, daß du deine thörichte Neigung gegen sie bezwungen hast: ist es noch nicht ganz geschehen, so fliehe zu mir! Erfülle dein Herz ganz mit den Empfindungen der Freundschaft, daß die Liebe keinen Platz darinne findet. Wir wollen uns lieben und leben wie Brüder; und meine stille Einsamkeit soll dir mehr Freude gewähren, als das Geräusch der größten Stadt. Welche Glückseligkeit wird den Rest meines Lebens bekrönen, wenn ich ihn mit dir zubringe! mit dir, der in meinem Herze wohnt, wie er von nun an in meinem Hause wohnen soll!

»Nu, mein kleiner Abgott?« unterbrach ihn Vignali und sah ihn mit einem durchdringenden Blicke voll Zärtlichkeit und Liebe an: »wirst du den Vorschlag annehmen?«

HERRMANN

Fast möcht' ich, Vignali! mein ganzes Herz hängt dahin: aber –

VIGNALI

Aber ich habe zuviel Mitleiden für die arme Vignali und zuviel Dankbarkeit für ihre Liebe, um eine Trennung vorzunehmen, die sie ins Grab bringen würde: – dachten Sie nicht so?

HERRMANN

Nicht mit so vielem Stolze, aber mit eben so vieler Liebe! Mein Freund ist mir lieb: aber Sie, Vignali – – Ich will zu meinem Freunde.

VIGNALI

Das nenn' ich plözliche Entschliessung; denn das Gegentheil schwebte Ihnen schon auf der Zunge. Wir wollen sehn, ob Sie bey dem Entschlusse beharren. – Lassen Sie doch indessen Ihren bezaubernden Brief weiter hören!

»Du wirst um so viel freudiger in mein Verlangen willigen, wenn ich dir die Nachricht gebe, daß dein größter Feind auf immer von uns entfernt ist. Ich meldete dir in meinem lezten Briefe, daß Jakobs Vater durch seinen eignen Sohn in gerichtliche Untersuchung wegen seiner Spitzbübereyen gerathen sey, und daß der Sohn sich bemühe, ihn wieder davon zu befreien, damit seine eignen Schelmenstücke nicht durch das Bekenntniß des Alten an den Tag kämen: er brachte auch wirklich den Grafen so weit, daß er die Inquisition einzustellen befahl. Plözlich nahm die Sache eine unvermuthete Wendung. Der Vater sezte sich durch die Verschaffung einiger Summen zur Schuldenbezahlung seines Herrn auf einmal wieder in völligen Kredit, und ehe man sichs versah, stund er wieder in seinem vorigen Posten. Als nunmehriger Oberaufseher rächte er sich auf das empfindlichste an seinem Sohne: unter dem Scheine der Gerechtigkeit, als wenn er aus Liebe für den Grafen seines eignen Sohns nicht einmal schone, brachte er es durch geheime Angebungen dahin, daß Jakob in der größten Ungnade fortgejagt wurde, und der Himmel weis, wohin ihn sein Schicksal getrieben hat. Nun ist also das ganze Vermögen des Grafen wieder in den Händen des Räubers, der zur Verringerung desselben das Seinige aus allen Kräften beygetragen hat. Dein gewesener Lehrherr hat sich fast zwey Monate hier aufgehalten und wollte nicht von der Stelle gehen, bis er sein Geld hätte: kaum war er befriedigt, so erschienen schon andre Mahner. Man spricht sehr stark von Sequestration, weil die Gläubiger so häufig und so ungestüm fodern. Niemand dauert mich mehr, als die arme Gräfin: sie hat sich ihres Schmuckes beraubt und die gelöste Summe dem Grafen durch Jakobs Vater, als von einem Fremden vorgestrecktes Geld, anbieten lassen: dadurch hat sie ihren Gemahl auf einige Zeit gerettet, ohne daß er es weis, und doch ist sie die Lastträgerin seiner mürrischen Laune: sie bemüht sich unaufhörlich, seine Verdrießlichkeit zu zerstreuen, und beköm̄t nichts als üble Begegnung dafür zum Lohne: sie ist abgehärmt, bleich, entstellt, daß man sie kaum kennt; und doch ist sie gegen Jedermann, der ihren Kummer nicht wissen soll, freundlich, und nimmt sogar, wenns nöthig ist, eine Munterkeit an, die ihr sehr wohl glückt. Dein toller Streich hat sie sehr aufgebracht und ihren Haß gegen dich vermehrt: doch hat sie mir, als ich lezthin mich für die erhaltne Pfarrstelle bedankte, anvertraut, daß der Graf Ulrikens Schicksal sehr mildern werde, wenn sie um Gnade bittet. Wenn sie weise ist, so ergreift sie dieses einzige Mittel, um sich von dem Untergange zu retten. Man weis, daß sie auf eine ehrliche Weise, obgleich unter ihrem Stande, in Berlin lebt: man weis das Haus, wo sie sich aufhält: ergreift sie das angebotne Rettungsmittel nicht, dann mag sie sich es selbst zuschreiben, wenn man sie durch härtre Maasregeln zur Vernunft bringt.«

»Dein Vater hat, wie ich höre, den unsinnigen Streich begangen und schon in der Mitte des Februars den Leinweber, wo er sich aufhielt, und seine Frau heimlich verlassen: wo der tolle Mann herumschweift, weis Niemand.«

»Um dir, als einem Freunde, den ich in mein Herz geschlossen habe, kein Geheimniß zu verhelen, habe ich dir hier die Abschrift eines Briefs von Fräulein Hedwig beygelegt, der für mich ein Bewegungsgrund geworden ist, nie zu heirathen so lange sie lebt.«

»Wer ist das Thier?« fragte Vignali. Herrmann entwarf ihr kürzlich mit etwas komischen Farben das Porträt der Fräulein Hedwig; und Vignali wurde so begierig, ihren Brief an Schwingern zu hören, daß er ihn sogleich vorlesen mußte.

Hochwohlehrwürdiger künftiger Herr Seelenhirte,

Trautester Herr *Pastoris*,

»Gott, der Allmächtige, schuf ein Männlein und ein Fräulein, daß sie beide würden Ein Leib, und erweckte dem Stamvater unser aller aus seiner Rippe eine Gehülfin, die um ihn sey, und so Freud als Leid mit ihm theile, und welches der liebe Gott heutiges Tages nicht mehr thut, weil die Hülle und die Fülle da sind, daß ein weiser Mann sich durch eine vorsichtige Wahl darunter auslesen mag, wenn er etwa benöthigt sey, sich eine *conjugam* oder *sociam thori* durch eine *mariage* beyzulegen. Da nun erfahren habe, daß Dieselben durch die hohe Vorsorge Eu. hochgräflichen Excellenz eine Seelensorge und *curam pastorum* bekommen haben, so gratulire Denenselben ergebenst, wünschend, daß er auch bald Dero *inclination* allväterlich leiten möge und Denenselben eine Gehülfin bescheren, die um Ihnen sey, damit sie eine *curam corporis* erhalten, wie er Ihnen izt eine *curam animorum* mitgetheilt hat. Da nun Dieselben, mein liebwerthester Herr *Pastor*, mir beständig als ein gottesfürchtiger, leutseliger und wohlconduisirter Mann bekant gewesen sind, so kan nicht bergen, daß schon längst wahren *estime* und *inclination* für Dieselben gehabt habe, will auch nicht verhelen, daß vermöge meiner *inclination* wohl wünschte, Dieselben mit einer tugendhaften und frommen Gattin, auch treuen fleißigen Hausfrau versorgt zu sehen. Da nun Gott der Herr den Ehestand selbst eingesezt und anbefohlen hat, und insonderheit die Herren Seelenhirten dazu gesezt und verordnet sind, daß sie ihren anvertrauten Seelen mit gutem Beispiele vorgehen sollen und lebendige Lehren geben, so kan nicht unterlassen, Denenselben vorzustellen, daß mein Stand wohl verdient in *consideration* gezogen zu werden, und daß meine übrigen *Qualitaeten*, ohne *Flatterie* von mir zu reden, mich zu einer Frau Pastorin wohl *capable* machen. Da nun eine Fräulein bin und Dieselben vermuthlich wegen meines Standes nicht gewagt haben, mir Ihre *inclination* zuerst anzutragen, so habe nicht ermangeln wollen, Ihnen zu *avert*iren, daß mir Dieselben mit einem solchen Antrage angenehm und willkommen seyn werden, auch daß Dieselben sich keines *refus* oder *repulses* zu versehen haben.

Die ich in Erwartung einer baldigen Antwort mit wahrem *estime* und vollkommner *inclination* lebenslang verharre

Meines trauten Herrn *Pastori*,

zum Gebet verbundne Dienerin,

Hedwig Gottelieba Charitas von Starkow

Vignali konte nicht vom Lachen zurückkommen, ob ihr gleich Herrmanns Uebersetzung nur die Hälfte von den Schönheiten des Briefs zu genießen gab.

»Und Ihr Herr Seelsorger,« sprach sie, »ist so einfältig gewissenhaft, daß er einem solchen tummen Thiere zu Gefallen nicht heirathen will? Fürwahr, man weis nicht, wer von beiden das tümmste ist. – Aber wir sind ja mit seinem Briefe noch nicht fertig: übersetzen Sie mir doch den Rest vollends! –

»Spotte nicht über die Schwachheit einer alten dürftigen Person! habe Mitleiden mit ihr! Sie befindet sich in kümmerlichen Umständen, weil ihr bey der itzigen Verwirrung ihre Pension nicht richtig ausgezahlt wird, die ohnehin klein genug ist. Zu welchen mißlichen lächerlichen Schritten verleitet nicht Hunger und Stolz?

VIGNALI

O das ist ja das ewige Evangelium! ein unausstehlicher Prediger! Machen Sie, daß wir fertig werden, oder ich schlafe ein.

»Und nun, liebster Freund meines Herzens! eile, komm in meine wartenden Arme! Wenn du kein Verlangen nach mir empfindest, sondern mein Anerbieten gar ausschlägst: dann fürchte ich für dich, dann hat gewiß eine thörichte Leidenschaft wieder Wurzel bey dir geschlagen. Noch ist dir Hülfe zu schaffen: hast du vielleicht Ulriken in Berlin gefunden, und sezt Ihr beide Eure unsinnige Liebe fort, weil euch Niemand daran hindert, so fasse den muthigen Entschluß, Berlin zu verlassen, um dich bey mir von deiner Thorheit zu heilen. Bist du izt, da du am Ende dieses Jahres bereits dein neunzehntes erreichst, noch nicht vernünftig genug, um der Stimme deines Freundes zu gehorchen, dann gebe ich dich für verloren: du kanst alsdann nicht anders als durch Unglück, durch schweres Unglück weise werden. Nur vor einem einzigen bewahre dich und Ulriken der Himmel: ihr seyd beide in dem Alter der brausenden Begierden, lebt ohne Hinderniß, Zwang und Aussicht an einem Orte, wo die Wollust laut spricht und ohne Scheu handelt, wo leicht Umgang, Gesellschaft, Beispiele die Fantasie aufregen und mit verführerischen Bildern erfüllen, die wie Schwefel in das brennende Jünglingsherz hinabsinken, daß es von tausend Wünschen und Trieben auflodert: Wenn in der Stunde der Schwachheit dein feuriges Blut aufkochte und in hohen Wellen über Vorsichtigkeit und Klugheit zusammenschlüge – o Freund, die Feder sinkt mir, so erschüttert mich dieser Gedanke bis ins Innerste. Bleibst du in so naher Gefahr – vielleicht sizt sie dir schon auf dem Nacken – so erwarte nicht mehr die freundschaftliche Züchtigung eines Freundes: wie einen Unwürdigen will ich dich züchtigen und selbst an deiner Festsetzung und Bestrafung arbeiten: wer sich nicht zur Weisheit leiten läßt, muß von Elend und Schmerz mit Ruthen zu ihr gepeitscht werden. Aber, bester Freund, noch immer hoffe ich, du wirst eine so harte Besserung nicht brauchen, und unter dieser Voraussetzung bin ich Dein

Freund, Schwinger.

Herrmann war durch den Schluß des Briefes tief gerührt: allein Vignali höhnte und belachte ihn so viel über seine Rührung, daß er sie nicht nur verbarg, sondern auch unterdrückte. Sie arbeitete mit allen Kräften ihres boshaften Witzes, ihn wider Schwingers strafende Sprache aufzubringen, und legte ihm unaufhörlich ans Herz, daß sie eine Beleidigung seiner Ehre sey. – »Mit einem Menschen, wie Sie, so im Tone des Präzeptors zu reden!« rief sie einmal über das andere aus. »Einen Menschen, wie Sie, züchtigen zu wollen! Es ist schon ein Verbrechen, daß der Schulmeister mit einem Menschen, wie Sie, in so vertrautem Tone spricht; und Sie leiden gar, daß so ein Pedant einen Menschen, wie Sie, züchtigen will? Züchtigen!«– Herrmann entschuldigte zwar seinen Freund, allein durch das ewige »ein Mensch, wie Sie!« schwoll doch sein Ehrgeiz so stark auf, daß er endlich Schwingers starke Sprache für beleidigend erkannte. In der Abendgesellschaft wurde seine unsterbliche That, wie Vignali den Betrug nennte, den er dem Grafen Ohlau mit einer falschen Ulrike gespielt hatte, belacht, beklatscht und bis zum Himmel erhoben: Vignali sezte ihm zum Scherz bey Tische eine dampfende Räucherpfanne vor, um ihm, wie einem Halbgotte, zu räuchern. Ebenso fand Jedermann Schwingers Brief unverschämt, grob, beleidigend, weil ihn Vignali so fand: Jedermann schalt Schwingern einen Pedanten, einen Schulmeister, weil ihm Vignali so schalt: man spottete auf das unbarmherzigste über seinen Stand und machte den Brief durch boshafte Verdrehungen und muthwillige Glossen so lächerlich, daß er auch in Herrmanns Augen sehr viel von seinem Werthe verlor.

Des Morgens darauf war der Brief Vignali's erstes Gespräch. – »Die Beleidigung, die Ihnen gestern wiederfahren ist,« fieng sie an, »hat mir eine schlaflose Nacht verursacht: Sie wissen, wie stark mich alles interessirt, was Sie angeht, und ich muß Sie antreiben, Ihre Ehre zu rächen, oder keine Ruhe haben. Selbst das Anerbieten, das Ihnen der Pedant thut, ist eine Beschimpfung. Wie? ein Mensch, wie Sie, sollte in einen einsamen Winkel zu einem Landgeistlichen kriechen und da mit allen seinen Talenten und Annehmlichkeiten im Stillen vermodern? Ein Mensch, wie Sie, der für die Welt gemacht ist, um zu gefallen, bewundert und angebetet zu werden? Was fehlt Ihnen denn, um in jeder Gesellschaft zu glänzen? Sie sind Ihres Beifalls und Ihres Glücks gewiß: Sie dürfen nur winken, so fliegen Ihnen die Herzen der Damen entgegen: wenn Sie mit Ihren angenehmen Talenten auf dem Rosenpfade der Liebe und des Vergnügens weiter fortgehn, was hindert Sie denn, vielleicht einmal eine der glänzendsten Rollen in Europa zu spielen? Damen können Minister und Subalternen machen: selbst wo ihr Einfluß so gering ist, daß sie gar nichts zu vermögen scheinen, vermögen sie doch immer genug, um einen Menschen von Ihren Verdiensten emporzuheben. Fi! ich muß mich in Ihre Seele schämen, daß Sie gestern nur anstehn konten, einen so entehrenden Vorschlag abzuweisen.«

HERRMANN

Aber, Vignali, die Freuden der Freundschaft, ländliche Ruhe, einsames Vergnügen muß auf so ein tumultuarisches zerstreutes Leben, wie ich hier geführt habe, unendlich wohl thun: ich sehne mich nach der stillen Einsamkeit.

VIGNALI

So hätte ich Ihnen doch fürwahr! mehr Verstand zugetraut. Was wollen Sie denn dort? – Bußpsalmen mit ihrem Herrn Pastor beten? oder über die Sündlichkeit und Bosheit der argen Welt erbauliche Betrachtungen anstellen? – Freilich, Sie haben doch wohl Gottlob! nunmehr fast neunzehn Jahre auf der Welt zugebracht und sind dieses Jammerthals, voll tumultuarischer Zerstreuungen, so satt und überdrüßig, daß Sie den Rest Ihres mühseligen Lebens in Ruhe hinzubringen wünschen. So ein lebenssatter Greis von neunzehn Jahren ist freilich wohl ein lächerliches Ding: Sie stehen freilich wohl erst an der Thür des Vergnügens und der Ehre: Sie durften nur noch einen Schritt thun, um zu dem innersten Heiligthum dieser beiden Götter eingelassen zu werden: allein das bekümmert Sie nicht: das viele Glück, das viele Vergnügen schmeckt Ihnen nun einmal bitter, und Sie wünschen gar sehnlich, daß Ihnen der Tod endlich einmal Ihre neunzehnjährige Kehle abschneiden möge. – Fühlen Sie nicht, wie lächerlich Sie sind? – Fort! ich will Sie vor der Lächerlichkeit bewahren: schreiben Sie! ich will Ihnen die Antwort an Ihren Schulmeister diktiren.

HERRMANN

Ich bitte Sie, Vignali, lassen Sie mich keinen Undank begehn –

VIGNALI

Keine Einwendungen! Gehorchen Sie! – Versteht der Herr Pastor französisch?

HERRMANN

Ja.

VIGNALI

So schreiben Sie!

»Mein lieber Herr Präzeptor,

»Ich bin neunzehn Jahr alt und brauche keinen Schulmeister mehr, der mich mit Ruthen züchtigt, wenn ich nach seiner einfältigen Meinung nicht Gutes thue.«

HERRMANN

Vignali, mein ganzes Herz widersezt sich einem so trotzigen Briefe.

VIGNALI

Ihr Herz ist ein Narr. Schreiben Sie!

»Ich bin zu alt, um mich mit so pedantischem Tone ausschelten zu lassen, aber auch zu jung, um schon mit Ihnen im Sack und in der Asche Buße zu thun. Ich habe die Ehre, Sie zu versichern, daß ich hier so viel Vergnügen genieße, als ich bey Ihnen Langeweile haben würde. Eine Frau, wie Vignali, bey welcher ich lebe, die mich liebt, schäzt und fast anbetet, vertauscht man nicht gern mit einem mürrischen moralisirenden Landpastor. – Sie können leicht daraus schließen, daß auch meiner Seits Liebe und Dankbarkeit sich einer Trennung von ihr widersetzen würden, wenn gleich Ihr lächerliches Anerbieten weniger beleidigend wäre.

HERRMANN

Vignali, unmöglich kan ich solchen Unsinn schreiben.

VIGNALI

Unsinn, mein kleines Herrchen? – Unsinn ist es, wenn Sie bekennen, daß Sie Liebe und Dankbarkeit gegen mich fühlen? – Du stolzer Bettler! wem bist du dein ganzes Wohlseyn schuldig als mir? Wer hat dich aus dem Kramladen herausgezogen? Wer hat dich mit glänzenden Kleidern, mit anständiger Wohnung, mit Bedienung, Bequemlichkeit und Wohlleben bisher versorgt? Wer hat dir deinen rohen kleinstädtischen Geist gebildet? Wer hat dich aus deiner schulmäßigen Denkungsart herausgerissen? wer dich von pedantischen Stubengrundsätzen und linkischen Meinungen befreyt? Wer hat dich mit den Artigkeiten der Welt, mit einnehmenden Manieren, mit gefälligen Sitten und dem Tone der guten Gesellschaft bekannt gemacht? Wer als ich? sage mir! Du bist meine Kreatur: ich will dich dein ganzes Nichts einmal fühlen lassen; und nunmehr nennst du es Unsinn, Dankbarkeit gegen die Frau zu bekennen, die dich geschaffen hat? – Wenn dir dein knurrender Präzeptor lieber ist, als deine Wohlthäterin, wohl! gehe zu ihm! wirf mir alle meine Geschenke und Wohlthaten vor die Füße! gieb mir verächtlich alle Kleider und Wäsche zurück, die du von mir empfiengst, und eile, nackt, wie du aus Mutterleibe kamst, in die liebreichen Arme deines ökonomischen Landpredigers!

HERRMANN

Ja, Vignali, ja! ich will gehn: ich mag nicht das Insekt seyn, daß ein Weib zerdrücken oder leben lassen kan. Alle Geschenke und Gütigkeiten, die Sie mir so entehrender Weise vorrücken, sollen Ihnen durch meinen Freund bezahlt werden. Danken will ich dir, stolzes Weib, und dich verachten.

VIGNALI

Unsinniger! trotzest du also meiner Liebe? – Alle meine Geschenke sind nichts: verachte sie! Aber eins – wag' es dies einzige zu verachten, wenn du nicht der ärgste Bösewicht der Erde seyn willst! Ist dir die heiße brennende Liebe eines Weibes nichts? Die elenden Lumpen, womit dich das stolze Weib behieng, kanst du bezahlen: aber sage mir, Trotziger, womit willst du meine Liebe bezahlen? Und wenn du einem Könige seine Schätze abborgtest, gegen die Liebe einer Frau wären sie immer eine leichte Feder. Nur Liebe vergilt Liebe. – Verblendeter Thor! bedenk einmal, was Vignali aus Liebe für dich that! Wer bot dir mit zuvorkommender Güte die süßesten Vergnügungen der Liebe an, die du, Undankbarer, verschmähtest? Wer ließ dich die berauschenden Freuden der Zärtlichkeit aus vollem Becher genießen? Wer ließ dich, wenn du, wie ein Durstender, vor Liebe schmachtetest, an seinem Busen, wie ein Kind, ruhen und dich mit dem seligsten Entzücken laben? Welche Lippen eilten deinem Kusse entgegen? In wessen Umarmungen starbst du voll trunkner Wonne dahin? Wer machte dir mein Haus zum

Paradiese, und deine Tage zu Tagen der Seligkeit? Wer that dies alles als die stolze Vignali, die dir noch unendlich mehr anbot als du annahmst? die dir alle ihre Delikatesse, alle Rechte ihres Geschlechts, ihre ganze Person aufopferte! die mit ihrem Blicke an den deinigen hieng, keine Freuden kannte, wenn Du nicht Theil daran nahmst, mit zärtlicher Schwachheit Tag und Nacht vor dir, ihrem Abgotte, auf den Knien lag, auf jeden deiner Winke von fern merkte, dich, wie eine Magd, bediente, deinen Willen ausforschte und ihn that, ehe du noch wolltest! – Glaubst du, daß Vignali ein Weib ist, das für elenden Lohn liebt? ein Weib, das Liebhaber durch Schmeicheleyen ankörnen muß? – Nein, unter den vielen wählte nur dich mein Herz aus. Ueberdenke dies, Wahnsinniger! und dann wag' es solche Geschenke zu verachten! Wag' es, wenn dir nicht der Schlag die Zunge lähmen soll, so bald sie noch Ein undankbares Wort ausspricht!

HERRMANN

Vignali, schonen Sie meiner! Sie vernichten mich. – O Sie verführerisches Weib könten mich mit Ihren Reden in die Hölle locken.

VIGNALI

Denke nicht, daß ich dich, wie eine Buhlschwester, überreden will! Nein, ich will dich blos ermahnen, gerecht zu seyn: aber wenn ich es gegen dich seyn wollte? – doch was red' ich von Gerechtigkeit gegen dich? Gegen dich, du kleiner Herzensbezwinger, kan ich an nichts als Liebe denken – O wie gefährlich ist es, mit Ihnen zu zanken! Mit Einem Blicke entwafnen Sie gleich den fürchterlichsten Zorn. – Wenn Sie ja meine Liebe nicht achten –

HERRMANN

Leider, Vignali! acht' ich sie mehr als ich sollte. Sie haben Saiten in meinem Herze berührt, die ich nie so tönen hörte. – Vignali, warum zwingen Sie nun die Leute zur Liebe, wenn man alle Ursache hätte, Sie zu hassen? Die eine Hälfte meines Herzens möchte Sie für Ihre Beleidigung zerfleischen, und die andere vor Liebe Ihnen um den Hals fliegen.

VIGNALI

Was das für ein schneidender Blick war, mit dem Sie das sagten! – Ich bitte Sie, sehen sie mich nicht so wild verliebt an! Sie schmelzen mir das Herz.

HERRMANN

Vignali, ich bin ein Undankbarer: ich habe Sie durch meinen Trotz beleidigt.

VIGNALI

Sie mich beleidigt? – Liebes Kind, Sie irren sich. Ich machte Ihnen ja übereilte Vorwürfe über ein Paar armselige Geschenke, die kaum des Redens werth sind.

HERRMANN

Und ich war der Elende, der Ihr größtes Geschenk, Ihre Liebe, verkannte: – aber, Vignali, wo ich Sie wieder verkenne, dann stoßen Sie mich aus dem Hause!

VIGNALI

Nein, gewiß! In der Hitze haben Sie vergessen, was wir redten: Sie sind von mir auf das empfindlichste beleidigt worden: ich muß Ihnen Genugthuung geben. Was für eine foderst du denn, du kleiner Zauberer?

HERRMANN

Keine! denn ich habe sie nicht verdient. Aber um eine Wohlthat fleh ich, die ich nie genug schätzen kan – Ihre Liebe.

VIGNALI

Du verführerischer Schwätzer! Du köntest mich mit deinen Reden in die Hölle locken. Wer mag dir denn etwas versagen, und wenn du noch so unverschämt bätest? – Und wenn ich dir nun meine Liebe verspräche, was thätest du dann? Verließest du mich und giengest zu deinem andächtigen Herrn Pastor?

HERRMANN

Ich wünschte, zu ihm gehen zu können, und – blieb bey Ihnen.

VIGNALI

Gut! das wollen wir ihm schreiben.

»Ich wünschte zu Ihnen kommen zu können, allein Vignali hat mich eben izt ihrer Liebe von neuem so lebhaft versichert, daß ich nur für sie zu leben verlange. Unter der Voraussetzung, daß Sie dieses sehr vernünftig finden werden, bin ich

Freund Herrmann.

Sogleich wurde Licht bestellt, der Brief zugesiegelt und fortgeschickt. Herrmann gieng unruhig aus dem Zimmer: in der Thür rief ihm Vignali nach: »Sie vergessen doch nicht, daß Sie eine Genugthuung bey mir zu fodern haben?« – Herrmann sah sich mit einem tiefen Seufzer nach ihr um, schwieg und gieng. Der Brief quälte ihn mit unbeschreiblicher Angst: er hätte ihn gern zurückgewünscht. Schwingern mit Undank zu begegnen, war ihm empfindlich; aber Vignali's Willen zu widerstehen, eine platte Unmöglichkeit.

ZWEITES KAPITEL

So überzeugend dieses alles Vignali's Macht und Herrmanns Schwäche bewies, so trieb sie doch ihre Ueberlegenheit bey einem andern Vorfalle ein Paar Wochen darauf viel weiter.

Nach Schwingers Berichte hatte Herrmanns Vater schon in der Mitte des Februars den christlichen Leinweber verlassen: nach langem Herumschweifen war er im May, seinem Vorsatze gemäß, zu Berlin angekommen: allein wie sollte er ohne Adresse in dem weiten Berlin seinen Sohn finden? Er lief bey allen Kaufleuten herum, ihn auszufragen, und lief so lange, bis er zu dem gewesenen Lehrherrn seines Sohnes kam, der ihn anweisen ließ: er erzählte ihm aber zugleich in der Kürze so viel von Herrmanns itzigen Umständen, daß dem Alten der Zorn aufschwoll: er nahm sich fest vor, den ungerathenen Jungen tüchtig auszuhunzen, daß er sich zu dem vornehmen Leben hätte verführen lassen.

Als er in Vignali's Hause anlangte und auf seine Anfrage erfuhr, daß Herrmann hier wohne und sich in diesem Zimmer bey Vignali befinde, wollte er geradezu gehn: der Bediente hielt ihn zurück und erbot sich, seinen Sohn herauszurufen. – »Was?« rief der Alte, »der Hans Lump, mein Sohn, soll mich vor der Thür sprechen?« – Aber es ist Madam Vignali's Zimmer, erwiederte der Bediente. – »Was geht mich deine Madam Maulaffe an?« schrie der Alte und stieß ihn von sich. »Ich will hinein, und wenn hundert Madams drinne steckten.« – Auch gieng er wirklich, ohne nur anzuklopfen, ins Zimmer. Herrmann erkannte sogleich seinen Vater und erschrak bis zum Zittern: der Alte hingegen lief mit aufgehobnem Stocke auf ihn zu. »Du Halunke!« war sein Gruß. »Bist du schon so hochmüthig geworden, daß du deinen Vater vor der Thür sprechen willst? Sag mir einmal, Schurke! wie wärest du denn auf die Welt gekommen, wenn ich nicht gethan hätte? Und nun soll sich dein Vater bey dir, Hans Lump, erst melden lassen? Daß dus weißt, ich habe deine Mutter bey dem Leinweber sitzen lassen und bleibe bey dir. *Nille* hat den Durchbruch so gewaltig gekriegt, daß kein ehrlicher Mann bey ihr aushalten kan; und der Leinweber ist auch so ein verflucht frommer Kerl, daß sie mich beide so lange gepeinigt haben, bis ich davon lief. Der Narr meinte, ich wäre so ein roher Heide, daß die Gnade gar nicht bey mir durchschlagen könte: für den rohen Heiden gab ich ihm eine derbe Ohrfeige und gieng meinen Weg. – Ihr habt verdammt schlechten Brantewein in Eurer schönen Stadt:

ich habe noch keinen gescheidten Tropfen hier getrunken. – Ja, mein lieber Sohn, da hab' ich etwas rechtes ausgestanden. Im Fieber kont' ich mich meiner Haut nicht wehren, da mußt' ich beten, daß mir hören und sehen vergieng. Da ich wieder bey Kräften war, ließ ich mich nicht länger plagen: ich sagte ihnen geradezu, daß sie ein Paar Narren wären, die man ins Tollhaus bringen sollte, und daß ich beten wollte, wenn ich Lust hätte: aber in der Krankheit mußt' ich alle Stunden ein Gebetbuch durchlesen: das war ein elendes Leben! – Aber sage mir, Heinrich! läßt du mich denn so trocken dasitzen? Ich dächte. du köntest deinem Vater wohl etwas vorsetzen.«

Herrmann bat, ihn auf sein Zimmer zu begleiten, um Madam Vignali nicht zu belästigen, allein der Alte versicherte ihn, daß es hier sehr hübsch wäre. Er hatte während seiner Erzählung bereits einen Stuhl in Besitz genommen und saß mit voller Bequemlichkeit da, den Hut auf dem Kopfe und den Rücken nach Vignali gekehrt, die er in der ersten Berauschung seines väterlichen Grußes ganz übersah. Sie erschnappte aus seiner Anrede gerade die wenigen teutschen Worte, die sie verstund: sie hörte ihn sehr oft »Vater« wiederholen, und sogar die Benennung »mein lieber Sohn«: Herrmanns Bestürzung, als der Fremde hereintrat, die Freude, die mitten aus seiner Verwirrung hervorleuchtete, und die beständige Unruhe, womit er von Zeit zu Zeit nach ihr hinsah, machten ihr die Vermuthung ungemein wahrscheinlich, daß es sein Vater sey. Sie fragte ihn französisch, ob sie recht vermuthet habe, und eine gewisse falsche Scham hielt ihn zurück, einen Mann ohne Sitten für seinen Vater vor ihr zu erkennen: er ließ ihre Frage unbeantwortet und suchte den Alten durch alle mögliche Vorstellungen auf sein Zimmer zu bringen: er war unbeweglich. Vignali sezte ihm auf der andern Seite mit gehäuften Fragen zu, daß er ihr endlich ein gestammeltes unruhiges »*Oui*« zur Antwort gab. Der Alte fuhr indessen ungehindert in seinen Reden fort, schlug auf den Tisch und machte tausend von seinen geräuschvollen Geberden: besonders schalt er seinen Sohn aus, daß er sich wider seine Warnung mit dem vornehmen Leben eingelassen habe. – »Was ist denn das für ein Mensch?« fragte er endlich und wies auf Vignali. – »Ich bitte um etwas mehr Anständigkeit in den Ausdrücken,« antwortete Herrmann mit ärgerlichem Tone.

DER VATER

Was? du willst deinen Vater lehren, wie er reden soll? Wenn ich mich nicht zu sehr freute, dich wiederzusehn, ich drückte dir das Genicke ein, wie einem Krammetsvogel. Ich will reden, wie mir der Schnabel gewachsen ist; und daran soll mich so ein vornehmer Hundejunge, wie du, nicht hindern: kein Kaiser und kein König solls, so lang er mir nicht die Zunge ausschneiden läßt. Wenn ich nur erst meinen Gaum gelezt habe, dann solls besser gehn. Aber sage mir nur, was du da stehst, wie ein alter Kehrbesen? So rühr dich doch! In den schönen Zimmern gehts verzweifelt hungerleidig zu: denkst du, daß ich satt werde, wenn ich die bunten Wände ansehe? Schaff etwas Gutes zu essen und zu trinken! dann wollen wir etwas rechtes zusammen schnaken. – Du Bube, frissest hier, wie ein Papagey im goldnen Käfig, lauter artige feine Leckerbissen, und dein armer Vater hat drey Monate her gelebt, wie ein Hundsfott: es fehlte nicht viel, so mußt' ich das Brod vor den Thüren suchen. Ich habe meiner Nille alles Geld mitgenommen, was noch da war: sie mag sehn, wie sie sich etwas verdient. Sie ist ja unter Dach und Fach, und ich muß, wie ein Storch, in der Welt herumfliegen. – Das Leben bey dem Leinweber war ein verfluchtes Leben: ich mußte Garn winden, wie ein Waisenjunge, und meine Nille spann und betete laut dazu. Der Leinweber sang und accompagnirte mit seinem Weberstuhle: ich fluchte und knurrte, wie ein Bär: das war eine Teufelsmusik. – Hol mir Feuer! ich will mir mein Pfeifchen indessen anstecken, bis etwas zu trinken kömmt. – Was lauerst du denn? Deinen Vater mußt du bedienen, wenn du gleich eine ganze Goldfabrik auf dem Kleide hättest. –

Vignali, als sie ihn ein kleines beräuchertes Pfeifchen aus der Tasche ziehen sah, erzürnte sich und sprach unwillig zu Herrmann: »Sie werden doch ein solches Schwein nicht für Ihren Vater erkennen? Ich will ihn fortjagen lassen.« – Sie klingelte dem Bedienten. Herrmann, voll kochender Unruhe, lief ihr nach und beschwor sie, keine Gewalt zu gebrauchen. – »Wenn Sie sich unterstehen,« sprach sie drohend, »gegen irgend Jemanden zu bekennen, daß er Ihr Vater ist, so zittern Sie! Glauben Sie, daß

Vignali sich mit der Gesellschaft eines Menschen entehren wird, der einem solchen Urang-utang angehört?« –

Der Bediente erschien, und Vignali gab ihm Befehl, diesen Wilden aus dem Hause zu schaffen, in Güte oder Gewalt. Herrmann bat den Bedienten inständigst, ihm nicht unsanft zu begegnen, weil er betrunken sey.

DER VATER

Was? dein Vater wäre betrunken?

HERRMANN

Ich kenne keinen Vater, der sich ungesittet aufführt.

DER VATER

Du vergoldeter Halunke, willst deinen Vater verläugnen? – Die Hand wird dir aus dem Grabe wachsen.

HERRMANN

Ein ungesitteter Mann kan mein Vater nicht seyn. –

VIGNALI

Führt ihn fort, den Trunkenbold! –

Der Bediente faßte ihn an und zerrte ihn nicht mit der sanftesten Manier nach der Thüre hin: der Alte fluchte und schimpfte unaufhörlich auf seinen gottlosen Sohn und die Hure, die ihn verleitete, ihn zu verläugnen, riß sich von dem Bedienten los und trat mitten ins Zimmer. »Sage mir,« rief er geifernd, »bin ich nicht dein Vater?« – Nein! antwortete Herrmann hastig mit erstickender Beklemmung. – »O so schlage dich aller Welt Donnerwetter in die Erde zusammen, du Höllenbrut!« – das war sein Abschied; denn der Bediente schleuderte ihn unversehens zur Thür hinaus, und Vignali schob den Riegel vor.

Herrmann lief, wie ein Halbrasender, im Zimmer herum, schlug sich an die Stirn und rief aus: »O ich bin ein Ungeheuer, und Sie, Vignali, machen mich dazu.«

VIGNALI

Ein Thor sind Sie! – Bedauern Sie es noch, daß Sie von der schönen Anverwandtschaft befreyt sind?

HERRMANN

Aber er ist mein Vater!

VIGNALI

Und sollt' es nicht seyn! Auch die Melone wächst aus Miste. Es ist unverschämt, daß Sie ihn in meiner Gegenwart für Ihren Vater erkannten. Ueberlegten Sie nicht, was ich empfinden mußte, den Menschen, den ich mit meiner Freundschaft beehre, als den Sohn eines solchen Ungeheuers zu erblicken? Wenn Sie es nicht überlegten, so will ich Ihnen sagen, was ich empfand – ich schämte mich Ihrer. – Diese Anverwandtschaft bleibt ein Geheimniß unter uns beiden: wo Sie noch sonst Jemanden Antheil daran haben lassen dann veracht' ich Sie.

HERRMANN

Und wenn Sie mich auf der Stelle mit der empfindlichsten Verachtung straften, so kan ich kein Barbar seyn und meinen Vater im Elende schmachten lassen.

VIGNALI

Wer verlangt denn das? – Er soll essen und trinken, so viel ihm beliebt: nur Ihr Vater darf er nicht seyn. Ich will ihm einen Louisdor geben: dann mag er den Weg wieder nach Hause suchen. –

Sie rief dem Bedienten, der mit der Nachricht zurückkam, daß der Mann verrückt seyn müßte; er sey gar nicht aus dem Haus zu bringen. Er überlieferte ihm auf Vignali's Befehl den Louisdor, allein der Alte warf ihn fluchend auf die Erde und gieng mit den schrecklichsten Verwünschungen fort.

»O des empfindlichen Knabens!« fieng Vignali spöttelnd an, als der Bediente dieses erzählt hatte. »Sie sollten sich schämen: wahrhaftig, die Thränen stehn Ihnen in den Augen.«

HERRMANN

Und mein Herz zerfließt darinne.

VIGNALI

Sie haben ein lächerliches Herz: es weis immer nicht, was es will. – Wer ist Ihnen mehr? Vignali oder dieser Irokese? – Wenn Sie diesen vorziehn, begleiten Sie ihn.

HERRMANN

Das will ich! Tausendmal besser, ein Bettler seyn, als die ersten heiligsten Pflichten der Natur verläugnen!

VIGNALI

Aber mein lieber Gewissenhafter! Du nimmst doch auch die arme Vignali mit, wenn du gehst? – Denn ich bilde mir ein, du liebst die Frau zu sehr, als daß du sie so allein lassen solltest. Ich kan mich irren: aber ich bilde mir fest ein, daß du nicht ohne mich seyn kanst.

HERRMANN

Ich möchte, daß Sie nicht wahr redten!

VIGNALI

Aber ich dächte auch, die Frau hätt' es um dich verdient; sie liebt dich so zärtlich und pflegt dich, wie einen Prinzen: das verdient allerdings Erkenntlichkeit; und du bist gewissenhaft – o so gewissenhaft, daß man dich einmal kanonisiren wird! So ein dankbarer Mensch gäbe wohl einer solchen Frau zu Gefallen zwey Väter hin, und Mutter und Großmutter noch oben drein; und die Frau, die dies kleine Opfer fodert, ist gewiß eine gute Frau – die beste Frau, die ich kenne! Meinst du das nicht auch?

HERRMANN

Ich wollte, daß ich Ihre Vortreflichkeit weniger empfände. – Vignali, beherrschen Sie mich nicht so tirannisch! Der Himmel weis es, wie Sie mit Einem Worte, Einem Blicke meine Seele regieren: sind Sie allmächtig, daß Sie so meine besten Gesinnungen und Entschließungen zu Boden stürzen? Immer fühl' ich, daß ich anders handeln sollte: aber nein! ich muß handeln, wie Sie wollen. Selbst meine feurigsten Begierden und Wünsche stehen still, wenn Sie gebieten. Ich fürchte jede Minute, daß Sie mich zum häßlichsten Verbrecher machen werden.

VIGNALI

Also sind wir ja einig? – Sie thun, was Sie wollen, und Sie wollen, was ich will: es läßt sich keine bessere Harmonie denken. Bilde ich, närrisches Weib, mir nicht ein, wir hätten uns einmal wieder gezankt, und ich wäre Ihnen Genugthuung schuldig? – Wie ist mir denn? Ich bin Ihnen wirklich noch eine schuldig: wissen Sie nicht, von unserm lezten großen Zanke her, da ich Sie so gröblich beleidigte? – Du saumseliger Mahner! wirst du mir bald die Schuld abfodern? –

Sie führte ihn ins Kabinet und leitete ihn unter mancherley Wendungen so weit, daß er nur noch um Einen Gedanken von dem Entschlusse entfernt war, seine Schuldfoderung zu befriedigen. Die unendlichen Reizungen, womit ihn Vignali bestürmte, schläferten, wie ein Ammenlied, sein Bewußtseyn und Nachdenken ein: mit umwölkten Sinnen, in glühendem Traume, mit hinreißender Begierde stand er dicht am Abgrunde seines Falles: plözlich rollte mit lautem Geräusch das schlecht befestigte Rouleau am Fenster herab: das Schrecken verscheuchte seinen Traum, seine Sinne öffneten sich, er sah um sich her, erblickte Vignali in enthülltem Reize der Liebe, zitterte und taumelte, als wenn ihn ein Dämon hinwegpeitschte, zum Kabinet hinaus. Auch Vignali war durch das Getöse des Rouleau's so erschreckt worden, daß sie ihn gehen ließ, ohne ihm nachzusetzen.

Dies war der höchste Sieg, den sie über ihn erlangte: vielfältig gelang es ihr, ihn dem entscheidenden Schritte so nahe zu führen, und jedesmal rettete ihn, genau untersucht, der Zufall – ein herabrollendes Rouleau, ein Lichtstrahl, der plözlich auf sein Auge fiel und ihn aus seiner Trunkenheit schreckte, ein ungefähr aufsteigendes Bild der Fantasie, eine Idee, die durch den Kopf fuhr, der Himmel weis woher, eine schnell dazwischen kommende Empfindung – ein solches Etwas, gleichsam wie vom Winde dahergeweht, weckte sein Gefühl für Würde und Ehre auf, riß plözlich die Stärke seines Geistes aus dem Schlummer empor: die Schüchternheit der ersten Begierde und die Scham eines edeln Herzens, das nicht der empfundne Genuß, sondern blos die Reize einer verführerischen Frucht locken, vollendeten seinen Sieg: er schmachtete nach dem einladenden Apfel und mußte ihn fliehen, ärgerte sich, ihn nicht gepflückt zu haben, und dankte dem guten Schicksale, das seinen zulangenden Arm zurückzog. Jedesmal wurde er vorsichtiger, wünschte, es nicht zu seyn, und war es nicht, wenn ihn neue Reizungen einluden: jedesmal zitterte er vor der Gefahr, wünschte sie sich wieder und eilte ihr entgegen, wenn sie sich zeigte. Nicht wollen und doch wollen, verwerfen und doch begehren, vermeiden und doch suchen war der Lebenslauf seines Herzens.

DRITTES KAPITEL

Vignali, die über den zaghaften Liebhaber bis zum Zähneknirschen zürnte, hatte das Unglück, nicht lange darauf eine sehr herzangreifende Nachricht von ihren besoldeten Aufpassern zu erfahren: sie meldeten ihr, daß der Herr von Troppau einen Brief, von unbekannter Hand geschrieben, erhalten habe und seitdem Ulriken mit ihrer Untergebnen oft zu sich auf das Zimmer kommen lasse, daß er sich zu ganzen Stunden mit ihr unterrede, und daß sie jedesmal sehr vergnügt und froh sich von ihm trenne. Zween Tage darauf berichtete ihr der Kammerdiener, daß er den Brief in seines Herrn Schreibeschranke gefunden und weiter nichts als die Unterschrift »*Le Comte d'Ohlau*« habe lesen können. Noch den nämlichen Tag erfuhr sie, daß der Herr von Troppau bey seiner Schwester gespeist habe, was er in zwey Jahren nicht gethan hatte, und nach Tische lange allein mit ihr in ihrem Kabinet gewesen sey. Mehr brauchte Vignali nicht, um sich diese sonderbaren Begebenheiten zu erklären: sie errieth die ganze Geschichte auf ein Haar und machte sogleich Anstalt, ihren Muthmaßungen Gewißheit zu geben und den vermutheten Anschlag zu zernichten.

Seit der ersten Nachricht von dem Empfange des Briefes giengen die Kouriere unaufhörlich herüber und hinüber und statteten ihr von der kleinsten Handlung des Herrn von Troppau Bericht ab, und eben izt, eine halbe Stunde nach jener Unterredung mit der Frau von Dirzau, lief die Zeitung ein, daß er schriebe: im Augenblick wanderte Vignali hinüber zu ihm und überraschte ihn so sehr, daß sie schon das überschriebene »*Monsieur*« auf dem Blatte las, als er sich umdrehte und sie erblickte: er erschrak, daß er alle Fassung verlor, versteckte den Brief unter den Papieren und schloß sie ein. Vor Schrecken vergaß er, sie zu bewillkommen oder nach der Ursache ihres Besuchs zu fragen. Sie ließ ihm zwar auch keine Zeit dazu, sondern fieng sogleich an: »Ich beklage, daß ich Sie störe; und der Brief ist wohl nothwendig?«

HERR VON TROPPAU

    Nein, er kan warten.

VIGNALI

    Was wetten Sie, ich weis, an wen Sie schreiben?

HERR VON TROPPAU

    Schwerlich.

VIGNALI

Ich wette mit Ihnen um die erste Nacht Ihrer künftigen Gemahlin. –

Der Herr von Troppau wurde feuerroth, stuzte und lächelte, seine Verlegenheit zu verbergen. – »Sie sind spashaft,« sprach er.

VIGNALI

Wozu denn lange Umwege? Sie schreiben an den Grafen Ohlau. –

Das war ein Donnerschlag für den Herrn von Troppau: er hustete und brauchte lange Zeit, ehe ihn sein Erstaunen reden ließ. – »Wie kommen Sie denn auf diesen Mann?« fragte er voller Verwunderung und mit gezwungner Gleichgültigkeit.

VIGNALI

Weil er an Sie geschrieben hat.

HERR VONTROPPAU

An mich? – Sie träumen.

VIGNALI

Er schreibt Ihnen wegen der Baronesse von Breysach.

HERR VONTROPPAU

Wer hat Ihnen das gesagt?

VIGNALI

Ich kenne die Baronesse sehr gut: sie hat unzählichemal bey mir gegessen. Ich weis ihre ganze Geschichte aus ihrem eignen Munde: sie macht vor mir gar kein Geheimniß daraus. – Wird sich die Baronesse bald öffentlich dafür erklären? Man muß doch alsdann auf eine andre Guvernante für Ihr Fräulein denken – Die Baronesse sollte heirathen, da ihre heimliche Liebe aus ist.

HERR VONTROPPAU

Sie reden also von der Guvernante meiner Tochter?

VIGNALI

Ja, ja, von der Baronesse von Breysach.

HERR VONTROPPAU

Wer hat sie denn dazu gemacht?

VIGNALI

Vermuthlich ihr hochseliger Herr Vater. Es ist mir eine eigne Idee dabey eingekommen. Wissen Sie, wer die Baronesse heirathen sollte? – Sie!

HERR VONTROPPAU

Ich? – Woher wissen Sie denn, daß ich heirathen will?

VIGNALI

Ein Einfall! ein bloßer Einfall! ^ Es ist Ihnen ja wohl bekannt, daß die Weiber gern Heirathen machen. Da sie von Ihrem Stande ist – so viele Liebenswürdigkeiten besizt – nicht wahr, Sie sind meiner Meinung? – Die Baronesse ist liebenswürdig?

HERR VONTROPPAU

Unläugbar liebenswürdig! – Das Geständniß, daß ich das Mädchen so finde, wird Sie hoffentlich nicht beleidigen –

VIGNALI

Mich im mindsten nicht! – Denken Sie, daß ich mich für die einzige liebenswürdige Frau auf der Welt halte? – Denn daß ich mir einige Liebenswürdigkeit zutraue, das ist mir zu vergeben, weil Sie mich mit Ihrer Liebe beehrt haben – Sie, ein so feiner Kenner der Schönheit! – Wenn Ihnen die Baronesse gefällt, so würde michs beleidigen, wenn Sie sich meinetwegen die geringste Gewalt anthäten.

HERR VON TROPPAU

Sprechen Sie aufrichtig, Vignali?

VIGNALI

Warum zweifeln Sie denn an meiner Aufrichtigkeit? Haben Sie nicht Proben genug, daß ich nichts als Ihr Vergnügen, Ihre Zufriedenheit suche? Steht nicht mein ganzes Leben in Ihrer Hand? Hab' ich Ihnen nicht einen Mann aufgeopfert? Hab' ich nicht alle Bande der Freundschaft und Liebe zerrissen, um nur für Sie zu leben? Und wie hab' ich für Sie gelebt? – Mit einer Treue, Ergebenheit, mit einer so festen Vereinigung des Willens, mit einer Stärke der Liebe, die nur mein Herz ganz kennt! – Kan man wohl nicht aufrichtig sprechen, wenn man so aufrichtig handelt?

HERR VON TROPPAU

Sie entzücken mich, Vignali. Ich bekenne, ich bin Ihnen unendliche Verbindlichkeiten schuldig.

VIGNALI

Sie beschämen mich mit so einem stolzen Worte. Ich bin nicht so eitel, daß ich Ihnen meine kleinen Verdienste herzählte, um Ihnen ein Kompliment abzulocken: ich wollte Sie nur überzeugen, wie ungerecht Ihre Zweifel wider meine Aufrichtigkeit sind. – Aber wozu denn so weit hergeholte Beweise? ich kan Sie ja auf der Stelle überführen, daß ich aufrichtig gegen Sie handle. Wenn Sie die Baronesse lieben und durch ihren Besitz glücklich zu werden hoffen, so erbiete ich mich zur Brautwerberin. Da Sie die Güte gehabt haben, so viele Gefälligkeiten von mir anzunehmen, so werden Sie doch nicht so grausam gegen mich seyn und einer Andern das Vergnügen gönnen, Ihnen eine liebenswürdige Gemahlin verschaft zu haben? – Sagen Sie mir nur, ob Sie die Baronesse lieben oder lieben können! Für das übrige lassen Sie mich sorgen.

HERR VON TROPPAU

Sie bezaubern mich, Vignali! Ich habe unendlich viel Gutes von Ihnen geglaubt: aber eine solche Uneigennützigkeit traute ich Ihnen nicht zu.

VIGNALI

Da seh' ich keine Uneigennützigkeit. Ich glaube wahrhaftig, daß Sie mir noch oben drein ein Verdienst daraus machen: wie man doch so leicht zu einem Verdienste kommen kan, wenn man mit guten Leuten zu thun hat.

HERR VON TROPPAU

Und Sie müssen mehr als gut seyn, daß Sie sich so etwas für kein Verdienst anrechnen wollen. Einer so edlen Uneigennützigkeit waren nur Sie unter Ihrem ganzen Geschlechte fähig: aber Sie können auch meiner immerwährenden Erkentlichkeit versichert seyn: selbst wenn ich einen solchen Schritt thun sollte, wozu Sie mir rathen –

VIGNALI

Behält die ehrliche Vignali immer noch die Eine Hälfte Ihres Herzens! – Haben Sie der Baronesse schon Ihre Absicht entdeckt?

HERR VON TROPPAU

Was reden Sie denn schon von Absicht? – Ich weis ja noch nicht, ob sie mich lieben kan.

VIGNALI

Das sollen Sie durch mich erfahren. Sie haben Ihre Tochter schon längst aus der erbärmlichen Zucht der Frau von Dirzau wegnehmen wollen: ich will ihr ein Zimmer in meinem Hause einräumen. Alsdann hab' ich die schönste Gelegenheit, die Baronesse auszuforschen: Sie soll nicht eher etwas von unsern Absichten erfahren, als bis es Zeit ist, nicht einmal, daß Jemand außer mir ihren Stand weis. Wie gefällt Ihnen der Plan?

HERR VON TROPPAU

Sehr wohl: nur wird es schwer halten, meine Schwester zu bewegen, daß sie meine Tochter von sich läßt.

VIGNALI

Das will ich besorgen, wenn ich nur Ihr Wort habe.

HERR VON TROPPAU

Das geb' ich Ihnen sehr gern: allein ich sage Ihnen zum voraus, ich mische mich nicht darein, wenn es Uneinigkeit giebt. Ich bekümmere mich um solche Dinge nicht: meine Erlaubniß haben Sie: nun sehen Sie, wie Sie das Mädchen von meiner Schwester herauskriegen.

VIGNALI

Das soll mir wenig kosten. Sie können ja indessen dem Grafen Ohlau melden –

HERR VON TROPPAU

Ich war eben damit beschäftigt. Aber woher in aller Welt wissen Sie, daß er an mich geschrieben hat?

VIGNALI

Einfall! Scherz! Weiter war es nichts. Weil mir die Baronesse ihre Geschichte anvertraut hat und täglich fürchtet, daß ein Brief von ihrem Onkel an Sie kommen wird, um sie zurückzufodern, so fiel mir gerade, als ich zum Zimmer hereintrat und Sie schreiben sah, der Graf Ohlau ein: ich wunderte mich selbst, wie mir der Mann so plözlich in die Gedanken kam. Der Graf Ohlau führte seine Schwestertochter herbey, und seine Schwestertochter brachte uns auf Ihre Liebe, und Ihre Liebe auf Ihre Heirath. Wie sich doch ein Gespräch so wunderlich drehen kan! Das hätt' ich mir nun fürwahr nicht eingebildet, daß ich heute noch Ihre Brautwerberin werden sollt. – Will sie der Graf Ohlau wiederhaben?

HERR VON TROPPAU

Allerdings. Er bittet mich, den jungen Menschen in Verhaft nehmen zu lassen und seine Schwestertochter in Verwahrung zu bringen, bis er Jemanden schickt, der sie abholt. – Hier ist sein Brief.

VIGNALI

Ich will ihn zu mir stecken und zu Hause lesen: izt ist mir Ihre Unterhaltung lieber.

HERR VON TROPPAU

Aber, Vignali, daß ihn Niemand sieht! Das Mädchen könte etwas erfahren –

VIGNALI

Sie werden doch keine solche Sorglosigkeit bey mir vermuthen? – Sonach ist mir doch der Graf Ohlau recht zu gelegner Zeit durch den Kopf gefahren: denn ich kan Sie in den Stand setzen, ihm eine fröliche Nachricht zu geben. Ich hab' Ihnen ja, glaub' ich, schon gesagt, daß es mit der Liebe des jungen Menschen aus ist? Er hat mit ihr gebrochen, auf ewig gebrochen.

HERR VON TROPPAU

Das ist also der junge Mensch, der bey Ihnen wohnt?

VIGNALI

Freilich wohl, das gute Vieh!

HERR VON TROPPAU

Er schien mir aber nicht tumm.

VIGNALI

Ach, er wirds täglich mehr. Ich nahm ihn aus Freundschaft für die Baronesse ins Haus; und in wenigen Wochen war er ihr schon zuwider. Es ist eine kindische Leidenschaft bey dem Mädchen gewesen: izt da sie zu Verstande kömmt, sieht sie ein, daß es ein hübsches Schaf ist.

HERR VON TROPPAU

Kan ichs also für gewiß schreiben, daß ihre Liebe zerrissen ist?

VIGNALI

Für unzweifelhaft gewiß! – Sie werden ihm wohl die Wahl frey stellen, wenn er das Mädchen abholen lassen will?

HERR VON TROPPAU

Abholen? – Das soll er nicht, sondern ich will ihn vielmehr fragen, ob er mir die Erlaubniß giebt, eine anständige Partie für sie zu machen, mit einem Manne von gutem Hause, dessen Namen ich ihm melden will, so bald ich seine Gesinnungen hierüber weis.

VIGNALI

Und dieser Mann sind Sie? – Also ist es wirklich Ihr Ernst? Ich hab' es nur für halben Scherz gehalten. – Wie mich das freut! Ich kan Ihnen meine Freude nicht ausdrücken. Also zieht Ihre Tochter zu mir; und in kurzer Zeit sollen Sie über den streitigen Punkt Nachricht haben.

HERR VON TROPPAU

Ich wünschte, daß es bald seyn könte.

VIGNALI

Freilich, die Liebe zaudert nicht gern. – Weis es die Frau von Dirzau?

HERR VON TROPPAU

Ich hab' ihr etwas davon entdeckt.

VIGNALI

Vergeben Sie mir! das war ein großer Fehler.

HERR VON TROPPAU

Warum? Sie räth mir sehr dazu.

VIGNALI

Sie räth Ihnen dazu? – Wenn Sie nur recht gehört haben! Oder es ist Verstellung. Ich lasse dieser hönischen Heuchlerin schlechterdings den Ruhm nicht, daß sie Ihnen ein so wesentliches Vergnügen angerathen haben soll: den Ruhm muß ich mir verdienen. Wenn ich an Ihrer Stelle wäre, so heirathete ich die Baronesse gleich nicht, weil die Frau von Dirzau dazu gerathen hat. Soll ich mich ernstlich mit der Sache abgeben, so muß diese weise Dame ihre Hand aus dem Spiele ziehen; und ich hoffe doch, daß Sie einen so angenehmen Dienst lieber von mir annehmen werden, als von einer solchen Betschwester, die alles tadelt, was Sie sagen und thun? – Versprechen Sie, daß Sie die Frau von Dirzau nicht weiter zu Rathe ziehen wollen?

HERR VON TROPPAU

Ja, Vignali, ich versprech' es. Niemandem als Ihnen will ich die größte Verbindlichkeit schuldig seyn.

VIGNALI

O wie mich das freut, daß Sie sich vermählen wollen! und daß Sie mich zur Mittelsperson wählen! Ich kan mich vor Vergnügen nicht halten. Wie mich das freut! –

Sie nahm mit dieser verstellten Freude gleich darauf Abschied und gieng gerades Wegs zu Ulriken hinauf, um ihr die bevorstehende Veränderung ihrer Wohnung zu melden. Ulrike wußte nicht, was sie von dieser unvermutheten Revolution fürchten oder hoffen sollte: sie entschuldigte sich, daß sie ohne der Frau von Dirzau Erlaubniß so etwas nicht unternehmen dürfte. – »Der Herr von Troppau befiehlt,« sprach Vignali heftig, »und ich befehle Ihnen im Namen des Herrn von Troppau: brauchen Sie mehr? – Mein Kind,« redte sie die kleine Karoline an, »Sie sollen ins künftige bey mir wohnen, hat Ihr Papa befohlen.«

»Ach, bewahre mich Gott!« schrie die Fräulein und floh vor ihr. »Sie verführen mich.«

VIGNALI

Närrchen! ich habe ein herrliches Gebetbuch für sie angeschaft, in schwarzen Sammt gebunden, vergoldet auf dem Schnitt, und bey dem Buchbinder sind noch drey schönere. Wir wollen Tag und Nacht zusammen beten.

KAROLINE

Können Sie auch beten? – Sie sind ja eine Sünderin.

VIGNALI

Das hat Ihnen Ihre einfältige Tante überredet. Ich verstehe das Beten besser als Sie.

KAROLINE

Sie prahlen. Das versteht niemand so gut als ich. –

Und nun betete sie mit frommem Stolze eine lange Reihe von Gebeten, Sprüchen und Liedern her, und da sie fertig war, fragte sie mit der äußersten Selbstgenügsamkeit: »Können Sie so beten?«

VIGNALI

Meine kleine Einfalt, hundertmal besser! Sie werden. sehen: kommen Sie nur!

KAROLINE

Nein, mit Ihnen gehe ich nicht: Sie sind ein freches Kind des Satans.

VIGNALI

Du einfältigster Papagey der einfältigsten Tante! Komm! deine Guvernante wird so gescheidt seyn und dir ungebeten nachfolgen. –

Mit diesen Worten nahm sie die achtjährige Fräulein auf die Arme, trug sie den Flur hindurch, die Treppe hinunter, die Straße hinüber in ihr Haus hinein: das Kind faltete zitternd die Hände und betete so inbrünstig, als wenn sie der Teufel in seinen Klauen davontrüge: Ulrike gieng voller Verlegenheit in einer kleinen Entfernung hinter drein. Sogleich gab Vignali ihrem Bedienten Befehl, die Sachen der beiden Flüchtlinge herüberzuräumen; und das Zimmer war schon zur Hälfte leer, als die Frau von Dirzau den geschehenen Raub erfuhr. Ihre Bedienten, die das Ausräumen verhindern sollten, halfen dabey, weil Vignali ein gutes Trinkgeld versprochen hatte. Die Frau von Dirzau lief in eigner Person zu ihrem Bruder und beschwerte sich, daß er ihre Möbeln wegschaffen ließ. – »Ich will sie bezahlen,« rief er. – »Und deine Tochter willst du in die Hände eines so schändlichen Weibes geben?« – »Ich bekümmere mich um solche Sachen nicht,» antwortete ihr Bruder. »Vignali hat mich gebeten, daß ich sie zu ihr in Pension thun soll: ich hab' es ihr versprochen: nun misch' ich mich weiter nicht drein. Schicke mir die Rechnung für die Möbeln! dann seht Ihr, wie Ihr aus einander kommt. Ich will ausgehn. Adieu, Schwester.« – So war er zur Thür hinaus. Was war also zu thun? Die Frau von Dirzau mußte in ihr Zimmer zurück, mußte geduldig leiden, daß man Ulrikens Zimmer ausleerte, und ihren Aerger in frommer Gelassenheit verbeißen. Den Tag darauf schickte ihr Vignali alle ihre Möbeln zurück, weil sie einen unmäßigen Preis darauf sezte, und schrieb ihr einen der empfindlichsten Briefe dazu.

Sobald Ulrike mit ihrer Untergebnen in sicherer Verwahrung war – denn es mußte beständig Jemand auf der Treppe wachen, um sie zu hindern, wenn sie vielleicht entfliehen wollten – so stürzte sich Vignali, wie unsinnig vor Freuden, in ihr Zimmer hinein. »Ich habe gewonnen,« rief sie aus, »ich habe gewonnen. Alles geht, wie ich will. Nun sollen alle meine Zwecke erreicht werden, oder der Satan selbst müßte mich hindern. Der stolze widerspenstige Junge, der meine Gütigkeit so lange gemisbraucht hat, soll gedemüthigt werden: er muß sich zum Ziele legen, oder es ist sein Untergang. Das Mädchen will ich erniedrigen: dann werde Gemahlin eines Mannes, der mich liebt, du Elende! – Wie sich der gute Troppau so treuherzig sein Geheimniß abschwatzen ließ! Es ist köstlich, wie ich den Mann angeführt habe. Der Brief von dem Grafen Ohlau ist mir Goldes werth: das soll der lezte Pfeil seyn, den ich verschieße, wenn kein andrer trift. – Triumph! ich habe gewonnen.«

VIERTES KAPITEL

Herrmann und Ulrike spielten bey dieser unvermutheten Nähe eine sonderbare Rolle: keins sah das andre an, und die ersten zwo Mahlzeiten, die sie zusammen thun mußten, brachten sie beide ganz stumm hin: bey der dritten wurden schon verstohlne Blicke herüber und hinüber geworfen, wobey man aber die Gelegenheit sorgfältig ausspähte, daß der angeblickte Theil es nicht wahrnam. Für Vignali war dieses Blickespiel eine herrliche Komödie; und wenn der Zufall einmal die beiden Blicke in Einem Punkte zusammentreffen ließ, wie dann hurtig ein Jedes den seinigen zurückzog und viele Minuten den Kopf nicht wieder aufzuheben wagte! Der Zufall und Vignali veranlaßten sie endlich auch Worte zu wechseln, so sehr es beide anfangs vermieden: aus einzelnen Worten, mit gesenkten Augen gesprochen, wurden allmälich Reden, und nach sechs oder sieben Mahlzeiten war das Gespräch schon wieder leidlich in Gang gebracht: allein beide sprachen mit essigsaurem Ernste zu einander, der desto drolligter gegen die Freundlichkeit abstach, womit ein jedes zu Vignali redte. Der Blick milderte sich, nahm bey Ulriken sogar Güte an, ihr Ton blieb nicht mehr gebrochen und scharf, sondern bekam seine natürliche Sanftheit: obgleich auch Herrmann Miene und Stimme sehr herabstimmte, so erhielt er sich doch in einer beständigen ernsten Entfernung von ihr, und suchte der Vertraulichkeit so sorgfältig zu entgehn, daß er eine übertriebne Politesse gegen sie annahm, die sie dann erwiederte. Dies eiskalte Betragen behielten sie bis zu dem großen Sturme, den Vignali indessen veranstaltete: jedermann erkannte sie für sehr höfliche Freunde, die sich nie liebten und vermutlich auch nie lieben würden.

Was in ihren Herzen vorgieng? – Beide wünschten, sich mit Ehren wieder lieben zu können, beide wünschten, daß sie Zufall oder Zwang dahin führen möchte. Die Liebe schwang in beiden die glimmende Fackel, um sie wieder zur Flamme zu bringen. – »Wenn sich nur Herrmann verzeihen lassen wollte!« dachte Ulrike. – »Wenn du nur Ulriken Unrecht gethan hättest!« dachte Herrmann. Auch stellte sich bey ihr ein gutes Symptom wieder ein – eine ziemlich eifersüchtige Empfindung, wenn Herrmann und Vignali zu freundlich mit einander thaten.

Die Sache war also wieder in dem besten Gleise; aber Vignali! Vignali! – Sie hat zween zu mächtige Gründe – Rache und Selbstvertheidigung – warum sie jenen ruhigen Gang der Sachen entweder anders leiten oder ganz stören muß. Auch hemmte ihre Unternehmung nichts als die Ueberlegung, welches von beiden ihr am zuträglichsten seyn werde. Sie ersann endlich ein Projekt, das alle ihre Verlangen mit einemmale zu befriedigen versprach: der sklavonische Graf, der ohnehin noch einen alten Groll wider Ulriken wegen des unglücklich abgelaufenen Abendbesuchs hatte und bisher mit seiner Rache nicht an sie kommen konte, wurde zum Werkzeuge ihrer Erniedigung bestimmt: Herrmann sollte durch Vignali's Veranstaltung Augenzeuge davon seyn, und also zu aller Versöhnung auf immer abgeneigt werden: auch er sollte zum Zeugen wider Ulriken bey dem Herrn von Troppau dienen, um ihm seine Liebe zu ihr und den Gedanken an die Verheiratung mit ihr zu benehmen. Herrmanns unbewegliche Seele konte alsdann durch neue Stürme überwunden werden; denn eine angefangene Eroberung unvollendet zu lassen, wäre für ein solche Herzensbändigerin ein ewiger Vorwurf gewesen. Welch' ein treflicher Plan, der mit Einem Hiebe den Knoten zerschnitt! Vignali war nichts als Jubel und Wonne.

Daß der Graf die aufgetragene Rolle mit Dank annahm, versteht sich von selbst. Vignali ließ des Nachmittags die kleine Karoline zu sich herunterrufen und gab ihr mancherlei Spielzeug, womit sie sich itzt Stunden lang zu belustigen pflegte, weil ihr die Frau von Dirzau kein solches Vergnügen erlaubt hatte: sie spielte eifrig für sich in Vignali's Zimmer. Gegen die Dämmerung begab sich der Graf zu Ulriken, die über den Besuch nicht wenig erstaunte und Misshandlungen für ihre falsche Einladung fürchtete. Der Graf brannte von Wollust und Rache und schritt sehr bald zu verdächtigen Thätlichkeiten: Ulrike argwohnte böse Absichten, zitterte für den Ausgang, da sie im ganzen zweiten Stockwerk allein war, und faßte allen Muth und alle Kräfte zur Gegenwehr zusammen. Sie machte Vorwürfe, sie bat: nichts rührte den entflammten Grafen, der schon in Gedanken Rache und Begierde befriedigte. Die Gewaltthätigkeiten wurden so unerhört, daß Ulrike zu Faustschlägen ihre Zuflucht nehmen mußte.

Vignali eilte sogleich in Herrmanns Zimmer und schlug ihm einen Besuch bey Ulriken vor. Er weigerte sich, allein ihre Autorität zwang ihn zum Gehorsam. Sie giengen leise die Treppe hinan, um sie zu überraschen, und langten in dem Augenblicke bey der Thür an, als Ulrikens erschöpfte Kräfte der wilden Brutalität des Grafen beinahe unterlagen. Sie horchten, und hörten ein heftiges Keuchen nebst einem rauschenden Getöse, als wenn sich zwey Leute balgten: Vignali triumphirte schon in der Seele. Plözlich erhub sich ein heiseres angestrengtes Geschrey: Ulrikens ersterbende Stimme rief: »Hülfe! Hülfe! Ach! Gott!« – Herrmann, ohne sich von Vignali zurückhalten zu lassen, so derb sie ihn auch faßte, riß die Thür auf und fand Ulriken im ohnmächtigen Kampfe wider den Grafen, der in der Begeisterung weder das gewaltsame Oefnen der Thür noch Herrmanns Hereintritt wahrnam, sondern die arme Unschuldige mit dem plumpsten Ungestüm nach dem Sofa hintrieb. Herrmann ergriff ihn mit voller Wuth bey dem Zopfe und zog ihn mit solcher Stärke, daß er vor Schmerz seine Beute fahren ließ und schreyend rückwärts auf den Fußboden hinstürzte: er war so erbittert, daß er den hingestreckten, vom Falle betäubten Sklavonier bey den Füßen an die Thür schleppte und nicht eher ruhte als bis er ihn außer dem Zimmer hatte: er kehrte sogleich zurück, schob inwendig den Riegel vor – da stand er und wußte nicht, was er glauben, denken und sagen sollte! Ulrike stand mit eben so freudiger Verlegenheit da, in zerstörten zerrißnen Haaren, bleich, schwerkeuchend, mit entblößtem blutendem Busen, zerfezter Kleidung, über die Hüften herabgezogenen Röcken und blutrünstigen Armen: Vignali las mit tiefem Aerger die ausgerißnen Locken, Blonden und Fragmente der Garnirung vom Schlachtfelde auf.

»Ist es möglich?« rief Herrmann nach der ersten verwunderungsvollen Pause: »bist du es, Ulrike, die so für ihre Unschuld kämpfte? Du, die blutend eine Tugend vertheidigte, die ich schon längst für erstorben hielt? Ich kan meine Wonne nicht fassen.« – Und so stürzte er sich ihr um den arbeitenden Hals und drückte sie so fest in seine Arme, daß sie kaum athmen konte. Jammer, Freude und Dankbarkeit preßten ihr Thränen aus den Augen: sie schmiegte tief schluchzend, weinend und zitternd den Kopf an seine linke Schulter und konte kein Wort reden: indessen schielte Vignali mit scheelem Blicke nach der Umarmung hin und hätte beinahe vor Aerger über ihren mislungenen Plan mitgeweint. Sie konte den Anblick der wiederversöhnten Zärtlichkeit, die sie durch das nämliche Mittel neu belebt hatte, wodurch sie ihr auf immer den Tod geben wollte, unmöglich länger ertragen, sondern trennte die Umarmung und erinnerte Ulriken an den beschämenden Zustand, in welchem eine solche Heldin der Tugend, wie sie, eine Mannsperson nicht umarmen dürfte. Dieser spöttische Verweis ließ sie ihre Entblößung gewahr werden, die sie im ersten Taumel der Ueberraschung ganz übersehen hatte: sie eilte verschämt ins Schlafzimmer, um dem Uebel abzuhelfen.

Herrmann war so berauscht, daß er ungestüm mit seiner Freude in Vignali hineinstürmte, ihr die Hände drückte und küßte, sie zur Theilnehmung an seiner Wonne ermunterte, wozu sie nicht den mindesten Trieb empfand, und einmal über das andre schrie er: »Wie glücklich! nun kan ich Ulriken wieder lieben.« – Vignali hätte zerspringen mögen: sie befahl ihm, sie hinunter zu begleiten: er wollte nicht, aber er mußte. In ihrem Zimmer fanden sie den Grafen vor dem Spiegel aus allen Kräften beschäftigt, seine zerzausten Haare wieder in Ordnung zu bringen.

VIGNALI

Sie haben ja schreckliche Excesse in meinem Hause begangen, Graf. Was bewegte sie denn zu einem so barbarischen Verfahren?

DER GRAF

Die Rache, wie Sie wissen.

VIGNALI

Wie ich weis? – Ach vermuthlich wegen des Billets, das Ihnen das Mädchen neulich schrieb, als sie Ihnen eine Zusammenkunft anbot und Sie hernach statt ihrer eine alte betrunkne Frau finden ließ? –

»Das ist das unglückliche Billet, das uns entzweyt hat?« unterbrach sie Herrmann. »O so reut michs, daß ich den Bösewicht nicht ärger gemishandelt habe.«

»Wer ist der Bösewicht?« fragte der Graf mit einer Renomistenmiene. »Wenn ich es seyn soll, so wollen wir auf eine andre Art mit einander sprechen.«

HERRMANN

Auf welche Sie wollen; und gleich auf der Stelle!

DERGRAF

In einer Dame Zimmer wär' es ja unanständig, Händel anzufangen.

VIGNALI

Ich erlaub' es: ich bin Herrmanns Sekundantin.

DERGRAF

Nein, so eine Unanständigkeit werd' ich nicht begehn.

HERRMANN

Feiger! mit schwachen kraftlosen Mädchen kanst du kämpfen, aber nicht mit Männern.

DERGRAF

Beruhigen Sie sich! in einer Dame Zimmer sich zu zanken, wäre ungesittet. Ich räsonnire so –

VIGNALI

Mein Herr Räsonnirer, Sie werden die Güte haben, nicht weiter an die Sache zu gedenken, da Sie doch kein Herz haben, sie auszufechten. Wir wollen vergeben und vergessen. Bis auf Wiedersehn. –

Er nahm sehr höflichen Abschied, besonders von Herrmann, dem er gnädigst die erste vakante Stelle in seinen Ländern zum Zeichen der Versöhnlichkeit versprach. – »Aus einem schlechten Komödianten[10] wird auch ein schlechter Graf,« sprach Vignali, als er weg war. »Der baumstarke Kerl ist nur gegen betrunkne Weiber und furchtsame Knaben tapfer: einem Kinde, das ihn stark anfährt, giebt er nach: gleichwohl thut er gleich als wenn er seine Gegner mit Leib und Seele vernichten wollte; und wenn er nicht auszukommen getraut, dann macht er den Philosophen und fängt an zu räsonniren. Ich will ihn schon wegen seiner heutigen Aufführung züchtigen: sich in mein Haus zu schleichen und solche Unmenschlichkeiten zu begehn!« – In diesem Tone wurde der sogenannte Herr Graf tüchtig ausgefilzt, weil er nicht zugegen war: weder Herrmann noch Ulrike merkten jemals, daß Vignali selbst ihn zu diesen Unmenschlichkeiten angestiftet hatte.

Ulrike, so sehr sie das Bewußtseyn, alles gethan zu haben, was Pflicht und Tugend von ihren Kräften fodern konten, beruhigen mußte, fühlte eine so tiefe Scham über das Vorgegangne, insonderheit über den Zustand, worinne sie Herrmann und Vignali antrafen, daß sie eine Schwächlichkeit vorwandte und auf ihrem Zimmer speiste. Wirklich hatte sie auch die Plumpheit des Satyrs, mit welchem sie um ihre Ehre stritt, die Anstrengung ihres Widerstandes und die Angst, unter dem Kampfe zu erliegen, so sehr angegriffen, daß sie die folgende Nacht Kopfschmerz und Fieber bekam.

So sehr auch Herrmann vor Ungeduld brannte, ihr seinen falschen Verdacht, Groll und übereilten Bruch abzubitten, so ließ sie ihn doch nichts vor sich: Scham und Schüchternheit nöthigten sie, seit jener schrecklichen Begebenheit beständig die Thür verschlossen zu halten, und sie würde auch des Mittags darauf nicht zu Tische gekommen seyn, wenn nicht Vignali sich mit Gewalt bey ihr eingedrängt und sie mit Gewalt heruntergeholt hätte. Sie wünschte ihr spöttisch zum Siege der Tugend Glück und schalt sie, daß sie, wie ein Kind, sich über einen Unfall schämte, wozu sie nichts beygetragen hätte. – »So eine exemplarische Standhaftigkeit macht Ehre,« sagte sie lächelnd: »und was noch mehr ist, Sie haben ja durch diesen heldenmütigen Kampf ihren Liebhaber wieder errungen. Sie sind ein braves Mädchen: wenn Sie sich beständig so herzhaft wehren, werden Sie Ihre Tugend gewiß unversehrt und wohlbehalten mit sich ins Grab nehmen.«

Kaum trat die verschämte Ulrike in Vignali's Zimmer, wo Herrmann auf sie wartete, als er auf sie zuflog und in den reuigsten Ausdrücken um eine Verzeihung bat, die ihm im Herzen schon längst zugestanden war. Er nannte seinen so schnell gefaßten Verdacht ein Verbrechen wider ihre Tugend, und versicherte, daß er sich durch ihn ihrer Liebe unwürdig gemacht habe. – »Nein,« sprach sie gütig:

»um dieses Verdachtes willen werd' ich dich desto mehr lieben; denn ich hoffe, daß du selbst so bist, wie du mich verlangst. Wer mich nicht ohne Tugend lieben kan, muß wohl selbst ihr Freund seyn.« – Herrmann merkte in der Fülle der Freude die Bedenklichkeit des Tons nicht, womit sie dies sagte: denn es schien ihr sehr mißlich, daß Herrmann so lange mit Vignali auf Einem Meere gesegelt habe, ohne Schiffbruch zu leiden. Die feine Frau, die eine eigne Spürkraft besaß, sich keinen unmerkbaren Zug in Reden und Betragen entwischen zu lassen, rückte ihr ihren bedenklichen Ton vor und überschüttete den verwunderten Herrmann, der die Veranlassung nicht merkte, mit einem ganzen Regen von Lobsprüchen auf seine Enthaltsamkeit, Standhaftigkeit, Vernunft und Herrschaft über sich selbst. Die Bitterkeit, womit sie ihre Lobrede hielt, benahm Ulriken fast gänzlich ihren Argwohn; denn sie vermuthete zu ihrer Zufriedenheit, daß Vignali ihn versucht und nicht überwunden habe. So wurde unter den Augen der Friedensstörerin der Friede förmlich unterzeichnet und die Liebe wieder erneuert.

FÜNFTES KAPITEL

Verschoben ist nicht unterlassen. Für eine Frau, wie Vignali, ist jedes Hinderniß, jedes Mislingen ein neuer Sporn. Sie war zwar nach jenem unglücklichen Erfolge ihrer Absichten ein Paar Tage von höchstübler Laune und ließ die Sache gehen, wie sie gieng: aber deswegen unterließ sie nicht, Maasregeln auszusinnen, um doch endlich zu ihrem Zwecke zu gelangen. Der Herr von Troppau brachte ihr auch in einigen Tagen die fröliche Nachricht, daß der Graf Ohlau versprochen habe, sogleich in die Vermählung seiner Schwestertochter zu willigen und auch die Einwilligung ihrer Mutter zu bewirken, sobald er Namen, Familie und Vermögensumstände des Mannes wüßte, den man ihr bestimmte, wofern die Partie nur im mindsten anzunehmen wäre. Er verrieth durch das Vergnügen, das er über die Bereitwilligkeit des Grafen bezeugte, die Stärke seiner Liebe so völlig ohne Zurückhaltung, daß Vignali bey sich stuzte, sie größer zu finden, als sie geglaubt hatte. Er war im Grunde ein leibhafter flegmatischer Deutscher, der sich durch den Umgang mit Franzosen und aus Nachahmungssucht etwas von ihrer Lebhaftigkeit *angewöhnt* hatte: daher fiel es desto stärker auf, daß sein sonst lauer, höchstens warmer Ausdruck der Freude izt so siedend heiß wurde. Um die wallende Freude ein wenig niederzuschlagen, gab ihm Vignali die Nachricht, daß Ulrike nicht sonderlich viel Neigung für ihn zu haben scheine. Der Verliebte vergaß sein Flegma so sehr, daß er aufsprang und sie versicherte, sie werde sich ihm verhaßt machen, wenn sie keine bessere Nachrichten brächte. Vignali tröstete ihn mit etlichen Gemeinsprüchelchen, daß die Liebe oft langsam wachse und dann sehr schnell reife; versprach aus allen Kräften ihr Wachsthum zu beschleunigen und leitete ihn allmälich zu seiner alten Liebe hin, daß der selbstgelaßne Wollüstling über den gegenwärtigen Genuß den künftigen aus der Acht ließ. Es wurde beschlossen, daß die Antwort an den Grafen acht oder vierzehn Tage verschoben bleiben sollte, bis man Ulrikens Gesinnungen tiefer erforscht hätte.

Nun war Hannibal vor dem Thore. Entdeckte sie dem Herrn von Troppau Herrmanns erneuerte Liebe, so mußte dieser aus ihrem Hause, und Ulrike wurde entweder, ohne daß Vignali es hindern konte, Troppau's Gemahlin, oder, wenn sie das schlechterdings nicht werden wollte, zu ihrem Onkel gebracht: das war für die rachsüchtige Frau viel zu wenig: sie verlangte ihre Nebenbuhlerin nicht blos wegzuschaffen, sondern zu demüthigen, und den halsstarrigen Herrmann mit ihr. Ließ sie die Liebe bey den beiden jungen Verliebten frey wirken, so konten sie durch Beyhülfe einer so großen Gelegenheitsmacherin, wie Vignali war, wohl endlich selbst die Werkzeuge der verlangten Rache werden: allein wie langsam vielleicht! und gar zu lange ließ sich weder der Herr von Troppau, noch der Graf Ohlau aufhalten, ohne daß nicht der erste aus verliebter Ungeduld sich an Ulriken selbst wendete; und war sie gleich wieder mit Herrmannen ausgesöhnt, so konte sie doch der Zufall, nach Vignali's Begriffe von der weiblichen Veränderlichkeit, sehr leicht wieder entzweyen, der Herr von Troppau in diesem Zeitpunkte sich anbieten, und Ulrike im ersten Verdrusse seine Hand annehmen. Die Lage war also höchstkritisch. – »Aber ich muß Herr des Wahlplatzes werden oder nicht leben,« sprach Vignali. »Soll ein so elender Junge über mich triumphiren? ein so albernes Mädchen meine Absichten vereiteln? Sie müssen beide fallen, ohne Schonung fallen. Mögen sie sich lieben und in ihrer Liebe allmälich das Gift bereiten, das ihren Stolz tödten soll! Der Nichtswürdige, der mich verschmähen konte, muß gebeugt werden: hart, hart soll er für seinen stolzen Widerstand büßen; und meine Nebenbuhlerin will ich ganz vernichten. Entgeht sie auch diesmal ihrem Falle, dann ruh ich nicht, bis ich sie mit meinen eignen Händen in den Sarg gelegt habe: mag sich der verliebte Narr, der Troppau, zu ihr legen und seine Brautnacht bey den Todten halten! – Aber seyd ihr nur einmal dahin, wohin ihr sollt – o dann will ich euch geißeln! wie keine Furie das Gewissen züchtigen kan, will ich euch quälen: dann sollt ihr mir schon selbst den Kampfplatz einräumen! – Wohlan! die Liebe thue, was weder Vignali noch der Satan vermag!«

Hätte es auch ihr Plan nicht so mitgedacht, so wäre es ihr doch nunmehr unmöglich gewesen, Freundschaft gegen Ulriken und Liebe gegen Herrmann zu affektiren: Zorn und Rachsucht hatten wegen Nähe der Gefahr zu sehr Besitz von ihr genommen; und auch der Herr von Troppau warf ihr vor, daß sie auf einmal in allen Handlungen so äußerst unruhig und hastig sey und eine heftige Leidenschaft in allen verzerrten Zügen des Gesichts trage: sie lehnte die Vorwürfe immer durch vorgewandte Erhitzung oder Krankheit ab.

Indessen weideten sich die beiden Verliebten sorglos in vollem Maaße mit den Freuden der wiedergekehrten Liebe und spielten, wie zwey Lämmer, vertraulich und froh um den Wolf, der sie gern gewürgt hätte. Der Kontrast zwischen Ulriken und Vignali, besonders bey dem itzigen leidenschaftlichen Zustande der Leztern, lehrte Herrmannen täglich mehr, daß nur Eine Ulrike sey: oft konte er bey Tische stumm dasitzen und die Vergleichung zwischen Beiden Zug für Zug anstellen, und jedesmal wunderte er sich am Ende der Vergleichung, wie er sich nur einfallen ließ, Vignali im Ernste zu lieben, nachdem er eine viel reizendere Schönheit gekannt hatte. Den Unterschied des Alters abgerechnet, stach das heitre unschuldvolle anspruchlose wohlwollende Gesicht der Einen gegen die ernste gebietende, Beyfall fodernde, wollüstige schlaue Miene der Andern sehr zum Vortheil des ersten ab: Ulrikens Augen waren ein Paar anziehende Magnete, oder ein Paar Sonnen, die in jedem Herze die Liebe erwärmten, und wenn sie auch den kältesten Boden trafen: Vignali's Blick ein Blitz, der niederschlug, er gebot Ehrerbietung und selbst die Liebe, wie einen Tribut: daher drückte sich Herrmann ihren Unterschied dadurch aus, daß er sagte – Ulrike *giebt* Liebe, Vignali *fodert* sie; und ein Andrer nannte Vignali einen Despoten, den man zu lieben glaubt, weil man ihn fürchtet. Bewegungen und Geberden waren bey der Italiänerin ihrem Gesichte völlig ähnlich, edel, anständig, durch die Welt gebildet, lebhaft bis zur Heftigkeit, immer leidenschaftlich, wenn nicht der Wohlstand es verbot; ihr Ton stark, schnell und fast jeden halben Tag anders – denn jeder heimlichen Absicht, jeder vorgegebnen Empfindung paßte sie ihn mit unendlichen Veränderungen an. Wie vortheilhaft stach auch hierinne Ulrike in Herrmanns Augen dagegen ab! Jede ihrer Bewegungen bezeichnete Reiz und Anstand, das Tempo ihrer Geberden war eine sanfte, ruhig dahinfließende Lebhaftigkeit, alles hatte darinne das Gepräge der Natur und nur selten noch Spuren von dem Studirten, Abgemeßnen, wozu man sie bey ihrem Onkel abrichtete; doch äußerte sich dieses nie, als wenn sie sich im Zwange befand. Ihre Stimme war eine zärtliche, sanft dahingleitende Modulation, jeder Ton von Güte und Liebe gestimmt. Wie konte der begeisterte Herrmann lauschen, wenn sie sprach! wie hallte jeder Laut in seinem Ohre, gleich einer eindrucksvollen Musik, lange nach! Der kleine Gram während ihrer Uneinigkeit hatte das vorige Rasche und Uebereilte, das sie zuweilen überfiel, ziemlich gedämpft; und es gehörte izt ein hoher Grad von Leidenschaft dazu, wenn es wieder kommen sollte. Eine Annehmlichkeit, die man gegenwärtig an ihr vermißte, war der kleine lustige Muthwille, in welchem sich sonst ihre Aufgeräumtheit ausdrückte: aber Herrmann vermißte ihn nicht sonderlich, weil er sich in einem zu unruhigen leidenschaftlichen Zustande befand, um ein Wohlgefallen für etwas zu fühlen, das Heiterkeit in der Seele desjenigen verlangt, der es erwecken und der es genießen soll. Die Verfassung seines Gemüths in dem gegenwärtigen Zeitpunkte schildert er selbst in einem spät geschriebnen Briefe an einen seiner Freunde.

»Nach der Wiedergeburt meiner Liebe,« sagt er, »fühlte ich mich, oft zu meiner größten Verwunderung, in einen Zustand versetzt, den ich in meinem Leben noch nicht gekannt hatte: meine Liebe veränderte ihre Miene so ganz, daß sie mir eine Fremde zu seyn schien, die sich während deines Umgangs mit Vignali in mein Herz eingeschlichen habe. Nicht mehr dieses stille sanfte angenehme Feuer war es, das auf dem Schlosse des Grafen Ohlau in mir brannte, von erquickender belebender Wärme, mehr leuchtend als brennend: nicht mehr die heftiger schlagende Flamme, die in Dresden in mir wallte, ein starkes überwältigendes Gefühl, aber noch immer durch Güte und Zärtlichkeit gemildert: nein, Eine hochlodernde Feuersbrunst war meine ganze Seele, und jeder Blick, jedes Wort, jeder Händedruck von Ulriken neuer Brennstoff, der in die glühende Masse hineinfiel: dabey so viel Wildheit, so viel Grausamkeit, so ungestüme Heftigkeit! daß ich noch zittre, wenn ich an diese Gemüthsverfassung denke. Welche ein süßer Schauer durchlief mich sonst, wenn ich neben Ulriken stand oder ihre Hand in der meinigen lag! desto süßer und durchdringender, je seltner mich das neidische Schicksal ein solches Glück genießen ließ! Izt da ichs Stunden und Tage ungehindert genießen konte, fürchtete ich mich vor mir selbst, es zu thun: sobald ich mich ihr näherte, fuhr eine schneidende Flamme durch alle meine Adern, meine Brust zog sich pressend zusammen, das Herz schlug hoch, wie gethürmte Wellen, daß mir der Athem stockte: unter zehnmalen konte ich mich kaum einmal entschließen, ihre Hand zu fassen, und wenn ich sie hielt, dann flogen mir die ungeheuersten Bilder durch den Kopf: es war, als wenn von innen her ein geheimer Antrieb mich drängte, sie zu zerdrücken. Tausendmal stieß mich diese nämliche innerliche Heftigkeit zu Ulriken hin, mir schien es, als wenn eine geheime Macht mir die Arme aus einander zöge und mich gewaltsam forttriebe, ihr um den Hals zu fallen und sie in meine Brust hineinzudrücken; und zu gleicher Zeit zog eine andre gütige Macht die Heftigkeit meiner Begierde zurück. War ich bey ihr allein, dann wollte mich die Angst von ihr wegtreiben: ich konte nicht bleiben, ich mußte sie verlassen. Ermannte ich mich und blieb da, so fiengen meine Beunruhigungen erst recht an: es wurde mir finster und schwindlicht, der Boden wankte unter mir, und alle Gegenstände schienen mir zu zittern; und zerstreueten sich die Wolken in meinem Kopfe, dann trat ich vor ihr hin, sah sie steif an und hätte weinen mögen, so überfiel mich ein plözlicher Jammer. Wie ein Teufel mit glühenden Augen, stand der Gedanke vor mir: »So viel Liebenswürdigkeit und Unschuld soll nicht ewig blühn! Du sollst der Mörder einer solchen Tugend werden!« – Ich suchte mich seiner zu erwehren; ich stritt mit ihm, wie mit einem bösen Geiste: aber umsonst! Dann überfiel mich eine Beängstigung, wie die Reue einer großen Frevelthat: ich war wie in einen Abgrund von Unruhen gestürzt. Auch that Ulrike so schüchtern, wenn wir beisammen saßen oder standen, bey jeder meiner Bewegungen so scheu und furchtsam, als ob sie mich, gleich dem ärgsten Bösewichte, fürchtete, welches vermutlich von ihrer Begebenheit mit dem Sklavonier herrührte. Manche Viertelstunde lang stand ich an dem braunen Tische in ihrem Zimmer mit untergeschlagnen Armen, sie saß neben ihm: wir sahen einander stumm an und weinten: der Himmel weis, woher unsre Thränen kamen; ohne alle nahe Veranlassung drängte sie der innere Tumult aus den Augen hervor, als wenn sie die Flammen des Volkans, der in mir wütete, löschen sollten. Zuletzt gieng diese ahndungsvolle Traurigkeit so weit, daß wir einander fast nicht anblicken konten, ohne gerührt, ohne erschüttert zu werden. Ich besinne mich noch genau, daß wir eines Nachmittags allein in Vignali's Zimmer auf dem Sofa saßen: mein rechter Arm hatte sich, ohne daß ichs selbst wußte, um Ulriken geschlungen: wir sprachen sehr ernst, in kurzen abgebrochenen Reden: auf einmal riß sie sich von mir los und sprang auf. – Was hast du, Ulrike? fragte ich. – Ich weis nicht, antwortete sie, was für eine närrische Erscheinung in meinem Gehirne mich täuschte: du kamst mir vor, als wenn du mich so grausam behandeln wolltest, wie der Graf neulich. Aber nein! das wirst du nicht! sezte sie nach einer Pause mit zitternder Stimme hinzu: ich schwieg, sah auf die Erde und dachte – der Himmel weis es, was ich dachte: wenns Gedanken waren, so hatte ich sie ohne mein Bewußtseyn.

»Daß ich Vignali's Versuchungen so herzhaft widerstand, war vielleicht keine so große Heldenthat, wie sie es scheint: den Zufall abgerechnet, der mir meistens durch die größten Gefahren half, konte das verführerische Weib nicht anders als in Augenblicken der Schwäche oder durch Ueberraschung über mich siegen; denn so sehr ich sie auch liebte, so streifte doch diese Liebe nur die Oberfläche des Herzens: auch blieb mir immer noch eine gewisse Kälte dabey zurück: sie war gleichsam nur ein künstliches Lustfeuer, von Eitelkeit durch eine aufgeregt Fantasie angezündet, das ohne meine Entzweyung mit Ulriken blos geglimmt hätte und mit einem kleinen Knalle erloschen wäre, wie eine schwache

Rackete. Hingegen die Liebe zu Ulriken nach unsrer Versöhnung wohnte im Herze drinne, bemächtigte sich aller meiner Kräfte und Empfindungen, spannte meine Thätigkeit zu einer solchen Höhe an, daß ich Riesenstärke in meinen Nerven fühlte. Alle Nächte waren Ein fortdauernder schwerer Traum: aus Vignali's üppigen Erzählungen und Ulrikens neulichem Kampfe sezte meine Einbildung die seltsamsten, ausschweifendsten und schrecklichsten Scenen zusammen. So sehr ich mich zulezt fürchtete, mit ihr allein zu seyn, war ichs doch immer: oft schien es sogar als wenn Vignali uns mit Fleis aus dem Wege gienge. Ihr tägliches Gespräch war noch unzüchtiger als sonst, daß oft Ulrike mit Schamröthe sie zu schweigen bat: allein allmälig gewöhnte sie sich so sehr daran, daß sie ohne Erröthen mit Aufmerksamkeit und sogar mit Vergnügen zuhörte: wenn die ausschweifendsten Auftritte erzählt wurden, schielte sie oft aus den gesenkten Augen nach mir herauf, seufzte und glühte, als wenn sie ein plözlicher strafender Schlag für ihre Empfindung träfe. Alle meine Sinne waren so mächtig erhöhet, daß selbst Speisen und Getränke meiner Zunge ein schärferes Gefühl mittheilten und neues Feuer in meine Adern zu gießen schienen. Also von Vignali und der Liebe vorbereitet, schlich ich, wie die lebendige Unruhe, von Zimmer zu Zimmer, von Stuhl zu Stuhl, fand nirgends eine bleibende Stelle, nirgends Friede, bis zu jenem unglücklichen Spatziergange, der den wichtigsten Knoten meines Lebens knüpfte: die Geschichte desselben ist ein bedeutungsvolles *memento mori* für die menschliche Stärke.

Der unglückliche Spatziergang, dessen hier in diesem Briefe gedacht wird, geschah an einem der schönen Tage im August: nach einem schwülen drückenden Vormittage hatte ein Donnerwetter die erhizte Atmosphäre abgekühlt und eine schmeichelnde, Herz und Sinne belebende Temperatur der Luft für den Nachmittag hervorgebracht. Alles, was ein Paar Füße bewegen konte, eilte zum Thiergarten, den herrlichen Nachmittag in sonntäglichem Wohlleben hinzubringen. Vignali schlug auch eine Spatzierfahrt vor, allein eine Grille, die sie für Migräne ausgab, bewegte sie zu Hause zu bleiben und die kleine Karoline bey sich zu behalten. Hermann und Ulrike giengen allein und zwar zu Fuße. Das Gewimmel der Gehenden und Fahrenden unter den Linden war unbeschreiblich groß – ein bunter funkelnder summender Schwarm in eine große Staubwolke gehüllt, in welcher man die Gesichter nicht eher erkannte als bis man den Leuten auf die Füße trat, denen sie gehörten; das Rasseln der Karossen auf beiden Seiten, wo die hervorragenden Kutscher auf den hohen Böcken in aufwallendem Staube, wie Jupiter in den Wolken, dahinzuschweben schienen, indessen daß man Kutsche und Pferde nur wie Schatten hinter einem Flore dahinlaufen sah – das Rasseln der Karossen stritt mit dem Gemurmel der Gehenden um den Vorzug, welches das andere am betäubendsten überstimmen könte. Dies ungemein lebhafte Bild, so erschütternd es war, machte gleichwohl einen schwachen Eindruck auf Herrmanns Sinne: er gieng, in sich gekehrt, stumm und ängstlich an Ulrikens Arme durch die Menge dahin, ließ sich treiben und stoßen, ohne es sonderlich zu merken, und hatte kaum für den auffallenden Staub einen Sinn: in ihm brannte die Atmosphäre noch so glühend heiß, wie Vormittags, und der Regen hatte sie so wenig gelöscht, als den Sand, auf welchem er wandelte. Ulrike rühmte, als sie durch das Thor waren, den duftenden Wohlgeruch, den ein kühles Lüftchen Tannen und Birken raubte, und den Hauch der Fruchtbarkeit, der in den lichten Gängen von Wiesen und Bäumen athmete: Herrmann hatte keinen Sinn dafür. Gewohnheit und Neugierde lenkte Ulriken nach den Zelten hin: er folgte ihr ohne Widerspruch, sprach wenig, auch die gleichgültigsten Dinge in harten abgebrochenen Tönen. Zuweilen stund er plözlich, sah in den Sand, dann ergriff er Ulrikens Hand und drückte sie mit einer so befeuernden Inbrunst, daß ihr die zitternde Empfindung des Druckes, wie ein geschlängelter Blitz, durch die Seele fuhr. – In lautem Tumulte spielte Frölichkeit und Eitelkeit bey und unter den Zelten das große Sonntagsschauspiel: im weiten Zirkel saß unter Bäumen und in Hecken die glänzende schöne Welt in Fischbeinröcken und im Frack, in bezahlter und geborgter Seide – ein furchtbares Heer, das in vergnügter Muße nach Herzen und guten Namen, wie nach der Scheibe schoß: gieng gleich neben den Herzen mancher Schuß hinweg, so fehlte doch keiner, der einem guten Namen galt. Spott und Plauderey schwebten mit witzigem und unwitzigem Lärme über der Gesellschaft: gepuzte Franzosen tanzten frölich daher und suchten den Mann, der sie heute Abend speisen sollte; Hypochondristen schlichen gebückt dahin und suchten im Sande die Zufriedenheit: nachäffende Teutsche gaukelten mit schwerfälliger Geckerey herum und dünkten sich Wesen höherer Art, weil sie französisch erzählten, wo sie gestern gegessen hatten, andre krochen krumm und gebückt, wie lichtscheue Engländer, umher und glaubten, brittische Philosophen zu seyn, weil sie rothfuchsichte Hüte und zerrißne Ueberröcke trugen: junge Liebesritter eröfneten hier die Laufbahn ihrer künftigen Größe, das junge Mädchenauge buhlte um Liebhaber oder Mann, was der liebe Himmel bescheeren wollte, und die verblühete Schönheit spottete über Siege, die sie nicht mehr machen konte. Aus den Büschen tönten muntre Chöre von Oboen und Hörnern, und mit ihnen wechselten, wenn sie schwiegen, kreischende Fideln und brummende Violonschelle nebst dem schallenden Händeklatschen des Tanzes ab. Hier saß ein schweigender Herrenhuter bey dem Bierkruge und betete mit verdrehten Augen für die Sünden, die seine Nachbarn begiengen; dort fluchte ein trunkner Soldat, daß ihm Jemand das Glas ausgeleeret habe, wovon er taumelte; hier suchte ein erboßter Liebhaber sein gestohlnes Mädchen, und dort ein Andrer sein einziges gestohlnes Schnupftuch: mancher vertrank hier für den lezten halben Gulden die Sorgen der vorigen Woche, um die ganze künftige zu darben: mancher gewann mit dem glücklichen Würfel das Brod, das seine hungernde Familie morgen nähren sollte: jedermann war vergnügt, entweder weil er Freude genoß, oder wenigstens weil er nichts that.

Ulriken theilte sich das allgemeine Vergnügen sehr lebhaft mit, und ob sie gleich nichts weniger als ruhig war, so bildete sie sich doch, wie alle um sie her, das Vergnügen ein: allein Herrmann hatte für diese geräuschvolle Frölichkeit keinen Sinn. Er eilte vor ihr vorüber durch hohe lichte Alleen in düstre gewölbte Gänge bis zu den einsamen Schlangenwegen der Wildniß. Sie sezten sich, schwiegen, sahen vor sich hin. Insekten summten, einzelne Vögel zwitscherten, in den Wipfeln der hohen Tannen lispelte ein leiser Wind: sonst war alles menschenleer, dämmernd, schauerlich still. Hastig warf Herrmann einen Arm um Ulrikens Schulter und drückte sie so fest in sich hinein, daß sie sich losriß und schüchtern zurückfuhr.

»Herrmann!« rief sie mit zitterndem Erschrecken, indem sie ihn anblickte: »was ist dir? warum rollen deine flammenden Augen so fürchterlich? warum bebt deine Unterlippe, wie im Fieberfrost? – Was liegt dir im Sinne, das dich so heftig erschüttert? Jeder deiner Blicke erfüllt mich mit Entsetzen. – Ich bitte dich um unsrer Liebe willen, laß uns diesen Ort fliehn! Der Himmel will über mich einstürzen, so ängstigt mich deine grimmige wilde Miene: laß uns fliehen! mir bricht das Herz vor Angst.«

Er wollte ihre Hand fassen, um sie zu beruhigen: sie that einen lauten Schrey und sprang auf, wie ein gescheuchtes Reh.

»Was fürchtest du?« sprach er, wie vom Froste geschüttelt. »Aengstige dich nicht mit Fantomen deiner Einbildung! Der Ort ist angenehm: setze dich!«

Sie gehorchte und sezte sich in einer scheuen Entfernung von ihm, immer zum Fliehen bereit.

»Ach, Ulrike,« fieng er abgebrochen an, »wie nahe sind Liebe und Grausamkeit verwandt! zwo leibliche Schwestern!«

ULRIKE

Grausamkeit? – Was bringt dich auf diesen sonderbaren Gedanken?

HERRMANN

Mein Gefühl. – Ich könt' in dieser Minute die barbarischste Grausamkeit an dir begehn. Ich bin der verruchteste Mensch unter der Sonne.

ULRIKE

Schon wieder so ein blitzender Blick! – Laß uns fliehen!

HERRMANN

Bleibe! fürchte nichts! – Könte die Liebe, wenn sie in diesem Gehölze wohnen wollte, einen angenehmern Platz wählen als diesen? Sieh! Gewürme und Insekten, alles hüpft und scherzt um uns her in reger unbesorgter Freundlichkeit, und wir allein verbittern uns unser Glück durch ängstliche Besorgnisse? – Verscheuche diese bange Mädchenfurcht! Vor wem zitterst du denn? Bin ich nicht dein Freund? der Geliebte deines Herzens? der Vertraute deiner Liebe, der gern jedem rauhen Lüftchen wehren möchte, daß es dir nicht ein Haar krümmte? dein

Erwählter, der gern jeden Pfad vor dir ebnete, daß kein Steinchen deine Fußsolen drückte? der dich gern allenthalben auf seinen Armen, oder noch lieber in seinem Herze herumtrüge, um dich vor jeder Gefahr zu sichern? – Bin ich nicht dies alles?

ULRIKE

Das bist du! der Retter meiner Tugend! meine Seele, die mich belebt und regiert! – Aber thut nicht die Seele im Menschen das Böse? Da du so unumschränkt über meinen Willen herrschest, was vermöchte das schwächere Mädchenherz wider den stärkern Männerwillen? – Ich bitte dich auf den Knien, tödte die Tugend nicht, die du erhalten hast! Was würde das zarte Gewächs, wenn du ihm die Blüthe abstreiftest? Es senkte die welken Blätter, verdorrte und – stürbe.

HERRMANN

Trauest du mir ein solches Verbrechen zu? – Werth wäre ich, daß sich jeder Thautropfen, der mich benezt, in brennendes Feuer verwandelte, daß jeder Sonnenstrahl ein Schwert würde, das meine Seele verwundete, wenn ich jemals eine solche Uebelthat begönne. – Hab' ich nicht schon der Gefahr in mancherley Gestalten widerstanden? Wenn eine Vignali mit allen zauberischen Künsten und zwingenden Lockungen meine Vernunft nicht einschläferte, sollt' ich da aus freyer Wahl ein Bösewicht werden? Und an wem? an dir? – Hat noch jemals ein Tauber das Täubchen gewürgt, die ihm liebkost? – Sey muthig! Man fällt am leichtesten, wenn man sich zu schwach dünkt.

ULRIKE

Und noch leichter durch Sicherheit.. – Ich kan dir nicht bergen, ich liebe dich, daß ich mich vor mir selber fürchte. – O warum müssen nun tausend Hindernisse eine Vereinigung verzögern, die der Himmel selbst wollen muß? Sie muß doch geschehn, früh oder spät: warum nun so eine unaussprechliche Langsamkeit in allem, was auf der Welt vorgeht?

HERRMANN

Das weis Gott, wie alles in der Welt schleicht! Immer tanzt das Glück, wie ein Irrlicht, vor den Schritten her, und je hurtiger man nachläuft, je weiter stößt man es mit seinem eignen Odem fort. Es ist wahrhaftig schwer, über so ein zauderndes Schicksal nicht zu zürnen: wenn man eine Glückseligkeit doch gewiß einmal haben soll, warum bekommt man sie nicht gleich, wo man sie am liebsten hätte?

ULRIKE

Und wo man sie am vollsten und stärksten genösse! Aber nein! da geht alles so einen saumseligen Schneckengang, daß man vor Ungeduld sich verzehren möchte.

HERRMANN

Die Wünsche fliegen, und das Schicksal kriecht. Wahrhaftig, mehr als eiserne Geduld hat man nöthig, um in so einer Welt anzudauern –

ULRIKE

Das ist ein ewiges Hoffen und Harren; und was hat man am Ende?

HERRMANN

Nichts! die Jahre der Freude fliehn, das Alter der Lebhaftigkeit verschwindet, und endlich als schlaffer siecher fühlloser Greis gelangt man zu der so lange gehoften und erharrten Glückseligkeit –

ULRIKE

Und kan sie vor Ueberdruß des unendlichen Wartens nicht genießen. Es ist doch fürwahr! eine recht wunderliche Welt.

HERRMANN

Alles geht schief, alles quer. Heftige Wünsche, voreilende Begierden, rennende Leidenschaften, und Millionen Gebürge von Hindernissen, Schwierigkeiten, Verzögerungen! Wenn man zu genießen weis, darf man nicht: wenn man genießen soll, kan man nicht. So gehts mit jeder Freude. Tausendmal besser befänden wir uns, wenn wir Klötze wären, nichts wünschten noch begehrten; so entbehrten wir nichts. Das Schicksal reicht uns das Vergnügen so kümmerlich, so kärglich, wie arme Leute ihren Kindern das Brod. – Sollt' es denn nicht Einen Winkel auf dieser Erde geben, wo Ruhe und Glückseligkeit für zween irrende Verliebte wohnt?

ULRIKE

O wenn du einen solchen wüßtest! Zu Fuße wollt' ich dir dahin folgen und mit meinen eignen Händen eine Hütte baun, um mit dir dort zu wohnen; aber nirgends ist eine: wir werden sterben, eh' unser Glück vollendet ist.

HERRMANN

Traure nicht, Ulrike! Warum sollte nicht ein solcher zu finden seyn? Wir dürfen nur suchen: – aber dann, wenn wir ihn gefunden haben, dann wollen wir die einzigen glücklichen Geschöpfe unter dem Himmel seyn. Unsre Arme sollen vom Morgen bis zum Abend in einander verschlungen seyn, wie unsre Herzen: Liebe soll unsre Speise, Liebe unsre Arbeit seyn; sie soll vor uns hergehn und uns auf allen Schritten begleiten, unser Leben ein wahres arkadisches Leben werden, wie Dichter es nur dachten und noch nie Sterbliche empfanden – ein immer klarer Bach, worinne Freuden, Entzückungen und Seligkeiten in ungestörtem Laufe dahinfließen – ein Himmel, wo nie die Sonne untergeht, im ewigen Frühlinge alles blüht und grünt – ein Paradies, voll der lieblichsten Früchte und labendsten Ergötzungen, voll Einigkeit, Ruhe, Zufriedenheit, ohne Kummer und Sorge, wo unsre Gedanken und Empfindungen in vertraulicher Friedlichkeit in einander fließen, wie zween Ströme, die sich in Einer Seele vereinigen; wo wir, wie Kinder, stets nur genießen, kein Unglück kennen, als bis es uns trift, die Gegenwart voll, rein und unverbittert empfinden, und für die Zukunft nie sorgen, als bis sie da ist, und sie dann zufrieden theilen, sie gebe Schmerz oder Freude – O des seligen, des seligen Lebens! –

Die Vorstellung dieser träumerischen Glückseligkeit berauschte sie so heftig, daß sie beide in entzückter Umarmung dahinsanken und weinend verstummten; und bald hätte der Taumel ihrer Träumerey Vignali's Wunsch erfüllt: kaum trennten sie noch wenige Augenblicke von ihrem Falle: plözlich geschah in der Nähe ein Schuß: Ulrike wand sich aus seinen Armen, als wenn ihr der Schuß gegolten hätte, sprang auf und sprach mit zitternder Furchtsamkeit: »Laß uns fliehen!«

»Laß uns fliehen!« rief Herrmann mit der nämlichen Erschrockenheit. Sie giengen beide in weiter Entfernung von einander, stillschweigend, mit schüchternem Mistrauen gegen sich selbst, um einen Ausweg aus dem Gebüsche zu suchen. Der Pfad verlor sich in dichtes Gesträuch: sie mußten wieder umkehren. Bald kamen sie an einen Ort, wo vier bis fünf kreuzende Wege nach verschiedenen Richtungen hinliefen: die Wahl war sehr ernsthaft, weil im Walde schon die Dämmerung anfieng: je weiter sie auf dem gewählten Pfade fortgiengen, je tiefer geriethen sie in Waldung hinein, je dunkler wurde die Dämmerung. Das Gewitter hatte des Mittags die Luft so abgekühlt, daß izt Ulrike in der leichten Sommerkleidung vor Frost zitterte: Fledermäuse fuhren sausend über ihren Köpfen hin, der ganze Schwarm der Nachtvögel sezte sich in Bewegung und fieng sein trauriges mißtönendes Konzert an: die Furcht vor allen diesen ungewohnten Erscheinungen der Nacht. die Furcht vor Verirrung, und noch mehr die Furcht vor sich selbst und den täuschenden Verführungen der Liebe schreckte das arme Mädchen so gewaltig, daß ihr die Knie sanken: ihre Lippen bebten und vermochten kaum ein verständliches Wort zu sprechen: das Gesicht färbte sich mit einer bläulichen Blässe, und der Angstschweiß, den ihre innerliche Noth auspreßte, stand in dichten Tropfen auf der bleichen Stirn: sie klammerte sich fest an Herrmanns Arm mit dem ihrigen an, schloß die Augen zu, stund und sprach mit schwachem schaurichtem Tone: »ich kan nicht weiter; meine Füße tragen mich nicht mehr.« – Herrmann verbarg, so gut er konte, seine eigne Beängstigung und tröstete sie, rieth ihr, hier auszuruhen und ihn einen Weg suchen zu lassen. Das war gar kein Rath für sie, und kaum hatte er ihn gegeben, so hieng sie sich mit dem ganzen Gewichte ihres Körpers an ihn, um ihn zurückzuhalten: er mußte sich mit ihr auf den bethauten Boden setzen, und nahm sie in die Arme, um sie an seiner Brust ausruhen zu lassen. Der innerliche Kampf zwischen Begierde und Furcht, zwischen Tugend und Schwachheit, zwischen Leidenschaft und Vernunft stieg bey beiden so hoch, und die Dunkelheit, die Schöpferin und Pflegemutter der Leidenschaften, vermehrte ihn so gewaltig, daß sich keins von beiden rührte – hin und wieder ein ängstlicher tiefer Seufzer! das war ihre ganze Sprache. Die fernen Feldgrillen zischten ihr muntres Abendlied; aus weiter Entfernung schallte der helltönende Chor der Frösche; mit dem Schweigen des finstern Waldes wechselte zuweilen das Rauschen des wehenden Abendwindes in den Aesten der hohen Tannen ab; auf dem Boden rings um sie her regten sich schlüpfend hie und da Geschöpfe, die zur Ruhe eilten oder zum nächtlichen Leben erwachten. Ulrike, deren Einbildung durch die Nachtscene mit seltsamen abentheuerlichen Bildern erfüllt wurde, wiederholte noch einmal weinend die Bitte, die sie schon bey dem ersten Niedersitzen an Herrmann gethan hatte: ihr Herz schlug von einer bangen Ahndung, die er ihr durch die größten Betheurungen nicht benehmen konte; und ihm selbst flisterte bey jeder neuen Betheurung eine geheime Stimme zu: »du lügst!«

Sie traten nach langem Ausruhen eine neue Wanderung an, um sich vielleicht herauszufinden: aber da war keine andre Möglichkeit, als daß sie hier übernachteten: sie wurden eine Jägerhütte ansichtig, und Ulrike selbst bezeigte vor großer Ermattung ein Verlangen, sie zum nächtlichen Aufenthalte zu wählen. Herrmann untersuchte sie und bereitete ihr von den darinne liegenden Zweigen und Blättern ein Lager: vor Furcht konte sie ihn nicht von sich lassen, und gleichwohl sezte sich eine eben so große Furcht dawider, daß er an ihrem Lager Theil nehmen sollte: sie überlegten, stritten und berathschlagten lange, theilten schon in vertraulicher Nähe das Lager und beratschlagten immer noch, wie sie es anfangen sollten, um es nicht zu thun. Ihre Beratschlagung verlor sich in Besorgnisse, ihre Besorgnisse in Empfindungen der Liebe, ihre Empfindungen in Liebkosungen, die Zärtlichkeiten stiegen zur Flamme empor, und so führte allmälich die Furcht vor dem Falle den Fall selbst herbey: was keine Reizungen der Wollust, keine Eitelkeit, kein Geld, keine Vignali, kein Lord Leadwort und kein Herr von Troppau vermochten, vermochte die Allmacht der Liebe. Die Tugend fiel durch ihre Hand: bey ihrem Falle brauste der blasende Wind durch die Bäume und starb mit erlöschendem Keuchen in ihren wankenden Wipfeln: Kybitze wimmerten in den sausenden Lüften ihren Klaggesang, und Eulen heulten in den holen Aesten das Grabelied der gefallnen Unschuld: die Tannen seufzten, vom Winde bewegt, und der ganze Wald trauerte im Flor der Nacht um die gefallne Unschuld.

SECHSTES KAPITEL

Vignali kam die ganze Nacht nicht ins Bette: es war für sie eine Nacht des Triumphs und des Frolockens; und sie wachte noch, als am frühen Morgen die beiden Verirrten, in weiter Entfernung hinter einander, beschämt und verwirrt, zu Hause anlangten. Bey ihrem Erwachen hatte sich Ulrike aus der Hütte herausgeschlichen und befand sich zu ihrer Befremdung nicht weit von einem bekannten breiten Wege, den vergangne Nacht in der Angst und Berauschung einer geheimen Leidenschaft keins von beiden gewahr wurde. Herrmann, als er sie herausgehn hörte, riß sich von der Lagerstätte der Liebe empor, erblickte mit gleicher Verwunderung den gestern übersehnen Weg und folgte Ulriken nach: nicht Einen Blick wagte sie zurückzuwerfen, und er nicht einen aufzuheben: von Scham und trüber Besorgniß gefoltert, begaben sie sich auf ihre Zimmer, und Vignali wollte vor rachsüchtigem Vergnügen unsinnig werden, als sie das Geräusch ihrer Ankunft hörte. Sie hatte ihnen den Bedienten nachgeschickt, der sie in der Ferne still begleitete und schon vor etlichen Stunden mit der Nachricht von ihrer Einkehr in der Jägerhütte zurückgekommen war. So sehr sie indessen Herrmanns und Ulrikens Fall für gewiß hielt und über die Erreichung ihres Wunsches triumphirte, so mischte sich doch in ihre Freude ein bitterer Unwille, daß sie Herrmanns Erniedrigung nicht durch sich selbst hatte bewirken können.

Er wurde zum Thee gerufen, allein er wandte eine Unpäßlichkeit vor und schloß sich ein: Ulrike that dasselbe – zween überzeugende Beweise für Vignali, daß ihr gelungen war, was sie wünschte! Sie ließ fleißig durch die Schlüssellöcher spioniren, und that, als wenn sie die Ursache der Krankheit nicht wüßte.

Indessen saß Herrmann auf Dornen da, von den schrecklichsten Empfindungen der Schuld und Reue gepeinigt: er zürnte wider sich und seine Uebereilung, dachte an seine Betheurungen, eine Handlung nicht zu begehn, zu welcher er sich von seiner Schwäche kurz darauf hinreißen ließ, und fluchte sich, wie einem Verbrecher. – »Ach könt' ich doch,« sprach er bey sich, »tief im Schooße der Erde mein Angesicht verbergen, um von keinem Auge mehr beschaut zu werden! – Ich, ein Schänder der Tugend! ein Räuber der Unschuld! ein Mörder, der die Ehre der feinsten geliebtesten Engelsseele würgte! – fluche mir, Ulrike! fluche mir! ich will mit dir die schrecklichsten Verwünschungen über mein Haupt ausschütten. – Wie in diesen verbrecherischen Armen das Kostbarste dahinschwand, was ich ihr nehmen konte! Wie noch mit dem lezten Hauche ihre Ehre durch schwaches Widerstreben den Mörder von sich abwehrte! kämpfte und ohnmächtig im Kampfe erlag! – O tausendfach heißer brenne mich, Reue, als du thust! Und würde gleich mein Herz zum Feuerpfuhl, aus welchem glühende Bäche in alle Adern ausströmten – ich hätt' es verdient. – – Entsezlich! ein Mädchen über alles zu lieben und aus Liebe sie elend zu machen! Läßt sich etwas schwärzeres denken? – Sie in Thränen, Kummer, Jammer und Schande zu stürzen! O der verfluchten Liebe, die so barbarisch liebt! – Wehe dem unseligen Rathe, der uns zu diesem Spatziergange antrieb! Wehe den Füßen, die uns zu dem Verbrechen trugen! und tausendfaches Wehe der Hütte, die sich uns zum Opferaltare der Unschuld darbot! Jedes Auge wird an meiner Stirn meine Schuld lesen; jede Zunge wird mir nachrufen: das ist er, der schändlichste Unmensch, der nicht schonte, was er liebte! – Keinen Blick werd' ich wieder in ein menschliches Auge wagen können, keine Minute meines Lebens ohne Vorwürfe und Qual seyn. – Die Unschuld wählte mich zum Freunde, und zum Lohne ihres Vertrauens ward sie von mir vergiftet! – Aber schon verfolgt mich die Strafe: die Angst nagt, wie ein Wurm, in meinen Eingeweiden. – O wehe über mich Verbrecher!«

Ulrike weinte in tiefer Schwermuth und zwar am meisten über die fürchterlichen Folgen, die sich ihrer Einbildung in der schreckendsten Gestalt vormahlten: sie jammerte, wie eine Verlaßne, die um ihre liebste Gespielin trauert, verzieh dem Unglücklichen, der sie tödtete, und klagte nur sich und die Schwäche ihres Herzens an.

Herrmann hatte sich kaum von seinem Schmerze ein wenig ermannt, so schrieb er folgenden Brief an Ulriken.

»Wenn deine Augen, Ulrike, die Schrift eines Frevlers anzuschauen würdigen, der die schändlichste Unthat an dir begieng, so lies hier meine Reue und die Strafe, die sie mir auferlegt! Ich irre, wie ein Mensch, der einen Mord begangen hat und jeden Augenblick fürchtet, entdeckt zu werden, voll Verzweiflung im Zimmer herum und kan mit Mühe meine Gedanken zu diesem Briefe sammeln.

Ich bin mir selbst ein Abscheu: meine eignen Gedanken sind mir verhaßt; und wenn ich jemals meine Ruhe wiederfinde, kan es nur in Einem Falle seyn – nur dann, wenn ich im Stande bin, dir durch eine gesezmäßige Verbindung die Ehre wieder zu geben, die ich dir nahm. Bis dahin soll dich mein Auge nicht sehn, oder ich will verflucht seyn: ich will mich aus deiner Gegenwart verbannen, Berlin morgen verlassen und dich nicht eher wieder an mich erinnern, als bis ich jene Bedingung erfüllen kan. Begünstigt das Glück meine Absicht nicht; soll deine Schande ausbrechen und laut wider ihren Urheber zeugen, dann sehn wir uns in diesem Leben nie wieder. Wohin ich gehen werde, weis Gott; aber weit genug, um nie wieder ein Land zu betreten, wo ich mich mit der schwärzesten Schande brandmahlte, dafür steh ich.

Lebe wohl, Ulrike, so glücklich als die entweihte Unschuld leben kan! Ich kan dir keinen Trost geben; denn ich habe selbst keinen. Meine Leiden sind unzählbar, wie deine Thränen. Vergieße keine um mich! ich bin ihrer nicht werth, und wenn Unglück über Unglück auf mich herabstürzte.

O Liebe! wie bitter ist dein Kelch, wenn du ihn bis auf den Boden zu leeren giebst!«

Ohne sich zu unterschreiben, machte er das Blatt zusammen: da er wußte, daß man seine und Ulrikens Briefe während ihrer Uneinigkeit unterschlagen hatte, so traute er Niemandem, als der kleinen Karoline, welcher er an der Thür aufpaßte; und als sie aus Vignali's Zimmer kam, rief er sie zu sich und bat sie heimlich, ihn sogleich zu bestellen. Das Fräulein lief aus allen Kräften die Treppe hinauf und überlieferte ihn richtig: sie hatte von Vignali den Auftrag gehabt, sich bey Ulriken zu erkundigen, ob sie zu Tische kommen werde, und langte mit einem »Nein« die Minute drauf wieder bey ihr an. »Was macht sie?« fragte Vignali; und das gute Kind erzählte ihr mit treuherziger Aufrichtigkeit, daß sie einen durch sie bestellten Brief lese. Statt des Botenlohns bekam sie einen Stoß, und Vignali eilte in Einem Fluge zu Ulriken. Sie traf die arme Bekümmerte in Thränen bey Herrmanns Briefe an, den sie sogleich bey Erblickung einer so unwillkommnen Zeugin zusammendrückte und in den Busen steckte.

»Was lesen Sie da?« fieng Vignali glühend an. Ulrike wollte ihr Weinen zurückhalten und schluchzte immer stärker, konte weder reden noch die Augen aufschlagen.

»Zeigen Sie mir!« sprach die gebietrische Frau; und da Ulrike nicht gleich Anstalt dazu machte, fuhr sie ihr plözlich mit der Hand in den Busen hinein und zog troz alles Sträubens den Brief heraus. Ulrike warf sich mit dem Kopfe auf das Fensterbret und verbarg ihr bethräntes Gesicht in ihren Händen. Zum Unglück war der Brief teutsch, und Vignali rief also stehendes Fußes dem Bedienten, der ihn, so gut er konte, französisch verdolmetschte: so unvollkommen auch die Uebersetzung war, so gab sie doch genug von dem Sinne wieder, um die Hauptsache zu verstehn. Vignali erhub das bitterste Gelächter, als sie so viel herausgebracht hatte, und der Dolmetscher stimmte mit ein.

»Ich kondolire,« begann Vignali mit dem schadenfrohesten Spotte. »Ist die gute Tugend auch gestorben? Ey! ey! Es war doch eine gar schöne Tugend. Heute Nacht ist wohl das Leichenbegängniß gewesen? – Und sie war doch so frisch und gesund! blühte wie eine Rose! Wie hinfällig doch eine Tugend ist! – Weinen Sie, mein liebes Kind! weinen Sie um die Herzensfreundin! Einmal begraben, auf immer begraben! – Aber sagen Sie mir doch, wie hat denn die arme Tugend so plözlich den Hals gebrochen? – Erzählen Sie mir doch!«

Ulrike fiel ihr um den Hals und flehte mit Thränen, ihre Leiden nicht durch einen so grausamen Spott zu verdoppeln.

»Was ist es denn nun weiter?« unterbrach sie Vignali lächelnd. »Wer wird sich denn bey einem so kleinen Unfalle so närrisch anstellen? Haben Sie nicht vor lauter Tugend und Unschuld die Liebe lange genug hungern lassen? – Mein Kind, an der Tugend zu sterben, muß ein sehr bittrer Tod seyn.«

ULRIKE

Wenn man nicht besser denkt, als Vignali.

VIGNALI

Wie denkst denn du, mein tugendhaftes Puppchen? – Du schreitest auf der Tugend, wie auf Stelzen, daher, siehst mit verächtlichem Stolze auf alle herab, die nur auf natürlichen Absätzen und nicht auf Stelzen gehn, und wenn die Nacht kömmt und kein Mensch mehr zusieht – hurtig werden die Stelzen weggeworfen; und die Tugendbelobte Dame schläft ganz natürlich bey dem Liebhaber –

ULRIKE

Ich bitte Sie, Vignali, verlassen Sie mich! Mein Kummer quält mich genug: warum wollen Sie noch mein zweiter Henker seyn?

VIGNALI

Weil ich mich ganz unendlich über Ihre Demüthigung freue: ich frolocke, daß Sie Ihren Stolz selbst gestraft haben. – Elendes Geschöpf! verachte eine Vignali! erhebe dich mit deiner Tugend über sie! Ist sie noch die Hure, wie du sie einmal nanntest?

ULRIKE

Das ist sie! und ich verachte die schnöde Spötterin, die so triumphiren kan.

VIGNALI

Verachtung ist mir nicht genug: fürchten sollst du mich. – Hier! lies! und dann rathe dir! –
Sie gab ihr den Brief des Grafen Ohlau, den sie jüngst dem Herrn von Troppau abschwazte. Ulrike las mit Zittern den heftigen Brief, worinne ihr Onkel inständigst bat, sie einsperren zu lassen, bis sie zu ihrer Bestrafung abgeholt werden könte. Sie sank todtblaß auf den Stuhle hin und bebte mit fieberhaften Verzuckungen.

VIGNALI

Erkennst du nun, daß du in der Gewalt der Frau bist, die du verachtest? – Vignali darf nur Ein Wort sprechen, so ist deine Thür mit Wache besezt – nur Ein Wort sprechen, so wirst du in eine Kutsche geladen und zu deinem Onkel gebracht, der dich einsperren und bey Wasser und Brod deine Sünden bereuen lassen will: – aber ich wills nicht sprechen: ich will mich deiner erbarmen und den Untergang abwenden, den ich bisher durch meine Fürsprache bey dem Herrn von Troppau verschoben habe. Vignali wird dir deine Verachtung mit Großmuth vergelten und dir forthelfen: verlaß heute oder morgen heimlich deinen Platz und dies Haus! Du sollst entwischen, ohne daß ichs sehe. – Verachte nun die stolze Vignali, und fliehe! –

Sie sprach dies mit einem unaussprechlichen Stolze, warf den verachtenden Blick auf sie und begab sich hinweg. Das arme Mädchen konte weder stehen noch sitzen: ihr Herz faßte ihre Leiden kaum.

Vignali drängte sich unmittelbar darauf in Herrmanns verschloßnes Zimmer mit dem Hauptschlüssel ein und trat mit schreckender strafender Miene vor ihm hin. »Unglücklicher!« rief sie, »was hast du gethan? die Unschuld betrogen, die Ehre eines schwachen Mädchens geraubt! O du verruchter Heuchler! warst du darum gegen meine Proben so standhaft, um das ärgste Bubenstück zu begehn? verschmähtest du darum meine Anerbietungen, um auf die Tugend einer unschuldigen Taube zu lauschen?«

HERRMANN

Vignali, Sie sind ein Teufel: erst reizen Sie zum Verbrechen, und dann quälen Sie den Verbrecher mit Vorwürfen.

VIGNALI

Ich möchte, daß ich einer wäre: es sollte mir eine Wonne seyn, dich für deine Unthat zu peinigen.

HERRMANN

Sie thun es: aber fahren Sie fort! Eine Hölle voll Vignali's wäre noch nicht Strafe genug für mich. – Warum lachen Sie nicht über mich? Ihr Herz grinzt doch vor Freuden, daß ich zum Verbrecher wurde: woher wüßten Sie es so schnell, wenn Ihnen nicht daran läge? – Ich bins und triumphire bey allen meinen Leiden, daß ichs nicht an Ihnen wurde: aber wisse, wollüstiges Weib! auf dein Haupt muß die Strafe meines Verbrechens doppelt fallen: du hast mich die Wollust gelehrt, du meine Begierden angeflammt, du Leidenschaften in mir aufgeregt und die Vernunft eingeschläfert, die vorher über sie wachte. Dein Werk ist es, Ungeheuer: genieße deines Werks und freue dich, daß ich nicht besser bin als du!

VIGNALI

Elender! ist das die Sprache der Dankbarkeit, in welcher du mit mir sprechen mußt?

HERRMANN

Die Sprache des Hasses, des glühendsten Hasses, den du verdienst! Was prahlst du mit Wohlthaten, die doch nur der Köder an der Angel seyn sollten? Hast du nicht, mitten unter allen falschen verdammten Liebkosungen, in verstellter Vertraulichkeit an meinem Kummer gearbeitet? – denn wer anders, als du, kan meine und Ulrikens Briefe unterschlagen haben? Kein Mensch auf der Erde ist einer solchen Falschheit und Bosheit fähig wie Vignali: – Und nun soll der Fisch es dem Fischer als eine Wohlthat verdanken, daß er ihm einen Regenwurm an der Angel reichte?

VIGNALI

Herrmann, Sie werden mich zwingen, meinen ganzen Zorn über Sie auszuschütten –

HERRMANN

Schütte ihn aus, Weib! Gieße deine ganze Galle über mich her, die du so lange zurückhieltest – den ganzen Groll, daß ich deine buhlerischen Foderungen ausschlug! Entlade dich deines Gifts, Viper!

VIGNALI

Weißt du, daß du in meiner Gewalt bist? daß ich nur einen Wink zu thun brauche, um dich auf Befehl des Grafen Ohlau gefangen nehmen zu lassen?

HERRMANN

Thun Sie den Wink! mir liegt fürwahr! wenig daran, ob ich mich im Gefängniß oder in Freiheit quäle. – Ich bin ein Elender, aber kein Schwachkopf, der ein Mährchen fürchtet.

VIGNALI

Da! lies das Mährchen! –

Sie gab ihm den Brief des Grafen: er las ihn, erschrak und schleuderte ihn in den Winkel hin. – »Thun Sie, was Sie wollen!« sezte er trotzig hinzu.

»Verblendeter jachzorniger Mensch!« sprach Vignali mit gezwungner Güte. »Glaubst du, daß ich eine solche Grausamkeit an dir begehen könte? An dir, der meine ganze Liebe besaß?«

HERRMANN

Schweigen Sie von Liebe! In Ihrem Munde ist sie mir verhaßt.

VIGNALI

Schmähe mich und meine Liebe! und bey aller Undankbarkeit sollst du sie doch empfinden, erkennen und dich schämen. Du kanst ungehindert mein Haus verlassen: durch meine Hülfe sollst du der Nachstellung des Grafen entfliehen.

HERRMANN

Ihre Hülfe kömmt zu spät: meine Abreise war heute früh beschlossen.

VIGNALI

Und ich will den Entschluß nicht hindern.

HERRMANN

Hindern Sie ihn, damit ich keine Verbindlichkeit gegen Sie mit mir hinwegnehme. – O daß ich jemals eine von Ihnen empfieng! Sie haben den Frieden aus meiner Seele gescheucht und sie mit ewigem Kriege erfüllt. – Vignali! Vignali! die Rechnung Ihrer Sünden ist während meines Aufenthalts bey Ihnen stark angewachsen: wenn einst so viel Strafen auf Sie warten –

VIGNALI

Wir wollen nicht in den erbaulichen Ton fallen. – Ich liebte in Ihnen einen Unwürdigen, der für meinen Zorn zu klein ist.

HERRMANN

Und ich liebte in Ihnen eine Falsche, eine Verführerin –

VIGNALI

Stille! Wir wollen uns nicht schimpfen, sondern auf eine anständige Art brechen. – Reisen Sie glücklich und vergessen Sie Vignali nicht!

HERRMANN

Ja, um ihr zu fluchen.

VIGNALI

Und ich will mich Ihrer erinnern, um Ihnen zu verzeihen.

HERRMANN

Das thu ich Ihnen izt. –

Vignali gieng voller Unmuth hinweg, daß er ihre verstellte Großmuth überbot. Um nicht den Anschein zu haben, als ob sie im Zanke mit ihm gebrochen habe, und vielleicht auch aus einem Rest von Liebe schickte sie ihm des Nachmittags zehn Louisd'or Reisegeld, meldete ihm in einem sehr höflichen Billet, daß sie auf morgen früh Post für ihn habe bestellen lassen, und wünschte, daß er im Stillen, ohne Abschied zu nehmen, abreisen möchte. Herrmann wurde bey allem Unwillen wider sie, der ohne ihre vormittägigen Vorwürfe nicht ausgebrochen wäre, durch so viel Güte empfindlich gerührt, und sahe mit Beschämung, daß sie großmüthiger handelte, als er nach seiner itzigen Vorstellung verdiente: er verachtete sich selbst als einen Unwürdigen, der sich von Zorn und Unmuth zur Undankbarkeit hinreißen ließ, dankte seiner großmüthigen Freundin, wie er izt Vignali nannte, schriftlich für die gegenwärtige Verbindlichkeit und für alle vergangne, empfahl ihr Ulriken auf das angelegenste und bat, sie vor den Nachstellungen ihres Onkels zu sichern, bis ihm sein Schmerz und bessere Umstände erlaubten, sich ihrer anzunehmen.

Vignali hatte vor Freuden, sich an den beiden Verliebten gerächt und von einer gefährlichen Nebenbuhlerin so schnell erlöst zu sehn, wirklich die gutgemeinte Absicht, sie beide auf der ersten Station zusammenzubringen, als ob es vom Zufalle geschähe, und rieth deswegen Ulriken, in der Nacht heimlich mit einem für sie bestellten Fuhrmanne abzufahren, und gab ihr einen Brief nach Leipzig an eine Freundin, die vor einem Paar Jahren ihr Mädchen gewesen war, wegen einer Angelegenheit Berlin verlassen hatte, izt als Puzmacherin in Leipzig lebte, und noch mancherley Aufträge für ihre ehemalige Herrschaft besorgen mußte: diese Umstände erfuhr freilich Ulrike nicht, sondern wurde blos versichert, daß es eine sehr gute Frau sey, die ihr auf Vignali's Verlangen allen möglichen Beistand angedeihen lassen werde. Die niedergeschlagne Ulrike faßte wieder einiges Zutrauen zu Vignali, da sie so lebhaft für ihre Entfliehung aus der Gefahr sorgte, und nahm den Vorschlag mit Vergnügen an, um nur nicht in die Hände ihres Onkels zu gerathen. – »Bleiben Sie bey dieser Frau,« sezte Vignali hinzu, »bis Sie Herrmann abholt: ich habe meiner Freundin den Auftrag gegeben, dafür zu sorgen, daß Sie mit ihm auf einem Dorfe getraut werden und von dem Wenigen, was Sie beide haben, so lange dort leben, bis sich eine Gelegenheit zu Ihrem Unterkommen zeigt; denn nunmehr ist doch wahrhaftig nichts besseres für Sie zu thun, als daß Sie sich von einem schwarzröckichten Manne zusammenbinden lassen. Vergessen Sie die Baronesse und werden Sie beyzeiten Madam Herrmann, damit nicht ein Monsieur Herrmann – Was weinen Sie denn nun gleich wieder? Geschehen ist geschehen. Liebes Kind! wenn Jede so viel weinen wollte wie Sie, so wären wir nicht vor einer zweiten Sündfluth sicher. Muth gefaßt! Lafosse, an die ich Sie empfehle, wird Ihnen mit Ehren unter die Haube helfen; und dann sorgen Sie weiter für sich! Wenn Sie ein Anliegen haben und ich kan Ihnen dienen, so wenden Sie sich dreist an mich.«

Ulrike hielt diese Sprache ganz vor Güte, da sie es doch höchstens nur zur kleinsten Hälfte, und die größte eignes Interesse war: sie bat Vignali wegen ihres Mistrauens um Verzeihung und glaubte im ersten Anfalle der Dankbarkeit, daß die Frau wirklich besser sey als sie ihr geschienen habe. Der Abschied war auf beiden Seiten rührend und zärtlich, und des nachts gieng die Reise fort. Das verliebte Mädchen war durch die Aussicht auf eine nahe Verbindung wieder so leidlich aufgeheitert worden, daß sie nur mit halber Betrübniß an ihren Fall zurückdachte.

Auch Herrmann, der von allen diesen nichts erfuhr, empfieng einen Brief an Madam Lafosse, doch ohne von seiner nahen Trauung unterrichtet zu werden, sondern Vignali sezte blos in ihrem Billet die Worte hinzu: – »Lassen Sie sich nicht durch falsche Scham, wie Sie bereits geäußert haben, abhalten, ihre Pflicht gegen Ulriken zu thun! Wenn Sie dies nach dem, was gestern zwischen Ihnen beiden vorgefallen ist, nicht verstehn, so wird Ihnen Madam Lafosse auf meinen Befehl sagen, was Sie zu thun haben. Ein Mensch von so vielen Grundsätzen, wie Sie, wird doch wohl nicht zaudern, einem unschuldigen Mädchen wiederzugeben, was er ihr genommen hat?«

Er reiste in aller Frühe ab und glaubte Ulriken noch im Hause, und sein Herz wurde deswegen so viel schwerer, als das ihrige durch Vignali's tröstende Vorspiegelungen leichter geworden war: er verließ, nach seiner Meinung, sein Liebstes im Hause des Vergnügens und der Gefahr. Erst unterwegs, da sich das Gewühl seiner schmerzhaften Empfindungen ein wenig zerstreute, überlegte er sich Vignali's Ermahnungen, seiner Pflicht gegen Ulriken nicht zu vergessen und sich von Madam Lafosse belehren zu lassen, wie er sie erfüllen sollte: er schloß daraus, daß er sie dort finden oder von dieser Frau erfahren werde, wo sie ihn erwarte. Vignali's lezte Güte brachte ihn in seinen guten Muthmaßungen so weit, daß er gar Veranstaltungen zu seiner Verbindung mit Ulriken argwohnte; und er freute sich schon halb über die Nähe seines Glücks, allein der traurige Gedanke, »wovon soll ich mit ihr leben?« tödtete seine Freude, wie ein giftiger Mehlthau. Ohne zu wissen, was er wünschen, hoffen und thun sollte, langte er in Zehlendorf an.

Ulrike hatte auf Vignali's Veranstaltung den nämlichen Weg genommen, war wirklich schon im Wirthshause, als Herrmann abstieg, und rettete sich bey seiner unvermutheten Erblickung durch die Flucht, ließ sich ein Stübchen allein geben und verschloß sich. Die guten Kinder hatten beide Vignali's Vertröstung, daß Madam Lafosse ihre Verheirathung besorgen sollte, angehört, ohne in der Verwirrung zu bedenken, daß sie also Einen Weg nehmen müßten. Ulrike hätte sich durch alle Reichthümer der Welt nicht bewegen lassen, sich ihm zu zeigen, und tröstete sich dafür mit der gewissen Hofnung, ihn in Leipzig wiederzuhaben, um durch Madam Lafosse mit ihm vereiniget zu werden: die süße Erwartung zerstreute fast ihren ganzen Kummer.

Herrmann, ohne zu vermuthen, daß ihn nur eine Leimendecke von Ulriken schied, überließ sich finstern Gedanken und zweifelhaften Hofnungen, frühstückte wenig und saß mit der traurigsten Melancholie im Winkel. Ihm gegenüber befand sich an einem kleinen Tischchen voller Viktualien ein kleiner dicker runder Pommer, der sich mit stiller Selbstgelassenheit von dem reichlich aufgetragenen Vorrathe nährte: mit ernster Bedachtsamkeit steckte er jede Minute einen Bissen in den Mund, seufzte vor Sättigung und fuhr immer in gleichem Takte zu essen fort. Herrmann hatte ihn bey dem Hereintritte in der Zerstreuung gar nicht wahrgenommen und bemerkte ihn auch nicht, da er ihm gegenübersaß, weil sich an der dickgestopften Figur kein Glied regte als der Arm, wenn er den Lippen einen neuen Bissen überlieferte. Herrmann dachte über die Unmöglichkeit, Ulrikens Ehre zu retten, bey sich nach, glaubte allein zu seyn und fuhr in der Düsternheit seiner Träumerey auf: »O Gott! stehe mir bey! was soll ich anfangen?« – Indem er es sagte, gieng er in dem Stübchen auf und nieder, stund still vor sich hinsehend – auf einmal zupfte ihn Jemand etlichemal am Ermel; er blickte um sich, und siehe! da stund der kleine dicke runde Pommer mit dem originalsten Gesichte voll treuherziger Einfalt, ein kleines ledernes Beutelchen in der Hand, das er mit ganzer Seele darbot. Der gutherzige Junge kannte aus eigner Erfahrung keine andre Noth als Geldmangel und bildete sich also ein, als Herrmann mit gerungnen Händen seine Ausrufung that, daß es ihm an Baarschaft fehle, besonders da er sich ein so elendes Frühstück geben ließ. – »Ich habe noch acht Groschen,« sagte er, indem er das Beutelchen darreichte: »da! ich will mit Ihm theilen.« – Herrmann mußte erst einige Fragen thun, um hinter die Veranlassung einer so originalen Dienstfertigkeit zu kommen, und ward so entzückt von ihr, daß er den Jungen in die Arme drückte und die angebotnen vier Groschen aus dem Beutelchen nahm: der Bube verließ Umarmung und Beutelchen und kehrte, um nichts zu versäumen, zum Essen zurück. In der Zwischenzeit steckte ihm Herrmann statt der vier Groschen zwey preußische halbe Thaler hinein und gab es mit feurigem Danke zurück. – »Es will nicht viel sagen,« sprach der Bube in seiner platten Sprache: »steck' Er mir nur das Säckel in die Ficke!« – Herrmann that es, und sein Wohlthäter schmauste ungehindert fort.

»Wo willst du hin?« fragte Herrmann.

DER POMMER

    In die Fremde.

HERRMANN

    Mit vier Groschen?

DER POMMER

    Die Leute werden mir ja geben, wenns alle ist.

HERRMANN

Du guter Junge! aus welcher Welt kömmst du?

DER POMMER

Aus Pommern.

HERRMANN

O so gehe den Augenblick wieder nach Hause, wenn die Menschen dort so gut sind, wie du sie in der Fremde erwartest! Warum bliebst du nicht zu Hause?

DER POMMER

Vater ist zu böse; er schlägt mich.

HERRMANN

Was willst du aber in der Fremde anfangen?

DER POMMER

Was der liebe Gott beschert.

HERRMANN

O du weiser Pommer! komm mit mir! du sollst mich lehren, wie man mit vier Groschen ohne Sorgen durch die Welt kömmt. –

»Das kan ich wohl!« antwortete der Bube und nahm die Partie an. Er ruhte nicht, bis das ganze aufgetragne Frühstück verzehrt war, und dehnte sich ächzend, nachdem er das Messer eingesteckt hatte, als wenn er sich von einer schweren Arbeit erholen wollte. Die Bezahlung des Frühstücks nahm gerade sein übriges Vermögen hin: da er bey dieser Gelegenheit die zwey halben Thalerstücke gewahr wurde, legte er sie auf Herrmanns Tisch. »Mein Säckel ist ledig,« sagte er äußerst zufrieden und wickelte das Beutelchen zusammen: Herrmann nöthigte ihn, das Geld zurückzunehmen, allein er verlangte, daß Er es tragen möchte, da sie doch mit einander giengen. Der Bursch in einem kurzen blauen Jäckchen und einer Pelzmütze, ob es gleich mitten im Sommer war, baarfuß, Schuh und Strümpfe unter dem Arme, sezte sich ohne Bedenken auf den Wagen und fuhr davon, ohne zu wissen wohin.

In Beeliz hielt es Herrmann für ökonomischer, die ordentliche Post zu erwarten, und verkündigte seinem Pommer, daß er ihm keinen Platz werde verschaffen können. »So geh ich zu Fuße nebenher,« sprach der Junge, mit allem zufrieden, wenn er sich nur nicht von ihm trennen durfte. Ulrike kam erst in der Dunkelheit an, schlich hurtig und ungesehen in ein Stübchen und verschloß sich. Ihr Fuhrmann war nur bis dahin gedungen: zur Extrapost schien ihr kleiner Geldvorrath nicht hinlänglich: sie entschloß sich also auch zur ordentlichen; allein da man ihr berichtete, daß unten auch ein Herr auf die Post wartete, und da sie aus der Beschreibung Herrmannen erkannte, den sie schon wieder abgereist glaubte, verschob sie ihre Entschließung und blieb nach langem Wanken bis zum folgenden Posttage hier: nach seinem lezten Billet besorgte sie ihn zu beleidigen, wenn sie ihn plözlich auf dem Postwagen mit ihrer Gegenwart überraschte. »Finden wir doch einander gewiß bey Madam Lafosse,« dachte sie freudig und ließ ihn reisen. Herrmann merkte abermals nicht, daß er eine Nacht und einen Tag in Einem Wirthshause mit ihr zubrachte: er sezte seinen Weg fort, sein getreuer Pommer zu Fuß nebenher: der Bube war durch eiserne Banden an ihn geknüpft und hätte auf dem nächsten Dorfe vor Leipzig beinahe die Freundschaft mit seinem Blute besiegelt.

Ein Schwarm berauschter Musensöhne focht hier einen alten Groll aus, einen vieljährigen Zwist mit den Gesellen verschiedener Zünfte, der schon bey mancher Dorflustbarkeit die schmuzigen Dielen mit Blute gefärbt hatte, wenn es auch nur blutende Nasen waren: an diesem Tage war ein entscheidendes Treffen geliefert worden. Die schlauen Zünftler, die es vermutheten, versammelten sich sehr früh und zahlreich und nahmen mit ihren Nimphen den Tanzplaz ein: nicht lange darauf langten die Vortruppen der akademischen Armee an und suchten durch feine Neckereyen den ruhenden Zwist in Bewegung zu setzen: ihre gelehrten Hälse ertönten von platten Schimpfwörtern, ihre Ellenbogen bestürmten die Flanken der friedfertigen Handwerker: noch immer wollte der Streit nicht Feuer fangen. Endlich versuchten die Angreifer das lezte gewaltsame Mittel: sie begiengen einen Sabinerraub, entführten den Zünftlern ihre Schönen, eroberten den Tanzplatz und tummelten sich mit ihnen in frölichen triumphirenden Schwenkungen herum. Gelassen ertrug lange das feindliche Chor Unrecht und Hohn, und regte sich nur durch leises Murmeln dagegen; doch izt konten sie länger nicht: pathetisch trat ein Schneidergesell, ein großer Redner, der bey den hohen Festtagen seiner Zunft schon manchen Lorber durch seine Beredsamkeit errungen hatte, ein zweiter Demosthen, mit edlem Anstande hervor, erzählte Punkt für Punkt, mit fruchtbarer Kürze die Beschwerden seines Ordens und bat – doch ohne seiner eignen Ehre etwas zu vergeben – um Einstellung der Feindseligkeiten: wider alles Völkerrecht verachteten die Söhne der Musen seine gesandschaftliche Würde, höhnten den Redner und prellten ihn mit einem unvermuteten Kniestoße, daß er stotternd in die Arme seiner Kameraden zurücktaumelte. Ueber eine so offenbare Beleidigung der geheiligten Gesandschaftsrechte schwoll allen die Galle empor, schwarze Wuth sprach aus den braunen Gesichtern, Rachsucht blitzte aus den wäßrigen Augen, und die Hände ergriffen die Waffen: sie verschwuren sich, einen solchen Schimpf mit akademischem Blute auszulöschen. Muthig brachen sie auf die schwächern Feinde los, doch kaum fiel der erste Schlag auf sie herab, so stürzte sich die ganze Hauptarmee der Musensöhne mit blinkenden Degen und knotichten Prügeln herein, sie schwangen unter kriegerischem Jauchzen die Waffen hoch in die Luft und ließen einen Platzregen von Wunden auf die Köpfe der umzingelten Feinde herabfallen, die bald der eindringenden Macht weichen mußten: hier lag einer und glaubte sich todt; dort untersuchte ein andrer seinen Kopf, ob er noch fest sitze; ein dritter kroch krächzend und hustend unter den schwerausgeholten Hieben hindurch; wimmernde Mädchen weinten um ihre zerprügelten Liebhaber; andere wuschen den ihrigen den Heldenschweiß und die blutigen Wunden: einige heroische Nymphen wagten sich sogar in den Streit, um ihre Seladons anzufrischen oder aus dem Gedränge herauszureißen und wurden so tief in das Getümmel verwickelt, daß ihre goldnen Häubchen über die Haufen der Geschlagnen dahinrollten, und ihre glattgeschnürten Leiber über ihre Freunde herpurzelten. Der Sieg war so unzweifelhaft, daß die Zünftler um Frieden baten und voll Beulen und Wunden das Feld räumten. Die Sieger trugen Tisch und Stüle in die freye Luft und besangen hier bey dem vollen Glase mit lauten Jubelliedern die großen Heldenthaten des Tages. Dem Landesvater zu Ehren stachen sie patriotische Löcher in die Hüte und vertranken die lang erwarteten Wechsel zur Erhaltung der akademischen Freiheit.

In diesem Zeitpunkte des Triumphs und des Jubels langte Herrmanns getreuer Pommer neben dem Postwagen an: man hielt, weil der Postknecht Geschäfte im Wirthshause hatte. Einige unter den Triumphirenden, von Sieg und Biere trunken, nahten sich den Pferden, um die armen müden Thiere die Ausgelassenheit ihrer Freude empfinden zu lassen. Der kleine Pommer, dem dieser Wagen mit allem Zubehör so nahe, wie sein Leben, angieng, weil Herrmann auf ihm fuhr, hatte das Herz, ihn wider die Anfälle der Betrunknen zu vertheidigen: sie verstunden seine gutgemeinte Herzhaftigkeit so übel, daß sie mit geballten Fäusten auf ihn hereinstürzten und das arme Geschöpf zu zermalmen drohten. Mit Mühe konte ihn Herrmann nebst der übrigen Gesellschaft von ihrer Wuth retten: er floh ins weite Feld hinaus, und die Trunknen wurden von einigen weniger Trunknen zum Glase zurückgeholt. Kaum war der Wagen wieder in Belegung, so kam er von der Flucht zurück, hielt, als Herrmanns Begleiter, seinen Einzug in Leipzig und ließ, wie ein Pudel, Tag und Nacht nicht von ihm ab, aß fleißig, wo er nur etwas erwischen konte, und gehorchte auf den Wink.

NEUNTER TEIL

ERSTES KAPITEL

Daß Herrmann, voll guter Ahndungen, nicht lange zögerte, Vignali's Brief abzugeben, lehrt die Sache selbst: aber wie scheiterten die guten Ahndungen so plözlich! Madam Lafosse hatte noch vor einem Paar Wochen in dem Hause gewohnt, welches die Aufschrift des Briefes anzeigte, und war gegenwärtig gar nicht mehr in Leipzig. Warum? – »weil sie einem Handschuhmacher aus Dresden nachsezte, der sich mit ihr in der Ostermesse versprochen hatte und nicht Wort halten wollte,« berichtete der Hausknecht und sezte hinzu, daß sie ihre Stube aufgegeben habe und vermuthlich nur in den Messen Leipzig besuchen werde.

Also war dem armen Herrmann auch *das* Bischen Trost geraubt? – Nicht Eine Stütze, nicht ein Schatten, nicht eine Illusion blieb ihm übrig: sein trauriges Schicksal lag so schwer auf ihm, daß er unter dem gewaltigen Drucke weder dachte noch fühlte. Er öfnete Vignali's Brief, verstund ihn in der Niedergeschlagenheit kaum und las ihn wohl zwanzigmal, ehe er den Inhalt glaubte, als er darinne den Auftrag an Madam Lafosse fand, den Ueberbringer desselben anzuhalten und ihm allen möglichen Vorschub zu thun, daß er sich auf einem Dorfe in der Stille mit dem Frauenzimmer trauen ließe, das entweder in seiner Gesellschaft oder nicht lange nach ihm mit einem Briefe von Vignali ankommen werde; als er darinne fand, daß Vignali sich zur Tragung der Unkosten erbot und ihre Freundin recht inständig bat, die Sache mit ihrer gewöhnlichen Klugheit zu betreiben und so sehr als möglich zu beschleunigen: zugleich wurde sie auf den Brief verwiesen, den Ulrike mit sich bringen werde, um den ganzen Plan zur Ausführung zu erfahren.

Wie unglücklich war er nun vollends! Der Brief lehrte ihn, daß ihm der Zufall sein Glück unter den Händen wegnahm: gleichwohl war er auf der andern Seite nunmehr in so fern besser daran, daß er sich mit einem Schimmer von Hofnung täuschen konte. Ulrike mußte also, nach Vignali's Briefe zu urtheilen, nicht mehr in Berlin seyn – schon eine Beruhigung! Sie mußte entweder schon in Leipzig sich befinden oder doch bald eintreffen: wie leicht war es, sie aufzusuchen, Vignali's vorgeschlagnen Plan aus ihrem Briefe zu erfahren und ihn ohne Beyhülfe der Madam Lafosse auszuführen? – Aber er hatte sich vorgenommen, nicht eher wieder vor ihr zu erscheinen, als bis er ihr einen sichern Unterhalt anbieten könte! – Er schwankte lange, ob er seinem Vorsatze treu bleiben sollte, erkannte ihn für Uebereilung in den ersten Augenblicken der Reue, glaubte, daß es für ihn und Ulriken zuträglicher sey, sie zu heirathen, um sie nicht den Nachstellungen und der Rachsucht ihres Onkels aufzuopfern: – aber wo und wovon sollten sie zusammen leben? – »Von der Arbeit!« sagte er sich. »Sie mag nehen, stricken, waschen: ich will in einer Handlung oder bey einem Advokaten Arbeit suchen.« – Wie gesagt, so beschlossen; wie beschlossen, so gethan: er bestellte in der gewesenen Wohnung der Madam Lafosse, daß man ein junges Frauenzimmer, wenn sie nach dieser Frau fragte, in seinen Gasthof weisen sollte.

Er, für seinen Theil, ließ es unterdessen nicht an Mühe fehlen, sie zu treffen: vom frühen Morgen bis zum Abend wanderte er auf den Straßen, auf dem Wege, wo die Berliner Post kommen mußte, unermüdlich herum, stellte auch eine Anweisung im Posthause aus: da war keine Ulrike! da kam keine Ulrike!

Er durchstrich an den volkreichsten Tagen und Stunden den Spatziergang ums Thor, sahe gepuzte Damen und Herren, die in einem kleinen Bezirke drängend durch einander herumkrabelten, alle etwas suchten und zum Theil zu finden schienen. Gähnende Damengesichter, von der Langeweile auf beiden Seiten begleitet, suchten den Zeitvertreib, und rechnende Mathematiker suchten zu der Größe ihres Kopfputzes und ihrer Füße die mittlere Proportionalzahl, oder suchten in den Garnirungen ihrer Kleider Parallelopipeda, Trapezia, Würfel und Kegel: schöne Mädchen und Weiber suchten Bewunderer ihrer Reize, und funfzigjährige Magistri Bewunderer ihres Schmuzes: Doktores juris *à quatre epingles* suchten die Jurisprudenz, und veraltete Koketten die Jugend: junge Anfängerinnen suchten die ersten Liebhaber, und junge Docenten die ersten Zuhörer: Scheinheilige suchten Sünden und Aergernisse, um sie auszubreiten, Moralisten suchten Laster und Thorheiten, um dawider zu eifern, und Kennerinnen des Putzes suchten Sünden des Anzugs, um darüber zu spotten: ein jedes suchte die Gesichter der Andern, ein jedes in den Gesichtern der Andern Zeitvertreib, und ein großer Theil des

Geländers war mit lebendigen Personen verziert, die mit stieren Augen die übrigen alle suchten, um sich auf ihre Unkosten zu belustigen. Aus dieser suchenden Gesellschaft drängte sich Herrmann in den größern verachteten Theil der Promenade: hier suchte ein tiefsinniger Philosoph mit gesenktem Haupte und wackelndem Schritte die Monaden mit dem Stocke im Sande, ein denkender Kaufmann suchte Geld für verfallene Wechsel, ein Almanachsdichter Gedanken für seine Reime, und ein bleicher Hypochondrist das Vergnügen in der Luft; und alle suchten vergebens, wie Herrmann.

Welch nagender Kummer, nicht zu wissen, wo sie ist, die man liebt! Tausend Gefahren und Widerwärtigkeiten sich als möglich zu denken, unter welchen sie vielleicht schmachtet, und dabey sich den Vorwurf machen zu müssen: Du warst es, der sie durch Eine Unbesonnenheit aus ihrer Ruhe auf ein Meer von Kümmernissen hinaustrieb! – Unendlichemal sagte sich Herrmann dies in Einem Tage und bereute, daß er eine Liebe nährte, die der Himmel selbst nicht billigen müßte, weil er sie so vielfältig hinderte.

Seine Leiden machten ihn stumm und äußerst traurig: er sprach an dem öffentlichen Tische, wo er speiste, beinahe kein Wort, aß wenig und wußte selten, was er genoß: sein gewöhnlicher Nachbar hielt es eben so; und deswegen vertrugen sich diese beiden Leute so vortreflich mit einander, daß sich allmälich eine Sympathie mischen ihnen entspann. Die leidende verzerrte Mine des Mannes, sein hagres fast verdorrtes Gesicht, sein in sich gezognes, menschenhassendes Betragen, seine Zerstreuung, zog sehr bald Herrmanns Aufmerksamkeit auf sich: er liebte ihn, weil er auch zu leiden schien. Wenn einer den Tisch verließ, verließ ihn auch der andre: als wenn sie ein geheimer Zug lenkte, giengen sie neben einander spazieren, ohne es meistenteils selbst zu wissen, redten nicht viel mehr, als bey Tische, höchstens alle fünf Minuten ein Paar Worte: der eine richtete seinen Gang, vielleicht ohne daran zu denken, in einen Garten; ungefragt und ohne Widerspruch folgte der Andre ihm nach: sie sezten sich in eine Laube, eine schattichte Allee; der eine stund vielleicht auf und gieng nach Hause, der Andre vermißte ihn nicht, als bis er selbst gehen wollte. Geriethen sie in einen Kaffegarten, so foderten sie Kaffe, vergaßen ihn zu trinken, und schmähten, wenn sie endlich einmal einschenkten, daß man ihnen so kalten Kaffe vorsezte. Die Bekanntschaft wuchs so schnell zur Freundschaft empor, daß sie sich mit vieler Treuherzigkeit Besuche versprachen, zuweilen gaben und alsdann die Stunden mit nichts hinbrachten, als daß sie neben einander träumten. Nachdem sie schon einige Wochen einander alle Tage gesehen hatten, machte Herrmanns neuer Freund die Bemerkung, daß er ihm heute nicht so aufgeräumt, wie sonst, vorkomme, obgleich Herrmann vorher während ihrer ganzen Bekanntschaft so traurig gewesen war, wie izt. – »Ist Ihnen etwas widriges begegnet?« sezte der Hypochondrist hinzu. – »Ach Freund!« antwortete Herrmann; »ich bedarf keines neuen Unglücks zur Traurigkeit: ich muß der Freude sehr jung entsagen.«

DER HYPOCHONDRIST

    Ich bin auch heute nicht halb so lustig, wie sonst. Die starke Hitze schlägt allen meinen Muth nieder.

HERRMANN

    O es ist kühl, rauh, wie im Herbst: man friert.

DER HYPOCHONDRIST

    Meinen Sie? – Ja, Sie haben wirklich Recht: es ist sehr kalt: ich werde meinen Pelz umnehmen. –

Er nahm ihn um: über eine Weile schüttelte er sich, als wenn er vor Frost schauderte. – »Es ist so gewaltig kalt,« sprach er, »daß ich einheizen lassen muß.« – Er gab Befehl dazu; und der Mann, der vorher sich einbildete, vor Hitze zu ersticken, bildete sich itzo ein, vor Frost zu vergehen, und stellte sich im Pelze an den glühenden Ofen.

Auf einmal fieng er an: »es ist Ihnen ganz entsezlich warm.«

HERRMANN

    Ich sitze hier am ofnen Fenster: ich kan nicht darüber klagen.

DER HYPOCHONDRIST

Ihnen wäre nicht warm? Sie keuchen ja vor Hitze.

HERRMANN

Wenn meinem Herze so wohl wäre, wie dem Körper!

DERHYPOCHONDRIST

Ich weis nicht, wozu Sie es läugnen: der Schweis läuft Ihnen ja am Kopfe herein.

HERRMANN

Mir nicht, aber Ihnen! Sie schwitzen und glühen, wie ein Backofen.

DERHYPOCHONDRIST

Meinen Sie? – Ja, es kan wohl seyn. – Oh, es ist mir übernatürlich warm: der Pelz brennt, wie die Hölle – ah, ich möchte verschmachten. –

Hastig warf er den Pelz von sich, das Kleid hinter drein, und zog das leichteste dünnste Neglische an. Er gieng stillschweigend in der Stube herum. »Warum sind Sie denn so still?« fragte er.

HERRMANN

Lieber Freund, meine Seele ist so voll, daß die Zunge nicht reden kam Sprechen Sie! zerstreuen Sie meine düstern Empfindungen!

DERHYPOCHONDRIST

Red' ich denn nicht? – Ich dächte, ich hätte den Mund nicht zugethan.

HERRMANN

Kaum funfzig Worte haben Sie gesprochen, so lang ich hier bin.

DERHYPOCHONDRIST

Das wundert mich: aber es ist möglich: ich fühl' es selbst, daß ich heute nicht halb so munter bin, wie sonst. Kommen Sie! wir wollen den Magister – wie heißt er doch? – Sie werdens schon erfahren; er ist mein sehr guter Freund und wird uns gewiß aufheitern. –

Sie begaben sich zu dem Magister und fanden ihn in einem so tollen Anzuge, daß sich Herrmann, seiner übeln Laune ungeachtet, des Lachens kaum enthalten konte. Ein kleines Männchen, einen Tressenhut nebst einer Haarbeutelperücke auf dem Kopfe, den buntstreifigten Schlafrock mit einem braunledernen Degengehenke zusammengeschnallt und aufgeschürzt, wie die Bauermädchen die Röcke aufgürten, in bloßen Füßen und großen wollnen Socken: – in dieser grotesken Kleidung wandelte er gravitätisch die enge beräucherte Stube auf und nieder, ohne sich durch den Besuch von seiner Richtungslinie abbringen zu lassen. Kaum hatte Herrmann den Mund geöfnet, um ihn zu grüßen, als ihn der Ton seiner fremden Stimme verscheuchte – husch! war er in die Kammer hinein. Nach langer Zeit kam er mit bekleideten Füßen, aber in dem vorigen Anzuge, wieder zurück, weil ihn sein Freund durch die Kammerthür aus allen Kräften versicherte, daß der Fremde seine Draperie nicht übel nehmen werden. Er bewillkommte seinen noch nie gesehnen Gast mit vieler Aengstlichkeit und drückte sich dabey mit dem Rücken so dicht an die Wand, als wenn er besorgte, Herrmann werde ihm darauf springen; und da er sich so an drey Wänden hin bekomplimentirt hatte, bat er an der vierten um Erlaubnis seinen Hut aufzusetzen. – »Ich habe mir meinen Kopf so gewaltig erkältet,« gab er zur Ursache an, »daß er sich seit vier Tagen nicht erwärmen läßt.« – Herrmann verstattete ihm sehr gern die verlangte Freiheit und wartete ungeduldig auf die versprochene Aufheiterung, die ihm dieser Mann verschaffen sollte: er suchte deswegen das erloschne Gespräch wieder anzufachen: der Aufheiterer machte sich bey jedem Gange, den er that, beständig den Rücken frey und verließ deswegen niemals die Wand. Seine Scheu wurde zulezt so groß, daß sie sein Freund bemerkte und ihn darüber befragte: er wollte lange nicht beichten, doch da ihm auch Herrmann durch Fragen zusezte, gestand er endlich, daß seine Gegenwart ihn in solche Furcht versetze. Herrmann näherte sich ihm, um die Furcht durch freundliches Zureden zu vertreiben: je näher er ihm kam, je ängstlicher und zitternder zog sich der Andre vor ihm zurück, bis er in einen Winkel kam, der ihn nicht weiter ließ: er bat um Gottes willen, ihm ja nicht auf den Hals zu fallen. Herrmann entfernte sich zwar, aber ruhte nicht, bis er ihm die Ursache dieser sonderbaren Besorgniß entdeckte. – »Sie sehen,« sagte er, »natürlich wie ein griechisches Sigma (ç) aus; und den verwünschten Buchstaben kan ich nun vierzehn Tage her nicht ohne Angst ansehn: es ist mir immer, als wenn er über mich herfallen und mich mit dem gottlosen langen Schnabel hacken wollte.«

Nicht lange darauf erschien ein zweiter Besuch: ein anständig gekleideter, wohlgesitteter Mann trat herein, um, wie er berichtete, dem Herrn der Stube den Krankenbesuch zu machen: »aber,« sezte er hinzu, »ich thu es aus großer Freundschaft; denn ich bin selbst keine Minute vor dem Tode sicher.« – Herrmann mußte sich um so viel mehr darüber verwundern, da der Mann so frisch und gesund aussah, daß er dem Tode wohl noch zwanzig Jahre Trotz bieten zu können schien. Man erkundigte sich nach der Krankheit, die ihn mit einem so nahen Tode bedrohte. »Gestern,« antwortete er, »hab ich mir mit dem Federmesser eine so tödliche Wunde gemacht, daß ich wegen der gefährlichen Folgen keinen Augenblick ruhig seyn kan. Der Schnitt schmerzte mich entsezlich: es wollte nicht bluten, und das ist immer eine schlimme Anzeige. Wenn nun gar eine Entzündung dazu schlüge, und aus der Entzündung würde der kalte Brand und der kalte Brand träfe die Eingeweide: da wär' ich ja den Augenblick ohne alle Umstände todt.« – Weil Herrmanns Freund mit der Gewohnheit des Verwundeten, seine körperlichen Leiden zu vergrößern, bekannt war, drang er in ihn, seine Wunde zu zeigen: der Mann gieng außerordentlich schwer daran und wickelte nach vielen schmerzlichen Bewegungen und langen Zurüstungen ein großes Stück Leinwand von dem Finger: die ganze Gesellschaft untersuchte ihn an allen Seiten und konte ohne Mikroskop schlechterdings keine Wunde entdecken. Der Verwundete, der mit beständigem Zittern fürchtete, daß man sie zu stark berühren werde, bezeugte eine sonderbare Verlegenheit, als man nirgends eine Wunde entdecken wollte: endlich besann er sich, daß es der Zeigefinger war, an welchem man auch einen kleinen unbedeutenden Schnitt fand: der gute Mann hatte sich den unrechten Finger verbunden, und sich den unrechten Finger schmerzen lassen.

»Kleinigkeit!« rief der Herr von der Stube: »die ganze vorige Woche hab' ich meine linke Hand nicht brauchen können: ich fürchtete mich, sie nur zu berühren.«

»Und warum?« fragte Jemand.

»Sie war in Einer Nacht so weich geworden, daß ich alle Augenblicke glaubte, sie würde zerfließen: wie eine Gallerte! und so leicht, daß ich kaum fühlte, ob ich eine Hand hatte.« –

»Und wie ist sie denn wieder hart geworden?« –

»Von sich selbst in Einer Nacht! Da ich des Morgens aufstehe, ist meine Hand wieder so fest und brauchbar, wie die Rechte.«

»Possen!« fiel ihm der Mann mit der Federmesserwunde ins Wort. »Das ist Einbildung gewesen: aber lassen Sie sich einmal eine Historie von mir erzählen, wobey Ihnen die Haare zu Berge stehn sollen! Am dritten heiligen Osterfeiertage vor dem Jahre – was meinen Sie wohl? – da sitz' ich unter den Linden – es war gerade ein gar allerliebster Tag – da sitz' ich unter den Linden und – was meinen Sie wohl? – da fällt mir etwas von dem Baume über mir gerade in den Mund hinein, und eh' ich michs versehe, ist es hinuntergeschluckt. Nun stellen Sie sich einmal die Angst vor! was das alles gewesen seyn konte! vielleicht ein Stückchen Holz voll von giftigem Thau, wie er in dieser Jahrszeit häufig fällt? Es konte auch ein Stückchen Glas seyn, das mir die Eingeweide zerschnitt; oder wohl gar der Unrath eines Vogels, der mir Säfte und Blut mit Fäulniß ansteckte; oder auch ein Samenkorn, das in mir keimte und aufgieng, woran ich hätte elendiglich ersticken müssen: was meinen Sie wohl, daß es war? – Ich zittere noch an allen Gliedern – eine Spinne!« –

»Woher wissen Sie denn das?« –

»Woher?« antwortete er, durch die Frage beleidigt. »Weil ichs gefühlt habe! Ich habe mich ja mit der verdammten Spinne über zwey Monate geplagt: dem Arzte machte sie auch nicht wenig zu schaffen: er hat mir Arzeney über Arzeney eingeschüttet, um sie zu tödten: ich bat ihn um Gottes willen, daß er das nicht thun sollten denn es fiel mir immer aus Pantoppidans Naturgeschichte ein, daß einmal eine junge Seekrabbe – die doch nach seiner Beschreibung auch eine Art Spinnen seyn müssen – in einem Kanale verfault ist und beinahe eine ganze Stadt angesteckt hat: was meinen Sie wohl, daß aus mir geworden wäre, wenn sie der Doktor wirklich umgebracht hätte? – Elendiglich wär' ich gestorben.«

HERRMANN

Und wie wurden Sie denn das Ungeheuer los? –

»Mein Arzt gab mir einen Schlaftrunk ein und körnte sie am Munde so lange mit einer Fliege, bis sie sich zu der Lockspeise herausspann: er zeigte sie mir, als ich erwachte, nebst einem großen Bündel von ihrem Gewebe. Nun war mir nur wegen des übrigen Gewebes bange; aber mein Arzt hat mir glücklich davon geholfen. Er purgirte mich so stark und ließ mir so lange zur Ader, bis ich weder Saft noch Kraft mehr im Körper hatte: das hat mich vom Tode errettet. Lieber Gott! wie der Mensch doch so leicht elendiglich umkommen kan!«

»Wie können Sie nur so ein Kindermährchen glauben?« fieng Herrmanns Freund an. »Sie haben sich das närrische Zeug eingebildet, und der Doktor machte Ihnen etwas weiß.«

»Ich? mir das eingebildet?« rief Jener und brannte vor Aerger.

»Nicht anders! eingebildet!« unterbrach ihn der Andre eben so hitzig. »So ein kluger Mann, wie Sie, und läßt sich solche tolle Einbildungen aufheften! Das sind alles Schwachheiten: Aber ich will Ihnen einmal einen Vorfall erzählen, der ganz anders aussieht: Sie werden sich wundern, allein ich kan Ihnen einen körperlichen Eid schwören, daß es die reine lautere Wahrheit ist. Vor drey Jahren in dem grimmig kalten Winter – Sie werden das allerseits noch wissen – stund ich an dem kältesten Tage bey dem Ofen und fror, daß mir die Zähne klapperten, obgleich der Ofen vor Hitze springen wollte. Die Fenster hatte eine dicke Eisrinde überzogen, die etliche Tage her gar nicht aufgethaut war: ich sehe immer nach den vereisten Fenstern hin: auf einmal fang' ich von unten an, zu erfrieren: die Beine waren schon bis an die Knie todt, so steif, daß ich mich auf einen nahen Stuhl werfen mußte. Ich fühlte ganz deutlich, wie der Tod immer weiter nach dem Herze heraufstieg: ich wurde so starr, daß ich mich nicht rühren konte, das Herz stund – weg war ich!«

HERRMANN

Wie sind Sie denn wieder aufgethaut? –

»Das weis Gott. Meine Aufwärterin, da sie mich findet, macht gleich Lärm und holt Leute, die mich zu Bette schaffen. Wer weis, was sie nun mit mir vorgenommen haben: Sie sagen alle, daß ich von selbst wieder zu mir gekommen wäre; aber ein Narr, ders glaubt! Sie wollen mir nur nicht gestehen, was für entsezliche Mittel sie gebraucht haben. – Was sagen Sie dazu?« –

»Daß es Einbildungen gewesen sind!« riefen die andern beiden Hypochondristen.

»Einbildungen, wenn man alles so gewiß fühlt, als ich hier vor Ihnen stehe? – Wenn man sich mit dem Federmesser rizt und den unrechten Finger verbindet, und dann sich vorstellt, daß man in der Minute daran sterben wird, das sieht einer Einbildung eher ähnlich: oder wenn man sich vom Arzte überreden läßt, daß er mit einer Fliege eine Spinne aus dem Leibe gelockt hat, das ist eine Einbildung; oder wenn man sich gar vorstellt, daß die Hand zu Gallerte geworden ist – man möchte toll werden, sich so eine handgreifliche Unmöglichkeit einzubilden!« –

»Ey! sagen Sie mir doch,« rief der Mann, dem der lezte Stich galt, »ist denn Ihr Erfrieren von unten aus nicht eine viel größere Unmöglichkeit? Sie sind von der großen Ofenhitze, die Ihren Kopf von hinten traf, in Ohnmacht gefallen, und weil Ihnen die kalte Luft vom Fenster auf die Füße strich, bildeten Sie sich ein, daß Sie von unten aus erfrören.« –

»Schwachheiten!« rief der Widerlegte erboßt; »ich hab' es aber gefühlt.«

»Wir auch!« antworteten die Andern beide: »auch wir haben gefühlt.« –

»Das ist nicht wahr: Ihr habt nicht gefühlt, sondern Euch nur das Gefühl eingebildet.« –

»Und Sie haben etwas gefühlt und sich eine falsche Ursache eingebildet,« erwiederte der Herr von der Stube.

»Das ist albern geredt,« sprach der Erfrorne, »daß Sie es nur wissen! als wenn ich nicht *causam et effectum* unterscheiden könte!«

»Das können Sie auch nicht!« rief Jener.

»Das hab' ich gekont, eh an Sie gedacht wurde: ich habe distinguirt, da ich noch ohne Hosen herumlief.« –

»Und wenn Sie in Mutterleibe schon distinguirt hätten, so sind Sie doch ein Narr, wenn Sie sagen, daß ich mir meinen Zufall mit der Hand nur eingebildet habe.« –

»Ein Erznarr,« stimmte sein Konsorte mit ihm ein, »wenn ich mir nur eingebildet haben soll, daß ich eine Spinne im Leibe hatte.«

»Meine Herren,« fieng Herrmann sehr bescheiden an, »wenn Sie nun alle drey Recht hätten? Sie bildeten sich alle etwas ein.« – Armer Herrmann! nun gieng der ganze Krieg auf den Zweifler los, der allen zugleich, und keinem allein Recht gab: zu seinem großen Glücke stellte sich ein neuer Besuch ein. Herr *Logophagus* trat äußerst verwildert herein: die Streitenden riefen ihn zum Richter aus, allein er lehnte die Ehre mit der höflichen Bitte von sich ab, daß man ihn ungeschoren lassen sollte, weil er wichtigere Sachen im Kopfe hätte. Man fragte ihn, welche, und er begann also:

»Da bin ich mit einem Ignoranten, einem Narren, der den schönen Geist macht, zusammen gewesen: der Hasenfuß that so dicke und hielt sich so viel über mich auf, daß ich böse wurde und mich recht tüchtig mit ihm zankte. Ach! es ist aus in der Welt: alle wahre ächte Gelehrsamkeit hat ein Ende: seitdem so viele schöne Geister unter uns geworden sind, rücken die Wissenschaften und Gelehrsamkeit dem Untergange mit jeder Minute näher. Da lernen die Leute ein bischen Geschmack, und nun sind sie schöne Geister und verachten einen Mann, der das seinige redlich und rechtschaffen *in litteris* gethan hat.«

HERRMANN

Machen denn vielleicht die schönen Geister eine besondre Innung bey Ihnen aus? Sie sprechen davon, wie von einem Handwerke, das man lernt. »Er ist ein schöner Geist« – kömmt mir nicht anders vor als wenn man von Jemandem sagte, er ist ein gutes Gedächtniß.[11] Ein französischer Gelehrte sagte mir einmal: die Teutschen haben viel *schöne Geister*, aber wenig *schönen Geist*.

»Es ist auch nicht viel daran gelegen,« antwortete der Wirth. »Das sind Einbildungen des Herrn Lithophagus. Er denkt, weil seine Sylbenstechereyen, seine kritische und humanistische Wortkrämerey nicht mehr im Gange ist, deswegen wird es gleich mit aller Gelehrsamkeit aus werden. Desto besser, daß wir uns nicht mehr um das heidnische abergläubische Zeug bekümmern! Ich will Ihnen besser sagen, was das Schöngeistern unter uns für Schaden anrichtet: es verdirbt die Religion, führt Freygeisterey und Unglauben ein, und Gottesfurcht und Frömmigkeit nehmen alle Tage mehr ab, seitdem das verhenkerte Schöngeistern bey uns eingerissen ist. Nichts wird geschrieben und gelesen als Witz: ein bischen Witz ist bald hingeschmiert, und wer ihn liest, dem thut der Kopf auch nicht weh: darum saugen die Menschen so gern Witz ein, und Witz und Unglauben sind Brüder.«[12]

»Da haben Sie völlig recht,« fiel ihm der Mann mit der Federmesserwunde ins Wort. »Aber das Uebel erstreckt sich viel weiter. Wissen Sie, warum das Menschengeschlecht so elend, so kraftlos, klein und schwach ist, daß sechs Menschen izt nicht so viel heben und tragen können als einer zu unsrer Väter Zeiten? Sonst gab man dem The und Kaffe die Schuld: grundfalsch! der Witz hat uns zu solchen krüpelichten Zwergen gemacht; und wenn der verdammte Witz so fortfährt, unter uns einzureißen, so werden unsre Kinder so matt werden, wie die Fliegen: wenn sie ein rauhes Lüftchen trift, werden sie umfallen und sterben.«

»Ach, Sie haben immer etwas mit dem Sterben zu thun!« unterbrach ihn Herrmanns Freund. »Ich weis besser, woran unser Jahrhundert krank liegt – an der Menge von Genies. Die Genies haben die Sitten verderbt, alle Wissenschaften in Verachtung gebracht und sind die Ursachen unsrer itzigen Unwissenheit in der Philosophie. Hätten wir nichts vom Genie in Teutschland gehört und gesehn, so würde auch die Philosophie noch so viel gelten wie vormals.«

A. Ach, mit Ihrer Philosophie! Diese könten wir wohl entbehren: aber wo Kritik und Philologie nicht mehr in Werthe sind, da sind die Menschen der Barbarey nahe.

B. Die Philologie und Kritik? – Was Sie sich einbilden! Die Wortklaubereyen hätten immerhin niemals aus der Welt seyn mögen: aber die Theologie! das ist der Brunnquell aller Künste und Wissenschaften: wenn diese in Verfall geräth, dann werden aus den Menschen *bruta*.

C. Ey, gehorsamer Diener! Ich dächte, auf die Jurisprudenz käme wohl mehr an als auf die liebe Theologie: wo die ächte elegante römische Jurisprudenz keine Liebhaber mehr findet, da ist alles vorbey; und nach ihr setze ich die Medicin; denn sie errettet vom Tode.

D. Ja, wenn man Spinnen verschluckt hat! Ihr seyd alle nicht auf dem rechten Flecke. Der übrige Plunder alle kan zu Grunde gehn: aber wenn die Philosophie sinkt, dann entsteht allgemeine Finsterniß. Außer der Philosophie ist alles Schnurrpfeiferey.

»Das sagt ein Narr!« riefen die andern drey in Einem Tempo.

»Woher wüßte denn die Philosophie so viele Sachen, wenn ihr meine Wissenschaft nicht hülfe?« sprach der Theolog. »Sie weis nichts von guten und bösen Geistern« –

Auf dies Wort fielen die andern drey mit vereinten Kräften der Lunge über ihn her. Der Philolog bewies aus griechischen Redensarten, daß diese beiden Benennungen nur Namen und keine Wesen wären: der Jurist läugnete ihre Existenz schlecht weg ohne Gründe, und der Philosoph höhnte den Theologen, als einen abergläubischen Schwachkopf, mit seinen bösen Geistern aus: alle redten zugleich mit wüstem Geschrey, daß Gläser und Fenster klangen, und der arme kleine Theolog, da er von drey so beißigen Disputanten zugleich angebellt wurde, wußte sich nicht anders zu helfen, als daß er alle seine Gegner in den Bann that. »Ich möchte,« schrie er mit lauter Stimme, »daß den Augenblick der Teufel käme und euch alle holte: alsdann würdet Ihr wohl an ihn glauben.« – Nicht lange nach dieser Appellation an den Herrn selber, den der Streit betraf, geschah plözlich vor der Thür ein entsezliches Getöse, als wenn ein Stück Mauer einstürzte: schnell verstummte die Disputation, alle zitterten und bebten und stunden eingewurzelt da, ohne einen Schritt von der Stelle zu wagen. Daß einer die Ursache des Schreckens hätte untersuchen sollen, war gar nicht zu erwarten: der Lärm geschahe zum zweitenmale, und es schlug sogar etwas heftig an die Thür an: als wenn der Erzfeind mit Schwanz und Klauen leibhaftig schon in der Stube stünde, purzelten alle vier mit übereilter Hastigkeit in die Kammer hinein und schlossen sie fest zu. Herrmann, ob er gleich nie eine Akademie besucht hatte, öfnete die Stubenthür und entdeckte bey dem ersten Blicke die Ursache des Schreckens: der Thür gegenüber ruhte auf zween Balken, ein Paar Ellen über den Fußboden erhaben, ein Holzschrank, in welchem der kleine übelgethürmte Haufen eingestürzt und zum Theil an die Stubenthür herübergerollt war. Er theilte den vier verschloßnen Flüchtlingen seine Entdeckung mit und konte sie mit großer Mühe bewegen, das Holz selbst in Augenschein zu nehmen: sie kamen dicht hinter einander heraus, ein jeder hielt des Andern Rockzipfel – alle gestunden das Phänomen zu: Aber die Ursache? – Herrmann gab eine sehr natürliche an, daß das Holz schlecht gelegt gewesen sey; und der Jurist und Philolog pflichteten ihm insofern bey, weil sie es überhaupt nicht für nöthig hielten, sich um die Ursache eines Dinges zu bekümmern. »An solchen Unfällen ist nichts als die Ignoranz Schuld,« sezte der Philolog hinzu: »hätten die Holzhauer griechisch gelernt so wüßten sie, daß die Figur eines großen Delta (Δ) die vollkommenste zum Holzlegen ist.« – So leicht sich diese beiden beruhigten, so schwer konten es die übrigen Beiden: der Theolog ahndete gewisse ausdrückliche Veranstaltungen der Vorsicht, um seine rechtgläubige Meinung durch ein Zeichen zu bestätigen, und der Philosoph, da er mit der Zentralkraft nichts ausrichtete, war nicht ungeneigt, eine eigne holzbewegende Kraft zu erschaffen. Sie disputirten unendlich lange und mit vieler Heftigkeit: jeder widerlegte den Andern, ohne daß er ihn seine Meinung völlig vortragen ließ: fast mit jedem Worte kamen sie weiter vom Ziel ab und thaten so starke Märsche durch alle Nebenwege und Schleifpfade, daß sie in einer Viertelstunde von der holzbewegenden Kraft schon bey dem Leben nach dem Tode waren. Sie kamen beide (die erste Uebereinstimmung während der ganzen Unterredung!) in den Klagen über die Mühseligkeiten dieses Jammerthals überein, und der Philosoph wußte keine bessere Kur dawider, als sich durch einen herzhaften Tod den Weg daraus zu öfnen: hier schied sich sein Gegner plözlich von ihm und bestritt seine gewagte Meinung mit allen möglichen theologischen Gründen; doch jener, ohne seine Einwürfe zu achten, fuhr ungehindert fort und untersuchte schon, welches die bequemste Art des Todes sey, um sich von der Last des Lebens zu befreien, und war für das Kehleabschneiden ungemein eingenommen. »Was ist es denn?« sprach er und zog ein Messer aus der Tasche. »Ein herzhafter Schnitt!

und man ist weg.« – Der Andre bat ihn zitternd, das mörderische Gewehr einzustecken; und da er, aller Warnungen ungeachtet, in der Hitze, womit er die Leichtigkeit eines solchen Todes verfocht, die blinkende Klinge sehr oft der Kehle näherte – welches aber bey ihm nur eine Gestikulation war – so glaubte der Andre in seiner hypochondrischen Einbildung, daß er sich im Ernste entleiben wollte, schrie auf, warf sich in Herrmanns Arme und bat ihn inständigst, die Unthat zu verhindern, daß sie nicht auf seiner Stube geschehe. Der Philosoph lachte seiner und der zwey Andern, die furchtsam aus dem Winkel nach ihm anschielten und jeden Augenblick den tätlichen Streich erwarteten: er steckte das gefährliche Werkzeug wieder ein, die Flüchtigen versammelten sich um den Tisch, und jeder machte die weise Anmerkung, daß man mit dergleichen abscheulichen Dingen nicht scherzen müsse. Der Vertheidiger des Selbstmords, der vielleicht nicht das Herz gehabt hätte, einem Sperlinge das Leben zu nehmen, war in diese Materie so verliebt, daß er sie sogleich wieder fortsezte: ein jeder wußte ein Histörchen von einem Selbstmorde; man erzählte nach der Reihe herum, je schauderhafter, je lieber: die Dämmerung nahte sich, und die ganze Gesellschaft hatte sich ihre Einbildung mit so schreckenden Bildern erfüllt, daß sie alle, wie fest gemacht, am Tische saßen: keiner wagte einen Blick hinter sich in die finstre Stube: die Furcht band endlich auch die Zungen: Licht zu bestellen, wäre keinem einzigen möglich gewesen, und Herrmann wollte sich eigenmächtig nicht dazu erbieten, weil er die Gelegenheiten des Hauses nicht kannte. Sie schnaubten kaum, machten die Augen zu und schliefen alle viere ein, daß sie schnarchten. Herrmann, dem die schnarchende Musik lästig wurde, schlich sich leise zur Thür hinaus und gieng nach Hause.

Den folgenden Tag erfuhr er, daß die Gesellschaft bis gegen zehn Uhr zusammen geschlafen hatte. Als einer nach dem Andern erwachte, fürchtete sich ein Jeder vor den Augen der Uebrigen, die ihm in der Dunkelheit zu brennen schienen: der Philosoph ermannte sich zuerst und suchte ein altes Feuerzeug, schlug an: er lief mit dem brennenden Schwefel in der Hand herum, um den Leuchter zu suchen, und da er von ungefähr nach dem Tische blickte und die drey Gesichter seiner Freunde sahe, auf welche das blaue Schwefellicht einen blassen todtenähnlichen Schein warf, daß sie in der Dunkelheit drey Leichen zu seyn schienen, warf er vor Schrecken den Schwefel auf die Erde, flüchtete in die nahe Kammer, legte sich wohlbedächtig auf das Bette und schlief sehr bequem, während daß der Wirth mit den übrigen beiden Gästen am Tische übernachtete.

ZWEITES KAPITEL

Für einen Menschen, der, wie Herrmann, so viele eigne Ursachen zur Betrübniß hatte, war solche traurige Gesellschaft ein wahres Verderben: gleichwohl gieng er ihr nach, und hätte sie um alles in der Welt nicht gegen bessere vertauscht: sie harmonirte zu sehr mit der Stimmung seiner Seele, um nicht Nahrung für seinen Kummer in ihr zu suchen.

Nicht blos Unglück der Liebe; nicht blos Ungewißheit wegen Ulrikens Schicksal, nicht blos Reue über seine verliebte Uebereilung; nicht blos die Unmöglichkeit einer Verbindung mit ihr quälte ihn itzo mehr, sondern das schrecklichste Uebel, das einen Menschen von Herrmanns Denkungsart bedrohen kan – der Mangel. Seine kleine Baarschaft, die er von Berlin mit sich brachte, war theils auf der Reise, theils bey seinem Aufenthalte in Leipzig weggeschmolzen, er hatte kein gelehrtes, noch mechanisches Handwerk gelernt, um sich seinen Unterhalt zu verschaffen; zu den Arbeiten, die er hätte verrichten können, raubte ihm der Gram Lust und Kräfte; mit seinem einzigen Freunde, mit Schwingern, hatte er sich auf Vignali's Antrieb entzweit und wagte es nicht, ihm seinen Aufenthalt zu entdecken, aus Furcht, er möchte seine Drohung wahr machen und ihn in die Hände des Grafen zur Bestrafung für seinen unverschämten Brief liefern; von seinen Eltern, wenn er auch seinen Vater nicht durch die schnöde Behandlung in Berlin beleidigt hätte, konte er keinen Beistand erwarten; die Rache des Grafen mußte er täglich fürchten: also ohne Rettungsmittel, ohne Freund, unter Furcht, Quaal und Kummer saß er da in einer unbekanten Stadt unter unbekanten Menschen, die von ihm gewinnen wollten, und sein ganzes Vermögen waren zween Louisd'or. Hunger war seine kleinste Sorge; aber sich ohne Schande aus einer so kritischen Lage herauszuziehn, das war sein Anliegen: er überlegte so oft und vielfältig auf allen Seiten, was er thun sollte, daß ihm von der Unmöglichkeit, sich zu retten, wie vor einem Abgrunde schwindelte. Das Rosenthal wurde der Vertraute seines Schmerzes, aber meistens um ihn zu mehren: jedes Paar, das vertraulich nach geendigter Arbeit dem Vergnügen in *Golis* zueilte, erinnerte ihn an eine Glückseligkeit, die ihm fehlte – »So köntest du,« dachte er, »izt mit Ulriken dahinwandeln, wenn Vignali's Anschlag vollzogen worden wäre, so nach der Mühe des Tags die Ruhe am Arme der Liebe genießen. O wärst du einer von diesen Glücklichen, die Leben und Vergnügen durch die Arbeit ihrer Hände zu erkaufen wissen!« – Er wollte dem beneideten Anblicke in Nebenpfade entfliehen, und kam immer wieder auf den Hauptweg zurück, um sich neuen Stof zum Missvergnügen zu holen; er hörte die fröliche schreyende Tanzgeige, das schallende Horn und das laute Gewühl der Freude: o wie eilte er der brausenden Mühle zu, für ihn ein viel harmonischer Getöse! und mit weitem Umwege entgieng er der Freude durch einsame menschenlose Gänge. Das absterbende Laub, die abgemähten Wiesen, der herannahende Tod der Natur, den die herbstliche Scene allenthalben ankündigte, waren redende Bilder für seine Melancholie: die halbentblätterten Bäume wurden seine Freunde, die mit ihm zu empfinden schienen, weil sie mit ihm um sich selbst trauerten.

In einer der finstersten Launen kam er eines Abends von einem solchen Spatziergange zurück, und auf der Stube warteten schon eben so finstre Gedanken auf ihn, als er mit sich brachte. Er wollte kein Licht, lehnte sich in der Dunkelheit mit dem Rücken ans Fenster und that, was er immer that – sann auf Rettung und fand keine.

»Ist es möglich?« fieng er endlich mit gerungnen Händen an: »also ist leben wirklich eine so schwere Kunst als mir Schwinger oft sagte? Unter einer solchen Last von Unglück den Athem nicht zu verlieren, das erfodert Riesenstärke. – Aber wenn doch leben unsere Beruf auf der Erde ist, warum muß dieser Beruf so sauer sein? Hätte mich die Natur zum Bösewichte oder zum Niederträchtigen gemacht, wohl mir! Ich dränge mit einem schlechten Wagestücke, das mir Leben oder Tod brächte, hindurch, raubte oder betröge, um reich oder geköpft zu werden: aber die Natur gab meinem Gewissen eine Stimme und legte in mein Herz die Ehre, die mich bey jedem Schritte nicht blos vor Schande bey den Menschen, sondern auch vor der Schande bey mir selbst warnt – ein edles, aber fürwahr! auch ein lästiges Geschenk! »Kämpfe mit Unglück, Kummer und Mangel!« gebietet das Schicksal: »rette dich aus dem Kampfe!« will die Natur: »übersteh ihn ohne Schande oder komme darinne um!« verlangt Gewissen und Ehre: – ist das nicht das Leben eines Missethäters, der auf der Folter liegt und nach allen Seiten hingezerrt wird? Der Elende muß zerspringen und den Geist aufgeben: wehe ihm, wenn er ihn langsam aufgiebt!«

Nach einer Pause, die schwarze Bilder und ängstigende Empfindungen ausfüllten, begann er wieder: »Sollte denn wahrhaftig, wie meine Freunde neulich unter sich stritten, dem Unglücklichen verboten seyn, sich den Weg aus dem Labirinthe gewaltsam zu öfen? Wenn ich nichts Böses noch Entehrendes thun soll, und gleichwohl meine Rettung aus dem Unglücke nicht anders geschehen kan, ist es nicht doppele Pflicht, mir selbst die Versuchung zu einem entehrenden Rettungsmittel abzuschneiden? Was lehrte mich Seneka? Was that Kato um der Schande zu entgehen? Er wählte den kleinern Schmerz, um dem größern auszuweichen. Was kan ein Mensch, wie ich, der sich durch ein Verbrechen an der Tugend versündigt hat, anders erwarten, als die tiefste Schande? Beginnt nicht meine Strafe schon? Kan die Gerechtigkeit, die mein Schicksal regiert, härter strafen, als daß sie mir alle Mittel benimmt, der geschändeten Unschuld nur das kränkelnde Leben wieder zu verschaffen, das man guten Ruf nennt? – Verschmachten soll ich in Reue und Verzweiflung, in Kummer und Mangel, wie in tiefem Schlamme, mich emporarbeiten wollen, meine Kräfte langsam verzehren, bis das Aestchen, woran ich mich halte, zerbricht, mich sinken läßt, und das eindringende Wasser den schwachen Athem erstickt. Thut ein Verbrecher nicht den Willen der Gerechtigkeit, wenn er eine Strafe beschleunigt, die ihn spät, aber gewiß treffen soll? Menschen strafen mit Einem Schwertschlage; und eine Gerechtigkeit, wovon die unsrige nur ein Schatten ist, sollte mit zehntausend Streichen, mit langsam entseelenden Stichen, mit verwundenden und allmälich tödtenden Schnitten, wie der grausamste Hurone, strafen? – Nein: sie will durch kein Wunder tödten: das junge feste Leben widersteht ihrer Hand: was thut also der

Verbrecher, als daß er ihrer Hand seine eigne leiht und das Urtheil ausführt, das sie gern gleich vollstrecken möchte, aber nicht anders als langsam vollstrecken kan? – Meine Thätigkeit ist in der Blüthe verwelkt: für das Vergnügen bin ich todt, für Geschäfte erstorben, ein wahres Flickwort im Ganzen des menschlichen Lebens; in Schande bey mir selbst versunken; der Schande vor den Menschen nahe; jeden Augenblick in Gefahr, von Mangel und Kummer, wenn sie Gewissen und Ehre allmälich einschläfern, zu Verbrechen und entehrende Handlungen hingerissen zu werden; an keinen Freund, keine Familie, nur an eine einzige Seele mit einem Faden geknüpft, den das Schicksal zerrissen hat: ein so unnützes Geschöpf, für Jedermann entbehrlich, das nichts erhebliches thun kan noch soll, elend außer sich, elend in sich, elend in der Gegenwart und in der Zukunft, eine Beute der Verzweiflung, wozu lebt das? – Die Welt verliert nichts an ihm: es verliert nichts an der Welt: jeder künftige Zustand kan leicht besser seyn, als der seinige: welche Bedenklichkeit kan also einen Entschluß aufhalten, den Gerechtigkeit und Selbstliebe vorschreiben?« –

Hier stockte er: seine Seele hatte sich aus dem stürmenden Gewitter in die bange schwüle schwerdrückende Stille hineinräsonnirt, wo sie nichts als Vernunft zu seyn scheint, aber alles, was in ihr denkt und spricht, ist Leidenschaft, die durch lange Gewohnheit die Mine der Vernunft angenommen hat. Es däuchte ihm, als ob ein neues Licht in seinem Kopfe aufgegangen wäre: kein Tumult, kein Brausen und Toben mehr in ihm! Aber so kalt, so vernünftig er sich vorkam, so fühlte er doch, daß alle seine Glieder zitterten: so richtig ihm seine Gründe schienen, so hielt er sich doch in einer mistrauischen Entfernung von ihnen, wie von neuen Bekannten, denen er sich nicht so blindlings anvertrauen möchte. Je schärfer und länger er sie ansah, je mistrauischer wurde er; aus dem Mistrauen wurde Angst: er floh in der finstern Stube auf und nieder, rang die Hände und schlug sie über den Kopf zusammen; und immer verfolgte ihn der fürchterliche Gedanke des Selbstmords, wie eine Furie, die ihn bey den Haaren fassen wollte: seine Schritte wurden immer stärker und hastiger, die Angst drückender: der Unglückliche floh vor seinen eignen Gedanken, wollte ein Gespenst abschütteln, das in seiner Seele saß und desto grimmiger die Zähne fletschte, je mehr er mit ihm rang.

Schon eilte er nach der Thür, um dem Henker seiner Seele aus der Stube zu entfliehen, die Treppe hinab und durch die Straßen zu rennen: indem trat sein kleiner Pommer, der ihn zeither bedient hatte, mit einem Lichte in der Hand herein. Herrmann faßte ihn derb bey der andern und bat mit geknirschtem holem Tone, bey ihm zu bleiben. – »Laß mich nicht aus den Augen! stehe dicht neben mir! laß meine Hände nicht aus den deinigen!« sprach er, äußerst verwildert und bebend. Der Junge wußte nicht, was er denken sollte, fühlte wohl an dem einklammernden Drucke der Hand, merkte auch an Mine und Ton, daß sein Herr sich in einer unbeschreiblichen Angst befand; allein da er an blinden Gehorsam gewohnt war, that er den Befehl wörtlich, ohne nach der Ursache zu fragen. Hermann sezte sich, der Pommer hielte ihm beide Hände fest und sah ihm unverwandt ins Gesicht; und obgleich sein Herr, als sich die Angst durch die Erleuchtung der Scene und die Gesellschaft ein wenig milderte, seinen Befehl widerrief, so gehorchte er doch dem ersten Gebote mehr, als dem lezten. Herrmann sah wehmütig auf ihn und sprach: »Lieber Bursche, was wird aus dir werden, wenn wir von einander kommen sollten?«

DER POMMER

    Was Gott will.

HERRMANN

    Bekümmert dich denn die Zukunft gar nicht?

DER POMMER

    Die Zukunft? – Was ist denn das?

HERRMANN

    Sorgst du nie für morgen, sondern blos für heute?

DER POMMER

    Nicht für morgen und auch nicht für heute. Ich sorge gar nicht.

Herrmann

Wenn ich dir aber kein Brod mehr geben könte, oder stürbe, was dann?

Der Pommer

Da giebt mirs ein Andrer.

Herrmann

Wohl dir, daß du so denken kanst! – Also hast du niemals Unruhe?

Der Pommer

In Pommern nicht; aber hier! Wenn ich die schönen Leute in den schönen Kleidern sehe, wenn sie so fahren und reiten, oder wenn ich die reichen Leute in der großen Stube unten brav essen und trinken sehe, da geht mirs mannichmal wohl so unruhig im Leibe herum, daß ich nicht auch so essen und trinken und reiten und fahren kan. Wenn mirs denn so gar zu bange wird, so pfeif' ich: da vergehts.

Herrmann

Wenn dein Pfeifen solche Kraft hat, so pfeife mir doch eins vor! –

Der Pommer gehorchte und pfiff aus allen Leibeskräften ein Liedchen aus seinem Vaterlande. »Ich sehe wohl,« sprach Herrmann nach beendigter Musik, »man muß ganz wie du denken, wenn dein Liedchen die Unruhe wegpfeifen soll.«

Der Pommer

Ich will Ihm wohl sagen, woher das bey mir kömmt. Sieht er? Das Liedel pfiff ich allemal, wenn mir Mutter ein Brodränftel zur Vesper abschnitt, und wenn ich das Liedel pfeife, denk' ich allemal an die Brodränftel, und da wird mir so wohl! so wohl, ich kans Ihm gar nicht sagen.

Herrmann

O gehe den Augenblick wieder nach Pommern, wenn das Wohlseyn dort so wohlfeil ist! Geh in dein Vaterland zurück! Ich kan dich unmöglich länger bey mir behalten.

Der Pommer

Warum denn nicht?

Herrmann

Ich werde Leipzig verlassen.

Der Pommer

So geh ich mit.

Herrmann

Aber mein Geld könte alle werden, und wir müßten dann beide zusammen hungern.

Der Pommer

Da bettle ich und bring es Ihm.

Herrmann

Oder ich könte sterben.

Der Pommer

Er wird ja nicht! Mutter sagte immer: wenn man stirbt, ist man todt. Er wird nicht sterben: dazu ist er viel zu jung.

Herrmann

Der Kummer frißt auch ein junges Leben: du Glücklicher, weißt nicht, was Kummer ist.

Der Pommer

Wenn Er Kummer hat, ich will ihm eins pfeifen: da vergehts. – Wenn er stürbe, da legt' ich mich zu Ihm in den Sarg: da schmeckte mir zeitlebens Essen und Trinken nicht mehr. Sieht Er? Mutter hatte einmal eine Gans, die sie stopfte: die Gans war ihm so fett, daß man seine Freude daran sah. Das wird schmecken! dacht' ich. Sieht Er? Da wollte Mutter die Gans schlachten, und da starb die tumme Gans; und da hab' ich Ihm um die Gans geflennt, daß mich der Bock stuzte. – Hör' Er! sterb' Er ja nicht, wie Mutter ihre Gans! – Ja, warlich! wenn Er stürbe, ich flennte, wie um Mutter ihre Gans.

HERRMANN

Ich beklage, daß ich dir so viele Treue nicht belohnen kan. Deine Treuherzigkeit verdient, daß ich aufrichtig gegen dich bin. Mein Geld ist alle: ich kan dich nicht länger ernähren.

DER POMMER

Da sorg' Er nur nicht: die Leute werden mir schon geben; und was sie mir geben, das soll Er alles kriegen. – Ich gehe nicht von Ihm, daß Ers nur weis!

HERRMANN

Geh wieder nach Pommern: da bist du am glücklichsten, wo du nur ein Brodränftchen dazu brauchst.

DER POMMER

Ich gehe nun nicht, das sag' ich Ihm. Ich bleibe bey Ihm bis in den Tod.

HERRMANN

Bis in den Tod? – Vielleicht kömmt dieser gute Freund bald und führt mich aus meinem Unglücke heraus. Wie glücklich bist du, daß du dir so eine traurige Hülfe nicht wünschen darfst!

DER POMMER

Ach, ich habe mir auch schon einmal den Tod gewünscht, aber ich bin deswegen nicht gestorben. Vater schlug mich alle Tage so gottesjämmerlich, daß mir der Rücken plazte. Sieht Er? Da gieng ich heraus aufs Feld zum Schäfer und sagte: »Matthis, schlagt mich todt! Vater bläut mich gar zu sehr.« Da sagte der Schäfer: »David, bist ein Narr! Wenn du todt bist, schmeckt dir kein Bissen mehr gut.« Da sagt' ich zum Schäfer: »Mathis, du sollst mich todtschlagen.« – »Das thut weh,« sagte Matthis: »wir wollen uns lieber ersäufen. Ich hab' es schon gestern thun wollen: meine Frau bläut mich, wie ein Dreschflegel: aber ich habe mirs erst überlegt, eh' ichs thue: ich habe da eine schöne Wurst, die möcht' ich dem Wetteraase doch nicht gönnen; sie ist dir gar zu schön: ich kans gar nicht übers Herz bringen, daß ich sie anschneide. Weißt du was, David? wir wollen sie zusammen essen, und hernach ersäufen wir uns.« Da holte Matthis eine große unbändige Wurst aus dem Schubsacke – daß ich nicht lüge! sie war Ihm, bey meiner blutarmen Seele! wohl so dick wie mein Arm: eine recht unbändige Wurst! und da sezten wir uns hin und schnabulirten, daß einem das Herz im Leibe lachte. Da fieng Matthis an: »David, es schmeckt gar zu gut: hol mich der Teufel! ich kan mich nicht ersäufen.« – Und da sagt' ich: »bey meiner blutarmen Seele! ich auch nicht! und wenn mir Vater alle Rippen zerbläute.« Da sprach Matthis: »Wer gäb' uns denn im Wasser so schöne Würste? David, wir wollen uns bläuen lassen. Alle Tage Schläge und mannichmal so ein Stückchen Wurst ist doch besser, als keine Schläge und keine Wurst. Man wird das Unglück gewohnt. Nach einer Tracht Schläge schmeckts noch einmal so gut.« – »Das sag' ich auch,« sprach ich; und da gieng ich heim und ersäufte mich nicht, und ließ mich Vatern bläun, so viel er wollte, und da wurd' ichs gewohnt, und da that mirs nicht mehr weh, und ich kans Ihm gar nicht sagen, wie mirs seitdem gut geschmeckt hat. Der Matthis war Ihm ein recht gescheidter Kerl. Nun bereut' ichs schön, wenn ich mich damals ersäuft hätte. – Herr, soll ich Ihm etwas zu essen holen?

HERRMANN

Ja, David; bringe mir ein Stück von Matthis Wurst!

Der Pommer

Hol mich alle! wenn wir die noch hätten! da sollt' Ihm das Sterben schon vergehn. Wenn Ihm nicht so recht lustig um den Kopf ist, so sag' Er mirs nur: da pfeif' ich Ihm mein Liedel; und da vergehts.

Herrmann

So mußt du mich erst lehren, bey einem Brodränftchen glücklich zu seyn.

Der Pommer

Das lernt sich bald; und wenn Er kein Geld hat, da müssen mir die Leute geben, und ich brings Ihm; und wenn Er sterben will, da hol' ich Ihm etwas zu essen. –

Herrmann wurde durch die genügsame zufriedne Philosophie des Burschen beschämt: er tadelte sich, daß ein so tummes Geschöpf mehr Standhaftigkeit haben sollte, das Unglück zu ertragen, als er, und fand in der Anmerkung des Schäfers »man wird das Unglück gewohnt« einen Schatz von Weisheit, die ihn weder der Umgang mit seinen gelehrten Freunden, noch sein eignes, von der Leidenschaft bestochnes Nachdenken so anschauend gelehrt hätte. Zwar kamen die vorigen trüben Gedanken in der Nacht etlichemal zurück, und der Stolz sophisticirte Matthis Philosophie oft danieder: allein der nämliche Stolz, der ihm den Mangel an Gelde als einen unerträglichen Schandfleck vorstellte, mahlte ihm nunmehr den Mangel an Standhaftigkeit und die Verzagtheit im Unglücke als einen noch größern Schandfleck ab. Wie die Sonne, wenn sie über dem gesunknen Nebel hervorsteigt, erhub sich den Morgen darauf seine Seele über die gestrigen düstern Gedanken: die Muthlosigkeit schien ihm so entehrend klein, und die Stärke des Geistes in der Widerwärtigkeit so erhaben, daß er sich beinahe über seine Verlegenheit freute, weil sie ihm Gelegenheit gab, sich selbst durch Muth und Klugheit zu gefallen. In seinem Kopfe hatten itzt alle Gedanken eine andre Beleuchtung: jedes Rettungsmittel, das ihm sein bisheriger Unmuth für verwerflich und unrühmlich erklärte, schien ihm itzo wünschenswerth oder doch nicht schimpflich, nachdem seine Rettung einmal eine Sache der Ehre für ihn geworden war. Er nahm sich vor, noch denselben Vormittag an Schwingern und Vignali zu schreiben, suchte unter seinen Briefschaften Papier, und siehe da! – unter dem Suchen fällt ihm Ulrikens Schattenriß, den er einmal in einer eifersüchtigen Laune dem *Mr. de Piquepoint* in Berlin raubte, in die Hände; er erschrak, verweilte dabey, und je mehr er die sanfte Physiognomie ansah, je mehr schämte er sich seiner gestrigen Melancholie. Gedanke holte Gedanken, Empfindung Empfindung herbey, und in wenigen Minuten stand er im vollem Feuer verliebter Begeisterung: das Bild schien seinem Ehrgeize zu sagen, daß er für Ulriken Ungemach leide und überstehe: ihre Lippen befahlen ihm, jedes Mittel zu versuchen, um einen an ihr begangnen Raub wieder zu vergüten: was ihm gestern Verbrechen schien, war ihm heute Uebereilung, und fast war ihm die Uebereilung lieb, weil sie ihm eine so wünschenswerthe Vergütung auferlegte. Alles gieng ihm leicht, alles hurtig von der Hand: er schrieb an Vignali, meldete ihr die Entfernung der Madam Lafosse von Leipzig und seine daher entstandne Verlegenheit, und ersuchte sie um ihren Rath, besonders um Nachricht von Ulriken. An Schwingern schrieb er gleichfalls, berichtete ihm die Veranlassung zu seinem trotzigen Briefe aus Berlin, bat ihn um Verzeihung, Rath und Beistand, und bezeigte, da er sich in dem Sitze einer Universität aufhielt, ein großes Verlangen, zu studiren, doch war er auch bereit, den Vorschlag, den er in Berlin von sich gewiesen hatte, nunmehr anzunehmen, wenn Schwinger ihm mehr dazu riethe, als zum Studiren. – Alles ernste und feste Vorsätze!

Er hofte, daß Schwinger seinen Plan, sich einer Wissenschaft zu widmen, nicht nur billigen, sondern ihm auch einen Zuschuß dazu geben werde: die noch fehlenden Bedürfnisse dachte er sich durch Arbeiten zu gewinnen, und wenn es auch durch Informiren geschehen müßte: keine sollte ihm zu gering, keine zu beschwerlich seyn, um am Ende seiner akademischen Laufbahn Ulriken, einen so hohen Preis, zu erlangen. Er sann, zu welcher Fakultät er sich schlagen wollte, und wählte die juristische. »Wer weis,« sagte er sich, »welchen hohen Posten ich durch Fleis und Anstrengung erringen kan, der mich Ulriken mit Ehren besitzen läßt, ohne daß sich ihre Anverwandten meiner zu schämen brauchen?« – Mit ungeduldiger Hitze eilte er diesem glücklichen Zeitpunkte auf den Flügeln der Liebe schon entgegen, wollte seine Wissenschaft nicht blos lernen, sondern verschlingen, und deswegen während seiner ganzen Studirjahre niemals mehr als fünf Stunden schlafen und zum Vergnügen nicht Eine Minute verschwenden: Bücher sollten sein einziger Umgang, und Studiren seine einzige Beschäftigung seyn. Wie kränkte es ihn, daß er nicht auf der Stelle gleich Instituten und Pandekten, wie eine Tasse Thee, hinunterschlucken konte!

DRITTES KAPITEL

Die Philosophie seines Pommers und Ulrikens Schattenriß schienen ihm seine vorige Thätigkeit wieder eingehaucht zu haben: er machte noch denselben Tag Anstalt, sich Bekantschaften, Gönner und Freunde zu verschaffen, die ihm mit Rath und Unterstützung beystehen sollten, und erfuhr von seinem hypochondrischen Freunde, daß er Bekantschaften von dieser Art in einem gewissen Italiänerkeller machen könte, wo er des Abends jederzeit Leute finden würde, die viel durch Empfehlung vermöchten.

Wie dauerte ihm der Nachmittag so ewig! und wie flog er, sobald es dunkel war, nach dem Keller! Er wagte eine halbe Bouteille Wein daran und hofte, daß ihm diese Ausgabe durch die neuen Bekantschaften wieder ersezt werden sollte. Ein merkurialischer Mann von unendlichem Geschwätze sprach für die ganze übrige Gesellschaft: man fragte sich rings herum zischelnd, wer der Fremde wäre, selbst der Schwätzer hielt mit seiner Predigt inne, und da Herrmann ein Kleid mit einer schmalen Tresse trug, wurde die Neugierde so allgemein rege, daß man schlechterdings dahinter kommen wollte. Ein junger Kaufmann redte ihn an, gab ihm seine Adresse und erbot sich, ihn mit allen seinen Waaren, die er nach der Reihe hersagte, zu bedienen. Herrmann dankte sehr freundlich. – »Sie wollen hier studiren?« hub der Sprecher der Gesellschaft an: die Frage wurde mit einem der höflichsten Ja beantwortet. – »Kan ich Ihnen irgend worinne dienen,« fuhr jener mit geläufiger Zunge fort, »so werde ich mir eine Ehre daraus machen. Ich wollte, daß Sie schon ausstudirt hätten: ich habe izt eine Versorgung für Sie, die Ihr Glück machen würde. Die Kaiserin von Rußland hat an mich geschrieben, ihr einen Informator für den Sohn ihrer ersten Kammerfrau zu schaffen: ich schwöre Ihnen zu Gott, wer den Platz beköm̃t, der hat sein Glück gemacht: straf mich Gott! es kan ihm gar nicht fehlen. Die Kaiserin ist seine Pathe und hat mir sehr viele Komplimente gemacht – ich habe den Brief nicht bey mir, aber ich kan ihn zeigen – sie schreibt überaus gnädig, daß man sieht, es muß der Dame sehr am Herzen liegen, daß ihre Kammerfrau wohl versorgt wird: sie fängt ohngefähr so an – *Monsieur, la reputation, dont Vous jouissez par toute l'Europe* – und so weiter in diesem Tone fort. Oder wäre denn das nicht etwas für Sie? der erste Kammerherr beym König in Schweden braucht einen Sekretär. Sehn Sie, da wäre wieder Ihr Glück gemacht: sie dürfen ja, straf mich Gott! dem Herrn nur sagen, was für eine Stelle im Reich Sie haben wollen, so sagt er dem Könige, und ich weis, der König interessirt sich überaus für den Herrn: er hat selbst die Gnade gehabt, mich grüssen zu lassen, und empfiehlt mir die Sache, wie seine eigene. Ich habe Ihre Majestät meine unterthänigste Bereitwilligkeit versprochen, aber noch hab' ich, so wahr ich lebe! keinen Menschen gefunden, der so gut dafür wäre wie Sie: Sie sind gut gewachsen, und Ihr Glück ist gemacht, dafür lassen Sie mich sorgen! Ich parire hundert Dukaten, Sie sind in einem halben Jahre Reichsrath, oder was sie nun dort haben. Nach China gehn Sie doch nicht, das weis ich schon: aber ich habe auch einen schönen Auftrag. – *A propos*, meine Herren,« fuhr er in Einem Athem fort und wandte sich zur übrigen Gesellschaft, »gestern hat mir die Fürstin von ** ein Kompliment sagen lassen durch den Bereuter vom Hofe. »Daß Er mir ja zu dem Manne geht!« hat sie noch aus dem Fenster nachgerufen, als er fortgeritten ist. »Ein halb Dutzend andre Kommissionen kan Er vergessen, aber nur mein Kompliment nicht.« – Er kam auch gerades Weges vor mein Haus geritten, eh er noch in einem Gasthof eingekehrt war. Der Mann hatte nun seine tausend Freude mich zu sehen – den berühmten Mann und den großen Gelehrten und was er mir denn noch weiter für Komplimente machte – er hatte gar nicht geglaubt, daß ich so aussähe, wie ein andrer Mensch: ich schwöre Ihnen zu Gott, der Mann freute sich, wie ein Kind: die Thränen standen ihm in den Augen, da er Abschied nahm. »Hören Sie!« sagte er: »bey Ihnen wollte ich Tag und Nacht *en suite* sitzen und nur zuhören: ich kan es gar nicht satt kriegen.« – und drückte mir die Hand; und da ich ihn vollends küßte, da wollt' er wie von Sinnen kommen. »Hören Sie!« sagt' er, »das ist mir so lieb, als wenn mich meine Fürstin geküßt hätte.« – Ha, ha, ha, ha. Er hat mir Aufträge über Aufträge mitgebracht: ich weis gar nicht, wo ich anfangen oder wo ich aufhören soll. Hört, Leute! ich rathe Euch, werdet nicht berühmt! Ihr denkt, das ist lauter Glückseligkeit, wenn man von Königen und Fürsten, bald von der schönen Dame, bald von dem vornehmen Herrn Komplimente und Aufträge bekömmt: aber ich schwöre Euch zu Gott, man wird seines Lebens nicht froh dabey. Bey Tische esse ich kaum sechs Bissen – so fällt mir *der* Brief ein – »der Henker! dem Geheimerathe hast du auch noch nicht geantwortet« – und so werf' ich die Serviette hin und setze mich und schreibe an den Herrn Geheimerath. Geh ich spatzieren, so bin ich kaum vor dem Thore – »halt! hast du die Verse nach Wien doch vergessen!« – gleich kehr' ich wieder um, und wenn andre Leute sich belustigen und das schöne Wetter genießen, da sitz' ich in meinem Stübchen und mache Verse nach Wien. *A propos* – (womit er sich zum Kellerwirth hindrehte) – habt Ihr meine Ode auf die Leipziger Lerchen noch nicht gehört? Seht Ihr! solche Oden müßt Ihr Euch ein paar Duzend machen lassen und sie den Gästen vorlesen, wenn Sie Lerchen bey Euch essen: da werden Euch die Leute den Keller stürmen. Die Gräfin ** war die lezte Messe hier und ließ mich zu sich rufen, sie war kaum aus dem Wagen gestiegen. Des Abends konte ich nun nicht wegkommen, das war vorbey. Da die Lerchen kamen, fieng ich an: Ihre Excellenz, ich parire hundert Luisdor, ich bezahle Ihnen die Lerchen theurer als sie Ihnen der Wirth anschreibt. – Wie so? fragte sie. – »Ich parire tausend Dukaten, ich gebe Ihnen so viel Verse dafür, als sie alle zusammen Krallen an den Füßen haben.« – Sie wollte das sehn. Ich sagte: haben Sie nur die Gnade, mich fünf Minuten ins Nebenzimmer gehen zu lassen! – Ich gieng, und hört, Ihr Leute! in fünf Minuten komme ich mit funfzig Versen zurück, daß die Dame ganz erstaunt ist. Hören Sie! sagte sie, ich lasse Sie nicht mehr mit mir essen, Sie müssen hexen können: ich habe Sie zwar für einen sehr großen Mann galten, aber so etwas ist mir noch nicht vorgekommen. – Da ich ihr nun vollends meine Verse vorlas, da gieng das Erstaunen erst recht an; da wollte die Dame gar nicht aufhören zu lachen: es that mir selber leid um sie; denn sie ist sehr korpulent und wollte nun gar nicht wieder zu sich kommen. Noch bey dem Abschiede fieng sie wieder an und drückte mir die Hand sehr gnädig. – »Ach, Sie sind ein scharmanter Mann! ein gar allerliebster Mann! man möchte sich bucklicht über Sie lachen; und so lange ich hier bleibe, dürfen Sie gar nicht von meiner Seite kommen. Sie müssen jeden Morgen den The bey mir trinken, und hernach nehm' ich Sie in Beschlag und lasse Sie nicht von mir bis zum Schlafengehn.«. – Ich sage: Ihre Excellenz, es ist mir eine hohe Gnade, aber meine vielen Geschäfte! es warten wenigstens dreyßig Briefe auf Antwort; und die Welt will doch auch befriedigt seyn: ich lebe doch einmal für die Welt. – »Ach, Sie haben genug für die Welt gelebt; leben Sie nun einmal auch acht Tage für mich!« – Straf mich Gott! Sie hat mich des Morgens durch die Heiducken mit der Portechaise holen und des Abends wieder nach Hause bringen lassen: darüber hab' ich nun alles versäumt und kan diesen Winter mit meinen Briefen nicht fertig werden: da liegen an hundert zu Hause. Ja, denk' ich, wenn ich sie sehe: ihr werdet lange liegen müssen, ehe die Reihe an euch kömmt. – Stille! ich will Euch meine Ode vorlesen« –

Auf diese Ankündigung hub sich einer nach dem andern in der Gesellschaft empor, um sich in die andre Stube zu begeben: allein der Deklamator stellte sich vor die Thür. – »Ihr wärt nicht werth, daß Euch die Sonne beschien, wenn ihr meine Ode auf die Leipziger Lerchen nicht anhörtet,« sprach er und trieb sie an den Tisch zurück. Sie mußten sich dem Zwange unterwerfen; er räusperte sich, gebot allgemeine Stille und hub an:

> Wie wenn im Ocean die hocherhabnen Wellen
> Mit grimmig wilder Wuth bis zu den Sternen schwellen;
> Wie wenn ein schwarzer Sturm den Nationen Tod,
> Und steilen Felsen Angst und bange Schmerzen droht;

»Die Stelle hab' ich dem Virgil gestohlen. aber dieser römische Homer könte sie nicht herrlicher ausdrücken, wenn er deutsch schriebe. Ich will Euch die Stelle einmal vorlesen: sie ist überaus prächtig: aber straf mich Gott! sie hat in meiner Ode nichts verloren.« – Er holte stehendes Fußes einen Virgil aus der Tasche, las die Beschreibung eines Sturms vor, und übersezte und erklärte die Schönheiten derselben mit der wortreichsten Beredsamkeit, doch jederzeit mit einer Wendung, daß Virgil einen Grad unter seiner Ode blieb. Die Gesellschaft schlich sich, einer nach dem andern, in die andre Stube, auch Herrmann folgte dem Beispiele, und der erzgelehrte Mann las den stummen Kellerwänden bald ein Stück aus seiner Ode, bald ein Stück aus dem Virgil oder Horaz in Einem unaufhaltsamen Flusse vor, stürzte mit seinen fechtermäßigen Geberden ein Paar Gläser zu Boden und wurde nicht gewahr, daß er sich selbst predigte, bis ein Fremder zur Thür hereintrat. »Setzen Sie sich! Setzen Sie sich!« rief ihm der Deklamator entgegen: es war ein guter ehrlicher Wollhändler, der sich etwas langsam bewegte, und da er nicht gleich gehorsamte, wurde er mit gewaffneter Faust niedergestoßen. »Sind das Zeitungen?« fragte der Wollhändler phlegmatisch. – »Ja, mein lieber Freund,« antwortete der quecksilberichte Poet lachend, »Zeitungen aus dem Parnaß! Ihm zu Gefallen will ich wieder von vorn anfangen.« – Der Wollhändler horchte einige Zeit zu, allein da ewig nichts von Spaniern, Franzosen oder Engelländern kommen wollte, zog er gähnend sein Taschenbuch hervor und rechnete seine Bestellungen und Wechsel durch. Der begeisterte Dichter ward über seine Verachtung grimmig, riß ihm mitten im Lesen das Taschenbuch weg und warf es unter den Tisch, daß die Zettelchen, wie Schneeflocken, herumflogen. Der erstaunte Wollhändler wußte lange nicht, wie ihm geschah: endlich, da jener ungestört fortlas, faßte er ihn bey der Krause, schüttelte ihn und sprach, die drohende Peitsche in der Hand: »den Augenblick les' Er mir meine Zettel auf, oder der Teufel soll ihm das Licht halten.«

Der Deklamator

Herr, hab' Er Respekt vor den Musen und ihren Schwestern, den Grazien!

Der Wollhändler

Was geht mich alles das Lumpengesindel an? Weis Er wohl, daß Er hier viele tausend Thaler unter den Tisch geworfen hat, die Er zeitlebens nicht bezahlen kan?

Der Deklamator

Er ist ein roher Mann. Straf mich Gott! Er glaubt wohl gar, daß Seine Zettel mehr werth sind als meine Ode.

Der Wollhändler

Das denk' ich! Für Seine purpurrothen und hochgethürmten Quodlibets geb' ich Ihm nicht einen Quark: aber mein Taschenbuch ist viele tausend Thaler werth. Den Augenblick les' Er auf!

Der Deklamator

Ich parire hundert Dukaten, Er weis nicht, wen Er vor sich hat. Ich bin der große Solstizius. Untertäniger Diener.

Der Wollhändler

Blitz! das ist ja wohl der Stizius, der mich nun sechs Messen her nicht bezahlt hat. Gut daß ich dich habe! He da! –

Der Wollhändler rennte ihm nach, aber der große Solstizius war entwischt, und er mußte sich bequemen, seine papiernen Reichthümer selbst aufzulesen. Hinter drein erfuhr er, daß dieser Mann nicht der Tuchmacher Stizius, sein übler Bezahler, sondern nur ein egoistischer Windbeutel sey; und Herrmann wurde von einem artigen bescheidnen Manne gewarnt, sich nicht mit dem Aufschneider einzulassen. »Wenn Sie Rath, oder Unterstützung brauchen,« sagte er, »so wenden Sie sich an ** und **: diese Männer dienen gern, so viel sie vermögen, und thun ohne Prahlerey alles, dessen sich dieser Windbeutel berühmt.« – Herrmann nahm den Rath um so freudiger an, da er schon bey dem ersten Anblicke das nämliche Urtheil über den Mann bey sich gefällt hatte, und trank eben das lezte Glas von seinem Weine, als sich ein anständig gekleideter Mann in seine Bekantschaft einführte, ihn nach einigen Wendungen des Gesprächs um seine Freundschaft ersuchte und morgen zu Mittage zu sich zu Tische bat. Herrmann nahm die Partie an.

Die Gesellschaft bestund aus sechs Personen, und der Wirth führte das Wort – ein Mann von einer unendlichen, aber verworrenen Einbildungskraft und einem unpolirten Witze, der in Einem Athem von Grönland nach Ostindien, vom Großsultan auf den Bullenbeißer Sultan, vom Coeurbuben zu dem Mann im Monde hinübersprang: die Uebrigen aßen und schwiegen und bezahlten ihm die Mahlzeit mit unaufhörlichem bewunderndem Lachen über seine fantastisch-witzigen Seiltänzersprünge. Nach Tische hatte oder gab Jedermann Langeweile vor, und der Wirth trug auf ein Spielchen an: Herrmann wollte sein kleines Vermögen nicht daran wagen und machte sich unter dem Vorwande los, daß er kein Spiel verstünde: man ließ ihm seine Freiheit, ohne ihm mit einem einzigen Worte zuzureden. Als der Spieltisch schon zur Quadrille in Bereitschaft war, fieng einer nach dem andern an, Quadrille langweilig zu finden und den lebhaftesten Widerwillen dagegen zu bezeugen. So wollen wir eine kleine Bank machen, schlug der Wirth vor: die meisten schrien Ja und lobten ihn über einen Einfall, auf welchen sie nie verfallen wären, und der übrige Theil willigte halb gezwungen aus bloßer Höflichkeit darein. Einer erzählte, daß er nun in einem halben Jahre nicht Farao gespielt habe; der Andre mußte erst überrechnen, wie lang er nicht dabey gewesen war; ein Dritter brachte zwey Jahre heraus, daß er keine Karten in einem Hasardspiele angerührt hatte; und der Vierte mußte sich erst besinnen, wie man es spielte. Der Wirth wurde Bankier, und Herrman eben so eingeladen wie vorhin, als wenn es gar nicht auf ihn abgesehn wäre: er bat, daß man ihm erlaubte, vorizt ein wenig zuzusehn, und es wurde ohne alle Schwierigkeit in sein Belieben gestellt. Man spielte äußerst niedrig: der Bankier verlor fast jedes Blatt, das er umschlug. Herrmann, als er so gewinnen sah, bekam keine kleine Lust, mit zu gewinnen; und da der höchste Satz nur zwey Groschen seyn sollte und also die Gefahr so sehr klein war, so konte er unmöglich der Versuchung widerstehen, sein Glück auf die Probe zu stellen. So bald er Anstalt machte zu setzen, wollte man aufhören, und nur aus Höflichkeit gegen ihn verlängerte man das Spiel. Er gewann in Einem fort: in der Hitze des Glücke wurde von allen das Gesez, das den höchsten Satz bestimmte, merklich überschritten; und binnen einer Stunde war die kleine Bank gesprengt, und Herrmann beinahe funfzig Thaler reich. Ein Andrer erbot sich zwar, Bank zu machen, aber niemand hatte den mindsten Appetit dazu. Die Gesellschaft gieng aus einander und küßte sich so herzlich bey dem Abschiede, als wenn sie in Jahr und Tag nicht wieder zusammenzukommen gedächten. Herrmann wurde von seinem neuen Freunde auf ein Kaffehaus eingeladen, des Abends abgeholt und verlor die Hälfte seines Gewinstes wieder: so weh es ihm that, sie nicht wieder erobern zu können, weil er nicht mehr bey sich gesteckt hatte, so verbiß er doch seinen Aerger und gieng mit gezwungner Mäßigung nach Hause. Dreymal hatte er schon seine übrige Baarschaft in den Händen, um mit ihr zum Spieltisch zurückzugehn, und dreymal zog ihn sein guter Genius warnend zurück.

Der Verlust ließ ihn nicht ruhig schlafen: nicht sowohl aus Eigennutz und Gewinnsucht, als vielmehr weil ihm seine Ehre beleidigt schien, empfand er ihn so hoch und beschloß noch in derselben Nacht, den folgenden Tag die Hälfte seines Restes daran zu setzen, um seinen Ehrgeiz wieder zu versöhnen. Er war der erste auf dem Kaffehause, spielte an der Bank seines Freundes, den er nunmehr aus allen Umständen für einen Spieler von Profession erkannte, und gewann über achtzig Thaler. Der Mann besuchte ihn den morgenden Nachmittag und erkundigte sich mit einer Neugierde nach seiner Herkunft, Familie und seinen Vermögensumständen, als wenn er ihn über Artikel verhören wollte, doch auf eine so gute Art, daß er allen Schein einer lästigen Zudringlichkeit vermied. Er merkte wohl aus Herrmanns Verlegenheit und stotternden Antworten, daß sein Reichthum nicht sehr erheblich seyn mußte, und daß er daher keine Prise war, wie er sie in ihm suchte: kaum war er so weit mit seinen Fragen gekommen, als er ihn durch überhäufte Freundschaftsbezeugungen so treuherzig machte, daß er seine Verlegenheit wegen seines Auskommens in ziemlich unverhüllten Ausdrücken gestund. Der Spieler, der ihn bis auf die lezte Faser ausgezogen hätte, wenn er bey Gelde gewesen wäre, legte ihm eine Börse auf den Tisch. »Hier, mein Freund!« sprach er; »spielen Sie aus dieser Börse, bey welcher Bank Sie wollen! den Gewinst theilen wir: den Verlust trage ich.« – Herrmann war über eine so unerwartete Freigebigkeit erstaunt, weigerte sich, sie anzunehmen, und wollte dafür danken, als sein Freund ihn mit den Worten verließ: »wir sehen einander heute auf dem Kaffehause.«

Wer war nun froher und der Glückseligkeit näher als Herrmann? – Er fand in der Börse vierzig Louisd'or, und war beinahe willens, gewisse zweyhundert Thaler besser anzuwenden als zum ungewissen Spiel: allein sein Freund hatte sie ihm nur zu diesem Endzwecke geliehen, und er glaubte einen Diebstahl zu begehn, wenn er sie zu einem andern anlegte. Er spielte viele Abende hinter einander mit steigendem und fallendem, doch nie mit ausgezeichnetem Glücke, speiste täglich bey seinem Freunde, der eine Art von ofner Tafel für den Zirkel seiner Freunde hielt, und Glück und Vergnügen verdrängten Kummer, Unruhe und beinahe auch Ulriken, wenigstens dachte er nicht mit so wehmütigem Verlangen mehr an sie; und wenn es geschah, that er es mehr mit der Empfindung eines Versorgers als eines Liebhabers. Die neue Laufbahn, in welche ihn die Gewinnsucht seines Freundes hingeleitet hatte, und worinne ihn die Großmuth des nämlichen Mannes erhielt, brachte ihn unvermeidlich auf den Plan, sich auf einem so angenehmen Wege ein kleines Vermögen zu erwerben, alsdann Ulriken aufzusuchen und in einem unbekanten ländlichen Winkel sparsam mit ihr davon zu leben. Er theilte den Vorsaz seinem Freunde mit, der in vierzehn Tagen schon zu einer so brüderlichen Vertraulichkeit mit ihm gelangt war, daß keiner dem Andern ein Geheimniß verschwieg: er billigte den Plan überaus und versprach alle mögliche Beyhülfe.

Die Freundschaft wurde noch inniger durch ein Verdienst, das sich Herrmann zufälliger Weise um ihn erwarb. Er hörte eines Abends ein Komplot wider seine Bank machen, die die Zusammenverschwornen schlechterdings sprengen wollten: er benachrichtigte seinen Freund davon, daß er die nöthigen Maasregeln dawider nehmen konte, und aus Dankbarkeit versprach dieser, bey dem ersten glücklichen Streiche, den er machen würde, ihm zu Errichtung einer eignen Bank eine Summe zu geben, die er nicht wieder bezahlen sollte, im Fall daß er unglücklich damit wäre.

Auch diese Gelegenheit erschien. Einen reichen Liefländer lockte man auf die nämliche Weise ins Garn, wie Herrmann gekirrt wurde, da man nur sein bordirtes Kleid, und seine leere Börse nicht kannte: der junge Mensch wurde durch den kleinen Gewinst, den man ihn anfangs machen ließ, so hitzig, und durch den nachfolgenden Verlust so aufgebracht, daß er sein Glück schlechterdings zwingen wollte und in Einem Niedersitzen alle Wechsel verlor, die er in Leipzig zu seinen Reisen nach Frankreich und England theils heben, theils stellen lassen sollte. Den Tag darauf dachte er seinen Verlust einigermaßen wieder zu erobern, und verlor an einen andern Spieler um die Hälfte so viel als gestern, gegen einen Wechsel: der arme Unglückliche stellte ihn mit Thränen und hätte in der Angst und Betrübniß seine Seele verpfändet, wenn es verlangt worden wäre. Arnold – so hieß Herrmanns Freund – ließ den jungen Menschen täglich bey sich speisen und erlaubte ihm nicht anders, als unter seiner Aufsicht zu spielen: er streckte ihm von Zeit zu Zeit einige Louisdor vor, um bey andern Banken vielleicht das Reisegeld nach Hause zu gewinnen, allein das Glück blieb sein entschloßner Feind: alles Vorgestreckte gieng den vorigen Weg. Arnold ermahnte ihn täglich, wieder nach Hause zu reisen, weil der Termin seines Wechsels bald verflossen war. »Sie kommen augenblicklich in Verhaft,« sagte er ihm unaufhörlich; »und Sie haben mit einem harten geizigen Manne zu thun.« – Nichts half: der unglückliche Junker getraute sich nicht, vor seinem Vater zu erscheinen, und wußte doch auch keine andre Partie zu ergreifen. Arnold rieth ihm, Kriegsdienste zu nehmen; allein dazu fand er in seinem weichen zarten Körperchen nicht den mindesten Beruf. Sein Hofmeister, der bey einem Freunde etliche Meilen von Leipzig zum Besuch war, getraute sich gleichfalls nicht, vor einem Vater zu erscheinen, dessen ihm anvertrauter Leibeserbe alle seine Wechsel verspielt hatte, und antwortete dem jungen Herrn gar nicht auf den Brief, worinne er ihm seinen Unfall klagte, sondern nahm aus Verzweiflung die Flucht. Ueber der Unentschlossenheit des Junkers rückte der Zahlungstermin heran, und was man ihm prophezeiht hatte, erfolgte: auch hier schlug sich Arnold ins Mittel, zwang den Gläubiger durch vieles Zureden, daß er sich mit der Hälfte der schuldigen Summe beliebigen ließ, und streckte sie dem Schuldner auf einen weit hinaus gestellten Wechsel vor: der junge Mensch wurde durch diese Güte so gerührt, daß er einen kleinen Ring, den ihm Fräulein Renatchen zum Andenken ihrer Gewogenheit auf die Reise mitgegeben hatte, aus der innersten Beinkleidertasche zog und ihm mit Thränen der Dankbarkeit zum Geschenk überreichte. Arnold, als er erfuhr, welchen Werth der Zuneigung der Ring für seinen Besitzer hatte, lehnte das Geschenk von sich ab, bestellte die Post für ihn, versah ihn mit Reisegeld und übergab ihn einem liefländischen Kaufmanne, der ihn in die Hände des gnädigen Papas liefern sollte. Noch den Abend vor der Abreise fährt dem unbesonnenen Jünglinge der Spielgeist in den Kopf: er besaß noch zwanzig der auserlesensten hellglänzendsten Kremnitzer Dukaten, die dem theuren Kinde die gnädige Frau Mama von ihrem Spielgelde nach und nach zurückgelegt und in einem rothen saubern Beutelchen von Gros de Tour, worauf sie mit eigner Hand das Familienwappen in Gold stickte, als einen Nothpfennig auf den Weg mitgegeben hatte, mit dem Befehle, diesen Schatz, wo möglich, unversehrt wieder zurückzubringen. Um dem Befehle desto leichter zu gehorchen, nähte der Herr Sohn nach seinem ersten großen Verluste dies Beutelchen in der linken Uhrtasche fest und glaubte, daß es der Satan selbst nunmehr nicht wegstehlen sollte: auch widerstand er die ganze übrige Zeit tapfer allen Versuchungen, den Gefangnen zu erlösen, sah jeden Abend bey dem Schlafengehen darnach, ob seine Fesseln noch unversehrt wären, und in Gesellschaft, wo er gieng und stund, untersuchte alle fünf Minuten seine linke Hand das Befinden des rothen gestickten Beutelchens. An jenem unglücklichen Abende führte ihn die Dankbarkeit auf das Kaffeehaus, um seinen Freund Arnold noch einmal zu umarmen: Arnold warnte ihn vor dem Spiele, allein er glaubte sich über alle Reizungen erhaben und trat an einen Tisch, um blos zuzusehn: da stand er, sah neidisch Summen gewinnen und verlieren, und zappelte vor Begierde! Bald graute er sich hinter dem Ohre, bald nahm er den Hut ab und fächelte sich, – er glühte am ganzen Leibe von dem innerlichen Kampfe – seine Linke deckte unaufhörlich das rothe Beutelchen, arbeitete zuweilen an den Zwirnbanden, um sie loszureißen, und stund hastig wieder davon ab, wenn ihm die Möglichkeit, die schönen Dukaten zu verlieren, einfiel. Lange drehte er sich so in dieser ängstlichen Unentschlossenheit herum: endlich gab die Leidenschaft seinem Herze einen Stoß: er foderte von dem Marqueur ein Messer, trat in einen Winkel und schnitt die ganze Uhrtasche heraus, um sich nicht zu lange dabey aufzuhalten. Grinzend vor Freude trat er an den Tisch, das Beutelchen in der Linken, sezte eine Maria Theresia nach der andern und verlor sie: seine Dukaten waren so hervorstechend, daß ihnen der Tailleur einen besondern Platz anwies, und Jedermann mit Bewundrung nach ihnen hinblickte. Izt prangten sie alle zwanzig vor dem Bankier: dem Junker traten die Thränen vor Aerger in die Augen. »So mag der Teufel den Beutel auch holen!« sprach er weinerlich, nahm eine Karte und sezte das rothe Beutelchen darauf: der ganze Tisch lachte, der Tailleur schlug um, und mit der ersten Karte war auch das rothe Beutelchen in seiner Gewalt. Der unglückliche Junker schlug sich an den Kopf, weinte und jammerte: das ganze Kaffehaus versamlete sich, die schönen zwanzig Dukaten und das schöne Beutelchen zu beschauen: auch Arnold erschien und fragte nach der Ursache seines Wehklagens. »Ach, der gnädigen Mama rothes Beutelchen!« rief er unaufhörlich mit bangem Trauerton, schlug die Hände über den Kopf zusammen und stürzte sich zur Thür hinaus. Arnold lief ihm nach und wich nicht von seiner Seite, bis er auf dem Postwagen saß, damit er nicht sein Reisegeld noch oben drein verspielen sollte.

So handelte dieser sonderbare Mann beständig: er lebte vom Raube im eigentlichen Verstande, und theilte seinen Raub mit Andern, die weniger hatten, als er: wen er nicht plündern konte, den beschenkte er, oder plünderte die Leute und erzeigte ihnen hinter drein die größten Wohlthaten, interessirte sich so brüderlich für sie wie für diesen Junker, und verschwendete durch seine aufrichtige gutgemeinte Vorsorge oft die Hälfte der Beute wieder an demselben Menschen, dem er sie abgenommen hatte. Jede Betrügerey verabscheute er im Glücke, aber in der Noth war ihm keine zu verächtlich, wenn sie nur ein wichtiges Objekt betraf: überhaupt konte er nie im Kleinen arbeiten, und er kannte keine andre Niederträchtigkeit, als kleine Summen durch schlechte Mittel zu erobern suchen: dies nannte er Beutelschneiderey. Seine größte Stärke war die Kunst, junge und alte, erfahrne und unerfahrne Leute zum Spiel zu verleiten, und zwar so unmerklich, daß sie die Absicht der Verleitung gar nicht argwohnten. Seine Leidenschaften waren Verschwendung und Liebe, für deren Befriedigung er jeden Streich unternahm, und oft gesellte sich auch ein gewisser Ehrgeiz hinzu, daß er sich schmeicheln konte, einen gesezten oder vorsichtigen Menschen überlistet und wider seinen Willen zu einer Handlung gebracht zu haben, die er zu vermeiden suchte. Der nämliche Ehrgeiz schien ihn größtentheils auch bey seinen verliebten Unternehmungen zu regieren; die seinen Anerbietungen muthig widerstund, konte auf seine Freigebigkeit sichre Rechnung machen, ohne daß er die mindeste Erkenntlichkeit dafür verlangte, und er verließ gemachte Eroberungen sogleich wieder, weil ihm der Sieg keine Mühe kostete. War er einmal aus Mitleid oder innere Zuneigung Jemandes Freund geworden, dann dünkte ihm keine Aufopferung, keine Gefahr, keine Arbeit zu groß, um seinem Freunde zu helfen oder Vergnügen zu machen.

Davon war Herrmann ein lebendiger Beweis: von der Minute an, da er sich das Geständniß seines Mangels entwischen ließ, wurde Arnold sein unermüdeter Freund und Wohlthäter, besonders nachdem er aus der Nachricht, die ihm Herrmann eines Abends von dem Komplote wider seine Bank gab, schließen konte, daß der junge Mensch Zuneigung für ihn fühlte: einen solchen Beweis wartete er gemeiniglich ab, und auch ein geringerer Dienst, als ihm Herrmann that, war ihm hinlänglich dazu. Seinem Versprechen gemäß, schenkte er ihm von dem Gewinst, den der liefländische Junker einbrachte, die Hälfte, um selbst Bank zu halten. Das Glück breitete seine Flügel über Herrmann aus und träufelte Gewinn und Reichthum auf ihn herab: er legte sich von Zeit zu Zeit einen Theil seines Gewinns zu Ausführung seines Plans mit Ulriken zurück und wiegte sich, wie ein auserwählter Günstling, in dem Schooße der Freude und der süßesten Hofnung. Allmälich verlor er freilich seinen verliebten Zweck ganz aus dem Gesichte, und spielte nicht mehr, um zum Besten seiner Liebe zu gewinnen, sondern um zu spielen. Seine ganze Thätigkeit wurde auf diesen Punkt hingerissen, und seine Leidenschaft so überspannt heftig, daß ihn selbst Arnold darüber tadelte. Wie bald waren nun Musen und Wissenschaften aus seinem Kopfe verscheucht! Bald wollte er spielen, um nebenher studiren zu können, wollte immer morgen den Anfang machen, und immer erschien nur der künftige Morgen für das Spiel: bald verwarf er das Studiren als einen Umweg, um zu Ulrikens Besitze zu gelangen, und hofte, nach einem halbjährigen Gewinnen schon genug beysammen zu haben, um mit ihr in philosophischer Stille und Genügsamkeit den Rest deines neunzehnjährigen Lebens auf dem Lande zuzubringen: er schwankte bald zu diesem, bald zu jenem Plane; jeder Tag brachte einen neuen hervor, bis sie endlich samt und sonders verdrängt, und nur Spielen sein Denken, Trachten und Begehren wurde.

VIERTES KAPITEL

In diesem Zeitraume der Spielsucht empfieng er Schwingers Antwort auf seinen lezten reuvollen Brief und in demselben den Rath, seinen Studirplan noch ein halbes Jahr aufzuschieben und den Winter bey ihm auf dem Lande zuzubringen: er hatte dabey die gutgemeinte Absicht – wiewohl er sie in dem Briefe nicht angab – den jungen, von der Liebe verführten Menschen wieder in das Gleis seiner vorigen Grundsätze durch seinen Umgang zurückzuführen und von dem Geschmacke einer verstreuten geräuschvollen Lebensart zu heilen: auch glaubte er ihn auf solche Weise von Ulriken abzuziehn, die ihm nach seiner Muthmaßung entweder nachgefolgt seyn möchte, oder doch bald nach Leipzig nachfolgen würde. Ueberhaupt war ihm in Herrmanns Geschichte alles zu dunkel, als daß er nicht das Schlimmste argwohnen und nicht neugierig seyn sollte, sie im Zusammenhange aus seinem eignen Munde zu erfahren. Der gutmüthige Mann schrieb in einem so gemilderten Tone und vergab ihm seinen unhöflichen Brief aus Berlin so aufrichtig, daß Herrmann in jeder andern Gemüthsverfassung bis zu Thränen gerührt worden wäre: doch izt fühlte er nur einen flachen Eindruck, steckte den Brief in die Tasche und legte das Reisegeld, das ihm Schwinger schickte, in seine Spielkasse: er wollte jeden Tag antworten und ihm berichten, daß er seinen Vorschlag auch diesmal ausschlagen müßte, und vergaß es jeden Tag: Zerstreuung und Spiel ließen ihm keine Zeit dazu.

Inzwischen, so leichtsinnig ihn auch Glück und Leidenschaft zu machen schienen, so wenig vermochten sie doch über Gewissen und Ehre bey hm: nie suchte er, wie seine Freunde, von der Unerfahrenheit oder Dummheit eines Jünglings Vorteil zu ziehen: nie lockte er durch listige Kunstgriffe zum Spiel an, sondern wer freywillig bey ihm gewinnen oder verlieren wollte, war ihm willkommen, und nur das Glück entschied. Den Nachstellungen, womit Arnold junge Leute zum Spieltisch und meistens in ihr Verderben lockte, sah er anfangs mit stiller Misbilligung zu, tadelte seinen Freund darüber, der ihn meistens dafür auslachte, und die Gewohnheit härtete allmälich seine Billigkeit so sehr ab, daß er sich an den lustigen Scenen, die oft dabey vorkamen, vergnügte, Arnolds List bewunderte und das Ungerechte, Räuberische in seinem Verfahren gar nicht mehr fühlte: er bedauerte im Herzen die unglücklichen Schlachtopfer und bliebe ein stiller Zuschauer ihres Verlustes. Die Leidenschaft hat eine eigne Kasuistik: in den wenigen Stunden der Ueberlegung, die Herrmann übrig behielt, machte er sich zuweilen Vorwürfe über seine itzige Lebensart, allein sie wurden sehr bald durch die herrlichsten Scheingründe niedergeschlagen. »Was thut Arnold Böses?« sagte er sich in solchen nachdenkenden Stunden. »Er verleitet freilich Leute zum Spiel, die außerdem vielleicht nicht gespielt hätten: aber läßt er es nicht lediglich auf das Schicksal ankommen, welchen Ausgang es haben soll? Wagt er nicht das Seinige mit dem Gelde des Andern in gleiche Gefahr? Kan er dafür, daß das Glück die Karten für ihn günstiger fallen läßt, als für den Andern? Ich, der Arme, streite mit dem Reichen um das ungleich ausgetheilte Vermögen, und der Wurf eines gemalten Blattes entscheidet, ob er oder ich mehr davon besitzen soll, als ein jeder bereits hat; handelt nicht ein jeder unter uns aus gleich freyer Entschließung und nach gleichem Rechte? – Aber seine Kräfte so im geschäftigen Müssiggange dahinschwinden lassen! die Thätigkeit, womit man etwas Großes, Rühmliches und allgemein Nützliches schaffen könte, blos zu seinem eignen Nutzen, zu Befriedigung einer schnöden Geldbegierde anzuwenden! – Freilich sind das nicht Grundsätze, die mir Schwinger eingeprägt hat: – aber was Schwinger? Er kennt die Welt nicht. Was thun die Menschen rings um mich anders, als daß sie mit einander um ihren Nutzen, um die Mittel des Vergnügens und Wohlseyns kämpfen? Dieser arbeitet mit den Händen, jener mit dem Kopfe, um dem Reichern etwas abzugewinnen: dieser handelt mit Schwefelhölzern, jener mit Juwelen, um von der Masse des allgemeinen Reichthums einen größern Theil zu erbeuten, als er hat; und was thut ein Spieler mehr oder weniger, als das? Der Kaufmann, der Handwerker, der Gelehrte sucht Kunden an sich zu ziehen: wir nichts mehr und nichts weniger. Ich spiele aufrichtig, ohne den mindsten Betrug und habe einen der edelsten Zwecke dabey, der beleidigten Unschuld Genugthuung und der schmachtenden Liebe Nahrung und Unterhalt zu verschaffen: kan es bey solchen Absichten und unter solchen Umständen Schande seyn, für seinen Nutzen zu leben? – Schwinger hat mich mit finstern Schulgrillen angefüllt: Vignali sagte mir das oft: je mehr ich von der Welt sehe, je mehr fühl' ich, daß es ganz anders ist und seyn muß, als mir sie der gute Mann vormahlte. Da sollt' ich immer nur zum Besten der menschlichen Gesellschaft, immer nur für meine Ehre, immer nur wegen des Bewußtseyns, etwas Gutes gethan zu haben, arbeiten; allem Vergnügen und Eigennutz entsagen und nur nach großen und edlen, sich selbst belohnenden Handlungen streben: Schimären! nichts als Schimären! Ich habe bey Vignali dem Vergnügen gelebt; und ich lebe hier dem Nutzen, um mir neues Vergnügen erkaufen zu können. Niemand bewegt um meinetwillen eine Fingerspitze, wenn er nicht eine Vergeltung seiner Mühe erwarten kan: jeder denkt nur an *seinen* Vortheil, *sein* Vergnügen; und ich Thor, soll mich mit leeren Gespenstern der Ehre herumjagen? soll der Grille nachlaufen, dem Irrlichte der Einbildung, dem Fantome des Bewußtseyns, etwas Gutes für Andre gethan zu haben, da doch Niemand etwas Gutes für mich thun will? – Weg mit den Träumen! Vergnügen und Nutzen sind die beiden Realitäten auf der Erde: das übrige ist Tand. Meine eingesognen Vorurtheile und Hirngespinste haben mich in Berlin gegen das Vergnügen mistrauisch gemacht: o welch' ein glückseliges Leben hätt' ich bey Vignali genießen können, wenn meine lichtscheuen Grundsätze nicht gethan hätten! Schwinger hat, bey aller guten Absicht, die bisherige Hälfte meines Lebens verbittert. Das Vergnügen bot sich mir, wie ein voller Baum mit funkelnden Früchten, dar: meine hungernden Lippen wollten sich sättigen, und ängstliche Besorgnisse, wunderliche Träume von hoher Ehre und überspannter Tugend ließen mich nicht einmal kosten: diese nämlichen Grillen entzweiten mich auch mit Ulriken und trübten eine Liebe, die wie ein klares süßes labendes Wasser aus Herz in Herze floß: sie brachten mich der Verzweiflung und dem Gedanken des Selbstmordes nahe: noch izt machen sie mich bedenklich und schmälern mir meine Glückseligkeit: immer hungre ich halb am Tische des Vergnügens und

Nutzens, aus Furcht mich zu überladen. – Nein! ich will die Einbildungen alle verscheuchen: *erwerben* und *genießen* sollen meine beiden Wünsche, meine beiden Beschäftigungen seyn.«

Diese veränderten Gesinnungen, die der herrschende Ton des Eigennutzes rings um ihn, und größtenteils Arnolds Umgang erzeugt hatte, befolgte er getreulich: doch konten sie die zwey Elemente seiner Denkungsart, Größe und Güte, nie verdrängen. Er dürstete nach Gewinn; und gleichwohl konte er sich nie entschließen, einen rechtmäßigen Gewinst anzunehmen, wenn er wußte, daß der Verlierer deswegen darben mußte: er schickte ihm einen Theil seines Verlustes wieder nach geendigtem Spiele, ohne daß er ihn wissen ließ, wer das Geld schickte, oder er lud ihn zu sich ein und verlor durch vorsezliche Unachtsamkeit an ihn. Er wollte sammeln und sammelte auch sehr geizig; allein wenn er von einer armen Wittwe hörte, die kein Holz hatte, oder von einer dürftigen Familie, die sich des Bettelns schämte und doch kümmerlich darbte, oder von einem Unglücklichen, den die Musen beinahe verhungern und erfrieren ließen, dann wurde des Zurückgelegten nicht eine Minute geschont: die Leute empfiengen von ihm durch die dritte Hand, ohne zu wissen, wem sie es verdanken sollten: er sammelte also in das Faß der Danaiden, und hatte bey dem größten Glücke und dem größten Geize immer nichts. Seine stille gutherzige Wohlthätigkeit machte gegen Arnolds ausschweifende Großmuth und verschwenderische Freigebigkeit einen sonderbaren Kontrast, und es war ein wirkliches Vergnügen zu hören, wie diese beiden Leute deswegen wechselsweise den Hofmeister an einander spielten. – »Wenn du jedem, der Geld braucht, das deinige hingiebst,« sprach Arnold, »so wirst du in Ewigkeit nichts zusammenbringen. Was gehn dich denn die Leute an, denen du einen Louisd'or nach dem andern zuwirfst? Du kanst hundert Jahre spielen, und wirst doch nie genug beysammen haben, um dir nur ein Bauergütchen kaufen zu können.« – »Bist du nicht wunderlich?« antwortete Herrmann lachend. »Ich habe ja Geld in Menge: es fließt mir von allen Seiten zu. Wer viel hat, muß viel geben. Ich verschenke alle Tage und lege alle Tage neue Summen zurück. Das Glück ist freygebig gegen mich: so muß ich ja wohl wieder freygebig gegen Andre seyn, die es karg behandelt.«

»Du bist ja ein wahrer Verschwender,« sprach zu einer andern Zeit Herrmann zu seinem Freunde. »Du wirst dich durch deine übertriebne Freigebigkeit zu Grunde richten. Wozu denn so ungeheure Verschwendungen an Leute, die dirs nicht einmal danken? Sie essen sich dick und rund, und thun nicht einen Schritt deinetwegen, wenn du Hülfe brauchst.« – »Narr!« war Arnolds Antwort gemeiniglich: »das Geld muß verthan werden: dazu ist es gemacht. Ich kan nicht so klein leben, wie alle die Knicker, die bey mir schmarotzen. Bey mir muß es groß hergehn, alles im Ueberflusse seyn; und wenn mirs morgen einfällt, die ganze Stadt zu Tische zu bitten, so darf mirs nicht fehlen. Was willst du denn? mein itziges Leben ist ein bettelhaftes Leben. Wenn ich täglich sieben oder acht Leuten vier, auch wohl sechs Schüsseln und ein lumpichtes Dutzend Bouteillen Wein vorsetze; was ist das? – Wenns nach meiner Neigung recht ordentlich zugehn soll, so muß ich alle Tage an zwey, drey Tafeln vierzig, funfzig Personen speisen können: jede Mahlzeit müssen sich ein paar Leute zu Tode essen; die Champagnerflaschen müssen in Einem fort springen, als wenn bey Tische kanonirt würde: in einer Stunde müssen die Gäste schon vor Trunkenheit auf der Erde herumliegen, wie todte Fliegen, und sich im Weine wälzen; und dabey Pauken, Trompeten, Kanonen und ein halbes Dutzend Hofnarren! Das muß ein Toben und Lärmen seyn, daß die Ohren zerspringen möchten: da muß gar nicht gefragt werden: – ist das da? kan man jenes haben? – sondern ein jeder sagt: – ich will Tokayer; ich will Fasanen; ich will Drosseln; ich will Vogelnester; ich will Kapwein; ich will den Fisch, ich will jenen; – und wie ers sagt, muß es da seyn, und wenn sich Jemand einfallen ließ, amerikanische Schweinefüße zu fodern: das heiß' ich Leben. Mein itziges Leben ist ein halber Tod; kümmerlich, wie bey einem Halunken, gehts bey mir zu. Wenn wir vier und zwanzig Bouteillen ausgestochen haben, ein bischen torkeln, und hie und du ein schwacher Kopf spricht, wie ein Kalb, oder mit der Nase auf den Tisch fällt und einschläft, das ist unser größtes Fest: ist das wohl des Redens werth? – Schwimmen muß ich im Wohlleben, wie ein Sultan, wenn ichs gelten lassen soll: izt leb' ich wie Sultan, mein Hund.«

Unter der Anführung eines solchen Lehrmeisters war es kein Wunder, daß Herrmann mit dem Geschmack am geräuschvollen trunknen Wohlleben angesteckt wurde: seine tägliche Gesellschaft hielt es für eine Sache der Ehre, im Trunke viel leisten zu können: wie mochte er es also über das Herz bringen, sich durch verspottete Mäßigkeit lächerlich zu machen? Außerdem verdrängte der Wein den Rest seines vorigen Kummers vollends; der halbe Rausch, in welchem sich sein Kopf beständig befand, unterdrückte die Stimme der Vernunft und des Nachdenkens, die ihm izt beide sehr zur Last fielen, weil sie ihm mancherley unangenehme Dinge sagten, so bald sie zum Sprechen kamen: der Trunk begeisterte ihn mit Kraft und Thätigkeit und spannte alle Nerven seiner Fantasie an: er befand sich ungemein wohl in dem Gefühl seiner Stärke und leerte das freudenschaffende Glas desto öfterer aus, um dieses Gefühl voller und dauerhafter zu machen.

Ohne Liebe ist der Wein matt: auch folgte sie dem Trunke auf dem Fuße nach, aber keine Liebe zu einer Ulrike! nein, eine Liebe, die sich vor Ulrikens Andenken schämte und es mit aller Gewalt zu vertilgen suchte! Sie wurde durch Arnolds Reden genährt, der die Ausschweifung laut predigte, und durch seine Beyhülfe brach sie sehr bald in verwüstende Flammen aus.

In dem einsamsten Winkel der Stadt wohnten zwo Schwestern, die von der Arbeit ihrer Hände lebten, trocknes Brod aßen und dünnen Kaffe dazu tranken, und dieser kümmerlichen Kost ungeachtet, in der Kirche und auf dem Spatziergange mit den Reichsten in der Schönheit und Nettigkeit des Anzugs wetteiferten. Die Aelteste war rasch, leichtsinnig, verbuhlt, und Arnold genoß ihre Vertraulichkeit im weitesten Umfange: seine Freigebigkeit erhielt sie beide; allein sie ließen seine Geschenke mehr ihrer Eitelkeit als ihrem Appetite zu gute kommen, aßen so kümmerlich wie vorher, wenn er sie nicht bewirthete, und puzten sich alle Tage herrlich heraus. Die Jüngste war still, von angenehmem Ernste, hatte einen hochinteressanten Zug der Traurigkeit im Gesichte, und aus ihrem schüchternen Auge sprach die Liebe mit so vieler Stärke, als aus ihrer Schwester ganzem Gesichte die Buhlerey. Sie gab sich wohl auch zuweilen die freche Mine, allein man merkte sehr bald, daß sie nur nachgemachte Grimasse und nicht natürlicher Ausdruck ihrer Denkungsart war: deswegen achtete sie Arnold sehr wenig, nennte sie das stille Schaf und machte sich nebst ihrer Schwester meistenteils über sie lustig. Herrmann wurde von seinem Freunde in diese Gesellschaft gezogen, damit er nicht so müßig gienge, wie dieser sagte, sondern sich etwas zu thun schafte. Arnolds Absicht schlug nicht fehl; denn gleich bey dem ersten Blicke, den Herrmann und Lisette – welches der Name der Jüngsten war – auf einander warfen, machten beide den Anfang, sich etwas zu thun zu schaffen. Die Vertraulichkeit blieb nicht lange außen; allein mitten darunter mischte sich bey dem Mädchen eine Scheu, eine Zurückgezogenheit, die den neuen Liebhaber so sehr anlockte, als ihn ihre Buhlerey zurückstieß, weil sie ihr so wenig stund, daß sie unendlich dabey verlor. Arnold erkundigte sich jeden Tag bey ihm, wie weit er mit ihr gekommen wäre, und jedesmal tadelte er seine Blödigkeit. »Ich will dein Geschäfte machen,« erbot er sich endlich, da ihm die Zauderey zu lange währte, brachte dem entbrannten Herrmann die günstigste Antwort und trieb ihn durch beschämende Vorwürfe an, aller Schüchternheit zu entsagen. Eigentlich war es nicht Schüchternheit bey ihm, sondern Lisette hatte ihm mit der Liebe bereits zu viele Achtung beygebracht: er liebte sie zu sehr und zu zärtlich, um ihr eine unerlaubte Zumuthung thun zu können; allein Arnolds Zuredungen, die seinen Ehrgeiz verwundeten, siegten zulezt über ihn. Lisette, von seinem Freunde vorbereitet, empfieng ihn überaus ängstlich und traurig, ob man gleich das Gegentheil hätte vermuthen sollen. Das Gespräch belebte sich zwar ein wenig: Herrmann, von Wein, Liebe und Ehrgeize trunken, erlaubte sich ungewohnte Freiheiten: das Mädchen wurde immer trauriger und bis zum Weinen bänglich. Endlich, da die geduldeten Freiheiten sich bis zur Unverschämtheit verstärkten, fieng Lisette an, bitterlich zu weinen. »Schonen Sie meiner!« sprach sie mit unterdrückter Stimme. »Meine Armuth, Ihre Geschenke und Arnolds Zuredungen verleiteten mich freilich zu einem übereilten Versprechen, das ich seitdem vielfältig bereut habe. Ich bin in Ihrer Gewalt: wollen Sie mich unter keiner andern Bedingung Ihre Freigebigkeit genießen lassen, so muß ich Ihnen aufopfern . . .« – Thränen erstickten den Rest ihrer Rede: Herrmann stand bestürzt und verlegen da, ohne ein Wort reden zu können.

»Sie sind zu edel, um ein armes Mädchen ins Verderben zu stürzen,« fieng sie nach einer langen Pause wieder an: »und unglücklich muß ich zeitlebens seyn, wenn Sie schlechter denken, als ich glaube; denn Sie können mich nicht heirathen.« –

»Warum nicht, Lisette?« unterbrach sie Herrmann, der sich indessen wieder von der Bestürzung erholt hatte. »Glauben Sie, daß ich Sie dazu nicht genug liebe?« –

»Nein,« antwortete das Mädchen; »sondern weil Sie vermutlich eine ältere Liebe mir nicht aufopfern werden.«

HERRMANN

Wie so? eine ältere Liebe? – Sie sind freilich nicht die Erste, die ich liebe; aber was schadet das? – Aus den Augen, aus dem Sinne: wer kan alle Mädchen heirathen, die man liebt?

LISETTE

Und so dächten Sie wahrhaftig nicht besser gegen unser Geschlecht? Sind Sie wirklich einer so entsezlichen Untreue fähig? – Wollen sie mich wirklich heirathen?

HERRMANN

Vielleicht: versprechen kan ich nichts – vielleicht, vielleicht!

LISETTE

Ich muß Ihr völliges Ja haben.

HERRMANN

Wenn Sie mir nicht anders trauen wollen – Ja, Lisettchen: hier ist meine Hand.

LISETTE

Ich nehme sie nicht an, weil Sie mich durch Ihr Versprechen hintergehn wollen. Sie können keine Hand mehr weggeben: Ihre Treue ist verpfändet. –

Sie zog darauf ein Papier aus der Tasche und überreichte es ihm. »Wenn die Verfasserin dieses Briefs befriedigt ist,« sprach sie, »dann bin ich von dieser Minute an die Ihrige.«

Herrmann erkannte, wie vom Schlage gerührt, Ulrikens Hand auf dem Papiere: es war einer ihrer zärtlichsten Briefe, worein er – wie es sich hernach auswies – in der Zerstreuung des Vergnügens und der Spielsucht eine Garnitur Haarputz gewickelt und Lisetten ein Geschenk damit gemacht hatte. Er fühlte sich, wie von einem Abgrunde zurückgezogen: er war überführt, konte und wollte nichts läugnen, sondern bekannte offenherzig die Falschheit, die er zu begehen willens gewesen war.

Lisette unterbrach sein Bekenntniß. »Meine Schwester,« sagte sie, »hat sich mit mir veruneinigt: ich habe zeither halb von ihrer Wohlthätigkeit leben müssen, und sie rückte mirs sehr oft vor, daß sie mich Arnolds Freigebigkeit mitgenießen ließ. Ihre Vorwürfe und ihr Uebermuth auf Arnolds Freundschaft werden so unerträglich, daß ich mich von ihr trennen muß. Die Arbeit meiner Hände giebt mir kaum kümmerliches Brod; und ich wollte lieber verhungern, als durch meine Aufführung in Kleidern meine Eltern im Grabe beschimpfen. Sie waren reich, erzogen uns beide im Ueberflusse und wurden durch einen unglücklichen Bankerut arm. Die Welt hatte an unserm Unglücke nicht genug, sondern beneidete, verläumdete und verspottete uns noch oben drein, daß wir den Schein des vorigen Glücks durch unsern Anzug zu behaupten suchten: mit dem giftigsten Spotte und den hämischsten Erdichtungen haben uns die übeln Nachreden der Stadtklatscherinnen verfolgt. Verlassen Sie mich, so bin ich ganz verloren; ich werde der Dürftigkeit und Schadenfreude preisgegeben; und lieber wollte ich in den Tod gehn oder in die größte Schandthat willigen, als der Bosheit das Vergnügen machen, daß ich ihr meine Dürftigkeit öffentlich zeigen mußte. Wollen Sie nunmehr nicht anders als für die Befriedigung Ihrer Lust mein Wohlthäter werden und mich der öffentlichen Schande der Armuth entziehen, wohl! – machen Sie alles mit mir was Ihnen gefällt! Ich muß Ihrer Begierde gehorchen; aber nur noch einen Augenblick Ueberlegung! Wenn Sie mich armes Mädchen einer noch größern Schande aussetzten; und wenn mich, um der Schande und den Gesezen zu entgehn, meine Ehre zu einem Verbrechen verführte – haben Sie das Herz, die ganze künftige Glückseligkeit eines verlaßnen Mädchens einigen frohen Augenblicken aufzuopfern?«

Sie weinte, daß Thräne auf Thräne folgte. – »Solch' ein Verworfner bin ich nicht!« rief Herrmann tief gerührt. »Nein, Lisette! so weit will ich nicht herabsinken, daß meine Liebe Ihre Thränen verachten soll. Ich war ein Leichtsinniger, der im Taumel der Verführung eine Schandthat durch Untreue und Betrug erkaufen wollte: aber ein vorsezlicher Bösewicht kan ich nicht seyn. Ich will verflucht seyn, wenn ich von dieser Minute an noch Ein Verlangen gegen Sie äußere, das Sie unglücklich machen könte. Einmal Verführer der Unschuld gewesen zu seyn, ist genug; und das war ich, Lisette, das war ich! an dem schuldlosen Geschöpfe, das diesen Brief schrieb! An die Stirn will ich mir meine Schande ätzen lassen, daß Jede, die noch Einen Funken Tugend und Ehre im Herze trägt, vor mir flieht, wie das Schaf vor dem Wolfe. – Solch' eine Nichtswürdigkeit hätte ich mir doch nie selbst zugetraut. Kaum steh' ich von einem Falle auf, so renne ich schon wieder zu einem zweiten hin. – O Verführung! Verführung! du bist der Löwe, der im Finstern herumschleicht! aber du sollst mich nicht mehr beschleichen, das schwör' ich. Kein Tropfen Wein soll wieder über meine Zunge gehn, und meine Hände keine Karte jemals wieder berühren; denn das sind meine beiden Verderber. – O Ulrike! wenn du den wüsten taumelnden Spieler und Mädchenverführer sehen solltest, ob du deinen Herrmann noch in ihm erkennen würdest? Mit Abscheu müßtest du dich von mir wenden; und du thätest Recht: ich bin deiner unwerth! ein Verworfner!«

Lisette mußte alle Mühe anwenden, um ihn wieder zu beruhigen; denn des Selbstverwünschens und Bereuens wurde gar kein Ende. Nachdem es ihr gelungen war, ihn zufrieden zu sprechen, that er ihr, um seine ungerechten Zumuthungen zu vergüten, die heiligste Versicherung, daß er nunmehr seine Freigebigkeit gegen sie verdoppeln werde. »Miethen Sie sich eine Wohnung!« sprach er; »ich bezahle sie: Alles, was Ihre kleine Haushaltung kostet, trage ich aus Dankbarkeit, daß Sie mich aus einer Verblendung gerissen haben, die mich in das tiefste Verderben führen konte. Sie sind künftig meine Freundin; und sobald mich die Liebe hinreißt, mehr, als Freund, für Sie seyn zu wollen, so verstoßen Sie mich als einen Unwürdigen, oder rufen Sie mich mit der liebenswürdigen Güte, wie izt, zu meiner Pflicht zurück! – Aber auf Einer Bitte muß ich bestehen: Arnold soll glauben, daß Sie meine Absichten begünstigen: sein Spott würde mich unbarmherzig verfolgen, wenn er erführe, was zwischen uns vorgefallen ist. Er hätte vielleicht gerade so in meinem Falle gehandelt; allein seine Hönereyen über meine Blödigkeit und Mäßigung sind ohnehin unendlich: er würde mich, wie ein Kind, auslachen. Daß er ja nicht eine Silbe erfährt!«

Lisette versprach, weil er schlechterdings darauf bestund, sich gegen seinen Freund einen schlimmern Schein zu geben, als sie war; und sie trennten sich beide mit dem lebhaftesten Danke, und zuversichtlich zufriedner, als wenn Herrmann in ihren Armen seine Leidenschaft gestillt hätte. Seinem Vorsatze gemäß, gieng er nicht auf das Kaffeehaus, speiste zu Hause und hatte Langeweile: das Spiel fehlte ihm; die ganze Stube war ihm zu enge: er gieng in allen vier Winkeln herum, wie ein Mensch, der etwas vermißt, konte dem Triebe unmöglich widerstehen, nahm den Hut, gieng an die Thür, stund – warf plözlich den Hut auf den Tisch und sezte sich. Um sich seine Enthaltsamkeit weniger peinlich zu machen, rief er seinen Pommer zu sich in die Stube. »Kanst du spielen?« fragte er; »mit Karten, mit Würfeln, oder ein ander Spiel?« – »Würfeln!« antwortete der Pommer: »würfeln ist mein Leibspiel.« – Wer war froher als Herrmann? Er würfelte mit dem Burschen, und da er ihm alle Baarschaft abgenommen hatte, mußte er Weste, Beinkleider, Strümpfe und Schuhe setzen: der arme Teufel war so unglücklich, daß er seinen ganzen Anzug verlor und im Hemde und baarfuß dort stehen mußte. Die Beschimpfung verdroß ihn, und weil ihm gar nichts mehr übrig war, sezte er im Zorne seine Haut: auch diese verlor er: der Junge fieng an bitterlich zu weinen, als wenn er das Schicksal des Marsyas leiden sollte, und während daß Herrmann seiner Thränen lachte, trat Arnold herein. Der Spas wurde auf Unkosten des armen Pommers eine Zeit lang fortgesezt, der so verwegen war, auch Arnolden eine Partie anzubieten: das Glück drehte sich so schnell auf seine Seite, daß er in kurzer Zeit einen Dukaten gewann. Wie unsinnig vor Freuden sprang der Bube, den funkelnden Dukaten in der Hand, zur Thür hinaus und ließ seinen Anzug herzlich gern im Stiche.

Sogleich wurde das Gespräch auf Lisetten gelenkt: Herrmann gab sich die Mine des begünstigten Liebhabers, nahm mit vieler Verlegenheit die Glückwünsche seines Freundes an, und wurde berichtet, daß heute sehr schlechtes Kommerz auf dem Kaffehause wäre: deswegen schlug Arnold eine Partie bey ihm auf der Stube vor. Herrmann wollte sie ablehnen, aber er kam mit seinem Widerstande nicht sonderlich weit; denn eben traten vier von seinen Bekannten herein und unterstüzten Arnolds Vorschlag.

Sie machten, ohne lange zu fragen, Anstalt zum Spiel, Arnold besorgte den Punsch: halb ängstlich, ein gethanes Gelübde so bald zu brechen, und halb erfreut, sich zum Bruche gezwungen zu sehn, sezte sich Herrmann zum Spiel, brachte die Nacht bis an den frühen Morgen bey dem Punschglase und den Karten zu und verlor ein Paar hundert Thaler. Das war in jedem Verstande ein schlimmer Anfang zur Besserung; denn mit dem Verluste bemäntelte seine Leidenschaft den gänzlichen Aufschub derselben: er mußte nunmehr notwendig spielen, um sich das verlorne Geld wieder zu schaffen. Der Verlust wuchs jeden Tag, und also auch jeden Tag die Hitze seiner Spielbegierde: das Glück gieng so gewaltig mit ihm abwärts, daß er, der noch vor acht Tagen der Besitzer unendlicher Reichthümer zu seyn glaubte, nicht den Pfennig mehr besaß. Das Schlimmste dabey war, daß Arnold mit ihm gleiches Schicksal hatte: einige, die ihm übel wollten, hatten eine Verschwörung wider ihn gemacht und Vermögen und Leben unter sich verpfändet, ihn zu Grunde zu richten: das Glück und Arnolds Heftigkeit begünstigten ihren Plan, und in kurzer Zeit war er ganz auf dem Trocknen, mit Schulden überhäuft, nicht fähig, sie zu bezahlen, und sehr geneigt, sie zu vermehren; allein man verschob den Kredit bis auf beßre Zeiten. Was war zu thun? die ofne Tafel wurde eingestellt, kein Champagner nezte mehr seine Kehle, Freunde und Schmarotzer flohen, und er mußte nebst Herrmannen äußerst zufrieden seyn, daß ein gutherziger Speisewirth ihnen täglich eine schlechte Portion Fleisch auf Kredit zukommen ließ. Kleider und Wäsche war schon verkauft, und nichts mehr übrig als bey der Nacht sich unsichtbar zu machen: der Entschluß war wirklich gefaßt, und nur die nahe Neujahrsmesse sollte entscheiden, ob er ausgeführt werden müßte. Unterdessen stimmte Arnold seine Denkungsart herab und arbeitete im Kleinen: er schlich in den Dorfschenken herum und übertölpelte zuweilen ein Paar junge Bauerkerle, denen er mit dem Würfel wenigstens so viel abgewann, um den Kredit des Speisewirths bey Athem zu erhalten. Herrmann fand freilich diese Lebensart äußerst erniedrigend: allein was vermag nicht die Noth? Wenn Niemand um Geld spielen wollte, geschah es um Stecknadeln, einen Krug Bier, eine Mahlzeit, und an einem Sonntage gewannen sie einem Bauer seinen ganzen Hünerstall ab. Sie trieben sich einige Zeit auf dem Lande herum, und alle, was nur in Geld gesezt werden konte, wurde zum Einsaz angenommen: Herrmann war zwar bey den häufigen Betrügereyen, wodurch Arnold sich sein Gewerbe ergiebig machte, nur Zuschauer, höchstens Gelegenheitsmacher, allein er erschien sich selbst als Mitgehülfe bey einer solchen Kaperey in einem so verächtlichen Lichte, daß er beschloß, die Messe abzuwarten und dann heimlich seinen Freund zu verlassen, wenn sie das Glück nicht wieder in bessere Umstände versezte.

FÜNFTES KAPITEL

Die längstgewünschte Messe erschien, und die beiden Kaper rückten mit einer kleinen Baarschaft, die sie aus den erbeuteten Hünern, Gänsen, Kühen und Eyern gelöst hatten, wieder in die Stadt. Arnold, so freygebig und edel er im Glücke war, handelte in der Noth mit der grausamsten Tiranney: um sich emporzuhelfen, schonte er weder Vater, Mutter, noch Freund. Gleich zu Anfange der Messe wandte er sich an einen fremden Kaufmann von seiner vertrautesten Bekanntschaft, der von seinem Unglücke noch nichts wußte, und schwazte ihm zehn Louisdor ab, die er in drey Tagen wieder zu bezahlen versprach. Herrmann bekam zwey davon, um sein Glück auf den Kaffehäusern zu versuchen, und Arnold gieng aus, einen einfältigen reichen Fremden oder gutherzigen Jüngling aufzusuchen, um ihn rein zu plündern. Herrmann, der sein Versprechen gegen Lisetten noch nicht mit Einem Groschen hatte erfüllen können, flog sogleich zu ihr und überbrachte ihr die Hälfte seiner zehn Thaler: er fand sie noch bey ihrer Schwester, die theils aus Kummer, daß sie Arnold ganz verlassen hatte, theils aus Furcht vor künftiger Schande krank geworden war; denn sie hatte gegründete Ursachen, traurige Folgen von Arnolds Vertraulichkeit zu erwarten. Lisette konte nicht genug verdienen, um sich und ihre bettlägerige Schwester zu erhalten: ein Theil ihrer Kleider war schon versezt, und an den übrigen sollte nächstens die Reihe kommen. In einer so kläglichen Lage war Herrmann mit seinem Louisd'or ein Engel, der sie vom Himmel speiste. Lisette weinte, bleich von vielem Härmen, und ihre Schwester wickelte sich schluchzend in die Betten, um ihr entstelltes schamvolles Gesicht zu verbergen: das Bild des Schmerzes und Mangels, das er erblickte, wohin er sich kehrte und die Klagen der beiden Mädchen machten so tiefen Eindruck auf Herrmann, daß er auch seinen zweiten Louisd'or hingab. Er blieb die übrige Zeit des Tages bey ihnen und gieng gegen Abend auf Arnolds Stube mit verstellter Wuth und Trostlosigkeit, als wenn er sein Geld auf dem Kaffehause verloren hätte. Sein Freund zog ihn mit seinem vorgegebnen Verluste auf und versicherte ihn, daß er heute Abend einen bessern Fang thun werde. »Den Vogel hab' ich im Garne,« sprach er; »und diesen Abend wollen wir ihn rupfen. Einen Mann, so fidel, wie ein halbjähriger Student, so treuherzig wie ein Kind, und ein herzlicher Liebhaber von Spiel, hab' ich erwischt. Er ist in Geschäften hier und hat einige tausend Thaler bey sich, die er morgen auszahlen soll: so bald wir sie ihm abgenommen haben, müssen wir fort; denn das Geld gehört nicht ihm, und wenn Untersuchung angestellt würde, könten wir übel dabey wegkommen. Ich habe ihn zum Abendessen gebeten: Essen, Wein und Gesellschaft ist schon bestellt: unser Hahn, dem wir die Federn ausziehen wollen, trinkt gern ein Gläschen, und damit soll er reichlich bedient werden. Wenn er dessen genug hat, dann soll die Lustjagd angehn; und ich setze meinen Kopf zum Unterpfande, daß ihm nicht ein rother Pfennig von seinen dreytausend Thalern übrig bleiben soll. Hier sind meine Würfel mit lauter Sechsen, und hier mein allzeit artiges Aß zum *Vingt et un*; denn das ist sein liebstes Spiel, hat er mir gesagt. Freue dich, Brüderchen! Morgen wollen wir nicht mehr solche Halunken seyn wie heute.«

Herrmann konte sich nicht freuen, ob ihm gleich reichlicher Antheil an der Beute versprochen wurde: er gieng ängstlich, wie ein Missethäter, herum, oder als wenn er zu einem Opfer eingeladen wäre: er konte es weder sich noch seinem Freunde verhelen, daß dies förmliche Räuberey sey, wurde für sein gutherziges Moralisiren ausgelacht und mußte schweigen.

Der eingeladne Fremde stellte sich früher als alle Andre ein, weil er sich einmal einen recht lustigen Abend machen wollte: aber wie groß war Herrmanns Entsetzen, als er an der Stimme und Figur bey seinem Hereintritt den Doktor Nikasius erkannte: er wußte nicht, wie er sich vor ihm verbergen sollte, und begab sich deswegen unter einem Vorwande gleich nach dem ersten Grusse hinweg. Sich erkennen zu geben, war demüthigend, weil er glaubte, daß ihm Jedermann seine schlechten Umstände und schlechte Lebensart an der Stirn lesen könte: gleichwohl seinen ehemaligen Retter, seinen wohlthätigsten Freund und Beschützer der schrecklichsten Gefahr nahe zu sehn und ihn mit keinem Winke zu warnen, das war eine Unmenschlichkeit, wofür sein Herz schauderte: warnte er ihn, so zerstörte er Arnolds Plan und lud seine unversöhnlichste Feindschaft auf sich. Er gieng die Straße einigemal nachdenkend auf und ab, so kalt es war, und berathschlagte: bald wollte er dem Doktor in einem Billet, als ein Unbekanter, die Gefahr zu wissen thun, bald Arnolden inständigst bitten, sich ein andres Opfer zu wählen: beides war mißlich, und er schlug deswegen einen Ausweg ein. Arnold hatte des Doktors Bekantschaft bey Tische in einem Gasthofe gemacht: es war folglich zu vermuthen, daß er auch dort wohnen, oder seine Wohnung dort zu erfragen seyn werde. Er wanderte hin: glücklich war es des Doktors Quartier: man wies ihn zu dem Bedienten, der ihn auf den ersten Blick erkannte und etwas verdrießlich bewillkommte. Herrmann bat ihn, sogleich in das Haus, das er ihm anzeigte, zu gehen, nach Herrn Arnold zu fragen und dem Doktor zu melden, daß ihn Jemand, der Geld an ihn auszuzahlen habe und noch diesen Abend wegreisen wolle, notwendig auf eine Viertelstunde augenblicklich sprechen müßte: dem Bedienten schärfte er auf das Gewissen ein, seinen Namen nicht eher zu verrathen, als bis er mit seinem Herrn auf der Straße sey. Der Bediente gieng, und Herrmann wartete am Thore des Gasthofes so freudig, so leicht ums Herze, als wenn ihm ein großer Stein abgewälzt wäre.

Arnold ließ den Doktor mit unendlicher Schwierigkeit von sich, und nur wegen der Hofnung, seinen Gewinst durch die neue Auszahlung vielleicht zu vergrößern, willigte er in sein Weggehn. Nikasius langte voll Erwartung und keuchend an: der Bediente hatte ihm auch unterwegs Herrmanns Namen nicht entdeckt, und er führte ihn unerkannt auf seine Stube. »Dergestalt und allermaßen,« rief der Doktor, als er ihm ins Gesicht blickte, »wie ist mir denn? Bin ich denn recht?« – Herrmann unterbrach sogleich seine Verwunderung, versicherte ihn, daß er recht sey, und erzählte ihm das Komplot. Nun gieng erst Verwunderung und Erstaunen bey dem Doktor an: er lief vor Angst hurtig nach seiner

Schatulle, um zu sehn, ob er seine dreytausend Thaler nicht schon verspielt habe, und wußte nicht, wie er für die Warnung genug danken sollte, als er sie noch fand. Er wollte aus Erkenntlichkeit sogleich Wein und Kuchen holen lassen, allein Herrman verbat es, versprach, ihn den andern Tag zu besuchen, und trennte sich von ihm, um keinen Verdacht bey Arnolden zu erwecken. Der Doktor wollte umständlich belehrt seyn, woher er das alles wüßte, wie er in solche Bekantschaft gekommen wäre, und that tausend andre Fragen, die Herrmann nicht zu beantworten Lust hatte.

Er kam zur Gesellschaft zurück, die mit Schmerzen auf des Doktors Rückkunft wartete, ließ sich die Ursache seiner Abwesenheit, wie eine ganz fremde Sache erzählen, und wandte sehr heftige Zahnschmerzen als einen Bewegungsgrund vor, warum er sich vorhin wegbegeben habe und itzo auf seine Stube verfügen werde, ohne Antheil an der Lustbarkeit zu nehmen. Der Anblick seines ehemaligen Versorgers, das Andenken an seine eigne Gemüthsbeschaffenheit bey seinem Aufenthalte in des Doktors Hause und die Vergleichung seiner damaligen Umstände mit den gegenwärtigen hatten ihn in eine Stimmung des Geistes versezt, daß er das Gewühl der Freude unmöglich zu ertragen vermochte. Er schloß sich ein und seine traurigen nagenden Gedanken mit sich.

Arnold verlor indessen alle Geduld über des Doktors langes Ausbleiben, schöpfte Argwohn und suchte ihn in eigner Person auf. Welch Entsetzen! die Thür war verschlossen, Nikasius ausgegangen und die Beute verloren: Arnold durchstrich in der äußersten Wuth alle Oerter des Vergnügens und traf ihn nirgends; denn er besuchte einen alten Magister, seinen ehemaligen Universitätsfreund.

Mit den Zähnen hätte Arnold sich, den Doktor und die ganze Gesellschaft zerreißen mögen: Verdacht war sichtbarlich da; aber auf wen?– Es war nichts zu thun, als daß er das bestellte Abendessen mit den beiden übrigen Gästen genoß und sich im Namen des Doktors betrank. Herrmann, der mit ihm seit dem großen Verluste in Einem Hause wohnte, wurde von ihm zur Gesellschaft zurückgeholt: Wein und Spiel zerstreuten die quälenden Gedanken, die des Doktors Gegenwart in ihm erregt hatte, und trieben ihn wieder ins vorige Gleis zurück. Er bekam zwar noch einige Tage hinter drein einige Unfälle von Vernunft: er wollte den Doktor aufsuchen und ihn bitten, daß er ihn aus seiner Lebensart herausrisse; allein theils schämte er sich, in einem so nachtheiligen Lichte vor ihm zu erscheinen, theils war seine Leidenschaft für das Spiel ein verzärteltes Kind, dem er unmöglich wehe thun konte: er wünschte, sie zu vertreiben, und wagte es nicht.

Arnold hatte in jener Nacht der Schwelgerey von den beiden halbtrunknen Gästen über hundert Thaler gewonnen und eilte nunmehr mit seinem Busenfreunde Herrmann auf neue und größere Beute aus. Auf ihren Wanderungen erblickten sie einen kleinen blaurockichten Mann, der mit vier schönen kastanienbraunen Pferden Vormittags und Nachmittags um das Thor fuhr. – »Was wettest du?« fieng Arnold an: »übermorgen soll der Postzug unser seyn.« – Herrmann lachte über seinen Einfall und nahm ihn für Scherz auf. Sie erkundigten sich nach diesem blaurockichten Manne und erfuhren, daß es ein Pferdehändler war, der diesen Postzug einer Herrschaft auf dem Lande überbringen wollte und zu seinem Vergnügen in der Messe mit ihm paradirte. Sie paßten ihm auf, als er vor seinem Quartier hielt, und Arnold fragte ihn, wie theuer er die Pferde verkaufen wollte. – »Nit theuer und nit wohlfeil, mein Herr,« antwortete der Pferdehändler: »sie sind bestellt.« – Arnold und Herrmann lobten die Gäule um die Wette, daß den kleinen Pferdehändler die Eitelkeit nicht wenig übernahm, und fragten, ob er ihnen nicht gerade so einen Postzug schaffen könte, und zwar so bald als möglich. Der Roßtäuscher, dessen Eigennuz ein Paar verblendete Liebhaber vor sich zu haben glaubte, lenkte sogleich wieder ein und erbot sich, den beiden Herren aus Geselligkeit, weil sie es wären, auch diesen zu lassen, wenn sie einen guten Preis machten. Arnold sezte mit verstellter Begierde vierhundert Thaler darauf: der Roßtäuscher glaubte die Leidenschaft der beiden Leute besser nützen zu müssen und schüttelte mit dem Kopfe, als wenn das ein Mißgebot wäre. – »Aber so sagen Sie doch gerade heraus,« sprach Arnold heftig, »was Sie haben wollen! Es wird ja noch zu bezahlen seyn.« – »Mit einem Wort, achthundert Reichsthaler in Gold!« war des Mannes Erklärung. Arnold und Herrmann fanden die Foderung etwas hoch und meinten, daß vielleicht noch funfzig oder hundert Thaler abgehen würden: der Mann versicherte das Gegentheil, und die beiden vorgeblichen Liebhaber baten sich indessen die Erlaubniß aus, des Nachmittags mit ihm und seinen Pferden auf ein Dorf zu fahren, um genauere

Bekantschaft mit dem Postzuge zu machen. – »Wenn er gut geht,« sezte Arnold hinzu, »so solls auf funfzig, hundert Thaler nicht ankommen.« – Nach einer so edelmüthigen Erklärung willigte der Pferdehändler mit einer tiefen Verbeugung in die Partie und sprach nunmehr nicht anders als den Hut in der Hand, ob er ihn gleich vorher nicht mit einer Fingerspitze vom Kopfe bewegt hatte.

Sie luden den Mann des Mittags zu Tische ein, und auch diese Einladung nahm er mit einer so tiefen Verbeugung an, daß er keuchte; denn weil er ziemlich dick war, wurde ihm die Höflichkeit ein wenig sauer. Bey Tische fand der Blaurock den Wein so köstlich, daß er, wie ein trockner Schwamm, ein Glas nach dem andern in sich zog: kaum war ihm eingeschenkt, so wischte er die dicken Finger an der Serviette ab, packte das Glas an – »Sie erlauben Dero hohes Wohlseyn« – schnapp! war es hinunter.

Er ließ sich Dero hohes Wohlseyn so angelegen seyn, daß er taumelte, als sie in den Wagen stiegen. Arnold und Herrmann fanden die Pferde so vortreflich, daß der Roßtäuscher seine achthundert Thaler schon in der Tasche zu haben glaubte: seine Höflichkeit stieg so übermäßig hoch, daß er, trotz der Kälte, nicht anders als mit bloßem Kopfe fahren wollte. Kaum war man an Ort und Stelle, als schon von neuem aufgetragen wurde – Wein, Liqueur, Kuchen, alles im Ueberflusse! Der Pferdehändler lobte aus Erkenntlichkeit, daß man seine Gäule so vortreflich fand, den Liqueur aus allen Kräften, sezte sich an den Tisch und fütterte und tränkte sich mit solcher Behaglichkeit, daß ihm die kleinen Katzenaugen, wie ein Paar Feuerfünkchen, aus den glühenden aufgedunsnen Backen hervorleuchteten.

Arnold und Herrmann stritten mit einander, wer von ihnen den Postzug kaufen sollte, und man wählte die Würfel zu Schiedsrichtern: man ließ Würfel bringen, und Arnold gewann den Vorkauf. »Sie würfeln, wie die Hundsfötter,« fieng der betrunkne Roßtäuscher an: »ich werfe auf jeden Wurf einen Pasch.« – Arnold schob ihm seine falschen Würfel unter, und der Narr triumphirte laut, als seine Prahlerey ein Paar Würfe hinter einander wahr wurde. Er bildete sich ein – wenigstens gab er in ganzem Ernste so vor – daß ihm dies niemals fehlgienge, und foderte Arnolden mit einem Dukaten heraus: das Spiel hub an, der Roßtäuscher gewann drey oder vier Dukaten; aber plözlich wandte sich das Glück, weil es Arnold regierte: alles Geld, was der Pferdehändler in seiner Tasche hatte, war ihm in etlichen Minuten abgewonnen. Der Mann ergrimmte, schnallte eine ungeheure Geldkatze los, die er um den Leib trug, legte sie mit Arnolds Beyhülfe auf den Tisch und foderte die beiden Hundsfötter heraus, indem er auf seinen ledernen Geldsack klopfte. Der Einsaz wurde von Wurf zu Wurf gesteigert, die strotzende Geldkatze von Wurf zu Wurf magrer: der Blaurock schwizte, keuchte und entschädigte sich für jeden großen Verlust mit einem Glase Liqueur. Das viele Trinken machte ihn so hitzig und zugleich so unbesonnen, daß er in weniger als einer Stunde alles baare Geld, den Postzug, Chaise und Knecht verspielte. Arnold machte gleich Anstalt, daß er zu Bette gebracht wurde, um den Folgen des Liqueurs vorzubeugen, und hielt mit den gewonnenen Pferden seinen Einzug vor dem Kaffehause, wo er gewöhnlich spielte: alle seine Freunde wurden mit dem Postzuge dahin geholt und der Abend in Schmausen, Freude und Wonne zugebracht: dem Pferdehändler schickte er noch denselben Tag seinen Postzug zum Geschenke zurück.

Herrmann bekam einen ansehnlichen Theil von der Beute: das Glück erklärte sich wieder zu seinem Vortheil, und der ganze übrige Winter war, kleine Abwechslungen abgerechnet, für Beide sehr ergiebig: so sehr auch Arnold verschwendete, so fehlte es doch nie an Geld und Kredit. Er machte eine Reise zum Karnewal an einen Hof und kam bereichert zurück. In seiner Abwesenheit gelangte Herrmann so sehr zum Nachdenken, daß er ernstliche Anstalten machte, seiner Lebensart zu entsagen, Ulriken aufzusuchen und sein Erworbnes mit ihr zu theilen. Er überlegte täglich, wo er sie finden oder ihren Aufenthalt erfahren sollte, blieb mit seiner Ueberlegung von Tag zu Tag auf dem nämlichen Flecke und spielte rüstig fort, mit Glück, Klugheit und Oekonomie. Izt besann er sich, daß ihm Vignali seinen Brief, den er vor vielen Monaten an sie schrieb, nicht beantwortet habe, und schrieb zum zweitenmale an sie: er bekam keine Antwort: Ulrike blieb verloren.

Plözlich wurde seine Ruhe durch eine Begebenheit unterbrochen, die ihm von schlimmer Vorbedeutung seyn mußte, wenn er sie recht überdacht hätte. Er kam in Verhaft, und zwar, wie es sich auswies, auf Verlangen des Grafen Ohlau: er spielte mit dem Schließer der Gefangenstube um Stecknadeln, weil dieser nichts höhers daran wenden wollte, wurde verhört, und da man nicht das mindeste Strafbare auf ihn bringen konte, wieder auf freyen Fuß gesezt. Seine Freude, wieder ungehindert spielen zu können, erstickte seinen Zorn gegen den Grafen: er lachte seiner öffentlich und rächte sich mit Spott. Das Gefährlichste bey diesem kurzen vorübergehenden Sturme war, daß ihn eigentlich Schwinger veranlaßte, dem Nikasius von Dresden aus gemeldet hatte, daß sein Freund sich in schlimmer Gesellschaft und wüstem Leben befinde. Der äußerst gutmüthige nachsichtige Mann schloß daraus auf die Ursache, warum ihm Herrmann auf seinen lezten verzeihungsvollen Brief nach Leipzig nicht geantwortet haben möchte; und weil er einmal auf einen bösen Argwohn wider ihn gebracht war, vermuthete er, daß seine ganze Reue wegen seines schändlichen Briefs aus Berlin nur erdichtet gewesen sey, um ihm ein Paar Louisdor abzulocken. Der Gedanke, sich durch einen Menschen, den er so zärtlich liebte, dem er so viele Wohlthaten und so viele Nachsicht erwiesen hatte, mit der schändlichsten Undankbarkeit hintergangen zu sehn und mit falscher Reue von ihm betrogen worden zu seyn, brachte seine gute Seele so gewaltig auf, daß er ernstlich beschloß, an seiner Bestrafung und durch sie an seiner Besserung zu arbeiten, weder Mühe noch Antreiben bey dem Grafen zu sparen, und seinen Entschluß durch keine Bitten, Reue und Demütigungen erschüttern zu lassen. Herrmanns Arrest war die erste Wirkung dieses Entschlusses.

Ende des dritten Bandes.

VIERTER BAND

ZEHNTER TEIL

ERSTES KAPITEL

Gegen den Ausgang des Winters, mitten in dem blühendsten Spielerglücke, nach so vielfältigen vergeblichen Bemühungen, Ulrikens Aufenthalt auszuforschen, empfieng Herrmann eines Abends einen Brief, dessen Aufschrift ihrer Hand sehr ähnlich war: allein weil eben einer von seinen Pointirern seinen Beutel bey ihm rein ausgeleert hatte, und ein Andrer auch schon anfieng, die verdammten Karten, die niemals gewinnen wollten, mit den Zähnen zu zerreißen, und ein Dritter nach seiner Gewohnheit, die er jedesmal bey einem großen Verluste beobachtete, unaufhörlich hustete und eine Prise nach der andern nahm; so steckte er den Brief in seine Tasche, wartete sein Glück bis um Mitternacht ab, trank in Arnolds Gesellschaft auf seiner Stube eine Schale Punsch aus, schlief ruhig bis um neun Uhr und dachte an keinen Brief. Bey seinem Erwachen fiel er ihm wieder ein: er zog ihn aus dem Kleide, das neben dem Bette an der Wand hieng, und eröfnete ihn, im Bette sitzend. Welch' ein Entsetzen, von Freude und Besorgniß begleitet, als er in der Unterschrift Ulrikens Namen las!

F** den 4. May.
   Lieber Heinrich,
»Mit solchem Jammer, wie izt, hab' ich noch nie die Feder ergriffen, um an dich zu schreiben: aber das weis der Himmel! ich hatte auch nie solche Ursachen dazu, wie izt. Von Sorge und Bekümmerniß abgezehrt, von Krankheit entkräftet, von der Furcht auf allen Tritten verfolgt, irre ich, wie ein gescheuchter Vogel, herum und kan mit Mühe eine Hütte finden, die mich vor Wind und Wetter schüzt. – Gott! ist denn keine Barmherzigkeit für ein Mädchen, das liebte, wen es nicht lieben sollte? Gern will ich ja meinen Rücken der Strafe darbieten, wenn sie nur nicht ohne Ende seyn soll: aber nein! ich kan ihr Ende niemals finden, so tief, tief bin ich in der Noth versunken. Du lebst in der Freude, wie man mir sagt; und wenn Freude und Kummer nicht anders unter uns aufgetheilt werden sollten, so that das Schicksal wohl, daß es mir den Kummer zu tragen gab. Ich mache keinen Anspruch mehr auf die Freude; sie sey alle dein; aber um Hülfe fleh ich, um ein Almosen, wie ein Bettler es bittet; und von wem kan ichs dreister fodern als von dir? – Siehe mich nicht mehr als die Geliebte deines Herzens an! De Zeiten sind vorbey – nein, blos als ein dürftiges unglückliches Mädchen, das bald auch diesen Namen vor der Welt verlieren wird, wie es ihn schon längst vor seinem Gewissen verlor! Lies meine traurige Geschichte, und dann urtheile, ob ein Geschöpf Hülfe verdient, das nicht durch dich, sondern an dir durch sich selbst, durch seine eigne Verblendung unglücklich wurde!

Auf Vignali's Verlangen verließ ich einige Stunden früher, als du, ihr Haus: wir trafen uns in einem Dorfe, dessen Namen ich vergessen habe,[13] und übernachteten in einem andern[14] in Einem Gasthofe miteinander: aber so sehr ich mit dir zu reisen wünschte, so war mirs doch nicht möglich, mich vor dir sehn zu lassen: ich glaube, ich wäre vor Scham versunken. Auch fürchtete ich dich zu beleidigen, wenn ich deinem lezten Briefe zuwider handelte: ich tröstete mich also mit der Hofnung, die mir Vignali machte, dich in Leipzig bey Madam Lafosse zu finden und mit dir – aber ich mag es gar nicht ausschreiben, was sie mir alles überredete. Ich dachte wohl immer bey meiner Hofnung: nein, das Glück wäre zu groß für dich! Du findest ihn gewiß nicht! – Wie gedacht, so geschehen. Ich komme nach Leipzig mit einem Briefe von Vignali: da war keine Madam Lafosse! Sie hatte einen Handschuhhändler in Dresden geheirathet. Ich erkundigte mich bey dem Manne, der mir die Nachricht gab – es war, glaub' ich, der Hausknecht – ob nicht ein junger Mensch, den ich ihm beschrieb, nach ihr gefragt habe. »Es ist mir so,« sagte der schläfrige Kerl. »Es fragen sehr oft junge Menschen nach ihr: wer kan sie alle behalten?« – Mit diesem Bescheide mußte ich vorlieb nehmen. Ich fand nichts wahrscheinlicher, als daß du zu Madam Lafosse nach Dresden gereist wärst und dort auf mich wartetest: in der Hitze meines Verlangens dachte ich gar nicht daran, daß mich Jemand in Dresden kannte, sondern trat ohne Bedenken die Reise an, ohne mehr als einen halben Tag in Leipzig zuzubringen. Nach meiner Ankunft begab ich mich gleich in einen Laden, wo man Handschuhe verkaufte, und fragte nach Madam Lafosse: Niemand wollte sie kennen, bis ich endlich in einem erfuhr, daß sie seit zwey Tagen Madam Düpont hieß. Man zeigte mir ihre Wohnung an, und ich fand sie glücklich. Die Frau hatte kaum Vignali's Brief zur Hälfte gelesen, als sie mir schon die Backen klopfte und einmal über das andre rief: »Sie sollen ihn haben! Sie sollen ihn haben!« – Sie bot mir ihre Wohnung an, bis sich mein Amant, wie sie dich beständig nannte, einstellen würde. Ich nahm das Anerbieten mit Freuden an, wartete viele Tage, aber du kamst nicht. Der Verdruß übernahm mich: ich wollte schlechterdings unser Zusammentreffen erzwingen, und hatte die Unbesonnenheit auszugehn, um dich aufzusuchen. Wo ich gieng, war mirs, als wenn alle Leute stehn blieben und einander ins Ohr sagten: »da ist sie wieder!« Bey manchen mochte es auch wahr seyn; denn ich hatte viele Personen in Dresden ehmals gekannt. Auf einmal sehe ich den Bedienten der Tante Oberstin mir entgegen kommen: ich denke, der Blitz trift mich, so erschrak ich über das fatale Gesicht. Ich kehrte mich zwar um, damit er hinter meinen Rücken weggehn sollte: es geschah: ich gehe meinen Weg fort, glaube aus aller Gefahr zu seyn, und eile, was ich kan, nach Hause, mit dem festen Vorsatze, bey Tage nicht wieder auszugehn: in der Thüre seh ich mich um und werde gewahr, daß mir der Bösewicht nachgegangen ist. Nun war ich verrathen.

Ich entdeckte mich Madame Düpont und bat sie, mir den Augenblick aus Dresden zu helfen: sie beruhigte mich und versicherte, daß ich bey ihr nichts zu fürchten hätte. Indem wir noch mit einander davon reden und über die Zukunft berathschlagen, höre ich einen Wagen vor der Thür halten: ich laufe voller Angst ans Fenster; und eben steigt Tante Sapperment aus. Wie vor Todesschrecken fall ich der Madam Düpont um den Hals und bitte sie, mich zu verhelen: sie versprach es, und ich sprang in die Kammer, riegelte die Thüre zu und horchte. O wie fürchterlich klang in meinen Ohren der Tante Stimme, als sie hereintrat! Mir zitterten alle Glieder vor Entsetzen. Sie fragte in sehr bestimmten Ausdrücken nach mir: Madam Düpont versicherte Ihre Gnaden, das Sie unrecht angekommen seyn müßten. Zum Unglücke hängt mein rosenfarbnes Kleid, das ich der Düpont gegeben hatte, um es zu verkaufen, auf einem Stule. »Wem ist das Kleid?« fieng die Tante an. »Das kan nicht Ihnen gehören.« – Madam Düpont ist beinahe noch einmal so stark als ich. – »Nein,« antwortete sie, »es ist einer guten Freundin, die mich aus Leipzig besucht hat.« – »Wo ist die gute Freundin?« – »Ausgegangen.« – »Das ist eine Donner-Blit-Hagelslüge. Das ist Ulrikens Taille und Größe. Mein Bedienter hat die Wetterhure bey Ihnen hereingehn sehn: gestehen Sies! Sie haben den kreuz-elementschen Nickel versteckt: gestehn Sies! oder ich lasse Haussuchung bey Ihnen thun.« – »Das können Sie!« sagte die Düpont. Die Tante rasselte an der Thüre, schloß mit dem Schlüssel auf und fluchte, daß es verriegelt war. »Es muß ja wohl da außen noch eine Thür in die sappermentsche Kammer gehn?« sagte sie, und ohne die Antwort abzuwarten, schritt sie aus der Stube hinaus und kam an die andre Thür der Kammer. In der Angst stecke ich mich in ein Vorhangsbette und vergrabe mich so tief, daß ich kaum athmen kan. Die Thür geht auf, die Tante kömmt herein und durchsucht alle Winkel; und die Düpont leidet alles so geduldig, als wenn sie vor der Thür bestochen worden wäre: ich glaub' es auch. Endlich trift die Reihe auch mein Bette: sie reißt die Vorhänge auf, will das Deckbette aufheben und fühlt Widerstand; denn ich zog es aus allen Kräften an mich. »Da ist das kreuz-hagel-sappermentische Donneras!« rief sie und arbeitete mit beiden Fäusten so lange, bis sie mich packen konte: ich wehrte mich wohl, so sehr es sich thun ließ, allein die Frau hat Löwenstärke: sie riß mich heraus, richtete mir den Kopf höchstunsanft in die Höhe und sah mir ins Gesicht: ich schloß die Augen fest zu. – »Ja, du bists ja!« rief sie, »du infamer, elementscher Wetterbalg!« – und mit diesen Worten peitschte ihre rechte Faust so unbarmherzig auf mein Gesicht los, daß mir zu Einer Zeit die Thränen aus den Augen und das Blut aus der Nase stürzte. Ich war vor Bestürzung und Angst ohne Sinn und Stärke: ich ließ mich schleppen, stoßen und schlagen, wie eine Elende, die in den Tod geführt werden soll. Ich rief Madam Düpont einigemal zu Hülfe, allem die Falsche ließ sich weder sehen noch hören. In dem kläglichsten Zustande wurde ich von der Oberstin und ihrem Bedienten die Treppe hinuntergebracht: ich widersezte mich auch nicht, sondern stieg freywillig in den Wagen; denn ich war so voll Verzweiflung, daß ichs darauf ankommen ließ, was man mit mir thun wollte.

Zu Hause brach erstlich der Sturm vollends aus: das war nichts als fluchen und sappermentiren: ich blieb stumm, wie ein Stock, und ließ auf mich hineintoben. Das war ihr wieder nicht gelegen: nun fluchte sie, daß ich nicht widersprechen wollte, damit sie desto mehr Ursache hätte, noch länger und heftiger zu rasen: zum Trotz that ich ihr nicht den Gefallen. Die Fenster meiner Stube wurden vernagelt, die Thüre den ganzen Tag verschlossen, und sie begleitete jedesmal in eigner Person den Bedienten, wenn er mir das Essen brachte. Hier steckte ich nun, eingesperrt, wie eine wahre Gefangne, und wiederholte in Gedanken die Freuden und Bekümmernisse, die ich vor anderthalb Jahren in diesem Kerker hatte: ich wußte noch, auf welchem Flecke ich jeden Brief an dich schrieb, wo ich mich gefreut und wo ich mich geängstigt hatte, wo ich den unglücklichen Schwur auf meine Verdammniß that, nicht von dir zu lassen – es lief mir ein eiskaltes Schaudern über den ganzen Leib, als die düstre Nachtlampe zum erstenmale auf dem kleinen Tischchen vor meinem Bette brannte, und alles wieder so war, wie vor anderthalb Jahren: aber die süßen Erscheinungen der Fantasie, die mich damals ergözten, selbst indem sie mich quälten, waren vorbey: meine Seele hatte der Schmerz niedergedrückt: ich war nicht mehr das verliebte Mädchen, das sich durch Hindernisse und Gefahren durchschlägt, um zu dem Geliebten ihres Herzens hinzudringen: ich strebte nicht mehr auf den gespannten Flügeln der Hofnung und muthiger Begeisterung dem Genusse verbotner Liebe entgegen: nein, eine entlaufne Dirne war ich, die sich an einen jungen Menschen hieng, sich zu ihrer Schande verführen ließ, Strafe fürchtete und Strafe verdiente: meine Leiden waren nicht mehr aufrichtendes Verdienst, sondern niederschlagende Züchtigung: in einem solchen Lichte erschien ich mir izt. Seit jener unseligen Nacht haben sich meine Augen geöffnet: ich habe strafbar die Frucht gekostet, die Erkenntniß des Guten und Bösen giebt, und trage den Fluch, und werde ihn bald doppelt fühlen. – O Liebe! Liebe! du mußt die einzige Sünde auf der Erde seyn; denn keine bestraft sich selbst mit so peinigenden Nachwehen, wie du.

Für Onkel, Tante, Mutter und alle andere Anverwandte, war mir wenig bange, so sehr mir auch die Oberstin mit ihnen drohte. Was können Sie thun? dachte ich. Vorwürfe machen und dich zwingen, einen Mann zu nehmen, den du nicht liebst, oder in ein Stift zu gehen: das ist es alles: das Leben müssen sie dir doch lassen. Aber Heinrich! ich zitterte vor einem viel schrecklichern Uebel. Meine Gesundheit wurde äußerst abwechselnd: ungekannte Empfindungen erwachten in mir: meine Wangen verblühten: meine Augen, wenn ich mich im Spiegel erblickte, waren trübe, matt, erstorben: meine Tante selbst schöpfte Argwohn und ließ einige bedenkliche Reden über meine Umstände fallen, dir ich mit nichts als Thränen beantworten konte. Sie meldete dem Onkel sogleich, daß ich wieder in ihrer Gewalt war: darauf erfolgte zwar eine sehr zornige und fürchterliche Antwort von ihm, aber doch keine solche, wie sie die Oberstin wünschte. Sie hätte mich gern wieder in Pension gehabt: doch das verbot sich von selbst. Dem Onkel war vor einem Monate ein Sequester in seiner Herrschaft gesezt worden, wie Schwinger in seinem Briefe, den du mir in Berlin zeigtest, befürchtete. Er hat zwar die Erlaubniß, so lange auf dem Schlosse zu bleiben, bis sich die Leute, von denen er geborgt hat, unter einander vereinigt haben: allein seine Einnahme ist doch so erstaunend gering, daß er nicht mehr als zwey Bedienten halten kan: die schönen Kutschen, die schönen Pferde, alles ist schon längst fort: es soll so einsam und todt auf dem Schlosse seyn, wie auf einem Kirchhofe. Er wollte also gar nichts mehr mit mir zu schaffen haben, sondern mich dem Elende überlassen: aber die Tante Gräfin versprach in ihrem Briefe, daß sie mich abholen lassen wollte, weil die Oberstin meiner überdrüßig war, da ihr Niemand Kost und Wohnung für mich bezahlte. Ich sollte zu meiner Mutter gebracht werden, die schon seit einem Vierteljahre an den Folgen ihres vorjährigen Sturzes mit dem Pferde krank danieder liegt: der Graf hatte der Tante nach langem Bitten erlaubt, so viel für mich zu thun, nur mit der Bedingung, daß ich ihm zeitlebens nicht wieder zu Gesichte käme.

In einer Woche langte auch wirklich Fräulein Hedwig mit einer alten Kutsche und einem Paar Bauerpferden an: sie hatte mit dem jämmerlichen Fuhrwerke völlige acht Tage unterwegs zugebracht, und die Rückreise schienen die Kracken nicht unter vierzehn Tagen machen zu wollen. Wir fuhren ab. Hedwig klagte außerordentlich über ihr trauriges Schicksal: auf Vorbitte der Gräfin hatte ihr der Graf erlaubt, wieder auf dem Schlosse zu wohnen, wenn sie sich demüthigen und um Gnade bitten wollte. Die Hauptursache mochte wohl seyn, weil ihr der Onkel die Pension nicht mehr bezahlen konte: sie bat um Gnade und wurde seit der Zeit wieder an die Tafel gelassen. Aber sie beschwerte sich gar kläglich, daß alles so genau, so kärglich zugeschnitten wäre, und daß ihr der Graf fast täglich zu verstehen gäbe, wie lästig sie für ihn in seinen itzigen Umständen sey. – »Ich werde wie ein Bettelmensch von ihm behandelt,« klagte sie: »bey jedem Bissen, den ich esse, muß ich mir vorrücken lassen, daß er ein Almosen ist. Der guten Gräfin thut es weh: sie ermahnt mich zur Geduld, weil sie nicht helfen kan. Es graut mir, wieder nach Hause zu reisen: wenn ich in meinen alten Tagen irgendwo unterkommen könte, und wenn ich einen Schulmeister heirathen müßte, ich ließe Sie allein fahren und bliebe zurück. Ich möchte lieber betteln gehn, als das ewige Knurren und Brummen bey dem Grafen ertragen.« – Sie jammerte mich, so bitterlich weinte sie. Schon ihre Figur war mitleidenswerth: du kennst ihre dicken ausgestopften Backen und die ungeheuren fleischvollen Arme: sie keuchte sonst bey jeder kleinen Bewegung: das war alles verschwunden, an dem Halse hieng die zusammengefallne Haut, wie ein großer leerer Beutel, die rubinrothen Wangen, wie wir sie sonst nannten, waren zusammengeschrumpft und kreideweiß. Es gieng mir ans Herz, wenn sie mir die Hand gab: sonst war es, als wenn sich ein dichtgestopftes Federbett um die meinige wickelte, und itzt fühlte ich durch die runzlichte Haut alle Knochen.

Mir graute so sehr nach Hause zu reisen als ihr, und eh' ich noch wußte, wie schlimm es mit ihr stund, hatte ich mir schon vorgenommen zu entwischen, so bald es die Gelegenheit zuließe. Da ich sie gleichfalls so geneigt fand, nicht zum Onkel zurückzukehren, schöpfte ich ein Herz und that ihr den Vorschlag, mit mir Partie zu machen. Sie war gleich dabei:[15] aber wohin? – Ich fiel auf Leipzig, um entweder dich dort zu finden, oder mich von dort an Vignali zu wenden: es war mir alles gleich, mochte aus mir werden, was auch wollte, wenn ich nur nicht zu meiner Mutter durfte. Indem wir beide des Abends in einem Wirthshause beysammen sitzen und überlegen, wie wir von dem Bauer, der uns fuhr, loskommen sollen, tritt er in eigner Person zu uns herein und meldet uns, daß wir sehen möchten, wie wir weiter kämen. – »Ich kan Sie nicht nach Hause fahren,« sagte er: »ich habe meine Pferde eben itzo verkauft und bin Soldat geworden. Was soll ich zu Hause machen? Mein Gütchen ist verschuldet: es kömmt so bald zum Konkurse: Frau und Kinder hab' ich nicht: mögen sich meine Schuldleute drein theilen. Der liebe Gott erhalt Sie gesund und bringe Sie glücklich nach Hause!« – Mit diesem Wunsche nahm er seinen Abschied. Nun hatten wir auf einmal, was wir wollten: wir verkauften auch die alte Kalesche und reisten mit der Post. Hedwig konte das Fuhrwerk nicht vertragen: sie wurde krank, und wir mußten in einem Dorfe liegen bleiben. Zum Glücke traf unsre Reise gerade in die Michaelmesse, und es boten sich uns häufige Gelegenheiten an, mit fortzukommen: wir wählten einen Wagen, mit Wolle beladen, wo wir für einen wohlfeilen Preis weiche Sitze und langsames Fuhrwerk bekamen.

Ein Anblick verursachte mir auf dieser mühseligen Fahrt ungemein viel Vergnügen; und warum sollte es nicht ein erlaubtes Vergnügen seyn, das die Strafe eines Bösewichts verursacht? – Ein Kommando Soldaten brachte einen Menschen auf den Bau, weil er seinen Posten verlassen und gestohlen hatte. Sie hielten mit uns in Einem Dorfe an, und da ich dem jungen Menschen genau ins Gesicht sehe, erkenne ich in ihm unsern gemeinschaftlichen Feind, Jakob. Ich erkundigte mich bey dem Korporale nach seinem Namen, und er war es wirklich. Ich konte mich nicht enthalten, mit Hedwig laut zu triumphiren, daß dieser schändliche Mensch seine Strafe durch sich selbst fand: sein eigner Vater mußte ihn aus der Gnade und den Diensten des Grafen verdrängen, damit er Soldat, Verbrecher und für alle seine Bosheiten auf immer bestraft würde. Wenn in allen Schicksalen auf dieser Erde so viel Gerechtigkeit herrscht, o so muß auf dich und deinen Heinrich noch große Glückseligkeit warten, dachte ich: aber ich bildete mir zuviel Verdienst ein. Leiden, endlose Leiden hatte ich verdient; und sie trafen mich und werden nie von mir weichen.

Auch mit Madam Düpont, die auf die Messe reiste, kamen wir zusammen: ich war so aufgebracht wider die Treulosigkeit, die sie in Dresden an mir begieng, daß ich sie vermied; aber sie ließ gleich halten, als sie mich erblickte, und nöthigte mich zu sich auf ihren Wagen: ich schlug es aus, weil ich die arme Hedwig nicht verlassen konte: sie entschuldigte sich also, weil sie ihre Gesellschaft nicht zu lange warten lassen wollte, mit zwey Worten über ihr Verhalten in Dresden und versicherte, daß sie es zu meinem Besten gethan habe. »Wie ich aber sehe,« sagte sie, »hat mir meine gute Absicht nichts geholfen; denn Sie sind schon wieder durchgegangen: aber Sie werden schon zeitig genug erfahren, daß es bey Ihrer Tante besser ist als in der Irre herumzulaufen. Sie sind nichts als eine Unglücksstifterin: die arme Vignali ist Ihrentwegen, gleich nach Ihrer Abreise, mit dem Herrn von Troppau zerfallen: sie hat sich von ihm trennen müssen und kan nun auch so eine Landlauferin, wie Sie, werden: aber die Strafe wird schon kommen. So eine Landstreicherin, die kein Gutes thun will und andre Leute nur ins Unglück bringt, muß auf der Straße sterben.« – Nach einem so höflichen Anfange hätte ich so eine Sprache nicht vermuthet, und ich ärgerte mich bis in die Seele, daß sie mich vor allen Leuten öffentlich so unbillig ausfilzte: ich wollte ihr antworten, aber sie stieg auf ihren Rollwagen und fuhr davon, ohne mich anzuhören. Sie schien recht froh, daß sie sich ihrer Galle entladen hatte. Die Unbilligkeit des Verweises war mir nicht weniger empfindlich, als daß ich wider meine Absicht und meinen Wunsch das Unglück einer Person veranlaßt haben sollte, der ich bey allen Bedrängnissen, die sie mir verursachte, und die größtentheils nicht einmal von ihr herrühren mochten, so viele Gefälligkeiten schuldig war. Ich hatte wegen ihrer lezten Vorsorge für unsre Verheirathung große Hofnung auf sie gebaut: auch diese war nunmehr eingestürzt. Mit allem meinen Nachsinnen kan ich nicht ausfündig machen, wie ich ihre Entzweyung mit dem Herrn von Troppau bewirkt haben soll. Vielleicht weil sie mir durchgeholfen hat? Aber was kan denn dem Manne so sehr daran liegen, mich in die Hände meines Onkels zu liefern?[16] Es ist und bleibt mir ein Räthsel. –

Die alte Hedwig winselte mir unaufhörlich die Ohren voll, daß sie sich von der übeln Laune und mir zu einem so gefährlichen Schritte hatte bereden lassen, in ihren alten Tagen noch herumzustreichen: ich konte sie nicht trösten; denn mir war selbst der Muth genug gesunken. Der Herbst fieng schon an rauh zu werden; und wir hatten keine bleibende Stätte! keine Hütte, die uns aufnahm, und wenig Geld, die Aufnahme zu erkaufen! Unser leztes Rettungsmittel waren meine Kleider: wir sahen uns nach einem Juden um, quartierten uns auf einem Dorfe nicht weit von Leipzig ein, und in zwey oder drey Tagen handelte uns ein durchreisender Jude unsre ganzen Garderoben ab: wir tauschten von ihm Zeug zu schlechter Bürgerkleidung ein und beschlossen von dem gelösten Gelde den Winter über auf dem Lande zu leben. Wir wohnten dicht neben dem Wirthshause bey einer Wittwe, mit welcher wir uns über Heizung und Tisch verglichen, und gegen die billigste Bezahlung mit ihr in Einem Stübchen wohnten und aus Einer Schüssel aßen. Wir strickten und nähten für das ganze Dorf, und einige junge Mädchen, die sich etwas besser dünkten als die übrigen, nahmen Unterricht in weiblichen Arbeiten. Hedwig verliebte sich so sehr in unsre einfache Lebensart, daß sie bis an ihr Grab nichts bessers wünschte: sie wurde so aufgeräumt und zufrieden, daß sie fleißig wieder Latein redte und ihre Gelehrsamkeit reichlich auskramte, die auf unsrer ganzen Reise erstorben gewesen war. Auch ich hätte mich gern in mein mittelmäßiges Schicksal gefügt, weil ich es viel schlimmer erwartete: aber mein Herz verwundete ein Dorn, der sich täglich dem Leben näher eingrub. Die Folgen meiner Schuld begleiteten mich auf allen Tritten: ich trug sie in mir und konte sie Niemandem mehr verhelen. Hedwig wurde mit jedem Tage voller und verjüngter, und ich mit jedem Tage mehr zum Schatten, eine kränkelnde dahinschwindende Leiche vor Schmerz und Bekümmerniß. Die Wittwe und Hedwig trösteten mich, als ich meine Umstände ihnen entdeckte, mit dem leidigen Grunde, daß ich hier ganz fremd wäre und mich für die Frau eines entlaufnen Mannes ausgeben könte: mir verhalf ein solcher Trost zu keiner Beruhigung. Eine Lüge deckte wohl die Schande vor der Welt: aber die Schande vor mir selbst, welche Lüge konte diese decken? Vor meinen eignen Gedanken hätt' ich fliehen mögen, so ängstigte mich die Scham: ich konte ihr quälendes Gefühl nicht von mir entfernen, ich mochte denken und thun, was ich wollte. Thränen rollten in meine Speisen, Thränen nezten meine Arbeit und mein Lager: des Nachts peinigten mich schreckliche Träume, und selbst am Tage schlummerte ich oft mitten im Gespräche ein; und sobald sich meine Augen schlossen, standen die fürchterlichsten Gestalten und Begebenheiten in meinem Kopfe auf: alle Geschichten von ermordeten, ersäuften oder erstickten Kindern, von geköpften Kindermörderinnen, die ich nur jemals gehört hatte, giengen in mir von neuem vor, und mit so entsetzlichen Veränderungen und Zusätzen, daß ich vor Angst vergieng: in jedem Traum war ich jedesmal die Verbrecherin, die zu den entehrendsten Strafen geführt wurde, daß mir zulezt auch wachend nicht anders war, als ob ich unvermeidlich einen Mord begehen müßte. Die Furcht der Einbildung nahm bey mir so gewaltig überhand, daß ich Hedwig inständigst bat, mich in der Stunde der Schwachheit sorgfältig vor einer Unthat zu bewahren und Tag und Nacht nunmehr keine Minute von meiner Seite zu weichen. Wenn verliebte Uebereilung nicht blos nach dem Urtheile der Menschen und angenommenen Gesezen, sondern auch vor dem Richterstuhle des Gewissens sträflich ist, so hab ich meine Strafe gelitten: meine Einbildung hat mich gequält, wie eine Hölle; und noch läßt sie nicht ab: sie ist ein finstrer Abgrund, aus welchem täglich Schreckbilder, Gespenster und Furien heraussteigen und mich mit den entsezlichsten Empfindungen martern.

Unsre Wirthin glaubte mich zu beruhigen, wenn sie nur berichtete, daß man in meinen Umständen zu wunderlichen Einbildungen geneigt sey: aber minderte das mein Gefühl? Meine Unruhe nahm so stark zu, daß ich mehr als einmal in Versuchung gerieth, davon zu laufen: ich verlangte nach einem Orte, wo mich gar Niemand kennte. Das war die Ursache, warum ich mitten im Winter in eine Reise willigte, die mir den Tod hätte bringen können: aber ich sollte einmal Thorheit auf Thorheit häufen.

Unter den Arbeiten, die wir verfertigten, waren gestrickte baumwollne Mützen eine der vorzüglichsten. Nicht lange nach dem neuen Jahre kömmt ein kleiner dicker Mann zu uns, ein Pferdehändler, den man in dem Wirthshause zu uns gewiesen hatte, weil er etwas von jener Arbeit verlangte. Für seinen dicken Kopf war eine jede unter unsern fertigen Mützen zu enge: wir erboten uns, wenn er ein Paar Tage anhielte oder wieder zurückkäme, so viele nach seinem Maaße zu Stande zu bringen, als er begehrte. – »Ich komme schon zurück,« sagte er: »ich sollte einer Herrschaft einen Postzug bringen, aber weil ich drey Wochen später kam als ich sollte, hatte sie sich schon anderswo versorgt: ich halte mich acht Tage in Leipzig auf und lasse meine Pferde hier auf dem Dorfe stehn, weil ich sie sonst ganz gewiß verspiele. Sie sind dem Teufel schon einmal im Rachen gewesen: ich mag sie ihm nicht wieder vorhalten.« – Er beklagte sich in diesem Tone sehr bitter über einen Verlust, den er bey seiner Herreise an der Neujahrsmesse in Leipzig erlitten hatte, und verwünschte die Räuber, die ihn zum Trunke verleiteten und in der Trunkenheit alles bey sich habende Geld abgewannen. Er kassirte einige Summen ein, die ihm in Leipzig auf Anweisung ausgezahlt werden sollten, und war so mistrauisch gegen diese Stadt durch sein Unglück geworden, daß er nicht einmal darinne schlief und die ganze Zeit des Tags, wenn seine Geschäfte vorbey waren, auf dem Dorfe zubrachte, und zwar mehr bey uns als in dem Wirthshause. Der Mann wurde mit mir vertraut, und weil er sehr leicht merken konte, daß ich mich nicht in den besten Umständen befand, that er mir im Scherz, und endlich im völligen Ernste den Antrag, mit ihm nach Hause zu reisen und seine beiden Töchter in weiblichen Arbeiten zu unterrichten. Er zählte mir dabey täglich seine Reichthümer her, die nach seiner Angabe sehr beträchtlich waren, ließ sich auch zuweilen ein Paar Worte entwischen, aus welchen man schließen konte, daß seine Absichten auf mich weiter giengen. Mit der Veränderung des Aufenthalts hofte ich auch meine Gemüthsverfassung zu ändern: die gute Hedwig bildete sich ein, daß seine Absicht auf sie gerichtet wäre, oder dachte wenigstens, sie dahin zu lenken: genug, sie und meine Unruhe sezten mir so heftig zu, daß ich in seinen Vorschlag willigte, wenn Hedwig meine Begleiterin seyn dürfte. Er war es sogleich zufrieden und so vergnügt über meine Einwilligung, als wenn ich ihm das größte Geschenk machte. Er bezahlte, was wir unsrer bisherigen Wirthin schuldig waren, die auch nicht wenig an mir getrieben hatte, seinen Vorschlag anzunehmen, weil ich, wie sie sagte, vielleicht mit Ehren noch unter die Haube kommen könte, wenn ich mich in den Mann schickte. Der Himmel weis es, daß mir der Mann nicht sonderlich gefiel, und doch wage ich nicht zu läugnen, ob ich nicht das nämliche dabey dachte. Die Schande, der ich entgegeneilte, ist für eine Mädchenseele ein so fürchterliches Gespenst, daß ich gern ein Gespenst geheirathet hätte, um nur jenem zu entgehen. Ohne mir nur das mindste von diesem anwandelnden Gedanken entwischen zu lassen, reisten wir mit vier schönen Kutschpferden und einer anständigen bequemen Kalesche ab. Vor Leipzig gesellte sich noch ein Student zu uns, der Predigerssohn aus dem Dorfe, wo mein Pferdehändler wohnte. Der junge Mensch war äußerst niedergeschlagen und hatte nichts bey sich, als wie er gieng und stund. Ich fragte ihn um die Ursache seiner Traurigkeit, und ohne große Weigerung gestund er mir mit der liebenswürdigsten Offenherzigkeit, daß er das Unglück gehabt habe, in schlechte Gesellschaft zu gerathen und alles bis auf die Kleidung, die er trug, zu verspielen. – »weil ich kein Geld mehr habe,« sezte er hinzu, »und diesen alten Bekannten in Leipzig antraf, so bat ich ihn, mich mit sich zu nehmen. Die Schuldner verfolgen mich: nirgends hab' ich mehr Kredit: studiren kan ich auch nicht: also will ich den Winter vollends bey meinem Vater zubringen und ihn bitten, daß er mich auf eine andre Universität thut.« – Wir versprachen alle bey seinem Vater eine Vorbitte für ihn einzulegen und Vergebung für seine Unordnung auszuwirken. Der Pferdehändler fieng von neuem an, seinen Verlust zu erzählen, und die beiden Unglücklichen klagten und fluchten wechselsweise. »Wir sind wohl durch die nämlichen Spitzbuben geprellt worden, wie es scheint,« sagte der Pferdehändler. – »Hieß der eine nicht Arnold und der andre Herrmann?« fragte der Student. – Der Andre wußte die Namen nicht, aber er beschrieb Figur und Kleidung. Der Student ergänzte seine Schilderung, und ihr beiderseitiges Gemählde war dein leibhaftes Bild: alles, sogar die Kleider trafen ein. Er mußte mir deine ganze Lebensart erzählen, und er erzählte mir mehr, als ich wünschte. »Es ist ein lüderlicher Landstreicher,« waren seine Worte: »er hat eine Baronesse entführt, geschwängert, sitzen lassen, und wälzt sich nunmehr in allen Ausschweifungen herum, spielt, trinkt, verführt Mädchen: sein Glück im Spiel ist so außerordentlich, daß er nothwendig betrügen muß.«

Der Athem stund mir still bey dieser schrecklichen Nachricht: meine Schande so laut auf den Zungen und in den Ohren aller Menschen zu wissen! mir dich als einen Lasterhaften, Gewissenlosen zu denken! das waren zween harte Stöße für mein bekümmertes Gemüth. Jedes Wort, das er weiter von dir sprach, bestätigte die Vermuthung, daß ich eine Betrogne, und du ein Betrüger warst, ein Leichtsinniger, der die gemisbrauchte Liebe vergaß und noch mehr Unschuldige ins Verderben reißen wollte, weil es ihm mit einer so wohl gelungen war. – So sey er auch vergessen, der Ehrlose! beschloß ich in dem ersten Zorne: so treffe ihn die Strafe der Verführung und Treulosigkeit spät, wie ich die Folgen meiner Unbesonnenheit zeitig fühle! – Ich war so aufgebracht, daß ich mich mit dem Pferdehändler, wenn ers damals verlangte, in der Minute ohne Weigerung trauen ließ, ob er mir gleich itzo mehr misfiel als jemals. Er trank, war im Trunke äußerst freygebig, und in der Nüchternheit so knickerich, daß er jede Gütigkeit, die ihm etwas kostete, ohne Zurückhaltung bedauerte: aber was sollt' ich thun? Leiden und dulden war mein Loos.

Als wir in der Heimath des Pferdehändlers angekommen waren, gieng erst meine Noth recht an. Die beiden Töchter, ein Paar schnippische überkluge Mädchen, sahen mich mit scheelen Augen an, weil sie besorgten, daß ich ihre Mutter werden sollte, thaten mir alles zum Possen und quälten mich mit plumpen Hönereyen vom Morgen bis zum Abend: der Vater wurde unser auch sehr bald überdrüßig, weil seine Liebe oder Großmuth, oder was es sonst seyn mochte, nur ein Einfall im Trunke gewesen war: die Töchter nahmen ihn noch mehr wider uns ein und tadelten ihn, daß er zwey solche Menschen, wie uns die Kreaturen ins Gesicht nannten, so ganz umsonst ernährte, und der täglich berauschte Pferdehändler fieng an, mit uns wie mit Pferden umzugehen: er sagte uns geradezu, daß er weder Menschen noch Vieh im Hause dulden könte, das sein Futter nicht verdiente, und seine naseweisen Töchter, die das Regiment im Hause hatten, mutheten uns Mägdarbeit zu. Sie argwohnten meine Umstände, und ihr Spott wurde so unbarmherzig beißend, daß er mir am Leben fraß.

Mit Schwachheit, Kummer und Schmerz, halb mit dem Tode ringend, schlich ich zu dem Vater des jungen Menschen, der uns hieher begleitete, entdeckte ihm mit Thränen meine traurige Geschichte, ohne Einen Umstand zu verbergen, und bat ihn um seinen Beistand, blos um die Vergünstigung, meine Bürde in seinem Hause abzulegen und mein Leben in seine Hände auszuhauchen. – »Brich dem Hungrigen dein Brod!« sprach der Prediger nach einer kleinen Pause; »ich will Sie aufnehmen.« – So biblisch und gutgemeint sein Kompliment war, so kränkte mich es doch so empfindlich, als eine abschlägige Antwort. Die wenigsten Menschen wissen *auf eine gute Manier* Wohlthaten zu erzeigen; die Erfahrung hatte ich schon längst gemacht, und meine Empfindlichkeit mußte sich darunter schmiegen. Bey diesem Prediger lebe ich nunmehr seit der Mitte des Februars, fühle mich durch Ruhe und Pflege wieder ein wenig gestärkt, aber in immerwährender Demüthigung. Blos von der Wohlthätigkeit leben, ist ein schrecklicher Gedanke, der mich täglich beunruhigt, obgleich der Prediger und seine Frau mich gleich gütig behandeln: aber ich kan mir denken, was sie sich sagen werden. »Wenn wir doch das müßige Geschöpf nicht ernähren müßten!« ist ein Wunsch, den ich besonders im Gesichte der Frau sehr deutlich lese, ob sie ihn gleich aus Höflichkeit nicht hervorbrechen läßt: denn sie erkundigt sich täglich, wo ich mich hinzuwenden gedenke, wenn ich nieder ... ich kan das niederschlagende

Wort nicht aufschreiben, das ich täglich hören muß: die Scham rückt mir die Feder weg. O Heinrich! was für ein schöngefärbter Regenbogen in einer schwarzen Wolke ist die Liebe! Mit den täuschenden Farben der Einbildung und eben so täuschenden Worten verbirgt man sich ihre wahre Gestalt und zürnt schon, wenn nur Jemand in der gewöhnlichen Sprache von ihr redet. Wir dünkten uns ganz anders zu lieben, als die übrigen Sterblichen; und wir liebten, wie sie alle: unser Gefühl schien uns englisch, überirdisch, und wir empfanden und handelten, ohne es zu glauben, nur menschlich. Seit jener unglückseligen Nacht ist der Regenbogen vor meinen Augen verschwunden, und nichts steht mehr da, als finstre dicke Wolken, in welchen er sich bildete.

Was mich in meinem Elende noch aufrichtet, sind die guten Nachrichten, die mir der Predigerssohn von dir verschaft hat. Auf mein Verlangen mußte er einige seiner Freunde in Leipzig antreiben, die sorgfältigste Erkundigung von dir einzuziehen, und alle ihre Berichte widerlegen die böse Meinung, die nur der junge Mensch im Zorn über seinen Verlust von dir beygebracht hat. Du spielst, doch ohne Betrug und Unredlichkeit: das Glück wirft dir Reichthum mit vollen Händen zu: du lebst in der Freude und dem Wohlergehn, doch ohne ein ausschweifender Trunkenbold zu seyn: auch von den Ausschweifungen der Liebe spricht man dich frey: du wendest deinen Gewinst zur Freygebigkeit und Wohlthätigkeit an, und selbst einer von denen, die von deiner Lebensart Nachricht einziehen sollten, hat von deiner Güte mehr als einen Beweis erfahren: wohl dir! und wohl mir, daß mein Herrmann sich meiner Liebe nicht unwürdig machte! Mich haben alle diese günstigen Berichte erfreut, als wenn sie lindernden Balsam in meine ganze Seele gössen.

Da du noch der vorige Herrmann bist, so kan Ulrike deinem Herze durch dein Glück nicht fremd geworden seyn, und sie darf dich dreist um eine Wohlthat bitten: wenn ich einmal Wohlthaten empfangen soll, so sey es von dir. Bezahle den Leuten, wo ich izt wohne, für Tisch und Wohnung, so viel dir gut dünkt, von der Mitte des Februars bis zu Ende des Mays: es sey ein Geschenk, ein Almosen, das du mir reichst, damit ich nur den Gedanken von mir entfernen kan, daß ich von dem Almosen fremder Personen lebe: diese Vorstellung verbittert mir jeden Bissen.

Bis zu Ende des Mays, sag ich darum, weil die Stunde, die mich meiner Bürde entladet, auch meine Sterbestunde seyn wird: ich bin so gewiß, so fest hiervon überzeugt, daß der Tod gegenwärtig mein einziger Gedanke und mein einziges Gespräch ist. Mein unaufhörlicher Kummer, seitdem ich aus Berlin bin, hat mich langsam dazu vorbereitet, und meine Schwäche ich so groß, daß ich an diesem Briefe wenigstens drey Wochen geschrieben habe, um nur die besten heitersten Stunden dazu auszusuchen. Muß ich die Offenbarung meiner Schande überleben, so nimm dich meiner an! Von Gott und Menschen verlassen, in wessen Arme soll ich mich werfen, als in die deinen, in welchen meine Unschuld starb? – Genieße deines Glücks, lebe für Freude und Ehre, wenn es dein Schicksal will, ändre meinetwegen nicht eine einzige deiner Absichten! Ich vermuthe, daß dir das Spiel nur dienen soll, um dir fortzuhelfen: wenn du dir also eine Bahn vorgezeichnet hast, die du mit deinem erworbnen Vermögen antreten willst, so gehe sie, ohne meiner zu achten! Von diesem Augenblicke an will ich für dich todt seyn, ich mag sterben oder leben: meine thörichte Liebe hat dich bisher von aller Vorbereitung zu deinem künftigen Glücke abgehalten, sie soll es nicht länger, weil es noch Zeit ist. Ich will auf dem Lande in der Einsamkeit den Rest meines jungen Lebens hinbringen, mich mit Arbeiten nähren, und nur dann, wenn mein Kummer mich krank und untüchtig zur Arbeit macht, nur dann stehe mir bey! Ich habe dich freilich, wie mir einst Schwinger schrieb, in eine Grube gezogen, wo du verschmachten kontest: aber räche dich nicht! Ich sprang in die Grube, und zog dich mit mir hinein, aber dir half das Glück heraus, und ich schmachte noch darinne. Den Ring, den ich dir in der süßesten Trunkenheit der Liebe unter dem Baume an den Finger steckte, den du mir mit edlem Zorne über den vermeinten Fall meiner Tugend in Berlin wiedergabst und mit einem Kusse nach unsrer Wiederversöhnung von mir zurücknahmst – trag ihn zum Andenken der unglücklichsten Liebe! Selbst wenn nach meinem Tode dereinst ein glücklicheres Mädchen dich besizt, dann schäme dich seiner nicht! Ich habe schon der Hedwig auf das Leben anbefohlen, daß der Deinige an den nämlichen Finger, den er itzo ziert, mit mir ins Grab gehen soll, damit ich als deine Braut im Sarge liege.

Wird meine Hofnung, zu sterben, erfüllt, so komm' einmal zu meinem Grabe, eh' es unkennbar wird! Das mordernde Mädchen kan freilich deinen Seufzern nicht antworten, oder mit deinen Thränen die ihrigen vermischen; aber die Vorstellung ist süß, ungemein süß, mir dich hingeworfen auf den Hügel zu denken, unter welchem ich als deine Braut liege – und wie dann die dürre Erde, mit welcher ich mich vermischen soll, deine Thränen in sich trinkt; wie das geliebte Herz, das ich so oft unter meinen Händen schlagen fühlte, dem meinigen so nahe, sich mit dumpfen Schlägen in den Boden hineindrückt, und deine ausgebreiteten Arme den Staub umschließen, zu welchem ich geworden bin.

Verzeihe dem unbesonnenen gutherzigen Mädchen, daß es dich liebte! Lieben mußt' ich dich, und wenn es die unverzeihlichste Sünde gewesen wäre. Meine Tante bat mich um Gottes willen, von meiner Liebe abzulassen: ich verschmähte eine so theure Bitte, sezte ihr einen fürchterlichen Schwur entgegen, und der Schwur wurde zum schleichenden Gifte, das mein junges Leben tödtete, als es kaum anfieng.

O Liebe! Liebe! Wenn Offenbarungen dich in deiner ganzen Gestalt dem empfindungsvollen Mädchen kund thäten, noch wenn sie an der Mutter Brust liegt – welche Fehltritte könten sie sparen! Mich pflückte itzo nicht der Gram, wie eine junge Mayblume: ich riß gestern eine auf der Wiese hinter der Pfarrwohnung aus – Gott! wie war es anders mit mir, als ich auf der Wiese hinter des Onkels Garten sie ausriß! wie anders, als ich sie in Dresden in den Gärten aufsuchte! Damals schwebte ich noch auf den lichten Silbergewölken der Einbildung im Sonnenscheine der Liebe. – Ich steckte gestern das frische ausgerißne Blümchen an meine Brust, und in wenigen Minuten senkte es das zarte Haupt und verwelkte. So früh? dachte ich; und doch ist das Ende des Mayes noch nicht da!

So früh! schon am Ende des Mayes soll ich mein Haupt senken und verwelken!

Ich küsse dieses Blatt, statt deiner, und wenn der Sarg meine Brautkammer wird, dann lies hier noch einmal mein Lebe wohl! laß ein Paar Thränen, wie sie izt aus meinen Augen auf die erlöschenden Buchstaben herabtröpfeln, auf meinen Namen fallen und wünsche meiner Seele die Ruhe, die ich im Leben nicht wiederfinden konte!

Die Angst, wenn sich der Faden des Lebens von meinem Herze losreißen wird, kan nicht schwerer seyn, als die meinige, indem ich diesen Brief schließen soll: die Hand bebt mir – die Ohren brausen – es sprengt mir das Herz – Gott! welche Beklemmung.

* * *

Sie ist vorüber: die Liebe schied von meiner Seele. Die Unschuld verwelkte, und der Stengel, der die schöne Blume trug, verdorrte.

Wenn am Ende des Mays ein leises Röcheln dich im Schlafe stört, oder eine erlöschende Stimme am Bette deinen Namen stöhnt, oder im Traume ein blasses Mädchen im Sterbekleide vor dir steht, dem Kummer und Reue noch aus den entseelten Zügen sprechen, das traurig den Kopf senkt, bänglich seufzt und verschwindet; dann denke: – izt starb, die mich liebte wie keine, meine

Ulrike.

Herrmann, dem die Thränen in großen Tropfen über das bestürzte Gesicht herabschossen, sprang aus dem Bette und lief, wie er war, in Arnolds Schlafkammer, der noch tief schnarchte, weckte ihn hastig, legte ihm den Brief hin. – »Da! lies!« rief er, »ich muß fort! gleich fort!« – Mit der nämlichen Hastigkeit rennte er wieder von ihm, kleidete sich an, packte mit Hülfe seines Pommers ein, bestellte Postpferde, bezahlte und kassirte Schulden ein, vergaß Essen und Trinken und kam eben nach Hause, als Arnold zu Tische gehen wollte.

»Ich will dich begleiten,« fieng dieser an. »Der Brief hat mir wunderbare Gedanken in den Kopf gebracht. Wir sind doch wahrhaftig beide des Hängens werth, sitzen da und spielen, und fressen und saufen und lassen uns wohlseyn, wie ein Paar Brüder des Bacchus, und unsre armen Mädchen hungern und kümmern sich unterdessen, daß ihnen die Seele ausfahren möchte! Weißt du, was ich mir vorgenommen habe? – Ich will meine Adolfine, Lisettens Schwester, heirathen. Ich habe über dem verdammten Spielen das arme Thier ganz vergessen. Ich will mit dir reisen, will mir für das Geld, das ich beysammen habe, ein Gütchen kaufen, mit meiner Adolfine auf dem Lande leben und zeitlebens weder Karte noch Würfel mehr anrühren. Ist das nicht auch deine Meinung?

HERMANN

Allerdings! Wohl mir, daß ich den Plan nunmehr ausführen kan, den ich mir gleich anfangs machte, als ich in deine Bekantschaft gerieth! Wie hat mich bey allem Unglücke das Schicksal so lieb! Es giebt mir Geld, daß ich meiner Ulrike mit Hülfe und Beistand zueilen und sie fast von dem Tode selbst befreyen kan. Die Minute nach meiner Ankunft bey ihr soll sie mein werden, ohne Onkel und Tanten, Vater oder Mutter darum zu fragen. Mein soll sie werden: wie zwey Menschen aus der goldnen Zeit wollen wir auf dem Lande zusammen leben und im Schweis des Angesichts mit patriarchalischer Freude unser Brod essen, wie Menschen es essen sollen. Findest du nicht, daß ich der glücklichste Mensch unter der Sonne bin? Ich wüßte gar nicht, was mir fehlte: Und du, Freund, wirst mein Nachbar! Wie froh, wie überglücklich wollen wir des Abends nach geendigter Arbeit und Sorge in unserm stillen Dörfchen unter den Bäumen oder auf dem Steine vor der Thür beysammensitzen und in nachbarlicher Vertraulichkeit schwatzen, schäkern und lachen, unsre Weiberchen neben uns oder auf dem Schooße! oder in den langen Winterabenden, wenn bey der düstern Lampe Hausmütter und Mädchen im Zirkel dasitzen und spinnen und mit lustigen Erzählungen und lautem Gelächter die schnurrenden Räder überstimmen, wie freundschaftlich wollen wir dann am Tische sitzen und dem frölichen Getümmel zuhören und durch unser Gespräch Lustigkeit und Gelächter vermehren! Endlich hab' ich dann die längst geträumte und gewünschte Glückseligkeit, ein stilles ländliches Leben mit Ulriken zu theilen; und nach dem langen Kummer, wie wird ihr das kleine Glück, das ich ihr verschaffe, doppelt süß schmecken! Sie glaubt zu sterben?– nein, Ulrike, ich, ich bringe dir das Leben! –

In einem so enthusiastischen Tone fuhr er lange fort, seinem Freunde Scenen ihrer künftigen Glückseligkeit vorzumahlen; und in der ersten Aufwallung seiner schwärmenden Freude gieng er so weit, daß er sich auf der Stelle die Haare abstutzen ließ, einen runden Hut kaufte, die Kleider, die für den Stand des Landmanns nicht paßten, verschenkte und nur einen einfachen Tuchrock zum Sonntagskleide und einen Ueberrock zur alltäglichen Kleidung behielt: er wollte ganz mit Leib und Seele ein Landmann werden, wie er nach seiner träumerischen Idee seyn mußte, und entfernte deswegen alles unter seinen Habseligkeiten, was nur im mindesten die Mine des städtischen Luxus hatte: was er nicht verkaufen oder vertauschen konte, wurde verschenkt.

Die Pferde waren zwar gleich nach Tische bestellt, allein Arnold nöthigte ihn, sie wieder absagen und erst auf den Abend kommen zu lassen. Sie kamen zur bestimmten Zeit: Arnold war den ganzen Nachmittag nicht nach Hause gekommen, weil er seine Angelegenheiten in Ordnung bringen wollte: auch izt fand er sich nicht ein. Herrmann wurde ungeduldig und lief auf das gewöhnliche Kaffehaus, ihn dort zu suchen, und fand ihn in voller Arbeit am Spieltische. »Reise nur!« sagte ihm Arnold; »ich sitze eben im Verluste: so bald ich wieder heraus bin, komm' ich dir nach.«

Herrmann nahm von dem Tempel des Spiels ungern Abschied: aber eine höhere Gottheit zog ihn nach sich; und er reiste ohne Zögern ab. Seine Freigebigkeit gegen die Postknechte war so außerordentlich, daß sie aus Dankbarkeit weder Pferde noch Wagen schonten, sondern die Gäule in einem Trabe dahinrennen ließen: viertausend und etliche hundert Thaler, die er im Kuffer hatte, schienen ihm eine so unversiegbare Quelle, daß ihm alles zu wohlfeil vorkam.

ZWEITES KAPITEL

Zwo Stationen vor dem Ende seiner Reise sah er einen Mann, dessen Figur außerordentlich viel Bekanntes für ihn hatte, den jungen Burschen gebieterisch kommandiren, der seinen Kuffer auf den Wagen packte: über eine Weile drehte sich der Mann nach dem Fenster hin, wo ihn Herrmann beobachtete.– »Das ist mein Vater!« sagte sich dieser, und wollte eben Anstalt machen, Erkundigung einzuziehn, als der nämliche Mann in einem gelben Postrocke hereintrat und sein Packgeld foderte: er stuzte, da er Herrmanns Gesicht erblickte, daß ihm das Wort zwischen den Lippen starb. »Herrmann! mein Vater!« rief der Sohn und flog auf ihn zu, seine Hände zu fassen: aber der Alte wehrte ihn von sich ab. – »Geh! du stolzer Halunke! ich kenne dich nicht: ich kenne keinen Sohn, der mich verachtet.«

Er wollte gehn, aber Herrmann zog ihn mit der äußersten Gewalt zurück. – »Ich muß von meinem Vater für seinen Sohn erkannt werden: eher reise ich nicht von der Stelle,« rief er.

DER VATER

So kanst du bleiben bis zum jüngsten Tage. Bist du etwa in Noth, daß du mich itzo kennst, du Schandbube? – Du hast mich in Berlin verläugnet, da ich dich brauchte: izt mach' ichs wieder so. Ich bin versorgt ohne deine Hülfe, du hochmüthiger Affe: ich habe mein Brod: suche du dir deins! Geh mir aus den Augen!

DER SOHN

Aber, liebster Vater, nur Ein Wort! Meine Vergehung in Berlin war nicht meine Schuld: die Reue darüber hat mich genug gefoltert. Aus bloßer Reue, um meine schändliche Verläugnung wieder gut zu machen, aus kindlicher aufrichtiger Liebe biete ich meinem Vater die Hand zur Versöhnung. Ich bedarf keine Hülfe: ich habe alles vollauf: ich biete Ihnen an, so viel Sie wollen, so viel Sie bedürfen: ich will gleich den Kuffer öfnen und vor Ihnen alles ausschütten: nehmen Sie, nehmen Sie davon, was Sie brauchen!

DER VATER

Denkst du, Hasenkopf, daß ich meine väterliche Liebe für Geld verkaufe?

DER SOHN

Nein, das ist gar nicht der Bewegungsgrund: blos um Ihnen zu beweißen, daß mich nicht die Noth drängt, Ihre Verzeihung zu suchen; daß ich mein schändliches Leben in Berlin mit der heißesten Reue misbillige; daß ich nicht der Unmensch bin, der sich seines Vaters schämt, sondern daß eine fremde Gewalt mich dazu zwang – blos darum fleh' ich um Verzeihung. – Vater, Ein versöhnendes Wort!

DER VATER

Da! schlag ein, du Halunke! es mag dir diesmal hingehn, weil du nicht mehr so vornehm aussiehst, wie in Berlin. Ja, wenn ich nicht gar zu böse auf dich gewesen wäre, so hätt' ich dir gleich die Hand auf das erste Wort gegeben, so gefällst du mir itzo in dem Aufzuge. Ein allerliebster Kerl bist du in den abgestuzten Haaren und dem runden Hute. So wahr ich lebe! ich habe gar nicht gedacht, daß mein Junge so hübsch ist: – ja, ich will dirs vergeben, weil du so hübsch um die Haare gehst. – Aber du gottlose Brut! willst du denn etwa deinen Vater wieder so trocken abweisen, wie in Berlin! den Augenblick nehm' ich meine Vergebung zurück, wenn du nicht auftragen läßest. –

Der Sohn flog sogleich hinaus und bestellte alles, was zu haben war, in dem reichlichsten Ueberflusse. Sie sezten sich: der Vater zog sein schwarzes Pfeifchen aus der Tasche, schlug Feuer an und rauchte. – »So gefällt mirs,« sprach er dampfend, »daß wir so hübsch vernünftig beysammen sitzen können. In der schönen Stube bey der hochgethürmten gelbschnäblichten Madam in Berlin hätt' ich nicht für meine Sünden seyn mögen: das war ein Hundeleben; und mich gar zur Thür hinauszujagen! – Siehst du, du gottesvergeßner Bube? weil du deinen Vater verläugnetest, hab' ich die Leute ansprechen müssen: von Berlin bis nach Leipzig hab' ich mich gebettelt, bis mich ein Kaufmann aus Hamburg mit sich nahm und mir in seinem Hause eine Versorgung geben wollte: da wir hieher kamen, hörte ich, daß hier im Posthause der Packmeister gestorben war, und weil sie mich brauchen konten, zog ich den gelben Rock an und blieb hier. Bist du nicht der Hölle werth, du ungerathner Sohn, daß du deinen Vater in solche erbärmliche Umstände kommen läßt?

DER SOHN

Mein Herz zerschmilzt vor Betrübniß darüber: aber ich gebe meine Seele zum Unterpfande, mein Herz blutete, indem ich dem grausamen Befehle, Sie nicht zu erkennen, gehorchte. –

Er erzählte hierauf die Begebenheit, so weit es zu seiner Rechtfertigung nöthig war, und lag dem Alten inständig an, seinen Platz zu verlassen und ihm zu folgen: das wurde gerade abgeschlagen. Der Sohn verdoppelte seine Bitte, berichtete die Absicht seiner Reise und seinen künftigen Plan, doch ohne Ulrikens zu gedenken. »Ich mag nicht deiner Gnade leben,« antwortete der unerbittliche Alte. Der Sohn ließ seinen Kuffer in die Stube holen und schüttete ihm Geld hin. – »Packe dein Geld ein!« sprach der Alte plözlich, indem er den Kuffer durchwühlte und einen weißen abgedankten Ueberrock fand, der schon einige Zeit zum Puderkleide gedient hatte. »Wenn mir der weiße Rock paßt, will ich mit dir gehn.« – Er machte einen Versuch, und da er ihn für seinen dürren Körper recht geräumig fand, rief er auf einmal voll Freuden: »Junge, ich geh mit dir: komm! mache mir so einen hübschen Kopf, wie Du hast: wir leben und sterben zusammen.«

Der Sohn mußte ihm die Haare verschneiden, einen runden Hut für ihn zurecht machen, und vermittelte bey dem Postmeister seine Entlassung: sie reisten zusammen fort, und der Alte war so vergnügt über seinen neuen Kopfputz, daß er sich in jedem Wasser besah, durch welches sie fuhren.

Herrmann, als sie in dem Dorfe ankamen, aus welchem Ulrikens Brief geschrieben war, fuhr gerade vor die Pfarrwohnung, stieg ab, gieng hinein: es war Niemand als eine Magd zu Hause, die ihn mit seinem Vater in eine Stube wies und ihre Herrschaft aus den Wiesen zu rufen versprach. In der Stube stund außer den gewöhnlichen Möbeln nichts als ein großes altväterisches Himmelbette mit zugezognen kattunen Vorhängen. Langeweile und Ungeduld trieben ihn an, die Sachen in der Stube zu betrachten: besonders zogen die bunten Bettvorhänge, wo auf einem dunkelblauen Grunde eine Menge weißer Israeliten ungeheure Weintrauben an Stangen aus dem gelobten Lande trugen, seine Aufmerksamkeit auf sich: die grotesken Figuren reizten seine Neubegierde, auch die inwendige Verzierung des Bettes zu untersuchen, er schlug die Vorhänge zurück und fand ein schlafendes Frauenzimmer darinne – ein bleiches abgezehrtes Gesicht, aus welchem selbst im Schlafe der Kummer sprach: die dürren fleischlosen Hände lagen kreuzweise über einander auf dem Bette, gerade als wenn sie im Sarge daläge. Herrmann, so wenig er Ulriken in ihr erkannte, zweifelte doch keinen Augenblick, daß sie es wäre. – »Wenn dir ein blasses Mädchen im Sterbekleide vor dem Bette erscheinet, dem Kummer und Reue aus den entseelten Zügen sprechen; dann denke: izt starb meine Ulrike!« – Diese Stelle fiel ihm sogleich bey ihrer leichenmäßigen Lage aus ihrem lezten Briefe ein: bestürzt legte er leise die Hand auf ihr Herz, um zu fühlen, ob es noch schlage, empfand in seiner Freude unter seinen Fingern matte langsame Schläge, wollte die Hand zurückziehn, um die Schlafende nicht durch seinen plözlichen Anblick zu erschrecken, wenn sie etwa erwachte, und ließ sie immer liegen, wollte gehen und blieb da, mit banger Wehmuth in ihre traurige Mine vertieft. Plözlich fuhr sie im Schlafe zusammen, als wenn sie ein Traum schreckte: er wollte entfliehen, aber es war zu spät: ihre Augen standen schon offen, ehe er die Hand zurücknehmen konte. Sie sah ihn einige Zeit starr an, als ob sie seine Erscheinung für einen Traum hielt, und kaum öfnete er die Lippen zu einem leisen Ulrike, als sie ängstlich seufzte: »Gott!« und tief ihr Gesicht in die Betten verbarg.

»Wende dich nicht von mir, Ulrike!« sprach Herrmann mit aller möglichen Sanftheit der Stimme, die ihm seine kochende Empfindung zuließ. »Ich komme als dein Helfer, als dein Retter, will dein Herz seines Kummers entladen und ihm Freude und Ruhe wiedergeben, die ich dir nahm. Wende dich nicht von mir! Der Sarg soll nicht deine Brautkammer werden. Sieh! er ist da, den du liebst, und beut dir seine Hand, um dich aus den Armen des Todes zu ziehn. Er ist da und weint die Thränen aus Freude, die er um deinen Tod auf deinen Namen strömen sollte! Er ist da und wartet auf deinen Blick: warum verbirgst du ihn mir?«

Er hörte sie in das Bette hineinschluchzen und mit leisen abgebrochnen Tönen sagen: »verlaß mich, daß ich mich erhole!« – Er gehorchte, machte die Vorhänge fest zu und gieng aus der Stube zu seinem Vater, der im Hofe stand und ein Pfeifchen rauchte. Der Alte erstaunte, daß er die Pfeife auslöschen ließ, als ihm der Sohn Ulrikens Gegenwart und sein Vorhaben, sie zu heirathen, entdeckte: er hielt ihn für verwirrt; denn er wußte von seiner Geschichte weiter nichts, als was auf dem Schlosse des Grafen vorgefallen war, und auch dies hatte er schon längst vergessen. Der Sohn brauchte alle Mühe, ihn zu überzeugen, daß er bey völligem Verstande sey: er entdeckte ihm in verhüllten Worten den bedenklichsten Punkt der Geschichte. – »Was?« fuhr der Vater mit herzinniger Freude auf: »das Mädchen ist schwanger? Du verdammter Hund! so bunt hats ja dein Vater nicht gemacht. Erleb' ich die Freude so zeitig, daß ich Großvater werde? – Ueber den Zeisig!« –

Indem seine Freude über die unvermuthete Großvaterschaft sich noch in vollem Strome ergoß, langte die Gesellschaft aus den Wiesen an, die Pfarrfrau voran. Herrmann gieng auf sie zu, dankte ihr für Ulrikens Aufnahme und benachrichtigte sie, daß er gekommen sey, ihr die gehabte Bemühung zu vergelten und sie davon zu befreyen. – »Ach, sind Sie der –?« sagte die Pfarrfrau mit einer scheelen Mine. Ihr Herr Sohn hatte kaum Herrmanns Gesicht erblickt, als er erschrak und furchtsam sich hinter seine Mutter stellte, um dem Menschen nicht in die Augen zu sehn, der ihm sein Geld abgewonnen hatte. Zuletzt unter allen kam auch Fräulein Hedwig herangewackelt und schrie laut, da sich Herrmann nach ihr hindrehte. »Ach, du liebes Väterchen im Himmel!« fieng sie an; »sind Sie denn wirklich *in propriis figuribus* da? Bewahre mich mein Gott! das ist ja wie dort bey dem *Virgilio Marus*, da Ulysses seine Penelopam in Kindesnöthen wiederfindet. Das wird eine Freude seyn. Haben Sie denn das arme Rikchen schon gesprochen? Das liebe Mädchen ist so krank, sie kan nicht aus dem Bette. Hab' ichs Euch nicht immer gesagt, da ihr noch jung wart, ihr solltet nicht so frey reden und jede Sache deutsch nennen? Aber da hatte der hochweise Herr Schwinger beständig etwas einzuwenden: da mußte man Euch allen Willen lassen, und wenn Ihr Euch in Einem Tage hundert *gages d'amour* gegeben hättet; da sollte die Liebe durch Hindernisse und Verbote nur wachsen: ja, sie ist gewachsen! Nun kömmt dem überklugen Herrn der Glaube in die Hände. – Ach, die Mannspersonen! das sind doch leibhafte *bestiae ferocis*, wie sie mit den armen Mädchen umspringen. Es ist auch gar kein Erbarmen.«

Ueber diesem Geschwätze waren sie in die Stube gekommen, wo Ulrike lag. Hedwig watschelte sogleich zu dem Bette, auch die Pfarrfrau gieng hin. »Rikchen, sehn Sie doch, wer da ist! Du liebes Gottchen, sehn Sie doch! er ist ja da! er will Sie heirathen,« rief Hedwig. – »Heirathen, mein trautes Töchterchen!« unterbrach sie die Pfarrfrau. »Nicht sterben, mein Lämmchen! Heirathen! heirathen!« –

So bestürmten sie beide die arme Kranke mit unaufhörlichem Gewäsche und brachten es endlich so weit, daß sie sich umdrehte und noch um einige Minuten Geduld bat, ehe sie Herrmanns Blick ertragen könte: man ließ sie in Ruhe. Herrmann erzählte seinen ganzen Plan, und alle billigten ihn außerordentlich. Die Pfarrfrau, die ungemeine Liebhaberin vom Heirathen war und nur deswegen ihre anfängliche scheele Mine verlor, weil Herrmann Hochzeit machen wollte, rechnete ihm schon alle Unkosten der Trauung und des Hochzeitschmaußes vor, belehrte ihn über das Cerimoniell, ordnete schon die Schüsseln auf der Tafel, sezte die Gäste nach der Rangordnung um sie herum und holte ein hohes Sieb herbey, um ihm das Maas des Brautkuchens zu zeigen, und meldete mit innigem Vergnügen, daß ihr eigner in dieser Form gebacken worden sey. Fräulein Hedwig wurde über diese Seelerfreuenden Anstalten so betrübt, daß sie ans Fenster trat und den Schmerz über ihre zweyundfunfzigjährige Jungferschaft, für welche sich wahrscheinlicher Weise keine Abnehmer erwarten ließen, in häufigen Thränen ersäufte, wiewohl sie vorgab, daß sie aus Rührung über das unverhofte Glück der jungen Leute weinte. Der alte Herrmann verwarf alles, was die Pfarrfrau vorschlug, als unnütze Alfanzereyen und wäre beinahe über die Größe des Brautkuchens in einen Zank mit ihr gerathen; aber wenn sie einmal über einen Punkt einstimmten, dann gaben sie einander die Hände und lobten sich, daß sie so gescheidte Einfälle hatten: die Pfarrfrau erinnerte zwar hie und da mit bedenklichem Achselzucken, daß es viel kosten werde: – »aber,« sezte sie hinzu, »es muß seyn; und man macht ja nicht alle Tage Hochzeit; und zudem reut mich kein Geld weniger, als was mich meine Hochzeit gekostet hat.« – »Ach, der Junge hat Geld!« unterbrach sie der alte Herrmann: »Geld in Menge! Sie können fürstlich zusammen leben. Wenn nun der Teufel nur auch meine Nille herbeyführte! Das Henkersweib würde schwänzen und trippeln, wenn sie die Hochzeitanstalten mit machen sollte: die würde schnattern und gackern und heulen vor Freuden! Für unsre Ohren ist es ganz gut; aber ich wollt' ihr doch die Freude gönnen, wenn sie nicht etwa mit dem christlichen Leinweber selber Hochzeit gehalten hat. Nille, Nille. wenn ich das erfahre!«

Herrmann stand, ohne zu reden, neben einem Tische, ließ die Leute Anstalten machen und dachte bey sich, keine einzige auszuführen; denn er wollte sich ohne alle Feierlichkeiten, wo nicht den nämlichen Tag, doch den folgenden am Bette mit ihr trauen lassen. Die Freude, die die Berathschlagung der Pfarrfrau und des alten Herrmanns belebte, theilte sich endlich auch der Kranken mit: sie vergaß ihren Kummer, überwand ihre Scham, öfnete von Zeit zu Zeit die Vorhänge, um nach ihrem Herrmann hinzuschielen, und ließ sie hurtig wieder zufallen: sie konte sich nicht bezwingen: nach langem Kampfe mit sich selbst, da die unendlichen Hochzeitgespräche die Liebe wieder in ihr aufwecktem und die Freude sie dreist machte, steckte sie den Kopf durch die geöfneten Vorhänge und rief leise mit bebender Stimme: »Heinrich!«

Der Laut hatte kaum sein Ohr berührt, so eilte er zu ihr hin, kniete vor dem Bette nieder und drückte ihre Hand feurig an seine Lippen: die Freude hemmte Beiden die Zunge.

ULRIKE

Kömmst du so zeitig, um auf meinem Grabe zu weinen?

HERMANN

Nein, Ulrike, um dich aus dem Grabe zu reißen! Schmücke dich mit Freude, wie eine Braut! du bist es! du bist es!

ULRIKE

O Heinrich! das Ende des Mays, wenn die Frühlingsblumen sterben. da wird dir der Tod eine pflücken –

HERMANN

Keine solche finstern Gedanken! Unser bisheriges Leben war Tod, so lange uns das Unglück trennte: aber izt, izt beginnt es neu, frisch und duftend, wie ein junger Morgen.

ULRIKE

Ich kan mich des traurigen Gedankens nicht erwehren, daß ich sterben werde. Heinrich, ich sterbe gewiß: alles, was ich nur anblicke, was ich nur höre und empfinde, alle meine Sinne rufen mir zu: du stirbst!

HERMANN

Fantomen des Kummers und einer entflammten Einbildung! Sind nicht Tausende Mutter geworden, ohne daß sie starben? Warum sollte der Tod nur dich auszeichnen?

ULRIKE

Aber keine stritt mit so langem Kummer, mit Reue, Schande und Mangel. Meine Lebenskräfte sind aufgezehrt, mein Athem nur noch ein schwacher Hauch: siehst du diese eingefallnen Hände, ein Knochengerippe mit Haut überzogen? und du zweifelst noch, ob ich sterben werde? – Ich bin gefaßt darauf: mein glimmender Lebensfunke wird ein neues Leben anzünden und erlöschen. Das Bild des Todes ist nicht aus meinem Gehirne gewichen, so lange ich hier wohne: immer steht das schreckliche Gerippe mit ausgeholter Sense vor mir, daß ich oft den Hals ängstlich drehe und wende, und jeden Augenblick denke: izt wird er dich wegmähen, wie eine Graßblume! Dort im Winkel seh ich seit drey Tagen, daß ich vor Schwäche nicht das Bette verlassen kan, meinen Sarg stehen – gerade wie der Sarg der Sechswöchnerin, die man vorige Woche begrub – braun mit silbernen Leisten! Wenn das Tuch zum Essen auf den Tisch gebreitet wird, scheint es mir ein Leichentuch: ich höre laut und feyerlich mein Sterbelied singen, und jedesmal, wenn die Kinder vor der Thür bey ihren Spielen ein Begräbniß aufführen, tönt mir ihr Gesang so ernst, so melancholisch! – ich glaube alsdann schon im Sarge zu liegen, die schwarzen Träger treten herein, um mich aufzuladen: tragt mich fort! sprech ich weinend: nur sagt meinem Heinrich, wo ihr mich hinlegt! – O warum kamst du, mich in meinen Todesgedanken zu stören?

HERMANN

Nicht blos stören, verscheuchen will ich sie! – Betrachte dich als eine Auferstandne, von der Liebe aus dem Todesschlafe des Kummers erweckt! Diese Hand, deren Druck die deinige erwärmt, bietet dir ein kleines Glück, das freilich ein zufriednes Herz fodert, um ein Glück zu heißen: aber, Ulrike, Liebe und Mäßigkeit sollen uns jeden Goschen verdoppeln, Freude den sparsamen Bissen würzen, und Zufriedenheit unsern Acker zum Königreiche machen. Wir werden durch den Trauring vereinigt, sobald es deine Schwäche zuläßt: ich kaufe ein kleines Bauergut; und, Ulrike, hat uns dann nicht der Himmel einen Wunsch gewährt, den wir in jener Nacht der Liebe thaten?

ULRIKE

Die Wonne ist zu groß, als daß ich sie glauben sollte: meine Brust ist zu enge für sie. – Aber gewiß, Heinrich! ich werde sie nicht erleben, werde vielleicht den ersten Morgenschimmer dieses Glücks sehen und sterben.

HERMANN

Neu verjüngt leben, willst du sagen! Wir wollen ganz werden, wozu die Natur den Menschen bestimmte – den Acker bauen und uns lieben! Bedenke, welche herrliche Auftritte auf uns warten! Auftritte, so schön du sie dir nie in deinem Arkadien auf dem Schlosse deines Onkels dachtest!

ULRIKE

Die Freude wird mich tödten, so gewaltig ergreift sie mein Herz bey deiner Beschreibung. Du bist mir, wie ein Bote des Lebens, der einem Gefangnen auf Tod den finstern Kerker öfnet: wie eine Sonne, hast du alle Bilder in meinem düstern Gehirn erleuchtet. – Ach, wenn dies nur ein glänzender Traum wäre, den der Tod hinwegrafte!

HERMANN

Nennst du einen Traum, was man in der Hand hält? – So fest, so wirklich als meine Hand die deinige faßt, so wirklich fassen wir auch unser Glück. – Welch' ein Himmel, wenn unter den kleinen wirthschaftlichen Sorgen im überfließenden Genusse der Liebe und Wonne unser Leben dahineilt, wie Ein freundschaftliches muntres Gespräch! Wenn ich hinter dem Pfluge dahinschreite, oder den Samen für das künftige Brod ausstreue, oder mit dir die Garben sammle und einführe, und dann in der Sonnenhitze deine Hand mir den Schweis abtrocknet, deine Hand mir den Trunk reicht, der mich laben soll! Wenn ich nur für dich Beschwerlichkeiten trage, für dich säe, für dich ärnte! Wie wird dieser Gedanke alle meine Nerven anspannen, meinen Schultern die Last erleichtern und den Händen das Grabscheit oder die schwere Hacke zum leichten Spane machen! – Wir wollen ganz Landleute seyn, wie es sich gehört, nicht wie faule Müßiggänger die Arbeit fremder Hände genießen, sondern mit unsern eignen unser Leben verdienen. Keine Beschäftigung, keine Mühe soll für mich zu geringe, zu verächtlich seyn: du erleichterst den Kühen die hängenden Euter, streust reinliches Stroh auf ihr Lager, schafst aus der fetten Milch unsern labenden Nachtisch, oder reichst sie mir zum erquickenden Trunke in der hölzernen Schale; sammelst um mich herum das duftende Futter der kleinen Heerde, wie es unter meinem Sensenhiebe dahinfällt; pflanzest, begießest; und jede Arbeit, die wir zusammen verrichten, versüßt muntres fröliches Gespräch. Schon seh' ich dich, wie eine geschäftige Hausfrau, im leichten kurzen Unterrocke, mit aufgestreiften Armen, die Haare unter das runde verschobne Häubchen gesteckt, ohne städtischen Putz, in kunstloser reizender Nachlässigkeit herbeyeilen und das selbstbereitete Mahl auf dem reinlichen hölzernen Teller mir vorsetzen, vor Betriebsamkeit kaum Einen Bissen ruhig genießen, immer auf das fehlende Bedürfniß sinnen und schnell es herbeyschaffen, noch ehe man es vermißt: schon sitz' ich neben dir des Abends unter den Linden vor der Hausthür und verzehre mit dir von deinem Schooße die mäßige Abendkost, und trinke aus dem neben uns stehenden Kruge, heiter, frisch, belebt, wie die Luft, die um uns weht: wenn dann Nachbarn und Nachbarinnen sich zu uns gesellen, sich um uns herum setzen und mit ofnem neugierigem Munde die Geschichte der großen Städte von uns hören, und über die Fratzen, Thorheiten, Gebräuche und Bedürfnisse der vornehmen Welt, wie über Seewunder, lachen, vor Erstaunen die Hände gen Himmel heben und glauben, wir erzählen ihnen kurzweilige Mährchen aus einem Fabelbuche! – Ich vermag sie nicht alle zu schildern, die himmlischen Scenen, in so unzählbarer Menge eilen sie mir entgegen! – Unsre Nachbarn werden uns lieben, weil wir sie lieben: wir stimmen uns allmälich zu der Kindheit ihres Herzens und ihres Verstandes herab, beneiden, tücken, verfolgen einander nicht, da ein jedes genug hat, weil es nur wenig braucht: Zwang, Langeweile, Verdruß kennen wir gar nicht; und dann, Ulrike! in so vertraulicher harmloser treuherziger Gesellschaft Liebe zu fühlen, wie wir sie empfinden! nach so mannichfaltigen Verfolgungen, Mühseligkeiten, Hindernissen und Qualen an der Brust der Liebe zu liegen und volles reines süßerquickendes Entzücken, wie Kinder ihrer Mutter Milch, zu saugen! – Ulrike! kanst du noch an den Tod denken, wenn sich dir ein solches Leben eröfnet?

ULRIKE

O Heinrich! du bist mir ein Engel, der aus rosenfarbnen Wolken Licht und Feuer in meine bekümmerte Seele herabgießt: deine Reden haben alle meine Gedanken und Empfindungen über sich selbst erhöht: komm! faß mich in deine Arme, daß mir die Freude nicht die schwachen Nerven zerreißt! –

Er faßte sie auf, als sie eben, entkräftet von der Wonne ihrer Einbildung, zurücksinken wollte: schluchzend an seiner Brust, sprach sie einmal über das andre: »so geht dann nunmehr der Traum meiner Kindheit in Erfüllung! so hab' ich dann nunmehr mein Arkadien, wie ichs in dem Garten meines Onkels mir träumte!« – Ihre aufgebrachte Fantasie arbeitete so heftig, daß ihr Körper unter der Anstrengung erlag: sie wurde so schwach, daß sie in Herrmanns Armen einschlief: er legte sie sanft auf das Kopfküssen nieder und verließ sie.

Die Pfarrfrau war unterdessen mit der übrigen Gesellschaft hinausgegangen, um ihr den Platz *in natura* zu zeigen, wo das Hochzeitessen gehalten, wie die Tafel gesezt werden, und wie die Gäste sitzen sollten; und Herrmann wartete ungeduldig auf die Ankunft ihres Mannes, um mit ihm über die Trauung zu sprechen: die Frau hatte vor Freuden, daß sie Hochzeitanstalten zu besorgen bekam, schon etlichemal nach ihm geschickt, allein er saß bey dem Bader und spielte mit ihm und dem Förster Kuhschwanz,[17] und die Partie war so ernsthaft, daß er sich unmöglich losreißen konte. Endlich, nach der vierten Gesandschaft an ihn, langte er an: Herrmann trug ihm nach der ersten Begrüßung sogleich sein Anliegen vor und bat, daß er ihn morgenden Tages mit Ulriken verbinden möchte. Der Pfarr gab ihm zur Antwort: »Um getraut werden zu können, müssen Sie sich erst dreymal aufbieten lassen: wollen Sie nicht dreimal aufgeboten seyn, so geschieht es nur zweimal: wollen Sie nicht zweimal, so geschieht es nur einmal: wollen Sie auch nicht einmal, so geschieht es gar nicht.«

HERMANN

Das ist ja gerade mein Wunsch.

DER PFARR

Wenn Sie gar nicht aufgeboten seyn wollen, müssen Sie Dispensation haben: wenn Sie Dispensation haben wollen, müssen Sie sich an meine Vorgesezten wenden: wenn Sie sich an meine Vorgesezten wenden, müssen Sie ihnen Geld geben, damit sie Ihnen Dispensation geben; und ehe Sie Dispensation kriegen können, müssen Sie Ihren, Ihrer Braut, Ihrer beiderseitigen werthen Aeltern Namen, Ihren beiderseitigen Geburtsort, Geburtsjahr und Zeugniß von dem Pastore Ihrer beiderseitigen Geburtsörter beybringen, damit man sicher und zuverlässig weis, daß Sie mit Einwilligung Ihrer beiderseitigen werthen Eltern und ohne Schaden und Nachtheil eines Dritten sich verlobt und versprochen haben. Wenn Sie die Dispensation erlangt und bezahlt haben, ergeht an mich ein Befehl, und wenn ein Befehl an mich ergangen ist, trau' ich Sie, sobald Sie die priesterliche Kopulation und Einsegnung begehren.

HERMANN

Das ist ja ein unendlicher Weg zum Ehestande.

DERPFARR

Anders geht es nicht; und wenn Sie eins von den genannten Erfordernissen nicht gehörig beybringen können, so bekommen sie keine Dispensation, so darf ich Sie weder dreymal, noch zweymal, noch einmal aufbieten, so werden Sie nicht getraut.

HERMANN

Himmel! so sind die Geseze noch grausamer als die grausamsten Menschen!

DERPFARR

Ich habe die Geseze nicht gemacht: wer die Geseze gemacht hat, machte sie zum Besten vieler tausend Menschen; und was für viele tausend Menschen gut ist, kan um eines einzigen willen nicht aufgehoben werden.

HERMANN

O zum Besten der Menschen, daß man mit den Zähnen knirschen möchte! Priesterliche Gewinnsucht erfand sie, die Begierde jede Handlung des menschlichen Lebens zinsbar zu machen: Herrschsucht und Geiz brüteten sie aus, und Aberglauben und Einfalt nahmen sie an.

DERPFARR

Das kan in der Kirchenhistorie wohl wahr seyn: ich bekümmere mich nur um das Gegenwärtige, und lasse das Vergangne vergangen seyn.

HERMANN

Ich mag Ihre eitele Cerimonie gar nicht: unsre Herzen sind zusammengeknüpft und werden es unzertrennlich bis in den Tod seyn: – was vermag die Hand eines Priesters dabey? – Wenn zween Willen sich vereinigen, dann geht die Ehe an: wenn zween Willen sich trennen, dann hört sie auf. – Ich Thor! was will ich mich durch einen leeren Gebrauch an meinem Glücke hindern lassen? – Wir sind getraut: es bedarf Ihrer Hand nicht dazu. Hat uns das Unglück nicht genug geängstigt, soll es auch noch ein eitler Gebrauch thun?

DERPFARR

Ja, in der Welt haben wir Angst. – Sie spielen ja wohl ein Lomberchen?

HERMANN

Ulrike ist von dieser Minute an meine Frau: sie soll bey und mit mir leben, so bald ich eine Bauerhütte gekauft habe, die uns vor Wind und Wetter schüzt, und einen Acker, der uns nährt.

DERPFARR

Sie wollen sich ankaufen? – Bleiben Sie bey uns! werden Sie unser Gerichtsherr! Das Gut wird subhastirt werden. Es war jammerschade um unsern vorigen Herrn, daß er starb: wir werden so leicht keinen wieder bekommen, der so gut Lomber spielte. Ich versichere Sie, er machte Bete oder Codille, und wenn der Andre alle Hände voll Trumpf hatte. Es sollte mir eine Herzensfreude seyn, wenn Sie unser Gerichtsherr würden.

HERMANN

Nein, so hoch steigen meine Wünsche nicht. Ein Bauer, ein wirklicher leibhafter Bauer will ich werden, ein mittelmäßiges Gütchen kaufen, das mich und Ulriken durch unsrer Hände Arbeit erhält.

DERPFARR

Sie ein Bauer? – Ein Bauer ist des lieben Gottes Esel, dem er alle Säcke aufladet, die die übrigen Menschen nicht tragen wollen – geplagt vom Morgen bis zum Abend, von der Wiege bis ins Grab: er muß geben für alle, und Jedermann will durch seine Arbeit oder seinen Schaden reich werden: verachtet, bevortheilt, immer nur halb gesättigt, muß er sich sein Leben lang quälen, damit es andern Leuten wohlgeht. Hat er sein Aeckerchen mit Mühe durchwühlt, gesäet, geärntet, verkauft, dann trägt er sein gelöstes Geld zu Steuern und Gaben hin und darbt oder lebt kümmerlich, bis er wieder ärnten und geben kan; und noch muß er die Zeit zur Bestellung wegstehlen: da giebt es Spanndienste, Handdienste, Botdienste, Fröhnen, Hofdienste, Kriegsfuhren, Kammerfuhren, und Gott weis, was weiter: viel geben, viel arbeiten und nichts haben, ist der Lebenslauf eines Bauers.

HERMANN

Unglücklicher Mann! Sind Sie denn bestimmt meinen liebsten Wünschen zu widersprechen? – Milzsucht und Menschenhaß können nur so ein finsteres Bild von dem glückseligsten Stande entwerfen, den die Menschheit kennt: aber alle Ihre misanthropischen Gemählde sollen mich nicht erschüttern: mein Entschluß bleibt unverrückt.

DER PFARR

Mir soll es sehr gelegen seyn: so bekomme ich mit meinem Herrn Konfrater in der Nachbarschaft den dritten Mann zu einem Lomberchen; und kömmt noch ein guter Gerichtsherr dazu, so spielen wir Quadrille, Trisett, Tarock mit dem König, spielen Billard *à la guerre*, *à la ronde*, oder wie Sie wollen; ich bin bey allem. Bauergüter sind immer zu bekommen: unsre Bauern richten sich immer so ein, daß man ihnen in zwey Jahren nichts mehr nehmen kan als die Haut: es werden zwey oder drey Höfe im Dorfe zu verkaufen seyn. –

Herrmann freute sich ungemein über diese Nachricht, und nahm sich vor, gleich den folgenden Tag die verkaufbaren Bauergüter zu besehen und, wo möglich, den Handel auf der Stelle zu schließen. Die Pfarrfrau, als sie hörte, daß er keine Hochzeit haben wollte, gerieth in die äußerste Unruhe: sie stellte ihm viele klägliche Beispiele von solchen selbstgemachten Ehen ohne Trauung und Hochzeitschmauß vor, und empfahl aus allen Kräften ein dreymaliges Aufgebot und priesterliche Kopulation: sie bat ihren Mann angelegentlich, die Sache nicht so genau zu nehmen, damit sie nur eine Hochzeit auszurichten bekäme: allein der Pfarr war eben so standhaft in seiner Pflicht, als Herrmann in seiner Verachtung gegen die Kopulation. In einer solchen Verlegenheit mußte sich die gute Frau mit dem Gevatterschmauße trösten, den Ulrikens Umstände bald zu erfodern schienen, und lag dem jungen Hausvater eifrigst an, die Anstalten dazu beyzeiten durch sie machen zu lassen. Auch Ulrike verfiel in keine geringe Betrübniß, als sie die Unmöglichkeit einer gesezmäßigen Verbindung erfuhr, wenn sie nicht durch die Anzeige ihrer Abkunft sich der Gefahr aussetzen wollte, entdeckt zu werden und in Untersuchung zu kommen: doch Herrmann beruhigte sie, trat zu ihrem Bette und sprach: »Ulrike, wir sind getraut, durch stärkere Fesseln verbunden, als ein Priester verbinden kan. Zum Zeichen unsrer ewigen Treue trag' ich hier am emporgehaltnen Finger den Ring, womit du unter dem Baume im Garten deines Onkels ihn schmücktest: zum öffentlichen Bekentnisse deiner Liebe trägst du den meinigen: ihr insgesamt, Vater, Freund und Freundinnen, seyd Zeugen, und noch mehr das Wesen, das den Meineid bestraft, daß ich hier dieser lieben Seele eheliche Treue und Liebe bis in den Tod angelobe; und wer sie bricht, den treffe der Fluch des Himmels, so lang' ein Gedanke in ihm lebt! Dieser Kuß besiegle unser Versprechen. – Nun sind wir getraut: welcher Ceremonie bedarf es weiter?«

Den Tag darauf betrieb Herrmann sein vorgenommenes Geschäfte mit seiner gewöhnlichen Hitze: er schloß den Handel, so sehr sich auch der Pfarr dawidersezte, und viel weniger vortheilhaft als er thun konte, wenn er nicht mit Leidenschaft kaufte. Er ließ sich von einem erfahrnen Landmanne in den Geheimnissen der Wirthschaft unterrichten, lernte von ihm den Pflug regieren, säen, eggen und die übrigen ländlichen Verrichtungen: der Bauer hatte noch nie einen so gelehrigen Schüler gehabt, der mit so vieler Lust und Emsigkeit an seine Lektion gieng. Wenn ihn der Pfarr des Abends zu einer Partie Piquet aufsuchte, saß er bey drey, vier Bauern und ließ sich in der ökonomischen Klugheit unterweisen: der Unterricht war angenehm und fruchtbar, obgleich die schlechte Methode und der verworrne Vortrag der Lehrer ihn nöthigte, alles durch Fragen aus ihnen herauszuziehn und deutlich zu machen. Er schafte die nöthige Geräthschaft, Hausrath und andre Bedürfnisse an, baute in seiner neuen Wohnung, so viel sich in der Geschwindigkeit thun ließ, und machte die häuslichen Einrichtungen mit Hülfe der Pfarrfrau, die vor Vergnügen über diese Geschäftigkeit um zehn Jahre jünger wurde. Die beiden Leute thaten alles mit einer Heftigkeit, als wenn sie in vierundzwanzig

Stunden fertig seyn wollten: Herrmann rennte die Treppe hinauf, die Pfarrfrau hernieder, sie stießen mit Armen und Köpfen zusammen, ohne sich aufhalten zu lassen, eins ordnete hier an, das Andre dort, und meistens befahl Jedes das Gegentheil von dem, was auf Befehl des Andern schon geschehn war. Selten waren sie einerley Meinung: die Pfarrfrau trozte auf ihre längere Erfahrung, und Herrmann auf seinen größern Verstand: sie richtete sich pünktlich nach der hergebrachten Gewohnheit, und er wollte keine andre Regel als Schicklichkeit und Vernunft anerkennen: freilich wollte er der armen Frau mit unter manche ehrliche Grille für Vernunft aufdringen, aber sie ließ sich durch die schönsten Scheingründe nicht täuschen. Er verlangte von allen Vorschlägen und Anordnungen das Warum zu wissen, und weil seine Gehülfin immer keinen andern Grund angeben konte als – »es muß so seyn,« – so geriethen sie in unendliche Streitigkeiten mit einander: er demonstrirte ihr deutlich und bündig, daß es anders besser wäre, und sie behauptete, ohne seine Gründe zuzugeben oder zu widerlegen, daß es so seyn müßte. Beide waren in ihren Meinungen hartnäckig; und so zankten sie sich fast alle Stunden einmal: bey jedem Zanke schwur die Pfarrfrau, nichts wieder zu sagen, keinen Fuß wieder in so ein unordentliches Haus zu setzen, so einen verkehrten eigensinnigen Menschen seiner Blindheit zu überlassen; und kaum war der Schwur über die Lippen, so flog schon eine neue Anordnung zum Munde heraus, die Herrmann von neuem misbilligte, und worüber sie sich von neuem stritten. Der ernsthafteste Bruch entstund über die Stellung der Betten: da das Haus gegen Morgen lag, wollte er das seinige schlechterdings so gesezt haben, daß ihn die aufgehende Sonne jeden Morgen zur Arbeit weckte, und die Pfarrfrau versicherte ihn, daß es eine ganz unerhörte Unordnung sey, das Haupt des Bettes an die Kammerthür zu stellen: er sezte seinen Willen mit Gewalt durch, und die Pfarrfrau betheuerte auf ihr Gewissen, daß sie Zeitlebens sich der Sünde nicht theilhaftig machen werde, über die Schwelle eines Hauses zu schreiten, wo die Leute mit den Köpfen an der Kammerthür lägen: sie gieng mit der Prophezeihung hinaus, daß unter dieses Dach weder Segen noch Gedeihen kommen könne, kam einen ganzen halben Tag nicht hinein, und am folgenden Morgen war sie schon wieder die erste auf dem Platze.

Auch Fräulein Hedwig wurde vom Fieber der Landwirthschaft angesteckt: sie molk der Pfarrfrau alle Kühe rein aus, wo sich nur eine blicken ließ, gab allen lateinische Namen und sprach so viel lateinisch und französisch mit ihnen, daß sie zulezt vor Gelehrsamkeit keine Milch mehr gaben; und die Pfarrfrau war sehr der Meinung, daß ihre Trockenheit von den fremden Sprachen herrührte, die das arme Vieh nicht gewohnt wäre. Die Sichel zu führen, Futter vorzulegen, Stroh einzustreuen übte sich das hochgelehrte Fräulein Tag für Tag: um den Unterricht nicht umsonst zu empfangen, lehrte sie dafür die Mägde, wie Virgilius und Homerus Sichel und Graß lateinisch nennten. Der alte Herrmann wählte die bequemste Beschäftigung: er lernte die Schafe hüten. Der Pfarr war bey dieser allgemeinen Regsamkeit um nichts so sehr bekümmert als wegen des neuen Gerichtsherrn: keiner unter allen, die das Gut schon besehen hatten, stund ihm an; und er gab eines Tages Herrmannen mit tiefer Betrübniß die Nachricht, daß es wahrscheinlicher Weise ein Gutbesitzer aus der Nachbarschaft erstehen werde, ein Mann, der ehemals Bedienter gewesen sey, sich durch Spitzbübereyen bey seinem Herren reich gemacht habe und von seinem Raube nunmehr ein Gut nach dem andern kaufe: – »er kan unmöglich gut Lomber spielen, weil er ein Spizbube ist,« sezte er untröstlich hinzu.

DRITTES KAPITEL

Mitten unter diesen landwirthschaftlichen Uebungen und Anordnungen, noch einige Tage vor dem gefürchteten Ende des Mays, trat des Morgens in aller Frühe, als eben Herrmann auf das Feld gehen wollte, die Pfarrfrau ungemein freudig herein, ein Küssen auf dem Arme und aus demselben einen neugebohrnen Knaben, den sie ihm überreichte. »Da!« sprach sie: »hier hat Ihnen der liebe Gott einen kleinen Ackersmann beschert: der wird einmal recht kommandiren: er hat schon eine Stimme, wie ein Mann, behüt' ihn der liebe Gott!« – Herrmann nahm ihn auf und küßte ihn mit rührungsvoller Freude. »Willkommen!« sprach er, »du kleiner Erdensohn! Willkommen in dieser Wohnung des Schmerzes und des Vergnügens, du Frucht der treuesten feurigsten Liebe! dein Daseyn sollte mich betrüben: – aber nein! freuen will ich mich über dich, freuen wie ein Vater, dem sein erster Sohn geboren wird!« – »Das hab' ich auch Ulriken gerathen,« unterbrach ihn die Pfarrfrau. »Das arme Geschöpf härmt sich und weint, wenn sie den Jungen nur anblickt. Ich hab' ihr schon gesagt, das Kind kan unmöglich gedeihen: Sie sind ja nicht die Erste und werden auch, so Gott will, nicht die lezte seyn: – aber das hilft nichts, sie läßt sich nicht beruhigen. – Sehn sie einmal, wie der kleine Schurke seinen Vater anlacht! Nu, so ruf: Papa!« – In dieser muntern Laune schäkerte und tändelte sie mit dem Kinde und war so lebhaft vergnügt darüber, als wenn sie es selbst geboren hätte. Sie trug sehr viel zu Ulrikens Aufheiterung bey: die junge Mutter gewöhnte sich allmälich an ihre Situation, und die Freuden des künftigen ländlichen Lebens, die ihr Herrmann täglich mit frischen Farben vormahlte, stärkten sie, daß sie die Gefangenschaft einer Kindbetterin, aller Schwächlichkeit ungeachtet, glücklich überstand.

Herrmann hatte sich den Plan gemacht, daß nach Verlauf dieses Zeitpunktes in seiner neuen Behausung alles zu Stande seyn sollte, um ihn mit seiner jungen Hausmutter aufzunehmen: mit den hauptsächlichsten Einrichtungen gelang es ihm auch. Von Freude glühend und wallend, brachte er in einem Vormittage Ulriken ihre neue Bauerkleidung, die er unterdessen für sie hatte machen lassen, half ihr sich ankleiden, und lud sie auf den Mittag zur ersten Mahlzeit in seinem Häuschen ein. Im kurzen flanellnen Unterrocke und rothen Mieder, die Arme wirthschaftlich aufgestreift, stand sie da und lächelte mit kindischem Vergnügen über ihr eignes Bild im Spiegel: nur die Haube, nach der Mode des Dorfs gemacht, misfiel ihr: sie warf sie mit Widerwillen vom Kopfe, band sich die Haare, daß sie eine Art von Chignon bildeten, nahm Herrmanns runden Hut und sezte ihn drauf: sie war zum Entzücken artig und niedlich in der neuen Tracht. Herrmann nahm sie an den Arm: sein Vater, Hedwig, der Pfarr und die Pfarrfrau folgten ihm: die Pfarrfrau ließ sich um alles in der Welt die Ehre, das Kind zu tragen, nicht nehmen; und so hielten sie ihren Einzug. Von dem Eingange durch das Vorhaus bis zur Schlafkammer war eine breite Straße von duftenden Blumen gestreut: über Thüren und Fenstern hiengen Bogen von Tannenreisig, mit Blumen verziert: ringsum athmete Wohlgeruch, und aus allen Gesichtern lachte Vergnügen. Ulrike wußte sich vor inniger Herzenswonne nicht zu fassen: sie lief geschäftig durch alle Kammern und besah jeden Winkel vom obersten Boden bis zum untersten Keller, bezeichnete im Garten jedes Pläzchen, wo dies, wo jenes gepflanzt und gesäet werden sollte, und machte auf der Stelle mit einem Packet Samen den Anfang, den ihr die Pfarrfrau verschafte. Hedwig eilte voller Begierde nach dem Stalle, den Kühen den Besuch abzustatten, und wollte in Gegenwart der ganzen Gesellschaft ihr Probestück im Melken machen: allein der heimtückische Zufall führte sie zu einem Stiere, und der landmännische Scherz hub laut auf ihre Unkosten an. Sie hielten die nüchterne Mahlzeit im Obstgarten unter einem schattigten Apfelbaume: die Bienen des Nachbars summten in den durchsäuselten Aesten und unter den bunten Blumen des wollüstigen Grases, Vögel hüpften und zwitscherten in den Zweigen, Schmetterlinge schwärmten mit blinkenden Flügeln herum, in der Luft lebte das muntre sausende Gewühl des Sommers und der regen Natur: an zween niedrige Bäume geknüpft, hieng das weiße Tuch, worinne, wie in einem indianischen Hamak, der junge Erbe des Hauses schlief und von der durchstreichenden Luft sanft gewiegt wurde. Der Tag war für Herrmann und Ulriken der frölichste ihres ganzen Lebens, ein Fest der Wonne.

Zween Tage hatten sie in voller Berauschung über ihr neues Glück hingebracht, als sich schon eine Bitterkeit in ihre Freuden mischte: der kleine Herrmann starb. So sehr Ulrike vor seiner Geburt sein Daseyn scheute, so sehr blutete izt ihr mütterliches Herz bey seinem Verluste. Speise und Trank, Arbeit und Vergnügen schmeckten ihr herbe: jeder Ort, wo sie ihn getragen, geliebkost, gewindelt, genährt, wo er geschlafen, geweint oder gelacht hatte, erweckte ihre Thränen, und oft ließ sie eine angefangene Beschäftigung plözlich liegen, um zu der geliebten Leiche zu eilen, mit nassem Blicke über ihr zu hängen und in stiller Betrübniß über ihrem Ebenbilde zu trauern: sie hauchte den kleinen Lippen ihren Athem ein, aber die mütterliche Liebe vermochte nicht das erstarrte Herz zu erwärmen: sie trennte sich wehmuthsvoll von dem entseelten Knaben und suchte an Herrmanns Brust Erleichterung für ihren Schmerz.

»Liebe!« sprach er zu ihr; »wir selbst wollen ihm die lezte Elternpflicht entrichten, mit unsern Händen sein kleines Grab bereiten, und aus unsern eignen Händen soll ihn die Erde empfangen.« – Ulrike übernahm das Geschäfte sehr gern, und während daß Herrmann sich von dem Todtengräber einen Platz anweisen ließ und das Grab machte, pflückte sie auf den Wiesen Blumen, bettete mit ihnen in der Schachtel, die zum Sarge dienen sollte, ein buntes Lager, band einen Kranz von Fichtenzweigen, mit Vergißmeinnicht durchflochten, und schmückte damit das kleine Haupt, und in die Hände gab sie ihm eine aufbrechende Rosenknospe. In der Dunkelheit des Abends gieng sie, ihren Herrmann am linken Arme, und unter dem rechten den Leichnam, auf den Kirchhof. Der volle Mond stand über dem Grabe und warf Tageslicht in die finstre Höle: alles schlief an diesem Orte der Ruhe, selbst die Luft. Die beiden Leidtragenden saßen in stummer Umarmung auf der ausgeworfenen Erde und schauten in die Wohnung ihres versenkten Geliebten hinab: nichts unterbrach das allgemeine theilnehmende Schweigen als das Rauschen dahinschießender Fledermäuse, oder der Klageton des Uhus aus den finstern Winkeln des weißen Kirchthurms, der das Wimmern eines Käuzchens, das, wie ein ächzendes Kind, über ihren Häuptern schwebte und das Leichenlied jammerte.

Sie standen auf und warfen das Grab zu, so schwer sich auch Ulrike dazu entschließen konte. – »Welches von uns beiden wird das andre so begraben?« fieng Herrmann an, indem er die Erde hinabschaufelte.

»Möchtest du es seyn!« antwortete Ulrike. »Meine Leiden haben mich mit dem Tode so vertraut gemacht, daß ich lebendig hier wohnen könte in dieser friedlichen Nachbarschaft. Wie sie so einträchtig alle hier schlafen! Sie lieben sich freilich nicht: aber sie hassen sich doch auch nicht.«

HERRMANN

Noch im Tode ist jede Familie ungetrennt. Siehe! hier neben mir ruht ein Hausvater – fünf und siebzig Jahre lebte er, wenn mich das Mondlicht nicht täuscht – neben ihm seine alte Hausfrau, im siebzigsten gestorben; hier ruhen sie unter vier schattichten Obstbäumen, und zu ihren Füßen die ganze kleine Nachkommenschaft. Wie eine junge Baumschule, stehn die kleinen Kreuze da: acht sind ihrer; und wer weis, wie viele Brüder noch unter dem Joche des Lebens keuchen, die einst an einem andern Platze ihre kleine Heerde eben so um sich versamlen werden? – Wie glücklich, Ulrike, daß wir einmal in so guter Gesellschaft schlummern sollen!

ULRIKE

Tausendmal süßer ist es, mir hier meine Ruhestätte zu denken, als in der hochgräflichen Gruft meines Onkels: man liegt dort in dem schwarzsamtnen tressenreichen Kasten, und der ganze traurige Aufputz hat so eine steife gezwungen Mine, als wenn sich die Leute noch im Tode vor einander *genirten*. Kurz vorher, eh' ich das Schloß verließ, besuchte ich sie, als man frische Luft hineinließ: O, dacht' ich, Ihr seyd wohl alle an der Langenweile gestorben. Die Leute liegen in so ehrerbietiger Entfernung von einander, als wenn sie sich eben so aus dem Wege giengen wie im Leben, und kommen nur dann erst in vertrauliche Nähe unter und über einander, wenn ihnen der Platz fehlt. – Tausendfach angenehmer ist es, hier in freundlicher Zutraulichkeit unter dieser grünen blumengestickten Decke zu schlafen!

HERRMANN

Tausendfach angenehmer, sich hier sein Grab zu denken als auf dem städtischen Gottesacker, wo man oft von Dunsen, Narren, Schurken und Bösewichtern umringt liegt und sich vielleicht mit Gebeinen vermischt, die man im Leben kaum unter Einem Himmel mit sich dulden mochte, und wo oft ein glänzender Stein und eine fabelhafte Inschrift den Nichtswürdigen noch im Tode über den braven Mann erhebt. Doch hier ruht man in der besten Gesellschaft, unter den nüzlichsten Bürgern des Staats – unter Menschen von dem allgemeinsten Einflusse, die die Lasten der Menschheit trugen und die Menschen nährten; die in reger Thätigkeit jede Minute des Lebens verdienten, durch Fühllosigkeit der Verachtung und Armuth standhafter Trotz boten als der gerühmteste Weise, mit ihren bösen Handlungen den kleinsten Schaden, und mit ihren guten den allgemeinsten Nutzen schaften. – O Ulrike! wenn wir hier, die Frucht unsrer Schwachheit zu den Füßen, beysammen schlummern werden!

Ulrike

Laß uns gehn! dieser Gedanke macht mir die ganze Scene graushaft.

Hermann

Nein, laß uns bleiben! Noch sind wir der Tugend eine Aussöhnung schuldig. Hier ruht er, der Sohn der Schwachheit: Leidenschaft entheiligte deine Tugend, um ihn zu zeugen: die Leidenschaft muß für diesen Frevel büßen. Ueber der Grabstätte unsers Kindes gelob' ich dir – zwey Jahre soll unser Lager getrennt seyn. –

Ulrike gab ihm die Hand, lehnte sich sanft an ihn und flüsterte ein seufzendes »Ja.«

Sie kehrten sich noch einmal zum Grabe, nahmen leisen Abschied und verließen den Kirchhof. Ulrike pflanzte den folgenden Tag rings um den Hügel niedres Gesträuch, und Herrmann sezte darauf ein schwarzes Kreuz mit den eingeschnittnen Worten: »In Kummer gebar mich meine Mutter.« Nach der Sitte des Dorfs wurde der Kirchhof seitdem auch ihr sonntägiger Spatziergang, um das kleine Grab zu besuchen und von den Lebenden die Geschichte der Verstorbnen zu hören.

VIERTES KAPITEL

Die Sorgen der Wirthschaft zerstreuten bald den Schmerz, besonders da sie ernster und zahlreicher waren, als sie Beide in der ersten Begeisterung vermutheten, und da Herrmann seine neuen Beschäftigungen um ihrer Neuheit willen mit seiner gewöhnlichen Heftigkeit betrieb. Gleichwohl, bey allem Ernst und aller Emsigkeit, war und blieb es eine poetische Wirthschaft, die Bemühung, den arkadischen Traum einer entflammten Einbildungskraft und eines sanftempfindenden Herzens zur Wirklichkeit zu bringen. Herrmann bedauerte von ganzer Seele, daß Ulrikens zarte Fingerchen durch harte Arbeit schwielicht und ungestalt, und durch unreine Beschäftigungen schmutzig werden sollten: sie hätten alsdann ihren Reiz für ihn verloren: er hielt ihr eine Magd und zog sie oft zu ihrem Verdrusse von Arbeiten ab, weil sie ihm für die Feinheit ihrer Haut oder die Weiße ihrer Farbe gefährlich zu seyn schienen. Mit aufgestreiften Armen deckte sie den Tisch und trug das Essen auf, das die Magd unter ihrer Anordnung gekocht hatte; und Herrmann würde es mit geringerm Vergnügen und vielleicht mit Misfallen von diesen wirthschaftlich aussehenden Armen angenommen haben, wenn sie mit der Zubereitung mehr beschäftigt und mit Spuren der Küchenarbeit bezeichnet gewesen wären. Sie harkte auf der Wiese das Heu, oder sammelte auf den Feldern das Getreide, das er gehauen hatte: aber Handschuhe verwahrten Arme und Hände vor den Beleidigungen der Luft, den Busen beschüzte ein Tuch, und ungern ließ er sie auf das Feld, so lange die Sonne das Gesicht schwärzen konte.

Eben so besorgt war sie für ihn: der Mann, der anfangs alle Aecker umpflügen wollte, ließ es durch einen Knecht nebst seinem kleinen Pommer verrichten und mußte schon aufhören, wenn er beym Spatziergange dem Knechte das Regiment abnahm und zwo Furchen zog. Inständigst wurde er gebeten, die Sense niederzulegen oder dem müßig stehenden Lohnarbeiter abzutreten, wenn er sich ein wenig zu stark angriff. Ulrike trocknete ihm freilich den Schweis vom Angesichte bey der Arbeit, aber sobald er abgetrocknet wurde, hatte die Arbeit ein Ende. Zu allen Verrichtungen bezahlten sie Leute, und diesen Leuten, aber weder der Wirthschaft noch der Einnahme, kam es zu gut, wenn Herr und Frau Hand anlegten. Sollte ihnen ihr neuer Stand Vergnügen geben, wie sie wünschten, so mußten sie sich mit seinen Beschäftigungen nur zuweilen abgeben und sie nie weiter treiben, als bis die Beschwerlichkeit anfing; und ihr ganzer Bauernstand blieb eine angenehme Spielerey. Sogar in ihrem Anzuge wurden sie nicht wirkliche Landleute: Beide unterschieden sich von den übrigen Bewohnern des Dorfs durch den Geschmack und die Artigkeit, die sie mit der Einfachheit der Kleidung zu verbinden suchten, nicht etwa aus Stolz und Unterscheidungssucht, sondern weil sie sich in ihrer vorigen Lebensart an Nettigkeit und Sorgfalt für die Annehmlichkeit ihrer Personen gewöhnt hatten. Ulrike raffinirte izt so gut, wie ehemals, in welcher Lage und Anordnung ihre Haare die beste Wirkung zu dem runden Hute und dem Gesichte thun würden: diesen Morgen mußten sie, mit einem Bande leicht gebunden, über den Rücken hinunterwallen: den folgenden wurden sie in ein Paar kunstlose Locken geschlagen, an einem andern geflochten und aufgesteckt: der runde Hut empfieng ein Band der Verschönerung, eine Blume, einen Zweig oder etwas ähnliches: die Brust zierte beständig ein Blumenstrauß von bescheidnen Feldblumen: die Bemühung zu gefallen arbeitete bey ihr freylich nicht mehr mit Schafwolle, Straußfedern, falschen Locken, Seide und Flor, aber mit geringern Materialien noch immerfort. Auch hätte, bey ihrer einmal eingewurzelten Art zu denken und empfinden, die Liebe auf beiden Seiten unstreitig sehr viel dabey gelitten, wenn die Sorgfalt, sich wechselsweise durch solche kleine Galanterien in der Person und im Umgange zu gefallen, durch ernstere Sorgen verdrängt worden wäre.

Herrmann, da er mit Anschaffung der nöthigsten Bedürfnisse zu Stande war, fand in seinem Hause alles zu schlecht und fieng an zu verschönern. Der Hof war unter seinem vorigen Besitzer ein großer Düngerhaufen gewesen, wurde izt gesäubert, mit Sande überfahren und zuverlässig ungleich schöner als vorher, aber auch ungleich weniger nüzlich: Thüren und Wände empfiengen ein schöneres Kolorit, die Treppen eine bequemere Stellung, und alles bis auf den kleinsten Winkel die Mine der Ordnung, Sauberkeit und Regelmäßigkeit, so weit es sich ohne gänzliche Umschaffung thun ließ.

Auch der Garten wurde verschönert, die schlechten Obstsorten ausgemerzt und edlere angepflanzt, die freilich unter sechs, acht Jahren weder einen Kirschkern noch einen Apfelstiel trugen: die Einzäunung ließ er sehr geschmackvoll und malerisch machen, und seine und Ulrikens Hände sezten manchen Strauch in die Erde, der mit seinen ausgebreiteten Ranken das hölzerne Gerüste grün bekleiden sollte. Nischen erhuben sich in seinen Winkeln mit angepflanzten Weinstöcken, die an den Stäben hinaufklimmen, mit ihren breiten Blättern kühlenden Schatten geben und die Traube dem Sitzenden zu den Lippen herabreichen sollten: Aurikeln und Tulpen verdrängten die Küchengewächse, die samtne Pfirsche den plumpen Apfel, aus welchem sein Vorgänger Cyder preßte. Ein krummer übelgebildeter Baum beleidigte durch seinen schlechten Anstand das Auge? er mußte sterben, wenn er gleich sonst dem Gesinde einen Theil seiner Kost gereicht hatte. In zwey Jahren war durch solche unermüdliche Bemühungen sein Garten der wohlriechendste und ordentlichste im ganzen Dorfe; gab zwar nicht einen Zoll breit Schatten, aber doch die angenehme Hofnung, daß man nach vielen Jahren unter völlig gerade gewachsnen Bänmen und zarten Zweigen werde ruhen können; erfrischte den durstenden Mund mit keiner einzigen saftigen Frucht, versorgte den Tisch mit keinem einzigen Bissen, aber dafür ließ er in vielen Jahren die köstlichsten labendsten Erquickungen des Gaums erwarten. Da also kein gegenwärtiges Vergnügen, sondern viele gegenwärtige Unbequemlichkeiten darinne zu finden waren; da die Sonne den Kopf stach, man mochte sich hinwenden, wohin man wollte, und das Auge allenthalben nichts als nur günstige Erwartungen erblickte, so wurde der Garten, sobald er zu Stande war, verlassen, äußerst selten besucht, und über der Vergrößerung des künftigen Vergnügens das gegenwärtige geschmälert.

Herrmann hatte Scharfsinn und Einbildungskraft: er konte also unmöglich den stillen Pfad der Gewohnheit in seiner Oekonomie gehen. Bey tausend Gelegenheiten spekulirte er, daß es so oder so besser wäre: das Gesinde mußte nach seinen Grillen und Spekulationen verfahren, und das neue Verfahren mislang jedesmal, weil es die Leute entweder aus Ungewohnheit oder mit Vorsatz verfuschten, um den Herrn wieder zur alten geläufigen Praxis zu zwingen; und jeder neue Versuch erzeugte nicht blos Verlust, sondern auch Unordnung.

Außer den Freuden, die Enthusiasmus und Neuheit und so mannichfaltige Veranstaltungen und Umschaffungen gewährten, und die sie Beide um so viel voller und ungestörter genossen, weil sie den Schaden der Unordnung nicht eher fühlten, als bis er ihnen auf dem Nacken saß, verschaften sie sich noch viele andre Vergnügungen, die meistens in süßen Einbildungen und artigen Spielereyen bestunden. Herrmann wurde durch seine itzigen Beschäftigungen wieder an die längstvergeßne klassische Belesenheit erinnert, die er sich unter Schwingers Anführung erwarb: das Pfropfen eines Baums; das Bild eines Feldes voll Schnitter und Sammler, wo mit zahlreichem Gewimmel Einige

Garben banden, Andre in hohe Haufen sie thürmten, hier lachende Dirnen auf den wartenden Wagen sie luden, dort schwerbefrachtete Wagen, seufzend unter der Last, langsam dahinwankten, um den ländlichen Reichthum den Scheuren zuzuführen, ein rauschender Quell, ein sanft hingleitender Bach, eine romantische Höle; Wiesen, mit weitduftenden Heuschobern übersät, wo Jünglinge und Mädchen, Männer und Mütter mit frölichem Gespräch und lautschallendem Gelächter, hier singend, dort pfeifend den Vorrath des künftigen Winters in Haufen sammelten, oder auf Gabeln, hochflatternd in der Luft, an dem Wagen hinanreichten, während daß die hungernden Rosse mit betrübter Lüsternheit den Dampf des Futters einschnaubten, das sie nicht geniessen durften; das Abendgebrüll der heimeilenden Kühe, die mit harmonischem Geklingel die strotzenden Euter dem Stalle zutrugen, um von der Last befreyt zu werden und in wohlthuender Gemächlichkeit den gefräßigen Gaum mit der aufgeschütteten Abendkost zu ergötzen; ein strauchichter Berg, woran das weidende Vieh hieng, wiederkäuend umherschaute oder unter Steinen und Stämmen die nährendsten Kräuter hervorsuchte; ein kahles Brachfeld, wo der bequeme Stier oder das arbeitsamere Roß unter den lautkreischenden Befehlen ihres Regierers am blinkenden Pfluge lange Furchen öfneten; das schallende Getöse der Arbeiter, wenn sie Abends in taktmäßigem Unison die gestumpften Sensen für die Morgenarbeit schärften; die Konzerte der Drescher, wenn sie bald in Solos, bald in Duetten, bald in vierstimmigen Chören mit muthigem Tempo dem Besitzer Brod und reichliche Einnahme verkündigten: – alles, alles, wohin er nur blickte, wohin er nur hörte, was er nur that und thun sah, brachte ihm die Beschreibung eines alten Dichters zurück, und alles ward durch eine solche Erinnerung süßer und eindringender für Fantasie und Herz. Ulrike unterhielt sich allenthalben mit Scenen aus ihrem Geßner und Thomson; und was dem gegenwärtigen Gegenstande an Aehnlichkeit gebrach, schenkte ihm ihre glückliche Einbildung. Ihr Gespräch auf dem Spatziergange war oft Eine fortgesetze Schilderung der Bilder um sich her, aus jenen Mahlern der ländlichen Natur: alles, auch nichtsbedeutende Kleinigkeiten, die Andre verächtlich kaum des Anblicks würdigten, erhielten dadurch einen fantastischen Anstrich für sie, einen erhöhten Reiz, daß sie bey einer halbvertrockneten Quelle, bey dem gesanglosen Zwitschern der Vögel auf einem Baume über ihnen, Empfindungen fühlten, die auch die herrlichste Natur ohne die zaubrische Verschönerung der Imagination nie zu geben vermöchte. Wonne und Entzücken begleitete sie mit jedem Tritte, sprach aus dem Lispeln jedes Baums, hauchte in jedem Lüftchen sie an und gleitete durch Blicke und Minen aus Seele in Seele hinüber.

Wenn am längsterwarteten Sonntage die Mitbewohner des Dorfs sich unter der funfzigjährigen Linde versammelten und das Andenken der alltäglichen Beschwerlichkeiten im frischen Trunke ersäuften, in die Lüfte ausjauchzten und mit geräuschvoller Frölichkeit vertanzten, dann fehlten Herrmann und Ulrike nie: sie eröfneten den Ball der Freude: das kunstlose Dorfmädchen lernte von ihr Grazie und Anstand, und der Bauerkerl ahmte mit tölpischer Zierlichkeit seine Maniren nach. Ihre zutrauliche Offenheit erwarb ihnen das Herz aller Anwesenden: der lustige Alte drückte ihnen treuherzig die Hand, und der lustige Junge hielt aus Ehrfurcht vor ihnen seine Lustigkeit in den Schranken der Anständigkeit. Der galante Jüngling nahm alle seine Artigkeit zusammen, wenn er mit Ulriken tanzte, warf die Füße zehnmal zierlicher als sonst, und schmückte jeden Schritt mit originalen Bewegungen der Arme und des Kopfs: das Mädchen, wenn ihr Herrmann zu Theil ward, faßte mit niedlicher Züchtigkeit die Zipfel der Schürze zwischen die Finger und drehte mit den lieblichsten Grimassen den braunen Hals. Ulrike war bey jedem ländlichen Feste das Orakel der Mädchen: sie wählte und ordnete Bänder und Kränze an den geschmückten Mayen, zu den Johannistöpfen und dem Aerntenkranze: sie puzte die Mädchen, wenn sie zum Altare giengen, und wenn sie eine ihrer Schwestern zu Grabe begleiteten; und jede Mühe belohnten ihr die vergnügten Mütter mit herzlichen Geschenken von ihrem ländlichen Reichthume. Der Schulze holte sich bey Herrmannen Rath und Beredsamkeit, wenn er in der Schenke vor dem vollen Senat und Volke philippische oder katilinarische Reden halten mußte: das Volk brauchte ihn zum Mittelsmann, wenn es sich mit dem Senat entzweyte: selbst der gelehrte Schulmeister verschmähte seine Belehrung nicht, so oft ihn die Orthographie schwerer lateinischer Worte quälte: jeder achtete ihn in allem für den Weisesten im Dorfe, nur nicht in der Wirthschaft:

sobald man auf diese zu sprechen kam, gab sich auch der Geringste ein Ansehn über ihn, und das allgemeine Orakel mußte dann schweigen und lernen.

Auch stifteten sie außer den Feyertagen des Dorfs, eigne häusliche Feste, die sie nur mit wenigen Vertrauten theilten. Jeder Geburtstag wurde mit einer kleinen ländlichen Feyerlichkeit begangen: ein Strauß, ein Band, ein Tuch war auf beiden Seiten das Geschenk: Ulrike weckte Herrmannen an dem seinigen mit einem Liedchen; er versammelte an dem ihrigen die Kinder und ließ sie vor dem Hause auf dem Rasenplatze tanzen, spielte selbst die schnarrende Fidel dazu, und Bänder und wehende Tücher flatterten hoch an Stangen in dem frölichen Reihentanze empor. Da die Kinder den Tag einmal wußten, kamen sie das folgende Jahr aus eignem Triebe sehr früh und hiengen an ihre Schlafkammer einen großen Kranz von Zweigen und Blumen: der übrige Theil des Tages wurde in nüchternem ländlichen Wohlleben, kindischen Tänzen und Liedern zugebracht.

Noch hatten sie zwey Trauerfeste järlich, die sie Beide allein unter sich in feyerlicher Stille begiengen: eins, dem Andenken jener Nacht gewidmet, wo sie die Liebe betrog und so mannichfaltiges Weh über Ulriken ausgoß; das andre, dem Todestage ihres Kindes geweiht.

Das erste feyerten sie in einem kleinen Tannenbusche, der zu Herrmanns Bauergute gehörte: in diesem schmalen Streifen Wald, der vielleicht dreyßig oder vierzig Schritte in der Breite und etwas mehr in der Länge betrug, lag ein öder unfruchtbarer Sandhügel von jungen buschichten Kiefern umzäunt, und hohen dichten Tannen und Fichten umschlossen. Hier hatte Herrmanns und Ulrikens Schwärmerey ein Grabmal errichtet, das sie das *Grab der Unschuld* nannten: von Rasen bildeten sie die Gestalt eines Sargs, der mit der obersten Hälfte aus dem Hügel hervorragte: auf ihm stund eine kleine abgestuzte Piramide mit der Inschrift: »*Sie starb.*« Der Rasen verdorrte in dem trocknen Sandhaufen, und das Ganze bekam dadurch für denjenigen, der den Sinn wußte, ein bedeutungsvolles Ansehn. Als zum erstenmale der August wiederkam, giengen sie Beide an dem unglücklichen Abend zu diesem Grabmale: ein jedes hieng an die Piramide einen verdorrten Weidenkranz, mit Flor durchflochten, und lange blieben sie in stummer Betrübniß einander gegenüber sitzen, auf den Rasensarg gestüzt. Ulrike erzählte mit Thränen ihren Kummer seit jenem Augenblicke, dessen Gedächtniß sie feyerten, und gegen Mitternacht giengen sie schweigend, in ernste Gedanken verloren, wieder von ihm hinweg.

Am zweyten Feste begaben sie sich zu dem Grabe des Kindes, dem es galt, und pflanzten ein Bäumchen darauf neben dem schwarzen Kreuze: der ganze kleine Raum, den es einnahm, war indessen grün geworden und mit gelben und weißen Blumen bewachsen: Ulrike pflückte sie alle, band einen Strauß aus ihnen und trug sie an ihrer Brust, bis Blumen und Stengel in Staub zerfielen.

So mannichfaltige Spiele schwärmerischer Zärtlichkeit, welche durch Einsamkeit und Stille täglich genährt wurde; so viele fantastische Ergözlichkeiten und süße Täuschungen einer hochgespannten Empfindlichkeit ließen ihnen freilich Freude und Glückseligkeit aus Gelegenheiten erwachsen, die Andern kaum Einen Puls schneller bewegt hätten: sie waren Kinder geworden und träumten sich da ein Paradies, wo ihre Mitmenschen nichts als Kummer, Noth und Beschwerlichkeit fühlten. Ihre Träumerey verdeckte ihnen freilich die traurige Seite des Bauernstandes; allein sie bereitete sich auch ihr eignes Ende, je mehr sie die beiden Träumer aus der wirklichen Welt hinauszauberte.

Ein Engel mit flammendem Schwerte vertrieb uns aus dem Paradiese; und wehe dem Betrognen, der noch darinne zu seyn wähnt! *Noth*, *Bedürfniß* war der Engel, der die ersten Menschen aus einem erträumten Paradiese voll unthätigen Genusses herausscheuchte: Herrmann und Ulrike empfanden seinen Schwertschlag sehr bald, aber die Trunkenheit ihrer Einbildung ließ sie nicht eher auf die Warnung achten, als bis der drohende Vertreiber vor ihren Augen stand.

So lange das baare Geld widerhielt, das Herrmann von dem Ankaufe seines Bauergutes übrig hatte, konten sie ungestört in ihrer eingebildeten Welt fortleben und weiter nichts thun als Empfindungen suchen: allein wie lange dauerte diese kleine Summe bey einer so unordentlichen Wirthschaft! Alles mußte gekauft werden, weil er ohne Ebenmaß so viel Vieh hielt, als er zur Verschönerung seines Hofs für nöthig achtete: um einen schönen Vers aus dem Kleist oder ein schönes Bild aus dem Geßner in der Wirklichkeit zu sehn, füllte er seinen Hof mit Pfauen und artig gezeichneten Tauben und schönen Hühnern an, die ihm in einem Monate alle Gerste und allen Hafer wegfraßen, den er im ganzen Jahre ärntete. Seine Kühe waren die schönsten an Farbe, die reinlichsten und ansehnlichsten im ganzen Dorfe: aber sie fraßen das Korn, das ihrem Herrn das Brod geben sollte. Alles mußte um Lohn gethan werden; denn die beiden wirthschaftlichen Enthusiasten, die mit Leib und Seele Bauern werden wollten, als sie den Bauernstand nicht kannten, entzogen sich allen beschwerlichen Arbeiten und spielten nur mit den leichtern: gleichwohl verlangte das kleine Gut schlechterdings die eignen Hände des Besitzers und strenge Aufsicht über das wenige Gesinde, das es verstattete; allein hier giengen die Lohnarbeiter müßig, das Gesinde that, so viel ihm beliebte, und wenn sich Herrmann ein strenges Wort entwischen ließ, winselte Ulrike gleich, daß er die armen Leute zu hart behandelte, schalt ihn einen Tirannen, einen Grausamen, und er schwieg. Wer für ihn arbeitete, betrog ihn durch Müßiggang oder Veruntreuung. Seine Aecker waren vom vorigen Besitzer ausgemergelt, und der itzige nährte sie schlecht und kostbar, weil er seinen Hof, diesen unsaubern Kothhaufen voller Fruchtbarkeit vormals, zum einen reinlichen artigen Viereck gemacht hatte, das keine Schuhsole beschmuzte, aber auch keinen Kornhalm düngte. Ueberhaupt vertrug sich dieser unedle Theil der Oekonomie mit seinen ländlichen Dichterideen so wenig, daß er ihn weder riechen noch sehen noch davon hören mochte: seine Delikatesse überließ dem Knechte die völlige Besorgung dieses Geschäftes.

Den Schaden, den ihm Mangel an Aufsicht, Untreue und Unordnung zufügten, vollendete seine Gutherzigkeit: die Bitte jedes ärmern Nachbars war für ihn ein Befehl. Wer kein Brod, keinen Samen, kein Stroh, kein Futter hatte, wandte sich an ihn, bekam entweder die Sachen selbst, wenn sie vorräthig waren, oder Geld dazu: alle borgten und bezahlten theils gar nicht, oder bekamen das Geborgte zum Geschenke, wenn sie Mine machten, wieder zu bezahlen, und die Barmherzigkeit mit einem Paar Thränen oder kläglichen Tönen zu bestechen wußten. Herrmann genoß allerdings das edelste Vergnügen, dessen eine menschliche Seele fähig ist – die Zuflucht aller Nothleidenden zu seyn, kein Auge ungetrocknet, keinen Mangel unbefriedigt, keinen Kummer ungestillt von sich zu lassen. Stolz freute er sich seiner Güte, wenn er auf seinen Spaziergängen hier einen dankbaren Händedruck von einem alten Mütterchen empfieng, dem er das sieche Leben durch seine Wohlthätigkeit fristete; wenn dort ein Bauer ihm freundlich die schöne Saat zeigte, die von seinem vorgestreckten oder geschenkten Samen ausgegangen war; wenn ein Kind, das er gekleidet hatte, auf den Armen seiner Mutter, von ihr zur Dankbarkeit ermuntert, ihm die kleinen Hände reichte und der Mutter die kindischen Danksagungen nachstammelte: wo er gieng und stund, erblickte er Beweiße seiner Gutherzigkeit und Gelegenheiten, auf sich stolz zu seyn. Auch Ulrike war nie geschäftiger und froher, als wenn sie in der Thüre stand und einem Haufen versammelter Kinder, die wetteifernd an ihr hinaufreichten, Stücken Brod, Kuchen oder andre Annehmlichkeiten austheilte: nach einer solchen Verrichtung sprach sie viel freudiger, gieng viel lebhafter, und jede Geberde wurde viel feuriger. Schade, daß alles in und um den Menschen, und also auch die Freuden der Tugend eingeschränkt seyn sollten! Mit jedem neuen Vergnügen der Wohlthätigkeit näherten sich unsre beiden Landleute der Verwirrung ihrer Umstände mehr: das Gut nuzte sich nicht allein schlecht, sondern fraß ihnen auch das baare Geld weg und Gutthätigkeit leerte ihre Börse ganz aus.

Wie bekam alles nunmehr eine andre Mine! Der glänzende Firniß, womit Empfindung und Fantasie vorher jeden Gegenstand rings um sie her überzogen, verblich, verschwand, und alles erschien in seiner wahren alltäglichen Gestalt. Daß auf dem Landmanne die Last der Abgaben hart liege, hatte Herrmann sonst gar nicht gefühlt; daß in seiner Wirthschaft alles theuer gekauft werden müsse, und daß er nie etwas zu verkaufen habe; daß sein Gütchen bey der gegenwärtigen Einrichtung in Einem Monate mehr Geld verzehre, als es auch bey der besten Ordnung abwerfen könte; daß er zwar nüchtern und sparsam lebe, wie er sich anfangs vorsezte, daß er aber an seinem mäßigen Tische mehr Menschen speise, als der Ertrag seiner Oekonomie verstattete; das merkte er sonst nicht: er griff in die volle Börse, wenn man foderte, und gab, so oft zu geben war: doch izt, da er in der leeren Börse nichts mehr fand, wenn er hineingriff, izt empfand er das Loos des Landmanns doppelt schwer. »Geld!« schrie der Knecht; »Geld!« schrien die Mägde; »Geld!« foderte der Einnehmer. Fräulein Hedwig klagte den ganzen Tag, daß die Kühe fast verhungerten, weil ihnen das Futter fehlte, daß ihnen die Knochen durch die Haut stächen, und die Euter keine Milch gäben: der Knecht fluchte, daß seine schönen Pferde fasteten, vor Magerkeit nicht mehr ziehen könten und bald vor Herzeleid und Elend verscheiden würden: Ulrike weinte, daß ihr ein Perlhuhn, ein goldgesprengter Hahn, eine schöne Henne nach der andern sich hinlegte und stürbe: die Magd jammerte, daß das prächtige Gras auf den Wiesen versauerte, weil sie es nicht allein ohne Lohnarbeiter zwingen könte: das war den ganzen Tag vom Morgen bis zum Abend nichts als Ein fodern und beschweren: die Unordnung wuchs täglich, und der arme Herrmann sah sich ohne Rettung verloren.

Nunmehr, nachdem ihn das Unglück aus seinem geträumten Paradiese verstoßen und ihm die Oekonomie verhaßt gemacht hatte, erwachten tausend Wünsche und Leidenschaften, wie eingeschlummerte Löwen, um ihn zu quälen. Verdruß, Langeweile, Verlegenheit erweckten Begierde zum Spiel, das ihn schon einmal zur ergiebigen Goldmine gedient hatte; und er ärgerte sich, daß ihm hier auf dem Lande ein so herrliches Rettungsmittel versagt war: der Ekel an der mislungnen Landwirthschaft ängstigte seinen Ehrgeiz; und er ärgerte sich, daß er seine Talente und Thätigkeit zu so elenden kleinen Geschäften erniedrigt hatte: er wollte den gesenkten Flug wieder erheben, aber leider! waren ihm die Flügel verbrannt. Seine niedergedrückte Seele arbeitete unter den Bürden des Unglücks und der Leidenschaft, daß ihr der Athem vergieng, und sah keine Möglichkeit sie abzuwerfen: der Mann, der zwey Jahre her sich glücklicher als ein König dünkte, der alle Freuden der Welt in sich zu fühlen glaubte, entbehrte izt alles, seufzte nach Vergnügen, dürstete nach Gewinn, beneidete den Bewohner der großen Städte wegen der zahllosen Wege zum Erwerbe, beneidete den Vornehmen, den Reichen über die Leichtigkeit, zur Ehre hinanzusteigen, und über ihren reichen Genuß der Vergnügen. So mannichfaltiger Neid, Unwille, Schmerz theilte seinem Gemüthe eine Säure, eine Bitterkeit mit, die endlich auch die Liebe überwand: er mishandelte Ulriken nie mit einem Worte, aber er betrachtete sie bey sich als die Urheberin seines Unglücks, als eine Zentnerlast, die ihm am Nacken hienge und alles Emporkommen erschwerte. »Wie leicht flög' ich durch die Welt, wenn Ulrike nicht wäre!« dachte er oft. Immer mürrisch, immer von innerlichem Tumulte erschüttert, gab er ihr keine Freude, und nahm keine von ihr: Amor mit seinem ganzen anmuthigen Gefolge, Zärtlichkeit, Schwärmerey und Wonne hatte sein Haus verlassen, und Ulrike weinte um ihre Flucht. Sie sahen sich nicht anders als bey Tische, und auch dann mit gesenkten Häuptern und nassen Blicken des Mitleids: Armseligkeit war ihre Kost, und Kummer ihre Würze: sie wichen einander die übrige Zeit des Tages aus, weil ein jedes dem Andern Gram mittheilte und Gram von ihm empfieng. Das nachbarliche Gespräch vor der Thür in den kühlen Abendstunden verstummte, Scherz und Lachen bey dem Essen waren verbannt, der Hof ertönte nicht mehr vom frohen Geschnatter und Gekreische des Federviehes: aus jedem leeren Winkel starrte der Mangel mit holen Augen und eingefallnen Backen hervor: es war ein todtes banges Leichenhaus, wo man um die zween größten Schätze des menschlichen Lebens trauerte – um Liebe und Glück.

Vor so großen Widerwärtigkeiten, ehe sie mit völliger Macht auf den armen Herrmann hereinbrachen, gieng ein Unglück her, das er nicht sogleich übersah, und das ihn in der Folge aus dem Abgrunde über Felsenspitzen, Stämme und Aeste mit mancher blutenden Wunde emporriß. Gegen das Ende des zweyten Winters kam der Pfarr an einem Nachmittage sehr unmuthig zu ihm und brachte die Nachricht, daß der äußerst verwickelte Konkurs, den der verstorbene Herr des Dorfes hinterlassen habe, endlich einmal geendigt sey, und daß zu seiner höchsten Unzufriedenheit der gewesene Bediente, von dem er ihm schon kurz nach seiner Ankunft aus Leipzig gesagt hatte, ein Bösewicht, der von dem gestohlnen Gelde seines verarmten Herrn sich in der ganzen Gegend Güter ankaufe und weder Lomber noch Trisett verstehe, das subhastirte Gut wirklich erstanden habe und also ihr hochgebietender Erb- Lehn- und Gerichtsherr geworden sey. Herrmann, dessen Vergnügen nichts dabey einbüßte, hörte die Nachricht sehr gleichgültig an: da er bey der darauf folgenden Huldigung, wo ihm der Gerichtsverwalter auch seinen Handschlag abnahm, in Erfahrung brachte, daß sein neuer Gerichtsherr *Siegfried* hieß, und nach weiterm Nachforschen völlig überzeugt wurde, daß es Jakobs Vater, der gewesene Günstling und sogenannte Maulesel des Grafen Ohlau war, dann wurde ihm die neue Herrschaft schon widriger und bedenklicher: allein theils hielt sie sich auf den übrigen benachbartern Gütern für gewöhnlich auf und besuchte dieses nur zuweilen, theils versank Herrmann nicht lange darauf in die vorhin beschriebne Verlegenheit; und darüber ließ er den Herrn Siegfried samt seiner Bosheit aus der Acht, und hütete sich nur, wie auch Ulrike, ihm zu Gesichte zu kommen, wenn er einmal einige Tage im Dorfe zubrachte. Der neue Erb- Lehn- und Gerichtsherr, dem das Vergnügen, den kleinen großen Herrn zu spielen, unendlich wohl that, wollte es gern in seinem ganzen Umfange genießen und den Grafen Ohlau im Kleinen vorstellen: er ahmte deswegen viele von seinen Feyerlichkeiten und prunkhaften Possen nach, aber freilich jedesmal mit so vieler Sparsamkeit und Lächerlichkeit, daß er die Fabel der ganzen Gegend wurde. Ohngefähr ein Paar Monate nach der Huldigung seiner neuen Unterthanen fiel der Geburtstag der Frau Gemahlin: er sollte auf diesem neuen Gute nach dem Modell der ehemaligen hochgräflichen mit dem nämlichen Pomp begangen werden, womit er schon zwey auf seinen andern Gütern gefeyert hatte. Es wurde einige Tage vorher angesagt, daß sämtliche Unterthanen ihre Röcke ausflicken und in dem auserlesensten Feststaate an mehrbenanntem hohen Geburtstage früh um zehn Uhr auf dem herrschaftlichen Schloßplatze Paarweise erscheinen sollten; die jungen Mädchen und Knaben, mit Bändern, Kränzen und Blumensträußen geschmückt, sollten mit einigen flatternden Freudenfahnen vorangehn, und die Alten, bunte Tücher und große Zitronen in den Händen, ihnen nachfolgen, und die sämtlichen Materialien zu der Feyerlichkeit wurden zugleich auf herrschaftliche Kosten Haus für Haus ausgetheilt. Die Bauern, die sich allgemein freuten, einen Frohntag erlassen zu kriegen und auf eine vergnügte Weise müßig zu gehn, stellten sich an dem bestimmten Tage, der Verordnung gemäß, vor der Schulwohnung ein, nur Herrmann und Ulrike nebst ihrem ganzen Hause blieben aus. Der Schulmeister mit einer Perücke, worauf zwey Pfund des feinsten Weizenmehls glänzten, und einen großen Bakel in der Hand – so nennte er seinen Stock[18] – stellte mit gebieterischer Wichtigkeit die Geburtstagstruppen: die Glocken hatten während des Zugs geläutet werden sollen, aber der Pfarr ließ es, vermöge seiner bischöflichen Gewalt über alle geistliche Dinge im Dorfe, nicht zu. Die gnädige Herrschaft mußte sich also begnügen, blos das Schloßglöcklein ertönen zu hören, womit den Fröhnern gewöhnlich der Mittag und Feyerabend angekündigt wurde: es hatte ohngefähr den Klang, wie die Armensünderglocke an manchen Orten. Der Zug begann: am Schloßthore paradirten die Hofknechte mit hölzernen Spießen, alten Flintenläuften und Pistolen, und zwey von ihnen, als Hanswürste angezogen, peitschten auf zwey Feuertrummeln herum, daß alle Balken zitterten. Ausdrücklich zu dieser Feyerlichkeit hatte der tolle Nabob einen Taubenschlag, den der vorige Besitzer aus großer Liebhaberey für diese Thiere an ein Fenster des Wohnhauses anbaute, in einen Balkon verwandeln lassen: er war rund gebaut, blos das Dach und der oberste Theil abgenommen, himmelblau angestrichen, und hatte also das förmliche Ansehn einer Kanzel. Nachdem die versammelten Unterthanen eine halbe Stunde gewartet, und die Hanswürste ihre Trummeln und ihren Witz müde geplagt hatten, erschien auf dem runden himmelblauen Balkon die gnädige Herrschaft in dem schimmerndsten Prunke, die Dame in einem rosenrothen Kleide mit silbernen Blumen, das zu dem Mulattengesichte und dem lichtgelben Halse ungemein lieblich abstach: Brust und Arme zierten ganz alltägliche schneidend gelbe Schleifen, und auf dem Kopfe stund ein fürchterlich hohes Gebäude von Locken und Spitzen, daß sich die Bauern ängstlich nach ihrem Kirchthurme umsahn, aus Furcht, ihre hochgebietende Frau möchte ihn zur Vermehrung der Feyerlichkeit auf ihren Kopf haben setzen lassen: die breterne gesengte Brust war so unverschämt entblößt, daß kein Sterblicher ohne Ekel hinzuschauen vermochte. Ihr ungeheurer Fischbeinrock füllte den ganzen engen Balkon aus, daß der Herr Gemahl nur mit dem Kopfe über den einen emporstehenden Flügel desselben herübergucken konte: sein Staat war aber auch sehr merkwürdig: ein seladongrünes Kleid, mit Gold gestickt, eine hellblaue Weste mit Silber, und ein Paar schwarzsamtne Beinkleider nebst perlfarbnen Strümpfen, sagten auf den ersten Blick, wer der Mann war. Alle diese Kleider, wie auch die schönen Möbeln im Hause, hatten ehmals dem Grafen Ohlau und seiner Gemahlin gehört, und waren von seinem Günstlinge in der Auktion, nach ausgebrochnem Konkurse, mit des Grafen eignem Gelde erstanden worden.

Der Nabob begab sich sehr bald mit seiner Frau in ein Zimmer und ertheilte Befehl, daß die Prozession heraufkommen sollte: auf den nämlichen zween Stühlen, worauf sonst Graf und Gräfin Ohlau Glückwünsche annahmen, empfiengen itzo jene beiden Geschöpfe den Handkuß der vorübergehenden Bauern, Weiber, Knaben und Mädchen. Siegfried, um seinen gewesenen Herrn in allem nachzuahmen, ließ sich das Verzeichniß der Einwohner bringen und rief einen nach dem andern mit Namen auf; und wenn der Aufgerufne hervortrat, dann blinzte er ihm ein paar Sekunden gerade so ins Gesicht, wie der Graf zu thun pflegte, und wandte sich zu seiner Frau, um ihr etwas über die Nase oder das Kinn des Hervorgetretnen zu sagen, und rief dann plözlich einen andern, daß der Vorhergehende verlegen dastund, sich die Haare hinter die Ohren strich und nicht wußte, ob er gehn oder bleiben sollte. Sehr bald zeigte es sich, daß nur ein einziger Hauswirth fehlte: der Herr Schulmeister wurde aufgerufen, um Nachricht von dem Ungehorsamen zu geben. Der Herr Schulmeister berichtete unterthänig und gehorsamst, daß es ein Mann wäre, der – der – der sich zu viel dünkte, um dergleichen Solennitäten und Feyerlichkeiten mitzumachen. Mit verstellter Gleichgültigkeit verbarg der feine Mann, wie sonst der Graf Ohlau bey solchen Uebertretungen, seinen geheimen Unwillen: aber die Widerspenstigkeit dieses Einen ärgerte ihn zu empfindlich, um seinen Groll lange zu verbergen. Er erkundigte sich bey dem Gerichtsverwalter nach diesem Einen, erkundigte sich bey dem Pfarr, der Mittags zur Tafel geladen war, unaufhörlich nach diesem Einen: Beide entschuldigten ihn, wollten mit der Sprache nicht heraus, allein da das Nachfragen nimmermehr ein Ende hatte, erzählte der Pfarr, der von Siegfrieds und Herrmanns ehemaligem Verhältnisse nichts wußte, von der Geschichte des Leztern, so viel ihm bekannt war und ohne Schaden erzählt werden konte. Nun stieg Siegfrieds Neugierde auf das äußerste: der Pfarr wurde mit ewigen Fragen geplagt, der Wein machte ihn schwazhaft und unvorsichtig, und das ganze Geheimniß entwischte ihm, daß Herrmann und Ulrike nicht getraut wären, sich bisher mit seiner Begünstigung bey dem Publikum für getraute Eheleute ausgegeben und auch so zusammen gelebt hätten. Siegfried brach in heftige Vorwürfe aus, daß er, als ein christlicher Prediger, dergleichen Unzucht im Dorfe duldete, und befahl dem Gerichtsverwalter, Untersuchung darüber anzustellen. Sein Herz hüpfte vor Freuden, daß er unter einem so ehrbaren Vorwande den ungehorsamen Verächter des hohen Geburtsfestes bestrafen konte. Er schöpfte blos aus den Namen einige Muthmaßungen, wer es seyn möchte, aber er war mit seiner eignen Rache zu sehr beschäftigt, um einer solchen Muthmaßung weiter nachzugehn, besonders da der Pfarr bey beiden jungen Leuten einen höhern Stand blos aus ihren persönlichen Eigenschaften vermuthete und ihre Namen für angenommen hielt. Die Untersuchung wurde durch Vermittelung des Pfarrs bey dem Gerichtsverwalter von einer Zeit zur andern verschoben: Herrmann erfuhr von allem nichts. Sein Gerichtsherr gab sich zwar viele Mühe, ihn zu sehn; aber er hielt sich mit Ulriken so sorgfältig inne und seine Thüre so verschlossen, daß es nicht möglich war; und wenn er auf das Schloß beschieden wurde, befand er sich allemal nicht wohl.

Während daß Siegfrieds Rache sich durch die Vermittelung des Gerichtshalters und des Pfarrs verzögerte, und Herrmann mit sich zu Rathe gieng, wie er sich aus einer lastvollen Lebensart, einer verhaßten Unterthänigkeit und der traurigsten Verworrenheit seiner häuslichen Umstände herausreißen, woher er, wenn sein Gütchen nicht sogleich einen Käufer fände, Geld nehmen, wohin er sich mit seiner Gesellschaft wenden, was er ankaufen sollte – während dieserZwischenzeit empfieng Siegfried einen Brief von Schwingern, worinne er ihm entdeckte, daß sich die Baronesse Ulrike auf seinem neuangekauften Gute aufhalten müßte: er bat ihn daher in der Gräfin und seinem eignen Namen, heimliche Nachforschung zu thun und die Baronesse in Verwahrung zu bringen, bis man weiter über sie verfügen könte – ein Auftrag, der Siegfrieds Bosheit und Intriguensucht unendlich willkommen war!

Eigentlich hatte Herrmann selbst dieses neue Ungewitter veranlaßt. In dem Rausche seiner ländlichen Glückseligkeit, ohngefähr ein Jahr nach seiner Ankunft auf dem Lande, schrieb er theils aus Begierde, die Freude über sein Wohlseyn seinem besten geliebtesten Freunde mitzutheilen, theils aus Pflicht, Dankbarkeit, Zuneigung einen Brief an Schwingern in der vollsten Ergießung des Herzens: seiner Empfindung gemäß, waren auch seine Ausdrücke äußerst feurig. »Endlich,« sprach er unter andern, »habe ich mich durch alle Gefahren, Verfolgungen, Leiden durchgeschlagen, durch so mannichfaltige Widerwärtigkeiten hindurchgearbeitet und auf ein kleines ruhiges Eiland gerettet, wo ich allen, die mir übel wollen, Hohn spreche; wo ich alle, die mich noch neulich durch fruchtlosen Arrest unglücklich zu machen suchten, verachte, verspotte, verlache. Von der Höhe meiner ländlichen Glückseligkeit sehe ich mit Mitleid und Triumph auf die elenden Kreaturen herab, die durch schwache

Maschinen und kraftlose Anstrengung mit ohnmächtigem Zorne meine Standhaftigkeit erschüttern und das Gebäude meines Glücks einstürzen wollen. In Ihrem Busen, liebster Freund, lege ich das Geheimniß nieder, daß Ulrike meine Glückseligkeit mit mir theilt: wir wohnen beysammen, aber mit einer Unsträflichkeit, einer Unschuld, wie Heilige, wie Engel. Wir Beide, mein Vater und Fräulein Hedwig, bilden eine kleine glückselige Republik, eine Familie, die Einigkeit, Wohlergehen und Seligkeit belebt. Wollen Sie meinen Feinden die Demüthigung machen, daß sie mich, sich selbst zum Trotze, in dem Besitze des liebenswürdigsten Mädchens sehn und lassen müssen, so entdecken Sie Ihnen meine Glückseligkeit, wenn Sie es für gut befinden: doch ist es mir lieber, wenn Sie schweigen und meine Nachricht als ein anvertrautes Geheimniß bey sich bewahren. Auch die halbtodte Schlange kan noch schädliche Bisse thun: zischen mag der Graf Ohlau und sich ärgern, daß er mich nicht erreichen kan, weil er mich nicht zu finden weis: aber wenn er mich auch zu finden wüßte! Ulriken soll mir Niemand nehmen, und wenn Sie selbst, lieber Freund, sich wider mich verschwüren: Freundschaft und Leben opferte ich einer Kostbarkeit auf, nach welcher ich so lange gerungen habe.«

In einem solchen Triumphtone war der ganze Brief geschrieben – übermüthig, überspannt, ausschweifend, aber aus den lautersten Bewegungsgründen und mit der freundschaftlichsten Empfindung. Gutmüthige Leute kommen langsam zu Argwohn und Zorn, kommen aber auch eben so langsam von beiden zurück, wenn sie einmal dazu gebracht werden. Der Mann, der länger als zehn Jahre keinen Verdacht wider Herrmannen an sich haften ließ; der ihn wider die scheinbarsten Anzeigen, wider schriftliche und mündliche Zeugnisse vertheidigte, seine unwiderlegbaren Vergehungen entschuldigte, ihn als einen Schwachen liebte, warnte, leitete, unterstüzte;[19] der ihm sogar den frechen beleidigenden Brief aus Berlin von Herzen vergab und neue Wohlthaten erzeigte: dieser so nachsichtige Mann wurde durch die persönlichen Beleidigungen des Berliner Briefs zu einem Verdachte geführt, der ihm alles, was Herrmann that und schrieb, in einen unrechten Gesichtspunkt stellte. Herrmann hatte ihm schon oft lange auf Briefe nicht geantwortet, ohne daß es ihm etwas anders als Nachlässigkeit schien: da der junge Mensch in Leipzig auf die Verzeihung für den Berliner Brief und den erneuerten Vorschlag, den Winter auf dem Lande bey ihm zuzubringen, die Antwort aus Zerstreuung und Spielsucht unterließ, wurde Schwingern diese Unterlassung sogleich verdächtig: er gerieth augenblicklich auf den Argwohn, daß er ihn mit seiner Reue über die Beleidigungen des Berliner Briefes hintergangen habe. Nikasius gab ihm die Nachricht, daß Herrmann unter Spielern und Trinkern lebe; und Schwinger wurde nicht nur in jenem Verdachte bestärkt, sondern sah auch seinen jungen Freund nun nicht mehr als einen Schwachen an, der aus Uebereilung fehlte, sondern als einen Verderbten, Lasterhaften, Undankbaren: seine gutmüthige Seele wurde vom Zorn ergriffen, wie vielleicht noch niemals, und beschloß Strafe über den Boshaften, wiewohl selbst dieser zornige Entschluß auf der andern Seite ein Beweis war, daß er auch den vermeintlich boshaften Herrmann noch liebte; denn außerdem hätte er ihn verachtet und dem Schicksal überlassen: aber nein! weil er ihn noch liebte, bewegte er den Grafen, ihn in Verhaft nehmen zu lassen, um theils Ulrikens Aufenthalt von ihm zu erfahren, sie ihm wegzunehmen und größre Vergehungen zu verhüten, theils ihn durch eine leichte Züchtigung zum Nachdenken zu bringen. Die Verhaftnehmung war in jeder Rücksicht fruchtlos, wie bereits am gehörigen Orte erzählt worden ist: aber Schwinger hielt diese Fruchtlosigkeit nicht für eine Wirkung der Umstände, wie sie es war, sondern glaubte in seiner argwöhnischen Gemüthsverfassung, daß Herrmann aus beharrlicher Bosheit sich durch Läugnen und den Vorschub seiner lüderlichen Brüder losgemacht habe. So vorbereitet, empfieng Schwinger nach anderthalbjährigem Stillschweigen – das anfangs Zerstreuung, alsdann die Beschäftigung mit Ulrikens Kummer, mit der Einrichtung seines Gütchens, und endlich der erste Taumel seiner ländlichen Glückseligkeit veranlaßte – jenen hochfliegenden Triumphbrief; und der gute Mann verstand ihn als eine neue Beleidigung, als den bittersten Spott, wodurch sich Herrmann für die Verhaftnehmung in Leipzig an ihm rächen wollte, deren eigentlichen Urheber er nach Schwingers Voraussetzung wissen sollte, ob es gleich gar nicht möglich war; denn die Sache geschah im Namen des Grafen Ohlau. Diese neue vermeintliche Bosheit brachte einen neuen Zorn bey Schwingern hervor, aber kränkenden Zorn, der die Liebe ganz verdrängte; denn er nahm sich vor, einen so äußerst boshaften Menschen der Züchtigung des Schicksals zu überlassen, und nur zu Ulrikens Rettung das seinige aus allen Kräften beyzutragen, wofern ihr noch zu helfen wäre. Er reiste zu dem Grafen und wurde von ihm abgewiesen, weil er ein entlaufnes liederliches Mädchen nicht wieder in seine Familie aufnehmen wollte. »Sie mag sterben oder leben,« sprach er; »ich thue schlechterdings, als wenn sie mich nichts angeht. Ich verbiete hiermit von neuem, daß man sie mir jemals wieder nennt: auch wenn sie sich demüthigte und um Gnade bäte, würde ich sie doch nicht als meine Schwestertochter annehmen.« –

Nach dieser abschlägigen Antwort wandte sich Schwinger an die Gräfin und fand viel günstiger Gehör: halb aus Güte, halb aus Weichheit des Herzens, auch aus einem Rest von Liebe für Ulriken willigte sie in Schwingers Verlangen, sie mit Gewalt aus Herrmanns Besitze zu reißen: aber wohin mit ihr? – Auch diese Schwierigkeit wurde gehoben: einer ihrer Vettern stand, als Oberste, in den Diensten eines kleinen Hofs und war Generalissimus über die ganze Mannschaft, die er hielt. Die Gräfin bat ihn schriftlich, seinen Kredit bey der Fürstin anzuwenden und Ulriken einen Platz als Hofdame bey ihr auszuwirken: der Oberste gab Hofnung, daß es ihm glücken werde, sie anzubringen, obgleich vor der Hand kein Platz ledig sey, und bot ihr unterdessen sein Haus an, damit sie sich bey der Fürstin vielleicht durch ihre eigne Person in Gnade setzen könte. Nun war nur noch Eine Bedenklichkeit übrig – ob sie nicht durch langen vertraulichen Umgang mit Hermannen in Umstände gerathen sey, daß man sie nicht ohne Schande einer Fürstin zur Hofdame anbieten könne; denn seiner Versicherung, daß sie als Engel beysammen lebten, traute man nicht. Aber woher sollte man sich über diesen Punkt zuverlässig unterrichten? – Schwinger suchte auf der Karte die Lage des Dorfs, aus welchem Herrmanns Brief datirt war, und fand es in einer Gegend, wo sich Siegfried zufolge seines lezten Berichtes angekauft hatte; denn dieser neue Gutsherr hatte die Höflichkeit, oder vielmehr die Unverschämtheit, dem Grafen und allen seinen Bekanntten, auch wenn er sie sonst gehaßt hatte, in einem großen Briefe jeden Ankauf zu wissen zu thun, wenn er auch nur in einem Vorwerke bestund. Schwinger schlug ihn der Gräfin zur Mittelsperson vor; allein sie wollte dem Manne, der sich durch das blinde Vertrauen ihres Gemahls bereichert hatte, auch diese kleine Verbindlichkeit nicht schuldig seyn: die Sache blieb hängen. Es kam ein Brief vom Obersten, der die Fürstin schon so weit gebracht hatte, daß sie Ulriken zu sehen verlangte und ihr einen Platz mit der halben Besoldung einer Hofdame versprach, wenn sie ihr gefiele: es kam ein Notifikationsschreiben vom Herrn Siegfried, welches den Ankauf des nämlichen Dorfs meldete, wo sich Herrmann aufhielt. Schwinger drang nach diesen Nachrichten mit seinem gutherzigen Eifer noch einmal in die Gräfin, einen Versuch zu machen, nahm die Besorgung des ganzen Geschäftes über sich und bat blos um die Erlaubniß, es im Namen der Gräfin betreiben zu dürfen: darein wurde dann gewilligt. – So zog sich über Herrmanns Haupt, unterdessen daß er seine ländliche Ruhe genoß, verlor und darbte, auf seine eigne Veranlassung das Ungewitter zusammen, das ihn izt bedrohte, ohne daß er etwas davon wußte: so entstand der Brief, den izt, wie vorhin gesagt wurde, Siegfried von Schwingern erhielt, mit dem Auftrage, die Baronesse Ulrike auszuforschen.

Der Mann hatte sein Talent zu dergleichen Verrichtungen schon auf dem Schlosse des Grafen sattsam bewiesen: er bewies es auch izt. Er bat den Pfarr zu sich zu Tische, und vieles Fragen und etliche Gläser Wein vermochten abermals so viel, daß er Herrmanns armselige Umstände entdeckte. Siegfried that als wenn er ihm durch verborgne Wohlthätigkeit aufhelfen wollte, und bat den Prediger, daß er ihm Gelegenheit verschaffen möchte, den jungen Mann und seine Frau in seiner Pfarrwohnung zu sehen, ohne von ihnen gesehen zu werden. »Ich weis wohl,« sagte der Verstellte, »solche Leute, die einmal vornehmer gewesen sind, haben zu viel Bettelstolz: sie lassen es nicht gern merken, daß sie Wohlthaten brauchen. Wenn sie mir wie ehrliche Leute aussehn, will ich ihnen durch Sie Geld vorschießen: Sie können ja thun, als wenn es von Ihnen käme.«

Der Pfarr, der so oft für Herrmanns Ungehorsam bey der Geburtstagsfeyer Vorbitten eingelegt hatte, war über eine solche unvermuthete Wendung der Sache ungemein vergnügt, lud die beiden jungen Leute zu sich, Siegfried kam durch die Hinterthür herein, verbarg sich und lauschte an dem Fenster in der Stubenthür, so bald sie darinne waren. So sehr sie sich beide in den sechs Jahren, daß er sie nicht gesehn, verändert hatten, so erkannte er sie doch gleich. Der Pfarr tröstete sie mit der Hofnung, daß er ihnen mit einem kleinen Kapital, das man ihm vor einem Paar Wochen aufgesagt hätte, ohne Interesse dienen wollte, um ihrer Wirthschaft emporzuhelfen: sie nahmen das Anerbieten mit freudiger Dankbarkeit an und giengen ein wenig beruhigter von ihm weg als sie kamen.

Siegfried ließ den Pfarr auf eine Spielpartie noch den nämlichen Tag zu sich bitten. Auf eine Spielpartie? – Nun war die Freundschaft zwischen Beiden geknüpft, da der Pfarr sah, daß sein Patron spielte: das Spiel lieben und ein ehrlicher verständiger braver Mann seyn, war in seinen Augen dasselbe. Er fand sogar, daß Siegfried gut spielte, und nunmehr offenbarte er ihm seine innersten Gedanken, weil ein Mann, der so gut spielte, nach seiner Meinung weder Schelm, noch Verräther, noch Bösewicht seyn konte. Das Gespräch wurde sogleich bey dem Abendessen wieder auf Herrmannen gelenkt: Siegfried versicherte, daß ihm die beiden Leutchen ziemlich gefielen, und daß er sie schützen und unterstützen wollte. Da er einmal durch sein gutes Spielen und diese verstellte Güte das Vertrauen des Predigers gewonnen hatte, so war es äußerst leicht zu bewerkstelligen, daß dieser alles beichtete, was er das leztemal verschwiegen hatte. Sogleich wurden die eingezognen Nachrichten Schwingern mitgetheilt, der aber der Gräfin alles verheimlichte, was sie geneigt machen konte, Ulriken ihre Hülfe zu entziehn: sie schrieb ihrem Vetter, dem Obersten, daß er die Baronesse in einigen Wochen erwarten sollte, und ersuchte ihn inständigst, sie nach ihrer Ankunft in sorgfältiger Verwahrung zu halten, daß sie nicht wieder entwischte. Schwinger nahm mit dem Geschäfte auch stillschweigend die Kosten über sich, theils vielleicht aus einer kleinen Rache gegen Herrmann, theils, und zwar größtentheils in der Absicht, ein gutes Werk zu thun, eine junge Person, die er liebte, aus der Verirrung zurückzubringen und die Unruhe zu vergüten, die er wider seinen Willen durch die Vertheidigung und Unterstützung seines misgeratenen Freundes einem Hause zugefügt hatte, dem er Verbindlichkeit schuldig war; und Siegfried bot willig die Hände zur Ausführung eines Komplots dar, das seiner tückischen Schadenfreude und seinem gekränkten Stolze so wohl that. Alles war angelegt, Ulriken durch List oder Gewalt zu rauben und in die Hände des Obersten zu bringen.

ELFTER TEIL

ERSTES KAPITEL

Bey der Ausführung des Komplots mußte der Pfarr abermals eine Rolle übernehmen, doch ohne daß er es wollte oder wußte. Siegfried gab ihm unbeträchtliche zwanzig Thaler, um sie dem hülfsbedürftigen Herrmann zuzustellen: zugleich bezeugte er großes Verlangen, einen Mann von so sonderbaren Schicksalen näher kennen zu lernen, und bestimmte Tag und Stunde, wo er ihn in die Pfarrwohnung kommen lassen und nach der Ueberlieferung des Geldes so lange durch Gespräche aufhalten sollte, bis der hochgebietende Erb- Lehn- und Gerichtsherr dazu käme. Es geschah: der Pfarr lieferte das längstversprochene kleine Kapital mit Verlegenheit und Entschuldigungen aus, daß es nicht mehr war, und Herrmann nahm es aus dem nämlichen Grunde mit Verlegenheit und Verwunderung an. Die Unterredung entspann sich, und ein Mensch in Noth, der sein Herz gegen einen Freund erleichtert, kan ohne Mühe den Faden eines Gesprächs sehr lang spinnen: unbemerkt strichen drey ganze Stunden darüber hin. Plözlich trat Siegfried mit der stolzen Mine eines neugeschafnen Gutbesitzers herein: Herrmann erschrak bey einer so verhaßten Erscheinung, daß er fast alle Besonnenheit verlor. Siegfried, als er seine Verwirrung inne wurde, bekam doppelten Muth und doppelte Unverschämtheit und fragte ihn, wie einen Missethäter, über Artikel: Herrmann war ertappt: er konte und wollte keine Frage verneinen, sondern bekannte mit stolzem Trotze seinen Namen und Abkunft: sie hatten sich Beide ehemals zu wohl gekannt, um mit Verläugnen durchzukommen.

»Leider! kennen wir uns!« fieng Herrmann an, als ihn Siegfried fragte, ob er ihn noch kennte. »Sollt' ich den Vater des Bösewichts nicht kennen, der mich aus der Gunst und dem Schlosse des Grafen Ohlau vertrieb? den großen Intriguenmacher, der meinen Vater ums Brod brachte und sogar das kümmerliche Gnadengeld bestahl, das ihm der Graf aussezte? Einen Dieb, dem die Natur den Galgen auf die Stirn brannte, erkennt man ja wohl, auch wenn man ihn nie sah.« –

Die unvermuthete Dreistigkeit, womit er dies sprach, verursachte Siegfrieden eine Bestürzung, daß er ihn nicht unterbrechen konte: endlich übermannte sie der Grimm. – »Wißt Ihr, mit wem Ihr sprecht?« fuhr er schäumend heraus.

»Mit Euch!« schrie ihm Herrmann ins Gesicht. »Mit Euch! und das will viel sagen; denn so ein ganzer Schurke wie Ihr, wird in Jahrtausenden nicht wieder geboren.«

Der Pfarr, der außer allem Zusammenhange war und nicht begriff, wie ein solcher Dialog daher kam, suchte beide Theile zu besänftigen: vergebens! Siegfried drohte mit Gefängniß: Herrmann spottete seiner. »Unter Eurer Gerichtsbarkeit,« sprach er, »werden wohl nur die ehrlichen Leute ins Gefängniß gebracht: daß sich Euer Gerichtshalter ja nicht einfallen läßt, die Schelmen einzuziehen: wahrhaftig, wenn der Mann nicht selber einer ist, so macht er bey dem Gerichtsherrn den Anfang.«

Siegfried schwoll von Gift und Galle so gewaltig an, daß er den Stock aufhub: der Pfarr warf sich dazwischen. »Lassen Sie ihn!« schrie Herrmann. »Der Sohn hat unter den Spitzruthen geblutet; der Vater möcht' es gern unter meinen Fäusten thun. Mit dem ersten Schlage sitzen ihm meine Hände an der Kehle: aber erwürgen will ich ihn nicht! das mögen Hände thun, die die Obrigkeit dazu bezahlt.«

Siegfried konte vor Zorn nicht antworten: der Pfarr befahl Herrmannen ernstlich, sich solcher harten Reden zu enthalten. »O der harten Reden!« rief Herrmann mit knirschender Bitterkeit. »Gegen die Verbrechen dieses Unwürdigen sind es nur leichte Luftblasen: brennend, wie Schwefel, sollten sie seyn, und noch würden sie so ein steinhartes Gewissen nicht brennen: das hat Schildkrötenschalen, worein es sich versteckt, wenn es ein Vorwurf trift.«

»Ich bin Euer Gerichtsherr,« stotterte Siegfried.

HERMANN

   Dafür kan ich nichts, und vermuthlich der liebe Gott eben so wenig; denn sonst hätt' er Euch noch höher steigen lassen als Euern Sohn. Dem Sohne hat er einen würdigen Platz gegeben: nun sollte noch der Vater –

Der Pfarr hielt ihm den Mund zu, aber er machte sich los. »O Sie wissens nicht,« fuhr er fort, »aus welcher großen Familie unser Gerichtsherr ist! Dem Sohn ist seine Ordenskette angeschmiedet: Cartouche und Lips Tullian sind ihre beiden Ahnherren.«

SIEGFRIED

Was bist denn du? – Ein Mädchenverführer! Mädchendieb! Mädchenschänder! – Wenn du deine Ehrentitel hören willst, so lies einmal diesen Brief! –

Er warf ihm einen Brief auf den Tisch: Herrmann erkannte bey dem ersten Blicke Schwingers Hand, nahm ihn auf und las die Aufschrift an Herrn Siegfried, mit einem langen Schwanze von Gütern, die dem Namen gehörten: er öfnete ihn voll Erstaunen und fand folgenden Inhalt.

den 16. Julius.
Hochgeehrtester Herr,
»Endlich ist mirs gelungen, dem Unwürdigen, den ich ehmals meinen Herrmann nannte, seine Bubenstücke zu vereiteln. Die Gräfin willigt in alles: sie hat ihren Vetter schon benachrichtigt, daß er die Baronesse erwarten soll; und nun machen Sie Anstalt, wie es Ihnen selbst gut dünkt, um die unschuldige Verführte aus den Klauen ihres verachtungswürdigen Verführers zu reißen und an Ort und Stelle zu liefern, wie ich bereits in meinem lezten Briefe Verabredung mit Ihnen genommen habe! Ich trage die Unkosten und werde sie Ihnen erstatten, sobald Sie mir die Rechnung davon übersenden, im Falle daß der Gräfin Vetter, der Oberste, sich nicht dazu erbietet: fodert er Ihnen nicht freywillig die Rechnung ab, so erinnern Sie ihn auch nicht von fern daran; und fragt er blos, wer die Reisekosten bezahlen wird, so nennen Sie die Gräfin. Der guten Dame würde die Erstattung freilich schwer seyn, und bewahre mich der Himmel, sie ihr zuzumuthen! Doch bitte ich inständigst, es Niemandem zu entdecken, daß ich die Kosten übernommen habe: ich möchte auch nicht gern scheinen, dem Hause, das mich ernährt und befördert hat, eine Verbindlichkeit auflegen zu wollen, die es nicht ohne geheime Kränkung öffentlich auf sich ruhen lassen würde. Auch suche ich Niemanden auf der Welt durch diese kleine Aufopferung zu verbinden, sondern blos mein Gewissen zu beruhigen: ich will mir den Rest meines Lebens durch das Bewußtseyn versüßen, daß ich die Unschuld von der Verführung gerettet, der geschändeten Tugend zur öffentlichen Ehre wieder verholfen – denn leider! kan ich ihre innere nicht wieder herstellen! – ein betrognes gutherziges Mädchen vom Elende befreit, vor künftigen Vergehungen verwahrt, in ihren rechtmäßigen Stand wieder eingesezt und einem Hause, das ohnehin Kummer genug drückt, die Ruhe wieder verschaft habe, zu deren Verbitterung ich unschuldiger Weise durch Schwäche, unzeitige Nachsicht, verblendetes Wohlwollen, Kurzsichtigkeit und übel angewandtes Vertrauen so vieles beytrug. Alle Fehler, die ich dabey begieng, hat mir meine Betrübniß darüber und der Undank und nagende Spott des Bösewichts genug vergolten, den ich aus einfältiger Blindheit so lange für ein Muster der Rechtschaffenheit und Ehrliebe hielt. Ich kenne ihn nicht mehr und verachte ihn so sehr, daß ich nicht einmal an seiner Bestrafung arbeiten mag. Wenn Sie die Baronesse seinen Händen entrissen haben, so ist der Gräfin und mein Zweck erreicht: bekümmern Sie sich weiter nicht um ihn, sondern überlassen Sie ihn dem Elende, den Qualen des Gewissens und der Verachtung der Menschen! Ich habe der Gräfin die Schandthat verhelt, die der Ruchlose an der Baronesse verübt hat: wir wollen sie auch der Welt verhelen, so viel uns möglich ist, um dem künftigen Glücke der guten Ulrike nicht zu schaden: das Geheimniß ihrer Niederkunft soll mit mir ins Grab gehn, und ich bitte Sie bey Ihrer ewigen Wohlfahrt, thun Sie ein Gleiches! und beschwören Sie alle, die darum wissen, unserm Beispiele nachzuahmen. Der Verbrecher wird seinen Lohn durch sich selbst finden, so wahr ich einen Gott glaube; und von diesem erwarten Sie den Dank für Ihre Bemühungen zu Ulrikens Rettung, wenn Ihnen der meinige nicht genug ist. Ich bin &c.

Schwinger.
Betäubt, wie von einem plözlichen Schlage, und beinahe sinnlos ließ Herrmann den Brief sinken: Schmerz, Verzweiflung, Verwilderung starrten ihm fürchterlich aus Aug' und Minen hervor. Knirschend sah er empor, die Daumen eingeschlagen. die Fäuste geballt, und drohend mit beiden erhabenen Armen rief er: »O so stürze Erd' und Himmel zusammen, wenn das Menschen sind! Ungeheuer, denen Löwenblut in den Adern rollt! Teufelsseelen, aus Unbarmherzigkeit und Wildheit zusammengesezt! – So denkt, so spricht der Mann, der sich meinen Freund nannte? So läßt sich der gutmüthige

Schwinger von der Bosheit zu einer Verschwörung wider mich verleiten? Spricht ein Urtheil über mich, wie es kaum die unmenschlichste Dummheit, der barbarischste Menschenhaß sprechen könte? – Noch einmal! Himmel und Erde muß zusammenstürzen und eine solche Brut von Treulosen, Barbaren und Verräthern vernichten! Verräter seyd Ihr insgesamt an mir! schändliche Verräther, die ihren Lohn durch sich selbst finden müssen, wenn Gerechtigkeit die Welt regiert.«

Er wandte sich zum Pfarr: »Heißt das die menschenfreundliche wohlthätige Lehre ausüben, die Sie predigen sollen, daß Sie einen Freund verrathen, der sich in Ihre Arme warf? Ist das die allgemeine Nächstenliebe, das die Nachsichtigkeit gegen Fehler und Schwachheiten, das die Sanftmuth gegen den Verirrten, die Sie einprägen sollen, daß Sie ein Geheimniß aufdecken, auf dessen Verheimlichung Sie mir Ihr Wort und diese Rechte gaben? – Verzehren muß sie sich, die treulose Rechte, und jeder Segen, den sie austheilen soll, wie zehnfacher Fluch auf den Gewissenlosen zurückfallen, der sie zum Unterpfande der Falschheit gab! – Gott! das sind Menschen! sprechen Lügen, so oft sie athmen, und handeln wilder, als es ein menschlicher Verstand sich vorzustellen vermag! Ueberliefern den gefallnen Bruder in die Hände des Bösewichts, den Niemand schwarz genug mahlen kan, und wenn er die Farben aus der Hölle nähme! – Da stehn sie, die beiden Nichtswürdigen, und freuen sich ihrer Tücke: ich mag sie nicht länger anschaun. – Wagt es! führt Euren Schelmenstreich aus! Nehmt mir Ulriken! Aber der Erste, der eine Hand an sie legt, drückt mir die Kehle zu, oder ich ihm.«

Er warf dem Pfarr, ohne etwas weiter zu sagen, die vorgestreckten zwanzig Thaler auf den Tisch und gieng. Siegfried, so sehr ihn die gemachten Vorwürfe kränkten, freute sich mit satanischem Lächeln über die Uneinigkeit dieser beiden Leute; und der arme Pfarr, der sich vor Ueberraschung nicht besinnen konte, wie er zu Meineid und Treulosigkeit gekommen war, ohne es zu wissen noch zu wollen, blieb entfärbt und unbeweglich stehen und vermochte nicht ein Wort zu seiner Vertheidigung aufzubringen, ob er sich gleich keiner Bosheit, sondern höchstens nur einer unzeitigen Schwazhaftigkeit schuldig gemacht hatte. Auch Siegfried verließ ihn, und er war noch immer nicht bey sich.

Herrmann gieng nicht gerade zu Ulriken, um sie nicht durch seine Verwilderung zu schrecken: seine Seele war mit zu fürchterlichen Gedanken erfüllt, und nach einer so ausgezeichneten Verrätherey zweyer Männer, deren Redlichkeit ihm felsenfest zu seyn schien, kam ihm alles, was menschlich heißt, zu verhaßt vor, um Einen Sterblichen anzublicken: er schloß die Hausthür hinter sich zu und sezte sich im Garten in eine Laube. Alles um ihn herum war schwarz, wie die Galle, die in ihm kochte: selbst der heitre blaue Himmel schien ihm mit finstern pechschwarzen Wolken überzogen: er war seinem eignen Odem gram, so tief verabscheute er die Menschheit.

»Ein Verbrecher?« fieng er abgebrochen an. »Ja, ich bins – und will es doppelt werden. – Sie sollen Ulriken nicht haben, und wenn ich meine eignen Hände mit ihrem Blute färben müßte! Wird eine Uebereilung der Schwachheit schon so unbarmherzig gestraft, was soll dann einem Morde geschehen? – Nichts mehr und nichts weniger! Wenn glühende Qualen einmal mein Gewissen martern sollen – Feuer brennt wie Feuer, und Qual martert wie Qual, sie martre für ein oder zwey Verbrechen. – Sie sollen sie nicht haben: eher will ich ihr mit meinen Händen die Adern zerreißen, daß der purpurne Lebensstrom herausquillt, oder – Gott! wie mich schaudert! – Herrmann! Herrmann! was beginnst du? – Wenn sich nun das liebe sanfte Geschöpf an mich hienge, mit krampfichter Angst die Finger sich in mein Fleisch hineingrüben – wenn dann röchelnd und zuckend ihr schlaffes Haupt sich senkte, das erstarrte Blut aus der Wunde nicht mehr flösse und das Leben mit einem Seufzer entflöhe, und ich, ihr einziger Freund, stünd' als ihr Mörder da und ließ die Leiche platzend auf den Boden hinfallen – und ich eilte von ihr, um mich vor Himmel und Menschen zu verbergen, irrte von Ort zu Ort, und immer schwebte das Schwert des Henkers über meinem Nacken – – O wer schüzt mich vor meinen eignen Gedanken? Wer fesselt meinen Willen, daß er keine Unthat beschließt?« –

Nach einer tiefsinnigen Pause fieng er wieder an: »Fliehen will ich mit ihr! sie auf meine Arme nehmen, wie ein Kleinod, das man aus dem Feuer rettet, und mit ihr fliehen! Weit von den Barbaren, die mich um den Bissen Glückseligkeit beneiden, daß die Liebe eines treuen Mädchens meine Noth erleichtert! Nie sey mein Herz der Freundschaft gegen Einen Menschen offen: nie fühle mein Herz Einen Pulsschlag lang Vertrauen zu Einem Menschen: wie ein einsames Gewächs in einer Wüste, das sich auch selbst im größten Sturme nie zu einem Andern hinneigt und Schutz sucht, will ich in der menschlichen Gesellschaft seyn, will mich in mich selbst verschließen, Mitleid fühlen und helfen, wo ich kan, aber nie Freundschaft, nie Zutrauen. – Wenn Schwinger sich mit einem Bösewichte, den er sonst tödtlich haßte, wider mich verbindet; wenn er dem größten Schelm auf der Erde Lohn von Gott verspricht, und mir für eine verliebte Vergehung den Lohn eines Bösewichts prophezeiht; wenn Schwinger aus schnöder Gefälligkeit gegen einen Grafen alle Vernunft, alles Gefühl verläugnet; wenn mich die Ehrlichkeit selbst verräth und in die Hände der Räuber spielt: was sollen dann die Uebrigen thun? – Fort! fort mit mir! Ich bin mit Tigern, Ottern und Wölfen umgeben: fort mit mir! ehe sie mich verschlingen.« –

Er sprang hastig auf; und ins Haus hinein! Er suchte Ulriken in der Stube, in der Kammer – fand sie nicht; rief, lief die Treppe hinan, schrie ängstlich ihren Namen, so laut er konte: Fräulein Hedwig, sein Vater kamen auf das Geschrey, ein jedes aus seinem Kämmerchen herbeygelaufen. »Wo ist Ulrike?« fragte Herrmann zitternd vor Ahndung.

HEDWIG

Sie ist Ihnen ja nachgegangen.

DER VATER

Kaum drey oder vier Minuten, nachdem du aus dem Hause warst.

HERRMANN

Mir gieng sie nach? – Und warum?

HEDWIG

Eine Magd rief sie –

HERRMANN

Und sie gieng mit der Magd?

HEDWIG

Allerdings! Die Magd brachte ja Ihren Befehl, daß sie Ihnen nachkommen sollte. Der Pfarr wäre Ihnen begegnet, sagte sie, und gienge mit Ihnen zum Grabe auf den Kirchhof: sie sollte hurtig nachkommen.

HERRMANN

Und sie ist noch nicht wieder da? – Sie ist fort! Man hat sie gestohlen! Lauft! sucht! holt sie zurück! Lauft, so weit Eure Füsse vermögen! –

Mit diesem schnaubenden Geschrey eilte er fort auf den Herrnhof: nach Jedermanns Berichte, den er nur fragte, war Siegfried schon beinahe vor vier Stunden abgereist. Er eilte in die Pfarrwohnung: Niemand ließ sich sehen: der Pfarr und seine Frau versteckten sich vor Furcht, als sie seine Stimme hörten, und sonst war keine Seele im ganzen Hause zu finden. Er erkundigte sich auf dem Herrnhofe, wohin Siegfried gereist wäre; und man antwortete – »auf sein Gut.« – »Wie weit ist das?« – »Zwo Meilen.« – Er fragte bey allen Mägden auf dem Hofe an, ob eine Ulriken gesehn oder gar gerufen habe: keine wußte etwas von ihr. Nicht einmal den Weg nach Siegfrieds anderm Gute, kaum den rechten Namen desselben konte man ihm berichten: er stellte bey allen Bauern im Dorfe Nachsuchung und Nachforschung an: alles umsonst! Die Nacht rückte heran: es fand sich wohl Jemand, der ihm den Weg nach Siegfrieds Gute beschrieb, aber Jedermann war zu müde von der Arbeit, um ihm zum Boten zu dienen, und allein konte er sich in der Dunkelheit unmöglich finden. Er mußte seine Reise bis den Morgen darauf versparen, aß, trank und schlief nicht, und machte sich mit der ersten Morgenröthe auf den Weg. Nach vielfältigem Fragen und Verirren langte er erschöpft an: auch hier umsonst! Der Herr war seit drey Tagen nicht zu Hause, und die Frau gestern Abend verreist. Nun ließ sich über Ulrikens Schicksal nicht mehr zweifeln: sie war geraubt, entführt und vermuthlich für ihren Geliebten auf immer verloren.

Nie beweist die eingeschlummerte Liebe ihre wahre Stärke mehr, als wenn ihr Trennung oder ein ähnlicher Unfall den Tod droht. Herrmanns Gemüthsunruhe hatte ihn seit dem Anfange seiner häuslichen Unordnung gleichgültig gegen Ulriken gemacht: sein Herz liebte sie im Grunde nicht weniger als vorher, aber es war in so viele andre Leidenschaften getheilt, daß es zu den vorigen heftigen Ergießungen der Liebe nicht genug Kraft hatte. Izt mußten alle andre Kümmernisse schweigen: der Schmerz der Liebe überstimmte sie alle. Herrmann betrachtete sich als einen Wittwer und brachte vier Wochen in einer dämischen Betrübniß zu, die ihm Ueberlegung, Thätigkeit und Empfindung für alles außer sich raubte: mancher Tag gieng ohne Speise und Trank hin. Endlich drückte die häusliche Noth so gewaltig auf die Federn seiner Seele, daß sie eben so gewaltig emporsprangen: er hatte mit den Seinigen bisher von dem Verkaufe des Ackergeräthes und des Viehes gelebt, das der Hunger nicht hinrafte; dies Rettungsmittel war itzt vorbey: der Pfarr hatte ihm zuweilen Kleinigkeiten zufließen lassen; auch diese hörten auf, und Herrmann hätte lieber von der Hand des Todes Trost angenommen, als von den Händen eines Mannes, den er als einen Gewissenlosen haßte. Der Hunger sprach aus Hedwigs verfallnem Gesichte: sie foderte mit Thränen Brod und kündigte traurig an, daß sie weder durch Kredit noch für Geld eine einzige Mahlzeit mehr verschaffen könte: der Vater war so kleinlaut, so schwachmüthig geworden, daß ihm keine einzige von seinen auffahrenden Reden mehr entwischte: Beide baten kläglich, daß Herrmann Rath schaffen möchte. Von ihren Vorstellungen gerührt, sprach er zu ihnen: »Seyd ruhig, meine Lieben! Ihr sollt heute essen wie Reiche. Dem Unglück kan ich nicht wehren, daß es mich trift: aber niederschlagen soll es mich fürwahr! nicht. Der Schmerz der Seele machte mich unfähig, an die Bedürfnisse des Körpers zu denken. Vergebt mir, daß ich so ein schlechter Hausvater bin!« – Er gieng und that, wozu er sich bisher aus einer falschen Scheu, seine Verlegenheit kund werden zu lassen – wiewohl sie Jedermann wußte, ob er sich es gleich nicht einbildete – nicht entschließen konte: er verpfändete sein Gut, empfieng von dem Schulzen gegen eine Handschrift eine höchstgeringe Summe, um der gegenwärtigen Noth zu steuren, und kam mit ihm überein, daß er eine größre in vierzehn Tagen gegen gerichtliche Versicherung erhalten sollte. – »Seht Ihr,« sagte er muthig, als er nach Hause kam und das Geld auf den Tisch legte, »seht Ihr, daß noch Hülfe für uns in der Welt ist? Verzagen gehört für schwache Seelen und Bösewichter. Hedwig, tischen Sie auf! Wir wollen heute essen wie Reiche: halt' ich nicht Wort?« – Geschäftig bereitete Hedwig eine reichlichere Mahlzeit als gewöhnlich, und der Tag, der mit dem äußersten Kummer anfieng, endigte sich für alle mit Freude und Erquickung.

Herrmann machte nunmehr das Projekt, von dem aufgebrachten Gelde seinen beiden Hausgenossen das Nöthige zurückzulassen, auf das Gut einen Pachter zu setzen und mit dem Reste seiner Baarschaft auszuwandern, um das Glück oder Ulriken zu suchen: doch nahm er sich ernstlich vor, seinem Herze Gewalt anzuthun, ihre Liebe durch seine Gegenwart nicht von neuem zu befeuern, sondern vielmehr sich von ihr zu entfernen, sobald er wüßte, daß sie sich in günstigen Umständen befände: Wünsche, Begierden, Entwürfe stiegen haufenweise in ihm auf: der neue Plan riß ihn hin: hastig brachte er alle seine Angelegenheiten zu Stande und quälte sich vor Ungeduld, daß ihm Hindernisse nur Einen Tag Aufschub verursachten. Er schloß seinen Pachtkontrakt mit Hitze und also sehr zu seinem Nachtheil, wieß seinem Vater und der Fräulein Hedwig den Genuß der Pachtgelder zu ihrem Unterhalte und zu Bezahlung der Zinsen an, gab ihnen nebst dem Pachter sein Haus ein, und nichts als die verschobene Auszahlung des Kapitals, das ihm der Schulze versprochen hatte, hielt seine Abreise auf.

ZWEITES KAPITEL

Als alle Zurüstungen zu Stande waren und die Auszahlung des geborgten Geldes in wenigen Tagen geschehen sollte, langte bey seinem Hause ein Mann an, der sich sehr genau nach seinem Namen erkundigte: der Mann trat in die Stube, sah sich sorgfältig allenthalben um – »Ja, es ist wohl so, wie man mirs beschrieben hat,« fieng er an und gab einen Brief ab. Die Hand der Aufschrift war fremd, aber kaum war er geöfnet, so zeigte sich mit dem ersten Blicke Ulrikens Schrift.

M** den 23. August.

»War das nicht, als wenn uns der Wind aus einander führte, liebster Herrmann? Ich dachte, wir wären längst von allen Menschen vergessen, und doch giebt man sich die Mühe, uns zu trennen: aber die Trennung soll nicht lange dauern, hoffe ich.

Vermuthlich hast du nicht einmal erfahren, wie mich die schändlichen Leute weggekapert haben. Du mochtest, als dich der Pfarr zu sich rufen ließ, kaum drey oder vier Minuten aus dem Hause seyn, so kam ein Bauermädchen sehr eilfertig gerennt und sagte mir, daß ich dir nachkommen sollte. »Er ist mit dem Herrn Pfarr durch den Kirchhof gegangen und wartet vor der Thür, die aufs Feld geht,« sagte die Verschmizte. Wer sollte dahinter etwas Böses argwohnen? Ich glaube wirklich, das Mädchen, das eine Magd vom Herrnhofe war, sey dir begegnet und von dir geschickt worden, wie sie vorgab. Ich gehe quer über den Kirchhof nach der andern Thüre hin, die auf das Feld geht, und erblicke, wie ich mich nähere, eine Kutsche mit ofnem Schlage vor ihr. Der Anblick machte mich wohl ein wenig stutzig, aber da ich nicht die mindeste Ursache zum Argwohn hatte, ließ ich mich durch nichts beunruhigen als durch die Besorgniß, daß Jemand da seyn möchte, von dem ich nicht gern gesehen seyn wollte: weil ich aber Niemanden gewahr wurde, gab ich der Neubegierde nach, trat in die Thür und fragte den Burschen, der am Schlage lehnte, wem der Wagen gehörte: er nahm tölpisch den Hut vom Kopfe, machte eine tumme freundliche Mine und fragte – »Was?« und hielt mir das Ohr hin, als wenn er taub wäre. Indem ich etwas näher trete und meine Frage wiederhole, ergreift mich plözlich Jemand von hinten und wirft mich in den Wagen hinein – pump! war die Thüre zu, und die Kutsche rollte mit mir dahin: das geschah alles so schnell, daß ich mich kaum besinnen konte. Da saß ich nun in dem verwünschten Kasten und konte gar nicht begreifen, was das bedeuten sollte. Alle drey Fenster waren niedergelassen, und statt derselben hölzerne Schieber vorgesezt, die nur durch drey viereckichte Löcher, so groß als ein Auge, Licht und Luft hineinließen. Mir wurde angst: ich versuchte die Schieber aufzumachen und arbeitete mir die Finger blutig daran: aber es war nicht möglich: sie mußten angenagelt seyn. Die Thüren ließen sich inwendig eben so wenig öfnen: ich befand mich im Gefängnisse und sahe durch eins meiner drey Luftlöcher nach dem andern und erblickte nichts als Stückchen Feld und Bäume, und durch das vorderste ein Stückchen Kutscher: ich rief ihm zu daß er halten sollte, aber er drehte sich nicht einmal um; und der Wagen rollte in Einem fort so barbarisch über Stock und Stein dahin, als wenn mich geflügelte Drachen zögen, daß ich in dem weiten Kasten vor heftiger Erschütterung und von den öftern Stößen, wie ein Knaul, von Winkel zu Winkel herumkollerte. Für einen Spaß von dir war die Komödie zu lang und zu plump: ich konte also nichts als Betrügerey argwohnen. Aber von wem? – Ich quälte mich mit Muthmaßungen und Besorgnissen und konte nicht einmal ruhig muthmaßen; denn ehe ich michs versahe, kam ein Stoß, und dann wieder einer, und warf mich so hoch empor, daß mir die Gedanken aus dem Kopfe fielen.

Endlich, nachdem ich, ohne Möglichkeit mich zu retten, zwey oder drey Stunden bald langsam, bald hurtig zusammengerumpelt worden war, fuhr die Kutsche durch einen Thorweg und hielt an: man öfnete die Thür, und weil der ganze Hof mit Mist überdeckt war, nahm mich der nämliche Bursche, den ich bey dem Kirchhofe am Schlage fand, auf die Arme und trug mich in ein altväterisches gothisches Haus hinein. Die Hausthüre wurde hinter mir zugemacht, und mich empfieng ein entsezlich gepuztes Frauenzimmer – so entsezlich, so linkisch gepuzt, daß man sich des Lachens kaum enthalten konte! Sie gab mir die Hand und führte mich die Treppe hinan. »Aber wo bin ich denn?« rief ich beständig. »Was will man mir denn thun?« – »Das sollen Sie gleich hören, meine Liebwertheste,« antwortete das Schlaraffengesicht und lachte. Die Stimme kam mir bekannt vor, und da ich mir den gepuzten Kobold genauer besehe, ist es Madame Siegfried, unsre allergnädigste Gerichtsherrschaft. »Meine liebwertheste Baronesse,« fieng sie an und keuchte, wie ein Schmiedeblasebalg, und wimperte unaufhörlich mit den Augen dazu, wie sie sonst that – »meine liebwertheste Baronesse, seyn Sie mir doch unterthänig willkommen.« – Was soll ich denn hier? – »Alles Liebes und Gutes, meine wertheste Baronesse! Geruhen Sie nur sich zu setzen und zu essen und zu trinken!« – Nicht einen Bissen, wenn ich nicht weis, was man mit mir willens ist! Wer hat mich so diebischer Weise aufschängen lassen? – »Belieben Sie das nicht zu sagen, meine trauteste Baronesse! Sie sind in allen Ehren und Honnetität hieher gebracht worden, und sollen auch heute noch weiter reisen.« – Wohin denn? – »Das werden Sie schon erfahren,« sprach sie lachend. »Lassen Sie sichs nur unterdessen nicht misfällig seyn, sich hier umzuputzen: ich werde die Ehre und das geneigte Vergnügen haben, mit ihnen zu reisen.« – »Das ist eine himmelschreyende Betrügerey, die man mir spielt,« fuhr ich auf; »und ich will doch sehn, wer mich von der Stelle bringen soll, wenn man mir nicht sagt, warum ich hier bin, wer mich hieher hat bringen lassen. – »Seyn Sie nur so geneigt,« unterbrach sie mich, »und folgen Sie mir! Ziehen Sie hier die Schirkassienne (*Circassienne*) an und belieben Sie dabey etwas von frischer Milch und kalter Küche zu genießen: ich will Ihnen dabey die ganze Historie erzählen.« – »Mir etwas weiß machen? Nicht wahr?« unterbrach ich sie. – »Seyn Sie doch so geneigt und denken nicht so kanalljösisch von mir! Ich will Ihnen ganz reinen Wein einschenken: Sie sollen zu Ihrem Onkel, oder wie ich ihn nennen soll, dem Herrn Obersten von Holzwerder: Sie kennen ihn ja wohl noch? Er war einmal bey Ihro Excellenz, dem Herrn Grafen, Ihrem gnädigen Herrn Onkel zur Vesitte« – Das weis ich wohl; aber was will er denn mit mir anfangen? – »Alles Liebes und Gutes! Ihr Herr Herrmann ist voraus: Sie werden einander dort finden: weiter sag' ich nichts.« – Mährchen sind das! blaue Dünste, um mich ins Netz zu locken! aber ich bin kein Kind und glaube solche Fratzen. – »Sie denken auch gar zu mesantrop'sch von mir, meine liebwertheste Baronesse. Ich bin ja keine meschante Canaille, die mit Lug und Trug umgeht. Ich bin ja eine honnete Madam, die es in aller Ehre und Honnetität mit Ihnen meint.« –

In diesem scheinheiligen Tone überredete sie mir eine gotteslästerliche Lüge, die sie so wahrscheinlich zu machen wußte, daß ich sie wirklich glaubte. Meinen und deinen Aufenthalt sollte ihr Mann durch Schwingern erfahren haben – sehr glaublich! denn du hattest ihm Nachricht davon gegeben, das wußte ich. Dieser Herr Schwinger sollte sich über unsre Liebe erbarmt und an den Obersten Holzwerder gewandt haben, um meine Verbindung mit dir zu bewirken: der Oberste Holzwerder war gleichfalls so geneigt gewesen und hatte sich erboten, unsre Verbindung zu Stande zu bringen: darauf sollte Schwinger an ihren Mann geschrieben und ihn gebeten haben, uns Beide zu dem Obersten zu schaffen; – »und weil mein Mann den Spas liebt,« sezte der häßliche Puderhahn hinzu, »so läßt er ein jedes von ihnen besonders an Ort und Stelle bringen. Sie sollen Beide einander bey des Herrn Obersten von Holzwerder Gnaden finden, als wenn es so *par hussar* (*par hasard*) geschähe: Herr Herrmann ist mit meinem Manne und dem Herrn Pastor spatzieren gefahren: aber sie reisen zu dem Herrn Obersten. Der wird sich wundern, wenn die Spatzierfahrt so lange währt! und wenn Sie nun vollends mit mir, so gleichsam als wie *par hussar*, ankommen, da wird erstlich die Verwunderung angehn. Aber belieben Sie sich ja nichts davon *remerquir*en zu lassen, meine liebwertheste Baronesse! denn mein Mann hat mirs bey Kopfabhacken verboten, Ihnen ja nichts davon zu sagen, damit es ein Spas wird, wenn sie einander so gleichsam als wie *par hussar rankertir*en (*rencontriren*). Aber ich bin eine viel zu honnete Madam, daß ich meine liebwertheste Baronesse so in der Angst lassen sollte. Das kan ich Ihnen warlich! nicht: Sie würden sich *ambrassiren* (*embarassiren*): Nein, das kan ich Ihnen nicht übers Herz bringen, daß ich Sie so *ambrassiren* sollte.« –

Sah das Fabelchen nicht der Wahrheit so ähnlich, daß sich auch der Klügste fangen lassen mußte? – Es stiegen mir zwar Zweifel dawider auf, aber weil ich so sehr wünschte, daß es keine Fabel seyn möchte, hüpfte ich über die Bedenklichkeiten hinweg, besonders da mir die alte Heuchlerin so oft und mit so anscheinender Aufrichtigkeit ihre *Honnetität* betheuerte. Ich, leichtgläubiges Geschöpf, zog die Schirkassienne an und die übrigen Reisekleider, die dabey lagen, und freute mich innerlich, wie ein Kind auf Weihnachten, daß sich unser Himmel so unvermuthet aufheitern sollte. Es überfiel mich eine eigne Empfindung, als ich mich zum erstenmale nach beinahe drey Jahren wieder in dem städtischen Putze befand: ich sah mir ganz anders aus, und konte vor Wohlgefallen nicht vom Spiegel wegkommen. Alles Glück und aller Verdruß, den ich sonst in meinen vornehmen Kleidern erlitten hatte, kam mir in die Gedanken zurück: ich sah auf meine ländliche Kleidung, als sie dort auf dem Tische lag, wie auf eine abgeworfne Hülle des Elends hinab, aus welcher ich neugeboren zu einem neuen glücklichen Leben hervorgegangen wäre. Rührung, Freude, Hofnung bemeisterten sich meiner so stark, daß ich in dem Taumel ein großes Glas Milch mit drey hastigen Zügen hinunterschluckte und so viel Butterbrod dazu aß, als wenn ich acht Tage gefastet hätte – alles, ohne daß ichs eher inne ward, als bis ich die Schmerzen der Ueberladung fühlte! Die alte keuchende Siegfried, so widrig sie mir sonst war, schien mir izt eine so liebenswürdige, so eine herzlich gute Frau, daß ich kein Mittel aussinnen konte, ihr meine Zufriedenheit und Zuneigung genug zu beweisen: ich drückte ihr die Hände, ich liebkoste sie, ich überwand sogar meinen Widerwillen und drückte ihr zween Küsse auf die dicken breiten Lippen. Die Küsse gereuen mich diese Stunde noch: wenn ich sie dem schändlichen Weibe nur wieder abnehmen könte!

Die Pferde waren indessen gefüttert und wieder vorgelegt worden; und wir stiegen in vollen Freuden ein: des Nachmittags liefen sie mir zu hurtig, und izt nicht schnell genug. Unterwegs hatten wir ein ewiges Geschwätze – das mir freilich sehr angenehm war – von dem Glücke und dem hohen Vergnügen, das auf dich und mich bey dem Obersten wartete, daß wir zur Landwirthschaft nicht gemacht wären und durch den Obersten in eine angemeßnere Lage gerathen würden. Die ganze Nacht kam kein Schlaf in meine Augen. In dem nächsten Städtchen nahmen wir Postpferde und fuhren die ganze Nacht hindurch, und von Zeit zu Zeit weckte ich meine schnarchende Reisegefährtin durch einen Stoß, als wenn er so *par hussar* geschähe, damit sie von deinem und meinem Glücke mit mir reden sollte.

Auf der lezten Station empfieng mich der Oberste, ein allerliebster Mann, und mir damals noch tausendmal lieber als itzo, weil er, nach meiner Ueberredung, uns Beiden so herrliche Dienste gethan hatte und thun wollte. Der Postknecht blies, wir nahmen von Madam Siegfried Abschied, fuhren fort: noch war kein Herrmann da. Der Oberste war sehr gesprächig und spashaft, scherzte mit mir, daß in der Stadt, wohin wir wollten, ein hübscher Mann auf mich wartete, beschrieb mir ihn vom Kopf bis auf die Füße und fragte mich bey der Beschreibung eines jeden Stücks an dem hübschen Manne, wie er mir gefiele. Dein Porträt war es nicht, fast in allem das Gegentheil: – »aber,« dachte ich, »er thut das aus Scherz, daß er mir meinen Herrmann so häßlich mahlt;« und in diesen Gedanken lobe ich denn alles in seinem Gemählde, sogar die zwo großen Warzen, die der hübsche Mann auf dem Backen haben sollte, gefielen mir außerordentlich: ich sprach bey meinem Lobe mit wahrem innigen Entzücken. Dem Obersten steckte mein Entzücken so sehr an, daß er sich zusehends verjüngte: er wurde so munter, so belebt, daß er mich küßte, und trotz des stechenden Bartes nahm ich mit seinen Küssen vorlieb. »Der arme Mann!« dachte ich: »unsre Liebe macht ihn ganz jung wieder: er möchte gern auch etwas lieben: es ist doch traurig, wenn man so alt ist und sich mit dem Zusehn abspeisen muß.« Als seine Beschreibung bey den Füßen war, die zuweilen mit dem Podagra behaftet seyn sollten, wollte ich ihm sein Geheimniß ablocken und fragte ihn, wie denn dieser hübsche Mann hieße: der Name Herrmann klang schon in meinen Ohren: am Ende, da er sich lange geweigert hatte, war er es selbst. »Das ist eine Ausflucht, um dir den rechten Namen nicht sagen zu dürfen,« dachte ich und antwortete ihm mit gezwungnem Scherze, daß vermuthlich der Pfarr, der ihn und mich trauen sollte, uns zu Hause schon erwartete: ich war verdrießlich bey mir, daß er mir nicht die Freude machte und den rechten Namen nennte, da mir doch an der Ueberraschung gar nichts lag; und mein Verdruß mußte vermuthlich durch die angenommene scherzhafte Miene durchgeleuchtet haben; denn er sagte mir ernsthaft darauf – »Sie werden doch den Spaß nicht übel nehmen?« – und drückte mir dabey die Hand. Ich versicherte ihn aus allen Kräften das Gegentheil; und den übrigen Weg wurde viel geschäkert, aber nicht mehr auf diese Art. Inzwischen zog ich doch alles, was er sagte, auf dich, und was sich nur im mindsten so auslegen ließ, verstund ich als eine Anspielung auf unsre nahe Trauung: sogar, als er mir die Liebkosungen erzählte, die mir sein kleiner Hund Marquis machen würde, bildete ich mir ein, er meinte dich; und wegen dieser Illusion lachte ich über alles so ausgelassen vergnügt und mannichmal bey Sachen, die gar keinen Anlaß zum Lachen geben konten, daß der Oberste mich oft fragte, warum ich darüber lachte.

Wir langten an, fanden den scherzhaften Marquis und Lieschen, des Obersten Ziperkatze, den einen so klaffend, und die andre so schnurrend und krummbucklicht, wie er sie mir beschrieben hatte, alle Tapeten und Möbeln, wie er sie mir beschrieben hatte, aber – keinen Herrmann. Die Nacht vergieng, auch der Morgen: der Oberste zeigte mir alle seine Herrlichkeiten und machte mir vielen Spaß vor, aber ich hatte kein Gefühl dafür: weil ich Betrug argwohnte, hörte auch meine gestrige Auslegungskunst auf: ich hielt keinen von seinen Scherzen mehr für eine Anspielung auf dich und unsre

Verbindung, sondern verstund jeden, wie er gemeint war, und so war jeder ohne Reiz für mich: nicht einmal zwingen konte ich mich zum Lachen. Er ließ den Schneider kommen, um mir ein Kleid zu verschaffen, worinne ich mich der Fürstin darstellen könte, und nennte mich unaufhörlich sein liebes schmuckes Bräutchen: der Schneider lachte über seine Schnaken, daß er beständig das Maas falsch nahm: das Bräutchen blieb so ernsthaft, wie die dickköpfigten Chineser auf der Papiertapete rings in dem Zimmer, weil ihr der rechte Bräutigam fehlte. Verdruß und Aerger, daß ich mich so schändlich hatte hintergehen lassen, nahmen sichtbarlich zu, und der Oberste, der meine mürrische Laune dem Mangel an Vergnügen zuschrieb, stellte auf den Nachmittag ein Konzert an. – »Wir haben hier sehr schöne Musikanten,« sagte er mir bey dem Mittagsessen. »Wir haben noch vor drey Vierteljahren eine rechte Sängerin aus Berlin bekommen, die Madam Dormer: sie singt, wie ein Nachtigallchen: *Sacre-papier!* wenn die Frau in die Höhe mit ihrer Kehle steigt, das geht, das geht, wie mein Lieschen, mein Ziperchen, wenn sie zum Dache hinaufläuft! Wie der Wind ist sie oben; und wenn sie nun oben auf dem Forste mit ihren Tönen sizt, da trillert und tanzt sie so kraus in der Höhe herum, als wenns die Engelchen im Himmel wären; und dann hüpft sie auf einmal – hop^{tr}, hop, hop^{tr}, hop, hop – (er machte die Prahltriller der Sängerin mit seiner unsingbaren Stimme sehr komisch nach) von dem obersten Dachziegel herunter, daß man denkt, die Kehle wird Hals und Beine brechen. *Sacre-papier!* das ist eine Sängerin, die für den König von Frankreich nicht zu schlecht wäre! Ihr Mann ist auch ein großer Musikant: er pfeift sehr schön auf der Flöte, und fidelt auch auf der großen Rumpelmaschine – wie heißt sie denn gleich? – auf dem großen Basse – rumpel, rumpel! Das geht drauf los, was das Zeug hält, wenn das Kerlchen seine Grimassen hinter dem großen Brummkasten zu schneiden anfängt! daß der Staub herumfliegt, so marschirt er auf den Saiten herum. Und dann haben wir noch einen großen Musikanten: der geht über alle, das sag' ich. Hören Sie! wenn der zu fideln anfängt, das klingt, wie ein Glöckchen, wie wenn ich Ihnen hier mit der Gabel ans Glas schlage, kling, kling, kling! – und dabey will er sich alle Adern am Leibe zerreißen: das ist ein Arbeiten auf der Fidel, daß ihm die Haare um den Bogen herumhängen, wenn er fertig ist. Meine Soldaten können sich nicht so hurtig schwenken und drehen, als der Mensch auf dem Brete mit dem Fidelbogen herumspatzirt. Das ist die Kapelle: aber nun nehm' ich meine Leute dazu; das sind ganze Kerle: wenn sie zu hoboen anfangen, und die Waldhörner und die F–zmaschinen – Fagots heißen sie – dazwischen hineinfallen, das ist ein Gequake und ein Gekreische, daß man davon laufen möchte. Das versichre ich Sie, meine Hoboistenbande ist die schönste in Europa: die Ohren möchten springen, so einen excellenten Lärm machen sie.« –

Ohngefähr in diesem Tone schilderte er mir auch die Talente der Stadtmusikanten und der Liebhaber in der ganzen Stadt, die auf irgend einem Instrumente etwas vorzügliches leisteten. Nachmittags fand sich ein Virtuose nach dem andern ein, ein schreckliches Heer, das die Todten hätte erwecken können. Ich fühlte zum Leidwesen meiner Nerven, daß der Oberste richtig prophezeihte: die Ohren wollten mir springen, und ich wäre gern davon gelaufen. Die Herren griffen sich mir zu Ehren alle so gewaltig an, daß ihnen der Schweis schon bey der ersten Sinfonie am Kopfe hereinlief, und jede Minute plazte eine Saite. Sie wedelten sich insgesamt mit den Schnupftüchern, als sie sich durch das tobende Presto durchgearbeitet hatten; und so angreifend das Getöse in dem kleinen Saale war, so meinte doch der Oberste, daß sie heute nicht so frisch gespielt hätten, wie sonst. Um den Schimpf nicht auf sich sitzen zu lassen, bat der Direktor des Konzerts um eine Verstärkung des Orchesters, nach welcher sogleich Boten ausgesandt wurden, und legte ein Stück auf, wobey Waldhörner, Trompeten, Oboen, Fagotte, Posaunen und fast alle übrige Blasinstrumente hervortraten. Mit großer Betrübniß beschwerte sich der Direktor, daß man die Pauken weglassen müßte. – »Diese will ich machen,« sprach der Oberste und befahl eine Trummel zu holen. – »Geben Sie einmal Acht,« sagte er zu mir, »wie ich die Trummel peitschen will: ich bin sehr stark darinne: ich lehre alle meine Tambours selber.« – Verstärkung und Trummel langten an: mir wurde angst und bange. Das Getöse begann: der Oberste stand in der Mitte mit umgehängter Trummel, gab ihr bald einen einzelnen empfindlichen Hieb, schlug bald einen langen schnurrenden Wirbel, daß man nichts als das Quäken der rauhen Trompeten hören konte: es war eine Höllenmusik: demungeachtet glaubte der Oberste, daß zwey Trummeln einen bessern Effekt thun würden, und konte nicht begreifen, warum die Uebrigen heute so erstaunend leise spielten, daß er nur sich allein hörte. Man schob die Schuld auf die Violinen und beklagte, daß der Stadtmusikant nicht zugegen wäre, der mit seiner Geige sieben andre überschrie. Auf alle Gassen mußten Boten auswandern, den Mann aufzusuchen: er erschien mit seiner gewaltigen Geige nebst einem Tambour: allein wenn man gleich noch sechs Männer mit so gewaltigen Geigen herbeygeschaft hätte, so wäre die Musik für den Obersten immer zu schwach gewesen; und der Lärm war doch so unmenschlich, daß die Leute auf den Gassen zusammenliefen und Feuer riefen, in der Meinung, man habe die Feuertrummel gerührt. Seine Gehörnerven müssen von Stahl seyn; denn die meinigen haben mir acht Tage lang gesaust und gezittert.

Endlich erschien auch Madam Dormer, die große Sängerin: ich freute mich, daß meine Ohren wenigstens auf eine andre Manier die Tortur leiden würden. Die Frau trat mit vielem Anstande und edler Stellung herein: alles stellte sich in ehrerbietige Parade, als wenn die Fürstin ankäme: der Oberste brachte sie gleich zu mir und machte sie mit mir bekannt. Rathe, Herrmann, rathe, wer diese große Sängerin war! – Vignali, die leibhafte Vignali! Wir erschraken Beide nicht wenig, uns hier wiederzufinden, aber behielten doch so viel Fassung, daß sich keins verriet. Sie schämte sich außerordentlich, in ihrer itzigen Qualität vor mir zu erscheinen, und war durch keine Bitten zu bewegen, daß sie sang: sie wandte einen Katharr vor.

Die Neugierde und die räthselhafte Beschuldigung der Madam Düpont auf meiner Flucht von Dresden, daß ich die Ursache von Vignali's Unglücke wäre, ließen mir keine Ruhe: ich suchte mit ihr in ein Nebenzimmer zu kommen, um mich nach ihrer Geschichte zu erkundigen: kaum hatte ich die erste Frage gethan, was sie hier mit mir zusammenbrächte, und zur Antwort erhalten – »das Unglück!« – so führte das Unglück schon ein Paar Fräulein zu uns, die während des Konzerts, dem sie beywohnten, so eine seltsame Zuneigung zu mir gefaßt hatten, daß sie mir auf allen Tritten nachgiengen: alle drey Minuten drückte mir die Eine die Hand und fragte mich: »Sind Sie mir nicht ein bischen gut?« – und die Andre erkundigte sich unaufhörlich, wie mir die Musik gefiele: die beiden zuthuenden Gänschen waren mir itzt doppelt zur Last, weil sie die Befriedigung meiner Neugierde hinderten. Nach dem Konzert bat ich den Obersten um Erlaubniß, Vignali oder wie man sie itzt nennen muß, Madam Dormer morgen zu besuchen. – »Nein,« antwortete er sehr ernsthaft, »das schickt sich nicht: Sie können ja eine Sängerin nicht besuchen. Sie kömmt sehr oft zu mir und arbeitet mit uns: da werden Sie Gelegenheit genug haben, die Frau zu sprechen, wenn sie Ihnen gefällt.« – Sie arbeitet mit Ihnen! wie denn das? fragte ich. – »Gedulden Sie sich nur!« antwortete er lachend. »Sie sollen schon auch ein Geselle in meiner Werkstatt werden: aber erst muß ich Sie als Lehrbursch aufnehmen: das soll morgen geschehn; und wenn Sie sich gut anschicken, können Sie in acht Tagen schon Geselle seyn.« – Mehr wollte er mir vor der Hand nicht entdecken: daß die Leute doch die Ueberraschung so sehr lieben!

Den folgenden Morgen gleich nach dem Frühstück wurde ich von ihm selbst in seine Werkstatt abgeholt: der tändelnde Mann band mir ein weißes Schurzfell um, mit rothem Bande eingefaßt, und wies mir meinen Platz auf einem Taburet an, wo ich zusehn sollte, um die Handgriffe und Geheimnisse seiner Kunst zu lernen: – »einen Stuhl mit der Lehne bekommen nur die Gesellen und Meister,« sezte er sehr wichtig hinzu. Ich erfuhr immer noch nicht, zu was für einer Kunst ich eingeweiht werden sollte, und konte es auch nicht rathen; denn in dem ganzen engen Stübchen war nichts, woher ich Muthmaßungen nehmen konte, als alte grüne Tapeten, mit einem gräulichen Staube über und über bedeckt: woraus ich schloß, daß man entweder hier sehr lange nicht ausgefegt habe, oder daß es Staub bey der Arbeit gebe. Auf dem Tische lagen Stücken Bimstein, Leder und andre Sachen, und vorzüglich viel Staub. Als ich noch meinen Muthmaßungen nachhieng, trat ein Mann in blauem Rocke, rother Weste, gelben Beinkleidern und grauen wollnen Strümpfen herein, die verwirrte Perücke nicht zu vergessen – der Himmel weis, ob sie von Natur oder aus Mangel des Puders schwarz ist: – aber da sie sich seit unsrer ersten Bekanntschaft bis diese Stunde unveränderlich gleich geblieben ist, mag sie wohl natürlich schwarz, und vor Alter und Gram etwas rothgrau geworden seyn, besonders weil sie ihm nach aller Wahrscheinlichkeit auch zur Nachtmütze dient. Alle Kleidungsstücke waren in kläglichen Umständen, auf dem beschabten blauen Rocke lagen die groben Grundfaden offen da, wie weißer Bindfaden, und die rothe Weste war mit großen und kleinen Flecken von mancherley Farbe, wie eine Landkarte, illuminirt. – »Da kömmt mein Altgesell,« sagte der Oberste, als der Mann mit einem »sehr schönen guten Morgen« hereintrat. Ohne im mindsten zu bemerken, daß eine fremde Figur in der Stube war, legte er sogleich seinen Hut hinter seinen Stuhl auf den Fußboden, sezte sich, zog eine Brille heraus, wischte sie an einem kleinen weißen Schnupftüchelchen rein, ohngefähr von der Größe, wie sie meine ehmalige Puppe, glorreichen Andenkens, an Sonn- und Festtagen zu brauchen pflegte: darauf stellte er die Brille mit vieler Accuratesse auf die Nase – da saß er, die Arme auf den Tisch gelegt! Es ist, wie ich hernach vom Obersten erfuhr, ein gewesener Apotheker, der den tollen Einfall gehabt hat, alle seine Büchsen in Gold verwandeln zu wollen; und da sie ihm, ungeachtet aller Mühe und Unkosten, den Gefallen nicht erzeigt haben, sondern gutes ehrliches Holz geblieben sind, wie es der liebe Gott erschuf und der Drechsler drehte, so hat er sie versilbern, das heißt, für Silbergeld verkaufen müssen: – dieser Spas mit der Versilberung ist von dem Obersten, um seinen Witz in deine Bekanntschaft zu bringen. Von dieser Versilberung lebt er itzo, behilft sich elend und schlüge Jedermann ohne Ansehn der Person hinter die Ohren, der ihm die Kunst, alles in Gold zu verwandeln, nicht zugestehn wollte. Er ist dabey entsezlich gelehrt, daß mir mannichmal ganz schwarz vor den Augen wird, wenn er disputirt: griechische Wörter mit langen, langen Schwänzen, und noch viel mehr Latein, als Fräulein Hedwig, speyt er den Leuten, wie einen Hagelregen, an den Kopf: der Oberste weis zuweilen vor Angst nicht wohin, so übel bekömmt ihm die grausame Gelehrsamkeit des Mannes. Das war also der Altgesell *en* Skize – mit dem Mahler zu reden, der gestern eine Thüre bey uns anstrich.

»Es ist doch wahr, daß ehegestern Nacht ein Geist bey der Mamsell – (ich weis nicht mehr, wie er sie nannte) gewesen ist,« fieng er an: »er hat eine glühende rothe Nase und an jeder Hand sechs Finger gehabt.« – Ich mußte lachen: das nahm er übel, gab mir einen Verweis und erklärte mir, warum die Geister lieber zu den Mädchen als den Mannspersonen kämen. Ich habe seine langweilige Erklärung vergessen, aber soviel weis ich noch, daß seine Geister so gescheidt sind und sich lieben und heirathen, wie unser eins. Er bildet sich ein, daß er sie citiren kan, auch die Seelen der Lebendigen: ich nahm mir die Freiheit, mir die deinige zu einem *tête-à-tête* bey ihm zu bestellen: aber entweder hat der Mann seine Kunst verlernt, oder deine Seele ist zu fest an den Körper gewachsen; denn seitdem ich hier bin, muß ich alle Abende deinen Namen auf Papier schreiben, verbrennen und ihm die Asche überliefern, und er citirt, daß ihm der Angstschweis am Kopfe hereinströmt: aber die liebe Seele will nicht kommen. Er ist so unverschämt zudringlich, daß man sich seiner gottlosen Künste gar nicht erwehren kan, wenn man sich zum Spas einmal mit ihm einläßt: so geht es mir mit deiner armen Seele, so sehr ich ihn auch bitte, er soll sie in Ruhe lassen.

Der Oberste, der sich sonst um die Geisterangelegenheiten sehr gern bekümmert, aber seine Arbeit doch höher achtet, unterbrach den Altgesellen damals sehr bald in seiner Erklärung und befahl ihm kraft seiner Meistergewalt, nicht müßig zu gehn, sondern erst zu arbeiten und dann zu schwatzen. Indem der Geisterseher die Arbeit aus dem Tischkasten hervorsuchte, traf auch der Junggeselle ein, Madam Dormer: sie warf eilfertig ihre Saloppe ab, und gleich über die Arbeit! – Es ist doch wahrhaftig das verschmizteste Weib auf der Erde: weil sie weis, daß man sich durch solchen Eifer bey dem Obersten überaus beliebt machen kan, thut sie so geschäftig und behandelt alles mit einer solchen Wichtigkeit, als wenn von der Spielerey dieser drey Leute die Wohlfahrt des ganzen teutschen Reichs abhienge. – »Nunmehr,« fieng der Oberste sehr gravitätisch an, was er gewöhnlich gar nicht ist, und wandte sich zu mir, – »nunmehr will ich Ihnen die Geheimnisse unsrer Kunst offenbaren. Sie sehn hier in meinen Händen einen gräulichen Stein, Dendrit genannt: in diesen Stein hat die Natur alles gezeichnet, was auf der Welt ist, Menschen, Thiere, Bäume, Häuser, Landschaften, Städte, Armeen, ganze Feldzüge und Schlachten.« – »Aber«, nahm der Goldmacher das Wort, »wie die Natur überhaupt alle ihre Schätze tief verborgen hat, damit sie des Menschen *ingenium* und Fleis hervorsuche und herausziehe, wie *par* Exempel das Gold, welches in allen, auch den verächtlichsten Materien enthalten ist: wir essen es im Brodte, wir tragen es in unsern Kleidern auf dem Leibe, (wobey er auf seinen kahlen blauen Rock wies) wir treten es auf unsern schmuzigen Gassen mit Füßen, die Magd kehrt es mit dem Besen aus der Stube, wir haben es in uns, in Blut und Eingeweiden: nun muß des Menschen Fleis und Geschicklichkeit aus allen diesen Goldgruben jenes köstliche Element heraussuchen und aus den verächtlichen Materien gleichsam herausziehen« – »Nicht so weitläuftig, Altgesell!« unterbrach ihn der Oberste. »Sehn Sie, Rikchen!« sprach er darauf in seinem alltäglichen Tone zu nur: »wir reiben und poliren die Steine so lang, bis die vortreflichen Zeichnungen, die die Natur hineingelegt hat, zum Vorschein kommen.« – »Das ist,« hub der Goldmacher wieder an, »das ist *par* Exempel just wie mit einer sympathetischen Tinte – Sie wissen doch, was eine sympathetische Tinte ist?« fragte er mich und sagte mir einige Recepte, sie zu verfertigen: aber er kam nicht weit mit seinen Recepten; denn der Oberste schrie – »Gearbeitet! gearbeitet, Altgesell! und dann geschwazt!« – Sogleich wandte er sich wieder zu mir und versprach mir eine Probe von diesen Wunderzeichnungen der Natur zu weisen. Er holte einen großen Kasten herbey, worinne eine Menge polirte Dendriten nach der Ordnung lagen, wie die Geschichten erfoderten, die er sich darauf vorstellte. – »Sehen Sie!« begann er: »das ist der Einfall des itzo allergnädigst regierenden Königs von Preußen in Schlesien *anno* 40: – das hier ist die Schlacht bey Molwiz, wo mich eine Kugel am Arme streifte: Sie können das sehr deutlich sehen. Hier steht unser Bataillon; hier steh' ich als Lieutenant, und hier kommt die verfluchte Flintenkugel und fährt mir so dicht am Arme hin, daß sie mir ein Stück Haut wegnimmt.« – Ich sahe auf dem Steine nichts als schwarze Punkte, die wohl Bäumen, aber keinen Soldaten ähnlich waren: allein aus Gefälligkeit sah ich alles, was er darauf erblickte. – »Das hier,« fuhr er fort, »ist die Aktion bey Hennersdorf, wo ich meinen Hut verlor und eine Kugel ins linke Schulterblatt kriegte: ich bin zweimal darauf: hier fällt mein Hut, und hier kömmt die Kugel: sehn Sie! es ist alles deutlich.« – Der Goldmacher schüttelte den Kopf. »Halten Sie mir zu Gnaden,« fieng er an: »mit der Aktion bey Hennersdorf ist es nicht richtig. Ich setze Leib und Leben zum Unterpfande, Sie irren sich. Es ist die Geschichte *Lutheri*, wie er dem Teufel das Tintenfaß an den Kopf wirft: das fliegende Tintenfaß sehn Sie für eine Flintenkugel an; und die Tinte, die hier dem Teufel vom Kopfe läuft, halten Sie für den Hut, der Ihnen bey Hennersdorf vom Kopfe fiel« –

DER OBERSTE

Und was Sie für den Teufel ansehn, das bin ich? – Sie müssen behext seyn oder den Stahr haben, wenn Sie mich hier nicht erkennen wollen. *Sacre-papier!* sieht mich für den Teufel an!

DER APOTHEKER

Ich sterbe darauf. Sehn Sie hier nicht deutlich die Hörner, den Schwanz und die Pferdefüße?

DER OBERSTE

Sacre-papier! das ist mein Tupé, mein Degen und die Vorderfüße von meinem Pferde. Sie sind ja sonst nicht so tumm, daß Sie das nicht begreifen können.

DER APOTHEKER

Herr Oberster, ich will in der Minute des Todes seyn, wenn ich nicht Recht habe. Mit Ihrer Schlacht bey Molwiz ist es nicht anders. Das bin ich, als ich den lezten Versuch machte, der mich ins Unglück brachte. Das reine Gold war schon da: gleich kömmt ein Bergmännchen (eine Art von seinen Geistern) und giebt mir eine Ohrfeige, daß ich die ganze köstliche Materie vor Schrecken zusammenwerfe: dort lagen alle meine Reichthümer! Sehn Sie hier nicht das Bergmännchen ganz deutlich, so natürlich, wie es damals vor meinen Augen stund?

DER OBERSTE

Der verfluchte Goldmacher! Nun sieht er mich auch noch für ein Bergmännchen an! – Wofür wird er mich nun hier auf dieser Platte ansehn? Bin ich das nicht, wie ich vor zwey Jahren meine Soldaten auf der großen Wiese manövriren ließ? Sieht Er hier nicht deutlich die zwey Divisionen, die ich machen ließ?

DER APOTHEKER

Nein, das sind die sieben thörichten und sieben klugen Jungfrauen aus dem Evangelio, und was Sie für Ihre eigne Person halten, ist der Bräutigam, der ihnen entgegenkömmt.

DER OBERSTE

Altgesell! Er ist ein Narr. *Sacre-papier!* Da wird sich wohl die Natur die Mühe geben und ihm seine sieben thörichten Jungfern auf die Steine mahlen. Gearbeitet! damit wir etwas vor uns bringen. –

»Ach,« fieng Madam Dormer an, »was Sie für die Schlacht bey Molwiz halten, ist der natürliche Thiergarten bey Berlin: hier ist die Jägerhütte, in welche zwey Verliebte gehen, um die Brautnacht darinne zu feyern.« – Ich glaubte, ein Bergmännchen gäbe mir eine Ohrfeige, wie dem Apotheker, als die Frau den heimtückischen Einfall sagte: ob ihn gleich Niemand außer uns Beiden verstund, wußte ich doch vor Verlegenheit nicht, wo ich mich hinwenden sollte. Sie ist immer noch die vorige freundlich-hämische Vignali: aber ich muß ihr schmeicheln, damit sie meine Geschichte nicht verräth und es bey solchen tückischen Neckereyen bewenden läßt, die sie auch nicht spart.

Ich konte meine Neubegierde nach ihrem Unglücke nicht eher befriedigen als Nachmittags, wo der Oberste mit dem Apotheker ausgieng, um der Sektion eines Frosches beyzuwohnen, die einer ihrer Bekannten ihnen schon lange versprochen hatte. Madam Dormer empfieng Befehl, daß sie mich unterdessen in den Handgriffen, Dendriten zu poliren, unterrichten sollte: aber wir wandten die Zeit besser an. Auch sie gab mir die Schuld, daß sich der Herr von Troppau mit ihr entzweyt hatte: ich fragte sie voll Verwunderung, wie das möglich wäre. – »Troppau,« antwortete sie mir, »hatte in Erfahrung gebracht, daß Sie nebst Ihrem Liebhaber durch meinen Vorschub entkommen waren: er beschwerte sich mit den bittersten Anzüglichkeiten darüber[20] und schalt mich förmlich aus. Ein so ungewohnter Ton verdroß mich, besonders da er mir mit der ärgsten Beleidigung sagte, daß ich ihm einen Gefallen gethan hätte, wenn ich mit Ihnen gereist wäre. Ich verließ mich ein wenig zu sehr auf seine vorige Liebe und meine Gewalt über ihn, und antwortete ihm im Zorne, daß es noch Zeit wäre, wenn seine erkaltete Liebe eine Trennung wünschte. Ein Wort führte das andre herbey, und wir sagten einander alle Gemeinschaft und Liebe auf. Ich bildete mir närrischer Weise ein, daß der Mann nicht ohne mich leben könte, und hofte jeden Augenblick, daß er den ersten Schritt zur Versöhnung thun würde; aber die Männer sind ein gottloses Geschlecht: so lange das Vergnügen neu ist, das wir ihnen geben, sind sie unsere Sklaven; aber wenn die Sättigung sich einstellt, oder ein neueres Vergnügen winkt, dann werden sie wilde Bäre, die alle Banden zerreißen, wenn man sie auch nur mit einem Zwirnfaden regieren will. Ich merkte wohl bald, daß ich eine Uebereilung begangen hatte, und bot auch von fern die Hand zur Versöhnung: sein Herz war ohne Rückkehr verloren. Ich bekam die Pension, die er mir auf den Fall einer Trennung ausgesezt hatte, richtig ausgezahlt: aber was half mir das? Meinen vorigen Aufwand konte ich nicht fortsetzen: alle meine Freunde verließen mich: nachdem ich so lange stolz gefahren war, sollte ich nunmehr demüthig zu Fuße gehn: Berlin wurde mir verhaßt, und ich wünschte eine Gelegenheit, die Stadt zu verlassen, wo ich so tief unter mir selbst gesunken war. Von ohngefähr bringt einer meiner vorigen Freunde, der mich allein im Unglücke nicht vergessen hatte, den jungen Dormer, meinen itzigen Mann, in meine Bekantschaft: er kam damals von Reisen aus Italien und suchte bey der Kapelle eines teutschen Hofs anzukommen. Er besuchte mich oft, und aus Verzweiflung und Verdruß verliebte ich mich in ihn: er that mir einen Heirathsantrag, und aus Verzweiflung und Verdruß nahm ich ihn an. Die Pension, die mir Troppau nur so lange versprochen hatte, bis ich mich verheirathen würde, fiel freilich nunmehr weg: aber das kränkte mich nicht sonderlich; denn ich mochte dem Manne, der meine Liebe mit solchem Undanke belohnte, nicht gern die Verbindlichkeit meiner Erhaltung schuldig seyn. Ich verkaufte mein Haus und verließ mit meinem Manne Berlin, wo ich durch die Blindheit der Mannspersonen so hoch gestiegen, und durch ihre Treulosigkeit so tief gefallen war. Wir zogen herum und konten an keinem Hofe unser Unterkommen finden. Mein Mann war an ein verschwenderisches wüstes Leben gewohnt, oder gewöhnte sich daran, als er mich und meine Paar tausend Thaler in seiner Gewalt sah: alle meine Vorstellungen, alle meine Klugheit vermochte nichts über den Wildfang, der Schulden auf Schulden häufte und mich mishandelte, wenn ich sie nicht bezahlte. So wurde mein kleines Vermögen innerhalb eines Jahres durchgebracht, und weil keine andre Rettung übrig war, gesellten wir uns zu einer herumziehenden teutschen Schauspielergesellschaft. Ich mag die Schande nicht aufdecken und Ihnen die nächste Ursache sagen, warum mein Mann diese Partie ergriff: ich war so thöricht, ihn wirklich zu lieben, und dachte, ihn von seiner Untreue zurückzubringen: deswegen willigte ich in seinen tollen Entschluß. Ich hatte mein bischen Musik seit meiner Verheirathung wieder hervorgesucht und meine Kehle so ziemlich wieder geübt. Die ganze Truppe bestund aus trägen frostigen steifen Figuren, aus Leuten ohne Erziehung und Sitten, die aus Markis, Grafen und Baronen Schuhflicker machten und alle Rollen so spielten, als wenn der Dichter ihre eigne elende Person hätte schildern wollen: unsre Stutzer waren Hanswürste, denen nichts als die Pritsche fehlte, und unsre Könige saßen auf ihren glanzleinewandnen Thronen, wie auf Nachtstühlen, und schrien und lärmten, als wenn die Dyssenterie in ihren Eingeweiden wütete. Wir spielten meistens Trauerspiele, und wenn einmal einer von den Helden böse oder eifersüchtig wurde, dann blökte er, als wenn ihn der Satan bey den Haaren zauste, und die Uebrigen stunden um ihn herum, wie Schafe, die der Wolf fressen will. Ich konte sehr wenig teutsch, ob ich mir gleich Mühe gab, es zu lernen: mein Hals wollte sich an die rauhen Töne gar nicht gewöhnen; aber das schadete nichts: mein Mann oder der Direktor der Gesellschaft sagte mir meine Rollen vor, und ich lernte die Worte auswendig, ohne viel davon zu verstehen. Ich beschwerte mich zwar oft darüber, daß ich niemals verstünde, was ich sagen müßte: allein man versicherte mich, daß es den Uebrigen allen nicht besser gienge, und daß darauf auch nicht viel ankäme. An dieser Stelle müssen Sie zornig thun, an jener verliebt; hier weinen, dort lachen; hier sauer, dort süß aussehen – das war mein ganzer Unterricht; und weiter brauchte ich nichts, um die größten Rollen mit Beifall zu spielen. Ich habe gefochten mit Händen und Füßen, wie eine Besessne, und geschrien, daß mir die Aerzte ein Lungengeschwüre prophezeihten; denn das hatte mir der Direktor vorzüglich zu thun empfohlen. Es gieng alles nach Wunsch: doch in einer barbarischen Rolle sollte ich so viele R schnurren, daß mir die Ohren sausten: ich bekam mitten in der Rolle von dem verwünschten Schnurren der vielen R einen erstickenden Husten, daß ich sehr schwach sprechen mußte: dies verursachte meinen gänzlichen Fall in der Gunst des Publikums. Seitdem sang ich italiänische Arien zwischen den Akten und schwang mich dadurch so sehr wieder in die Höhe, daß die Zuschauer wünschten, das ganze Schauspiel möchte aus italiänischen Arien bestehen. Weil mein Einfall dem Direktor viel Geld einbrachte, spielte er alle Stücke mit italiänischen Arien, und Zaire, als sie den tödtlichen Stich empfangen hatte, starb mit einer italiänischen Bravourarie, die ich hinter der Scene sang, weil die sterbende Zaire nicht singen konte. Die Begierde, Arien zu hören, wurde zu so rasender Wuth, daß zulezt die Lampenputzer nicht anders als singend die Lampen putzen durften. Ein so allgemeiner Beifall erregte den Neid und die Verfolgung der ganzen Trauerspielbande wider mich; denn mit Einer italiänischen Arie sang ich alle die bärbeißigen Mörder darnieder: man kränkte und plagte mich so gewaltig, daß ich nebst meinem Manne die Gesellschaft verließ. Wir giengen noch einige Zeit in der Irre herum, ließen uns an unterschiedlichen Höfen hören und wurden endlich an dem hiesigen angenommen, wo ich Gott sey Dank! die größte Sängerin in Europa bin.« –

So ohngefähr erzählte sie mir: ich habe, so viel ich konte, ihre eignen Worte beybehalten; aber du weißt, wie sie erzählt: man kan es ihr unmöglich nachthun. Laß dir besonders ihren theatralischen Lebenslauf noch einmal von ihr selbst erzählen, wenn du zu uns kömst: sie hat mir ihn fast alle Tage wiederholen müssen: der Frau möchte man Tag und Nacht zuhören, so bezaubernd spricht sie. Sie hat hier schon Jedermann eingenommen, und mischt sich in alles. Es ist zwar etlichemal übel für sie abgelaufen, daß sie ihre Hand bey Sachen im Spiele haben will, um welche sich eine Sängerin nicht bekümmern darf: allein sie kan ihren Vorwitz nicht lassen und ohne Intrigue nicht leben: daher bringt sie Dinge zu Stande, die man für unmöglich hält, und sogar bey Leuten, die auf sie zürnen, daß sie sich mit Angelegenheiten abgiebt, die nicht für sie gehören: besonders bey der Fürstin steht sie in großer Gnade.

Sie erkundigte sich sehr nach dir, oder, wie sie dich nennt, nach meinem Adonis. Ich habe sie um dieses Ausdrucks willen wieder recht lieb gewonnen: sie ist gewiß eine unvergleichliche Frau, und gar im mindsten nicht so hämisch und tückisch, wie wir geglaubt haben, oder wie es zuweilen scheint. – Mein Adonis? antwortete ich und küßte ihr die Hand: sie lachte über den respektvollen Kuß, und ich weis selber nicht, wie ich auf den sonderbaren Einfall kam. – Mein Adonis, sagte ich, lebt, aller Welt abgestorben, in philosophischer Einsamkeit auf dem Lande. – »Wirklich?« rief sie und lachte.

»Der Mensch hat mannichmal wunderliche Grillen: bey mir in Berlin bekam er auch zuweilen seinen philosophischen Koller: wenn er nicht beständig unter der scharfen Zucht einer Frau oder eines Mädchens steht, so verdirbt er gleich. Im zwey und zwanzigsten der Welt abzusterben! wenn alles so hurtig mit dem Menschen geht, so ist er im fünfundzwanzigsten begraben, und im dreißigsten schon kanonisirt: er soll mein Patron werden, wenn ich noch so lange lebe. Wollen Sie ihn kommen lassen?« – Ich antwortete mit einem tiefen Seufzer. – »Der Seufzer heißt: Ja, ich möchte wohl, aber ich kan nicht,« sprach sie lächelnd. »Lassen Sie ihn kommen! er soll bey mir wohnen und speisen, wenn er mit mir und meinem Manne vorlieb nehmen will. Sollte man ihn denn nicht irgendwo unterbringen können?« – Sie sann herum. »Bravo!« fieng sie wieder an. »Sie haben wohl noch nichts von dem Präsidenten Lemhoff gehört? Man nennt ihn hier den kleinen Fürsten, weil er im Grunde das ganze Land nach seinem Gefallen regiert. Das nächstemal, wenn ich bey ihm singe, will ich ihm weißmachen, daß er einen Sekretär braucht, und daß er an dem Schreiber, den er itzo hält, nicht genug hat. Was wetten Sie? er soll mirs glauben, und Herrmann sein Sekretär werden, so bald er bey uns ist. Machen Sie indessen einen Brief an ihn fertig, geben Sie mir seine Adresse, ich will die Aufschrift machen und ihn durch einen Expressen in meinem Namen bestellen.« –

Mein Brief ist bis hieher fertig: mit welchen Aussichten oder Hofnungen ich ihn schließen werde, hängt von der Antwort der Madam Dormer ab. Ich will von Zeit zu Zeit das Merkwürdigste, was mir begegnet, hinzusetzen.

* * *

den 29 August.

Gestern bin ich der Fürstin vorgestellt worden: sie empfieng mich überaus gnädig, aber beinahe wäre ich aus aller Fassung gerathen. Sie fragte mich, ob ich die Dormerin kente, und ich einfältiges Geschöpf bilde mir ein, daß sie diese Frage nicht thun kan, ohne meine Berliner Bekanntschaft mit dieser Frau und meine ganze Geschichte zu wissen. Ich stammelte ein erschrocknes Ja und fürchtete jeden Augenblick, daß sie mich auch fragen würde, ob ich nicht einen gewissen Herrmann liebte. Sie sah mich lange mit Verwunderung an: nach meiner Empfindung zu urtheilen, mochte sie auch Ursache zur Verwunderung haben; denn meine Mine muß in dem Augenblicke entsetzlich albern und furchtsam gewesen seyn. Indem wir einander so stumm ansahen, trat der Fürst ins Zimmer: die Fürstin präsentirte mich ihm: er sah mir steif und unbeweglich in die Augen, als wenn er mich durchbohren wollte. – »Das Mädchen sieht sehr verliebt aus,« sprach er halb leise zur Fürstin: sie lächelte, und ich glaubte vor Schrecken, der Himmel läge auf mir. Sie that noch ein Paar Fragen und ließ mich von sich. Ich habe bey dieser Gelegenheit nachher die Bekantschaft ihrer beiden Hofdamen gemacht: zwo herzlich gute Seelen sind es: sie liebkosten und küßten mich, und freuten sich ungemein, daß sie Hofnung hätten, mich zu ihrer Gefährtin zu bekommen. Die Eine ist überaus aufgeräumt, aber sie muß sich gern über alles aufhalten: diese Neigung leuchtet aus allen ihren Reden und Minen hervor. Die Andre scheint mir ziemlich alt und schwächlich, aber sie ist gleichfalls sehr munter: Beide gehn so vertraut und freundschaftlich mit mir um, daß ich sie ungemein liebe.

Ich begreife gar nicht, warum man den Hof beständig so gefährlich, so voller Zwang, Haß, Neid und Verfolgung beschreibt: ich habe mir ihn wegen dieser Beschreibungen ganz anders vorgestellt, als ich ihn finde. Die Großen dachte ich mir tausendmal ceremoniöser, stolzer und einsylbiger, als meinen Onkel, den Grafen: weit gefehlt! so herablassend, so mild, so freundlich ist mein Onkel in seinem ganzen Leben nicht Eine Minute, als Fürst und Fürstin täglich und gegen Jedermann sind. Das Schloß des Grafen war ein leibhaftes Zuchthaus; jeden Tritt, jede Mine, jedes Wort mußte man abmessen, und Jedermann gieng dem Andern aus dem Wege: hier lebt man so frey, so ungezwungen, ohne alle langweilige Komplimente und steife Grimassen. Bey meinem Onkel sahen die Leute alle so mürrisch, verdrießlich und so bitter und böse, wie erboßte Meerkatzen aus: hier lacht Freundlichkeit, Vergnügen und Freundschaft aus allen Gesichtern: die Leute scheinen sich alle so herzlich gut zu seyn, wie Brüder und Schwestern. Du hast mir so ein wunderliches Mistrauen gegen die Menschen beygebracht, daß ich immer bey mir zweifle, ob es ihnen auch von Herzen geht, wenn sie mir so gütig und freundlich begegnen: aber ich zwinge mich alle Tage mehr, das unglückliche Mistrauen zu verlieren. Einbildungen, nichts als schwarze Einbildungen sind es, die man sich bey übler Laune oder im Unglücke macht! In Berlin schrieb ich der Vignali unsre Zwistigkeit zu, glaubte, daß sie mich verfolgte und von dir trennen wollte, und hielt sie für so hämisch und tückisch und falsch, wie ein Tigerthier; und es ist doch die beste Frau von der Welt, die sich izt so lebhaft für dich und mich interessirt, wie eine Mutter für ihre Kinder: sie läuft und rennt unsertwegen herum und spricht allenthalben Gutes von mir. So mag es dir in den meisten Fällen auch gehen: du bürdest die Schuld deiner übeln Laune und deines Unglücks den armen Menschen auf die Schultern. Komm nur zu uns! du wirst mir gewiß beypflichten. Wenn einmal in einer trüben Stunde Jemand, der dir vorher schmeichelte, aus Versehen an dich stößt, so hältst du ihn gleich für falsch: ich mach' es nicht besser, und ich schäme mich zuweilen vor mir selbst, daß ich so argwöhnisch bin. Ich liebe die Leute alle, daß ich jeden gern in mein Herz schließen möchte, und mitten unter der Liebe ist mir beständig, als wenn ich ihnen nicht recht trauen dürfte; aber ich will mir die Unart schon abgewöhnen.

* * *

den 12 Sept.

Endlich, nach vielen Tagen und Wochen kömmt Madam Dormer mit einer erwünschten Nachricht. »Setzen Sie sich!« sagt sie mir eben izt. »Ich will Ihnen den Brief diktiren, damit Ihr Herrmann sieht, wie gelehrt ich indessen in der teutschen Sprache geworden bin.« – Das wird ein sauberes Briefchen werden: ich schreibe buchstäblich, wie sie mir es vorsagt. –

»Komm Sie su uns, *Monsieur Erman!* Sie soll werde eine Sekretär bey die Herr von Lemhoff: Sie mir hat gegebet seine Wort. (Er hat mir sein Wort gegeben, wollen Sie sagen, meine hochgelehrte Dame.) Er liebt sehr die Gimpel, *Vous-même, tant mieux pour Vous – Non, non, raïez celà.* Ich will sage teutsch. – Wenn Sie kan werde ein Gimpel Sie selbst, der Herr Prasident sie nehmet lieber in Dienst. Kaufe Sie ein Gimpel, der wohl peifet – (pfeift, wollen Sie sagen.) *Quel diable de mot!* säuft? – (Nein, nein, das heißt *boire.*) – *Mais je ne veux pas dire celà.* keift? – (Eben so wenig, das heißt *gronder.*) – *Eh, mon Dieu, comment se peut-il donc qu'un oiseau gronde?* (Sie wollen sagen, pfeift.) – *Eh bien, feif ou säuf, comme il Vous plaira. Ecrivez!* – Kaufe Sie ein Gimpel, der wohl peift, und machet daraus ein *Present* dem *Mr. le President*: kaufe Sie auch ein Paar – *attendez! comment est ce que celà s'appelle en allemand? des tourterelles.* – (Turteltauben!) – *Ecrivez donc!* Turteltauben. Das wird Sie legen in die *bonnes graces* von Herr *President*; und wenn die Purzeltauben – *que riez-Vous?* – Wenn die Gimpel wohl singet und die Buttertauben – *Mais qu'avez-Vous donc?* – Wenn die *tourterelles* wohl lachet, der Herr *President* lachet und säufet mit sie. (pfeifet mit ihnen.) Sie soll *logir – comment dit-on?* mit ou zu Madam Dommer? *Mon Dieu, Vous Vous etouffez de rire. Comment faut il donc dire?* – (Bey Madam Dormer. Sie können Ihren eignen Namen nicht einmal aussprechen.) – Madam Donner? – (Dormer!) – *Ne me chicanez pas; ce n'est pas le nom de mon mari. Allons, finissons la lettre.* – Adieu, meine liebe Herr Ermann. *Madame Vignali, si Vous la connoissez, Vous donne sa benediction.* –

Heut Aben um acht Uhr schick Sie mir den Brief, *Mademoiselle*, oder noch besser, ich will kommen holen.«

* * *

Nun noch ein Paar gescheidte Worte unter uns, eh' es achte schlägt!

Also kömmst du? – denn was sollst du allein in der kümmerlichen traurigen Bauerhütte anfangen? Glaube mir, unter den Leuten in der Stadt und am Hofe ist es tausendmal besser als unter deinen Bauern: wenn wir uns nicht so sehr geliebt hätten, so wären wir im ersten Jahre vor Langerweile gestorben; und an unsern Kummer in der lezten Zeit mag ich herzlich gern nicht denken. Nunmehr danke ichs den Leuten, die mich aus der Jammerhöle herausgestolen haben: sie wollten mir einen recht übeln Streich spielen und thaten mir die größte Wohlthat. Das neue angenehme Leben hier und die muntre Gesellschaft und die guten Leute, die mich alle so herzlich lieben, daß ich zuweilen recht verlegen bin, wie ich sie genug wieder lieben soll – alles das hat deine Ulrike so munter, so frölich gemacht, daß man denken sollte, es fehlte mir nichts; und doch fehlt mir alles – Du!

Leider! müssen wir einmal wieder fremd gegen einander thun, wenn du zu uns kömst! Es ist doch etwas unglückliches in der Welt, daß man nie eine Freude ganz genießen kan: immer darf man nur auf den Raub kosten und muß dabey sich umsehn, ob es Jemand gewahr wird. Madam Dormer wird dich im Poliren der Dendriten unterrichten und bey dem Obersten bekannt machen: und dann wirst du mein Mitgeselle: was kan erwünschter seyn? Es ist mir zwar nicht recht, daß du bey der Dormerin wohnen sollst: die verführerische Frau – Schon wieder Mistrauen? und ich hab' es doch ganz aus mir verbannen wollen! Nein, du sollst bey ihr wohnen; und wenn ich nur Ein mistrauisches Wort wieder äußre, so strafe mich! Du sollst um und mit mir leben: wie ich stolz seyn will, wenn dir Liebe und Achtung von allen Seiten entgegenkömmt! Die guten Leute, die ich hier kenne, werden dich zu ihrem Abgotte machen; und wie das wohl thun muß, wenn man statt des Hasses und der Verfolgung endlich einmal Liebe und Freundschaft findet! als wenn man aus der tiefsten Finsterniß ans helle Tageslicht kömmt! Ich möchte jedermann küssen, der mir nur zu Gesichte kömmt, seitdem mir Madam Dormer die glückliche Nachricht gebracht hat, daß dich der Präsident annehmen will. Es muß ein vortreflicher Mann seyn, der Präsident: die Leute sprechen zwar nicht gut von ihm, aber die Leute sind nicht gescheidt. Zu Fuße möcht' ich ihm fallen, so viele Hochachtung und Ehrfurcht fühle ich für den göttlichen Mann; und Madam Dormer! – mein Herze hüpft ihr entgegen, wenn ich nur ihren Namen denke: dem Obersten möcht' ich um den Hals fliegen, und selbst den Apotheker hab' ich so liebgewonnen, daß er mir viel hübscher vorkömmt als sonst. O welche Wonne, unter so braven Leuten zu wohnen, die man lieben kan! und wenn nun vollends der bravste, der schönste, der beste unter allen, mein kleiner Abgott dabey seyn wird – o dann brauchen wir gar nicht erst zu sterben, um in den Himmel zu kommen: wo man alle Menschen liebt und von allen geliebt wird, da ist er. Komm! fliege! in diesem Himmel erwartet dich

Deine glückliche Ulrike

DRITTES KAPITEL

Herrmann wurde weniger durch den Ton dieses Briefes aufgeheitert, als in dem Entschlusse, Ulriken zu meiden, befestigt: er wußte sie glücklich, oder doch solchen Umständen nahe, die sie vor Noth und Bekümmerniß schüzten: was verlangte er weiter zu seiner Ruhe? – Er hatte in keiner gesezmäßigen Ehe mit ihr gelebt; nur wenige Personen wußten um das Geheimniß ihrer Niederkunft; der Zeuge, der es offenbaren konte, war nicht mehr am Leben: was hinderte also eine Trennung, wenn Ulrikens Glück sie foderte? – Die bisherigen Schicksale hatten seiner Vernunft die Augen geöfnet und so sehr emporgeholfen, daß die Liebe zwar zuweilen wider sie murrte, aber doch nicht mehr allein das Wort in seiner Seele führte; er liebte also Ulriken mehr mit Verstande als Leidenschaft, und das Verlangen nach ihrem Besitze war dem Wunsche für ihr Wohlseyn untergeordnet; er sah deutlicher, als jemals, ein, daß sie dies Wohlseyn von jeder Hand eher als von der seinigen empfangen konte: wenn mußte ihm also eine Trennung weniger schwer werden als izt?

Nächstdem hatte sich in der Kummerperiode seiner Oekonomie und in den sechs Wochen seines Wittwerstandes der Ehrgeiz wieder bey ihm emporgearbeitet: er fühlte, daß seine Kräfte weit über alles waren, was er bisher that und unternahm: Vergnügen, Spiel, Liebe füllten seine Thätigkeit nicht ganz aus. Er selbst war bey allen bisherigen Entwürfen, Empfindungen und Handlungen das lezte Ziel gewesen; und gleichwohl hatten die Beispiele großer berühmter Männer, und die darauf gestüzten Grundsätze, die ihm Schwinger in seiner ersten Jugend vorlegte, ihn eine weitere Sphäre kennen gelehrt, wo man Wirkung außer sich verbreitet, wo für den Vortheil Andrer durch unsre Thätigkeit etwas entsteht, wo nicht blos zwey oder drey Menschen erkennen und empfinden, daß wir da sind, sondern tausend und mehrere den Einfluß unsers Daseyns fühlen. – Er hatte bis in sein sechszehntes Jahr den

Grafen Ohlau als die Seele eines ganzen Hauses Befehle austheilen und Anordnungen machen sehen: wie sollte sich in seinen thätigen Geist nicht die Begierde zu herrschen eindrücken? die Begierde, andre Menschen, wo nicht nach seiner Vorschrift, doch wenigstens nach seinem Muster denken, empfinden, reden, handeln zu sehn? – Die Pracht des Grafen, seine Gewohnheit, alles mit Feyerlichkeit oder Aufsehen zu thun, theilte der richtiger gestimmten Seele des jungen Herrmanns zwar nicht die Liebe zur Kleiderpracht, zu schönen Equipagen, wohlbesezten Tafeln und ähnlichen Herrlichkeiten mit, aber doch das Verlangen, durch seine Handlungen Aufmerksamkeit und Bewunderung zu erregen. – Die Wichtigkeit, womit ihn die Gräfin anfangs behandelte, erweckte und nährte in ihm die eigne Idee von seiner Wichtigkeit; und da ihn in der Folge wegen seiner geringen Umstände Niemand wichtig finden wollte, so wuchs der Wunsch, es zu werden, desto mehr in ihm. Der Mangel an Vermögen und Geburt ließ es ihm gar nicht einkommen, alle diese Wünsche und Begierden auf die nämliche Weise, wie der Graf Ohlau, befriedigen zu wollen: halb aus Neid sezte er die Weise, wie sie der Graf befriedigte, sogar bey sich herab: er wurde also nothwendig nach den Dingen hingetrieben, die Schwinger seiner Ehrbegierde vorhielt, nach guten edlen nüzlichen Handlungen: die Spiele seiner ersten Jahre mit den römischen und griechischen Gypsköpfen, wo er so viele politische Anordnungen und Staatsgeschäfte besorgte, bestimmten gewissermaßen die Art der guten und nüzlichen Handlungen, das Feld, wo er glänzen wollte. Die Verachtung, worinne er nach dem vorübergerauschten Taumel der hochgräflichen Gewogenheit seine Jugendjahre zubrachte, gab ihm immer mehr Geringschätzung der äußerlichen Vorzüge, und seiner Ehrbegierde immer mehr die Richtung, die sie bereits anders woher empfangen hatte. Die republikanischen Ideen, die er aus seiner Lektüre in seinen Gypssenat übertrug und seiner Fantasie so geläufig machte, daß er mit der lebhaftesten Theilnehmung Empörungen dämpfte, Rebellen züchtigte, Geseze vortrug und verwarf – diese beständige Wachsamkeit über Angelegenheiten eines so großen Körpers, wie das römische Volk; die Handlungen der Antonine, der Titus, der Marc Aurele, die halbe Welten beglückten – alle diese Ideen erweiterten immer mehr den Zirkel, den die Imagination seiner Thätigkeit vorzeichnete.

Seine so erzeugte, so gebildete, so gelenkte, so gestärkte Ehrbegierde mußte unter den Schicksalen, die ihn nach seiner Entfernung von des Grafen Schlosse trafen, unaufhörliche Neckereyen ausstehn: bald rief sie ein günstiger Sonnenblick aus ihrem Winkel hervor, und gleich mußte sie vor einem Unglück oder einer andern Leidenschaft wieder zurückkriechen: durch solche unaufhörliche Krisen wurde sie mitten unter der Herrschaft der Liebe und des Vergnügens wach und munter erhalten. Izt waren die Begeistrungsscenen der Liebe fast alle durchlaufen: er wußte, wie viel Wahres und wie viel Einbildung in ihren Freuden ist: Noth und Verlegenheit hatten ihn das Verhältniß ihrer Täuschungen zu der wirklichen Welt außer ihm gelehrt: was war natürlicher, als daß die Ehrbegierde, die bisher nur als Dienerin und allein zum Besten der Liebe gearbeitet hatte, sich itzo nach gemindertem Widerstande zur Selbstherrscherin in seiner Seele erhob und die Liebe unter sich erniedrigte? – Man kan nicht entschloßner seyn, als er es unmittelbar nach der Durchlesung jenes Briefes war, dem Rufe, den er enthielt, nicht zu folgen.

Sonderbar, daß izt die Liebe dem Ehrgeize so hülfreich die Hände bot, als der Ehrgeiz vorher der Liebe gedient hatte! Der nämliche Brief eröffnete auch seiner itzigen herrschenden Neigung eine schmeichelhafte Aussicht, die er bey dem ersten Durchlesen desselben ganz übersah: er gab ihm Hofnung zu einem Platze bey einem Präsidenten, der ein ganzes Land eigenmächtig regierte: wozu konte ein solcher Platz nicht führen? – Kaum hatten seine Gedanken diesen Pfad betreten, so lief schon seine Einbildungskraft auf ihm bis ins Unendliche fort: so entschlossen er anfangs war, nicht an einen Ort zu gehn, wo die Liebe seinem Emporkommen Eintrag thun könte, so nothwendig, so heilsam schien es ihm nach einer zweiten Ueberlegung, diesem Orte sobald als möglich zuzueilen. »Der Zwang, welchen wir unsrer Liebe auferlegen müssen, wird sie in den Schranken halten, die Ulrikens Glück und das meinige fodert« sagte er sich zu seiner Bestärkung in dem neuen Entschlusse, brachte eilfertig seine Angelegenheiten vollends zu Stande, nahm von Fräulein Hedwig und seinem Vater Abschied und begab sich auf die Reise.

Er hatte im ersten Feuer seiner Entschließung nicht bedacht, daß Madam Dormer die vormalige Vignali war, in welchem Verhältnisse er ehemals mit dieser Frau stund, und mit welchen Gesinnungen er sich in Berlin von ihr schied. Kurz vor der Ankunft fiel ihm dies erst ein, und noch mehr fühlte er es bey dem Empfange: doch Madam Dormer hatte nicht aufgehört, Vignali zu seyn, sondern wußte immer noch mit ihrer vorigen Feinheit ihre Empfindungen zu verbergen, eine entgegengesezte Mine anzunehmen und Andern eine solche Gemüthsverfassung mitzutheilen, als sie haben sollten. Sie schwazte Herrmanns mistrauische Zurückhaltung sehr bald hinweg und stimmte ihn auf den weniger vertraulichen, aber ofnen ungezwungnen Ton, den er izt gegen sie annehmen sollte. Sie lehrte ihn die Kunst, Dendriten zu poliren, und verschafte ihm einen, der die Schlacht bey Molwiz nach dem Leben vorstellen sollte, machte den Obersten begierig, den Besitzer dieses seltnen Kunstwerks kennen zu lernen, und der Weg zu Ulriken war offen: der Oberste fand zwar diese Vorstellung seiner Lieblingsschlacht weniger natürlich als die andre, die er schon besaß, zweifelte sogar, ob sie es seyn möchte, allein er nahm doch den Stein mit vielem Danke an und bezeugte dem Geber des Geschenkes überaus viele Gewogenheit, die sich durch Herrmanns warmen Eifer für die edle Polirkunst und die weitläuftigen Kenntnisse, womit er prahlte, täglich vermehrte: der Oberste freute sich, ein so tüchtiges Subjekt in seine Werkstatt zu bekommen, nahm ihn, wie einen wandernden Gesellen, in Arbeit und lobte allenthalben, ohne weitre Beweise, den großen Kopf und die herrlichen Talente dieses Fremden. Weil in dem kleinen Städtchen der gute und böse Ruf eines Menschen den Umlauf in Einem Nachmittage so völlig machte, als wenn er von der Kanzel verlesen worden wäre, so wies man schon den andern Tag, nachdem Herrmann des Obersten Bekanntschaft gemacht hatte, mit Fingern auf ihn, und bey Hofe und in der Stadt wurde allgemein von nichts als dem neuangekommnen Menschen mit dem großen gescheidten Kopfe gesprochen: die Mädchen lauerten an den Fenstern auf ihn, und die Mannspersonen giengen aus, um ihm zu begegnen. Madam Dormer that das Ihrige redlich, die allgemeine Aufmerksamkeit bey Leben zu erhalten, und erinnerte den Präsidenten bey der nächsten Gelegenheit an sein Versprechen: er gestand zwar, daß er die Wundergaben des vorgeschlagnen Subjekts von dem Obersten Holzwerder selbst erfahren habe, aber demungeachtet wollte er vorsichtig verfahren und seine Entschließung noch ein halbes Jahr verschieben. Madam Dormer bat um Erlaubniß, ihren Klienten zeigen zu dürfen: – »das ist nicht nöthig,« war die Antwort. Sie ließ das Gespräch sogleich fallen und erkundigte sich sehr ehrfurchtsvoll nach des Herrn Präsidenten Turteltauben: sie mußte sie in eigner Person besuchen. – »Der junge Mensch,« fieng sie an, »von dem ich vorhin sagte, wird für Ihre Täubchen sehr brauchbar seyn, wenn er noch die Gnade erlangt, in Ihre Dienste zu kommen: er hat überhaupt starke Kenntnisse von den Vögeln und besizt auch sehr viele Geheimnisse, ihre Krankheiten zu heilen, verlorne Stimmen wiederzuschaffen, und besondre Geschicklichkeit, den Pips zu benehmen.« – »Was?« rief der Präsident: »den Pips zu benehmen? das weis er? Er soll kommen, gleich zu meinem Kanarienvogel kommen: das arme Thier hat ihn auf den Tod. Es muß ein kluger Kopf seyn.« – »Allerdings!« antwortete Madam Dormer. »Er hat sich auf dem Lande mancherley Kenntnisse dieser Art erworben: er ist stark in der Oekonomie«

DER PRÄSIDENT

Oekonomie versteht er? Das ist ja ein Mensch, wie ich ihn haben will. Es muß ein gescheidter Kopf seyn.

MADAM DORMER

Eine Zeitlang hat er sich auch mit Wettergläsern abgegeben –

DER PRÄSIDENT

Auf die Wettergläser versteht er sich? Das ist mir gerade recht: ich habe itzo nur vier aufgestellt, aber ich kan doch nicht damit herumkommen, und mein Schreiber bringt mir beständig falsche Beobachtungen. Der Mensch ist auf die Art recht für mich gemacht: es muß ein gescheidtes Kerlchen seyn. Es thut mir recht leid, daß ich ihn nicht gleich annehmen kan: aber ich habe unterdessen nach Leipzig, Göttingen und Altorf geschrieben, daß man mir aus diesen drey berühmtesten Universitäten die besten Subjekte aussuchen und vorschlagen soll; denn ich möchte doch gern einen ganzen Kerl haben, der in allen Wissenschaften wohl beschlagen ist: die Oekonomie muß er aus dem Fundamente verstehn; in der Physik, Mathematik und Jurisprudenz muß er völlig zu Hause seyn, eine hübsche leserliche Hand schreiben, ein paar Sprachen sprechen, besonders lateinisch und französisch – denn in den Sachen, die er mir abschreiben muß, kommen sehr oft lateinische und französische Wörter vor – und hauptsächlich sich auf Wettergläser und Vögel verstehen.

MADAM DORMER

Aber Sie brauchen so nothwendig einen Sekretär –

DER PRÄSIDENT

Ja, das seh' ich nunmehr wohl ein: ich habe mir vorher gar nicht eingebildet, daß er mir so nöthig ist: aber ich muß doch warten, bis die Subjekte von den drey Universitäten ankommen, damit ich das Auslesen habe und dasjenige wählen kan, das in allen Wissenschaften wohl beschlagen ist. Ich gebe einen ansehnlichen Gehalt: er soll jährlich vierzig Thaler bekommen, und wenn er noch ein paar Wissenschaften mehr versteht, als ich verlangt habe, kömmt es mir auf zehn Thaler nicht an: alsdann soll er funfzig haben. –

Ob man gleich das Gespräch noch eine kurze Zeit in diesem Tone fortsezte und darauf dem Gimpel einen Besuch abstattete, mit welchem der Herr Präsident um die Wette pfiff, so konte doch Madam Dormer für diesmal mit allem ihren Betreiben nicht weiter kommen. Desto glücklicher war der Oberste bey der Fürstin: er nüzte eine ihrer guten Launen, als sie sich auf einem Vorwerke befand, wo sie mit den ländlichen Beschäftigungen zuweilen so angenehm spielte, wie Ulrike sonst auf ihrem Bauergütchen, und jedesmal so aufgeräumt war, daß sie nichts abschlagen konte: sie gewährte dem Obersten ohne alle Weigerung sein wohl abgepaßtes Ansuchen und befahl auf der Stelle, die Baronesse herauszuholen, welches auch ohne Verzug geschah. Ulrike war mit der Landwirthschaft besser bekannt, als die übrigen beiden Hofdamen, deren Kenntnisse sich mehr über die Milch erstreckten, von welcher sie die Sahne zum Kaffe abschäumten; und durch die Emsigkeit und Erfahrenheit, womit die neue Hofdame alles angriff, gewann sie in Einem Nachmittage die völlige Gnade ihrer Gebieterin. Die Gesichter der beiden weniger erfahrnen Fräulein wurden von der Minute an so übertrieben süß, wie ihre Herzen bitter: allein da Ulrike die Herzen nicht sehen konte, pries sie sich in ihrem neuen Posten darum glücklich, weil sie die Gnade ihrer Fürstin und die Freundschaft ihrer Kolleginnen besaß.

Sonach war Herrmanns Vergnügen schon wieder aus: so eingeschränkt und gezwungen auch sein Umgang mit Ulriken bisher gewesen war, so sah er sie doch täglich und konte zuweilen durch versteckte Reden und verstohlne Blicke die alte Vertraulichkeit erneuern. Das Poliren der Dendriten wurde ihm nunmehr langweilig, und der Oberste mit ihm unzufrieden, weil sein Fleis erkaltete: Madam Dormer vermochte mit aller Kunst und Verschlagenheit nichts über den Präsidenten: der Gimpel, nach welchem sie geschrieben hatte, blieb auch ewig außen: wer sollte in solchen Umständen nicht verdrießlich werden? Was Herrmanns Verdruß erleichterte, war der Umgang seiner Wirthin und ein geheimer Briefwechsel mit Ulriken, wobey Madam Dormer das Postwesen besorgte. Aus den vornehmsten, die Ulrike schrieb, sollen hier solche Stellen einen Platz finden, die Schilderungen ihrer gegenwärtigen Lage und der Personen enthalten, die auf ihr künftiges Schicksal den meisten Einfluß haben werden.

den 5. November.

»Es lebe der Hof. So glücklich bin ich noch nie gewesen als itzo – versteht sich, in so fern ichs ohne deinen Umgang seyn kan. Die Fürstin beggnet mir so vertraulich, mit so freundschaftlicher Zärtlichkeit, daß es mich rechte Mühe kostet, den Abstand zwischen ihr und mir nicht zu vergessen: sie beschenkt mich sehr oft, aber immer mit Putze: wenns nur Geld wäre, daß ich es mit dir theilen könte! Freilich ist sie sich sehr ungleich, und in ihren trüben Launen beköm̄t man so viele empfindliche Bitterkeiten, als Liebkosungen und gnädigste Freundlichkeiten – wie mein Mädchen sich ausdrückt – in den heitern Stunden. Das bin ich von Onkel und Tante noch gewohnt: die Gnade genieß' ich wie den Sonnenschein; ich wärme mich daran und bin munter und vergnügt, daß die liebe Sonne so hübsch warm scheint: kömmt ein Donnerwetterchen der Ungnade, ein Platzregen, ein wenig Schnee mit kleinem Hagel vermischt – Immerhin! denk ich; es regnet und hagelt und donnert ja nicht das ganze Jahr: wenn das Uebergängelchen vorbey ist, will ich mich wieder an der Sonne trocknen. – Also steh' ich unbeweglich und fühllos da, wie ein Baum, und lasse mich geduldig naß und voll regnen: komm' ich zu meinen beiden Freundinnen, dann wird das Herzeleid weggetanzt, weggesungen, weggeplaudert. Ich habe dir schon einmal geschrieben, daß die jüngste unter meinen Kolleginnen entsezlich wild ist: bis zur Unerträglichkeit ist sie es zuweilen: die Alte spielt alsdann die weise Hofmeisterin und lehrt und ermahnt so lange, bis sie von der Lustigkeit angesteckt wird und die tollen Streiche mitmacht, die sie vorher verboten hat. Fräulein Ahldorf – das ist die jüngste – hat eine ganz eigne Neigung auf Steckenpferden zu reiten: jeder Stock, der ihr in die Hände kömmt, muß ihr zum Steckenpferde dienen: auf Stecken reiten, Rosinen und Mandeln aus der Tasche essen und sich über die Leute aufhalten, sind die drey Hauptzüge ihres Charakters. Ehegestern traf ich sie bey einem solchen Ritte an: sie trabte auf dem Blondenstocke in dem Zimmer herum, die alte *Limpach* saß am Tische und arbeitete, und kiff und brummte über das Reiten, wie sonst meine Guvernante Hedwig: wenn das Knurren gar zu unleidlich wurde, legte ihr die Ahldorfin bey dem Vorbeyreiten eine Rosine oder Mandel auf den Tisch, die die Alte, wie ein Eichhörnchen, aufpickte, und so lange sie mit dem Essen beschäftigt war, welches bey ihr etwas langsam zugeht, schwieg die Strafpredigt. Endlich, da das Knurren gleich wieder angieng, sobald die Bestechung verzehrt war, hatte die Ahldorfin die Bosheit und bot ihr ihren Schecken, wie sie den weißen Stock nannte, zu einer Kavalkade an: die Alte stritt und schmälte und wehrte sich, wie vor einem Verbrechen: aber die boshafte Ahldorfin, die sie kennt, drang so lange in sie, bis sich die Gesezpredigerin bereden ließ und einen kleinen Trab versuchte: so gehts der schwachköpfigen Alten jedesmal, daß sie sich am Ende für ihre heilsamen Lehren auslachen läßt. Um das Gelächter zu vermehren, kam der Goldmacher dazu, der Altgesell in des Obersten Fabrik: der elende Mensch ist der allgemeine Narr des ganzen Hofs: so bald Er erscheint, führt die Ahldorfin ihre Steckenpferde gleich in den Stall, um ihn herumzutummeln. Das Mädchen hat alle kriegerische Neigung von ihrem Vater geerbt, der, glaub ich, General gewesen ist; denn sie spielt mit nichts lieber als mit Soldaten und Kanonen. Der Apotheker, der ein Tausendkünstler seyn will, bringt ihr immer ganze Taschen voll Musketirs, Grenadiers, Reiter und Kanonen, aus Kartenblättern geschnitten: das alte Kind stellt alsdann mit der Ahldorfin die Kartenarmee in Schlachtordnung, und sie brauchen Erbsen statt der Kanonenkugeln, womit sie auf die armen Papiermänner losfeuern, daß sie Hals und Beine brechen: sind die beiden feindlichen Heere sämtlich daniedergeschossen – denn gewöhnlich kömmt auch nicht Ein Mann mit dem Leben davon – so kanoniren sich die beiden Heerführer, und der arme Apotheker zieht meistens den Kürzern: wenn seine Gegnerin ihre Erbsen verschossen hat, wirft sie ihm Rosinen, Mandeln, Schnupftuch, Scheere, und was sie sonst in den Schubsäcken oder in der Nachbarschaft um sich findet, an den Kopf: für die Limpachin ist dieser lezte Theil der Komödie der interessanteste, und sie beweist sich außerordentlich geschäftig dabey. So vertreiben wir uns die Zeit in den itzigen ewigen Winterabenden: zuweilen wird Blindekuh, oder ein andres Spiel von diesem Schlage gemacht; aber bey jedem ist der Apotheker die lustige Person, auf dessen Unkosten gelacht wird. Mir ist der Mann dadurch, daß er sich mit so großem Vergnügen von Jedermann zum Narren gebrauchen läßt, äußerst verächtlich geworden: er macht freilich den weisen Unterschied, daß er Niemanden Spaß mit sich treiben läßt, der nicht wenigstens von Adel ist; aber er kömmt mir wegen dieses Unterschiedes nur noch kleindenkender und armseliger vor, weil er von der Würde eines Menschen gar kein Gefühl haben muß. Ich kan nicht mit ihm reden; und er nimmt mirs sogar übel, daß ich ihn nicht zum Narren habe, und schilt mich deswegen stolz. Ueberhaupt weis ich nicht, warum ich hier allgemein für stolz gehalten werde: bin ichs denn wirklich? Bey dem Onkel tadelte man mich beständig, weil ich zu lustig und zu gemein seyn sollte; und hier muß ich mir unaufhörlich Stolz und Ernsthaftigkeit vorrücken lassen. Freilich ist es wohl wahr, ich muß mich meistens zum Lachen zwingen, wenn die Andern beynahe den Athem verlieren, und mit den Leuten, wie der Apotheker, deren es hier eine Menge giebt, kan ich mich unmöglich einlassen: sie sind so plump oder so tumm, daß sie mir zu ekelhaft werden, um etwas Lächerliches an ihnen zu finden. Zum Glücke muß ich oft bey der Fürstin seyn und ihr aus einem Romane oder andern Büchern erzählen. Sie giebt mir das Lob, daß ich sehr gut erzähle; und sie hat das eigne Unglück, daß sie weder selbst lesen, noch vorlesen hören kan: sie läßt also die Bücher kaufen, ich muß sie lesen und ihr das Gelesene wieder erzählen. Es klingt nicht so natürlich in den Büchern, sagt sie, als wenn mirs Jemand mündlich erzählt. – Am liebsten hört sie Feenmährchen und Gespensterhistorien: je ungereimter und abentheuerlicher, je lieber: ich habe die Zeit her des Zeugs so viel lesen müssen, daß ich alle Nächte von Ogern, Kobolten, Hexen, bezauberten Prinzeßinnen und geflügelten Drachen träume. Von den Büchern, wo sich die Leute lieben und heirathen, will sie gar nichts hören: das nennt sie Alfanzerey, verliebte Possen. Aus Trauerspielen läßt sie sich am liebsten erzählen, wenn sie recht gräßlich sind: im Komischen sind Holberg und Moliere ihre Leibautoren, aber der Lezte nur Scenenweise. Wenn sie selbst liest oder sich vorlesen läßt, muß das Buch französisch und nicht stark seyn. Nichts wundert mich so sehr, als daß sie im französischen für die besten Sachen, und im teutschen nur für die schlechten Geschmack hat: ich stimme überhaupt selten mit ihren Urtheilen überein, ob ich es gleich nicht merken lassen darf: was mir nur mittelmäßig scheint, hält sie immer für das schönste. Am höchsten steigt meine Verwunderung, wenn sie sich mit einem von den privilegirten Narren abgeben und über ihre plumpen Einfälle lachen kan, als wenn es die sinnreichsten Bonsmots wären: der Apotheker und einer von den Laufern müssen sich zuweilen in ihrer Gegenwart *schrauben*, wie es hier genannt wird, und die Schrauberey geht oft so weit, daß der Eine dem Andern einen Bart macht, ein Bein stellt, oder ihn mit Koth bewirft, daß er nicht aus den Augen sehen kan. Mein Unglück ist es, daß ich die Widrigkeit, die ich bey solchen Lustbarkeiten empfinde, unterdrücken und noch oben drein mitlachen muß. – – –

* * *

den 16ten Nov.

– Die Fürstin ist wirklich eine vortrefliche Frau und hat sich heute so sehr in Gunst bey mir gesezt, daß ich ihr ihren üblen Geschmack in den Vergnügungen herzlich gern vergebe. Sie fuhr spatzieren, und ich mußte sie begleiten: wir stiegen aus, um in dem Sonnenscheine herumzugehn, den sie ungemein liebt. Ein Bauer näherte sich uns und bettelte. Warum bettelt ihr? fragte die Fürstin. Ihr seyd ja gesund und auch nicht schlecht in Kleidung. – »Das will ich Ihr wohl sagen,« antwortete der Bauer, »aber Sie muß mich nicht verrathen. Unser Amtmann straftgern; und wenn man nur einen Schritt der Queere thut, so rasselt gleich der Amtsdiener an der Hausthür. Ich hab' ihn, mit Ehren zu melden, einen Scheiskerl geheißen und dafür soll ich ihm zwey Thaler bezahlen. Sie ist ja die Fürstin: sag Sie doch dem Amtmanne, daß er mich ungeschoren läßt: aber er riecht das bischen Geld, das ich izt vom Markte nach Hause bringe. Ich wollte mirs also von Ihr ausbitten, daß Sie bey dem Herrn Amtmann ein gutes Wort für mich einlegen möchte, Frau Fürstin, damit er mir nachsieht und mich nicht pfänden läßt: ich wills herzlich gern wieder gleich machen.« – Die Fürstin lächelte und befahl mir, ihm zwey Thaler zu geben. »Da!« sprach sie: »bezahlt Euerm Amtmanne den Ehrentitel, den Ihr ihm gegeben habt.« – »Ach!« sagte der Bauer äußerst treuherzig: »Sie giebt sich gar zu viele Mühe. Hat Sie kein schlechter Geld? Dies ist für den Amtmann zu gut. Sie thut sich aber doch auch keinen Schaden, wenn Sie mir soviel Geld giebt?« – Eine so originale Mischung von Einfalt, Treuherzigkeit und bäuerischem Witze veranlaßte die Fürstin, daß sie sich lange mit dem Menschen unterhielt: er gab ihr etliche Aufträge an den Fürsten, daß er ihm die Felder nicht vom Wilde möchte abfressen lassen, und die Saat nicht mit der *Falkenhetze* zu Grunde richten. Die Fürstin entledigte sich des Auftrages, und die Falkenhetze wurde stark belacht: ob die Erinnerung etwas fruchten wird, steht dahin, wiewohl der Fürst solche offenherzige Beschwerden der ländlichen Einfalt sehr wohl aufnimmt.

Weil ich mich so gut auf Oekonomie verstehe, bin ich die Almosenpflegerin geworden, und jeder Arme in der ganzen Stadt, der sich des Bettelns schämt oder seine Dürftigkeit nicht bekannt werden lassen will, meldet sich bey mir und empfängt wöchentlich so vielen Zuschuß, als die Armenkasse verstattet, worüber ich Rechnung führen muß. Für mich ist dies die liebste unter allen meinen Beschäftigungen: nur Schade, daß die monatliche Summe, die ich in meine Kasse empfange, zu klein, und die Zahl der Armen zu groß ist! die Portionen werden etwas klein: aber ich halte alle Tage um Vermehrung an, und ich hoffe, sie zu bekommen. Niemand weis außer der Fürstin und mir, wer aus meiner Kasse etwas erhält: ich freue mich die ganze Woche auf den Sonnabend, wo meine Vögelchen sich jedesmal ihr Futter holen.

* * *

den 22ten November.

– O Heinrich, in welcher Verlegenheit bin ich heute gewesen. Fürst und Fürstin sprachen zusammen: ich stund an der Seite, ohne auf ihr Gespräch zu hören: auf einmal wurde es äußerst lebhaft, und wie ich meine Aufmerksamkeit darauf richte, höre ich, daß sie von Mädchen sprechen, welche die Liebe zu einem Fehltritte verleitet hat. Schon der Inhalt der Unterredung brachte mein ganzes Blut in Bewegung, und die grausame Strenge, womit die Fürstin sich wider solche unglückliche Schlachtopfer der Liebe erklärte, machte, daß ich am ganzen Leibe zitterte. Der Fürst urtheilte viel billiger und behauptete, daß sie meistens Mitleiden, aber keine Strafe, und noch weniger Haß und Verachtung verdienten: die Fürstin hingegen versicherte mit der größten Hitze, daß sie eine solche Person nicht eine Minute um sich dulden könte. Ihr Gemahl machte ihr lachend den Einwurf, daß sie nicht wüßte, ob nicht vielleicht alle ihre Fräulein und Jungfern solche Personen wären. Wer weis, sprach er und wies aus mich, ob nicht gar dies stille Schäfchen schon einmal Mutter gewesen ist. – »Den Augenblick jagt' ich dich fort, wenn ich nur das mindste dergleichen von dir erführe,« sagte sie drohend und entrüstet zu mir. – »Wir haben das arme Mädchen ganz roth gemacht,« fieng der Fürst nach einer Pause an und sah mir steif ins Gesicht, um mich noch rother zu machen. – »Für diese wollt' ich wohl selber gut sagen,« sezte er hinzu: »das ist die Unschuld, wie sie leibt und lebt.« – »Wir wollens wünschen,« gab die Fürstin mit einem Tone zur Antwort, der mich verdroß. Meine Angst während der ganzen Unterhaltung kan ich dir nicht beschreiben; und in solcher Angst schwebe ich fast jeden Tag; denn die Fürstin spricht von keiner Sache lieber, und jedesmal mit gleicher Heftigkeit und Barbarey. Barbarey ist es wirklich, wenn Personen ein so strenges Urtheil sprechen, die selbst nie in der Versuchung gewesen sind, noch wegen der genauen unaufhörlichen Aufsicht darinne scheitern können. Ihre Tugend kostet ihnen nichts als das bischen Kampf wider die Regungen der Natur: sie haben nie mit den mannichfaltigen Einladungen der Liebe, mit den überraschenden Gelegenheiten, mit den überwältigenden Eindrücken gestritten, die in jedem niedrigern Stande möglich sind: der Vogel im Käfig kan sich freilich rühmen, daß er kein verbotnes Hanfkorn genascht hat. Hätte die strenge Moralistin nur Einmal die Gewalt der Liebe und die zauberischen Künste der Gelegenheit empfunden wie ich, o wie würde sich ihre richterliche Unbarmherzigkeit mildern! Täglich bin ich auf der Folter: immer fürcht' ich, izt wird das Gespräch auf deinen Fall kommen; und wenn eine ähnliche Geschichte, wie die meinige, erzählt wird, dann denk' ich immer, izt wirst du dich verrathen: mannichmal bilde ich mir sogar ein, daß die Fürstin meinetwegen so häufig darüber moralisirt.

Wie schwer drückt eine verheimlichte Schande! Wie auf Stacheln steh' ich, vor Furcht entdeckt zu werden. – –

* * *

den 30. November.

– – Nach gerade fange ich an, mein itziges Leben ein wenig seltsam zu finden. Gestern blizten und hagelten Verweise und grämliche Reden auf mich herab: nichts kont' ich recht machen: wenn ich nur eine Mine verzog, traf mich ein derber Auspuzer; und gleichwohl durft ich nicht vom Flecke gehn, damit meine gnädige Dame Jemanden hatte, an dem sie ihre üble Laune auslassen konte. Bald sollt' ich das, bald jenes holen lassen: nun kam es nicht hurtig genug; da traf mich das Unglück, daß das Mädchen, welches ich geschickt hatte, nicht fliegen konte: langte die Sache endlich an, so war ihr die Sehnsucht wieder vergangen, oder es gab etwas daran auszusetzen: es mußte etwas anders geholt werden: unterdessen änderte sich die Lust wieder; hurtig wanderte ein zweiter Bote dem ersten nach, um ihm Gegenordre nachzutragen, und ein paarmal schickte ich dem zweiten einen dritten nach, und wenn sie alle drey ohne Athem wiederkamen, dann hatten sie alle drey den Weg umsonst gemacht. Etlichemal hatte ich alle Leute ausgesandt, die Befehle von mir annehmen: der Fürstin kam eine neue Grille ein, aber ich konte Niemanden auftreiben, dem ich den Auftrag zumuthen durfte, ob ich gleich allenthalben herumrennte: nun wurde ich ausgezankt, erstlich daß ich nicht gleich wiedergekommen war; zweitens daß ich die Leute alle ausgeschickt hatte; drittens daß alle die ausgeschickten Leute zu langsam giengen. So willkommen ist mir noch kein Abend gewesen, als der gestrige, der dem durchschmälten Tage ein Ende machte: wie ein Züchtling, der den ganzen Tag Farbenholz geraspelt hat, begrüßt' ich die Nacht und mein Bette.

Heute früh stand der Himmel offen und regnete nichts als Gnade und Freundlichkeit auf mich herab: ich wurde bey allem um Rath gefragt, und was ich vorschlug, gefiel allemal: wie ein Orakel, mußte ich über die unbedeutendste Kleinigkeit meine Meinung sagen, und meine Meinung war die einzig richtige in der ganzen Christenheit: ich hätte ihr rathen können, die Schuhe an die Hände zu ziehen, und es wäre gewiß geschehen. Jeden Augenblick ließ sie mich zu sich rufen: gestern jagte mich die üble Laune herum, und heute die große Gnade. Den Beschluß machte ein sehr ansehnliches Geschenk – ein vortrefliches Kleid und Geld, das ich nicht besser anwenden kan, als wenn ich dirs mit diesem Briefe überschicke. Könt' ich dir jeden Tag so viel verdienen, so trüg' ich jeden Tag mit Freuden so eine Tracht üble Laune wie gestern.

* * *

den 9ten December.

– Himmel, das ist nicht auszuhalten: ich entlaufe. So ist keine Viehmagd in ihrem Leben ausgescholten worden, wie ich vor zween Tagen: mein Herz bebt mir noch vor Aerger: ich glaubte, ein Gallenfieber zu bekommen, so übel hab' ich mich seitdem befunden; und kanst du dir einbilden, warum? – Der Fürst begegnete mir im Korridor und fragte mich, wohin ich so eilfertig wollte: ich antwortete, und aus der Frage und Antwort wurde ein Gespräch, das ich in der Minute wieder vergaß, so geringfügig war es, und bey dem Abschiede klopfte er mich auf die Backen. Der Himmel weis, welch schadenfrohes Geschöpf es sieht und der Fürstin mit Verschönerungen hinterbringt. Fünf Minuten darauf werde ich zu ihr gerufen und wie ein Delinquent auf Tod und Leben verhört. Ob ich mit dem Fürsten gesprochen hätte? – Ja. – »Warum? wie lange? was?« – Die Fragen waren mir alle schwer zu beantworten, wenigstens mußte ich mich vorher lange besinnen, weil ich die Sache nicht für so wichtig hielt, um nur einen Augenblick Aufmerksamkeit darauf zu verwenden: ich erzählte indessen alles aufrichtig, was mir einfiel. Daß sie mir ein Wort geglaubt hätte! Ich sollte wer weis wie viel heimlich gesprochen haben, das ich mich zu gestehen schämte: ich sollte nicht läugnen, und gleichwohl konte ich nichts gestehen: also mußte ich ganz geduldig die bittersten Verweise und Drohungen über mich ausschütten lassen. »Geh mir aus den Augen!« war die gnädige Beurlaubung.

Ganz ohne einen Schatten von Schuld um einer wunderlichen Einbildung willen so empfindlich zu leiden, war für mich so angreifend, daß ich mich in mein Zimmer verschloß: die Thränen strömten mir aus den Augen, und der Aerger wühlte in allen meinen Eingeweiden herum. Ich wünschte mich mit jedem Pulsschlage auf dein Bauergütchen in Kummer und Mangel zurück: ich aß dort kümmerlich, aber doch in Freiheit und ohne Unrecht zu leiden: was nüzt mir hier der Ueberfluß, wenn mir jeden Bissen Verdruß, Aerger und Unruhe verbittern? – O wie leicht war alle mein bisheriger Kummer gegen den Schmerz einer so unwürdigen Behandlung!

Die Hauptveranlassung dazu mochte wohl seyn, weil sie wider ihren Gemahl aufgebracht war: er hatte ihr kurz vorher widersprochen, und nichts kan sie weniger ertragen als Widerspruch: da sie ihren Zorn an ihm nicht auslassen durfte, nahm sie die nächste Gelegenheit und entledigte sich ihrer Galle an mir. Sie ist außerordentlich argwöhnisch in dem Punkte, worüber sie mit mir zankte; und so artig und gesittet der Fürst spricht, so vermeide ich doch alle Unterredung mit ihm, so sehr es sich ohne Unanständigkeit thun läßt; und gerade muß ich sie nicht vermeiden können, da es am gefährlichsten war! Das Gerüchte geht sehr stark, daß er Madam Dormer seiner Vertraulichkeit würdigen soll: ich habe sie vor dem Unwillen der Fürstin gewarnt, wenn diese Nachricht zu ihren Ohren gelangte; allein sie antwortete mir sehr stolz – »Den Unwillen fürchtete ich nicht, wenn ich sonst Lust hätte, das Gerüchte wahr zu machen.« – Sie verläßt sich ein wenig zu sehr auf die Gnade der Fürstin, die ihr freilich sehr gewogen ist, weil sie alle Zeitungen am Hofe und in der Stadt zusammenträgt. Diese unendlichen Klatschereyen, womit sich Jedermann in Gunst setzen oder die Zeit vertreiben will, sind mir das Unausstehlichste nächst den Hofnarren, die ohne Narrenkleid so zahlreich herumlaufen: so gut als wenn man alles unter freyem Himmel thäte, wird man beobachtet, und die kleinste Posse läuft gleich von Ohr zu Ohr: in der nächsten Minute weis schon der ganze Hof, was man in der vorhergehenden gedacht hat.

O lieber Herrmann, wenn du nicht glücklicher bist, als ich, so sind wirs Beide nicht. Ich habe meinen Aerger verbeißen und heute schon wieder den ganzen Vormittag um die Fürstin seyn müssen: aber ich gab mir nicht die geringste Mühe meinen Verdruß zu verhelen, ob es gleich nicht sehr hofmäßig ist. Madam Dormer maßt sich an, die Aussöhnung bewirkt zu haben, und rieth mir um Vergebung zu bitten. »Weswegen?« antwortete ich. »Daß ich unschuldiger Weise ausgehunzt worden bin?« – Sie rümpfte die Nase und gieng. Die Frau ist unleidlich hofmännisch geworden. – –

VIERTES KAPITEL

Unterdessen, ehe noch der Briefwechsel und Ulrikens Unmuth so weit kamen, hatten sich auch Herrmanns Umstände geändert. Der verschriebene Gimpel und die verschriebenen Subjekte, unter welchen sich der Herr von Lemhoff einen Sekretär aussuchen wollte, langten an, doch glücklicher Weise der Gimpel zuerst. Madam Dormer meldete, so bald es sich thun ließ, dem Präsidenten, daß der junge Mensch, den sie ihm neulich empfohlen habe, sich unterstehn wollte, ihm den schönsten Gimpel in Europa zu überreichen. Der Präsident konte sich mit keinem einzigen Gedanken auf den jungen Menschen besinnen, aber den Gimpel nahm er mit beiden Händen an und konte die Zeit kaum erwarten, ihn zu sehen. Der Gimpel wurde zu ihm getragen, und Herrmann nahm sich die Ehre, ihn zu begleiten: der Präsident pfiff dem Vogel entgegen, so bald er ins Zimmer kam, und der Vogel hatte so viel Lebensart und antwortete ohne ängstliche Scheu: die pfeifende Unterhaltung wurde auf beiden Seiten mit gleicher Lebhaftigkeit lange fortgesezt: die Freude war unaussprechlich. Madam Dormer nüzte diesen Zeitpunkt und bat um Erlaubniß, den jungen Menschen, der vor der Thüre wartete, hineinrufen und darstellen zu dürfen: sie wurde ohne Weigerung bewilligt. Herrmann erschien, empfieng überaus viele Gnadenbezeugungen und kramte seine kleine Gelehrsamkeit im Fache der Vögel, Wettergläser und der Oekonomie mit so vieler Scharlatanerie aus, als er sich kaum selbst zugetraut hätte: kurz, er gefiel außerordentlich. Der Präsident versicherte Madam Dormer, daß der Mensch so gescheidt sey wie sein Gimpel, und *wünschte*, ihn in seinen Diensten zu haben: die listige Frau merkte sehr bald, warum er dies nur *wünschte*, und meldete ihm, daß Herrmann um nichts als Kost, Wohnung und die Ehre, in seinem Hause und Dienste zu seyn, ansuchte und alle Besoldung so lange ausdrücklich verbäte, bis er sie durch sein gutes Verhalten verdient hätte: nun war der Handel den Augenblick richtig.

Nachdem Herrmann seinen neuen Platz bereits angetreten hatte, trafen zwey verschriebene Subjekte aus Leipzig, und eins aus Göttingen ein: in Altorf war keins aufzutreiben gewesen. Der Göttinger hatte sich, um mit Anstand zu erscheinen, zwey neue Tressenreiche Kleider machen lassen und kam mit Extrapost und großen Erwartungen an, die sich auf nichts als die zwey Wörter, *Präsident* und *Hof*, stüzten; denn der Präsident hatte die Bedingungen, die er machen wollte, nirgends angegeben: aber *Präsident!* und *Hof!* dies Beides war für die akademische Erfahrung des Jünglings genug, um schon von vielen Hunderten Besoldung zu träumen, und sich in drey oder vier Jahren schon als Hofrath zu denken, ob ihm gleich der Professor, der den Auftrag hatte, ein vorsichtiges Bedenken empfahl. Der gute Narr lauerte acht Tage und konte niemals vorkommen: endlich ließ ihm der Präsident durch einen Bedienten melden, daß er sich unter der Zeit schon versorgt habe und für seine Bemühung sehr vielmals danke. Der arme Betrogne ergrimmte über diesen Dank für eine Bemühung von etlichen zwanzig

Meilen, verkaufte eins von seinen Tressenkleidern an den Hofjuden und reiste mit der gewöhnlichen Post demüthig auf die Georgaugustusuniversität zurück. Noch vor seiner Abreise fanden sich die beiden Leipziger an verschiedenen Posttagen ein, mit geringer Kleidung aber eben so hoher Erwartung, womit sie der Professor berauschte, an welchen der Präsident geschrieben hatte: um sich das Ansehn eines Universalpatrons zu geben, machte dieser Mann meistens bey einem solchen Auftrage die ganze Universität aufrührisch und hatte auch izt die Wörter *Präsident* und *Hof* so Vielen und so emphatisch in die Ohren gerufen. daß sich zwey auf den Weg machten, ohne von einander etwas zu wissen. Lustig war es, daß diese drey Subjekte in einem Zeitraume von sechs Tagen hinter einander anlangten, sich in Einem Gasthofe, dem einzigen in der ganzen Stadt, einquartierten, mit vieler Wichtigkeit einander erzählten, zu welchem hohen Posten sie berufen wären, und dann mit weit ofnem Munde sich verwunderten, daß sie Kompetenten eines und desselben hohen Postens zu seyn schienen. Der eine Leipziger räumte gleich den Platz, verlangte den Herrn Präsidenten gar nicht zu sehn, schämte sich, mit langer Nase, wie er sich ausdrückte, in sein liebes Pleißathen zurückzukommen, und reiste zu seiner Mutter, um ihr sein Herzeleid und seinen leeren Beutel zu klagen. Das andre Leipziger Subjekt ließ es sich weiter gar nicht merken, welche Absicht ihn in diese Stadt gebracht hatte, sondern suchte Bekanntschaften und gab vor, daß er sich der Reduten wegen diesen Winter hier aufhalten wollte. Eine der ersten Bekanntschaften, die er machte, war natürlicher Weise Madam Dormer, da sie die einzige Frau in der Stadt war, die einen Fremden anziehen konte. Sie geriethen Beide sehr bald in verdächtige Vertraulichkeit, wenigstens in den Augen des Publikums, das ein Männlein und ein Weiblein nicht zusammen lachen sehen konte, ohne das eine zur Braut oder zur Hure des Andern zu erheben: der freye zwanglose Ton der Madam Dormer war ohnehin ein Aergerniß für die ganze Stadt. Herrmann besuchte sie um so viel öfter, da sie seine Beförderin, die geheime Negotiantin seiner Liebe und der einzige weibliche Umgang in der Stadt war, der ihm schmeckte. Nothwendig mußte er also mit dem Leipziger Subjekte sehr bald bey ihr zusammentreffen; und dies Leipziger Subjekt war – sein ehmaliger Freund und Spielgefährte, Arnold. Er schämte sich, seine bisherigen Schicksale zu gestehen, bekannte aber doch einmal, als sie Beide allein beysammen waren, daß ihn seit jenem Abende, wo Herrmann Leipzig verließ, um zu Ulriken auf das Land zu eilen, das Glück unaufhörlich zum Besten gehabt habe. Kleiner Gewinn und großer Verlust, kleine Einnahme und großer Aufwand war sein Lebenslauf, bis ihn Schulden und Mangel so gewaltig drückten, daß er das Spielerhandwerk verfluchte, weise werden und studiren wollte. Er fand Zuflucht und Unterstützung bey einem liefländischen Barone, der sich gleichfalls von der Spielsucht bekehren und weise werden wollte: allein sie bekehrten einander, wie ein Paar Ungläubige, das heißt, einer verführte den Andern, bis endlich das geschärfte Verbot der Hasardspiele Beide zur Bekehrung zwang. Arnold gab sich wirklich die Mine, als wenn er studirte, bis der Brief des Präsidenten und die selbsterfundnen Versprechungen des Mannes, der ihn empfieng und sich ein Ansehn damit geben wollte, so viele Bewegung verursachten, daß sich Arnold von ihm bereden ließ, die Reise nach der einträglichen Sekretärstelle anzutreten. Diesen lezten Theil seiner Geschichte verhehlte er seinem wiedergefundnen Freunde so gut er konte, und wandte, wie allenthalben, die Redute vor, so unwahrscheinlich auch diese Ursache schien.

Madam Dormer, die auf das Probestück von Patronschaft, das sie an Herrmannen abgelegt hatte, nicht wenig stolz that, gerieth sehr in Versuchung, an Arnolden ein zweites abzulegen: zum Theil konte es wohl Liebe seyn, aber größtentheils war es gewiß Neigung zur Intrigue, unruhige Geschäftigkeit. Er hatte eine mittelmäßige Fertigkeit auf der Flöte: er mußte sich in möglichster Eile bey ihrem Manne Tag für Tag üben, und wenn Lehrer oder Schüler Eine dazu bestimmte Stunde aussezten, bekamen sie gleich eine derbe Lektion von Madam. Arnold lebte ganz von ihrer Freigebigkeit, und ihr Mann war seit seinem Abschiede von der Schauspielergesellschaft auch wieder unter das Joch gebracht worden: also mußten sie ihr Beide gehorchen. Der Fürst hielt des Winters wöchentlich ein Paar Konzerte auf seinem Zimmer, wo ihn sonach Madam Dormer alle Wochen zweimal sprach; denn er war sehr herablassend und ließ kein Konzert vorbeygehn, ohne sich mit ihr zu unterhalten, und wenn er nicht beyzeiten Anstalt dazu machte, wußte die dreiste zudringliche Frau das Gespräch schon an ihn zu bringen. Sie bat um die Erlaubniß, daß sie Arnolden, der hieher gekommen wäre, um sich in der Musik festzusetzen, in die Konzerte mitbringen dürfte: dem Fürsten, der sich einbildete, daß an seinem Hofe die Musik blühe, schmeichelte diese Lüge unendlich, und er gestand die Erlaubniß ohne Bedenken zu. Arnold stellte sich seitdem gewöhnlich hinter das Orchester und hörte zu: er gefiel dem Fürsten sehr wohl, weil ihm Madam Dormer eine Menge schmeichelnde Bewegungsgründe andichtete, warum er gerade diese Residenzstadt zu seinem Aufenthalte erwählt haben sollte. Sobald er durch ihren Mann in den Stand gesezt war, daß er ein auswendig gelerntes Konzert sich zu blasen getraute, mußte er auftreten; und ausdrücklich las die verschmizte Frau eins aus, wozu der Fürst, der selbst ein wenig komponirte, ein andres Andante gesetzt hatte. Mit Erstaunen hörte der Fürst sein selbst verfertigtes Andante, das nach seiner Meinung nicht aus dem Notenschranke seiner Kapelle herausgekommen war, und fragte nach dem Schlusse, woher er dies Andante habe: Arnold versicherte, daß er es vielfältig in Leipzig geblasen und niemals dies Konzert mit einem andern Andante habe blasen hören: es sey so allgemein beliebt und bekannt, daß man es auf den Promenaden trällere. – »Ja, ja,« fieng Madam Dormer an; »ich kenn' es: in Berlin wird es oft bey der Wachparade geblasen«.– Der Fürst holte sein eigenhändiges Konzept herbey, um zu beweisen, daß er der Verfasser davon sey, ließ im Notenschranke nach dem abgeschriebenen Exemplare suchen, das man auch richtig und unversehrt fand, weil Dormer auf seiner Frau Befehl heimlich eine Abschrift davon hatte nehmen müssen; that sehr unwillig, daß Leute, auf die er sein Vertrauen sezte, seine unvollkommnen Arbeiten in die Welt ausschickten, und bat Arnolden inständig, das Andante ja Niemandem weiter zu geben, welches dieser auch mit einem tiefen Reverenze angelobte. Nun arbeitete seine Gönnerin aus allen Kräften, die innerliche Freude des Fürsten zu nützen und um einen Platz in der Kapelle für ihn anzuhalten: er wurde ihr zugesagt; und da man an diesem Hofe mit Einer Besoldung gern zwey oder drey Dienste verband, wurde Arnold in einigen Tagen darauf Hof- und Kammermusikus, Kammerdiener bey dem Fürsten, mit dem Prädikat eines Geheimen Kämmerers, und Subinspektor des Pferdestalls.

FÜNFTES KAPITEL

Um die Lage kennen zu lernen, in welche diese Beförderung allmälich Herrmanns und Ulrikens Angelegenheiten sezte, und wie sie in der Folge die feindselige Stellung möglich machen konte, die Arnold und Madam Dormer wider jene Beiden annahmen, wird es am dienlichsten seyn, hier einige Fragmente aus Briefen folgen zu lassen, die nach Herrmanns Eintritt in seinen Sekretärposten geschrieben wurden.
Von Ulriken.

den 4. Februar.
– – »Das waren gestern fünf Minuten des Lebens für mich, als ich dich auf der Redute sprach: nach so vielen langen Monaten, wo ich in jedem einen oder zwey Briefe an dich schrieb und dich nirgends als verstohlner Weise in der Kirche sehen konte, endlich einmal die Stimme zu hören, die für mein Herz so süße Musik ist, o wie rührte das mit Einem hastigen Griffe alle Saiten meiner Empfindung! Die lärmende Tanzmusik verstummte für mich, das Rauschen der Allemande war mir unhörbar, ich nur allein in dem Saale und nur für die Stimme meines geliebten Türken da. Das waren vielleicht funfzig Worte, die du mir sagtest, aber für mich goldne Sprüche gegen alles das Gewäsche und sinnlose Witzeln, womit hier ein Kammerjunker, und dort Gott weis wer meine armen Ohren foltert: dir hörte ich gern Stunden, Tage, Wochen zu, und doch warens nur fünf Minuten! und von den faden Schmeicheleyen und abgeschmackten abgedroschnen, Seel' und Magen angreifenden Schnikschnak, den mattesten Siebensachen, dem elendesten Gakern klingen mir die Ohren vom Morgen bis zum Abend. – O Herrmann! gestern hat sich mein Herz wieder eine große Krankheit bey dir geholt: es war seit meiner Ankunft in dieser Stadt ein Patient, der das Bette verlassen hat und wieder ein wenig herumgeht: aber gestern! gestern wurd' es von neuem bettlägrig: ich bin seitdem so unleidlich, so mürrisch geworden, wie ein Podagrist. Mein Mädchen beschwerte sich, daß sie mir nichts recht machen

könte. »Du närrisches Geschöpf!« sprach ich: »die vornehmen Sitten haben mich angesteckt: gedulde dich nur! ich werde schon noch launischer werden.« – Ja, gewiß werd' ichs: ich fange schon an: seit gestern ist mir der Hof und die großen vornehmen Leute und das Putzen, Zieren, Tändeln, Schmeicheln, Knixen und Grimassiren so unerträglich ekelhaft geworden, daß ich die Ehre einer Hofdame an die Magd vertauschen möchte, die dir aufwartet.

Die Fürstin examinirte mich sogleich gestern, mit wem, warum und was ich mit dir gesprochen hätte: sie mußte mit einem Paar Lügen vorlieb nehmen, und meine Freude machte mich so erfindrisch, daß ich nicht einmal stockte: sie verbot mir alle dergleichen Gespräche, wenn sie auch noch so gleichgültig wären: – ob sie mich vielleicht durch meine Freude verdächtig machen mochte?

Nachdem dies Examen überstanden war, zog mich Madam Dormer in einen Winkel und kiff förmlich mit mir über meine Unvorsichtigkeit: gleich war auch Herr Arnold dabey, der sich die Ehre giebt, auch um unser Geheimniß zu wissen und sich deinen großen Patron zu nennen. So oft er mich erblickt, erzählt er mir, daß er deiner bey dem Fürsten gedacht hat. Ich halte ihn für einen Menschen, der um eine gute Mahlzeit oder eine Flasche guten Wein Vater und Mutter verräth: er hat sich bey dem Fürsten in der kurzen Zeit so sehr eingeschmeichelt, daß sie auf den vertrautesten Fuß mit einander umgehen, wohin es bey dem guten Fürsten nur gar zu leicht kömmt. Man kan zwar Arnolden bisher nicht das mindeste Böse Schuld geben, nicht einmal Verläumdung; aber er drängt sich allenthalben voran, will der Erste und Einzige in der Gunst seyn und nüzt die Veränderlichkeit seines Herrn so meisterlich, daß er alle Andre aus dem Besitze der Gnade vertreibt. Wie sollte er diese Künste nicht wissen, da Madam Dormer seine Lehrerin ist?

Ich zittre, wenn ich bedenke, daß unser Geheimniß in den Händen dieser beiden Leute ist: ich traue keinem unter ihnen, aber ich muß ihnen schmeicheln, damit sie mir nicht schaden. Welche traurige Sache, Leuten liebkosen zu müssen, die man nicht für gut hält! Und wie viel trauriger wär' es vollends, wenn ich sie beleidigte, vielleicht durch den Zufall beleidigte! Ein Wort dürften sie der Fürstin von unserm Verhältnisse hinterbringen, und wir wären Beide verloren.«

* * *

Von Ulriken.

den 7. März.

– – »Eine Freude muß ich dir noch mittheilen, die ich vor acht Tagen gehabt habe, eine, wie sie mir seit langer Zeit nicht zu Theil worden ist. Der Graf Ohlau hat sich an die Familie gewendet und um Unterstützung gebeten, weil ihm der Bankerut nicht das Geringste übrig gelassen hat. Der Oberste Holzwerder hat sich auch zu einem jährlichen Beitrage unterzeichnet und fragte mich zum Scherz, ob ich nicht gleichfalls einen Louisdor unterzeichnen wollte. Der Scherz war mir empfindlich: ich antwortete »Vielleicht.« Bey der nächsten guten Laune der Fürstin bettelte ich bey ihr für einen gestorbnen Anverwandten. – »Willst du sogar den Todten Allmosen geben?« fragte sie. – Der Mann lebt wohl noch, antwortete ich, aber er läßt sichs nicht gern nachsagen, daß er noch lebt, weil er um seine schönen Kutschen, Pferde, Lackeyen und goldnen Kleider gekommen ist. – »Ist er bestohlen worden?« – Ja, von einem Diebe, den man Bankerut nennt. – »Darf ich den Mann nicht wissen? Oder vielleicht hast du dein Geld vergangnen Winter auf den Reduten verspielt und vertrunken, und machst mir nun weiß, daß du für einen vornehmen Bettler bettelst?« – Wenn ich den Mann alsdann verschweigen darf, so will ich die Beschuldigung auf mich nehmen und unterthänig um Vergebung bitten, daß ich meine Lüderlichkeit habe bemänteln wollen. – Sie gieng zu dem Schreibeschranke und brachte mir ein Packetchen mit zwanzig Louisdoren. »Da!« sprach sie; »schicke das deinem Todten, damit er wieder ein Bischen zu Athem kömmt!« – Ich küßte ihr die Hände so vielmals, daß sie es überdrüssig wurde und mich zum Scherz leise auf den Mund schlug: die Schuhsolen hätt' ich ihr küssen mögen, so entzückt war ich über die Wohlthat. Ich packte die zwanzig Louisdor gleich sehr säuberlich ein, schrieb ein Billet an den Obersten und bat ihn, diese Kleinigkeit ohne Unterzeichnung an den Onkel zu schicken. Er kam hernach zu mir und wollte schlechterdings, daß ich das Geld in meinem Namen schicken sollte: aber das gieng ich nicht ein: ich packte es in weißes Papier, ließ von meinem Mädchen die Adresse darauf schmieren und schickte es ohne Brief fort. Wie sie sich freuen werden, wenn die zwanzig gelben Rosse aus dem Briefe herausspringen, als wenn sie aus der Luft herabfielen!

Dies Vergnügen wafnet mich wider einen ganzen Monat Langeweile; denn das weis mein Herz, wie sie mich tirannisirt. Man spricht täglich von Lustbarkeiten: bald wird dahin, bald dorthin gefahren, gejagt, geangelt, gegangen und geschwazt: aber bey allen Partien schleicht die grämliche Langeweile hinter mir drein, sezt sich mir auf den Nacken oder gegenüber und gähnt und gähnt! daß ich mitgähnen muß. Ich glaube, daß mir die Liebe fehlt: wir haben zu wenig mit ihr hausgehalten: darum wird der Rest unsers Lebens öde und leer seyn. Ich wüßte wohl die Langeweile umzubringen, aber ich darf nicht: ich bin wie Andromeda gefesselt, der Drache, die Langeweile, sizt neben mir und will mich verschlingen, und mein Perseus – Vielleicht schneidet er endlich einmal meine Hoffesseln los, und dann ist mir für meinen Drachen nicht bange: vor einem Blicke von dir zieht er aus wie vor zehntausend Feinden.« –

* * *

Von Herrmann.

den 21ten März.

– – Ich beklage das gnädige Fräulein unendlich über Höchstdero langweilige Glückseligkeit: ich habe keine Glückseligkeit, aber auch keine Langeweile; Lächerlichkeiten in Menge um und neben mir, wenn ich sonst Neigung hätte, über die Thorheiten und Vergehungen eines Mannes zu lachen, der das Wohl und Weh eines Landes in seiner Hand hat und damit spielt, wie mit einem Balle. Ich erwerbe mir izt die Kenntnisse, die mich Verirrung und Taumel der Liebe nicht früher erwerben ließ: erschrecken würdest du, wenn du mich, umschanzt von ökonomischen und politischen Büchern, unter Quartanten und Oktavbänden voll Polizey und Finanzanstalten, die nirgends existiren, fändest. Der Himmel will, daß ich alles, was ich bin und werde, dir verdanken soll; denn alle diese Weisheit und Thorheit hab' ich für die Geschenke gekauft, womit du deine Briefe begleitest: kan ich dir besser dafür danken, als daß ich sie zu dem einzigen Mittel anwende, das mich deiner Verbindung werth machen, wo auch nicht dazu bringen kan? Verstand und Gedächtniß werden durch diese Gedanken gestärkt: meine Begriffe werden heller und meine Vorstellung umfassender, wenn mich die Liebe erinnert, daß ich alles Nachsinnen, alle diese Mühe für dich und durch dich unternehme. Ich habe bisher mein Leben im Schlafe zugebracht, im Traume der Empfindung, des Vergnügens, des Eigennuzes, in süßer verliebter, aber kleiner Geschäftigkeit: das Unglück hat mich aus meiner Schlaftrunkenheit herausgepeitscht, und ich will anfangen zu leben, zu thun, zu handeln, was allein Leben heißt. Wie begeistert mich die Vorstellung, wie schwellt sie meinen Muth an, daß ich vielleicht dereinst etwas beytragen soll, diesem Lande, das die Beute habsüchtiger Geier geworden ist, durch gute Anstalten zum Wohlstande zu verhelfen, Ordnung. Fleis, Thätigkeit darinne zu verbreiten, der Menge dürftiger fauler Müßiggänger Arbeit und Nahrung zu verschaffen, durch Vermehrung des Triebes zur Beschäftigung alle Laster der Geschäftlosigkeit zu ersticken, und so durch politische Veranstaltungen ein Völkchen weiser und glücklicher zu machen, als Moralisten und Prediger vermögen! Diese Aussicht ist izt meine allbegleitende Idee, der Mittelpunkt alles meines Denkens und Trachtens. Meine gegenwärtige pflichtmäßige Beschäftigung ist freilich trocken, gering, ekelhaft: ich muß Rechnungen, Befehle, Quittungen, Specificationen von des Herrn von Lemhoffs Schweinen, Schafen und Rindvieh, Pachtbriefe und Miethkontrakte abschreiben, den Vögeln den Pips benehmen, Wettergläser begucken und die Grade ihres Steigens und Fallens aufschreiben, – freilich alles lästige traurige Berufsarbeiten, die einer von den Bedienten des Hauses besser und schicklicher verrichten könte als ich! aber was schadets? Man kan wohl einige Zeit Steine und Kalk zuführen, wenn man nur Hofnung hat, einmal Mauermeister zu werden. Ich bin doch unendlich besser daran, wenigstens in meinen Augen nüzlicher als Arnold, der den Lustigmacher bey dem Fürsten spielt und Hofspasmacher geworden ist. Nimmermehr hätt' ich dem Manne zugetraut, daß er sich zu solchen Mitteln erniedrigen würde, um die Gunst seines Herrn zu gewinnen: er ist ein Nichtsnüzer, der im geschäftigen Müßiggange herumschleicht: seine größte Handlung ist ein mittelmäßig geblasnes Konzert, und seine beste ein

Spas, womit er dem Fürsten eine Wolke von der Stirn treibt; und noch wäre dies Verdienst nicht gering, wenn er den Herrn nach Beschäftigungen oder Unannehmlichkeiten aufheiterte, oder Verdruß und üble Laune, zwo so ergiebige Quellen von Ungerechtigkeiten, von ihm abwehrte: aber die Harlekinspossen, die elenden Schwänke, die Kinderspiele, womit er ihn belustigen soll, machen ihn in meinen Augen verächtlich. Wie viel verdienstvoller und glücklicher schein' ich mir mitten in meinen schlechten Umständen schon izt, wenn ich mir bewußt bin, daß der Präsident Einen Gedanken, Einen Vorschlag, den ich für heilsam halte, billigt und annimmt! Wie vollkommen wird nun vollends meine Glückseligkeit seyn, wenn ich diese schlechten Umstände übersprungen und mich in eine Lage gesezt habe, wo meine Gedanken und Vorschläge von ausgebreitetem Einflusse, meine Arbeiten der Vortheil etlicher tausend Menschen seyn werden! Der Vorstellung, für und auf einen beträchtlichen Theil der Menschheit einst zu wirken oder gewirkt zu haben, kömmt nichts gleich, als das Gefühl einer Liebe, wie die unsrige, als der Gedanke an deine Treue. Ich beneide Euch alle nicht um die herrlichen Lustbarkeiten, um die schönen Parties de plaisir: meine Partie de plaisir soll angehn, wenn Euch vor den Eurigen ekelt. – –

* * *

Von Ulriken.

den 13ten Oktober.

– – Das heißt man Landleben? Eine Plage auf dem Lande nenne ich das. Da sind wir den ganzen Sommer auf dem Dorfe gewesen und haben uns ganz treflich ennüyirt, daß wir uns vor Langerweile mit den Köpfen hätten stoßen mögen. Die Fürstin hat dies Jahr die Oekonomie an den Nagel gehängt und ist der Wirthschaft so überdrüssig geworden, als wenn sie mit uns auf unserm Bauergütchen gewohnt hätte. Halb ist sie dafür zur Jägerin, und halb zur Fischerin geworden. Ihre kriegerischen Zeitvertreibe haben einen rechten Nimrod aus deiner friedfertigen Ulrike gemacht: ich bekriege alles, was Odem hat: aber ich lasse mich nur mit der hohen Jagd ein, mit Sperlingen, Meisen und Finken. Die Fürstin mit ihren beiden Leibjägerinnen – denn Fräulein von Limpach hat die Gicht in beide hochwohlgeborne Füße bekommen – wir drey Jägerinnen haben den ganzen Sommer über wenigstens zehn Pfund Pulver und Bley verschossen, und dem Himmel sey Dank! wenigstens drey Sperlinge und vier Meisen erlegt: den Tod einer Meise habe ich auf meinem Gewissen, aber ich kan es beschwören, daß ich den Mord ohne Vorsatz begieng. Gewöhnlich schoß ich immer los, wenn die Andern anlegten, um die Vögel zu warnen, daß sie wegflogen: aus der nämlichen christlichen Absicht schieß' ich einmal in einen Kirschbaum, und siehe da! es fällt eine Meise herunter. Ich zitterte vor Schrecken, und hätte beinahe geweint, als der gute Narr herunterstürzte, nahm ihn auf und dachte, er wäre vielleicht wegen Schwäche der Nerven über den Spaß in Ohnmacht gefallen: aber nein, er war todt, so sehr man es nur seyn kan. Die Fürstin behauptete, er hätte die Gicht gehabt, wie die Limpachin, wäre vor Schrecken heruntergefallen und hätte den Hals gebrochen; und ich glaub' es gern, damit ich nur an keinem Todtschlage schuld bin. Die armen Vögel in der ganzen umliegenden Gegend waren uns zulezt so gram geworden, daß sie davonflogen, als wenn sie das Unglück jagte, so bald sich nur eine von uns Scharfschützinnen blicken ließ.

Wenn uns die Hitze das Jagen lästig machte, sezten wir uns an den Fluß und warfen unsre Angeln aus: viele Stunden saßen wir da, wie angepflöckt, ohne Bewegung und Sprache, und brachten meistens so viele Weißfischgen zusammen, daß Jedermann des Abends bey der Tafel einen halben bekam. Das Langweilige dieser Zeitverkürzung ist unbeschreiblich: wenn die Fische herumgeflogen wären, so hätte ich sie mit dem Munde fangen können, so hab ich gejähnt. Arnold sezte sich bey dieser Gelegenheit durch seine ganz einzige Geschicklichkeit, die Regenwürmer an die Angel zu stecken, in die vollkommenste Gnade bey der Fürstin, die ihn vorher so wenig leiden konte, daß sie ihn den Hofaffen nannte; aber seitdem er seine Verdienste so vortheilhaft gezeigt hat, gefällt ihr der Mann samt seinen Possen ungemein wohl. Er hat bey unserm Sommeraufenthalte die wichtigste Rolle gespielt: wenn Hitze und Langeweile alle Kraft und Lust zur Thätigkeit niederdrückte, trat er mit dem Apotheker, oder war dieser in der Stadt, mit einem andern Einfaltspinsel auf, und Beide spielten zusammen ein burleskes

Intermezzo, welches meistens darauf hinauslief, daß der unverschämtere Narr den blödsinnigen Narren zu seinem Narren machte. Ich begreife nicht, ob ich das Lachen verlernt habe: die Schwänke, die der Herr von Troppau mit *Mr de Piquepoint* und den andern *Souffre-douleurs* unsrer Abendgesellschaften in Berlin vornahm, belustigten mich zuweilen, daß ich darüber lachen mußte, so oft ich mich ihrer erinnerte; und hier sitze oder steh ich da, wie die Bildsäule des Kato, wenn alles rings um mich vor Lachen bersten will: nur der Fürstin zu Gefallen, damit sie meine Ernsthaftigkeit nicht übel nehmen soll, lache ich mit, so oft sie mich ansieht. Ich höre kein Wort von den schalen Einfällen, sondern träume für mich, und lache also sehr oft bey Gelegenheiten, wo es gar nichts zu lachen giebt, blos weil mich die Fürstin anblickt: nun geht wieder das ewige Fragen an, warum ich lache, und ich weis niemals zu sagen warum, weil ich die rechte Ursache nicht entdecken darf. Entweder mir oder den Possen muß etwas fehlen – vermuthlich mir! – Alle Zeitvertreibe sind so kalt, so affektlos, bloße Mittel, die Zeit zu würzen; alle Vergnügen berühren meine Empfindung so flach und dringen mir weder an Geist noch Herz: aber was macht es? – ich sehe nichts mehr mit den Augen der Liebe: die Liebe vergoldete sonst alle Gegenstände um mich her mit Sonnenschein: die Liebe spannte meine Einbildung, daß sie jedem Blatte, jedem Lüftchen, jedem Insekt geheime Beziehungen auf mich mittheilte, gab allem, was um mich war, Regsamkeit, Leben, Interesse, Wärme, und erhöhte in mir jedes Gefühl zur Berauschung. Das war eine Welt! – Gott! wenn ich noch an das erste Jahr denke, das wir auf dem Bauergütchen zusammen verlebten! Da hatte alles so einen frischen Anstrich, so eine Lebhaftigkeit, so ein Feuer! Freilich war der frische Anstrich nur in meinem Kopfe, und die Lebhaftigkeit und das Feuer nur in meinem Herze: mag es! Ich befand mich doch millionenmal besser dabey, als itzo in der kahlen Alltagswelt, wo mir alles so matt, träge, leblos, kalt, ohne Geist und Interesse dahinschleicht, wie ein elendes Schattenspiel an der Wand.

 Diesen Winter will die Fürstin eine Fabrik bey sich anlegen: Hoffräulein, Hofjungfern und Hofmädchen sollen in ihrem Zimmer sich alle Nachmittage versammeln und spinnen, stricken, nehen, und unsre Fabrikwaaren sollen unter die armen Leute ausgetheilt werden. Der Einfall gefällt mir überaus wohl, und die erste Versammlung aller jener Fabrikantinnen, die gleich den Tag nach unsrer Ankunft vom Lande und seitdem nicht wieder geschah, hat mich belustigt, wie mich noch nichts am Hofe belustigt hat. Stelle dir einmal ein großes Zimmer vor; in der Mitte die Fürstin an einem Tische voll Flachs, Garn, Leinewand, Zwirn, grober und feiner Wolle – lauter Materialien, die sie unter die Arbeiter ihrer Fabrik austheilt! Im Halbzirkel vor ihr sitzen alle ihre Gesellen, bey der Thür schnurren drey Mädchen mit Spinnrädern; daneben die podagristische Limpachin mit einer großen Haspel vor sich, wovon sie grobes baumwollenes Garn zu einem Paar grauen Mannsstrümpfen abwindet; dann ein Mädchen, mit einem Hemde für einen Bettler beschäftigt, der vielleicht seit Jahr und Tag nur kein ganzes gehabt hat; dann ein Anders mit einer Kinderhaube unter der Arbeit; und endlich vier bis fünfe, worunter auch meine Wenigkeit gehört, mit Stricknadeln bewafnet, mit wollnen und zwirnen, großen und kleinen, Manns- und Weiberstrümpfen, worunter jede die andre überholen, jede das größte Stück Arbeit liefern will. Die Fürstin strickt für einen alten Mann, den sie vorigen Winter baarfuß gesehn hat, ein Paar tüchtige derbe warme Winterstrümpfe, und ich arbeite für eine arme alte Wittwe, die der Schlag gerührt hat. Weil ich so gut Mährchen erzählen kan, wie man mir Schuld giebt, so habe ich unstreitig den wichtigsten Posten in der ganzen Gesellschaft; denn ich muß arbeiten und erzählen. Damals saßen wir mit ununterbrochner Emsigkeit von vier Uhr des Nachmittags bis des Nachts um halb zwölfe, und die kalte Küche, die man des Abends herumgab, wurde nur nebenher eilfertig hinuntergeschlungen, ohne daß es die Arbeit störte, dem Bedienten das Glas abgenommen, hastig ein Schluck gethan, und nun gleich wieder an die Arbeit! Wir waren insgesamt so vergnügt und freudig, und dies ganze Bild der Arbeitsamkeit für mich so einnehmend, daß mir meine Mährchen noch einmal so lustig geriethen; denn du mußt wissen, ich habe eine so starke Belesenheit in diesem Fache bey der Fürstin bekommen, daß ich izt alle Bücher verachte und meine Mährchen selber erfinde, oft aus dem Stegreife, und meine selbsterfundnen thun meistens mehr Wirkung als die gedruckten; denn ich mache sie so abentheuerlich, daß meinen Zuhörern alle Sinne vor Verwunderung stillstehn, wie nur so entsezliche Dinge in der Welt vorgehen können. Ich habe seitdem die Fürstin fleißig an ihre Fabrik wieder erinnert, aber sie scheint an dem Erstenmale genug zu haben: wenn das so fortgeht, wird der arme Alte seine warmen Winterstrümpfe wohl unter sechs Jahren noch nicht bekommen, und meine lahme Wittwe mag sich auch beyzeiten anderswo versorgen, ehe die starke Kälte einbricht.« – –

* * *

Von Ulriken.

den 16. April.

– – »Nun hab' ich erfahren, warum den ganzen Winter über die Fürstin so mistrauisch, so zurückgezogen und kalt gegen mich that: aber ich möcht' es lieber nicht erfahren haben, da es ohne das Unglück einer Person nicht geschehen konte, die ich freilich für etwas anders hielt, als sie sich nunmehr gezeigt hat. Du wirst vermuthlich gehört haben, daß Fräulein Ahldorf neulich den Hof plözlich verlassen mußte, und vermuthlich hat dir auch das Gerüchte hinterbracht, daß ich ihren Abschied bewirkt habe: aber das Gerücht ist eine Lüge, von Leuten erfunden, die mich verhaßt machen wollen. Ich will dir die wahre Geschichte erzählen.

Die Fürstin war sonst der Fräulein nicht gram, aber auch wegen ihrer erstaunenden Faseley nicht sonderlich gewogen, und noch den vorigen Sommer auf der Jagd und bey dem Angeln mußte das arme Mädchen beständig Verweise, recht bittre Verweise über ihr läppisches Wesen anhören, und die Fürstin nannte sie immer gegen mich ihren Kammerhusaren. Auf einmal, als wir vom Lande zurückgekommen waren, änderte sich die Scene: ich wurde zurückgesezt, durfte wenig und zulezt fast gar nicht mehr um die Fürstin seyn: die Ahldorfin bekam alle Gnade und alle Last, die ich vorher genossen und getragen hatte. Ob ich gleich im Grunde mehr Ruhe dabey gewann, so nagte mich doch die Zurücksetzung nicht wenig: jedermann schmeichelte mir sonst, woran mir wenig lag, jedermann wartete mir auf, auf den Wink gehorchte man mir; izt war ich wie verlassen, man drehte mir den Rücken zu, alle brachten ihren Witz und ihre Höflichkeit der Fräulein Ahldorf zum demüthigen Opfer, und Niemanden fand ich unverändert als mein Mädchen. Am meisten machte sich noch zuweilen der Fürst mit mir zu schaffen: er spricht sehr gut, wenn er will, und seine Unterhaltung hielt mich für alle andern schadlos; aber sie war niemals lang, weil gleich von allen Seiten Leute herbeykamen, die ihn von meinem Gespräch abzogen. Ich konte mit allem meinen Verstande die Ursache einer so schleunigen Veränderung nicht erforschen, besonders da Madam Dormer mich so äußerst selten besuchte, niemals kam, wenn ich sie nicht drey, viermal bitten ließ, und allemal kaum fünf Minuten dablieb. Auf einmal wurde ich lezthin aus meiner Unwissenheit gerissen.

Ich gehe durch das Vorzimmer der Fürstin, um mich zu erkundigen, ob auf den Abend Spiel bey ihr seyn wird: ich finde alles leer, aber in ihrem Zimmer wurde stark gesprochen. Die weibliche Neubegierde treibt mich an, ein wenig still zu stehn, um zu hören, ob vielleicht die üble Laune einmal regierte: es war des Fürsten Stimme, und da ich meinen Namen zweimal hintereinander nennen hörte, glaubte ich mit völligem Rechte neugierig seyn zu können, warum er genennt wurde. Der Fürst bat die Fürstin mit seinem eignen gesezgebenden Tone – er bittet alsdann mit den Worten und befiehlt mit der Stimme – bat sie ernstlich, der Fräulein Ahldorf augenblicklich den Abschied zu geben. Die Fürstin bat für sie, aber er bestund darauf und befahl der Fräulein innerhalb einer Stunde das Schloß zu räumen, wofern sie sich nicht größern Unannehmlichkeiten aussetzen wollte. Daß er ihr dies selbst sagte, dazu gehörte ein hoher Grad von Zorn: weil sich die Stimme darauf der Thüre näherte, wischte ich davon. Indem ich durch den Gang gehe, der an das Vorzimmer stößt, treffe ich mit einer von den Jungfern zusammen, die auf der andern Seite in dem Nebenzimmer förmlich gehorcht hat. Sie that so freundlich gegen mich und machte mir eine so tiefe Verbeugung, als ich den ganzen Winter über nicht von ihr bekommen hatte: das war eine gute Vorbedeutung. »O ich habe Dinge gehört!« fieng sie an leise auszurufen. »Darf ich mit Ihnen auf Ihr Zimmer gehn? Ich habe Ihnen recht vieles zu sagen, das Ihnen Freude machen wird.« – Ich nahm sie mit mir, und wir waren kaum ins Zimmer hinein, so hub schon die Erzählung in ihrer gewöhnlichen erklamatorischen Manier an. »Ach, ich habe Ihnen Dinge gehört!« rief sie aus. »Ach, ich kan Ihnen gar nicht sagen, was für Dinge! Ich mußte der Fürstin ein Kleid aus der Garderobe bringen, woran etwas geändert werden soll: indem wir so reden, tritt der

Fürst herein. Die Fürstin erschrak über den unvermutheten Besuch, und ich machte, daß ich über Hals und Kopf mit meinem Kleide ins Nebenzimmer kam. Der Fürst sah mir entsezlich böse aus, und ich horchte deswegen, was es einmal geben würde. Ach, da hab' ich Ihnen Dinge gehört! Ich kans gar nicht sagen.« –

Die Wunderdinge kamen lange nicht zum Vorschein: endlich erfuhr ich dann folgendes. »Der Fürst befiehlt der Fräulein Ahldorf, die auch das Zimmer verlassen will, dazubleiben und fragt sie geradezu, ob sie der Fürstin nicht überredet habe, daß er gestern auf meinem Zimmer gewesen sey; ob sie ihr nicht erzählt habe, daß er da, dort und hier mit mir allein gewesen sey und eine Menge andere Fragen, die alle ähnliche Beschuldigungen wider ihn und mich enthielten. – Ich kan mir ihn vorstellen, wie er das alles gefragt haben mag: er nimmt in solchen Fällen einen ganz eignen kalten Ernst an. – Da die Fragen vorbey sind, befiehlt er ihr, daß sie gestehn soll. Die Ahldorfin ist vor Schrecken außer sich, weis sich nicht zu helfen, weint, wirft sich dem Fürsten zu Füßen in der Angst: er befiehlt ihr aufzustehn, und gebietet noch einmal mit schärferem Tone, daß sie gestehn soll: in der Furcht beichtet sie alles. Darauf bittet er die Fürstin mit seinem befehlenden Tone, eine solche freche Klätscherin, die sich so unverschämte Lügen erlaubte, nicht länger um sich zu dulden, und befiehlt der Fräulein das Schloß zu räumen, was ich selber hörte.« – Nach dieser Scene wurde ein entsezlicher Aufruhr: alles sezte sich in Bewegung, Vorbitten einzulegen, aber umsonst! Der Fürst ist in solchen Fällen unerbittlich, besonders wenn es darauf ankömmt, sein Ansehn wider unser Geschlecht zu behaupten, von dem er überhaupt keine hohe Meinung zu haben scheint, so artig und galant er ihm auch begegnet. Von Mannspersonen läßt er sich leicht einnehmen, aber gegen das Frauenzimmer – auch seine eigne Gemahlin dazu gerechnet – steht er auf der Hut, und er giebt eher seinem Kammerdiener nach als der Fürstin: er beleidigt sie nie, sondern behandelt sie mit ungemeiner Achtung und Höflichkeit, aber wenn er einmal etwas befohlen hat, und sie bittet, den Befehl abzuändern, dann läßt er sich nicht bewegen, sollte auch ihre Bitte die größte Billigkeit und sein Befehl die größte Unbilligkeit seyn. Er soll selbst einmal gesagt haben, daß ein kleiner und großer Fürst das andre Geschlecht achten, aber nicht lieben, und ihm alle Bitten abschlagen müsse, damit er ihm keine schädliche gewähre. Ganz genau folgt er seiner Maxime nicht, und bey aller Vorsichtigkeit und allem Mistrauen muß er sehr vielfältig thun, was die Weiber wollen, wenn sie nur männliche Maschinen dazu gebrauchen: das wird alles durch den dritten, vierten Mann bewerkstelligt. Itzo ist Arnold das große Triebrad, das ihm mit Spaß und feiner Schmeicheley seinen Willen und seine Gedanken umdreht, und dies große Triebrad wird von einem kleinern umgedreht, das Madam Dormer heißt: wer dieses verborgne Rad recht zu seinem Vortheil zu stellen weis, dem zeigt der Weiser, wie ers wünscht.« –

* * *

Von Ulriken.

den 27. April.

– – »Arnold versichert mich, daß er dem Fürsten die Klätscherey der Fräulein Ahldorf entdeckt hat, und behauptet, daß ihr Bewegungsgrund nicht blos Neid gegen mich, sondern auch Bosheit gegen den Fürsten gewesen sey, um sich für die Kälte zu rächen, womit er ihre Bemühungen, sich in Gunst bey ihm zu setzen, aufgenommen habe; und sie soll sich bey ihm in Gunst haben setzen wollen, um sich an der Fürstin für den Vorzug zu rächen, den sie mir so lange Zeit gegeben hat. Es mag kein Wort davon wahr seyn; denn da sie in Ungnaden fortgeschickt worden ist, hält es Jedermann für seine Pflicht, ihr die abscheulichsten Dinge nachzusagen: sie müßte ein Ungeheuer seyn, wenn sie so wäre, wie man sie izt allgemein abbildet.

Für mich will Arnold bey dem Fürsten und der Fürstin sehr vortheilhaft gesprochen haben, und die allmälich wiederkehrende Gnade der Leztern soll sein Werk seyn: auch für dich will er nunmehr sorgen, daß du aus dem Hause des Präsidenten in einen bessern Platz kömmst. »Ich bin ein rechter Schurke, daß ich an meinen besten Freund nicht eher gedacht habe,« sagte er: »aber ich wills schon einbringen: geben Sie nur Acht, was alles aus ihm werden soll.« – Spricht der Mann nicht, wie ein wahrhafter *maître.valet*! Ich wills ihm herzlich gern glauben, daß er der Urheber meiner neuen Gunst ist, wenn er nur für dich etwas ausrichtet. Auch kan er wohl die Wahrheit gesagt haben. Wie wollt' ich den Mann lieben und achten, so wenig ich es itzo kan, wenn er nur mit Einem Finger dazu hülfe, dich emporzuheben! Der Gedanke, dich emporgekommen zu sehn, belebt mich inniger und süßer, als die neuerlangte Gnade: dann gäb' ich ihm die Erlaubniß, ein Stocknarr und ein Erzschurke zu seyn, ohne ihn zu hassen.

Madam Dormer gab sich die Ehre, bey dem Vorfalle mit der Fräulein Ahldorf ein wenig zu vorwizig zu seyn, und bekam von der Fürstin ein sehr empfindliches Kompliment darüber. – Die Fürstin ist ihr um der sonderbaren Ursache willen nicht mehr gewogen, weil ihr der Mann davongelaufen ist: sie behauptet, daß allemal die Frau nichts tauge, wenn sich der Mann auf so eine Art von ihr trennt; und Dormer war doch allgemein für den lüderlichsten Menschen unter der Sonne bekannt. Es ärgerte mich, aus so einem seltsamen Grunde einen unverschuldeten Groll auf die arme Frau geworfen zu sehn, und ich wurde in ihrer Vertheidigung so warm, daß mir die Backen glühten, als die Fürstin mit mir neulich von ihr sprach; aber sie gebot mir zu schweigen. Wahrhaftig, man könte über die Witterung der Gnade einen eignen Hofkalender machen: allein ich möchte mich auf diese Wetterprophezeihungen so wenig verlassen, als eine Wäsche heute anfangen, weil mir der Almanach morgen schönen Sonnenschein zum Trocknen verspricht.« –

* * *

Von Ulriken.

den 12. November.

»Nur zwey Worte, damit du weißt, daß ich noch schreiben kan! Diesen Sommer sind wir auf dem Lande Gärtnerinnen gewesen, haben Blumen, Kohl, Gurken gesteckt, gesät, gepflanzt, dem Gärtner alle Beete verdorben und ein schlechtes Jahr gemacht; denn alles unser Gesätes. Gepflanztes und Gestecktes hatte weder Segen noch Gedeihen. Was wir sonst noch gethan haben? – Verdruß und Langeweile gehabt. Die beiden Ungeheuer werden mich noch aufreiben. Ach, die schreckliche Leerheit in meinem Herze!« – –

* * *

Von Herrmannen.

den 3. December.

– »Mit Erstaunen habe ich mich neulich von meinem Kalender belehren lassen, daß ich schon zwey Jahre in meinem Platze zugebracht habe. Wie sie mir verflogen sind! als wenn ich sie in deinen Armen, an deiner Seite verlebt hätte! Nie glaubte ich, daß Arbeit und eifriges Streben nach Einem vorgesezten Zwecke die Flügel der Zeit so schnell bewegen könte. Nur die Liebe, bildete ich mir ein, vermöchte das Wunder zu thun, daß Wochen und Monate unbemerkt, wie Gedanken, dahinflögen: aber nein, auch Thätigkeit und Rennen nach Einem festen Ziele vermag es. Wenn mein Nachsinnen ermattete, wenn Verdruß und unfreundliche Begegnung vom Präsidenten meinen Muth schlaff machte: dann dachte ich, für wen, um wessentwillen ich meine Kräfte anspannte. »Ulrike ist der Kranz,« sagte ich mir, »Ulrike der Lohn, der am Ende der Laufbahn auf dich wartet: laufe, renne, arbeite dich todt oder erringe sie!« – Wie der herabströmende Einfluß einer Gottheit, stärkte mich die Aussicht auf einen solchen Lohn, und wenn Zweifel und Unmuth mir ihn als entfernt, als zu hoch hängend, als ein bloßes Vielleicht darstellten, dann rang und kämpfte ich mit neuer Arbeit, um die Wahrscheinlichkeit dieses Vielleichts zu erhöhen.

Ich habe ihn geendigt, den Plan, habe mich mit den Verfassungen des Landes, mit den zahlreichen Mängeln und Gebrechen der hiesigen Einrichtung bekannt gemacht, habe mir Kenntnisse aus Büchern und der Erfahrung Andrer gesammelt, habe unermüdet gefragt, gesucht, gelesen, gesonnen und so manche nüzliche Anstalt und Verbesserung ausgedacht, wodurch dem Ganzen der Regierung und einzelnen Einrichtungen geholfen werden könte, habe in meinem Kopfe einen Plan erzeugt, ein Ideal, nach welchem ich bey allen Vorschlägen in meiner künftigen Bestimmung verfahren will. Wie froh bin ich, endlich in eine Laufbahn hingezogen zu seyn, wo ich für mehr als meinen Nutzen und mein Vergnügen arbeiten soll; und wer zog mich hin? – Du, du, Ulrike! Du, deren Hände Leben, Wohlseyn, Glück und Ehre über mich verbreiten und noch reichlicher verbreiten werden!

Meine bisherigen Beschwerlichkeiten waren nicht gering: du seufzest über die aprilmäßige Veränderlichkeit der Gunst, über die Schmerzen, die dir die schlimme Laune deiner Gebieterin zuweilen auflegt, über Neid, über Langeweile: von allen diesen Uebeln war ich wohl frey, aber mich drückten andre. Der Handlanger – als etwas bessers kan ich mich fürwahr! nicht betrachten – der Handlanger eines Mannes zu seyn, der in dieser Minute, wenn ich seinem Gimpel oder seinen Turteltauben eine Güte gethan habe, mir mit brüderlicher beschämender Vertraulichkeit begegnet, und in der folgenden, wie ein orientalischer Despot, befiehlt und aufgewartet seyn will; der in dieser Stunde dringend und treibend mit der äußersten Schärfe etwas anbefiehlt, eine halbe Stunde darauf schon vergißt, daß ers befohlen hat, und das Gegentheil gebietet oder sich wohl gar einbildet, das Gegentheil befohlen zu haben, und zürnend auffährt, wenn man that, was er ausdrücklich verlangte; der weder Widerspruch noch Entschuldigung erträgt, keine Vernunft hört, weder nach Plan noch Grundsätzen, sondern blos nach augenblicklichen vorübergehenden Einfällen handelt und anordnet; der in allem, was er denkt und thut, keine Regel als seinen Eigennutz kennt und keine Mittel verschmäht, ihn zu befördern, wovon ich die himmelschreyendsten Beweise erfahren habe, seitdem ich verpflichtet worden bin und also nicht mehr blos in seinen Privatgeschäften, sondern auch in Sachen seines Amtes gebraucht werde: dem nicht ein Finger weh thut, wenn gleich das halbe Land zu Grunde gienge, und der doch außer sich geräth, sobald sein Gimpel nicht fressen will: – wie muß man sein Gefühl verhärten und seinen Unwillen zurückhalten, welche Leiden und innerliche Kämpfe muß man erdulden, wenn man einem solchen Manne dient! Sein Beruf ist ihm eine leichte Feder, die er spielend dahinbläst, wohin sie der Wind treiben will: ich glaubte von ihm göttliche Weisheit zu lernen, und auch die bekanntesten Dinge, worauf ihn tägliche Erfahrung leiten sollte, sind ihm fremd und unwichtig. Ich bin vor Erstaunen außer mir selbst gerathen, wie er mich von sich wies, als ich mir neulich die Freiheit nahm, in einer seiner vertraulichen Launen über verschiedene Einrichtungen und Anstalten zu sprechen, die nach meinem Bedünken dem Lande so noth thun, meine Meinung darüber als bescheidne Zweifel und Fragen vorzulegen, worüber ich Belehrung von ihm zu erhalten wünschte: er gebot mir von dergleichen Zeuge zu schweigen, das weder ihn noch mich etwas angienge, und etwas Gescheidteres zu sprechen; und doch waren es Dinge, deren Besorgung seinen Händen auvertraut ist! und doch war dieses gescheidtere Gespräch, das er an die Stelle des meinigen sezte, eine Unterredung über die lezte Krankheit seines Gimpels! Aber ich will sie zerbrechen, die schimpflichen Ketten, die Ketten eines Galeerensklaven, die ich bisher ohne Murren getragen habe, weil ich mich erst durch Kenntnisse und Erfahrung in den Stand setzen wollte, allen die Spitze zu bieten, deren Widerstand ich befürchten muß, wenn es mir gelingt, zu den Ohren des Fürsten durchzudringen. Die Unordnungen, Ungerechtigkeiten und widersinnigen Dinge, die ich täglich schreiben muß, lassen mich nicht länger ruhen: ich gehe herum, wie ein Mensch, den Gewissensangst peinigt, daß ich alles das weis und verhele: ich kan es, so wahr ich lebe! nicht länger verhelen, wenn ich nicht gleich strafbar mit dem Urheber werden will: ich bin es schon, daß ich meine Hände dazu hergab und es schrieb. Ich will ein Wagestück unternehmen, es gelinge oder nicht: entweder jagt man mich mit Schimpf und Schande fort, oder man erkennt meine gute Absicht und belohnt mich. Sey der Ausgang, welcher es wolle, ich befriedigte Ehre und Gewissen; und wenn diese beiden für mich sind, dann mag die halbe Welt wider mich seyn, ich fürchte sie nicht.

Beunruhige dich nicht über mein Unternehmen, da ich dir es nicht entdecke! Aengstige dich nicht, wenn du etwa bald hörst, daß ich plözlich die Stadt verlassen mußte; wenn alles von mir übel spricht, mir meine Verjagung als eine verdiente Strafe gönnt, und Jedermann mich der tollsten Unverschämtheit, der Undankbarkeit, der Verläumdung und der Himmel weis welcher Verbrechen mehr anklagt: das sind alles Stimmen, aus Einem Sprachrohre gerufen, um meine Verjagung zu beschönigen und mein Zeugniß wider die Ungerechtigkeit unkräftig zu machen: glaube solchen Nachreden so wenig als ich dem Gerüchte glaubte, da es dich beschuldigte, daß du die Gunst deiner Fürstin misbrauchtest, um eine Fräulein Ahldorf zu verdrängen! Ich handle wie ich soll; und nicht so zu handeln, soll mich weder üble Nachrede, noch Ansehn, Elend und Mangel, und was noch mehr als alles dieses ist, selbst die Gefahr, dich auf immer zu verlieren, nicht bewegen. Wenn ich dich zurücklassen muß, so tröste dich über mein Schicksal damit, daß ich mir durch eine so plözliche Trennung den Märtyrerkranz der Ehrlichkeit erwarb.« – –

ZWÖLFTER TEIL

ERSTES KAPITEL

Herrmanns gefährliches Wagestück, dessen er in dem vorhergehenden Briefe gedenkt, war die Entdeckung aller Kniffe, Kunstgriffe und Praktiken, die der Präsident gebrauchte, mit einem Theile der fürstlichen Kasse zu wuchern, während daß unter dem Vorwande des Geldmangels alle Anfoderungen an dieselbe abgewiesen, verschoben, vertröstet, und oft die Auszahlung der geringsten Besoldungen ausgesezt wurde. Er suchte eine Gelegenheit, den Fürsten allein zu sprechen und ihm das ganze eigennüzige System des Präsidenten vorzulegen, um welches er allein zu wissen glaubte, ob man gleich öffentlich darüber klagte, schmälte und fluchte, und nur gegen ihn zurückhaltend that, weil er zum Hause des Herrn von Lemhoff gehörte und in dem Verdachte stund, daß er der Handlanger der Ungerechtigkeit sey. Madam Dormer und alle übrige Virtuosen des Hofs haßten seit langer Zeit den Präsidenten bis auf den Tod: sein unharmonisches Gemüth hatte eigentlich niemals Neigung für die Musik gefühlt, sondern war ihr vielmehr gram, und er gab sich nur einige Zeit die Mine eines Liebhabers, hielt stetig Konzerte bey sich, unterhielt sich viel über die Tonkunst, ohne das mindeste davon zu verstehen, blos um der Liebhaberey des Fürsten ein Kompliment zu machen: da bey diesem der Eifer erkaltete und sich mehr zur Mahlerey hinlenkte, ließ der Präsident keinen Geigenstrich mehr in seinem Hause thun, würdigte Sängerin, Geiger und Flötenblaser kaum eines Blicks und drang bey jeder Gelegenheit auf ihre Abdankung: alle litten auf seinen Betrieb eine Verminderung des Gehalts. Herrmann glaubte also durch Madam Dormer und Arnolden den sichersten und geheimsten Kanal zum Fürsten zu finden: er vertraute sich ihr an, sie ermunterte ihn in seinem Vorsatze, theilte ihn Arnolden mit, und Beide ergriffen die Gelegenheit, dem Präsidenten zu schaden, mit so großer Freude, daß Herrmann schon den folgenden Tag zu Arnolden beschieden wurde. Unter dem Schein eines Besuchs gieng er zur bestimmten Stunde zu ihm, Arnold paßte die Zeit ab, wo der Fürst sich allein auf seinem Zimmer mit Zeichnen zu beschäftigen pflegte, und brachte ihn so weit, daß er Herrmanns Anbringen hören wollte. Herrmann that seinen Vortrag mit unerschrockner Freymüthigkeit, überreichte die Beweise, die er mitgebracht hatte, seine Beschuldigungen zu unterstützen, und machte einen kurzen Abriß von der Verfahrungsart des Präsidenten und den Unordnungen, die desselben Nachlässigkeit, Unwissenheit und Eigennuz veranlaßten: alles war durch unverwerfliche Gründe so sonnenklar, daß auch nicht ein Zweifel dawider statt fand. Der Fürst hörte ihn gelassen an und ließ nicht die mindeste Verwunderung und noch viel weniger Unwillen in seinem Gesichte blicken: er sah die überreichten Schriften flüchtig durch, gab sie Herrmannen zurück und sagte lächelnd: – »Ich weis dies alles: das Geheimniß soll unter uns bleiben: ich danke indessen für den guten Willen.« – So schloß sich die Audienz.

Herrmann schwebte viele Tage in Ungewisheit über die Wirkung seiner Entdeckung: Arnold versicherte ihn zwar, daß sie der Fürst sehr wohl aufgenommen zu haben schiene, sezte aber auch mit Betrübniß hinzu, daß sie vermuthlich ohne schädlichen und guten Effekt bleiben werde, weil ihm der Fürst Stillschweigen geboten hätte, als er in einem günstigen Augenblicke Herrmanns Aussage verstärken wollte. Madam Dormer, mit ihrem unruhigen Geiste und heftigen Affekten, konte die ersten Tage weder essen, noch trinken, noch schlafen. »Ich sank (zanke) mich mit die Fürst,« sprach sie immer, »wenn sie noch länger bleib die *dupe* von die Präsident *abominable*.« – Es blieb, wie es war: Madam Dormer zankte sich nicht mit dem Fürsten, und der Fürst schien sich auch vor ihrem Zanke nicht zu fürchten; denn er blieb wie vorher, die *dupe* von die *abominable* Präsident.

Arnold suchte wenigstens die Gelegenheit zum Vortheil seines Freundes zu nützen, um ihn aus einem gegenwärtigen Platze zu erlösen, welches Herrmann um so viel eifriger wünschte, da er der Ungerechtigkeit nicht dienen wollte, wenn er sie nicht hindern könte. Der Fürst lobte ihn gegen Arnolden wegen seines Anstands, seiner bescheidnen Dreistigkeit und besonders wegen seiner warmen Ehrlichkeit, verrieth auch sehr viel gute Meinung von seinen Talenten und seiner künftigen Brauchbarkeit: aber auf den Hauptpunkt, den Arnold betreiben wollte, gab er nie Antwort. Bey der nächsten besondern Unterredung mit dem Präsidenten verlangte er, daß Herrmann bey seinem Kollegium als überzählig angestellt werden sollte, bis sich ein Platz für ihn erledigte, und bestimmte selbst seinen einstweiligen Gehalt: der Präsident machte Schwierigkeiten, daß er ihn ungern in seinen eignen Angelegenheiten entbehrte, aber doch diese Unentbehrlichkeit gegen Eu. Durchl. Befehl in gar keine Betrachtung ziehen würde noch dürfte, wenn nur nicht alle Gelder schon ihre Anweisung hätten; daß es also schlechterdings unmöglich wäre, eine Quelle für die verlangte Besoldung ausfündig zu machen. Die Schwierigkeiten und die Berechnungen, wodurch er sie wahrscheinlich machte, waren unendlich: der Fürst hörte ihn lange an und sagte nichts als daß er die Besoldung aus seiner Schatulle zu geben versprach. Auch hier wollte ihm der Präsident die Unmöglichkeit zeigen, allein der Fürst unterbrach seine vortrefliche Beredsamkeit mit einem frostigen – »Ich will.« – Der Präsident häufte in der Folge die Schwierigkeiten noch mehr, doch konte er nichts als Verzögerung bewirken; denn Arnold hielt ihm das Gegengewicht, so bald ihm der Fürst seinen Entschluß in Ansehung Herrmanns gesagt hatte, und rastete nicht, bis der Fürst mit einigem Unwillen und durch ernstlichen Befehl der Verzögerung ein Ende machte.

Herrmann konte in dem Platze eines Subalternen nicht viel mehr ausrichten als vorher: er mußte ohne Widerspruch Befehle thun, wenn er sie gleich äußerst misbilligte, und durfte sich seine Misbilligung nicht einmal merken lassen: er mußte ohne Murren verkehrte Anstalten machen sehen, die auf einer Seite einen unbedeutenden Nutzen, und auf allen andern allgemeinen Schaden stifteten, Anordnungen schreiben oder in Ausführung bringen, bey welchen der entgegengesezte Erfolg ihres Zweckes ohne sonderliche Einsichten vorauszusehn war, Befehle ausfertigen, die den Gehorchenden schwer drückten und weder dem Gehorchenden noch dem Befehlenden nüzten: der Unwille kochte oft in seiner Brust bis zu den Lippen herauf, aber er bändigte ihn, wie ein wildes Roß, und schwieg, weil der Fürst und alle seine Obern schwiegen, und der grausame Despotismus des Präsidenten jede Erinnerung, wenn sie auch in der pflichtmäßigen Anzeige einer falsch geschriebnen Zahl bestund, mit Härte von sich wies. Herrmann konte sich zwar von den eigennützigen Praktiken seines Vorgesezten nicht mehr so genau, wie sonst, unterrichten, aber er nahm sie in ihren Folgen wahr, in der wachsenden Verwirrung aller Finanzangelegenheiten und den allgemeinen Beschwerden, die izt häufig zu seinen Ohren kamen, weil man ihn nicht mehr für den Günstling und Handlanger des Herrn von Lemhoffs hielt. Die Nachsicht des Fürsten, seine erkünstelte Blindheit, auch wenn ihm die Unordnung und Unrechtmäßigkeit in die Augen fiel, seine Einwilligung in Dinge, die oft der gesunden Vernunft widersprachen, blieb ihm ein ewiges Räthsel: es war weder Indolenz noch Mangel an Einsicht noch gutherzige Schwäche, und wenn eine Absicht dahinter steckte, konte sie doch Niemand errathen. Inzwischen hatte doch Herrmanns Entdeckung Eine Veränderung bey ihm hervorgebracht, die man mit Verwunderung wahrnahm, ohne ihre Ursache zu errathen: der Fürst entsagte seitdem seinen liebsten Ergözlichkeiten und bekümmerte sich mit ungewöhnlichem Eifer um alles, oft sogar um Kleinigkeiten: die Jagd wurde ganz eingestellt, Zeichnen war izt sein einziges übriges Vergnügen, und sein Geschmack für die Mahlerey so herrschend, daß er Gemählde zu einer Sammlung zu kaufen anfieng. Kaum hatte der Präsident den ersten Wink von der neuen Liebhaberey, als er schon darauf dachte, Partie für seinen Nutzen daraus zu ziehn. Er selbst war so wenig Kenner in Gemähldlen als von irgend einer andern schönen Kunst, und da Er keinen Unterschied zwischen den Gemählden fühlte, die er einmal im Vorübergehn in der Düsseldorfer Gallerie gesehn hatte, und zwischen den Kunstwerken, die ihm der Hofmahler im lezten Frühling auf den Kalkwänden seines Lusthäuschens schuf, so bildete er sich ein, daß es bey allen Menschen und daher auch bey dem Fürsten eben so seyn müßte. Er gab also dem Hofmahler, der itzo ein geschickter Thürenanstreicher, und ehemals Dekorationsmahler gewesen war, den geheimen Auftrag, alle Kräfte seiner Kunst anzuspannen und ein halbes Dutzend extrafeine Gemählde mit Oelfarbe auf Leinwand zu verfertigen, die etwa biblische Geschichten, die vier Jahrszeiten, die vier Elemente oder so etwas vorstellten. Der Mahler hatte von der berühmten Nacht des Correggio vorzeiten etwas gehört, ohne sie jemals gesehn zu haben, und nahm sich also vor eine Nacht zu mahlen, die noch tausendmal finstrer seyn sollte, als nach seiner Meinung Correggio's Nacht seyn müßte: von dem Inhalte des Gemähldes wußte er nichts und dachte deswegen jenen Künstler noch zu übertreffen, wenn er nicht eine bloße Nacht mahlte, sondern auch etwas darinne vorgehn ließ. Er mahlte eine pechschwarze Nacht, eine wahre egyptische Finsterniß, stellte unten perspektivisch eine Gasse hin und vorn einen Nachtwächter mit der Laterne, der eine große Schnarre in der Hand schwenkte. Außer dieser schwarzen Nacht schuf er vier Elemente so deutlich und unverkennbar, daß man sie alle mit den Händen greifen konte, und eine keusche Susanne, die man für ein Bordelmädchen hätte halten können, machte das halbe Dutzend vollständig. Alle gefielen dem Präsidenten sehr wohl, nur die Nacht war ihm zu schwarz: der Künstler stellte ihm vor, daß es eins der berühmtesten Gemählde in der Christenheit sey, aber es half nichts: es sollten doch wenigstens Laternen auf der Gasse brennen, damit man die Häuser besser sähe: und weil er nicht eher bezahlen wollte, als bis Laternen auf der Gasse brennten, so sezte der Künstler zwo Reihen düstere Lampen hin. Nun brennten die Laternen nicht helle genug. »Ey,« antwortete der Künstler, »die Gasse ist aus einer Stadt, wo das Lampenwesen verpachtet ist:« – aber sein Einfall half ihm nicht durch: er mußte aus den Laternen flammende Sonnen machen.

Die Schöpfung war so heimlich zugegangen, daß Niemand am Hof und in der Stadt etwas davon wußte, und der Präsident kündigte dem Fürsten mit vielem Geräusche ein halbes Dutzend verschriebne und angekommene Gemählde an, wie sechs Wunder der Malerwelt. Der Fürst, der seiner Kennerschaft nicht viel zutraute, lächelte und verlangte sie zu sehen: er verbiß mit aller Mühe das Lachen, da er sie erblickte, und fragte nach dem Preise: der Präsident machte es zum Anfange der Kundschaft billig und foderte fünf Louisdor für das Stück, das er mit einem Dukaten bezahlt hatte. Der Fürst ließ sogleich die Summe aus der Schatulle auszahlen und machte dem Präsidenten mit allen sechs Gemählden ein Geschenk. »Kaufen Sie in Zukunft nicht mehr von diesem Gemähldehändler!« sezte er hinzu: »er hat Sie angeführt; denn unser Hofmaler macht Ihnen solche, wie diese, das Stück zu zwey Gulden.« – Der Präsident wanderte betroffen mit seiner Gallerie ab und stellte den Handel ein: er konte zwar nicht begreifen, wie der Fürst seinen Betrug errathen haben sollte, aber er hielt es doch für klüger, die Gefahr nicht zum zweitenmale zu wagen, zumal da ihm ohnehin die bisherige Veränderung seines Herrn bedenklich schien.

Jedermann fand sie so, wenigstens unerklärbar. Man gab zwar dem Fürsten Schuld, daß er eine gewisse Unbegreiflichkeit des Charakters erkünstele, mit Vorsaz seine Neigungen oft ändre und entgegengesezte Handlungen thue, damit Niemand wissen solle, woran er mit ihm sey, bisweilen blos um in Erstaunen zu setzen. So gegründet die Beschuldigung in andern Fällen vielleicht seyn mochte, so war sie doch hier völlig falsch; und Herrmann konte nunmehr insgeheim mit Vergnügen die Früchte seiner Ehrlichkeit bemerken, indem Andre sich die Köpfe zerbrachen, eine Ursache zu errathen, die sie nicht zu errathen vermochten. Der Präsident traf sie beinahe und hatte Arnolden, Madam Dormer und Herrmannen in Verdacht, doch am meisten den ersten. Seine Politik rieth ihm also, diese drey Personen zu gewinnen; und weil er sich einbildete, daß Niemand seine Griffe und Schliche wüßte, als die wenigen Leute, die er zu Gehülfen dazu brauchte, und weil er die Unvorsichtigkeit begangen hatte, Herrmannen für weniger ehrlich, oder – in dem Gesichtspunkte, wie es der Präsident betrachtete – für ehrlicher anzusehn und ihn deswegen in seine Karte blicken zu lassen, so mußte er diesen am meisten fürchten und am meisten hüten. Er begegnete ihm daher viel freundlicher und weniger despotisch als allen Uebrigen, die unter ihm stunden; und da der Ernst des Fürsten, seine Aufmerksamkeit, seine genauen Erkundigungen und argwöhnischen Minen täglich zunahmen, suchte der Präsident durch neues Vertrauen und Vortheil einen Mann an sich zu ziehen, der sein voriges Vertrauen entweder gemisbraucht hatte, oder misbrauchen konte. Er ließ also Herrmannen unter dem Vorwande, daß sein Gimpel sich in sehr kritischen Gesundheitsumständen befinde, zu sich kommen und brachte das Gespräch nach mancherley Wendungen auf seinen Hauptzweck. »Sie werden,« sagte er ihm, »bey mir zuweilen Papiere abzuschreiben gehabt haben, woraus man schließen könte, als ob ich mannichmal Bezahlungen, die mich betreffen, an fürstliche Kassen stellte: ich läugne auch nicht, daß es einmal oder zweimal geschehen seyn mag. Ich habe, wie Sie wissen, einen kleinen Verkehr mit Weinen, Pelzwerk und andern Dingen: zuweilen kömmt einem eine plözliche Bezahlung auf den Hals; man kan etwas um ein Spottgeld gegen baares Geld bekommen, wenn es die Verkäufer gerade benöthigt sind; man hat nicht allemal gerade so viel liegen, und ich habe also ein paarmal in höchstwichtigen Vorfällen meine Zuflucht zu der fürstlichen Einnahme genommen. Es ist zwar nicht das mindeste Böse dabey –

denn ich habe die geborgten Summen jedesmal ehrlich und redlich wieder ersetzt – aber da es ohne Vorwissen des Fürsten geschehen ist, könte es doch Verdacht und Unwillen wider mich erregen, oder von einem Feinde genüzt werden, mich in Ungnade zu bringen: ich bitte Sie also, schweigen Sie davon! Ich werde mich gewiß als ein wahrer guter Freund dafür bezeugen. Ihre Besoldung ist klein, und ich begreife nicht, wie Sie davon leben können: ich habe schon längst darauf gedacht, wie ich Ihnen die treuen Dienste belohnen soll, die Sie mir in meinem Hause geleistet haben; aber in dem schrecklichen Wirbel von Geschäften kömmt man gar nicht recht zu sich, man vergißt seine besten Freunde: Sie wissen ja, ich muß allenthalben seyn und auch für Sachen sorgen, die mich eigentlich gar nichts angehn, da der Fürst nun einmal sein Vertrauen und seine Gnade auf mich geworfen hat. Aber es ist mir heute eingefallen, daß ich Ihnen schon lange einen jährlichen Zuschuß habe geben wollen: hier will ich das Versäumte wieder einbringen: Sie sollen in Zukunft alle Jahre so viel bekommen, und wenn Sie sonst Geld brauchen, wenden Sie sich an mich, gerade an mich! meine ganze Börse steht Ihnen offen.«

Herrmann wehrte das Packet, das er ihm bey diesen Worten anbot, von sich ab. »Nein,« sprach er, »ich danke für Ihr Geschenk: es könte den Anschein haben, als wenn Sie meine Verschwiegenheit dadurch erkaufen wollten.«

DER PRÄSIDENT

Behüte! behüte! wer wird denn so etwas denken?

HERMANN

Freilich sollte man nicht! denn Sie sagen ja selbst, daß ich nichts Böses zu verschweigen habe: was nicht böse und unerlaubt ist, kan überall gesagt werden.

DER PRÄSIDENT

Es ist nur um der bösen Leute willen, die etwas Böses daraus machen. Sie wissen ja wohl, Jedermann hat seine Feinde, wenn er auch noch so ehrlich handelt: nur deswegen hab' ich Sie um Verschwiegenheit gebeten: wie können Sie sich das nur träumen lassen, daß ich sie von Ihnen erkaufen will? Ich sehe Sie für einen grundehrlichen Menschen von altem teutschen Schrodt und Korne an; und solchen Leuten trau ich blindlings. Ich werde ja so einen braven Mann nicht so arg beleidigen und ihn bestechen wollen! Wie ich Ihnen sage, blos zur Belohnung Ihrer vielen treuen Dienste geb' ich Ihnen das Geld. Machen Sie keine Komplimente! Nehmen Sie!

HERMANN

Nein! Auch ich darf um der bösen Leute willen, die etwas Böses daraus machen könten, nichts annehmen. Hab' ich Ihnen treue Dienste gethan, so ist mir mein Bewußtseyn und Ihre Anerkennung Lohns genug: hab' ich nichts Böses von Ihnen zu verschweigen, so werd ich auch nie etwas Unschuldiges entdecken, das durch boshafte Auslegung verdächtig gemacht werden könte, das schwör ich Ihnen bey meinem Gewissen: aber ich mag mir durch keine Verbindlichkeit die Zunge binden lassen.

DER PRÄSIDENT

Die Zunge binden! was meinen Sie denn damit?

HERMANN

Ich will mich an meiner kleinen Besoldung begnügen, damit mich niemals die Dankbarkeit hindert, Pflicht und Gewissen zu gehorchen. – Haben Sie sonst noch etwas zu befehlen?

DER PRÄSIDENT

Sie müssen mir das erklären! Sie müssen mir das erklären! das versteh' ich nicht. Was wollen Sie denn da mit dem Gewissen und der Pflicht? Wie kömmt denn das hieher?

HERMANN

Sie haben mich ja selbst darauf verpflichtet, den Vortheil meines Fürsten und meine Treue gegen ihn allem andern vorzuziehn; und Ihnen, als meinem Vorgesezten, hab' ich eben izt dies Versprechen erneuert.

DER PRÄSIDENT

Sie schwatzen wunderlich: davon ist ja izt gar nicht die Rede. Was haben Sie denn mit der Treue gegen den Fürsten vor?

HERMANN

Nichts weiter, als daß ich entschlossen bin, ihr jederzeit meinen eignen Vortheil aufzuopfern. – Der Präsident, den sein übles Bewußtseyn hinter diesen Ausdrücken alles muthmaßen ließ, was dahinter versteckt seyn konte, drang noch lange Zeit auf eine bestimmtere Erklärung, und da Hermann beständig blos die nämlichen Worte wiederholte und mit Fleis alle größre Deutlichkeit vermied, so ließ ihn der Herr von Lemhoff mit einiger Aengstlichkeit von sich, nachdem er ihm die angebotne Belohnung seiner treuen Dienste beinahe aufgedrungen hatte: aber Herrmann schlug sie standhaft aus und beharrte bey allen folgenden ähnlichen Versuchungen in seiner Standhaftigkeit. Der Präsident wurde äußerst unruhig und suchte wenigstens die Kanäle zu verstopfen, durch welche die Anzeigen seines gewesenen Sekretärs zu dem Fürsten gelangen könten: er sprach wieder sehr vortheilhaft von der Musik, wirkte der Madam Dormer wieder ihren vorigen Gehalt aus, den nach seinem Angaben bisher die Verminderung der fürstlichen Einkünfte nothwendig gemacht haben sollte, gab wieder Konzerte in seinem Hause, worinne Madam Dormer und Herr Arnold mit seinem größten Beifalle Stimme und Flöte hören ließen: sein Enthusiasmus für die Musik stieg so hoch, daß man ihn in Verdacht nahm, als wenn ihn verliebte Absichten auf Madam Dormer damit angesteckt hätten. Arnold, den er wegen seiner Gunst bey dem Fürsten lieber mit den Blicken getödtet hätte, wurde sein Herzensfreund und erhielt, wo sie einander trafen, einen gnädigen Druck von seiner Hand.

Unterdessen starb einer von den alten Räthen des Kollegiums und man glaubte allgemein, daß der Fürst schon längst seinen Platz Herrmannen bestimmt habe: auch der Präsident zweifelte nicht daran und baute heimlich vor; allein da er merkte, daß alles Vorbauen nichts half, sondern daß Ulrike durch die Fürstin und Arnold bey dem Fürsten aus allen Kräften für Herrmanns Erhebung arbeiteten, so hielt er es für klug, einen Mann, in dessen Gewalt er gewissermaßen war, nicht durch Widersetzung gegen sein Glück aufzubringen, und erklärte sich daher mit so vieler Wärme für ihn, daß der Fürst selbst darüber stuzte und beinahe Mistrauen gegen Herrmanns Unbestechbarkeit gefaßt hätte: dieser Umstand brachte indessen nur eine kleine Verzögerung seines Glücks zuwege. Der Präsident war der Erste, der ihm zu seiner Erhebung feurig Glück wünschte, und seine Freundschaftsbezeugungen wuchsen mit jedem Tage: Arnold und Madam Dormer freuten sich voller Stolz über den neuen Rath, weil sie ihn für ein Werk ihres Einflusses ausgaben; und Ulrike schwebte den ganzen Tag nach der Ernennung ihres Geliebten auf den Fittichen der Freude: so lange sie am Hofe war, hatte die Fürstin noch keine so lustige Laune an ihr bemerkt und fragte sie nach der Ursache: Ulrike that als wenn sie keine anzugeben wüßte. »Freust du dich denn etwa über den neuen Rath?« fragte die Fürstin zum Scherz, »weil dir deine Empfehlung so wohl gelungen ist?« – »Vielleicht,« antwortete Ulrike, »hat das wirklich etwas dazu beygetragen; denn es soll ein ganz vortreflicher Mann seyn.« – Sie sprach dies mit einem Tone des Entzückens, der mehr im Herze muthmaßen ließ, als die Worte ausdrückten; und die Fürstin sagte ihr deswegen etwas ernsthaft: »Mädchen, du hast dich wohl gar in deine Empfehlung vergaft?« – Ulrike senkte die Augen, erröthete und gerieth so sehr außer Fassung, daß sie zu antworten vergaß: der Scherz wurde von der Fürstin noch einige Zeit fortgesezt, bey der nächsten Unterredung dem Fürsten erzählt, der ihn gleichfalls mit vielem Vergnügen fortsezte: als ihn Fürst und Fürstin fallen ließen, fiengen ihn die dabeystehenden Kawaliere auf, von ihnen schnappten ihn die Lackeyen auf, überlieferten ihn den Hofjungfern als ausgemachte Wahrheit: die Hofjungfern schickten die ausgemachte Wahrheit mit dem ersten Mädchen, das aus dem Schlosse gieng, in die Stadt, und in zwey Stunden war es am Hofe und in der Stadt ein allgemeiner Glaubensartikel, daß Fräulein Breysach übermorgen mit dem neuen Rathe getraut werde. Der Oberste Holzwerder, als ihm sein Altgeselle die zuverlässige Nachricht davon brachte, warf den Dendriten, der unter seinen Händen war, in den Tischkasten sogleich hinein, lief gerades Weges zur Fürstin und bat inständigst um Gehör, wie in der dringendsten Angelegenheit: die Fürstin ließ ihn nicht vor sich. Der Oberste lief zum Fürsten, kam vor ihn und bat unterthänigst, daß er doch eine solche Heirath nicht zugeben möchte, da es die erste wäre, so lange die Familie stünde. Der Fürst lächelte über die Ereiferung, womit der Alte bat, und versicherte ihn, daß er weiter nichts davon wüßte, als was ihm die Fürstin im Scherz gesagt hätte: das war dem Obersten nicht genug; er wiederholte seine unterthänigste Bitte einmal über das andre, daß der Fürst die Heirath verbieten möchte, wenn etwa eine Verliebung bey seiner Cousine vorgegangen wäre. – »Ich kan ja den Leuten nicht verbieten, sich zu heirathen, wenn sie sich lieben,« sagte der Fürst.

DER OBERSTE

Aber Ihre Durchlaucht geruhen nur zu bedenken – die Ehre der Familie leidet doch nicht, daß ich so ruhig dabey bleibe –

DER FÜRST

Macht denn ein Rath, der in meinen Diensten steht, der Familie Schande?

DER OBERSTE

Der Rath wäre wohl gut, der Rath – aber es ist doch nur ein Rath.

DER FÜRST

Und ist sowohl mein Diener als der Oberste.

DER OBERSTE

Freilich wohl sind wir allzumal unnütze Knechte und Eu. Durchlaucht unterthänige Diener – und möcht' es auch ein Rath seyn, da Eu. Durchlaucht uns alle machen können, wozu es Eu. Durchl. gnädigst gefällt – aber, aber da er nicht von Familie ist –

DER FÜRST

Ich will mich erkundigen, wie weit die Sache gekommen ist. –

So entließ er ihn. Der beunruhigte Oberste lief zu Ulriken und fand sie nicht, lief zur Fürstin und fand sie nicht: erst den andern Tag konte er seine Unruhe vor ihr ausschütten. Sie gab ihm zur Antwort, daß Ulrike zu dem Rathe vielleicht eine geheime Zuneigung haben könte, aber um ihn heirathen zu wollen, schiene sie ihr zu verständig. Der Alte hörte nicht auf zu bitten, bis die Fürstin seine Cousine rufen ließ, um sie in seiner Gegenwart zu verhören: Ulrike gestund auf ihre Frage unverholen, daß ihr der Rath gefalle, sehr gefalle. Als es an den Punkt des Heirathens kam, schwieg sie, wurde zum zweitenmale gefragt und antwortete betrübt: »wenn ich dürfte!« – »Eu. Durchl. haben Sie die einzige Gnade und verbieten Sie ihr das!« rief der Oberste. »Haben Sie die einzige Gnade!« – Die Fürstin sah Ulriken lange schweigend an und sagte endlich: »Laß dir nicht solch tolles Zeug einkommen! Es fehlt ja nicht an Kawalieren, wenn dir das Heirathen am Herze nagt.« – Das war der Bescheid, und Beide giengen ungetröstet hinweg. Der Oberste folgte Ulriken auf ihr Zimmer und hielt ihr mit der gutherzigsten Wärme eine Ermahnungspredigt, daß sie vor innerlichem Verdruß weinte: wie jeder schlechte Prediger, hielt er ihre Rührung für eine Folge seiner Predigt und schmeichelte sich, ihre Sinnesänderung bewirkt zu haben, da doch gerade das Gegentheil ihre Thränen erweckte – Betrübniß über die neuen Hindernisse, die sich ihrem Wunsche entgegensezten. Fürst und Fürstin betrachteten ihre Liebe als eine vor kurzem erst entstandne fliegende Hitze; und da ihr jedesmal die Thränen in die Augen stiegen, wenn man mit ihr darüber scherzte, so schonte man ihre Empfindlichkeit und dachte weder im Scherz noch im Ernst mehr daran, um die Liebe im Stillen verdampfen zu lassen: Hof und Stadt sagte izt allgemein – »Fräulein Breysach und der neue Rath werden nicht getraut.« Die ganze Sache schlief ein.

ZWEITES KAPITEL

Herrmann bewies nicht lange nach dem Antritte seiner neuen Stelle, daß er bisher geschwiegen hatte, um itzo zu reden: er widersprach der Meinung des Präsidenten mit Muth, Stärke und Bescheidenheit, ohne die mindeste Scheu, und sezte das Widersinnige, Zweckwidrige, Schädliche seiner Vorschläge in ein so helles Licht, daß der Präsident theils um der Neuheit willen, theils aus Unvermögen nicht Ein Wort dawider einwenden konte: er war verwirrt, bestürzt, erzürnt. Er wollte das Mittel anwenden, wodurch er die übrigen Räthe feige gemacht hatte, und brutalisirte Herrmannen, aber er fand einen Gegner an ihm, bey welchem Vernunft und Affekt in gleichem Schritte giengen, der ihn, ohne die mindeste Verletzung der Ehrerbietigkeit, blos durch die Stärke seiner Gründe so in die Enge trieb, daß er seine Saiten umstimmte und glimpflicher verfuhr. Herrmann wurde durch die Aufmerksamkeit, womit ihn der Fürst anhörte, ob er ihm gleich fast niemals ausdrücklichen Beifall gab, durch die Auffoderungen, die ihm der Fürst that, seine Meinung zu sagen, und die Verbote, die der Präsident empfieng, wenn er ihn unterbrechen und daniederschwatzen wollte, mächtig aufgemuntert, in seinem Eifer fortzufahren; und da der Fürst, seitdem ihm Herrmann die geheime Entdeckung gemacht hatte, fast keine Sitzung und Berathschlagung von Wichtigkeit versäumte und überall mit seinen eignen Augen sehen wollte, so nahm alles auf einmal einen ordentlichen Gang, die Kassen waren nicht mehr leer, und die Auszahlungen geschahen alle zu gehöriger Zeit. Das Publikum schrieb diese glücklichen Veränderungen Herrmannen zu, frohlockte und pries ihn, wie den Schuzgott des Landes, der die Macht des Plagegeistes, der es bisher despotisirte, brechen sollte. Die ältern Räthe, denen die freymüthige unerschrockne Sprache ihres neuen Mitgliedes so fremd war, wie das Malabarische, rissen vor Verwunderung die Augen weit auf, hielten ihre Ohren hin, ob sie nicht etwa eine Einbildung täusche, und saßen da, wie versteinert vor Erstaunen. Da sie wahrnahmen, daß seine Dreistigkeit dem Fürsten gefiel, machten sie ihm alle nach der ersten Sitzung, wo er sie zeigte, ihren Glückwunsch darüber, lobten ihn, wie einen braven Mann, der so glücklich wäre, etwas wagen zu können, was sie wegen ihrer Familien nicht wagen dürften, weil sie mit ihren Weibern und Kindern nothwendig elend werden müßten, wenn der Präsident die Oberhand behielt und ihre Verabschiedung bewirkte – aber wohlgemerkt! alles in Abwesenheit des Präsidenten! Sprachen sie mit diesem in Herrmanns Abwesenheit, so machten sie den lobgepriesnen Patrioten zum Vorwitzigen, Tollkühnen, Naseweisen, der seinem Vorgesezten die gebührende Achtung versagte und nichts als schädliche lahme unausführbare Vorschläge that.

Der Fürst nüzte Herrmanns Einsichten so sehr, daß er ihn zuweilen auf sein Zimmer fodern ließ und sich mit ihm über Angelegenheiten besprach, die für ein andres Kollegium gehörten. Auf diesem Wege leitete ihn Herrmann auf die Verbesserung der öffentlichen Schulanstalten, auf die Vermehrung der Industrie und Verbesserung der Moralität durch Abschaffung des Bettelwesens und Errichtung eines Armenhauses und besonders eines Arbeitshauses, wo die Leute, die an dem kleinen gewerblosen Orte keine Arbeit finden konten, auf Unkosten des Landesherrn arbeiten sollten, der die Früchte ihres Fleißes ohne Profit einem Unternehmer zum Verkehr überlassen mochte; so leitete er ihn auf Aenderungen in kirchlichen Sachen, auf die Einschränkung des geistlichen Ansehns, auf die Abschaffung alles religiösen Zwanges, auf die Simplificirung des Gottesdienstes; so brachte er ihn auf die Mittel, den Ackerbau zu ermuntern, den man dort aus Bequemlichkeit und Mangel an Absaz nicht viel über das Nothdürftige trieb, die ländlichen Erzeugnisse mehr zu einer Handelswaare zu machen, Industrie und Gewerbe zu erhöhen, insofern es ein kleines, von mächtigern Nachbarn umzingeltes, gehindertes Ländchen zuließ. Von allen diesen und tausend andern nüzlichen Dingen, worüber sie oft zu Stunden mit der äußersten Ernsthaftigkeit sprachen, wurde freilich wenig oder gar nichts ausgeführt: allein Herrmann freute sich doch, einem Fürsten zu dienen, der sie wußte und anhörte. Nur blieb es ihm befremdend, wie dieser nämliche Herr das erkannte Bessere, das er in jeder Sitzung mit der Mine billigte, nie beschloß, sondern jedesmal entweder ein Mittel zwischen des Präsidenten und Herrmanns Meinung traf, oder, wo sich dieses nicht thun ließ, dem Gutachten des Erstern ganz folgte.

Unvermeidlich mußte unter den Neuerungen, die Herrmann durchsezte, oder wozu er den Fürsten durch seine Unterredungen veranlaßte, oder die ihm das Publikum fälschlich zuschrieb, manche den

Privatnutzen dieses oder jenen Mannes schmälern, das Vorurtheil, den Schlendrian und die Faulheit kränken; und es erhuben sich einzelne Stimmen mit mächtigen Beschwerden wider den neuen Rath. Der Präsident glaubte, daß Neuerungen und Verbesserungen einerley wären, und dachte Herrmannen zu übertreffen, wenn er mehr Veränderungen vorschlüge und durchsezte, als er: auch der Fürst hatte durch die Ideen, die ihm Herrmanns Gespräch mittheilte, Neigung zu Reformen bekommen: sonach wurden der Reformen freilich im kurzen ein wenig zu viel; und alle, gute und schlechte, gerade und schiefe, überdachte und übereilte, mußte sich der arme Herrmann auf seine Schultern binden lassen. Die Kreaturen des Präsidenten fachten den glimmenden Haß des Publikums wider ihn zur Flamme an, und sehr bald wurde der neue Rath bey der Kaffetasse und auf der Bierbank so allgemein gelästert, verflucht und gescholten, als man ihn nicht allzulange vorher lobpries.

Gleichwohl hatte Herrmann bey diesem allgemeinen Hasse, wovon er wenig oder gar nichts erfuhr, ein Projekt im Kopfe, wozu er nothwendig Freunde und Gehülfen brauchte: er wollte den Präsidenten völlig stürzen und sah dies Unternehmen für eine eben so verdienstliche Handlung an, als wenn er das Land von einer Räuberbande befreyte. Auf seine Kollegen konte er nicht viel rechnen; denn sie waren froh, daß er den größten Theil der Arbeit über sich nahm und ihnen Muße zu einem Lomberchen verschafte, nährten und pflegten sich und lachten insgeheim des Thoren, der mit dem Kopfe wider die Wand rennen wollte: sie waren durch langen Despotismus so schlaff und abgestimmt, daß sie Herrmannen kaum beneideten, sondern alles gehn ließen, wie es gieng.

Noch kleinmüthiger hätte er werden können, als er gewahr wurde, daß auch Arnold und Madam Dormer auf die Seite des Präsidenten getreten waren, zwar nicht gegen ihn als Feinde handelten, aber doch sein Ansehn bey dem Fürsten untergruben. Dieser Uebergang zur feindlichen Partey, so plözlich er Herrmannen schien, weil er ihn in dem Eifer für sein neues Amt übersehen hatte, wurde durch das erste Konzert schon vorbereitet, das der Präsident wieder in seinem Hause gab. Durch Schmeicheleyen und Vertraulichkeiten gewann er Arnolden und knüpfte ihn dadurch fest an sich, daß er ihm einen Antheil an dem Handel versprach, den er mit dem Gelde aus der fürstlichen Kasse trieb: Arnold errieth diesen lezten Umstand mehr als er ihn wußte, und als ein Mann, der Vergnügen und Aufwand liebte und zeither beides sehr einzuschränken gezwungen war, nahm er mit Freuden die Summen an, die ihm der Präsident von Zeit zu Zeit als den Ertrag seines Antheils an der Handlung gab, und redte aus Dankbarkeit das Beste von ihm bey dem Fürsten. Madam Dormer wurde auf die nämliche Manier durch Schmeicheleyen, Ehrenbezeugungen und Geschenke gewonnen: sie spielte gern die große Dame, und da sie der Präsident völlig so behandelte, sprach sie allenthalben zu seinem Vortheil und trieb auch Arnolden an, dem Fürsten gute Gesinnungen von einem so braven Manne beyzubringen.

Diese neue Freundschaft erzeugte noch eine dritte Ursache zur Kleinmüthigkeit für Herrmannen. Der Fürst bekam auf Arnolds Betrieb, den der Präsident dazu angestiftet hatte, wieder Neigung zur Jagd: sein Liebling bot ihm täglich so viele schöne Büchsen und Hunde an, daß er sie probirte, und über dem öftern Probiren erhielt das Vergnügen wieder Reiz für ihn, sein voriger Trieb erwachte und wuchs sehr bald zur Leidenschaft empor. Die neue Liebhaberey verdrängte die bisherigen, und da seine angelegentliche Sorge für die Regierung und seine Verbesserungsbegierde zum Theil auch nur Liebhaberey gewesen seyn mochten, so kam er izt in keine Sitzung mehr, Herrmann wurde nicht mehr zu politischen Unterredungen geholt, konte nie vor ihn kommen, weil er außer der Tafelzeit nicht zu Hause war, und bekam ihn in vielen Wochen nicht einmal zu sehn. Er entbehrte also eine wichtige Stütze gegen den Präsidenten, der sich täglich mehr zu seiner vorigen Gewalt empor brutalisirte und that, was ihm lüstete, ohne auf Herrmanns Widerspruch im mindsten zu achten.

Herrmann war also auf allen Seiten verlassen, sollte allein wider alle sich stemmen; und da er genug zu thun hatte, sich der Feinde zu erwehren, wollte er sie gar noch angreifen? – Das war allerdings verwägen, aber Muth und Erbitterung wuchs bey ihm täglich, je mehr der Präsident tirannisirte und ihn drückte: vor der Hand mußte er zwar laviren, aber sein Entschluß, das Ungeheuer zu tödten oder von ihm getödtet zu werden, war unbeweglich fest, und er wartete nur auf die Gelegenheit zum Angriff.

Der Präsident wurde nach seiner neuen Allianz, da er die Aufmerksamkeit des Fürsten eingeschläfert und den hauptsächlichsten Zugang zu ihm, Arnolden, in seiner Gewalt hatte, so keck, so unverschämt, daß er seine vorigen Unterschleife mit verdoppelter Dreistigkeit fortsezte, sogar ohne sie zu verstecken. Herrmann, dem er damit trotzen wollte, mußte seinen Aerger verbeißen: er verstummte, that als wenn er nichts bemerkte, und sammelte indessen insgeheim alle Beweise auf, die zur Unterstützung seiner Anklage wider den Präsidenten dienen konten: er fand Gelegenheit, einige von den Rechnungen, die ihm schon längst verdächtig waren, zu untersuchen, und alle waren verfälscht: er entwandte sie, und diesen unwiderlegbaren Beweis nebst seiner gesammelten skandalösen Chronik unter dem Kleide, stellte er sich des Mittags einmal dem Fürsten in den Weg, um von ihm getroffen zu werden, wenn er von der Jagd käme. Es glückte ihm: nachdem er lange herumgegangen war, kam der Fürst an, stieg ab und gieng, wie gewöhnlich, ohne Begleitung über den Schloßhof: er erblickte Herrmannen und fragte ihn – »wie gehts?«

HERRMANN

Schlecht! sehr schlecht! Wie kan es unter den Dienern wohl hergehn, wenn der Herr schläft?

DER FÜRST

Wie so? ist das eine Beschwerde wider mich?

HERRMANN

Nicht wider den guten Fürsten, sondern wider die Betrüger, die seine Güte mißbrauchen! Ich bitte um fünf Minuten Gehör, und Eu. Durchl. sollen schaudern vor der Bosheit, womit man Ihre Gnade erwiedert. –

Der Fürst befahl ihm, in sein Zimmer nachzufolgen: Herrmann übergab ihm seinen Aufsaz, zeigte ihm in den Rechnungen die auffallendsten Beweise wider den Präsidenten und seine Kreaturen und überzeugte ihn so unwiderlegbar, daß er vor Zorn die Papiere auf den Tisch warf und ihm nach der Tafel wiederzukommen befahl. Der Aerger trieb den Fürsten wieder zu den Papieren hin, er las den Herrmannischen Aufsaz und ward so heftig erzürnt, daß er den Präsidenten auf der Stelle rufen ließ. Dieser war durch Arnolden sogleich in vollem Fluge von des Fürsten Unterredung mit Herrmann benachrichtigt worden, und ob er gleich den Inhalt derselben nicht wußte, so vermuthete er doch nichts Gutes und rüstete sich deswegen mit aller möglichen Unerschrockenheit. Der Fürst gab ihm zornig Herrmanns Aufsaz und befahl ihm, vorzulesen: der Präsident gehorchte, las Punkt für Punkt und drehte Punkt für Punkt so künstlich mit der völligen Mine der Wahrheit herum, daß sein Ankläger augenscheinlich zum boshaften Verläumder wurde: der Fürst war durch seine Vorspiegelungen so überzeugt und überzeugter, als durch Herrmanns Gründe, und je höher sein Zorn vorhin stieg, je stärker lenkte er sich nunmehr wider den Urheber desselben. Der Angeklagte bat mit der Energie der falsch beschuldigten Ehrlichkeit um Satisfaktion, und wollte lieber seine Würde in die Hände seines Herrn zurückgeben und den Geschäften entsagen, wenn er sie nicht erhielt: er wußte die kräftige Beredtsamkeit seines Gegners sehr gut nachzuahmen und gab ihr durch eingemischte Demüthigungen und Schmeicheleyen einen neuen Reiz. Bestürmt von den Bitten und Scheingründen des Präsidenten, gereizt von Unwillen, daß Herrmann nach allem Anschein aus Neid seinen Vorgesezten hatte anschwärzen wollen, befahl der Fürst im ersten Verdrusse, daß Herrmann bis nach genauerer Untersuchung der Sache Hausarrest haben sollte. Die Kreaturen des Präsidenten posaunten diesen Triumph der Unschuld sogleich am Hofe und in der Stadt mit aufgeblasenen Backen aus, und Ulrike erfuhr die Nachricht davon, als man zur Tafel gieng. Düstere Wolken hingen auf des Fürsten Stirne; alles schwieg in ehrfurchtsvoller Stille vor dem Unmuthe des Regenten; die Fürstin freuete sich innerlich über den Vorfall, weil ihr Herrmann wegen eines Vorschlags, den er einmal ihrem Gemahle über die Einschränkung ihres Hofstaates that, äußerst verhaßt war; Ulrike saß in banger Betrübniß da, gab jeden Teller unberührt hinweg, wie sie ihn empfangen hatte, und berathschlagte bey sich, was sie zur Befreyung ihres Geliebten thun sollte. Sie beschloß, mit ihren Bitten herzhaft einen Anfall auf den Fürsten zu wagen, sollte er ihr auch die Ungnade der Fürstin zuziehn: gleich nach der Tafel gieng sie ihm nach, holte ihn in seinem Vorzimmer ein, warf sich mit Thränen vor ihm hin und bat um Herrmanns Befreyung und um die Untersuchung seiner Unschuld. Sie flehte so dringend, mit so vollströmendem Schmerze, daß sie der Fürst lange gerührt ansah und sogleich den Arrest aufzuheben befahl: ohne weiter etwas zu sagen, gieng er zerstreut ins Zimmer. Ulrike, eine so artige Figur, den ganzen Kummer der Liebe auf dem Gesichte, in Thränen, flehend vor ihm hingeworfen, hatte einen so lebhaften Eindruck auf ihn gemacht, daß er, in das Bild vertieft, einigemal im Zimmer auf und nieder gieng: er sah in der Zerstreuung zur Thüre hinaus, ob sie vielleicht noch wartete, aber sie war fort: herzlich gern hätte er sie noch einmal in der vorigen Stellung erblickt. Er seufzte, befahl, Niemanden vorzulassen, und griff verdrießlich nach den Papieren, die Herrmann überreicht hatte, um nach Ulrikens Verlangen seine Unschuld zu untersuchen. Wie erstaunte er, als er statt der dicken Rechnung, die er vor Tafel in Händen hatte, nur wenige Bogen erblickte und nichts darinne fand, was er vor Tafel las! Arnold mußte kommen und wurde gefragt, wer diese Papiere ausgetauscht habe: er hatte auf diesen Fall schon seine Partie genommen, so bald er Ulrikens Fürbitte und ihre Folgen sahe, und antwortete dreist, daß es ihm der Präsident im Namen Ihrer Durchlaucht befohlen habe. Nun war offenbarer Verdacht da: dem Herrn von Lemhoff wurde geboten, im Augenblicke die umgetauschte Rechnung herbeyzuschaffen, allein er konte nicht; denn sie war vernichtet worden. Er dachte zwar durch seine Beredsamkeit den Fürsten wieder umzustimmen, aber er kam nicht vor, und Herrmann erhielt den Auftrag, die übrigen Rechnungen herbeyzubringen. Es geschah: alle waren auf den nämlichen Schlag gemacht, der Präsident überführt: er demüthigte sich, bat die Fürstin um ihren Fürspruch, den sie ihm auch nicht verweigerte, weil er zu Herrmanns Nachtheile wirken sollte, allein ehe sie mit ihm zu dem Fürsten gelangte, hatte der Präsident schon seine Entlassung. Zur Strafe mußte er das Arbeitshaus bauen lassen, das Herrmann so oft in Vorschlag und nie wegen der Widersetzung dieses Despoten zu Stande gebracht hatte. Die Fürstin versuchte zwar verschiedene eifrige Fürbitten, um den Gefallnen wieder in seinen Posten zu bringen, allein sie bewirkte nichts, als daß sich das allgemeine Mistrauen des Fürsten, das ihm eine so unerhörte Untreue einflößte, auch auf sie erstreckte, besonders da ihm Arnold ihren Haß gegen Herrmann als die Ursache ihres Fürspruchs und die Veranlassung dieses Hasses angab; und Arnold freuete sich auch nicht wenig, der Fürstin bey der Gelegenheit so nebenher einen Streich zu versetzen, da ihre Gunst gegen ihn ganz erloschen war, seitdem sie nicht mehr angelte. Täglich, fast stündlich liefen Beschwerden wider den verabschiedeten Präsidenten und Entdeckungen neuer Betrügereyen ein, daß sie zulezt der Fürst untersagen mußte, um nicht überhäuft zu werden: da der Gefürchtete einmal in der Grube lag, so arbeitete Jedermann, ihn nicht emporkommen zu lassen: wer vorher nicht Ein freymüthiges Wort flisterte, sprach itzo laut, wie ein Held. Herrmann, weil er siegte, war der angebetete, von allen Zungen gepriesene Erretter des Vaterlandes: Madam Dormer wartete ihm noch den nämlichen Tag, wo der Präsident stürzte, sehr spät auf, um ihm ihre Freude über den erfochtnen Sieg zu bezeugen, und Arnold, der in der Minute, als der Fürst nach der Umtauschung der Rechnung fragte, auf Herrmanns Seite getreten war, konte nicht laut genug über den Fall des Präsidenten triumphiren, welches er nothwendig thun mußte, um sich nicht wegen seiner vorigen Verbindung mit ihm verdächtig zu machen. Es kam zwar zu den Ohren des Fürsten, daß er Antheil an dem Verkehr des Herrn von Lemhoffs gehabt und viel Geld von ihm empfangen hatte, allein er rechtfertigte sich damit, daß es blos eine kaufmännische Verbindung gewesen sey, die er freilich nicht eingegangen wäre, wenn er gewußt hätte, daß der Fond des Handels aus den Fürstlichen Kassen genommen würde: er that seine Unwissenheit in Ansehung des lezten Punktes leidlich dar, der Fürst nahm seinen Beweis für gültig an, aber behielt lange Mistrauen und Zurückhaltung gegen ihn.

Aus einer so großen Staatsveränderung, dergleichen in diesem Lande seit undenklichen Zeiten nicht vorgegangen war, mußten nothwendig wichtige Folgen entstehn. Der älteste adeliche Rath, ein Mann, den Alter und Faulheit zum Despotiren und Betrügen untüchtig machten, bekam einen Theil von der Besoldung des Herrn von Lemhoffs und sollte in Zukunft den Präsidenten *vorstellen*, welches er auch treulich that; denn er saß auf seinem Stuhle da, ohne sich zu rühren, vom Anfange jeder Sitzung bis zum Ende. Die andre Hälfte der Besoldung erhielt Herrmann, dabei den Titel eines Direktors und die ganze Arbeit des Präsidenten. Die Hauptperson, von welcher alles abhieng, und ohne welche nichts geschehen konte, wollte der Fürst selbst seyn, und war es beinahe mehr, als er es seyn sollte: er entsagte von neuem allen seinen Vergnügen, ließ seiner Aufmerksamkeit nichts ungefragt entwischen und wollte so sehr mit seinen eignen Augen allenthalben sehn, daß alles zwar ordentlich, aber unerträglich langsam gieng: seine Ideen waren oft schief und nur halb gut, weil er das Ganze nicht überschaute, und so bewundernswürdig seine Geduld war, Belehrungen anzuhören, so ermüdend war es doch für diejenigen, die ihn belehren mußten: aus jeder Berathschlagung wurde meistens ein Kollegium, das ihm Herrmann las. Gern hätte ihn dieser aus der besten Absicht zuweilen auf die Jagd gewünscht; denn vor großer Bedachtsamkeit und vielem Ueberlegen kam weder Gutes noch Böses zu Stande: es that Herrmannen tausendmal weher, ihm zu widersprechen, als dem vorigen Präsidenten, weil er sich scheute, dem guten Fürsten die Kränkung zu verursachen, daß er falsch geurtheilt habe, und er hinderte aus diesem Grunde weniger Schädliches, als unter dem Despotismus des Herrn von Lemhoffs. Außerdem stieg das Mistrauen des Fürsten zu einem Grade, der beleidigen konte, wenn man die Veranlassung dazu nicht wußte: er fürchtete allenthalben List und Betrug und brauchte oft lange Untersuchung, um da keinen zu finden, wo keiner war. Indessen waren doch seine Einkünfte und das ganze Land unendlich besser berathen als vorher, und er gab Herrmannen deutlich zu verstehen, daß er ihm die Anklage des Präsidenten zum Verdienst anrechnete.

Auch Ulriken traf die Wirkung jener Revolution. Sie zog sich durch ihre Fürbitte für Herrmannen ein scharfes Verhör von der Fürstin zu, und da sie so gewaltig mit Fragen gequält wurde, gestund sie ihre Liebe ohne Rückhalt und versicherte mit einiger Wärme, die man für Troz annehmen konte und die Fürstin auch wirklich dafür annahm, daß sie ihn heirathen würde, sobald er für gut befände, ihre Hand zu verlangen. – »Auch wenn ichs nicht gern sähe?« fragte die Fürstin mit Stolz. – »Ich hoffe,« antwortete Ulrike, »daß es Eu. Durchlaucht gern sehen werden.« – »Nein,« sprach die Fürstin entrüstet, »bey meiner Ungnade untersag' ich die Heirath.« – Ulrike seufzte und schwieg.

Als sie der Fürst, nachdem der Hauptsturm mit dem Präsidenten vorüber war, zum erstenmale wieder erblickte, kam ihm das reizende Bild, wie sie weinend vor ihm auf den Knien lag, in die Gedanken zurück, und er erkundigte sich, ob sie nunmehr mit ihm zufrieden wäre. Sie dankte ihm mit der lebhaftesten Freude für Herrmanns Freisprechung und hielt inne, als wenn sie noch etwas mehr zu bitten hätte. – »Fehlt noch etwas?« fragte der Fürst lächelnd. »Soll ich etwa den Pfarr holen lassen?« – Ulrike nahm den Scherz mit Fleis als Ernst auf und erzählte ihm die traurige Lage, in welche sie das Verbot der Fürstin gesezt hatte. – »Ich sehe wohl,« sprach der Fürst und drückte sie verliebt bey der Hand: »so einem hübschen Mädchen kan man nichts abschlagen. Ich will noch einmal helfen.«

Er besprach sich mit der Fürstin darüber, aber sie widersezte sich mit einer Heftigkeit, die ihn beleidigte. – »Der Mensch soll so eine hübsche Frau nicht haben,« sagte sie und wiederholte ihr Verbot in seiner Gegenwart. Seit diesem Augenblicke fiel der Thermometer ihrer Gunst gegen Ulriken bis zum Gefrierpunkte herunter.

Der Fürst, durch die Heftigkeit seiner Gemahlin beleidigt, ob er gleich seine Empfindung verhelte, sprach selbst mit Herrmannen über seine Liebesangelegenheit und nöthigte ihn durch die Versprechung alles Vorschubes, frey heraus zu beichten; Herrmann that es, aber gieng wohlbedächtig in seiner Geschichtserzählung nicht weiter als bis zu dem Zeitpunkte zurück, wo er der jüngste Geselle in des Obersten Werkstatt gewesen war. Der Fürst rieth ihm, die Sache so lange anstehn zu lassen, bis er die Fürstin gegen ihn ausgesöhnt hätte: Herrmann nahm den Rath willig an, da ihm seine überhäuften Geschäfte und der Eifer, womit er die Arbeit eines ganzen Kollegiums verrichtete, keine Zeit zur Liebe übrig ließ: er wollte erst in seinem neuen Posten fest sitzen, um den Genuß eines endlich errungenen Glücks voller und ungestörter zu genießen. Dem Fürsten gefiel die Aufopferung, die er seinem Dienste machte, überaus wohl, er versuchte der Fürstin Gesinnungen gegen ihn zu ändern, und es wäre ihm auch gelungen, wenn nicht der Oberste Holzwerder ihr so flehentlich angelegen und auch ihn mit seinen Bitten so vielfältig bestürmt hätte, daß er bey der neuen Aufmerksamkeit auf die Geschäfte nicht weiter daran dachte: die Sache schlief abermals ein, und das Publikum hatte das Brautpaar abermals zu zeitig trauen lassen.

DRITTES KAPITEL

Arnold und Madam Dormer hatten seit der Entlaufung ihres Mannes und schon vorher in geheimer Vertraulichkeit gelebt; und einen großen Theil von der Ungnade der Fürstin, die solche Verbindungen für ihr Leben nicht ausstehn konte, mußten sie dieser Ursache zuschreiben. Um ihren Haß zu mildern, und weil auch der Fürst auf ihren Antrieb Arnolden etlichemal befahl, die Dormerin entweder zu heirathen oder von ihr zu lassen, waren sie beständig willens gewesen, sich durch eine geszmäßige Ehe zu verbinden, und die Braut machte schon Anstalt, ihren entlaufnen Mann auf den Kanzeln ausrufen zu lassen, in der Hofnung, daß er es nicht hören werde. Arnold erregte unaufhörlich Schwierigkeiten: der entlaufne Mann war bis izt noch nicht ausgerufen, die Heirath bis izt noch nicht vollzogen; und der Bräutigam dachte gegenwärtig sogar darauf, sie nie zu vollziehen: aber Madam Dormer verstand das Handwerk besser und lenkte ihn so schnell wieder um, daß er bey dem Fürsten um die Erlaubniß anhielt: er bekam sie ohne Verzug, der entlaufne Mann wurde ausgerufen, und siehe! da erscheint bey dem Fürsten eine demüthige Supplik von einem Frauenzimmer aus Leipzig, die Herrn Arnold wegen eines nicht gehaltnen Eheversprechens verklagt und gegen seine vorhabende Heirath Einspruch thut. Das Frauenzimmer hatte sich in eigner Person mit ihrer Bittschrift hieher bemüht und war die stille Lisette, die einmal Herrmannen in seiner Spielerperiode vor einer Untreue bewahrte. Arnold unterhielt damals Adolfinen, ihre verbuhlte Schwester, verließ sie, worauf das Mädchen in eine Krankheit verfiel, in welcher Herrmann ihrem Mangel mit einer kleinen Wohlthat zu Hülfe kam als dieser Leipzig verlassen hatte, trieben Arnolden die Vorwürfe seiner Freunde wieder zu seiner alten Geliebten hin: sein Geschmack für sie wollte sich nicht wiederfinden, er verliebte sich in Lisetten, that ihr Anträge, die sie unter der nämlichen Bedingung eingehn wollte, die sie Herrmannen vorlegte: der verliebte Arnold verstund sich ohne Bedenken zu einem Heirathsversprechen: sie wechselten Ringe und zeugten zusammen ein wohlgebildetes Knäblein. Sie kam in der Stille auf dem Lande nieder, nahm das Kind in der Folge als eine angebliche Waise zu sich, er unterhielt Mutter und Kind, so gut er konte: die ganze Zeit über, die er in seiner itzigen Stelle zubrachte, wechselten sie Briefe miteinander, ohne daß die listige Dormerin etwas davon gewahr wurde, und weil er Lisetten auf die sechs lezten Briefe zu antworten unterließ, befand sie für gut, ihm den siebenten selbst einzuhändigen. Der Sohn zeugte wider den Vater: der Vater konte sich weder ihm noch der Mutter verläugnen: Arnold bekannte, schob alle Schuld seiner zweiten Verbindung auf Madam Dormers Verführungen, gab ihr den Abschied und heirathete Lisetten. Die Fürstin und alle seine Feinde wollten diesen Zufall nützen, ihn aus der Gnade des Fürsten oder gar aus seinem Platze zu verdrängen: aber Herrmann vertrat ihn mit allen Kräften bey dem Fürsten, aus alter Freundschaft für Lisetten.

Diese Heirathsgeschichte, so unbeträchtlich sie an sich ist, hatte den beträchtlichsten Einfluß auf die vornehmsten Personen des Hofes. Die Fürstin wurde der Dormerin wieder gewogen, weil sie nicht die Frau eines Mannes geworden war, den sie nunmehr doppelt haßte: durch seine Fürsprache für Arnolden ward Herrmann der Fürstin und der Dormerin unversöhnlich verhaßt: diese erbitterte Frau trat völlig zur Partey der Fürstin, um sich durch sie an Arnolden empfindlich zu rächen. Dabey hatte sie noch einen Nebenzweck: sie wünschte schon lange eine größre Rolle am Hofe zu spielen und war unzufrieden, daß ihr Einfluß auf den Fürsten nur heimlich durch die dritte Person geschehn mußte, schon längst sehr gering gewesen war und itzo ganz aufhörte. Ihre Mühe, dem Fürsten Liebe beyzubringen, konte vor der unermüdeten Aufmerksamkeit seiner Gemahlin nichts fruchten: auch verlor sich sein Geschmack für sie sehr bald. Izt da sie die Fürstin wieder gewonnen hatte und mit ihr gemeinschaftliche Sache wider Arnolden machte, glaubte sie in ihrer Operation auf den Fürsten desto kühner fortschreiten zu können, weil ihr Arnolds Erniedrigung zum Deckmantel diente: sonach sollte die Fürstin aus Feindschaft gegen Arnolden sie bey dem Fürsten in Gunst setzen und ihr die Absicht selbst erleichtern, die ihre Eifersucht so gewaltig zu hindern suchte. Der Plan war so fein eingefädelt, daß er unmöglich gelingen konte.

Gleich der erste Schritt, den ihre Rache that, gieng ihr fehl. Die Fürstin war zwar zu Erreichung ihrer Absichten so gefällig, daß sie in die Zudringlichkeit ihrer Alliirten zu dem Fürsten keinen Verdacht sezte, sondern sie eher begünstigte: die Dormerin nahm sich also vor, bey der ersten Gelegenheit, wo sie den Fürsten irgendwo allein finden werde, ihm Arnolds vormalige Verbindung mit dem abgesezten Präsidenten in dem nachtheiligsten Lichte vorzustellen, und hatte schon mit der Fürstin Verabredung genommen, wie sie ihr eine solche Gelegenheit verschaffen sollte. Arnold kannte zwar die Nähe der Gefahr nicht, aber er hielt es überhaupt für sicher, sich beyzeiten in Positur wider eine Frau zu setzen, deren Intriguensucht und Rachbegierde er auswendig wußte, und nahm deswegen von dem Augenblicke an, wo seine Heirath ihre Freundschaft trennte, den Fürsten so stark wider sie ein, daß er ihr aus dem Wege gieng und sie weder sehn noch hören wollte, welches sehr leicht zu bewerkstelligen war, da er sie schon lange wegen ihrer Zudringlichkeit nicht sonderlich leiden konte. Demungeachtet drang sie mit Beyhülfe der Fürstin bis zu ihm durch, aber er hörte ihr Anbringen nicht, sondern drehte ihr den Rücken zu und ließ sie stehen: die Frau wollte vor Wuth zerspringen. Arnold erhielt Nachricht von dem verunglückten Versuche, muthmaßte, daß sie seine ehmalige Vertraulichkeit misbrauchen wollte, ihn anzuschwärzen, und arbeitete seitdem, sie ganz vom Hofe zu entfernen. Allein für sich glaubte er dies bey der verminderten Gunst des Fürsten nicht zu vermögen und wandte sich an Herrmannen: er stellte ihm ihre beiderseitige Gefahr so lebhaft vor, daß Herrmann wirklich sich ein Verdienst um den Hof zu erwerben glaubte, wenn er zu ihrer Entfernung beytrüge, seine eigne Sicherheit ungerechnet. Es that ihm zwar weh, ihrer vormaligen Verbindlichkeiten zu vergessen; allein was half es? Die Partie der Fürstin schien ihm durch den Beitritt einer so verschmizten Frau zu gefährlich geworden zu seyn, und er trug daher, was er schon oft gethan hatte, bey dem Fürsten auf die Einziehung aller überflüßigen Bedienungen an: der Fürst billigte den ökonomischen Vorschlag und zeichnete Madam Dormer eigenhändig oben an. Sie bekam ihre Entlassung und eine Pension auf ein Jahr mit der Bedingung, sich unterdessen nach einer andern Versorgung umzuthun. Die Fürstin nahm sie Herrmannen zum Troz unter ihren Hofstaat auf und legte dadurch den Grund zu der folgenden Uneinigkeit mit ihrem Gemahle.

Die Dormerin sprühte Feuer und Flammen wider den Fürsten, wider Herrmannen, wider Arnolden, wider Herrmanns sämtliche Partie, und hätte sie insgesamt mit ihren Händen würgen mögen. Das Mislingen ihrer Absichten machte sie allemal tückisch und boshaft, wie sie schon in Berlin bewies: sie bewies es auch izt. Sie wußte sich durch nichts an dem Fürsten zu rächen, als daß sie die Eifersucht seiner Gemahlin wider ihn erregte: sie fachte eine Leidenschaft, wozu die Dame ohnehin sehr geneigt war, durch Erdichtungen, falsche Auslegungen und alle Künste ihrer höllischen Beredtsamkeit, so außerordentlich bey ihr an, daß sie aus allen Blicken, Reden und Handlungen ihres Gemahls Argwohn schöpfte: es kam zu empfindlichen Sticheleyen und endlich gar zu beleidigenden Verweisen. Der Fürst hielt mit männlicher Geduld an sich und foderte blos von ihr, die Dormerin vom Hofe zu schaffen: sie weigerte sich mit Heftigkeit, und der Bruch war geschehen: ihr Gemahl gab ihr, ohne weiter etwas Unangenehmes zu sagen, acht Tage Bedenkzeit, und da nach dem Verlaufe derselben sein Befehl nicht befolgt wurde, lebte er abgesondert von ihr und nahm sich vor, seine Absonderung so lange fortzusetzen, bis sein Befehl erfüllt würde.

Dies nennte die Dormerin gelungne Rache für die Verschmähung ihrer Reize, und sie spornte nunmehr die Fürstin an, die Waffen gegen Herrmannen zu kehren. Dies Projekt war schon ungleich schwerer; aber welche Mittel wußte die Frau nicht zu finden? – Sie rieth zu einem Bündnisse mit Arnolden, verschluckte allen Groll und suchte seine Freundschaft. Sie drang sich bey seiner Frau ein und gewann die gute stille Lisette mit ihrem Geschwäze so sehr, daß sie unwiderstehlich ihre Herzensfreundin wurde: sie wiederholte ihre Besuche bey ihr täglich, brachte ihr Grüsse, Gnadenversichrungen und Geschenke von der Fürstin und versprach, ihr Zutritt bey dieser Dame zu verschaffen. Lisette wurde von ihrem Manne gewarnt und ihr das Verbot gegeben, die Frau nicht wieder ins Haus zu lassen: das gute Weibchen war eitel und begierig nach einer Gnade, die sie noch nie gekostet hatte, ließ trotz des Verbotes die Dormerin doch herein, und eines Nachmittags ließ sie sich durch vieles Zureden überwinden und begleitete sie zur Fürstin. Der Mann erfuhr nichts davon, aber das Weibchen war von den Gnadenbezeugungen so gestopft voll, daß sie sich schlechterdings ihrer entladen mußte: mit der freudigsten Begeisterung erzählte sie ihm des Abends die gnädigste Bewillkommung und die gnädigste Herablassung, die Herrlichkeiten, die man ihr gezeigt, und die Geschenke, die man ihr gemacht hatte. Arnold errieth, daß man ihn gewinnen wollte, ob er gleich den Zweck nicht absehn konte, freute sich seiner Wichtigkeit, und gab seiner Frau kein so geschärftes Verbot mehr, um zu erfahren, wo das hinauslaufen sollte: er bildete sich gar ein, daß ihm die hohe Ehre eines Friedensstifters zwischen Fürsten und Fürstin zugedacht sey. Lisette wurde zu mehr gnädigen Bewillkommungen abgeholt und kam jedesmal entzückter und reicher mit Geschenken zurück: ihr Mann verstund die Kunst, Geld zu verthun, und war also nicht unzufrieden, daß sich ihm hier eine neue Quelle öfnete. Seine Frau söhnte die Dormerin mit ihm aus, und diese überredte ihm, daß die Fürstin ihn zur Mittelsperson zwischen sich und dem Fürsten erwählt habe: der eingebildete Narr, stolz über diesen erdichteten Auftrag, glaubte noch der vorige Günstling zu seyn, der mit einem Spaße den Willen seines Herrn regieren könte, und wagte wirklich einen Versuch, den der Fürst sehr ungnädig aufnahm. Der abgewiesene Friedensstifter machte zwar, um den Zufluß von der Fürstin im Gange zu erhalten, der Dormerin große Wunder weiß, die er bey seinem Herrn ausgerichtet habe, und verstund sich sogar zu der Unternehmung, Herrmanns Kredit zu schwächen: er brachte ihr auch täglich günstige Nachrichten, wie viel weiter er darinne gekommen sey, ob er gleich nicht wagen durfte, nur Ein nachtheiliges Wort wider Herrmannen bey dem Fürsten zu schnauben. Die Fürstin bildete sich gleichwohl ein, daß ihr Einfluß durch diesen Kanal sehr groß sey, und bedachte nicht, daß die Wirkung einen weiten Umweg nahm und folglich ungemein viel von ihrer Kraft verlieren mußte: sie wirkte auf die Dormerin, die Dormerin auf Arnolds Frau, Arnolds Frau auf ihren Mann, und ihr Mann auf den Fürsten: das Ziel war so weit, daß die Kugel matt vor ihm niederfiel und nicht einmal anprallte. Zu Arnolds Unglücke erfuhr der Fürst seine neuerrichtete Freundschaft mit Madam Dormer und die Geschenke, die seine Frau von der Fürstin bekam: er argwohnte ein Komplot und ließ den gewesenen Günstling gar nicht mehr um sich seyn.

Unglückliche Dormerin! alles soll dir mislingen. – Sonst wäre der Frau diese völlige Entziehung der Gunst eine Freude gewesen, und war es auch wohl im Grunde noch, aber nur zur Hälfte; denn mit ihrem Verluste vereitelte sich auch der Plan wider Herrmannen. Ihn ganz aufzugeben, war ihrer Rache unmöglich: da sie auf einer Seite zurückgetrieben war, wollte sie auf einer andern den Angriff thun: wenn sie ihn nicht um seinen Kredit bey dem Fürsten bringen konte, so sollte er Ulriken verlieren: sie machte Anstalten zur Entzweyung.

Die arme Ulrike saß wie ein eingesperrtes Schäfchen zwischen Wölfen, die sie zerreißen wollen, und hielt sich so still als möglich, um nicht unter sie zu gerathen und im Gedränge erdrückt zu werden. Sie empfieng von der Fürstin seit der lezten Fürbitte für Herrmannen wenig freundliche Blicke und desto mehr saure, bat um ihren Abschied und erhielt ihn nicht, weil die Fürstin und besonders Madam Dormer besorgten, daß alsdann ihre Heirath mit Herrmannen zu Stande kommen würde. Herrmann dachte täglich daran, sie zu befreyen, allein weil sie zum Hofstaate der Fürstin gehörte und also zu ihrer Partey gerechnet wurde, wagte er es bey den vorwaltenden Mishelligkeiten nicht, einen so delikaten Fleck bey dem Fürsten zu berühren und sich die Hofdame seiner Gemahlin zur Frau von ihm auszubitten: er hofte auf eine Wiedervereinigung der beiden fürstlichen Personen, die ihm auch nicht schwer schien, sobald man das Unglücksweib, die Dormerin, vertreiben könte. Das war freilich wohl klug gedacht; aber er konte sich seine ganze Klugheit sparen, wenn er über seinem großen Enthusiasmus für die Geschäfte sich etwas mehr um die geheime Hofgeschichte bekümmerte, die fast Jedermann im Lande eher wußte als er.

Der Fürst hatte allmälich seine mistrauische Laune verloren, völliges Zutrauen zu Herrmanns Treue gefaßt und folglich seine Aufmerksamkeit auf die Angelegenheiten sehr vermindert: keine von seinen vorigen Liebhabereyen wollte ihm mehr schmecken, auch für die Jagd war sein Geschmack sehr schlaff: er hatte keinen Günstling, dem er traute, der ihm Zeitvertreib und Neigungen mittheilte, war übel aufgeräumt über die Mishelligkeit mit seiner Gemahlin und hatte also viel Verdruß und viel Langeweile auf sich liegen. Eine so traurige Lage suchte er sich durch die Liebe zu mildern: Ulrike hatte seit ihrer ersten Erscheinung am Hofe geheimen Antheil an seinem Herze gehabt und in dem Augenblicke, als sie im Vorzimmer weinend und kniend für Herrmannen bat, ihm wirkliche Liebe eingeflößt: um die Eifersucht seiner Gemahlin nicht zu kränken, that er sich den möglichsten Zwang an, seine Liebe nicht in verdächtige Vertraulichkeiten ausbrechen zu lassen: izt hatte ihn die Fürstin beleidigt, er war von ihr abgesondert, frey und aus Rache nicht ungeneigt, sie durch eine neue Liebe für ihre Hartnäckigkeit zu strafen. Er suchte daher Gelegenheiten, mit Ulriken zusammenzutreffen: wo er sie fand, sprach er ohne Scheu im Tone vertraulicher Zärtlichkeit mit ihr und spielte sehr häufig auf eine Verbindung an, wie sie Fürsten mit Personen geringern Standes eingehen können, um ihre Denkungsart über diesen Punkt zu erforschen. Zum Theil verstund sie diese Anspielungen nicht, zum Theil wich sie ihnen mit ihrer Antwort aus: weil sie in keiner Gunst mehr bey der Fürstin stund, hatte sie mehr Freiheit herumzugehen und öfterer in solche Gespräche mit dem Fürsten zu gerathen: sie hat auch in der Folge offenherzig gestanden, daß sie die Gelegenheiten dazu suchte, aber in der unschuldigen Absicht, sich durch seine Unterhaltung von der Langenweile zu erholen, die sie wie ein Alpengebirge drückte – eine Absicht, die man ihr um so weniger verdenken darf, da der Fürst die einzige Mannsperson am Hofe war, deren Unterhaltung ihr gefallen konte! Die Fürstin und Madam Dormer übersahen Ulriken und ihre Unterredungen mit dem Fürsten, über der hitzigen Verfolgung ihres Planes wider Herrmannen: auf einmal verbreitet sich das Gerücht am Hofe, daß Ulrike des Fürsten heimliche Mätresse sey und morgen oder übermorgen öffentlich in dieser Qualität erscheinen werde: der eine hatte ihr einen Kuß geben sehn, der andre wollte sie von seinen Armen umschlungen, der dritte in andern vertraulichen Stellungen erblickt haben. Jedermann maßte sich die Ehre an, mit dieser geheimen Liebesgeschichte schon längst wie mit seiner eignen bekannt gewesen zu seyn, und alle wollten sie verheimlicht haben, weil man nicht gern von solchen Sachen spräche, wie ein jeder mit weisem Achselzucken zur Ursache seines tiefen Stillschweigens angab; und doch war die ganze Geschichte nichts als ein Kuß, den ein Küchenjunge den Fürsten Ulriken hatte geben sehn. Wie schwollen die Nasenlöcher der Madam Dormer empor, als dies Gerücht zu ihren Ohren gelangte! Der Zorn blies ihre Backen auf, die Augen traten wie ein Paar Flammen hervor, sie knirschte, sie schnaubte vor Wuth, daß ein solches Mädchen, wie sie Ulriken bey sich nannte, ein Glück erlangen sollte, nach welchem sie so lange, so eifrig und so vergeblich gestrebt hatte: die Eifersucht fuhr, wie schneidende Messerschnitte, durch ihr Herz: sie nahm sich nicht Zeit zur Erholung von ihrem Zorne, sondern flog mit diesem gorgonischen Gesichte gerades Weges zur Fürstin, um ihr die verhaßte Entdeckung mitzutheilen. Die Heftigkeit ihres Ausdrucks und ihrer Geberden, das glühende Feuer aus ihrem Gesichte und die Sache selbst steckte die Fürstin mit gleichem Feuer an: die Dormerin vergaß Ueberlegung und Klugheit, und erzählte, um ihrer Nebenbuhlerin recht zu schaden, ihren ganzen Liebeshandel mit Herrmannen, ihre Niederkunft, und war von der Rachsucht so sehr verblendet, daß sie sogar den geheimen Briefwechsel nicht ausließ, den die beiden Verliebten durch sie bey ihrem Hierseyn geführt hatten. Ulrike mußte auf Befehl der Fürstin erscheinen, und wie ein zitterndes Reh, von zween Jägern mit angelegtem Gewehr geängstigt, wurde sie mit Fragen und Drohungen so gewaltig gequält, daß sie alle ihre Vergehungen bekannte: die Dormerin stund vor ihr, fragte Artikel für Artikel ihre ganze Geschichte durch, und wenn sie zauderte, Ja zu sagen, rief ihr die Fürstin drohend zu: »willst du gestehn?« – sie weinte und gestand.

Sobald sie den Hauptpunkt, ihre Niederkunft, nach langem Weigern und Weinen bekannt hatte – denn man drohte ihr mit gerichtlicher Untersuchung, wenn sie nicht hier gestünde – nach diesem von Furcht und Angst ausgepreßten Ja wurde sogleich ihr Urtheil gesprochen: die Fürstin befahl ihr mit der fürchterlichsten Ungnade, den Augenblick das Schloß zu verlassen, wenn sie nicht in der folgenden Minute von der Wache weggeführt seyn wollte. – »Und die gottlose Kuplerin dazu!« sprach sie zur Anklägerin. Nun besann sich die sonst so kluge Frau, daß sie in der Hitze einen tummen Streich begangen und sich selbst verrathen hatte. Sie suchte den Vorschub, den sie den beiden Verliebten durch Besorgung des Postwesens gethan hatte, zu beschönigen, aber es half nichts: sie mußte augenblicklich aus dem Zimmer.

Ulrike, ohne in der Bestürzung zu bedenken, daß es nicht von der Fürstin abhieng, sie mit der Wache fortführen zu lassen, eilte, von Furcht gejagt, als wenn sie Grenadiers mit aufgepflanzten Bajoneten verfolgten, aus dem Schlosse, und der Schrecken führte sie blindlings in die Arme der Liebe, in Herrmanns Wohnung. – »Herrmann!« rief sie mit zitternder Stimme, indem sie in die Stube hereintrat; »hier kömmt dein verfolgtes Täubchen, nimm es auf! nimm es auf in den Schuz der Liebe!« – Herrmann saß, von Berichten, Verordnungen und Rechnungen umschanzt, und hatte eben so viel Mühe, sich aus seinen Papieren, als aus seinen kameralischen Gedanken herauszufinden: die Stimme tönte ihm dazwischen, wie das ferne Girren einer Turteltaube in einer dürren Sandwüste: er sprang auf, schleuderte Rechnungen, Pachtbriefe und Berichte von sich hinweg, stand da und staunte. – »Ulrike! in der Dämmerung! zu mir! so allein! bist du es?« rief er, starrend vor Verwunderung.

ULRIKE

Freilich bin ichs! Das verabschiedete weggejagte verfolgte Mädchen! Von Bosheit und Schadenfreude vertrieben! – Unsre ganze Schande ist entdeckt: ich selbst habe sie durch mein Geständniß offenbaren müssen.

HERMANN

Entdeckt? durch wen?

ULRIKE

Durch das Weib, das allein einer solchen Bosheit fähig ist!

HERMANN

Durch die Dormerin? – Ha! die Verwägne soll dafür büßen, schwer büßen! Schmach und Strafe soll die Verbrecherin treffen. Bleib hier! beruhige dich! ich will zum Fürsten eilen; und er muß sie strafen, oder ich will meine Treue gegen ihn verfluchen. Bleib! – den Kopf muß man der Natter zertreten, wenn sie nicht schaden soll: ich will keine Sonne in diesem Lande wieder aufgehen sehen, wenn das Ungeheuer nicht gezüchtigt wird. – Aber wie hat sie ihre Bosheit verübt? hurtig, Ulrike, hurtig erzähle! –

Sie berichtete ihm eilfertig den Auftritt in der Fürstin Zimmer, wie man sie zum Geständnisse zwang; und kaum hatte sie das Nothwendigste gesagt, so machte er sich auf den Weg. – »Der Donnerkeil ward von höhern Händen für meinen Scheitel geschmiedet,« sprach er im Gehen: »mich soll er durch dich treffen: aber er soll abprallen, unschädlich abprallen. Sey muthig, Ulrike, und hoffe auf die Gerechtigkeit des Fürsten!«

Aus den Mishelligkeiten der regierenden Personen suchen bekantermaßen immer die Geringern ihren Vortheil zu ziehn, und es kam gleich einer von solchen dienstfertigen Aufpassern, sobald Ulrike aus dem Schlosse geflüchtet war, und meldete dem Fürsten ihre Entfliehung, doch ohne die Ursache derselben angeben zu können. Die Liebe beunruhigte ihn sogleich mit mancherley Besorgnissen, mit Muthmaßungen, daß seine Gemahlin etwas von seiner Absicht auf Ulriken errathen, erfahren, und sie deswegen gemishandelt habe: er glühte vor Unwillen und Unruhe und sandte gleich zu dem Obersten Holzwerder, um zu erfahren, ob sie zu ihm geflüchtet wäre: der Oberste begegnete dem Boten unterwegs in voller Eile zur Fürstin, die ihn hatte rufen lassen, und hörte izt das erste Wort von Ulrikens Flucht. – »Ist sie nicht da?« fragte der Fürst ängstlich, sann und befahl dem nämlichen Boten, sogleich mit allen seinen Kräften zu Herrmannen zu laufen. Der Laufer rennte, daß er sich die Beine hätte zerbrechen mögen, in großen Sprüngen und schoß am Eingange des Schlosses vor Herrmannen vorbey, der mit scharfen Schritten zu dem Fürsten wanderte und schon angelangt war, als der Laufer mit der Nachricht zurückkam, daß Herrmann nicht zu Hause sey. – »Ist sie bey Ihnen?« fragte der Fürst hastig, als Herrmann ins Zimmer trat, und war so begierig Ursache und Umstände zu erfahren, daß er vor vielen Fragen die Erzählung lange nicht in gehörigen Gang kommen ließ. Herrmann trug alles vor, was er aus Ulrikens Munde gehört hatte, sezte das Geständniß ihrer beiderseitigen Vergehung und ihrer so lang ausgedauerten Liebe hinzu und schloß mit diesen Worten: »Den Händen eines gerechten Richters habe ich mein Geheimniß und meine Liebe anvertrauet: er mag richten! Ihrer Durchlaucht Urtheil ist ein Spruch über mein Leben.« –

Nach einer tiefsinnigen Pause sprach der Fürst seufzend: »Wenn es so ist, so müßt Ihr Euch heirathen.« – Kaum hatte er es ausgesprochen, so ließ der Oberste Holzwerder inständigst um Gehör bitten: er wurde vorgelassen und ersezte noch einige Umstände, die in Herrmanns Erzählung gefehlt hatten, berichtete unterthänigst, daß ihm die Fürstin auf das schärfste bey ihrer Ungnade anbefohlen habe, die Verheirathung zwischen Ulriken und Herrmannen nicht zuzulassen, und bat eben so unterthänigst und flehendlichst, daß ihn der Fürst in der Erfüllung dieses Befehls unterstützen möchte. Der Fürst, beleidigt durch das Verbot seiner Gemahlin und durch ihr ganzes Verfahren wider eine Person, die einen so großen Theil seiner Liebe besaß; voll Begierde, seiner Gemahlin nicht die Oberhand zu lassen, fuhr zornig heraus: »Sie sollen sich heirathen: ich will es.« – Der Oberste wagte noch einige Vorstellungen, aber der Fürst unterbrach ihn mit verachtendem Tone: »Der Fürst befiehlt, daß sie sich heirathen sollen; und der Oberste Holzwerder soll das Weib, die Dormerin, mit Wache aus dem Schlosse schaffen, wenn sie sich nicht freywillig dazu entschließt; und gleich itzo! bitte ich mir aus.« – Der Oberste kroch mit einem unterthänigst erschrocknen Bücklinge zum Zimmer hinaus, um den gegebnen Befehl zu vollstrecken.

Der Fürst war so aufgebracht wider seine Gemahlin, ob er gleich kein beleidigendes Wort wider sie sagte, daß er hastig etlichemal das Zimmer auf und niedergieng und sann, wie er sie empfindlich genug strafen sollte: er glaubte, seinem Ansehn Eintrag zu thun, wenn er nicht das Gegentheil ihres Verbotes durchsezte, und befahl, den Geistlichen zu holen, der auf der Stelle die Trauung vollziehen sollte. – »Ich will Herr in meinem Schlosse seyn,« sprach er zu Herrmannen, der im Vorzimmer wartete: »wenn Ihr getrauet seyd, sollt Ihr bey mir das Brautessen halten.«

Herrmann war nicht lange zurück, um Ulriken die fröliche Bothschaft zu bringen, als schon der fürstliche Wagen vor der Thüre anhielt, der sie zur Trauung abholte; und wie sie durchs Schloßthor fuhren, schlich Madam Dormer tiefgebeugt, mit verhülltem Gesicht an der Wand hin und wich den Pferden und der Demüthigung aus, von Personen erblickt zu werden, die ihren festlichen Einzug hielten, wo sie mit Schimpf vertrieben war. Sie konte das Gerede des Publikums nicht ertragen, sondern begab sich noch den nämlichen Abend aus der Stadt, voller Schmerz und Gram, daß sie sich selbst in der Schlinge fieng, die sie für Andre knüpfte, und das Glück einer Nebenbuhlerin dadurch beförderte, wodurch sie es umstürzen wollte. – Vignali, Vignali, wo war deine List? –

Nach der Trauung, die sich später verschob, als der Fürst wollte, wurden die beiden Brautleute zur Tafel abgeholt, wozu auch der Oberste Holzwerder eingeladen war, theils als ein Anverwandter der Braut, theils weil ihm der Fürst in der Hitze ein wenig zu hart angelassen zu haben glaubte und ihm durch diese Einladung die Furcht vor Ungnade benehmen wollte. Das Hochzeitmahl gieng sehr still und wenig aufgeräumt vorbey: der Fürst war vom Zorne über das Verfahren seiner Gemahlin noch unruhig, und ob er gleich von Zeit zu Zeit die Wolken von der Stirn vertreiben wollte, so gelang es ihm doch nur auf kurze Augenblicke, vornemlich da sich die Liebe in seinem Herze hervordrängte und ihn neidisch machte, daß ein Andrer besitzen sollte, was er selbst so zärtlich liebte: dabey stellten sich auch unangenehme Betrachtungen über seine eigne mishellige Ehe ein: er saß melancholisch da, warf zuweilen einen Blick auf Ulriken, seufzte, sprach ein Paar abgebrochne Worte, einen gezwungen muntern Scherz, und bey jeder Rede kam er darauf zurück, daß er den Bräutigam glücklich pries: er that dies jedesmal mit einem Tone, der Herrmannen schon an seinem Hochzeittage hätte eifersüchtig machen können. Die beiden Neuvermählten waren von der Freude wie vor den Kopf geschlagen: sie besannen sich kaum vor Ueberraschung ihres Glücks: in sich gekehrt, saßen sie da und hatten vor zerstreuender Wonne so wenig Vermögen, viel zu sprechen, als der Fürst vor Traurigkeit. Der Oberste that sich gütlich in Essen und Trinken und genoß also das Hochzeitessen besser als die Uebrigen, denen es nicht sonderlich schmeckte: aber er war noch scheu gegen den Fürsten, besorgte, daß der Unwille wider ihn noch nicht völlig verdampft seyn möchte, und sprach daher nicht anders als gefragt und mit der möglichstdemühigen Ehrfurcht.

Nach aufgehobner Tafel sprach der Fürst zu Herrmannen: »Wir wollen tauschen: Sie sollen heute Fürst seyn.« – »Nein,« antwortete Herrmann, »ich will lieber auch heute der Diener eines guten Fürsten bleiben.« – »So mag ich dann der Fürst, und Sie der Glückliche seyn!« – sagte der Fürst mit einem tiefen Seufzer und gab ihnen gute Nacht.

Als sie in dem Zimmer anlangten, das zu ihrem Brautgemache bestimmt war, wurde ihre Freude beredter. Ulrike wollte immer nicht glauben, daß sie getraut wären. »Nein,« sprach sie, indem sie

Herrmann auf dem Schooße wiegte, »es ist ein Fantom, ein Traum, der mir durchs Gehirn schleicht: ich bin auf die heutigen Mishandlungen krank geworden und fantasire: hast du auch die Fiebereinbildung, daß ich nun endlich dein bin?«

HERMANN

Und meine Einbildung ist so überzeugend gewiß, wie mein Daseyn. – Mein bist du! endlich! So schnell vom Winde in meine Arme geworfen, als er dich oft von mir trieb! – Haben wir wirklich mit der Liebe so wenig hausgehalten, wie du einmal besorgtest, daß unser künftiges Leben öde und langweilig seyn wird? Oder fühlst du, daß sich in Herzen, wie die unsrigen, die Liebe nie erschöpft?

ULRIKE

Ich fühl' es, daß ich mich an meinem eignen Herze versündigt habe. Es schlägt noch so frisch und frölich bey deinem Kusse, als unter dem Baume im Garten des Grafen, da du an meinem Busen Trost suchtest.

HERMANN

Und meine Seele ist, wie ich merke, durch Zahlen, Berichte und Verordnungen so wenig zur Liebe verstimmt, als da ich dich im plauenschen Grunde nach einer halbjährigen Trennung in meine Arme schloß: deine Umarmung durchdringt mich mit dem nämlichen süßen Schauer, wie damals, als wenn es die erste wäre: mein Puls hüpft so übereilt wie damals. O wie hast du dich durch deine Besorgniß an der Liebe versündigt!

ULRIKE

Schwer versündigt! Denn was sind alle die verliebten Abende, die wir auf dem Lande zubrachten, gegen diesen Abend des Glücks? Dort irrten wir unter Schatten, unter erträumten Glückseligkeiten herum, und immer stand die Noth an der Thür und wollte herein; und sie rächte sich hart. daß wir nicht eher aufmerksam auf sie wurden! Izt halten wir wahres festes Glück in unsern Händen: es wohnt in unsern Herzen: es lebt in allen unsern Gedanken und Sinnen. Fühlst du nicht den Unterschied? Es ist mir, als wenn ich izt erst lebte, als wenn ich vorher alles, was ich empfand und dachte und that, nur so dunkel wie im Traume gesehn hatte: so hell, so wahr, so anschauend hab' ich noch nie die Gegenwart empfunden wie izt; und doch dacht' ich, die Liebe wär' erschöpft? O wie schwer hab' ich mich an der Liebe versündigt!

HERMANN

Und versündigst dich noch izt! Warum übergehst du Eine glückselige Scene unsers Lebens, ob sie gleich tausendfache Leiden über uns verbreitete? – Ulrike, wo werden unsre Entzückungen seliger seyn, hier oder in der . . . du senkst den Blick? soll ich sie[21] nicht nennen, die Zeugin unsrer Schwachheit? – Aber wie so ganz anders sind itzo unsre Empfindungen als damals? Du zitterst nicht vor Furcht: die Knie sinken dir nicht: Angstschweiß strömt dir nicht über die Wangen, wie damals –

ULRIKE

Und deine Augen rollen nicht so fürchterlich, so flammend wild, wie damals. – Ach, des schrecklichen Abends! wenn ich noch an die grausende Mine gedenke, die damals aus deinem Gesichte hervorstarrte, voll so gieriger Leidenschaft, als wenn du mir mit jeder Bewegung die Kehle zudrücken wolltest; und die Angst dabey, die in mir kochte; wie mich immer eine Empfindung von dir hinwegscheuchte, und die folgende zu dir hindrängte – ich bebe noch vor der Vorstellung eines so quälenden Kampfes. – Wie ist itzo deine Mine so heiter, dein Blick ein sanftleuchtendes Licht, der Druck deiner Hand so leise zitternd, der Ton deiner Stimme wie eine dahingleitende Musik – o wie ganz anders alles als damals! Die Freude lacht aus jedem Zuge deines Gesichts –

HERMANN

Wie sollte sie nicht, da ich den Himmel in meinen Armen halte? – Laut möcht' ich triumphiren, daß ich ihn endlich durch lange Anfechtung errang! Und dies ist nur der Anfang unsrer Seligkeit: wenn die glückliche Mutter einst solche Zweige um sich herum aufsprossen und zu großen früchtevollen Bäumen erwachsen sieht, die den Menschen Schuz und Schatten geben – solche Zweige, wie schon einer verwelkt auf dem ländlichen Kirchhofe liegt – ist es dann nicht der Mühe werth, sich geliebt, sich mit beharrlicher Treue geliebt zu haben, wie wir? – O Liebe! wärst du nicht in der Natur, wo nähmen die Sterblichen ihre Freuden her? –

Sie verstummten, zärtlich umarmt. Hymen schwang die Freudenfahne über das seidne Hochzeitlager, und allgemeine Stille feyerte die glückliche Brautnacht.

VIERTES KAPITEL

Fast das ganze Publikum der Stadt nahm an dem Glücke eines Mannes lebhaften Antheil, dessen Verdienste seit dem Falle des Präsidenten ziemlich von Jedermann anerkannt wurden, einige Unzufriedne ausgenommen, die kein ander Vergnügen wissen, als das Gute zu verkleinern, das sie nicht thun können. Der Oberste Holzwerder wagte von Zeit zu Zeit eine Vorstellung an den Fürsten, wie sehr besonders das hochgräfliche Ohlauische Haus ihm zur Last legen werde, daß er eine so ungleiche Verbindung nicht gehindert habe: der Fürst, der ewigen Vorstellungen müde, bot zum Ersatze des Unrechtes, das er Ulrikens Familie durch die Beförderung ihrer Heirath zugefügt haben sollte, Herrmannen den Adel an. Herrmann antwortete: »Wenn Eu. Durchl. meine Dienste in einem höhern Stande angenehmer sind, so nehme ich das Geschenk mit Freude und Dank an: wo nicht, so verlange ich keinen Vorzug, der weder mein Verdienst noch Ihre Gnade vergrößert.« – »Bravo!« sagte der Fürst und klopfte ihm auf die Schulter: »Ich schätze den Mann von Verdienst; der Stand gilt mir gleich: es mag bleiben, wie es ist.« – Der Oberste, da er sahe, daß es nicht zu ändern stund, gewöhnte sich allmälich an die Anverwandtschaft, lebte beständig in freundschaftlichem Vernehmen mit den beiden Eheleuten, Ulrike half ihm zuweilen Schlachten und Wälder und Städte aus Dendriten hervorpoliren, auch Herrmann wurde zum Ehrenmitgliede in seiner Akademie aufgenommen und verplauderte mit dem Alten manche lustige Stunde über der Erklärung eines neupolirten Dendriten.

Herrmann hielt es für Pflicht, Verachtung nicht mit Verachtung zu vergelten, und schrieb an Grafen und Gräfin Ohlau: ohne nur mit einem Seitenblicke, mit einem Worte für die beleidigenden Schimpfnamen und verächtlichen Begegnungen sich zu rächen, die er von ihnen zu einer Zeit ausstehn mußte, wo es freilich zu verwägen von ihm war, nach Ulrikens Besitze zu streben, dankte er Beiden im Tone der wahren Politesse, ohne weggeworfne Ehrfurcht und ohne stolze Vertraulichkeit, daß sie ihn durch die Sorge für seine Erziehung würdig gemacht hätten, eine Anverwandtin von ihnen zu besitzen. Ulrike that das nämliche: selbst der Fürst hatte so viel Herablassung und ließ an den Grafen schreiben, um ihn über die Heirath zu beruhigen und zu bezeugen, daß sie mit seiner Genehmigung und Zufriedenheit geschehen sey. Der Graf antwortete dem Fürsten in einem schlecht orthographirten Handschreiben, weil er in den itzigen geldbedürftigen Zeiten sein eigner Sekretär seyn mußte, und seine vormalige sogenannte Kanzeley mit dem Verkaufe der Herrschaft an einen andern Herrn gekommen war: er dankte dem Fürsten in hochfahrendem Tone für sein Schreiben und die Gnade, die er gegen seine Schwestertochter zu haben schien: der ganze Brief bestund aus drey Zeilen und berührte den Punkt, worauf es ankam, nicht mit Einem Worte. Der Fürst, als er ihn gelesen hatte, warf ihn lächelnd unter den Tisch.

Weder Herrmann noch Ulrike erhielten Antwort von ihm: die Gräfin schrieb zwar nach einiger Zeit an die Leztere, aber kurz und mit der kältesten Höflichkeit: sie freute sich über ihre Gesundheit, dankte für ihren Brief und versicherte, daß sie ihre wohl affektionirte Tante sey. Herrmanns und seiner Verbindung wurde nicht mit Einer Silbe gedacht: aber man sah deutlich, daß sie den Brief unter der Aufsicht ihres Gemahls geschrieben hatte; denn auf der andern Seite stand, flüchtig hingeworfen –

»Grüße deinen Mann und sey glücklicher als ich.« – Vermuthlich mochte sie diese Worte heimlich bey dem Zumachen des Briefs hinzugesezt haben: denn sie waren äußerst unleserlich. Auch für diese Verachtung rächte sich Herrmann nicht, sondern gab zu der Kollekte, die die Familie jährlich für den Unterhalt des Grafen machte, einen der stärksten Beyträge, ohne seinen Namen zu unterzeichnen. Der Oberste selbst, der ihn bey näherer Bekanntschaft ungemein schäzte, tadelte ihn wegen dieser Großmuth und sagte in seiner kernhaften Sprache: »setzen Sie dem stolzen Bettler Ihren Namen unter die Nase hin, daß er daran riecht, wen er verachtet! *Sacre-papier!* Wenn wir ihm nichts geben, muß er ja schnurren gehn oder Brandbriefe herumschicken.« – Herrmann war niemals dazu zu bewegen. »Ich vergebe dem Grafen,« sprach er, »daß er in seinem Alter nicht besser denkt, als er es in der Jugend lernte. Mich haben meine Schicksale etwas bessers gelehrt; und so will ich denn auch hierinne diesem Unterrichte nicht untreu werden.« – Er war der Lezte, der mit seinem Beitrage bis zum Tode des Grafen aushielt und der Gräfin eine Pension auswirkte, als alle übrige ächte Mitglieder der Familie des Beitragens schon längst überdrüßig waren.

Alle seine übrigen Freunde bekamen nach der Reihe Briefe von ihm und darinne die Nachricht von seiner Verbindung: er wollte durchaus aller Beleidigungen vergessen und sich nur der Verbindlichkeiten erinnern, welches vorzüglich sein Brief an Schwingern bewies. Ihre Antworten sollen hier in der Ordnung folgen, wie er sie erhielt.

Vom alten Herrmann.

F** den 15. Decemb.

»Denkt mir doch! Bist nun gar ein großes Thier geworden und hast eine Fräulein geheirathet? Wenns nicht so ein hübsches herzlichgutes Thierchen wäre, wie Baronesse Ulrikchen, so spräch ich: Sohn, du bist ein rechter Tölpel, daß du dich mit einer Fräulein behangen hast: nun halt' ich in meinem Leben nichts wieder auf dich. Aber was will ich denn sagen? hat sich denn nicht dein Vater selbst vom Teufel blenden lassen, daß er einen tummen Streich machte? wie kan mans vom Sohne besser verlangen? Ach, Heinrich, du wirst dich kreuzigen und segnen, wenn du hörst, wie es deinem alten Vater gegangen ist.

Stelle dir einmal vor! Nille ist deine Mutter nicht mehr. Weil ich so hübsch versorgt auf deinem Gütchen war, so kam mir die Lust an, meine Nille wieder bey mir zu haben: was geschieht? ich schreibe an sie, nicht lange nachdem du von uns gereist warst. Wer keine Antwort kriegte, war ich. Ich kriege den Koller und schreibe drey, vier Briefe: endlich kömmt ein Wisch von dem Schandkerl, dem Leinweber, bey dem ich sie sitzen ließ. Da hat sie bey dem verdonnerten Leinweber den Durchbruch[22] so gewaltig gekriegt, daß sie Beide – ich mag dirs gar nicht sagen, du wirst schon rathen. Kurz und gut, die Vettel läßt mich, wie ein verlaufnes Windspiel, in die Zeitungen setzen und auf den Kanzeln ausrufen. Hier in dem Neste kriegt man das ganze Jahr keine Zeitungen zu sehn, und ich lese auch keine; denn was gehn mich die Sachen der großen Herren an? Aber wenn ich gewußt hätte, daß etwas von meinen Affären drinne stünde, so hätt' ich doch so einen Wisch einmal in die Hand genommen. Da ich also nichts erfahre und mich nicht melde, so heirathet das Schandmensch *feliciter* den christlichen Leinweber. O so heirathe du in alle Ewigkeit hinein bis zum nimmer satt kriegen! Das schreibt mir mein Herr Nachfolger. Warte, dachte ich, ich will dich schon bezahlen. So sollst du mich nicht wieder zum Manne haben, und wenn du schön wärst, wie ein Kirchengel. Hast du einen Andern genommen, so nehme ich mir eine Andre, die erste, die beste, aber eine Jungfer muß es seyn. Ich bin ein alter Kerl, aber eine Wittwe ist nicht meine Sache. Weil ich nun so recht toll und böse bin und vor Desperation durchaus wieder heirathen will, so sag' ich zur Fräulein Hedwig: der Donner und das Wetter, wenn nur gleich ein Kobold bey der Hand wäre, der mich heirathen wollte: meiner ehrvergeßnen Nille zum Trotz wollte ich mich auf der Stelle mit ihm trauen lassen. Für die alten Jungfern ist das Heirathen ein gar zu delikates Gericht. Was geschieht? der Rumpelkasten schmunzelt und schwänzelt so viel um mich herum und schwazt mir so nach dem Mäulchen und legt mirs so nahe, daß ich in einer tollen Stunde herausplumpe und sie frage, ob sie mich haben will. Höre, Sohn! das war, als wenn ihr der Blitz das Ja aus dem Halse führte. Ich schlage ein, und wir werden kopulirt. Hinter drein biß mich wohl der Wurm ein bischen, daß ich mich mit so einer vornehmen Trolle beklunkert hatte; denn alles Vornehme ist mir zeitlebens bis zum Ekel zuwider gewesen. Aber es ist eine brave Frau geworden, das muß ich ihr lassen, eine Frau, als wenn ich nur sie bestellt hätte, eine Frau aus dem Fundamente. Meine Nille ist ein Lump dagegen, ein rechter Lump, sag' ich dir. Es ist mir recht lieb, daß sich der Leinweber mit ihr beseligt hat, so bin ich doch das Meerkalb los. Das hätt' ich der dicken Hedwig in meinem Leben nicht zugetraut, daß so eine gute Frau aus ihr werden würde. Sie sieht freilich aus, daß man sie nicht gern von der Straße aufhebt, besonders plagen sie itzo die Flüsse so jämmerlich. Das alte Thier bildet sich etwas anders ein und will es nicht Wort haben, daß es Flüsse sind, aber sorge nur nicht, daß du noch in deinem dreißigsten Jahre, oder wie alt du bist, ein Brüderchen bekommen möchtest: es sind nichts als Flüsse, dabey bleib ich. Sie milkt, sie bäckt und macht alles wie eine geborne Hausfrau, und handthiert im Hause herum, wie ein Feldwebel: das muß alles gehn, wie am Schnürchen, oder sie poltert, wie ein Drache, und schlägt auch wohl mit Fäusten drein, wenn das Gesinde nicht gut thut. Sie hat dir dein Gütchen, seitdem du den Pachter abgesezt hast, wieder so in Ordnung gebracht, daß wir recht gut davon leben können; und dabey wartet sie mir auf, wie einem Fürsten, daß ich mich pflege, mir in Essen und Trinken gütlich thue und recht vergnügte müßige Tage habe. Mit dem Pfarr spiele ich zuweilen ein Picketchen, bin vergnügt und lasse den lieben Gott einen guten Mann seyn. Blitz! was mir der Pfarr noch täglich die Ohren voll räsonnirt, daß er sich damals von dem Donnerkerle, dem Siegfried, so hinters Licht führen ließ und ihm deine ganze Historie vorplauderte und endlich gar noch Ursache war, daß dir dein Ulrikchen weggenommen werden konte. Er will sich gar nicht zufrieden geben. Schreib' doch an ihn und sprich ihm Trost zu. Ich sage immer, wenn er so lamentirt: es ist ja zu des Jungen seinem Glücke ausgeschlagen, wenn Sie sich nicht so hätten übertölpeln lassen, so wäre er ja itzo nicht, was er ist, so könte er ja seine Ulrike itzo nicht zur Frau haben, so hätte ich ja das Gütchen itzo nicht mit meinem Weibchen so allein zu genießen und könte mir nicht so wohl seyn lassen. Aber der Mann hört nicht. So lange er nicht dein Wort hat, daß du ihm seine damaligen tummen Streiche vergiebst, so lange kan er nicht eine Minute recht mit Verstande Picket spielen. Er macht einen Pudel über den andern, und die Unruhe ist ihm nur erst wieder angekommen, seitdem er gehört hat, daß du ein großes vornehmes Vieh geworden bist. Du kanst ihm ja vergeben. Er schwört Stein und Bein, daß keine Bosheit dabey gewesen ist, und daß er sich aus guter Herzensmeinung gegen dich von dem Banditen, dem Siegfried, so treuherzig hat machen lassen. Aber der Schurke, der Siegfried, giebt sich itzo selbst seinen Lohn. Seitdem du von uns weg bist, hat er alle Tage gesoffen, daß er vom Morgen bis zum Abend keine Minute den Himmel erkennen konte, und die dicke Watschelente, seine Frau, mit ihm. Das gieng alle Tage zu, wie bey dem reichen Manne. Unser Dorf ist auf diese Art in die Kehle hinunterspatzirt. Es ist schon lange verkauft, und mit dem andern Gute wirds nächstens auch so kommen. Ueber dem vielen Trinken sind sie krüpelicht, kontrakt und elend, wie der arme Lazarus, geworden. Da liegen sie und können sich weder helfen noch rathen, müssen sich heben und tragen lassen und saufen noch alle Tage, daß sie springen möchten. Sie werdens nicht lange mehr antreiben; denn wenn sie sich nicht bald zu Tode trinken, so müssen sie aus dem Gute, und dann mögen sie bey den lieben Vögelein in holen Bäumen schlafen und hungern und betteln. Unrecht Gut gedeyet nicht, das ist mein Spruch, und darum hab' ich in der Welt nichts vor mir gebracht, damit ich nichts unrecht Erworbnes auf meinem Gewissen haben möchte. Was hilfts nun dem versofnen Krüpel, daß er mich damals um meinen Dienst brachte und mir hernach noch mein kümmerliches Gnadengeld bestahl? Was hilfts ihm, daß er den Grafen so rein ausgezogen und seine ganze Herrschaft geplündert hat? Was hilfts ihm, daß er dich hier so drückte und so schelmisch um deine Ulrike brachte? Nicht einen Pfifferling! Ende gut, alles gut. Drum geht nichts über den Kernspruch: Ehrlich währt am längsten. Wer ist nun besser daran? Ich oder der Bandit? Der Teufel! ich bin so vergnügt, wie eine Bachstelze, habe gute Tage und lebe mit meinem Weibchen so zufrieden, wie ein Engel im Himmel. Hab' ichs nicht immer gesagt? Dem alten Herrmann wirds wohl gehn, wenn alles das Gesindel, das ihn itzo schuriegelt, verhungern und verkummern muß. Ich meine den hochfahrenden Großthuer, den Grafen, auch mit. Es ist ihm ganz recht, daß er izt so demüthig zu Fuß gehen muß, wie er sonst stolz gefahren ist. Er hat die Leute etwas ehrliches geplagt, und mich am meisten, daß ich nicht so schmeicheln und hofiren wollte, wie seine andern Maulaffen. Nun mag er selbst den Leuten hofiren, damit sie ihm nur das liebe Leben erhalten. Nun kan er sehn, wie es andern Menschen, die auch keine Narren sind, in der Seele weh that, daß sie so einem Oelgötzen beinahe zu Fuße fallen mußten, wenn sie einmal ein Bröckchen Gnade haben wollten, und ihn doch niemals genug anbeten konten. Ende gut, alles gut. Ich möchte wahrhaftig itzo nicht mit ihm tauschen: ich brauche doch nicht zu betteln. Ich möchte itzo nur zwey Stündchen bey ihm seyn. Nu? wollte ich ihm sagen. Wer ist nun der größte Narr unter uns Beiden? Der alte grobe Klotz, wie Sie mich sonst nannten, oder Ihre Hoch-Hoch-Hochreichsgräfliche Excellenz und Hochgeborne Gnaden? Kurz und gut, wer bis ans Ende beharrt, der ist selig. Das merke dir und sey ein ehrlicher Kerl, bis dich die Maden fressen, wie

dein Vater

Adam Ehrenfried Herrmann.

N. S. Du hättest wohl mit deinem Briefe ein Stückchen Brautkuchen schicken können. Unser Schulze macht itzo superfeinen Kümmel, und dazu wär er mir just gelegen gewesen. Ich will dirs diesmal vergeben. Bey der Kindtaufe mach es besser.

* * *

Von der gewesenen Fräulein Hedwig, itzt Herrmanns Stiefmutter.

den 15. December.

Wohlgebohrner Herr,

Hochgeehrtester Herr Stiefsohn,

Dero hohe und preiswürdige Eigenschaften, wie auch Dero Frömmigkeit und gutes *ingenium*, und diese und viele andre lobens- und rühmenswerthe Tugenden Ihrer vortreflichen Frau Gemahlin haben bey mir beständig so große *admiration* und *approbation* gefunden, daß Denenselben beiderseits bey Dero erfreulichen Vermählung und Beylager nicht bergen kan, wie sehr ich mich über eine so wohlgetrofne *mariage* erfreue, und wünsche Ihnen dazu *salus, prosperité* und Wohlergehen. Mich hat der weise Gott, der alles wunderlich fügt, noch in meinen Jahren in ein glückseliges *matrimonium* versezt, wodurch zugleich Dero ergebenste Stiefmutter worden bin, und *notificire* Denenselben zugleich, daß meine bisherigen Umstände mir die angenehme Hofnung geben, daß ich nicht *sine effectus* oder *pour rien* und vergeblich in meinen neuen Ehe- und Wehestand getreten bin. Auch kan daher nicht ermangeln, Dieselben beiderseits zum Voraus zu Taufzeugen und Pathen gehorsamst zu erbitten und versichre, daß ich beständig mit allem *estime* und *cum affectionibus*, wie eine leibliche Mutter, nebst ergebenstem Gruß an Dero preiswürdige Frau Gemahlin, bis in den Tod seyn werde, worüber ich ungemein *flattirt* bin,

Meines werthgeschäzten Herrn Stiefsohns

zärtlich liebende Stiefmutter,

Hedwig Gottelieba Charitas

Herrmann, geb. *von Starkow.*

* * *

Vom Doktor Nikasius.

Dresden, den 20. December.

Wohlgeborner &c.

Eu. Wohlgeb. gütiges Schreiben vom *5 Decembris c. a.* ist mir wohl und glücklich zu Handen gekommen und habe daraus mit angenehmer Gemüthsbewegung für mich und meine liebe Ehegattin ersehn, wasmaßen Dieselben nicht nur die *præmia* ihrer guten *Qualitæten* und vortreflichen Eigenschaften allbereits gefunden und erhalten, wie auch zu Vermehrung ihrer *Satisfaction* und Zufriedenheit mit *Tit. pl.* der Hochwohlgebornen Fräulein, Fräulein von Breysach *etc. etc.* ein christliches Eheverbündniß getroffen und in vollkommner Leibes- und Gemüthsergötzung vollzogen haben, für welche uns zu geben beliebte Nachrichten wir beiderseits gehorsamsten Dank abzustatten nicht ermangeln. Und wie wir nun an Eu. Wohlgeb. hierob schöpfenden Freude, wie an allem, so Denenselben und Dero Frau Gemahlin Gnaden behagliches und vergnügliches wiederfahren mag, aufrichtig Theil nehmen und Denenselben zu solcher glücklichen Begebniß hiermit ergebenst *gratuliren*: also wünschen wir annebenst beiderseits, daß die göttliche *Providenz* und Vorsehung zu Dero angetretenem Ehestande reichen Segen und Gedeyen nebst allen selbst verlangenden Prosperitäten verleihen, mithin auch Denenselben aus sothaner *mariage continuir*liches Vergnügen empfinden lassen wolle.

Da nun Dieselben aus alter Bekanntschaft und wohlmeinender *affection* nicht ungeneigt seyn werden, mein und meiner lieben Ehegattin Gesundheit und anderweitiges Befinden zu vernehmen, als dienet hiermit zur freundlichen Nachricht:

1mo) anlangend unsern beiderseitigen Gesundheitszustand, so ist derselbe noch völlig so erwünscht und glücklich, wie bey Dero geehrten Gegenwart in unserm Hause, wie denn auch meine Frau dergestalt und allermaßen täglich an körperlichem Gedeyen und Leibesstärke zunimmt und deswegen schon längst von allem Gehen und *in specie* von dem Steigen auf denen Treppen überaus *incommodi*ret wird, welchermaßen denn auch mich wegen zunehmender *Corpulenz* meine vielen Arbeiten in meinen hohen Jahren gewaltig belästigen und beschweren.

2do meine sonstigen Umstände und *res domesticas* betreffend, so ist alles noch auf dem vorigen Fuße, völlig *ut supra*, und ist sonst gar nichts veränderliches vorgefallen, als daß ich nach langem Streben und Treiben meiner Frau vor einigen Jahren einen ansehnlichen Titel erhalten habe und denselben noch gegenwärtig zu genießen fortfahre.

3tio in Betracht Dero an die Frau Oberstin gelassenen Schreibens, so ist dasselbe den Tag darauf von meiner Frau bey einer förmlichen *Visite* eigenhändig und richtig überliefert und zugestellt worden. Obwohlen nun der Frau Oberstin Gnaden bey Durchlesung obangeregten Schreibens die Augen nicht wenig aufgesperret, auch einige ungebührliche Reden und lästerliche Flüche auszustoßen sich nicht entblödet haben, als wie *in specie*: »Also hat das Donner-hagels-blitz-elementsche Wetteraas den sappermentschen Seehund doch noch geheirathet!« Ferner: »wenn der Kreuz-Mordio-Sappermenter nur wenigstens ein Edelmann geworden wäre!« desgleichen auch mit verschiedentlichen andern Schmähreden Eu. Wohlgeb. und Dero Frau Gemahlin zu begünstigen nicht ermangelt haben: jedennoch hat sich bemeldete Frau Oberstin verlauten lassen, daß sie bey so gestalten Sachen sich über Dero Verbindung höchlich erfreue, auch meiner Frauen aufgetragen, Denenselben beiderseits in ihrem Namen alles ersprießliche Wohlergehen dazu anzuwünschen und von Herzen zu gratuliren, inmaßen denn sie wegen heftiger Schwäche und starken Zitterns in denen Händen, auch sonstigen Ungeübtheit im Schreiben sich kein eignes Antworts- und Gratulationsschreiben abzufassen getraue, zumalen ihr bisheriger treufleißiger Bedienter, so sonst bey dergleichen Vorfällen ihr Beistand und *assistenz* geleistet, durch einen Steckfluß schon seit geraumer Zeit das Zeitliche mit dem Ewigen verwechselt, und desselben Nachfolger so kreuz-hagel-ochsen-gänse-hornviehmäßig tumm buchstabire, daß mit demselben nichts anzufangen sey.«

Schließlich empfehlen wir Eu. Wohlgeb. beiderseits in Gottes Obhut, allstets mit vollkommenem *Estime* verharrend &c.

* * *

Von Schwingern.

G., den 23. December.

Noch einmal wage ich es, die Sprache freundschaftlicher Wärme so ganz mit dir zu reden, wie sie meinem Herze sonst so wohl that, ohne sie durch frostige Titel und Komplimente zu ersticken; und warum sollte ich nicht reden wie sonst, da dein Brief noch völlig die starke feurige Empfindung athmet, die vormals deine Briefe belebte? Ich will mit dir sprechen, wie ein Vater mit seinem emporgekommnen Sohne; und gewiß, dein leiblicher Vater kan sich über dein Glück nicht aufrichtiger und inniger freuen, als ich. O könt' ich zu dir hineilen, dich nur Einmal an meine Brust drücken und mir sagen: dazu hab ich ihn gebildet! dieser thätige feurige Mann, dieses edle rechtschaffne Herz, dieser aufliegende Geist, diese starke männliche Seele ist ein Werk meiner Sorge! diese Grundsätze, die ihn nahe an den Rand des Verderbens, des Lasters, des Leichtsinnes und selbst des Verbrechens hintaumeln ließen, daß ihn oft nur ein Haarbreit vom Falle schied, und die ihn jedes mal kräftig zurückzogen, diese Grundsätze habe ich in ihn gelegt! diese Lenkung seiner Ehrbegierde auf nützliche große wichtige Dinge hat er mir zu danken! Diese brennende Wärme des Herzens habe ich zuerst angefacht, diese vernünftige Schätzung der Glückseligkeit ich ihn gelehrt! Diese Offenheit des Charakters, die für jeden liebenswerthen Gegenstand der ganzen Natur sich aufschließt, diese weitumfassende Sympathie, die an allem Theil nimmt, was edles Vergnügen giebt und nimmt, diese wahre richtige Empfindsamkeit ohne Künsteley und Zwang – dieser ganze vortrefliche Mensch ist die Frucht meiner Erziehung! Glücklich, wem so für seine Mühe gelohnt wird!

Vergieb mir diese Ruhmräthigkeit! es ist die Prahlerey der Liebe, weder Eitelkeit noch Schmeicheley spricht aus mir. Wie soll man sich nicht von Freude und Wonne, von Stolz begeistert fühlen, daß man zwo so edle Seelen, wie dich und Ulriken, gebildet hat? Soll man nicht den Guten preisen, daß er Verführung überwand und aus dem Taumel der Jugendjahre sich zu der Vollkommenheit emporarbeitete, wozu ihn die Natur bestimmte? – Ja, ein Jahr meines Lebens gäb ich für das Entzücken dahin, dich an deinem Hochzeittage neben Ulriken gesehn zu haben: welch' ein Bild! Ulrikens frölische Lebhaftigkeit neben deinem heitern Ernste! – Wie freu' ich mich, als wäre ich neu geboren, daß mich dein Brief aus einer Verblendung riß, worein mich, ich weis nicht welcher Wahn versezte! Ich habe dich verkannt, dich für einen Bösewicht, für einen verderbten Spötter, einen Verächter der heiligsten Freundschaftsrechte, einen verstockten Verführer gehalten: ich habe an deiner Bestrafung gearbeitet, und wie ich sehe, dein Glück veranlaßt, indem ich dich ins Elend bringen wollte: ich bekenne mein Vergehen, und ob du mir gleich großmüthig mit deiner Verzeihung zuvorgekommen bist, so will ich sie doch durch meine tiefste Reue izt zu verdienen suchen. Ich handelte aus Irrthum: so schwach ist der Mensch, daß auch Leute, die aus allen ihren Kräften sich der Billigkeit und Menschenliebe befleißigen, sie oft gröblich beleidigen, selbst indem sie sich einbilden, sie auf das gewissenhafteste auszuüben. Die Vorsicht hat richtiger geurtheilt als ich elender Sterblicher: sie hat durch ihre Führung meinen Irrthum widerlegt. Wohl mir! daß ich einen Mann wieder lieben darf, den ich eine Zeitlang mit Betrübniß hassen mußte! Ich bin wie ein Vater, der sein einziges Kind für ermordet von den Händen der Räuber achtete, und es plözlich voll Leben und Wohlseyn wiederfindet.

Der Rest meines Lebens soll mir nunmehr wie Jugendtage verfließen, zwar einsam, ohne Freund und Gattin um mir, aber doch ruhig, in ländlicher Stille und Zufriedenheit. Anfangs hielt mich übertriebne Gewissenhaftigkeit von der Ehe ab, und dann ließen mich zu hochgespannte Begriffe von weiblicher Vollkommenheit keine finden, die meine Wahl zu verdienen schien: so sey es! Unser Leben ist ein immerwährender Irrthum: der meinige hat mir viele Freuden geraubt, die Freuden des Gatten und des Vaters: so gebe sie dann der Himmel meinem Freunde in vollem Maaße, und ich will durch die Theilnehmung an seinem Glücke die Wonne genießen, die mich kein eignes empfinden läßt.

Lebt wohl, ihr zwey mir so lieben Herzen! seyd glücklich, und wenn ihr mir meine Verlassenheit versüßen wollt, so weihet zuweilen mitten im Genusse Eures Glücks einige Augenblicke dem Andenken Eures

aufrichtigen liebevollen Freundes

Schwinger.

* * *

Von Herrmanns gewesener Mutter.

Z**, den 19. Juli.

Hochehrwirticher Hochwolgeborner Her,

Ire hochwolgeporne Gnaden werten nich ungnedig nemen ich bin eine arme ferlasne Frau und habe weter Tach noch Fach Ire hochwolgebornen Gnaten werden Ihr mildes Herz auftun salfa fenia ich muß auf der Straße umkommen Es ist mir gar zu schlim geganen (gegangen) ich denke Ire hochwolgeborne Gnaden mein Man ist tot unt neme in kristlicher Gesinnung einen Antern. Das war ein rechter Schantkerl Ire hochwolgeporne Gnaten er war ein Leinwäber. Der Henker wirt im wol das Lon geben daß er mich so betölpelt hat. ich arme Frau weis weder aus noch ein. Da nam ich ten Galgen-Schwengel Ire hochwohlgeporne Gnaten weil er so ein guter Krist war unt so hübs bätte (betete) da nam ich In zum manne. Ich habe was rechts bey im ausgestanten. er hat mich geprigelt wien Melsack weil er alle Dage drank und palt bätte (betete) unt balt trank und hernach nich von sinnen wußte und ta prigelte er mich weil er gar nich zu sich kam. Ire hochwolgeporne Gnaten s war n rechter Höllenprand. Da ging ich von im weil ichs gar nich mer aushalten konte unt lebe nun in Kummer unt Jammer und weis nicht wo ich mein haubt hinlegen sol Ire hochwolgeborne Gnaden werten sich irer armen Mutter erbarmen. Ich habe erfaren daß Si ein gar groser vornemer man geworten sint unt sie werten toch ir miltes Herz auftun unt mich nich verhungern und verkummern lasen. wen mich nur nich der böse Feind geplagt hätte unt daß ich nich einen antern Man genomen hette ach s ist gar eine große Not mit mir weil ich niscßt zu beisen noch zu brechen habe Ire hochwolgeporne Gnaden mögen sich meiner annemen. Wen Sie mir was schicken wolen ich bin mit gehorsamster *submision* Ire untertänichste Magd

Anna Maria Petronilla Schwenkfeldin.

ANHANG

Vielleicht sind die meisten Leser begierig, die Schicksale der vornehmsten Personen, die ihre Aufmerksamkeit in dieser Geschichte an sich gezogen haben, nach dem Ende der Haupthandlung zu erfahren: um ein solches Verlangen zu befriedigen, wird man ihnen hier nach der Reihe von einer jeden erzählen, was aus ihr bis zu diesem Augenblicke, wo die meisten noch leben, geworden ist.

Fürst und *Fürstin* söhnten sich nicht lange nach Herrmanns Verheirathung, vorzüglich durch seine Vermittelung, wieder aus: der Fürst that den ersten Schritt dazu, und beide Theile bewiesen durch ihre nachfolgende Einigkeit, daß Fürsten sehr gut sind, wenn sie böse Leute nicht daran hindern. Seitdem die Dormerin ihre Entfernung vom Hofe durch die Uebereilung ihrer Leidenschaft bewirkt hatte, verschwanden Kabalen, Intriguen und Ränke, als wenn sie mit ihrer Urheberin entflohen wären: kleine unbedeutende Feindseligkeiten ausgenommen, wurde der Hof ein Schauplatz der Ruhe und Ordnung, der Fürst vorsichtiger gegen Schmeichler und Ohrenbläser, aufmerksamer auf die Geschäfte, und die Fürstin in ihrer Gunst weniger veränderlich und von allem Parteymachen abgeneigt. Ihre Ungnade gegen Herrmann und Ulriken verlor sich allmälich durch des Fürsten Fürspruch so sehr, daß sie sich zulezt in Gunst verwandelte. Im ganzen Lande zeigten sich Spuren von allen diesen glücklichen Veränderungen: die Aufmerksamkeit des Regenten gab allen Geschäften Leben, Geschwindigkeit und Ordnung: gute Anstalten beförderten den Wohlstand der Einwohner, gaben ihnen Geist und Thätigkeit und entkräfteten durch die Vertreibung des Müßiggangs Laster und Muthwillen: jeder ehrliche Mann war in seinem Posten sicher, weil seine Sicherheit nicht von dem Steigen und Fallen einer Hofpartey, sondern von seinem Verdienste abhieng, und kein Schelm entgieng lange Herrmanns Wachsamkeit. Die Habsucht, womit selbst die geringsten Bedienten unter dem vorigen Präsidenten an sich rissen, was sie unentdeckt an sich reißen konten, verschwand itzo völlig, weil jedermann richtig empfieng, was ihm gehörte, und weder durch Noth noch durch das Beispiel seines Obern zu Schelmereyen sich für berechtigt hielt.

Der Graf *Ohlau* starb sehr bald nach Herrmanns Heirath unter Kummer, Unwillen und übler Laune, ohne seine Gesinnungen gegen Ulriken zu ändern. Herrmann verschafte, wie schon gesagt worden ist, der Gräfin ein kleines Gnadengeld vom Fürsten, und die Dankbarkeit machte sie um so viel gütiger und freundschaftlicher gegen ihn, da sie ihr stolzer Gemahl nicht mehr zwang, härter und unfreundlicher zu seyn, als ihr Herz wollte. Sie lebt auf dem Lande im Stillen, zwar ohne Mangel, aber in beständiger Kränklichkeit unter mancher Unruhe über den Verlust ihres vorigen Wohlstandes, ob sie ihn gleich äußerlich ganz verschmerzt zu haben scheint. Unglück und Einsamkeit haben sie sehr andächtig gemacht: sie liest täglich Erbauungsbücher, wird von Niemandem als dem Prediger des Orts besucht, der alle Nachmittage eine Betstunde mit ihr halten muß, und achtet alle zeitliche Freuden und Herrlichkeiten für Koth, da sie keine mehr besitzen soll.

Ulrikens *Mutter* starb schon vor vielen Jahren, als sich Herrmann auf dem Lande aufhielt. Der Sturz mit dem Pferde, der sie hinderte, ihre Tochter von Dresden abzuholen, brachte sie in die Hände eines unerfahrnen Wundarztes, dessen Kur ihr einen ofnen Schaden zuzog, daß sie lange Zeit das Bette nicht verlassen konte: der Unerfahrne wollte den begangnen Fehler wieder gut machen, heilte den Schaden zu und verursachte ihr Geschwulst und eine Krankheit, woran sie starb. Die Einwohner des Gutes, das ihrem verstorbnen Gemahle gehörte und durch den Konkurs verloren gieng, betrachteten nach der gewöhnlichen Denkungsart dieser Leute die Leiden ihrer ehmaligen Gebieterin als Strafen des Himmels für die harte Begegnung, die sie oft von ihrem Zorne und ihrer Peitsche erlitten hatten. Da ihr eignes Vermögen in dem Konkurse mit aufgegangen war, so verthat sie nach dem Tode ihres Gemahls den unbeträchtlichen Rest, den sie mit Mühe noch gerettet hatte: von ihrem herabgekommenen Bruder, dem Grafen Ohlau, konte sie keine Unterstützung erwarten, und war also dem Mangel sehr nahe, und die Furcht vor seiner Nähe mochte sehr viel zu ihrem Tode beytragen. Die Familie liebte sie nicht und vergaß sie und ihre Armuth so ganz, daß Niemand ihren Tod erfuhr, und der Oberste Holzwerder mußte sich erst besinnen, ob sie gelebt hatte, als ihm Ulrike die Nachricht von ihrem Absterben aus Schwingers Briefe mittheilte, den sie kurz nach ihrer Vermählung mit demjenigen erhielt, den man vorhin gelesen hat.

Siegfried bestrafte sich selbst durch übermäßiges Trinken für seine ehmaligen Bosheiten und Schelmereyen, nach des alten Herrmanns Berichte, und zog sich eine schmerzliche Krankheit zu, die seinem elenden Leben ein Ende machte: seine Frau kaufte sich von dem Reste des vertrunknen Vermögens in einem Hospitale ein, und keins von Beiden genoß in Ruhe die Früchte der Betrügerey. Ihr Sohn, Jakob, hat schon längst seine verdiente Versorgung auf dem Baue gefunden und wird vermuthlich sein unrühmliches Leben dort beschließen.

Die listige heimtückische *Vignali* und nachmalige *Dormerin* wußte sich nach ihrer Vertreibung vom Hofe nicht anders zu helfen, als daß sie sich wieder zu einer Schauspielergesellschaft begab, wo sie in aufgewärmten Operetten singt und alle veränderliche Schicksale mit ihr theilt, die eine wandernde kleine teutsche Truppe betreffen können. Sie fühlt die Demüthigung des Geschicks so stark, daß sie kaum die Flügel zu einem höhern Schwunge zu erheben wagt: sie hat den dritten Mann genommen und ist dadurch an eine Lebensart gefesselt, wo sie nie großen Fortgang machen wird, weil ihr die teutsche Sprache zu schwer fällt, und ihre Intriguensucht ihr bey jeder Truppe sogleich allgemeinen Haß erweckt.

Arnold gelangte nie wieder zu der Gunst des Fürsten, bekam ein Kassirerämtchen und lebt bey mäßigem Einkommen mit Lisetten ruhig und vergnügt.

Der Doktor *Nikasius* soll, wie man sagt, vor einigen Monaten gestorben seyn.

Herrmanns erste *Mutter* bekam auf ihren kläglichen Brief das Versprechen eines jährlichen Zuschusses von ihm, wenn sie ordentlich für sich leben und sich die übrigen Bedürfnisse durch weibliche

Arbeiten verdienen wollte. Sie wohnt in einem Städtchen, spinnt, singt und betet viel und lebt von der Unterstützung ihres Sohns, von ihren beiden Männern getrennt, in unvergleichlichem Wohlbefinden.

Der *alte Herrmann* kämpft zwar täglich mit körperlichen Schwachheiten und flucht auf das Alter, das ihm den Appetit genommen und geschwollne Füße gegeben hat. Seine Prophezeihung, daß die Zufälle seiner werthen Frau Gemahlin, die sie übereilter Weise für Merkmale einer glücklichen Schwangerschaft hielt, nichts als Flüsse seyn möchten, hat der Ausgang bestätigt. Sie leben Beide auf dem Bauergütchen und erwarten in christlicher Geduld, daß ihnen der Himmel ein seliges Ende verleihen möge; und der kleine dicke Pommer, als wohlbestallter Ackerknecht, im zufriednen Genusse seiner genügsamen Philosophie mit ihnen.

Der Magister *Wilibald*, der Herrmanns kranke Einbildungskraft und überspannte Ruhmsucht so boshaft hintergieng und auf dem Wege zur Bekehrung der Berliner zum Diebe an ihm wurde, machte an einigen Orten so viele Schulden, wie in Dresden, und gieng, um sich vor seinen europäischen Gläubigern zu sichern, als Missionar nach Asien, wo er seine Bekehrungssucht an den armen Heiden so heftig ausließ, daß sie unwillig wurden, ihn griffen, mit dem Ohre an einen Baum nagelten und in dieser Stellung drey Tage fasten ließen: seine Gefährten, die ihn diese drey Tage über vergebens gesucht hatten, befreyten ihn, als sie ihn fanden, und er ließ sich in der Folge in Trankenbar nieder, entsagte dem Bekehrungsgeschäfte und legte sich auf den Handel, wobey er sich itzo leidlich wohl befinden soll.

Held und *Heldin* der Geschichte genießen noch itzo unverändert die Freuden einer treuen, lang ausgeharrten Liebe: ihre vierjährige Ehe ist mit einem Knaben und einem Mädchen gesegnet, denen die Natur das Bild ihrer Eltern in jedem Zuge eingedrückt hat: in Beiden lebt der ernste feurige Geist des Vaters, durch die sanfte Aufgeräumtheit der Mutter gemildert. Herrmann findet in dem Gespräche seiner Gattin Erholung von dürren, oft verdrießlichen Geschäften, und schäkert mit seinen Kindern am Abende die Zahlen aus dem Kopfe, die sich den Tag über darinne angehäuft haben; und keine glücklichere Gruppe kan noch auf der Welt gewesen seyn, als wenn er auf dem Sofa sizt, die kleine lächelnde Karoline auf dem rechten Knie wiegt, Ludwig mit beiden Armen auf das linke Knie des Vaters gestüzt, schäkernd zur Schwester hinaufsieht, und Ulrike daneben steht, den Arm um die Schulter des Mannes schlingt, bald ihm, bald Karolinen die Wangen kneipt, bald dem aufgeheiterten Vater, bald einem ihrer Lieblinge einen Kuß giebt. Mit der geschäftigsten Sorgfalt einer Hausfrau wacht sie über ihre kleine Wirthschaft; denn die vielen Wohlthätigkeiten und Unterstützungen, wozu sich Herrmann anheischig gemacht hat, schmälern seine Besoldung so sehr, daß Sparsamkeit nöthig ist, um damit auszukommen: aber die Wirthschaftlichkeit seiner Frau ist ihm so viel als verdoppelte Einnahme. Geliebt von seinem Fürsten, geachtet vom Publikum; in einem Posten, wo er den Vortheil einiger tausend Menschen befördern und ihren Beschwerden abhelfen kan; in Umständen, daß er anständig leben, Verachtung mit wohlthätiger Großmuth, und Freundschaft mit Gutthaten erwiedern kan; in Geschäften, die hinlängliche Abwechslung haben, die Langeweile tödten, die Leidenschaften nie zum Sturme emporschwellen lassen und den guten Muth eher beleben als unterdrücken; im Besitze einer so lange geliebten, so schwer errungenen Gattin; glücklich, als Mensch, als Bürger, als Gatte, als Vater – welches Loos kan herrlicher seyn?

Ulrikens Munterkeit ist ganz wieder zurückgekehrt, und ihre kleine spielende Imagination ganz wieder erwacht: sie weis sich als Gattin und als Mutter die Wirklichkeit mit tausend angenehmen Tändeleyen und Einbildungen zu versüßen und die Welt um sie her mit einem Anstriche von Lebhaftigkeit zu erhöhen, daß Gegenstände, Handlungen und Begebenheiten nicht so ein fantastisches lachendes Kolorit für sie haben, wie während ihres Traums auf dem Lande, sondern die Vernunft führt itzo über ihre Einbildungen die Aufsicht: sie benehmen der Welt das Alltägliche, Frostige, Matte, ohne die Sorge für die Angelegenheiten des Lebens zu hindern oder zu erschweren. Ihre Kinder als Schäfer und Schäferin zu putzen, ein Lamm von Holz und aufgeleimter Baumwolle mit ihnen zu weiden und in dem gedielten Fußboden sich eine arkadische Flur vorzustellen: Kühe, aus Mehl gebacken, und Schafe von Zuckerteig mit ihnen auf dem Tische zu hüten und Berge von Gras oder Moos darauf zu bauen, an welchen das Vieh hinaufklettern muß, ist nicht blos Verlangen, die Kinder zu unterhalten, sondern wirkliches Vergnügen für sie: aber wenn ein Hausgeschäfte ruft, fliegt sie ohne Verzug aus ihrem geträumten Arkadien in die Küche, ordnet an und kehrt wieder in ihr Arkadien zurück. Auch mit ihrem Manne fallen oft muthwillige Schäkereyen vor, und Eine von ihren verliebten Neckereyen, Einer von ihren naifen Einfällen scheucht mannichmal einen ganzen Schwarm finstrer Wolken von seiner Stirn. Sie wiederholen sich zuweilen Scenen ihres vorigen Lebens und spielen ihr verliebtes Drama oft mit so ganzem Herze, daß etlichemal, wenn sie den Auftritt mit dem sklavonischen Grafen oder einen andern eben so heftigen mit Vignali vorstellten, der Bediente herbeygelaufen ist, in der Meinung, daß seiner Herrschaft plözlich etwas zugestoßen sey, weil sie um Hülfe schreye. Die Liebe macht aus ihrem Hause einen Himmel; die Liebe weckt sie aus dem Morgenschlummer und drückt ihnen die Augen zum nächtlichen Schlafe zu; die Liebe schwebt mit ausgebreiteten Fittigen über ihren Häuptern und strömt aus dem nie erschöpften Füllhorne den Lohn der Treue und Beständigkeit herab.

Ende des vierten und letzten Bandes.

Fußnoten

1. Der Himmel weiß, was für eine Stelle das hochgelehrte Fräulein Hedwig meint. So viel ist mir bekannt, daß sie zuweilen die Verwegenheit hatte, in den lateinischen Text der alten Autoren hineinzusehen, und weil sie nur hin und wieder ein Wort verstand, war ihre Übersetzungsart ganz drollicht. ›Comites Aeneae‹ waren ihr die ›jungen Grafen des Aeneas‹: wo sie ›duces‹ erblickte, da setzte sie ›Herzoge‹ hin, und jeden ›Caesar‹ machte sie zum ›Kaiser‹: auf diese Art gelang es ihr, die sämtlichen Stände des Heiligen Römischen Reichs in den Virgil hineinzubringen. Vielleicht hat sie durch eine ähnliche Auslegungskunst ihren Amor im Topfe herausgekünstelt. Vermutlich fand sie in einer ältern Ausgabe irgendeines Autors ›amor in ollam‹ statt ›illam‹; denn das begegnete ihr sehr oft, daß sie einem Schriftsteller zuschrieb, was ein anderer tausend Jahre vor oder nach ihm gesagt hatte.

2. Zum Henker! Fräulein Hedwig! woher haben sie einen Unsinn, der *unserer* Zeiten würdig wäre?

3. Zur Erläuterung dieser Beratschlagung muß man denjenigen Leser, die mit dem Sprachgebrauche dieser Stadt nicht bekannt sind, berichten, daß dort jedermann von bürgerlichem Stande, solange er keinen Titel und keine Frau hat, und jeder Ausländer ohne Charakter ›Monsieur‹ genannt wird. Es kann also jemand in so einem Falle zeitlebens durch ganz Deutschland ›Herr‹ gewesen sein, dort wird er zum ›Monsieur‹.

4. Man weiß aus zuverlässigen Nachrichten, daß es eine Gesellschaft betrunkner Fuhrleute gewesen ist, die sich in ihrer wilden Fröhlichkeit einige freie Ausdrücke erlaubten und darum für Naturalisten von dem Herrn Magister gehalten wurden: als er seine Predigt mit so gewaltiger Stimme begann, nahmen sie insgesamt die Mützen ab, falteten die Hände, weil sie in ihrer Trunkenheit in der Kirche zu sein glaubten, und da die Predigt lange dauerte, schlief einer nach dem andern ein.

5. Wahrscheinlich sind dies die Bursche gewesen, die vor dem Brandenburger Tore auf abgelebten, steifen Rossen für einen höchst billigen Preis ihre prächtigen Kawalkaden zuweilen halten.

6. Œvres melées de Nr. I' Abbé de Bernis. S. 89.

7. Dies war vermutlich nur ein Versprechen, um sie zu beruhigen; denn er hat sie, auf blaues Papier geschrieben, mit zwei großen Scherenschnitten, die er vielleicht in der ersten Hitze gemacht haben mag, dem Verfasser übersendet.

8. Um diese Rolle recht zu lesen, muß man jeden Akzent und jeden Buchstaben so hart aussprechen, wie er hier geschrieben ist.

9. Der Kaufmann mußte Schwingern diese Unwahrheit sagen, weil ihm Herrmann, als er zu Vignali zog, überredet hatte, daß er Schreiber werde, wie oben erzählt worden ist.

10. Der Abenteurer war eine kurze Zeit in Lyon Schauspieler gewesen, ehe er sich in den Grafenstand erhob, und jedesmal, wenn er auftrat, richtig ausgepfiffen worden.

11. Herrmanns unentwickelter Gedanke ist sehr richtig, Schöner Geist, bel esprit, ist eine Eigenschaft des Kopfes, das Vermögen, den Gedanken eine angenehme, gefallende Wendung und einen einnehmenden Ausdruck zu geben – l'art de faire paroître les choses plus ingenieuses qu'elles ne sont – l'art de donner à une pensée commune un tour sententieux, wie ihn Maupertuis ein wenig einseitig beschreibt. Wie sehr dieser schöne Geist bei uns herrscht,

überlasse ich den Lesern selbst zu bestimmen: er ist in diesem Sinne gar nicht die herrschende Eigenschaft des deutschen Kopfs. Das Publikum ist so gefällig und nennt jeden leeren Kopf, der Reime liest und macht, einen schönen Geist: dadurch ist der Name verächtlich geworden, während daß wir gern ein wenig mehr von der Sache haben möchten. So geht es uns mit den Wörtern Genie und Witz; und wenn einmal der Verstand bei uns Mode wird, dann sagt man vermutlich auch: da gehen zwei Verstande – wie man itzo sagt: da gehen ein paar schöne Geister.

12. ›Academic dull ale-drinkers P Pronounce all men of wit freethinkers‹, sagt Swift.
13. Zehlendorf.
14. Beeliz.
15. Mit Fräulein Hedwigs Erlaubnis! das ist eine Unwahrheit. Es waren allerdings viele und künstliche Überredungen nötig, um ihre Reisegefährtin zu dieser mißlichen Partie zu bewegen: aber so erzählt man, wenn man sich der Wahrheit schämt.
16. Sie wußte nichts von seiner Liebe zu ihr und seiner Absicht, sie zu heiraten, deren Vereitelung ihn so gewaltig wider Vignali aufbrachte, wie man im eilften Teile erfahren wird.
17. ein gemeines Kartenspiel.
18. Vermutlich ist das Wort von ›baculus‹ abgeleitet.
19. in seinen Briefen an ihn nach Dresden und Berlin.
20. Madam Dormer wischt hier sehr fein über die Ursache hinweg, warum der Herr von Troppau so aufgebracht war, daß sie Ulrikens Flucht aus Berlin bewerkstelligt hatte. Er merkte schon lange vorher, daß sie seine Vermählung mit der Baronesse nicht nur ungern sah, sondern, unter dem Schein, sie zu befördern, zu hintertreiben suchte. Seine betrogne Liebe machte ihn also wütend und bitter gegen Vignali, die so trotzig war, daß sie ihm nicht einmal auf sein Verlangen den Ort sagte, wohin sich Ulrike gewandt hatte. Er gab sich hernach noch viele Mühe, ihn auszukundschaften: allein da alles vergebens war, vermählte er sich ein Jahr darauf mit einem andern Fräulein und führte, soviel man weiß, eine vergnügte Ehe. Er sagte der Madam Dormer bei dem Zanke, dessen sie in ihrer Erzählung erwähnt, geradezu ins Gesicht, daß er argwohne, sie habe Ulriken belogen und Schrecken oder Furcht angewandt, um sie aus Berlin zu bringen. »Sie glauben«, sagte er, »daß ich Sie nicht mehr lieben werde, wenn ich vermählt bin: meine Liebe hätte so bald nicht aufgehört, aber Ihr falsches, hinterlistiges Verfahren, Ihre schändliche Verstellung hat sie ausgelöscht. Ich liebe Sie nicht mehr.«
21. die Jägerhütte wahrscheinlicherweise.
22. Dies soll vermutlich auf den herrnhutischen Ausdruck gehen: der Durchbruch der Gnade.

Printed in Poland
by Amazon Fulfillment
Poland Sp. z o.o., Wrocław